HEYNE<

Das Buch:

FEINDE DER KRONE
In der Whitechapel-Affäre konnte Inspektor Pitt den intriganten Charles Voisey und seinen berüchtigten „Inneren Kreis" gerade noch daran hindern, die Monarchie zu Fall zu bringen. Doch nun kandidiert Voisey als Abgeordneter für das Unterhaus. Pitt wird beauftragt, ihn zu stoppen. Der Tory-Kandidat darf auf keinen Fall politische Macht erringen. Und dann geschieht auch noch ein spektakulärer Mord: Maude Lamont, Englands berühmtestes Medium, wird nach einer Séance tot aufgefunden. Pitt vermutet bald einen Zusammenhang zwischen Voiseys politischen Intrigen und dem Verbrechen …

DIE FRAU AUS ALEXANDRIA
Auf dem Anwesen von Ayesha Sachari, der ägyptischen Geliebten des britischen Ministers Ryerson, kommt es zu einem Mord: Ein ehemaliger Offizier der britischen Armee wird erschossen. Gerade als Ayesha die Leiche auf eine Schubkarre hieven will, trifft die Polizei am Tatort ein. Für sie besteht kein Zweifel daran, dass die Ägypterin den Mord begangen haben muss. Für Inspektor Pitt hingegen liegen die Dinge nicht so klar. Während er nach Alexandria reist, um mehr über Ayeshas Vergangenheit herauszufinden, ermittelt Pitts Ehefrau Charlotte in London …

Die Autorin:

Anne Perry, 1938 in London geboren und in Neuseeland aufgewachsen, lebt und schreibt in Schottland. Sie hat sich vor allem durch ihre historischen Kriminalromane um Oberinspektor Pitt und seine kluge Ehefrau Charlotte ein Millionenpublikum in aller Welt erobert. Eine Vielzahl ihrer Romane ist im Heyne Verlag lieferbar.

ANNE PERRY

Feinde der Krone

Die Frau aus Alexandria

ZWEI ROMANE

WILHELM HEYNE VERLAG
MÜNCHEN

FEINDE DER KRONE
Titel der Originalausgabe:
Southampton Row
Copyright © 2002 by Anne Perry
Copyright © der deutschsprachigen Ausgabe 2004
by Wilhelm Heyne Verlag, München,
in der Verlagsgruppe Random House GmbH
Aus dem Englischen von K. Schatzhauser

DIE FRAU AUS ALEXANDRIA
Titel der Originalausgabe:
Seven Dials
Copyright © 2003 by Anne Perry
Copyright © der deutschsprachigen Ausgabe 2005
by Wilhelm Heyne Verlag, München,
in der Verlagsgruppe Random House GmbH
Aus dem Englischen von K. Schatzhauser

Verlagsgruppe Random House FSC-DEU-0100
Das für dieses Buch verwendete FSC-zertifizierte Papier
Holmen Book Cream liefert Holmen Paper, Hallstavik, Schweden.

Taschenbuchausgabe 07/2008
Copyright © dieser Ausgabe 2008
by Wilhelm Heyne Verlag, München,
in der Verlagsgruppe Random House GmbH
Printed in Germany 2008
Umschlagillustration: Fine Art Photographic Library / Corbis
Umschlaggestaltung: Nele Schütz Design, München
Druck und Bindung: GGP Media GmbH, Pößneck
ISBN: 978-3-453-72191-3
www.heyne.de

Feinde der Krone

Kapitel 1

»Es tut mir Leid«, sagte der stellvertretende Polizeipräsident Cornwallis mit leiser Stimme, wobei sich auf seinem Gesicht Schuldbewusstsein und Bedrückung mischten. »Ich habe getan, was in meinen Kräften stand, aber gegen den Inneren Kreis bin ich machtlos. Weder meine Hinweise auf moralische Gebote noch auf rechtliche Vorschriften haben etwas gefruchtet.«

Pitt stand in der Mitte des Raumes, auf dessen Boden das Sonnenlicht des warmen Junitages tanzte. Durch das Fenster kaum gedämpft, hörte er von der Straße herauf Hufgetrappel, die Rufe der Fuhrleute und das knirschende Geräusch der Räder schwerer Fuhrwerke auf dem Pflaster, untermalt vom Tuten der Vergnügungsdampfer auf der Themse. Er war wie vor den Kopf geschlagen. Nach der Verschwörung von Whitechapel hatte ihm Königin Viktoria persönlich für seinen Mut gedankt und für die Treue zur Krone, die er bewiesen hatte. Er war wieder in sein Amt als Oberinspektor der Wache in der Bow Street eingesetzt worden – und jetzt entließ ihn sein Vorgesetzter erneut! »Das können die doch nicht machen!«, sagte er empört. »Ihre Majestät hat mich doch selbst …«

Cornwallis blickte gequält, zuckte aber mit keiner Wimper. »Doch, die können das. Ihre Macht reicht weiter, als Sie oder ich je ahnen werden. Die Königin erfährt lediglich, was diese Menschen billigen. Selbst wenn wir ihr den Fall vortragen wollten, hätten Sie keinerlei Rückhalt – nicht einmal mehr beim Sicherheitsdienst, glauben Sie mir das. Narraway übernimmt

Sie liebend gern wieder«, stieß er rau hervor. Es schien ihn große Mühe zu kosten. »Nehmen Sie das Angebot an, Pitt. Um Ihrer selbst und um Ihrer Familie willen. Etwas Besseres bekommen Sie nicht. Und Sie machen Ihre Sache gut. Niemand vermag zu ermessen, welch ein bedeutender Dienst an Ihrem Lande es war, dass Sie Voisey in der Whitechapel-Sache das Handwerk gelegt haben.«

»Ganz so ist es ja nicht«, sagte Pitt voll Bitterkeit. »Die Königin hat ihn in den Adelsstand erhoben, und der Innere Kreis ist nach wie vor mächtig genug zu entscheiden, wer Leiter der Wache in der Bow Street sein soll und wer nicht!«

Cornwallis zuckte zusammen. »Ich weiß. Andererseits wäre England jetzt eine Republik, wenn Sie Voisey nicht in den Arm gefallen wären, und im Lande würde Aufruhr herrschen, wenn nicht gar Bürgerkrieg. Voisey wäre jetzt Präsident, denn das war schließlich sein Ziel, und durch diese Rechnung haben Sie ihm zweifellos einen Strich gemacht, Pitt. Daran sollten Sie immer denken, denn er wird Ihnen das auf keinen Fall verzeihen.«

Pitt ließ die Schultern sinken. Er fühlte sich kraftlos und zutiefst verletzt. Wie sollte er das Charlotte beibringen? Sie wäre fuchsteufelswild wegen des Unrechts, das man ihm damit antat, und würde dagegen ankämpfen wollen. Aber man konnte nichts dagegen unternehmen. Das war ihm durchaus klar, und er begehrte Cornwallis gegenüber lediglich auf, weil er den Schock noch nicht verwunden hatte und die Wut über die Ungerechtigkeit, die ihm da widerfuhr, tief saß. Er hatte wirklich angenommen, seine Stellung sei jetzt endlich sicher. Hatte nicht die Königin selbst seine Leistungen gewürdigt?

»Ihnen steht Urlaub zu«, sagte Cornwallis. »Es ... tut mir Leid, dass ich Ihnen diese bittere Pille verabreichen musste.«

Pitt fiel nichts ein, was er darauf hätte sagen können. Er brachte es nicht über sich, der bloßen Höflichkeit zu genügen.

»Fahren Sie irgendwo hin, wo es schön ist«, fuhr Cornwallis fort. »Raus aus London, aufs Land oder ans Meer.«

»Ja ... das wäre wohl das Beste.« Für Charlotte wäre es so

leichter und auch für die Kinder. Zwar wäre sie nach wie vor tief getroffen, aber zumindest wären sie beieinander. Schon seit Jahren hatten sie immer nur wenige Tage Zeit für sich gehabt, an denen sie einfach durch Wälder oder über Felder gezogen waren, im Freien gepicknickt und träge zum Himmel emporgesehen hatten.

Charlotte war entsetzt, verbarg es aber nach dem ersten Ausbruch, wohl in erster Linie der Kinder wegen. Die zehnjährige Jemima reagierte ausgesprochen empfindlich auf Veränderungen der Gefühlslage im Hause, und der zwei Jahre jüngere Daniel stand ihr darin nicht nach. So sprach Charlotte möglichst viel über die geplanten Ferien und dachte darüber nach, wie viel sie dafür würden aufwenden dürfen.
Nach wenigen Tagen waren alle erforderlichen Vorbereitungen getroffen. Sie würden auch Edward mitnehmen, den Sohn von Charlottes Schwester Emily, der im gleichen Alter wie ihre eigenen Kinder war und sich bestimmt freute, sich für eine Weile dem Zwang der Schule wie auch den Pflichten entziehen zu dürfen, in die er allmählich als Erbe seines Vaters hineinwuchs. Emily war in erster Ehe mit Lord Ashworth verheiratet gewesen, mit dessen Tod der Titel wie auch das Vermögen auf den Jungen übergegangen war. Ihrer zweiten Ehe mit dem Unterhausabgeordneten Jack Radley entstammte Evangeline, die aber für eine solche Reise in die Sommerfrische noch zu klein war.
Die Familie Pitt hatte für zweieinhalb Wochen ein Häuschen in Harford gemietet, einem kleinen Dorf am Rande von Dartmoor. Nach ihrer Rückkehr würde die Unterhauswahl vorüber sein, und Pitt würde sich erneut zur Arbeit bei Narraway melden, dessen Sicherheitsdienst in erster Linie die Aufgabe hatte, die Bombenleger der Fenier und andere Machenschaften der irischen Unabhängigkeitsbewegung zu bekämpfen, gegen die Gladstone erneut vorging. Allerdings waren seine Erfolgsaussichten so gering wie eh und je.
»Ich weiß gar nicht, wie viel ich für die Kinder mitnehmen soll«, sagte Charlotte, als wäre es eine Frage. »Wie sehr sie sich wohl schmutzig machen werden ...«

Sie packten im Schlafzimmer die letzten Dinge zusammen. Mit dem Mittagszug wollten sie in Richtung Südwesten fahren.

»Hoffentlich sehr«, gab Pitt mit breitem Lächeln zurück. »Sauberkeit ist für ein Kind nicht gesund ... jedenfalls nicht für einen Jungen.«

»Dann kannst du ja einen Teil der Wäsche übernehmen!«, gab sie schlagfertig zurück. »Ich zeige dir, wie man mit einem Bügeleisen umgeht. Es ist ganz unkompliziert – nur eben anstrengend und langweilig.«

Gerade, als er etwas erwidern wollte, meldete sich das Dienstmädchen Gracie von der Tür. »'n Droschkenkutscher hat 'ne Mitteilung für Sie gebracht, Mister Pitt«, sagte sie. »Hier is se.« Sie hielt ihm ein zusammengefaltetes Blatt Papier hin.

Er nahm es und las.

Pitt, ich muss sofort mit Ihnen sprechen. Kommen Sie mit dem Überbringer dieser Mitteilung. Narraway.

»Worum geht es?«, fragte Charlotte mit einem scharfen Unterton, als sie sah, wie sich sein Gesichtsausdruck veränderte. »Wo brennt es jetzt schon wieder?«

»Ich weiß nicht«, gab er zur Antwort. »Narraway will mich sprechen. Bestimmt ist es nichts Besonderes. Ich fange ja erst in drei Wochen wieder beim Sicherheitsdienst an.«

Sie wusste natürlich, wer Narraway war, auch wenn sie ihn nicht kannte. In den elf Jahren, seit sie Pitt 1881 kennengelernt hatte, war sie in jedem seiner Fälle aktiv geworden, der ihre Neugier oder Empörung ausgelöst hatte oder in den jemand verwickelt war, der ihr am Herzen lag. Im Fall der Verschwörung von Whitechapel hatte sie sich mit der Witwe von John Adinetts Opfer angefreundet und schließlich die Hintergründe von dessen Tod aufgedeckt. Außerhalb des Sicherheitsdienstes wusste niemand besser als sie, wer Narraway war.

»Auf jeden Fall solltest du dafür sorgen, dass er dich nicht zu lange aufhält«, sagte sie ärgerlich. »Du hast Urlaub und musst heute Mittag den Zug bekommen. Mir wäre es lieber, er hätte sich morgen gemeldet, dann wären wir fort gewesen.«

»Ich glaube nicht, dass es etwas Besonderes ist«, erwiderte er in munterem Ton, und mit einem schiefen Lächeln fügte er hinzu: »In jüngster Zeit hat es keine Bombenanschläge gegeben, und so kurz vor der Wahl wird es wohl auch eine Weile ruhig bleiben.«

»Und warum kann die Sache dann nicht warten, bis du zurück bist?«, fragte sie.

»Vermutlich kann sie das.« Er zuckte bedauernd die Achseln. »Aber ich muss mich wohl fügen.«

Schmerzlich kam ihm seine neue Situation wieder zu Bewusstsein. Er unterstand unmittelbar Narraway und konnte sich an niemanden wenden als an ihn. Die Öffentlichkeit würde nichts erfahren, und ihm war auch der Weg zu ordentlichen Gerichten verwehrt, der ihm in seiner Zeit als Polizeibeamter offen gestanden hatte. Wenn Narraway ihn zurückwies, hätte er keine Chance mehr.

»Ja, ich weiß …« Sie senkte den Blick. »Vergiss aber nicht, ihm das mit dem Zug zu sagen. Es ist der Einzige, mit dem wir unser Ziel noch heute erreichen können.«

»Keine Sorge.« Er gab ihr einen flüchtigen Kuss auf die Wange und ging hinaus.

Vor dem Haus wartete der Droschkenkutscher. »Fertig?«, fragte er vom Bock herunter.

»Ja«, sagte Pitt und stieg ein. Was mochte Victor Narraway von ihm wollen, was nicht bis zu seiner Rückkehr in knapp drei Wochen warten konnte? Wollte er seine Macht beweisen, erneut klarstellen, wer das Kommando hatte? Er dürfte kaum Pitt um seinen Rat fragen wollen, denn Pitt war im Sicherheitsdienst nach wie vor ein Neuling. Zwar wusste er dies und jenes über die Fenier, verstand aber nichts von Dynamit oder anderen Sprengstoffen und nur sehr wenig von Verschwörungen. Offen gestanden wollte er auch all das gar nicht wissen. Als Kriminalbeamter wusste er, wie man Verbrechen aufklärte, den Beweggründen von Menschen nachspürte, die einen Mord begingen, und die Einzelheiten eines solchen Falles zusammentrug, das Treiben von Spionen, Anarchisten und politischen Umstürzlern hingegen war ihm fremd.

Im Fall der Verschwörung von Whitechapel hatte er einen glänzenden Erfolg errungen, doch diese Angelegenheit war jetzt abgeschlossen. Alles, was damit zusammenhing, würde für alle Zeiten in Schweigen und Finsternis gehüllt sein. Charles Voisey lebte noch, doch konnte man ihm nichts nachweisen. Dennoch hatte es eine Art Gerechtigkeit gegeben, denn er, der Mann an der Spitze der im Untergrund tätigen Bewegung zum Sturz der Monarchie, hatte nicht verhindern können, dass man die Dinge so hinstellte, als hätte er sein Leben aufs Spiel gesetzt, um eben diese Monarchie zu retten. Beim Gedanken daran, wie er im Buckingham-Palast neben Charlotte und Tante Vespasia gestanden hatte, als die Königin Voisey wegen seiner Verdienste um die Krone geadelt hatte, trat unwillkürlich ein Lächeln auf Pitts Züge, während ihm zugleich der Zorn über die Art, wie man ihn nun behandelte, die Kehle zuschnürte. Als sich Voisey von den Knien erhoben hatte, war er so aufgebracht gewesen, dass er keinen Ton herausgebracht hatte. Die Königin hatte das als Zeichen der Ehrerbietung gedeutet und huldvoll gelächelt, und der Thronfolger hatte Voisey in den höchsten Tönen gelobt. Doch als sich dieser schließlich umgewandt hatte und an Pitt vorüber gegangen war, hatte in seinen Augen ein Hass wie Höllenfeuer gebrannt. Bei der bloßen Erinnerung daran zog sich Pitt noch jetzt vor Angst der Magen zusammen.

Ja, es würde gut sein, nach Dartmoor zu fahren: der weite Himmel, über den der Wind die Wolken trieb, der Geruch nach Erde und Gras auf den Feldwegen. Sie würden wandern und miteinander reden oder einfach nur nebeneinander hergehen! Er würde mit Daniel und Edward Drachen steigen lassen, auf einige der vielen hohen, felsigen Hügel klettern, dies und jenes sammeln, was sich in der Natur fand, Tiere des Waldes und Vögel beobachten. Charlotte und Jemima mochten unterdessen tun, wonach ihnen der Sinn stand, Gärten ansehen, Wildblumen pflücken, sich mit Leuten unterhalten und neue Bekanntschaften schließen.

Die Droschke hielt. »Wir sind da«, rief der Kutscher. »Der Herr erwartet Sie schon.«

»Danke.« Pitt stieg aus und ging auf die Stufen des Hauses zu, auf das der Kutscher gewiesen hatte. Es handelte sich nicht um den Laden in Whitechapel, in dessen Hinterzimmer er dem Leiter des Sicherheitsdienstes zum ersten Mal begegnet war. Vielleicht richtete sich Narraway jeweils dort ein, wo es erforderlich war? Pitt öffnete die einfache Holztür, ohne anzuklopfen, und trat in einen Flur. Dahinter lag ein behaglicher Wohnraum, dessen Fenster auf einen winzigen Garten gingen, in dem vor allem wuchernde Rosen standen, die dringend beschnitten werden mussten.

Victor Narraway saß in einem von zwei Lehnsesseln. Als Pitt eintrat, hob er den Blick, stand aber nicht auf. Er war schlank, von durchschnittlicher Größe und sorgfältig gekleidet. Zahlreiche graue Fäden durchzogen sein dichtes dunkles Haar. Seine Augen waren nahezu schwarz und seine Nase lang und gerade. In seinen Zügen fiel sogleich die wache Intelligenz auf. Selbst im Sitzen schien er eine Energie auszuströmen, als komme sein Geist nie zur Ruhe.

»Setzen Sie sich«, gebot er Pitt, der stehen geblieben war. »Ich habe nicht die Absicht, zu Ihnen aufzublicken. Außerdem werden Sie bestimmt bald müde und fangen dann an herumzuzappeln, was mich nur ärgern würde.«

Pitt steckte die Hände in die Taschen. »Ich habe nicht viel Zeit, denn ich fahre mit dem Mittagszug nach Dartmoor.«

Narraways dichte Brauen hoben sich. »Mit Ihrer Familie?«

»Natürlich.«

»Tut mir Leid.«

»Das braucht es nicht«, gab Pitt zur Antwort. »Ich werde den Urlaub in vollen Zügen genießen. Schließlich habe ich mir ihn nach der Sache in Whitechapel verdient.«

»Das stimmt«, gab ihm Narraway Recht. »Aber Sie werden nicht fahren.«

»Natürlich fahre ich.« Sie kannten einander erst seit wenigen Monaten und hatten in sehr loser Zusammenarbeit nur einen einzigen Fall gemeinsam bearbeitet. Ihr Verhältnis war nicht mit der schon lange bestehenden Beziehung zwischen

Pitt und Cornwallis vergleichbar, den Pitt sehr schätzte und dem er weit mehr getraut hätte als jedem anderen. Nach wie vor wusste er nicht recht, wie er Narraway einschätzen sollte, und auf keinen Fall traute er ihm, trotz der Art, wie er sich im Fall der Verschwörung von Whitechapel verhalten hatte. Auch wenn er überzeugt war, dass Narraway seinem Land diente und sich für einen Ehrenmann hielt, wusste Pitt nicht so recht, welche Vorstellungen Narraway damit verband. Vor allem aber bestand zwischen ihnen keinerlei freundschaftliche Beziehung.

Narraway seufzte. »Setzen Sie sich bitte, Pitt. Ich kann mir denken, dass Sie bereit sind, mir moralisch einzuheizen, aber tun Sie mir wenigstens den Gefallen, mir dabei nicht auch noch Unbequemlichkeiten zu bereiten. Ich mag es nicht, wenn ich den Kopf recken muss, um Sie ansehen zu können.«

»Ich fahre heute nach Dartmoor«, wiederholte Pitt, nahm aber in dem anderen Sessel Platz.

»Heute haben wir den 18. Juni. Am 28. endet die Sitzungsperiode, und das Unterhaus löst sich auf«, sagte Narraway lustlos, als gehe es dabei um eine betrübliche und unbeschreiblich erschöpfende Angelegenheit. »Sofort im Anschluss daran findet die Unterhauswahl statt. Ich denke, die ersten Ergebnisse werden am vierten oder fünften Juli vorliegen.«

»Dann lass ich diesmal meine Stimme eben verfallen«, gab Pitt zur Antwort, »denn um die Zeit bin ich nicht zu Hause. Vermutlich macht es ohnehin nicht den geringsten Unterschied.«

Narraway sah ihn unverwandt an. »Ist Ihr Wahlkreis so korrupt?«

Leicht verwundert antwortete Pitt: »Das glaube ich nicht, aber er ist seit Jahren in den Händen der Liberalen, und die allgemeine Ansicht scheint zu sein, dass Gladstone siegen wird, wenn auch nur mit einer knappen Mehrheit. Sie haben mich bestimmt nicht drei Wochen vor meinem Dienstantritt hergebeten, um mir lediglich das mitzuteilen!«

»Eigentlich nicht.«

»Gut, dann …« Pitt machte Anstalten aufzustehen.

»Bleiben Sie sitzen!«, gebot ihm Narraway mit unterdrücktem Zorn. Seine Stimme klang scharf und bissig.

Eher vor Überraschung als aus Gehorsam ließ sich Pitt wieder in den Sessel sinken.

»Sie haben sich im Fall Whitechapel bewährt«, sagte Narraway mit ruhiger, gelassener Stimme, wobei er sich wieder zurücklehnte und die Beine übereinander schlug. »Sie sind nicht nur mutig, sondern besitzen auch Vorstellungskraft, Initiative und einen eindrucksvollen Moralbegriff. Sie haben die Männer des Inneren Kreises vor Gericht besiegt, obwohl Sie sich das vermutlich zweimal überlegt hätten, wenn Ihnen klar gewesen wäre, mit wem Sie es da zu tun hatten. Sie sind ein guter Kriminalist, der beste, den ich habe. Die meisten meiner Männer verstehen eher etwas von Sprengstoff und Mordanschlägen. Es war schon eindrucksvoll, dass es Ihnen gelungen ist, Voisey eine Niederlage zuzufügen! Wie Sie dann aber auch noch den Mordvorwurf so auf den Kopf stellten, dass er als Retter des Thrones in den Adelsstand erhoben wurde, war einfach brillant. Es war die vollkommene Rache. Die anderen Republikaner betrachten ihn seither als Erzverräter an der Sache.« Der kaum wahrnehmbare Anflug eines Lächelns trat auf Narraways Lippen. »Sie hatten ihn als künftigen Präsidenten vorgesehen. Jetzt würden sie ihm nicht einmal erlauben, Briefmarken anzulecken.«

Zwar klang das wie ein überschwängliches Lob, doch hatte Pitt, während er seinen künftigen Vorgesetzten ansah, das Gefühl, dass ihm Gefahr drohte.

»Er wird Ihnen das nie verzeihen«, fügte Narraway so beiläufig hinzu, als sage er ihm die Uhrzeit.

Pitts Kehle zog sich zusammen, und so krächzte seine Stimme, als er antwortete: »Das ist mir klar. Etwas anderes hätte ich auch nicht angenommen. Als der Fall abgeschlossen war, sagten Sie aber auch, dass es dabei nicht um etwas so Primitives wie Gewalttätigkeit gehen würde.« Seine Hände fühlten sich steif an, und es überlief ihn kalt, nicht aus Angst um sich selbst, sondern um Charlotte und die Kinder.

»Bestimmt nicht«, sagte Narraway freundlich. Einen Augenblick lang legte sich ein weicher Zug auf sein Gesicht, der sogleich wieder verschwand. »Aber er hat sich Ihren Geniestreich zunutze gemacht – das ist sein Geniestreich.«

Pitt räusperte sich. »Ich weiß nicht, worauf Sie hinauswollen.«

»Er ist ein nationaler Held! Die Königin hat ihn in den Adelsstand erhoben, weil er die Monarchie gerettet hat«, sagte Narraway, stellte die Füße nebeneinander und beugte sich vor. Mit einem Mal verzerrten Hass und Bitterkeit seine Züge. »Er kandidiert für das Unterhaus!«

Pitt glaubte seinen Ohren nicht trauen zu dürfen. »Was sagen Sie da?«

»Sie haben es gehört! Er kandidiert für einen Unterhaussitz. Sofern man ihn wählt, wird er die Macht des Inneren Kreises dazu nutzen, sehr rasch in der Partei aufzusteigen. Er ist von seinem Posten als Richter am Appellationsgericht zurückgetreten und wird sich künftig der Politik verschreiben. Bald werden die Konservativen die Regierung bilden. Gladstone macht es bestimmt nicht mehr lange. Einmal davon abgesehen, dass er dreiundachtzig Jahre alt ist, wird ihm die Frage der irischen Unabhängigkeit den Hals brechen.« Er nahm den Blick nicht von Pitts Gesicht. »Dann werden wir Voisey als Lordkanzler sehen, als Mann an der Spitze der Justiz des britischen Weltreichs! Er wird die Macht haben, jedes Gericht im Lande zu korrumpieren, was letzten Endes darauf hinauslaufen wird, dass man sich auf keines mehr verlassen kann.«

Die Vorstellung war entsetzlich, aber Pitt konnte sich bereits ausmalen, auf welche Weise es dazu kommen könnte. Jedes Gegenargument erstarb auf seinen Lippen, bevor er es äußerte.

Narraway entspannte sich kaum merklich. »Er tritt im Wahlkreis South Lambeth an.«

Vor seinem geistigen Auge sah Pitt den Londoner Stadtplan vor sich. »Gehört nicht auch Camberwell oder Brixton dazu?«

»Beide.« Narraway sah ihn unverwandt an. »Und Voisey gehört der konservativen Partei an, während der Sitz bisher fest in der Hand der Liberalen war. Davon lasse ich mich aber keinesfalls einlullen, und falls Sie das beruhigt, sind Sie ein Tor!«

»Das tut es ganz und gar nicht«, sagte Pitt kalt. »Er wird seine Gründe haben. Bestimmt gibt es jemanden, den er bestechen oder einschüchtern kann. Vermutlich weiß der Innere Kreis, wo man den Hebel ansetzen muss. Wer kandidiert denn dort für die Liberalen?«

Narraway nickte betont langsam, ohne den Blick von Pitts Gesicht zu nehmen. »Ein Neuer, ein gewisser Aubrey Serracold.«

Pitt stellte die Frage, die sich aufdrängte: »Gehört er zum Inneren Kreis, so dass er im letzten Augenblick von der Kandidatur zurücktreten oder irgendwie dafür sorgen kann, dass er die Wahl verliert?«

»Nein«, sagte Narraway mit Bestimmtheit, ohne zu erklären, woher er das wusste. Sofern er Kontakte zum Inneren Kreis hatte, legte er sie nicht einmal seinen eigenen Leuten gegenüber offen. Allerdings wäre Pitt auch von ihm enttäuscht gewesen, wenn er sich anders verhalten hätte. »Wenn ich wüsste, woher der Wind weht oder auf welche Weise man die Sache deichseln will, wäre ich nicht darauf angewiesen, Sie hier in London zu behalten, damit Sie sich darum kümmern«, fuhr Narraway fort. »Es könnte sich als einer der größten Fehler jener Leute erweisen, dass man Sie aus der Bow Street hinausgedrängt hat.« Sogleich fühlte sich Pitt an die Ungerechtigkeit erinnert, die man ihm zugefügt hatte, aber auch an das Ausmaß der Macht, die jene Menschen besaßen. Narraway gab sich keinerlei Mühe zu verbergen, dass er genau wusste, was er da sagte.

»Ich kann doch die Wahl nicht beeinflussen«, entgegnete Pitt bitter. Dies war kein Argument mehr dagegen, dass er nicht mit Charlotte und den Kindern in den Urlaub fahren konnte, sondern Ausdruck seiner Hilflosigkeit angesichts eines unlösbaren Problems. Er hätte nicht gewusst, wo er anfangen sollte, ganz davon zu schweigen, wie es ihm gelingen könnte.

»Nein«, gab ihm Narraway Recht. »Für den Fall, dass ich so etwas beabsichtigte, würden mir geeignetere Männer als Sie zur Verfügung stehen.«

»Außerdem wären Sie in dem Fall kaum besser als Voisey«, sagte Pitt eisig.

Seufzend setzte sich Narraway etwas bequemer hin. »Sie sind ziemlich treuherzig, Pitt, aber das war mir von vornherein klar. Ich arbeite mit den Mitteln, die mir zur Verfügung stehen, und versuche erst gar nicht, mit einem Schraubenzieher Holz zu sägen. Hören Sie sich um, und halten Sie die Augen offen. Sie werden erfahren, welche Leute Voisey an der Hand hat und wie er sie einsetzt. Sie werden etwas über Serracolds Schwächen erfahren und darüber, auf welche Weise sie sich nutzen lassen. Sofern Voisey an irgendeiner Stelle verwundbar ist und Sie das Glück haben, sie zu finden, werden Sie mich davon sofort in Kenntnis setzen.« Er atmete langsam ein und aus. »Was ich dann in Bezug auf ihn unternehme, geht Sie nichts an. Ich möchte, dass Sie das klar verstehen! Hier geht es nicht darum, dass Sie auf Kosten der einfachen Menschen dieses Landes Ihrem Gewissen folgen. Sie kennen nur einen kleinen Ausschnitt des Gesamtbildes und können in Ihrer Lage keine großartigen moralischen Urteile fällen.« Weder in seinen Augen noch um seinen Mund herum lag der kleinste Hinweis, der die Nachdrücklichkeit seiner Aussage hätte abschwächen können.

Die leichtfertige Antwort erstarb Pitt auf den Lippen. Was Narraway da von ihm verlangte, schien unmöglich. Hatte der Mann überhaupt eine Vorstellung von der wirklichen Macht des Inneren Kreises? Es war eine Geheimgesellschaft von Männern, die einander geschworen hatten, sich ungeachtet ihrer sonstigen Interessen oder Treuepflichten bedingungslos gegenseitig zu unterstützen. Sie bildeten kleine Zellen, die den Forderungen der Führung gehorchten, so dass jeder immer nur eine Handvoll anderer Mitglieder kannte. Soweit Pitt wusste, war keiner dieser Männer je von den anderen fallen gelassen worden. Fehlverhalten wurde innerhalb des Kreises unverzüglich mit dem Tode bestraft; das war um so einfacher möglich, als niemand wusste, wer dazu gehörte. Es konnte der eigene Vorgesetzte oder ein untergeordneter Angestellter sein, der einem nie weiter aufgefallen war, der Hausarzt, der Zweigstellenleiter der Hausbank oder gar der Gemeindepfarrer. Nur eines war sicher: die eigene Ehefrau war es nicht, denn keine Frau hatte zu diesem Kreis Zutritt oder Kenntnis von dessen Tun.

»Wir dürfen uns nicht davon beruhigen lassen, dass dieser

Sitz bisher den Liberalen zugefallen ist«, fuhr Narraway fort, »denn das politische Klima neigt gegenwärtig zu Extremen. Die Sozialisten machen zur Zeit nicht nur durch Lautstärke auf sich aufmerksam, sondern kommen in manchen Gebieten durchaus voran.«

»Sie sagten, dass Voisey für die Tories kandidiert«, sagte Pitt. »Warum?«

»Weil er damit rechnen darf, dass eine Gegenreaktion die Konservativen an die Macht bringt«, gab Narraway zur Antwort. »Wenn die Sozialisten weit genug gehen und es zu Fehlern kommt, könnten die Tories so lange an die Macht gelangen, dass Voisey Gelegenheit hat, Lordkanzler oder eines Tages sogar Premierminister zu werden.«

So unbehaglich diese Vorstellung war, so wenig ließ sie sich von der Hand weisen. Wer den Fehler beging, sie als weit hergeholt abzutun, würde Voisey in die Hände spielen.

»Und die Sitzungsperiode soll in zehn Tagen beendet werden?«, fragte Pitt.

»So ist es«, bestätigte Narraway. »Sie fangen heute Nachmittag an.« Er holte tief Luft. »Tut mir Leid, Pitt.«

»Wie bitte?«, fragte Charlotte ungläubig. Sie stand unten an der Treppe, als Pitt zur Haustür hereinkam. Auf ihr von der Anstrengung gerötetes Gesicht trat der Ausdruck von Zorn.

»Ich muss bleiben, weil die Unterhauswahl bevorsteht«, wiederholte er. »Voisey kandidiert.«

Sie sah ihn verständnislos an. Dann kamen ihr all die Ereignisse um die Verschwörung von Whitechapel in Erinnerung, und sie begriff. »Und was sollst du dagegen unternehmen?«, fragte sie. »Du kannst weder seine Kandidatur verhindern noch dafür sorgen, dass ihn die Leute nicht wählen, wenn ihnen danach zumute ist. Es ist ungeheuerlich, aber wir selbst haben einen Helden aus ihm gemacht, weil es keine andere Möglichkeit gab, seinem Treiben Einhalt zu gebieten. Die Republikaner werden kein Wort mit ihm reden und ihn schon gar nicht wählen. Warum kannst du es nicht ihnen überlassen, dass sie mit ihm fertig werden? Wütend wie sie sind, würden sie ihn bestimmt am liebsten umbringen! Lass sie gewähren, und erscheine einfach erst auf der Bildfläche, wenn es zu spät ist.«

Er versuchte zu lächeln. »Bedauerlicherweise kann ich mich nicht darauf verlassen, dass sie gründlich genug vorgehen, um uns damit zu nutzen. Uns stehen nur rund zehn Tage zur Verfügung.«

»Das ist nicht recht! Du hast drei Wochen Urlaub!« Sie bemühte sich, die Tränen der Enttäuschung herunterzuschlucken, die ihr mit einem Mal in die Augen stiegen. »Was kannst du denn schon ausrichten? Allen Leuten sagen, dass er ein Lügner ist und hinter der Verschwörung zum Sturz der Monarchie stand?« Sie schüttelte den Kopf. »Niemand weiß doch, dass es überhaupt eine gegeben hat! Er würde dich wegen übler Nachrede verklagen oder wahrscheinlich sogar in eine Irrenanstalt sperren lassen. Wir haben dafür gesorgt, dass alle glauben, er hätte praktisch im Alleingang etwas Großartiges für die Monarchie getan. Die Königin hält große Stücke auf ihn. Der Thronfolger und alle um ihn herum werden hinter ihm stehen.« Empört fügte sie hinzu: »Und niemand kann etwas gegen diese Leute unternehmen – schon gar nicht, wo Randolph Churchill und Lord Salisbury ebenfalls auf ihrer Seite stehen.«

Er lehnte sich an den Geländerpfosten. »Ich weiß«, sagte er. »Ich wünschte, ich könnte dem Thronfolger enthüllen, dass Voisey um ein Haar all seine Aussichten auf die Krone zunichte gemacht hat, aber wir verfügen über keinerlei Beweise mehr.« Er beugte sich zu ihr und strich ihr über die Wange. »Es tut mir wirklich Leid. Ich weiß, dass meine Erfolgschancen schlecht sind, aber ich muss es versuchen.«

Tränen liefen ihr über das Gesicht. »Ich packe morgen früh wieder aus. Jetzt bin ich zu müde dazu. Was um Himmels willen soll ich nur Daniel und Jemima sagen – und Edward? Die Kinder haben sich so gefreut –«

»Pack nicht aus«, fiel er ihr ins Wort. »Ihr fahrt einfach...«
»Etwa allein?« Ihre Stimme überschlug sich fast.
»Nimm Gracie mit. Ich komme schon zurecht.« Er wollte ihr nicht sagen, wie sehr es ihm dabei auch um ihre Sicherheit ging. Im Augenblick war sie aufgebracht und enttäuscht,

doch würde sie nach und nach begreifen, was es bedeutete, Voisey erneut gegenüberzutreten.

»Was wirst du essen? Was wirst du anziehen?«, wandte sie ein.

»Mistress Brody kann mir etwas kochen und sich um die Wäsche kümmern«, gab er zur Antwort. »Mach dir keine Sorgen. Nimm die Kinder mit, und genieß die Zeit mit ihnen. Ganz gleich, ob Voisey gewinnt oder verliert, sobald die Wahlergebnisse bekannt sind, kann ich ohnehin nichts mehr tun. Dann komme ich nach.«

»Das ist viel zu spät!«, sagte sie verärgert. »Die Auszählung kann Wochen dauern.«

»Er kandidiert für einen Sitz in einem Londoner Wahlkreis. Der wird als einer der Ersten ausgezählt.«

»Es kann trotzdem Tage dauern!«

»Charlotte, ich kann nichts daran ändern!«

Mit kaum beherrschter Stimme sagte sie: »Das ist mir klar! Sei nicht so verdammt vernünftig. Macht es dir denn nicht das kleinste bisschen aus? Bist du nicht wenigstens wütend?« Sie fuhr mit der geballten Faust durch die Luft. »Es ist einfach ungerecht! Die haben beliebig viele andere zur Verfügung. Erst werfen sie dich in der Bow Street hinaus und verlangen, dass du in irgendeinem Elendsquartier von Spitalfields lebst, und nachdem du die Regierung und den Thron gerettet hast und weiß der Himmel was sonst noch, setzt man dich wieder ein – nur um dich erneut zu entlassen! Jetzt nimmst du deinen ersten Urlaub …« Sie holte Luft, und aus ihren Worten wurde ein Schluchzen. »Und wozu das alles? Für nichts und wieder nichts! Du kannst nichts gegen Voisey unternehmen, wenn die Menschen so dumm sind, ihm zu glauben. Ich hasse den Sicherheitsdienst! Die tun, was ihnen beliebt, und niemand gebietet ihnen Einhalt. Man könnte glauben, dass sie niemandem verantwortlich sind!«

»Ein bisschen wie der Innere Kreis und Voisey«, sagte er und versuchte, ein wenig zu lächeln.

»Von mir aus ganz genauso.« Sie sah ihm in die Augen, und er entdeckte in ihrem Blick den Anflug eines Aufleuchtens, das sie zu verbergen versuchte. »Niemand kann sich ihm in den Weg stellen.«

»Ich habe es einmal getan.«

»Wir!«, verbesserte sie ihn mit Nachdruck.

Diesmal lächelte er richtig. »Hier gibt es keinen Mordfall, den du lösen müsstest.«

»Du auch nicht«, gab sie zurück. »Du meinst wohl, dass das alles mit Politik und Wahlen zu tun hat und Frauen nicht einmal wählen, ganz davon zu schweigen, dass sie sich für das Unterhaus aufstellen ließen.«

»Geht dein Ehrgeiz etwa in diese Richtung?«, fragte er überrascht. Lieber redete er über jedes beliebige Thema, sogar dieses, solange er ihr nicht sagen musste, wie sehr er um ihre Sicherheit fürchtete, sobald Voisey merkte, dass er wieder mit einer Sache zu tun hatte, die ihn betraf.

»Auf keinen Fall!«, gab sie zur Antwort. »Das hat damit aber nichts zu tun.«

»Glänzende Logik.«

Sie steckte eine Haarsträhne, die sich gelöst hatte, wieder mit der Nadel fest. »Wenn du zuhause wärest und mehr Zeit mit den Kindern verbrächtest, würdest du das ohne weiteres verstehen.«

»Was?«, fragte er ungläubig.

»Dass ich es nicht will, hat nichts damit zu tun, dass man es mir erlauben sollte für den Fall, dass ich es wollte! Frag jeden beliebigen Mann!«

Er schüttelte den Kopf. »Was soll ich den fragen?«

»Ob er mich oder eine andere darüber entscheiden lassen würde, was er darf oder nicht darf«, sagte sie aufgebracht.

»Was soll er dürfen oder nicht dürfen?«

»Alles Mögliche!«, stieß sie ungeduldig hervor, als sei die Antwort klar. »Bestimmte Leute machen anderen Leuten Vorschriften, nach denen sie leben sollen, obwohl sie die für sich selbst nie im Leben gelten lassen würden. Begreifst du nicht, Thomas? Haben dir die Kinder, wenn du sie aufgefordert hast, etwas zu tun, noch nie gesagt: ›Du tust es doch auch nicht!‹? Du kannst ihnen zwar sagen, dass sie unverschämt sind, und sie ins Bett schicken, aber du weißt auch, dass du sie damit ungerecht behandelst und dass ihnen das ebenfalls klar ist.«

Er errötete, weil ihm der eine oder andere Anlass einfiel, bei dem er sich in der Tat so verhalten hatte. Er wollte nicht mit ihr streiten, und so verzichtete er darauf, auf die Fragwürdigkeit von Parallelen zwischen der Haltung der Öffentlichkeit gegenüber Frauen und der von Eltern gegenüber Kindern einzugehen. Ihm war klar, warum sie das gesagt hatte. Er spürte in sich selbst die gleiche Wut und Enttäuschung, doch um das zu zeigen, gab es bessere Möglichkeiten als Temperamentsausbrüche.

»Du hast Recht«, sagte er unzweideutig.

Überrascht riss sie die Augen weit auf. Dann begann sie unwillkürlich zu lachen und legte ihm die Arme um den Hals. Er zog sie an sich, liebkoste ihre Schulter, die sanfte Linie ihres Halses, und küsste sie schließlich.

Pitt begleitete Charlotte, Gracie und die Kinder zum Bahnhof, der Endstation für alle Züge aus dem Südwesten des Landes war. Unter dem Dach der riesigen Halle, in der Reisende in alle Richtungen durcheinander hasteten, wurde jedes Geräusch vielfach verstärkt. Man sah Menschen, die einander begrüßten, und solche, die Abschied voneinander nahmen, hörte das Zischen von Dampflokomotiven, das Zuschlagen von Waggontüren, den Hall von Schritten und das Dröhnen der Räder von Gepäckkarren auf den Bahnsteigen. Der erregende Geruch nach Abenteuer lag in der Luft. Was mochte hier alles beginnen und enden!

Voll Ungeduld hüpfte Daniel auf und ab. Edward, genauso blond wie Emily, bemühte sich, daran zu denken, dass man von einem Lord Ashworth ein würdiges Auftreten verlangte, doch es gelang ihm nur kurz. Schon nach fünf Minuten rannte er den Bahnsteig entlang, weil er sich auf keinen Fall entgehen lassen wollte zuzusehen, wie die Flammen auflohderten, während ein Heizer Kohlen in den unersättlichen Rachen einer riesigen Lokomotive schaufelte. Der Mann hob den Blick, lächelte dem Jungen zu, wischte sich mit der Hand über die Stirn und schaufelte weiter.

»Jungs!«, murmelte Jemima halblaut, wobei sie ihrer Mutter einen Blick zuwarf.

Gracie, immer noch nicht viel größer als zu der Zeit, da das

Ehepaar Pitt sie als Dreizehnjährige aufgenommen hatte, hatte sich für die Reise herausgeputzt. Obwohl sie London erst zum zweiten Mal verließ, um in die Sommerfrische zu reisen, brachte sie es fertig, ausgesprochen welterfahren und gelassen dreinzublicken. Allerdings glänzten ihre Augen, ihre Wangen waren gerötet – und sie klammerte sich an ihre Reisetasche, als hinge ihr Leben davon ab.

Es war Pitt klar, dass sie alle um ihrer eigenen Sicherheit willen die Stadt verlassen mussten. Er wollte Voisey ohne Ängste und in dem Bewusstsein entgegentreten, dass sie sich an einem Ort befanden, wo er sie keinesfalls aufspüren konnte. Dennoch empfand er Trauer, als er einen Träger rief und ihn anwies, das Gepäck seiner Angehörigen einzuladen, wofür er ihm eine Drei-Penny-Münze gab.

Der Mann tippte sich an den Mützenschirm und lud das Gepäck auf seinen Karren. Pfeifend entfernte er sich, und schon ging dies Geräusch im Zischen des Dampfes, im Rhythmus der hin und her fahrenden Kohlenschaufeln und dem Schrillen einer Trillerpfeife unter, mit der ein Zug abgefertigt wurde, der anfuhr und bald immer schneller wurde.

Daniel und Edward rannten auf der Suche nach einem möglichst leeren Abteil den Bahnsteig entlang. Schließlich kamen sie wild winkend und unter Triumphgeheul zurück.

Die Reisenden brachten ihr Handgepäck in den Waggon und traten dann an die Tür, um sich zu verabschieden.

»Passt gegenseitig auf euch auf«, sagte Pitt, nachdem er alle umarmt hatte – zu ihrer Überraschung und Freude auch Gracie. »Und amüsiert euch schön. Lasst es euch richtig gut gehen.«

Eine weitere Tür wurde zugeschlagen, dann ruckte der Zug unter dem Klirren der Waggonkupplungen langsam an. »Gute Fahrt«, rief Pitt und trat winkend zurück.

Er blieb noch einen Moment stehen und sah, wie sich alle aus dem Fenster beugten, wobei Charlotte die Kinder festhielt. Mit einem Mal lag der Ausdruck von Einsamkeit auf ihrem Gesicht. Dampfwolken stiegen zum riesigen Gewölbe der Halle empor. Schwarze Flocken wirbelten durch die Luft, und es roch nach Ruß, Eisen und Feuer.

Er winkte, bis der Zug an einer Weiche seine Richtung änderte und nichts mehr von ihnen zu sehen war. Dann kehrte er mit möglichst raschen Schritten über den Bahnsteig auf die Straße zurück. Er nahm die erste Droschke, die er sah, und ließ sich zum Unterhaus fahren.

Er lehnte sich zurück und legte sich seine Worte zurecht. Noch fuhren sie am Südufer der Themse entlang, doch würde es trotz des dichten Verkehrs nicht mehr lange bis ans gegenüberliegende Ufer dauern – vielleicht eine halbe Stunde.

Die Frage, wie sehr gesellschaftliche Ungleichheit, Not und Elend das Ergebnis von Armut, Krankheit, Unwissenheit und Vorurteil waren, hatte ihn stets sehr beschäftigt. Er hatte keine hohe Meinung von Politikern und bezweifelte, dass sie sich mit diesen Themen beschäftigen würden, die ihm am Herzen lagen, es sei denn, sie würden von auf Reformen Bedachten dazu gedrängt. Jetzt bekam er Gelegenheit, diese möglicherweise voreilige Einschätzung zu überdenken und sehr viel mehr über die Persönlichkeit von Politikern wie auch über die parlamentarischen Abläufe zu erfahren.

Beginnen wollte er mit seinem Schwager Jack Radley. Als die beiden Männer einander kennen lernten, war Jack ein reizender Mensch gewesen, der weder einen Titel noch genug Vermögen besaß, um in der Gesellschaft etwas zu gelten. Da er aber gut aussah und ein witziger Kopf war, wurde er in so viele bedeutende Häuser eingeladen, dass er ein durchaus angenehmes Leben in der eleganten Welt führen konnte.

Nachdem er Emily geheiratet hatte, empfand er dies Leben zunehmend als schal und hatte daher eines Tages spontan für das Unterhaus kandidiert. Zur Überraschung aller, einschließlich seiner selbst, war er tatsächlich gewählt worden. Vielleicht lag es an den günstigen Umständen, vielleicht hatte es auch damit zu tun, dass sein Sitz zu einem der vielen Wahlkreise gehörte, in denen bis dahin Korruption der entscheidende Faktor gewesen war, jedenfalls war er als Politiker sehr viel nachdenklicher geworden und vertrat weitaus solidere Grundsätze, als jemand annehmen durfte, der ihn von früher kannte. Als es in Ashworth Hall um die irische Frage gegangen war, hatte er nicht nur Mut bewiesen, sondern auch die Fähigkeit, mit Würde und Urteilskraft zu handeln. Zumindest dürfte er imstande sein, Pitt mehr und genauere Einzelheiten zu liefern, als er aus öffentlich zugänglichen Quellen bekommen konnte.

Vor dem Parlament entlohnte Pitt den Droschkenkutscher und ging die Stufen hinauf. Er rechnete nicht damit, ohne weiteres eingelassen zu werden. Gerade als er eine Mitteilung auf eine seiner Karten schreiben und sie Jack hineinschicken lassen wollte, begrüßte ihn freudestrahlend der Polizeibeamte am Eingang, der ihn aus der Zeit in der Bow Street kannte.

»Guten Morgen, Mister Pitt, Sir. Schön, Sie zu sehen, Sir. Hier gibt's doch hoffentlich keinen Ärger?«

»Nicht die Spur, Rogers«, gab Pitt zurück und war froh, sich an den Namen des Mannes zu erinnern. »Ich möchte mit Mister Radley sprechen, wenn das möglich ist. Es ist ziemlich wichtig.«

»Gewiss, Sir.« Rogers wandte sich um und rief über die Schulter: »George, bring Mister Pitt nach oben zu Mister Radley. Kennst du ihn? Er ist der Abgeordnete von Chiswick.« Er sah wieder zu Pitt hin. »Gehen Sie mit George. Er bringt Sie nach oben, denn in diesem Irrgarten würden Sie sich hoffnungslos verlaufen.«

»Danke, Rogers«, sagte Pitt aufrichtig. »Das ist sehr freundlich von Ihnen.«

Im Inneren stieß er auf ein unübersichtliches Gewirr von Gängen und Treppen, von denen zahllose Räume abgingen. Geschäftig eilten Menschen hin und her. Er fand Jack allein in einem Zimmer, das er sich offenbar mit einem Kollegen teilen musste. Pitt dankte seinem Führer und wartete, bis dieser den Raum verlassen hatte, dann schloss er die Tür hinter ihm und wandte sich seinem Schwager zu.

Jack Radley ging auf die Vierzig zu, wirkte aber jünger, da er nach wie vor gut aussah und eine natürliche Freundlichkeit ausstrahlte. Überrascht, Pitt zu sehen, legte er die Zeitung beiseite, in der er gelesen hatte, und sah ihn neugierig an.

»Setz dich«, forderte er ihn auf. »Was führt dich hierher? Ich dachte, du wolltest deinen längst fälligen Urlaub nehmen. Edward ist doch bei euch!« Über seinen Augen lag ein Schatten, und Pitt begriff, dass Jack klar war, wie übel man ihm mitgespielt hatte, als man ihn zum Sicherheitsdienst versetzt hatte. Er befürchtete wohl, Pitt wolle ihn um seine Hilfe bitten, um diese Entscheidung rückgängig zu machen. Doch dass er dazu keinerlei Möglichkeit hatte, wusste Pitt besser als er selbst.

»Charlotte ist mit den Kindern gefahren«, gab Pitt zur Antwort. »Edward war so aufgedreht, dass er den Zug am liebsten selbst gefahren hätte. Ich muss noch eine Weile hier bleiben. Du weißt ja, dass in ein paar Tagen gewählt wird.« Bei diesen Worten blitzte flüchtig Belustigung auf seinem Gesicht auf. »Aus Gründen, die ich nicht näher erläutern darf, brauche ich einige Angaben über Sachfragen ... und über den einen oder anderen Abgeordneten.«

Jack hielt den Atem an.

»Es sind keine persönlichen Gründe«, beruhigte ihn Pitt lächelnd, »sondern hat mit dem Sicherheitsdienst zu tun.«

Jack errötete leicht. Es kam nicht oft vor, dass ihn jemand auf dem falschen Fuß erwischte, schon gar nicht Pitt, der die Methoden der politischen Debatte nicht beherrschte, bei der man mit der Opposition die Klingen kreuzte. Vielleicht hatte Jack vergessen, dass beim Verhör von Verdächtigen viele der gleichen Elemente eine Rolle spielten: das genaue Studium von Mienenspiel und Körpersprache des Gegenübers, die indirekte Anspielung, die Vorwegnahme dessen, was gesagt werden mochte, und das Lauern im Hinterhalt.

»Um was für Sachfragen es geht?«, sagte Jack. »Da wäre die Selbstbestimmung Irlands, aber um die geht es schon seit Generationen, und es steht nicht besser um sie als früher, obwohl Gladstone nicht locker lässt. Einmal ist er schon darüber gestolpert, und ich bin überzeugt, dass sie ihn auch diesmal wieder Stimmen kosten wird. Aber er lässt sich von der Forderung nach Unabhängigkeit der Iren nicht abbringen, obwohl es weiß Gott viele probiert haben.« Er verzog das Gesicht ein wenig. »Weit seltener wird die Forderung nach Selbstbestimmung für Schottland oder Wales erhoben.«

Pitt war verblüfft. »Selbstbestimmung für Wales?«, fragte er ungläubig. »Wer unterstützt denn das?«

»Kaum jemand«, räumte Jack ein. »Das gilt auch für Schottland. Aber die Frage wird doch von Zeit zu Zeit angesprochen.«

»Das hat aber doch sicher keinen Einfluss auf die Londoner Wahlkreise?«

»Könnte schon sein, wenn man die Sache zur Sprache bringt.« Jack zuckte die Achseln. »Ganz allgemein gesagt, sind die Leute am meisten dagegen, die geographisch am weitesten vom Schuss sitzen. In London ist man gewöhnlich der Ansicht, dass Westminster alles beherrschen soll. Je mehr Macht man hat, desto mehr will man.«

»Die Frage der Selbstbestimmung ist schon seit Jahrzehnten ein Streitpunkt, jedenfalls was Irland betrifft.« Pitt ließ das Thema einstweilen fallen. »Was haben wir da noch?«

»Den Achtstundentag«, gab Jack finster zur Antwort. »Das ist zumindest gegenwärtig die wichtigste Frage, und ich kann mir keine andere denken, die ihr den Rang ablaufen könnte.« Mit leichtem Stirnrunzeln sah er Pitt an. »Was steckt hinter deiner Fragerei, Thomas? Etwa eine Verschwörung, die den Alten stürzen soll?« Damit meinte er Gladstone. Es hatte bereits Mordanschläge gegen ihn gegeben.

»Nein«, gab Pitt rasch zurück. »Nichts Offensichtliches.« Gern hätte er ihm die ganze Wahrheit berichtet, das aber musste er sowohl um seiner selbst willen wie auch in Jacks Interesse unterlassen. Unter keinen Umständen durfte auch nur der geringste Verdacht aufkommen, Jack könne etwas ausgeplaudert haben. »Es geht um Korruption in Wahlkreisen und um unsaubere Machenschaften.«

»Seit wann kümmert sich denn der Sicherheitsdienst um solche Sachen?«, fragte Jack zweifelnd und lehnte sich ein wenig zurück, wobei er mit dem Ellbogen einen Stapel aus Büchern und Papieren umstieß. »Die Leute haben doch die Aufgabe, sich um Anarchisten und Bombenleger zu kümmern, vor allem um Fenier.« Erneut runzelte er die Stirn. »Belüg mich nicht, Thomas. Sag mir lieber, ich soll mich um meine eigenen Angelegenheiten kümmern, als mich mit Ausflüchten abzuspeisen.«

»Das sind keine Ausflüchte«, sagte Pitt. »Es geht um einen bestimmten Unterhaussitz, und soweit ich weiß, hat er weder mit der irischen Frage noch mit Sprengstoffanschlägen etwas zu tun.«

»Und warum setzt man dich darauf an?«, fragte Jack ruhig. »Hat es etwa mit der Adinett-Sache zu tun?« Damit bezog er sich auf den Mordfall, bei dessen Verfolgung Pitt den Inneren Kreis und Voisey so sehr gegen sich aufgebracht hatte, dass sie ihn von seinem Amt in der Bow Street hatten ablösen lassen, um sich an ihm zu rächen.

»Mittelbar«, räumte Pitt ein. »Gleich ist es so weit, dass ich dir sagen muss, du sollst dich um deine eigenen Angelegenheiten kümmern.«

»Um welchen Sitz geht es?«, fragte Jack vollkommen gelassen. »Wenn ich das nicht weiß, kann ich dir nicht helfen.«

»Das kannst du sowieso nicht«, gab Pitt trocken zurück. »Außer mit Angaben über Sachfragen und den einen oder anderen Rat, wie ich mich am geschicktesten verhalten soll. Hätte ich mich doch früher mehr um Politik gekümmert, dann wüsste ich die Antworten selbst!«

Ein breites Lächeln, in dem eine ganze Portion Selbstironie lag, trat auf Jacks Gesicht. »Das denke ich auch jedes Mal, wenn ich mir überlege, wie knapp unsere Mehrheit diesmal wohl ausfallen wird.«

Gern hätte Pitt gefragt, als wie sicher Jacks Sitz einzuschätzen war, hielt es aber für klüger, diese Frage einem anderen zu stellen. »Kennst du Aubrey Serracold?«, fragte er stattdessen.

Jack schien überrascht. »Ja, eigentlich sogar ziemlich gut. Seine Frau ist mit Emily befreundet.« Wieder runzelte er die Stirn. »Warum willst du das wissen, Thomas? Ich würde fast jede Wette eingehen, dass er hochanständig ist – ein ehrlicher, intelligenter Mann, der mit seinem Engagement in der Politik dem Lande dienen will. Er ist auf Geld nicht angewiesen und sucht die Macht nicht um ihrer selbst willen.«

Eigentlich hätte das Pitt beruhigen müssen, doch stellte er sich jetzt einen Mann vor, dem eine Gefahr drohte, die er erst erkennen würde, wenn es zu spät war. Es war ohne weiteres möglich, dass Serracold einen Feind nicht einmal als solchen erkannte, weil dessen Wesen seinen Vorstellungen fremd war.

Hatte Jack womöglich Recht, und sollte ihm Pitt die Wahrheit sagen? Brachte er sich dadurch, dass er es nicht tat, möglicherweise um die einzige Waffe, die ihm zu Gebote stand? Narraway hatte ihm eine Aufgabe zugewiesen, die unlösbar schien. Es ging nicht um die übliche Art der Detektivarbeit, die er gewohnt war. Hier versuchte er nicht ein Verbrechen aufzudecken, sondern etwas zu verhindern, das moralisch unannehmbar war, aber vermutlich nicht gegen die Gesetze des Landes verstieß. Es ging nicht darum, dass Voisey nicht an die Macht kommen sollte – dazu hatte er dasselbe Recht wie jeder andere Kandidat –, sondern darum, wozu er sie unter Umständen in zwei oder drei, vielleicht auch erst in fünf oder zehn Jahren nutzen würde. Man kann aber niemanden für etwas bestrafen, wovon man annimmt, dass er es künftig möglicherweise tun könnte – wie verworfen auch immer es sein mag.

Jack beugte sich über seinen Schreibtisch vor. »Thomas, Serracold ist ein guter Bekannter. Sag es mir bitte, falls ihm Gefahr droht.« Merkwürdigerweise wirkten seine Worte gerade deshalb so eindrucksvoll, weil er sie ohne besonderen Nachdruck sagte. »Genau wie du habe auch ich den Wunsch, Menschen zu schützen, die mir nahe stehen. Freundestreue hat für mich einen hohen Stellenwert. Sollte sich das eines Tages ändern, möchte ich mit der Politik nichts mehr zu tun haben.«

Nicht einmal damals, als Pitt gefürchtet hatte, Jack mache Emily wegen ihres Geldes den Hof, war es ihm möglich gewesen, ihn unsympathisch zu finden. Von ihm ging menschliche Wärme aus, er war zu Selbstironie fähig und sagte stets offen heraus, was er dachte, was seinen Charme verstärkte. Pitt sah keine Möglichkeit weiterzukommen, ohne etwas zu riskieren, denn bei einem Kampf gegen Voisey gab es keinerlei Sicherheit, weder am Anfang noch im weiteren Verlauf.

»Soweit ich weiß, droht ihm keinerlei Gefahr für Leib und Leben«, gab Pitt zur Antwort und hoffte, dass es richtig war, sich Narraways Anweisungen zu widersetzen und Jack zumindest einen Teil der Wahrheit anzuvertrauen. Mochte der Himmel geben, dass die Folgen dieser Entscheidung nicht auf sie zurückfielen und sie beide mit sich rissen! »Wohl aber könnte er durch betrügerische Machenschaften seinen Unterhaussitz einbüßen.«

Jack wartete, als wisse er, dass das noch nicht alles war.

»Und vielleicht seinen guten Namen verlieren«, fügte Pitt hinzu.

»Und wer steckt dahinter?«

»Wenn ich das wüsste, fiele es mir sehr viel leichter, Vorkehrungen dagegen zu treffen.«

»Heißt das, du kannst es mir nicht sagen?«

»Es heißt, dass ich es nicht weiß.«

»Warum bist du dann gekommen? Du musst doch etwas wissen.«

»Natürlich will jemand politisches Kapital daraus schlagen.«

»Also sein Gegner. Wer noch?«

»Die Menschen, die hinter ihm stehen.«

Jack wollte etwas sagen, unterbrach sich dann aber. »Vermutlich steht hinter jedem ein anderer. Am wenigsten Sorgen muss man sich um die machen, die man sehen kann.« Er erhob sich langsam. Er war fast von gleicher Größe wie Pitt, aber so elegant, wie dieser unordentlich war. Er war von einer natürlichen Anmut und ebenso tadellos gekleidet und gepflegt wie einst, als er nichts besaß als seinen Charme. »Ich würde mich gern weiter mit dir darüber unterhalten, aber ich muss in einer Stunde zu einer Besprechung, und ich habe noch nichts Vernünftiges gegessen. Kommst du mit?«

»Gern«, nahm Pitt die Einladung an und stand ebenfalls auf.

»Wir könnten ins Abgeordneten-Restaurant gehen«, schlug Jack vor und hielt Pitt die Tür auf. Er zögerte kurz, als mache er sich Sorgen wegen Pitts Aussehen. Zwar war sein Kragen sauber, aber seine Krawatte saß schief, und seine Jackentaschen waren ausgebeult. Er seufzte kurz auf, sagte aber nichts.

Pitt folgte ihm. Von seinem Platz aus sah er unauffällig, aber fasziniert zu den anderen Abgeordneten hinüber, so dass er kaum zum Essen kam. Es waren lauter Gesichter, die er in den Zeitungen gesehen hatte. Von vielen wusste er den Namen, andere kamen ihm bekannt vor, ohne dass er hätte sagen können, wer sie waren. Insgeheim hoffte er, auch Gladstone zu sehen.

Jack sah ihm lächelnd zu und amüsierte sich sichtlich.

Als sie gerade die Hälfte ihres Nachtischs verzehrt hatten, trat ein breitschultriger Mann mit schütterem blonden Haar an ihren Tisch. Jack stellte ihn als Finch vor, den Abgeordneten eines der Wahlkreise von Birmingham, und Pitt als seinen Schwager, ohne dessen Beruf zu nennen.

»Angenehm«, sagte Finch und wandte sich dann Jack zu. »Hören Sie, Radley, haben Sie schon gehört, dass sich dieser Hardie tatsächlich hat aufstellen lassen? Noch dazu in West Ham South, nicht mal in Schottland.«

»Hardie?« Jack verzog fragend das Gesicht.

»Keir Hardie!«, sagte Finch ungeduldig, ohne weiter auf Pitt zu achten. »Der war seit seinem elften Jahr Bergmann. Womöglich kann er nicht mal lesen oder schreiben – und so jemand will ins Unterhaus! Es heißt, er tritt für die Labour-Partei an ... was auch immer das sein mag.« Er spreizte die Finger. »So was ist nicht gut, Radley! Gewerkschaften und dergleichen. Das ist unser Gebiet ... Natürlich hat er nicht die geringste Aussicht reinzukommen. Aber diesmal sind wir auf jede Unterstützung angewiesen, die wir bekommen können.« Er senkte die Stimme. »Es wird verdammt knapp. Wir dürfen in der Frage der Arbeitswoche auf keinen Fall nachgeben, das würde uns in wenigen Monaten an den Rand des Abgrunds bringen. Wenn doch der Alte die irische Frage eine Zeit lang ruhen ließe. Damit bricht er uns noch das Genick!«

»Mehrheit ist Mehrheit«, gab Jack zur Antwort. »Auch mit zwanzig oder dreißig Sitzen Mehrheit lässt sich noch etwas machen.«

Finch knurrte. »Das hält nicht lange vor. Wir brauchen mindestens fünfzig. War schön, Sie kennen zu lernen ... Pitt? Sagten Sie Pitt? Ein guter Tory-Name. Sind Sie etwa Tory?«

Pitt lächelte. »Wäre dagegen etwas einzuwenden?«

Finch sah ihn mit seinen blauen Augen mit einem Mal sehr direkt an. »Unbedingt, Sir. Man sollte den Blick auf die Zukunft richten. Es geht um kluge Reformen, die Schritt für Schritt durchgeführt werden müssen. Die Konservativen interessieren sich nur für ihre eigenen Angelegenheiten, doch damit wird nichts geändert, sondern man bleibt starr der Vergangenheit verhaftet. Aber wir brauchen auch keinen hirnrissigen Sozialismus, der alles umkrempeln will, das Gute wie das Schlechte ändern, als wenn die Vergangenheit überhaupt nichts wert wäre. Wir sind das bedeutendste Volk auf der Erde, Sir, aber wenn das in diesen Zeiten stetigen Wandels so bleiben soll, brauchen wir eine weise Führung.«

»Zumindest in diesem Punkt stimme ich Ihnen zu«, sagte Pitt in munterem Ton.

Nach kurzem Zögern verabschiedete sich Finch und ging mit raschen Schritten davon, die Schultern vorgeschoben, als müsse er sich seinen Weg durch eine Menschenmenge bahnen. In Wahrheit brauchte er lediglich an einem Kellner mit einem vollen Tablett vorüberzugehen.

Als Pitt mit Jack das Restaurant verließ, wären sie an der Tür fast mit einem Mann im Nadelstreifenanzug zusammengestoßen, der gerade hereinkam. Pitt wusste, dass das der Premierminister Lord Salisbury war. Ein Vollbart umrahmte sein langes, ziemlich betrübt wirkendes Gesicht, während er auf dem Kopf nahezu vollständig kahl war. Pitt war so gebannt, dass er erst nach einem Augenblick auf den Mann sah, der Lord Salisbury offensichtlich begleitete, auch wenn er ihm mit einem Schritt Abstand folgte. Er hatte kräftige, intelligente Züge, seine Nase war ein wenig gekrümmt, seine Gesichtshaut bleich. Flüchtig trafen sich ihre Blicke, und Pitt erstarrte, als er erkannte, mit welchem Hass ihn der Mann ansah, als wären sie beide allein im Raum. Alle Geräusche um sie herum versanken, die Unterhaltung, das Gelächter, das Klirren von Gläsern und Besteck auf Geschirr. Es war, als hätte jemand die Zeit angehalten und als gäbe es nur noch den Willen zu verletzen und zu zerstören.

Dann kehrte die Gegenwart mit ihrer Geschäftigkeit und den Menschen, die sich um ihre Angelegenheiten kümmerten, zurück. Salisbury und sein Begleiter gingen ins Restaurant hinein, während Pitt und Jack Radley es verließen. Nach etwa zwanzig Schritten fragte Jack: »Kennst du den Mann, der mit Salisbury gekommen ist? Wer ist das?«

»Sir Charles Voisey«, gab Pitt zurück und merkte erstaunt, wie rau seine Stimme klang. »Der Mann, der sich in South Lambeth um einen Sitz im Unterhaus bewirbt.«

Jack verhielt den Schritt. »Das ist doch Serracolds Wahlkreis.«

»Ja«, sagte Pitt mit ruhiger Stimme. »Ich weiß.«

Jack stieß den Atem langsam aus. Auf seinem Gesicht zeigte sich allmähliches Begreifen und ein Anflug von Furcht.

Kapitel 2

Ohne Charlotte und die Kinder kam Pitt das Haus sonderbar leer vor. Ihm fehlten die Wärme, das Gelächter, die Aufregung, sogar die gelegentlichen Streitereien. Man hörte weder das Klappern von Gracies Absätzen auf dem Fußboden noch ihre trockenen Kommentare. Seine einzigen Gefährten waren die beiden Kater Archie und Angus, die sich auf dem Küchenboden zusammenrollten, wo die Sonne durch das Fenster fiel.

Doch als er sich an den Hass in Voiseys Augen erinnerte, war er in tiefster Seele erleichtert, dass seine Familie London verlassen hatte und sich an einem fernen Ort befand, wo weder Voisey noch ein anderes Mitglied des Inneren Kreises sie aufspüren würde. Sie konnte nirgendwo sicherer sein als dort, wo sie war: in einem Häuschen am Rande von Dartmoor. Dies Wissen würde es ihm ermöglichen, Voisey mit allen Kräften daran zu hindern, dass er den Unterhaussitz errang und von dort aus den Aufstieg zu einer Macht begann, die das ganze Land ins Verderben stürzen konnte.

Doch während er am Küchentisch saß und zum Frühstück Tee trank und Toast mit Orangenmarmelade aß, erschreckte ihn das Ausmaß der Aufgabe, die man ihm da gestellt hatte. Er tappte völlig im Dunkeln, alles war nebelhaft und ungreifbar. Er musste weder eine Erklärung für etwas finden noch ein Geheimnis aufdecken, es gab nichts Bestimmtes, wonach er hätte suchen können. Sein Wissen war seine einzige Waffe. Seit vielen Jahren befand sich der Unterhaussitz, um den sich Voisey bewarb, fest in der Hand der Liberalen. Wessen Wahlentscheidung hoffte der Mann beeinflussen zu können? Er kandidierte für die Konservativen, die als Einzige hoffen durften, anstelle der Liberalen eine Regierung zu bilden, obwohl die Mehrheit zu der Ansicht neigte, Mr. Gladstone werde die Wahl gewinnen, auch wenn seine Amtszeit dann nicht von langer Dauer sein würde.

Pitt nahm eine zweite Scheibe des stark verbrannten Toasts aus dem Ständer, bestrich sie mit Butter und nahm einen großen Löffel von der hausgemachten Marmelade, deren kräftigen Geschmack er so liebte.

Hatte Voisey etwa die Absicht, die Stimmen der Mitte auf sich zu ziehen und damit seine Aussichten zu vergrößern? Oder wollte er die Ärmeren unter den Wählern den Sozialisten in die Arme treiben und die Linken auf diese Weise aufspalten? Besaß er ein bisher noch nicht bekanntes Mittel, Aubrey Serracold zu schaden und damit dessen Wahlkampf zu unterminieren? Vor den Augen der Öffentlichkeit konnte er diese drei Vorgehensweisen nicht kombinieren, doch da ihm die Unterstützung des Inneren Kreises sicher war, brauchte er gar nicht öffentlich vorzugehen. Niemand außer denen, die ganz an der Spitze standen, kannte Namen oder Position aller Mitglieder des Inneren Kreises oder auch nur deren Anzahl. Möglicherweise verfügte Voisey als Einziger über dieses Wissen.

Pitt spülte den letzten Bissen Toast mit einer weiteren Tasse Tee herunter. Das Geschirr ließ er auf dem Tisch stehen. Die Zugehfrau Mrs. Brody würde sich darum kümmern, wenn sie kam, und bestimmt auch Archie und Angus noch einmal füttern. Es war acht Uhr, und es wurde Zeit, dass er sich daran machte, mehr über Voiseys Wahlprogramm zu erfahren, über die Fragen, auf die er sich konzentrieren würde, und herauszubringen, wer ihn offen unterstützte und wo er Ansprachen halten wollte. In Bezug auf Serracold hatte Jack ihn in groben Zügen über diese Punkte in Kenntnis gesetzt, aber das genügte nicht.

An diesem Tag gegen Ende Juni war es in London heiß. Auf den staubigen Straßen drängte sich der Verkehr. Fliegende

Händler riefen an nahezu jeder Ecke ihre Waren aus, Damen der Gesellschaft fuhren in offenen Kutschen die Sehenswürdigkeiten ab, wobei sie sich mit Sonnenschirmen in allen Farben, die aussahen wie übergroße Blumen, vor den Sonnenstrahlen schützten. Milchmänner und Gemüsehändler schoben ihre Karren, schwere Lastfuhrwerke mit Waren aller Art behinderten die Pferdeomnibusse, und die übliche Vielzahl von Droschken versuchte, sich ihren Weg zu bahnen. Sogar auf den Gehwegen herrschte Gedränge, so dass sich Pitt durch die Menge schlängeln musste. Der Lärm brandete an seine Ohren und hinderte ihn daran, klar zu denken: Schwere Wagenräder rumpelten über das Pflaster, Zaumzeug und Pferdegeschirr klirrten, ärgerliche Kutscher schrien, scharf klapperten Pferdehufe, und Ausrufer priesen mit lautem Geschrei Hunderte von Waren an.

Voisey sollte so wenig wie möglich auf ihn aufmerksam werden. Seit sie einander im Unterhaus begegnet waren, hatte er vermutlich begriffen, dass Pitt den Wahlkampf beobachtete. Pitt bedauerte das, konnte es aber nicht rückgängig machen. Vielleicht war die Begegnung unvermeidlich gewesen, doch hätte er es lieber gesehen, wenn es ein wenig später dazu gekommen wäre. Dann wäre Voisey vermutlich schon so in seine politischen Auseinandersetzungen und in den Wahlkampf vertieft gewesen, dass ihm das Interesse eines weiteren Beobachters nicht groß aufgefallen wäre.

Bis fünf Uhr hatte Pitt die Namen derer in Erfahrung gebracht, die Voiseys Kandidatur unterstützten, sei es öffentlich, sei es privat – soweit das bekannt war. Auch wusste er, dass Voisey die üblichen Tory-Ziele Handel und Weltreich auf seine Fahnen geschrieben hatte. Wie das auf die Besitzer großer Vermögen, auf Fabrikanten und Großreeder wirken würde, war klar, doch inzwischen hatten auch einfache Männer aus dem Volk das Wahlrecht, die nicht mehr besaßen als ihr Häuschen oder eine Mietwohnung, für die mindestens zehn Pfund Jahresmiete aufzubringen war. Diese würden vermutlich die Gewerkschaften und damit die Liberale Partei unterstützen.

Die Erkenntnis, dass Voisey diesen Sitz eigentlich gar nicht gewinnen konnte, bereitete Pitt mehr Kopfzerbrechen, als wenn er irgendeine Schwäche entdeckt hätte, die der Mann sich zunutze machen konnte. Dieser Umstand konnte nur bedeuten, dass der Angriff aus einer völlig unvermuteten Richtung kommen würde, so dass Pitt keine Möglichkeit hatte, Serracold dagegen zu schützen, zumal er nicht einmal wusste, wo Serracold verletzlich war.

Am Südufer der Themse strebte Pitt den Hafenanlagen und Fabriken zu, die im Schatten des großen Bahnhofs nahe der London Bridge lagen, um sich dort gemeinsam mit den Arbeitern die erste von Voiseys öffentlichen Ansprachen anzuhören. Er wollte unbedingt sehen, wie er sich dabei verhielt und welchen Empfang man ihm bereitete.

Während Pitt auf dem Weg dorthin in einem Gasthof eine Schweinspastete aß und ein Glas Apfelwein trank, achtete er auf die Gespräche an den Tischen um ihn herum. Obwohl viel gelacht wurde, war deutlich eine unterschwellige Bitterkeit zu spüren. Er hörte nur einmal, wie jemand etwas über die Iren und die unlösbare Frage von deren Selbstbestimmung sagte, und auch das war halb scherzhaft gemeint. Doch die Frage der Arbeitszeit erregte die Gemüter, und er merkte, dass viele der Männer auf Seiten der Sozialisten standen, obwohl kaum einer Namen zu kennen schien. Weder Sidney Webb noch William Morris wurden erwähnt und auch nicht der beredte und wortgewaltige Dramatiker George Bernard Shaw.

Um sieben Uhr stand Pitt vor einem der Fabriktore. Die grauen Mauern der Gebäude erhoben sich in den von Rauch erfüllten Abendhimmel. In gleichmäßigem Rhythmus stampften Maschinen. Er spürte, wie die Rückstände von Säuren und Koksgas scharf in seiner Kehle brannten. Um ihn herum standen gut hundert Männer in verwaschenen und mehrfach geflickten braunen und grauen Kleidungsstücken, die an den Ärmeln ausfransten und an Ellbogen und Knien durchgescheuert waren. Trotz der milden Abendluft und obwohl ausnahmsweise keine kühle Brise von der Themse herüberwehte, trugen viele eine Mütze – vermutlich aus Gewohnheit. Sie bildete einen Teil ihrer Identität.

Pitt fiel unter ihnen nicht besonders auf, da sein Hang zur

Ungepflegtheit wie eine Verkleidung wirkte. Er hörte die Männer lachen, hörte ihre groben, oft grausamen Scherze, und wieder fiel ihm die darunter verborgene Verzweiflung auf. Je länger er ihnen zuhörte, desto weniger konnte er sich vorstellen, wie Voisey mit seinem Geld, seinen Vorrechten, seiner gepflegten Art und jetzt obendrein noch mit seinem Adelsprädikat auch nur einen von ihnen auf seine Seite ziehen wollte, ganz zu schweigen von der Masse. Dieser Mann stand für alles, was sie unterdrückte und was sie, ob zu Recht oder nicht, als die Macht ansahen, die sie ausbeutete und sie um ihren gerechten Lohn brachte. Diese Vorstellung bereitete Pitt Sorgen, denn er hatte allen Grund, Voisey nicht für einen Träumer zu halten, der sich blind auf sein Glück verließ.

Gerade, als die Männer allmählich unruhig wurden und laut zu überlegen begannen, ob sie nicht doch nach Hause gehen wollten, hielt etwa zwanzig Schritt von ihnen entfernt eine Mietdroschke an, nicht etwa eine private Kutsche. Pitt sah, wie der hoch gewachsene Voisey ausstieg und auf sie zukam. Eine sonderbare Beklemmung befiel ihn, als könnte ihn Voisey sogar in dieser Menge sehen und als könnte dessen Hass ihn über diese Entfernung hinweg aufspüren und erreichen.

»Ach, kommen Sie doch noch?«, rief eine Stimme und zerriss die sonderbare Stimmung, die Pitt gefangen hielt.

»Selbstverständlich!«, gab Voisey zurück und wandte sich mit hoch erhobenem Kopf und halb belustigtem Gesichtsausdruck den Männern zu. Pitt war für ihn ein namenloses Gesicht inmitten der Menge. »Sie haben doch Ihre Stimme zu vergeben, oder etwa nicht?«

Ein halbes Dutzend Männer lachten.

»Zumindest tut er nich so, wie wenn wir ihm wichtig wär'n!«, sagte einer, der einige Schritte links von Pitt stand. »Mir is 'n ehrlicher Mistkerl lieber wie 'n verlogener.«

Voisey ging zu einem Flachwagen, der als eine Art Rednertribüne dienen sollte, und schwang sich mühelos hinauf.

Die Männer richteten ihre Aufmerksamkeit auf ihn, doch war unverkennbar, dass sie ihm feindselig gesonnen waren und nur auf eine Gelegenheit warteten, seine Äußerungen in Frage zu stellen und ihn zu verhöhnen. Voisey schien allein gekommen zu sein, doch dann fielen Pitt zwei oder drei Polizeibeamte auf, die sich im Hintergrund hielten. Außerdem war unübersehbar, dass ein gutes halbes Dutzend Neuankömmlinge die Menge im Auge behielt. Es waren unauffällig gekleidete vierschrötige Burschen, deren Geschmeidigkeit und Bewegungsdrang scharf von der Mattigkeit der Fabrikarbeiter abstach.

»Sie sind gekommen, um mich zu sehen«, begann Voisey, »weil Sie wissen wollen, was ich zu sagen habe und ob ich etwas vorbringen kann, das es Ihnen wert ist, mir Ihre Stimme zu geben und nicht dem Kandidaten der Liberalen, Mr. Serracold, dessen Partei Sie schon so lange unterstützen, wie Sie sich erinnern können. Vielleicht erwarten Sie auch ein wenig Spaß auf meine Kosten.« Einige lachten, ein oder zwei buhten.

»Nun, was erwarten Sie von einer Regierung?«, fragte Voisey, und bevor er die Frage selbst beantworten konnte, erschollen Rufe von allen Seiten. »Weniger Steuern!«, rief einer unter dem Jubel der anderen. »Kürzere Arbeitszeit! 'ne anständige Arbeitswoche, nich länger wie Ihre eigene.«

Das Lachen, das jetzt ertönte, war unüberhörbar von Wut getragen.

»Anständigen Lohn! Häuser, in die es nicht reinregnet. Kanalisation!«

»Gut, genau so sehe ich das auch«, stimmte Voisey zu. Seine Stimme trug weit, obwohl er sie nicht zu erheben schien. »Außerdem wünsche ich, dass jeder Mann, der arbeiten möchte, eine Stelle findet, wie auch jede Frau, die diesen Wunsch hat. Ich bin für Frieden, einen einträglichen Außenhandel, weniger Verbrechen, mehr Gerechtigkeit, eine nicht korrupte Polizei, billige Nahrungsmittel, Brot, ordentliche Kleidung und Schuhe für alle. Ich hätte gern auch gutes Wetter, aber ...«

Der Rest seiner Worte ging in brüllendem Gelächter unter.

»Aber Sie würden mir nicht glauben, wenn ich Ihnen das versprechen würde!«, endete er.

»Wir glauben Ihnen sowieso nich!«, rief eine Stimme, und viele stimmten lauthals zu.

Voisey lächelte zwar, doch zeigte sein Körper, dass er angespannt war. »Aber Sie werden mir zuhören, denn deswegen sind Sie ja gekommen! Sie möchten gern wissen, was ich zu sagen habe, und Sie wissen, was sich gehört.«

Diesmal gab es keine Buhrufe. Pitt spürte den Unterschied in der Atmosphäre – als wäre ein drohendes Gewitter vorübergezogen, ohne sich zu entladen.

»Arbeiten die meisten von Ihnen in diesen Fabriken hier und auf diesen Kaianlagen?« Voisey machte eine weit ausgreifende Handbewegung.

Zustimmendes Murmeln ertönte.

»Das heißt, Sie stellen Waren her oder verschiffen sie in die ganze Welt?«, fuhr er fort.

Wieder folgte Zustimmung. Eine gewisse Ungeduld wurde spürbar. Die Zuhörer wussten nicht, warum er fragte, wohl aber begriff Pitt, worauf der Mann hinauswollte, als hätte er bereits jedes seiner Worte gehört.

»Kleidung aus ägyptischer Baumwolle?«, fuhr der Redner fort. Seine Stimme hob sich, seine Augen suchten in den Gesichtern der Männer, er bemühte sich, ihre Körpersprache zu deuten, festzustellen, ob er sie langweilte oder ob sie ihm allmählich folgten. »Brokat aus Persien und von den Handelsniederlassungen an der Seidenstraße, die ostwärts nach Indien und China führt?«, fuhr er fort. »Leinen aus Irland? Bauholz aus Afrika, Gummi aus Burma … ich könnte endlos fortfahren. Aber wahrscheinlich ist Ihnen all das ebenso bekannt wie mir. Es sind Erzeugnisse unseres Reiches, und deshalb sind wir die größte Handelsnation der Welt. Deshalb beherrscht Großbritannien die Meere, spricht ein Viertel der Erde unsere Sprache und sorgt die Königin in jedem Erdteil für die Aufrechterhaltung des Friedens zu Lande und zu Wasser.«

Diesmal klangen die Stimmen anders. Stolz, Zorn und Neugier schwangen darin. Einige der Männer richteten sich ein wenig auf und strafften die Schultern. Pitt trat beiseite, weil er fürchtete, in der Blicklinie des Redners zu stehen.

Voisey übertönte den Lärm. »Dabei geht es nicht nur um Ruhm, sondern auch darum, dass Sie ein Dach über dem Kopf und Essen auf dem Tisch haben.«

»Was is mit 'nem kürzeren Arbeitstag?«, rief ein hoch gewachsener Mann mit rötlichem Haar.

»Für wen werden Sie arbeiten, wenn wir das Weltreich verlieren?«, hielt ihm Voisey entgegen. »Von wem wollen Sie dann kaufen, an wen verkaufen?«

»Das geht schon nich verloren«, gab der Rothaarige hitzig zurück. »So dumm sind nich mal die Sozialisten.«

»Mister Gladstone wird es verlieren!«, beharrte Voisey. »Ein Stück nach dem anderen. Erst Irland, dann vielleicht Schottland und Wales. Wer weiß, was dann als Nächstes an der Reihe ist – vielleicht Indien? Dann gibt es keinen Hanf und keine Jute mehr, weder Mahagoni noch Gummi aus Burma. Anschließend folgen vielleicht Afrika und Ägypten, und so geht eins nach dem anderen dahin. Wenn er Irland verlieren kann, das vor seiner eigenen Haustür liegt – wie soll das dann erst bei den anderen Ländern werden?«

Mit einem Mal trat Stille ein. Dann ertönte lautes Gelächter, das aber nicht belustigt klang, sondern eher zweifelnd, wenn nicht gar furchtsam.

Pitt sah sich zu den Männern um, die in seiner unmittelbaren Nähe standen. Sie alle hielten ihren Blick auf Voisey gerichtet.

»Wir müssen unbedingt Handel treiben«, fuhr Voisey fort und brauchte diesmal seine Stimme nicht mehr zu erheben. Es war so still, dass sie bis in die letzte Reihe trug. »Wir sind auf funktionierende Gesetze angewiesen und brauchen die Herrschaft über die Meere. Denn wenn wir unseren Wohlstand gleichmäßiger verteilen wollen, müssen wir als Erstes sicherstellen, dass wir ihn auch haben!«

Ein Murmeln ertönte, das wie Zustimmung klang.

»Was man tut, soll man richtig tun, und niemand auf der Welt darf uns darin übertreffen!« In Voiseys Stimme lag Anerkennung, wenn nicht gar Siegesgewissheit. »Sie sollten frei darüber entscheiden, wer Sie vertritt. Männer müssen das sein, die wissen, wie man Gesetze im eigenen Lande macht und einhält und mit anderen Völkern der Erde ehrenhaft und Gewinn bringend Handel treibt, damit Ihr Besitzstand nicht nur gewahrt bleibt, sondern sich auch mehrt. Wählen Sie keine alten Männer, die glauben, im Namen Gottes zu sprechen, in Wahrheit aber nur an der Vergangenheit hängen. Das sind Männer, die ihre eigenen Wünsche erfüllen und sich nicht um Ihre kümmern.«

Erneut ertönten Stimmen aus der Menge, doch schienen sie Pitt an manchen Stellen wie begeisterte Zurufe zu klingen.

Rasch beendete Voisey seine Ansprache. Er wusste, dass die Männer müde und hungrig waren, und der nächste Morgen würde nur allzu früh kommen. Er war klug genug, in dem Augenblick aufzuhören, in dem er ihr Interesse auf seine Botschaft gelenkt hatte, vor allem aber, solange sie noch Zeit hatten, in Ruhe zu Abend zu essen und einige Stunden im Gasthaus zu verbringen, um bei einigen Gläsern Bier miteinander über das Gehörte zu sprechen.

Rasch erzählte er einen Witz, dann noch einen, und während seine Zuhörer lachten, kehrte er zu seiner Droschke zurück und fuhr davon.

Pitt war steif vom langen Stillstehen und voll erbitterter Bewunderung für die Art, wie Voisey es geschafft hatte, dass sich eine Ansammlung feindseliger Fremder an ihn als einen Mann erinnern würde, der sie weder hintergangen noch ihnen falsche Versprechen gemacht hatte. Er hatte nicht angenommen, dass sie ihn mögen würden, und hatte sie zum Lachen gebracht. Zweifellos würden sie nicht vergessen, was er über die Bedrohung für das britische Weltreich gesagt hatte, dem sie ihre Arbeit verdankten. Es mochte ihre Arbeitgeber reich machen, doch falls diese verarmten, würden sie selbst um so ärmer sein. All das mochte ungerecht sein, doch waren viele dieser Männer realistisch genug zu akzeptieren, dass die Dinge nun einmal nicht anders waren.

Pitt wartete, bis Voisey mehrere Minuten außer Sicht war. Erst dann ging er über das staubbedeckte Straßenpflaster im Schatten der Fabrikmauern auf einen schmalen Weg zu, der ihn zur Hauptstraße zurückführte. Einen Teil seiner Taktik hatte Voisey zu erkennen gegeben und sich dabei in keiner Weise verwundbar gezeigt. Wenn Aubrey Serracold ihm das Wasser reichen wollte, musste er mehr als charmant und ehrlich sein.

Es war zu früh, um nach Hause zurückzukehren, zumal dort

niemand auf Pitt wartete. Zwar konnte er ein gutes Buch lesen, aber die Stille würde ihn nervös machen. Schon der bloße Gedanke daran verursachte ihm ein Gefühl von Einsamkeit. Sicher gab es etwas Nützliches, was er tun konnte. Vielleicht vermochte er von Jack Radley mehr in Erfahrung zu bringen? Möglicherweise wusste Emily etwas über Serracolds Frau, was sie ihm erzählen konnte? Sie besaß eine scharfe Beobachtungsgabe und verstand es weit besser als Charlotte, das Spiel der Mächtigen zu durchschauen. Es war ohne weiteres denkbar, dass sie an Voisey eine Schwäche entdeckt hatte, die einem Mann, der mehr an politische Fragen als an die Person dachte, entgangen war.

Pitt beugte sich zum Droschkenkutscher vor und wies ihm das neue Fahrziel an.

Am Hause der Radleys teilte ihm der Butler mit, dass die Herrschaften bedauerlicherweise zu einer Abendgesellschaft gegangen seien und wohl kaum vor ein Uhr nachts zurückkehren würden.

Pitt dankte ihm und schlug das Angebot, im Hause zu warten, aus. Er kehrte zu seiner Droschke zurück und ließ sich zur Wohnung Cornwallis' in Piccadilly fahren.

Ein Diener öffnete und führte ihn wortlos gleich in den kleinen Salon. Er war elegant, aber spartanisch eingerichtet, ganz wie eine Kapitänskajüte. Man sah viele Bücher, auf Hochglanz poliertes Messing und dunkel schimmerndes Holz. Das Gemälde über dem Kamin zeigte einen Rahsegler, der mit kleinstem Zeug vor einem Gewittersturm lief.

»Mister Pitt, Sir«, kündigte der Diener den Besucher an.

Cornwallis legte das Buch beiseite, in dem er gelesen hatte, und stand überrascht und zugleich beunruhigt auf. »Pitt? Was gibt es? Warum sind Sie nicht in Dartmoor?«

Pitt gab keine Antwort.

Cornwallis sah auf seinen Diener, dann erneut zu Pitt hin. »Haben Sie schon gegessen?«, fragte er.

Mit einem Mal merkte Pitt, dass er seit der Pastete im Gasthaus nahe der Fabrik nichts gegessen hatte. »Nein ... eine ganze Weile nicht.« Er ließ sich Cornwallis gegenüber in einen Sessel sinken. »Brot und Käse wären mir recht ... oder viel-

leicht ein Stück Kuchen, falls Sie welchen im Hause haben.«
Er aß gern, was Gracie buk, aber die Vorratsdosen zu Hause waren leer, da sie angenommen hatte, sie würden alle miteinander verreisen.

»Bringen Sie Mister Pitt Brot und Käse«, wies Cornwallis den Diener an. »Außerdem Apfelwein und ein Stück Kuchen.« Er sah erneut auf seinen unerwarteten Besucher. »Oder wäre Ihnen Tee lieber?«

»Apfelwein ist großartig«, sagte Pitt, der es genoss, in einem weichen Sessel zu sitzen.

Der Diener verschwand und schloss die Tür hinter sich.

»Nun?«, fragte Cornwallis, der wieder Platz genommen hatte, mit besorgter Miene. Er sah nicht unbedingt gut aus, aber seine kraftvollen, gleichmäßigen Züge gewannen um so mehr, je länger man ihn ansah. Er bewegte sich mit der Sicherheit eines Mannes, der viele Jahre lang auf See lediglich auf dem Achterdeck hatte auf und ab schreiten können.

»Im Zusammenhang mit einem der Unterhaussitze ist es zu einer Entwicklung gekommen, die ich in Narraways Auftrag … im Auge behalten soll.« Er sah den Zorn auf Cornwallis' Gesicht. Offenbar hielt dieser es für ungerecht, dass sich Narraway über Pitts Urlaubsanspruch hinweggesetzt hatte. Als hätte es nicht genügt, dass er seines Postens enthoben worden war, damit der Innere Kreis sein Rachebedürfnis befriedigen konnte. Nichts von dem, was früher als unumstößliche Tatsache gegolten hatte, hatte Bestand – weder für Cornwallis noch für Pitt.

Cornwallis fragte nicht weiter nach. Er war an das einsame Leben eines Kapitäns gewöhnt, der sich zwar anhören musste, was ihm seine Offiziere sagten, es aber nicht nötig hatte, selbst Erklärungen abzugeben oder Gefühle zu zeigen. Es genügte, dass sie in den praktischen Dingen des Alltags einer Meinung waren. Wenn es darauf ankam, war er stets allein und musste so weit wie möglich dem Bild entsprechen, das man von ihm hatte: ein Mann, der nie Furcht empfand, sich nie einsam fühlte, nie zweifelte. Diese Disziplin, die er sich ein Leben lang anerzogen hatte, konnte er jetzt nicht durchbrechen. Sie war so sehr Bestandteil seiner Persönlichkeit geworden, dass er sich dessen gar nicht mehr bewusst war.

Der Diener brachte auf einem Tablett Brot, Käse, Apfelwein und Kuchen, wofür ihm Pitt dankte. Mit den Worten »Es ist mir ein Vergnügen, Sir«, verbeugte er sich und zog sich zurück.

»Was wissen Sie über Charles Voisey?«, fragte Pitt, während er eine Scheibe Brot mit Butter bestrich und sich ein ordentliches Stück von dem leicht krümeligen Caerphilly-Käse abschnitt. Hungrig biss er hinein. Der leicht scharfe Käsegeschmack war ihm willkommen.

Ohne zu fragen, warum Pitt das wissen wollte, presste Cornwallis die Lippen aufeinander. »Nur, was allgemein bekannt ist«, gab er zur Antwort. »War in Harrow im Internat, hat in Oxford studiert und ist dann Strafverteidiger geworden. Hat als glänzender Anwalt viel Geld verdient, vor allem aber, was sicher sehr viel mehr wert ist, in den richtigen Kreisen Freunde gewonnen, sich allerdings zweifellos auch eine Reihe von Feinden gemacht. Später hat man ihn zum Richter berufen und bald darauf ans Appellationsgericht. Er weiß, wie man Gelegenheiten ergreift und den Anschein erweckt, mutig zu sein, und keiner seiner Fehler war so schlimm, dass er darüber gestolpert wäre.«

All das hatte Pitt auch schon früher gehört, doch war es ihm recht, es in so knapper Form zusammengefasst zu bekommen.

»Er ist unermesslich stolz«, fuhr Cornwallis fort. »Doch gelingt es ihm im Alltag, das zu verbergen oder zumindest als nicht so gravierend erscheinen zu lassen.«

»Damit er nicht verwundbar wirkt«, sagte Pitt sofort.

Cornwallis entging nicht, worauf er damit hinaus wollte. »Suchen Sie nach einer schwachen Stelle?«

Es kostete Pitt Mühe, daran zu denken, dass Cornwallis mit Ausnahme der Gerichtsverhandlung gegen Adinett am Anfang und Voiseys Erhebung in den Adelsstand am Ende nicht viel von der ganzen Angelegenheit um die Verschwörung von Whitechapel wusste. Er kannte zahllose Einzelheiten im Zusammenhang mit dem Inneren Kreis nicht, und es war für seine eigene Sicherheit besser, dass er sie nie erfuhr. Zumindest das war ihm Pitt schuldig, schließlich hatte er in der Vergangenheit stets treu zu ihm gestanden und war ihm freundschaftlich gesonnen.

»Ich versuche, alles in Erfahrung zu bringen, was ich kann. Dazu zählen Stärken wie Schwächen«, gab er zur Antwort. »Er hat sich für die Tories in einer Hochburg der Liberalen als Unterhauskandidat aufstellen lassen. Die Frage der irischen Unabhängigkeit hat er bereits zur Sprache gebracht.«

Cornwallis hob die Brauen. »Ist Narraway deshalb an ihm interessiert?«

Pitt gab keine Antwort.

Cornwallis akzeptierte sein Stillschweigen.

»Was wollen Sie über den Mann erfahren?«, fragte er stattdessen. »Um welche Schwächen geht es?«

»Wer steht ihm nahe?«, fragte Pitt leise. »Vor wem hat er Angst? Was belustigt ihn, was beeindruckt ihn, verursacht ihm Schmerzen, ruft andere Gefühlsregungen in ihm hervor? Was ist sein Ziel, von der Macht einmal abgesehen?«

Lächelnd sah Cornwallis Pitt in die Augen. »Das klingt, als ob Sie sich zu einer Schlacht bereit machten«, sagte er mit kaum wahrnehmbarem fragendem Unterton.

»Ich versuche festzustellen, ob ich über Waffen verfüge«, gab Pitt zur Antwort und hielt seinem Blick stand. »Ist das der Fall?«

»Das bezweifle ich«, sagte Cornwallis. »Sofern ihm an etwas anderem als der Macht liegt, habe ich nichts davon gehört, und auf keinen Fall liegt ihm etwas so am Herzen, dass ihn der Verlust schmerzen würde.« Er versuchte in Pitts Gesicht zu erkennen, was dieser wissen wollte. »Er schätzt das gute Leben, ist aber nicht protzig. Er genießt die Bewunderung anderer, ohne dass er aber bereit wäre, ihnen dafür um den Bart zu gehen. Das hat er wohl auch nicht nötig. Er schätzt sein Heim, gutes Essen, guten Wein, das Theater, Musik, Gesellschaft, aber wenn es keine andere Möglichkeit gäbe, das Amt zu erreichen, das er anstrebt, würde er all das aufgeben. Jedenfalls erzählt man sich das. Soll ich mich weiter umhören?«

»Nein! Nein … noch nicht.«

Cornwallis nickte.

»Hat er vor jemandem Angst?«, fragte Pitt, ohne mit einer Antwort zu rechnen.

»Nicht, dass ich wüsste«, gab Cornwallis trocken zurück. »Hat er Ursache dazu? Fürchtet Narraway, man könnte Voisey nach dem Leben trachten?«

Wieder konnte ihm Pitt nicht antworten. Sein Schweigen war ihm selbst nicht recht, obwohl ihm klar war, dass Cornwallis die Gründe dafür verstand.

»Gibt es einen Menschen, an dem ihm besonders liegt?«, fragte Pitt. Er konnte es sich nicht leisten aufzugeben.

Cornwallis dachte kurz nach. »Möglicherweise«, sagte er schließlich. »Ich weiß allerdings nicht, wie sehr. Ich vermute, er braucht die Frau – und sei es nur als Gastgeberin. Ich nehme durchaus an, dass ihm an ihr liegt, soweit es einem Mann seines Wesens möglich ist.«

»Und wer ist das?«, erkundigte sich Pitt in hoffnungsvollem Ton.

Cornwallis lächelte betrübt und machte eine wegwerfende Handbewegung. »Seine Schwester. Sie ist eine bezaubernde Witwe mit beachtlichen Gaben im Umgang mit anderen Menschen. Zumindest oberflächlich betrachtet, scheint sie von einer Einfühlsamkeit und Freundlichkeit zu sein, die man bei ihm nie beobachtet hat, trotz seiner kürzlich erfolgten Erhebung in den Adelsstand, über die Sie mehr wissen als ich.« Das war eine Feststellung. Nie wäre es ihm in den Sinn gekommen, auf Gebiete vorzudringen, zu denen er keinen Zutritt hatte, und fragen würde er keinesfalls, da eine Zurückweisung schmerzte. Mit einem kaum wahrnehmbaren Schatten zwischen den Brauen fügte er hinzu: »Ich habe sie allerdings erst zweimal gesehen und kenne mich bei Frauen nicht besonders gut aus.« Man spürte eine leichte Befangenheit. »Jemand, der mehr davon versteht, würde Ihnen möglicherweise etwas gänzlich anderes berichten. Wenn es darum geht, wer in der Partei die Macht und den Willen hat, ihn zu unterstützen, gehört sie auf jeden Fall zu seinen wichtigsten Trümpfen. Den Wählern gegenüber muss er sich natürlich auf seine Redekunst verlassen.« Cornwallis' Stimme klang mutlos, als habe er den Eindruck, dass das bereits genügen würde.

Pitt fürchtete das noch mehr als er. Er hatte Voisey gegenüber einer großen Gruppe von Arbeitern erlebt. Als er jetzt erfuhr, dass der Mann eine so fähige Verbündete besaß, fühlte er sich entmutigt. Er hatte gehofft, dass man bei Voiseys Status als Junggeselle ansetzen könnte, dass sich dort ein Schwachpunkt befand.

»Danke«, sagte er.

Cornwallis lächelte trübsinnig. »Noch etwas Apfelwein?«

Emily Radley wusste eine gute Abendgesellschaft zu schätzen, vor allem, wenn der Geruch nach Gefahr und Erregung in der Luft lag, wenn es um Machtkämpfe ging und zu spüren war, wie sich hinter einer Maske von Humor, Charme, Reformbegeisterung oder der Behauptung, man wolle der Öffentlichkeit dienen, brennender Ehrgeiz verbarg. Noch hatte sich das Parlament nicht aufgelöst, doch konnte das täglich geschehen, und jeder wusste es. Sobald es so weit war, würde der Kampf offen entbrennen. Er würde nicht länger als etwa eine Woche dauern, dafür aber um so härter sein. Es würde weder Zeit geben, Verteidigungsstellungen aufzubauen, noch Zeit zu zögern oder zu überlegen, wie man den Gegner treffen konnte. Alles würde in der Hitze des Augenblicks geschehen.

Sie wappnete sich, als stehe ein Kriegszug bevor. Zwar war sie sich ihrer Schönheit durchaus bewusst, doch da sie auf die Mitte dreißig zuging und zwei Geburten hinter sich hatte, musste sie sich für besondere Gelegenheiten sorgfältiger herrichten als früher. Statt der jugendlichen Pastelltöne, die sie sonst geschätzt hatte, wählte sie jetzt aus den letzten Pariser Modellen etwas Wagemutigeres und Raffinierteres aus. Über einem Unterrock und Mieder aus mitternachtsblauer Seide trug sie ein schräg geschlitztes hellblaues Kleid mit Grautönen, das den Busen vollständig bedeckte und an der linken Schulter und an der Taille zusammengerafft wurde, von wo es mit weiteren Schlitzen über die Hüfte fiel. An Schultern und Oberarmen hatte es die üblichen Rüschen, und natürlich trug sie Glacéhandschuhe, die bis zu den Ellbogen reichten. Statt für Perlen entschied sie sich für Diamanten.

Mit dem, was sie sah, war sie hochzufrieden. Sie war sich sicher, dass sie es mit jeder Frau an diesem Abend würde aufnehmen können, selbst mit ihrer gegenwärtig engsten Freundin, der hinreißenden und stets nach der neuesten Mode gekleideten Rose Serracold. Sie hatte Rose vom ersten Tag an sehr gut leiden können und hoffte inständig, dass deren Mann Aubrey seinen Unterhaussitz bekommen würde, war aber keineswegs gewillt, sich auch nur von einer der anderen Frauen in den Schatten stellen zu lassen. Jacks Sitz war ziemlich sicher. Er hatte sein Amt mit Anstand ausgefüllt und auch einige mächtige Freunde gewonnen, die ihm zweifellos zur Seite stehen würden. Dennoch durfte man nichts als selbstverständlich ansehen. Die politische Macht war eine äußerst launische Geliebte und musste bei jeder Gelegenheit hofiert werden.

Ihre Kutsche fuhr vor dem großartigen Anwesen der Trenchards an der Park Lane vor, und sie und Jack stiegen aus. Der Lakai am Eingang hieß sie willkommen, führte sie durch das Vestibül und kündigte sie an. Mit hoch erhobenem Haupt und unendlicher Zuversicht betrat Emily am Arm ihres Mannes den Salon. Oberst Trenchard und seine Gattin begrüßten sie genau um Viertel vor Neun. Auf der ihnen fünf Wochen zuvor zugegangenen Einladung war als Beginn der Gesellschaft halb neun angegeben – eine Viertelstunde später war genau der richtige Augenblick, um einzutreffen. Besser konnte man es nicht machen. Während Pünktlichkeit ordinären Übereifer bedeutete, galt Zuspätkommen als unhöflich. Da man etwa zwanzig Minuten nach dem Eintreffen der ersten Gäste zu Tisch ging, bestand in einem solchen Fall außerdem die Gefahr, dass man hereingeführt wurde, wenn alle anderen bereits das Esszimmer aufsuchten.

Die Etikette schrieb nicht nur die Sitzordnung am Tisch genau vor, sondern auch, in welcher Reihenfolge die Gäste einzogen, so dass jeder, der zu spät kam, ein Chaos hervorrief. Aufsehen durfte man durch Schönheit erregen, wie auch durch Witz, obwohl es in letzterem Fall gewisse Gefahren gab. Wer sich aber bloßstellte, machte sich gesellschaftlich unmöglich.

In der kurzen Zeit bis zum Beginn der Mahlzeit wurden keine Getränke serviert. Man saß gewöhnlich einfach da und tauschte Belanglosigkeiten mit Menschen aus, die man kannte, bis der Einzug in das Esszimmer begann.

Dem Gastgeber mit der ranghöchsten Dame am Arm folgten die übrigen Gäste streng nach dem Rang der Damen. Den Schluss bildete die Gastgeberin mit dem wichtigsten männlichen Gast.

Emily blieb nicht viel Zeit, mit Rose Serracold zu sprechen, die sie gleich beim Eintreten erspähte. Ein freudiger Ausdruck trat in ihre aquamarinblauen Augen, mit denen sie die eintreffenden Gäste musterte, und den Rock ihres fleischfarbenen Taftkleides raffend, eilte sie rasch an Emilys Seite. Die bordeauxroten Einsätze aus besticktem Brokat auf den Hüften, bei gleichfarbigem Unterkleid, ließen diese üppiger wirken und erweckten überdies den Anschein, als könne man ihre Taille mit den Händen umspannen. Nur eine äußerst selbstbewusste Frau konnte es riskieren, ein so gewagtes Kleid zu tragen. Mit ihrem aschblonden Haar sah sie darin hinreißend aus.

»Emily! Wie schön, dich zu sehen!«, sagte sie begeistert. Voll Bewunderung musterte sie Emilys Kleid von oben bis unten, begnügte sich aber statt eines Kommentars mit einem freundlichen Blick. »Wie phantastisch, dass du kommen konntest.«

Emily erwiderte ihr Lächeln. »Als hättest du das nicht gewusst!« Sie hob die Brauen. Beiden war klar, dass Rose die Einladung nur angenommen hatte, weil sie die Gästeliste genau kannte.

»Nun, ich habe es mir mehr oder weniger gedacht«, gab sie zu. Sie beugte sich ein wenig näher zu ihr. »Es kommt einem ein bisschen wie der Ball in der Nacht vor Waterloo vor, nicht wahr?«

»Daran kann ich mich nicht erinnern«, murmelte Emily spöttisch.

Rose zog ein Gesicht. »Morgen reiten wir in die Schlacht!«, antwortete sie mit übertriebener Geduld.

»Meine Liebe, wir sind doch schon seit Monaten im Krieg«, sagte Emily, als Jack von einer Männergruppe, die in der Nähe stand, ins Gespräch gezogen wurde. »Wenn nicht seit Jahren!«, fügte sie hinzu.

»Erst schießen, wenn du das Weiße in ihren Augen siehst«, mahnte Rose. »Oder in Lady Garsons Fall das Gelbe. Die Frau trinkt so ungeheuer viel, dass glatt ein Pferd darin ertrinken könnte.«

»Da hättest du erst einmal ihre Mutter sehen sollen.« Emily zuckte elegant die Schultern. »Bei der wäre sogar eine Giraffe ertrunken.«

Rose warf den Kopf in den Nacken und lachte ansteckend. Ein halbes Dutzend Männer drehte sich mit erkennbarem Vergnügen zu ihr um, während ihre Frauen sie missbilligend anfunkelten und sich dann betont abwandten.

Das Esszimmer wurde durch Kronleuchter erhellt, deren Schein sich tausendfach im Kristall auf dem Tisch und im schimmernden Silber auf schneeweißem Leinen brach. Silberschalen voller Rosen schmückten den Tisch, und den langen Geißblattranken in der Mitte entstieg ein betäubender Duft.

An jedem Platz lag eine Karte mit der Speisenfolge – natürlich in französischer Sprache –, die den Namen des jeweiligen Gastes trug. Bei der Suppe konnten die Gäste zwischen Ochsenschwanz und Hummercreme wählen. Links von Emily saß ein angesehener Politiker der Liberalen und zu ihrer Rechten ein großzügiger Bankier. Angesichts dessen, dass ihnen noch acht Gänge bevorstanden, ließ sie die Suppe vorübergehen; der Bankier hingegen entschied sich für Ochsenschwanzsuppe und begann sogleich zu löffeln, was durchaus den Anstandsregeln entsprach.

Emily sah über den Tisch hin zu Jack, doch er war in ein Gespräch mit einem liberalen Abgeordneten vertieft, der gleichfalls seinen Sitz gegen einen ehrgeizigen Herausforderer verteidigen musste. Sie hörte Satzfetzen, denen sie entnahm, dass man sich Sorgen über die irischen Abgeordneten machte, die sich in Gruppen zusammenzuschließen begannen. Das konnte von entscheidender Bedeutung sein, wenn die beiden großen Parteien mit ihren Stimmen dicht beieinander lagen. Die Fähigkeit zur Regierungsbildung hing unter Umständen davon ab, dass man sich der Unterstützung der Anhänger Charles Stewart Parnells versicherte, der einer der wichtigsten Führer im Lager der irischen Befreiungsbewegung war – oder der seiner Gegner.

Emily war der irischen Frage überdrüssig, weil man sich schon so lange darüber in den Haaren lag, wie sie denken konnte. Trotzdem schien man einem Ergebnis nicht näher gekommen zu sein als damals, da sie in der Schule zum ersten Mal davon gehört hatte. Sie konzentrierte sich darauf, den ziemlich bedeutenden Politiker zu ihrer Linken zu umgarnen, der wie sie den ersten Gang hatte vorübergehen lassen.

Als zweiten Gang trugen die Diener Lachs und Stint zur Wahl auf.

Sie entschied sich für Lachs und machte eine Weile keine Konversation.

Auch die Zwischengänge ließ sie aus, da sie sich weder etwas aus Bries mit Pilzen noch aus hartgekochten Eiern mit Zwiebel-Curry-Sauce machte. Stattdessen versuchte sie, möglichst viel von den Unterhaltungen am Tisch aufzuschnappen.

»Ich denke, wir müssen ihn sehr ernst nehmen«, sagte Aubrey Serracold. Als er sich ein wenig vorbeugte, wobei ihm das blonde Haar seitlich in die Stirn fiel, erkannte man im hellen Licht, wie nachdenklich sein schmales Gesicht wirkte. Auch der sonst ständig darauf liegende Ausdruck von Selbstironie war ausnahmsweise einmal verschwunden.

»Großer Gott!«, wandte Emilys Nachbar zur Linken mit geröteten Wangen ein. »Der Mann hat mit zehn Jahren die Schule verlassen, um im Bergwerk zu arbeiten! Sogar seinen Berufskollegen ist klar, dass er im Unterhaus nichts für sie tun könnte. Er macht sich höchstens selbst zum Narren. In Schottland, wo er herkommt, hat er verloren und somit hier in London nicht die geringsten Aussichten.«

»Natürlich nicht«, sagte der Mann ihm gegenüber, drehte sich aufgebracht um, griff nach seinem Weinglas und hielt es einen Augenblick ins Licht, bevor er daraus trank. Er hatte ein gutmütig-derbes Gesicht. »Wir sind die richtige Partei für den Arbeiter, nicht irgendwelche Fanatiker, die mit Augenrollen aus dem Nichts auftauchen und Spitzhacke und Schaufel schwingen.«

»Genau diese Art von Blindheit wird der Grund dafür sein, dass wir die Zukunft verspielen!«, gab Aubrey mit größtem Ernst zurück. »Man sollte Keir Hardie nicht so ohne weiteres abtun. Viele Männer werden seinen Mut und seine Entschlossenheit anerkennen und begreifen, dass er besser dasteht als je zuvor. Sie werden zu dem Ergebnis kommen, dass er auch für sie etwas erreichen kann, wenn er für sich selbst so viel tun konnte.«

»Soll man sie etwa aus den Kohlengruben rausholen und ins Unterhaus setzen?«, fragte eine Frau in einem klatschmohnroten Kleid ungläubig.

»Ach je!« Rose drehte ihr Glas zwischen den Fingern. »Womit werden wir dann bloß unsere Kamine heizen? Ich bezweifle, dass die gegenwärtigen Amtsinhaber als Bergleute von irgendwelchem Nutzen wären.«

Gelächter antwortete ihr, aber es klang schrill und war zu laut.

Jack lächelte. »Als Scherz am Esstisch ganz witzig – aber es ist nicht ganz so lustig, wenn seine Kollegen auf ihn hören und für Männer seines Schlages stimmen, die voller Reformeifer sind, aber nicht die geringste Vorstellung von den Kosten haben. Ich meine, was uns das wirklich kostet, was Handel und Arbeitsplätze angeht.«

»Auf den hört doch keiner!«, sagte ein Mann mit weißen Bartkoteletten höflich, doch war seiner Stimme deutlich anzumerken, dass er es für völlig überflüssig hielt, die Sache so ernst zu nehmen wie Jack. »Die meisten haben genug Verstand.« Als er Jacks zweifelndes Gesicht sah, fuhr er fort: »Mensch, Radley, nur die Hälfte der Männer im Lande haben doch das Wahlrecht! Wie viele Bergleute besitzen schon ein Haus oder zahlen mehr als zehn Pfund Miete im Jahr?«

»Das heißt also«, wandte sich ihm Aubrey Serracold mit weit geöffneten Augen zu, »dass nur die wählen können, die vom gegenwärtigen System profitieren. Das widerlegt das Argument ja wohl, oder?«

Rasche Blicke wurden getauscht. Niemand hatte mit einer solchen Bemerkung gerechnet, und man konnte deutlich sehen, dass viele sie für unpassend hielten.

»Was wollen Sie damit sagen, Serracold?«, fragte der Mann mit den weißen Koteletten lauernd. »Etwa, dass man ein funktionierendes System ändern sollte?«

»Nein«, gab Aubrey zurück. »Aber wenn es für einen Teil der Bevölkerung funktioniert, sollte nicht dieser Teil das Recht haben, darüber zu entscheiden, ob man es beibehält oder nicht, denn wir alle neigen dazu, die Dinge von unserem eigenen Standpunkt zu sehen und zu bewahren, was unseren Interessen dient.«

Diener nahmen die benutzten Teller fort und servierten eisgekühlten Spargel. Kaum jemand bemerkte es.

»Sie haben eine sehr geringe Meinung von Ihren Kollegen, die an der Regierung sind«, sagte ein rothaariger Mann ein wenig säuerlich. »Es überrascht mich, dass Sie einer von uns sein wollen.«

Aubrey lächelte ungewöhnlich charmant, senkte kurz den Blick und wandte sich dann dem Mann zu. »Aber nein. Ich denke, dass wir alle klug und gerecht genug sind, um unsere Macht nur in dem Ausmaß zu nutzen, wie sie uns zugebilligt wurde. Doch unseren Gegnern traue ich genau das nicht zu.« Für diese Äußerung erntete er Gelächter, doch Emily merkte, dass er die Besorgnis damit nicht vollständig vertrieb – zumindest nicht, was Jack betraf. Sie kannte ihn gut genug, um die Anspannung seiner Hände richtig zu deuten, die sie wahrnahm, während er geschickt mit Messer und Gabel die Spargelspitzen abschnitt. Mehrere Minuten lang sagte er nichts.

Das Gespräch wandte sich anderen politischen Fragen zu. Der nächste Gang war Wachtel, Moorhuhn oder Rebhuhn. Emily nahm keins von den dreien. Man riet jungen Damen, diese Vögel zu meiden, da der *haut goût* für schlechten Atem sorgen konnte. Sie hatte sich immer gefragt, wieso das bei Männern als annehmbar galt. Einmal hatte sie ihren Vater danach gefragt, woraufhin er sie verblüfft angesehen hatte. Ihm war diese Ungerechtigkeit noch gar nicht aufgefallen.

Da sie ihrer Ansicht nach nicht alt genug war, sich darüber hinwegzusetzen, ließ sie auch diesen Gang aus. Sie hoffte, dafür nie alt genug zu sein.

Als Nächstes konnte man zwischen Halbgefrorenem, Nektarinenmus, Meringen und Erdbeergrütze wählen. Sie entschied sich für Letztere und aß sie, wie es der gute Ton verlangte, mit der Gabel, was ohne eine gewisse Übung und Konzentration alles andere als einfach war.

Nach dem Käsegang wurde Eis der verschiedensten Geschmacksrichtungen aufgetragen, darunter auch Fürst-Pückler-Eis, und zum Schluss gab es Erdbeeren, Aprikosen, Melonen und Ananas, vermutlich aus dem Gewächshaus. Belustigt betrachtete Emily die verschiedenen Techniken, die angewandt wurden, um diese Früchte mit Messer und Gabel zu schälen und zu verzehren. Mehr als einer der Anwesenden hatte allen Grund, seine Wahl zu bedauern, vor allem jene, die sich für Aprikosen entschieden hatten.

Das Gespräch kam wieder in Gang. Es war ihre Aufgabe, bezaubernd zu sein, ihren Nachbarn mit Aufmerksamkeit zu schmeicheln, sie zu erheitern und vor allem selbst erheitert zu scheinen. Für einen Mann gab es kein größeres Kompliment, als wenn ihn eine Frau interessant fand, und Emily wusste, dass kaum einer von ihnen dieser Versuchung widerstehen konnte. Es war verblüffend zu sehen, wie viel ein Mann von sich preisgab, wenn man ihn einfach reden ließ.

Hinter all den Plänen, all der zur Schau getragenen Selbstsicherheit und prahlerischen Kühnheit erkannte Emily ein tief sitzendes Unbehagen, und immer mehr ging ihr auf, dass diese Männer, welche die Zügel der Macht in Händen hielten und alle damit verbundenen Feinheiten und Schwierigkeiten kannten, diese Wahl auf keinen Fall verlieren, sie aber offenbar auch nicht unbedingt gewinnen wollten. Es war eine sonderbare Situation, die ihr Kopfschmerzen bereitete, weil sie sie nicht verstand. Sie hörte eine ganze Weile zu, bis sie merkte, dass jeder zur Befriedigung seines persönlichen Ehrgeizes gewissermaßen seinen eigenen Kampf zu gewinnen trachtete, nicht aber den Krieg. Allem Anschein nach waren sie nicht sicher, wie sie mit der Beute umgehen sollten, die dem Sieger zufallen würde.

Das Lachen um sie herum klang brüchig, und in den Stimmen schwangen allerlei Gefühlsregungen mit. Das Licht glänzte auf Schmuck, Weingläsern und dem auf Hochglanz polierten Silberbesteck. Der kräftige Geruch der Speisen vermischte sich mit dem schweren Duft der Tischdekoration aus Geißblattranken.

»Er hat mir gesagt, dass lange Erfahrung, viel Mut, kühle Selbstbeherrschung und ein großes Maß an Geschick nötig seien, um sie anzugehen und zu erledigen, ohne sich selbst oder dem Nachbarn zu schaden«, sagte Rose mit glänzenden Augen.

»In diesem Fall, meine Dame, sollten Sie solch gefährliche Beute lieber einem erfahrenen und kräftigen Jäger überlassen, der ein sicheres Auge und ein tapferes Herz besitzt«, riet der Mann neben ihr mit Nachdruck. »Ich schlage vor, dass Sie sich mit der Fasanenjagd oder einem anderen Sport begnügen.«

»Mein lieber Oberst Bertrand«, sagte Rose betont unschuldig. »Hier handelt es sich um die Vorschriften für den Verzehr einer Orange!«

Der Oberst wurde puterrot, während um ihn herum schallendes Gelächter ertönte.

»Ich bitte aufrichtig um Entschuldigung!«, sagte Rose, sobald sie sich wieder Gehör verschaffen konnte. »Ich fürchte, ich habe mich nicht deutlich ausgedrückt. Das Leben ist voll der verschiedensten Gefahren; man weicht einer Fallgrube aus, nur um in die nächste zu stürzen.«

Mehr als einem war aufgefallen, mit welcher Herablassung der Oberst sie behandelt hatte, und so schlug sich auch niemand auf seine Seite. Lady Warden hörte den Rest des Abends überhaupt nicht mehr auf zu kichern.

Am Ende der Mahlzeit schließlich zogen sich die Damen zurück, damit die Herren ihren Portwein genießen und, wie Emily nur allzu gut wusste, ernsthafte politische Gespräche führen konnten über die richtige Taktik, Geld und vor allem darüber, wie die Dienste aufgerechnet werden sollten, die man einander erwies. Das war der eigentliche Zweck der ganzen Abendgesellschaft.

Anfangs saß sie mit einem halben Dutzend anderer Ehefrauen von Männern zusammen, die entweder im Unterhaus waren, dorthin strebten oder ein erhebliches finanzielles Interesse am Wahlergebnis hatten.

»Es wäre mir lieber, sie würden die Sozialisten ernster nehmen, die in jüngster Zeit auf den Plan getreten sind«, sagte Lady Molloy, kaum dass sie Platz genommen hatten.

»Sie meinen Mister Morris und die Webbs?«, fragte Mrs. Lancaster mit großen Augen und einem Lächeln, das ziemlich spöttisch wirkte. »Haben Sie Mister Webb je gesehen, meine Liebe? Man sagt, dass er zu klein, unterernährt und geistig unterentwickelt ist!«

Das Kichern der Damen klang nicht nur belustigt, sondern auch nervös.

»Seine Frau hingegen ist das Gegenteil«, sagte eine andere rasch. »Sie stammt aus einer sehr guten Familie.«

»Und sie schreibt Kindergeschichten über Igel und Kaninchen!«

»Dahin, nämlich ins Reich der Märchen, gehört die ganze sozialistische Idee, wenn Sie mich fragen«, sagte Lady Warden und lachte.

»Aber nein«, widersprach Rose. Es machte ihr nichts aus, wenn die anderen ihre wahren Gefühle erkannten. »Dass jemand etwas sonderbar aussieht, sollte uns nicht den Blick für den Wert seiner Ideen trüben. Noch wichtiger aber ist, wir sollten erkennen, welche Gefahren für unsere Macht diese Art von Ideen möglicherweise bedeuten. Es wäre klug, solche Menschen auf unsere Seite zu ziehen, statt sie einfach nicht zur Kenntnis zu nehmen.«

»Die wollen gar nicht auf unsere Seite, meine Liebe«, entgegnete Mrs. Lancaster. »Ihre Ziele sind völlig undurchführbar. Sie wollen nicht mehr und nicht weniger als eine eigene Arbeiter-Partei.«

Die Unterhaltung wandte sich bestimmten Reformen und der Frage zu, wie rasch sie sich durchführen ließen oder ob man sie überhaupt ins Auge fassen sollte. Emily beteiligte sich an der Unterhaltung, aber die wildesten Vorschläge kamen von Rose Serracold, und sie rief damit am meisten Gelächter hervor. Niemand war ganz sicher, wie ernst es Rose mit diesen witzig und hitzig vorgetragenen Äußerungen war – schon gar nicht Emily.

»Wahrscheinlich nimmst du an, dass ich Spaß mache, nicht wahr?«, sagte Rose, als die Gruppe sich auflöste und sie mit Emily allein sprechen konnte.

»Keineswegs«, gab Emily zur Antwort, wobei sie den anderen den Rücken zuwandte. Mit einem Mal war sie ihrer Sache ganz sicher. »Aber ich denke, du wärest gut beraten, dafür zu sorgen, dass andere das glauben. In der gegenwärtigen Lage halten wir die Fabier zwar für komisch, zugleich jedoch entdecken wir allmählich, dass sie letzten Endes mehr zu lachen haben werden als wir.«

Rose beugte sich aufmerksam vor, und mit einem Schlag war alle Leichtigkeit aus ihrem hübschen Gesicht mit dem ausgeprägten Profil verschwunden. »Genau deshalb müssen wir auf sie hören, Emily, und zumindest die besten ihrer Gedanken selbst übernehmen ... eigentlich sogar die meisten. Die Reform wird kommen. Wenn es so weit ist, müssen wir in vorderster Reihe stehen. Alle müssen das Wahlrecht haben, Arme wie Reiche, und zu gegebener Zeit auch wir Frauen.« Sie hob die Brauen. »Mach kein so entsetztes Gesicht! Das ist genauso unvermeidlich wie die Tatsache, dass das britische Weltreich eines Tages aufgelöst werden muss – aber das ist eine andere Angelegenheit. Ganz gleich, was Mister Gladstone sagen mag, es muss Gesetz werden, dass der Arbeitstag in allen Berufen höchstens acht Stunden dauern darf und kein Arbeitgeber das Recht hat, einen Mann zu zwingen, dass er länger arbeitet.«

»Oder eine Frau?«, fragte Emily neugierig.

»Selbstverständlich!«, kam die Antwort ohne das geringste Zögern, als wäre die Frage völlig überflüssig.

Emily spielte die Unschuldige. »Und wenn du deine Zofe bittest, dir um halb neun am Abend eine Tasse Tee zu bringen – gibst du dich dann mit der Antwort zufrieden, dass sie acht Stunden gearbeitet hat, nicht mehr im Dienst ist und du sie dir selbst holen sollst?«

»*Touchée*.« Rose senkte beschämt den Kopf, wobei sich ihre Wangen röteten. »Vielleicht meinen wir nur die Arbeit in den Fabriken, jedenfalls am Anfang.« Dann hob sie rasch wieder den Blick. »Aber es ändert nichts daran, dass wir voranschreiten müssen, wenn wir überleben wollen, und erst recht, wenn wir irgendeine Art von sozialer Gerechtigkeit anstreben.«

»Die wollen wir alle«, gab Emily zurück. »Nur hat jeder eine andere Vorstellung davon, wie das aussieht ... wie man das bewirken soll ... und wann.«

»Morgen!« Rose zuckte die Achseln. »Was die Tories betrifft, darf es jederzeit sein, solange es nicht heute ist!«

Erneut trat Lady Molloy zu ihnen. Sie wollte etwas mit Rose besprechen, weil ihr offenbar immer noch durch den Kopf ging, was zuvor gesagt worden war.

»Ich sollte wohl besser aufpassen, was ich sage, was?«, sagte Rose trübselig, als Lady Molloy gegangen war. »Die Arme ist völlig verwirrt und weiß nicht, was sie denken soll.«

»Unterschätz sie nicht«, mahnte Emily. »Sie hat vermutlich wenig Fantasie, ist aber in praktischen Dingen sehr auf der Höhe.«

»Wie langweilig.« Rose seufzte gedehnt. »Es ist eine der schlimmsten Strafen, die man ertragen muss, wenn sich der Mann zur Wahl für ein öffentliches Amt stellt, dass man der Öffentlichkeit gefallen soll. Es ist nicht so, als ob ich das nicht möchte, im Gegenteil! Aber zu erreichen, dass man auch verstanden wird, ist doch ziemlich schwierig, findest du nicht?«

Unwillkürlich musste Emily lächeln. »Ich weiß genau, was du meinst, muss allerdings zugeben, dass ich es meistens nicht einmal versuche. Wenn dich die Leute nicht verstehen, glauben sie vielleicht, dass du Unsinn redest. Solange du das aber mit genug Selbstvertrauen tust, entscheiden sie im Zweifelsfall zu deinen Gunsten, was nicht immer der Fall ist, wenn sie dich verstehen. Das Kunststück besteht darin, dass du nicht unbedingt klug sein musst, wohl aber liebenswürdig. Das ist mein voller Ernst, Rose, das kannst du mir glauben!«

Einen Augenblick lang sah es aus, als wolle diese eine witzige Bemerkung machen, dann aber fiel die Unbeschwertheit von ihr ab. »Glaubst du an ein Leben nach dem Tode, Emily?«, fragte sie.

Emily war so verblüfft, dass sie »Wie bitte?« fragte, um Zeit zum Nachdenken zu gewinnen.

»Ob du an ein Leben nach dem Tode glaubst«, wiederholte Rose ernsthaft. »Ich meine, ein richtiges Leben, nicht irgendeine heilige Existenz als Bestandteil der Gottheit oder dergleichen.«

»Ich glaube schon. Das Gegenteil wäre zu entsetzlich. Warum fragst du?«

Rose zuckte elegant mit den Schultern, ihr Gesicht wirkte wieder unbeteiligt, als wolle sie nichts mehr mit der soeben an den Tag gelegten Aufrichtigkeit zu tun haben. »Ich wollte dich nur kurz aus deinen praktischen politischen Erwägungen herausreißen.« Allerdings wirkte weder ihre Stimme noch der Blick ihrer Augen heiter.

»Glaubst du denn daran?«, fragte Emily und lächelte ein wenig dabei, um die Frage beiläufiger erscheinen zu lassen.

Rose zögerte. Offensichtlich war sie nicht ganz sicher, was sie antworten sollte. An der Art, wie sich die Freundin in ihrem weinroten und fleischfarbenen Kleid hielt, erkannte Emily, was sie empfand. Auch sah sie, mit welcher Anspannung in ihren Armen sie die Stuhlkante umklammerte.

»Glaubst du etwa, es gibt keins?«, fragte Emily ruhig.

»Auf keinen Fall glaube ich das!« Roses Stimme klang vollkommen überzeugt. »Ich bin sogar ganz sicher, dass es eines gibt!« Plötzlich entspannte sie sich. Emily war gewiss, dass sie das große Mühe gekostet hatte. Rose sah sie an und dann wieder beiseite. »Hast du je an einer spiritistischen Sitzung teilgenommen?«

»Nicht an einer richtigen, nur an solchen, die bei einer Gesellschaft zur Unterhaltung abgehalten wurden.« Emily sah sie aufmerksam an. »Warum fragst du? Du etwa?«

Ohne darauf einzugehen, fragte Rose mit leichter Schärfe in der Stimme: »Was ist schon Wirklichkeit? Daniel Dunglass Home galt als brillant. Niemand ist ihm je auf die Schliche gekommen, und wie viele haben es probiert!« Dann wandte sie sich um und sah Emily herausfordernd in die Augen, als befinde sie sich jetzt auf sichererem Boden und als warte unter der Oberfläche keine Falle, in die sie aus Versehen hineintreten konnte.

»Hast du ihn je erlebt?«, fragte Emily, ohne die eigentliche Frage anzusprechen, um die es ging. Sie war fest überzeugt, dass Rose nicht auf Dunglass Home hinauswollte, wusste aber nicht, worum es ihr ging.

»Nein. Aber es heißt, er hätte frei eine Handbreit über dem Boden schweben und sich in der Länge ausdehnen können, vor allem seine Hände.« Trotz des leichten Tons, in dem sie das sagte, war sie auf Emilys Reaktion gespannt.

»Das muss ein bemerkenswerter Anblick gewesen sein«, gab Emily zurück. Sie wusste nicht recht, aus welchem Grund jemand so etwas tun sollte. »Aber ich dachte immer, bei einer spiritistischen Sitzung geht es darum, dass man eine Beziehung zu den Geistern Verstorbener aufnehmen will.«

»Natürlich! Das sollte nur als Beweis seiner Fähigkeiten dienen«, erklärte Rose.

»Oder der Fähigkeiten des Geistes«, ergänzte Emily. »Allerdings bezweifle ich, dass irgendeiner meiner Vorfahren solche Kunststücke fertig bringen würde … es sei denn, man geht bis zu den Hexenprozessen zur Zeit der Puritaner zurück!«

Rose quittierte diese Bemerkung mit einem Lächeln, das nicht weiter als bis zu ihren Lippen reichte. Ihr Körper war nach wie vor starr, Hals und Schultern hielt sie steif, und mit einem Mal begriff Emily, dass ihr das Thema wirklich am Herzen lag. Mit ihrer Teilnahmslosigkeit wollte sie lediglich ihre Verletzlichkeit überspielen, sich den Schmerz ersparen, verlacht zu werden. Offenbar ging es sehr tief, vielleicht um eine Überzeugung, die man ihr genommen und zerstört hatte.

Emily antwortete mit einer Ernsthaftigkeit, die sie nicht vorzutäuschen brauchte. »Ich wüsste wirklich nicht, auf welche Weise die Geister aus früheren Zeiten eine Beziehung zu uns aufnehmen könnten, sofern sie uns etwas Wichtiges mitteilen möchten. Ich kann aber auch nicht sagen, dass das nicht mit allerlei sonderbaren Anblicken oder Klängen verbunden wäre. Ich würde mein Urteil auf den Inhalt der Botschaft gründen, nicht auf die Art ihrer Übermittlung.« Sie war nicht sicher, ob sie weiterreden sollte oder ob Rose das als aufdringlich auffassen würde.

Rose brach die Spannung des Augenblicks. »Und wie wüsste ich ohne diese Äußerlichkeiten, ob es stimmt und ob mir nicht das Medium einfach etwas erzählt, wovon es glaubt, dass ich es gern wüsste?« Sie machte eine wegwerfende Handbewegung. »Ohne all das Drumherum, das Seufzen und Stöhnen, das Tischrücken, die Erscheinungen und das leuchtende Ektoplasma wäre es ja überhaupt nicht unterhaltsam!« Sie lachte. Allerdings klang es brüchig. »Sieh mich nicht so ernsthaft an, meine Liebe. Es ist doch nicht wie in der Kirche!

Schließlich sind es nur Gespenster, die mit ihren Ketten rasseln. Was hat uns das Leben schon zu bieten, wenn wir nicht von Zeit zu Zeit ein wenig Angst haben ... zumindest vor solchen Dingen, auf die es nicht im Geringsten ankommt! Auf diese Weise braucht man wenigstens nicht an das wirklich Entsetzliche zu denken.« Sie fuhr mit einer Hand durch die Luft, wobei die Diamanten an ihren Fingern blitzten. »Hast du gehört, was Labouchère mit dem Buckingham-Palast tun würde, wenn man ihm seinen Willen ließe?«

»Nein ...« Emily brauchte einen Augenblick, um sich auf dieses absurde Thema umzustellen.

»Er würde ein Heim für gefallene Mädchen daraus machen!«, sagte Rose mit lauter Stimme. »Ist das nicht der beste Witz, den du seit Jahren gehört hast?«

Emily konnte es nicht glauben. »Hat er das wirklich gesagt?«

Rose kicherte. »Ich weiß nicht ... aber falls er es noch nicht gesagt hat, tut er es bestimmt bald. Wenn die alte Königin stirbt, wird der Kronprinz das ohnehin machen!«

»Hüte um Himmels willen deine Zunge, Rose!«, sagte Emily eindringlich, wobei sie sich sorgfältig umsah, ob jemand sie hatte hören können. »Manche Leute haben nicht den geringsten Sinn für Satire und würden sie nicht einmal dann erkennen, wenn sie davon gebissen würden!« Rose bemühte sich, zerknirscht zu wirken, aber ihre leuchtenden Augen verrieten sie. Sie war so von der Vorstellung hingerissen, dass sie nicht aufhören konnte. »Wer ist hier satirisch, Liebste? Es ist mir ernst! Wenn sie bis dahin noch nicht gefallen sind, wäre er bestimmt der Richtige, ihnen dabei zu helfen!«

»Das weiß ich, aber sag so etwas bloß nicht!«, zischte Emily. Dann brachen beide in lautes Gelächter aus, als Mrs. Lancaster und zwei andere Damen zu ihnen traten, die sich um keinen Preis etwas entgehen lassen wollten.

Die Rückfahrt in der Kutsche von Park Lane war etwas gänzlich anderes. Es war schon nach ein Uhr nachts, doch die Straßenlaternen erhellten die Sommernacht, und die windstille Luft war lind.

Emily konnte von Jacks Gesicht lediglich die Seite sehen,

die der Kutschenlaterne am nächsten war, doch erkannte sie darauf eine Ernsthaftigkeit, die er den ganzen Abend verborgen gehalten hatte.

»Was hast du?«, fragte sie leise, während sie westwärts fuhren. »Was hat es nach unserem Weggang im Esszimmer gegeben?«

»Viele Diskussionen und große Pläne«, gab er zur Antwort und sah sie an, möglicherweise ohne zu merken, dass damit seine Gesichtszüge in den Schatten gerieten. »Es ... es wäre mir wirklich lieber, Aubrey hätte nicht so viel geredet. Ich kann ihn wirklich gut leiden, und ich bin überzeugt, dass er ein aufrichtiger Vertreter des Volkes und, was noch wichtiger ist, ein ehrlicher Mann im Unterhaus wäre ...«

»Aber?«, hakte sie nach. »Er kommt doch hinein, oder nicht? Den Sitz haben die Liberalen doch seit Menschengedenken!« Sie hatte den Wunsch, dass möglichst viele Liberale ins Unterhaus kamen, damit die Partei wieder die Macht übernehmen konnte, und sie musste an Rose denken und daran, wie niedergeschlagen sie sein würde, falls Aubrey der Sprung nicht gelang. Es wäre eine ausgesprochene Demütigung, einen sicheren Sitz zu verlieren, nicht nur einfach eine Frage von unterschiedlichen Auffassungen, sondern eine persönliche Zurückweisung.

»Schon, soweit man da sicher sein kann«, stimmte er zu. »Und wir werden auf jeden Fall die Regierung bilden, selbst wenn die Mehrheit nicht so groß ist, wie wir es gern hätten.«

»Und was ist nicht in Ordnung? Sag jetzt bloß nicht, ›alles‹!«, sagte sie.

Jack biss sich auf die Lippe. »Es wäre mir lieb, wenn er einige seiner radikaleren Vorstellungen für sich behalten würde. Er ... er steht dem Sozialismus näher, als ich angenommen hatte.« Er sprach langsam, wog seine Worte sorgfältig ab. »Er bewundert Sidney Webb. Ist das nicht schrecklich! Wir können doch Reformen nicht mit solchen Riesenschritten durchführen. Die Leute wollen das nicht, und die Tories würden uns daraus einen Strick drehen! Als ob es um die Frage ginge, ob wir ein Weltreich brauchen oder nicht! Wir haben es nun einmal, da kann man nicht so tun, als existierte es nicht. Wenn wir den Handel, die Arbeitsplätze, den Status in der Welt, die Verträge und was noch alles haben, können wir nicht den Sinn und Zweck in Frage stellen, der dahinter steht. Ideale sind großartig, aber wenn sie sich nicht auf Realitätssinn stützen, können sie uns zugrunde richten. Ganz wie das Feuer sind sie ein guter Diener, aber von zerstörerischer Kraft, wenn sie als Herren auftreten.«

»Hast du das Aubrey gesagt?«, fragte sie.

»Ich hatte noch keine Gelegenheit dazu, werde es aber nachholen.«

Schweigend fuhren sie eine Weile dahin. Mit einem Mal gingen ihr die plötzlichen sonderbaren Fragen nach spiritistischen Sitzungen und die an Rose erkennbare Anspannung durch den Kopf. Sie wusste nicht recht, ob sie Jack damit belästigen sollte oder nicht, doch bereitete ihr die Sache ein so großes Unbehagen, dass sie sie nicht einfach abschütteln konnte.

Die Kutsche bog scharf in eine stillere Straße ein, wo die Laternen in größeren Abständen standen und ein geisterhaftes Licht auf die Äste der Bäume warfen. Das Pflaster wurde holpriger.

»Rose hat über Spiritismus gesprochen«, sagte sie unvermittelt. »Es dürfte das Beste sein, Aubrey zu bitten, dass er ihr sagt, sie soll so etwas für sich behalten. Menschen, die ihm feindlich gesonnen sind, könnten das falsch auslegen, und wenn der Wahltag erst einmal feststeht, wird es davon mehr als genug geben. Ich ... ich könnte mir vorstellen, dass Aubrey nicht daran gewöhnt ist, angegriffen zu werden. Er ist so bezaubernd, dass ihn fast alle Welt gern hat.«

Verblüfft fuhr er herum und sah sie an.

»Spiritismus? Meinst du damit Medien wie Maude Lamont?« In seiner Stimme schwang eine so unverkennbare Besorgnis, dass sie seinen Gesichtsausdruck nicht zu sehen brauchte, um zu wissen, was er dachte.

»Sie hat diesen Namen nicht erwähnt, obwohl alle Welt von Maude Lamont redet. Wohl aber hat sie von Daniel Dunglass Home gesprochen, doch vermutlich läuft es auf dasselbe hinaus. Es ging um Levitation, Ektoplasma und dergleichen.«

»Ich weiß nie, wann Rose Späße macht und wann nicht ... War es ihr etwa ernst?«

»Ich bin nicht sicher«, sagte sie, »aber ich glaube schon. Ich hatte den Eindruck, dass ihr etwas sehr zu schaffen macht.«

Unbehaglich rutschte er auf seinem Sitz herum. »Auch darüber muss ich mit Aubrey sprechen. Aus einer Sache, die für eine Privatperson eine harmlose gesellschaftliche Unterhaltung ist, machen die Journalisten bei jemandem, der für das Unterhaus kandidiert, einen Strick, an dem sie ihn aufhängen. Ich sehe die Karikaturen schon genau vor mir!« Da sie in diesem Augenblick an einer Straßenlaterne vorüberfuhren, sah sie, wie er das Gesicht verzog. »Wir wollen Mistress Serracold fragen, wer die Wahl gewinnt! Ach was, noch besser ... wer das Spring-Derby gewinnt!«, sagte er mit spöttischer Stimme. »Wir wollen Napoleons Geist fragen, was der russische Zar als Nächstes zu tun gedenkt. Bestimmt hat er ihm wegen Moskau und 1812 noch nicht verziehen.«

»Er würde es uns wohl nicht einmal dann sagen, wenn er es wüsste«, gab sie zu bedenken. »Wahrscheinlich hat er uns die Sache mit Waterloo erst recht nicht verziehen.«

»Wenn wir niemanden fragen könnten, mit dem wir je Krieg geführt haben, blieben auf der ganzen Welt praktisch nur Portugal und Norwegen übrig«, gab er zurück. »Deren Wissen über unsere Zukunft dürfte aber äußerst begrenzt sein, und außerdem ist sie ihnen vermutlich völlig gleichgültig.« Er holte tief Luft und stieß sie seufzend wieder aus. »Emily, glaubst du, sie geht wirklich zu einem Medium, ich meine, außer zum Spaß bei irgendwelchen Gesellschaften?«

»Ja ...«, sagte sie mit einer Überzeugung, bei der ihr ein Schauer über den Rücken lief. »Ja ... ich fürchte, so ist es.«

Am nächsten Morgen folgten weitere bestürzende Neuigkeiten. Während Pitt beim Frühstück die Zeitungen las, stieß er auf einen Leserbrief. Nicht nur war er der erste auf der Seite, er war auch noch besonders hervorgehoben.

Zeitlebens habe ich die Politik der Liberalen unterstützt und alles bejaht, was diese Partei für die Menschen unse-

res Volkes und damit mittelbar für die Welt erreicht hat. Ich bewundere die von ihr eingeleiteten Reformen und die Gesetze, die mit ihnen einhergehen.
Nun habe ich in jüngster Zeit als Bürger des Wahlkreises South Lambeth mit um so größerer Bestürzung und wachsender Unruhe gehört, welche Ansichten Mr. Aubrey Serracold, der Kandidat der Liberalen für diesen Unterhaussitz, äußert. Er tritt nicht für die altbewährten liberalen Werte einer vernünftigen und aufgeklärten Reform ein, sondern für einen ziemlich übersteigerten Sozialismus, der all die großen Errungenschaften der Vergangenheit in einer Welle unüberlegter Veränderungen zerstören würde. Zweifellos ist all das gut gemeint, würde aber lediglich dazu führen, dass für eine kurze Zeit wenige einen Vorteil zu Lasten vieler hätten, das Ergebnis letzten Endes aber die Zerstörung unserer Wirtschaft sein würde.
Ich fordere alle Anhänger der Liberalen Partei auf, äußerst aufmerksam zu verfolgen, was Mr. Serracold zu sagen hat, und zu überlegen, ob sie ihn wirklich unterstützen können und falls ja, welchen Niedergang sie damit unserem Volk bereiten würden.
Gesellschaftliche Reformen sind das Ideal eines jeden wackeren Mannes, aber dazu sind Weisheit und Wissen erforderlich, und sie müssen Schritt für Schritt so behutsam durchgeführt werden, dass unsere Gesellschaft sie verarbeiten kann, ohne daran Schaden zu nehmen. Werden sie überstürzt, um die maßlose Ichsucht eines Mannes zu befriedigen, der nicht die geringste Erfahrung besitzt und, wie es aussieht, auch nur wenig praktischen Verstand, wird das von der großen Mehrheit unseres Volkes, das von uns Besseres erwarten darf, einen hohen Preis fordern, wenn diese Menschen dadurch nicht sogar ins Elend gestürzt werden.
Ich schreibe das in tiefer Betrübnis,
Roland Kingsley, Generalmajor a.D.

Pitt, dem bis dahin das mit Butter bestrichene Brot und der Räucherhering gut geschmeckt hatten – diese Art von Frühstück verstand er recht gut zuzubereiten –, ließ den Tee kalt werden und sah ausdruckslos auf das Zeitungsblatt vor sich. Das war der erste offene Schlag gegen Serracold. Er würde ihm mit Sicherheit schaden, denn er war hart und gut gezielt.

Rüstete der Innere Kreis zum Kampf, fing die Schlacht jetzt an?

Kapitel 3

Pitt kaufte fünf weitere Zeitungen und nahm sie mit nach Hause, um zu sehen, ob Generalmajor Kingsley in ähnlichem Ton an andere Blätter geschrieben hatte. In dreien fand er den gleichen Brief mit lediglich kleineren Veränderungen im Wortlaut.

Pitt legte die Zeitungen zusammen und überlegte, welches Gewicht man der Sache beimessen musste. Wer war dieser Kingsley? Gehörte er zu den Menschen, deren Meinung andere beeinflussen würde? Wichtiger aber: War es ein Zufall, dass er diesen Brief jetzt geschrieben hatte, oder bedeutete das den Beginn eines Feldzugs gegen Serracold?

Er saß schon eine ganze Weile da, ohne in der Frage, ob er mehr über Kingsley würde in Erfahrung bringen müssen, zu einem Ergebnis gekommen zu sein, als es an der Haustür klingelte. Ein Blick auf die Küchenuhr zeigte ihm, dass es nach neun war. Die Zugehfrau hatte wohl ihre Schlüssel vergessen. Er stand auf, ärgerte sich über die Störung, so dankbar er für die Arbeit war, die Mrs. Brody leistete, und ging öffnen. Das Klingeln wurde immer eindringlicher.

Doch vor der Tür stand statt der Erwarteten ein junger Mann im braunen Anzug. Er hatte das Haar straff zurückgekämmt und einen beflissenen Gesichtsausdruck.

»'n Morgen, Sir«, sagte er schneidig und nahm Haltung an. »Sergeant Grenville, Sir ...«

»Sofern mich Narraway über den Brief in der *Times* in Kenntnis setzen möchte – ich habe ihn bereits gelesen«, sagte Pitt ziemlich scharf. »Auch im *Spectator*, der *Mail* und der *Illustrated London News*.«

»Nein, Sir«, sagte der Mann mit verwirrtem Gesicht. »Es geht um den Mord.«

»Wie bitte?« Zuerst dachte Pitt, er habe sich verhört.

»Den Mord, Sir«, wiederholte der Mann. »In der Southampton Row.«

Das Bedauern, das Pitt in diesem Augenblick empfand, war beinahe wie ein körperlicher Schmerz und verwandelte sich rasch in Hass auf Voisey und den ganzen Inneren Kreis. Diese Männer hatten ihn aus der Bow Street vertrieben, wo er sich mit Verbrechen beschäftigt hatte, von denen er etwas verstand. Wie entsetzlich auch immer sie sein mochten, er besaß die nötige Erfahrung und das erforderliche Geschick, um in nahezu allen Fällen die Lösung zu finden. Es war sein Beruf, ein Fach, das er beherrschte. Beim Sicherheitsdienst stocherte er im Nebel herum, wusste zwar, was geschehen würde, hatte aber keine Möglichkeit, etwas dagegen zu unternehmen.

»Da sind Sie bei mir an der falschen Adresse«, sagte er ausdruckslos. »Ich habe mit Mord nichts mehr zu tun. Sagen Sie Ihrem Vorgesetzten, dass ich nicht weiterhelfen kann. Melden Sie sich bei Oberinspektor Wetron in der Bow Street.«

Der Mann rührte sich nicht vom Fleck. »'tschuldigung, Sir, ich habe das wohl nicht richtig gemeldet. Mister Narraway wünscht, dass Sie den Fall übernehmen. Das wird den Leuten in der Bow Street zwar nicht schmecken, aber das lässt sich nicht ändern. Inspektor Tellman kümmert sich in der Southampton Row um die Sache. Sie haben ja schon früher mit ihm gearbeitet. Verzeihen Sie, aber es wäre gut, wenn Sie gleich hingehen könnten, denn man hat die Leiche gegen sieben entdeckt, und jetzt ist es fast halb zehn. Wir haben grade erst davon erfahren, und Mister Narraway hat mich sofort hergeschickt.«

»Warum?« Es ergab keinen Sinn. »Ich habe schon einen Fall.«

»Er sagt, das gehört dazu, Sir.« Grenville warf einen Blick über die Schulter. »Auf der Straße wartet eine Droschke. Sie brauchen nur abzuschließen, dann können wir gehen, Sir.« Die Art, wie er das sagte, und seine ganze Haltung zeigten deutlich, dass es sich nicht um einen einfachen Wachtmeister handelte, der einem Vorgesetzten etwas vorschlug; das war ein Mann, der seiner Stellung ausgesprochen sicher war und die Anweisung eines Vorgesetzten weitergab, die man auf keinen Fall missachten durfte.

Leicht verärgert folgte Pitt dem Mann zur Droschke. Es war ihm gar nicht recht, Tellman bei dem ersten Mordfall, den er seit seiner Beförderung selbst bearbeiten durfte, in die Quere zu kommen. Sie fuhren das kurze Stück durch die Keppel Street um den Russell Square herum und einige hundert Meter in die Southampton Row hinein.

»Wer ist das Opfer?«, fragte Pitt, kaum dass die Droschke anruckte.

»Eine gewisse Maude Lamont«, gab Grenville zur Antwort. »Wie es heißt, war sie ein spiritistisches Medium. Eine von denen, die sagen, dass sie mit den Toten Verbindung aufnehmen können.« Sein Ton und sein ausdrucksloses Gesicht zeigten, was er von derlei Dingen hielt und dass es eigentlich unter seiner Würde war, Worte darüber zu verlieren.

»Und warum ist Mister Narraway der Ansicht, dass das etwas mit meinem Fall zu tun hat?«, fragte Pitt.

Grenville sah vor sich hin.

»Das weiß ich nicht, Sir. Mister Narraway sagt niemandem etwas, was er nicht zu wissen braucht.«

»Schön, Sergeant Grenville, was können Sie mir noch sagen, außer dass ich zu spät komme, meinem früheren Wachtmeister auf die Füße trete, indem ich ihm seinen ersten Fall wegnehme, und keine Ahnung habe, worum es dabei geht?«

»Ich weiß nicht, Sir«, sagte Grenville mit einem Seitenblick auf Pitt. Dann sah er wieder nach vorn. »Außer dass Miss Lamont eine Spiritistin war, wie ich gesagt habe, und ihr Hausmädchen sie heute Morgen tot aufgefunden hat. Wie es aussieht, ist sie erstickt. Nur sagt der Arzt, es war kein Unfall, und deshalb muss man annehmen, dass einer ihrer Besucher von gestern Abend das getan hat. Ich nehme an, er braucht Sie, um rauszukriegen, wer das war, und vielleicht auch, warum der es getan hat.«

»Und Sie haben keine Vorstellung, was das mit meinem gegenwärtigen Fall zu tun haben könnte?«

»Ich weiß nicht einmal, worum es dabei geht, Sir.«

Pitt sagte nichts darauf. Wenige Minuten später hielt die Droschke unmittelbar hinter Cosmo Place an. Pitt stieg aus, gefolgt von Grenville, der ihn zum Eingang eines sehr hübschen Hauses führte, das einem äußerst wohlhabenden Menschen gehören musste. Über einige Stufen ging es zu einer geschnitzten Eingangstür empor, und links und rechts am Gitterzaun lief ein mit Kies bestreuter Weg.

Ein Wachtmeister öffnete auf das Klingeln hin und wollte die beiden schon abweisen, als sein Blick über Grenvilles Schulter auf Pitt fiel. »Ach, sind Sie wieder in der Bow Street, Sir?«, fragte er überrascht und allem Anschein nach erfreut.

Bevor Pitt antworten konnte, trat Grenville ins Haus. »Im Augenblick nicht, aber Mister Pitt übernimmt den Fall. Anweisung vom Innenministerium«, sagte er in einem Ton, der jedes weitere Wort im Keim erstickte. »Wo ist Inspektor Tellman?«

Der Wachtmeister sah verdutzt drein und hätte offensichtlich gern mehr gewusst, begriff aber, dass er nicht weiter fragen durfte. »Im Salon, Sir, bei der Leiche. Kommen Sie bitte mit.« Er drehte sich auf dem Absatz um und führte die beiden durch ein im pseudochinesischen Stil gehaltenes behagliches Vestibül, in dem Lacktischchen und ein Paravent aus Bambus mit Seidenbespannung standen. Auch im Salon war der Einfluss des Fernen Ostens unübersehbar. An der Wand stand außer einem roten Lackschrank ein Tischchen aus dunklem Holz mit abstrakten Schnitzereien, die aus Linien und Rechtecken bestanden. In der Mitte des Raumes befand sich ein größerer ovaler Tisch mit sieben Stühlen. Eine zweiflügige Terrassentür mit exquisiten Vorhängen führte in einen mit einer Mauer umgebenen Garten voller blühender Büsche. Ein gewundener Weg zog sich hindurch und verschwand um eine Ecke. Vermutlich führte er vor das Haus oder zu einem Seiteneingang, der auf den Cosmo Place ging.

Sogleich wandte sich Pitts Aufmerksamkeit der Leiche zu, die in halb sitzender Stellung in einem der beiden Sessel links und rechts vom Kamin lehnte. Die hoch gewachsene Frau schien zwischen Mitte und Ende dreißig zu sein und hatte eine gute Figur. Ihr von dichtem schwarzen Haar eingerahmtes Gesicht war vermutlich schön gewesen, wirkte jetzt aber entsetzlich verzerrt. Ihre Augen waren weit aufgerissen, ihre Gesichtshaut fleckig, und eine sonderbare blasenförmige weiße Substanz war ihr aus dem Mund und über das Kinn gelaufen.

In der Mitte des Raumes stand Tellman, die Haare streng nach hinten gekämmt und mürrisch wie immer. Links von ihm sah Pitt einen älteren, fülligeren Mann mit einem kräftigen, klugen Gesicht. Die Ledertasche, die neben ihm am Boden stand, ließ Pitt vermuten, dass es sich um den Polizeiarzt handelte.

»Tut mir Leid, Sir.« Grenville hielt Tellman seine Karte hin. »Für diesen Fall ist der Sicherheitsdienst zuständig. Mister Pitt wird ihn übernehmen. Um kein Aufsehen zu erregen, wäre es aber wohl besser, wenn Sie hier blieben und mit ihm zusammenarbeiteten.« Es handelte sich unüberhörbar nicht um eine Anregung, sondern um eine Anweisung.

Tellman sah zu Pitt hin. Es kostete ihn große Mühe, seine Überraschung und seine Empfindungen zu verbergen. Seine starre Haltung und die Art, wie er die Hände an die Seite presste, zeigten deutlich an, wie tief er getroffen war. Es dauerte eine Weile, bis er sich hinreichend gesammelt hatte, um überlegen zu können, was er sagen sollte. In seinen Augen lag keine Feindseligkeit – jedenfalls kam es Pitt so vor –, wohl aber Zorn und Enttäuschung. Er hatte sich seine Beförderung schwer erarbeitet, indem er mehrere Jahre in Pitts Schatten an der Aufklärung von Fällen mitgewirkt hatte. Jetzt, kaum dass man ihm seinen ersten eigenen Mordfall übertragen hatte, wurde ihm Pitt ohne nähere Erklärung wieder vor die Nase gesetzt.

Pitt wandte sich an Grenville. »Wenn das alles ist, Sergeant, können Sie sich wieder Ihren eigenen Aufgaben widmen. Sicher hat Inspektor Tellman alle Fakten bereit, die inzwischen bekannt sind.« Außer den Gründen, die Narraway zu der Annahme veranlassten, diese Sache könne etwas mit Voisey zu tun haben. Pitt konnte sich nichts vorstellen, was Charles Voisey weniger interessierte als spiritistische Sitzungen. Seine

Schwester, Mrs. Cavendish, war ja wohl nicht so leichtgläubig, dass sie eine solche Veranstaltung besucht hätte, noch dazu während einer so kritischen Zeit. Falls es sich aber doch so verhielt und sie durch ihre Anwesenheit dort kompromittiert worden war – war das gut oder schlecht?

Es überlief ihn kalt bei der Vorstellung, dass Narraway von ihm erwartete, diesen Mordfall im Interesse der von ihm betriebenen Sache auszuschlachten. Der Gedanke, sozusagen Mitwirkender bei dem Verbrechen zu werden, es auszunutzen, um jemanden unter Druck zu setzen, war widerlich.

Er stellte sich dem Arzt, einem Dr. Snow, vor und wandte sich dann an Tellman.

»Was haben Sie bisher in Erfahrung gebracht?«, erkundigte er sich höflich und so neutral, wie er konnte. Auf keinen Fall durfte er jetzt seinen Zorn zeigen. Tellman traf keinerlei Schuld an der Situation, und sofern er ihn gegen sich aufbrachte, würde das die Arbeit an dem Fall nur erschweren.

»Das Hausmädchen Lena Forrest hat ihre Herrschaft heute Morgen aufgefunden. Sie lebt als einziger Dienstbote im Hause«, erläuterte Tellman mit einem Blick, der anzeigte, wie überrascht er war, dass eine so offensichtlich wohlhabende Dame nicht wenigstens eine ständige Köchin oder einen Lakaien hatte. »Sie hat ihr den Frühstückstee gemacht und nach oben gebracht«, fuhr er fort. »Als sie merkte, dass sich niemand im Zimmer befand und das Bett nicht benutzt war, wurde sie unruhig. Sie ist dann hier heruntergekommen, weil sie die Dame des Hauses hier zum letzten Mal gesehen hatte –«

»Wann?«, unterbrach ihn Pitt.

»Gestern Abend, bevor die ... Sache anfing.« Tellman vermied den Begriff *spiritistische Sitzung*. Auch wenn sein hohlwangiges Gesicht völlig ausdruckslos blieb, zeigte ein leichtes Kräuseln seiner Oberlippe, was er von derlei Dingen hielt.

Überrascht fragte Pitt: »Hat sie sie im Anschluss an die Séance nicht mehr gesehen?«

»Sie sagt nein. Ich habe sie ausdrücklich gefragt, ob ihre Herrschaft nicht noch eine letzte Tasse Tee haben wollte oder sie vielleicht nach oben geschickt hat, damit sie ihr ein Bad einließ oder ihr beim Auskleiden half. Sie sagt nein.« Seine

Stimme ließ keinen Widerspruch zu. »Es sieht ganz so aus, als wäre Miss Lamont gern ausgesprochen lange mit gewissen ... Besuchern ... zusammengeblieben, und von denen wollte keiner, dass sich Dienstboten in der Nähe aufhielten, damit es keine Störung gab und niemand einem über den Weg lief, wenn sie ...« Er verzog den Mund und ließ den Satz unbeendet.

»Und dann ist sie hier hereingekommen und hat sie aufgefunden?« Pitt wies mit dem Kopf auf die Gestalt im Sessel.

»Ja, etwa zehn Minuten nach sieben«, gab Tellman zurück.

Pitt war überrascht. »Ist das nicht eine ungewöhnlich frühe Aufstehenszeit für eine Dame? Noch dazu, wenn sie erst abends mit der Arbeit anfing und oft mit ihren Gästen lange aufblieb?«

»Das habe ich das Hausmädchen auch gefragt«, sagte Tellman mit wütendem Blick. »Sie hat gesagt, Miss Lamont sei immer früh aufgestanden und habe zum Ausgleich nachmittags ein kleines Schläfchen gemacht.« Seinem Gesichtsausdruck war zu entnehmen, dass er jeden Versuch für aussichtslos hielt, die Gewohnheiten eines Menschen zu verstehen, der überzeugt war, mit Geistern sprechen zu können.

»Hat sie etwas angefasst?«

»Sie sagt nein, und bisher weist nichts auf das Gegenteil hin. Sie hat gesagt, sie hätte gleich sehen können, dass Miss Lamont tot war. Sie habe nicht geatmet, ihr Gesicht sei bläulich angelaufen gewesen, und als sie sie mit einem Finger am Hals berührt habe, sei dieser ganz kalt gewesen.«

Pitt sah mit fragendem Blick auf den Arzt.

Snow schürzte die Lippen. »Der Tod muss irgendwann gestern Abend eingetreten sein«, sagte er und sah Pitt mit durchdringenden Augen fragend an.

Pitt richtete den Blick erneut auf die Leiche und trat einen Schritt näher, um das Gesicht und die sonderbare klebrige Masse genauer in Augenschein zu nehmen, die der Toten aus dem Mund quoll und seitlich über das Kinn lief. Ursprünglich hatte er angenommen, sie habe sich nach der Einnahme von Gift erbrochen, sah aber bei genauerem Hinsehen, dass die Masse eine Struktur hatte und aussah wie ein feines Gewebe.

Er richtete sich auf und wandte sich erneut an den Arzt.

»Können Sie schon sagen, was es ist? Gift?«, fragte er. Seine Gedanken überschlugen sich. »Ihr Gesicht sieht aus, als hätte man sie erwürgt oder erstickt.«

»Auf jeden Fall ist sie erstickt.« Snow neigte den Kopf und nickte leicht. »Genaueres kann ich erst nach einer Laboruntersuchung sagen, aber ich denke, es handelt sich um Eiweiß –«

»Wie bitte?«, fragte Pitt ungläubig. »Warum sollte sie Eiweiß schlucken? Und was ist diese – diese ...«

»Irgendein feiner Stoff, eine Art Musselin oder Käseleinen«, gab Snow mit wissendem Lächeln zur Antwort, als habe er aufgrund tieferer Einblicke in die menschliche Natur bereits gewisse Vorstellungen von dem, was er finden würde. »Es ist ihr in die Lunge gelangt. Allerdings nicht versehentlich, und daran ist sie erstickt.« Er schob sich an Pitt vorüber, um den Spitzeneinsatz ihres Kleides zu öffnen, der sich dabei auflöste. Offensichtlich hatte man ihn zerrissen, um sie genauer untersuchen zu können, und pietätvoll wieder zurückgelegt. Oberhalb der schwellenden Brüste sah man einen Bluterguss, der kaum wahrnehmbar war, da der eintretende Tod die Blutzirkulation unterbrochen hatte.

Pitt sah Snow an. »Jemand hat sie gezwungen, das zu schlucken?«

Snow nickte. »Ich würde sagen, durch Druck mit dem Knie gegen die Brust«, erklärte er. »Man hat ihr das Zeug in den Hals geschoben und die Nase zugehalten. Auf der Wange ist ein leichter Kratzer zu sehen, der von einem Fingernagel herrührt. Sie wurde von einem ziemlich starken Gewicht niedergedrückt, bis sie einatmen musste – dabei ist sie erstickt.«

»Sind Sie sicher?« Pitt versuchte, sich nicht vorzustellen, wie die Frau nach Luft rang, während ihr die dicke Flüssigkeit die Kehle verschloss.

»Soweit das möglich ist«, gab Snow zur Antwort. »Es sei denn, die Autopsie ergibt ein völlig anderes Bild. Aber erstickt ist sie mit Sicherheit. Das sehe ich an ihrem Gesichtsausdruck und an den winzigen Blutgerinnseln in ihren Augen.« Pitt war erleichtert, dass er nicht darauf wies. Er hatte dergleichen schon früher gesehen und begnügte sich gern mit den Worten des Arztes. Er nahm eine der kalten Hände und drehte sie ein wenig, um einen Blick auf das Handgelenk zu werfen. Dort fand er die leichten Blutergüsse, die er erwartet hatte. Jemand hatte sie festgehalten, möglicherweise nur kurz, aber auf jeden Fall gewaltsam.

»Ich verstehe«, sagte er leise. »Es wäre gut, wenn Sie mir bestätigen könnten, dass es sich um Eiweiß handelt, aber ich nehme an, es verhält sich so. Was könnte der Grund dafür sein, dass jemand auf eine so abwegige Tötungsart verfällt?«

»Das zu ermitteln ist Ihre Aufgabe«, sagte Snow knapp. »Ich kann Ihnen sagen, was geschehen ist, nicht aber, warum, und ich weiß auch nicht, wer es getan hat.«

Pitt wandte sich an Tellman. »Und das Mädchen hat sie also gefunden?«

»Ja.«

»Hat sie sonst noch etwas gesagt?«

»Nicht viel, nur dass sie nichts gesehen oder gehört hat, nachdem sie den Raum verlassen hatte, weil Miss Lamont ihre Gäste erwartete. Sie sagt, dass sie sich bewusst fern gehalten hat. Außer Miss Lamonts … wie sagt man? … war einer der Gründe, warum diese Leute sie gern aufsuchten, die Vertraulichkeit, mit der sie rechnen durften.« Mit gerunzelten Brauen sah er Pitt an. »Wie nennt man das eigentlich?« Von Anfang an hatte er vermieden, Pitt »Sir« zu nennen, schon damals, als dieser zu seinem Vorgesetzten befördert worden war, denn der Sohn eines Wildhüters eignete sich seiner Überzeugung nach nicht zum Leiter einer Polizeiwache in der Hauptstadt. Das war eine Aufgabe für Herren: Offiziere, die den Dienst quittiert hatten, oder ehemalige Kapitäne wie Cornwallis. »Worum handelt es sich dabei eigentlich? Ist es ein Kniff, eine Täuschung, eine besondere Fertigkeit?«

»Wahrscheinlich von allem etwas«, gab Pitt zur Antwort und dachte laut weiter: »Sofern es der Unterhaltung dient, ist es wahrscheinlich harmlos. Woher aber will man wissen, ob jemand diese Dinge ernst nimmt, ganz gleich, ob man das möchte oder nicht?«

»Eben! Man weiß es nicht!«, schnaubte Tellman. »Meinen

Bedarf decken jedenfalls Kartenkunststücke oder Kaninchen, die man aus dem Hut zieht.«

»Wissen Sie, wer die Dame gestern besucht hat und ob die Gäste miteinander oder einzeln gekommen sind?«

»Das Hausmädchen weiß es nicht«, sagte Tellman. »Jedenfalls erklärt sie das, und ich habe keinen Grund, ihr nicht zu glauben.«

»Wo hält sie sich auf? Kann sie Fragen beantworten?«

»Durchaus«, versicherte ihm Tellman. »Natürlich ist sie ein bisschen durcheinander, macht aber sonst einen ganz vernünftigen Eindruck. Vermutlich ist ihr noch gar nicht aufgegangen, was das hier für sie bedeutet. Ich nehme an, es gibt keinen Grund, sie daran zu hindern, noch eine Weile hier zu bleiben, sobald wir das Haus vollständig durchsucht und diesen Raum hier womöglich versiegelt haben, oder? Zumindest, bis sie eine andere Anstellung gefunden hat.«

»Nein«, stimmte ihm Pitt zu. »Das dürfte das Beste sein. Dann wissen wir auch, wo wir sie finden, falls wir sie noch einmal befragen wollen. Ich gehe jetzt in die Küche, um mit ihr zu sprechen. Ich kann nicht gut von ihr verlangen, dass sie herkommt.« Mit einem Blick auf die Tote ging er zur Tür. Tellman folgte ihm nicht. Er würde seine Männer damit beauftragen, weitere Schritte zu unternehmen. Zwar war die Tat vermutlich nach Eintritt der Dunkelheit geschehen, so dass kaum Aussicht bestand, dass jemand etwas beobachtet hatte, aber er würde trotzdem die Nachbarn befragen lassen.

Pitt ging durch den Flur an mehreren Räumen vorüber zum hinteren Teil des Hauses. Durch die letzte, offen stehende Tür sah er Sonnenlicht auf einem gescheuerten Dielenboden tanzen. Er blieb in der Tür stehen. Die Küche war sauber, ordentlich und warm. Aus einem Wasserkessel, der auf dem schwarzen Herd stand, stieg Dampf auf. Eine hoch gewachsene, recht dünne Frau stand mit bis über die Ellbogen aufgerollten Ärmeln am Spülstein und hatte die Hände im Seifenwasser. Sie rührte sich nicht, als habe sie vergessen, was sie tun wollte.

»Miss Forrest?«, fragte Pitt.

Sie wandte sich langsam um. Er schätzte sie auf Ende vierzig. Das braune Haar, das an den Schläfen grau wurde, hatte sie hinten hochgesteckt. Sie hatte ein auffälliges Gesicht mit einer geraden, aber ziemlich kleinen Nase. Obwohl ihr breiter Mund wohlgeformt war, war sie nicht schön, sondern eher hässlich.

»Ah, sind Sie auch Polizist?« Sie sprach mit leichtem Lispeln. Zögernd nahm sie die Hände aus dem Wasser.

»Ja«, sagte Pitt. »Es tut mir Leid, Ihnen trotz Ihres Kummers weitere Fragen stellen zu müssen, aber wir können es uns nicht leisten, auf einen günstigeren Zeitpunkt zu warten.« Er kam sich bei diesen Worten ein wenig töricht vor. Die Frau schien vollkommen beherrscht, aber er wusste, dass der Schock unterschiedlich auf die Menschen wirkt. Gerade, wenn er besonders stark war, gab es mitunter keinerlei äußerliche Hinweise. »Ich heiße Pitt. Nehmen Sie doch bitte Platz, Miss Forrest.«

Mechanisch trocknete sie sich die Hände an einem Handtuch, das über einer Messingstange vor dem Herd hing. Dann setzten sie sich auf die Küchenstühle.

»Was wollen Sie wissen?«, fragte sie. Dabei sah sie ihn nicht an, sondern richtete ihren Blick über seine rechte Schulter. Er sah sich in der Küche um. Überall herrschte Ordnung. Porzellangeschirr stand auf der Anrichte, und auf einem der breiten Fensterbretter lag ein Stapel frisch gebügelter Wäsche zum Einräumen bereit. Weitere Wäschestücke hingen auf dem bis zur Decke emporgezogenen Trockengestell. Der Kokseimer neben der Hintertür war gefüllt. Der schwarze Herd glänzte wie frisch poliert. Lichtreflexe brachen sich im Kupfergeschirr, das vom Deckenbalken hing, und ein schwacher Hauch von Gewürzen lag in der Luft. Nur Lebensmittel waren weder zu sehen noch zu riechen. Dies Haus erfüllte keinen Zweck mehr.

»Sind Miss Lamonts Gäste einzeln oder gemeinsam gekommen?«, begann Pitt.

»Einzeln«, antwortete sie. »Und soweit ich weiß, sind sie auch einzeln wieder gegangen. Bei der Séance waren sie natürlich alle zusammen.« Ihre Stimme klang ausdruckslos, als bemühe sie sich, ihre Gefühle zu verbergen. Geschah das, um sich selbst oder ihrer Herrin etwas zu ersparen – vielleicht Lächerlichkeit?

»Haben Sie sie gesehen?«

»Nein.«

»Es wäre also möglich, dass sie gemeinsam gekommen sind?«

»Miss Lamont hat mich beauftragt, den Seiteneingang zum Cosmo Place zu entriegeln, durch den sie bestimmte Gäste einließ«, gab sie zur Antwort. »Deshalb habe ich angenommen, dass gestern Abend welche von denen da waren, die nicht gesehen werden wollen.«

»Gibt es viele davon?«

»Vier oder fünf.«

»Sie haben also dafür gesorgt, dass sie vom Cosmo Place aus ins Haus gelangten und nicht durch die Haustür an der Southampton Row? Erklären Sie mir bitte, wie das funktioniert.«

Sie hob den Blick und sah ihn an. »In der Mauer ist eine kleine Tür, die auf den Platz führt. Sie hat ein schweres Eisenschloss, und die Leute schließen sie hinter sich ab, wenn sie gehen.«

»Ist das der Riegel, von dem Sie gesprochen haben?«

»Der wird von innen vorgeschoben. Dann kommt man nicht einmal mit einem Schlüssel hinein. Auf diese Weise ist die Tür normalerweise versperrt, außer, wenn besondere Gäste kommen.«

»Und solche Gäste suchten Miss Lamont allein auf?«

»Nein, gewöhnlich mit zwei oder drei anderen.«

»Gibt es viele davon?«

»Ich glaube nicht. Meistens hat sie sie selbst aufgesucht oder bei Gesellschaften getroffen. Nur ganz besondere Gäste sind etwa einmal in der Woche hergekommen.«

Pitt versuchte sich vorzustellen, wie eine Hand voll nervöser, aufgeregter Leute im Halbdämmer um einen Tisch saßen, mit ihren Ängsten und Träumen und in der Hoffnung, von jenseits des Grabes Stimmen von Menschen zu hören, die ihnen nahe gestanden hatten. Was aber sollten die ihnen sagen? Dass sie noch existierten? Dass sie glücklich waren? Sollten sie ihnen irgendwelche Geheimnisse über Leidenschaften oder über Geld anvertrauen, das sie mit ins Grab genommen hatten? Oder ihnen etwas verzeihen, was nun nicht mehr wieder gutzumachen war?

»Gestern Abend also waren besondere Besucher im Hause?«, fragte er.

»Ich nehme es an«, gab sie mit einem leichten Schulterzucken zur Antwort.

»Aber gesehen haben Sie keinen von ihnen?«

»Nein. Wie ich schon gesagt habe, ist diesen Herrschaften Diskretion sehr wichtig. Außerdem hatte ich gestern Abend frei und habe das Haus verlassen, gleich nachdem sie gekommen sind.«

»Wo waren Sie?«, fragte er.

»Bei einer Freundin. Mistress Lightfoot in Newington, auf dem anderen Themseufer.«

»Wo wohnt sie?«

»Lion Street 4, die geht von der New Kent Road ab«, antwortete sie ohne Zögern.

»Danke.« Man würde ihre Angaben routinemäßig überprüfen. Er kam erneut auf die Klienten des Mediums zu sprechen. »Wenn sich Miss Lamonts Besucher gesehen haben, waren sie ja wohl zumindest miteinander bekannt.«

»Möglich«, sagte sie. »Allerdings war es im Salon immer ziemlich dunkel. Ich weiß das, weil ich immer alles hergerichtet habe, bevor die Leute kamen. Sie saßen um den Tisch herum, und wer das wollte, konnte sein Gesicht leicht im Schatten halten. Die Petroleumlampen mit den roten Schirmen wurden nur an ein Tischende gestellt, und der Gaskandelaber blieb aus. Wer jemanden nicht schon vorher kannte, wird wohl nicht gesehen haben, wen er vor sich hatte.«

»Und gestern Abend war also einer der geheimnisvollen Besucher da?«

»Das nehme ich an, sonst hätte sie mir nicht gesagt, dass ich den Riegel zurückschieben sollte.«

»War er heute Morgen wieder vorgelegt?«

Ihre Augen weiteten sich ein wenig. Offenbar begriff sie sofort, worauf er damit hinaus wollte. »Das weiß ich nicht. Ich habe nicht nachgesehen.«

»Also werde ich es tun. Berichten Sie mir aber erst noch etwas über den gestrigen Abend. Alles, was Ihnen dazu einfällt. War Miss Lamont beispielsweise nervös, über etwas besorgt? Ist Ihnen bekannt, ob man ihr je gedroht hat oder einer ihrer Klienten wegen der Sitzungen aufgebracht oder unzufrieden war?«

»Wenn ja, hat sie mir nichts davon gesagt«, gab das Hausmädchen zurück. »Allerdings hat sie über solche Dinge nie gesprochen. Bestimmt wusste sie Hunderte von Geheimnissen über andere Menschen.« Einen flüchtigen Augenblick lang änderte sich ihr Gesichtsausdruck. Eine tiefe Empfindung stieg in ihr auf, und sie gab sich Mühe, sie zu verbergen. Dahinter mochte die Angst vor einem Verlust stehen oder das Entsetzen angesichts des plötzlichen und gewaltsamen Todes – wenn nicht etwas anderes, das er nie erraten würde. Ob sie wohl an Geister glaubte, die auf Böses sannen? Vielleicht aus Rachsucht?

»Sie hat so etwas immer für sich behalten«, sagte sie. Wieder war ihrem Gesicht nichts anzumerken. Sie war lediglich bemüht, seine Fragen zu beantworten.

Er überlegte, wie viel sie wohl über die Tätigkeit ihrer Herrin wusste. Immerhin hatte sie in diesem Hause gelebt. War sie denn überhaupt nicht neugierig?

»Räumen Sie in dem Salon auf, in dem die Séancen stattfanden?«, fragte er.

Ihre Hand zuckte kaum wahrnehmbar; es war kaum mehr als ein Erstarren der Muskeln. »Ja. Für die Arbeit in allen anderen Räumen haben wir eine Zugehfrau, aber dort musste immer ich Ordnung schaffen.«

»Die Vorstellung von übernatürlichen Erscheinungen macht Ihnen keine Angst?«

Der Ausdruck von Verachtung trat in ihre Augen und verschwand wieder. Mit völlig gleichmütiger Stimme sagte sie: »Wer sich nicht um solche Dinge kümmert, um den kümmern sie sich auch nicht.«

»Waren Sie von Miss Lamonts ... besonderer Begabung überzeugt?«

Sie zögerte. Er konnte ihrem Gesicht nicht ansehen, was sie dachte. Lag die Loyalität zu ihrer Herrschaft vielleicht im Widerstreit mit ihrer Wahrheitsliebe?

»Was können Sie mir darüber sagen?« Die Frage schien ihm

dringlich. Immerhin hing der Tod dieser Frau mit ihrer Tätigkeit zusammen, auf welche Weise auch immer. Weder ein habgieriger Verwandter hatte sie umgebracht noch ein überraschter Einbrecher. Es handelte sich ganz offenbar um die geplante Tat eines Menschen, der einer übermächtigen Leidenschaft folgte, sei es Wut oder Neid, der den Willen hatte, nicht nur die Frau zu vernichten, sondern auch die Gaben, derer sie sich rühmte.

»Ich ... ich weiß es wirklich nicht«, sagte Lena unbeholfen. »Ich bin hier das Hausmädchen. Ich kann Ihnen nur sagen, dass es Leute gab, die wirklich an sie geglaubt haben, und zwar mehr als die, die herkamen. Sie hat mal gesagt, dass sie nirgendwo besser arbeiten könnte als hier. Was sie in anderen Häusern gemacht hat, war wohl mehr eine Art Unterhaltung.«

»Das heißt also, die Menschen, die gestern Abend hier waren, suchten aus irgendeinem wichtigen persönlichen Grund eine tatsächliche Verbindung mit den Toten?«

»Das weiß ich nicht. Aber sie hat gesagt, dass es so war.« Sie wirkte angespannt, saß aufrecht, ohne sich anzulehnen, hielt die Hände auf dem Tisch vor sich verschränkt.

»Haben Sie je an einer solchen Sitzung teilgenommen, Miss Forrest?«

»Nein!« Die Antwort kam sogleich und mit Nachdruck. Ihre innere Erregung war unübersehbar. Dann senkte sie den Blick. Mit leiser Stimme sagte sie: »Die Toten sollen in Frieden ruhen.«

Mit einem Mal sah er, wie ihr Tränen in die Augen traten und über ihre Wangen liefen. Ihr Gesicht blieb reglos. Sie entschuldigte sich nicht, schien in das Bewusstsein ihres Verlusts eingesponnen, als hätte sie Pitts Anwesenheit für eine Weile vergessen. Vermutlich weinte sie nicht um Maude Lamont, die groteske Gestalt, die steif ein Stück weiter im Salon saß, sondern um einen Menschen, der ihrem Herzen nahe stand. Er hätte es am liebsten gesehen, wenn jemand dort gewesen wäre, der ihr Trost zusprach, durch den Kummer hindurch Zugang zu ihr hatte und sie beruhigen konnte.

»Haben Sie Angehörige, Miss Forrest? Jemanden, den wir benachrichtigen könnten?«

Sie schüttelte den Kopf. »Ich hatte nur eine Schwester, Nell, aber die lebt schon lange nicht mehr, Gott sei ihrer Seele gnädig«, sagte sie. Dann holte sie tief Luft, straffte sich und versuchte sich mit großer Mühe zusammenzunehmen. Es gelang ihr. »Bestimmt wollen Sie wissen, wer die Leute waren, die gestern Abend gekommen sind. Ich kann Ihnen das nicht sagen, denn ich weiß es selbst nicht, aber sie hat über alles Mögliche Buch geführt. Das Heft liegt in ihrem Sekretär. Wahrscheinlich ist er abgeschlossen. Sie trägt den Schlüssel dazu an einem Kettchen um den Hals. Falls Sie ihr das nicht abnehmen wollen, könnten Sie das Schloss auch mit einem Messer aufbrechen. Das wäre aber schade, der Sekretär ist wunderschön, mit Einlegearbeiten und dergleichen.«

»Ich hole den Schlüssel.« Er erhob sich. »Ich muss später noch einmal mit Ihnen reden, Miss Forrest, aber jetzt sagen Sie mir bitte erst, wo der Sekretär steht, und machen dann vielleicht eine Tasse Tee, zumindest für sich selbst. Möglicherweise hätten Inspektor Tellman und seine Männer ebenfalls gern eine.«

»Ja, Sir.« Sie zögerte. »Danke.«

»Der Sekretär?«, erinnerte er sie.

»Ach ja. Er steht im kleinen Arbeitszimmer, die zweite Tür links.« Sie wies mit einer Handbewegung in die Richtung.

Er dankte ihr und kehrte dann in den Salon zurück. Der Polizeiarzt war gegangen. Tellman stand an der Terrassentür und sah hinaus, wo sich ein Wachtmeister in dem kleinen Garten hinter dem Haus umsah, in dem man Kamelienbüsche und eine gelbe Hochstammrose in voller Blüte erkennen konnte.

»War die Gartentür von innen verriegelt?«, fragte Pitt.

Tellman nickte. »Und von dieser Terrassentür aus kann man nicht auf die Straße. Es muss jemand gewesen sein, der schon hier drin war«, sagte er ratlos. »Er ist dann wohl durch die Haustür hinausgegangen, die von selbst ins Schloss fällt. Ich habe das Mädchen gefragt. Sie sagt, sie hat keine Ahnung.«

»Nein, aber ich habe von ihr erfahren, dass Maude Lamont über ihre Besucher Buch geführt hat. Es befindet sich im Sekretär im kleinen Arbeitszimmer, und den Schlüssel dazu trägt sie um den Hals.« Pitt nickte zu der Toten hin. »Vielleicht erfahren wir daraus, was wir wissen wollen, möglicherweise sogar, warum die Leute hier waren. Sie dürfte es ja wohl gewusst haben.«

Tellman verzog das Gesicht. »Arme Teufel«, sagte er mit tiefem Empfinden. »Welche Art von Bedürfnis bringt Menschen dazu, zu einer solchen Frau zu gehen und nach Antworten zu suchen, die man eher in der Kirche erwartet, wenn sie einem der gesunde Menschenverstand schon nicht geben kann? Ich meine ... was wollen diese Leute eigentlich wissen?« Er runzelte die Stirn, was seinem langen Gesicht einen abweisenden Ausdruck gab. »›Wo bist du?‹, ›Wie ist es da?‹ Sie konnte ihnen doch alles Beliebige sagen ... Wie hätten sie das nachprüfen sollen? Es ist unanständig, aus dem Kummer anderer Menschen Kapital zu schlagen.« Er wandte sich ab. »Aber es ist auch dumm von den Klienten, dass sie Geld dafür hergeben.«

Pitt brauchte eine Weile, bis er umgeschaltet hatte, doch merkte er, dass Tellman verwirrt und zornig war und sich gegen die Schlussfolgerung wehrte, dass einer jener Menschen, die er mehr oder weniger gegen seinen eigenen Willen bedauerte, den Mord an der Frau begangen haben musste, die wenige Schritte entfernt reglos im Sessel lehnte. Dazu musste er ihr ein Knie auf die Brust gesetzt haben, während sie nach Luft rang, so dass sie an der sonderbaren Substanz erstickte, die in ihrer Kehle saß. Tellman versuchte sich vorzustellen, was den Mörder zu seiner Tat getrieben haben mochte. Er war Junggeselle und kam außerhalb seiner Arbeit bei der Polizei mit Frauen kaum in Berührung. Er hoffte, dass Pitt der Leiche den Schlüssel abnahm, denn wenn er selbst es täte, würde das schwerfällig und peinlich wirken.

Pitt trat zu ihr hinüber, hob vorsichtig den Spitzeneinsatz vorn am Kleid an und tastete unter dem Stoff. Er fand die dünne Goldkette und zog sie hervor, bis er den Schlüssel in Händen hielt. Behutsam hob er die Kette über ihren Kopf, bemüht, ihre Haare nicht in Unordnung zu bringen. Lachhaft! Welche Rolle konnte das jetzt noch spielen? Dabei hatte sie noch vor wenigen Stunden gelebt, war voller Gedanken und Empfindungen gewesen. Da wäre es undenkbar gewesen, auf diese Weise ihren Hals und Busen zu berühren.

Mechanisch schob er ihre Hand beiseite. In diesem Augenblick fiel ihm ein langes helles Haar auf, das sich um den Knopf an ihrem Ärmel gewickelt hatte. Es konnte keinesfalls von ihr stammen: denn sie war dunkel. Einen Augenblick lang leuchtete das Haar auf wie ein Faden aus gesponnenem Glas. Als er sich bewegte, wurde es wieder unsichtbar.

»Was hat diese Sache mit dem Sicherheitsdienst zu tun?«, fragte Tellman unvermittelt mit schroffer Stimme.

»Ich weiß es nicht«, gab Pitt wahrheitsgemäß zur Antwort, richtete sich auf und legte den Kopf der Toten wieder genau so hin wie zuvor.

Tellman sah ihn an. »Zeigen Sie es mir?«, wollte er wissen.

Zwar hatte Pitt noch nicht darüber nachgedacht, doch da ihm die Situation sonst absurd erschienen wäre, erwiderte er spontan: »Natürlich. Ich hoffe daraus sehr viel mehr zu erfahren als nur die Namen derer, die gestern Abend hier waren. Wenn sich die Sache nicht durch ein Wunder von selbst aufklärt, werden wir über diese Frau noch weit mehr Erkundigungen einziehen und mit ihren Besuchern reden müssen. Was für Menschen sind das, und was wollten sie hier? Wie viel hat man ihr gezahlt? Ließ sich von diesen Einnahmen der Aufwand für das Haus hier bestreiten?« Automatisch sah er sich im Raum um, ließ den Blick über die Künstlertapeten und die kunstvoll geschnitzten asiatischen Möbel gleiten. Er hatte durchaus eine Vorstellung davon, was all das kosten konnte.

Tellman verzog das Gesicht. »Woher wusste sie überhaupt, was sie diesen Menschen sagen sollte?«, fragte er und biss sich dabei auf die Lippe. »Und was hat sie ihnen gesagt? Wahrscheinlich musste sie sie erst einmal ein bisschen aushorchen und dann raten.«

»Vermutlich. Vielleicht hat sie ihre Klienten auch sehr sorgfältig ausgewählt und sich nur mit solchen abgegeben, über die sie bereits etwas wusste oder mit Sicherheit etwas in Erfahrung bringen konnte.«

»Ich habe mich im ganzen Raum umgesehen.« Tellman betrachtete die Wände, die Gaskandelaber, den hohen Lackschrank. »Ich wüsste nicht, auf welche Weise sie hier Täuschungsmanöver hätte durchführen können. Was hat man eigentlich von ihr erwartet? Geistererscheinungen? Stimmen? Menschen, die in der Luft schweben? Oder was sonst? Warum hätte überhaupt jemand glauben sollen, dass es sich um Geister handelte und ihnen nicht jemand genau das erzählte, was sie hören wollten?«

»Ich weiß es nicht«, sagte Pitt. »Fragen Sie ihre Besucher danach, aber gehen Sie dabei mit Umsicht zu Werke. Machen Sie sich nicht über die Überzeugungen anderer Menschen lustig, ganz gleich, wie lächerlich sie Ihnen erscheinen mögen. Die meisten von uns brauchen mehr als den flüchtigen Augenblick; wir haben Träume, die sich hier nicht verwirklichen, und wir brauchen die Vorstellung von Ewigkeit.« Dann verließ er den Raum, ohne eine Antwort abzuwarten, und ließ Tellman weiter nach etwas suchen, wovon er selbst nicht wusste, was es sein mochte.

Er öffnete die Tür zum kleinen Arbeitszimmer. Ganz wie Lena Forrest es gesagt hatte, war der Sekretär in der Tat ausgesprochen schön: goldbraunes Holz mit einer herrlichen Einlegearbeit in dunklen und hellen Tönen.

Er steckte den Schlüssel ins Schloss und drehte ihn. Als er die Klappe öffnete, bildete sie eine glatte Schreibfläche mit Ledereinsatz. Es gab zwei Schubladen und ein halbes Dutzend offene Fächer. In einer der Schubladen fand er das Heft und schlug es unter dem Datum des Vortages auf. Zwei Namen, die ihm bekannt waren, sprangen ihm entgegen. Sein Magen zog sich zusammen: Roland Kingsley und Rose Serracold. Jetzt wusste er, warum ihn Narraway hergeschickt hatte.

Reglos bedachte er die möglichen Folgen. Konnte das lange helle Haar am Kleiderärmel der Toten von Rose Serracold stammen? Er wusste es nicht, da er sie nie gesehen hatte, aber er würde sich darum kümmern. Sollte er es Tellman zeigen oder warten, bis er selbst oder der Arzt es entdeckte, wenn er die Leiche für die Autopsie entkleidete? Es konnte alles Mögliche bedeuten – oder gar nichts.

Erst nach einer Weile fiel ihm auf, dass die dritte Zeile keinen Namen enthielt, sondern eine ovale Zeichnung, etwa so wie die Umrandung altägyptischer Königsnamen. Er hatte einmal gehört, dass jemand dergleichen als Kartusche bezeichnete. Diese hier enthielt einen Halbkreis, der sich über einem Zeichen wölbte, das einem umgedrehten *f* glich. Auch wenn das Zeichen alles andere als kompliziert war, vermochte er ihm nicht die geringste Bedeutung zu entnehmen.

Welchen Grund mochte jemand für eine so große Geheimniskrämerei haben, dass sich selbst Maude Lamont lieber einer solchen skurrilen Bilderschrift bediente, als den Namen dieses Menschen hinzuschreiben? Der Besuch eines spiritistischen Mediums war weder skandalös noch verstieß er gegen die Gesetze. Höchstens sahen ihn Menschen als lächerlich an, die sich über derlei erhaben fühlten, womit sie sich den Vorwurf der Heuchelei gefallen lassen mussten. Angehörige aller Gesellschaftsschichten hatten an Sitzungen dieser Art teilgenommen, teils auf die Behauptung gestützt, es handele sich dabei um ernsthafte Unternehmungen, teils zur bloßen Unterhaltung. Andere mochten einsam und unsicher sein, Menschen, die Kümmernisse litten und auf die Versicherung angewiesen waren, dass jene, die ihnen nahe gestanden hatten, nach wie vor irgendwo existierten und sich noch über das Grab hinaus um sie sorgten. Möglicherweise leistete das Christentum, wie es gegenwärtig von der Kirche gepredigt wurde, das nicht mehr für sie.

Pitt blätterte das Heft durch, um zu sehen, ob es weitere Kartuschen gab, sah aber immer nur die gleiche. Dieser Besucher schien im Mai und Juni in unregelmäßigen Abständen etwa ein halbes Dutzend Mal gekommen zu sein, durchschnittlich alle zehn Tage.

Als er erneut nachsah, zeigte sich, dass Roland Kingsley schon siebenmal und Rose Serracold zehnmal dort gewesen war. Nur bei drei Gelegenheiten hatten alle drei an derselben Séance teilgenommen. Ein Blick auf die anderen Namen zeigte ihm, dass sich viele im Laufe der Monate wiederholten, andere nur ein oder zwei Mal auftauchten oder nicht mehr auftauchten, nachdem sie drei oder vier Wochen hintereinander gekommen waren. Waren sie zufrieden oder enttäuscht gewesen? Tellman würde diese Menschen aufspüren und fragen müssen, um in Erfahrung zu bringen, was ihnen Maude Lamont gegeben hatte, und möglichst zu erkunden, was es mit der sonderbaren Substanz in ihrem Mund und ihrer Kehle auf sich hatte.

Was wollte eine kultivierte Frau wie Rose Serracold dort? War sie gekommen, um Stimmen zu hören und Erscheinungen zu sehen? Auf welche Fragen suchte sie Antworten? Bestand eine Beziehung zwischen ihrer Anwesenheit und der Roland Kingsleys? Vermutlich.

Er spürte Tellmans Gegenwart, wandte sich um und sah ihn an der Tür stehen. Auf dem Gesicht des Inspektors lag ein fragender Ausdruck.

Pitt hielt ihm das Heft hin, Tellman sah darauf und hob den Blick wieder. »Was bedeutet das?«, fragte er, auf die Kartusche weisend.

»Ich habe nicht die geringste Ahnung«, sagte Pitt. »Offenbar legt jemand so großen Wert darauf, anonym zu bleiben, dass Maude Lamont seinen Namen nicht einmal in ihrem eigenen Tagebuch vermerken wollte.«

»Vielleicht wusste sie ihn nicht?«, fragte Tellman. Er holte tief Luft. »Womöglich wurde sie umgebracht, weil sie dahinter gekommen war.«

»Und versucht hat, ihn zu erpressen? Womit?«

»Mit dem, was ihn veranlasst hat, seine Besuche bei ihr geheim zu halten«, gab Tellman zurück. »Möglicherweise war er gar nicht einer ihrer Besucher, sondern ihr Liebhaber. Das wäre doch ein Motiv.« Er verzog den Mund. »Da könnte doch auch der Grund für das Interesse des Sicherheitsdienstes liegen. Wahrscheinlich steckt irgendein Politiker dahinter, der es sich nicht leisten kann, zur Zeit des Wahlkampfs bei einer Affäre ertappt zu werden.« Sein Blick war herausfordernd. Er ärgerte sich sichtlich, gegen seinen Willen in den Fall verwickelt zu werden, ohne dass man ihm etwas sagte, benutzt zu werden, ohne zu wissen, worum es ging.

Pitt hatte darauf gewartet, dass er zeigte, wie gekränkt er war. Er spürte den Stich, und dennoch empfand er es fast als Erleichterung, dass die Sache endlich herauskam.

»Möglich wäre es, aber ich glaube es nicht«, sagte er offen

heraus. »Zumindest weiß ich nichts darüber. Ich kann mir nicht im Entferntesten vorstellen, warum sich der Sicherheitsdienst mit dem Fall beschäftigt, und soweit mir bekannt ist, habe ich mich ausschließlich für Mrs. Serracold zu interessieren. Sollte sich zeigen, dass sie Maude Lamont getötet hat, werde ich dafür sorgen, dass sie zur Rechenschaft gezogen wird, wie ich das bei jedem anderen Menschen auch tun würde.«

Tellman entspannte sich etwas, bemühte sich aber nach Kräften, das vor Pitt zu verbergen. Er straffte die Schultern ein wenig. »Wovor sollen wir Mrs. Serracold denn schützen?« Sofern ihm bewusst war, dass er sich bei dieser Frage mit eingeschlossen hatte, gab er es nicht zu erkennen.

»Vor politischen Machenschaften«, erwiderte Pitt. »Ihr Mann bewirbt sich um einen Unterhaussitz. Es ist denkbar, dass ihn sein Gegenspieler mit Hilfe korrupter oder gesetzeswidriger Mittel in Verruf bringen möchte.«

»Sie meinen über seine Frau?« Tellman sah ihn verwirrt an. »Handelt es sich bei der Sache etwa um einen ... politischen Hinterhalt?«

»Wahrscheinlich nicht. Vermutlich hat es gar nichts mit ihr zu tun, und sie taucht nur zufällig im Zusammenhang mit diesem Fall auf.«

Tellman glaubte ihm nicht und zeigte das deutlich. Wenn er ehrlich war, glaubte Pitt selbst nicht, was er gesagt hatte. Er hatte Voiseys Macht so ungemindert zu spüren bekommen, dass er keinen Grund sah, etwas für einen Zufall zu halten, was diesem Menschen zu einem Vorteil verhalf.

»Wie ist diese Mrs. Serracold?«, erkundigte sich Tellman mit einer leichten Furche zwischen den Brauen.

»Ich weiß es nicht«, gab Pitt zu. »Ich bin gerade dabei, etwas über ihren Mann in Erfahrung zu bringen, und was noch wichtiger ist, über seinen politischen Gegner. Als zweiter Sohn einer alten Familie ist Serracold ausgesprochen wohlhabend. Er hat in Cambridge Kunst und Geschichte studiert und ist viel gereist. Er ist ein Verfechter von Reformen, gehört der Liberalen Partei an und kandidiert in South Lambeth.«

Auf Tellmans Gesicht war abzulesen, was er empfand, und sicher hätte es ihn geärgert, wenn ihm das bewusst gewesen wäre. »Er ist privilegiert, reich, hat sein Leben lang nicht gearbeitet und möchte jetzt gern an der Regierung teilhaben, um uns anderen zu sagen, was wir tun sollen und wie. Oder vermutlich, um uns zu sagen, was wir nicht tun sollen«, schimpfte er.

Pitt unterließ es, darauf einzugehen. Von seinem Standpunkt aus hatte Tellman den Nagel ziemlich genau auf den Kopf getroffen. »Mehr oder weniger«, räumte er ein.

Tellman stieß langsam den Atem aus. Da ihm das Wortgefecht, das er sich erhofft hatte, verwehrt blieb, empfand er keinen Triumph. »Was für Menschen sind das nur, die eine Frau aufsuchen, die von sich behauptet, sie könnte mit Geistern sprechen?«, sagte er. »Wissen die Leute eigentlich nicht, dass das Humbug und Mumpitz ist?«

»Diese Menschen sind auf der Suche«, entgegnete Pitt. »Verletzliche, einsame Menschen, die in der Vergangenheit verharren, weil ihnen die Zukunft ohne den geliebten Menschen unerträglich ist. Ich weiß nicht ... vermutlich lassen sie sich von Leuten benutzen und ausbeuten, die von sich glauben, dass sie die Macht dazu haben, oder es verstehen, eine Illusion zu schaffen ... wenn nicht beides.«

Auf Tellmans Gesicht ließ sich erkennen, dass in ihm Abscheu und Mitleid im Widerstreit lagen.

»Das gehört verboten!«, sagte er schmallippig. »Das ist wie eine Mischung von Prostitution und Jahrmarktsbetrügerei – aber jene Leute nutzen wenigstens nicht den Kummer anderer aus, um sich zu bereichern!«

»Wir können niemanden hindern, etwas zu glauben, was er glauben möchte oder muss«, erwiderte ihm Pitt. »Und auch nicht daran, dass er jede mögliche Quelle der Wahrheit nutzt.«

»Wahrheit?«, höhnte Tellman. »Warum gehen sie nicht einfach sonntags zur Kirche?« Er erwartete keine Antwort auf diese Frage, denn er wusste, dass es keine gab. Er selbst hatte auch keine. Er unterließ es, Fragen zu stellen, die auf den Bereich des persönlichen Glaubens zielten. »Jedenfalls müssen wir feststellen, wer das getan hat!«, sagte er schroff. »Wie jeder andere Mensch hatte diese Frau einen Anspruch darauf, nicht umgebracht zu werden, auch wenn sie sich um Sachen gekümmert hat, die sie nichts angingen. Ich jedenfalls möchte, dass man meine Toten in Frieden lässt!« Er sah Pitt nicht an.

»Wie die das bloß machen?«, spann er dann den schon einmal angefangenen Faden fort. »Ich habe das Zimmer von oben bis unten durchsucht und nichts gefunden: keine Hebel, keine Pedale, keine Drähte – rein gar nichts. Und das Hausmädchen schwört, dass sie nichts mit der Sache zu tun hatte ... Na ja, es bleibt ihr ja wohl auch nichts anderes übrig, als das zu sagen.« Er ließ eine Pause eintreten. »Wie um Himmels willen bringt man Leute nur dazu, dass sie glauben, man steigt in die Luft auf oder wird immer länger?«

Pitt biss sich auf die Lippe. »Für uns ist die Frage wichtiger, woher man erfährt, was die Leute hören wollen, damit man es ihnen sagen kann.«

Tellman sah ihn verblüfft an, dann begriff er allmählich. »Man versucht, etwas über sie in Erfahrung zu bringen«, stieß er hervor. »Das hat uns das Mädchen heute Morgen erklärt. Sie hat gesagt, dass die Frau nur bestimmte Leute als Besucher haben wollte – wahrscheinlich genau die, über die sie etwas erfahren konnte. Man nimmt sich jemanden vor, den man kennt, hört gut zu, stellt Fragen und macht sich ein Bild. Vielleicht hat man sogar jemanden zur Hand, der ihnen die Taschen durchsucht.« Er steigerte sich in die Vorstellung hinein und fuhr mit vor Empörung blitzenden Augen fort: »Unter Umständen lässt man auch die Dienstboten solcher Menschen aushorchen, bricht in ihr Haus ein, liest ihre Briefe, ihre Papiere, sieht sich gründlich ihre Kleiderschränke an! Man fragt die Lieferanten aus, stellt fest, wofür die Leute Geld ausgeben und bei wem sie Schulden haben.«

Pitt seufzte. »Und wenn man über einen oder zwei solcher Menschen genug Material zusammengetragen hat, versucht man eine kleine Erpressung«, sagte er. »Es ist gut möglich, dass wir hier einen äußerst hässlichen Fall haben, Tellman, einen wirklich äußerst hässlichen.«

Ein Anflug von Mitgefühl zeigte sich um Tellmans Mund. Sogleich straffte er die Lippen, um diese Empfindung nicht zu zeigen. »Wen von den dreien mag sie zu weit getrieben haben?«, fragte er ruhig. »Und in Bezug worauf? Hoffentlich ist es nicht Ihre Mistress Serracold ...« Er hob das Kinn ein wenig, als wäre ihm der Kragen zu eng. »Wenn aber doch, bin ich unter keinen Umständen bereit, das zu decken, nur um dem Sicherheitsdienst einen Gefallen zu tun.«

»Es würde auch nichts nutzen«, sagte Pitt. »Denn ich würde der Sache auf jeden Fall nachgehen.«

Ganz allmählich entspannte sich Tellman. Er nickte kaum wahrnehmbar und lächelte zum ersten Mal.

Kapitel 4

Isadora Underhill saß an einem üppig gedeckten Tisch und schob das Essen auf ihrem Teller mit wohleinstudierter Eleganz herum. Gelegentlich führte sie den einen oder anderen Bissen zum Munde. Es waren durchaus gut zubereitete Speisen, lediglich ein wenig fade, und im Großen und Ganzen genau das, was es schon beim vorigen Mal gegeben hatte, als sie in diesem prächtigen Raum voller Spiegel mit den Anrichten aus der Zeit Louis XV. und den riesigen vergoldeten Kronleuchtern diniert hatte. Soweit sie sich erinnern konnte, waren auch fast ausnahmslos dieselben Menschen anwesend. Am Kopfende des Tisches saß ihr Gatte, der Bischof. Wie sie ihn so ansah, merkte sie, dass er verschwollene Augen hatte und bleich aussah, als hätte er schlecht geschlafen und zu viel gegessen. Er hatte seine Speisen fast noch nicht angerührt – das mochte daran liegen, dass er sich unwohl fühlte, ging aber wohl eher darauf zurück, dass er vor lauter Reden nicht zum Essen kam.

Er und der Erzdiakon priesen die Tugenden einer vor langer Zeit verstorbenen Heiligen, von der sie noch nie gehört hatte. Wie war es nur möglich, dass jemand in derart langweiligen Worten von wahrer Herzensgüte, gar Heiligkeit sprach, von der Überwindung der Furcht, der kleinen Eitelkeiten und Täuschungen des Alltagslebens, der Geistesgröße, die es einem Menschen erlaubte, über Kränkungen hinwegzusehen, von der Liebe zu allem Lebenden und seelischer Heiterkeit? Eine solche Haltung war doch einfach großartig!

»Hat sie je gelacht?«, fragte sie unvermittelt.
Um den ganzen Tisch herum trat Schweigen ein. Alle fünfzehn Anwesenden sahen sie an, als hätte sie ihr Weinglas umgestoßen oder ein ungehöriges Geräusch von sich gegeben.
»Nun, hat sie?«, ließ sie nicht locker.
»Sie war eine Heilige«, gab ihr die Gattin des Erzdiakons geduldig zu verstehen.
»Wie kann jemand heilig sein, wenn er keinen Humor hat?«, fragte Isadora.
»Das ist eine äußerst ernsthafte Angelegenheit«, erklärte der Erzdiakon und sah sie streng an. »Sie war Gott sehr nahe.«
»Man kann nicht Gott nahe sein, ohne seine Mitmenschen zu lieben«, sagte Isadora beharrlich und mit großen Augen. »Und wie könnte man andere Menschen lieben, wenn einem das Absurde an bestimmten Dingen und Situationen nicht bewusst ist?«
Der Erzdiakon zwinkerte. »Ich verstehe nicht, was Sie damit sagen wollen.« Er war breitschultrig und hatte ein schweinchenrosa Gesicht. Sie sah auf seine kleinen braunen Augen und seinen Mund, dem nie ein unbedachtes Wort zu entschlüpfen schien. »Nein«, stimmte sie zu, fest überzeugt, dass er überhaupt nur wenig verstand. Allerdings war er ihrer eigenen Einschätzung nach vom Stand eines Heiligen weit entfernt. Sie konnte sich unmöglich vorstellen, wie jemand, und sei es ein Heiliger, den Erzdiakon lieben konnte. Flüchtig überlegte sie, was seine Frau wohl empfinden mochte. Warum hatte sie ihn geheiratet? Aus Zweckmäßigkeit, wenn nicht gar aus Verzweiflung? Oder war er damals ein anderer Mensch gewesen?
Die arme Frau.
Isadora sah zu ihrem Mann hin. Sie versuchte, sich zu erinnern, warum sie ihn geheiratet hatte und ob sie beide wirklich vor dreißig Jahren so anders gewesen waren. Sie hatte Kinder gewollt, die aber waren ihr versagt geblieben. In jungen Jahren war er ein aufrichtiger Mann gewesen, vor dem eine viel versprechende Zukunft lag, und er hatte sie höflich und achtungsvoll behandelt. Was aber hatte sie in ihm zu sehen geglaubt, in seinem Gesicht und seinen Händen, was sie veranlasst hatte, ihm zu gestatten, dass er sie berührte? Was an

seinen Worten hatte sie dazu gebracht, ihm für den Rest ihres Lebens zuzuhören? Wie waren seine Träume beschaffen gewesen, dass sie sie hatte teilen wollen?

Sofern ihr das je klar gewesen war, hatte sie es vergessen.

Jetzt wandte sich das Gespräch der Politik zu. Endlos wurden die Stärken der einen und die Schwächen der anderen diskutiert und über die Frage gesprochen, warum es den Anfang vom Ende des Weltreiches bedeuten würde, wenn man den Iren Selbstbestimmung gewährte, und dass damit das Ende aller missionarischen Bemühungen gekommen sei, der übrigen Welt das Licht der christlichen Tugenden zu bringen.

Sie sah sich im Kreise der Anwesenden um und fragte sich, wie viele der Frauen tatsächlich zuhören mochten. Sie alle waren so gekleidet, wie es die Mode verlangte und es sich für eine festliche Abendeinladung gehörte: eng geschnürt, hoch geschlossen, Kleider mit Puffärmeln. Vermutlich betrachtete so manche von ihnen lieber das weißleinene Tischtuch, die Teller, die Gewürzständer, die peinlich genau arrangierten Gestecke von Blumen aus dem Gewächshaus und stellte sich dabei vor, wie der Mond auf die Meeresbrandung schien, wie die aufrührerische See mit weißen Schaumkronen herbeistürmte und sich mit endlosem Donner am Ufer brach. Vielleicht auch dachten sie an den blassen Sand einer glutheißen Wüste, in der sich Reiter mit Gewändern, die sich im Wind blähten, als schwarze Umrisse vor dem Horizont abzeichneten.

Die Teller wurden gewechselt, ein neuer Gang wurde aufgetragen. Sie sah nicht einmal hin, wollte nicht wissen, was es war.

Einen wie großen Teil ihres Lebens hatte sie damit zugebracht, von anderen Orten zu träumen, zu wünschen, sie wäre dort?

Der Bischof hatte den Gang vorübergehen lassen. Vermutlich litt er wieder an Verdauungsstörungen. Allerdings hinderte ihn das nicht daran, die Schwächen des Mannes hervorzuheben, der in South Lambeth für die Liberalen kandidierte, vor allem seinen Mangel an Religiosität. Die Frau dieses Mannes schien seinen besonderen Zorn hervorgerufen zu haben, obwohl er offen einräumte, dass er sie seines Wissens nie gesehen hatte. Wohl aber hatte er gehört, sie sei voller Bewunderung für einige der sonderbaren Sozialisten, die sich selbst als Bloomsbury-Gruppe bezeichneten und radikale, wenn nicht widersinnige, Vorstellungen von Reform hatten. So etwas war unverzeihlich.

»Gehört nicht auch Sidney Webb dazu?«, fragte der Erzdiakon mit einem Anflug von Abscheu in der Stimme.

»In der Tat, wenn er nicht gar der Anführer ist«, sagte ein anderer, dessen Schultern ein wenig herabhingen. »Er hat diese armen Frauen ermuntert zu streiken.«

»Und so etwas bewundert der Kandidat für South Lambeth?«, fragte die Frau des Erzdiakons ungläubig. »Damit öffnet er doch der Unruhe in der Gesellschaft und dem völligen Chaos Tür und Tor! Das kann nur in die Katastrophe führen.«

»Soweit ich weiß, hat Mistress Serracold diese Ansicht vertreten«, berichtigte der Bischof. »Doch hätte ihr Gatte das nie zugelassen, wenn er ein Mann von Charakter wäre und Urteilskraft besäße.«

»So ist es.« Der Erzdiakon nickte nachdenklich.

Diese Worte und der Anblick der Gesichter ließen Isadora innerlich Partei für Mrs. Serracold ergreifen, obwohl auch sie ihr noch nie begegnet war. Wenn sie das Stimmrecht besäße, würde sie den Mann wählen, der da in South Lambeth kandidierte. Eine solche Entscheidung wäre keineswegs läppischer als die der meisten Männer bei ihrer Wahl, die gewöhnlich so stimmten, wie sie es bei ihren Vätern gesehen hatten.

Jetzt sprach der Bischof salbungsvoll über die Heiligkeit der Rolle der Frau als Hüterin des Hauses und Wahrerin dieses Hortes des Friedens und der Unschuld. Dorthin konnten sich die Männer nach den Kämpfen in der Welt zurückziehen, dort konnten sie die Wunden heilen, die ihre Seelen davongetragen hatten, und ihren Geist erquicken, so dass sie die Kraft hatten, sich am nächsten Morgen erneut in die Schlacht zu stürzen.

»Du beschreibst uns, als wären wir eine Mischung aus einem heißen Bad und einem Glas warmer Milch«, sagte Isadora, als ein kurzes Schweigen eintrat, weil der Erzdiakon Luft holte, um auf die Worte des Bischofs zu antworten.

Dieser sah sie an. »Glänzend formuliert, meine Liebe«, sagte er. »Reinigend und erfrischend, eine Wohltat für den inneren wie den äußeren Menschen.«

Wie konnte er sie nur so missverstehen? Er kannte sie seit über einem Vierteljahrhundert, und da glaubte er, dass sie seiner Meinung sei? War er für Sarkasmus gänzlich unempfänglich? Oder wandte er, was sie gesagt hatte, geschickt gegen sie und entwaffnete sie damit, dass er so tat, als nehme er es wörtlich?

Sie suchte über den Tisch hinweg seine Augen und hoffte fast, dass er über sie spottete. Zumindest wäre das eine Art Verständigung. Aber das war nicht der Fall. Er erwiderte ihren Blick ausdruckslos und wandte sich dann der Gattin des Erzdiakons zu, um sich ihr gegenüber in Erinnerungen an seine selige Mutter zu verbreiten, die allerdings nicht die blasse Gestalt gewesen war, als die er sie hinstellte, sondern, wie Isadora genau wusste, ein Mensch mit durchaus eigenem Charakter.

So viele Menschen, die sie kannte, sahen ihre Eltern mit anderen Augen als die übrige Welt, als reinste Klischees von Mutter und Vater, die entweder gut oder schlecht waren. War es möglich, dass auch sie ihre Eltern nicht besonders gut gekannt hatte?

Die Damen am Tisch sagten kaum etwas. Sie sahen sich außerstande, an den Gesprächen der Herren teilzunehmen, und es galt als unschicklich, eigene Unterhaltungen zu führen, während diese miteinander sprachen. Die Damen waren überzeugt, dass Frauen von Natur aus gut waren – zumindest die besseren unter ihnen; die Übelsten waren ohnehin der Quell der Verdammnis. Dazwischen gab es nicht viel. Doch ein guter Mensch zu sein war nicht dasselbe wie zu wissen, was darunter zu verstehen war. Frauen fiel die Rolle zu, Gutes zu tun, Männer hingegen die, darüber zu reden und erforderlichenfalls den Frauen zu sagen, wie sie es zu tun hatten.

Da eine Beteiligung an der Unterhaltung von ihr nicht erwartet wurde und sie höchstens das Recht hatte, gelegentlich einen interessanten oder freundlichen Einwurf zu machen, gestattete sie es ihren Gedanken, ziellos umherzuschweifen. Sonderbar, wie viele ihrer inneren Bilder mit fernen Orten zu tun hatten, vor allem mit dem Meer. Sie stellte sich die ungeheure Weite des Ozeans vor, den zu beiden Seiten nur der Horizont begrenzte, und überlegte, wie es wohl sein mochte, nichts als einige Decksplanken unter den Füßen zu haben, ständig in Bewegung zu sein, Wind und Sonne auf dem Gesicht zu spüren, zu wissen, dass man in der Enge des Schiffes alles mit sich führte, was man zum Überleben brauchte. Wie mochte es sein, wenn man seinen Kurs in der weglosen Unendlichkeit finden musste, die entsetzliche Stürme bereithielt und durchaus imstande war, das Schiff wie mit einer Riesenfaust zu zerquetschen? Bei anderen Gelegenheiten wieder konnte die See so ruhig daliegen, dass der Wind nicht ausreichte, die Segel zu füllen.

Und was mochte es unter der Oberfläche geben? Schöne Lebewesen? Schreckliche? Unvorstellbare? Oben dienten als einziger Anhalt die Sterne am Himmel oder natürlich die Sonne und ein möglichst genau gehender Chronometer, vorausgesetzt, man verstand damit umzugehen.

»... muss wirklich einmal jemand etwas darüber sagen«, betonte eine Frau in einem braunen Kleid mit tabakfarbener Spitze. »Wir verlassen uns auf Sie, Bischof.«

»Gewiss, Mistress Howarth.« Er nickte weise und tupfte sich den Mund mit der Serviette ab. »Gewiss.«

Isadora wandte den Blick ab. Sie wollte nicht in das Gespräch hineingezogen werden. Warum unterhielten sie sich nicht über den Ozean? Er war das ideale Bild für die Einsamkeit eines jeden Menschen auf der Lebensreise und zeigte, wie man alles, was man braucht, in sich selbst haben muss und die Richtung, die man einzuschlagen hat, ausschließlich in seiner Kenntnis des Himmels finden kann.

Kapitän Cornwallis hätte sie verstanden. Sie errötete, als sie merkte, wie selbstverständlich ihr sein Name in diesem Zusammenhang eingefallen war und wie angenehm sie sich dabei fühlte. Sie kam sich wie durchsichtig vor. Hatte einer der anderen ihr Gesicht gesehen? Natürlich hatten sie und Cornwallis nie über dergleichen gesprochen, jedenfalls nicht offen, aber ihr war klar, dass er ebenso empfand, und zwar deutlicher, als wenn man es mit Worten gesagt hätte. Er war imstande, mit einem oder zwei Sätzen vieles zu sagen, während all die Männer um sie herum den Abend in Worten ertränkten, mit denen sie fast nichts aussagten.

Der Bischof redete immer noch. Sie konnte seinem selbstgefälligen Gesicht ansehen, dass er den anderen nicht zuhörte. Mit einem Entsetzen, das körperlich so spürbar war, als wimmele es in ihr von Insekten, ging ihr auf, dass sie ihn verabscheute. Wie lange empfand sie schon so? Erst seit sie John Cornwallis begegnet war oder auch schon früher? Worauf hatte sich ihr ganzes Leben gestützt, dass sie es täglich in der Gegenwart – sie konnte nicht gut Gesellschaft sagen – eines Mannes zugebracht hatte, den sie nicht wirklich mochte, geschweige denn liebte? Pflichtgefühl? Innere Disziplin? Hatte sie es vergeudet?

Wie ihr Leben wohl ausgesehen hätte, wenn sie Cornwallis einunddreißig Jahre früher begegnet wäre?

Sie hätte ihn damals wohl nicht geliebt und er sie vielleicht auch nicht. Sie beide waren so viel anders gewesen und hatten die Lektionen der Zeit und der Einsamkeit noch nicht gelernt. Ohnehin war es sinnlos, darüber zu spekulieren. Keine Vergangenheit lässt sich je ungeschehen machen.

Doch die Zukunft konnte sie nicht auf die gleiche Weise abtun. Wenn sie nun mit dieser Farce Schluss machte und einfach davonginge? Wäre das möglich? Zu Cornwallis gehen? Natürlich hatte keiner von beiden je über eine solche Möglichkeit gesprochen – so etwas war undenkbar –, aber ihr war klar, dass er sie liebte, wie auch sie ihn liebte. Das hatte sie im Laufe der Zeit gemerkt. Er war mutig und aufrichtig und besaß eine Schlichtheit des Denkens, die ihrem seelischen Durst erquickend wie frisches Wasser erschien. Gewiss besaß er auch Humor, obwohl sich der noch nicht gezeigt hatte. Sie würde darauf warten müssen, und sie war sicher, dass er nie verletzend sein würde. Der Gedanke an Cornwallis schmerzte sie und machte diese lachhafte Abendgesellschaft, an der teilzunehmen sie sich gezwungen sah, zu einer noch größeren Qual. Ahnte einer dieser Menschen auch nur von ferne, in welche

Richtung ihre Gedanken schweiften? Bei dieser Vorstellung übergoss flammende Röte ihre Gesicht.

Man sprach noch immer über Politik. Nach wie vor ging es darum, wie gefährlich extreme liberale Positionen seien, die schon jetzt die christlichen Werte unterhöhlten und eine Bedrohung für die Tugenden wie Mäßigung, regelmäßigen Kirchenbesuch, Heiligung des Feiertages, Gehorsam ganz allgemein und Achtung vor höher Gestellten bedeuteten. Sie stellten sogar die Unantastbarkeit des heimischen Herdes in Frage, deren Garant die züchtige Ehefrau war.

Worüber Cornwallis und sie sich wohl unterhalten hätten? Bestimmt nicht darüber, was andere Menschen tun, sagen oder denken sollten! Sie würden über herrliche Orte miteinander reden, über antike Städte an den Gestaden ferner Meere, die im Mittelpunkt von Abenteuern und altüberlieferten Sagen standen, Städte wie Istanbul, Athen und Alexandria. In ihrer Vorstellung war die Luft warm, und die Sonne schien grell von einem blauen Himmel herab. Das Licht war so gleißend, dass man die Augen davor schließen musste. Sie würde gar nicht hinzufahren brauchen, wäre schon zufrieden, wenn sie ihm zuhören und träumen konnte. Die bloße Gewissheit, dass er dachte wie sie, würde ihr genügen.

Was würde geschehen, wenn sie zu ihm ginge? Was würde sie verlieren, wenn sie das hier hinter sich ließe? Natürlich ihren Ruf. Man würde sich lautstark das Maul über sie zerreißen. Die Männer wären empört und hätten natürlich Angst, ihre Ehefrauen könnten auf den gleichen Einfall kommen und ihrem Beispiel folgen. Noch aufgebrachter als sie wären die Frauen, denn die würden sie gleichzeitig beneiden und verabscheuen. Nahezu alle würden vor Tugendhaftigkeit platzen, weil *sie* sich dem Ruf der Pflicht nicht entzogen.

Mit keinem dieser Menschen würde sie je wieder ein Wort wechseln können. Man würde sie auf der Straße schneiden, als wäre sie unsichtbar. Schon eigenartig, dass man ausgerechnet bei einer Frau, die sich so auffällig verhielt, so tat, als könne man sie nicht sehen. Dabei sollte man doch im Gegenteil annehmen, dass sie den Menschen mehr ins Auge stäche als alle anderen! Bei diesem Gedanken lächelte Isadora vor sich hin. Sie merkte, dass die Frau, die ihr gegenüber saß, sie verwirrt ansah. Die Unterhaltung war ja wohl alles andere als lustig!

Dann kehrte sie in die Wirklichkeit zurück. Alles war nur ein Tagtraum, eine angenehme und zugleich schmerzliche Art, einer langweiligen Abendgesellschaft zu entfliehen. Selbst wenn sie den verzweifelten Mut aufbrächte, zu Cornwallis zu gehen, würde er das Angebot, das sie ihm damit machte, nie und nimmer annehmen. Es galt als äußerst unehrenhaft, Hand an die Frau eines anderen zu legen. Würde es für ihn wenigstens eine Versuchung bedeuten? Möglicherweise nicht einmal das. Vermutlich wäre es ihm peinlich, würde er ihre Dreistigkeit und den Gedanken, dass sie annehmen könnte, er werde ein solches ruchloses Spiel mitmachen, als schmachvoll empfinden.

Würde ein solches Verhalten sie unerträglich schmerzen?

Nein. Wenn er zu den Männern gehörte, die solche Gelegenheiten nutzen, würde sie nichts mit ihm zu tun haben wollen.

Das Gespräch um sie herum ging weiter. Inzwischen ereiferte man sich über irgendeine theologische Meinungsverschiedenheit.

Wenn Cornwallis sie aber würde haben wollen, würde sie dann zu ihm gehen? Die Frage schwebte nur einen Moment unbeantwortet in ihrem Kopf. Sie fürchtete – in diesem Augenblick, da sie die unerträglichen Äußerungen von Aufgeblasenheit um den Tisch herum hörte, an dem lauter steife und unglückliche Menschen saßen – ja... ja! Bestimmt würde sie die Gelegenheit ergreifen und sich davonmachen!

Aber sie war felsenfest überzeugt, dass es dazu nicht kommen würde. Diese Gewissheit war wirklicher als das Licht der Kronleuchter oder die harte Tischkante, die sie unter ihren Händen spürte. Die Stimmen um sie herum schwollen an und nahmen ab. Niemand merkte, dass sie schon eine ganze Weile stumm geblieben war und nicht einmal von Zeit zu Zeit höflich zugestimmt hatte.

Auch wenn die Vorstellung, zu Cornwallis zu gehen, ein Tagtraum war, den sie nie und nimmer verwirklichen würde, war ihr mit einem Mal die Frage ungeheuer wichtig, ob er sie hätte haben wollen, wenn das möglich gewesen wäre, ob es auf irgendeine Art und Weise eine reale Möglichkeit gegeben hätte. Nichts anderes war auch nur annähernd so wichtig. Sie musste ihn wiedersehen, einfach mit ihm reden, und sei es über nichts Bestimmtes. Sie musste unbedingt wissen, ob ihm nach wie vor an ihr lag. Sagen würde er das nicht, das hatte er nie getan. Es war gut möglich, dass sie von ihm nie die Worte »ich liebe dich« hören würde, dass sie sich mit Stillschweigen begnügen musste, mit Betretenheit, dem Blick seiner Augen und seinem plötzlichen Erröten.

Wo konnten sie einander treffen, ohne dass man sich darüber ereiferte? Es musste ein Ort sein, den beide gewöhnlich aufsuchten, damit es zufällig aussah. Vielleicht eine Kunstausstellung oder dergleichen. Sie wusste nicht, welche Ausstellungen es gerade gab, hatte bisher noch nicht das Bedürfnis gehabt nachzusehen. In der Nationalgalerie gab es immer etwas. Sie würde ihm eine beiläufig formulierte kurze Mitteilung schicken, in der sie ihn einlud, mit ihr anzusehen, was auch immer es war. Gleich am nächsten Morgen. Sie könnte darauf hinweisen, dass es sich um eine interessante Ausstellung handelte, und fragen, ob er sie auch gern sehen würde. Sofern es sich um Seestücke handelte, war kein Vorwand nötig; wenn es etwas anderes war, spielte es nicht unbedingt eine Rolle, ob er ihr glaubte oder nicht. Entscheidend war, dass er kam. Es war zuchtlos, genau das zu tun, wogegen der Erzdiakon vom Leder gezogen hatte, aber was hatte sie zu verlieren? Was besaß sie schon außer diesem inhaltsleeren Spiel, den Worten, in denen sich niemand mitteilte, Nähe ohne Vertrautheit, Leidenschaft, Gelächter oder Zärtlichkeit?

Sie war entschlossen. Mit einem Mal empfand sie einen Hunger, den die vor ihr stehende Karamelcreme nicht zu stillen vermochte. Sie hätte die vorigen Gänge nicht vorübergehen lassen sollen. Jetzt war es zu spät.

In der Nationalgalerie wurden Hogarth-Zeichnungen gezeigt – Porträts, nicht seine politischen Karikaturen und Kommentare zu Tagesereignissen. Während ihn die Kritiker zu seinen

Lebzeiten vor gut hundert Jahren als kläglichen Schmierer abgetan hatten, war sein Ansehen inzwischen beträchtlich gestiegen. Der Hinweis, dass es sich lohnen könnte festzustellen, ob die Kritiker Unrecht gehabt hatten oder nicht, würde ihr nicht schwerfallen.

Sie schrieb rasch, um nicht Opfer ihrer eigenen Befangenheit zu werden und den Mut zu verlieren.

Lieber Kapitän Cornwallis,
mir ist heute Morgen aufgefallen, dass in der Nationalgalerie die Porträts von Hogarth gezeigt werden, die zu seinen Lebzeiten der Gegenstand von viel Spott waren, aber mittlerweile deutlich günstiger beurteilt werden. Es ist bemerkenswert, zwischen welchen Polen die Meinungen zu einer einzigen Begabung schwanken können. Ich würde mir die Bilder gern selbst ansehen und mir ein eigenes Urteil bilden.
Da mir nicht nur Ihr Interesse an der Kunst, sondern auch Ihre eigene Fähigkeit auf diesem Gebiet bekannt ist, nehme ich an, dass auch Sie sich gern selbst eine Ansicht über diesen Künstler bilden wollen.
Mir ist bewusst, dass Sie für derlei Dinge nur wenig Zeit haben, doch hoffe ich, dass Sie sich trotz Ihrer Pflichten etwa eine halbe Stunde freinehmen können, und so hielt ich es für angebracht, Sie von dieser Ausstellung in Kenntnis zu setzen. Ich habe mir vorgenommen, ihr mindestens eine halbe Stunde zu widmen, vielleicht gegen Ende des heutigen Nachmittags, wenn meine Anwesenheit im Hause nicht erforderlich ist. Meine Neugier ist geweckt: Ist Hogarth so schlecht, wie man ursprünglich gesagt hat, oder so gut, wie man ihn jetzt einschätzt?
Ich hoffe, ich habe Ihre Zeit nicht unnötig in Anspruch genommen.
Aufrichtig Ihre
Isadora Underhill

Ganz gleich, wie oft sie den Brief überarbeitete, er würde jedes Mal schwerfälliger werden, als sie es gern gehabt hätte.

Sie musste ihn aufgeben, bevor sie ihn erneut durchlas und der Mut sie verließ, ihn abzuschicken.

Rasch brachte sie ihn zum Briefkasten an der Straßenecke; jetzt konnte sie ihn nicht mehr zurückholen.

Um vier Uhr zog sie ein Sommerkostüm in Altrosa an, von dessen Ärmeln bis zu den Ellbogen weiße Spitze fiel, denn sie wusste, dass es ihr besonders gut stand. Dann setzte sie ihren Hut eine Spur kecker auf als sonst und verließ das Haus.

Als die Droschke auf den Trafalgar Square einbog, kam sie sich plötzlich lächerlich vor. Sie wollte dem Kutscher sagen, dass sie es sich anders überlegt habe, unterließ es aber. Wenn sie nicht hineinging und Cornwallis gekommen war, würde er es als bewusste Zurückweisung empfinden. Sie hätte damit einen Schritt getan, den sie nicht tun wollte und den sie nie wieder ungeschehen machen konnte. Es würde keine Möglichkeit geben, ihm das näher zu erklären. Er würde jede künftige Begegnung vermeiden, um sich nicht wieder so verletzen zu lassen.

Sie lehnte sich zurück und wartete, bis die Droschke vor den breiten Stufen anhielt, die zu den gewaltigen Säulen und dem eindrucksvollen Eingang der Galerie emporführten. Nachdem sie ausgestiegen war und den Kutscher entlohnt hatte, stand sie im Licht der Sonne, den Blick auf die eindrucksvollen Steinlöwen gerichtet, umgeben von Verkehrslärm, Tauben, Touristen und Blumenverkäuferinnen.

Die Langeweile, die sie am Vorabend empfunden hatte, musste ihr den Verstand geraubt haben! Mit ihrem Brief an Cornwallis hatte sie sich in eine Position gebracht, in der ihr keine Wahl blieb: sie musste vorwärts oder zurück. Keinesfalls konnte sie bleiben, wo sie war – einsam, unentschlossen, voller Träume, aber ängstlich. Sie kam sich vor wie ein Mensch, der am Spieltisch stand und darauf wartete, dass die Würfel, die er geworfen hatte, ausrollten und sein Schicksal besiegelten.

Nein, das war übertrieben. Sie hatte lediglich einen guten Bekannten auf eine interessante Ausstellung hingewiesen, die sie sich ansehen wollte.

Warum aber zitterten ihre Beine, als sie die Treppe emporstieg und die Steinplatten zum Eingang überquerte?

»Guten Tag«, sagte sie zum Türsteher.

»Guten Tag, meine Dame«, gab dieser höflich zurück und legte die Hand an den Mützenschirm.

»Wo geht es zur Hogarth-Ausstellung?«, erkundigte sie sich.

»Nach links, meine Dame«, erwiderte er und wies mit dem Kopf auf eine große Tafel.

Heiß stieg ihr die Schamröte ins Gesicht, und sie dankte ihm mit erstickter Stimme. Er musste sie für blind halten! Wie konnte jemand so tun, als schätze er Gemälde, wenn er nicht einmal eine meterhohe Ankündigungstafel sah?

Sie rauschte an ihm vorüber in den ersten Saal, in dem zumindestens ein Dutzend Menschen standen. Auf den ersten Blick sah sie zwei, die sie kannte. Sollte sie die Frauen ansprechen oder nicht? Wenn sie es tat, würde sie damit die Aufmerksamkeit auf sich lenken, unterließ sie es, konnten sie sich vor den Kopf gestoßen fühlen. Das würde böses Blut geben, und sie würden es mit Sicherheit weitererzählen.

Bevor sie zu einer bewussten Entscheidung kam, siegte ihre Erziehung, und sie sprach die beiden an. Im selben Augenblick fürchtete sie, sich damit um die Möglichkeit gebracht zu haben, mehr als einige flüchtige, bedeutungslose Worte mit Cornwallis zu wechseln. In Gesellschaft war es so gut wie unmöglich, dass sie oder er das sagte, was ihnen am Herzen lag.

Doch das Bedauern kam zu spät, es gab kein Zurück. Sie erkundigte sich nach dem Ergehen der beiden Bekannten, äußerte sich über das Wetter und hoffte inständig, dass sie gingen. Sie hatte nicht den geringsten Wunsch, mit ihnen über die Bilder zu reden. Schließlich nahm sie ihre Zuflucht zu einer Ausrede und behauptete, im Raum nebenan eine ältere Dame zu sehen, die sie kenne und mit der sie unbedingt sprechen müsse.

Auch dort befand sich etwa ein Dutzend Menschen – doch keine Spur von Cornwallis. Ihr Herz sank. Warum hatte sie angenommen, er werde kommen, als könne sie über ihn bestimmen und als habe er nichts anderes zu tun, als Kunstausstellungen zu besuchen, wenn ihm der Sinn danach stand? Sie hatte nicht den geringsten Zweifel daran, dass er sich von ihr angezogen fühlte, aber Anziehung war keine Liebe, war nicht das tiefe und bleibende Gefühl, das sie empfand.

Die beiden Damen, mit denen sie gesprochen hatte, kamen herein. Es gab keinen Ausweg. Eine weitere halbstündige Unterhaltung folgte. Sie war verzweifelt. Letztlich war es gleichgültig – das ganze Unternehmen war höchst unvernünftig gewesen. Hätte sie doch nie an ihn geschrieben! Wäre doch der Brief auf immer in der Post verloren gegangen!

Dann sah sie ihn. Er war also doch gekommen! Sie hätte ihn an seiner Körperhaltung überall erkannt. Im nächsten Augenblick würde er sich umwenden und sie sehen, und sie würde auf ihn zugehen müssen. Jetzt galt es, das heftige Schlagen ihres Herzens zu beherrschen. Sie hoffte zu Gott, dass ihr Gesichtsausdruck sie nicht verriet, und überlegte rasch, was sie sagen konnte, damit sich möglichst bald ein Gespräch entwickelte, ohne dass sie zu eifrig wirkte, denn das würde sie linkisch erscheinen lassen und ihn abstoßen.

Er drehte sich um, als habe er ihren Blick gespürt. Sie sah, wie seine Augen vor Freude aufleuchteten und er sich rasch bemühte, es zu verbergen. Um es ihm nicht unnötig schwer zu machen, vergaß sie ihr Vorhaben und trat auf ihn zu.

»Guten Tag, Kapitän Cornwallis. Ich bin entzückt, dass Sie die Zeit erübrigen konnten, sich die Ausstellung selbst anzusehen.« Sie wies auf eins der größten Gemälde. Es trug den Titel *Hogarths Dienstboten* und zeigte sechs Köpfe, die dem Betrachter von der Leinwand herunter über die linke Schulter sahen. »Ich denke, die Leute haben sich geirrt«, sagte sie entschlossen. »Das sind wirkliche Menschen, und sie sind glänzend gezeichnet. Sehen Sie doch nur, wie besorgt der Ärmste in der Mitte dreinschaut und wie gelassen die Frau links von ihm ist.«

»Den obersten könnte man für ein halbes Kind halten«, sagte er, doch kaum hatte er einen Blick auf das Bild geworfen, als seine Augen schon zu ihrem Gesicht wanderten und es aufmerksam betrachteten. »Ich freue mich, dass wir einander hier begegnet sind«, sagte er und zögerte dann, als wäre diese Äußerung zu beiläufig gewesen. »Es ... es ist lange her ... jedenfalls kommt es mir so vor. Wie geht es Ihnen?«

Unmöglich konnte sie ihm die Wahrheit anvertrauen, so sehr sie sich danach sehnte, ihm zu sagen: »Ich bin so einsam, dass ich mich in Tagträume flüchte. Ich habe gemerkt, dass mich mein Mann nicht nur langweilt, sondern ich ihn buchstäblich verabscheue.« Also sagte sie das Übliche: »Sehr gut, vielen Dank. Und Ihnen?« Sie nahm den Blick vom Bild und sah ihn an.

Seine Wangen waren kaum wahrnehmbar gerötet. »Oh, sehr gut«, antwortete er und wandte sich ab. Er tat einen oder zwei Schritte nach rechts und blieb vor dem nächsten Bild stehen. Es war ebenfalls ein Porträt, aber das eines einzelnen Menschen. »Es war wohl die Mode«, sagte er nachdenklich. »Ein Kritiker hat dem anderen nachgeplappert. Wie könnte ein unvoreingenommener Mensch das als unzulänglich ansehen? Das Gesicht lebt doch und trägt unverwechselbare Züge. Was kann man von einem Porträt mehr verlangen?«

»Ich weiß nicht«, erwiderte sie. »Vielleicht wollten die Leute, dass es etwas aussagte, was sie gern gesehen hätten. Manche Menschen sind lediglich bereit, sich anzuhören, was ihre eigene Meinung stützt.« Bei diesen Worten dachte sie an den Bischof und die endlosen Abende, an denen sie hatte mit anhören müssen, wie Männer Gedanken verwarfen, ohne sich näher mit ihnen zu beschäftigen. Möglicherweise waren sie nicht gut, aber auch das Gegenteil war ohne weiteres möglich. Wer sich nicht gründlich mit ihnen auseinandersetzte, würde das nie wissen. »Es ist so viel einfacher zu tadeln als zu loben«, sagte sie.

Er sah sie rasch an. Seine Augen waren voller Fragen, aber er stellte sie nicht. Natürlich nicht. So etwas war ungehörig und aufdringlich.

Auf keinen Fall durfte sie zulassen, dass das Gespräch versandete. Sie war hergekommen, um ihn zu sehen und festzustellen, ob sich seine Gefühle ihr gegenüber nicht geändert hatten. Sie konnte nahezu mit Sicherheit nichts tun, musste aber unbedingt wissen, ob er sich ebenso nach ihr sehnte wie sie sich nach ihm.

»In Gesichtern liegt so vieles, finden Sie nicht auch?«, sagte sie, als sie auf ein weiteres Porträt zugingen. »Dinge, die man nicht aussprechen kann, die aber gleichwohl da sind, wenn man nach ihnen sucht.«

»Da haben Sie Recht.« Er senkte den Blick zu Boden und hob dann die Augen wieder zu dem Bild empor. »Wenn man etwas erlebt hat, erkennt man es in anderen wieder. Ich ... muss an einen früheren Bootsmann denken. Er hieß Phillips. Ich konnte den Mann nicht ausstehen.« Er sah sie nicht an. »Eines frühen Morgens hatten wir vor den Azoren entsetzliches Wetter. Sturmböen vom Westen, sechs, sieben Meter hohe Wellen. Jeder normale Mensch hätte sich davor gefürchtet, aber es war zugleich schön. Die Wellentäler waren dunkel, und das Licht des frühen Morgens brach sich auf den Kämmen. Kurz bevor sich Phillips abwandte, sah ich in seinem Gesicht, dass auch ihm diese Schönheit etwas bedeutete. Ich weiß nicht einmal mehr, was er gerade tat.« Sein Blick war in die Ferne gerichtet, galt einem Augenblick seiner Vergangenheit, in dem er etwas begriffen und den Zauber des Verstehens erlebt hatte.

Sie lächelte, nahm mit ihm daran teil, versetzte sich in die Welt, die er da heraufbeschwor. Sie stellte sich ihn gern auf dem Deck eines Schiffes vor. An einem solchen Ort schien er ihr in seinem Element zu sein, er war ihm weit angemessener als ein Schreibtisch im Polizeipräsidium. Allerdings hätte sie ihn nie kennen gelernt, wenn er noch dort wäre, und falls er je zur See zurückkehrte, würde sie unablässig das Wetter im Auge behalten, jedes Mal um ihn fürchten, wenn es stürmte, und wenn sie hörte, dass ein Schiff in Seenot sei, sich jedes Mal fragen, ob es wohl das seine war.

Er erkannte die Wärme in ihren Augen und sah sie an. »Tut mir Leid«, entschuldigte er sich rasch und wandte sich ein wenig unbeholfen ab, weil er merkte, dass er rot wurde. »Das sind so Tagträume.«

»So etwas habe ich oft«, sagte sie.

»Tatsächlich?« Überrascht wandte er sich ihr wieder zu. »Wo sind Sie dann ... ich meine, wohin zieht es Sie?«

»Überallhin, wo Sie sind«, wäre die Wahrheit gewesen. »Wo ich noch nicht war«, sagte sie stattdessen. »Vielleicht ans Mittelmeer. Wie wäre es mit Alexandria oder irgendwo in Griechenland?«

»Ich glaube, dort würde es Ihnen gefallen«, sagte er leise. »Das Meer ist blau, und das Licht ist mit keinem anderen vergleichbar, hell und klar. Aber Westindien ist auch sehr schön ... ich meine die Inseln. Wenn man sich nicht zu weit südlich aufhält, ist die Malariagefahr nicht besonders groß. Ich denke an Jamaika oder die Bahamas.«
»Wären Sie gern noch auf See?« Sie fürchtete die Antwort. Vielleicht zog es ihn dorthin.
Er sah sie an. Für einen Moment schien er alle Vorsicht und Diskretion zu vergessen. »Nein.« Es war nur ein einziges Wort, doch der Nachdruck in seiner Stimme erfüllte es mit allem, was sie hatte hören wollen.
Sie spürte, wie die Röte in ihr aufstieg. Vor Erleichterung wurde ihr fast schwindelig. Er war nicht anders als zuvor, hatte nichts Besonderes gesagt, lediglich eine einfache Frage über Reisen beantwortet. Es war ein einziges Wort, doch sie fühlte sich vom Sinn, der darin lag, wie von einer riesigen Welle hoch in die Luft gehoben. Sie lächelte ihm zu und zeigte flüchtig unverhüllt, was sie empfand. Dann wandte sie sich wieder dem Bild zu und machte eine belanglose Bemerkung über Farbe und Oberflächenstruktur. Sie hörte selbst nicht auf das, was sie sagte, und ihr war klar, dass auch er es nicht tat.
Sie schob die Heimkehr so lange wie möglich hinaus. Sie würde das Ende eines Traumes bedeuten, die Rückkehr in die Wirklichkeit ihres Alltags, der sie entflohen war. Sie wäre zwangsläufig mit Schuldgefühlen verbunden, weil sie nur mit dem Körper dort sein würde, wo sie sein sollte, aber nicht mit dem Herzen.
Kurz vor sieben Uhr schloss sie die Haustür auf und fühlte sich in der Trostlosigkeit des Hauses gefangen, kaum dass sie es betreten hatte. Es war einfach lachhaft. In Wahrheit war es ein sehr angenehmes Haus, behaglich eingerichtet und voller fröhlicher Farben. Die Trostlosigkeit kam aus ihrem Inneren. Sie ging zur Treppe, die nach oben führte. Gerade, als sie den Fuß auf die unterste Stufe setzte, kam der Bischof aus seinem Arbeitszimmer. Seine Haare waren ein wenig zerzaust, als wäre er mit der Hand hindurchgefahren. Sein Gesicht war bleich, dunkle Ringe lagen unter seinen Augen.

»Wo warst du?«, fragte er gereizt. »Weißt du, wie spät es ist?«

»Fünf Minuten vor sieben«, gab sie mit einem Blick auf die Standuhr an der Wand gegenüber zur Antwort.

»Das war eine rhetorische Frage, Isadora«, blaffte er sie an. »Ich kann die Uhr selbst lesen. Damit hast du noch nicht gesagt, wo du warst.«

»In der Nationalgalerie. Ich habe mir die Hogarth-Ausstellung angesehen«, gab sie mit ausdrucksloser Höflichkeit zurück.

Er hob die Brauen. »So spät noch?«

»Ich habe einige Damen getroffen und mich mit ihnen unterhalten«, erklärte sie wahrheitsgemäß. Es ärgerte sie, sich ihm gegenüber gerechtfertigt zu haben. Sie wandte sich ab, um nach oben zu gehen und sich zum Abendessen umzukleiden.

»Das ist äußerst unpassend«, sagte er scharf. »Er hat Lebemänner und Halbweltdamen gemalt, Menschen, für die du dich auf keinen Fall interessieren solltest! Mitunter habe ich den Eindruck, dass du überhaupt nicht an deine Verantwortung denkst, Isadora. Es wird Zeit, dass du deine Position sehr viel ernster nimmst.«

»Es ist eine Ausstellung seiner Porträts!«, erwiderte sie bissig und wandte sich ihm wieder zu. »Daran gibt es überhaupt nichts Unpassendes. Einige zeigen Dienstboten mit ausgesprochen angenehmen Gesichtern. Sie sind ordentlich angezogen und tragen sogar Hüte!«

»Es gibt keinen Anlass, die Sache ins Lächerliche zu ziehen«, entgegnete er. »Als ob du nicht genau wüsstest, dass niemand tugendhaft ist, nur weil er einen Hut trägt.«

Verblüfft fragte sie ihn: »Und woher sollte ich das wissen?«

»Weil dir ebenso wie mir bekannt ist, was für gottlose und lästerliche Reden viele der Frauen führen, die jeden Sonntag zur Kirche gehen«, sagte er, »und die tragen auch Hüte.«

»Das ist doch absurd«, sagte sie aufgebracht. »Was fehlt dir? Geht es dir nicht gut?« In diesen Worten lag keine Besorgnis, denn er neigte zur Wehleidigkeit, und sie war nicht mehr bereit, das mitzumachen. Mit einem Mal fiel ihr auf, welche

Veränderung mit ihm vorging. Der letzte Rest von Farbe wich aus seinem Gesicht.

»Sehe ich etwa krank aus?«, erkundigte er sich.

»Das kann man wohl sagen«, erwiderte sie ernst. »Was hast du zu Mittag gegessen?«

Seine Augen weiteten sich leicht, als sei ihm plötzlich ein angenehmer und erfreulicher Gedanke gekommen. Dann wurden seine Wangen rot vor Zorn. »Gebratene Scholle!«, knurrte er. »Ich möchte heute Abend lieber allein essen. Ich muss noch an einer Predigt arbeiten.« Ohne ein weiteres Wort und ohne sie anzusehen, wandte er sich auf dem Absatz um, kehrte in sein Arbeitszimmer zurück und schloss die Tür mit vernehmlichem Nachdruck.

Bis zum Abendessen hatte er es sich offenkundig anders überlegt. Isadora hatte keinen großen Appetit, doch da die Köchin eine Mahlzeit zubereitet hatte, wäre es ihr unfreundlich erschienen, nichts davon zu essen. Als sie sich an den Tisch gesetzt hatte, erschien mit einem Mal auch der Bischof. Sie überlegte, ob sie seinen Sinneswandel kommentieren sollte, beschloss aber, nichts zu sagen. Vielleicht würde er ihre Worte als Sarkasmus oder Kritik auslegen – oder ihr, schlimmer noch, ausführlicher, als sie wollte, mitteilen, wie es ihm ging.

Die Suppe aßen sie schweigend. Als das Mädchen den Lachs und das Gemüse hereinbrachte, ergriff er das Wort.

»Es steht nicht zum Besten. Ich nehme an, dass du nichts von Politik verstehst, aber es sieht ganz so aus, als ob neue Kräfte Macht und Einfluss über gewisse Teile der Gesellschaft gewinnen, Menschen, die sich von neuen Gedanken einfach deswegen verlocken lassen, weil sie neu sind –« Er hielt inne. Offensichtlich hatte er vergessen, was er sagen wollte.

Sie wartete, mehr aus Höflichkeit als aus Interesse.

»Ich mache mir Sorgen um die Zukunft«, sagte er leise und sah auf seinen Teller.

Da sie an seine hochtrabenden Äußerungen gewöhnt war, verblüffte es sie, dass sie ihm diesmal tatsächlich glaubte. Sie hörte Angst in seiner Stimme. Hier ging es nicht um frömmlerische Bedenken in Bezug auf das Schicksal der Menschheit, sondern um eine wirkliche, tief empfundene Angst von der

Art, die einen Menschen nachts schweißnass und mit wild schlagendem Herzen aus dem Schlaf schreckt. Was mochte er erfahren haben, das ihn so aus seiner üblichen Selbstgefälligkeit herausgerissen hatte? Die Gewissheit, immer Recht zu haben, war ihm zur zweiten Natur geworden und schirmte ihn vor den Pfeilen des Zweifels, denen die meisten Menschen von Zeit zu Zeit erlagen.

Konnte es sich um etwas Wichtiges handeln? Sie wollte es eigentlich nicht wissen. Vermutlich ging es um irgendeine belanglose Kränkung oder Streitigkeit innerhalb der Kirchenhierarchie, möglicherweise war es auch etwas, was schwerer wog: jemand, der ihm am Herzen lag, konnte in Ungnade gefallen sein. Sie hätte ihn fragen müssen, brachte aber an diesem Abend nicht die nötige Geduld auf, sich eine weitere Variation alter Themen anzuhören, die er ihr in der einen oder anderen Gestalt während ihres ganzen Ehelebens immer wieder vorgetragen hatte.

»Mehr als dein Bestes kannst du nicht tun«, sagte sie ganz ruhig. »Ich denke, wenn du dir die Dinge eins ums andere vornimmst, wird es gehen.« Dann aß sie weiter.

Beide schwiegen eine Weile. Als sie den Blick wieder hob, erkannte sie Panik in seinen Augen. Er sah sie mit einem Ausdruck an, als reichte sein Blick weit über sie hinaus zu etwas Unerträglichem. Seine Hand mit dem Fischmesser zitterte, und auf seiner Oberlippe standen Schweißperlen.

»Reginald, was ist geschehen?«, fragte sie beunruhigt. Unwillkürlich empfand sie Sorge um ihn. Sogleich ärgerte sie sich darüber. Sie wollte nichts mit seinen Empfindungen zu tun haben, konnte sich aber der Erkenntnis nicht entziehen, dass ihn etwas bis ins Innerste seines Wesens ängstigte. »Reginald?«

Er schluckte. »Du hast ganz Recht«, sagte er und beleckte sich die rissigen Lippen. »Eins ums andere.« Er sah auf seinen Teller hinab. »Es ist nichts. Ich hätte dich nicht beunruhigen sollen. Natürlich ist es nichts. Ich sehe« – bei diesen Worten zitterte er so sehr, dass es seinen ganzen Körper erschütterte – »zu weit in die Zukunft. Ich sollte mehr Vertrauen in die göttliche ... in die göttliche Vorsehung ...« Er schob den Stuhl zurück und stand auf. »Ich esse nicht weiter. Bitte entschuldige mich.«

Sie erhob sich halb. »Reginald ... «

»Lass es gut sein!«, sagte er kurz angebunden und ging.

»Aber ...«

Er warf ihr einen funkelnden Blick zu. »Bausch die Sache doch nicht unnötig auf. Ich werde etwas arbeiten und lesen. Ich muss mich näher mit der Sache beschäftigen, muss mehr darüber in Erfahrung bringen.« Er schlug die Tür zu und ließ sie allein und verwirrt im Esszimmer zurück. Sie war ebenso verärgert wie er und fühlte sich immer unbehaglicher.

Das Häuschen am Rande von Dartmoor war hübsch. Genau so etwas hatte sich Charlotte erhofft. Doch fehlte ihm ohne Pitt die Seele und damit, was Charlotte betraf, das Wesentliche. Die Verschwörung von Whitechapel, mit der er sich hatte beschäftigen müssen, hatte ihr sehr zugesetzt, und sie hatte die Ungerechtigkeit, mit der man ihn behandelt hatte, stärker empfunden als er selbst. Sie sah ein, dass es sinnlos war, dagegen anzugehen, ohne dass diese Erkenntnis ihre Wut im Geringsten gelindert hätte. Bei der Zeremonie anlässlich der Erhebung Voiseys in den Adelsstand im Buckingham-Palast hatte sie den Eindruck gehabt, man würde Pitt letzten Endes doch Gerechtigkeit widerfahren lassen – immerhin war er wieder auf seinen früheren Posten in der Bow Street berufen worden. Tante Vespasia allerdings hatte einen hohen Preis dafür zahlen müssen, dass Voisey nie Gelegenheit haben würde, Präsident einer Republik Großbritannien zu werden.

Jetzt war in unerklärlicher Weise alles wieder dahin. Der Innere Kreis war keineswegs in sich zusammengebrochen, wie sie gehofft hatte. Allem zum Trotz besaß er nach wie vor die Macht, dafür zu sorgen, dass Pitt erneut aus seinem Amt entfernt und zurück in den Sicherheitsdienst geschickt wurde. Dort war er nicht nur in untergeordneter Stellung tätig, er besaß auch keine der für diese Arbeit erforderlichen Fähigkeiten und unterstand Victor Narraway, dem Begriffe wie Treuepflicht und Ehrgefühl fremd zu sein schienen. Hätte er sonst sein Wort gebrochen und Pitt daran gehindert, einen Urlaub anzutreten, den er mehr als verdient hatte?

Auch hier gab es wieder keine Möglichkeit, sich zu wehren oder auch nur zu beschweren. Pitt war auf die Arbeit im Sicherheitsdienst angewiesen, die nahezu ebenso gut bezahlt wurde wie seine Aufgabe in der Bow Street, und außer seinem Gehalt verfügten sie über keinerlei Einkommen. Zum ersten Mal in ihrem Leben ging Charlotte auf, dass sie nicht nur sehr sorgfältig mit dem Geld haushalten musste, sondern dass durchaus die Möglichkeit bestand, eines Tages nichts mehr zum Haushalten zu haben.

Also schluckte sie ihre Wut hinunter und tat den Kindern und Gracie gegenüber so, als hätte sie sich nichts Besseres wünschen können als diesen Aufenthalt in der von Sonne und Wind ausgedörrten unwirtlichen Landschaft und als würden sie nur eine kurze Weile allein bleiben. Sie verschwieg ihnen die Befürchtung, dass sie in London nicht sicher waren und sich deshalb an diesem Ort aufhielten, an dem Voisey sie nicht finden würde.

»Ich hab im ganzen Leben noch nicht so viel Luft gesehen!«, sagte Gracie verblüfft, während sie einen langen, steilen Hang emporstiegen und den Blick über die Unendlichkeit der Heidelandschaft streifen ließen, die sich in den verschiedensten Tönen von Grün und Rotbraun, hie und da mit Gold gesprenkelt, bis weit in die Ferne erstreckte. Einzelne Wolken zogen am Himmel dahin. »Lebt außer uns hier keiner?«, fragte sie tief beeindruckt. »Sind wir die Einzigen?«

»Es gibt Bauern«, erwiderte Charlotte und ließ den Blick von den dunklen Schatten des Hochmoors im Norden bis zu den sanfteren und weniger trüben Hügeln und Taleinschnitten im Süden gleiten. »Die meisten Dörfer liegen im Windschatten der Hänge. Sieh nur ... dahinten steigt Rauch auf!« Sie wies auf eine schlanke graue Rauchsäule, die so undeutlich war, dass man sich anstrengen musste, sie zu erkennen.

»He!«, rief Gracie mit einem Mal. »Keine Frechheiten, Euer Lordschaft!«

Edward grinste ihr breit zu und rannte, von Daniel gefolgt, über den mit Gras bedeckten Boden. Lachend wälzten sich die Jungen im grünen Farn, so dass man nur noch ein Gewirr von Armen und Beinen sah.

»Jungs!«, stieß Jemima angewidert hervor. Dann überlegte sie es sich anders und rannte ihnen nach.

Unwillkürlich musste Charlotte lächeln. Selbst ohne Pitt konnte es hier schön sein. Das Häuschen lag einen knappen Kilometer von der Dorfmitte, eine angenehme Spazierentfernung. Die Menschen wirkten freundlich und waren hilfsbereit. Im Unterschied zur Stadt waren die Straßen schmal und gewunden, und nichts hinderte den freien Blick aus den Fenstern im Obergeschoss. Die Stille der Nacht war unvertraut, und sobald man die Kerze ausblies, war man von vollständiger Finsternis umhüllt.

Aber sie waren in Sicherheit, und wenn ihr das auch nicht vorrangig erschien, so war es doch für Pitt so. Er hatte gespürt, dass unter Umständen Gefahr drohte, und diese Fahrt in die Sommerfrische war alles, was sie hatte tun können, um sie zu vermeiden.

Sie hörte ein Geräusch hinter sich. Als sie sich umwandte, sah sie einen leichten Einspänner, der den Weg emporkam. Ein Mann mit von Wind und Wetter gegerbtem Gesicht spähte mit zusammengekniffenen Augen um sich, als suche er etwas. Als er Charlotte erreicht hatte, sah er sie aufmerksam an.

»Tach«, sagte er freundlich. »Bestimmt sind Sie die Frau, die das Häuschen von Garth da hinten gemietet hat.« Die Art, wie er in die angegebene Richtung nickte, zeigte an, dass er keine Antwort erwartete.

»Ja«, gab Charlotte zurück.

»Hab ich doch gleich gewusst«, sagte er befriedigt, nahm die Zügel wieder auf und trieb das kleine Pferd erneut voran.

Charlotte sah zu Gracie hin. Diese erweckte den Anschein, als wolle sie dem Mann folgen, blieb dann aber stehen. »Vielleicht is er ja nur neugierig«, sagte sie nachdenklich. »Hier passiert bestimmt nich viel.«

»Du hast wahrscheinlich Recht«, sagte Charlotte. »Sieh trotzdem zu, dass du die Kinder nie aus den Augen verlierst, und nachts wollen wir das Haus abschließen. Sicher ist sicher.«

»Ja ... natürlich«, pflichtete ihr Gracie bei. »Dann kommen

auch keine wilden Tiere ins Haus ... Füchse und dergleichen, oder was die hier haben.« Sie sah nachdenklich in die Ferne. »Is es nich ... großartig? Ob ich vielleicht Tagebuch führen sollte? Vielleicht seh ich so was im Leben nich wieder.«

»Ein sehr guter Gedanke«, erwiderte Charlotte. »Das wollen wir alle tun. Kinder! Wo seid ihr?« Sie war sonderbar erleichtert, als sie die Stimmen aller drei hörte und sie über die Grasbüschel auf sie zugerannt kamen. Keinesfalls durfte sie ihnen die Freude mit grundlosen Befürchtungen verderben.

Kapitel 5

Die Zeitungen hielten den Mord an Maude Lamont für so bedeutend, dass sie ihn am folgenden Tag zusammen mit Meldungen über die bevorstehende Wahl und Ereignisse im Ausland auf der ersten Seite brachten. Niemand äußerte den geringsten Zweifel daran, dass es kein Unfall oder natürlicher Todesfall war, sondern sich um ein Verbrechen handelte. Die Anwesenheit der Polizei legte diese Annahme nahe, doch wurden keine Einzelheiten berichtet. Es hieß lediglich, das Hausmädchen, Miss Lena Forrest, habe sie gerufen. Das Mädchen hatte der Presse gegenüber nichts sagen wollen, und Inspektor Tellman hatte lediglich erklärt, man gehe dem Fall nach.

Pitt stand am Küchentisch und goss sich eine zweite Tasse ein. Tellman, der ungeduldig von einem Fuß auf den anderen trat, lehnte den ihm angebotenen Tee ab.

»Wir haben mit einem halben Dutzend ihrer anderen Besucher gesprochen«, sagte er mit finsterer Miene. »Sie alle halten große Stücke auf sie und behaupten, dass sie das begabteste Medium war, das sie je erlebt haben – was auch immer das bedeuten mag.« Er stieß diese Worte wie eine Herausforderung hervor, als erwarte er von Pitt, dass er es ihm erklärte. Er war über die ganze Angelegenheit zutiefst unglücklich, doch hatte sich seine Einstellung dem Thema gegenüber nach ihrer vorigen Begegnung unübersehbar geändert. Vermutlich hatte es mit etwas zu tun, was er seither erfahren hatte.

»Was hat sie diesen Leuten gesagt, und auf welche Weise?«, wollte Pitt wissen.

Tellman sah ihn finster an. »Geister sollen aus ihrem Mund gekommen sein«, sagte er und wartete auf den Spott, der seiner Meinung nach nicht ausbleiben konnte. »Irgendwie verschwommen... aber die Leute waren ganz sicher, dass es sich dabei um das Gesicht von Menschen handelte, die sie kannten.«

»Und wo befand sich Maude Lamont dabei?«, fragte Pitt weiter.

»Auf ihrem Stuhl am Kopfende des Tisches oder in einer Art Schrank, den man speziell gebaut hatte, damit ihre Hände nicht hinauskonnten. Sie hatte das selbst angeregt, damit ihr die Leute nicht misstrauten.«

»Was hat sie dafür verlangt?« Er trank seinen Tee.

»Jemand sagte zwei Guineen, jemand anders fünf«, gab Tellman zur Antwort und biss sich auf die Lippe. »Aber solange es zur Unterhaltung diente und niemand Klage gegen sie erhob, hätten wir nichts unternehmen können. Einen Geisterbeschwörer, für den die Leute freiwillig zahlen, kann man nicht gut festnehmen. Vermutlich ist das ein gewisser Trost ... oder?«

»Das gehört wahrscheinlich in dieselbe Schublade wie Wundermittel, die man auf dem Jahrmarkt kauft«, sagte Pitt nachdenklich. »Wer daran glaubt, dass ihn die von seinen Kopfschmerzen befreien und er in Zukunft besser schläft, dem helfen sie vielleicht auch. Und warum sollte man Leuten verbieten, so etwas auszuprobieren?«

»Weil es Unsinn ist!«, gab Tellman heftig zurück. »Die Frau verdiente ihren Lebensunterhalt dank der Leichtgläubigkeit von Menschen, die es nicht besser wissen, und sagte ihnen, was sie hören wollten. Das könnte doch jeder.«

»Wirklich?«, fragte Pitt rasch. »Lassen Sie Ihre Männer die Leute noch einmal gründlich befragen. Wir müssen unbedingt herausfinden, ob sie Dinge wusste, die nicht allgemein bekannt waren und bei denen man nicht sagen kann, wie sie davon erfahren haben könnte.«

Ungläubig und beunruhigt riss Tellman die Augen auf.

»Falls sie einen Informanten hatte, möchte ich wissen, wer das ist!«, sagte Pitt kurz angebunden. »Und damit meine ich einen Menschen aus Fleisch und Blut.«

Erleichterung trat auf Tellmans Züge, dann wurde er puterrot.

Pitt lächelte breit. Es war das erste Mal, dass er etwas lustig fand, seit ihm Cornwallis mitgeteilt hatte, er sei erneut zum Sicherheitsdienst abgeordnet. »Vermutlich haben Sie bereits herumgefragt, ob man an jenem oder einem anderen Abend in der Nähe von Cosmo Place jemanden gesehen hat«, fuhr er fort, »der unser unbekannter Besucher sein könnte.«

»Selbstverständlich! Dafür habe ich schließlich meine Leute«, gab Tellman bissig zurück. »So schnell können Sie das doch nicht vergessen haben! Ich begleite Sie zu diesem Generalmajor Kingsley. Zwar bin ich sicher, dass Sie ihn richtig einschätzen werden, aber ich möchte mir ein eigenes Urteil bilden.« Sein Mund wurde schmal. »Außerdem ist er einer von lediglich zwei Zeugen für das, was bei dieser ... Séance passiert ist.« An der Art, wie er das Wort förmlich ausspie, war seine ganze Wut und Enttäuschung darüber zu erkennen, dass er sich mit Menschen herumschlagen musste, die sich freiwillig zum Narren machten und ihn die Folgen ausbaden ließen. Er war weder bereit, Verständnis für sie aufzubringen, noch gar Mitleid für sie zu empfinden. Von seinem Gesicht ließ sich deutlich ablesen, wie sehr er sich bemühte, die Sache nicht an sich herankommen zu lassen, doch war zugleich unübersehbar, dass er diesen Kampf bereits verloren hatte.

Pitt suchte auf dem Gesicht seines Gegenübers nach Hinweisen auf Angst oder Aberglauben, fand aber nicht die geringste Spur davon. Er stellte seine leere Tasse ab.

»Was ist?«, fragte Tellman.

Pitt lächelte, nicht belustigt, sondern freundschaftlich, was ihn selbst überraschte. »Nichts«, sagte er. »Wir wollen uns jetzt diesen Kingsley vornehmen, um zu erfahren, was er bei Miss Lamont wollte und was sie für ihn tun konnte – vor allem an dem Abend, den sie nicht überlebt hat.« Er wandte sich um und ging zur Haustür. Nachdem Tellman hinausgegangen war, schloss er sie ab.

»Guten Morgen, Sir«, sagte der Postbote munter. »Wieder mal 'n herrlicher Tag.«

»Ja«, stimmte Pitt zu, obwohl er den Mann nicht kannte. »Guten Morgen. Sind Sie neu in diesem Bezirk?«

»Ja, Sir. Seit zwei Wochen«, sagte der Mann. »So allmählich lernt man die Leute kennen. Vor ein paar Tagen hab ich mit Ihrer Frau gesprochen. Eine sehr angenehme Dame.« Dann stutzte er und fuhr fort: »Seitdem hab ich sie gar nich mehr gesehen. Sie is doch hoffentlich nicht krank? Um diese Jahreszeit wird man 'ne Erkältung nur schlecht los. Dabei is es so schön warm.«

Gerade als Pitt sagen wollte, dass sie Urlaub mache, durchfuhr ihn eiskalt der Gedanke, der Mann könne im Dienst anderer stehen und weiterberichten, was er erfuhr.

»Nein«, sagte er forsch. »Vielen Dank, es geht ihr gut. Guten Tag.«

»Guten Tag, Sir.« Leise pfeifend ging der Postbote weiter.

»Ich rufe eine Droschke«, erbot sich Tellman.

»Wir können ohne weiteres zu Fuß gehen«, entgegnete Pitt und dachte nicht weiter an den Postboten. Mit langen Schritten eilte er dem Russell Square entgegen. »Es ist doch kaum einen Kilometer bis zur Harrison Street, gleich hinter dem Findlingsspital.«

Knurrend machte Tellman einige rasche Schritte, um Pitt einzuholen, der vor sich hinlächelte. Pitt war klar, dass sich Tellman fragte, wieso er ohne Unterstützung der Polizei wusste, wo Kingsley lebte. Bestimmt überlegte er, ob sich der Sicherheitsdienst bereits aus anderen Gründen für den Mann interessierte.

Schweigend gingen sie um den Russell Square herum, überquerten den verkehrsreichen Woburn Place und setzten ihren Weg durch die Berner Street zum Brunswick Square fort, an dem das riesige altmodische Gebäude des Findlingsspitals aufragte. Sie wandten sich nach rechts, sorgten aber dafür, dass ihr Weg nicht über den Kinderfriedhof führte. Wie immer, wenn er dort war, wurde Pitt von Trauer erfasst, und ein verstohlener Blick zeigte ihm, dass Tellmans Lippen leicht zitterten und er die Augen gesenkt hielt. Mit einem Mal ging ihm auf, dass er in all den Jahren der gemeinsamen Arbeit kaum etwas über die Vergangenheit dieses Mannes erfahren hatte.

Lediglich Tellmans flammenden Zorn über die so oft unverhüllt zu Tage tretende Armut kannte er, und der war ihm inzwischen so vertraut, dass er sich nicht einmal mehr fragte, was für qualvolle Erfahrungen dahinter stehen mochten. Wahrscheinlich wusste Gracie mehr über den Mann mit der undurchdringlichen Miene als Pitt selbst. Allerdings stammte sie auch aus den gleichen schmalen Gässchen und kannte den Überlebenskampf von klein auf. Ihr brauchte man nichts zu sagen, und sie verstand ihn, auch wenn sie möglicherweise eine andere Sicht der Dinge hatte.

Pitt war als Sohn des Wildhüters auf dem Landgut Sir Arthur Desmonds aufgewachsen, auf dem auch seine Mutter in Dienst stand. Seinen Vater hatte man wegen Wilderei angeklagt und zur Deportation verurteilt – zu Unrecht, davon war Pitt überzeugt. Obwohl der Makel dieser Verurteilung seither auch dem Sohn anhaftete, hatte er nie länger als einen Tag auf sein Essen verzichten müssen und nie in der Gefahr gelebt, überfallen zu werden, höchstens von Gleichaltrigen. Das Schlimmste, was er erlitten hatte, waren einige Schrammen, und gelegentlich hatte ihm der Obergärtner den Hintern versohlt, was er auch reichlich verdient hatte.

Schweigend gingen sie an dem Kinderfriedhof vorüber. Es gab zu viel zu sagen, und so schwiegen sie.

»Er hat Telefon«, erklärte Pitt schließlich, als sie in die Harrison Street einbogen.

»Wie bitte?« Offenbar hatte er Tellman mit dieser Äußerung aus seinen Gedanken gerissen.

»Kingsley hat Telefon«, wiederholte Pitt.

»Haben Sie ihn angerufen?«, fragte Tellman. Er schien verblüfft.

»Nein, aber seine Nummer nachgesehen«, erwiderte Pitt.

Tellman errötete bis an die Haarwurzeln. Nie wäre ihm der Gedanke gekommen, dass eine Privatperson ein Telefon besitzen könnte, obwohl er wusste, dass es im Hause Pitt eines gab. Vielleicht würde er sich das eines Tages auch leisten können, aber noch war es nicht so weit. Erst kürzlich war er befördert worden, und die neue Stellung war ihm unbehaglich wie ein neuer Kragen. Sie passte noch nicht zu ihm – schon gar nicht jetzt, da Pitt ihm Tag für Tag auf den Fersen saß und ihm seinen ersten Fall praktisch aus der Hand nahm.

Sie gingen bis zum Hause Kingsleys nebeneinander. Dort wurden sie eingelassen und durch ein ziemlich dunkles, mit Eiche getäfeltes Vestibül geführt, in dem an drei Wänden Schlachtengemälde hingen. Sie hatten keine Zeit, auf den Messingschildern darunter nachzusehen, um welche Schlachten es sich handelte. Auf den ersten Blick sah es aus, als gehe es bei allen um die napoleonischen Kriege. Eins schien eine Begräbnisszene zu zeigen. Die Verteilung von Licht und Schatten auf ihm war besser als auf den anderen, auch hatte es eine gewisse tragische Wirkung durch die dicht aneinander gedrängten Leiber. Vielleicht zeigte es den Tod Sir John Moores in der Schlacht von La Coruña.

Das in Grün und Braun eingerichtete Empfangszimmer machte mit seiner ledernen Sitzgarnitur und Bücherschränken, in denen schwere einheitlich gebundene Bände standen, einen ausgesprochen männlichen Eindruck. An einer Wand hingen Assagaie und andere Speere, afrikanische Waffen, die deutliche Gebrauchsspuren aufwiesen. Auf dem Tisch in der Mitte stand eine exquisite stilisierte Bronzestatue eines Husaren zu Pferde. Das Tier war glänzend getroffen.

Als der Butler den Raum verlassen hatte, sah sich Tellman aufmerksam um, fühlte sich aber unbehaglich. Es war offenkundig, dass hier ein Mann der höheren Gesellschaftsschicht und ein Angehöriger einer Berufsgruppe lebte, den Tellman erziehungsbedingt verachtete. Zwar hatte er einmal nicht umhin gekonnt, einen Offizier im Ruhestand als menschlich, verletzlich und geradezu bewunderungswürdig anzusehen, doch hielt er diesen nach wie vor für eine Ausnahme. Der Mann, der hier wohnte und dessen Leben sich in diesen Bildern und Einrichtungsgegenständen spiegelte, musste von exzentrischem, ja, geradezu widersprüchlichem Wesen sein. Wie konnte jemand, der das Verabscheuungswürdigste getan hatte, was sich vorstellen ließ, nämlich Männer in den Krieg zu führen, seine Beziehung zur Wirklichkeit so weit verlieren, dass er sich bei einer Frau Rat holte, die behauptete, mit Geistern zu sprechen?

Die Tür öffnete sich, und ein hoch gewachsener, ziemlich

hagerer Mann trat ein. Sein Gesicht wirkte aschgrau, als wäre er krank. Sein Haarschnitt war militärisch kurz und sein Schnurrbart kaum mehr als ein dunkler Fleck auf der Oberlippe. Er hielt sich aufrecht, doch keinesfall aus Vitalität, sondern weil er es ein Leben lang so gewohnt war.

»Guten Morgen, meine Herren. Mein Butler sagt mir, dass Sie von der Polizei sind. Was kann ich für Sie tun?« In seiner Stimme lag keine Überraschung. Vielleicht hatte er in den Zeitungen von Maude Lamonts Tod gelesen.

Pitt war bereits entschlossen, seine Tätigkeit für den Sicherheitsdienst nicht anzusprechen. Mochte Kingsley ruhig annehmen, er und Tellman bearbeiteten den Fall gemeinsam.

»Guten Morgen, General Kingsley«, sagte er. »Ich bin Oberinspektor Pitt, und das ist mein Kollege Inspektor Tellman. Es tut mir Leid, Ihnen sagen zu müssen, dass Miss Maude Lamont vor zwei Tagen ums Leben gekommen ist. Man hat sie gestern Morgen tot in ihrem Haus aufgefunden. Wegen der Umstände ihres Ablebens sind wir gezwungen, der Sache sehr gründlich nachzugehen. Ich nehme an, dass Sie bei ihrer letzten Séance anwesend waren?«

Tellman erstarrte. Wie unverblümt Pitt sprach!

Kingsley holte tief Luft und schien sichtlich erschüttert. Er forderte die Besucher zum Sitzen auf und ließ sich dann selbst in einen der großen Ledersessel sinken. Eine Erfrischung bot er ihnen nicht an.

»Würden Sie uns sagen, was nach dem Zeitpunkt Ihres Eintreffens im Haus in der Southampton Row geschehen ist?«, begann Pitt.

Kingsley räusperte sich. Die Antwort schien ihn Mühe zu kosten. Pitt kam es sonderbar vor, dass einen Offizier, der doch gewiss an Tod und Gewalteinwirkung gewöhnt war, ein Mord so durcheinander bringen konnte. Was war Krieg anderes als Mord im großen Maßstab? Zogen nicht die Männer mit der festen Absicht in den Kampf, möglichst viele Feinde zu töten? Es konnte kaum damit zu tun haben, dass es sich diesmal um eine Frau handelte, denn Frauen waren nur allzu häufig Opfer der mit dem Krieg verbundenen Gewalttätigkeit, von Plünderung und Zerstörung.

»Ich bin kurz nach halb zehn dort angekommen«, begann Kingsley. »Wir wollten um Viertel vor zehn beginnen.«

»War die Séance von längerer Hand vorbereitet?«, unterbrach ihn Pitt.

»Wir hatten die Verabredung in der Vorwoche getroffen«, gab Kingsley zur Antwort. »Es war mein vierter Besuch.«

»Waren jedes Mal dieselben Personen anwesend?«, fragte Pitt rasch.

Kingsley zögerte nur kurz. »Nein. Es war erst das dritte Mal mit genau denselben.«

»Wer waren die anderen?«

Diesmal kam die Antwort ohne das geringste Zögern. »Ich weiß es nicht.«

»Aber Sie waren doch gemeinsam dort?«

»Wir waren gleichzeitig dort«, verbesserte ihn Kingsley. »Wir gehörten in keiner Hinsicht zusammen, außer dass ... dass es hilfreich ist, die seelischen Kräfte mehrerer Personen zur Verfügung zu haben.« Er erläuterte nicht, wie das zu verstehen war.

»Können Sie die anderen beschreiben?«

»Sie wissen, dass ich dort war, kennen meinen Namen und meine Anschrift – da müssten Sie doch über die anderen dasselbe wissen?«

Aus dem Augenwinkel sah Pitt, dass in Tellmans Gesicht etwas aufblitzte. Endlich fing Kingsley an, sich wie jemand zu verhalten, dem die Führung anderer Menschen anvertraut war. Pitt überlegte, welches erschütternde Ereignis der Auslöser dafür gewesen sein mochte, dass dieser Mann eine Spiritistin aufsuchte. Im Leben anderer Menschen herumwühlen zu müssen war schmerzlich und abstoßend, aber nur allzu häufig verbargen sich die Motive für einen Mord in grässlichen Vorfällen der Vergangenheit, und um der Sache auf den Grund zu kommen, musste er alles wissen. »Ich kenne den Namen der Frau«, sagte er, »aber nicht den des anderen Mannes. Miss Lamont hat ihn in ihrem Tagebuch lediglich mit einer kleinen Zeichnung in Form einer Kartusche benannt.«

Kingsley runzelte die Brauen. »Ich kann Ihnen nicht weiterhelfen, denn ich ahne nicht, welchen Grund sie dafür gehabt haben könnte.«

»Können Sie ihn mir näher beschreiben ... oder war es doch eine Frau?«

»Nicht genau«, gab Kingsley zurück. »Da es nicht um ein gesellschaftliches Zusammentreffen ging, sind wir einander nicht vorgestellt worden. Soweit ich mich erinnern kann, ist er von durchschnittlicher Größe. Trotz der warmen Jahreszeit trug er einen Mantel, und so kann ich Ihnen über seinen Körperbau nichts sagen. Seine Haare wirkten eher hell als dunkel, möglicherweise sind sie grau. Er hielt sich im Hintergrund des Raumes im Schatten, und die roten Lampenschirme haben alles ein wenig verfärbt. Ich könnte mir denken, dass ich ihn wiedererkenne, wenn ich ihm noch einmal begegne, aber sicher bin ich nicht.«

»Wer kam als Erster?«, mischte sich Tellman ein.

»Ich«, gab Kingsley zur Antwort. »Danach die Frau.«

»Können Sie sie beschreiben?«, fragte Pitt. Er dachte an das lange helle Haar, das um den Knopf an Maude Lamonts Ärmel gewickelt war.

»Ich dachte, Sie wissen, wer sie ist?«, gab Kingsley zurück.

»Ich weiß den Namen«, korrigierte Pitt. »Ich wüsste gern, welchen Eindruck Sie von ihr hatten.«

Kingsley fügte sich. »Sie war groß, größer als die meisten Frauen, sehr elegant, hatte aschblondes Haar und trug eine Art...« Er verstummte.

Pitt spürte, wie sich ihm die Kehle zusammenzog. »Fahren Sie bitte fort!«, murmelte er.

»Der andere Mann kam als Letzter«, sagte Kingsley. »Soweit ich mich erinnere, war das auch bei den vorigen Malen so gewesen. Er kam durch die Terrassentür aus dem Garten und verließ das Haus als Erster.«

»Und wer ging als Letzter?«, fragte Pitt.

»Die Frau«, sagte Kingsley. »Sie war noch da, als ich ging.« Er wirkte unglücklich, als sei er mit der Antwort nicht zufrieden und habe sich damit noch nicht vom Verdacht reingewaschen.

»Der andere Mann ist also durch die Terrassentür in den Garten gegangen«, fasste Pitt sicherheitshalber nach.

»Ja.«

»Hat Miss Lamont ihn begleitet und das Tor zum Cosmo Place hinter ihm verschlossen?«

»Nein, sie ist bei uns geblieben.«

»Und das Mädchen?«

»Sie ist kurz nach unserer Ankunft gegangen. Vermutlich hat sie das Haus durch den Kücheneingang verlassen. Jedenfalls habe ich sie um die Zeit der Abenddämmerung durch den Garten gehen sehen. Sie trug eine Laterne, die sie vor der Haustür abstellte und dort stehen ließ.«

Pitt stellte sich den Gartenweg von der hinteren Seite des Hauses an der Southampton Row vor. Er führte ausschließlich zur Tür in der Mauer, die auf den Cosmo Place ging. »Sie ist also durch die Seitentür hinausgegangen?«, fragte er laut.

»Ja«, sagte Kingsley. »Wahrscheinlich hat sie deshalb die Laterne mitgenommen. Anschließend hat sie sie auf der Treppe vor der Haustür abgestellt. Ich habe ihre Schritte auf dem Kies gehört und das Licht gesehen.«

Tellman zog die Schlussfolgerung aus seinen Worten. »Dann hat entweder diese Frau Miss Lamont getötet – oder Sie oder der andere Mann sind durch das Seitentürchen zurückgekommen und haben die Tat begangen. Oder ein bisher Unbekannter ist später gekommen, und Miss Lamont hat ihn selbst zur Haustür eingelassen. Aber das ist unwahrscheinlich, und soweit das Mädchen gesagt hat, war Miss Lamont nach einer Séance gewöhnlich müde und hat sich in ihr Schlafzimmer zurückgezogen, sobald die Besucher gegangen waren. Das Tagebuch erwähnt keinen weiteren Besucher. Niemand ist gesehen oder gehört worden. Um wie viel Uhr sind Sie gegangen, General Kingsley?«

»Ungefähr eine Viertelstunde vor Mitternacht.«

»Für einen weiteren Besucher wäre das ziemlich spät«, sagte Pitt.

Kingsley fuhr sich mit der Hand über die Stirn, als habe er Kopfschmerzen. Er wirkte müde und erschöpft. »Ich habe wirklich keine Vorstellung von dem, was nach meinem Weggang dort geschehen sein könnte«, sagte er ruhig. »Ihr schien nichts zu fehlen. Sie wirkte in keiner Weise besorgt oder bekümmert und machte auch nicht den Eindruck, als hätte sie Angst vor jemandem oder erwarte jemanden. Sie war müde, das ja. Die Geister der Abgeschiedenen heraufzubeschwören kostete sie jedes Mal ungeheuer viel Kraft. Sie brachte es danach kaum noch fertig, uns zu verabschieden und zur Tür zu begleiten.« Er hielt inne und sah kläglich in die Leere, die vor ihm lag.

Tellman warf einen flüchtigen Blick zu Pitt hinüber. Wie peinlich ihm die Tiefe von Kingsleys Gemütsbewegung und das sonderbare Gesprächsthema waren, ließ sich deutlich an der starren Haltung seines Körpers und der Art erkennen, wie er seine Hände unruhig im Schoß knetete.

»Können Sie uns bitte den Verlauf des Abends beschreiben, General Kingsley?«, sagte Pitt. »Was ist geschehen, nachdem alle anwesend waren? Hat es eine Unterhaltung gegeben?«

»Jeder ... jeder war aus seinen ganz eigenen Gründen gekommen. Ich hatte nicht das Bedürfnis, mit den anderen darüber zu reden, und vermutlich ging es ihnen ebenso.« Bei diesen Worten sah ihn Kingsley nicht an, als sei die Sache nach wie vor privat. »Wir setzten uns um den Tisch und warteten, während Miss Lamont sich konzentrierte, um ... die Geister zu beschwören.« Er sprach zögernd. Vermutlich war ihm Tellmans Skepsis ebenso wenig entgangen wie dessen Schwanken zwischen Mitleid und Verachtung.

Pitt wusste nicht recht, was er selbst empfand. Es war eher ein Unbehagen, eine Art von Bedrückung, als Verachtung. Er hätte nicht sagen können, woran das lag, aber er hielt den Versuch, die Geister von Toten heraufzubeschwören, ob das nun möglich war oder nicht, für unangebracht.

»Wo haben Sie gesessen?«, fragte er.

»Miss Lamont auf dem hochlehnigen Stuhl am Kopfende des Tisches«, erwiderte Kingsley. »Ich saß rechts von ihr, mir gegenüber die Frau, links von ihr der Mann mit dem Rücken zu den Fenstern. Natürlich haben wir uns bei den Händen gehalten.«

Unbehaglich rutschte Tellman auf seinem Sessel hin und her.

»Ist das üblich?«, erkundigte sich Pitt.

»Ja, um jeden Verdacht eines Betrugsversuchs auszuschalten. Manche Medien sitzen sogar in einem Schrank, um doppelt festgehalten zu sein, und ich glaube, auch Miss Lamont hat das gelegentlich getan. Allerdings war ich dabei nicht anwesend.«

»Warum nicht?«, fragte Tellman dazwischen.

»Es gab keinen Anlass zum Misstrauen«, versetzte Kingsley mit einem raschen ärgerlichen Blick. »Jeder von uns glaubte ihr. Wir hätten sie nie auf diese Weise ... gekränkt. Uns ging es um Wissen, eine höhere Wahrheit, nicht um billige Sensationen.«

»Aha«, sagte Pitt ruhig, ohne Tellman anzusehen. »Und was geschah dann?«

»Soweit ich mich erinnere, fiel Miss Lamont in Trance«, sagte Kingsley. »Sie schien etwa eine Handbreit über ihrem Sitz in der Luft zu schweben und sprach nach einer Weile mit vollständig veränderter Stimme. Ich ...« Er sah auf den Boden. »Ich nehme an, dass ihr Geisterführer durch sie zu uns sprach.« Die Worte kamen so leise, dass Pitt sie kaum verstehen konnte. »Ein junger Russe, der irgendwo im hohen Norden in der Nähe des Polarkreises bei schrecklicher Kälte ums Leben gekommen war. Er erkundigte sich, was wir wissen wollten.«

Diesmal machte Tellman nicht die geringste Bewegung.

»Und hat ihm einer von Ihnen etwas gesagt? Und was?«, fragte Pitt. Er musste herausbekommen, was Rose Serracold hatte wissen wollen, und fürchtete zugleich, dass Kingsley, falls er diese Antwort zuerst gab und Tellmans Reaktion darauf erkannte, seine eigenen Gründe verbergen würde. Vielleicht aber waren auch die von Bedeutung. Immerhin hatte er den scharfen politisch motivierten Angriff gegen Aubrey Serracold verfasst, auch wenn er wohl nicht gewusst hatte, dass es sich dabei um den Gatten der Frau handelte, die mit ihm an Maude Lamonts Tisch gesessen hatte. Oder war ihm das doch bekannt gewesen?

Kingsley schwieg eine Weile.

»General Kingsley«, drängte Pitt. »Was wollten Sie durch Miss Lamont erfahren?«

Es kostete Kingsley große Mühe zu antworten. Den Blick

nach wie vor zu Boden gerichtet, sagte er: »Mein Sohn Robert hat in den Zulu-Kriegen in Afrika gedient und ist dort gefallen. Ich...« Seine Stimme versagte. »Ich wollte mich vergewissern, dass sein Tod ... dass seine Seele in Frieden ruht. Es hat ... abweichende Berichte über das Gefecht gegeben. Ich musste mir Gewissheit verschaffen.« Er hob den Blick nicht, als wolle er entweder nicht sehen, wie Pitt auf seine Äußerung reagierte, oder nicht preisgeben, wie sehr es ihm zu schaffen machte.

Pitt hatte den Eindruck, irgendetwas sagen zu müssen. »Ich verstehe«, murmelte er. »Und haben Sie etwas darüber erfahren?« Schon als er die Frage stellte, war ihm klar, dass das nicht der Fall war. Kingsleys Furcht ließ sich geradezu mit Händen greifen. Jetzt war auch der Grund für seine Bekümmernis klar. Maude Lamonts Tod hatte ihm den Kontakt mit der einzigen Welt genommen, aus der er seiner Überzeugung nach eine Antwort bekommen konnte. Er dürfte ihn kaum mutwillig zerstört haben.

»Noch ... nicht«, sagte Kingsley so tonlos, dass Pitt einen Augenblick lang nicht wusste, ob er die Worte wirklich gehört hatte. Tellmans Unbehagen war nicht zu übersehen. An gewöhnlichen Kummer war er gewöhnt, aber dieser hier beunruhigte und verstörte ihn. Er war seiner eigenen Reaktionen nicht sicher. Aufgrund seiner Lebenserfahrung hätte er eigentlich belustigt und unduldsam reagieren müssen, doch als Pitt flüchtig zu ihm hinübersah, erkannte er Mitgefühl auf dem Gesicht des Inspektors.

»Und was wollte die Frau?«, fragte Pitt.

Diese Frage riss Kingsley aus seiner Versunkenheit. Verwirrt hob er den Blick. »Ich weiß nicht recht. Sie wollte unbedingt mit ihrer Mutter in Verbindung treten, doch ist mir der Grund dafür nicht klar. Vermutlich war es eine sehr private Angelegenheit, denn ich konnte keine ihrer versteckten Fragen verstehen.«

»Aber die Antworten?«, fragte Pitt angespannt. Er hatte beinahe Angst vor dem, was Kingsleys sagen konnte. Warum setzte Rose Serracold zu einer außergewöhnlich heiklen Zeit so viel aufs Spiel, auf die Gefahr hin, sich womöglich lächerlich zu machen? War ihr nicht klar, worum es ging? Oder war ihr die Sache so wichtig, dass sie ihr alles andere unterordnete? Was konnte das sein?

»Es ging um ihre Mutter?«, vergewisserte sich Pitt.

»Ja.«

»Und hat Miss Lamont Verbindung mit ihr aufgenommen?«

»Allem Anschein nach ja.«

»Was hat sie sie gefragt?«

»Nichts Bestimmtes«, sagte Kingsley mit verwirrtem Ausdruck. »Ganz allgemeine Familienangelegenheiten. Es ging dabei um andere Verwandte, die ... dahingegangen waren. Ihre Großmutter, ihren Vater. Sie wollte wissen, ob es ihnen gut gehe.«

»Wann war das?«, drängte Pitt. »Am Abend vor Miss Lamonts Tod? Davor? Wenn Sie sich genau an das erinnern könnten, was gesagt wurde, wäre das äußerst nützlich.«

Kingsley runzelte die Stirn. »Ich kann mir nur schwer vorstellen, dass sie Miss Lamont etwas angetan haben könnte«, sagte er mit Nachdruck. »Sie kam mir ein wenig exaltiert und sonderbar vor, aber ich habe keinen Zorn an ihr entdeckt, keine Heftigkeit oder Unfreundlichkeit, sondern eher ...« Er hielt inne.

Tellman beugte sich vor.

»Ja?«, forderte ihn Pitt zum Weiterreden auf.

»Angst«, sagte Kingsley leise, als handele es sich dabei um ein Gefühl, das er seit langem bestens kannte. »Aber es ist sinnlos, mich zu fragen, wovor sie Angst haben könnte, denn ich habe nicht die geringste Ahnung. Sie erkundigte sich besorgt, ob ihr Vater glücklich und wieder gesund sei. Mir schien die Vorstellung merkwürdig, eine Krankheit könne über das Grab hinaus andauern. Aber vielleicht sind solche Erwägungen verständlich, wenn man einen Menschen geliebt hat. Liebe folgt nicht immer den Regeln des Verstandes.« Nach wie vor hielt er den Blick abgewandt, als teile er seine innersten Gefühle mit.

»Und mit wem wollte der andere Mann Verbindung aufnehmen?«, fragte Pitt.

»Ich kann mich an keine bestimmte Person erinnern«, sagte

Kingsley mit zusammengezogenen Brauen, als gehe ihm jetzt erst auf, wie sehr ihn das wunderte.

»Aber er war Ihres Wissens mindestens dreimal da?«, vergewisserte sich Pitt.

»Ja. Es war ihm sehr ernst«, erklärte Kingsley und hob jetzt den Blick, da es keine eigenen Empfindungen mehr zu schützen gab. Der Mann hatte nichts in ihm angerührt, kein Mitgefühl. »Er stellte einige sehr eigentümliche Fragen und gab keine Ruhe, bis Miss Lamont sie beantwortet hatte«, sagte er. »Ich habe sie einmal gefragt, ob sie ihn für einen Skeptiker halte, einen Zweifelsüchtigen, aber sie schien seine Gründe zu kennen und von seinen Fragen nicht weiter beeindruckt zu sein. Ich ... ich finde das ...« Er hielt inne.

»Befremdlich?«, hakte Tellman nach.

»Eigentlich wollte ich ›beruhigend‹ sagen«, gab Kingsley zur Antwort.

Er erklärte das nicht weiter, aber Pitt verstand ihn. Maude Lamont musste sich ihrer Fähigkeiten sehr sicher gewesen sein, ganz gleich, wie diese beschaffen waren, wenn sie sich bei ihren Sitzungen durch die Anwesenheit eines Skeptikers nicht bedroht fühlte. Offenkundig aber war ihr der Hass nicht bewusst gewesen, der zu ihrem Tod geführt hatte.

»Und hat dieser Mann keinen Menschen benannt, mit dem er in Verbindung gebracht werden wollte?«, fragte er.

»Doch, mehrere«, sagte Kingsley, »aber ihm schien an keinem besonders gelegen zu sein. Ich hatte eher den Eindruck, als hätte er die Namen aufs Geratewohl gesagt.«

»Und ging es ihm um ein bestimmtes Thema?« Pitt war nicht bereit, so ohne weiteres aufzugeben.

»Nicht dass ich wüsste.«

Pitt sah ihn ernsthaft an. »Wir wissen nicht, um wen es sich handelt, General Kingsley. Er könnte der Mörder Maude Lamonts sein.« Er sah, wie Kingsley zusammenzuckte und der Ausdruck der Verlorenheit in seine Augen zurückkehrte. »Ist Ihnen an seiner Stimme oder seinem Verhalten etwas aufgefallen oder irgendetwas anderes? An seiner Kleidung, der Art, wie er sich gab? War er gebildet? Welche Überzeugungen oder Ansichten hat er vertreten? Was könnte Ihrer Meinung nach sein Hintergrund sein, seine Stellung in der Gesellschaft, welcher Einkommensgruppe könnte er angehören? Sofern er einen Beruf ausübt, welcher ist es? Hat er je Angehörige erwähnt, von einer Frau gesprochen oder gesagt, wo er wohnt? Ist er von weither gekommen? Können Sie irgendetwas darüber sagen?«

Wieder dachte Kingsley so lange nach, dass Pitt schon fürchtete, er werde keine Antwort bekommen. Dann sagte er langsam: »Seine Sprechweise lässt auf eine glänzende Erziehung schließen. Dem Wenigen nach, was er gesagt hat, beschäftigt er sich eher mit der Geisteswissenschaft als mit der Naturwissenschaft. Soweit ich sehen konnte und überhaupt darauf geachtet habe, kleidete er sich zurückhaltend, dunkel. Er wirkte unruhig, doch habe ich das auf den Anlass zurückgeführt. Ich kann mich nicht an bestimmte Ansichten erinnern, die er geäußert hätte, würde aber vom Gefühl her sagen, dass er insgesamt eine konservativere Haltung vertritt als ich.«

Pitt musste an den Zeitungsartikel denken. »Halten Sie sich nicht für konservativ, General Kingsley?«

»Nein, Sir.« Jetzt sah ihm Kingsley offen in die Augen. »Ich habe im Heer gedient. Da gibt es die verschiedensten Männer, und ich würde gern wissen, wo man gegenwärtig den einfachen Soldaten gerechter behandelt als bei uns. Ich denke, wer Seite an Seite mit anderen Entbehrungen ertragen und dem Tod ins Auge gesehen hat, erkennt deren Wert weit deutlicher, als das bei anderen Gelegenheiten möglich wäre.«

Sein Gesichtsausdruck war so offen, dass Pitt nicht anders konnte, als ihm zu glauben. Dennoch widersprachen seine Worte krass dem, was er an vier verschiedene Zeitungen geschrieben hatte. Pitt war überzeugter denn je, dass Kingsley in die Angelegenheit mit Voisey und dessen Kandidatur verwickelt war, wusste aber nicht, ob aus eigenem Willen oder nicht. Ebenso unklar war ihm, ob er unter entsprechendem Druck am Tod Maude Lamonts beteiligt gewesen sein könnte.

Er überlegte, ob er die gegen Serracold gerichteten Artikel ansprechen und ihm mitteilen sollte, dass die bei den Sitzungen anwesende Frau dessen Gattin war. Doch er sah nicht, was sich im Augenblick damit erreichen ließ. Außerdem konnte er sich das mit dieser Mitteilung verbundene Überraschungsmoment möglicherweise zu einem späteren Zeitpunkt zunutze machen.

So dankte er Kingsley und erhob sich, um zu gehen. Tellman tat es ihm gleich, unübersehbar mürrisch und unzufrieden.

»Was halten Sie davon?«, fragte Tellman, kaum dass sie vor dem Haus waren und im Sonnenschein auf die Straße zugingen. »Wie kommt so ein Mann dazu, eine solche ... eine solche ... Frau aufzusuchen?« Er schüttelte den Kopf. »Ich weiß nicht, wie sie es gemacht hat, aber es muss ein Täuschungsmanöver gewesen sein. Wie ist es möglich, dass ein gebildeter Mensch so etwas nicht in wenigen Augenblicken durchschaut. Wenn die Männer an der Spitze unseres Heeres an diese Art von ... Märchen glauben ...«

»Bildung schützt weder vor Einsamkeit noch vor Kummer«, gab Pitt zur Antwort. Trotz seiner realistischen Einstellung gegenüber so vielen Dingen war Tellman nach wie vor von einer gewissen Naivität. Das ärgerte Pitt, doch konnte er Tellman gerade deswegen gut leiden, denn er war durchaus lernwillig. »Jeder von uns findet seine eigenen Möglichkeiten, solchen Wunden Linderung zu verschaffen, jeder tut, was in seinen Kräften steht.«

»Wenn ich jemanden verlieren würde und mich auf diesem Wege trösten wollte«, sagte Tellman nachdenklich, den Blick auf den Gehsteig geheftet, »und dabei merken würde, dass mich jemand hereingelegt hat, ich weiß nicht, ob ich nicht den Kopf verlieren und so jemandem den Hals umdrehen würde. Wenn nun... jemand geglaubt hat, das weiße Zeug wäre ein Teil eines Geistes gewesen oder was auch immer, und ihr das in den Mund zurückgeschoben hat, gilt das dann als Mord oder als Unfall?«

»Sofern es sich so verhielte, wären drei Personen an Ort und Stelle gewesen, von denen mindestens zwei einen Arzt oder die Polizei gerufen hätten. Sollten aber alle drei an der Sache beteiligt sein, hätten wir es mit einer Verschwörung zu tun, ob absichtlich oder nicht.«

Knurrend trat Tellman einen kleinen Stein in die Gosse.

»Vermutlich suchen wir als Nächstes Mistress Serracold auf?«

»Ja, vorausgesetzt, sie ist zu Hause. Andernfalls warten wir auf sie.«

»Ich nehme an, Sie wollen auch diese Befragung selbst durchführen?«

»Nein, ich will nicht, werde es aber tun. Ihr Mann kandidiert für das Unterhaus.«

»Haben die irischen Bombenleger es auf ihn abgesehen?« Auch wenn in Tellmans Stimme ein Anflug von Sarkasmus lag, war es doch eine ernst gemeinte Frage.

»Nicht, soweit ich weiß«, gab Pitt trocken zurück. »Ich möchte das auch eher bezweifeln, denn er tritt für die Unabhängigkeit Irlands ein.«

Wieder knurrte Tellman leise vor sich hin.

Pitt fragte ihn lieber nicht, worauf er sich damit bezog.

Sie mussten fast eine Stunde lang in einem tiefroten Empfangszimmer warten, bis Rose Serracold kam. Auf dem Tisch in der Mitte des Raumes stand eine Kristallschale mit rosa Rosen. Pitt musste lächeln, als er sah, wie Tellman zusammenzuckte. Es war ein ungewöhnlicher Raum, der auf den ersten Eindruck überwältigte. An den Wänden hingen üppige Gemälde, die mit einer schlichten weißen Kaminumrandung kontrastierten. Doch nach einer Weile fand Pitt den Raum immer angenehmer. Er blätterte in den herrlichen Alben, die auf einem niedrigen Tischchen lagen, damit sich Wartende die Zeit vertreiben konnten. Eines enthielt botanische Sammelstücke, und neben jedem beschrieb ein in sauberer, ziemlich überspannt wirkender Handschrift abgefasster Text kurz die Pflanze, erklärte die Bedeutung ihres Namens und wies darauf hin, wo sie üblicherweise vorkam sowie wann und von wem sie ins Land gebracht worden war. Pitt, der sich gern mit seinem eigenen Garten beschäftigte, sofern ihm Zeit dazu blieb, war fasziniert. Er dachte an die außergewöhnlich mutigen Männer, die in Indien, Nepal, China und Tibet auf hohe Berge gestiegen waren, um immer noch schönere Blüten zu entdecken, die sie liebevoll nach England zurückgebracht hatten.

Unruhig schritt Tellman auf und ab. Er blätterte flüchtig in dem anderen Album, das Aquarelle verschiedener englischer Seebäder enthielt. Zwar waren sie durchaus hübsch, interessierten ihn aber nicht sonderlich. Etwas anderes wäre es vielleicht gewesen, wenn sich darunter eine Ansicht des Dörfchens in Dartmoor befunden hätte, in dem sich Gracie und Charlotte mit den Kindern aufhielten. Andererseits wusste er nicht einmal den Namen jenes Ortes. Er ließ seine Gedanken umherschweifen, versuchte sich vorzustellen, was sie gerade tun mochten, während er in diesem fremdartigen Raum stand. Würde Gracie viel arbeiten müssen, oder hatte sie Zeit, ihr Leben zu genießen und im Sonnenschein über die Hügel zu wandern? Er sah sie vor sich, klein, sehr aufrecht, das Haar straff nach hinten gekämmt, ihr munteres Gesicht, die flinken Augen, die alles aufmerksam musterten. Bestimmt hatte sie noch nie einen solchen Ort gesehen, fern von den lauten und engen Straßen der Großstadt, in denen sie aufgewachsen war. Dort drängten sich die Menschen, roch es nach abgestandenem Essen, Abwässern, faulendem Holz und Rauch. Er stellte sich die Umgebung des Dörfchens als weite, offene, nahezu leere Landschaft vor.

Wenn er es recht bedachte, war auch er noch nie an einem solchen Ort gewesen, außer in seinen Träumen und während er sich Bilder wie diese ansah.

Ob sie dort überhaupt an ihn dachte? Wahrscheinlich nicht ... oder zumindest nicht oft. Er war nach wie vor nicht sicher, was sie für ihn empfand. Während der Arbeit an dem Fall um die Affäre in Whitechapel hatte es ausgesehen, als wäre sie endlich ein wenig zugänglicher. Nach wie vor waren sie in einer großen Zahl wichtiger Fragen geteilter Meinung. Dabei ging es um Dinge wie Gerechtigkeit, Gesellschaft und die Rollenverteilung zwischen Mann und Frau. Alles, was er gelernt hatte, all seine Lebenserfahrung sagte ihm, dass sie Unrecht hatte, aber er konnte in keinem einzelnen Punkt genau sagen, inwiefern. Jedenfalls hatte er keine Möglichkeit, es ihr zu erklären. Sie sah ihn einfach vernichtend und unduldsam an, als wäre er ein aufsässiges Kind, und fuhr mit dem fort, was sie gerade tat – ob sie nun gerade kochte oder bügelte. Sie war ungeheuer praktisch veranlagt und gab sich den Anschein, als hielten Frauen die Welt in Gang, während Männer lediglich Worte darüber verloren.

Sollte er ihr schreiben?

Das war eine schwierige Frage. Zwar hatte ihr Charlotte Lesen und Schreiben beigebracht, doch lag das noch nicht lange zurück. Würde er Gracie mit der Notwendigkeit, ihm zu antworten, möglicherweise in Verlegenheit bringen? Oder schlimmer, war es denkbar, dass sie Charlotte den Brief zeigte, wenn sie etwas nicht lesen konnte? Schon die bloße Vorstellung ließ ihn vor Betretenheit zusammenzucken. Nein! Auf keinen Fall würde er schreiben. Lieber das Risiko gar nicht eingehen. Ohnehin war es unter Umständen auch besser, vorsichtshalber ihre Adresse nirgendwo schriftlich festzuhalten.

Er hatte das Album noch aufgeschlagen vor sich, als Rose Serracold endlich hereinkam. Er und Pitt begrüßten sie förmlich. Zwar hätte Tellman nicht sagen können, womit er gerechnet hatte, auf keinen Fall aber mit der bemerkenswert schönen Frau, die da in der Tür stand. Sie trug ein lila und marineblau gestreiftes Kleid mit einer Wespentaille und riesigen Ärmeln. Ihr aschblondes Haar hatte sie in einem Zopf um den Kopf gelegt, statt es gelockt zu tragen, wie es die Mode verlangte. Mit aquamarinblauen Augen sah sie die beiden Männer überrascht an.

»Guten Morgen, Mistress Serracold«, brach Pitt das Schweigen. »Ich bedaure, unangemeldet bei Ihnen aufzutauchen, aber die tragischen Umstände von Miss Maude Lamonts Tod haben mir keine andere Wahl gelassen. Mir ist klar, dass Sie jetzt vor der Unterhauswahl viel zu tun haben, aber die Sache duldet keinen Aufschub.« Er sagte das in einem Ton, der erkennen ließ, dass eine Diskussion sinnlos war.

Sie stand sonderbar reglos da und wandte sich nicht einmal zu Tellman um, dessen Anwesenheit ihr bewusst sein musste, denn er befand sich kaum einen Schritt von ihr entfernt. Unbewegt sah sie Pitt an. Unmöglich hätte man sagen können, ob ihr Maude Lamonts Tod bereits bekannt war. Schließlich sagte sie sehr leise: »Ach ja. Und was könnte ich Ihrer Ansicht nach Hilfreiches sagen, Mister ... Pitt?« Es kostete sie offensichtlich Mühe, sich an den Namen zu erinnern, den ihr der Butler gesagt hatte. Sie wollte nicht unhöflich sein, es zeigte lediglich an, dass Pitt nicht zu ihrer Welt gehörte.

»Sie sind einer der Menschen, die Miss Lamont als Letzte lebend gesehen haben, Mistress Serracold«, antwortete Pitt. »Da Sie außerdem die anderen gesehen haben, die bei der Séance anwesend waren, dürften Sie wissen, was geschehen ist.«

Sofern sie sich fragte, woher Pitt das wusste, gab sie es nicht zu erkennen.

Tellman war gespannt zu sehen, auf welche Weise Pitt nützliche Einzelheiten von dieser Frau erfahren wollte. Sie hatten sich nicht abgesprochen. Ihm war klar, dass Pitt selbst unsicher war. Die Frau fiel in sein neues Aufgabengebiet beim Sicherheitsdienst, da ihr Gatte für das Unterhaus kandidierte. Auch wenn ihn Pitt nicht in seine Aufgabe eingeweiht hatte, vermutete er, dass es dazu gehörte, die Frau vor Skandalen zu bewahren oder aber, sofern sich das als unmöglich erwies, die Angelegenheit auf jeden Fall diskret und wohl auch rasch zu erledigen. Er beneidete ihn nicht darum. Verglichen damit war die Aufklärung eines Mordfalls unkompliziert.

Die Frau hob die elegant geschwungenen Brauen kaum wahrnehmbar. »Ich weiß nicht, auf welche Weise sie ums Leben gekommen ist, Mister Pitt, ob jemand den Tod herbeigeführt hat oder etwas hätte unternehmen können, ihn zu verhindern.« Ihre Stimme klang völlig gleichgültig, doch war sie unübersehbar bleich und hielt sich so starr, dass zu vermuten stand, sie beherrsche ihre Empfindungen mit äußerster Mühe und wage nicht, sie offen zu zeigen.

Ein leichter Hauch von Parfüm stieg Tellman in die Nase. Sie gehörte zu der Art Frau, die ihn beunruhigte und unsicher machte. Er verstand nichts von ihrer Lebensweise, ihren Empfindungen oder ihren Ansichten und war sich ihrer Gegenwart in geradezu quälender Weise bewusst.

»Jemand hat ihren Tod herbeigeführt«, drang Pitts Stimme in seine Gedanken, »sie wurde nämlich ermordet.«

Mrs. Serracold forderte sie nicht zum Sitzen auf. Sie holte tief Luft und stieß sie in einem kaum hörbaren Seufzer aus.

»Ist jemand eingebrochen?« Sie zögerte eine Sekunde. »Hat sie möglicherweise vergessen, den Seiteneingang zum Cosmo Place zu verschließen? Der letzte Besucher ist von dort hereingekommen und nicht durch die Haustür.«

»Es war kein Raubmord«, gab Pitt zur Antwort. »Es ist auch nichts beschädigt worden.« Er sah sie aufmerksam an und ließ sie keine Sekunde aus den Augen. »Die Art und Weise, wie sie getötet wurde, lässt auf äußerst persönliche Motive schließen.«

Ihre seidenen Röcke raschelten, als sie an ihm vorüberging und sich in einen der dunkelrot bezogenen Sessel sinken ließ. Sie war so bleich, dass Tellman annahm, sie habe endlich die Tragweite von Pitts Worten begriffen. War sie darüber erschrocken? Oder hatte sie das bereits gewusst und fühlte sich durch das Bewusstsein in die Enge getrieben, dass andere es ebenfalls wussten, vor allem die Polizei?

Oder war ihr möglicherweise durch den Hinweis, dass es sich um etwas Persönliches handelte, klar geworden, wer die Tat begangen hatte?

»Ich glaube nicht, dass ich mehr darüber wissen möchte, Mister Pitt«, sagte sie rasch. Sie schien sich wieder vollständig in der Hand zu haben. »Ich kann Ihnen lediglich sagen, was ich mitbekommen habe. Meiner Erinnerung nach war es ein völlig normaler Abend. Es gab keine Auseinandersetzung, und mir ist auch keinerlei Feindseligkeit aufgefallen. Ich denke, dass ich so etwas bemerkt hätte. Ich kann nicht glauben, dass einer von uns der Täter gewesen sein soll. Ich war es mit Sicherheit nicht …« Ihre Stimme versagte einen Augenblick lang. »Ich … ich war ihrer Gabe zutiefst verpflichtet. Und ich … mochte sie.« Sie schien noch etwas hinzufügen zu wollen, überlegte es sich dann aber offenbar anders und sah Pitt erwartungsvoll an.

Ohne länger auf eine Aufforderung zu warten, setzte er sich ihr gegenüber und überließ Tellman die Entscheidung, seinem Beispiel zu folgen oder stehen zu bleiben. »Können Sie mir beschreiben, wie dieser Abend verlaufen ist, Mistress Serracold?«

»Ich denke schon. Ich bin kurz vor zehn dort angekommen. Der Soldat war bereits da. Ich weiß weiter nichts von ihm, aber bei ihm ging es ständig um Schlachten. Alle seine Fragen hatten mit Afrika und Krieg zu tun, also nehme ich an, dass er Soldat ist oder war.« Auf ihr Gesicht trat der flüchtige Ausdruck von Mitleid. »Ich hatte den Eindruck, dass er jemanden verloren hat, der ihm nahe stand.«

»Und der dritte Anwesende?«, fragte Pitt.

»Ach, der.« Sie zuckte die Achseln. »Sie meinen den Grabräuber? Der ist als Letzter gekommen.«

Pitt sah sie verblüfft an. »Wie bitte?«

Sie verzog angewidert das Gesicht. »So nenne ich ihn bei mir, weil ich ihn für einen Skeptiker halte, der uns den Glauben an eine Auferstehung des Geistes nehmen möchte. Seine Fragen waren ... in grausamer Weise forschend, als ob er in einer Wunde herumstocherte ...« Sie sah Pitt aufmerksam an, wohl um festzustellen, ob er genau verstand, was sie meinte, ob er fähig sei, zumindest eine Vorstellung davon zu entwickeln, was sie beschrieb, oder ob sie sich mit ihren Worten unnötiger Peinlichkeit aussetzte.

Tellman durchfuhr mit einem Mal eine Erkenntnis. Als hätte eine gewisse Klarsichtigkeit die raschelnde Seide in den Hintergrund gedrängt, stellte er sie sich in einem gewöhnlichen Kleid vor, wie es seine Mutter oder Gracie trugen. Diese Frau war auf den Glauben an Maude Lamonts Fähigkeiten angewiesen. Sie suchte etwas, das sie mit Macht dort hingetrieben hatte, und jetzt, nach dem Tod des Mediums, war sie verloren. Hinter ihren leuchtenden blassblauen Augen lag Verzweiflung.

Indem sie wieder das Wort ergriff, zerstörte sie das Bild, das vor ihm erstanden war. Er hörte ihre Oberschicht-Sprechweise, die auf ihn so affektiert wirkte, und erneut befanden sie sich in zwei scharf voneinander getrennten Welten.

»Vielleicht habe ich es mir auch nur eingebildet«, sagte sie mit einem Lächeln. »Ich habe ja sein Gesicht kaum gesehen. Immerhin ist es denkbar, dass er Angst vor der Wahrheit hatte, nicht wahr?« Ihre Lippen verzogen sich zum Anflug eines Lächelns. Es sah aus, als hätte sie am liebsten gelacht und nur der Anlass des Gespräches hindere sie daran. »Er ist durch die Tür in der Gartenmauer gekommen und gegangen. Vielleicht handelt es sich um einen bedeutenden Mann, der ein schreckliches Verbrechen begangen hat und wissen möchte, ob ihn der Tote verraten wird?« Ihre Stimme hob sich bei dieser Vermutung. »Darüber könnten Sie doch einmal nachdenken, Mister Pitt.« Sie sah ihn unbewegt an, ohne auf Tellman zu achten. Ihr Gesicht wirkte gelassen, fast herausfordernd.

»Auch mir war dieser Gedanke schon gekommen, Mistress Serracold«, sagte Pitt ebenfalls mit ausdrucksloser Miene. »Aber es scheint mir interessant, dass auch Sie darauf verfallen sind. Gehörte Maude Lamont zu den Menschen, die ein solches Wissen für ihre eigenen Zwecke ausschlachten?«

Ihre Lider zuckten, ihre Hals- und Kiefermuskeln spannten sich.

Pitt wartete.

»Ausschlachten?« Ihre Stimme klang ein wenig belegt. »Meinen Sie etwa durch eine ... Erpressung?« Ihr Gesicht wirkte überrascht, vielleicht ein wenig zu sehr.

Pitt lächelte leicht, nach wie vor höflich, als denke er sehr viel mehr, als er sagen konnte. »Man hat sie ermordet. Sie muss sich also mindestens einen Menschen so sehr zum Feind gemacht haben, dass er vor nichts zurückschreckte.«

Das Blut wich ihr aus dem Gesicht. Es hätte Tellman nicht gewundert, wenn sie in Ohnmacht gefallen wäre. Jetzt war ihm endgültig klar, dass es um diese Frau ging. Ihre Anwesenheit bei der spiritistischen Sitzung war der Grund dafür, dass sich der Sicherheitsdienst mit dem Fall beschäftigte und ihn der Polizei und damit ihm aus den Händen genommen hatte. Hatte Pitt Gründe, die Frau für schuldig zu halten? Tellman sah zu ihm hin, doch trotz der vielen Jahre gemeinsamer Arbeit, in denen sie mit zahlreichen menschlichen Tragödien und Leidenschaften zu tun gehabt hatten, sah er sich außerstande, Pitts Empfindungen zu erahnen.

Mrs. Serracold veränderte ihre Stellung. In der Stille des Raumes war sogar das leise Knirschen des Fischbeins und des Stoffs ihrer Korsage hörbar.

»Ich gebe Ihnen Recht, dass das entsetzlich ist, Mister Pitt«, sagte sie ruhig. »Aber mir fällt nichts ein, was Ihnen weiterhelfen könnte. Ich weiß, dass sich einer der Männer große Sorgen um seinen Sohn machte und etwas über die Art erfahren wollte, wie dieser bei einer Schlacht irgendwo in Afrika ums

Leben gekommen ist.« Sie schluckte und hob das Kinn ein wenig, als drücke etwas sie am Hals, obwohl ihr Kleid nicht so hoch reichte. »Über den anderen Mann kann ich lediglich sagen, dass er mir den Eindruck erweckt hat, er sei lediglich gekommen, um über Miss Lamont zu spotten oder sie zu widerlegen. Ich weiß nicht, warum sich solche Leute die Mühe machen!« Ihre dünnen Augenbrauen hoben sich. »Warum lässt jemand, dem der Glaube abgeht, die Dinge nicht einfach ruhen und gestattet jenen, denen sie am Herzen liegen, in Frieden nach Wissen zu suchen? Dagegen lässt sich doch sicher nichts einwenden. Man muss schon ein ziemlicher Rüpel sein, um andere bei der Ausübung ihrer Riten zu stören. Es ist ein unnötiges Eindringen in deren Privatsphäre, überflüssige Grausamkeit.«

»Können Sie näher beschreiben, was am Verhalten oder den Worten dieses Mannes Ihnen diesen Eindruck vermittelt hat?«, fragte Pitt und beugte sich ein wenig vor. »Bitte sagen Sie alles, woran Sie sich erinnern können.«

Eine Weile schwieg sie, als müsse sie sich erst darüber klar werden, was sie sagen wollte. »Es kommt mir so vor, als wäre er darauf aus gewesen, sie bei einem Täuschungsmanöver zu ertappen«, sagte sie schließlich. »Immer hat er den Kopf hin und her bewegt, um ein möglichst großes Gesichtsfeld zu haben, damit ihm ja nichts entging. Er ließ nicht zu, dass seine Aufmerksamkeit auf etwas Bestimmtes gerichtet wurde.« Sie lächelte. »Aber er hat nie etwas entdeckt. Ich konnte spüren, dass er voller Emotionen war, weiß aber nicht, worum es dabei ging. Ich habe nur gelegentlich zu ihm hingesehen, weil mir natürlich viel wichtiger war, was Miss Lamont sagte und tat.«

»Was gab es denn zu beobachten?«, fragte Pitt mit völlig ernster Miene.

Sie schien nicht sicher, was sie antworten sollte, wusste vielleicht auch nicht, ob sie ihm trauen konnte. »Ihre Hände«, sagte sie langsam. »Wenn die Geister durch sie sprachen, sah sie völlig anders aus als sonst. Mitunter schien ihr Aussehen zu verändern, ihr Gesicht, die Haare. Auf ihren Zügen lag ein Lichtschein.« Mit herausforderndem Blick schien sie zu warten, ob er über sie spotten würde, bereit, ihm jederzeit in die Parade zu fahren. Ihre Haltung war völlig starr, und die Knöchel ihrer Hände, mit denen sie den Rand des Sessels umklammerte, traten weiß hervor. »Aus ihrem Mund kam ein glühender Atem, und ihre Stimme war völlig anders als sonst.«

Er spürte eine sonderbare Mischung von Empfindungen in sich aufsteigen: Furcht, eine Art Wunsch, ihr zu glauben, und das Bedürfnis zu lachen. Sie wirkte ausgesprochen menschlich und verletzlich, leicht durchschaubar und zugleich leicht zu verstehen.

»Was wollte er von ihr, soweit Sie sich erinnern können?«, fragte er.

»Sie sollte das Leben nach dem Tode beschreiben, sagen, was es dort zu sehen und zu tun gibt, wie es aussieht und sich anfühlt«, sagte sie. »Er fragte, ob bestimmte Menschen dort seien und wie es ihnen ergehe. Ob ... ob sich seine Tante Georgina dort befinde. Allerdings kam es mir ganz so vor, als ob er sie mit dieser Frage hereinlegen wollte. Möglicherweise hatte er nicht einmal eine Tante dieses Namens.«

»Und was hat sie ihm darauf geantwortet?«

Sie lächelte. »Gar nichts.«

»Wie hat er darauf reagiert?«

»Das war ganz sonderbar.« Sie zuckte die Achseln. »Ich glaube, es hat ihn gefreut. Er hatte diese Frage im Anschluss an all die anderen gestellt, in denen es darum ging, wie es dort sei, was man dort tue, und vor allem, ob es irgendwelche Strafen gebe.«

Pitt wusste nicht, was er denken sollte.

»Und wie hat sie darauf geantwortet?«

In ihren Augen blitzte Belustigung auf. »Sie hat ihm erklärt, was ihn betreffe, sei die Zeit für solche Fragen noch nicht gekommen. Ich hätte dasselbe gesagt, wenn ich der Geist gewesen wäre.«

»Sie konnten ihn wohl nicht leiden?«, fragte er. Was sie über den Mann sagte, wirkte kritisch, voreingenommen und bissig, doch zugleich fanden sich darin eine Lebendigkeit und ein Humor, die ihn ansprachen.

»Offen gestanden nein.« Sie blickte auf die üppige Seide ihres Rocks hinab. »Er hatte unübersehbar Angst. Aber das geht jedem so, der über Vorstellungskraft verfügt oder dem etwas am Herzen liegt.« Sie hob den Blick und sah ihn an. »Das darf niemandem als Grund oder Vorwand dienen, sich über die Bedürfnisse anderer Menschen lustig zu machen.« Ein Schatten legte sich auf ihre Züge, als bedaure sie es bereits, so offen mit ihm gesprochen zu haben. Sie erhob sich und wandte sich mit anmutiger Bewegung ab, wobei sie den Rücken Pitt halb und Tellman vollständig zukehrte. Beide sahen sich genötigt, ebenfalls aufzustehen.

»Leider vermag ich Ihnen nicht zu sagen, wie er heißt oder wo Sie ihn finden können«, sagte sie ruhig. »Ich bereue inzwischen sehr, dass ich je dort hingegangen bin. Ich habe es für harmlos gehalten, wenn auch ein wenig gewagt, darin eine Möglichkeit gesehen, etwas zu erkunden. Ich glaube leidenschaftlich an die Gedankenfreiheit, Mister Pitt. Ich verachte jegliche Zensur und ebenso sehr jeden, der anderen das Recht auf Bildung vorenthält ... und das gilt für alle Menschen!« In ihrer Stimme lag weder Tändelei noch Vorsicht; sie klang jetzt gänzlich anders als vorher. »Wenn es nach mir ginge, würde ich dafür sorgen, dass die Gesetze den Menschen völlige Religionsfreiheit gewähren. Wir müssen uns zivilisiert verhalten, die Sicherheit anderer ebenso achten wie das Eigentum, aber niemand darf dem Geist und dem Denken Fesseln anlegen.« Sie drehte sich rasch um und sah Pitt wieder an. In ihr Gesicht war die Farbe zurückgekehrt, sie reckte das Kinn hoch, und ihre herrlichen Augen blitzten.

»Und vertrat jener Mann die Ansichten, die Sie geißeln, Mistress Serracold?«, fragte Pitt.

»Seien Sie nicht töricht«, sagte sie in scharfem Ton. »Wir verwenden die Hälfte unserer Energie darauf, anderen Menschen vorzuschreiben, was sie denken sollen! Das gilt vor allem für die Kirche. Hören Sie denn nicht zu, was diese Leute sagen?«

Pitt lächelte. »Wollen Sie meinen Glauben untergraben?«, fragte er unschuldig.

Die Farbe auf ihrem Gesicht vertiefte sich.

»Entschuldigung«, sagte er. »Aber viele Leute missachten die

Freiheit anderer leichtfertig. Aus welchem Grund haben Sie Miss Lamont aufgesucht? Mit wem wollten Sie Verbindung aufnehmen?«

»Warum kümmern Sie sich eigentlich darum, Mister Pitt?« Mit einer Handbewegung bedeutete sie ihm, erneut Platz zu nehmen.

»Weil sie entweder in Ihrer Anwesenheit oder kurz nach Ihrem Weggang ermordet wurde«, sagte er und setzte sich wieder. Tellman tat es ihm nach.

Sie erstarrte. »Ich habe keine Ahnung, wer das gewesen sein kann«, sagte sie kaum hörbar. »Ich weiß nur, dass ich es nicht war.«

»Man hat mir gesagt, dass Sie mit Ihrer Mutter Verbindung aufnehmen wollten. Stimmt das nicht?«

»Woher wissen Sie das?«, fragte sie. »Von dem Soldaten?«

»Warum sollte er es nicht sagen? Schließlich haben Sie mir gesagt, dass er mit seinem Sohn in Verbindung treten wollte, um zu erfahren, wie er ums Leben gekommen ist.«

»Stimmt«, räumte sie ein.

»Was wollten Sie von Ihrer Mutter erfahren?«

»Nichts!«, sagte sie. »Ich wollte einfach mit ihr sprechen. Das ist doch wohl ein natürliches Bedürfnis, oder?«

Tellman glaubte ihr nicht, und an der Art, wie Pitts Hände reglos auf den Knien lagen, sah er, dass es diesem ebenso ging. Dennoch widersprach Pitt ihr nicht.

»Selbstverständlich«, stimmte er stattdessen zu. »Haben Sie noch andere spiritistische Medien aufgesucht?«

Sie wartete mit der Antwort so lange, dass ihr Zögern offensichtlich wurde. Mit einer Bewegung, die zeigte, dass sie sich geschlagen gab, sagte sie schließlich: »Nein, Mister Pitt. Ich habe niemandem getraut, bis ich Miss Lamont kennen lernte.«

»Und wie kam es dazu?«

»Man hat sie mir empfohlen«, sagte Mrs. Serracold, als überrasche die Frage sie.

Jetzt erwachte sein Interesse. Er hoffte, dass man es ihm nicht ansah. »Wer?«

»Spielt das Ihrer Ansicht nach eine Rolle?«, gab sie zurück.

»Sagen Sie es mir, Mistress Serracold, oder muss ich der Sache nachgehen?«

»Würden Sie das tun?«

»Ja.«

»Das wäre mir sehr peinlich und ist auch nicht nötig.« Zwei leuchtend rote Flecken auf ihren glatten Wangen zeigten ihren Ärger an. »Soweit ich mich erinnere, war das Eleanor Mountford. Ich weiß aber nicht, auf welchem Wege sie von ihr erfahren hatte. Sie war wirklich weithin berühmt – ich meine Miss Lamont.«

»Hatte sie viele Klienten in der besseren Gesellschaft?« Pitts Stimme klang ausdruckslos.

»Das wissen Sie doch bestimmt selbst.« Sie hob die Brauen leicht.

»Ich weiß, was in ihrem Terminkalender steht«, gab er zu. »Vielen Dank, dass Sie uns Ihre Zeit gewidmet haben, Mistress Serracold.« Er erhob sich erneut.

»Mister Pitt ... Mister Pitt, mein Mann kandidiert für das Unterhaus. Ich ...«

»Das ist mir bekannt«, sagte er leise. »Und ich weiß auch, welches Kapital die Tory-Presse aus Ihren Besuchen bei Miss Lamont schlagen könnte, wenn sie bekannt würden.«

Sie errötete, aber ihr Gesicht wirkte trotzig, und sie antwortete nicht sofort.

»Waren Mister Serracold Ihre Besuche bei Miss Lamont bekannt?«, fragte er.

Ihr Blick wurde unsicher. »Nein«, sagte sie sehr leise. »Ich bin immer dann gegangen, wenn er abends im Klub war. Er sucht ihn regelmäßig auf; es war also ganz leicht.«

»Das war sehr gefährlich«, erwiderte er. »Sind Sie allein gegangen?«

»Selbstverständlich! Es ist schließlich eine ... persönliche Angelegenheit.« Es war ihr anzumerken, dass es sie Mühe kostete zu sprechen. »Mister Pitt ... wenn Sie ...«

»Ich werde so lange wie möglich Diskretion wahren«, versprach er. »Aber alles, woran Sie sich erinnern, könnte unter Umständen nützlich sein.«

»Ja ... selbstverständlich. Wenn mir doch nur etwas einfiele. Abgesehen von der Frage nach Gerechtigkeit ... Miss Lamont wird mir fehlen. Guten Tag, Mister Pitt ... Inspektor.« Sie zögerte nur kurz, weil sie Tellmans Namen vergessen hatte. Es war nicht wichtig. Sie gab ihm keine Gelegenheit, ihn zu sagen, sondern rauschte aus dem Zimmer. Das Mädchen würde die beiden hinausbegleiten.

Weder Pitt noch Tellman sagten etwas, nachdem sie das Haus Serracold verlassen hatten. Pitt spürte, dass Tellman nicht so recht wusste, was er denken sollte, und so ging es auch ihm. Er hatte nicht damit gerechnet, dass ein Mann, der sich um ein Amt bewarb, bei dem er unter Umständen in eine der mächtigsten Positionen des Landes gelangen konnte, mit einer so überspannten Frau verheiratet war. Sie war von nahezu kränkendem Hochmut, doch zugleich von einer Offenheit, die er bewunderte. Ihre Ansichten waren zwar naiv, gingen aber auf eine idealistische Grundhaltung und den Wunsch nach einer Toleranz zurück, die zu genießen ihm selbst verwehrt geblieben war.

Vor allem aber war sie verletzlich. Sie hatte sich so sehnlich etwas von Maude Lamont erhofft, dass sie immer wieder zu ihren Sitzungen gegangen war, obwohl sie wusste, welchen politischen Preis das ihren Mann kosten konnte, wenn es bekannt wurde. Er dachte an das Haar am Ärmel der Toten. Mrs. Serracolds lange, aschblonde Haare konnten alles oder nichts bedeuten.

»Versuchen Sie mehr über die Art festzustellen, wie Maude Lamont an ihre Klienten gelangte«, bat er Tellman, während sie kräftig ausschritten. »Wie viel hat sie für ihre Sitzungen berechnet? War es bei allen der gleiche Betrag? Und hätte sie mit diesen Einnahmen ihren Lebensstil finanzieren können?«

»Sie denken an Erpressung?«, fragte Tellman mit unverhülltem Abscheu. »Es ist doch lachhaft, auf solchen ... solchen blühenden Unsinn hereinzufallen. Aber viele Leute haben das offenbar getan! Lohnt es sich, dafür zu zahlen, dass das nicht bekannt wird?«

»Das kommt darauf an, was sie herausbekommen hat«, gab Pitt zur Antwort, während er beim Überqueren der Straße darauf achtete, einem Haufen Pferdeäpfel auszuweichen. »Im Leben der meisten von uns gibt es etwas, was kein anderer erfahren soll. Das braucht gar kein Verbrechen zu sein, vielleicht ist es einfach eine Schwäche, von der wir nicht wollen, dass andere sie ausnutzen können, oder etwas anderes, was nicht bekannt werden soll. Niemand steht gern wie ein Dummkopf da.«

Tellman hielt den Blick starr geradeaus gerichtet. »Wer zu einer Frau geht, die Eiweiß herauswürgt und behauptet, dass es sich um eine Botschaft aus der Geisterwelt handelt, und das auch noch glaubt, ist in meinen Augen ein Dummkopf«, sagte er. Die Heftigkeit seiner Äußerung entsprang einem Mitgefühl, das er sich selbst nicht eingestehen wollte. »Aber ich werde herausbringen, was ich kann. Vor allem will ich wissen, wie sie das gemacht hat!«

Kaum dass sie den Gehweg auf der gegenüberliegenden Seite erreicht hatten, raste eine vierrädrige Droschke haarscharf an ihnen vorbei.

»Ich nehme an, es handelt sich um eine Mischung aus irgendwelchen mechanischen Tricks, Taschenspielerei und einer natürlichen Gabe, anderen etwas vorzugaukeln«, sagte Pitt und hielt an der nächsten Ecke an, um einen Vierspänner passieren zu lassen. »Vermutlich wissen Sie aus dem Autopsiebericht, dass es sich um Eiweiß handelte?«, fragte er sarkastisch.

Tellman knurrte. »Und Käseleinen«, ergänzte er. »Sie ist daran erstickt, weil es in ihrer Kehle und ihrer Lunge saß – die Ärmste.«

»Gibt es sonst noch etwas, was Sie mir nicht gesagt haben?«

Tellman sah ihn giftig an. »Nein! Sie war gesund, etwa sieben- oder achtunddreißig Jahre alt und ist erstickt. Die Blutergüsse haben Sie ja selbst gesehen. Mehr gibt es nicht.«

Wieder knurrte er. »Es ist meine Absicht, Dinge herauszubekommen, von denen niemand will, dass sie bekannt werden. War sie klug genug, durch Raten Schlüsse aus dem zu ziehen, was die Menschen von ihr wissen wollten? Zum Beispiel aus Fragen wie: Wo hat Onkel Ernie sein Testament versteckt?

Oder: Hatte mein Vater tatsächlich ein Verhältnis mit der jungen Frau im Haus gegenüber? Was auch immer!«

»Ich vermute, wer bei Gesellschaften aufmerksam zuhört«, sagte Pitt, »die Menschen beobachtet, hier und da eine Frage stellt und ein bisschen nachhakt, erfährt sicher eine ganze Menge. Den Rest haben vermutlich die Leute selbst durch die Schlussfolgerungen aus dem geliefert, was sie ihnen gesagt hat. Ein Schuldiger verrät sich nicht nur, wenn er wirklich bedroht wird, sondern auch dann, wenn er sich das nur einbildet. Sie haben doch schon oft genug erlebt, wie sich Menschen selbst ans Messer lieferten, weil sie annahmen, wir wüssten etwas, während wir in Wirklichkeit mit leeren Händen dastanden.«

»Das stimmt«, sagte Tellman und schlängelte sich um einen Gemüsekarren herum. »Wäre es nicht möglich, dass sie jemanden zu sehr unter Druck gesetzt hat, der sich das nicht gefallen lassen wollte und ein Ende gemacht hat?«

»So könnte es gewesen sein.« Pitt warf ihm einen Seitenblick zu.

»Was hätte das aber mit dem Sicherheitsdienst zu tun?«, wollte Tellman mit unüberhörbarem Ärger in der Stimme wissen. »Liegt es wirklich nur an Serracolds Unterhauskandidatur? Seit wann beschäftigt sich der Sicherheitsdienst mit Parteipolitik?«

»Das hat damit nichts zu tun«, gab Pitt scharf zurück. Es kränkte ihn, dass Tellman das überhaupt für möglich hielt. »Ich gebe so viel darauf«, – er schnippte mit den Fingern – »wer ins Unterhaus kommt. Mir geht es nur darum, dass der Wahlkampf sauber geführt wird. Was ich bisher über Aubrey Serracolds Vorstellungen gehört habe, scheint mir großenteils völlig unausgegoren. Er hat nicht den geringsten Bezug zur Wirklichkeit. Aber wenn er verliert, soll jemand gewinnen, der eine andere Meinung vertritt als er, nicht aber jemand, der annimmt, seine Frau habe ein Verbrechen begangen, wenn das nicht der Fall ist.«

Tellman ging schweigend neben ihm. Er öffnete den Mund und holte mehrfach Luft, als wolle er etwas sagen, entschuldigte sich aber nicht. Als sie die Hauptstraße erreichten, verabschiedete er sich und ging mit durchgedrücktem Kreuz und hoch erhobenem Kopf in die Gegenrichtung davon, während Pitt eine Droschke nahm, um Narraway Bericht zu erstatten.

»Nun?«, fragte Narraway, lehnte sich in seinem Sessel zurück und sah Pitt mit ausdruckslosem Gesicht an.

Pitt setzte sich, ohne die Aufforderung dazu abzuwarten. »Bisher sieht es so aus, als wäre der Täter einer ihrer drei Besucher an jenem Abend«, sagte er. »Generalmajor Roland Kingsley, Mistress Serracold oder ein Mann, den niemand kannte, außer möglicherweise Maude Lamont selbst.«

»Was meinen sie mit ›niemand‹? Wollen Sie sagen, dass keiner der beiden anderen ihn kannte?«

»Nein. Offenkundig kennt ihn auch das Dienstmädchen nicht. Sie sagt, dass sie ihn nie gesehen hat. Er hat das Haus jeweils durch eine Seitentür in der Gartenmauer und die Terrassentür betreten und verlassen.«

»Aus welchem Grund? Und hat man die Tür in der Mauer offen gelassen? In dem Fall hätte doch jeder Beliebige kommen und gehen können.«

»Diese Tür, die zum Cosmo Place führt, wurde verschlossen, aber nicht verriegelt«, erklärte Pitt. »Manche Besucher hatten Schlüssel, wir wissen aber nicht, wer. Es gibt keine Unterlagen darüber. Die Terrassentüren fallen von selbst ins Schloss, wenn man sie zuzieht, so dass sich nicht feststellen lässt, ob nach Miss Lamonts Tod jemand das Haus verlassen hat. Der Grund für die Geheimnistuerei liegt auf der Hand – der Mann wollte nicht, dass jemand von seiner Anwesenheit dort wusste.«

»Und was wollte er bei ihr?«

»Das entzieht sich meiner Kenntnis. Mistress Serracold hält ihn für einen Zweifler, jemanden, der versuchen wollte, das Medium als Betrügerin zu entlarven.«

»Warum? Aus wissenschaftlichem Interesse oder aus persönlichen Gründen? Stellen Sie das fest, Pitt.«

»Das ist meine Absicht«, gab er zurück. »Aber zuerst möchte ich wissen, um wen es sich handelt.«

Narraway runzelte die Stirn. »Sagten Sie vorhin ›Roland Kingsley‹? Ist das etwa der Mann, der den Leserbrief geschrieben hat, der Serracold verunglimpft?«

»Ja ...«

»Und was weiter?« Narraways klare, dunkle Augen sahen Pitt forschend an. »Da ist doch noch mehr.«

»Er hat Angst«, sagte Pitt zögernd. »Irgendetwas im Zusammenhang mit dem Tod seines Sohnes quält ihn.«

»Bringen Sie mehr über ihn in Erfahrung.«

Eigentlich hatte Pitt sagen wollen, dass sich die von Kingsley geäußerten Ansichten nicht mit seiner scharfen Verurteilung Serracolds in seinem Brief an die Zeitungen zu decken schienen, aber er war seiner Sache noch nicht hinreichend sicher. Er konnte sich lediglich auf seinen Eindruck stützen. Außerdem traute er Narraway nicht über den Weg und kannte ihn nicht gut genug, um ihm eine so unbegründete Vermutung vorzulegen. Es war ihm nicht recht, für jemanden arbeiten zu müssen, von dem er so wenig wusste. Er hatte keine Vorstellung von Narraways persönlichen Ansichten, Leidenschaften oder Bedürfnissen; er wusste nichts über Dinge, die vor ihrer ersten Begegnung lagen, kannte keine seiner Schwächen. Was ihn betraf, war der Mann von Geheimnissen umgeben.

»Und was ist mit Serracolds Frau?«, fuhr Narraway fort. »Zwar sagen mir seine sozialistischen Vorstellungen in keiner Weise zu, aber alles ist besser, als wenn Voisey den Fuß auf die Leiter nach oben setzen kann. Ich brauche Antworten, Pitt.« Mit einem Mal beugte er sich vor. »Wir kämpfen hier gegen den Inneren Kreis. Sollten Sie vergessen haben, wozu die Leute fähig sind, erinnern Sie sich an Whitechapel und die Zuckerfabrik. Denken Sie daran, wie Fetters tot auf dem Boden seiner Bibliothek lag und wie dicht die Leute vor dem Sieg standen! Denken Sie an Ihre Angehörigen.«

Pitt überlief es kalt. »Das tue ich«, stieß er zwischen den Zähnen hervor. Gerade weil er an Charlotte und die Kinder dachte, gab er sich so große Mühe, und er nahm es Narraway übel, dass er ihn daran erinnerte. »Sofern Rose Serracold das Medium umgebracht haben sollte, werde ich das nicht für mich behalten. Wenn wir so etwas täten, wären wir nicht besser als Voisey, und das ist auch ihm klar.«

Narraways Gesicht verfinsterte sich. »Sie haben keinen

Anlass, mir Vorhaltungen zu machen, Pitt!«, fauchte er. »Sie sind kein Wachtmeister im Außendienst, der hinter einem Taschendieb her ist! Hier geht es um mehr als um ein seidenes Taschentuch oder eine goldene Uhr, es geht um die Regierung dieses Landes. Wenn Sie auf einfache Lösungen aus sind, sollten Sie sich wieder der Festnahme von Beutelschneidern zuwenden!«

»Was sagten Sie noch über den Unterschied zwischen uns und dem Inneren Kreis, Sir?« Pitt betonte das letzte Wort, und seine Stimme klang scharf und kalt wie Eis.

Narraway presste die Lippen zusammen. Auf sein Gesicht trat der Ausdruck von Wut, aber zugleich ein Anflug von Bewunderung. »Mein Auftrag lautet nicht, Rose Serracold zu decken, falls sie schuldig ist, Pitt. Seien Sie nicht so verdammt selbstgerecht! Ich muss aber sagen, dass es so klingt, als hielten Sie das für möglich. Was wollte sie überhaupt bei diesem widerlichen Weibsbild?«

»Das weiß ich noch nicht.« Pitt entspannte sich wieder. »Sie gibt zu, dass sie Verbindung mit ihrer Mutter aufnehmen wollte, und aus Kingsleys Aussage weiß ich, dass sie das auch dem Medium als Grund angegeben hat. Sie hat mir aber weder gesagt, warum sie mit ihrer Mutter sprechen möchte, noch wieso ihr das so wichtig ist, dass sie ihren Mann hintergeht und in Kauf nimmt, dass seine Karriere zugrunde gerichtet wird, falls irgendein den Tories nahe stehender Journalist sie bloßstellen möchte.«

»Und ist sie mit ihrer Mutter in Verbindung getreten?«, fragte Narraway.

Pitt sah ihn mit plötzlicher Verblüffung an. In Narraways Augen lag nicht der leiseste Anflug von Spott. Man hätte glauben können, er halte sowohl ein Ja wie auch ein Nein für möglich.

»Nicht so, dass sie damit zufrieden wäre«, gab Pitt zurück. »Sie sucht noch immer etwas, eine Antwort, die sie braucht … und zugleich fürchtet.«

»Sie war also von Maude Lamonts Fähigkeiten überzeugt«, schloss Narraway.

»Ja.«

Narraway atmete bedächtig ein und aus. »Hat sie beschrieben, was geschehen ist?«

»Wie sie sagt, hat sich das Aussehen des Mediums verändert, ihr Gesicht hat geleuchtet, und auch ihr Atem schien zu glänzen. Sie hat mit veränderter Stimme gesprochen.« Er schluckte. »Außerdem sah es aus, als ob sie in der Luft schwebte und ihre Hände länger würden.«

Die Anspannung wich aus Narraways Körper. »Das hat so gut wie nichts zu bedeuten. Viele beherrschen diese Technik – Phosphoröl, bewusste Stimmbeeinflussung ... Vermutlich glauben wir, was wir glauben wollen ... oder das, wovor wir Angst haben.« Er sah beiseite. »Manche fühlen sich verpflichtet, genau dahinter zu kommen, wie sehr es auch schmerzen mag. Andere lassen es für immer im Ungewissen ... sie können es nicht ertragen, sich selbst die Hoffnung zu nehmen.« Er richtete sich auf. »Unterschätzen Sie Voisey nicht, Pitt. Ihm ist sein Ehrgeiz wichtiger als sein Hang zur Rache. Aber auch wenn Sie ihm nicht viel bedeuten, er wird Ihnen nie vergessen und verzeihen, dass Sie ihn in der Whitechapel-Geschichte geschlagen haben. Er wartet auf seine Gelegenheit, und die wird gekommen sein, wenn Sie sich nicht wehren können. Ihm eilt es nicht, aber eines Tages wird er zuschlagen. Ich decke Sie, so gut ich kann, aber ich bin nicht unfehlbar.«

»Ich bin ihm begegnet ... vor drei Tagen im Unterhaus«, sagte Pitt, dem dabei unwillkürlich ein Schauer über den Rücken lief. »Mir ist klar, dass er die Sache nicht vergessen hat. Aber wenn ich Angst vor ihm habe, hat er bereits gewonnen. Meine Familie befindet sich außerhalb Londons, doch kann ich ihn nicht aufhalten. Ich gebe zu, dass ich mich versucht sehen könnte, einen Ausweg zu nutzen, wenn es einen gäbe ... aber es gibt keinen.«

»Sie sind realistischer, als ich gedacht hätte«, sagte Narraway mit widerwilligem Respekt in der Stimme. »Es war mir überhaupt nicht recht, dass Cornwallis Sie mir überlassen wollte. Ich habe Sie lediglich übernommen, um ihm einen Gefallen zu tun, aber vielleicht waren meine Bedenken ungerechtfertigt.«

»Wieso schulden Sie Cornwallis einen Gefallen?«, entfuhr es Pitt, bevor er über seine Worte nachgedacht hatte.

»Das geht Sie nichts an!«, sagte Narraway schroff. »Stellen Sie fest, was zum Teufel die Frau getrieben hat ... und beweisen Sie es!«

»Ja, Sir.«

Erst als Pitt wieder inmitten des Verkehrslärms im Sonnenschein des späten Nachmittags auf der Straße stand, fragte er sich, ob Narraway mit seinem letzten Satz Rose Serracold gemeint hatte – oder Maude Lamont.

Kapitel 6

Als Emily am Tag nach der Entdeckung des Mordes in der Southampton Row die Zeitung aufschlug, wandte sie sich als Erstes den politischen Berichten zu. Eine äußerst gelungene Darstellung Mr. Gladstones fiel ihr auf, doch galt ihre Aufmerksamkeit vor allem dem, was über Londons Wahlkreise berichtet wurde. In weniger als einer Woche würde die Wahl stattfinden. Sie empfand eine größere Erregung als beim vorigen Mal, denn inzwischen hatte sie die Möglichkeiten kennen gelernt, die das Amt bot, und so war ihr Ehrgeiz für Jack entsprechend größer als damals. Er hatte seine Fähigkeiten, und, was vielleicht noch wichtiger war, seine Zuverlässigkeit bewiesen. Diesmal würde man ihm möglicherweise eine wichtigere Position anvertrauen, so dass er mehr Macht bekäme, Gutes zu bewirken.

Am Vortag hatte er eine meisterhafte Rede gehalten, die glänzend angekommen war. Während sie auf der Suche nach einem Bericht darüber die Seiten überflog, fiel ihr Blick auf den Namen Aubrey Serracold. Der Artikel über ihn begann recht viel versprechend. Erst als sie ihn zur Hälfte gelesen hatte, fiel ihr auf, dass sich zwischen den Zeilen sarkastische Anspielungen fanden, die seine Vorstellungen als einfältig hinstellten. Zwar seien sie gut gemeint, hieß es, gründeten aber auf Unwissenheit. Man hielt ihn für einen reichen Mann, den es lockte, in der Politik mitzuspielen, und unterstellte ihm eine unbeschreibliche Herablassung bei seinem Versuch, andere zu seinen Vorstellungen von dem zu bekehren, was gut für sie war.

Empört ließ Emily die Zeitung fallen und sah über den Frühstückstisch zu Jack hin. »Hast du das hier gesehen?«, fragte sie und stieß mit dem Finger auf die fragliche Stelle.

»Nein.« Er streckte die Hand aus, sie nahm die Zeitung vom Tisch und gab sie ihm. Während er las, wurden die Falten zwischen seinen Brauen immer tiefer.

»Wird ihm das schaden?«, fragte sie, als er den Blick wieder hob. »Natürlich wird es ihn schmerzen, das zu lesen, aber wichtiger ist mir, ob es seine Aussichten vermindert, gewählt zu werden«, fügte sie rasch hinzu.

Ein belustigter Ausdruck war in seinen Augen zu sehen. Freundlich fragte er: »Du möchtest, dass er gewinnt, nicht wahr? Weil dir Rose am Herzen liegt …«

Ihr war nicht bewusst gewesen, dass sie so leicht zu durchschauen war. Das war auch normalerweise nicht der Fall, denn gewöhnlich konnte sie sehr gut verbergen, worauf sie hinauswollte, ganz im Gegensatz zu ihrer Schwester Charlotte, der nahezu jeder alles am Gesicht ablesen konnte. »Du hast Recht«, sagte sie. »Ich hatte es für mehr oder weniger sicher gehalten. Immerhin war der Sitz seit Jahrzehnten in der Hand der Liberalen. Warum sollte sich das jetzt ändern?«

»Es ist nur ein Zeitungsartikel, Emily. Wenn man etwas sagt, findet sich immer jemand, der etwas dagegen sagt.«

»Du vertrittst auch eine andere Meinung als er«, erwiderte sie ernsthaft. »Kannst du ihn nicht irgendwie in Schutz nehmen, Jack? So, wie die ihn hinstellen, klingen seine Ansichten weit extremer, als sie sind. Auf dich würde man hören.« Sie sah sein Zögern, erkannte den Schatten auf seinen Zügen. »Was ist?«, fragte sie. »Hast du das Vertrauen in ihn verloren? Oder hat es mit Rose zu tun? Natürlich ist sie ein wenig überspannt, aber so war sie schon immer. Was für eine Rolle spielt das denn? Müssen unsere Politiker graue Mäuse sein, um etwas zu taugen?«

Einen flüchtigen Augenblick lang trat Belustigung auf seine Züge. »Nicht unbedingt grau, aber auch nicht gerade grell. Nimm nichts als gegeben hin, und glaube nur nicht, dass sein Wahlsieg sicher ist. Diesmal können so viele Dinge das Wahlverhalten der Menschen beeinflussen. Gladstone pocht nach wie vor auf seine Forderung nach Selbstbestimmung für Irland, doch vermutlich dürfte die Frage der täglichen Arbeitszeit in den Fabriken für die Wahl entscheidend sein.«

»Die Tories werden doch sicher nichts in der Hinsicht unternehmen!«, begehrte sie auf. »Da haben die Leute doch eher von uns etwas zu erwarten! Sag ihnen das!«

»Das habe ich bereits getan. Aber was die Tories in Bezug auf die irische Frage sagen, klingt plausibel, auf jeden Fall für die Arbeiterschaft im Londoner Hafen, von dessen Lagerhäusern aus die Welt mit Waren beliefert wird.« Sein Gesicht verfinsterte sich. »Ich habe gehört, was Voisey sagt, und die Menschen hängen an seinen Lippen. Er ist zur Zeit sehr beliebt. Vergiss nicht, dass ihn die Königin wegen seines Mutes und seiner der Krone bewiesenen Treue in den Adelsstand erhoben hat. Niemand weiß genau, was er getan hat, aber es heißt, dass er den Thron vor einer durchaus ernsten Gefährdung bewahrt hat. Er hat die halbe Zuhörerschaft schon auf seiner Seite, bevor er den Mund auftut.«

»Ich hatte angenommen, die Königin ist bei der breiten Masse nicht besonders beliebt«, sagte sie zweifelnd und dachte an einige der hässlichen Bemerkungen, die sie sogar in gehobeneren Gesellschaftskreisen gehört hatte. Zu lange hatte sich Königin Viktoria vom öffentlichen Leben fern gehalten, weil sie nach wie vor den Tod ihres Gatten Albert betrauerte, der bereits dreißig Jahre zurücklag. Sie hielt sich vorwiegend auf ihrem Lieblingswohnsitz Osbourne House auf der Insel Wight oder im Schloss Balmoral im schottischen Hochland auf. Die Menschen im Lande bekamen sie kaum je zu sehen. Es gab keinerlei feierliche Anlässe, für die man sich begeistern konnte, keinerlei Prunkentfaltung, kein Gefühl der Zusammengehörigkeit, das ausschließlich die Königin im Volk hätte hervorrufen können.

»Trotzdem wollen wir nicht, dass man sie uns nimmt«, sagte Jack. »Wir haben als Masse genauso verdrehte Vorstellungen wie als Einzelne.« Er faltete die Zeitung zusammen, legte sie auf den Tisch und stand auf. »Aber natürlich werde ich Serracold unterstützen.« Er beugte sich vor und küsste sie flüchtig auf die Stirn. »Ich weiß nicht, wann ich zurückkomme. Wahrscheinlich zum Abendessen.«

Sie sah ihm nach, während er den Raum verließ, goss sich dann noch eine Tasse Tee ein und schlug die Zeitung wieder auf. Erst da stieß sie auf den Bericht über Maude Lamonts Tod, in dem es hieß, die Polizei habe nicht den geringsten Zweifel daran, dass es sich um Mord handelte. Die Ermittlungen würden von der Wache in der Bow Street geführt, offenbar durch Inspektor Tellman. Ihm waren keine Erklärungen zu entlocken gewesen, doch die Journalisten spekulierten und erfanden, was sie nicht wussten. Wer waren die Besucher dieser Frau gewesen? Wer war an jenem Abend dort gewesen? Wen hatte sie aus der Vergangenheit herbeigerufen, und was von dem, was ihr die Geister dieser Menschen gesagt hatten, war der Anlass für den Mord gewesen? Was für entsetzliche Geheimnisse waren das, die einen Menschen dazu brachten zu töten, um sie zu verbergen? Augenscheinlich fanden die Presseleute die Mischung aus Skandal und Gewalttätigkeit unwiderstehlich.

Sie las den Bericht noch einmal, doch hätte sie sich das sparen können, denn sie hatte sich jedes Wort und jede der widerlichen Mutmaßungen gemerkt. Ihr fiel ein, dass Rose Serracold einmal gesagt hatte, sie sei bei Maude Lamont gewesen. Was Emily auf den ersten Blick einfach erschienen war, begann sich jetzt zu verkomplizieren. Sorge um Rose beschlich sie. Sie musste daran denken, wie verletzlich die Freundin war, und empfand Furcht um sie wegen der Dinge, die ihr und Aubrey, wenn nicht gar Jack, drohen mochten. Es war Zeit, dass sie etwas unternahm.

Sie ging nach oben ins Kinderzimmer, um den Vormittag mit der kleinen Evangeline zu verbringen, die wie immer vor Fragen übersprudelte. Ihr Lieblingswort war *warum*.

»Wo ist Edward?« Mit ernstem Gesicht saß ihr Töchterchen auf dem Fußboden. »Warum ist er nicht hier?«

»Er ist mit Daniel und Jemima verreist«, sagte Emily und hielt Evie ihre Lieblingspuppe hin.

»Warum?«

»Weil wir es ihm versprochen haben.«

»Warum?«, wollte sie mit unschuldig weit geöffneten Augen wissen.

»Er und Daniel sind gute Freunde.« Als Emily auf diese Weise daran erinnert wurde, dass man Thomas gehindert hatte, seine Familie zu begleiten, und unverständlicherweise nahezu gleichzeitig seine Wiedereinsetzung als Leiter der Wache in der Bow Street rückgängig gemacht hatte, fiel ihr ein, dass Charlotte mit einem Mal und ohne nähere Erklärung gezögert hatte, Edward mitzunehmen. Halbherzig hatte sie gemurmelt, Thomas werde nicht da sein, und auf die Möglichkeit von Unannehmlichkeiten verwiesen, aber nichts Näheres dazu gesagt.

»Wir sind auch gute Freunde«, sagte Evie, der dieser Ausdruck offenbar gefiel.

»Selbstverständlich, mein Schatz. Du bist meine ganz spezielle Freundin«, versicherte ihr Emily. »Wollen wir ein Bild malen? Ich fange hier an, und du kannst da drüben das Haus malen.«

Begeistert nahm Evie einen Buntstift in die linke Hand und machte sich ans Werk. Emily überlegte, ob sie ihr den Stift in die rechte Hand drücken sollte, unterließ es aber.

Sie machte sich Sorgen wegen Charlotte. Die Umstellung, die damit verbunden war, dass Pitt keine höhere Position bei der Polizei mehr bekleidete, würde ihr sehr schwerfallen. Es war zwar nicht unbedingt eine Stellung, auf die man stolz sein konnte, aber sie war doch recht achtbar. Jetzt tat er etwas, was sie kaum erwähnen konnte, und über seine Fälle durfte man auf keinen Fall reden. Ganz davon abgesehen, wurde diese Tätigkeit sicher auch noch schlechter bezahlt!

Am meisten bedrückte Emily die Unmöglichkeit, selbst etwas zu unternehmen. Früher hatte sie Charlotte geholfen, wenn sich diese an Pitts interessanteren und dramatischeren Fällen beteiligte, sofern es um Menschen aus der höheren Gesellschaftsschicht ging. Sie und Charlotte hatten Zutritt zu den Salons, in die Pitt nie im Leben einen Fuß würde setzen können. Es war ihnen gelungen, einige der sonderbareren Mordfälle beinahe im Alleingang zu lösen, was aber in letzter Zeit immer seltener geschehen war. Jetzt merkte Emily, dass ihr nicht nur Charlottes Gesellschaft und die damit verbundene Spannung fehlte, sondern auch die Teilhabe an aufwühlenden Empfindungen. Um Triumphe ging es dabei zwar seltener als um Verzweiflung, Gefahr und die Frage, ob schuldig oder nicht schuldig, aber auf jeden Fall hatten ihr diese Dinge tiefere Einblicke ins Leben verschafft als die theoretischen Fragen der Politik, bei denen es stets um Massen und nie um Einzelmenschen ging, eher um Theorien und Gesetze als um das Leben von Männern und Frauen aus Fleisch und Blut, deren Träume und deren Fähigkeit, Lust zu erleben und Qualen zu leiden.

Wenn es noch einmal dazu käme, dass sie Charlotte und Thomas helfen sollte, würde sie das erneut in die Wirklichkeit des Alltags und dessen Erfordernisse führen. Sie sähe sich gezwungen, ihre Grundsätze auf eine Weise zu überprüfen, wie das durch bloßes Nachdenken nie möglich wäre. Sie fürchtete sich davor und fühlte sich gleichzeitig davon angezogen. Charlotte war irgendwo in Dartmoor. Emily hatte die genaue Anschrift nicht; Thomas hatte sich nur sehr ungenau darüber geäußert. Aber auf jeden Fall würde sie selbst zu Rose Serracold gehen, um mehr über den Tod dieses Mediums zu erfahren, das die Freundin aufgesucht hatte – Maude Lamont.

Sie zog sich zum Ausgehen um. Das rosafarbene Kostüm nach der neuesten Pariser Mode mit breiten lavendelfarbenen Streifen auf dem Rock wurde durch eine hohe Halskrause abgeschlossen. Die sanften Farben waren zwar ungewöhnlich, schmeichelten ihrer Erscheinung aber sehr.

Sie absolvierte all ihre Pflichtbesuche bei den Ehefrauen von Männern, mit denen in ständiger Verbindung zu bleiben ratsam war, plauderte über das Wetter und belanglose Neuigkeiten. Den ganzen Nachmittag hindurch widmete sie sich unverbindlichen Themen im vollen Bewusstsein dessen, dass es letztlich nicht darauf ankam, was sie sagte, sondern auf das, was dahinter stand.

Dann endlich konnte sie sich den Fragen zuwenden, die sie seit dem Frühstück beschäftigten. Sie ließ sich von ihrem Kutscher zum Haus der Serracolds fahren. Dort wurde sie in den von Sonnenschein erfüllten Wintergarten geführt, in dem es nach feuchter Erde, Laub und versprühtem Wasser roch. Rose saß allein darin und hielt den Blick auf das kleine Seerosenbecken gerichtet. Auch sie trug ein Ausgehkleid, dessen kräftiges Olivgrün und weiße Spitze sie im Zusammenspiel mit ihrem blonden Haar und dem außergewöhnlich schlanken Leib wie eine exotische Wasserpflanze erscheinen ließ.

Als Emily näher trat und Rose den Blick hob, sah sie die Anspannung im Gesicht der Freundin, die unruhig an ihrem Seidenkleid herumzupfte. Schlagartig schien die sonst für sie so kennzeichnende extravagante Eleganz verschwunden zu sein.

»Emily! Wie schön, dich zu sehen!«, sagte sie. Bei diesen Worten trat Erleichterung auf ihre Züge. »Ich hätte niemanden außer dir empfangen, das schwöre ich dir!« Ihr Gesicht nahm einen verwirrten Ausdruck an. »Jemand hat Maude Lamont getötet! Vermutlich weißt du das schon, es stand ja in der Zeitung. Zwei Tage ist das jetzt her ... und ich war an jenem Abend in ihrem Hause. Stell dir vor, Emily, vorhin war die Polizei bei mir. Ich weiß gar nicht, wie ich es Aubrey erklären soll. Was kann ich ihm nur sagen?«

Dies war kein Zeitpunkt für unverbindliches Geplauder, jetzt musste praktisch gedacht werden. Sofern Emily etwas Verwertbares erfahren wollte, durfte sie keinesfalls zulassen, dass Rose die Unterhaltung beherrschte. Sie wandte sich sofort dem ersten Punkt zu, auf den es ankam. »Hat Aubrey denn nicht gewusst, dass du bei einem Medium warst?«

Rose schüttelte leicht den Kopf, wobei sich der Lichtschein in ihrem schimmernden Haar brach.

»Warum hast du es ihm nicht gesagt?«

»Es wäre ihm nicht recht gewesen!«, erklärte Rose. »Er glaubt nicht daran.«

Emily dachte einen Augenblick lang darüber nach. In dieser Begründung steckte eine Unwahrheit. Augenscheinlich wollte Rose etwas verbergen. Auch wenn Emily nicht wusste, was das war, war sie sicher, dass es mit dem Grund zusammenhing, aus dem Rose das Medium aufgesucht hatte.

»Es wäre ihm ein wenig peinlich«, erklärte Rose überflüssigerweise, den Blick zu Boden gerichtet. Dabei lag ein angedeutetes Lächeln auf ihren Lippen.

»Aber trotzdem bist du zu ihr gegangen«, stellte Emily fest. »Sogar jetzt, so kurz vor der Wahl. Also war dir das wichtiger als Aubreys Wünsche, und du hast in Kauf genommen, dass es ihm schaden könnte. Bist du eigentlich wirklich sicher, dass er die Wahl gewinnt?« Sie bemühte sich, das mitfühlend klingen zu lassen und aus ihrer Stimme das Unverständnis herauszuhalten, das sie angesichts einer so naiven Selbstgefälligkeit empfand.

Die Augenbrauen der Freundin hoben sich mit einem Mal. Sie setzte zu einer Antwort an, doch erstarben ihr die Worte auf den Lippen. »Ich war mir sicher«, sagte sie dann und fuhr mit eindringlicher Stimme fort: »Glaubst du ... glaubst du, die Sache könnte die Wahl beeinflussen? Ich habe sie nicht umgebracht! Um Gottes willen – ich brauche sie lebendig!«

Es war Emily klar, dass sie sich in fremde Angelegenheiten einmischte, aber jetzt blieb keine Zeit für Feingefühl. »Wozu hast du sie gebraucht, Rose? Was konnte sie dir geben, was dir so wichtig ist?«

»Sie war natürlich meine Verbindung zur anderen Seite!«, sagte Rose ungestüm. »Jetzt muss ich jemand anders finden und wieder von vorn anfangen! Dabei ist so wenig Zeit bis ...« Sie schluckte den Rest herunter im Bewusstsein, bereits zu viel gesagt zu haben.

»Wovon sprichst du?«, setzte Emily nach. »Hat es mit der Wahl zu tun?« Mit einem Mal schoss ihr die Frage durch den Kopf, warum sich Thomas nach wie vor in London aufhielt.

Mit undurchdringlicher Miene vollendete Rose ihren Satz: »... bis Aubrey die Wahl gewinnt und seinen Platz im Unterhaus einnimmt, denn danach werde ich sehr viel weniger private Freiräume haben.«

Sie log nach wie vor oder sagte zumindest höchstens die halbe Wahrheit, doch konnte Emily das nicht beweisen. Warum nur? Verbarg sich dahinter ein politisches oder ein persönliches Geheimnis? Auf welche Weise ließ sich das feststellen? »Was hast du dem Polizeibeamten gesagt, der hier war?«, erkundigte sie sich.

»Ich habe ihm über die beiden anderen Besucher berichtet, die an dem Abend da waren, was sonst?« Rose erhob sich und trat zu dem gusseisernen Tischchen, auf dem eine Vase mit Pfingstrosen und Rittersporn stand. Geistesabwesend zupfte sie an den Stielen herum, was das Arrangement nicht verschönerte. »Der Mann aus der Bow Street schien zu glauben, dass es einer von denen war.« Mit einem Achselzucken versuchte sie das Zittern zu verbergen, das sie überlief. »Er war ganz anders, als ich mir einen Polizisten vorgestellt hatte. Obwohl er sich äußerst ruhig und höflich verhalten hat, war mir in seiner Gegenwart unbehaglich. Es wäre mir am liebsten, wenn er nicht wiederkäme, aber ich fürchte, dass er es doch tun wird. Es sei denn, sie kommen sehr schnell dahinter, wer es getan hat. Bestimmt war es der Mann, der Maude Lamonts Fähigkeiten bezweifelte. Ich kann mir nicht vorstellen, dass es der Soldat war, der mit seinem Sohn sprechen wollte. Ihm ist die Sache ebenso wichtig wie mir.«

Emily wusste nicht, was sie denken sollte. Sie hatte keine Vorstellung, wovon Rose sprach, doch war dies nicht der richtige Augenblick, das zuzugeben. »Und was wäre, wenn etwas dabei herauskäme, was ihm nicht gefiele?«, fragte sie leise.

Rose erstarrte mitten in der Bewegung, einen Rittersporn in der Hand. Ihr Gesicht wirkte verkniffen, ihre Augen gequält. »Dann wäre er wohl sehr niedergeschlagen«, sagte sie mit belegter Stimme. »Er würde verzweifelt nach Hause gehen ... versuchen, darüber hinwegzukommen. Ich weiß allerdings nicht wie. Was tut man, wenn man ... etwas Unerträgliches erfährt?«

»Manche Leute schlagen in einem solchen Fall zurück«, gab Emily zur Antwort. Dabei sah sie Rose an, die steif dastand, den Rücken ihr halb zugekehrt. »Und wäre es nur, um sicher zu sein, dass kein anderer das Unerträgliche ebenfalls erfährt.« Ihre Vorstellungen überschlugen sich, trotz des Mitgefühls für die unübersehbare Seelenqual der Freundin. Wer waren diese Männer? Welchen Grund hätten sie haben können, das Medium zu töten? Auf welches Geheimnis war Rose da gestoßen?

»Das hat mir der Polizist auch zu verstehen gegeben«, sagte Rose nach einer Weile.

Da Emily wusste, dass Tellman nach Pitts Entlassung befördert worden war, fragte sie: »Inspektor Tellman?«

»Nein ... er hieß Pitt.«

Langsam stieß Emily die Luft aus. Jetzt wurde ihr vieles in entsetzlicher Weise klar. Zweifellos wies der Mord an der Spiritistin politische Dimensionen auf, sonst hätte man Pitt nicht hinzugezogen. Der Sicherheitsdienst hatte aber doch dies Verbrechen nicht voraussehen können – oder doch? Charlotte hatte ihr nur wenig über Pitts neue Aufgabe berichtet, doch war Emily hinlänglich auf dem Laufenden, um zu wissen, dass der Sicherheitsdienst ausschließlich in Fällen von öffentlicher Gewalttat, Anarchie, Gefahr für Regierung und Thron und der sich daraus ergebenden Bedrohung der inneren Sicherheit tätig wurde.

Rose kehrte Emily nach wie vor den Rücken zu. Ihr war nichts aufgefallen. Emily befand sich mit einem Mal zwischen zwei Feuern. Sie hatte Jack gebeten, Aubrey Serracold zu unterstützen, und Jack hatte erkennbar gezögert, auch wenn er es nicht offen zugegeben hatte. Jetzt begriff sie, dass er Recht hatte. Jacks Wiederwahl mit allen Möglichkeiten und Vorteilen, die damit verbunden waren, war ihr selbstverständlich erschienen. Vielleicht war das übereilt gewesen. Es schien Kräfte zu geben, die sie nicht in ihre Rechnung einbezogen hatte, sonst würde sich Pitt nicht mit einem unglückseligen Mordfall wie dem in der Southampton Row beschäftigen, bei dem es um Betrug oder plötzlich aufgeflammte Leidenschaften gehen mochte.

Ein nahe liegender Gedanke kam ihr. Sofern Rose dieser Frau, ohne es zu beabsichtigen, von einem Vorfall aus ihrer Vergangenheit berichtet hatte, irgendeiner Indiskretion oder Torheit, aus der sich politisches Kapital schlagen ließ, lag die Möglichkeit einer Erpressung nur allzu offen auf der Hand. In einem solchen Fall war es leicht möglich, dass es ein Motiv gab, das Medium zu ermorden.

Aufmerksam sah sie Rose an, ihre verwegene Eleganz, das Gesicht, auf dem die leidenschaftlichen Gefühle hinter der dünnen Maske von Kultiviertheit so leicht zu erkennen waren. Zwar tat sie so, als habe sie alles, wonach ihr der Sinn stand, doch litt sie erkennbar unter einer Wunde, wenn auch nicht klar war, worauf diese zurückging.

»Was wolltest du bei Maude Lamont?«, fragte Emily offen

heraus. »Eines Tages wirst du es Pitt sagen müssen. Er wird der Sache so lange nachgehen, bis er es weiß, und dabei wird er allerlei andere Dinge zutage fördern, von denen es dir möglicherweise lieber wäre, dass sie verborgen blieben.«

Rose hob die Brauen. »Tatsächlich? Das klingt ja, als ob du ihn kennst. Hat er dich etwa auch schon einmal befragt?« Sie sagte das in spottendem Ton, um Emilys Aufmerksamkeit von der Hauptsache abzulenken und sie herauszufordern.

»Damit würde er seine Zeit vergeuden, und es wäre auch kaum nötig«, entgegnete Emily lächelnd. »Er ist mein Schwager und weiß über mich schon alles, was er wissen möchte.« Es belustigte sie einen Augenblick lang zu beobachten, wie entsetzt Rose die Mitteilung aufnahm und wie sie sichtlich überlegte, ob sich Emily über sie lustig machte oder nicht. Als sie begriff, dass es stimmte, war sie voll Zorn. »Der verdammte Polizist ist mit dir verwandt?«, fragte sie angewidert. »Ich finde, dass du das angesichts der Umstände ruhig hättest sagen können!« Sie machte eine wegwerfende Handbewegung. »Andererseits nehme ich an, dass ich es wohl auch niemandem sagen würde, wenn ich mit einem Polizisten verwandt wäre. Nur würde es nie so weit kommen!« Der beleidigende Ton, in dem sie das sagte, war durchaus beabsichtigt.

Emily spürte, wie Wut in ihr aufstieg. Sie sprang auf und hatte schon eine böse Antwort auf der Zunge, als sich die Tür öffnete und Aubrey Serracold hereinkam. Auf seinem schmalen, gut geschnittenen Gesicht lag der übliche gut gelaunte Ausdruck, und seine Mundwinkel waren leicht nach oben gebogen, als sei er jeden Augenblick bereit, jemandem zuzulächeln, der es verdient hatte. Seine hellen Haare fielen ihm auf einer Seite ein wenig in die Stirn. Wie immer war er tadellos gekleidet. Er trug zu einem schwarzen Jackett eine dezent gestreifte Hose, und seine Krawatte war mustergültig gebunden. Vermutlich sah sein Kammerdiener darin eine Kunstform. Obwohl die Kälte, die in diesem Augenblick zwischen den Frauen herrschte, am Abstand zwischen ihnen wie auch an ihrer halb abgewandten Körperhaltung ablesbar war, verlangte der gute Ton, dass er so tat, als habe er nichts bemerkt.

»Emily, wie schön, Sie zu sehen«, sagte er mit so natürlicher

Anmut, dass man einen Augenblick lang hätte glauben können, ihm sei die angespannte Atmosphäre im Raum nicht aufgefallen. Während er auf sie zutrat, berührte er Rose im Vorübergehen zärtlich am Arm. Zu Emily sagte er: »Sie stehen ja. Ich hoffe, das bedeutet, dass Sie gerade gekommen sind und nicht etwa, dass Sie schon aufbrechen wollen? Ich fühle mich ein wenig mitgenommen, etwa so wie ein überreifer Pfirsich auf dem Obstteller, den zu viele Gäste kurz in die Hand genommen und wieder zurückgelegt haben.« Er lächelte trübselig. »Ich hatte keine Ahnung davon, wie entsetzlich öde es sein würde, mit Leuten zu debattieren, die einem nicht zuhören, weil sie längst zu wissen glauben, was man meint, und ohnehin überzeugt sind, dass alles, was man sagt, Unsinn ist. Haben Sie Tee getrunken?«

Er sah sich um, entdeckte aber weder ein Tablett noch irgendwelche anderen Hinweise auf eine kürzlich aufgetragene Erfrischung. »Vielleicht ist es dafür ja auch zu spät. Ich glaube, ich nehme einen Schluck Whisky.« Er griff nach dem Klingelzug, um den Butler herbeizurufen. An einem leichten Aufblitzen seiner Augen war zu sehen, dass er bewusst so viel redete, um das Schweigen zu überdecken. Er fuhr fort: »Jack hat mich schon darauf hingewiesen, dass die meisten Menschen längst wissen, was sie glauben, und zwar entweder dasselbe wie ihre Väter – und Großväter – oder in einigen Fällen das genaue Gegenteil, so dass jedes Argument, mit dem man seine Position stützt, in den Wind gesprochen ist. Ich gebe zu, dass ich ihn damals für zynisch hielt.« Er zuckte die Achseln. »Sagen Sie ihm bitte, dass mir das Leid tut. Was er gesagt hat, zeugt von unendlicher Weisheit.«

Emily zwang sich, sein Lächeln zu erwidern. Sie war in manchen Dingen anderer Meinung als Aubrey, vorwiegend in politischen Fragen, doch trotzdem konnte sie ihn gut leiden, und an der gegenwärtigen Situation trug er nicht die geringste Schuld. Er war ein blitzgescheiter und schlagfertiger Gesprächspartner und nur äußerst selten unfreundlich. »Reine Erfahrung«, gab sie zurück. »Er sagt, dass die Leute nicht mit dem Kopf abstimmen, sondern mit dem Herzen.«

»In Wirklichkeit meint er den Bauch.« Die Fröhlichkeit in

Aubreys Augen erlosch, als er zu lachen aufhörte. »Wie können wir je die Welt verbessern, wenn wir nicht über das morgige Abendessen hinausdenken?« Er sah zu Rose hinüber, doch die verharrte in finsterem Schweigen und hielt sich nach wie vor halb von Emily abgewandt, als sei sie nicht bereit, deren Anwesenheit länger zur Kenntnis zu nehmen.

»Nun, wenn wir morgen Abend nichts zu essen haben, werden weder wir noch unsere Kinder die wundervolle Zukunft erleben«, gab Emily zu bedenken.

»Da haben Sie Recht«, sagte er ernst. Mit einem Mal war alle Scherzhaftigkeit von ihm abgefallen. Sie sprachen über Dinge, die ihnen allen am Herzen lagen. Nur Rose stand nach wie vor reglos, immer noch unter dem Eindruck der Befürchtungen, die sie hegte.

»Mehr Gerechtigkeit würde auch für mehr Essen sorgen«, sagte Aubrey mit leidenschaftlichem Ernst. »Aber die Menschen hungern nicht nur nach Brot, sondern auch nach Visionen. Sie müssen an sich selbst glauben können, müssen überzeugt sein, dass das, was sie tun, mehr ist als lediglich schwere Arbeit für das Allernötigste zum Leben. Bei vielen aber langt es nicht einmal dazu.«

In ihrem Herzen stimmte Emily mit ihm überein, aber der Verstand sagte ihr, dass er mit seinen Träumen der Realität zu weit vorauseilte. So glänzend und schön sie waren, sie ließen sich nicht verwirklichen.

Ein Blick auf Rose zeigte ihr, dass der Ausdruck ihrer Augen und um ihren Mund herum sanfter wurde. Ihr fiel auf, wie bleich die Freundin war. Trotz des Dufts von Seerosen und feuchter Erde, trotz der Wärme des Sonnenlichts auf dem Steinfußboden spürte sie die Angst, die in der Luft lag und alles andere überdeckte. Da Emily wusste, wie glühend Rose Aubreys Überzeugungen teilte, wenn sie darin nicht noch weiter ging als er, überlegte sie, was diese so dringend wissen wollte, dass sie entschlossen zu sein schien, ein weiteres Medium aufzusuchen.

Was aber war Maude Lamont widerfahren? Hatte sie einmal zu oft eine politische Erpressung versucht, ein zu gefährliches Geheimnis gekannt? Oder steckte eine Beziehungstragödie dahinter, ein betrogener Liebhaber, die Eifersucht eines Mannes, der geglaubt hatte, ein anderer habe ihre Aufmerksamkeit auf sich gelenkt? Hatte sie versprochen, eine Botschaft aus der anderen Welt weiterzugeben, bei der es beispielsweise um Geld ging, und sich dann geweigert, das zu tun? Es gab hundert Möglichkeiten. Es brauchte überhaupt nichts mit Rose zu tun zu haben – aber Thomas war nicht im Auftrag der Bow Street dort gewesen, sondern als Mitarbeiter des Sicherheitsdienstes!

Handelte es sich bei dem Unbekannten womöglich um einen Politiker, der ihr Liebhaber war oder gern gewesen wäre? Vielleicht hatte er sich ihr voll Leidenschaft genähert, war abgewiesen worden und hatte sich wegen dieser Demütigung gegen sie gewandt und sie getötet?

Diese Möglichkeit hatte Pitt bestimmt auch schon erwogen.

Sie sah zu Aubrey hinüber. Sein Gesichtsausdruck wirkte auf den ersten Blick ernst, doch stets lag in seinen Augen ein Anflug von Belustigung, als habe er einen köstlichen Witz erkannt, den er niemandem mitzuteilen bereit war. Vielleicht war das der Hauptgrund, warum sie ihn so gut leiden konnte.

Rose verharrte nach wie vor in derselben Stellung. Sie hatte zwar Aubreys Worte gehört, doch zeigte ihre starre Haltung, dass sie ihren Streit mit Emily nicht vergessen hatte, ihrem Mann aber nichts darüber sagen wollte.

Mit ihrem strahlenden Lächeln, das sie in Gesellschaft aufzusetzen pflegte, sagte Emily, wie schön es gewesen sei, sie beide zu sehen. Sie wünschte Aubrey Erfolg und bekräftigte erneut, dass sie und Jack ihn unterstützen würden. Dann verabschiedete sie sich. Rose begleitete sie höflich bis ins Vestibül. Zwar klang ihre Stimme munter, aber ihre Augen waren hart und kalt.

Während sich ihr Kutscher seinen Weg durch das Gewimmel von Landauern, Droschken, Pferdeomnibussen und einem Dutzend anderer Arten von Fahrzeugen bahnte, überlegte Emily, was sie Pitt sagen oder ob sie überhaupt mit ihm sprechen sollte. Bestimmt war Rose überzeugt, dass sie es tun würde. Sie verhielt sich geradezu so, als hätte sie sie bereits hintergangen. Diese Ungerechtigkeit erboste sie.

Eigentlich aber erschien es ihr richtig, Pitt alles zu sagen, was ihm nutzen konnte, alles, was geschehen war. Auf diese Weise würde sie ihrer Überzeugung nach Rose ebenso helfen wie anderen Menschen.

Dann aber ging ihr auf, dass das wohl nicht stimmte. In erster Linie ging es ihr um die Wahrheit und um Jack. Während sie dasaß und über den Tod des Mediums nachdachte, hatte sie beständig Jacks Gesicht vor dem inneren Auge. Es kam ihr vor, als säße er neben ihr. Sie konnte Aubrey gut leiden und wünschte ihm den Unterhaussitz reinen Herzens, nicht nur, weil er dann Gutes bewirken konnte, sondern einfach um seiner selbst willen. Aber die Befürchtung, das könne auf Jacks Kosten geschehen, war ihre eigentliche Triebfeder, der Wahrheit nachzuspüren.

Nie hatte sie ernsthaft die Möglichkeit erwogen, Jack könne die Wahl verlieren. Sie hatte lediglich daran gedacht, welche Chancen sich eröffnen würden, und an die mit dem Unterhaussitz verbundenen Vorrechte und Vorteile. Während ihre Kutsche inmitten des Geschreis erzürnter Kutscher langsam voran kam, ging ihr mit Bestürzung auf, dass sie sich im Fall einer Niederlage an eine sicherlich ebenso einschneidende bittere Veränderung würde gewöhnen müssen wie die, mit der sich Charlotte gegenwärtig abfinden musste. Man würde sie zu anderen Gesellschaften einladen, die weit langweiliger waren als jene, die sie gewohnt war. Wie konnte sie nach dem aufregenden Leben inmitten der Politik dem berauschenden Traum von Macht den Rücken kehren und sich wieder mit dem inhaltsleeren Gewäsch der feinen Gesellschaft beschäftigen? Und ganz konkret: wie würde sie ihre eigene Herabsetzung verbergen können, die darin bestand, dass sie nichts Sinnvolles mehr zu tun hatte?

Nein, Jack musste unbedingt gewinnen. Ihre Beweggründe waren ihr durchaus bewusst, doch das war unerheblich. Die Vernunft erreichte die Tiefen ihrer Empfindungen ebenso wenig, wie das Sonnenlicht die Meeresströmungen weit unterhalb der Wasseroberfläche erreicht. Sie musste alles tun, was sie konnte, um ihn zu unterstützen.

Vor allem musste sie unbedingt mit jemandem reden. Charlotte war in Dartmoor, und sie wusste nicht einmal genau, wo. Ihre Mutter, Caroline, begleitete ihren zweiten Mann Joshua, der zur Zeit in einem von Oscar Wildes Stücken die Hauptrolle spielte, auf seiner Tournee. Gegenwärtig waren sie wohl in Liverpool.

Doch selbst wenn die beiden zu Hause gewesen wären, hätte sie sich zuerst an Lady Vespasia Cumming-Gould gewendet, eine Großtante ihres ersten Gatten und nach wie vor eine ihrer vertrautesten Freundinnen. So beugte sie sich jetzt vor und teilte dem Kutscher ihren Wunsch mit, sie zu Vespasia zu fahren. Zwar hatte sie sich weder schriftlich angemeldet noch eine Visitenkarte hinterlassen, was einen vollständigen Bruch mit der Etikette bedeutete, doch hatte sich Vespasia nie durch Vorschriften daran hindern lassen, genau das zu tun, was sie für richtig hielt, und so würde sie es Emily sicher verzeihen, wenn sie es ihr gleichtat.

Sie hatte Glück. Nicht nur war Tante Vespasia zu Hause, sie hatte auch vor einer halben Stunde ihren letzten Besucher verabschiedet.

»Meine liebe Emily, welche Freude, dich zu sehen«, sagte sie, ohne sich aus ihrem Sessel am Fenster des von Sonnenlicht durchfluteten Wohnzimmers zu erheben, das vollständig in Pastellfarben gehalten war. »Vor allem um diese ungewöhnliche Stunde«, fügte sie hinzu, »denn das zeigt mir, dass dich etwas äußerst Interessantes oder Dringendes zu mir führt. Setz dich, und sag mir, was es ist.« Sie wies beiläufig auf den Sessel ihr gegenüber und betrachtete dann mit kritischem Auge Emilys Kostüm. Ihr Rücken war steif, ihr Haar silbergrau, doch hatte ihr Gesicht nichts von seinem Reiz verloren, der einst dafür gesorgt hatte, dass sie als die bedeutendste Schönheit ihrer Generation galt. Nie war sie der Mode gefolgt, sondern hatte sie stets mitbestimmt. »Das steht dir sehr gut«, sagte sie. »Du hast wohl jemanden besucht, den du beeindrucken wolltest ... vermutlich eine Frau, die es in Kleidungsfragen sehr genau nimmt.«

Emily lächelte. Es freute und erleichterte sie, in Gesellschaft eines Menschen zu sein, den sie mochte, ohne dass der geringste Schatten oder auch nur der Hauch eines Missverständnisses zwischen ihnen lag. »Ja«, gab sie zu. »Rose Serracold. Hast du von ihr gehört?« Gesellschaftlich dürften die beiden einander nicht begegnet sein, denn zwischen ihnen lagen nicht nur fast zwei Generationen, sie gehörten auch äußerst verschiedenen Gesellschaftsschichten an, ganz zu schweigen von der finanziellen Kluft, die zwischen ihnen bestand, auch wenn Aubrey ausgesprochen wohlhabend war. Emily hatte keine Vorstellung davon, ob Vespasia Roses politische Ansichten billigen würde. Gelegentlich vertrat sie selbst ausgesprochen extreme Standpunkte, und sie hatte wie eine Löwin für die Reformen gekämpft, von denen sie überzeugt war. Doch zugleich war sie Realistin und ausgesprochen praktisch veranlagt, und so fiel ihr die Erkenntnis leicht, dass die sozialistischen Ideale mit der Menschennatur unvereinbar waren.

»Und was im Zusammenhang mit dem Besuch bei Mistress Serracold hat dich hierher geführt, statt dass du nach Hause gefahren bist, um dich zum Abendessen umzuziehen?«, fragte Vespasia. »Hat sie womöglich etwas mit diesem Aubrey Serracold zu tun, der in South Lambeth kandidiert und, soweit man den Zeitungen trauen darf, einige ziemlich törichte Gedanken geäußert hat?«

»Ja. Sie ist seine Frau.«

»Emily, ich bin kein Zahnarzt und möchte nicht alles Stück für Stück aus dir herausziehen müssen.«

»Entschuldige«, sagte Emily zerknirscht. »Jetzt, da ich es in Worte fassen möchte, kommt mir alles so widersinnig vor.«

»Das ist bei vielen Dingen so«, sagte Vespasia, »deswegen können sie trotzdem stimmen. Hat es mit Thomas zu tun?« In ihrer Stimme lag unüberhörbar Besorgnis, und ihre Augen verfinsterten sich.

»Ja ... und nein«, sagte Emily ruhig. Mit einem Mal kam es ihr nicht mehr lächerlich vor. Wenn Vespasia ebenfalls besorgt war, konnte das nur bedeuten, dass es einen Anlass dazu gab. »Thomas und Charlotte wollten in Dartmoor Ferien machen, aber dann hat man Thomas den Urlaub gestrichen –«

»Wer?«, fiel ihr Vespasia ins Wort.

Emily schluckte. Voll Schmerz und peinlich berührt merkte sie, dass Thomas Vespasia nichts von seiner erneuten Entlassung aus der Bow Street gesagt hatte. Sie musste es aber unbedingt erfahren, denn Stillschweigen würde das Unvermeidliche nur hinauszögern. »Der Sicherheitsdienst«, sagte sie mit belegter und ärgerlicher Stimme, in der zugleich Angst mitschwang. Sie sah die Überraschung auf Vespasias Zügen, die sich gleich darauf verhärteten. »Man hat ihn wieder seines Postens in der Bow Street enthoben«, fuhr sie fort, »Charlotte hat mir das gesagt, als sie Edward abgeholt hat, um ihn nach Dartmoor mitzunehmen. Man hat ihn wieder dem Sicherheitsdienst beigegeben und die ihm bereits erteilte Urlaubsgenehmigung rückgängig gemacht.«

Vespasia nickte kaum wahrnehmbar. »Auch Charles Voisey kandidiert in South Lambeth. Er steht an der Spitze des Inneren Kreises.« Sie machte sich nicht die Mühe, mehr zu sagen. Sicherlich hatte sie an Emilys Gesicht gesehen, dass diese verstand, welche Ungeheuerlichkeit das bedeutete.

»Großer Gott!«, entfuhr es Emily. »Bist du sicher?«

»Ja, meine Liebe, absolut.«

»Und ... Thomas weiß das!«

»Ja. Das dürfte der Grund dafür sein, dass ihm Mister Narraway den Urlaub gestrichen und vermutlich den Auftrag gegeben hat zu tun, was er kann, um Voisey an der Erreichung seines Zieles zu hindern. Allerdings bezweifle ich, dass ihm das gelingen wird. Bisher hat es erst einer fertig gebracht, Voisey zu besiegen.«

»Und wer war das?« Hoffnung stieg in Emily auf, und ihr Herz schlug rascher.

Vespasia lächelte. »Mario Corena, ein guter Freund von mir; allerdings mit ein wenig Unterstützung von Thomas und mir. Leider hat es ihn das Leben gekostet. An ihn kann Voisey also nicht mehr heran, aber gewiss hat er Thomas nicht verziehen und mir möglicherweise auch nicht. Es dürfte klug sein, meine Liebe, nicht an Charlotte zu schreiben, während sie fort ist.«

»Ist die Gefahr wirklich so groß ...?« Emily merkte, dass ihr Mund trocken war und sie die Lippen kaum bewegen konnte.

»Nicht, solange er nicht weiß, wo sie sich befindet.«

»Aber sie kann doch nicht auf alle Zeiten in Dartmoor bleiben!«

»Natürlich nicht«, gab ihr Vespasia Recht. »Doch wenn sie zurückkehrt, wird die Wahl vorüber sein, und eventuell haben wir bis dahin eine Möglichkeit gefunden, Voisey in den Arm zu fallen.«

»Aber er wird doch den Liberalen diesen Sitz nicht nehmen können!«, sagte Emily. »Warum tritt er überhaupt dort an, statt sich um einen sicheren Tory-Sitz zu bewerben? Das ergibt doch keinen Sinn.«

»Da irrst du«, sagte Vespasia gelassen. »Alles, was Voisey tut, hat einen Sinn. Wir haben ihn einfach noch nicht verstanden. Ich weiß nicht, wie er es anstellen will, den Kandidaten der Liberalen zu besiegen, aber ich denke, es wird ihm gelingen.«

Emily fror trotz des Sonnenscheins, der durch die Fenster in den stillen Raum fiel. »Dieser liberale Kandidat, Aubrey Serracold, ist ein guter Bekannter, und ich bin um seiner Frau willen zu dir gekommen. Sie gehört zu den letzten Besuchern Maude Lamonts, des Mediums, das in der Southampton Row umgebracht wurde. Sie war an jenem Abend bei ihr. Thomas untersucht den Fall, und ich denke, ich weiß das eine oder andere darüber.«

»Dann musst du es ihm sagen.« In Vespasias Stimme lag weder Zögern noch Zweifel.

»Aber Rose ist meine Freundin, und ich habe die Dinge nur erfahren, weil sie mir vertraut. Wenn ich eine Freundin verrate, was habe ich dann noch?«

Diesmal gab Vespasia nicht sogleich eine Antwort.

Emily wartete.

»Wenn du dich zwischen Freunden entscheiden musst«, sagte Vespasia schließlich, »und das sind für dich sowohl Rose als auch Thomas, darfst du dabei nicht die Personen im Auge haben, sondern musst deinem Gewissen folgen. Du kannst die Freundestreue, die du ihnen schuldest, nicht gegeneinander aufwiegen, darfst nicht überlegen, wer von beiden dir näher steht, mehr leiden würde und verletzlicher ist oder dir mehr vertraut. Du musst ausschließlich tun, was dir dein Gewissen rät. Diene deiner eigenen Wahrheit.«

Zwar hatte sie mit keinem Wort gesagt, dass sie Thomas alles berichten sollte, was sie wusste, doch zweifelte Emily nicht daran, dass genau das gemeint war.

»Ja«, sagte sie. »Vielleicht war mir das auch schon vorher bewusst, und es ist mir nur schwer gefallen, mir darüber klar zu werden, weil ich es dann tun muss.«

»Glaubst du, dass Rose diese Frau getötet haben könnte?«

»Ich weiß nicht. Vermutlich traue ich ihr das zu.«

Beide schwiegen längere Zeit und wandten sich dann anderen Themen zu: Jacks Wahlkampf, der Vorstellung von Mr. Gladstone und Lord Salisbury, dem erstaunlichen Phänomen Keir Hardie und der Möglichkeit, dass er eines Tages tatsächlich ins Unterhaus einziehen könnte. Nach einer Weile dankte Emily Vespasia erneut und verabschiedete sich mit einem flüchtigen Kuss auf die Wange.

Zu Hause angekommen, ging sie nach oben, um sich zum Abendessen umzukleiden, obwohl sie es im Hause einnehmen würde. Sie saß im Salon, als Jack hereinkam. Sein Gesicht wirkte müde, und seine Hosenbeine waren am unteren Ende staubig, als sei er eine ziemlich lange Strecke zu Fuß gegangen.

Mit ungewohnter Eile erhob sie sich, um ihn zu begrüßen, als brächte er Neuigkeiten, während sie in Wahrheit nichts weiter erwartete als die üblichen Mitteilungen über den Wahlkampf, von denen sie die meisten der Tageszeitung hätte entnehmen können, wenn es ihr wichtig genug erschienen wäre.

»Wie geht es voran?«, fragte sie und suchte seinen Blick. In seinen großen grauen Augen mit den bemerkenswerten Wimpern, die sie schon immer bewundert hatte, erkannte sie, dass er sich freute, sie zu sehen. In ihnen lag eine wohlvertraute Wärme des Empfindens, die ihr so viel bedeutete, dass es sie immer noch verblüffte. Doch dahinter erkannte sie eine Besorgnis, die tiefer reichte als zuvor. Rasch fragte sie: »Was war los?«

Er zögerte mit der Antwort. Die Worte, die ihm sonst so leicht zu Gebote standen, kamen nur langsam. Allein das schon weckte in ihr allerlei Befürchtungen.

»Aubrey?«, flüsterte sie, während sie an Vespasias Worte

dachte. »Er könnte den Wahlkampf verlieren, nicht wahr? Würde dir das viel ausmachen?«

Er lächelte, aber sie merkte, dass er es mit der Absicht tat, sie zu beruhigen. »Ich kann ihn gut leiden«, sagte er aufrichtig, setzte sich in den Sessel ihr gegenüber und streckte entspannt die Beine aus. »Ich denke, wenn er den Kopf nicht ganz so hoch in den Wolken hätte, wäre er ein guter Abgeordneter. Ein paar Träumer können wir ganz gut brauchen.« Er zuckte die Achseln. »Es wäre ein gewisser Ausgleich für die Leute, die nur wegen der damit verbundenen persönlichen Vorteile ins Unterhaus wollen.«

Sie merkte, dass Jack ihr nicht zeigte, wie sehr es ihn schmerzen würde, wenn Aubrey sein Ziel nicht erreichte. Er hatte ihn nicht nur von Anfang an ermutigt, sondern ihm den Weg zur Nominierung geebnet und ihn anschließend unterstützt. Es hatte beiläufig ausgesehen, wie so vieles, was er tat, denn er verstand es, sich den Anschein eines Mannes zu geben, der die Dinge nicht besonders schwer nahm und dem nichts wichtiger schien als ein behagliches Leben, gutes Essen, guter Wein, die Gesellschaft von Freunden und der nichts mehr verabscheute als übertriebene Ernsthaftigkeit und erkennbares Bemühen. Er war stets ein großer Bewunderer von Schönheit gewesen, und so war ihm das Flirten so selbstverständlich wie das Atemholen. Sich durch die Eheschließung endgültig auf eine Frau festzulegen, die sich selbst und ihm stets treu sein und nie die Augen vor den unangenehmen Dingen des Daseins verschließen würde, war die schwierigste Entscheidung seines Lebens gewesen, doch war ihm zuweilen durchaus bewusst, dass er nie eine bessere getroffen hatte.

Emily hatte stets sorgfältig vermieden, ihm klarzumachen, dass sie eine Meisterin der Fähigkeit war, nur das zu sehen, was die Klugheit gebot. Bei ihrem ersten Mann, George Ashworth, hatte sie sich blind gestellt, und wenn sie den Eindruck gehabt hatte, er habe sie betrogen, nicht einfach auf körperlicher Ebene, sondern mit einer wirklichen Liebesbeziehung, war sie davon tiefer verletzt worden, als sie angesichts ihrer Weltläufigkeit für möglich gehalten hatte. Sie dachte nicht im Traum daran zuzulassen, dass Jack zu der Ansicht gelangte, er könne es ebenso halten. Sie wusste, dass er innerlich ebenso stark und zielgerichtet war wie Pitt und dass er sich nur deshalb so oberflächlich gab, weil er fürchtete, seinen eigenen Ansprüchen nicht gerecht zu werden. In diesem Augenblick begriff sie schmerzlich, dass sie alles tun würde, um ihn vor einem Fehlschlag zu bewahren.

»Rose war an dem Abend im Haus der Spiritistin, an dem sie umgebracht wurde«, begann sie vorsichtig. »Thomas war bei ihr, um sie zu befragen. Sie ist vor Entsetzen wie von Sinnen, Jack.«

Sein Gesicht verfinsterte sich. Diesmal gelang es ihm nicht zu verbergen, dass sich alles in ihm verkrampfte. Er richtete sich im Sessel auf, seine entspannte Haltung war wie weggeblasen. »Wieso Thomas? Er ist doch gar nicht mehr in der Bow Street.«

Diese Reaktion hatte sie nicht erwartet, wohl aber gefürchtet. Alles Übrige würde später kommen, die Fragen, die Vorwürfe wegen Ichsucht und Gedankenlosigkeit.

»Emily?« Seine Stimme klang schärfer. In ihr lag die Besorgnis, sie wisse etwas, was sie ihm nicht sagte, und dies eine Mal verhielt es sich tatsächlich so.

»Ich weiß nicht!«, sagte sie und sah ihn offen an. »Charlotte hat mir nichts gesagt. Vermutlich hat die Sache mit Politik zu tun, sonst wäre Thomas wohl nicht damit befasst.«

Jack bedeckte sein Gesicht mit den Händen und fuhr sich dann durch die Haare. Langsam schloss und öffnete er die Augen.

Emily wartete mit zugeschnürter Kehle. Rose hatte ihr etwas verschwiegen. War es etwas, was Aubrey und durch ihn Jack schaden konnte? Sie sah ihn an und fürchtete sich, den Punkt anzusprechen.

Er wirkte blasser und noch müder als zuvor. Es war, als wäre die Blüte seiner Jugend mit einem Schlag dahingeschwunden, und sie sah ihn unvermittelt so vor sich, wie er in zehn oder gar zwanzig Jahren aussehen könnte.

Er stand auf, wandte sich ab und trat einen oder zwei Schritte auf das Fenster zu. »Davenport hat mir heute geraten, in meinem eigenen Interesse ein wenig Abstand zu Aubrey zu wahren«, sagte er leise.

Die Stille verdichtete sich. Draußen lag goldenes Abendlicht auf den Bäumen. »Und was hast du gesagt?«, fragte sie. Ihr war klar, dass er es ihr mit seiner Antwort auf keinen Fall würde recht machen können. Falls er dieses Ansinnen von sich gewiesen hatte, würde man seinen Namen auch künftig mit Aubrey Serracold und natürlich auch mit Rose in Verbindung bringen. Sofern Aubrey, wonach es im Augenblick aussah, nicht von seiner extremen Position abrückte, sondern seine idealistischen und weltfremden Vorstellungen immer unverhohlener vortrug, würde sich sein Gegenspieler das zunutze machen und ihn als Extremisten hinstellen, der günstigstenfalls zu nichts taugte und im schlimmsten Fall eine Gefahr bedeutete. Von Jack würde man dann annehmen, dass er um kein Haar besser sei, man würde ihm ähnliche Grundsätze und Ansichten unterstellen, ohne das zu sagen, so dass er sich dagegen nicht zur Wehr setzen konnte – und das Ergebnis wäre eine Katastrophe.

Falls Rose auf irgendeine Weise mit dem Tod des Mediums zu tun hatte, würde auch das ihrem Mann und damit möglicherweise Jack schaden, ganz gleich, wie die Wahrheit aussah. Die Öffentlichkeit würde sich ausschließlich daran erinnern, dass sie in den Fall verwickelt war.

Was aber würde Emily von Jack halten, wenn er Davenports Rat bereits befolgt und Aubrey sich selbst überlassen hatte, um die eigene Haut zu retten? War nicht der Verrat an einem Freund ein zu hoher Preis für die eigene Sicherheit? Das galt wohl auch auf der Ebene der Politik, denn auf wen konnte sich jemand, der seine Freunde ohne weiteres ihrem Schicksal überließ, verlassen, wenn er selbst Hilfe brauchte? Und früher oder später war jeder auf Hilfe angewiesen.

Sie sah auf Jacks breite Schultern, das makellos geschneiderte Jackett, den ihr so vertrauten Hinterkopf, auf dem sie jede Locke bis in den Nacken hinab kannte, und merkte, wie wenig sie von seinen Gedanken wusste. Was würde er tun, um seinen Unterhaussitz zu retten, wenn sich die Notwendigkeit ergab? Einen flüchtigen Augenblick lang beneidete sie Charlotte, weil sie miterlebt hatte, wie sich Pitt so mancher Entscheidung hatte stellen müssen, die ihm das Letzte an Mitgefühl, Urteilskraft und Selbsterkenntnis abverlangt hatte. Charlotte kannte bereits das Ergebnis der Proben, auf die er gestellt worden war, kannte seine wahre Natur. Jack war bezaubernd und lustig, ihr gegenüber zärtlich und, soweit sie wusste, treu. Sie bewunderte seine Ehrlichkeit und seine Entschlossenheit, für das zu kämpfen, wofür er eintrat. Aber wie würde er sich in der Verliererrolle bewähren?

»Was hast du ihm gesagt?«, wiederholte sie.

»Dass ich ihn nicht grundlos fallen lassen kann«, gab er mit einer gewissen Schärfe in der Stimme zurück. »Möglicherweise gibt es einen Grund, aber bis ich den kenne, ist es zu spät.« Er sah sie wieder an. »Warum musste sie um Gottes willen ausgerechnet jetzt ein Medium aufsuchen? Sie ist nicht dumm und musste doch wissen, wie die Leute das auslegen werden.« Er stöhnte auf. »Ich sehe die Karikaturen schon vor mir! Und wie ich Aubrey kenne, ist es gut möglich, dass er ihr privat Vorhaltungen wegen ihrer Verantwortungslosigkeit macht und wütend auf sie ist, aber in der Öffentlichkeit würde er sich nie im Leben gegen sie stellen, weder offen noch indirekt. Er würde sie auf Biegen und Brechen in Schutz nehmen, ganz gleich, was ihn das kosten würde.« Er sah sie fragend an. »Was wollte sie überhaupt bei dieser Frau? Ich kann verstehen, wenn jemand zu einer öffentlichen Veranstaltung dieser Art geht, um sich zu amüsieren, das tun Hunderte – aber eine private Séance?«

»Ich weiß es nicht! Ich habe sie danach gefragt, und sie hat mich angegiftet.« Ihre Stimme wurde leiser. »Auf jeden Fall geht es ihr nicht um Unterhaltung, Jack. Sie ist nicht leichtfertig. Ich glaube, sie sucht eine Antwort auf eine Frage, die ihr große Angst macht.«

Seine Augen weiteten sich. »Bei einer Spiritistin? Hat sie denn den Verstand verloren?«

»Möglicherweise.«

»Ist das dein Ernst?«

»Ich habe keine Ahnung«, sagte sie unruhig. »Es sind nur noch wenige Tage bis zur Wahl. Es kommt auf die Zeitungsberichte eines jeden Tages an. Es bleibt keine Zeit mehr, Fehler zu korrigieren oder Menschen ins eigene Lager zurückzuholen.«

»Das ist mir klar.« Er trat wieder auf sie zu und legte einen Arm um sie. Dabei spürte sie, dass in ihm ein Zorn brannte, der sich einen Ausweg suchte, aber nicht wusste, in welche Richtung er sich Luft machen sollte.

Nach einer Weile entschuldigte er sich und ging nach oben, um sich umzuziehen. Als er eine halbe Stunde später zurückkehrte, wurde das Abendessen aufgetragen. Sie saßen einander am Tisch gegenüber, das Licht schimmerte auf Besteck und Gläsern, und vor den hohen Fenstern brachen sich die Strahlen der untergehenden Sonne in den Scheiben der gegenüberliegenden Häuser.

Der Diener trug die Teller ab und brachte den nächsten Gang.

»Wäre es ganz schrecklich für dich, wenn ich die Wahl verliere?«, fragte Jack unvermittelt.

Emilys Gabel verharrte in der Luft. Sie schluckte, als hätte sie einen Frosch in der Kehle. »Hältst du das für denkbar? Hat Davenport gesagt, das würde dabei herauskommen, wenn du Aubrey weiter die Stange hältst?«

»Ich weiß nicht«, sagte er unumwunden. »Ich bin nicht sicher, ob ich bereit bin, um der Macht willen eine Freundschaft aufzugeben. Dieser Preis erscheint mir zu hoch. Ich mag es nicht, wenn man mich drängt, eine solche Entscheidung zu treffen. Mir ist diese Kriecherei zuwider, ich kann es nicht ausstehen, dass man sein Leben so lange zurechtstutzt, bis man sich vom erstrebten Ziel nicht mehr lösen kann, weil man alles aufgegeben hat, um es zu erreichen. Wo ist die Stelle, an der man sagt, ›Ich tu es nicht – lieber lass ich alles fahren, als auch noch diesen Preis zu zahlen!‹?« Er sah sie an, als könne sie ihm die Frage beantworten.

»Wenn du etwas sagen musst, woran du nicht glaubst«, schlug sie vor.

Er lachte bitter auf. »Und bin ich mir selbst gegenüber ehrlich genug, um zu wissen, wann es so weit ist? Sehe ich hin, wenn es etwas gibt, was ich nicht sehen möchte?«

Sie sagte nichts.

»Was ist mit Stillschweigen?«, fuhr er mit erhobener Stimme fort. Sein Essen schien er vergessen zu haben. »Es gibt schließlich eine ganze Reihe von Möglichkeiten: taktische Stimmenthaltung, partielle Blindheit im richtigen Augenblick, Beiseitesehen. Oder vielleicht ist der treffende Vergleich der mit Pilatus, der sich die Hände in Unschuld wäscht?«

»Aubrey Serracold ist nicht Jesus«, gab Emily zu bedenken.

»Meine Ehre steht auf dem Spiel«, sagte er schroff. »Wie sehr muss ich mich verbiegen, um gewählt zu werden? Und wie sehr, um das Amt zu behalten? Es muss ja nicht unbedingt Aubrey sein – wenn er nicht wäre, wäre es jemand anders oder eine andere Sache.« Er sah sie herausfordernd an, als erwarte er von ihr eine Antwort.

»Was ist, wenn Rose die Frau tatsächlich umgebracht hat?«, fragte sie. »Und wenn Thomas das herausbekommt?«

Er schwieg. Einen Augenblick lang sah er so elend aus, dass sie wünschte, sie hätte nichts gesagt. Doch die Frage bedrängte sie, hallte in ihr nach und brachte andere in ihrem Gefolge mit sich. Wie viel sollte sie Thomas sagen und wann? Sollte sie versuchen, selbst mehr herauszubekommen? Vor allem aber: wie konnte sie Jack schützen? Was war gefährlicher: wenn er zu einer fragwürdig gewordenen Sache hielt und damit seinen eigenen Unterhaussitz aufs Spiel setzte oder wenn er den Freund verriet und das Amt möglicherweise um den Preis der Aufgabe eines Teils seiner selbst erkaufte? War er es jemandem schuldig, mit Serracold gemeinsam unterzugehen?

Mit einem Mal war sie entsetzlich wütend, weil Charlotte irgendwo in Dartmoor in einem Häuschen auf dem Lande saß, keine Entscheidungen zu treffen brauchte und ihre größte Sorge die häuslichen Aufgaben waren, einfache, alltägliche Dinge. Vor allem aber war sie wütend, dass sich die Schwester an einem Ort befand, wo sie ihr nicht all das mitteilen und ihre Meinung einholen konnte.

Hatte Aubrey überhaupt eine Vorstellung davon, was da vor sich ging? Sie sah sein argloses Gesicht mit dem fortwährenden leicht spöttischen Ausdruck vor sich und begriff, dass er sehr verletzlich sein musste.

Doch nicht sie musste ihn schützen; diese Aufgabe fiel Rose zu. Warum tat sie das nicht, statt irgendwelchen Stimmen aus dem Totenreich nachzujagen? Welche Rolle konnte das, was sie da unbedingt wissen wollte, schon spielen?

»Mach ihm klar, was passiert ist!«, sagte sie.

Jack war verblüfft. »Du meinst die Sache mit Rose? Weiß er das denn nicht?«

»Keine Ahnung. Nein ... woher soll ich das wissen? Wer weiß schon, was wirklich zwischen zwei Menschen vor sich geht? Ich meine damit, mach ihm die politischen Fakten klar. Sag ihm, dass du ihn nicht unterstützen kannst, wenn er mit seinen sozialistischen Vorstellungen zu weit geht.«

Sein Gesicht verhärtete sich. »Das habe ich bereits getan. Ich nehme allerdings nicht an, dass er mir geglaubt hat. Er hört nur, was er hören will.« Das unauffällige Eintreten des Butlers unterbrach ihn. »Was gibt es, Morton?«, fragte er stirnrunzelnd.

Der Butler stand stocksteif und mit würdevollem Gesicht da. »Mister Gladstone möchte gern mit Ihnen sprechen, Sir. Er befindet sich im Klub in Pall Mall. Ich habe mir erlaubt, Albert zu beauftragen, dass er anspannen lässt, und hoffe, dass das in Ihrem Sinne war.« Mortons Ansicht nach bestand daran sicherlich nicht der geringste Zweifel, denn er war ein glühender Bewunderer des Großen Alten Mannes, und die Vorstellung, einer von ihm ausgesprochenen Bitte nicht sofort nachzukommen, war ihm gänzlich fremd.

Emily sah, wie Jack erstarrte, und sie hörte, wie er leise die Luft einsog. Stand der Mann an der Spitze der Liberalen Partei im Begriff, Jack in Bezug auf Aubrey zur Vorsicht zu mahnen? Jetzt schon? Oder schlimmer: ging es um das Angebot eines mit wirklicher Macht verbundenen höheren Amtes für den Fall, dass Gladstone die Wahl gewann? Mit einem Mal begriff sie, dass sie davor wirklich Angst hatte, und diese Erkenntnis verursachte ihr Übelkeit. Vielleicht bot ihm Gladstone Möglichkeiten an, an die Jack bisher nur im Traum gedacht hatte. Aber welchen Preis würde er dafür zahlen müssen?

Doch auch wenn er in Wahrheit etwas anderes von Jack wollte, blieb immer noch die Befürchtung, dass Jack in Versuchung geführt und von seinem Weg abgebracht werden konnte. Warum traute sie ihm nicht zu, dass er selbst die Falle erkannte, bevor er hineinging? Zweifelte sie an seinen Fähigkeiten? Oder hatte sie Bedenken, dass seine seelische Kraft nicht ausreichen würde, um sich abzuwenden, wenn er die lockende Belohnung dicht vor sich sah? Würde er Rechtfertigungen finden, vorgeschobene Vernunftgründe? Ging es nicht bei der Politik um die Kunst des Möglichen?

Sie selbst war früher ausgesprochen pragmatisch gewesen. Warum war das jetzt nicht mehr so? Was war der Grund dafür, dass sie nicht mehr die ehrgeizige und nach außen hin stets zuversichtliche junge Frau war wie früher? Noch während sie sich die Frage stellte, war ihr klar, dass die Antwort mit den Tragödien, der Schwäche und den Opfern zu tun hatte, denen sie in einigen von Thomas' Fällen begegnet war, während sie ihm mit Charlotte bei der Arbeit half. Sie hatte gesehen, wie Ehrgeiz zu Charakterlosigkeit führt, wie Menschen als Ergebnis blinder Zielstrebigkeit Zweck und Mittel verwechselten. Es war alles nicht mehr so einfach, wie es ihr einst erschienen war. Selbst Menschen, die nur Gutes im Auge hatten, ließen sich leicht täuschen.

Jack küsste sie sanft zum Abschied. Ihm war klar, dass er nicht sagen konnte, wann er zurück sein würde. Sie nickte, als er vorschlug, sie solle nicht auf ihn warten, doch wusste sie, dass sie es dennoch tun würde. Ohnehin könnte sie nicht einschlafen, solange sie nicht wusste, was Gladstone von ihm wollte ... und was er darauf geantwortet hatte.

Sie hörte, wie er durch das Vestibül ging und die Haustür geöffnet und geschlossen wurde.

Der Diener erkundigte sich, ob er weiter servieren sollte. Er musste die Frage wiederholen. Sie verzichtete.

»Bitten Sie die Köchin in meinem Namen um Entschuldigung«, sagte sie. »Ich kann nicht essen, solange ich nicht weiß, was es Neues gibt.« Zwar wollte sie ihre Motive nicht offen legen, doch war das kein Grund, unhöflich zu sein. Sie wusste längst, dass sich höfliches Verhalten unter Umständen zehnfach auszahlte.

Sie beschloss, im Empfangszimmer zu warten. Dort las sie in H. Rider Haggards jüngstem Roman weiter, den sie vor etwa einer Woche dort hatte liegen lassen. Vielleicht würde er sie ablenken, so dass die Zeit rascher verging und ihr weniger bedrückend vorkam.

Diese Hoffnung erfüllte sich nur zum Teil. Eine halbe Stunde lang fesselte die Beschreibung des schwarzen Kontinents Afrika sie, dann kamen ihre eigenen Ängste wieder an die Oberfläche, und sie stand auf und ging unruhig im Raum hin und her. Ihre Gedanken schossen in alle Richtungen und kamen zu keinem Ergebnis. Was wollte die lustige und tapfere Rose Serracold unbedingt wissen, dass sie sich eines Mediums bediente, und sei es um den Preis des Untergangs? Offenkundig hatte sie Angst. Um wen – sich selbst, Aubrey oder einen anderen Menschen? Warum konnte das nicht bis nach der Wahl warten? War sie so fest von Aubreys Erfolg überzeugt, oder wäre es nach der Wahl zu spät?

Es fiel ihr leichter, daran zu denken, als sich den Kopf über Jack und die Frage zu zerbrechen, warum Gladstone nach ihm geschickt hatte.

Sie setzte sich wieder und schlug das Buch erneut auf. Obwohl sie die Seite zweimal las, wusste sie nicht, worum es in dem Text ging.

Sie hatte mindestens zwei Dutzend Mal auf die Uhr gesehen, als sie endlich die Haustür und danach Jacks vertraute Schritte im Vestibül hörte. Sie nahm das Buch wieder zur Hand, damit er sehen konnte, wie sie es bei seinem Eintreten beiseite legte. Sie lächelte ihm zu.

»Soll dir Morton etwas holen?«, erkundigte sie sich, die Hand schon zum Glockenzug ausgestreckt. »Wie war eure Besprechung?«

Er zögerte kurz, dann lächelte er. »Danke, dass du auf mich gewartet hast.«

Sie schloss die Augen und öffnete sie wieder. Sie spürte, wie ihr die Röte warm in die Wangen stieg.

Sein Lächeln wurde breiter. Es war genau die bezaubernde Mischung aus Fröhlichkeit und leichter Verärgerung, die sie von Anfang an so an ihm geschätzt hatte. Sogar schon zu einer Zeit, als sie ihn noch für oberflächlich und höchstens unterhaltsam hielt.

»Ich habe nicht auf dich gewartet!«, gab sie zurück, bemüht, sein Lächeln keinesfalls zu erwidern, doch merkte sie, dass ihre Augen sie verrieten. »Ich will nur hören, was Mister Gladstone zu sagen hatte. Ich interessiere mich lebhaft für Politik.«

»Dann muss ich es dir wohl sagen«, erwiderte er mit großzügiger Gebärde. Er machte auf dem Absatz kehrt und ging zur Tür zurück. Dann änderte sich seine Körperhaltung mit einem Mal. Zwar hielt er sich nicht gerade gebeugt, aber er senkte eine Schulter ein wenig nach vorn, als stütze er sich leicht auf einen Stock. Er sah sie mit zwinkernden Augen an. »Der Große Alte Mann war mir gegenüber äußerst freundlich«, sagte er beiläufig. »›Mister Radley, nicht wahr?‹ Dabei wusste er das ganz genau. Schließlich hatte er nach mir geschickt. Wer sonst hätte wohl kommen sollen?« Wieder zwinkerte er und hielt die Hand hinter das Ohr, als lausche er sorgfältig auf die Antwort und müsse sich bemühen, dass ihm kein Wort entging. »›Ich werde Ihnen gern in jeder mir möglichen Weise behilflich sein, Mister Radley. Ihre erfolgreichen Bemühungen sind nicht unbemerkt geblieben.‹« Unwillkürlich trat ein Stolz in seine Stimme, der im Widerspruch zu der gespielten Altersschwäche stand.

»Weiter!«, drängte Emily. »Was hast du gesagt?«

»Natürlich habe ich ihm gedankt!«

»Aber hast du angenommen? Sag bloß nicht, dass du es nicht getan hast!«

Seine Augen überschatteten sich flüchtig. »Natürlich habe ich angenommen! Selbst wenn er mir nicht wirklich hilft, wäre es ungehörig abzulehnen. Außerdem wäre es dumm von mir, ihm nicht den Eindruck zu vermitteln, als hätte er mir geholfen.«

»Jack! Was hat er vor?«, fragte sie. »Du wirst doch nicht zulassen …«

Er unterbrach sie, indem er erneut Gladstone nachahmte. Er strich sich die einwandfrei sitzende Hemdbrust glatt, zupfte sich den schmalen Querbinder zurecht, setzte sich einen imaginären Zwicker auf die Nase und sah sie unverwandt an. Dann hob er die rechte Hand zu einer Faust geballt, die nicht ganz geschlossen war, als hinderten ihn die von der Arthritis geschwollenen Knöchel daran. »›Wir müssen siegen!‹«, sagte er mit Nachdruck. »In den sechzig Jahren, seit ich ein öffentliches Amt bekleide, war das nie nötiger als jetzt.« Er hüstelte, räusperte sich und fuhr noch hochtrabender fort: »Wir wollen mit dem guten Werk fortfahren, das wir bereits getan haben, und unsere Zuversicht nicht auf den Adel und die Junker setzen ...« Er hielt inne. »Du musst jetzt jubeln!«, sagte er zu Emily. »Wie kann ich weiterreden, wenn du deine Rolle nicht ordentlich spielst? Du bist eine öffentliche Versammlung, also benimm dich auch wie eine!«

»Ich dachte, du wärest allein bei ihm gewesen«, sagte sie rasch. Sie war enttäuscht, doch bemühte sie sich, es vor ihm zu verbergen. Warum hatte sie sich so viel erhofft? Es erstaunte sie selbst zu sehen, wie wichtig ihr die Sache letzten Endes war.

»Das war ich auch«, bekräftigte er, rückte den imaginären Zwicker erneut zurecht und sah zu ihr hin. »Jeder, mit dem Mister Gladstone spricht, ist eine öffentliche Versammlung. Du bist einfach eine, die aus einer Person besteht.«

»Jack!«, sagte sie leise kichernd.

»Und auch nicht auf Grundbesitz und Vermögensurkunden!«, fügte er hinzu, zog die Schultern zurück und zuckte dabei zusammen, als peinigten ihn seine schmerzenden Gelenke. »Ich gehe sogar noch weiter und sage, wir wollen sie auch nicht auf die Menschen als solche setzen, sondern auf den Allmächtigen Gott, der ein gerechter Gott ist und verlangt, dass wir unser Leben nach den Grundsätzen von Recht, Gleichheit und Freiheit ausrichten und sie unser Leben bestimmen lassen.« Er runzelte die Brauen. »Und das bedeutet natürlich, dass Ihm in erster Linie die Selbstbestimmung Irlands am Herzen liegt. Wenn wir sie dem Lande nicht sofort gewähren, werden uns die sieben tödlichen Plagen der Tories heimsuchen – oder sind es die des Sozialismus?«

Unwillkürlich musste sie lachen. Die Besorgnis fiel von ihr ab wie ein plötzlich überflüssiger Mantel. »Das hat er doch bestimmt nicht gesagt!«

Er grinste sie an. »Na ja, nicht Wort für Wort. Aber in der Vergangenheit hat er das durchaus schon gesagt. Heute hat er mir klargemacht, dass wir die Wahl gewinnen müssen, weil es auf unabsehbare Zeiten zu Blutvergießen käme, wenn wir Irland nicht kraft Gesetz die Selbstbestimmung gewähren. Außerdem streben wir eine angemessene Dauer der Wochenarbeitszeit für alle Berufe an und wollen um jeden Preis eine Verwirklichung der Pläne Lord Salisburys verhindern, der eine engere Bindung an die Kurie von Rom anstrebt ...«

»Die Kurie von Rom?«, fragte sie verwirrt.

»Den Papst«, erklärte er. »Mister Gladstone ist ein überzeugter Anhänger der Presbyterianischen Kirche Schottlands, auch wenn die ihn immer mehr im Abseits stehen lässt.«

Sie hatte sich Gladstone immer als Muster an Religiosität und Rechtschaffenheit vorgestellt. Er war für seinen Bekehrungseifer bekannt und hatte in jüngeren Jahren sogar Prostituierte von den Straßen zu holen versucht, von denen seine Frau viele mit Lebensmitteln und auf andere Weise unterstützt hatte. »Ich dachte immer ...«, begann sie, setzte ihren Satz aber nicht fort. Die Gründe waren unerheblich. »Und er gewinnt die Wahl, nicht wahr?«

»Ja«, sagte er und nahm wieder seine gewohnte Körperhaltung ein. »Bisweilen lachen die Menschen über ihn, und seine politischen Gegner reiten ständig auf seinem hohen Alter herum ...«

»Wie alt ist er eigentlich?«

»Dreiundachtzig. Aber er besitzt noch genug Leidenschaft und Energie, um seinen Wahlkampf im ganzen Land zu führen. Außerdem ist er der beste Versammlungsredner, den wir je hatten. Ich habe ihn vor einigen Tagen gehört – die Massen haben ihm förmlich zugejubelt. Manche Väter hatten ihre kleinen Kinder mitgebracht. Die hatten sie sich auf die Schultern gesetzt, damit sie eines Tages sagen können, sie hätten Gladstone gesehen.« Unwillkürlich hob er die Hand an die Augen. »Natürlich gibt es auch Menschen, die ihn nicht ausstehen können. In Chester hat eine Frau ein Stück Pfefferkuchen nach ihm geworfen. Es war so hart, dass es ihn tatsächlich verletzt hat. Nur gut, dass sie nicht meine Köchin ist! Zu allem Überfluss hat sie das bessere seiner beiden Augen getroffen. Doch all das kann ihn nicht hindern weiterzumachen. Im Augenblick plant er, nach Schottland zu fahren, wo er nicht nur um seinen eigenen Unterhaussitz kämpfen, sondern auch möglichst vielen anderen helfen will.« Eine zögernde Bewunderung lag in seiner Stimme. »Aber was die Arbeitswoche betrifft, ist er zu keinem Kompromiss bereit, und die Selbstbestimmung für Irland geht ihm über alles.«

»Besteht denn eine Aussicht, dass er damit durchkommt?«

Er schnaubte. »Nein.«

»Du hast dich aber doch nicht mit ihm angelegt, Jack, oder?«

Er wandte den Blick ab. »Nein. Allerdings wird uns die Sache einen hohen Preis kosten. Jeder einzelne Kandidat will diese Wahl gewinnen, aber keine der beiden Parteien. Die Belastungen sind einfach zu groß und die Aufgaben nicht zu bewältigen.«

Einen Augenblick lang wusste sie nicht, was sie denken sollte. »Willst du damit sagen, dass sie lieber in der Opposition wären?«

Er zuckte die Achseln. »Diese Regierungsperiode wird nicht von langer Dauer sein. Alle sind schon auf die nächste Unterhauswahl eingestellt, zu der es ziemlich bald kommen könnte ... vielleicht schon im Laufe der nächsten zwölf Monate.«

Sie merkte am Klang seiner Stimme, dass er ihr etwas verschwieg.

Er wandte sich ab und starrte auf das Gemälde über dem Kamin, als ob er durch das Bild hindurchsähe. »Heute Abend hat mich jemand aufgefordert, dem Inneren Kreis beizutreten.«

Sie erstarrte. Eiskalt durchfuhr sie die Erinnerung an Vespasias Worte, an das, was Pitt mit dieser unsichtbaren geheimen Kraft erlebt hatte, einer Macht, die niemandem Rechenschaft schuldete, weil niemand wusste, wer sich dahinter verbarg. Diese Leute hatten dafür gesorgt, dass Pitt seine Anstellung in der Bow Street verlor, und ihn geradezu als Flüchtling in die Gassen von Whitechapel getrieben. Nachdem er sie in einem verzweifelten Kampf besiegt hatte, der einen hohen Blutzoll gefordert hatte, waren sie erst recht seine unversöhnlichen Feinde geworden.

»Das kannst du nicht tun!«, sagte sie. In ihrer Stimme lag Angst.

»Ich weiß«, sagte er und kehrte ihr nach wie vor den Rücken zu. Das Licht der Lampe beleuchtete den schwarzen Stoff seines Jacketts und zeigte, wie er sich an den Schultern spannte. Warum sah er sie nicht an? Warum schob er die Sache nicht ebenso zornerfüllt beiseite, wie sie es tat? Sie rührte sich nicht, und die Stille im Raum lastete auf beiden.

»Jack?« Sie flüsterte es beinahe.

»Natürlich.« Er wandte sich langsam um und zwang sich zu lächeln. »Das kostet alles einen ziemlich hohen Preis, nicht wahr? Die Macht, Nützliches zu tun, wirkliche Veränderungen herbeizuführen, die Freundschaft von Menschen, an denen einem liegt, und die Selbstachtung. Wer nicht das Ohr der wirklich Einflussreichen besitzt, kann sein Leben lang an den Rändern der Politik herumspielen, ohne zu merken, dass er keinerlei tatsächliche Veränderungen herbeigeführt hat, weil er nicht an der Macht teilhatte, die stets in anderen Händen lag …«

»Und zwar in denen von Namenlosen«, sagte sie ruhig. »Dahinter stehen Männer, die nicht das sind, wofür man sie hält, deren Gründe man weder kennt noch versteht. Unter Umständen verbergen sie sich hinter unschuldigen Gesichtern, und möglicherweise hält man sie sogar für seine Freunde.« Sie stand auf. »Du kannst nicht mit dem Teufel schachern!«

»Ich bin nicht einmal sicher, ob man auf dem Gebiet der Politik überhaupt mit jemandem handeln kann«, sagte er mit kläglichem Ausdruck, legte ihr eine Hand auf die Schulter und ließ sie leicht ihren Arm hinabgleiten. Sie spürte die Wärme seiner Finger durch die Seide ihres Kleides. »Ich denke, in der Politik geht es um die richtige Einschätzung dessen, was möglich ist und was nicht, sowie um die Fähigkeit, möglichst weit vorauszusehen, wohin der Weg einen führt.«

»Nun, am Ende ist der Weg, den der Innere Kreis vorzeichnet, stets die Aufgabe des Rechts, für sich selbst zu handeln«, sagte sie.

»Politische Macht hat nichts damit zu tun, dass man für sich selbst handelt.« Bei diesen Worten küsste er sie zärtlich. Sie erstarrte einen Augenblick, löste sich dann von ihm und sah ihn aufmerksam an. »Es geht darum, etwas Gutes zu bewirken, weil man die Lebensumstände der Menschen, die einem vertrauen und einen gewählt haben, verbessern kann«, fuhr er fort. »Ehrgefühl bedeutet, seine Versprechen zu halten und für die Menschen tätig zu werden, die nicht die Macht haben, das für sich selbst zu tun ... Es geht nicht darum, sich in Positur zu werfen, sich wohlzufühlen oder den Launen seines Gewissens zu folgen.«

Sie senkte den Blick. Sie wusste nicht, was sie sagen sollte. Nicht einmal sich selbst gegenüber hätte sie ihre Gefühle in Worte fassen und einen Mittelweg zwischen dem Gefühl der Hilflosigkeit auf der einen Seite und der Notwendigkeit des Kompromisses auf der anderen formulieren können. Niemand bekam etwas, ohne einen Preis dafür zu zahlen. Wie hoch durfte der sein – und wie hoch musste er sein?

»Emily«, sagte er mit leicht beunruhigtem Klang in der Stimme. Das Lachen, das er anschlug, verdeckte seine wahren Empfindungen. »Ich habe abgelehnt!«

»Ich weiß«, sagte sie. Innerlich überlief sie ein Schauer, weil sie nicht sicher war, ob er beim nächsten Mal wieder ablehnen würde, wenn man ihn stärker bedrängte, ihm die Vorzüge in leuchtenderen Farben schilderte, einen lockenderen Gewinn in Aussicht stellte. Sie schämte sich, dass sie diese Befürchtungen hegte. Bei Pitt hätte sie diese Besorgnis nicht gehabt. Aber Pitt hatte bereits die Macht dieser Menschen zu spüren bekommen und Wunden davongetragen.

Kapitel 7

Charlotte und Gracie arbeiteten gemeinsam in der Küche. Erst hatte Gracie den Steinfußboden geschrubbt, jetzt putzte sie den großen Herd, während Charlotte Brotteig knetete, und in der kühlen Spülküche stand das Butterfass auf der Marmorarbeitsfläche eines Tisches bereit. Das Sonnenlicht fiel durch die offene Tür herein, und die vom Heideland herüberwehende leichte Brise brachte den Geruch von saftigen Gräsern und allerlei Kräutern mit sich. Die Kinder turnten im Apfelbaum herum und lachten von Zeit zu Zeit fröhlich auf.

»Wenn sich der Junge die Hose beim Runterrutschen von dem Baum noch mal zerreißt, weiß ich wirklich nich, was Sie seiner Mutter sagen woll'n!«, klagte Gracie verzweifelt. Sie sprach über Edward, der sich so königlich amüsierte, dass er kein heiles Kleidungsstück mehr besaß. Jeden Abend hatte sich Charlotte bemüht, die Schäden auszubessern, und sogar eine Hose Daniels geopfert, um aus deren Stoff Flicken für die Kleidung der beiden herzustellen. Auch Jemima beteiligte sich an ihren wilden Spielen. Sie hatte im Brustton der Überzeugung erklärt, kein natürliches oder moralisches Gesetz verbiete es Mädchen, ebenso viel Freude am Leben zu haben wie Jungen. Der Behinderung durch ihre langen Röcke entzog sie sich einfach dadurch, dass sie sie hochhob, während sie über steinerne Mauern und andere Einfriedigungen kletterte.

Zum Essen gab es neben Brot, Käse und frischer Wurst vom Dorfmetzger Obst. Sie stopften sich mit so vielen Himbeeren, wilden Erdbeeren und Pflaumen voll, bis ihnen davon fast schlecht wurde. Es war ein Leben, dem zur Vollkommenheit nur Pitt fehlte.

Charlotte sah ein, dass er nicht bei ihnen sein konnte, auch wenn ihr die Gründe dafür im Einzelnen nicht klar waren. Obwohl sie sicher war, dass Voisey nicht wusste, wo sie sich aufhielten, lauschte sie beständig, um sich zu vergewissern, dass sie die Kinder hören konnte. Außerdem ging sie etwa alle zehn Minuten an die Tür und hielt Ausschau nach ihnen.

Zwar äußerte sich Gracie mit keiner Silbe über die Situation, doch hörte Charlotte, wie sie nachts alle Fenster und Türen darauf kontrollierte, ob sie sicher verschlossen waren, obwohl Charlotte selbst dafür sorgte. Auch wenn sie Tellmans Namen nie in den Mund nahm, vermutete Charlotte, dass sie an ihn dachte. Immerhin waren die beiden einander bei der Arbeit an dem Fall um die Verschwörung von Whitechapel näher gekommen. In gewisser Weise war Gracies Schweigen beredter als Worte. Ob sie für ihn mehr empfand als Freundschaft?

Charlotte füllte den Brotteig in Formen, damit er aufgehen konnte, dann wusch sie sich im Garten die Hände unter der Pumpe. Dabei hob sie den Blick zum Apfelbaum und sah Daniel auf dem höchsten Ast, der noch stark genug war, sein Gewicht zu tragen, während sich Jemima an den unmittelbar darunter befindlichen klammerte. Sie wartete einen Augenblick auf das Blätterrascheln, das ihr anzeigen würde, wo sich Edward befand. Es kam nicht.

»Edward!«, rief sie. Noch vor wenigen Minuten war er dort gewesen. »Edward!«

Schweigen. Daniel sah zu ihr herüber.

»Edward!«, rief sie erneut und lief auf den Baum zu.

Stück für Stück hangelte sich Daniel bis zu einer Astgabel herunter und sprang dann zu Boden. Jemima brauchte sehr viel länger, denn nicht nur die Röcke behinderten sie, sondern auch ihre mangelnde Erfahrung beim Klettern.

»Wir können von da oben über die Gartenmauer sehen«, sagte Daniel. »Da hinten gibt es viele wilde Erdbeeren.« Er wies lächelnd in die Richtung.

»Und ist er da?«, wollte Charlotte wissen. Ihre Stimme klang hoch und schrill. Sie merkte selbst, dass es lächerlich wirkte, aber sie konnte nichts daran ändern. Er war einfach hinübergelaufen, um Erdbeeren zu pflücken, wie das jedes andere Kind auch getan hätte. Es gab nicht den geringsten Grund zur Sorge und schon gar nicht zur Panik. Es war nicht gut, wenn die Vorstellungskraft über die Vernunft siegte.

»Ist er da?«, wiederholte sie kaum ruhiger.

»Ich weiß nicht.« Daniel sah besorgt zu ihr. »Soll ich noch mal raufklettern und nachsehen?«

»Ja, tu das. Bitte.«

Jemima landete im Gras und richtete sich auf. Verärgert betrachtete sie einen kleinen Riss in ihrem Kleid. Sie sah, dass Charlotte sie musterte, und zuckte die Achseln. »Röcke sind manchmal blöd!«, sagte sie empört.

Flink erstieg Daniel den Baum erneut. Inzwischen kannte er den Weg genau. »Nein!«, rief er von oben. »Ich kann ihn nicht sehen! Sicher hat er 'ne andere Stelle entdeckt, die vielleicht noch besser ist.«

Charlotte merkte, wie ihr Herz rascher schlug und ihr das Blut in den Ohren dröhnte. Alles um sie herum verschwamm ihr vor den Augen. Und wenn sich nun Voisey damit an Pitt rächte, dass er Emilys Kind entführt hatte? Vielleicht wusste er gar nicht, um wen es sich bei dem Jungen handelte, und hielt ihn für Pitts Sohn. Was konnte sie nur tun?

»Gracie!«, rief sie. »Gracie!«

»Was is?« Gracie stieß die Hintertür auf und kam herbeigerannt. Ihre Augen waren vor Furcht geweitet. »Was is passiert?«

Charlotte schluckte und bemühte sich um Fassung. Auf keinen Fall durfte sie in Panik geraten und damit Gracie Angst machen. Das wäre töricht und ungerecht. Aber sie konnte nichts dagegen tun. »Edward ist fort … Er war da drüben, Erdbeeren pflücken«, stieß sie hervor. »Aber da ist er nicht mehr.« Ihre Gedanken jagten sich, während sie nach einer Begründung für ihr Entsetzen suchte, das Gracie sicherlich nicht verborgen blieb. »Ich habe Angst wegen der Sumpflöcher da draußen. Sogar wilde Tiere verirren sich mitunter dort hinein. Ich …«

Gracie zögerte nicht lange. »Bleiben Sie mit den beiden hier!« Sie wies auf Daniel und Jemima. »Ich seh nach ihm.«

Ohne auf eine Antwort zu warten, hob sie die Röcke und eilte verblüffend flink durch das Gras und zum Tor hinaus, das noch eine Weile in den Angeln hin und her schwang.

Jetzt näherte sich Daniel. Sein Gesicht war bleich. »In ein Sumpfloch würde er bestimmt nicht fallen, Mama. Du hast uns doch gezeigt, wie auffällig die sind, so leuchtend und grün. Das weiß er doch!«

»Nein, natürlich nicht«, gab sie ihm Recht und spähte über das Gartentor hinweg. Sie durfte Gracie nicht allein nach Edward suchen lassen. Auf keinen Fall durften sie sich trennen! Sollte sie ihr mit den beiden folgen, oder waren sie an Ort und Stelle sicherer? Sie nahm Daniel an der Hand und eilte so ungestüm auf das Tor zu, dass sie ihn fast umgerissen hätte. »Jemima! Komm. Wir suchen alle miteinander nach Edward. Aber haltet euch beisammen! Wir dürfen einander auf keinen Fall verlieren.«

Sie hatten auf dem Weg etwa hundert Schritte zurückgelegt, indes sie die kleine Gestalt Gracies weitere hundert Schritt vor sich dahineilen sahen, als hinter ihnen ein Einspänner über die Hügelkuppe kam. Charlotte war so erleichtert, Edward neben dem Mann auf dem Bock sitzen zu sehen, dass ihr die Tränen in die Augen traten. Der Junge wirkte quietschvergnügt.

Sie war wütend auf ihn wegen der Angst, die sie um ihn ausgestanden hatte, und am liebsten hätte sie ihn so lange übers Knie gelegt, bis er nicht mehr sitzen konnte und im Stehen essen musste. Das aber wäre ungerecht gewesen; er hatte es nicht böse gemeint. Sie sah, wie fröhlich er war, und unterdrückte ihre Empfindungen. Sie rief Gracie und ging zu dem Kutscher, der bei ihrem Anblick angehalten hatte.

Gracie kam zurück. Als sie Charlotte ansah, zwinkerte sie heftig, um zu verbergen, wie erleichtert auch sie war. In diesem Augenblick begriff Charlotte, wie sehr sie beide ihre Befürchtungen voreinander verborgen, sich gegenseitig zu schützen versucht und so getan hatten, als gebe es keine Gefahr. Sie war der jungen Frau, mit der sie rein äußerlich so wenig und in Wirklichkeit so viel gemeinsam hatte, dankbar und merkte, eine wie tiefe Zuneigung sie zu ihr empfand.

In Pitts Haus in der Keppel Street sah es aus wie immer. Alles war an seinem Fleck. Im Wohnzimmer standen sogar Blumen in der Vase auf dem Kaminsims, und durch die Fenster fiel das Sonnenlicht des frühen Morgens auf die Küchenbank und wärmte den Fußboden. Leise schnurrend lagen die beiden Kater Archie und Angus zusammengerollt im Wäschekorb. Trotz dieses friedlichen Bildes war nichts wie sonst, und die Leere, die Pitt empfand, ließ das Ganze mehr wie ein Genrebild als wie eine Szene aus der Wirklichkeit aussehen. Der Wasserkessel auf dem Herd begann zu singen, doch verstärkte dies die Stille im Hause nur. Man hörte weder Schritte auf der Treppe noch Gracie in der Speisekammer oder Spülküche hantieren. Niemand fragte laut, wo ein Schuh oder eine Socke sein konnte oder ein verlegtes Schulbuch. Es gab keine Antwort von Charlotte, keine Mahnung, dass es Zeit sei, in die Schule zu gehen. Das Ticken der Küchenuhr hallte laut im Raum.

Dennoch war Pitt zufrieden in dem Bewusstsein, dass sie nicht in London waren, sondern sich in Devon in Sicherheit befanden. Immer wieder hatte er sich seine Überzeugung vorgesagt, dass niemand im Inneren Kreis auf den Gedanken kommen würde, sich damit an ihm zu rächen, dass er auf Voiseys Befehl hin seinen Angehörigen etwas antat. Auf keinen Fall würde Voisey jemanden beauftragen, dem er nicht traute, und das Risiko selbst auf sich zu nehmen konnte er sich nicht leisten. Durch die Art und Weise, wie Pitt die Vorfälle in Whitechapel umgemünzt hatte, war Voisey als jemand gebrandmarkt, der nicht nur Verbündete und Freunde verriet, sondern auch die Sache, für die er angeblich eintrat. Eigentlich hätte das im Inneren Kreis für Unfrieden sorgen müssen, doch gab es für Pitt keine Möglichkeit festzustellen, ob es sich so verhielt.

Er konnte den hasserfüllten Blick nicht vergessen, den ihm Voisey zugeworfen hatte, als er im Buckingham-Palast kurz nach seiner Erhebung in den Adelsstand an ihm vorübergekommen war. Diese Auszeichnung durch Königin Viktoria hatten er und Vespasia mittels des von Mario Corena gebrachten Opfers eingefädelt. Damit war Voiseys Ehrgeiz, Präsident einer

Republik Großbritannien zu werden, auf alle Zeiten ein Riegel vorgeschoben.

Den gleichen Hass hatte er in den Augen des Mannes erneut aufflammen sehen, als er ihm im Unterhaus begegnet war. Leidenschaften wie diese erstarben nicht. Pitt konnte nur deshalb relativ gelassen an seinem Küchentisch sitzen, weil er wusste, dass sich seine Familie weit fort an einem dem Feind unbekannten Ort in Sicherheit befand. Wie sehr auch immer ihm ihre Gegenwart fehlen mochte, seine Einsamkeit war ein geringer Preis für diese Gewissheit.

Stand der Mord an Maude Lamont im Zusammenhang mit Voiseys Bestreben, einen Sitz im Unterhaus zu erobern? Es gab mindestens zwei mögliche Verbindungslinien: zum einen hatte Rose Serracold zu denen gehört, die am fraglichen Abend bei der Séance anwesend waren, und zum anderen hatte Roland Kingsley, der ebenfalls zu den Besuchern zählte, in den Zeitungen heftige Anwürfe gegen Aubrey Serracold erhoben. Nichts in den von Kingsley früher geäußerten politischen Ansichten ließ vermuten, dass er sich zu einer solchen Haltung veranlasst sehen konnte.

Andererseits förderten Wahlen nun einmal extreme Ansichten zutage. Bei einer drohenden Niederlage kamen oft hässliche Seiten im Charakter eines Menschen zum Vorschein, so wie manche ihren Sieg überraschend aufdringlich herausstrichen, von denen man eigentlich eine großzügige Haltung gegenüber dem Unterlegenen erwartet hätte.

Oder führte die Verbindungslinie zu dem Mann, der seinen Namen hinter einer Kartusche verbarg und möglicherweise ein weit persönlicheres Verhältnis zu dem Medium gehabt hatte? Gab es in dem Fall überhaupt eine Beziehung zu Voisey, oder steckte hinter dieser Mutmaßung lediglich ein Versuch Narraways, dem Mann mit allen verfügbaren Mitteln den Weg an die Macht zu versperren?

Wäre es Cornwallis und nicht Narraway gewesen, hätte Pitt gewusst, dass jeder Schachzug, den dieser unternahm, zwar klug war, aber auch den Regeln entsprach. Cornwallis war durch die harte Schule des Meeres gegangen, ein Mann, der bis zum Schluss kämpfte und dem Gegner dabei ins Auge sah.

Pitt kannte weder Narraways Überzeugungen noch seine Motive und wusste nicht, welche Erfahrungen, Siege und Niederlagen seinen Charakter geformt hatten. Ihm war nicht einmal bekannt, ob Narraway so weit gehen würde, den ihm unterstellten Männern Lügen aufzutischen, um zu erreichen, dass sie taten, was nötig war, damit er seine Ziele erreichte. Pitt tastete sich Schritt für Schritt im Dunklen voran. Um nicht für Ziele missbraucht zu werden, von denen er nicht überzeugt war, musste er zu seiner eigenen Sicherheit sehr viel mehr über Narraway in Erfahrung bringen.

Im Augenblick aber ging es darum festzustellen, warum Roland Kingsley gegen Serracold so ausfallend geworden war. Die Haltung, die er dabei vertreten hatte, entsprach in keiner Weise den Ansichten, die im Gespräch mit Pitt deutlich geworden waren. Hatte ihn die Spiritistin mit der Drohung unter Druck gesetzt, sie werde etwas enthüllen, was ihr bei seinen Fragen an die Toten bekannt geworden war?

Was konnte einen erfolgreichen, praktisch veranlagten Mann – und das schien Kingsley zu sein – überhaupt dazu bringen, ein Medium aufzusuchen? Viele Menschen verloren ihre Söhne und Töchter – gewiss ein trauriges Schicksal, aber die meisten fanden Trost in der Liebe, die sie in der Vergangenheit aneinander gebunden hatte, und in einem festen Glauben an welche Art von Religion auch immer, die ihnen die Überzeugung vermittelte, die göttliche Kraft werde sie eines Tages wieder vereinigen. Sie führten ihr Leben weiter, so gut sie konnten, arbeiteten, wurden von der Liebe anderer getragen, suchten möglicherweise Zuflucht in der Musik, der Literatur, der Einsamkeit der Natur oder widmeten sich der Fürsorge für Menschen, denen es weniger gut ging als ihnen. Auf keinen Fall aber gaben sie sich mit Ektoplasma oder mit Buchstaben- und Zahlentafeln ab, wie sie bei spiritistischen Sitzungen Verwendung fanden.

Was im Zusammenhang mit dem Tod seines Sohnes hatte Kingsley so weit getrieben? Sofern Erpressung im Spiel war – ging sie von Maude Lamont aus, oder hatte das Medium lediglich Angaben an eine andere Person weitergeleitet, an jemanden, der noch lebte und die Möglichkeit hatte, sich diese weiterhin zunutze zu machen?

Konnte dieser Jemand ein Mitglied des Inneren Kreises sein – womöglich Charles Voisey selbst?

Das hätte Narraway am liebsten gesehen, und zwar unabhängig davon, ob es der Wahrheit entsprach oder nicht. Möglicherweise stellte Pitt sich Voisey in einer Rolle vor, die er gar nicht spielte. Auch Furcht konnte ein Teil seiner Rache sein, unter Umständen sogar ein quälenderer als ein Pitt tatsächlich zugefügter Schlag.

Er stand auf und verließ das Haus. Das Geschirr ließ er auf dem Tisch stehen. Mrs. Brody würde es forträumen. Er ging ein ganzes Stück zu Fuß, bis er ins Schwitzen kam. Erst an der Tottenham Court Road winkte er eine Droschke herbei.

Den Vormittag verbrachte er damit, die Personalakte durchzuarbeiten, die beim Militär über Roland Kingsley geführt worden war. Zweifellos hätte Narraway das ebenfalls getan, wenn ihm nicht die Fakten ohnehin schon bekannt waren, doch wollte sich Pitt selbst mit ihnen vertraut machen – immerhin bestand die Möglichkeit, dass er die Angaben anders auslegte als sein Vorgesetzter.

Es gab nur wenige zusätzliche Kommentare. Den Unterlagen zufolge war Roland James Walford Kingsley mit achtzehn Jahren ins Heer eingetreten, in dem bereits sein Vater und Großvater gedient hatten. Seine Laufbahn umfasste über vierzig Jahre und reichte von der Grundausbildung und seinem ersten Auslandskommando in den Sikh-Kriegen Ende der vierziger Jahre über den Schrecken des Krimkriegs Mitte der fünfziger, in dessen Verlauf er mehrfach im Tagesbefehl lobend erwähnt worden war, bis hin zum unmittelbar darauf folgenden Blutbad des Aufstandes in Indien.

Mitte der siebziger Jahre hatte er in Afrika am Feldzug gegen die Ashanti und am Ende des Jahrzehnts an den Kämpfen gegen die Zulu teilgenommen und war wegen herausragender Tapferkeit ausgezeichnet worden.

Als er danach schwer verwundet nach England zurückkehrte, war er allem Anschein nach auch seelisch ziemlich gebrochen. Er hatte das Land nie wieder verlassen, wohl aber weiterhin pflichtgemäß seinen Dienst versehen, bis er im Jahre 1890 mit sechzig Jahren seinen Abschied eingereicht hatte.

Als Nächstes nahm sich Pitt die Akte von Kingsleys Sohn vor. Dieser war in den Zulu-Kriegen am 3. Juli 1879 beim fehlgeschlagenen Versuch, den weißen Mfolozi zu überqueren, ums Leben gekommen. In dem Gefecht hatte sich Lord William Beresford das Viktoria-Kreuz verdient, die höchste Auszeichnung für Tapferkeit vor dem Feind. Als Opfer eines von den Zulu äußerst raffiniert gelegten Hinterhalts waren zwei weitere Männer getötet und mehrere verwundet worden. Bei Isandlwana hatten sich die Zulu als nicht nur mutige, sondern auch militärisch äußerst fähige Krieger erwiesen, und bei Rorke's Drift hatten sich die Briten genötigt gesehen, ihre gesamte Disziplin und Tapferkeit aufzubieten. Dies in die Geschichte eingegangene Gefecht bot der Vorstellungskraft von Jungen wie Männern reichlich Nahrung. Immerhin hatten lediglich acht Offiziere mit hunderteinunddreißig Mann, von denen fünfunddreißig gesundheitlich angeschlagen waren, der Belagerung durch nahezu viertausend Zulu-Krieger widerstanden. Dabei waren siebzehn Briten ums Leben gekommen und elf Männer mit dem Viktoria-Kreuz ausgezeichnet worden.

Pitt schloss die Akte. Die dürren Worte der Berichte unternahmen gar nicht erst den Versuch, die heiße, staubige Landschaft auf einem fremden Kontinent oder die Männer – gute wie schlechte, feige wie tapfere – zu beschreiben, die dem Ruf gefolgt waren und dort unter diesen schwierigen Umständen gelebt oder ihr Leben in den Gefechten verloren hatten. Es war unerheblich, ob sie dem Ruf der Pflicht oder ihrer Abenteuerlust gefolgt waren, ob sie einer inneren Stimme oder einer äußeren Notwendigkeit gehorcht hatten.

Er dankte dem Verwalter und schritt die Stufen des Militärarchivs hinab in die helle Morgenluft. Am leicht bedeckten Himmel stand die Sonne. Während er über den Gehweg ausschritt, spürte er, wie sich in seiner Brust Stolz und Scham mit dem brennenden Verlangen mischten, all das zu bewahren, was in diesem Lande und diesem Volk, das er liebte, gut war. Die Männer, die sich bei Rorke's Drift dem Feind gestellt hatten, standen für etwas sehr viel Schlichteres und Geradlinigeres als die Geheimnistuerei des Inneren Kreises und der politische Verrat, den manche begingen, um ihren Ehrgeiz zu befriedigen.

Er nahm eine Droschke zu Narraways Büro. Während er dort auf seinen Vorgesetzten warten musste, schritt er auf und ab, wobei sich sein Zorn immer mehr steigerte.

Als Narraway schließlich fast eine Stunde später eintraf, sah er belustigt, dass ihn Pitt wütend anblitzte. Er schloss die Tür. »Ihrem Ausdruck entnehme ich, dass Sie etwas Interessantes gefunden haben.« Es klang wie eine Frage. »Setzen Sie sich doch um Gottes willen, und erstatten Sie ordnungsgemäß Bericht. Ist Rose Serracold in irgendeiner Weise schuldig?«

»Sie kann sich nicht beherrschen«, sagte Pitt und befolgte die Anweisung. »Sonst nichts, soweit ich weiß, aber ich bin mit meiner Suche noch nicht am Ende.«

»Gut«, sagte Narraway knapp. »Dafür bezahlt Ihre Majestät Sie.«

»Ich vermute, dass es Ihrer Majestät ebenso geht wie dem lieben Gott – sie wäre über so manches entsetzt, was in ihrem Namen geschieht«, knurrte Pitt, »wenn sie davon wüsste!« Bevor ihm Narraway ins Wort fallen konnte, fuhr er fort: »Ich habe mich etwas näher mit Generalmajor Kingsley beschäftigt, weil ich wissen wollte, warum er Maude Lamont aufgesucht hat und warum seine Leserbriefe, in denen er Serracold so heruntermacht, derart offen den Ansichten widersprechen, die er im Gespräch vertritt.«

»Ach ja?« Narraway sah ihn scharf und unverwandt an. »Und was haben Sie gefunden?«

»Lediglich seine Personalakte beim Heer«, sagte Pitt vorsichtig. »Außerdem habe ich gesehen, dass sein Sohn bei einem Gefecht in Afrika in eben dem Zulu-Krieg ums Leben gekommen ist, in dem er sich ganz besonders hervorgetan hat. Es sieht so aus, als hätte er sich bis jetzt nicht von diesem Verlust erholt.«

»Es war sein einziger Sohn«, sagte Narraway. »Genauer gesagt, sein einziges Kind. Seine Frau ist ziemlich jung gestorben.«

Aufmerksam betrachtete Pitt Narraways Gesicht und versuchte, dessen Gefühle hinter den ausdruckslos vorgetragenen Fakten zu erkennen. Er fand nichts, worauf er sich mit Sicherheit hätte stützen können. Hatte Narraway so oft mit dem Tod und dem Kummer anderer Menschen zu tun, dass ihn dergleichen nicht mehr beeindruckte? Oder konnte er es sich nicht leisten, Empfindungen zu zeigen, für den Fall, dass sie sein Urteil beeinträchtigten, das er im Interesse aller fällen musste und nicht nur solcher Menschen, an denen ihm lag? So gründlich er in Narraways klugem, von vielen Linien durchzogenen Gesicht zu lesen versuchte, er erfuhr nichts. Er sah Leidenschaft darin, aber war das die Leidenschaft des Herzens oder lediglich die des kühlen Verstandes?

»Wie ist er ums Leben gekommen?«, wollte Pitt wissen.

Narraway hob die Brauen; offenbar überraschte es ihn, dass Pitt danach fragte. »Er gehörte zu den dreien, die bei dem Spähtrupp-Unternehmen am Fluss mit dem Namen weißer Mfolozi gefallen sind. Sie sind geradenwegs in einen gut getarnten Hinterhalt der Zulu gelaufen.«

»Das habe ich in den Unterlagen gesehen. Aber warum geht Kingsley der Sache mit Hilfe eines Mediums wie Maude Lamont nach?«, fuhr Pitt fort. »Und wieso jetzt? Die Sache am Mfolozi liegt dreizehn Jahre zurück.«

In Narraways Augen flammte Zorn auf, dann Qual. »Wenn Sie einen Angehörigen verloren hätten, Pitt, würden Sie wissen, dass der Kummer nicht einfach verschwindet. Die Menschen lernen zwar, damit zu leben und ihn meist zu verbergen, aber man weiß nie, was ihn wieder weckt, und mit einem Mal lässt er sich eine gewisse Zeit lang nicht beherrschen.« Er sprach nun sehr leise. »Ich habe das schon oft mit angesehen. Wer weiß, was in diesem Fall der Auslöser dafür war – vielleicht der Anblick eines jungen Mannes, dessen Gesicht ihn an seinen Sohn erinnert hat? Ein Mann, der im Unterschied zu ihm Enkel hat? Eine Melodie aus früheren Zeiten ... es kann alles Mögliche gewesen sein. Die Toten verschwinden nicht, sie verstummen lediglich für eine Weile.«

Pitt merkte, dass in dem Raum mit einem Mal eine sonderbar persönliche Atmosphäre herrschte. Diese Worte hatten nichts mit praktischen Alltagserwägungen zu tun; sie gingen auf die Leidenschaft des Augenblicks zurück. Aber der Schatten in Narraways Augen und seine fest zusammengepressten

Lippen zeigten Pitt, dass es nicht tunlich war, der Sache weiter nachzugehen.

Er tat so, als hätte er nichts gemerkt. »Besteht irgendeine Beziehung zwischen Kingsley und Charles Voisey?«, fragte er stattdessen.

Mit einem Mal weiteten sich Narraways dunkle Augen. »Großer Gott, Pitt, glauben Sie nicht, dass ich Ihnen das sagen würde, wenn ich es wüsste?«

»Vielleicht wollten Sie, dass ich es selbst herausbekomme ...«

Narraway ruckte vor, die Muskeln seines Körpers waren angespannt. »Für Spiele haben wir keine Zeit!«, stieß er zwischen den Zähnen hervor. »Ich kann es mir nicht leisten, mir auch nur den geringsten Gedanken darüber zu machen, was Sie von mir halten! Wenn Charles Voisey ins Unterhaus kommt, kann nichts ihn aufhalten, bis er die Macht in Händen hat, das höchste Amt im Lande zu korrumpieren. Er steht nach wie vor an der Spitze des Inneren Kreises.« Ein Schatten legte sich auf seine Züge. »Jedenfalls vermute ich das. Es gibt noch eine andere Macht, die dahinter steht, noch aber weiß ich nicht, um wen es sich dabei handelt.«

Er hob die Hand. Zwischen Zeigefinger und Daumen lagen gute zwei Zentimeter. »So wenig hat gefehlt, und er hätte gewonnen gehabt! Das war unser Werk, Pitt! Und das wird er uns nie vergessen. Aber zur Strecke gebracht haben wir ihn nicht. Er setzt neue Stellvertreter ein, und ich habe nicht die geringste Vorstellung, wer das sein könnte. Diese Krankheit frisst die Regierung des Landes von innen her auf, ganz gleich, welche Partei in Westminster sitzt. Ohne Macht können wir nichts ausrichten – und mit ihr auch nicht! Es ist ein Balanceakt. Gewinnen können wir nur dann, wenn wir immer einen Schritt voraus sind, unsere Taktik oft genug wechseln und jede kranke Stelle ausmerzen, sobald wir sie entdecken. Vor allem müssen wir der Vorstellung entgegenwirken, man könne praktisch alles tun, ohne dafür zur Rechenschaft gezogen zu werden, der Annahme gewisser Männer, sie seien unfehlbar und unerreichbar. Doch selbst dann haben wir immer nur bis zum nächsten Mal gewonnen. Gleich danach fängt das Spiel mit neuen Spielern wieder von vorn an.«

Mit einem Mal ließ er sich in seinen Sessel fallen. »Stellen Sie selbst fest, welche Beziehung zwischen Kingsley und Charles Voisey besteht und ob sie mit dem Tod dieser Frau zu tun hat oder nicht. Und seien Sie auf der Hut, Pitt! Für Cornwallis waren Sie Kriminalbeamter, jemand, der aufpasste und urteilte. Für mich sind Sie ein Spieler. Auch Sie werden gewinnen oder verlieren. Vergessen Sie das nie.«

»Und Sie?«, fragte Pitt mit leicht belegter Stimme.

Ein Lächeln legte sich auf Narraways Züge, doch seine Augen blieben so hart wie Kohle. »Ich habe die Absicht zu gewinnen!« Er sagte nicht, dass er eher sterben als loslassen würde – wie ein Kampfhund, dessen Kiefer die Beute auch im Tod festhalten. Das verstand sich von selbst.

Pitt erhob sich, murmelte einen Gruß und ging hinaus. In seinem Kopf wirbelten Fragen umher, die weder Kingsley noch Charles Voisey betrafen, sondern Narraway.

Er kehrte kurz nach Hause zurück und hörte auf dem Gartenweg am Ende der Keppel Street eine Stimme, die ihn rief. »Guten Tag, Mr. Pitt!«

Verblüfft wandte er sich um. Wieder war es der Postbote, der ihm lächelnd einen Brief hinhielt. »Guten Tag«, erwiderte er, mit einem Mal erregt, denn er hoffte, dass der Brief von Charlotte war.

»Von Ihrer Frau, nicht wahr?«, fragte der Postbote munter. »Ist sie irgendwo, wo es schön ist?«

Pitt sah auf den Brief, den er in der Hand hielt. Die Handschrift ähnelte der Charlottes, doch sie war es nicht, und abgestempelt war er in London. »Nein«, sagte er, unfähig, seine Enttäuschung zu verbergen.

»Sie ist ja erst seit einem oder zwei Tagen fort«, tröstete ihn der Mann. »Bei größeren Entfernungen dauert die Post etwas länger. Sagen Sie mir, wo sie ist, und ich kann Ihnen sagen, wie lange ein Brief von dort bis London braucht.«

Pitt holte Luft, um ›Dartmoor‹ zu sagen, doch beim Blick in das lächelnde Gesicht und die forschenden Augen des Mannes spürte er, wie Kälte in ihm aufstieg. Es kostete ihn so große Mühe, sich zur Ruhe zu zwingen, dass er einen Moment lang nicht antworten konnte.

Der Postbote wartete.

»Das ist sehr freundlich von Ihnen«, sagte Pitt und nannte den ersten Ortsnamen, der ihm einfiel. »Whitby.«

»Aha, in Yorkshire!« Der Mann schien außerordentlich zufrieden mit sich zu sein. »Von Nordost-England bis hierher braucht die Post in dieser Jahreszeit höchstens zwei Tage, vielleicht sogar nur einen. Sie werden sicher bald von ihr hören, Sir. Möglicherweise amüsieren die sich so, dass sie gar nicht zum Schreiben kommen. Guten Tag, Sir.«

»Guten Tag.« Pitt schluckte und merkte, dass seine Hand zitterte, als er den Umschlag aufriss. Der Brief war von seiner Schwägerin. Sie hatte ihn am Nachmittag des Vortages geschrieben.

Lieber Thomas,
mit Rose Serracold bin ich recht befreundet, und nachdem ich sie gestern besucht habe, glaube ich Dinge zu wissen, die für Dich von Bedeutung sein könnten.
Bitte melde Dich bei mir, sobald Du eine Möglichkeit dazu hast.
Emily

Er faltete das Blatt zusammen und steckte es in den Umschlag zurück. Zu dieser Stunde des Nachmittags unternahm oder empfing sie normalerweise Besuche, aber eine bessere Gelegenheit würde sich nicht bieten, und vielleicht war ihm von Nutzen, was sie zu sagen hatte. Er konnte es sich nicht leisten, sich die geringste Spur entgehen zu lassen.

Er machte auf dem Absatz kehrt und ging wieder in Richtung Tottenham Court Road. Eine halbe Stunde später saß er in Emilys Salon, und sie berichtete ihm nicht ohne Verlegenheit und Stocken von ihrem Zerwürfnis mit Rose Serracold. Sie erklärte, sie komme immer mehr zu der Überzeugung, eine übergroße Angst wovor auch immer habe die Freundin dazu getrieben, trotz der damit verbundenen Gefahr, sich öffentlich bloßzustellen, das Medium aufzusuchen. Im Übrigen habe sie Aubrey zwar nicht gerade hintergangen, aber doch auf jeden Fall unterlassen, ihm etwas davon zu sagen.

Sie fügte hinzu, Rose habe auf ihre Vorhaltungen hin einen solchen Wutausbruch bekommen, dass ihre Freundschaft darunter gelitten habe.

Als sie fertig war, sah sie ihn schuldbewusst an.

»Danke«, sagte er ruhig.

»Thomas …«, setzte sie an.

»Nein«, entgegnete er, bevor sie fortfahren konnte. »Ich weiß nicht, ob sie die Frau umgebracht hat oder nicht, aber auf keinen Fall kann ich Fünfe gerade sein lassen, ganz gleich, wer darunter leiden muss. Ich kann lediglich versprechen, dass ich niemanden unnötig quälen werde, und ich hoffe, dass dir das ohnehin klar war.«

»Ja.« Sie nickte. Ihr Gesicht war bleich. »Natürlich habe ich das gewusst.« Sie holte Luft, als wolle sie noch etwas sagen, überlegte es sich dann aber offenbar anders und bot ihm Tee an. So gern er die Einladung angenommen hätte, denn er war müde und durstig und auch hungrig, wenn er es recht bedachte, lehnte er dankend ab. Er fühlte sich in ihrer Gegenwart unbehaglich, denn sie kannten einer des anderen Empfindungen. Er dankte ihr erneut und verabschiedete sich.

Am Abend rief Pitt Jacks Sekretärin an, um zu erfahren, wo Jack sprechen würde. Sobald er den Ort wusste, machte er sich auf den Weg dorthin. Er wollte ihm zuhören und dabei feststellen, wie die Stimmung im Publikum war. Vielleicht ließen sich daraus Schlüsse auf das ziehen, worauf sich Aubrey Serracold einstellen musste. Hinzu kam, wie er sich eingestand, dass er sich auch um Jack Sorgen machte. Bei dieser Wahl würde es sehr viel knapper zugehen als bei der vorigen, und so mancher liberale Abgeordnete konnte seinen Sitz einbüßen.

Als er eintraf, waren bereits hundert oder zweihundert Personen versammelt, meist Arbeiter aus den nahe gelegenen Fabriken, aber auch eine ganze Anzahl Frauen in tristen Röcken und Blusen, die als Ergebnis harter Arbeit von Schweiß und Schmutz starrten. Manche waren erst vierzehn oder fünfzehn Jahre alt, bei anderen war die Haut so schlaff und dünn, waren die Leiber so unförmig, dass man ihr Alter nur schwer hätte schätzen können. Sie konnten ohne weiteres sechzig sein – und danach sahen sie aus –, doch war es Pitt klar, dass sie höchstwahrscheinlich nicht einmal vierzig waren und ihr schlechter Zustand auf Erschöpfung und Mangelernährung zurückging. Viele hatte auch die große Zahl an Geburten ausgelaugt, und sie hatten sich in der Fürsorge für ihre Kinder und Männer aufgerieben.

Leise hörte man ungeduldige Unmutsäußerungen, dann ertönten Buhrufe. Weitere Zuhörer kamen herein. Ein halbes Dutzend Leute ging laut murrend.

Pitt trat von einem Fuß auf den anderen. Er bemühte sich mitzuhören, worüber sich die Menschen unterhielten. Was dachten sie, was wollten sie? Gab es etwas, was ihre Wahlentscheidung beeinflussen konnte? Jack hatte in seinem Wahlkreis gute Arbeit geleistet, aber war ihnen das klar? Seine Mehrheit war nicht übermäßig groß. Im Falle eines allgemeinen Wahlerfolgs der Liberalen hätte er sich keine großen Sorgen zu machen brauchen, aber selbst Gladstone wollte offenbar diese Wahl nur halbherzig gewinnen. Er führte den Kampf aus innerer Leidenschaft, politischem Instinkt und weil er immer gekämpft hatte, aber die Schärfe seines analytischen Verstandes stand nicht dahinter.

Mit einem Mal entstand Unruhe, und Pitt hob den Blick. Jack war eingetroffen und bahnte sich seinen Weg durch die Menge. Hier und da schüttelte er Männern und Frauen die Hand und sogar einem oder zwei Kindern. Dann stieg er auf die Ladefläche eines Fuhrwerks, das man als Behelfspodium hereingebracht hatte, und begann seine Rede.

Kaum hatte er die ersten Worte gesagt, als schon Zwischenrufe ertönten. Ein Mann mit Stirnglatze in einem braunen Mantel fuchtelte mit dem Arm durch die Luft und wollte wissen, wie viele Stunden am Tag er arbeite. Brüllendes Gelächter quittierte das, weitere Buhrufe waren zu hören.

»Nun, wenn ich meinen Unterhaussitz nicht behalte, bin ich arbeitslos!«, rief ihm Jack zu. »In dem Fall müsste die Antwort lauten: ›keine‹!«

Damit hatte er die Lacher auf seine Seite gebracht, und niemand johlte gegen ihn. Gleich darauf kam er auf die Frage der

Arbeitszeit zu sprechen. Die Stimmen wurden heftiger, und der Ärger der Leute äußerte sich in immer hässlicherer Weise. Jemand warf einen Stein, verfehlte Jack aber um mehrere Meter, so dass das Geschoss gegen die Wand des Lagerhauses prallte und davonrollte.

Ein Blick in Jacks gut aussehendes Gesicht, das so freundlich wirkte, zeigte Pitt, dass es ihn Mühe kostete, seinen Zorn zu bändigen. Vor einigen Jahren hätte er das möglicherweise nicht einmal versucht.

»Stimmen Sie doch ruhig für die Tories«, sagte er mit weit ausholender Gebärde, »wenn Sie glauben, dass die Ihre Arbeitszeit verkürzen.«

Flüche, Spottrufe und Pfiffe wurden hörbar.

»Keiner von euch Kerlen taugt was!«, kreischte eine dürre Frau und entblößte ihre schadhaften Zähne. »Ihr saugt uns mit den Steuern aus und knebelt uns mit Gesetzen, die kein Mensch versteht.«

So ging es eine halbe Stunde. Nach und nach gelang es Jack mit Geduld und gelegentlichen witzigen Ausfällen, die Leute auf seine Seite zu ziehen, aber an der zunehmenden Anspannung seines Gesichts und der Müdigkeit seines Körpers erkannte Pitt, welch große Anstrengung ihn das kostete. Eine Stunde später stieg er erschöpft, mit Staub bedeckt und verschwitzt von dem Fuhrwerk herunter. Nicht nur das Gedränge der Menschen hatte ihm sichtlich zugesetzt, sondern auch die verbrauchte, klebrige Luft im Raum. Als er der Straße zustrebte, wo er wohl nach einer Droschke Ausschau halten wollte, holte Pitt ihn ein. Wie Voisey vermied auch Jack den taktischen Fehler, in seiner Kutsche vorzufahren.

Überrascht wandte er sich zu seinem Schwager um.

Pitt lächelte. »Gut gemacht«, sagte er aufrichtig, unterließ es aber zu erklären, dass er auf diese Weise sicher gewinnen würde – das erschien ihm zu oberflächlich. Er erkannte nicht nur die Erschöpfung in Jacks Augen, sondern auch den Schmutz in den feinen Linien seiner Haut. Es war die Stunde der Abenddämmerung, und die Gaslaternen auf der Straße brannten schon. Sie mussten am Laternenanzünder vorübergegangen sein, ohne ihn zu bemerken.

»Bist du gekommen, um mir moralische Unterstützung zu gewähren?«, fragte Jack zweifelnd.

»Nein«, gab Pitt zu. »Ich muss mehr über Mistress Serracold erfahren.«

Jack sah ihn überrascht an.

»Hast du schon gegessen?«, erkundigte sich Pitt.

»Noch nicht. Glaubst du etwa, Rose könnte in diesen ekelhaften Mordfall verwickelt sein?« Er blieb stehen und wandte sich dem Schwager zu. »Ich kenne sie schon seit einigen Jahren, Thomas. Sicher, sie ist überkandidelt und hat ziemlich idealistische Vorstellungen, die sich mit Sicherheit nicht verwirklichen lassen, aber das ist etwas völlig anderes, als jemanden umzubringen.« Ganz gegen seine Gewohnheit schob er die Hände tief in die Taschen. Normalerweise achtete er viel zu sehr auf den Sitz seines Anzugs, als dass er sie auf diese Weise missbraucht hätte. »Ich weiß überhaupt nicht, was in sie gefahren ist, ausgerechnet jetzt dieses Medium aufzusuchen. Ich kann mir genau vorstellen, wie die Presse das ins Lächerliche ziehen würde. Aber ganz im Ernst: Voisey räubert ziemlich heftig unter den Wählern der Liberalen. Am Anfang hatte ich angenommen, Aubrey würde es schaffen, solange er sich nicht etwas ganz und gar Törichtes leistet. Jetzt fürchte ich, dass ein Erfolg Voiseys nicht mehr so aussichtslos scheint wie noch vor ein paar Tagen.« Er begann wieder auszuschreiten und hielt den Blick vor sich gerichtet. Beide merkten, dass ihnen in Zivil gekleidete Sicherheitsbeamte im Abstand von etwa zwanzig Schritt folgten.

»Rose Serracold«, nahm Pitt den Faden wieder auf. »Was kannst du mir über ihre Familie sagen?«

»Soweit ich weiß, war ihre Mutter eine für ihre Schönheit weithin bekannte Dame der Gesellschaft«, gab Jack zur Antwort. »Ihr Vater stammte aus einem erstklassigen Stall. Ich wusste mal, wie er hieß, hab den Namen aber vergessen. Ich glaube, er ist ziemlich früh gestorben, an einer Krankheit, nichts Verdächtiges, falls du in diese Richtung denken solltest.«

Pitt ging jeder möglichen Fährte nach. »Wohlhabend?«

Sie überquerten die Straße und bogen nach links ab. Ihre Schritte hallten auf dem Pflaster.

»Ich glaube nicht«, sagte Jack. »Nein, das Geld stammt wohl von Aubreys Seite.«

»Besteht irgendeine Beziehung zu Voisey?«, fuhr Pitt fort. Er bemühte sich, kein besonderes Gewicht auf die Frage zu legen und alle Empfindungen, die beim bloßen Gedanken an diesen Mann in ihm aufstiegen, aus ihr herauszuhalten.

Jack sah ihn an und wandte sich dann wieder ab. »Rose? Falls ja, lügt sie oder verschweigt zumindest etwas. Sie möchte, dass Aubrey gewinnt. Wenn sie etwas über den Mann wüsste, würde sie das doch bestimmt sagen, oder?«

»Und General Kingsley?«

Jack war verwirrt. »Kingsley? Meinst du den Burschen, der in der Zeitung den Schmähbrief gegen Aubrey geschrieben hat?«

»Mehrere«, verbesserte ihn Pitt. »Ja. Hegt der irgendeinen privaten Groll gegen Serracold?«

»Nicht dass Aubrey wüsste, es sei denn, auch er verbirgt etwas. Ich würde aber schwören, dass das nicht der Fall ist. Er ist ziemlich leicht zu durchschauen. Die Sache hat ihn ganz schön mitgenommen, denn er ist an persönliche Anwürfe nicht gewöhnt.«

»Könnte Rose den Mann kennen?«

Sie befanden sich jetzt auf einem schmalen Gehweg, der an der Mauer eines Lagerhauses entlangführte. Die einzige Straßenlaterne beleuchtete das Straßenpflaster und den ausgetrockneten Rinnstein einige Meter weit.

Erneut blieb Jack stehen, die Stirn gerunzelt und die Augen zusammengekniffen. »Vermutlich soll das eine schönfärberische Umschreibung für ›haben sie ein Verhältnis‹ sein?«

»Ich meine es ganz allgemein«, sagte Pitt eindringlich. »Jack, ich muss wissen, wer Maude Lamont umgebracht hat. Am allerbesten wäre es, wenn ich zweifelsfrei nachweisen könnte, dass Rose auf keinen Fall die Täterin war. Der Spott wegen ihrer Teilnahme an spiritistischen Sitzungen wäre nichts im Vergleich mit dem, wozu Voisey die Zeitungen veranlassen würde, falls irgendein Geheimnis an den Tag käme, das den Schluss zulässt, sie könnte den Mord begangen haben, um etwas zu verdecken.«

Im Schein der Laterne sah Pitt, wie Jack zusammenzuckte. Er schien dabei förmlich kleiner zu werden. Er ließ die Schultern hängen, und die Farbe wich vollständig aus seinem Gesicht.

»Das ist eine ganz widerwärtige Geschichte, Thomas«, sagte er. »Je mehr ich darüber erfahre, desto weniger verstehe ich sie. Und solchen Menschen kann ich fast gar nichts erklären.« Er wies mit der Hand hinter sich zum Hafengebiet.

Pitt bat ihn nicht um eine nähere Erläuterung; ihm war klar, dass Jack sie von sich aus liefern würde.

»Ich hatte immer angenommen, dass es bei einer Wahl darum geht, wer die besseren Argumente hat«, fuhr er fort und begann wieder auszuschreiten. In der immer dunkler werdenden Dämmerung schimmerte vor ihnen einladend das Licht des Gasthauses ›Ziege und Zirkel‹. »In Wahrheit geht es aber um nichts als Emotionen«, fuhr er fort, »Empfindungen, keine Gedanken. Ich weiß nicht einmal, ob ich möchte, dass wir gewinnen … als Partei, meine ich. Natürlich wünsche ich Macht! Ohne sie lässt sich nichts bewirken, wir könnten ebensogut einpacken und der Opposition das Feld überlassen.« Er warf Pitt einen raschen Blick zu. »Unser Land hat als erstes auf der Welt eine Industrialisierung erlebt. Jahr für Jahr erzeugen wir Waren im Wert von Millionen Pfund, und dem damit verdienten Geld verdankt der größte Teil unserer Bevölkerung seinen Lebensunterhalt.«

Sie traten in das Gasthaus, fanden einen freien Tisch, und sogleich ließ sich Jack auf einen Stuhl sinken. Pitt holte an der Theke seinen üblichen Krug Apfelwein und kehrte mit ihm und dem großen Bier, das Jack haben wollte, zurück.

Nachdem er einen kräftigen Schluck genommen hatte, fuhr Jack fort: »Immer mehr Güter werden auf diese Weise hergestellt. Wenn wir überleben wollen, müssen wir sie an jemanden verkaufen!«

Mit einem Mal verstand Pitt, worauf Jack hinauswollte. »Das Weltreich«, sagte er leise. »Sind wir wieder bei der Frage der Selbstbestimmung für Irland angekommen?«

»Nur dass es dabei um weit mehr geht«, gab Jack zurück. »Nämlich um die Frage, ob es moralisch gerechtfertigt ist, überhaupt ein solches Weltreich zu haben.«

»Ist es für die Frage nicht ein bisschen spät?«, erkundigte sich Pitt trocken.

»Mehrere Jahrhunderte. Aber wie schon gesagt, es geht nicht um nüchterne Gedanken. Für den Fall, dass wir uns jetzt des Weltreichs entledigten, wem können wir dann all unsere Waren verkaufen? Frankreich, Deutschland und die übrigen europäischen Länder, ganz zu schweigen von Amerika, stellen inzwischen selbst Waren im industriellen Maßstab her.« Er biss sich auf die Lippe. »Die Zahl der Güter nimmt zu, und die Märkte werden kleiner. Unser Weltreich zurückzugeben ist eine großartige Vorstellung, geradezu ein Ideal, aber wenn wir unsere Märkte einbüßen, müssen ungezählte Bewohner unseres Landes verhungern. Wenn aber die Wirtschaft des Landes zugrunde gerichtet ist, vermag niemand mehr, ihnen zu helfen, da nutzen die besten Absichten nichts.«

Jemandem entglitt ein Glas und zersplitterte auf dem Boden. Wortreiche Flüche ertönten. Eine Frau lachte schrill über einen Witz.

Jack machte eine ärgerliche Handbewegung. »Und jetzt versuch mal, den Wahlkampf zu führen, indem du den Leuten sagst: ›Stimmen Sie für mich, und ich befreie Sie von dem Weltreich, gegen das Sie so sehr sind. Natürlich wird das bedauerlicherweise jeden von Ihnen den Arbeitsplatz und die Wohnung kosten und die Städte ruinieren. Die Fabriken werden schließen müssen, weil es für all die vielen Waren nicht genug Abnehmer gibt, und auch die Läden werden irgendwann schließen. Aber dies Vorgehen stützt sich auf edle Motive und ist zweifellos moralisch einwandfrei.‹«

»Können wir mit unseren Industriegütern nicht gegen die der übrigen Welt konkurrieren?«, fragte Pitt.

»Die Welt braucht sie nicht.« Jack nahm seinen Bierkrug erneut zur Hand. »Was die anderen brauchen, machen sie selbst. Kannst du dir vorstellen, dass irgendjemand unter solchen Voraussetzungen für dich stimmen würde?« Mit weit geöffneten Augen hob er die Brauen. »Oder glaubst du, wir sollten den Leuten sagen, dass wir es nicht tun werden, und es dann einfach tun? Sollen wir sie alle miteinander aus moralischen Gründen hintergehen? Müsste man es nicht ihrer eigenen Entscheidung überlassen, ob sie ihre Seelen um diesen Preis retten wollen?«

Pitt sagte nichts.

Jack erwartete keine Antwort. »So ist die Macht nun einmal beschaffen«, fuhr er leise fort. Nachdenklich hielt er den Blick in die Ferne gerichtet, als säße er nicht in einer vollen Schenke, sondern draußen im Freien. »Kann man ein Schwert zur Hand nehmen, ohne sich dabei selbst zu verletzen? Irgendjemand muss es tun. Aber kannst du es besser handhaben als ein anderer? Glaubst du mit hinreichend großer Überzeugung an etwas, um dafür zu kämpfen? Und was bist du wert, wenn es sich nicht so verhält?« Erneut sah er Pitt an. »Stell dir einmal vor, dir liegt nicht genug an einer Sache, um ein Risiko für sie einzugehen – du würdest sogar verlieren, was du besitzt. Ich kann mir gut vorstellen, was Emily darüber denkt.« Mit schiefem Lächeln sah er auf den Bierkrug hinab. Dann hob er mit einem Mal den Blick zu Pitt. »Aber ich glaube, ich möchte mich immer noch lieber mit Emily darüber auseinander setzen müssen als mit Charlotte.«

Pitt zuckte zusammen. Eine neue Folge von Bildern trat ihm vor das innere Auge und verschmolz mit den anderen. Einen Augenblick lang empfand er Charlottes Abwesenheit so deutlich, dass es ihn fast körperlich schmerzte. Er hatte sie fortgeschickt, damit sie in Sicherheit war, aber nicht, um aus eigener Entscheidung heraus einen edlen Kampf auszufechten. Im Rückblick überlegte er, dass er Voisey unter Umständen ausgewichen wäre, falls er eine Möglichkeit dazu gehabt hätte.

»Überlegst du, wie es weitergehen soll, wenn du gewählt wirst?«, fragte er plötzlich.

Die Röte stieg Jack so schnell in die Wangen, dass eine Lüge unmöglich war. »Das weniger. Man hat mich aufgefordert, dem Inneren Kreis beizutreten. Natürlich denke ich nicht daran!« Er sagte das ein wenig zu schnell und sah Pitt dabei an. »Aber die Leute haben mir deutlich zu verstehen gegeben, dass sie meine Gegenspieler auf ihre Seite ziehen werden, wenn ich nicht bei ihnen mitmache. Man kann sich einer solchen Sache nicht vollständig entziehen ...«

Es kam Pitt vor, als hätte jemand in einer kalten Winternacht die Tür nach draußen geöffnet. »Und wer hat dich aufgefordert?«, fragte er leise.

Jack schüttelte den Kopf kaum merklich. »Das kann ich dir nicht sagen.«

Pitt lag die Frage schon auf der Zunge, ob es sich womöglich um Voisey gehandelt hatte, doch fiel ihm im letzten Augenblick ein, dass Jack über die Ereignisse in Whitechapel nicht informiert war. Zu seiner eigenen Sicherheit war es besser, dass dies so blieb. Oder doch nicht? Er sah zu Jack hin, der mit dem Bierkrug zwischen den Händen ihm gegenüber saß. Auf seinen Zügen lag noch ein Anflug des Charmes und der Harmlosigkeit, die ihn ausgezeichnet hatten, als sie einander kennen lernten. In den Gewohnheiten und Regeln der gehobenen Gesellschaft war er bewandert gewesen, doch von den dunkleren Seiten des Lebens, der seelischen Gewalttätigkeit, hatte er nichts gewusst. Verglichen mit dem Ausmaß an Boshaftigkeit und Schrecken, das Pitt erlebt hatte, waren die Vertrauensbrüche bei Wochenendeinladungen auf Landsitzen und die Selbstsucht der reichen Müßiggänger harmlos. Würde ihn Wissen besser schützen oder stärker gefährden? Falls Voisey zu dem Ergebnis kam, Jack kenne seine Position als Anführer des Inneren Kreises, könnte das bedeuten, dass er auch ihn als jemanden aufs Korn nahm, den es zu vernichten galt.

Sofern Jack das aber nicht wusste, enthielt ihm Pitt dann nicht einen Schutzschild vor, mit dem er sich gegen die Verlockung der pervertierten Macht wehren konnte? War Jack mehr als lediglich ein x-beliebiger liberaler Unterhauskandidat? Konnte man sich seiner ebenfalls bedienen, um Pitt Schaden zuzufügen? Wenn es gelang, einen Menschen zu korrumpieren, bedeutete das eine unendlich größere Befriedigung, als wenn man ihm eine bloße Niederlage zufügte.

Oder war all das ein reiner Zufall, entsprangen all diese Dämonen lediglich Pitts Vorstellungskraft?

Er schob seinen Stuhl zurück, stand auf, trank seinen Apfelwein aus und stellte den Krug auf den Tisch. »Lass uns gehen. Wir haben beide einen langen Heimweg, und um diese Tageszeit herrscht auf den Brücken ein ziemliches Gedränge. Vergiss Rose Serracold nicht.«

»Glaubst du, sie hat die Frau umgebracht, Thomas?« Auch Jack erhob sich. Den schal gewordenen Rest Bier in seinem Krug ließ er stehen.

Pitt antwortete erst, als sie sich durch die Menge nach draußen gearbeitet hatten. Auf der Straße war es mittlerweile nahezu vollständig dunkel.

»Als Täter kommt nur sie, General Kingsley oder ein weiterer Mann in Frage, bei dem wir nicht wissen, um wen es sich handelt«, sagte er.

»Dann war der es!«, entfuhr es Jack. »Warum sollte jemand, der nichts zu verbergen hat, ein Geheimnis aus seinem Namen machen, wenn er sich mit Dingen beschäftigt, die zwar ungewöhnlich, vielleicht auch ein wenig absurd, aber ansonsten doch achtbar sind und nicht das Geringste mit Verbrechen zu tun haben?« Er redete sich in Eifer. »Ganz offensichtlich steckt doch mehr dahinter! Wahrscheinlich ist der Mann zurückgekehrt, nachdem die anderen gegangen waren, weil er ein Verhältnis mit ihr hatte. Möglicherweise hat sie ihn erpresst, und er hat sie umgebracht, um sie zum Schweigen zu bringen. Es dürfte kaum eine bessere Gelegenheit gegeben haben, seine Besuche zu tarnen, als dass er zusammen mit anderen Menschen zu diesen spiritistischen Sitzungen ging und so tat, als wenn er mit seinem Urgroßvater oder wem auch immer Verbindung aufnehmen möchte. Das sieht töricht aus, womöglich auch ein bisschen rührselig, aber harmlos.«

»Soweit wir wissen, wollte er mit keiner bestimmten Person Kontakt aufnehmen. Es scheint sich bei ihm um einen Zweifler gehandelt zu haben.«

»Noch besser! Er versucht, das Medium in Misskredit zu bringen, die Frau als Betrügerin hinzustellen. Das dürfte nicht schwer fallen. Allein schon die Tatsache, dass er es nicht getan hat, legt ein anderes Motiv nahe.«

»Denkbar«, stimmte Pitt zu. Der Wind, der von der Themse herüberwehte, wurde ein wenig stärker und trieb Zeitungsblätter über das Pflaster, die nach einer Weile zur Ruhe kamen. In Hauseingängen sah man Bettler. Für sie war es zu früh, sich dort für die Nacht niederzulassen. Eine Prostituierte hielt Ausschau nach Kundschaft. Die Luft roch säuerlich.

Nebeneinander strebten die beiden Männer der Brücke entgegen

Pitt schlief unruhig. Die Stille im Hause bedrückte ihn. Es wirkte nicht friedlich, sondern leer. Er erwachte spät mit Kopfschmerzen und hatte sich gerade zum Frühstück an den Küchentisch gesetzt, als es an der Haustür klingelte. Er stand auf und ging in Strümpfen hin, um zu öffnen.

Tellman stand vor ihm. Obwohl es ein milder Morgen war, schien er zu frieren. Am Himmel standen nur wenige Wolken. Bis Mittag würde es klar und heiß sein.

»Was bringen Sie?«, fragte Pitt und forderte ihn wortlos auf hereinzukommen, indem er einen Schritt zurücktrat. »Ihrem Gesicht nach ist es nichts Gutes.«

Tellman folgte der Aufforderung. Ein finsterer Ausdruck lag auf seinem hohlwangigen Gesicht. Er sah sich um, als habe er ganz vergessen, dass Gracie nicht da war. Auch er wirkte recht einsam.

Pitt ging mit ihm in die Küche. »Was bringen Sie?«, wiederholte er, während sich Tellman an der gegenüberliegenden Seite des Tisches niederließ, ohne die Teekanne eines Blickes zu würdigen oder sich nach Kuchen oder Gebäck umzusehen.

»Es kann sein, dass wir den Mann gefunden haben, der im Tagebuch verschlüsselt dargestellt war, mit einer – wie haben Sie noch gesagt ... einer Kartusche?«, antwortete er mit ausdrucksloser Stimme. Pitt sollte seine eigenen Schlüsse ziehen.

»Tatsächlich?«

Die Stille lastete schwer im Raum. Irgendwo in der Ferne bellte ein Hund. Man hörte das Rumpeln, mit dem im Nebenhaus ein Sack Kohlen über die Rutsche in den Keller entleert wurde. Eine sonderbare Mutlosigkeit überkam Pitt. Tellmans Züge sahen aus, als habe er eine Tragödie zu verkünden und als habe die Finsternis bereits in ihm Platz gegriffen.

Tellman hob den Blick. »Die Beschreibung passt auf den Mann«, sagte er ruhig. »Größe, Alter, Körperbau, Haarfarbe, sogar die Stimme, wie unser Informant sagt. Andernfalls hätte Oberinspektor Wetron die Meldung wahrscheinlich gar nicht an uns weitergereicht.«

»Und was veranlasst ihn zu der Annahme, dass es sich bei ihm gerade um diesen Mann handelt und nicht um einen von vielen anderen, auf die die Beschreibung ebenfalls zutrifft?«, fragte Pitt. »Schließlich verfügen wir nur über ganz allgemeine Angaben wie ›mittelgroß, wahrscheinlich Anfang sechzig, weder dick noch schlank, graue Haare.‹ Von solchen Männern gibt es sicher Zehntausende, und vermutlich leben Tausende von ihnen in einer Entfernung von der Southampton Row, die sich leicht mit der Eisenbahn überbrücken lässt.« Er beugte sich über den Tisch. »Was gibt es außerdem, Tellman? Warum soll gerade er es sein?«

Gleichmütig sagte Tellman: »Weil er ein Dozent im Ruhestand ist, dessen Frau kürzlich nach langer Krankheit gestorben ist. Die beiden haben alle ihre Kinder schon in jungen Jahren verloren. Er steht völlig allein und hat sich die Sache sehr zu Herzen genommen. Wie man hört, hat er angefangen, sich … befremdlich zu benehmen. Er ist herumgezogen und hat junge Frauen angesprochen, wollte wohl sozusagen die Vergangenheit wieder einfangen. Vermutlich hat das mit seinen jung gestorbenen Kindern zu tun.« Er sah elend drein, als hätte man ihn dabei ertappt, wie er sich gleich einem Voyeur am tiefen Kummer eines anderen Menschen weidete. »Die Leute haben angefangen, über ihn zu reden.«

»Wo wohnt der Mann?«, fragte Pitt trübselig. »In der Nähe von Southampton Row?«

»Nein«, sagte Tellman rasch. »In Teddington.«

Pitt glaubte sich verhört zu haben. Das Dorf Teddington lag viele Kilometer stromaufwärts an der Themse, hinter Kew und sogar noch hinter Richmond. Was nur mochte Wetron zu der Annahme veranlassen, dieser unglückliche Mensch könnte etwas mit Maude Lamonts Tod zu tun haben? »Wo?«, fragte er ungläubig.

»In Teddington«, wiederholte Tellman. »Er kann ohne weiteres mit dem Zug in die Stadt gekommen sein.«

»Warum in drei Teufels Namen hätte er das tun sollen?«, hielt Pitt dagegen. »Spiritistinnen gibt es schließlich überall. Warum ausgerechnet Maude Lamont? Sie wäre für einen Dozenten im Ruhestand doch eher ziemlich teuer gewesen, oder?«

»Nun ja«, sagte Tellman und wirkte noch unglücklicher als zuvor. »Er wird hoch geschätzt und ist nach wie vor als profunder Denker bekannt, der zu manchen Themen die maßgeblichen Lehrbücher verfasst hat. Abgelegene Gebiete für Menschen wie Sie und mich, aber die Fachleute halten große Stücke auf ihn.«

»Auch wenn jemand über die nötigen Mittel verfügt, ist das noch keine Erklärung dafür, dass er über eine große Entfernung in die Stadt kommt, um ein Medium aufzusuchen, dessen Sitzungen fast bis Mitternacht dauern«, wandte Pitt ein.

Tellman holte tief Luft. »Vielleicht doch, wenn es um einen bedeutenden Geistlichen geht, dessen Ruf sich auf tiefere Einsichten in den christlichen Glauben gründet.« Erneut lagen auf seinen Zügen Mitleid und Verachtung im Widerstreit. »Wer anfängt, die Antwort auf seine Fragen bei Frauen zu suchen, die Eiweiß und Käseleinen hochwürgen und behaupten, dass es sich um Geister handelt, tut das vermutlich doch so weit wie möglich von zu Hause. Ich würde in dem Fall am liebsten in ein anderes Land gehen! Mich wundert überhaupt nicht, dass er durch die Gartentür gekommen und gegangen ist und nicht bereit war, Miss Lamont seinen Namen zu sagen.«

Mit einem Mal war Pitt die ganze Tragödie klar. Das erklärte alle Besonderheiten des Falles: die Heimlichtuerei und die Besorgnis des Mannes, jemand könnte erraten, wer er war, weshalb er nicht einmal wagte, die Namen der Geister zu nennen, mit denen er in Verbindung treten wollte. So tragisch die Sache war, so leicht ließ sie sich mit ein wenig Vorstellungskraft verstehen. Hier war ein alter Mann, dem man alles genommen hatte, woran sein Herz hing. Der letzte Schlag, den ihm der Tod seiner Frau versetzt hatte, war für sein seelisches Gleichgewicht zu viel gewesen. Selbst die Stärksten erleben auf der langen Reise des Lebens irgendwann eine finstere Nacht der Seele.

Tellman sah ihn aufmerksam an und wartete auf seine Antwort.

»Ich rede mit ihm«, sagte Pitt gequält. »Wie heißt er, und wie lautet seine Anschrift?«

»Udney Road, ein paar hundert Schritt vom Bahnhof an der Linie, die von London in den Südwesten führt.«

»Und wie heißt er?«

»Francis Wray«, sagte Tellman. Er ließ Pitt nicht aus den Augen.

Pitt dachte an die Kartusche mit dem Buchstaben innerhalb des Kreises, der wie ein umgedrehtes *f* aussah. Jetzt begriff er Tellmans Unbehagen schon eher und verstand, warum er die Sache nicht einfach beiseite schieben konnte, so gern er es getan hätte. »Ich verstehe«, sagte er.

Tellman öffnete den Mund, als wolle er etwas sagen, schloss ihn dann aber wieder. Es gab wirklich nichts zu sagen, was nicht beide schon gewusst hätten.

»Was haben Ihre Männer in Bezug auf die anderen Besucher herausgefunden?«, erkundigte sich Pitt nach einer Weile.

»Nicht besonders viel«, gab Tellman mürrisch zurück. »Es handelt sich um alle möglichen Leute. Das Einzige, was alle mehr oder weniger gemeinsam haben, ist genug Geld und Zeit, sich um Mitteilungen von Menschen zu kümmern, die bereits tot sind. Manche sind einsam, andere verwirrt. Sie haben das Bedürfnis zu ergründen, ob ihr Ehemann oder Vater sie noch liebt, oder fühlen sich verpflichtet, sie auf dem Laufenden zu halten.« Seine Stimme wurde immer leiser. »Viele lockt einfach der Nervenkitzel; sie wollen ein bisschen Unterhaltung. Keiner hegt einen so starken Groll gegen das Medium, dass sie Grund gehabt hätten, etwas zu unternehmen.«

»Haben Sie auch über die anderen, die vom Cosmo Place aus durch die Gartentür hereingekommen sind, etwas in Erfahrung gebracht?«

»Nein.« In Tellmans Augen flackerte Missmut auf. »Ich weiß auch nicht, wie ich das anstellen sollte. Wo würde man dabei anfangen?«

»Wie viel hat Maude Lamont mit dieser Tätigkeit in etwa verdient?«

Mit weit geöffneten Augen sagte Tellman: »Etwa viermal so viel wie ich vor meiner Beförderung.«

Pitt wusste genau, wie viel Tellman verdiente. Er konnte ohne weiteres abschätzen, welchen Umsatz Maude Lamont gemacht hatte, wenn sie vier oder fünf Tage in der Woche tätig geworden war. »Das ist immer noch deutlich weniger, als sie für den Unterhalt ihres Hauses und ihre kostspielige Garderobe aufwenden musste.«

»Erpressung?«, fragte Tellman fast automatisch. Sein Gesicht verzog sich zu einer Maske des Abscheus. »Nicht genug damit, dass sie die Leute hereinlegte, ließ sie die auch noch dafür bezahlen, dass sie ihre Geheimnisse für sich behielt?« Ihm ging es nicht um Antworten, er musste einfach seiner Verbitterung Luft machen. »Manche Leute legen es so darauf an, umgebracht zu werden, dass man sich wundern muss, wie sie es bisher fertiggebracht haben, dem zu entgehen!«

»Das ändert nichts daran, dass wir feststellen müssen, wer sie getötet hat«, sagte Pitt ruhig. »Unter keinen Umständen kann man einen Mord auf sich beruhen lassen. Ich wünschte, ich könnte sagen, dass die Gerechtigkeit alles in angemessener Weise behandelt und je nach Situation straft oder Gnade walten lässt. Mir ist aber klar, dass das nicht der Fall ist. Sie irrt in beiden Richtungen. Doch wenn es so weit käme, dass jeder nach eigenem Ermessen Rache übt oder sich über die Androhung der Todesstrafe bei Mord hinwegsetzen darf, wäre der Anarchie Tür und Tor geöffnet.«

»Als ob ich das nicht wüsste«, knurrte Tellman.

»Irgendetwas Neues über ihr Dienstmädchen?«, fragte Pitt, ohne auf Tellmans Ton zu achten.

»Nichts, was uns weiterhelfen würde. Auch wenn sie im Großen und Ganzen ziemlich vernünftig zu sein scheint, vermute ich, dass sie mehr über diese spiritistischen Sitzungen und die Art weiß, wie man die Leute hinters Licht geführt hat, als sie uns sagt. Das kann gar nicht anders sein, denn sie hat sich als Einzige immer in der Nähe aufgehalten. Alle anderen im Haus Beschäftigten – Köchin, Wäscherin und Gärtner – kamen immer nur tagsüber oder stundenweise und waren längst aus dem Haus, bevor die privaten Sitzungen begannen.«

»Ist nicht denkbar, dass auch sie hinters Licht geführt wurde?«, fragte Pitt.

»Dafür ist sie zu vernünftig«, sagte Tellman. Seine Stimme

klang eine Spur schärfer. »Sie würde nie auf Kniffe wie Pedale, Spiegel, Phosphoröl und dergleichen hereinfallen.«

»Die meisten von uns neigen dazu zu glauben, was sie glauben möchten«, gab Pitt zu bedenken. »Vor allem bei Dingen, die uns wichtig sind. Mitunter ist das Bedürfnis dazu so groß, dass wir gar nicht wagen, etwas nicht zu glauben, weil das unsere Träume zerstören würde, und ohne die müssten wir zugrunde gehen. Vernunft hat wenig mit all dem zu tun. Es geht ums Überleben.«

Verständnislos sah ihn Tellman an. Wieder schien er etwas dagegen einwenden zu wollen, überlegte es sich dann aber und schwieg. Offensichtlich war ihm noch nicht der Gedanke gekommen, dass es auch in Lena Forrests Herzen Zweifel und Zuneigung geben konnte, dass sie Verstorbene kannte, die einst mit ihrem Leben verwoben waren. Er errötete leicht, als ihm das aufging, wodurch er in Pitts Wertschätzung stieg.

Langsam erhob sich Pitt. »Ich sehe mir diesen Mister Wray einmal an«, sagte er. »Teddington! Möglicherweise war Maude Lamont tatsächlich so gut, dass jemand es der Mühe für wert hielt, dafür den langen Weg von Teddington zur Southampton Row zurückzulegen.«

Tellman sagte nichts darauf.

Pitt verschwendete keine Zeit auf die Überlegung, wie er sich Reverend Francis Wray gegenüber verhalten sollte, wenn er ihm gegenüberstand. Die Situation war verfahren, ganz gleich, was er sagte. Da war es am besten, sich gleich ans Werk zu machen, bevor ihn seine Bedenken noch unbeholfener machten.

Am Bahnhof erkundigte er sich nach der besten Möglichkeit, nach Teddington zu gelangen, und erfuhr, dass er unterwegs umsteigen müsse. Glücklicherweise ging der nächste Zug bereits in elf Minuten. Er ließ sich eine Fahrkarte geben, dankte dem Schalterbeamten und kaufte am Eingang zum Bahnsteig eine Zeitung. Darin ging es in erster Linie um die bevorstehende Wahl. Neben den üblichen saftigen Karikaturen fiel ihm eine Anzeige auf, die ankündigte, es werde in zwei Wochen im Volkspalast an der Mile End Road eine Pferde- und Eselverkaufsschau geben.

Auf dem Bahnsteig standen außer ihm zwei ältere Frauen und eine Familie, die wohl einen Tagesausflug machte. Unaufhörlich redend, hüpften die Kinder aufgeregt auf und ab. Wie es wohl Daniel, Jemima und Edward in Devon ergehen mochte? Er überlegte, ob ihnen die Gegend gefiel oder ihnen in der ungewohnten Umgebung die üblichen Spielgefährten fehlen mochten. Und vermissten sie ihren Vater, oder gab es so viele Abenteuer, dass sie nicht an ihn dachten? Außerdem war natürlich Charlotte bei ihnen.

Zu oft hatte er in jüngster Zeit ohne sie auskommen müssen – erst wegen der Whitechapel-Geschichte und jetzt wegen dieser hier. Im Verlauf mehrerer Monate hatte er so gut wie nie mit Daniel oder Jemima gesprochen und keine Zeit gehabt, sich mit ihnen schwierigeren Themen zu widmen, auf das Ungesagte und nicht nur auf die Worte an der Oberfläche zu hören. Wenn dieser neue Fall um Voisey vorüber war, musste er unbedingt von Zeit zu Zeit einen oder zwei Tage frei nehmen, um mit ihnen zusammen zu sein – ganz gleich, ob der Mörder Maude Lamonts bis dahin gefunden war oder nicht. Zumindest das schuldete ihm Narraway. Er konnte nicht den Rest seines Lebens damit verbringen, dass er vor Voisey davonlief, denn dann hätte sein Gegenspieler kampflos gesiegt.

Er dachte lieber nicht allzu sehr an Charlotte. Ihre Abwesenheit verursachte ihm einen so tiefen Schmerz, dass er sich weder durch Denken noch durch Handeln verdrängen ließ. Selbst die Träume schmerzten viel zu sehr.

Unter dem Zischen von Dampf und dem Dröhnen eiserner Räder auf eisernen Schienen fuhr der Zug ein. Rußflocken wirbelten durch die Luft, in der die Hitze der gebändigten Kraft lag. In diesem Augenblick empfand er die Trennung von Charlotte so stark, als wäre sie vorhin erst abgereist. Er musste sich mit Gewalt in die Gegenwart zwingen, und es kostete ihn Überwindung, die Waggontür zu öffnen. Er ließ die beiden älteren Frauen einsteigen, folgte ihnen dann und suchte sich einen Platz.

Die Fahrt dauerte nicht lange. Schon vierzig Minuten später befand er sich in Teddington. Wie Tellman gesagt hatte, lag die Udney Road nur eine Nebenstraße vom Bahnhof entfernt, und so stand er schon nach wenigen Minuten Fußweg vor dem schmucken Gartentor des Hauses Nummer vier. Er sah es im Sonnenschein einige Augenblicke an, sog den Duft von einem Dutzend verschiedener Blumen ein und den angenehmen sauberen Geruch frisch gegossener heißer Erde. In all dem lagen so viele Erinnerungen an sein eigenes Zuhause, dass sie ihn einen Augenblick lang überwältigten.

Auf den ersten Blick konnte man glauben, im Garten wachse alles wahllos durcheinander, doch war ihm klar, dass Jahre gewisssenhafter Arbeit darin steckten. Alle verwelkten Blüten waren sorgfältig abgeschnitten, nirgends sah man Unkraut, alles war an seinem Platz. In einer überwältigenden Fülle von Farben standen vertraute und unbekannte Pflanzen beieinander, exotische und einheimische Gewächse. Der bloße Anblick des Gartens sagte ihm viel über den Mann, der ihn angelegt hatte. Ob es Francis Wray selbst gewesen war oder ein bezahlter Gärtner? In letzterem Fall läge dessen wahre Belohnung in seiner Kunst, ganz gleich, wie viel er verdiente.

Pitt trat durch das Gartentor ein, schloss es hinter sich und ging auf das Haus zu. Eine schwarze Katze räkelte sich auf dem Fensterbrett in der Sonne, eine Schildpattkatze strich durch den gefleckten Schatten leuchtend roter Löwenmäulchen. Pitt hoffte inständig, hier die falsche Fährte zu verfolgen.

Er klopfte an die Haustür. Ein Dienstmädchen von höchstens fünfzehn Jahren ließ ihn ein.

»Wohnt hier Mr. Francis Wray?«, fragte Pitt.

»Ja, Sir.« Sie wirkte gelassen. Vielleicht kamen normalerweise lediglich Amtsbrüder oder Gemeindemitglieder ins Haus. »Sir ... würden Sie bitte warten, während ich nachsehe, ob er daheim ist?« Sie tat einen Schritt zurück und schien nicht zu wissen, ob sie ihn hereinbitten, vor der Tür stehen lassen oder diese gar wieder schließen sollte, für den Fall, dass er beabsichtigte, das blitzblank geputzte verzierte Messing-Zaumzeug zu stehlen, das die Dielenwand schmückte.

»Darf ich im Garten warten?«, fragte er mit einem Blick auf die Blumenpracht hinter ihm.

Erleichterung breitete sich auf ihrem Gesicht aus. »Natürlich, Sir. Der gnä' Herr gibt sich wirklich große Mühe damit, nicht wahr?« Mit einem Mal zwinkerte sie, weil ihr Tränen in die Augen traten, und Pitt begriff, dass sich Wray seit seinem großen Verlust in die Gartenarbeit geflüchtet hatte. Vielleicht besänftigte die körperliche Beschäftigung seine Empfindungen zum Teil. Blumen nehmen alle Bemühungen geduldig hin und geben nichts als Schönheit zurück, stellen keine Fragen und stören nicht.

Er brauchte nicht lange in der Sonne zu stehen, von wo aus er der Schildpattkatze zusah, denn schon bald kam Wray zur Haustür heraus und über den kurzen Gartenweg auf ihn zu. Er war von durchschnittlicher Größe, etwa eine Handbreit kleiner als Pitt. In jüngeren Jahren war er vermutlich etwas größer gewesen, denn seine Schultern hingen herab, und sein Rücken war gebeugt. Vor allem aber seinem Gesicht ließen sich die unauslöschlichen Spuren innerer Qual ansehen. Unter seinen Augen lagen Schatten, tiefe Falten waren zwischen Mund und Nase eingegraben, und auf seiner papierdünnen Haut war ihm das Rasiermesser mehr als einmal erkennbar ausgeglitten.

»Guten Tag, Sir«, sagte er ruhig mit bemerkenswert melodiöser Stimme. »Mary Ann hat mir gesagt, dass Sie mich zu sprechen wünschen. Was kann ich für Sie tun?«

Flüchtig dachte Pitt daran zu lügen. Was er zu tun im Begriff stand, konnte nur schmerzlich sein und den Mann in tiefster Seele verstören. Dann verwarf er den Gedanken. Immerhin war es möglich, dass er ›Kartusche‹ vor sich hatte, und dieser könnte zumindest eine weitere Erinnerung an den bewussten Abend beisteuern sowie an andere Gelegenheiten, bei denen er gemeinsam mit Rose Serracold und General Kingsley das Medium aufgesucht hatte. Von einem Mann, der das ganze Leben im Dienst der Kirche zugebracht hatte, durfte man doch gewiss erwarten, dass er ein geschulter Beobachter der Menschennatur war.

»Guten Tag, Mr. Wray«, sagte er. »Ich heiße Thomas Pitt.« Es war ihm alles andere als recht, mit Maude Lamonts Tod beginnen zu müssen, aber er hatte keinen anderen Grund, Wrays Zeit in Anspruch zu nehmen. Andererseits war es nicht nötig, sofort mit der ganzen Wahrheit herauszurücken. »Ich bemühe mich, an der Aufklärung eines tragischen Vorfalls mitzuwirken, zu dem es kürzlich in London gekommen ist, ein Todesfall unter äußerst unangenehmen Umständen.«

Einen Augenblick lang verzog Wray das Gesicht, doch das Mitgefühl in seinen Augen war ungeheuchelt. »In dem Fall sollten Sie besser mit mir ins Haus gehen, Mr. Pitt. Wenn Sie eigens von London gekommen sind, haben Sie womöglich noch gar nicht zu Mittag gegessen? Bestimmt findet Mary Ann genug für uns beide, vorausgesetzt, dass Sie mit einfacher Kost vorlieb nehmen.«

Pitt sah sich gehalten, die Einladung anzunehmen. Er musste unbedingt mit Wray sprechen. Es wäre ungehobelt, zwar ins Haus zu gehen, aber die Gastfreundschaft abzulehnen. In dem Fall hätte er die Gefühle dieses Mannes lediglich verletzt, um sein eigenes Gewissen zu erleichtern. Doch auf diese Weise künstlich eine Distanz zwischen ihm und sich selbst zu schaffen würde sein Vorgehen weder weniger zudringlich erscheinen noch seinen Verdacht weniger hässlich wirken lassen. Also nahm er dankend an und folgte Wray ins Haus, in der Hoffnung, die junge Mary Ann würde sich nicht wieder durch seine Anwesenheit bedrängt fühlen.

Auf dem Weg zur Studierstube sah er sich um, als Wray kurz in der Diele stehen blieb, um mit dem Mädchen zu sprechen. Außer dem Zaumzeug enthielt der Raum einen kunstvoll gearbeiteten Stock- und Schirmständer aus Messing, einen aus Holz geschnitzten Sessel, der auf den ersten Blick aus der Tudor-Epoche zu stammen schien, und mehrere ausgesprochen schöne Zeichnungen kahler Bäume.

Mary Ann eilte in die Küche, und Wray fragte, als er der Richtung von Pitts Blick folgte: »Gefallen sie Ihnen?« In seiner Stimme lag viel Gefühl.

»Sehr«, gab Pitt zur Antwort. »Die Schönheit eines kahlen Baumes ist ebenso so groß wie die eines belaubten.«

»Können Sie das erkennen?« Wie ein Sonnenstrahl an einem Frühlingstag trat ein flüchtiges Lächeln auf Wrays Züge, verschwand aber gleich wieder. »Sie stammen von meiner verstorbenen Frau. Sie hatte die Gabe, die Dinge so zu sehen, wie sie wirklich sind.«

»Sowie die Gabe, anderen deren Schönheit zu vermitteln«, ergänzte Pitt. Gleich darauf wünschte er, es nicht gesagt zu haben. Er war gekommen, weil er feststellen wollte, ob dieser Mann ein Medium aufgesucht hatte, um etwas von den Menschen zu erhaschen, die er geliebt hatte – im Widerspruch zu allem, was ihn sein ein Leben lang praktizierter Glaube gelehrt hatte. Immerhin bestand die Möglichkeit, dass Wray diese Frau sogar getötet hatte.

»Danke«, murmelte Wray und wandte sich rasch ab, um seine Gefühle nicht zeigen zu müssen. Er führte den Besucher in seine Studierstube, einen von Büchern überquellenden kleinen Raum mit einer Dante-Büste auf einem Sockel und einem Aquarell, das eine brünette junge Frau zeigte, die dem Betrachter schüchtern entgegenlächelte. Auf dem Schreibtisch, viel zu dicht an der Kante, stand eine silberne Vase mit Rosen in verschiedenen Farben. Pitt hätte sich gern die Titel von zwei Dutzend der Bücher angesehen, erkannte aber in der kurzen Zeit nur drei: Flavius Josephus' *Über den jüdischen Krieg*, Thomas a Kempis' *Über die Nachfolge Christi* sowie einen Kommentar zum Heiligen Augustinus.

»Bitte nehmen Sie Platz, und sagen Sie mir, was ich für Sie tun kann«, forderte ihn Wray auf. »Ich habe reichlich Zeit und nichts Nützliches mehr auf der Welt zu tun.« Das Lächeln, mit dem er das sagte, zeugte mehr von innerer Wärme als von Glücksgefühl.

Jetzt gab es keinen Vorwand mehr, die Sache länger hinauszuschieben. »Sind Sie zufällig mit Generalmajor Roland Kingsley bekannt?«

Wray überlegte einen Augenblick. »Der Name sagt mir etwas.«

»Ein hoch gewachsener Mann, der lange beim Heer in Afrika war«, erläuterte Pitt.

Wray wirkte erleichtert. »Ach ja, natürlich. Waren das nicht die Zulukriege? Soweit ich mich erinnere, hat er sich dabei sehr hervorgetan. Nein, begegnet bin ich ihm nie, aber ich habe von ihm reden hören. Es hat mir sehr Leid getan zu erfahren, dass ihn wieder ein schwerer Schicksalsschlag getroffen hat, denn er hat seinen einzigen Sohn verloren.« In seinen Augen glänzte etwas, und es schien, als könne er einen Augenblick lang nichts sehen, doch beherrschte er seine Stimme und konzentrierte sich auf die Fragen seines Besuchers.

»Ich bin nicht wegen dieses Verlustes hier«, sagte Pitt rasch, bevor er überlegen konnte, ob er sich damit widersprach oder nicht. »Er war kürzlich anwesend, als ein anderer Mensch starb ... jemand, zu dem er gegangen war, um Trost für den Tod seines Sohnes zu finden ... oder die Art, wie er gestorben war.« Er schluckte und beobachtete aufmerksam Wrays Gesicht. »Es handelte sich um eine Spiritistin.« Hatte Wray in den Zeitungen davon gelesen? Sie hatten sich in jüngster Zeit hauptsächlich mit der bevorstehenden Wahl beschäftigt.

Der Mann runzelte die Stirn, sein Gesicht verfinsterte sich. »Meinen Sie einen dieser Menschen, die behaupten, sie könnten mit den Geistern der Toten in Verbindung treten, und die das Geld verletzlicher Menschen nehmen, um Stimmen und Zeichen hervorzubringen?« Er konnte seine Missachtung kaum deutlicher formulieren. Ging sie auf seine religiöse Überzeugung oder darauf zurück, dass er sich selbst betrogen fühlte? In seinen Augen lag ungeheuchelter Zorn; nichts war von dem freundlichen und umgänglichen Herrn geblieben, der er noch vor wenigen Augenblicken gewesen war. Er fuhr fort, vielleicht weil er merkte, dass Pitt ihm aufmerksam zuhörte: »So etwas ist äußerst gefährlich, Mr. Pitt. Ich wünsche niemandem etwas Böses, aber solchem Tun sollte unbedingt Einhalt geboten werden, auch wenn ich es nicht für richtig halte, dass jemand das auf gewalttätige Weise getan hat.« Pitt wusste nicht, was er denken sollte. »Gefährlich, Mr. Wray? Vielleicht habe ich Sie in die Irre geführt. Am Tod dieser Frau gab es nichts Okkultes, man hat sie einfach umgebracht. Ich hätte von Ihnen gern etwas über die anderen dabei Anwesenden erfahren, nicht über das Göttliche.«

Wray seufzte. »Sie sind ein Mann Ihrer Zeit, Mr. Pitt. Heute umtanzen wir Mr. Darwin und das goldene Kalb der Naturwissenschaft, statt Gott die Ehre zu geben, der uns geschaffen hat. Doch die Macht von Gut und Böse dauert fort, ganz gleich, wie wir sie jeweils entsprechend dem Zeitgeist maskieren. Sie setzen voraus, dass das Medium nicht die Macht besaß, über das Grab hinauszureichen, und damit haben Sie wahrscheinlich Recht. Das aber bedeutet nicht, dass es eine solche Macht nicht gibt.«

Trotz der Wärme des Raumes überlief es Pitt kalt. Es war voreilig von ihm gewesen, Wray sympathisch zu finden. Er war alt, reizend, freundlich und von großzügigem Wesen, und da er sich einsam fühlte, hatte er Pitt zum Mittagessen eingeladen. Er liebte seinen Garten und seine Katzen. Außerdem glaubte er an die Möglichkeit, die Geister der Toten heraufzubeschwören, und sprach sich zugleich äußerst verärgert über Menschen aus, die das zu tun versuchten. Dieser Fährte musste er auf jeden Fall nachgehen.

»Es war die Sünde Sauls«, fuhr Wray ernsthaft fort, als hätte Pitt laut gesagt, was er dachte.

Pitt verstand ihn nicht. Zwar wusste er, wer Saul war, konnte sich aber aus seiner Schulzeit an nichts erinnern, was zu diesem Hinweis gepasst hätte.

»König Saul«, fuhr Wray fort, plötzlich wieder freundlich. Fast schien es, als wolle er sich für etwas entschuldigen. »Die Hexe von Endor sollte für ihn den Geist des Propheten Samuel heraufbeschwören.«

»Ach.« Pitt war von Wrays angespanntem Gesichtsausdruck gebannt. Mit einem Mal strahlte dieser Mann eine nahezu übermenschlich wirkende Kraft aus. Er konnte nicht umhin zu fragen: »Und ist es dazu gekommen?«

»Selbstverständlich«, gab Wray zurück. »Das aber war der Anfang seines Trotzes, seines Hochmuts gegenüber Gott, der sich zu Neid und Zorn steigerte, in Sünde bis hin zum Tode.« Sein Gesicht war tiefernst. Ein winziger Muskel in seiner Schläfe zuckte unwillkürlich. »Man soll nie die Gefahr unterschätzen, die darin liegt, etwas wissen zu wollen, was wir nicht wissen sollen, Mr. Pitt. Es bringt ungeheures Übel mit sich. Meiden Sie es wie die Pest!«

»Ich habe nicht den geringsten Wunsch, etwas über solche Dinge in Erfahrung zu bringen«, sagte Pitt aufrichtig. Mit einer Mischung aus Dankbarkeit und Schuldbewusstsein merkte er, wie leicht jemand das sagen konnte, der keinen unerträglichen Kummer litt, keine Einsamkeit wie dieser Mann, und keiner wirklichen Versuchung ausgesetzt war.

»Ich hoffe sehr, dass ich, wenn ich jemanden verliere, der mir viel bedeutet, Trost im Glauben an die Auferstehung suchen würde, wie Gott sie uns verheißen hat«, sagte er. Es war ihm peinlich zu merken, dass seine Stimme dabei zitterte. Als ihm der Gedanke an Charlotte und die Kinder kam, die sich ohne ihn an einem Ort befanden, den er nie gesehen hatte, überlief ihn ein plötzlicher Schauder. Waren sie in Sicherheit? Noch hatte er nichts von ihnen gehört! Schützte er sie auf die bestmögliche Weise, und genügte das? Und wenn das nun nicht der Fall war? Wenn Voisey seine Rache auf diesem Weg suchte? Das wäre zwar möglicherweise töricht, unkultiviert und übereilt, auch gefährlich für ihn selbst – doch zugleich für Pitt am schmerzlichsten … und endgültig. Wenn sie tot wären, welchen Wert hätte das Leben dann noch für ihn?

Er sah den gebrochenen alten Mann vor sich an, den das Bewusstsein des erlittenen Verlusts so sehr geprägt hatte, dass es die Luft im Zimmer zu erfüllen schien, und mit einem Mal empfand Pitt selbst den Schmerz dieses Mannes. Ginge es ihm in einer solchen Situation anders? War es nicht dumm und unglaublich überheblich zu glauben, er dürfe sicher sein, dass er nie bei einem Medium, in Tarotkarten, Kaffeesatz oder irgendetwas anderem Trost suchen würde, damit sich die Leere füllte, inmitten derer er in einer Welt voller Fremder lebte, zu deren Herz er keinen Zugang hatte?

»Zumindest hoffe ich das«, sagte er. »Aber ich weiß es natürlich nicht.«

Tränen traten in Wrays Augen und liefen ihm über die Wangen, ohne dass er blinzelte. »Haben Sie Familie, Mr. Pitt?«

»Ja, Frau und zwei Kinder.« Verstärkte er damit den Schmerz des anderen, dass er ihm das sagte?

»Sie dürfen sich glücklich schätzen. Sagen Sie ihnen alles, was Sie für sie empfinden, solange Sie Gelegenheit dazu haben. Lassen Sie keinen Tag vergehen, ohne Gott für das zu danken, was er Ihnen geschenkt hat.«

Pitt bemühte sich, wieder an die Aufgabe zu denken, die ihn hergeführt hatte. Er sollte sich ein für alle Mal vergewissern, dass Wray keinesfalls der Mann war, den die Kartusche in Maude Lamonts Tagebuch bezeichnete. »Ich will es versuchen«, sagte er. »Leider muss ich nach wie vor alles mir Mögliche tun, um Maude Lamonts Tod zu verstehen und dafür zu sorgen, dass nicht der Falsche dafür zur Rechenschaft gezogen wird.«

Wray sah ihn verständnislos an. »Sofern es sich um eine gesetzwidrige Tat gehandelt hat, ist das doch bestimmt eine Sache für die Polizei. Ich kann natürlich gut verstehen, dass Sie die da nicht mit hineinziehen wollen, weil das die Seelenqual noch steigern könnte, aber ich denke, aus moralischen Gründen bleibt Ihnen keine andere Wahl.«

Pitt empfand heftige Scham, weil er diesen Mann in die Irre geführt hatte. »Die Polizei beschäftigt sich bereits mit dem Fall, Mr. Wray. Zu den drei an jenem letzten Abend Anwesenden gehört auch die Gattin eines Mannes, der für das Unterhaus kandidiert, doch einem Dritten ist es bisher gelungen, seine Identität geheim zu halten.«

»Und Sie wollen also wissen, wer das ist?«, fragte Wray in einem Augenblick erstaunlicher Klarsichtigkeit. »Selbst, wenn ich es wüsste, Mr. Pitt, weil es mir jemand im Vertrauen mitgeteilt hätte, wäre es mir nicht möglich, Ihnen das Geheimnis zu verraten. Ich könnte nicht mehr tun, als ihm mit allem mir zu Gebote stehenden Nachdruck zu raten, sich Ihnen zu offenbaren. Das aber würde bedeuten, dass ich schon vorher mit ihm gerungen hätte, um zu erreichen, dass er von einem so sündhaften und gefährlichen Unterfangen ablässt, wie es die Beschwörung von Geistern von Toten ist. Der einzig zulässige Weg, Wissen über solche Dinge zu erlangen, ist das Gebet.« Er schüttelte leicht den Kopf. »Wie sind Sie nur auf den Gedanken gekommen, dass ich Ihnen helfen könnte? Ich verstehe das nicht.«

Rasch improvisierte Pitt. »Sie sind weithin bekannt wegen Ihres Wissens um diese Dinge und Ihre standhafte Gegnerschaft. Daher hatte ich angenommen, dass Sie mir etwas Nützliches über spiritistische Medien sagen könnten, insbesondere über Miss Lamont. Ihr Ruf reicht sehr weit.«

Wray seufzte. »Bedauerlicherweise ist das wenige, was ich weiß, lediglich ganz allgemeiner Art. Hinzu kommt, dass mein

Gedächtnis nicht mehr so gut ist wie in früheren Jahren. Es lässt mich mitunter im Stich, und ich muss leider sagen, dass ich mich gelegentlich wiederhole. So erzähle ich Witze, die mir gefallen, zu oft. Die Menschen verhalten sich mir gegenüber sehr freundlich, doch wäre es mir fast lieber, sie täten es nicht. Jetzt weiß ich nie, ob ich etwas, was ich sage, vorher schon einmal gesagt habe oder nicht.«

Pitt lächelte. »Mir haben Sie nichts zweimal gesagt.«

»Ich habe Ihnen auch keinen Witz erzählt«, sagte Wray betrübt. »Außerdem haben wir noch nicht gegessen, und bestimmt zeige ich Ihnen jetzt jede Blume in meinem Garten zweimal.«

»Blumen sind es wert, dass man sie mindestens zweimal ansieht«, gab Pitt zur Antwort.

Kurz darauf kam Mary Ann herein, um ihnen ziemlich nervös mitzuteilen, dass das Essen bereitstehe. Die Männer gingen in das kleine Esszimmer, wo sich das Mädchen offensichtlich große Mühe gegeben hatte, alles besonders schön herzurichten. In der Mitte des Tisches, auf dem eine sorgfältig gebügelte Decke lag, stand eine Porzellanvase voller Blumen. Mary Ann trug eine dicke Gemüsesuppe sowie krosses Brot, Butter und einen weichen, krümeligen Käse auf; dazu gab es hausgemachtes Chutney, aus Rhabarber, wie Pitt vermutete. Die Speisen wie auch der sorgfältig mit auf Hochglanz poliertem alten Silber und Porzellantellern mit blauem Randdekor gedeckte Tisch riefen ihm ins Gedächtnis, wie sehr ihm die häusliche Behaglichkeit fehlte, seit Charlotte und Gracie fort waren.

Als Nachtisch gab es Pflaumenkuchen mit reichlich Sahne. Es kostete ihn große Überwindung, nicht um eine zweite Portion zu bitten.

Wie es aussah, schätzte Wray keine Tischgespräche. Vielleicht genügte ihm das Bewusstsein, dass jemand mit ihm am Tisch saß.

Als sie anschließend in den Garten hinausgingen, fiel Pitt auf einem Tischchen ein Faltblatt ins Auge, das Maude Lamonts Fähigkeiten anpries und in dem sie sich erbötig machte, Trauernden die Geister ihrer geliebten Abgeschiedenen zurückzubringen, damit sie die Möglichkeit hatten, all das zu sagen, woran sie der frühzeitig eingetretene Tod gehindert hatte.

Wray ging ihm voraus. Das blendende Licht der Sonne wurde von den bunten Blüten und dem leuchtenden Weiß des Zauns zurückgeworfen. Fast wäre Pitt über die Schwelle der Terrassentür gestolpert, als er ihm folgte.

Kapitel 8

Bischof Underhill verwandte nicht viel Zeit auf einzelne Gemeindemitglieder. Sofern es aber doch dazu kam, geschah das meist im Zusammenhang mit Feierlichkeiten wie Hochzeiten, Konfirmationen und gelegentlich bei Taufen. Wohl aber gehörte es zu seinen Berufspflichten, den Geistlichen seiner Diözese als Berater zur Verfügung zu stehen, so dass sie zu ihm kamen, um Trost und Hilfe zu suchen, wenn etwas sie bedrängte, das mit ihrer geistlichen Berufung zusammenhing.

Daher war Isadora daran gewöhnt, besorgte Männer aller Altersgruppen im Hause zu sehen, angefangen von Vikaren, denen die Last ihrer Verantwortung zu groß schien oder die vor Ehrgeiz brannten weiterzukommen, bis zu altgedienten Gemeindepfarrern, denen die Sorge um die ihnen Anvertrauten mitunter zu viel wurde oder die sich von ihren Verwaltungsaufgaben überfordert fühlten.

Am meisten fürchtete sie Besuche von Männern, die Frau oder ein Kind verloren hatten und mehr Trost und Kraft suchten, als sie in ihren täglichen Glaubensübungen finden konnten. Andere Menschen vermochten sie zu stützen und aufzurichten, doch ihr eigener Kummer drückte sie bisweilen rettungslos nieder.

An diesem Tag war Reverend Patterson gekommen, ein etwas älterer hagerer Mann, dessen Tochter im Kindbett gestorben war. Mit gebeugtem Haupt, das Gesicht halb in den Händen verborgen, saß er im Arbeitszimmer des Bischofs.

Isadora brachte das Teetablett herein und stellte es auf das

Tischchen. Ohne das Wort an einen der beiden Männer zu richten, goss sie beide Tassen voll. Sie kannte Patterson so gut, dass sie ihn nicht zu fragen brauchte, ob er Milch oder Zucker haben wollte.

»Ich dachte, ich würde es verstehen«, sagte Reverend Patterson voll Verzweiflung. »Immerhin wirke ich seit fast vierzig Jahren im geistlichen Amt! Gott weiß, wie viele Menschen ich nach einem Verlust getröstet habe, und jetzt bedeuten mir all die Worte, die ich gesagt habe, nicht das Geringste.« Er hob den Blick zu seinem Bischof. »Warum? Warum glaube ich sie nicht, wenn ich sie mir selbst sage?«

Isadora erwartete, dass ihr Mann ihm erklären würde, es hänge mit dem Schock zusammen, mit der Empörung und der Qual, und er müsse abwarten, dass die Zeit die Wunde heile. Selbst ein Tod, mit dem man rechnen muss, ist unbegreiflich und übersteigt unser Fassungsvermögen, und es kostet jeden Menschen Mut, sich ihm zu stellen, ganz gleich, ob er sich dem Dienst an Gott geweiht hat oder nicht. Der Glaube bedeutet weder Gewissheit noch nimmt er Schmerzen fort.

Der Bischof schien nach Worten zu suchen. Er holte Luft und stieß sie dann seufzend wieder aus. »Mein Bester, uns allen widerfährt im Laufe unseres Lebens gelegentlich eine Heimsuchung. Ich bin sicher, dass Sie diese mit Ihrer Seelenstärke überwinden werden. Sie sind ein guter Mensch, vergessen Sie das nicht.«

Reverend Patterson sah ihn mit unverhülltem Schmerz an. Isadoras Anwesenheit schien ihm nicht bewusst zu sein. »Wenn das stimmt, warum ist mir das geschehen?«, wollte er wissen. »Und warum spüre ich nichts als Verwirrung und Schmerz? Warum kann ich Gottes Hand nicht darin erkennen, nirgendwo den Hauch des Göttlichen spüren?«

»Das Göttliche ist ein unendliches Mysterium«, gab der Bischof zur Antwort und hielt den Blick über den Kopf seines Besuchers hinweg auf die gegenüberliegende Wand gerichtet. Auf seinem Gesicht lag ebenso große Verwirrung wie auf dem Pattersons, und er schien keinerlei Trost zu wissen. »Es geht über unseren Verstand hinaus. Vielleicht wollen wir es nicht begreifen.«

Das Leid verzerrte Pattersons Züge. Es kam Isadora, die sich nicht zu rühren wagte, weil sie fürchtete, sonst seine Aufmerksamkeit auf sich zu lenken, vor, als würde er im nächsten Augenblick seine unendliche Not herausschreien, für die ihm niemand Linderung zu geben vermochte.

»In all dem liegt keinerlei Sinn!«, sagte er mit erstickter Stimme. »Sie hat gelebt, und wie, mit dem Kind in ihrem Leibe! Die Vorfreude auf die bevorstehende Geburt hat sie erfüllt ... und geblieben ist nichts als Leiden und Tod. Wie ist das möglich? Darin liegt doch kein Sinn! Das ist nicht nur grausam, sondern auch dumm, so, als wäre das ganze Universum sinnlos.« Er schluchzte tief auf. »Warum habe ich mein Leben lang den Leuten gesagt, es gibt einen gerechten und liebenden Gott, der alles zum Besten wendet, und wir würden das eines Tages erkennen? In dem Augenblick, da ich selbst auf dieses Wissen angewiesen bin ... ist nichts als Finsternis um mich herum ... Finsternis und Schweigen. Warum?« Seine Stimme wurde eindringlicher, zorniger. »Warum? War mein ganzes Leben eine absurde Posse? Antworten Sie mir.«

Der Bischof zögerte. Schwerfällig verlagerte er das Gewicht von einem auf das anderen Bein.

»Antworten Sie mir!«, rief Patterson.

»Mein Bester ...«, stotterte der Bischof. »Mein Bester ... Sie wandeln durch ein finsteres Tal ... wir alle durchleben Zeiten, in denen uns die Welt ungeheuerlich vorkommt. Die Furcht legt sich wie die schwarze Nacht auf alles, und eine Morgendämmerung ... scheint uns unvorstellbar ...«

Isadora ertrug es nicht länger. »Mister Patterson, natürlich empfinden Sie den Verlust als schrecklich«, sagte sie eindringlich. »Wenn man einen Menschen wirklich liebt, muss dessen Tod schmerzen, vor allem, wenn dieser Mensch jung ist.« Sie trat einen Schritt vor, ohne auf den verblüfften Gesichtsausdruck ihres Mannes zu achten. »Aber dieser Verlust ist Bestandteil unserer menschlichen Erfahrung, das gehört zu Gottes Plan. Dabei geht es gerade darum, dass es bis an die Grenze dessen schmerzt, was wir ertragen können. Letzten Endes läuft alles auf die Frage hinaus, ob Sie Gott vertrauen oder nicht. Wer ihm vertraut, erträgt die Pein, bis das tiefe Tal durchschritten ist. Wenn nicht, sollte man besser anfangen zu überlegen, was man glaubt, und sich bis in die tiefste Tiefe seiner Seele erkunden.« Sie senkte die Stimme und fuhr fast liebevoll fort: »Ich denke, Ihre Lebenserfahrung wird Ihnen sagen, dass Ihr Glaube da ist ... nicht immer, aber meistens. Und das genügt.«

Erstaunt hob Patterson den Blick zu ihr. Während er über ihre Worte nachzudenken begann, milderte sich der Ausdruck der Qual auf seinem Gesicht allmählich.

Der Bischof wandte sich ihr mit ungläubigem Gesicht zu. Es wirkte so schlaff, als wenn er schliefe, und eine Leere lag auf seinen Zügen, die darauf zu warten schien, dass sie durch Gedanken gefüllt wurde.

»Ich muss schon sagen, Isadora«, setzte er an, sprach aber nicht weiter. Es war nur allzu deutlich, dass er ebensowenig wusste, was er ihr sagen sollte, wie er gewusst hatte, was er Patterson sagen konnte. Vor allem aber schien er von einer tiefen Empfindung beherrscht zu sein, die stärker war als seine Wut oder seine Verlegenheit. Seine übliche Selbstgefälligkeit war dahin, sein ihr nur allzu gut bekanntes festes Vertrauen in seine Fähigkeit, auf alle Fragen eine Antwort zu finden. Zurückgeblieben schien eine klaffende Wunde.

Sie wandte sich an Patterson. »Ein Mensch stirbt nicht, weil er gut oder böse ist«, sagte sie entschieden. »Und mit Sicherheit auch nicht, um andere zu bestrafen. Eine solche Vorstellung ist ungeheuerlich. Wenn es sich so verhielte, würde dadurch die Wirklichkeit von Gut und Böse aufgehoben. Es gibt Dutzende von Gründen, aber oft ist es einfach nichts anderes als ein unglücklicher Umstand. Das Einzige, woran wir uns unverbrüchlich und jederzeit halten können, ist das Bewusstsein, dass Gott das Geschick von uns allen lenkt und wir nicht zu wissen brauchen, wie es aussieht. Wir könnten es ohnehin nicht verstehen und müssen Ihm vertrauen.«

Patterson schloss die Augen und öffnete sie wieder. »Wie Sie das sagen, klingt es, als wäre es ganz einfach, Mistress Underhill.«

»Möglich.« Sie lächelte mit einem Mal betrübt. Sie musste daran denken, wie viele ihrer eigenen Gebete unbeantwortet geblieben waren, musste an ihre Einsamkeit denken, die bisweilen nahezu unerträglich war. »Das ist aber nicht dasselbe, als wenn man sagte, es wäre leicht. Dieses Verhalten wird von uns erwartet. Ich sage damit nicht, dass ich es kann, ebensowenig wie ich das von Ihnen oder einem anderen Menschen zu sagen vermag.«

»Sie sind sehr weise, gnädige Frau.« Er sah sie ernst an und suchte in ihrem Gesicht zu ergründen, welche Erfahrungen sie zu solchen Erkenntnissen geführt haben mochten.

Sie wandte sich ab. Diese Dinge konnte sie mit niemandem teilen, und sofern er überhaupt etwas davon verstand, wäre das gleichbedeutend damit, dass sie Reginald endgültig hinterging. Eine Frau, die in ihrer Ehe glücklich ist, empfindet keine solche Trostlosigkeit. »Trinken Sie Ihren Tee, solange er heiß ist«, riet sie ihm. »Er löst zwar unsere Schwierigkeiten nicht, hilft uns aber, sie mit größerem Mut anzugehen.« Ohne auf eine Antwort zu warten, verließ sie den Raum und schloss leise die Tür hinter sich.

Draußen im Vestibül kam ihr zu Bewusstsein, dass sie sich in etwas eingemischt hatte. Während ihres ganzen Ehelebens hatte sie die Rolle ihres Mannes nicht in dieser Weise an sich gerissen. Ihre Aufgabe war es, getreulich und unauffällig im Hintergrund zu helfen und ihn zu unterstützen. Jetzt hatte sie gegen praktisch alle Regeln verstoßen, mit dem Ergebnis, dass ihr Mann vor einem Untergebenen als unfähig dastand.

Nein, das wurde ihr nicht gerecht. Er selbst hatte sich unfähig gezeigt. Damit hatte sie nichts zu tun. Er war unsicher gewesen, als Entschiedenheit von ihm erwartet wurde und stille Zuversicht, als er Patterson, den die Stürme des Lebens zumindest vorläufig haltlos hin und her warfen, einen Halt und Anker hätte bieten müssen.

Doch was war der Grund? Was um Himmels willen stimmte nicht mit Reginald? Warum hatte er nicht voll Zuversicht und leidenschaftlicher Gewissheit erklärt, dass Gott alle Menschen liebt, Männer, Frauen und Kinder, und dass wir vertrauen müssen, wo wir nicht verstehen können?

Sie ging zurück in die Küche, um mit der Köchin die nächsten Mahlzeiten zu besprechen. Am Abend würde sie mit dem

Bischof zu einem weiteren der endlosen politischen Empfänge gehen. Immerhin waren es nur noch wenige Tage bis zur Wahl, dann wäre zumindest das vorüber.

Was erwartete sie danach? Lediglich Variationen dessen, was sie schon kannte, und unendliche Einsamkeit.

Sie saß im Salon, als sie hörte, dass Patterson ging. Ihr war klar, dass es nur wenige Minuten dauern würde, bis der Bischof hereinkam, um sie wegen ihres Eingreifens zur Rede zu stellen. Sie wartete und überlegte, was sie sagen sollte. Wäre es langfristig das Beste, sich einfach zu entschuldigen? Eine Rechtfertigung für ihr Verhalten gab es nicht. Sie hatte seine Stellung untergraben, indem sie den Trost gespendet hatte, den er hätte geben sollen.

Erst eine Viertelstunde später kam er herein. Er war bleich. Obwohl sie damit rechnete, dass er jeden Augenblick explodieren würde, brachte sie es nicht fertig, sich zu entschuldigen.

»Du siehst erschöpft aus«, sagte sie mit weniger Mitgefühl, als sie ihrer eigenen Ansicht nach hätte aufbringen müssen, wofür sie sich aufrichtig schämte. Er ließ sich in einen Sessel sinken, als gehe es ihm wirklich schlecht. »Was ist mit deiner Schulter?« Auf diese Weise versuchte sie ihre Gleichgültigkeit wettzumachen, denn ihr war aufgefallen, dass er zusammenzuckte und sich den Arm rieb, während er seine Stellung veränderte.

»Ein Rheumaanfall«, sagte er. »Er ist sehr schmerzhaft.« Sein gequältes Lächeln schwand schon nach wenigen Sekunden. »Du musst mit der Köchin sprechen. Ihre Leistungen lassen in letzter Zeit zu wünschen übrig. Ich hatte in meinem Leben noch nie eine so schlechte Verdauung.«

»Vielleicht etwas Milch und Pfeilwurz?«, schlug sie vor.

»Ich kann doch nicht für den Rest meiner Tage von Milch und Pfeilwurz leben!«, knurrte er. »Ich brauche einen Haushalt, der einwandfrei funktioniert, mit einer Küche, die essbare Speisen auf den Tisch bringt. Wenn du dich um deine eigenen Aufgaben kümmern würdest, statt dich in die meinen einzumischen, gäbe es das Problem nicht. Du bist für meine Gesundheit verantwortlich. Damit solltest du dich beschäftigen, statt zu versuchen, jemanden wie den armen Patterson zu trösten, der das Leben nicht meistert.«

»Den Tod«, verbesserte sie ihn.

»Wie bitte?« Seine Hand fuhr hoch, und er blitzte sie an. Er war wirklich sehr bleich. Auf seiner Oberlippe glänzten Schweißperlen.

»Er sieht sich außerstande, den Tod hinzunehmen«, erklärte sie. »Sie war seine Tochter. Es muss ganz entsetzlich sein, ein Kind zu verlieren, obwohl das weiß Gott vielen Menschen geschieht.« Den Schmerz darüber, dass ihr das nie geschehen würde, verbarg sie in ihrem Innersten. Auch wenn sie sich schon vor vielen Jahren damit abgefunden hatte, kehrte der Gedanke daran von Zeit zu Zeit unerwartet zurück und überraschte sie.

»Sie war kein Kind mehr«, sagte er, »sie war dreiundzwanzig.«

»Großer Gott, Reginald, was zum Kuckuck hat ihr Alter damit zu tun?«, sagte sie gereizt. Es fiel ihr immer schwerer, sich zu beherrschen. »Es ist doch völlig gleichgültig, was seinen Schmerz verursacht hat. Wir haben die Aufgabe, ihm so gut wie möglich Trost zu spenden oder ihm zumindest zu zeigen, dass wir bereit sind, ihn zu unterstützen und ihn daran zu erinnern, dass der Glaube seinen Kummer im Laufe der Zeit lindern wird.« Sie holte tief Luft. »Das gilt auch dann, wenn diese Zeit über das irdische Leben hinausreicht. Gewiss gehört es zu den Hauptaufgaben der Kirche, die Menschen bei Verlusten und Beschwernissen zu unterstützen, die ihnen die Welt nicht zu erleichtern vermag.«

Er stand unvermittelt auf, hustete und legte die Hand auf die Brust. »Es ist Aufgabe der Kirche, Isadora, den richtigen Weg zu weisen, damit die Gläubigen das Ziel errei …« Er hielt inne.

»Reginald, du bist doch nicht krank?«, fragte sie, inzwischen durchaus bereit zu glauben, dass er es war.

»Natürlich nicht«, sagte er aufgebracht. »Ich bin einfach müde und habe eine Magenverstimmung … und einen Rheumaanfall. Es wäre mir lieb, wenn du die Fenster entweder öffnen oder schließen könntest, statt sie immer einen Spalt breit offen zu halten, so dass es im ganzen Hause zieht!« Seine Stimme klang schroff und enthielt zu ihrer Verblüffung einen Anflug von Furcht. Lag das daran, dass er so kläglich versagt hatte, als er Patterson hätte helfen müssen? Hatte er Angst wegen seiner inneren Schwäche, war er besorgt, weil er meinte, man könne sehen, dass er seiner Aufgabe nicht gewachsen war?

Sie versuchte sich an frühere Zeiten zu erinnern. Sie hatte selbst gehört, wie er Menschen beim Tod von Angehörigen oder auch Sterbende tröstete. Damals war er stärker gewesen; die Worte waren ihm leicht gekommen, Zitate aus der Heiligen Schrift, aus früheren Predigten, die Aussprüche anderer bedeutender Kirchenmänner. Er hatte eine wohlklingende Stimme, das hatte ihr immer an ihm gefallen und gefiel ihr auch jetzt noch.

»Bist du sicher, dass du ...« Sie wusste nicht recht, was sie sagen wollte. Stand sie im Begriff, ihm eine Antwort zu entlocken, die sie nicht hören wollte?

»Was?«, fragte er und wandte sich der Tür zu. »Ob ich krank bin? Warum fragst du? Ich habe dir bereits gesagt, dass ich an einer Magenverstimmung und an Gliederschmerzen leide. Hältst du es womöglich für etwas Schlimmeres?«

»Nein, natürlich nicht«, sagte sie rasch. »Bestimmt hast du Recht. Entschuldige, dass ich mich da so hineinsteigere. Ich werde dafür sorgen, dass die Köchin künftig zurückhaltender mit Gewürzen und süßem Gebäck ist. Außerdem soll sie weniger Gans auf den Tisch bringen – Gans ist ausgesprochen schwer verdaulich.«

»Wir haben seit Jahren keine Gans gegessen!«, stieß er empört hervor und verließ den Raum.

»Noch vorige Woche«, sagte sie zu sich selbst. »Bei den Randolphs'. Da ist sie dir gar nicht bekommen!«

Isadora bereitete sich mit großer Sorgfalt für den Empfang vor.

»Ist es etwas Besonderes, Ma'am?«, fragte ihre Zofe interessiert, fast neugierig, als sie das Haar ihrer Herrin auf dem Kopf auftürmte, so dass deren blasse Stirn in voller Breite zu sehen war.

»Ich vermute nicht«, gab Isadora mit leichter Selbstironie

zurück. »Aber es wäre schön, wenn etwas Besonderes passierte. Wahrscheinlich wird die Sache unsagbar langweilig.«

Martha wusste nicht recht, was sie sagen sollte, verstand aber durchaus. Von den Damen, bei denen sie bisher gearbeitet hatte, war Isadora nicht die erste, die unter der Maske einwandfreien Verhaltens eine tiefe Unruhe verbarg. »Ja, Ma'am«, sagte sie pflichtschuldig und machte sich daran, die Frisur, die Isadora ausnehmend gut zu Gesicht stand, ein wenig gewagter zu gestalten.

Der Bischof kommentierte ihre Erscheinung nicht, weder die kühne Frisur noch das meergrüne Kleid mit dem sehr tief ansetzenden Oberteil und einem exquisiten weißen Spitzeneinsatz – es war die gleiche Spitze, die man dort sah, wo der seidene Rock vorne geschlitzt und hinten in regelmäßigen Abständen elegant hochgerafft war. Er sah sie an und wandte den Blick dann wieder ab, während er ihr in die Kutsche half und dem Kutscher den Befehl zur Abfahrt gab.

Sie saß im Dämmerlicht neben ihrem Gatten und fragte sich, wie es wohl wäre, sich für einen Mann anzukleiden, der sie mit Wohlgefallen betrachtete, dem die Farben und der Schnitt dessen, was sie trug, gefielen, dem nicht entging, wie es ihr schmeichelte, und der sie vor allem schön fand. Die meisten Frauen haben etwas Begehrenswertes an sich, und sei es nur eine anmutige Bewegung oder einen bestimmten Klang ihrer Stimme. Jemanden zu finden, dem das gefiel, war etwa so, als breite man die Schwingen aus und spüre die Sonne auf dem Gesicht.

Es kostete sie große Mühe, den Kopf hochzuhalten, zu lächeln und so zu schreiten, als glaube sie an sich selbst, denn der Bischof hatte ihr nichts in der Art gesagt, so dass sie sich beinahe minderwertig vorkam.

Wieder gab sie sich ihrem Tagtraum hin. Ob ihr Kleid Cornwallis gefallen würde? Angenommen, sie hätte sich für ihn so herausgeputzt – hätte er dann am Fuß der Treppe gestanden und berückt zugesehen, wie sie herunterkam? Vielleicht wäre er sogar davon beeindruckt, wie schön eine Frau auszusehen vermag, beeindruckt von der Seide, der Spitze, dem Parfüm – lauter Dinge, mit denen er wohl ziemlich wenig vertraut war.

Schluss jetzt! Sie durfte ihrer Phantasie nicht die Zügel schießen lassen. Sie wurde tiefrot, als sie sich bei solchen Gedanken ertappte, und wandte sich ganz bewusst dem Bischof zu, um etwas zu sagen, irgendetwas, um den Zauber zu brechen.

Er aber schwieg während der ganzen Fahrt, als habe er gar nicht bemerkt, dass sie neben ihm saß. Das war ungewöhnlich. Sonst sprach er bei solchen Gelegenheiten über die erwarteten Gäste, zählte ihr deren Tugenden und Schwächen auf und erklärte, was man von ihnen an materiellen Beiträgen zum Wohl der Kirche im Allgemeinen und seines Bistums im Besonderen zu erwarten hatte.

»Was können wir deiner Ansicht nach tun, um dem armen Mister Patterson zu helfen?«, fragte sie schließlich, als sie fast am Ziel waren. »Er scheint wirklich großen Kummer zu leiden.«

»Nichts«, gab er zurück, ohne sie auch nur anzusehen. »Die Frau ist tot, Isadora. Gegen den Tod kann niemand etwas unternehmen. Er ist da, unausweichlich, vor uns und um uns herum. Wir können im Licht des Tages sagen, was wir wollen, wenn die Nacht hereinbricht, wissen wir nicht, woher wir kommen, und haben keine Vorstellung davon, wohin wir gehen – falls wir überhaupt irgendwohin gehen. Lass dich nicht dazu herab, Patterson etwas anderes zu sagen. Sofern er Trost im Glauben zu finden vermag, gelangt er aus eigener Kraft dorthin. Du kannst ihm den deinen nicht geben, immer vorausgesetzt, du glaubst und sagst nicht einfach wie die meisten Menschen, was du selbst gern hören möchtest. Jetzt solltest du dich besser bereitmachen. Wir sind gleich da.«

Die Kutsche hielt an. Sie stiegen aus und gingen in das Haus, wo sie erwartet wurden. Wie bei solchen Gelegenheiten üblich, wurde ihr Eintreffen in aller Form angekündigt. Früher hatte sich Isadora jedes Mal gefreut, wenn sie hörte, dass Reginald als Seine Eminenz, der Bischof angekündigt wurde. Diesen Titel hatte sie höher geschätzt als ein Adelsprädikat, da er nicht ererbt, sondern von Gott verliehen war, und er schien ihr unendlich viele Möglichkeiten zu enthalten. Jetzt blickte sie ausdruckslos auf das geräuschvolle Meer von Farben vor sich, als sie an seinem Arm in den Raum trat. Inzwischen sah sie in diesem Titel nicht mehr als eine Auszeichnung, die Menschen auf jemanden übertragen hatten, der dem von ihnen gewünschten Muster am ehesten entsprach, die Aufmerksamkeit der richtigen Leute auf sich gelenkt hatte und dem es gelungen war, niemanden zu kränken. Er brauchte nicht zu den Mutigen und Kühnen zu gehören und würde das Leben keines Menschen verändern. Er war lediglich jemand, von dem man am ehesten annehmen konnte, dass er das Bestehende und Bekannte, in dem sich alle eingerichtet hatten, nicht gefährdete. Bei ihm durfte man sich auf jeden Fall darauf verlassen, dass er bewahrte, was da war, ob gut oder schlecht.

Sie wurden vorgestellt, und sie folgte ihm mit einem Schritt Abstand und erwiderte den Gruß der Anwesenden mit einem Lächeln und höflichen Worten. Sie bemühte sich, Interesse für sie aufzubringen

»Mister Aubrey Serracold«, stellte Lady Warboys vor. »Er bewirbt sich um den Unterhaussitz für South Lambeth. Mistress Underhill, Bischof Underhill.«

»Sehr erfreut, Mister Serracold«, sagte Isadora pflichtschuldig, da merkte sie mit einem Mal, dass etwas an ihm ihre Aufmerksamkeit auf sich zog. Er erwiderte ihre Begrüßung mit einem Lächeln, wobei in seinen Augen eine leichte Belustigung lag, als herrsche zwischen ihnen Einverständnis über einen eher absurden Witz, den sie vor diesem Publikum anstandshalber nicht ausbreiten durften. Während der Bischof zum nächsten Gast weiterging, lächelte sie ihrerseits Aubrey Serracold zu. Ihr fiel ein, dass sie irgendwo gehört hatte, er sei der zweite Sohn eines Marquis oder dergleichen, weshalb ihm die Anrede »Lord« zustehe, auf die er aber keinen Wert lege. Insgeheim hoffte sie, er habe politische Überzeugungen und strebe den Sitz im Unterhaus nicht nur an, um sich die Langeweile zu vertreiben. Wie diese Überzeugungen wohl aussehen mochten?

»Welche Partei vertreten Sie, Mister Serracold?«, fragte sie mit einem Interesse, das sie nicht zu heucheln brauchte.

»Ich bin gar nicht sicher, dass eine der beiden die Verantwortung für mich übernehmen würde, meine Gnädigste«, gab er mit leicht schiefem Lächeln zurück. »Ich habe einige meiner persönlichen Überzeugungen offen ausgedrückt, was mich nicht überall beliebt gemacht haben dürfte.« Mit diesen Worten erregte er ihre Aufmerksamkeit, und vielleicht war das auf ihren Zügen zu erkennen, denn er machte sogleich nähere Ausführungen. »Zunächst einmal habe ich die unverzeihliche Sünde begangen, dem Gesetzesentwurf für den achtstündigen Arbeitstag Vorrang vor der Selbstbestimmung für Irland einzuräumen. Ich sehe keinen Grund, warum wir nicht beides einführen sollten, womit wir wahrscheinlich die Unterstützung der großen Masse der Bevölkerung gewinnen könnten, und das wiederum wäre eine Basis, auf der man weitere dringend nötige Reformen durchführen könnte, angefangen damit, dass man die Länder des Weltreichs ihren angestammten Bewohnern zurückgibt.«

»Was den letzten Punkt angeht, bin ich nicht sicher, aber alles andere klingt ungeheuer vernünftig«, stimmte sie zu. »Viel zu sehr, als dass man annehmen dürfte, man werde es in Gesetze gießen.«

»Sie sind ja eine Zynikerin«, sagte er mit gespielter Verzweiflung.

»Mein Mann ist Bischof«, gab sie zur Antwort.

»Ach so! Natürlich ...« Da drei weitere Gäste auf sie zutraten, unter ihnen Serracolds Gattin, musste er von weiteren Ausführungen absehen. Isadora hatte die Frau zwar noch nie gesehen, wohl aber gehört, dass man mit Beunruhigung und Bewunderung über sie sprach.

»Sehr erfreut, Sie kennen zu lernen, Mistress Underhill«, sagte Rose mit nur mühsam verhüllter Teilnahmslosigkeit, als sie einander vorgestellt wurden. Weder beschäftigte sich Isadora mit Politik, noch konnte sie trotz ihres meergrünen Kleides als wirklich modisch gelten. Sie war eine Frau von konservativem Geschmack und unwandelbarer Schönheit.

Rose Serracold hingegen war in geradezu übersteigerter Weise avantgardistisch eingestellt. Das zeigte sich bereits in ihrer Erscheinung. Das Kleid aus burgunderfarbenem Satin war mit Guipurespitze verziert, was zusammen mit ihrem aschblonden Haar besonders auffällig wirkte, etwa wie Blut und Schnee. Ihre leuchtend blauen, wasserhellen Augen schienen jeden im Raum mit einer Art Hunger zu betrachten, als suche sie nach einem bestimmten Menschen, den sie nicht fand.

»Mister Serracold hat mir über die Reformen berichtet, die er bewirken möchte«, sagte Isadora im Unterhaltungston.

Rose sah sie mit strahlendem Lächeln an. »Bestimmt haben Sie hinreichend Kenntnis von dieser Notwendigkeit«, gab sie zur Antwort. »Zweifellos sind Ihrem Gatten in seinem Amt Armut und Ungerechtigkeit in der Welt nur allzu schmerzlich zu Bewusstsein gekommen, die sich lindern ließen, wenn unsere Gesetze mehr Gleichheit bewirkten.« Sie sagte das herausfordernd. Offenkundig wollte sie erreichen, dass Isadora bekannte, nichts davon zu wissen, womit sie als Heuchlerin dagestanden hätte, die das von ihrem Mann gepredigte Christentum nicht lebte.

Ohne ihre Worte abzuwägen, gab Isadora zurück: »Selbstverständlich. Auch fällt es mir nicht schwer, mir die Veränderungen vorzustellen, wohl aber weiß ich nicht recht, wie sie sich verwirklichen lassen. Ein Gesetz taugt nur dann etwas, wenn man es durchsetzen kann, das heißt, es muss eine Sanktion geben, die wir anzuwenden bereit sind, wenn jemand dagegen verstößt. Solche Verstöße aber wird es auf jeden Fall geben, und sei es nur, um die Ernsthaftigkeit des Reformbestrebens auf die Probe zu stellen.«

Rose war begeistert. »Sie haben sich ja tatsächlich Gedanken darüber gemacht!« Ihre Überraschung ließ sich förmlich mit Händen greifen. »Ich bitte um Entschuldigung, dass ich Sie gekränkt habe, indem ich Ihre Aufrichtigkeit anzweifelte.« Mit gesenkter Stimme, so dass nur die ihr zunächst Stehenden hören konnten, was sie sagte, fuhr sie fort: »Wir müssen unbedingt miteinander sprechen, Mistress Underhill.« Weil sie mit einem Mal so leise sprach, trat um sie herum Stille ein, da alle hören wollten, was sie sagte. Mit ihrer eleganten Hand, an deren langen Fingern mehrere Ringe blitzten, zog sie Isadora von der Gruppe fort, in der sie mehr oder weniger zufällig aufeinander gestoßen waren. »Die Zeit ist schrecklich knapp«, nahm sie den Faden wieder auf. »Wir müssen uns weit mehr vorwagen als die Partei das offiziell zulässt, wenn wir wirklich etwas Gutes ausrichten wollen. Die Abschaffung des Schulgeldes für Elementarschulen im vorigen Jahr hat schon großartig gewirkt, aber das ist erst ein Anfang. Es bleibt noch weit mehr zu tun. Bildung für alle ist auf Dauer die einzige Möglichkeit, etwas gegen die Armut zu unternehmen.« Sie holte rasch Luft und fuhr fort: »Wir müssen Möglichkeiten finden, dafür zu sorgen, dass Frauen die Zahl ihrer Kinder begrenzen können. Armut und körperliche wie seelische Erschöpfung sind das unvermeidliche Ergebnis, wenn sie ein Kind nach dem anderen zur Welt bringen und weder die Kraft haben, sich um sie zu kümmern, noch das Geld, sie zu ernähren und zu kleiden.« Sie sah Isadora mit offener Herausforderung an. »Es tut mir Leid, wenn diese Vorstellung gegen Ihre religiösen Überzeugungen verstößt, aber als Frau eines Bischofs in einer großen Dienstwohnung zu leben ist etwas völlig anderes, als wenn man in einem oder zwei kaum heizbaren Zimmern ohne Wasser versucht, ein Dutzend Kinder zu ernähren und sauber zu halten.«

»Würde sich der Achtstundentag günstig oder ungünstig darauf auswirken?«, erkundigte sich Isadora, bemüht, sich nicht durch Dinge kränken zu lassen, die mit der eigentlichen Frage letzten Endes nichts zu tun hatten.

Die geschwungenen Augenbrauen der anderen hoben sich. »Wie könnte der sich ungünstig auswirken? Jeder, der arbeitet, ob Mann oder Frau, muss vor Ausbeutung geschützt werden!« Die blasse Haut ihres Gesichts wurde flammend rot vor Zorn.

Ihr Gespräch wurde durch das Hinzutreten einer Bekannten von Rose unterbrochen, die sie überschwänglich begrüßte. Sie wurde ihr als Mrs. Swann vorgestellt und machte ihrerseits Isadora mit ihrer Begleiterin bekannt, einer selbstsicher wirkenden reifen Frau von vierzig Jahren, die immer noch so jugendlich wirkte, dass die Augen der meisten Männer mit Wohlgefallen auf ihr ruhten. Sie hielt den Kopf anmutig hoch erhoben und gab sich wie jemand, der einerseits völlig in sich ruht, andererseits aber den Menschen gegenüber aufgeschlossen ist.

»Mistress Octavia Cavendish«, sagte Mrs. Swann mit einem Anflug von Stolz.

Unmittelbar bevor sich Isadora äußerte, begriff sie, dass es sich um eine Witwe handeln musste, wenn sie auf diese Weise vorgestellt wurde. »Interessieren Sie sich für Politik?«, fragte sie. Angesichts des eingeladenen Personenkreises lag diese Annahme nahe.

»Nur soweit sie die Gesetze ändert, und das, hoffe ich, zum Nutzen aller«, sagte Mrs. Cavendish. »Man braucht ein großes Maß an Weisheit, wenn man die Ergebnisse seines Handelns im Voraus abschätzen will. Bisweilen führen gerade die edelsten Absichten zu einem nicht vorhersehbaren katastrophalen Ergebnis.«

Rose öffnete ihre bemerkenswerten Augen weit. »Mistress Underhill wollte uns gerade erklären, welchen Schaden der achtstündige Arbeitstag anrichten kann«, sagte sie und sah Mrs. Cavendish dabei fest an. »Ich fürchte, dass sie im Innersten konservativ gesinnt ist.«

»Also wirklich, Rose«, mahnte Mrs. Swann sie und warf Isadora rasch einen entschuldigenden Blick zu.

»Nein!«, sagte Rose ungeduldig. »Wir sollten nicht länger um den heißen Brei herumreden und wirklich sagen, was wir meinen. Ist es zu viel verlangt, dass wir von Menschen Ehrlichkeit erwarten? Haben wir nicht die Pflicht, Fragen zu stellen und Antworten zu erwarten?«

»Rose, ein wenig Überspanntheit ist gut und schön, aber ich fürchte, du gehst zu weit!«, sagte Mrs. Swann mit nervösem Hüsteln. Sie legte ihr eine Hand auf den Arm, die Rose aber ungeduldig abschüttelte. »Vielleicht möchte Mistress Underhill nicht -«

»Wirklich nicht?«, fragte Rose, wobei ihr strahlendes Lächeln wieder aufblitzte.

Bevor Isadora antworten konnte, ergriff Mrs. Cavendish das Wort. »Es ist schlimm, wenn jemand so viel arbeiten muss, und es ist auch nicht recht«, sagte sie, »doch ist das immer noch besser, als überhaupt keine Arbeit zu haben...«

»Eine solche Haltung ist erpresserisch!«, fiel ihr Rose wütend ins Wort.

Mrs. Cavendish beherrschte sich bewundernswert. »Gewiss, sofern ein Arbeitgeber es darauf anlegt. Doch wenn seine

Erträge zurückgehen und die Konkurrenz ihm das Leben schwer macht, kann er sich höhere Kosten nicht leisten, denn sonst würde er Bankrott machen, und seine Leute würden ihren Arbeitsplatz verlieren. Da wir nun einmal das Weltreich haben, müssen wir es unbedingt behalten, ob uns das recht ist oder nicht.« Sie lächelte, um ihren so überzeugend vorgetragenen Worten den Stachel zu nehmen. »Bei der Politik geht es um das, was möglich ist, und nicht um das, was wir gern hätten«, fügte sie hinzu. »Ich denke, das ist Teil der Verantwortlichkeit eines Politikers.«

Isadora ließ den Blick zwischen Mrs. Cavendish und Rose Serracold hin und her wandern und sah, dass Letztere mit einem Mal verblüfft wirkte. Sie war auf einen Menschen gestoßen, der eine der ihren entgegengesetzte Position vertrat, und zwar mit der gleichen Überzeugung wie sie. Sie sah keine Möglichkeit, der schlüssigen Argumentation etwas entgegenzusetzen. Einstweilen musste sie sich geschlagen geben. Allem Anschein nach war das für sie eine neue Erfahrung.

Bei einem Blick zu Aubrey Serracold hinüber sah Isadora in seinen Augen nicht nur Empfindsamkeit, sondern auch eine Art Betrübnis, das Wissen, dass kostbare Dinge zerstört werden können.

Genau so hätte sie Cornwallis gegenüber empfinden können. Sie wäre bereit gewesen, vieles auf sich zu nehmen, um zu schützen, was gut an ihm war: ein großzügiges Herz, ein klarer Verstand, Ehrgefühl und Abscheu vor Gemeinheiten und Niedertracht. All das war von unendlichem Wert, nicht nur für sie, sondern an sich. An Reginald Underhill gab es nichts, was in ihr diesen wilden Schmerz hervorrief, der halb Qual, halb Lust war.

In diesem Augenblick trat ein weiterer Mann zu ihrer Gruppe. Die Vertrautheit, mit der er Mrs. Cavendish ansah, zeigte, dass er zu ihr gehörte. Es überraschte Isadora nicht, dass sie zumindest einen Bewunderer hatte, denn sie war eine bemerkenswerte Frau, und das nicht nur in ihrer äußeren Erscheinung. Sie besaß ein Ausmaß an Charakter, Intelligenz und Klarheit des Denkens, wie man es nicht alle Tage fand.

»Darf ich meinen Bruder vorstellen«, sagte Mrs. Cavendish

rasch. »Sir Charles Voisey. Mistress Underhill, Mister und Mistress Serracold.« Bei den letzten beiden Namen verzog sie das Gesicht ein wenig, und Isadora durchfuhr die Erkenntnis, dass sich Voisey und Serracold um denselben Unterhaussitz bewarben. Einer von beiden musste verlieren. Interessiert sah sie zu Voisey hin. Sie entdeckte keinerlei Ähnlichkeit zwischen den Geschwistern. Seine Haare waren leicht rötlich, die seiner Schwester hingegen dunkel, was einen aufregenden Kontrast zu ihrer hellen Haut bildete. Die Nase in seinem langen Gesicht war nicht ganz gerade, als wäre sie irgendwann einmal gebrochen und schlecht verheilt. Das Einzige, was sie gemeinsam hatten, war ihre rasche Intelligenz und eine starke innere Kraft. Bei ihm war sie so ausgeprägt, dass sie schon fast erwartete, sie als Hitze in der Luft spüren zu können.

Sie murmelte einige höfliche Worte. Ihr war bewusst, dass Aubrey Serracold jetzt seine Empfindungen verbarg, wusste er doch, dass es sich bei seinem Gegenspieler um einen völlig anders gearteten Menschen handelte, dem jegliche Rücksicht fremd war. Die sich anschließende höfliche Konversation genügte lediglich der gesellschaftlichen Form und war nicht dazu angetan, auch nur irgendjemanden zu täuschen.

Rose war unübersehbar wütend. Die Ringe an ihren langen Fingern blitzten, während sie ihre Hände bewegte, und im Licht der Kronleuchter über ihnen schimmerte die Haut ihres Halses fast bläulich weiß. Es sah aus, als könnte man die Venen sehen, wenn man ein wenig genauer hinschaute. Isadora meinte an ihr den Ausdruck von Furcht zu erkennen. Er lag gleich einem Parfüm in der Luft, wie der Duft nach Lavendel, Jasmin und der schwere Geruch der Lilien, die in Vasen auf dem Tisch standen. War es ihr so wichtig zu gewinnen? Oder gab es da etwas anderes?

Die ganze Gesellschaft zog ins Esszimmer um, wobei selbstverständlich auf die genaue Rangfolge geachtet wurde. Als Ehefrau eines Bischofs gehörte Isadora zu den Ersten. Ihnen folgten Angehörige des Adels, weit vor gewöhnlichen Sterblichen, wie es bloße Unterhauskandidaten waren. Auf den Tischen schimmerten Kristall und Porzellan um die Wette. An jedem Platz glänzten Messer, Gabel und Löffel.

Nachdem die Damen Platz genommen hatten, setzten sich auch die Herren. Gleich darauf wurde der erste Gang aufgetragen, dann nahm man die unterbrochenen Gespräche wieder auf, ertönte munteres Geplauder, hinter dem sich so manches Geschäft verbarg und bei dem die eine oder andere Schwäche sondiert und auch ausgebeutet wurde. An einem solchen Ort wurden Bündnisse geschmiedet, aber auch künftige Feindschaften keimten dort auf.

Isadora achtete nur halb auf das, was um sie herum gesagt wurde. Das meiste davon hatte sie schon früher gehört: die Fragen von Wirtschaft und Moral, Finanzangelegenheiten, die religiösen Schwierigkeiten und Rechtfertigungen, die politischen Erfordernisse.

Als aber der Bischof mit einem Mal Voiseys Namen nannte und seine Stimme geradezu begeistert klang, erregte das ihre Aufmerksamkeit, und sie hörte verblüfft zu. »Unschuld bewahrt uns nicht vor den Fehlern wohlmeinender Männer, deren Kenntnis der Menschennatur weit geringer ist als ihr Bestreben, Gutes zu tun«, sagte er salbungsvoll. Er sah nicht zu Aubrey Serracold hin, doch merkte Isadora, dass mindestens drei andere am Tisch das taten. Rose erstarrte, ihre Hand umklammerte das Weinglas.

»Ich habe in jüngster Zeit schrittweise erkannt, wie schwierig es ist, weise zu regieren«, fuhr der Bischof fort und sah entschlossen drein, als werde er sich auf keinen Fall davon abbringen lassen, vollständig vorzutragen, was er sagen wollte. »Das ist keine Aufgabe für Amateure, wie hochstehend und hochgesinnt sie auch sein mögen. Wir können uns die Kosten von Fehlern einfach nicht leisten. Ein misslungenes Experiment mit den Kräften von Handel und Finanz, die Preisgabe von Gesetzen, denen wir seit Jahrhunderten gehorchen, genügt, und Tausende müssen leiden, bevor wir die Entwicklung umkehren und das verlorene Gleichgewicht wiedergewinnen können.« Er schüttelte weise den Kopf. »Hier wartet auf uns eine weit tiefer reichende Aufgabe als je in unserer Geschichte. Um der Menschen willen, die wir führen und denen wir dienen, können wir uns weder Sentimentalität noch Maßlosigkeit leisten.« Rasch sah er zu Aubrey hin und wandte dann den Blick wieder ab. »Darauf zu achten ist in erster Linie unsere Pflicht, denn sonst bleibt uns nichts.«

Aubrey Serracold war bleich, seine Augen glänzten. Er schwieg, mit den Händen Messer und Gabel umklammernd. Ihm war klar, dass es nichts nutzen würde, gegen diesen Redefluss zu argumentieren, und so entgegnete er nichts.

Einen Augenblick lang sagte niemand etwas, dann sprachen ein halbes Dutzend auf einmal, entschuldigten sich gegenseitig und fingen von vorn an. Als Isadora sie einen nach dem anderen ansah, merkte sie, dass Reginalds Worte sie beeindruckt hatten. Mit einem Mal wirkten Zauber und Ideale weniger leuchtend, weniger vielversprechend.

»Eine äußerst selbstlose Sichtweise«, sagte Voisey zum Bischof gewandt. »Wenn alle geistigen Führer Ihren Mut besäßen, wüssten wir, wo wir moralische Führung finden könnten.«

Der Bischof sah ihn an. Sein Gesicht war bleich, seine Brust hob und senkte sich, als falle ihm das Atmen entsetzlich schwer.

Wieder seine Magenverstimmung, dachte Isadora. Er hat zu viel von der Selleriesuppe gegessen. Er hätte sie stehen lassen sollen; schließlich weiß er, dass sie ihm nicht bekommt. Wenn man ihn reden hörte, hätte man glauben können, sie wäre mit Wein versetzt gewesen!

Der Abend schleppte sich hin, Versprechen wurden gemacht und gebrochen. Kurz nach Mitternacht gingen die ersten Gäste. Unter ihnen befanden sich der Bischof und Isadora.

Als sie in ihrer Kutsche davonfuhren, wandte sie sich ihm zu. »Was um Himmels willen ist nur in dich gefahren, dass du so gegen Mister Serracold vom Leder gezogen hast? Noch dazu in Anwesenheit des Ärmsten! Falls seine Vorstellungen extrem sein sollten, würde sie ohnehin niemand zur Grundlage eines Gesetzes machen wollen.«

»Willst du damit sagen, dass ich warten soll, bis sie dem Parlament vorgelegt werden, bevor ich mich dagegen wende?«, fragte er scharf zurück. »Möchtest du womöglich, dass ich warte, bis das Unterhaus den Vorschlag gebilligt hat und er dem Oberhaus vorliegt, wo ich mich dann dazu äußern darf? Ich zweifle nicht im Geringsten daran, dass seine weltlichen Mitglieder gegen die meisten Vorschläge dieser Art stimmen werden, aber in meine Amtsbrüder, die geistlichen Lords, setze ich weniger Vertrauen. Sie verwechseln das Erstrebenswerte mit dem Durchführbaren.« Er hüstelte. »Die Zeit ist kurz, Isadora. Niemand kann es sich leisten, den Tag hinauszuschieben, an dem er zu handeln hat. Möglicherweise erlebt er den morgigen Tag nicht mehr, an dem er Fehler wieder gutmachen kann.«

Sie wusste nicht, was sie sagen sollte. Aussagen dieser Art entsprachen seinem Wesen in keiner Weise. Sie hatte noch nie an ihm bemerkt, dass er sich so festlegte. Früher hatte er sich stets ein Hintertürchen offen gelassen, um sich herauswinden zu können, falls sich die Umstände änderten.

»Geht es dir wirklich gut, Reginald?«, erkundigte sie sich. Im selben Augenblick wünschte sie, es nicht gesagt zu haben. Sie wollte sich nicht wieder eine Litanei darüber anhören müssen, was ihm am Abendessen nicht zugesagt hatte, seine Klagen über die Art der Bedienung, seine Kommentare zu den Ansichten anderer oder darüber, wie diese sie geäußert hatten. Hätte sie sich doch auf die Zunge gebissen und irgendein zustimmendes Gemurmel von sich gegeben! Jetzt war es zu spät.

»Nein«, sagte er ziemlich laut. In seiner Stimme schwang geradezu Verzweiflung mit. »In keiner Weise. An meinem Platz muss es gezogen haben. Ich spüre mein Rheuma in allen Knochen und habe entsetzlich Schmerzen in der Brust.«

»Ich nehme an, dass es nicht klug war, die Selleriesuppe zu essen«, sagte sie. Zwar bemühte sie sich, Mitgefühl in ihre Worte zu legen, merkte aber, dass ihr das nicht gelang. Sie hörte selbst, wie gleichgültig klang, was sie sagte.

»Ich fürchte, es ist etwas weit Schlimmeres.« Jetzt lag in seiner Stimme kaum verhüllte Panik. Sie war sicher, dass sie auf seinem Gesicht eine nur mühsam beherrschte Angst erkannt hätte, wenn sie es in der dunklen Kutsche hätte sehen können. Sie war froh, dass das nicht möglich war, denn sie wollte nicht in seine Empfindungswelt mit hineingezogen werden. Das war früher schon viel zu oft geschehen.

»Eine Magenverstimmung kann sehr unangenehm sein«, sagte sie ruhig. »Wer sich darüber lustig macht, hat noch nie darunter gelitten. Aber zum Glück geht so etwas vorüber und richtet keinen dauernden Schaden an. Schlimm ist nur die ständige Müdigkeit, weil man nicht schlafen konnte. Mach dir also bitte keine Sorgen.«

»Meinst du?«, fragte er. Er wandte ihr den Kopf nicht zu, doch hörte sie aus seiner Stimme den Wunsch heraus, ihr zu glauben.

»Natürlich«, sagte sie beschwichtigend.

Schweigend fuhren sie den Rest des Weges, doch spürte sie sein Unbehagen fast körperlich. Es saß zwischen ihnen wie ein lebendes Wesen.

Sie erwachte in der Nacht und sah, dass er vorgebeugt auf der Bettkante saß. Sein Gesicht war aschfahl, der linke Arm hing lose herab, als hätte er keine Kraft darin. Sie schloss die Augen wieder, bemüht, möglichst rasch wieder in ihren Traum vom offenen Meer zurückzufinden, wo Wellen leise an den Rumpf eines Bootes schlugen. Sie stellte sich John Cornwallis dort vor, das Gesicht in den Wind gedreht, ein vergnügtes Lächeln auf den Lippen. Von Zeit zu Zeit wandte er sich ihr zu und sah sie an. Möglicherweise wollte er etwas sagen, wahrscheinlich aber nicht. Ihrer beider Schweigen war friedvoll, und so tief war das Einverständnis zwischen ihnen, dass es keiner Worte bedurfte.

Doch ihr Gewissen ließ ihr keine Ruhe, und so gab sie See und Himmel auf. Das Bewusstsein, dass Reginald Schmerzen litt, veranlasste sie, die Augen wieder zu öffnen und sich langsam aufzusetzen. Mit den Worten: »Ich mach dir Wasser heiß«, schlug sie die Decke zurück und stand auf. Ihr Nachthemd aus feinem Leinen reichte bis zum Fußboden. Die Sommernacht war so warm, dass sie nichts darüber zu ziehen brauchte, und um die Schicklichkeit musste sie sich nicht sorgen, denn um diese Stunde würden keine Dienstboten mehr auf sein.

»Nein!«, kam ein erstickter Schrei aus seiner Kehle. »Lass mich nicht allein!«

»Wenn du das Wasser in kleinen Schlucken trinkst, hilft das«, sagte sie. Unwillkürlich hatte sie Mitleid mit ihm. Er sah elend aus. Schweißperlen standen auf seiner Haut, und seine Körperhaltung zeigte, dass er Schmerzen hatte. Sie kniete vor ihm nieder. »Ist dir nicht gut? Kann es sein, dass du etwas gegessen hast, was nicht frisch oder nicht durchgekocht war?«

Wortlos sah er zu Boden.

»Es geht bestimmt vorüber«, sagte sie tröstend. »Eine Weile ist es schlimm, aber es hört bestimmt auf. Vielleicht solltest du in Zukunft weniger Rücksicht auf die Empfindungen deiner Gastgeberin nehmen und alles vorübergehen lassen bis auf die einfachsten Speisen. Manchen Leuten ist nicht klar, wie oft du genötigt bist, als Gast in fremden Häusern zu essen. Das kann nach einer Weile wirklich zu viel werden.«

Er sah sie mit dunklen, verängstigten Augen an, flehte wortlos um Hilfe.

»Soll ich den Arzt kommen lassen? Ich kann Harold schicken.« Sie machte das Angebot lediglich, um etwas zu sagen. Wie schon bei früheren Gelegenheiten würde der Arzt lediglich Pfefferminzwasser geben. Es war eine Zumutung, ihn nur deshalb kommen zu lassen, weil ihr Mann Blähungen hatte, ganz gleich, wie sehr sie ihn quälen mochten. Früher hatte der Bischof in solchen Fällen nichts davon wissen wollen, da er der Ansicht war, es vertrage sich nicht mit der Würde des hohen Amtes. Wie konnte man achtungsvoll zu einem Mann aufblicken, der nicht einmal seine Verdauungsorgane zu beherrschen vermochte?

»Ich will ihn nicht«, stieß er hervor. Dann brach ein Schluchzen aus ihm heraus. »Glaubst du wirklich, es lag am Essen?« Es klang wie eine wilde Hoffnung, als flehe er sie an, ihm zu versichern, dass es sich so verhielt.

Sie merkte, dass er fürchtete, es könne etwas Schlimmeres sein als eine Magenverstimmung, dass er annahm, er sei jetzt schwer krank, nachdem er über Jahre hinweg lediglich an Kleinigkeiten gelitten hatte. Wovor nur hatte er eine so entsetzliche Angst? Vor den Schmerzen? Oder vor der Peinlichkeit, sich erbrechen zu müssen, nicht mehr Herr seiner Körperfunktionen zu sein, vor der Notwendigkeit, von anderen sauber gehalten zu werden, auf deren Pflege er angewiesen war?

Mit einem Mal tat er ihr wirklich Leid. Sicherlich hatte insgeheim jeder solche Befürchtungen, wie dann erst jemand, dem Macht und Selbstgefälligkeit alles bedeuteten? Im Tiefsten seines Herzens mochte er ahnen, wie brüchig die Autorität war, auf die er sich stützte. Vermutlich glaubte er nicht, dass Isadora ihn genügend liebte, um sich in einer solchen Phase seines Lebens an ihn gebunden zu fühlen, und war überzeugt, dass nur das Pflichtgefühl sie veranlassen würde, an seiner Seite zu bleiben. Das aber wäre beinahe schlimmer als die Pflege durch Fremde. Nur in den Augen der Außenwelt wäre damit alles in Ordnung, und niemand würde je erfahren, wie es wirklich um ihre Ehe stand, ob es zwischen ihnen eine wie auch immer geartete Beziehung gab oder nicht.

Er sah sie nach wie vor an, wartete, dass sie ihm versicherte, seine Angst sei unnötig, und alles werde vorübergehen. Das aber war ihr nicht möglich. Selbst wenn er ein Kind gewesen wäre und nicht ein Mann, der älter war als sie selbst, hätte sie ihm diese Gewissheit nicht zu geben vermocht. Man konnte nicht immer die Augen vor der Wirklichkeit einer Krankheit verschließen.

»Ich werde alles tun, was ich kann, um dir zu helfen«, flüsterte sie. Sie tastete nach seiner Hand, mit der er seine Knie umkrallte, und legte die ihre darauf. Sie spürte das Entsetzen, das er empfand, als wäre es durch seine Haut auf sie übergegangen. Dann ging ihr schlagartig auf, was es war: er hatte Angst zu sterben. Sein Leben lang hatte er die Liebe Gottes gepredigt, das unbedingte Erfordernis, den Geboten zu gehorchen, das nicht in Frage gestellt werden durfte und nicht erklärt werden konnte, die Hinnahme des irdischen Leides und das völlige Vertrauen auf das ewige Leben im Himmel ... doch er selbst glaubte offenkundig nicht daran. Dem Abgrund des Todes gegenüber sah er kein Licht, keinen Gott auf der anderen Seite. Er war so allein wie ein Kind in der Nacht.

Sie ließ ihre Träume fahren und hörte sich erstaunt sagen: »Ich bin bei dir. Mach dir keine Sorgen.« Er umklammerte ihre Hand stärker, und sie fasste nach seinem anderen Arm. »Du brauchst nichts zu fürchten. Diesen Weg müssen alle Menschen gehen. Er ist nichts als ein Durchgang. Jetzt ist der Zeitpunkt gekommen zu glauben. Du bist nicht allein, Reginald. Alle Lebewesen sind bei dir. Es bedeutet nur einen Schritt in die Ewigkeit. Du hast bei so vielen Menschen erlebt, wie sie ihn mit Mut und Anstand getan haben. Du kannst es auch, ganz bestimmt.«

Er blieb auf der Bettkante sitzen, doch allmählich entspannte sich sein Körper. Der Schmerz hatte wohl nachgelassen, denn er ließ sich von ihr ins Bett helfen und schlief nach wenigen Augenblicken ein. Sie ging um das Bett herum auf die andere Seite und legte sich wieder hin.

So müde sie war, kam der Segen des Vergessens erst, als es schon fast früher Morgen war.

Er stand auf. Zwar war er ein wenig bleich, wirkte aber sonst ganz wie immer. Er sprach den nächtlichen Vorfall mit keiner Silbe an und vermied es, sie anzusehen.

Sie ärgerte sich sehr über ihn. Es war kläglich, dass er ihr nicht zumindest dankte, und sei es mit einem Lächeln. Sie war nicht auf Worte angewiesen. Aber offenbar grollte er ihr, weil sie ihn all seiner Würde entkleidet gesehen, seine nackte Angst erkannt hatte. Zwar begriff sie das, und dennoch verachtete sie ihn wegen seiner Kleingeistigkeit.

Er war krank. Das gestand sie sich ein. Selbst wenn er heute nicht daran denken mochte: es war eine Tatsache. Er brauchte Isadora, und es war gleichgültig, ob sie aus Zuneigung, Mitleid, Achtung oder einfach aus Pflichtgefühl bei ihm blieb. Sie war mit ihm gemeinsam gefangen, solange es dauern würde. Das konnten Jahre sein. Sie sah diese Zeit sich wie eine Straße auf einer grauen Ebene bis zum Horizont erstrecken. Sie würde sie mit ihren eigenen Träumen ausschmücken müssen, nie aber nach ihnen greifen dürfen.

Vielleicht waren es ohnehin nie etwas anderes als Träume gewesen. Nichts hatte sich verändert, lediglich ihr Bewusstsein.

Kapitel 9

»Ich kann es nicht glauben!«, rief Jack Radley aus. Er saß am Frühstückstisch und hielt mit bleichem Gesicht und zitternden Händen die Zeitung empor.

»Was?«, fragte Emily. Sofort nahm sie an, es habe mit dem Mord an Maude Lamont zu tun, der gerade eine Woche zurücklag. Hatte Thomas etwas gefunden, was Rose belastete? Erst jetzt ging ihr auf, wie sehr sie diese Möglichkeit gefürchtet hatte. Das Schuldbewusstsein überwältigte sie. »Was hast du da gelesen?« Ihre Stimme klang schrill vor Angst.

»Einen Leserbrief von Aubrey!«, sagte Jack und legte die Zeitung so vor sie hin, dass sie ihn sehen konnte. »Offenbar will er sich damit gegen das zur Wehr setzen, was General Kingsley über ihn geschrieben hat, aber es ist äußerst leichtfertig.«

»Meinst du mit ›leichtfertig‹, dass er unbekümmert drauflos geschrieben hat? Das sieht Aubrey gar nicht ähnlich.« Sie hörte ihn förmlich sprechen – die Wirkung dessen, was er sagte, hing nicht nur mit dem Wohlklang seiner Stimme zusammen, sondern durchaus auch mit seiner Wortwahl. »Was schreibt er?«

Jack holte tief Luft und biss sich auf die Lippe. Offenkundig wollte er nicht antworten, als würde der Text dadurch wirklicher, dass man ihn vorlas.

»Ist es so schlimm?«, fragte sie, von tiefer Sorge ergriffen. »Wird es Folgen haben?«

»Ich denke schon.«

»Nun, lies es mir vor, oder gib es mir«, sagte sie. »Du kannst doch nicht einfach sagen, dass es schlimm ist, und es mir dann vorenthalten!«

Er sah auf das Blatt und begann leise und nahezu ausdruckslos zu lesen: »Vor kurzem hat mir Generalmajor Roland Kingsley in dieser Zeitung vorgeworfen, ich sei ein Idealist mit geringem Bezug zur Wirklichkeit, ein Mann, der bereit sei, die ruhmreiche Vergangenheit unseres Volkes und damit die Männer zu missachten, die gekämpft haben und gestorben sind, um es zu schützen und anderen Ländern die Freiheit und die Wohltaten zu bringen, die mit Recht und Gesetz verbunden sind. Unter gewöhnlichen Umständen hätte ich es der Zeit überlassen zu zeigen, dass er sich irrt, und darauf vertraut, dass mich meine Freunde besser kennen und Fremde sich um ein abgewogenes Urteil bemühen.

Doch ich bewerbe mich bei der unmittelbar bevorstehenden Wahl um den Unterhaussitz von South Lambeth und kann mir daher den Luxus nicht leisten, Zeit verstreichen zu lassen.

In unserer Vergangenheit gibt es viele ruhmreiche Ereignisse, an denen ich weder etwas ändern könnte noch wollte. Die Zukunft aber können wir nach unseren Vorstellungen gestalten. Man mag herrliche Gedichte über militärische Katastrophen wie den Angriff der leichten Kavallerie bei Sewastopol schreiben, bei dem tapfere Männer auf Befehl unfähiger Offiziere sinnlos ihr Leben lassen mussten. Unser Mitleid sollte den Überlebenden solcher verzweifelter Unternehmungen gelten, die lebenslänglich im Lazarett vegetieren müssen oder uns blind oder verstümmelt auf der Straße begegnen. Wir wollen ihre Gräber eines Tages mit Blumen schmücken!

Doch wir sollten auch darauf achten, dass ihre Söhne und Enkel nicht auf die gleiche Weise ums Leben kommen. Das zu verhindern, haben wir nicht nur die Macht, sondern auch die Pflicht.«

»Das ist doch nicht unbedacht!«, wandte Emily ein. »Soweit ich sehen kann, hat er damit Recht. Es scheint mir eine ausgesprochen ausgewogene und durchaus ehrenwerte Einschätzung der Lage.«

»Ich bin noch nicht fertig«, sagte Jack finster.

»Nun, was sagt er noch?«

Er sah erneut auf das Blatt. »Wir brauchen ein Heer, das in Kriegszeiten kämpfen kann, sofern uns fremde Völker bedrohen. Wir brauchen aber keine unter der Flagge des Imperialismus segelnden Abenteurer, die der Ansicht sind, wir als Engländer hätten das Recht, jedes beliebige Land anzugreifen und zu erobern, sei es, weil wir unsere Lebensweise für überlegen halten und der festen Überzeugung sind, diese Länder würden Nutzen daraus ziehen, dass wir ihnen mit Waffengewalt unsere Ordnung und Gesetze aufpfropfen, sei es, weil sie Land, Mineralvorkommen oder andere Bodenschätze besitzen, die wir ausbeuten können.«

»O Jack!« Emily war entsetzt.

»In diesem Stil geht es weiter«, sagte er bitter. »Zwar wirft er Kingsley nicht buchstäblich vor, er wolle auf Kosten des kleinen Mannes seinen eigenen Ruhm mehren, lässt das aber deutlich genug durchblicken.«

»Warum nur?«, fragte sie mit einem flauen Gefühl in der Magengrube. »Ich dachte, er hätte … ein besseres Gespür für die Realität. Selbst wenn das alles stimmt, wird er damit nicht die Menschen als Freunde gewinnen, auf die er angewiesen ist! Wer mit ihm einer Meinung ist, steht ohnehin schon auf seiner Seite; die anderen aber werden ihn um so tiefer hassen!« Sie schlug die Hände vor das Gesicht. »Wie kann er nur so einfältig sein.«

»Wahrscheinlich hat ihn Kingsley aus dem Konzept gebracht«, sagte Jack. »Ich nehme an, dass Aubrey schon immer etwas gegen die Vorstellung vom Recht des Stärkeren und gegen Opportunismus hatte, und genau in diesem Licht sieht er den Imperialismus.«

»Das ist wohl ein bisschen einseitig, nicht wahr?«, sagte sie. Es war keine wirkliche Frage. Sie ließ sich in ihren Ansichten weder von Jack noch von sonst jemandem beeinflussen. Die Dinge hätten anders gelegen, wenn es um Wissen gegangen wäre, aber das hier hatte mit Empfindungen und damit zu tun, andere Menschen zu verstehen. »Ich gelange immer mehr zu der Überzeugung, dass es bei politischen Auseinandersetzungen in erster Linie darum geht, die menschliche Natur richtig zu verstehen. Deshalb sollte man klugerweise den Mund halten, wenn Worte ohnehin nichts ändern würden. Man darf sich nie zu Lügen hinreißen lassen, bei denen man ertappt werden kann, und unter keinen Umständen die Selbstbeherrschung verlieren oder etwas versprechen, wovon sich später nachweisen lässt, dass man es nicht eingehalten hat.«

Er lächelte, aber es wirkte in keiner Weise heiter. »Das hättest du Aubrey vor ein paar Tagen klarmachen sollen.«

»Du glaubst, dass sich das tatsächlich auswirken wird?« Sie klammerte sich an die Hoffnung, dass es sich anders verhalten könnte. »Das ist doch die *Times*, nicht wahr? Ja. Wie viele der Wähler in South Lambeth lesen die deiner Ansicht nach?«

»Ich weiß nicht, aber ich gehe jede Wette ein, dass Charles Voisey sie liest«, gab er zur Antwort.

Einen Augenblick lang überlegte sie, ob sie die Wette annehmen und sich von ihm einen neuen Sonnenschirm kaufen lassen sollte, falls sie gewann, dann aber begriff sie, wie sinnlos das war. Natürlich würde Voisey den Artikel lesen – und er würde ihn für sich ausschlachten.

»Aubrey äußert sich über das Militär, als wären die Generäle Dummköpfe«, fuhr Jack mit einer Stimme fort, der anzuhören war, dass er nicht recht wusste, wie man der Situation beikommen konnte. »Wir hatten weiß Gott genug, bei denen das stimmte, aber einen Schlachtplan auszuarbeiten ist schwieriger, als man glaubt. Man muss mit der Gerissenheit des Feindes und mit Wetterumschlägen rechnen, unter Umständen entspricht die Ausrüstung nicht den Anforderungen, oder der Nachschub ist unterbrochen. Manchmal hat man auch einfach Pech. Napoleon hat bei seinen Offizieren weniger darauf geachtet, wie klug sie waren, als darauf, ob sie Glück hatten!«

»Und Wellington?«, hielt sie dagegen.

»Keine Ahnung«, gab er zu und stand auf. »Aber Aubrey hätte er bestimmt nicht haben wollen, denn was der tut, ist weder unanständig noch unbedingt schlechte Politik, aber gegen einen Mann wie Charles Voisey taktisch denkbar ungeschickt.«

Am frühen Nachmittag begleitete Emily ihren Mann nach Kennington, wo er sich Voiseys Ansprache vor einer großen

Menschenmenge anhören wollte. Der Park war voller Menschen, die in der heißen Sonne spazieren gingen, Eiscreme, Pfefferminzstangen und kandierte Äpfel aßen oder Limonade tranken. Sie hörten zu, weil sie sich ein wenig Unterhaltung erhofften und sich darauf freuten, dass Zwischenrufer den Redner vielleicht aus dem Konzept bringen würden. Anfangs achtete niemand sonderlich auf das, was Voisey zu sagen hatte. Ihm zuzuhören war eine angenehme Möglichkeit, eine Nachmittagsstunde herumzubringen, und auf jeden Fall interessanter als die halbherzige Runde Cricket, die zwei Dutzend Jungen am anderen Ende des Parks spielten. Sofern der Mann ihre Aufmerksamkeit auf sich lenken wollte, würde er etwas sagen müssen, was sie amüsierte, und falls ihm das nicht bereits klar war, würde er das bald merken.

Selbstverständlich besaßen nur wenige der Zuhörer das Wahlrecht, aber da es um die Zukunft aller ging, drängten sie sich um das Musikpodium, auf das Voisey betont selbstsicher gestiegen war und von wo aus er seine Rede hielt.

Emily stand in der Sonne; ein Hut beschattete ihr Gesicht. Sie sah zuerst auf die Menge, dann zu Voisey und warf schließlich einen Seitenblick auf Jack. Sie hörte dem Redner nicht wirklich zu. Sie hatte mitbekommen, dass es um Patriotismus und Nationalstolz ging und er beide Tugenden ganz allgemein pries, wobei es ihm auf feinfühlige Weise gelang, den Zuhörern den Eindruck zu vermitteln, sie hätten einen Anteil am Zustandekommen des britischen Weltreichs, das er allerdings nie mit Namen nannte. Sie sah, wie sich die Menschen ein wenig aufrichteten, unbewusst lächelten, die Schultern strafften und das Kinn leicht hoben. Er tat so, als gehörten sie dazu, als seien sie am Sieg beteiligt, Mitglieder der Elite.

Sie sah, wie Jack die Lippen zusammenkniff. Sein Gesicht war vor Widerwillen verzogen, doch zugleich lag darauf ein Ausdruck von Bewunderung, die er trotz aller Mühe nicht unterdrücken konnte.

Voisey fuhr fort. Er nannte Serracolds Namen nicht ein einziges Mal, als gäbe es einen solchen Menschen überhaupt nicht. Er stellte die Leute nicht vor die Wahl: stimmt für mich oder für den anderen Kandidaten, wählt Tory oder Liberal. Er sprach so zu ihnen, als wäre die Entscheidung bereits gefallen. Sie waren eines Sinnes, weil sie ein und demselben Volk angehörten und das gleiche Schicksal sie einte.

Natürlich ließen sich nicht alle davon einlullen. Auf manchen Gesichtern erkannte sie Widerspruch und störrisches Aufbegehren, Zorn oder Gleichgültigkeit. Aber alle brauchte Voisey auch nicht, nur genug, um zusammen mit denen, die ohnehin für die Tories stimmen würden, die Mehrheit zu gewinnen.

»Er schafft es, nicht wahr?«, fragte sie Jack leise und versuchte die Antwort aus seinem Gesichtsausdruck zu lesen. Er war empört, hilflos und enttäuscht. Zugleich war ihm schmerzlich bewusst, dass es nichts nutzen würde, wenn er sich zu Wort meldete, um Aubrey Serracold zu verteidigen, wie er das gern getan hätte. Damit hätte er zwar Freundestreue bewiesen, zugleich aber auch seinen eigenen Unterhaussitz gefährdet. Nichts mehr war so sicher, wie er noch vor einer Woche angenommen hatte.

Sie sah ihn aufmerksam an, während Voisey fortfuhr und die Menge zuhörte. Jetzt hatte er sie auf seine Seite gezogen, doch wusste Emily, wie unbeständig die Gunst der Menge ist. Wer den Menschen nach dem Mund redet, ihnen mögliche Vorteile vor Augen führt, sie zum Lachen bringt und ihnen zeigt, dass man an dieselben Dinge glaubt wie sie, hat sie auf seiner Seite. Aber der leiseste Hauch von Furcht, eine unbeabsichtigte Kränkung, selbst Langeweile genügt schon, und sie wenden sich wieder ab.

Was würde Jack tun?

Einerseits hätte sie es gern gesehen, wenn er den Beweis für seine Freundschaft geliefert und klargestellt hätte, dass dieser Mann Aubrey nicht gerecht wurde, indem er die Situation so geschickt für sich ausnutzte. Mit seinem Leserbrief hatte Aubrey Voisey geradezu in die Hand gespielt – warum musste er auch so töricht sein? Mutlosigkeit erfasste sie, als ihr die Antwort klar wurde: weil er nicht nur ein Idealist war, sondern auch naiv. Er war ein guter Mensch und meinte es ehrlich mit seinem Traum, aber noch war er kein Politiker, und die Umstände würden ihm wohl auch keine Gelegenheit geben, einer zu werden. Proben gab es auf dieser Bühne nicht, nur die Wirklichkeit der Aufführung.

Erneut sah sie zu Jack hin und erkannte, dass er nach wie vor unentschlossen war. Sie sagte nichts. Noch war sie nicht bereit für seine Antwort, ganz gleich, wie die aussah. Zwar hatte er Recht mit seiner Aussage, dass mancher Preis für die Macht zu hoch war, doch ganz ohne Macht ließ sich nur wenig erreichen, möglicherweise gar nichts. Zum Wesen des Kampfes, für welchen Grundsatz, welchen Sieg auch immer, gehörte es, dass dafür ein gewisser Aufwand getrieben werden musste. Wer sich aus der Auseinandersetzung zurückzog, weil sie ihn schmerzte, musste hinnehmen, dass der Sieg einem anderen zufiel, jemandem wie Voisey. Und was war der Preis dafür? Falls nicht gute Menschen zum Schwert griffen, im buchstäblichen wie im übertragenen Sinne, fiel der Sieg dem anderen zu, der das tat. Es war so schwer, sich richtig zu entscheiden.

Sie trat einen Schritt näher zu Jack und hängte sich bei ihm ein. Er wandte sich ihr zu, aber sie blickte ihm nicht in die Augen.

An jenem Abend fand ein Empfang statt, von dem sich Emily ursprünglich ein gewisses Vergnügen erhofft hatte. Bei einer solchen Gelegenheit ging es weniger förmlich zu als bei einer Abendgesellschaft, und man hatte weit mehr Gelegenheiten, mit den verschiedensten Menschen zu sprechen, da man nicht Sklave einer Tischordnung war. Gewöhnlich gab es dabei irgendeine Art von Unterhaltung: ein kleines Orchester, zu dessen Begleitung jemand sang, ein Streichquartett oder einen herausragenden Pianisten.

Sie wusste, dass auch die Serracolds zu den Gästen gehörten. Sicherlich würden einige der anderen schon von Voiseys Rede gehört haben, so dass binnen etwa einer Stunde alle Anwesenden nicht nur wissen würden, auf welche Weise sich Aubrey törichterweise in den Zeitungen bloßgestellt hatte, sondern auch, wie glänzend Voisey das in seiner Ansprache pariert hatte. Damit drohte der Abend unangenehm zu werden, wenn nicht gar peinlich. Was auch immer Jack zu unternehmen gedachte, er würde einfach nicht genug Zeit haben, sich in Ruhe zu entscheiden.

Gern hätte sie mit Charlotte über all das gesprochen. So ungerecht das war, ärgerte sie sich über die Abwesenheit der Schwester. Schließlich kannte sie außer ihr niemanden, dem sie ihre Empfindungen, ihre Zweifel und ihre Fragen hätte anvertrauen können.

Wie immer kleidete sie sich sorgfältig an. Es war sehr wichtig, welchen Eindruck man auf andere machte, und ihr war schon lange bewusst, dass eine gut aussehende Frau bei einem Mann mehr zu erreichen vermag als eine unscheinbare. Auch war ihr klar, dass eine Frau anderen Menschen den Eindruck vermitteln konnte, weit schöner zu sein, als sie in Wirklichkeit war, wenn sie sich sorgfältig zurechtmachte, darauf achtete, dass ein Kleid ihr schmeichelte, und sie den Menschen voll Lebensbejahung entgegenlächelte. Sie entschied sich für ein eng tailliertes grünes Kleid mit weitem Rock – diese Farbe hatte ihr immer besonders gut gestanden. Selbst Jack, der sich finsteren Gedanken über Voisey hingab, riss bei ihrem Anblick die Augen auf und machte ihr Komplimente.

»Danke«, sagte sie befriedigt. Zwar hatte sie sich zum Kampf gekleidet, doch war nach wie vor er die Eroberung, auf die es ihr am meisten ankam.

Sie kamen eine Stunde nach der auf der Einladung angegebenen Zeit. Früher einzutreffen wäre in höchstem Grade unschicklich gewesen. Knapp zwei Dutzend andere Gäste waren teils unmittelbar vor ihnen, teils mit ihnen eingetroffen. Alle drängten sich im Vestibül und begrüßten einander. Die Damen entledigten sich ihrer Umhänge, die sie vorsichtshalber mitgebracht hatten. Zwar war es ein milder Abend, doch würde der Aufbruch erst nach Mitternacht erfolgen, und dann war es kühl.

Emily sah außer mehreren guten Bekannten die Ehefrauen einiger Politiker, mit denen sich gut zu stellen ratsam war. Auch war die eine oder andere da, die sie wirklich gut leiden konnte. Jack, das wusste sie, hatte an diesem Abend Pflichten, denen er sich nicht entziehen durfte – sie waren nicht ausschließlich zu ihrem Vergnügen gekommen.

Mit charmantem Lächeln hörte sie den anderen aufmerksam zu, machte wohlüberlegte Komplimente und tauschte ein wenig unverfänglichen Klatsch aus.

Erst zwei Stunden später, als die musikalische Unterhaltung bereits begonnen hatte – die Sängerin war eine der reizlosesten Frauen, die Emily je gesehen hatte, doch besaß sie die Stimme einer wahren Operndiva, die mühelos in die größten Höhen reichte –, entdeckte sie Rose Serracold. Vermutlich war Rose gerade erst eingetroffen, denn sie war so auffällig gekleidet, dass man sie unmöglich hätte übersehen können. Ihr zinnoberrotes Kleid mit schwarzen Streifen war an den Ärmeln und am Busen mit schwarzer Spitze reich besetzt, was ihre schlanke Figur mit den schmalen Hüften betonte. An Busen, Schulter und Rock trug sie je eine zinnoberrote Blume. Steif aufgerichtet saß sie am äußersten Rand einer Stuhlreihe, wo das Licht des Kandelabers auf ihrem hellen Haar schimmerte wie die Sonne auf einem Getreidefeld. Emily hielt Ausschau nach Aubrey, doch er saß weder neben noch hinter ihr.

So sehr schlug die Sängerin die Anwesenden mit ihrer Stimme in ihren Bann, dass niemand auf den Gedanken gekommen wäre, während ihres Vortrags zu sprechen. Doch gleich, als sie geendet hatte, stand Emily auf und ging zu Rose hinüber. Es hatte sich bereits eine kleine Gruppe um sie herum gebildet, und bevor die anderen ein wenig zur Seite traten, um sie in den Kreis einzulassen, hörte sie, was gesagt wurde. Obwohl kein Name gefallen war, war ihr sogleich klar, worum es ging, und ihr Herz sank.

»Ich muss zugeben, dass er sehr viel ausgefuchster ist, als ich dachte«, sagte eine Frau in einem goldfarbenen Kleid bedauernd. »Ich fürchte, wir haben ihn unterschätzt.«

»Ich glaube, Sie überschätzen seine moralischen Grundsätze«, sagte Rose scharf. »Vielleicht lag da unser Fehler.«

Emily öffnete den Mund, um etwas zu sagen, aber eine andere kam ihr zuvor.

»Immerhin muss er etwas Bemerkenswertes geleistet haben, sonst hätte ihn die Königin nicht in den Adelsstand erhoben. Es wäre besser gewesen, das in unsere Erwägungen einzubeziehen. Es tut mir schrecklich Leid, meine Liebe.«

Rose fühlte sich zu einer heftigen Erwiderung veranlasst, möglicherweise wegen der Herablassung, mit der die Frau das sagte. »Ich bin sogar sicher, dass er etwas Besonderes geleistet hat!«, gab sie heftig zurück. »Wahrscheinlich ging es dabei um mehrere tausend Pfund – und seine Leistung bestand darin, das zu einer Zeit einzufädeln, als es noch einen Tory-Premierminister gab, der ihn empfehlen konnte.«

Emily erstarrte. Ihre Kehle war wie zugeschnürt, und der Raum schien um sie herum zu verschwimmen. Die Kerzen auf den Kronleuchtern vervielfachten sich vor ihren Augen, als müsse sie im nächsten Augenblick in Ohnmacht fallen. Es war allgemein bekannt, dass vermögende Männer teils in den persönlichen, teils sogar in den erblichen Adelsstand erhoben worden waren, weil sie einer der beiden großen politischen Parteien erhebliche Mittel hatten zukommen lassen. Obwohl jeder wusste, dass sich die eine wie die andere auf diese unschöne und skandalöse Weise finanzierte, galt es als unentschuldbar, offen darüber zu sprechen, dass jemand auf diese Art zu seinem Adelstitel gekommen war. Ganz davon abgesehen konnte es höchst gefährlich für jeden werden, der nicht bereit und in der Lage war, den Beweis für eine solche Behauptung anzutreten. Emily begriff, dass Rose wild um sich schlug, weil sie fürchtete, Aubrey werde die Wahl verlieren. Sie glaubte nicht nur leidenschaftlich an ihn, weil sie ihn liebte, und wünschte ihm den Erfolg nicht nur, weil er sein Herz daran gehängt hatte, sondern auch, weil ihr klar war, wie viel Gutes er in einer solchen Stellung bewirken konnte.

Es mochte auch sein, dass sie sich vor dem Schuldgefühl fürchtete, das sie verzehren würde, falls er verlor, denn dann würde sie auf jeden Fall einen Teil der Schuld bei sich suchen. Ganz gleich, ob die Zeitungen von ihrer Beziehung zu Maude Lamont wussten und davon Gebrauch machten oder nicht, stets würde sie sich den Vorwurf machen, dass sie ihre eigenen Bedürfnisse höher gestellt hatte als Aubreys Karriere.

Jetzt aber ging es in erster Linie darum, der Freundin Einhalt zu gebieten, bevor sie alles noch schlimmer machte. »Das ist eine über alle Maßen gewagte Aussage, meine Liebe«, erklärte die Frau in Gold mit gerunzelter Stirn.

Roses helle Brauen schossen empor. »Wenn wir nicht einmal im Kampf um einen Platz in der Regierung unseres Landes etwas wagen, worauf warten wir dann noch, bis wir endlich sagen, was wir denken?«

Verzweifelt überlegte Emily, was sie sagen konnte, um die Situation zu retten, doch nichts fiel ihr ein. »Rose! Was für ein herrliches Kleid!« Selbst in ihren eigenen Ohren klangen diese Worte läppisch und erzwungen. Wie hirnverbrannt musste es da erst auf die anderen wirken?

»Guten Abend, Emily«, erwiderte Rose kühl.

Emily hatte kein Wort vergessen, das bei ihrer Auseinandersetzung gesagt worden war. Alle Wärme der Freundschaft war dahin. Vielleicht hatte Rose bereits begriffen, dass Jack nichts unternehmen würde, um Aubrey zu helfen, wenn es so aussah, als würde er damit seinen eigenen Unterhaussitz gefährden. Und selbst wenn der Preis nicht ganz so hoch war, konnte es zumindest sein, dass Gladstone es sich überlegen würde, ob er Jack angesichts einer so unklugen Freundschaft wirklich eine herausgehobene Position anbieten sollte. Wäre Aubrey erst als unzuverlässig gebrandmarkt, würde jeder ihm aus dem Wege gehen, weil er so gefährlich war wie ein Geschütz, das sich an Deck eines von der See hin und her geschleuderten Schiffes aus der Verankerung gerissen hatte. Sofern Rose ihm nicht helfen konnte, bei dieser Wahl ins Unterhaus einzuziehen, musste sie zumindest dazu beitragen, seine Ehre und seinen Ruf für die nächste zu wahren, bis zu der es aller Voraussicht nach nicht mehr allzu lange dauern würde.

Emily zwang sich zu einem Lächeln, von dem sie fürchtete, dass es ebenso abscheulich aussah, wie sie sich dabei fühlte. »Wie diskret von dir, nicht ausdrücklich zu sagen, was er getan hat!« Sie hörte ihre Stimme, die sich ein wenig überschlug, aber auf jeden Fall die Aufmerksamkeit aller im Kreise auf sich zog. »Doch fürchte ich, du hast mit deinen Worten den falschen Eindruck erweckt, es handele sich um bares Geld und nicht um einen bedeutenden Dienst, der einem solchen Betrag annähernd gleichgesetzt werden könnte ...«

Sie versuchte, rasch zusammenzukratzen, was sie von Charlotte oder Gracie im Zusammenhang mit dem Fall von Whitechapel und der dabei von Voisey gespielten Rolle erhascht hatte. Ausgerechnet diesmal waren sie mit Informationen besonders zurückhaltend gewesen. Der Henker mochte es holen! Sie lächelte noch ein wenig breiter und sah sich zu den anderen Damen um, die verblüfft und gespannt warteten, was sie noch sagen würde.

Rose holte tief Luft.

Emily musste rasch eingreifen, um zu verhindern, dass sie etwas sagte, was alles verdarb. »Natürlich weiß auch ich nicht alles«, fuhr sie eilends fort. »Frag mich also bitte nicht nach Einzelheiten! Auf jeden Fall ging es dabei um einen äußerst mutigen und gefährlichen Einsatz ... Mehr darf ich nicht sagen, denn ich möchte niemanden ins falsche Licht setzen oder möglicherweise gar verleumden ... Wie auch immer – er hat damit Ihrer Majestät und der Tory-Regierung einen bedeutenden Dienst erwiesen. Da ist es nur natürlich und gerecht, dass man ihn dafür angemessen belohnt.« Mit warnendem Unterton, von dem sie hoffte, dass ihn Rose nicht überhören würde, fügte sie hinzu: »Bestimmt wolltest du doch darauf hinaus!«

»Ein Opportunist ist er«, gab Rose spitz zurück. »Er strebt nicht etwa nach dem Amt, um an der Ausarbeitung von Gesetzen mitzuwirken, die dafür sorgen, dass den Armen, den Unwissenden und Entrechteten, denen unsere Fürsorge in erster Linie gelten muss, Gerechtigkeit widerfährt, sondern ausschließlich zur Befriedigung seines persönlichen Ehrgeizes. Ich denke, das müsste jedem hinreichend klar geworden sein, der ihm aufmerksam ein wenig zugehört hat und sich nicht von seinen Emotionen hat hinreißen lassen.« Es war eine Beschuldigung, die sie an alle Anwesenden richtete.

Panische Furcht erfasste Emily. Rose schien zur Selbstvernichtung entschlossen zu sein. Da sie Aubrey in dem Fall automatisch mitreißen würde, wäre das Ergebnis eine endlose Kette von Schuldgefühlen und Schmerz. Sah sie denn nicht, was sie da anrichtete?

»Alle Politiker haben den Hang, das zu sagen, wovon sie glauben, dass sie damit eine Wahl gewinnen können«, sagte

Emily ein wenig zu laut. »Es ist eben sehr verlockend, auf die Bedürfnisse einer Menschenmenge einzugehen und Dinge zu sagen, die den Leuten gefallen.«

Roses Augen glänzten böse. Offenbar war sie überzeugt, Emily greife sie in voller Absicht an und verrate damit ihre Freundschaft ein weiteres Mal. »Nicht nur Politiker sind der Versuchung erlegen, sich wie eine Schmierenkomödiantin in Szene zu setzen und dem Affen Zucker zu geben!«, gab sie zurück.

Emily verlor die Beherrschung. »Ach ja? Sagst du mir auch, worauf du mit deinem Vergleich hinaus willst? Vermutlich weißt du mehr über Schmierenkomödiantinnen als ich.«

Eine der Damen kicherte nervös, dann eine weitere. Andere sahen ausgesprochen unbehaglich drein. An diesem Punkt des Streits wollten sie lieber nicht länger zusehen und suchten einen Vorwand, sich zu einer anderen Gruppe zu gesellen. Unverständliche Entschuldigungen murmelnd, ging eine nach der anderen davon.

Emily fasste Rose am Arm, wobei sie spürte, wie sich diese ihr widersetzte. »Was zum Teufel ist nur in dich gefahren«, zischte sie. »Bist du verrückt geworden?«

Der letzte Rest von Farbe wich aus Roses Gesicht, als wäre alles Blut daraus verschwunden.

Emily ließ Roses Arm nicht los, damit sie nicht zu Boden sank. »Komm, setz dich«, gebot sie rasch. »Hier, bevor du ohnmächtig wirst.« Sie zog sie die wenigen Schritte bis zum nächsten Stuhl und drückte sie trotz ihres Widerstandes nieder, bis ihr Kopf fast auf den Knien lag. Dabei stellte sie sich so vor sie, dass ihr Körper sie vor neugierigen Blicken abschirmte. Gern hätte sie ihr etwas zu trinken geholt, wagte aber nicht, sie zu verlassen.

Rose blieb regungslos sitzen.

Emily wartete.

Niemand trat zu ihnen.

»Du kannst nicht den ganzen Abend so sitzen bleiben«, sagte Emily schließlich sehr freundlich. »Ich kann dir nur helfen, wenn ich weiß, was dir fehlt. Die Situation lässt sich nicht mit Zornesausbrüchen, sondern ausschließlich mit Vernunft bewältigen. Warum verhält sich Aubrey so unklug? Hat es mit dir zu tun?«

Rose fuhr wütend hoch. Auf ihren Wangen zeichneten sich zwei leuchtend rote Flecken ab. Ihre Augen glänzten wie blaues Glas. »Aubrey ist kein Dummkopf«, sagte sie ganz ruhig, aber mit einem Nachdruck, der Emily verblüffte.

»Das weiß ich selbst«, sagte sie etwas besänftigter. »Aber er führt sich wie einer auf, und du erst recht. Habt ihr eine Vorstellung davon, wie abstoßend es wirkt, Voisey auf diese Weise anzugreifen? Nicht einmal dann, wenn alles der Wahrheit entspräche, was ihr gegen ihn vorbringt, und du imstande wärest, es zu beweisen, was du aber nicht kannst, würde euch das auch nur eine Stimme mehr einbringen. Die Menschen schätzen es nicht, wenn man ihre Helden vom Sockel stürzt oder ihre Träume zerstört. Zwar hassen sie jeden, der sie täuscht, aber ebenso sehr hassen sie diejenigen, die ihnen zeigen, dass man sie getäuscht hat. Wenn sie jemanden für einen Helden halten wollen, werden sie das tun – und dann wirkt alles, was du sagst, verzweifelt und tückisch. Dabei ist es völlig unerheblich, ob du Recht hast oder nicht.«

»Das ist ungeheuerlich!«, begehrte Rose auf.

»Natürlich ist es das«, stimmte ihr Emily zu. »Aber es ist ausgesprochen unvernünftig, das Spiel nach den Regeln zu spielen, die du gern hättest. In einem solchen Fall wirst du automatisch jedes Mal verlieren. Du musst nach den allgemein üblichen Regeln spielen … oder von mir aus gern nach besseren, aber nie nach schlechteren.«

Rose sagte nichts darauf.

Emily stellte ihr noch einmal die entscheidende Frage, weil sie nach wie vor annahm, dass sich alles um sie drehte – die Frage, die ihrer festen Überzeugung nach im Mittelpunkt der ganzen verfahrenen Geschichte stand. »Was wolltest du bei dieser Spiritistin? Sag mir bloß nicht, du wolltest nur Verbindung mit deiner Mutter aufnehmen, um dich mit ihr zu unterhalten. Zu einer so kritischen Zeit würdest du das nie tun und Aubrey auch nicht darüber täuschen. Man sieht förmlich, dass du unter deinen Schuldgefühlen fast zusammenbrichst, und trotzdem machst du weiter. Warum nur, Rose? Was willst du aus der Vergangenheit erfahren, wofür du einen so hohen Preis zu zahlen bereit bist?«

»Das hat mit dir nichts zu tun!«, sagte Rose kläglich.

»Aber selbstverständlich hat es das«, widersprach ihr Emily. »Es wird sich auf Aubrey auswirken, ach was, das hat es bereits getan. Damit aber wirkt es sich auch auf Jack aus, falls Ihr erwartet, dass er versucht, ihn bei der Wahl zu unterstützen und ihm zur Hand zu gehen. Es würde ziemlich demonstrativ aussehen, wenn er sich jetzt zurückzöge, findest du nicht auch?«

Einen Augenblick lang sah es aus, als wollte Rose etwas dagegen sagen. Ihre Augen blitzten empört, doch sie schwieg, als kämen ihr die Worte im selben Augenblick sinnlos vor, in dem sie darüber nachdachte.

Emily zog einen zweiten Stuhl herbei und setzte sich ihr gegenüber. Nachdem sie ihre Röcke geordnet hatte, beugte sie sich ein wenig vor. »Hat dich das Medium erpresst, weil du die Séancen besucht hast?« Sie sah, wie Rose zusammenzuckte. »Oder wegen etwas, was du von deiner Mutter erfahren hast?«, setzte sie nach.

»Nein!« Zwar war das keine Lüge, aber Emily merkte, dass es auch nicht die ganze Wahrheit war.

»Rose, lauf doch nicht vor allem davon!«, bat sie. »Die Frau ist ermordet worden. Irgendjemand hat sie so sehr gehasst, dass er sie umgebracht hat. Das war mit Sicherheit kein Verrückter, der zufällig von der Straße hereingekommen ist, sondern jemand, der an jenem Abend bei der Sitzung anwesend war. Das ist dir wohl auch selbst klar!« Nach kurzem Zögern fuhr sie fort: »Warst du es? Hat sie dir mit etwas so Entsetzlichem gedroht, dass du dageblieben bist, nachdem die anderen gegangen waren, und ihr das Zeug in den Rachen gestopft hast? Wolltest du Aubrey damit schützen?«

Rose wirkte aschfahl, ihre Augen waren nahezu schwarz. »Nein!«

»Warum dann? Irgendetwas in deiner Familie?«

»Ich hab sie nicht umgebracht! Gott im Himmel, ich schwöre dir, dass es mir lieb wäre, wenn sie noch lebte!«

»Warum? Was hat sie für dich getan, was dir so wichtig ist?«

Sie glaubte Rose kein Wort, wollte sie dahin treiben, dass sie endlich die Wahrheit sagte. »Hat sie dir Geheimnisse über die anderen verraten? Ging es um Macht?«

Rose war entsetzt. Auf ihrem gequälten Gesicht lagen Wut und Scham. »Emily, wie kannst du so etwas von mir denken? Du bist abscheulich!«

»Tatsächlich?«, fragte sie herausfordernd, immer noch auf der Suche nach der Wahrheit.

»Ich habe nichts getan, was jemandem geschadet hat ...« Sie senkte die Augen. »Außer Aubrey.«

»Und hast du den Mut, dich dem zu stellen?« Emily war nicht bereit aufzugeben. Als sie sah, dass Rose zitterte und kurz vor dem Zusammenbruch stand, nahm sie ihre Hände, nach wie vor darauf bedacht, sie vor den Blicken der anderen Gäste zu schützen, die eifrig miteinander redeten, klatschten, flirteten, Bündnisse schlossen und brachen. »Was wolltest du so dringend wissen?«

»Ob mein Vater möglicherweise nicht im Vollbesitz seiner geistigen Kräfte war, als er starb«, flüsterte Rose. »Mitunter tue ich unbedachte Dinge, und gerade vorhin hast du mich noch gefragt, ob ich verrückt geworden wäre. Bin ich das? Werde ich eines Tages den Verstand verlieren und völlig allein in irgendeinem Irrenhaus sterben?« Ihre Stimme brach. »Wird sich Aubrey den Rest seines Lebens darüber Sorgen machen müssen, was ich tun werde? Werde ich ihm zur Last, jemand, den er fortwährend im Auge behalten, für den er sich überall entschuldigen und von dem er immer wieder fürchten muss, dass er etwas Entsetzliches sagt oder tut?« Sie schluckte. »Er würde mich nicht einsperren lassen, so ist er nicht. Er gehört nicht zu den Menschen, die sich dadurch selbst retten, dass sie anderen wehtun. Er würde warten, bis ich ihn vollständig zugrunde gerichtet hätte, und diese Vorstellung ist mir unerträglich!«

Emily war so von Mitgefühl durchdrungen, dass sie nicht wusste, was sie sagen sollte. Sie hatte das Bedürfnis, Rose fest in die Arme zu schließen und ihr auf diese Weise Wärme und Trost zu spenden – das aber war nicht möglich. In diesem Raum voller Menschen würde sie damit das Aufsehen aller auf sich lenken, und alle würden sie begaffen. Da sie der Freundin nichts als Worte anbieten konnte, mussten es unbedingt die richtigen sein.

»Du handelst aus Furcht so unbedacht, nicht aus erblichem Wahnsinn. Was du getan hast, ist nicht törichter, als was wir alle gelegentlich tun. Wenn du in Erfahrung bringen möchtest, woran dein Vater gestorben ist, muss es doch Möglichkeiten geben, den Arzt zu fragen, der bei ihm war.«

»Dann wüssten es aber auch alle anderen!«, sagte Rose voll Panik. Sie umklammerte Emilys Hände. »Dieser Gedanke wäre mir unerträglich!«

»Sie brauchen es nicht zu erfahren -«

»Aber Aubrey ...«

»Ich komme mit«, versprach Emily. »Wir sagen einfach, dass wir einen Ausflug machen, und dann suchen wir den Arzt auf, der deinen Vater behandelt hat. Er wird dir nicht nur sagen, ob er geistesgestört war oder nicht, sondern kann dir für den Fall, dass es tatsächlich so gewesen sein sollte, auch sagen, ob die Sache erblich ist oder nicht. Es gibt nicht nur eine Art des Irreseins, sondern viele verschiedene.«

»Und wenn die Zeitungen dahinterkommen? Glaub mir, Emily, was sie dann schreiben würden, wäre nichts verglichen mit dem, was darin stehen würde, wenn sie wüssten, dass ich an einer Séance teilgenommen habe.«

»Dann warte einfach bis nach der Wahl.«

»Ich muss es unbedingt vorher wissen! Falls Aubrey ins Unterhaus kommt und man ihm ein Regierungsamt anbietet, zum Beispiel im Außenministerium ... werde ich...« Sie brachte es nicht fertig, die schrecklichen Worte zu sagen, und verstummte.

»Dann wird es entsetzlich«, beendete Emily Roses Gedanken. »Falls es sich aber nicht so verhält, sondern die Angst dich verrückt macht, hast du all eure Aussichten für nichts und wieder nichts geopfert, und das Nichtwissen ändert an der Sache auch nichts.«

»Würdest du tatsächlich mitkommen?«, fragte Rose. Dann änderte sich ihr Gesicht, die Hoffnung schwand daraus, und es nahm wieder den trübseligen und gequälten Ausdruck an.

»Vermutlich gehst du dann hin und erzählst alles deinem Schwager bei der Polizei!« Es war eine verzweifelte Anklage.

»Nein«, gab Emily zurück. »Ich will gar nicht wissen, welche Antwort dir der Arzt gibt, und an welcher Krankheit dein Vater gestorben ist, geht die Polizei nicht das Geringste an – es sei denn, sie hat dich dazu gebracht, Maude Lamont zu töten, weil sie davon wusste.«

»Ich war es nicht! Ich ... ich hatte überhaupt keine Gelegenheit, den Geist meiner Mutter zu fragen.«

Überwältigt von Elend, Angst und dem Gefühl der Peinlichkeit vergrub sie den Kopf erneut in den Händen.

Die herrliche Stimme der Sängerin ertönte wieder aus dem Nebenraum. Emily merkte, dass sie allein waren. Nur am anderen Ende des Raumes nahe der Tür zum Vestibül führten etwa ein Dutzend Männer eine ernste Unterhaltung. »Komm«, sagte sie entschlossen. »Wasch dir das Gesicht mit kaltem Wasser, trink im Esszimmer eine Tasse heißen Tee, und dann gehen wir wieder zu den anderen. Wir könnten ihnen erklären, dass wir ein Gartenfest oder dergleichen planen ... um Geld für einen wohltätigen Zweck zu sammeln. Wir sollten aber unbedingt dieselbe Geschichte erzählen. Komm jetzt!«

Schwerfällig erhob sich Rose, straffte die Schultern und folgte Emily.

Kapitel 10

Pitt und Tellman suchten das Haus in der Southampton Row noch einmal auf. Pitt hatte immer mehr das Gefühl, dass er jedes Mal beobachtet wurde, wenn er in die Keppel Street kam oder sie verließ, doch hatte er außer dem Postboten und dem Milchmann, der gewöhnlich mit seinem Karren an der Ecke des Gässchens stand, das von dort zum Montague Place führte, nie jemanden gesehen.

Von Charlotte hatte er zwei kurze Briefe bekommen, in denen sie mitteilte, dass alles in Ordnung sei und sie sich äußerst wohl fühlten, davon abgesehen, dass er ihnen sehr fehle. Keiner der Briefe trug einen Absender. Er hatte ihr mehrfach geschrieben und darauf geachtet, die Briefe weit von seiner Wohnung entfernt einzuwerfen, so dass der neugierige Postbote sie auf keinen Fall zu sehen bekam.

Das Haus in der Southampton Row machte in der Hitze des stillen Sommervormittags einen friedlichen Eindruck. Wie immer trugen pfeifende Jungen Botschaften durch die Straßen oder brachten Fisch, Geflügel und sonstige Einkäufe zu den Häusern. Einer von ihnen rief einem Dienstmädchen, das eine Katze vom Hauseingang verscheuchte, ein freches Kompliment zu. Sie schimpfte mit ihm, kicherte aber dabei.

»Verschwinde, Taugenichts! Von wegen Blumen!«

»Veilchen!«, rief er ihr nach und wedelte mit den Armen.

Im Inneren des Hauses allerdings sah es anders aus. Die Vorhänge waren halb zugezogen, wie es sich bei einem Todesfall gehörte.

Im Salon, in dem man Maude Lamont getötet hatte, war offenbar nichts angetastet worden. Lena Forrest, die beide Männer mit angemessener Höflichkeit empfing, wirkte nach wie vor erschöpft und angespannter als beim vorigen Mal. Möglicherweise war ihr mittlerweile aufgegangen, was der Tod ihrer Herrschaft für sie bedeutete und dass sie sich schon bald eine neue Stelle würde suchen müssen. Es konnte nicht einfach für sie sein, allein in einem Haus zu leben, in dem die Frau, die sie ständig in den alltäglichsten Situationen erlebt hatte, erst vor einer Woche ermordet worden war. Es sprach sehr für ihre Seelenstärke, dass es ihr gelang, weiter dort zu wohnen.

Vermutlich hatte sie schon so manchen Todesfall erlebt, und dass sie für Maude Lamont arbeitete, bedeutete nicht zwangsläufig, dass sie eine persönliche Beziehung zu ihr gehabt hatte. Vielleicht war das Medium herrisch, anspruchsvoll, kritiksüchtig und rücksichtslos gewesen. Manche Frauen waren der Ansicht, sie hätten das Recht, zu jeder Stunde des Tages und der Nacht nach ihrem Dienstmädchen zu schicken, ganz gleich, ob das unerlässlich war oder nicht.

»Guten Morgen, Miss Forrest«, sagte Pitt freundlich.

»Guten Morgen, Sir«, erwiderte sie den Gruß. »Kann ich noch etwas für Sie tun?« Dabei sah sie auch Tellman an. Die beiden standen unbehaglich im Salon, sich dessen bewusst, was dort geschehen war, ohne aber den Grund dafür zu kennen. Pitt hatte gründlich über die Frage nachgedacht und sie Tellman gegenüber angesprochen. »Nehmen Sie doch Platz«, bat er die Frau, dann setzten auch er und Tellman sich.

»Miss Forrest«, begann er. »Da die Haustür verschlossen war, die Türen zum Garten hingegen« – er warf einen Blick darauf – »lediglich zugezogen, aber nicht verschlossen waren und man ausschließlich durch die Tür in der Mauer vom Cosmo Place ins Haus gelangen kann, die verschlossen, aber nicht verriegelt war, ist die Schlussfolgerung zwingend, dass einer der bei der Séance im Hause Anwesenden Miss Lamont getötet haben muss – wenn es nicht alle drei gemeinsam waren, wofür aber nicht die geringste Wahrscheinlichkeit spricht.« Sie hatte ihm aufmerksam zugehört und nickte zustimmend. Auf ihren

Zügen lag keine Überraschung. Vermutlich war sie selbst inzwischen zu dem Ergebnis gekommen, das Pitt vorgetragen hatte. Schließlich hatte sie eine ganze Woche Zeit gehabt, darüber nachzudenken, und wahrscheinlich hatte der Vorfall so gut wie alles andere aus ihren Gedanken verdrängt.

»Ist Ihnen in der Zwischenzeit irgendein Gedanke gekommen, warum jemand Miss Lamont etwas Böses hätte wünschen können?«

Sie zögerte. Auf ihrem Gesicht lag Zweifel. Es war unübersehbar, dass irgendeine tiefe Empfindung in ihr wirkte.

»Bitte, Miss Forrest«, drängte er sie. »Diese Frau hatte die Möglichkeit, einige der tiefsten Geheimnisse im Leben von Menschen aufzudecken, die diese Menschen verletzlich machten, Dinge, für die sie sich möglicherweise außerordentlich schämten, frühere Sünden und Erlebnisse, die so tief in ihr Leben eingegriffen hatten, dass sie sie nicht vergessen konnten.« Er sah, wie sogleich Mitgefühl in ihrem Gesicht aufflammte, als stellte sie sich diese Menschen vor und als könne sie das von diesen Erinnerungen heraufbeschworene Entsetzen in allen fürchterlichen Einzelheiten erkennen. Vielleicht hatte sie früher in Häusern gedient, in denen sie den Kummer der Herrschaft mitbekommen hatte, eine unglückliche Ehe, den Tod von Kindern, Liebesgeschichten, die sie quälten. Nicht allen Menschen war bewusst, wie viel ein Dienstmädchen mitbekam, das zugleich als Zofe arbeitete, so dass sie bisweilen intimste Einzelheiten über das Leben ihrer Herrschaft kannte. Manche mochten sie gar als stumme Vertraute schätzen, während andere die Vorstellung entsetzt hätte, dass eine Außenstehende Einblick in die privatesten Dinge hatte und mehr mitbekam, als einem lieb sein mochte. Für einen Kammerdiener war kein Mann ein Held, und für eine Zofe hatte wohl keine Frau ein Geheimnis.

»Ja«, sagte sie gefasst. »Einem guten Medium bleibt nicht viel verborgen, und sie war sehr gut.«

Pitt sah die Frau an und versuchte in ihrem Gesicht und ihren Augen zu lesen, ob sie mehr wusste, als ihre Worte sagten. Es wäre für Maude Lamont schwierig gewesen, vor ihrem Mädchen einen Komplizen zu verbergen, der ihr geholfen hätte, Manifestationen vorzutäuschen oder persönliche Informationen über künftige Kunden zu erlangen. Auch ein Liebhaber hätte sich früher oder später verraten und sei es nur durch Maudes Verhalten ihm gegenüber. Bewahrte Lena Forrest so viele Geheimnisse aus Treue zu einer Toten oder aus Selbsterhaltungstrieb, weil sie fürchtete, künftig keine Vertrauensstellung zu bekommen, wenn sie zu viel preisgab? Sie konnte in dieser Hinsicht gar nicht vorsichtig genug sein, denn von Maude Lamont würde sie naturgemäß kein Führungszeugnis bekommen. Unter diesen Umständen war es für sie äußerst schwierig, wenn nicht gar aussichtslos, eine neue Stelle zu finden.

»Gab es regelmäßige Besucher, die nicht zu ihren Sitzungen kamen?«, fragte Tellman. »Wir denken dabei an Menschen, die ihr Informationen über Personen lieferten, Dinge ... die ihre Besucher hören wollten.«

Lena hob den Blick, als wäre er ihr damit persönlich nahe getreten. »Dazu ist nicht viel nötig. Die Leute verraten sich selbst. Sie verstand es erstklassig, Gesichter zu deuten und zu erfassen, was die Menschen nicht mit Worten ausdrückten. Sie konnte unglaublich schnell etwas erraten. Ich weiß gar nicht, wie oft ich etwas gedacht habe, und sie wusste es, bevor ich den Mund aufgetan hatte.«

»Wir haben im ganzen Haus nach Tagebüchern gesucht«, sagte Tellman zu Pitt, »aber nichts als Listen mit Terminen gefunden. Sie muss sich alles andere gemerkt haben.«

»Wie schätzen Sie die Gabe von Maude Lamont ein, Miss Forrest?«, fragte Pitt mit einem Mal. »Glauben Sie an die Macht, die Geister der Toten heraufzubeschwören?« Er sah sie aufmerksam an. Sie hatte bestritten, dem Medium geholfen zu haben, aber irgendeine Hilfe musste die Frau gehabt haben, und außer ihr hatte es im Hause niemanden gegeben.

Lena holte tief Luft und stieß sie mit einem Seufzer wieder aus. »Ich weiß nicht. Ich habe meine Mutter und meine Schwester verloren und stelle mir vor, dass es schön wäre, wenn ich wieder mit ihnen sprechen könnte.« Man konnte ihr die Tiefe ihrer Empfindung vom Gesicht ablesen, dessen Züge sie kaum zu beherrschen vermochte. Offenkundig machte ihr der erlittene Verlust nach wie vor zu schaffen, und Pitt wollte die Wunde nicht erneut aufreißen, schon gar nicht vor den Augen Außenstehender, denn solchen Kummer musste ein Mensch allein tragen dürfen.

»Waren Sie selbst Zeuge solcher Manifestationen?«, fragte er. Die Lösung des Mordfalls an Maude Lamont war zumindest teilweise in diesem Haus zu finden, und er musste sie entdecken, ganz gleich, ob es Voisey und die Wahl oder was auch immer beeinflusste oder nicht. Er konnte einen Mord nicht einfach auf sich beruhen lassen, was auch immer der Grund dafür und wer auch immer das Opfer war.

»Eine Zeit lang habe ich das gedacht«, sagte sie zögernd. »Das ist aber lange her. Wenn man etwas so dringend wünscht, wie diese Leute …« – sie warf einen Seitenblick auf die Stühle, auf denen die Besucher bei den Séancen zu sitzen pflegten – »sieht man es wohl auf jeden Fall, oder nicht?«

»Sicher«, stimmte er zu. »Aber Sie hatten keinerlei Interesse an den Geistern, mit denen diese Leute in Berührung zu kommen hofften? Überlegen Sie gut, was Sie gehört haben und wovon Sie wissen, dass Miss Lamont es heraufzubeschwören vermochte. Andere Besucher haben von Stimmen und Klängen gesprochen, aber die Levitation scheint nur hier stattgefunden zu haben.«

Sie sah verwirrt drein.

»Dass sie sich in die Luft erhoben hat«, erklärte Pitt. Er sah, wie plötzlich Verstehen in ihren Augen aufflammte. »Tellman, sehen Sie sich den Tisch doch noch einmal gründlich an«, sagte er. Dann wandte er sich erneut Lena Forrest zu. »Können Sie sich erinnern, dass je am Morgen nach einer Sitzung etwas verändert war – sich an einem anderen Platz befand, anders roch, irgendwo Staub oder Pulver lag, was auch immer?«

Sie schwieg so lange, dass er nicht wusste, ob sie sich auf etwas konzentrierte oder einfach nicht antworten wollte.

Tellman saß auf dem Stuhl, auf dem sonst das Medium gesessen hat. Lena ließ ihn nicht aus den Augen.

»Haben Sie je den Tisch bewegt?«, fragte Pitt unvermittelt.

»Bestimmt nicht, er ist auf dem Boden befestigt«, gab Tellman zur Antwort. »Ich habe das schon probiert.«

Pitt erhob sich. »Und was ist mit dem Stuhl?« Mit diesen Worten ging er zu Tellman hinüber. Dieser stand auf und hob den Stuhl hoch. Überrascht sah er dort, wo die Stuhlbeine gestanden hatten, vier kaum wahrnehmbare Einbuchtungen auf den Bodendielen, die keinesfalls durch regelmäßigen Gebrauch des Stuhls entstanden sein konnten. Er ging zu einem der anderen Stühle, hob ihn auf – und fand keine Einkerbungen. Rasch sah er zu Lena Forrest hinüber und erkannte am Ausdruck ihres Gesichts, dass sie davon wusste.

»Wo ist der Hebel?«, sagte er finster. »Sie sind jetzt in einer sehr schwierigen Lage, Miss Forrest. Verderben Sie sich die Zukunft nicht dadurch, dass Sie die Polizei belügen.« Er hätte ihr lieber nicht gedroht, aber ihm blieb nicht nur keine Zeit, die Bodendielen herauszunehmen, um den Mechanismus zu finden, er musste auch unbedingt wissen, inwieweit sie an den Machenschaften beteiligt war. Das konnte später von entscheidender Bedeutung sein.

Sie erhob sich mit bleichem Gesicht und trat auf die andere Seite des Stuhls. Dann beugte sie sich vor und legte den Finger in die Mitte einer der geschnitzten Blumen an der Tischkante.

»Drücken Sie drauf«, gebot er.

Sie tat es, aber nichts geschah.

»Noch einmal!«, forderte er sie auf.

Sie rührte sich nicht.

Langsam stieg der Stuhl Zentimeter für Zentimeter empor. Als Pitt nach unten sah, merkte er, dass sich die Dielen darunter ebenfalls erhoben, und zwar genau jene, die die vier Beine des Stuhles trugen. Alle anderen blieben an Ort und Stelle. Man hörte nicht das leiseste Geräusch, offensichtlich war der Mechanismus glänzend geölt. Als sich der Stuhl knapp zwanzig Zentimeter über dem Boden befand, kam er zum Stillstand.

Pitt sah Lena Forrest an. »Sie wussten also, dass zumindest das Täuschung war.«

»Ich habe es erst vor kurzem gemerkt«, sagte sie mit einem Beben in der Stimme.

»Wann?«

»Nachdem sie tot war. Ich habe angefangen zu suchen. Ich habe es Ihnen nicht gesagt, weil ich dachte ...« Sie senkte den Blick und sah Pitt dann rasch wieder an. »Nun, sie ist fort, und vermutlich kann sie nichts mehr kränken. Sie erfährt ja nichts.«

»Ich bin der Ansicht, Sie sollten es uns besser sagen, falls Sie noch mehr herausbekommen haben, Miss Forrest.«

»Sonst nichts, nur das mit dem Stuhl. Ich ... habe von jemandem, der vorbeigekommen ist ... gehört, was sie alles vollbracht hat ... er hat Blumen gebracht und sein Beileid ausgesprochen. Deshalb habe ich nachgesehen. Ich war nie bei einer Sitzung. Wirklich nie!«

Mehr konnte ihr Pitt nicht entlocken. Bei einer gründlichen Untersuchung von Stuhl und Tisch sowie einer Erkundung des Kellers stießen sie auf einen einwandfrei funktionierenden ausgeklügelten Mechanismus sowie auf mehrere Glühbirnen. Das Haus verfügte über eine elektrische Anlage, die ein im Keller befindlicher Generator mit Strom speiste.

»Was wollte sie nur mit so vielen Glühbirnen?«, grübelte Pitt. »Die meisten Räume haben Gasbeleuchtung, geheizt wird mit Kohle – nur im Salon und Esszimmer ist elektrisches Licht.«

»Keine Ahnung«, gestand Tellman. »Insgesamt sind nur drei elektrische Lampen im Haus. Vielleicht wollte sie noch mehr beschaffen? Wahrscheinlich hat sie den Strom in erster Linie für ihre Kunstgriffe gebraucht.«

»Und da hat sie als Erstes die Birnen angeschafft?« Pitt hob zweifelnd die Brauen.

Tellman zuckte seine eckigen Schultern. »Wir müssen feststellen, was sie über ihre drei Besucher gewusst hat und was der Anlass dafür war, dass einer von den dreien sie umgebracht hat. Jeder von ihnen hatte Geheimnisse, und ich gehe jede Wette ein, dass sie diese Leute erpresst hat.«

»Nun, Kingsley wollte Näheres über den Tod seines Sohnes wissen«, sagte Pitt. »Mistress Serracold wollte Verbindung mit ihrer Mutter aufnehmen, also dürfte es bei ihr um eine Familiensache gehen, die in der Vergangenheit liegt. Bleibt die Frage, wer der Mann ist, der sich hinter der Kartusche verbirgt, und was er hier wollte.«

»Und was ihn veranlasst hat, nicht einmal seinen Namen zu nennen!«, ergänzte Tellman aufgebracht. »Mit Sicherheit steckt dahinter jemand mit einem so entsetzlichen Geheimnis, dass er auf keinen Fall Gefahr laufen möchte, erkannt zu werden.« Er knurrte. »Und wenn sie nun herausbekommen hat, wer er ist? Könnte das der Grund dafür sein, dass er sie umbringen musste?«

Pitt dachte kurz darüber nach. »Aber Mistress Serracold und General Kingsley haben übereinstimmend berichtet, dass er mit keiner bestimmten Person in Verbindung treten wollte ...«

»Noch nicht! Vielleicht wäre er damit herausgerückt, sobald er wirklich überzeugt war, dass sie dazu imstande war!«, sagte Tellman mit zunehmender Gewissheit. »Es ist doch möglich, dass er sie erst einmal auf die Probe stellen wollte. Nach dem, was die beiden Zeugen sagen, sieht es doch ganz so aus, als ob er genau das getan hätte.«

Pitt gab zu, dass Tellman damit Recht hatte, wusste aber keine Lösung. Keinesfalls hielt er Francis Wray für den Täter, zumal es zur Ausführung der Tat nötig gewesen war, sich Maude Lamont auf die Brust zu knien und ihr gewaltsam Eiweiß und Käseleinen in die Kehle zu pressen und so lange festzuhalten, bis sie erstickt war. Sie dürfte kaum stillgehalten, sondern keuchend und würgend um ihr Leben gekämpft haben.

Tellman sah aufmerksam zu ihm hin. »Wir müssen den Täter finden«, sagte er entschlossen. »Mister Wetrons Überzeugung nach ist es der Mann aus Teddington. Er sagt, dass wir die Beweise finden, wenn wir nur gründlich danach suchen. Er hat durchblicken lassen, dass es am besten wäre, ein paar Männer nach Teddington zu schicken und –«

»Kommt gar nicht in Frage!«, fiel ihm Pitt schneidend ins Wort. »Wenn jemand dort hinfährt, dann ich.«

»Das sollten Sie aber besser gleich heute tun«, sagte Tellman. »Sonst könnte Wetron –«

»Diesen Fall bearbeitet der Sicherheitsdienst«, unterbrach ihn Pitt erneut.

Tellman erstarrte mitten in der Bewegung. Der Widerwille in seinen Augen und seinem angespannten Gesicht war unübersehbar. »Viel haben wir ja bisher nicht aufzuweisen, oder?«

Pitt merkte, dass er errötete. Die Kritik war berechtigt, dennoch schmerzte sie ihn und wurde in ihrer Wirkung dadurch verschlimmert, dass er sich im Sicherheitsdienst nicht zu Hause fühlte und ein anderer auf seinem Stuhl in der Bow Street saß. Er wagte nicht an einen möglichen Fehlschlag zu denken, doch war dieser in seinem Unterbewusstsein stets gegenwärtig, von einem Augenblick auf den anderen bereit, ans Tageslicht zu kommen. Immer, wenn er ermattet und ohne klare Vorstellung, wie er weitersuchen sollte, in seinem leeren Haus saß, schien sich vor seinen Füßen ein schwarzer Abgrund zu öffnen, in den er jederzeit stürzen konnte.

»Ich fahre hin«, sagte er knapp. »Sie sollten festzustellen versuchen, auf welche Weise sie das Material für ihre Erpressungen zusammengetragen hat. Hat sie sich dabei mit Zuhören und Zusehen begnügt, oder hat sie richtig recherchiert? Das zu wissen, könnte nützlich sein.«

Tellman schien unentschlossen. Auf seinen Zügen lagen widerstreitende Empfindungen. Es mochte sich dabei um Zorn und Schuldbewusstsein handeln, vielleicht auch um Bedauern, weil er laut gesagt hatte, was er dachte. »Bis morgen dann«, murmelte er, wandte sich um und ging.

Im Zug überlegte Pitt, auf welche Weise er Näheres über Francis Wray erfahren konnte. Immer wieder drängte sich ihm nicht nur die Erinnerung an das Werbefaltblatt für Maude Lamont auf, das er auf dem Tischchen gesehen hatte, sondern auch daran, mit welcher Empörung Wray auf seine Erwähnung spiritistischer Medien reagiert hatte. Pitt hielt es für ausgeschlossen, dass der Tod seiner Frau den alten Herrn so sehr aufgewühlt hatte, dass er aus dem seelischen Gleichgewicht geraten war und in seinem ersten Kummer entgegen den Grundsätzen seines ein Leben lang befolgten Glaubens ein Medium aufgesucht hatte. Sofern es sich aber doch so verhielt – Pitt hatte durchaus schon von solchen Fällen gehört –, hatte er womöglich die Schuld dafür bei dem Medium gesucht und nur die Möglichkeit gesehen, den Abscheu vor sich selbst, den er deswegen empfand, loszuwerden, indem er sie beseitigte. Je mehr sich dieser Gedanke in Pitts Kopf festsetzte, desto nachdrücklicher bemühte er sich, dagegen anzukämpfen.

In Teddington stieg er aus, ging aber diesmal nicht gleich zur Udney Road, sondern zur High Street. Zwar war es ihm selbst nicht recht, die Dorfbewohner über Francis Wray auszufragen, aber ihm blieb keine Wahl. Wenn er es nicht tat, würde Wetron Männer schicken, die mit ihrem unbeholfenen Vorgehen noch mehr Kummer verursachten.

Er musste sich eines Vorwandes bedienen. Schließlich konnte er nicht gut geradeheraus fragen: »Glauben Sie, dass Mister Wray den Verstand verloren hat?« So legte er sich Fragen zurecht, in denen es um verlorene Gegenstände ging, Gedächtnisausfälle, die Sorge anderer Menschen, dass es Wray nicht gut ging. Das in Worte zu fassen fiel ihm nicht so schwer, wie er gefürchtet hatte, dennoch gehörte es zu seinen schlimmsten Erfahrungen, dass er den Kummer des alten Mannes auf diese Weise ausschlachtete. Nicht den Menschen gegenüber, mit denen er sprach, empfand er das, wohl aber vor sich selbst.

Aus allen Antworten ergab sich mehr oder weniger dasselbe Bild: Francis Wray war geachtet und wurde bewundert, möglicherweise wäre *geliebt* kein zu starkes Wort dafür. Zugleich äußerten alle, die Pitts Fragen beantworteten, ihre Besorgnis um ihn. Sie waren überzeugt, dass sein Verlust für ihn eine schwerere Last bedeutete, als er zu ertragen vermochte. Gute Bekannte hatten gezögert, ihn zu besuchen, da sie nicht gewusst hatten, ob sie ihn damit belästigen und zu tief in seine Privatsphäre eindringen würden oder ob er einen solchen Besuch wünschte, weil er ihn eine Weile vor der entsetzlichen Einsamkeit des Hauses bewahrte, wo er mit niemandem sprechen konnte als der jungen Mary Ann. Zwar kümmerte sie sich rührend um sein Wohlergehen, dürfte ihm aber als Gesellschaft kaum etwas bedeuten.

Es gelang Pitt, von einem dieser guten Bekannten, einem ebenfalls verwitweten Mann etwa in Wrays Alter, dies und jenes zu erfahren. Er fand ihn in seinem Garten, wo er herrliche übermannshohe rosa Malven hochband.

»Ich frage nur aus Besorgnis«, erläuterte Pitt, »und nicht etwa, weil sich jemand beklagt hätte.«

»Das wäre auch merkwürdig«, sagte Mr. Duncan, wickelte ein Stück Bindfaden von dem Knäuel ab und schnitt ihn schwerfällig mit einer Gartenschere durch. »Wenn Menschen alt und einsam werden, fallen sie bedauerlicherweise anderen zur Last, ohne es selbst zu merken.« Er lächelte ein wenig trübselig. »Ich fürchte, das war bei mir in den ersten ein, zwei Jahren nach dem Tod meiner Frau nicht anders. Manchmal finden wir es unerträglich, mit Menschen zu reden, dann wieder lassen wir sie nicht aus den Fängen. Es ist mir lieb zu hören, dass Sie lediglich feststellen wollen, ob eine Kränkung beabsichtigt war.« Er schnitt ein weiteres Stück Bindfaden ab und sah Pitt dabei entschuldigend an. »Mitunter missverstehen junge Damen die Gründe, warum jemand ihre Gesellschaft sucht, wozu sie zweifellos in manchen Fällen auch Anlass haben.«

Zögernd kam Pitt auf das Thema spiritistische Sitzungen zu sprechen.

»Ach je, ausgerechnet!« Auch Mr. Duncans Gesicht wirkte beunruhigt. »Ich muss sagen, dass er derlei Dingen ausgesprochen ablehnend gegenübersteht. Er war Zeuge einer Tragödie, zu der es in diesem Zusammenhang hier vor vielen Jahren gekommen ist.« Er kaute auf der Unterlippe; seine Malven schien er vergessen zu haben. »Eine junge Frau hat ein Kind bekommen – unehelich, Sie verstehen. Sie hieß Penelope. Das arme Wurm ist praktisch gleich nach der Geburt gestorben. Penelope wusste vor Kummer nicht wohin und hat eine Spiritistin aufgesucht, die ihr versprochen hat, sie mit dem toten Kind in Verbindung zu bringen.« Er seufzte. »Natürlich war das eine Betrügerin, und als Penelope dahintergekommen ist, hat sie aus Kummer fast den Verstand verloren. Sie hatte wohl geglaubt, mit dem Kind gesprochen und von ihm erfahren zu haben, dass es ihm dort sehr gut ging, und das hatte sie getröstet.« Sein Gesicht verfinsterte sich. »Die darauffolgende Enttäuschung war zuviel für sie, und sie hat sich das Leben genommen. Es war einfach grässlich. Der arme Francis hat all das mitbekommen, ohne es verhindern zu können.

Er hat sich dafür eingesetzt, dem Kind ein christliches Begräbnis zu gewähren, ist aber natürlich damit nicht durchgekommen, weil es unehelich und nicht getauft war. Deswegen hat er sich sehr über den Ortsgeistlichen erzürnt und ihm lange gegrollt. Er selbst hätte das Kind unter allen Umständen getauft und die Konsequenzen auf sich genommen. Aber natürlich durfte er das nicht.«

Pitt überlegte, was er sagen könnte, um angemessen auszudrücken, was er angesichts dieser Geschichte empfand, doch fand er keine Worte, die seinem Zorn und seiner hilflosen Empörung gerecht geworden wären.

»Selbstverständlich hat er Penelope nach Kräften zu trösten versucht«, fuhr Duncan fort. »Er wusste, dass das Medium eine Betrügerin war, aber die Ärmste wollte nichts davon hören. Sie war einfach darauf angewiesen, glauben zu dürfen, dass ihr Kind noch irgendwo existierte. Sie war selbst noch sehr jung. Verständlicherweise ist Francis seither gegen Spiritismus jeglicher Art ausgesprochen negativ eingestellt und hat von Zeit zu Zeit geradezu eine Art Kreuzzug dagegen geführt.«

»Ja«, sagte Pitt. Das Mitgefühl wühlte ihn förmlich auf, auch wenn es zu nichts führte. »Ich kann seine Empfindungen verstehen. Kaum etwas kann grausamer sein, selbst wenn es möglicherweise nicht so gemeint ist.«

»Ja«, nickte Duncan. »So ist es in der Tat. Niemand darf ihm vorwerfen, dass er so dagegen angeht. Ich habe damals wohl sehr ähnlich empfunden.«

Pitt dankte dem Mann und entschuldigte sich. Von anderen konnte er nichts Weiteres über Wray in Erfahrung bringen; es war an der Zeit, ihn noch einmal selbst aufzusuchen, um ihn zu fragen, wo er sich an den Abenden aufgehalten hatte, an denen laut Maude Lamonts Tagebuch der Mann, der sich hinter der Kartusche verbarg, das Haus an der Southampton Row aufgesucht hatte.

In der Udney Road ließ ihn Mary Ann ohne Umstände ein, und Wray trat ihm in der Tür seiner Studierstube mit einem Lächeln entgegen. Ohne Pitt zu fragen, ob er gern zum Tee bleiben würde, gab er Mary Ann gleich den Auftrag, Tee, belegte Brote und Teegebäck mit Mirabellenkonfitüre zu machen.

»Im vorigen Jahr hatte ich herrliche Mirabellen im Garten«, sagte er begeistert, während er Pitt in die Studierstube führte und ihn zum Sitzen aufforderte. Mit gesenkter und völlig veränderter sehnsuchtsvoller Stimme ergänzte er: »Meine Frau hat immer großartige Konfitüre gemacht, ganz besonders aus Mirabellen.«

Pitt fühlte sich elend. Er war sicher, dass man ihm das Schuldbewusstsein von der Stirn ablesen konnte – schließlich war er gekommen, um den Kummer dieses Mannes zu ergründen, der ihn so offensichtlich schätzte, ihm vertraute und nicht im Entferntesten vermutete, dass Pitt nicht aus Freundschaft gekommen war, sondern um seine Pflicht zu tun.

»Vielleicht sollte ich dann nichts davon nehmen«, sagte Pitt. »Wollen Sie sie nicht lieber behalten und …« Er war nicht sicher, was er sagen wollte.

»Aber nein«, versicherte ihm Wray. »Greifen Sie nur zu. Ich fürchte auch, es ist kein Himbeergelee mehr da, weil ich nicht widerstehen konnte. Ich teile gern mit Ihnen, was ich noch habe. Es war wirklich sehr gut.« Dann sagte er unvermittelt mit besorgtem Ausdruck: »Oder mögen Sie etwa keine Mirabellenkonfitüre?«

»Doch, ganz im Gegenteil!«

»Gut, dann wollen wir sie uns auch gönnen.« Er lächelte. »Und jetzt sagen Sie mir, was Sie hergeführt hat und wie es Ihnen geht, Mister Pitt. Haben Sie den Unglückseligen gefunden, der die ermordete Spiritistin aufgesucht hat?«

Pitt war noch nicht bereit, die Frage anzuschneiden. Er hatte angenommen, einen genauen Plan zu haben, doch zeigte sich jetzt, dass das nicht der Fall war. »Nein … noch nicht«, gab er zur Antwort. »Es ist aber wichtig, dass ich ihn finde. Möglicherweise weiß er etwas, was uns helfen kann zu verstehen, warum man sie getötet hat und wer die Tat begangen hat.«

»Ach je.« Wray schüttelte den Kopf. »Wirklich sehr betrüblich. Aus derlei Dingen entsteht gewöhnlich nur Böses. Man sollte sich mit solchen Praktiken nicht abgeben. Wer das tut, und sei es in aller Unschuld, macht damit den Teufel auf unsere Schwäche aufmerksam. Glauben Sie mir, Mister Pitt, eine solche Einladung lässt er sich nicht entgehen.«

Pitt fühlte sich unbehaglich. Über diese Dinge hatte er sich bisher noch keine Gedanken gemacht, vielleicht, weil sein Glaube mehr auf moralischen Grundsätzen als auf metaphysischen Vorstellungen von Gott und Satan ruhte, auf jeden Fall aber, weil er noch nie an die Möglichkeit geglaubt hatte, Geister heraufzubeschwören. Doch Wray war es mit seinen Worten völlig ernst; ein Blick auf die Leidenschaft, die in seinen Augen leuchtete, zeigte das deutlich.

Pitt entschloss sich zu einem Kompromisskurs. »Es sieht so aus, als wenn sich diese Frau mit einer sehr menschlichen tückischen Praxis beschäftigt hätte, nämlich Erpressung.«

»Dann war es wohl ein Mord aus moralischer Empörung«, sagte Wray ganz ruhig und schüttelte den Kopf. »Die arme Frau. Ich fürchte, sie hat sich ihr Schicksal weitgehend selbst zuzuschreiben.«

Ein Klopfen an der Tür enthob Pitt der Notwendigkeit, mehr zu dem Thema zu sagen, und im nächsten Augenblick trat Mary Ann mit dem Teetablett ein. Es war so voller Geschirr, dass es sehr schwer wirkte, und er sprang auf, es ihr abzunehmen, damit sie es nicht fallen ließ, während sie mit einer Hand die Tür schloss.

»Danke, Sir«, sagte sie verlegen und errötete leicht. »Sie hätten sich nicht bemühen sollen.«

»Es macht mir wirklich nichts aus«, versicherte ihr Pitt. »Das sieht ja exzellent aus und so reichlich. Mir war noch gar nicht aufgefallen, wie großen Hunger ich habe.«

Sie knickste befriedigt und verließ den Raum so rasch, dass Wray den Tee eingießen musste, wobei er Pitt zulächelte. »Ein angenehmes Geschöpf«, sagte er nickend. »Sie tut für mich alles, was sie kann.«

Darauf gab es keine Antwort, die nicht abgedroschen geklungen hätte. Was auf dem Tablett stand, zeigte ihre Fürsorge deutlicher, als es Worte vermocht hätten.

Schweigend aßen und tranken sie eine Weile. Der Tee war heiß und duftete verlockend, die belegten Brote waren köstlich, und das mit Butter und der süßen und zugleich kräftigen Konfitüre bestrichene Teegebäck war genau richtig.

Pitt biss hinein und hob den Blick. Wray sah ihn erwartungsvoll an. Offenkundig wollte er sehen, ob die Mirabellenkonfitüre Pitt wirklich schmeckte, doch hätte er es wohl nicht übers Herz gebracht, ihn zu fragen.

Pitt wusste nicht, ob es besser wäre zu schweigen oder ob er sie überschwänglich loben sollte. Würde das gekünstelt klingen und als Herablassung aufgefasst? Mitleid konnte ausgesprochen verletzend wirken. Andererseits wäre ein beiläufiges Lob mit Sicherheit falsch und uneinfühlsam.

»Es ist mir gar nicht recht, Ihnen das wegzuessen«, sagte er mit vollem Munde kauend. »Etwas derart Delikates mit einem so abgerundeten Geschmack bekommen Sie nie wieder. Offenbar ist es genau die richtige Menge Zucker, denn man schmeckt die Früchte wirklich durch.« Er holte tief Luft und dachte an Charlotte sowie an Voisey und all das, was er verlieren könnte. Ihm ging durch den Kopf, wie dabei alles zerstört würde, was in seiner Welt gut und kostbar war. »Meine Frau macht die beste Orangen-Marmelade, die ich je im Leben gegessen habe«, sagte er. Entsetzt merkte er, dass seine Stimme dabei belegt klang.

»Tatsächlich?« Wray bemühte sich, seine Gefühle zu beherrschen und mit möglichst neutraler Stimme zu sprechen. Hier saßen zwei Männer, die einander kaum kannten, gemeinsam beim Nachmittagstee und dachten dabei an Konfitüren und an die Frauen, die sie mehr liebten, als sich mit Worten ausdrücken ließ.

Tränen traten in Wrays Augen und liefen ihm über die Wangen.

Pitt schluckte den letzten Mundvoll Gebäck mit Konfitüre herunter.

Wray senkte den Kopf. Seine Schultern bebten, dann schüttelte es ihn; seine Empfindungen waren stärker als er.

Wortlos stand Pitt auf, ging um den Tisch und setzte sich auf die Sessellehne des alten Mannes. Erst zögernd, dann entschlossener, legte er ihm eine Hand auf die Schulter, die sich verblüffend zerbrechlich anfühlte. Nach einer Weile legte er tröstend einen Arm um ihn, und Wray ließ seinen Tränen freien Lauf. Vielleicht war es das erste Mal, dass er das seit dem Tode seiner Frau hatte tun können.

Pitt wusste nicht, wie lange sie so gesessen hatten, als Wray schließlich aufhörte zu zittern und sich langsam wieder aufrichtete.

Er musste dem Mann unbedingt Gelegenheit lassen, seine Würde zu wahren. Ohne ihn anzusehen, stand er auf, ging durch die Terrassentür und in den Garten hinaus, der im Sonnenschein dalag. Er wollte Wray mindestens zehn Minuten lassen, damit er seine Fassung zurückgewinnen und sich das Gesicht waschen konnte. Danach konnten beide so tun, als wäre nichts geschehen.

Vom Garten aus sah er eine hochherrschaftliche Kutsche mit ausgesuchten Pferden und einem livrierten Kutscher. Zu seiner großen Überraschung hielt sie vor Wrays Haus an, und eine Frau stieg aus. Am Arm trug sie einen Korb, der mit einem Tuch verdeckt war. Sie wirkte eindrucksvoll, hatte dunkle Haare und ein Gesicht, das nicht unbedingt schön zu nennen war, dessen Züge aber von Charakter und großer Intelligenz zeugten. Sie ging mit ungewöhnlicher Anmut und schien Pitt erst zu bemerken, als ihre Hand auf dem Türknauf lag. Vielleicht hatte sie ihn ursprünglich für einen Gärtner gehalten, bis sie dann genauer hingesehen und erkannt hatte, wie er gekleidet war.

»Guten Tag«, sagte sie. »Ist Mister Wray zu Hause?«

»Ja, aber er ist ein wenig unwohl«, antwortete er und trat auf sie zu. »Sicher würde er sich freuen, Sie zu sehen, doch wenn Sie es mir nicht übel nehmen, halte ich es für das Beste, ihm einige Minuten zu lassen, damit er sich erholen kann, Mistress ...?«

»Cavendish«, sagte sie. Sie sah ihn offen an. »Sie sind nicht sein Arzt, den kenne ich. Wer sind Sie, Sir?«

»Ein Bekannter. Ich heiße Pitt.«

»Sollen wir seinen Arzt rufen? Ich kann meinen Kutscher sogleich hinschicken.« Sie wandte sich halb um. »Joseph! Dr. Trent ...«

»Das dürfte nicht erforderlich sein«, sagte Pitt rasch. »In einigen Minuten geht es ihm bestimmt deutlich besser.«

Sie machte ein zweifelndes Gesicht.

»Bitte, Mistress Cavendish. Wenn Sie mit ihm befreundet sind, wird ihm Ihre Gesellschaft möglicherweise mehr als alles andere helfen.« Er sah auf ihren Korb.

»Ich habe ihm einige Bücher gebracht«, sagte sie mit dem Anflug eines Lächelns. »Und einige Törtchen. Mit Konfitüre aus Himbeeren, nicht etwa aus Mirabellen.«

»Das ist sehr rücksichtsvoll von Ihnen«, sagte er aufrichtig.

»Ich mag ihn sehr«, erklärte sie, »und auch mit seiner Frau war ich gut befreundet.«

Gemeinsam blieben sie einige Minuten in der Sonne stehen, dann trat Wray durch die Terrassentür ins Freie. Er ging ein wenig unsicher, als könne er seinen Beinen nicht recht trauen. Sein Gesicht war gerötet wie auch seine Augen, aber offensichtlich hatte er es mit etwas Wasser besprengt und schien sich gefasst zu haben. Offenkundig verblüffte es ihn, Mrs. Cavendish zu sehen, doch war er nicht im Geringsten verstimmt – höchstens war es ihm peinlich, ihr in einem solchen Zustand gegenüberzutreten. Er sah Pitt nicht an.

»Liebe Octavia«, sagte er voll Wärme. »Wie schön, dass du mich wieder einmal besuchst, und noch dazu so bald. Du bist wirklich sehr aufmerksam.«

Sie lächelte ihm herzlich zu. »Ich denke oft an dich«, sagte sie. »Es war mir einfach ein Bedürfnis. Wir alle mögen dich sehr.« Dabei wandte sie sich von Pitt ab, als wolle sie ihn von dieser Äußerung bewusst ausschließen. Sie nahm das Tuch vom Korb. »Ich habe dir einige Bücher gebracht, die du vielleicht gern lesen möchtest, und einige Törtchen. Ich hoffe, du magst sie.«

»Das ist wirklich lieb von dir«, sagte er und gab sich hörbar Mühe, Freude in seine Stimme zu legen. »Möchtest du auf eine Tasse Tee ins Haus kommen?«

Sie nahm an und ging mit einem forschenden Blick auf Pitt in Richtung Terrassentür.

Wray wandte sich an Pitt. »Sie können auch gern wieder mit hineinkommen. Ich habe nicht den Eindruck, Ihnen besonders geholfen zu haben, muss allerdings gestehen, dass ich auch nicht weiß, wie ich das könnte.«

»Ich bin nicht einmal sicher, dass es eine solche Möglichkeit gibt«, sagte Pitt. Dann ging ihm auf, dass in diesen Worten das Eingeständnis einer Niederlage mitschwang. »Und Sie waren von einer Gastfreundschaft, die ich nie vergessen werde.« Er erwähnte die Konfitüre nicht, merkte aber an der Art, wie Wrays Augen aufleuchteten und ihm die Röte ins Gesicht stieg, dass er genau verstand, wie es gemeint war.

»Danke«, sagte Wray aus tiefem Herzen. Bevor ihn sein Gefühl wieder überwältigte, wandte er sich um und folgte Mrs. Cavendish ins Haus.

Pitt ging zwischen den Blumenbeeten hindurch zur Gartentür und trat auf die Udney Road hinaus.

Kapitel 11

Süße Düfte lagen in der lauen Luft, die von der Heide herüberwehte. Die Blätter des Apfelbaums im Garten hinter dem Häuschen regten sich kaum. Stille und Dunkelheit herrschten, beste Voraussetzung für einen tiefen, ungestörten Schlaf. Doch Charlotte lag wach im Bett, sich ihrer Einsamkeit bewusst, und lauschte, als erwartete sie, etwas zu hören: irgendwo Schritte, ein loses Steinchen auf dem Weg vor dem Tor, vielleicht das Mahlen von Wagenrädern oder den Hufschlag eines Pferdes auf dem harten Boden.

Als sie schließlich etwas hörte, fuhr es ihr wie Feuer durch die Adern. Sie warf die Decke zurück, stürzte die drei Stufen zum Fenster empor und spähte hinaus. Im Sternenschein war nichts zu sehen als die Schwärze der Nacht. Falls dort jemand war, hatte sie ihn nicht zu entdecken vermocht.

Sie sah hinaus, bis ihre Augen schmerzten. Doch es gab keine Bewegung, lediglich ein weiteres leises Geräusch, kaum mehr als ein Rascheln. Ob das ein Fuchs war? Eine streunende Katze, ein jagender Nachtvogel? Am Abend hatte sie in der Dämmerung eine Eule gesehen.

Sie legte sich wieder ins Bett, blieb aber wach und wartete.

Auch Emily fiel es schwer einzuschlafen. Sie aber wurde von Schuldgefühlen gequält und der unausweichlichen Notwendigkeit, eine Entscheidung zu treffen, die sie nicht zu treffen wünschte. Sie hatte sich viele denkbare Gründe für die Angst überlegt, unter der Rose litt, doch Geisteskrankheit hatte nicht dazu gehört. Vielleicht eine unglückliche Liebesgeschichte aus der Zeit, bevor sie Aubrey kennen lernte, wenn nicht gar danach, eine Fehlgeburt, ein Streit mit einem Angehörigen, der gestorben war, bevor es eine Gelegenheit zur Aussöhnung gegeben hatte. Kein einziges Mal hatte sie an etwas so Entsetzliches wie Irresein gedacht.

Sie brachte es nicht über sich, Pitt davon zu berichten, obwohl sie im tiefsten Inneren wusste, dass sie keine andere Wahl hatte. Sie wollte immer noch glauben, dass es ihr irgendwie möglich sei, Rose zu schützen. Aber wovor? Vor der Ungerechtigkeit? Vor einem Fehlurteil? Vor der Wahrheit?

Sie spielte mit dem Gedanken, am nächsten Morgen kurz nach dem Frühstück zu Pitt zu gehen, wenn sie Gelegenheit gehabt hatte, sich zu fassen und sich genau zu überlegen, was sie sagen wollte und mit welchen Worten.

Doch ihr war klar, dass Pitt höchstwahrscheinlich das Haus verlassen hätte, wenn sie so lange wartete, und sie gestand sich ein, dass sie dies Vorhaben auch nur erwog, um sich einreden zu können, sie hätte es versucht, während sie in Wirklichkeit mit voller Absicht zu spät aufgebrochen war.

Daher stand sie gleich um sechs Uhr auf, als ihr die Zofe den Tee brachte. So konnte sie dem Tag schon eher entgegensehen. Sie zog sich an und verließ um halb acht das Haus. Wenn man sich entschlossen hat, etwas zu tun, wovon man weiß, dass es schwierig und unangenehm sein wird, ist es besser, es gleich zu tun, statt lange nachzudenken und sich auszumalen, welche Widrigkeiten eintreten könnten.

Pitt war verblüfft, sie zu sehen. Ungekämmt wie immer stand er in Socken und Hemdsärmeln in der Tür. »Emily!« Sogleich zeigte er sich besorgt. »Ist etwas geschehen? Geht es dir nicht gut?«

»Ja, es ist etwas geschehen«, gab sie zur Antwort. »Und ich bin nicht sicher, ob es mir gut geht oder nicht.«

Er trat beiseite und ließ sie eintreten. Dann folgte er ihr in die Küche, wo sie sich auf einen der Stühle setzte. Sie warf einen raschen Blick um sich. Die vertraute Umgebung hatte sich in Charlottes und Gracies Abwesenheit auf eine Art verändert, die sie nicht hätte beschreiben können. Der Raum wirkte irgendwie unbenutzt, als geschähe nur das Allernötigste. Es fehlten der Wohlgeruch und die Wärme, die das Kuchenbacken begleiteten, und auf dem Trockengestell an der Decke hing kaum Wäsche. Nur die beiden Kater Archie und Angus, die sich neben dem Herd wachräkelten, schienen sich wohlzufühlen wie eh und je.

»Tee?«, fragte Pitt. Dabei wies er auf die Kanne auf dem Tisch und den Wasserkessel, der auf der Herdplatte dampfte. »Toast?«

»Nein, danke«, erwiderte sie.

Er setzte sich, ohne weiter auf seine halb geleerte Tasse zu achten. »Worum geht es?«

Jetzt konnte sie ihren Entschluss nicht mehr rückgängig machen ... oder vielleicht doch? Noch war Zeit, etwas anderes zu sagen, als was sie eigentlich hatte sagen wollen. Er sah sie wartend an. Wenn sie lange genug zögerte, würde er es ihr möglicherweise auch gegen ihren Willen entlocken. In dem Fall brauchte sie kein schlechtes Gewissen zu haben.

Aber damit hätte sie sich selbst belogen. Da sie schon einmal gekommen war, konnte sie zumindest das, was sie tat, mit einer gewissen Selbstachtung tun! Sie hob den Blick und sah ihn an. »Ich habe gestern Abend Rose Serracold getroffen und so mit ihr gesprochen, als wenn wir alleine gewesen wären. Es kommt bei großen Gesellschaften mitunter vor, dass man sich inmitten des allgemeinen Lärms wie auf einer Insel befindet und niemand hören kann, was man sagt. Ich habe sie mit mehr oder weniger sanfter Gewalt dazu gebracht, mir zu sagen, was sie bei Maude Lamont wollte.« Sie hielt inne, während sie sich daran erinnerte, wie sie Rose förmlich in die Ecke getrieben hatte. Ja, *Gewalt* war das richtige Wort.

Pitt wartete schweigend.

»Sie fürchtet, dass ihr Vater bei seinem Tod verrückt war.« Als sie Pitts Erstaunen sah, auf das sogleich Entsetzen folgte, hielt sie unvermittelt inne. »Sie hat Angst, das von ihm geerbt zu haben«, fuhr sie leise fort, als könnte sie durch Flüstern den Schmerz vermindern. »Sie wollte den Geist ihrer Mutter fragen, ob er wirklich unzurechnungsfähig war. Dazu aber hatte sie keine Gelegenheit, weil Maude Lamont umgebracht wurde.«

»Ich verstehe.« Er sah sie reglos an. »Wir können General Kingsley fragen, um festzustellen, ob sie Kontakt mit ihrer Mutter gehabt hatte oder nicht, ehe sie offiziell ging.«

Erschreckt fragte Emily: »Meinst du, sie könnte noch einmal zu einer privaten Séance zurückgekehrt sein?«

»Irgendjemand ist noch einmal ins Haus gegangen, aus welchem Grund auch immer«, entgegnete er.

»Aber bestimmt nicht Rose«, sagte sie mit mehr Überzeugung, als sie empfand. »Sie wollte etwas von ihr, was sie von einer Toten nicht bekommen konnte!« Sie beugte sich über den Tisch. »Sie ist nach wie vor so verängstigt, dass sie kaum noch weiß, was sie tut, Thomas. Sie hat ihre Auskunft nicht bekommen, wirklich! Sie sucht nach einem anderen Medium, um endlich zu erfahren, was sie wissen will.«

Der Wasserkessel pfiff schrill, doch Pitt achtete nicht darauf. »Maude Lamont könnte ihr etwas gesagt haben, was sie nicht zu glauben bereit ist«, gab er zu bedenken. »Und jetzt hat sie Angst, dass es herauskommt.«

Emily sah ihn an. Es wäre ihr lieber gewesen, dass er sie nicht so gut verstand. Aber ihr war klar, dass er in ihren sich jagenden Gedanken lesen konnte, die sie am liebsten versteckt hätte. Allerdings hätte es ihr auch keinen Trost bedeutet, wenn sie ihn zu täuschen vermocht hätte. Stets hatte sie ihre Fähigkeit im Umgang mit Menschen für ihre größte Gabe gehalten. Sie konnte sie bezaubern und sie um den Finger wickeln und hatte oft erreicht, dass Menschen ihre Wünsche erfüllten, ohne selbst zu merken, dass das, was sie so begeistert taten, eigentlich ihr Einfall gewesen war.

In letzter Zeit war ihr immer mehr aufgefallen, wie wenig es sie befriedigte, diese Gabe zu nutzen. Sie wollte nicht weiter sehen können als Jack und auch nicht stärker oder klüger sein als er. Anderen voraus zu sein bedeutete, dass man ziemlich einsam war. Manchmal – zum Glück nicht immer – musste man die Last auf sich nehmen, das gehörte zur Liebe und zum Verantwortungsbewusstsein. Freude machte es nur, weil es richtig war, weil es sich gehörte und man damit andere beschenkte, nicht aber, weil man selbst Nutzen daraus zog.

Daher begehrte sie zwar innerlich dagegen auf, dass Pitt von ihr mehr wissen wollte, als sie zu sagen bereit war, doch war es ihr zugleich mehr als recht, dass er sich nicht mit einer halben Antwort abspeisen ließ. Er musste klüger sein als sie, da sie keine Möglichkeit hatte, Rose zu helfen, und nicht einmal gewusst hätte, wie eine solche Hilfe hätte aussehen können. Es war ohne weiteres möglich, dass sie die Dinge nur schlimmer machte. Ihre Überzeugung, dass Rose nicht an Anfällen von Wahnsinn litt, war nicht unerschütterlich. War es denkbar, dass Rose in ihrer Panik geglaubt hatte, Maude Lamont kenne ihr Geheimnis und bedrohe sie und Aubrey? Emily fiel ein, wie rasch sich Rose unter dem Einfluss der Angst gegen sie gewandt hatte. Schlagartig war die Freundschaft vor ihren Augen verschwunden, so wie Wasser auf einem heißen Feuerrost verdampft.

»Sie hat geschworen, dass sie es nicht getan hat«, sagte sie.

»Und du möchtest ihr glauben«, beendete Pitt ihren Gedankengang. Er stand auf, ging zum Herd und zog den Wasserkessel vom Feuer. Dann wandte er sich ihr wieder zu. »Hoffentlich hast du Recht. Aber irgendjemand hat sie umgebracht. Mir wäre es lieb, wenn es auch nicht General Kingsley gewesen wäre.«

»Der Unbekannte«, sagte Emily. »Du weißt wohl immer noch nicht, wer das ist ... oder?«

»Nein.«

Sie sah ihn an. Ein unerklärlicher Schmerz lag in seinen Augen. Er sagte nicht die Unwahrheit, das hatte er ihres Wissens noch nie getan. Aber es gab da eine Welt von Empfindungen und Tatsachen, über die er ihr nichts mitzuteilen bereit war.

»Danke, Emily«, sagte er und kehrte an den Tisch zurück. »Hat sie erwähnt, ob sonst noch jemand von dieser Angst wusste? Aubrey?«

»Nein.« Sie war ihrer Sache sicher. »Er weiß nichts davon. Und falls du glaubst, Maude Lamont habe sie erpresst, würde ich sagen, auch das trifft meiner Ansicht nach nicht zu.« Während sie das sagte, spürte sie eine plötzliche Besorgnis. Eigentlich stimmte das nur zum Teil. Konnte Pitt das an ihrem Gesicht sehen?

Er zuckte leicht die Achseln. »Vielleicht hat sie noch nichts davon gewusst«, sagte er trocken. »Möglicherweise hat jemand dafür gesorgt, dass Rose um Haaresbreite davongekommen ist.«

»Aubrey weiß nichts, Thomas! Wirklich nicht!«
»Ich nehme es an.«

Er ging mit ihr zur Haustür, nahm unterwegs sein Jackett vom Haken und akzeptierte dankbar, dass sie ihn in ihrer Kutsche bis zur Oxford Street mitnahm. Dort wandte sie sich nach Westen, um nach Hause zurückzukehren, während ihn sein Weg nach Süden zum Kriegsministerium führte. Dort wollte er noch einmal im Archiv nach Gründen dafür forschen, dass General Kingsley ausgerechnet die politische Partei angriff, deren Werte er stets hochgehalten hatte. Sicherlich gab es da eine Beziehung zum Tod seines Sohnes oder zu irgendetwas, was kurz davor geschehen war.

Nachdem er über eine Stunde Bericht für Bericht durchgesehen hatte, merkte er, dass er außer einer Fülle blutleerer Worte nach wie vor nichts über diesen Mann wusste. Es kam ihm vor wie der Versuch, sich anhand des Skeletts eines Menschen dessen Gesicht, Stimme, Lachen und die Art vorzustellen, wie er sich bewegt hatte. Nichts davon war da. Was immer es gewesen war, es war verschüttet. Er hätte den ganzen Tag weiterlesen können und nichts über ihn erfahren.

Er notierte sich die Namen einer großen Zahl weiterer Offiziere und Mannschaftsdienstgrade, die am Mfolozi dabeigewesen waren, um festzustellen, wer von ihnen sich in London befand und möglicherweise bereit war, ihm etwas mehr zu sagen. Dann dankte er dem Angestellten und ging.

Er hatte dem Droschkenkutscher bereits die Anschrift des ersten Mannes auf seiner Liste gegeben, als er es sich anders überlegte und ihm stattdessen Lady Vespasia Cumming-Goulds Adresse nannte. Vielleicht war es ungehörig, sie ohne Einladung und ohne Voranmeldung aufzusuchen, aber bisher hatte sie sich immer bereit gezeigt, bei Dingen zu helfen, von denen sie überzeugt war. Zwischen ihnen bestand seit der Whitechapel-Affäre, bei der sie nicht nur Seite an Seite gekämpft, sondern gemeinsam tiefe Empfindungen durchlebt, einen Verlust erlitten und schließlich den Sieg errungen hatten, wenn auch zu einem entsetzlichen Preis, ein ganz besonderes Band.

Daher trat er voll Zuversicht an die Haustür und teilte dem Mädchen mit, er müsse in einer dringenden Angelegenheit mit Lady Vespasia sprechen. Er sei gern bereit, auf einen geeigneten Augenblick zu warten, auch wenn das lange dauern würde.

Er wurde ins Empfangszimmer gebeten, doch führte ihn das Mädchen schon nach wenigen Minuten von dort in Lady Vespasias Salon, der auf den Garten ging und den unabhängig von Jahreszeit und Wetter stets ein angenehmes Licht und eine friedvolle Atmosphäre zu erfüllen schien.

Die Dame des Hauses trug die übliche Perlenkette um den Hals und ein kleeblütenfarbenes Kleid. Der Farbton war so hell, dass man ihn kaum als Rosa bezeichnen konnte. Vespasia begrüßte Pitt mit einem Lächeln und bedeutete ihm mit einer leichten Handbewegung, er solle eintreten.

»Guten Morgen, Thomas. Wie schön, dich zu sehen.« Ihre Augen ruhten auf seinem Gesicht. »Ich hatte mehr oder weniger mit deinem Besuch gerechnet, seit Emily mit mir gesprochen hat. Vielleicht sollte ich besser sagen, ich hatte mehr oder weniger darauf gehofft. Voisey bewirbt sich um einen Sitz im Unterhaus.« Als sie den Namen aussprach, klang ihre Stimme belegt. Vermutlich erinnerte sie sich an Mario Corenas Opfer, das Voisey so teuer zu stehen gekommen war.

»Ich weiß«, sagte er leise. Es hätte ihn gefreut, wenn sie nichts davon gewusst hätte, doch sie war in ihrem Leben nie einer Schwierigkeit ausgewichen. Sicherlich käme es einer geradezu demütigenden Kränkung gleich, wenn er jetzt versuchte, sie zu schützen. »Deshalb bin ich hier in London statt mit Charlotte auf dem Lande.«

»Ich bin froh, dass sie fort ist.« Ihr Gesicht wirkte trübselig. »Aber was glaubst du erreichen zu können, Thomas? Ich weiß nicht viel über diesen Victor Narraway. Ich habe mich erkundigt, aber die Leute, mit denen ich gesprochen habe, wussten entweder selbst so gut wie nichts oder waren nicht bereit, etwas zu sagen. Sei sehr vorsichtig. Traue ihm nur, soweit es nötig ist. Glaube nur nicht, dass er dir mit der gleichen Fürsorge oder der Loyalität gegenübersteht wie Kapitän Cornwallis. Der Mann ist nicht aufrichtig –«

»Weißt du das?«, fiel ihr Pitt unbeabsichtigt ins Wort.

Sie lächelte so flüchtig, dass sie dabei kaum die Lippen bewegte. »Mein lieber Thomas, es ist die Aufgabe des Sicherheitsdienstes, Anarchisten, Bombenleger und solche Männer – und vielleicht auch einige Frauen – zu fassen, die insgeheim darauf hinarbeiten, unsere Regierung zu stürzen. Dazu hat man ihn ins Leben gerufen. Manche dieser Leute wollen an die Stelle unserer Regierung eine nach ihrem eigenen Geschmack setzen, andere wollen einfach zerstören, ohne sich im Geringsten Gedanken darüber zu machen, was danach kommt. Manche arbeiten natürlich im Interesse anderer Länder. Kannst du dir vorstellen, dass John Cornwallis eine Organisation aufbaut, die ihnen in den Arm fällt, bevor ihnen das gelingt?«

»Nein«, gab Pitt mit einem Seufzer zu. »Er ist tapfer und ehrlich bis ins Mark. Er gehört zu den Menschen, die erst das Weiße im Auge des Feindes sehen wollen, bevor sie auf ihn schießen.«

»Er würde sie zur Übergabe auffordern«, fügte sie hinzu. »Für die Arbeit im Sicherheitsdienst muss man verschlagen sein, alle Kniffe beherrschen, stets im Hintergrund wirken, sich nie in der Öffentlichkeit zeigen. Vergiss das nicht.«

Trotz des Sonnenscheins überlief Pitt ein kalter Schauder. »Ich vermute, dass General Kingsley von Maude Lamont erpresst wurde. Jedenfalls sieht es so aus.«

»Ging es um Geld?« Sie war überrascht.

»Möglicherweise. Aber ich glaube, dass dahinter eher die Absicht stand, Aubrey Serracold in den Zeitungen anzugreifen. Man hat auf seine mangelnde Erfahrung gebaut und damit gerechnet, dass er vermutlich ungeschickt auf einen solchen Angriff reagieren und sich damit weiteren Schaden zufügen würde.«

»Ach je.« Sie schüttelte leicht den Kopf.

»Einer von dreien hat das Medium umgebracht«, fuhr er fort. »Rose Serracold, General Kingsley oder der Mann, den sie mit einer Kartusche in ihrem Tagebuch eingetragen hat, einer kleinen Zeichnung, die ungefähr so aussieht wie ein umgedrehtes *f* mit einem Halbkreis darüber.«

»Wie sonderbar. Und hast du eine Vorstellung, wer das sein könnte?«

»Oberinspektor Wetron ist überzeugt, dass es sich um einen älteren Theologiedozenten handelt, der in Teddington lebt.«

Ihre Augen weiteten sich. »Wieso das? Für einen Gottesmann scheint mir das ziemlich pervers zu sein. Oder wollte er die Frau etwa als Betrügerin entlarven?«

»Ich weiß nicht. Aber ich ...« Er zögerte, unsicher, wie er seine Empfindungen und sein Handeln erklären sollte. »Ich halte ihn nicht für den Täter, kann aber nichts garantieren. Er hat vor einiger Zeit seine Frau verloren und vergeht vor Gram. Er hat eine starke Aversion gegen spiritistische Medien, weil sie seiner Überzeugung nach das Böse verkörpern und Gottes Geboten zuwider handeln.«

»Und du fürchtest nun, dieser Mann könnte unter dem Einfluss seines Grams den Verstand verlieren und es sich zur Aufgabe gemacht haben, ihr auf alle Zeiten das Handwerk zu legen?«, fragte sie. »Ach, mein lieber Thomas, du hast für deinen Beruf ein viel zu weiches Herz. Bisweilen begehen auch sehr gute Menschen entsetzliche Fehler und bringen unendliches Elend über die Welt, weil sie damit Gottes Werk zu tun glauben. Weißt du, nicht alle Inquisitoren Spaniens waren grausam oder engstirnig. Manche waren fest überzeugt, dass sie die Seelen der Menschen retteten, die in ihre Hand gegeben waren. Sie wären höchst erstaunt, wenn sie wüssten, wie wir sie heute sehen.« Sie schüttelte den Kopf. »Bisweilen unterscheidet sich unsere Wahrnehmung der Welt so sehr von der anderer Menschen, dass man schwören könnte, wir sprechen nicht von ein und derselben Sache. Hast du nie erlebt, dass ein halbes Dutzend Menschen, die Zeugen eines Vorfalls waren oder eine Person beschreiben sollten, in aller Aufrichtigkeit die widersprüchlichsten Angaben gemacht haben, so dass damit nichts anzufangen war?«

»Selbstverständlich. Aber dennoch denke ich nicht, dass er Maude Lamont getötet hat.«

»Weil du es nicht möchtest. Womit kann ich dir helfen, außer indem ich dir einfach zuhöre?«

»Eigentlich ist es Tellmans Aufgabe, diesen Mordfall aufzuklären. Doch ich muss unbedingt wissen, was dahintersteckt, weil die Menschen, die sie erpresst hat, eine Rolle in der Rufmordkampagne gegen Serracold spielen ...«

Trauer und Zorn traten in ihre Augen. »Und damit hatten sie bereits Erfolg, wobei ihnen der arme Mann auch noch in die Hände gespielt hat. Du wirst ein Wunder vollbringen müssen, um ihn jetzt noch zu retten.« Dann fügte sie etwas munterer hinzu: »Außer natürlich, du kannst beweisen, dass Voisey an der Sache beteiligt war. Sofern er bei diesem Mord die Finger im Spiel hatte ...« Sie unterbrach sich. »Aber das wäre wohl mehr Glück, als wir erwarten dürfen. So töricht kann er nicht sein, dazu ist er zu gerissen. Doch sicher steckt er hinter der Erpressung; die Frage ist nur, an welcher Stelle – und ob du das beweisen kannst.«

Er beugte sich ein wenig vor. »Möglicherweise.« Ihre Augen blitzten; angespannt sah sie ihn an. Ihm war klar, dass sie wieder an Mario Corena dachte. Sie konnte nicht weinen, denn sie hatte bereits alle ihre Tränen um ihn vergossen – zum ersten Mal in Rom im Jahre 1848 und dann vor wenigen Wochen in London. Der Verlust stand ihr noch deutlich vor Augen, vielleicht für immer. »Ich muss wissen, womit man Kingsley erpresst hat«, fuhr er fort. »Ich nehme an, es hängt mit dem Tod seines Sohnes zusammen.« Knapp berichtete er, was er in Erfahrung gebracht hatte, zuerst über Kingsley und dessen Rolle bei den Feldzügen gegen die Zulu und dann über den Hinterhalt am Mfolozi, der so bald auf das Heldentum von Rorke's Drift gefolgt war.

»Ich verstehe«, sagte sie, als er geendet hatte. »Es ist sehr schwer, in die Fußstapfen eines in den Augen der Welt erfolgreichen Vaters oder Bruders zu treten, vor allem wenn es um Heldenmut im Krieg geht. Viele junge Männer haben lieber ihr Leben fortgeworfen als zuzulassen, dass man annahm, sie hätten versagt und nicht geleistet, was man von ihnen erwartete.« In ihrer Stimme schwang Trauer, und in ihren Augen lag deutlich erkennbar eine schmerzliche Erinnerung. Wer weiß, woran sie dachte – vielleicht an den Krimkrieg, an Balaklava, Alma, Rorke's Drift, Isandlawana oder den Aufstand in Indien und Gott weiß wie viele weitere kriegerische Auseinandersetzungen, bei denen Verluste an Menschenleben zu beklagen gewesen waren. Möglicherweise reichte ihre Erinnerung gar in ihre Mädchenzeit und bis Waterloo zurück.

»Tante Vespasia ...?«

Sie kehrte mit einem Ruck in die Gegenwart zurück. »Natürlich«, sagte sie. »Es dürfte keine unüberwindliche Schwierigkeit bedeuten, von dem einen oder anderen Bekannten zu erfahren, was dem jungen Kingsley am Mfolozi wirklich geschehen ist. Allerdings vermute ich, dass das kaum eine Rolle spielen dürfte, außer für seinen Vater. Zweifellos kommt als Motiv der Erpressung die Behauptung in Frage, er sei als Feigling gestorben, ganz gleich, ob das der Wahrheit entspricht oder nicht. Verletzlich ist auch, wer seine Ehre höher stellt als alles andere und keine Möglichkeit sieht, sich gegen solche Anwürfe zur Wehr zu setzen.«

Pitt musste an Kingsleys gebeugte Schultern und die scharfen Linien in seinem Gesicht denken. Es bedurfte einer ganz besonderen Art von Sadismus, einen Mann um des eigenen Vorteils willen auf eine solche Weise zu foltern. Einen Augenblick lang flammte ein so leidenschaftlicher Hass gegen Voisey in Pitt auf, dass er sich gewaltsam entladen hätte, wenn der Mann in der Nähe gewesen wäre.

»Möglicherweise waren die Umstände seines Todes so unklar, dass man weder die Wahrheit zu erfahren noch eine Lüge zurückzuweisen vermag«, fuhr Vespasia fort. »Aber ich werde versuchen herauszubekommen, was ich kann, und wenn es etwas ist, was dazu angetan ist, General Kingsley zu beruhigen, werde ich ihn davon in Kenntnis setzen.«

»Vielen Dank.«

»Nur hilft uns das vermutlich nicht weiter, wenn es darum geht, Voisey die Erpressung nachzuweisen«, fuhr sie mit einem Anflug von Zorn in der Stimme fort. »Welche Hoffnung hast du festzustellen, wer diese dritte Person ist? Ich nehme an, du weißt sicher, dass es sich um einen Mann handelt? Jedenfalls hast du ›er‹ gesagt.«

»Ja. Ein Mann gegen Ende der mittleren Jahre, helles oder graues Haar, von durchschnittlicher Größe und durchschnittlichem Körperbau. Er dürfte ziemlich gebildet sein.«

»Also dein Theologe«, sagte sie unglücklich. »Falls er die Spiritistin mit der Absicht aufgesucht hat, sie vor den Augen ihrer Klienten als Betrügerin zu entlarven, hätte das kaum Voiseys Beifall gefunden. Wir dürfen also annehmen, dass Voisey Vergeltung übt, vielleicht indem er den Betreffenden unter extremen Druck setzt.«

Dagegen ließ sich nichts sagen. Pitt musste an den Ausdruck denken, der in Voiseys Augen gelegen hatte, als sie einander im Unterhaus begegnet waren. Der Mann vergaß nichts und vergab nichts. Wieder merkte Pitt, dass er innerlich fror, obwohl die Sonne schien.

Vespasia machte eine finstere Miene.

»Was hast du?«, fragte er.

In ihren silbergrauen Augen lag Unruhe. Sie saß nicht nur als Ergebnis von Jahrzehnten der Selbstdisziplin aufrecht da, sondern auch, weil eine innere Anspannung ihre Schultern straffte.

»Obwohl ich schon lange darüber nachgedacht habe, verstehe ich nach wie vor nicht, warum man dich ein zweites Mal von deinem Posten in der Bow Street entlassen hat …«

»Voisey!«, sagte er mit einer Bitterkeit, die ihn selbst in Erstaunen setzte. Er hatte geglaubt, seine Wut über das ihm angetane Unrecht beherrschen zu können, doch jetzt kam sie zurück wie eine Gezeitenwelle, die ihn mit sich riss.

»Nein«, sagte sie halblaut. »Ganz gleich, wie sehr er dich hasst, Thomas, er würde nie gegen seine eigenen Interessen handeln. Seine größte Stärke besteht darin, dass sein Kopf stets sein Herz regiert.« Sie sah vor sich hin. »Er hat nicht das geringste Interesse daran, dass du im Sicherheitsdienst tätig bist. Und ihm war bekannt, dass man dich dorthin versetzen würde, wenn man dich erneut aus deinem Amt in der Bow Street entließ. Als Angehöriger der Polizei konntest du nichts gegen ihn unternehmen, solange er sich keines Verbrechens schuldig machte. Hättest du es aber doch versucht, hätte er dich wegen schikanösen Verhaltens belangen lassen können. Bei deiner Arbeit für den Sicherheitsdienst hingegen sind deine Pflichten weit ungenauer definiert; er arbeitet im Verborgenen und ist der Öffentlichkeit keinerlei Rechenschaft schuldig.« Erneut sah sie ihn an. »Voisey ist nicht so dumm, dass er die goldene Regel vergessen würde: ›Achte immer darauf, dass du deine Feinde im Auge behältst‹.«

»Warum hätte er es dann aber getan?«, fragte Pitt verwirrt.

»Und wenn er es gar nicht gewesen wäre?«, entgegnete sie zögernd.

»Wer denn?«, fragte er. »Wer außer dem Inneren Kreis hätte so viel Macht, dass er Entscheidungen der Königin hinter ihrem Rücken aufheben kann?« Die Vorstellung war beängstigend. Er wusste nicht, wen er sonst gekränkt haben könnte, und mit Sicherheit gab es keine weitere Geheimgesellschaft, deren Fangarme bis ins Herz der Regierung reichten.

»Wie gründlich hast du über die Hintergründe für Voiseys Erhebung in den Adelsstand nachgedacht und darüber, wie sie sich auf den Inneren Kreis auswirken würde?«, fragte Vespasia.

»Es war meine Hoffnung, dass er dadurch seine Führungsposition eingebüßt hat«, sagte er aufrichtig. Er versuchte seinen Zorn und seine bittere Enttäuschung herunterzuschlucken. »Es schneidet mir ins Herz zu sehen, dass das nicht der Fall ist.«

»Nur wenige dieser Männer sind Idealisten«, gab sie betrübt zu. »Aber hast du schon einmal überlegt, dass sich seither die Machtverhältnisse innerhalb des Kreises geändert haben könnten? Möglicherweise ist ein rivalisierender Führer aufgetreten und hat genug Mitglieder des alten Kreises auf seine Seite gezogen, um einen neuen zu gründen.«

Ein solcher Gedanke war Pitt noch nicht gekommen. Während er ihm Raum gab, sah er allerlei Möglichkeiten vor sich, die nicht nur England, sondern vor allem Voisey gefährlich werden konnten. Bestimmt wusste Voisey, wer dieser Rivale war, aber würde er auch wissen, wem wessen Treue galt?

Vespasia erkannte all diese Gedanken auf seinem Gesicht.

»Freu dich nicht zu früh«, mahnte sie. »Falls ich Recht habe, ist auch der Rivale mächtig und dir ebenso wenig freundlich gesonnen wie Voisey. Der Satz ›Der Feind meines Feindes ist mein Freund‹ stimmt nicht immer. Wäre es nicht denkbar, dass der Betreffende dich erneut aus dem Amt hat entfernen lassen? Möglicherweise nimmt er an, du könntest Voisey im Sicherheitsdienst nicht nur mehr zusetzen, sondern ihm den Mann unter Umständen im Laufe der Zeit sogar vom Hals schaffen. Oder ihm war daran gelegen zu erreichen, dass Oberinspektor Wetron statt deiner Leiter der Wache in der Bow Street wurde.«

»Du meinst, Wetron könnte dem Inneren Kreis angehören?«

»Warum nicht?«

In der Tat sprach nichts dagegen. Je mehr er darüber nachdachte, desto deutlicher zeichnete sich die Wahrscheinlichkeit ab, dass Vespasia Recht hatte. Das Blut pochte in seinen Schläfen, als die Kampfeslust angesichts der Gefahr in ihm erwachte, doch empfand er auch Furcht. Eine offene Auseinandersetzung zwischen den beiden Führern des Inneren Kreises konnte viele weitere Opfer fordern.

Noch während er über die möglichen Folgen einer solchen Konstellation nachdachte, erschien das Mädchen aufgeregt an der Tür.

»Ja?«, fragte Vespasia.

»Gnä' Frau, draußen ist ein Mister Narraway, der Mister Pitt sprechen möchte. Er hat gesagt, dass er gern wartet, ich es Ihnen aber auf jeden Fall sofort sagen soll.« Ohne dass sie sich mit Worten entschuldigte, war ihre Verlegenheit an ihren Bewegungen und ihrer Stimme zu erkennen.

»Tatsächlich?« Vespasia setzte sich sehr aufrecht hin. »Dann sollten Sie ihn besser hereinbitten.«

»Sehr wohl, gnä' Frau.« Sie deutete einen Knicks an und ging hinaus.

Pitt sah zu Vespasia hin. Hundert wilde Gedanken zuckten zwischen ihnen hin und her, ohne dass ein Wort gesprochen wurde. Gleich darauf erschien Narraway. Sein Gesicht war bleich, er wirkte gequält und niedergeschlagen. Obwohl er aufrecht stand, hingen seine Schultern herab.

Pitt stand langsam auf. Er merkte, dass seine Beine unter ihm nachgeben wollten. In seinem Kopf wirbelten die entsetzlichsten Vorstellungen umher, wobei sich immer mehr der Gedanke in den Vordergrund drängte, Charlotte könnte etwas geschehen sein. Seine Lippen waren wie ausgedörrt, und als er zum Sprechen ansetzte, kam nur ein heiseres Krächzen aus seiner Kehle.

»Guten Morgen, Mister Narraway«, sagte Vespasia kühl. »Nehmen Sie doch bitte Platz, und lassen Sie uns wissen, was Sie Thomas unbedingt in meinem Hause mitteilen müssen.«

Er blieb stehen. »Es tut mir Leid, Lady Vespasia«, sagte er leise und warf ihr einen flüchtigen Blick zu. Dann wandte er sich an Pitt. »Heute Morgen hat man Francis Wray tot aufgefunden.«

Einen Augenblick lang begriff Pitt nicht, was das bedeutete. In seinem Kopf drehte sich alles. Er war wie benommen. Es hatte nichts mit Charlotte zu tun. Sie war in Sicherheit. Alles war gut! Das Entsetzliche war nicht eingetreten. Fast fürchtete er, vor Erleichterung in hysterisches Lachen auszubrechen. Es kostete ihn eine übermenschliche Anstrengung, sich zu beherrschen.

»Das tut mir Leid«, sagte er. Damit war es ihm ernst, zumindest teilweise. Er hatte Wray gut leiden können. Andererseits war der Tod angesichts des tiefen Kummers, den Wray empfunden hatte, möglicherweise keine Heimsuchung, sondern eine Wiedervereinigung.

Nichts veränderte sich in Narraways Zügen, nur ein Muskel neben seinem Mund zuckte leicht. »Es sieht wie Selbstmord aus«, sagte er. »Vermutlich hat er irgendwann gestern Abend Gift genommen. Sein Dienstmädchen hat ihn heute Morgen gefunden.«

»Selbstmord!« Pitt war wie vor den Kopf geschlagen. Das konnte er nicht glauben. Unvorstellbar, dass Wray etwas tat, was Gottes Willen so sehr zuwiderlief. Auf Gott hatte er sein ganzes Vertrauen gesetzt, es war für ihn der einzige Weg zurück zu denen, die er so aufrichtig geliebt hatte. »Nein ... es muss eine andere Lösung geben«, begehrte er auf. Seine Stimme überschlug sich fast.

Narraway wirkte ungehalten, als könne jeden Augenblick ein entsetzlicher Wutausbruch folgen. »Er hat eine Mitteilung hinterlassen«, sagte er bitter. »In Gestalt eines Gedichts von Matthew Arnold.« Ohne auf eine Antwort zu warten, zitierte er auswendig:

»»Such dein schmales Bette auf,
Ende deinen Lebenslauf.
Eitel ist der Menschen Sinnen,
Fortgehn musst du, musst von hinnen.

Enden lass des Lebens Glanz.
Gans wird Schwan und Schwan wird Gans.
Lass geschehen, wie es will,
Leg zur Ruh dich und sei still.'«

Narraway wandte den Blick nicht von Pitt. »Die meisten würden darin wohl einen Abschiedsbrief sehen«, sagte er leise. »Voiseys Schwester, Octavia Cavendish, die schon seit langer Zeit mit Wray befreundet war, hat ihn gestern Nachmittag zu der Zeit besucht, als Sie von ihm fortgingen. Sie sagt, dass er ziemlich verzweifelt war und offenbar kurz zuvor geweint hatte. Sie hatten sich im Dorf über ihn erkundigt.«

In Pitt krampfte sich alles zusammen. »Er hat um seine Frau geweint!«, stieß er hervor, hörte aber die Verzweiflung in seiner eigenen Stimme. Obwohl es der Wahrheit entsprach, klang es wie eine Ausrede.

Narraway nickte bedächtig. Sein Mund bildete eine schmale Linie.

»Das ist Voiseys Rache«, flüsterte Vespasia. »Es macht ihm nichts aus, einen alten Mann zu opfern, um Thomas beschuldigen zu können, er habe ihn in den Tod getrieben.«

»Nicht ich habe ...«, setzte Pitt an, sprach aber nicht weiter, als er den Blick sah, den sie ihm zuwarf. Wetron hatte ihn auf Wrays Fährte gesetzt und erklärt, das sei der Mann, der sich hinter der Kartusche verberge. Tellmans Worten zufolge hatte Wetron die Absicht gehabt, seine Leute dort hinzuschicken, sofern Pitt der Sache nicht weiter nachginge. Gewiss hatte er das gesagt, weil ihm klar war, dass Pitt selbst hinausfahren würde, bevor er das zuließe. Stand der Mann auf Voiseys Seite, oder arbeitete er gegen ihn? Oder beides, je nachdem, was seinen Zielen jeweils förderlich war?

Vespasia wandte sich an Narraway. »Was werden Sie jetzt unternehmen?«, fragte sie, als sei es unvorstellbar, dass er tatenlos bleiben werde.

Narraway wirkte erschöpft. »Sie haben völlig Recht, Lady Vespasia. Das ist Voiseys Rache, und er hat sie meisterhaft eingefädelt. Die Zeitungen werden Pitt erledigen. Francis Wray wurde von allen, die ihn kannten, hoch verehrt, wenn nicht gar geliebt. Er hat viele Schicksalsschläge tapfer und würdevoll ertragen, erst den Verlust seiner Kinder, dann den seiner Frau. Irgendjemand hat den Zeitungen bereits die Information zugespielt, Pitt habe ihn verdächtigt, Maude Lamont konsultiert und anschließend ermordet zu haben.«

»Das stimmt nicht!«, sagte Pitt verzweifelt.

»Das ist jetzt unerheblich«, tat Narraway seinen Einwand ab. »Sie haben festzustellen versucht, wer sich hinter der geheimnisvollen Kartusche verbirgt, und dieser Mann gehörte zu den Verdächtigen. Sie lassen sich auf einen Streit um die Tiefe des Wassers ein, in dem man Sie ersäufen will. Tief genug ist es auf jeden Fall. Welche Rolle spielt es da, ob es drei, fünfzig oder hundert Meter sind?«

»Wir haben miteinander den Nachmittagstee eingenommen«, sagte Pitt fast wie im Selbstgespräch. »Mit Mirabellenkonfitüre. Da er nicht mehr viel davon hatte, war es ein Freundschaftsbeweis, dass er sie mit mir geteilt hat. Wir haben von Menschen gesprochen, die uns nahe stehen, und davon, wie es ist, wenn man sie verliert. Deshalb hat er geweint.«

»Ich bezweifle, dass Mistress Cavendish diese Aussage stützen wird«, sagte Narraway. »Außerdem weiß man inzwischen, dass er nicht der geheimnisvolle Mann sein kann, der sich hinter der Kartusche verbirgt. Jemand hat sich gemeldet und gesagt, wo sich Wray am Abend von Maude Lamonts Séance befunden hat – er hat zu später Stunde mit dem Gemeindepfarrer und dessen Frau zu Abend gegessen.«

»Ich glaube, ich habe Sie bereits gefragt, Mister Narraway,

was Sie zu unternehmen gedenken«, sagte Vespasia ein wenig schärfer.

Er wandte sich ihr zu. »Mir sind die Hände gebunden, Lady Vespasia. Ich habe keine Möglichkeiten, der Presse Vorschriften zu machen. Die Zeitungen werden drucken, was ihrer Auffassung nach richtig ist: Ein übereifriger Polizeibeamter hat einen unschuldigen alten Mann, der den Verlust seiner Angehörigen beklagte, in den Tod getrieben. Es gibt deutliche Hinweise in diese Richtung, und ich kann sie nicht widerlegen, auch wenn ich von ihrer Richtigkeit nicht überzeugt bin.« In seiner Stimme lag nichts von der gewohnten Sicherheit, nur nackte Verzweiflung. Er sah Pitt an. »Ich hoffe, Sie können Ihre Aufgabe weiterführen, auch wenn es jetzt so aussieht, als ließe sich Voisey den Sieg nicht mehr nehmen. Falls Sie außer Tellman weitere Hilfe brauchen, lassen Sie mich das wissen.« Er hielt inne, sein Gesicht vor Kummer verzogen. »Es tut mir Leid, Pitt. Niemand, der dem Inneren Kreis einen Strich durch die Rechnung macht, kommt dazu, sich seines Sieges zu freuen ... so war es zumindest bisher.« Er ging zur Tür. »Auf Wiedersehen, Lady Vespasia. Ich bitte um Entschuldigung für mein Eindringen.« Dann ging er so ungezwungen, wie er gekommen war.

Pitt war fassungslos. In einer einzigen Viertelstunde war seine Welt zusammengebrochen. Charlotte und die Kinder waren in Sicherheit. Voisey ahnte nicht, wo sie sich befanden, hatte aber möglicherweise auch nie versucht, es herauszubekommen! Er hatte sich auf eine gerissene Weise gerächt, die bloßer Gewalttätigkeit weit überlegen war. Er hatte Pitt vergolten, dass ihn dieser in den Augen der Republikaner unmöglich gemacht hatte. Jetzt war Pitt in den Augen derer, denen er diente und die einst eine hohe Meinung von ihm hatten, selbst unmöglich geworden.

»Nur Mut, Thomas«, sagte Vespasia aufmunternd, aber ihre Stimme klang brüchig. »Ich weiß, dass es ein schwerer Kampf wird. Aber keinesfalls werden wir aufgeben, sondern tun, was wir können, um zu verhindern, dass das Böse triumphiert.«

Er sah sie an. Sie wirkte noch zerbrechlicher als sonst, hielt sich aber kerzengerade. Sie straffte die schmalen Schultern, während Tränen in ihren Augen standen. Unter keinen Umständen durfte er sie enttäuschen.

»Unbedingt«, gab er ihr Recht, obwohl er nicht die geringste Vorstellung davon hatte, wie er das anstellen und wo er damit beginnen sollte.

Kapitel 12

Der nächste Vormittag gehörte zu den schlimmsten in Pitts Leben. Irgendwann war er eingeschlafen, dankbar im Bewusstsein, dass zumindest Charlotte mit den Kindern und Gracie in Sicherheit waren. Er erwachte mit einem Lächeln auf den Lippen, da er sie alle vor seinem inneren Auge vor sich sah.

Dann kehrte die Erinnerung zurück. Francis Wray war tot, möglicherweise von eigener Hand gestorben, allein und verzweifelt. Er sah ihn deutlich vor sich, wie er am Teetisch gesessen hatte und seinen Besucher um Entschuldigung bat, weil er weder Kuchen noch Himbeerkonfitüre im Hause hatte. Stattdessen hatte er ihm voll Stolz seine kostbare Mirabellenkonfitüre angeboten.

Auf dem Rücken liegend, sah Pitt zur Decke empor. Im Hause war es still. Es war kurz nach sechs, in zwei Stunden würde Mrs. Brody kommen. Ihm fiel nichts ein, wofür er hätte aufstehen sollen, aber er konnte nicht wieder einschlafen. Voisey hatte sich gerächt, was ihm in vollendeter Weise gelungen war. Hatte Wetron die Zusammenhänge gekannt, als er Tellman beauftragt hatte, Pitt zu einem zweiten Besuch in Teddington zu veranlassen, damit er sich im Dorf umhörte?

Wray war das ideale Opfer: ein vergesslicher alter Mann, der schmerzliche Verluste erlitten hatte und zu ehrlich war, um seine Zunge zu hüten, wenn es um seinen Groll gegen ein Verhalten ging, das seiner Ansicht nach gegen Gottes Gebot verstieß. Bestimmt kannte Voisey die Geschichte der jungen

Penelope, die ihr Kind verloren und in ihrem tiefen Kummer eine Spiritistin aufgesucht hatte, die ihr Geld genommen, sie benutzt und getäuscht hatte – eine schäbige Betrügerin. Immerhin war all das in eben dem Dorf geschehen, in dem seine Schwester lebte. Eine so günstige Konstellation konnte sich ein Mann seines Schlages nicht gut entgehen lassen.

Möglicherweise hatte Octavia Cavendish in Wrays Haus Maude Lamonts Werbe-Faltblatt an eine Stelle gelegt, wo Pitt es sehen musste. Das war nicht weiter schwierig. Wray wie Pitt waren wie Lämmer zur Schlachtbank geführt worden. In Wrays Fall stimmte das buchstäblich, was Pitt betraf, würde der Vorgang länger dauern und um so qualvoller sein. Sicher würde Voisey jeden Augenblick auskosten, während er Pitt bei seinem Leiden zusah.

Es war töricht, im Bett zu liegen und darüber nachzugrübeln. Rasch stand er auf, wusch und rasierte sich. Nachdem er sich angezogen hatte, ging er in der Stille des Hauses nach unten, um Tee zu machen und die beiden Kater zu füttern. Ihm selbst war nicht nach Essen zumute.

Was würde er Charlotte sagen? Wie konnte er ihr erklären, dass es in ihrer aller Geschick wieder einmal zu einer entsetzlichen Wendung gekommen war? Der bloße Gedanke daran bereitete ihm Seelenqualen.

Ohne auf die Zeit zu achten, saß er da, bis sein Tee kalt wurde. Schließlich stand er auf, nahm ein wenig Kleingeld aus der Tasche und verließ das Haus, um eine Zeitung zu kaufen.

Es war ein ruhiger Mittsommermorgen. Die Sonne stand schon ziemlich hoch am Himmel, und das helle Licht durchdrang den Dunstschleier über der Stadt. Obwohl es noch nicht einmal acht Uhr war, sah man viele Menschen ihren Geschäften nachgehen: Botenjungen, fliegende Händler, die nach früher Kundschaft Ausschau hielten, Hausmädchen, die Abfälle an die Straße stellten und sich Schmähungen von Stiefelputzern und Spülmägden anhören mussten. Lieferfuhrwerke rollten durch die Straße, und von Zeit zu Zeit hörte er das laute Klatschen, mit dem ein Teppich geklopft wurde, wobei mit jedem Schlag eine feine Staubwolke aufstieg.

An der Straßenecke fand er den Zeitungsjungen. Es war derselbe wie jeden Morgen, doch hatte er diesmal für Pitt weder einen Gruß noch ein Lächeln.

»Heute woll'n Se wohl keine«, sagte er finster. »Ich muss sagen, ich bin platt. Ich hab ja schon immer gewusst, dass Se 'n Greifer sind, auch wenn Se hier in 'ner feinen Gegend wohnen, aber dass Se 'nen alten Mann in'n Tod treiben, hätt ich nie gedacht. Macht zwei Pence.«

Pitt hielt dem Jungen das Geld hin, dieser nahm es entgegen und drehte ihm gleich danach den Rücken zu.

Pitt kehrte nach Hause zurück, ohne die Zeitung aufzuschlagen. Zwei oder drei Menschen kamen an ihm vorüber. Keiner richtete das Wort an ihn. Er wusste nicht, ob sie es bei anderen Gelegenheiten getan hätten. Er war zu benommen, um klar zu denken.

In der Küche setzte er sich wieder an den Tisch und schlug die Zeitung auf. Zwar waren die ersten Seiten, wie zu erwarten, der Wahl vorbehalten, doch fand sich der Bericht gleich auf Seite fünf oben in der Mitte.

Mit großem Bedauern müssen wir melden, dass man Reverend Francis W. Wray gestern in seinem Haus in Teddington tot aufgefunden hat. Er war dreiundsiebzig Jahre alt und litt nach wie vor unter dem kürzlich erfolgten Ableben seiner geliebten Ehefrau Eliza. Er hinterlässt keine Kinder, da alle in jungen Jahren gestorben sind.

Thomas Pitt, der gerade erst von seinem Posten auf der Bow-Street-Wache entbunden wurde und keinerlei polizeiliche Vollmachten besaß, hat Mr. Wray mehrfach aufgesucht und den Bewohnern umliegender Häuser eine ganze Reihe von Fragen über Mr. Wrays Privatleben und dessen Ansichten und Verhalten in jüngerer Zeit gestellt. Er bestreitet jeden Zusammenhang mit seinen bisher erfolglos gebliebenen Nachforschungen im Zusammenhang mit der Ermordung von Miss Maude Lamont, einer in der Southampton Row in Bloomsbury wohnhaften Spiritistin.

Nach seinen letzten Erkundigungen im Dorf suchte Mr. Pitt Mr. Wray in seinem Hause auf, wo eine spätere Besu-

cherin Mr. Wray im Zustand tiefster Bekümmernis vorfand.
Am folgenden Morgen entdeckte Mr. Wrays Dienstmädchen, Mary Ann Smith, ihren Herrn tot in seinem Lehnsessel. Ein Abschiedsbrief fand sich nicht, wohl aber war in einem Lyrikband ein Gedicht von Matthew Arnold gekennzeichnet, das man wohl als sein verzweifeltes und tragisches Lebewohl an eine Welt deuten muss, die er nicht länger zu ertragen vermochte.
Der hinzugezogene Arzt erklärte, der Tod sei durch Gift eingetreten, höchstwahrscheinlich ein Herzgift. Man vermutet, dass es von einer der vielen Pflanzen stammen könnte, die Mr. Wray in seinem Garten zog, denn man weiß, dass er sein Haus nach Mr. Pitts Besuch nicht verlassen hat.
Francis Wray konnte auf eine herausragende akademische Laufbahn zurückblicken ...

Dann wurden Wrays Leistungen aufgezählt; es folgten Würdigungen durch eine Anzahl im öffentlichen Leben bekannter Menschen, die alle miteinander seinen Tod beklagten und sich von dessen Art und Weise entsetzt zeigten.
Pitt faltete die Zeitung zusammen und goss sich eine weitere Tasse Tee ein. Er setzte sich wieder, hielt die Tasse zwischen den Händen, und versuchte sich an den Wortlaut dessen zu erinnern, was er den Menschen in Teddington gesagt hatte. Wie war es möglich, dass das Wray so bald zu Ohren gekommen war und ihn so tief verletzt hatte? War er wirklich so uneinfühlsam vorgegangen? Zu Wray hatte er mit Sicherheit nichts gesagt, was ihn kränken konnte. Der Kummer, dessen Zeugin Octavia Cavendish geworden war, hatte Wrays verstorbener Frau gegolten ... das aber konnte sie natürlich nicht wissen. Vermutlich war sie unter den Umständen auch nicht bereit gewesen, es zu glauben. Das würde wohl niemand tun. Pitts Schuld wog dadurch, dass sich Wray um den Tod seiner Frau gegrämt hatte, noch schwerer.
Wie aber konnte er jetzt gegen Voisey vorgehen? Die Wahl stand zu nahe bevor. Aubrey Serracold verlor an Boden, und

Voisey brachte sich mit jeder Stunde in eine günstigere Ausgangsposition. Es war Pitt nicht gelungen, dessen ungestümes Vorandrängen im Geringsten aufzuhalten. Er hatte nur zugesehen und ungefähr so viel Einfluss darauf gehabt wie ein Zuschauer im Theater auf das Stück, das auf der Bühne gespielt wird – er sieht alles, hört alles, hat aber keinerlei Möglichkeit, selbst einzugreifen.

Er wusste nicht einmal, welcher der drei Besucher Maude Lamont getötet hatte. Nur was das Motiv anging, war er seiner Sache sicher: sie hatte diese Menschen mit ihren Ängsten erpresst. Kingsley fürchtete, dass sein Sohn als Feigling gestorben war, und Rose Serracold quälte sich nach wie vor mit der Frage, ob ihr Vater bei seinem Tode geistig gesund gewesen war. Über die schwache Stelle des Mannes, der sich hinter der Kartusche verbarg, wusste Pitt naturgemäß nichts, denn was er von Rose Serracold und Kingsley erfahren hatte, lieferte ihm nicht den geringsten Hinweis. Das Wissen der Getöteten konnte sich theoretisch auf alles Mögliche beziehen: ein Familiengeheimnis, den Verrat an einem verstorbenen Freund, Kind, Liebhaber, ein Verbrechen, das nicht ans Tageslicht kommen durfte, oder einfach irgendeine Torheit, die ihren Verursacher bloßstellen konnte. Auf jeden Fall musste es etwas sein, für dessen Verschweigen die Menschen bereit waren, einen Preis zu zahlen.

Vielleicht käme er weiter, wenn er am anderen Ende der Gedankenkette anfing? Wie sah dieser Preis aus? Wenn Voisey dabei die Finger im Spiel hatte, musste es sich um etwas handeln, was ihn in seinem Kampf um die Macht weiterbrachte. Für seine Reden, seinen Wahlkampffonds, die Programmpunkte, die er ansprach, hatte er alles, was er brauchte. Zusätzlich weiterhelfen konnte ihm alles, was dazu beitrug, Serracolds Position zu schwächen. Darauf hatte er Kingsley angesetzt. Die Konservativen, die ihn unterstützten, standen bereits auf seiner Seite; wenn er siegen wollte, musste er Wähler der Liberalen für sich gewinnen, denn nur so konnte er die Machtverhältnisse umkehren. Welche Menschen hatten Serracold sonst noch angegriffen, von denen man es eigentlich nicht erwarten sollte?

Zögernd nahm Pitt die Zeitung wieder zur Hand und überflog den politischen Kommentar, die Leserbriefe, die Berichterstattung über die Reden von Bewerbern um einen Sitz im Unterhaus. Auf beiden Seiten gab es Lob und Tadel, doch das meiste war allgemein gehalten und richtete sich eher gegen die jeweilige Partei als gegen Einzelpersonen. Außerdem stieß er auf einige bissige Äußerungen über Keir Hardie und dessen Versuch, den Arbeitern eine neue Stimme zu verschaffen.

Einem dieser Kommentare folgte ein persönlich gehaltener Brief, der die unmoralischen und auf eine Katastrophe abzielenden Ansichten des liberalen Kandidaten für South Lambeth geißelte und Sir Charles Voisey pries, weil dieser für den gesunden Menschenverstand statt für den Sozialismus eintrete, für Sparsamkeit, Verantwortungsbewusstsein, Selbstzucht und christliches Mitgefühl anstelle von Laxheit, Ichsucht und unerprobten gesellschaftlichen Experimenten, bei denen die Ideale der Redlichkeit und Gerechtigkeit auf der Strecke bleiben würden. Gezeichnet war er von Reginald Underhill, Bischof der Anglikanischen Kirche.

Selbstverständlich hatte dieser Mann einen Anspruch auf eine politische Meinung und darauf, sie wie jeder andere so offen zu äußern, wie ihm das richtig schien, ganz gleich, ob seine Worte durchdacht oder nur ehrlich gemeint waren. Aber tat er das aus eigenem Antrieb – oder weil man ihn dazu erpresste?

Welche Gründe aber konnte es für einen Bischof geben, eine Spiritistin aufzusuchen? Sicherlich wäre ihm die bloße Vorstellung ein ebensolcher Gräuel gewesen wie Francis Wray.

Noch während Pitt über die möglichen Hintergründe nachdachte, traf Mrs. Brody ein. Sie grüßte ihn höflich und blieb dann vor ihm stehen, wobei sie verlegen von einem Bein auf das andere trat.

»Was gibt es, Mistress Brody?«, fragte er. Er war nicht in der Stimmung, sich den Kopf über häusliche Probleme zu zerbrechen.

Sie sah bedrückt drein. »Tut mir Leid, Mister Pitt, aber nach dem, was heute in der Zeitung steht, kann ich hier nich mehr arbeiten. Mein Mann sagt, das gehört sich nich. Es gibt genug

Arbeit, un ich soll mir 'ne andre Stelle suchen. Sag'n Se Ihrer Frau, dass ich das sehr schade finde, aber ich muss tun, was er sagt.«

Es hatte keinen Sinn, mit ihr darüber zu rechten. Ihr Gesicht wirkte zugleich trotzig und unglücklich. Aus Pitts Haus konnte sie fortgehen, aber nicht aus dem ihres Mannes. Mit ihm musste sie auskommen, ganz gleich, wie sie über die Sache denken mochte.

»Dann gehen Sie besser«, sagte er ausdruckslos. Er legte zweieinhalb Shilling auf den Tisch, der Betrag, den er ihr für die bis dahin geleistete Arbeit schuldete. »Auf Wiedersehen.«

Sie rührte sich nicht vom Fleck. »Ich kann nix dafür!«, sagte sie.

»Sie haben sich entschieden, Mistress Brody.« Er sah sie zornig an. Die ihm angetane Kränkung und seine Hilflosigkeit brodelten in ihm. »Sie arbeiten seit über zwei Jahren hier und haben sich entschieden zu glauben, was in der Zeitung steht. Damit ist die Sache erledigt. Ich werde meiner Frau sagen, dass Sie fristlos gekündigt haben. Ob sie Ihnen eine Empfehlung schreibt oder nicht, ist allein ihre Angelegenheit. Allerdings bezweifle ich, dass Ihnen eine Referenz von ihr viel nutzen würde, denn schließlich halten Sie ja in gewisser Weise auch von ihr nicht viel, weil sie meine Frau ist. Schließen Sie bitte die Haustür, wenn Sie gehen.«

»Was soll ich denn machen?«, fragte sie laut. »Ich hab doch keinen armen alten Mann in 'n Tod getrieben.«

»Sie glauben also, dass ich ihn grundlos verdächtigt habe?«, fragte er. Seine Stimme klang lauter, als er beabsichtigt hatte.

»So steht das da!« Sie sah ihn unverwandt an.

»Wenn Ihnen das genügt, kann ich Sie nicht daran hindern, mich zu verurteilen und zu gehen. Wie gesagt, achten Sie bitte darauf, dass Sie die Haustür hinter sich zumachen. An einem solchen Tag kann jeder Beliebige mit finsteren Absichten von der Straße ins Haus kommen. Auf Wiedersehen.«

Empört schnaubend nahm sie das Geld vom Tisch, drehte sich auf dem Absatz um und stapfte davon. Er hörte die Haustür laut ins Schloss fallen; zweifellos sollte das eine Botschaft an ihn sein, dass sie wirklich gegangen war.

Nach einer quälenden Viertelstunde klingelte es an der Tür. Am liebsten hätte Pitt es überhört. Es klingelte erneut. Wer auch immer davorstehen mochte, hatte nicht die Absicht, sich ohne weiteres abweisen zu lassen. Es klingelte ein drittes Mal.

Pitt stand auf, ging zur Haustür und öffnete, bereit, sich zu verteidigen. Es war Cornwallis. Zwar wirkte sein Gesicht recht kläglich, doch blickte er entschlossen drein und sah Pitt in die Augen.

»Guten Morgen«, sagte er leise. »Darf ich eintreten?«

»Wozu?«, fragte Pitt unfreundlicher, als er beabsichtigt hatte. Vorwürfe aus dem Munde von Cornwallis würden ihn stärker verletzen als solche von nahezu jedem anderen Menschen. Es überraschte ihn, wie verletzlich er sich fühlte, und es ängstigte ihn ein wenig.

»Weil ich nicht wie ein Hausierer zwischen Tür und Angel mit Ihnen reden möchte«, sagte Cornwallis scharf. »Ich weiß zwar noch nicht, was ich sagen könnte, aber ich würde lieber im Sitzen darüber nachdenken. Ich war so aufgebracht, als ich die Zeitungen las, dass ich ganz vergessen habe zu frühstücken.«

Pitt hätte fast gelächelt. »Ich habe Brot und Orangenmarmelade, und der Kessel steht auf dem Feuer. Ich werde gleich noch einmal nachlegen, Mistress Brody hat mir vorhin gekündigt.«

»Ihre Zugehfrau?«, fragte Cornwallis, trat ins Haus, schloss die Tür hinter sich und folgte Pitt durch den Flur zur Küche.

»Ja. Ich werde ab sofort meinen Haushalt allein führen müssen.« Cornwallis nahm den angebotenen Tee und Toast gern an und machte es sich auf einem der Küchenstühle bequem.

Pitt legte Kohlen nach und schürte das Feuer, bis es hell brannte. Dann steckte er eine Scheibe Toast auf die Röstgabel und hielt sie über die Flammen, um sie zu bräunen. Allmählich begann der Wasserkessel zu singen.

Als beide etwas Toast gegessen hatten und der Tee aufgegossen war, begann Cornwallis: »Hatte dieser Wray etwas mit Maude Lamont zu tun?«

»Meines Wissens nicht«, gab Pitt zur Antwort. »Er hasste spiritistische Medien, vor allem solche, die Leidtragenden falsche

Hoffnungen machten, doch soweit mir bekannt ist, bezog sich das nicht speziell auf Maude Lamont.«

»Warum?«

Pitt berichtete ihm die Geschichte der jungen Frau aus Teddington, die ein Medium aufgesucht hatte, nachdem ihr Kind gleich nach der Geburt gestorben war, sprach von der Tiefe ihres Kummers und ihrem Tod.

»Hätte das Medium in ihrem Fall Maude Lamont sein können?«, fragte Cornwallis.

»Nein.« Pitt war seiner Sache ziemlich sicher. »Sie dürfte zu jener Zeit höchstens zwölf, dreizehn Jahre alt gewesen sein. Es besteht keinerlei Verbindung zu ihr, außer der, die Voisey geschaffen hat, um mir eins auszuwischen. Und ich habe alles getan, um ihm dabei zu helfen.«

»So sieht es aus«, sagte Cornwallis. »Aber der Teufel soll mich holen, wenn ich zulasse, dass Voisey damit durchkommt. Wo man sich nicht verteidigen kann, muss man angreifen.«

Diesmal lächelte Pitt, überrascht und dankbar, dass sich Cornwallis so ohne Wenn und Aber auf seine Seite schlug. »Wenn ich nur wüsste, wie«, sagte er. »Ich bin zu dem Ergebnis gekommen, dass es sich bei dem Mann, der sich hinter der Kartusche verbirgt, um Bischof Underhill handeln könnte.«

Er war selbst verblüfft, als er sich das sagen hörte. Einen Augenblick lang fürchtete er, Cornwallis würde diese Vorstellung als lachhaft abtun. Die Freundschaft dieses Mannes war an diesem Tag sein einziger Trost. Insgeheim war er sicher, dass sich Vespasia ähnlich verhalten würde. Er hoffte, sie würde Charlotte über eine Zeit hinweghelfen, die ihr sehr zu schaffen machen würde, weil sie kein Ziel für ihre Empörung hätte und keine Möglichkeit sehen würde, Pitt zu helfen. Auch unter der Grausamkeit der Schulkameraden oder der von Menschen auf der Straße würde sie leiden, denn die würde den Kindern zusetzen, denen nicht einmal der Grund dafür bekannt wäre. Sie würden lediglich mitbekommen, dass man ihren Vater hasste. Dergleichen hatten sie nie erlebt, und sie würden es nicht verstehen. Doch er war nicht bereit, sich jetzt über all das den Kopf zu zerbrechen. Es würde schrecklich genug sein, wenn es so weit war, da brauchte er nicht noch den Schmerz vorwegzunehmen, wenn er ohnehin nichts dagegen unternehmen konnte.

»Bischof Underhill also«, wiederholte Cornwallis hoffnungsvoll. »Was bringt Sie zu dieser Vermutung?«

Pitt erläuterte seine Gedankenkette, die mit dem Brief anfing, in dem der Bischof offen Voisey unterstützte.

Cornwallis runzelte die Brauen. »Und warum sollte er eine Spiritistin aufsuchen?«

»Ich habe keine Ahnung«, gab Pitt zu. Er war so sehr in seinem Unglück gefangen, dass er die Anteilnahme in der Stimme des anderen nicht wahrnahm.

Ein erneutes Klingeln an der Haustür verhinderte eine Fortsetzung des Gesprächs. Sogleich stand Cornwallis auf und kam damit Pitt zuvor. Kurz darauf kehrte er mit Tellman zurück, der wie der Hauptleidtragende bei einer Beerdigung aussah.

Ohne etwas zu sagen, wartete Pitt, dass einer der beiden sprach.

Nach einer Weile räusperte sich Tellman, versank dann aber wieder in trübseliges Schweigen.

»Warum sind Sie hergekommen?«, fragte ihn Pitt. Er hörte, dass seine Stimme gereizt und vorwurfsvoll klang, konnte aber nichts dagegen unternehmen.

Tellman funkelte ihn an. »Wo sollte ich jetzt sonst wohl sein?«, fragte er herausfordernd. »Es war meine Schuld! Ich habe gesagt, Sie sollen nach Teddington fahren! Ohne mich hätten Sie den Namen Wray nie gehört!« Auf seinem Gesicht lag unübersehbarer Gram, seine Körperhaltung war steif, seine Augen glänzten verdächtig.

Überrascht merkte Pitt, dass sich Tellman tatsächlich Vorwürfe machte. Das beschämte ihn so sehr, dass er keine Worte fand. Unter anderen Umständen, wenn er selbst etwas weniger unter dem Vorgefallenen gelitten hätte, würde ihn Tellmans Anhänglichkeit gerührt haben, jetzt aber reichte seine eigene Furcht zu tief. Alles ging zurück auf seine Aussage im Mordfall Fetters, die er vor der Whitechapel-Affäre gemacht hatte. Wäre er doch nicht so selbstsicher gewesen, hätte er doch nicht so dickköpfig darauf beharrt auszusagen – nur weil er wollte, dass sich seine Vorstellung von Gerechtigkeit durchsetzte!

Zwar hatte er damals Recht behalten, das aber würde ihm jetzt nichts nutzen.

»Wer hat Sie auf die Spur von Francis Wray gesetzt?«, fragte Cornwallis Tellman. »Stehen Sie doch nicht so herum, Mann! Man kommt sich vor wie an einem offenen Grab. Noch ist die Schlacht nicht vorüber.«

Zwar hätte Pitt das gern geglaubt, doch sah er keinen konkreten Anlass zur Hoffnung.

»Oberinspektor Wetron«, antwortete Tellman. Er sah zu Pitt hin.

»Welchen Grund hat er Ihnen dafür genannt?«, bohrte Cornwallis nach. »Wer hat ihn auf den Gedanken gebracht, dass Wray der Täter sein könnte? Wer hat die Verbindung zwischen Wray und dem Unbekannten hergestellt, der Maude Lamont besucht hat?«

Unwillkürlich ging Pitt der Gedanke durch den Kopf, dass Cornwallis in Bezug auf kriminalistische Arbeit eine Menge gelernt hatte. Er sah zu Tellman hinüber.

»Das hat er nicht gesagt«, gab dieser mit geweiteten Augen zurück. »Ich habe ihn gefragt, aber er hat keine Antwort gegeben, mit der ich etwas anfangen konnte. Vielleicht Voisey?« In seiner Stimme lag ein Anflug von Hoffnung. »Soweit ich weiß, stammen alle Angaben über Wray von Oberinspektor Wetron.« Sein Mund wurde schmal. »Aber ob er ein Anhänger von Voisey ist ... oder möglicherweise selbst zum Inneren Kreis gehört?« Er sagte es ungläubig, als sei ihm der Gedanke, sein Vorgesetzter könne jenem entsetzlichen Bund angehören, so ungeheuerlich, dass man ihn gleich fallen lassen musste, ohne ihn weiter zu verfolgen.

Pitt kamen Vespasias Worte in den Sinn. »Möglicherweise haben wir einen Bruch im Inneren Kreis herbeigeführt, indem wir Voiseys Vorhaben aufgedeckt haben«, sagte er und ließ dabei den Blick zwischen den beiden hin und her wandern. Während Tellman alle Einzelheiten des Falles Whitechapel kannte, wusste Cornwallis nur dies und jenes. Pitt merkte, dass ihm jetzt offenbar Verschiedenes klar wurde. Er stellte keine Fragen.

»Einen Bruch?«, fragte Tellman gedehnt. »Sie meinen, er ist in zwei Gruppen zerfallen?«

»Zwei oder mehr«, antwortete Pitt.

»Voisey und noch jemand?« Cornwallis hob die Brauen. »Wetron?«

Empört brauste Tellman auf: »Unmöglich – er ist Polizeibeamter!« Dennoch ging er dem Gedanken nach, schüttelte den Kopf, schob die Vorstellung von sich. »Vielleicht ein unbedeutendes Mitglied. Manche Leute machen so etwas, um weiterzukommen, aber …«

Cornwallis kaute auf der Lippe herum. »Das scheint zu passen. Jemand, der sehr viel Macht besitzt, hat dafür gesorgt, dass Sie ein zweites Mal Ihren Platz in der Bow Street räumen mussten«, sagte er zu Pitt gewandt. »Ob das Wetron war? Immerhin ist er an Ihre Stelle getreten. Die Position eines Leiters der Wache in der Bow Street ist für einen Mann an der Spitze des Inneren Kreises äußerst günstig.« Er sah betrübt drein, einen Augenblick lang schien er sogar Furcht zu empfinden. »Sein Ehrgeiz muss maßlos sein.«

Keiner der beiden anderen lachte oder bestritt, was er gesagt hatte.

»Ehrgeizig ist er«, sagte Tellman ernst.

Cornwallis beugte sich ein wenig vor. »Könnten die beiden miteinander um die Vorherrschaft in diesem Bund rivalisieren?«

Pitt wusste so genau, was er damit meinte, als hätte er es selbst gesagt. So abwegig das zu sein schien, es war der erste Funken Hoffnung. »Und wir wollen uns das zunutze machen?«, fragte er. Er wagte kaum, den Gedanken in Worte zu fassen.

Cornwallis nickte bedächtig.

Tellman sah ihn mit bleichem Gesicht an. »Einen gegen den anderen ausspielen?«

»Fällt Ihnen etwas anderes ein?«, fragte ihn Cornwallis. »Wetron ist ehrgeizig, um so mehr, wenn er glaubt, dass er Voisey die Führung einer Hälfte des Inneren Kreises entreißen kann. Ich denke, wir dürfen annehmen, wenn er schon nicht derjenige ist, der den Bruch herbeigeführt hat, dass er ihn zumindest vollendet hat. Er kann nicht so dumm sein anzunehmen, Voisey würde ihm das verzeihen. Er wird sich sein Leben lang vorsehen müssen. Wer aber weiß, dass er einen

Feind hat, tut gut daran, ihm zuvorzukommen, bevor dieser zuschlägt, und sofern Aussicht besteht, ihn aus dem Weg räumen zu können, sollte man das tun.«

»Aber wie?«, fragte Pitt. »Indem er Voisey in den Mord an der Southampton Row verwickelt?« Die Theorie gewann Konturen, während er sprach. »Es muss eine durchgehende Verbindung geben. Voisey sucht Maude Lamont auf. Er kann ihr gesellschaftliche Beziehungen bieten, Geld, alles, wonach ihr der Sinn steht, und als Gegenleistung erpresst sie bestimmte ihrer Besucher, damit diese Aubrey Serracold in der Öffentlichkeit unmöglich machen, was Voisey bei seiner Unterhauskandidatur zugute kommt.«

»Die Gedankenkette klingt plausibel«, sagte Tellman. »Voisey – Maude Lamont – ihre Besucher, die tun, was sie von ihnen verlangt – das wiederum hilft Voisey. Aber wir können es nicht beweisen! Maude Lamont war das Bindeglied, und sie ist tot.« Er holte tief Luft. »Augenblick mal! Hat die Erpressung nach ihrem Tod aufgehört? Haben die Leute aufgehört, Voisey zu helfen?« Damit wandte er sich an Pitt.

»Nein«, sagte dieser. »Nein. In dem Fall war Miss Lamont nicht die Erpresserin, sondern hat lediglich Angaben über verletzliche Stellen ihrer Klienten weitergegeben.« Dann machte sich erneut Enttäuschung breit. »Aber wir haben keine Beziehung zu Voisey entdeckt, obwohl wir ihre Papiere, Briefe, Tagebücher, Bankauszüge, einfach alles, durchgegangen sind. Es gibt nicht den geringsten Hinweis auf eine Beziehung zwischen den beiden. Andererseits würde Voisey auch keine Spuren hinterlassen, dazu ist er viel zu ausgekocht. Das war schon deshalb wichtig, damit sie nichts gegen ihn in der Hand hatte.«

»Sie suchen den Gegner in der falschen Richtung«, sagte Cornwallis mit zunehmender Erregung. Es war, als durchlebe er noch einmal eine seiner Seeschlachten und richte die Geschütze auf das feindliche Schiff. »Wetron! Wir sollten uns nicht den einen oder den anderen vornehmen, sondern überlegen, wie sie sich gegenseitig außer Gefecht setzen.«

Tellman machte ein finsteres Gesicht. »Und wie?«

Pitt empfand bei diesem Gedanken ein Hochgefühl, das er sogleich unterdrückte. Auf keinen Fall wollte er eine so tiefe

Enttäuschung erleben, dass er sie nicht zu ertragen vermochte.

»Wetron ist ein Ehrgeizling«, sagte Cornwallis eindringlich. »Falls es ihm gelingt, den Mord in der Southampton Row auf spektakuläre Weise aufzuklären und sich das Verdienst daran zuzuschreiben, würde das seine Position so sehr stärken, dass ihm niemand in der Bow Street gefährlich werden könnte. Möglicherweise hilft es ihm sogar, eine weitere Stufe auf der Karriereleiter zu erklimmen.«

Damit war Cornwallis' eigene Position gemeint. Die Erkenntnis, dass sich Cornwallis über diese Gefahr völlig klar zu sein schien, beeindruckte Pitt um so mehr, als er sah, dass der Mann, der da die Ellbogen auf seinen Küchentisch stützte, nicht im Geringsten zu zögern schien.

»Finden Sie den Mann, der sich hinter der Kartusche versteckt!«, sagte Cornwallis. »Sollte es Wetron gelingen, ihn zu ermitteln, ihm eine Falle zu stellen und ihm das Geheimnis der Erpressung zu entreißen, und sei es nur, um damit Voisey belangen zu können – was ohne weiteres möglich ist, da Rose Serracold und Kingsley zu den Opfern gehören –, dann ...«

»Das ist nicht ungefährlich«, erklärte Pitt. Zugleich aber spürte er, wie das Blut in ihm zu pulsen begann. Mit einem Mal fühlte er wieder Lebenskraft und Tatendurst. Möglicherweise zeichnete sich da ein kleiner Hoffnungsschimmer ab.

Cornwallis lächelte kaum wahrnehmbar, eigentlich entblößte er lediglich die Zähne. »Er hat Wray benutzt. Jetzt wollen wir den armen Mann benutzen – ihm kann keiner mehr etwas anhaben. Sogar sein Ruf ist zugrunde gerichtet, falls der Gerichtsarzt auf Selbstmord erkennt. Damit würde sein Leben seinen Vorstellungen nach nahezu vollständig den Sinn verlieren.«

Bei diesem Gedanken packte Pitt die blanke Wut. »Ja, ich würde Wray gern benutzen«, stieß er durch die zusammengebissenen Zähne hervor. »Niemand weiß, worüber er und ich miteinander gesprochen haben. So, wie es mir unmöglich ist zu beweisen, dass ich ihm nicht gedroht habe, kann niemand bestreiten, wovon ich erkläre, dass er es mir gesagt hat!« Auch Pitt beugte sich über den Tisch. »Er hatte keine Vorstellung, wer ›Kartusche‹ sein könnte, aber das weiß außer uns niemand. Wenn ich nun sage, dass er gewusst hat, wer sich dahinter verbirgt, und es mir gesagt hat, behaupte, dass dieser Mann die Ursache seiner Seelenqual war –« Seine Gedanken jagten sich. »Und dass auch Miss Lamont trotz all seiner Vorsicht dahintergekommen war? Dass sie irgendwo in ihren Papieren eine diesbezügliche Notiz hinterlassen hat? Bei der Durchsuchung ihres Hauses haben wir nicht sogleich begriffen, was wir gesehen haben. Jetzt aber, mit Hilfe dessen, was ich von Wray erfahren habe, können wir …«

»Dann wird der Mann kommen, um den Beweis zu suchen und zu vernichten …«

»Dazu muss er aber erst einmal erfahren, was wir wissen!«, ergänzte Tellman. »Wie wollen wir erreichen, dass er es erfährt? Wird Wetron es ihm sagen? Er kennt den Mann sicher nicht, sonst hätte er …« Er hielt verwirrt inne.

»Mit Hilfe der Zeitungen«, sagte Cornwallis. »Ich sorge dafür, dass sie die Mitteilung morgen drucken. Wegen Wrays Tod ist der Fall nach wie vor in den Schlagzeilen. Ich kann dafür sorgen, dass der Mann glaubt, er müsse sich in den Besitz von Miss Lamonts Notiz bringen, weil er sonst entdeckt würde. Wie sein Geheimnis aussieht, ist doch unerheblich.«

»Und was wollen Sie Wetron sagen?«, fragte Tellman mit gerunzelter Stirn. Er wusste nicht recht, was er von dem Plan halten sollte, aber die Bereitschaft, etwas zu unternehmen, brannte in ihm. Seine Augen glänzten.

»Nicht ich – Sie sagen es ihm«, verbesserte ihn Cornwallis. »Erstatten Sie ihm wie üblich Bericht. Teilen Sie ihm mit, dass sich der Kreis zu schließen beginnt: Voisey gibt Maude Lamont Geld, diese erpresst Kingsley und ›Kartusche‹, um Voiseys Gegenkandidaten aus dem Rennen zu werfen. Erzählen Sie ihm, dass Sie gerade dabei seien, die Beweise dafür zusammenzustellen. Er kann dann gar nicht anders, als die Presse zu verständigen. Allerdings muss er selbst von der Geschichte überzeugt sein, sonst druckt sie niemand.«

Tellman schluckte und nickte bedächtig.

»Trotzdem wird Wray als Selbstmörder beerdigt«, sagte Pitt. Schon die bloßen Worte schmerzten ihn. »Es … es fällt mir schwer zu glauben, dass er ... Nicht, nachdem er all seinen Kummer so mannhaft ertragen hatte und ...« Aber vorstellen konnte er es sich. Jemand konnte noch so tapfer sein, doch manche Schmerzen wurden in den finstersten Augenblicken der Nacht unerträglich. Er hatte wohl meist die nötige Kraft aufgebracht, wenn Menschen um ihn waren, es etwas zu tun gab, die Sonne schien, er sich an der Schönheit der Blumen aufrichten konnte, an einem Menschen, der sich um ihn kümmerte. Aber allein im Dunkeln, zu mitgenommen, um den Kampf fortzusetzen ...

»Man hat ihn zutiefst bewundert und geliebt.« Cornwallis bemühte sich, eine bessere Antwort zu finden. »Vielleicht hat er Freunde in der Kirche, die ihren Einfluss geltend machen, um das zu verhindern.«

»Aber Sie haben ihn doch gar nicht in die Enge getrieben«, begehrte Tellman auf. »Warum hätte er ausgerechnet jetzt klein beigeben sollen? Das wäre gegen die Grundüberzeugungen seines Glaubens!«

»Wie hätte er das Gift zufällig nehmen können?«, fragte ihn Pitt bitter. »Eine natürliche Todesursache ist gänzlich ausgeschlossen.« Doch dann meldete sich in seinem Gehirn ein anderer Gedanke, eine verrückte Möglichkeit. »Vielleicht hat sich Voisey gar nicht einer Gelegenheit bedient, die man ihm wunderbarerweise geboten hat, sondern Wray ermordet oder zumindest ermorden lassen? Erst mit Wrays Tod war seine Rache vollkommen. Wäre Wray nur unverschuldet ins Gerede gekommen durch meine Ermittlungen, stünde ich lediglich als Schurke da. Weil er aber umgekommen ist, macht sich das für Voisey doch viel besser, denn damit bin ich rettungslos verloren. Bestimmt schreckt ein solcher Mann nicht vor dem letzten Schritt zurück! Er hat es in Whitechapel ja auch nicht getan.«

»Seine Schwester?«, fragte Cornwallis mit ungeheucheltem Entsetzen. »Ob er sie benutzt hat, um Wray zu töten?«

»Möglicherweise hatte sie keine Ahnung von dem, was sie tat«, gab Pitt zu bedenken. »Es gibt praktisch keine Möglichkeit, sie zur Rechenschaft zu ziehen. Soweit sie weiß, war sie lediglich Zeugin meiner Grausamkeit einem verletzlichen alten Mann gegenüber.«

»Wie wollen wir das beweisen?«, sagte Tellman. »Es genügt nicht, dass wir es wissen! Es würde ihm den Genuss seines Sieges nur versüßen, wenn wir tatsächlich wüssten, was geschehen ist, und uns die Hände gebunden sind, dagegen anzugehen!«

»Eine Obduktion«, sagte Pitt. Das schien die einzige Lösung zu sein.

»Der wird man nie zustimmen.« Cornwallis schüttelte den Kopf. »Niemand will sie. Die Kirchenleute, die auf jeden Fall verhindern wollen, dass er als Selbstmörder gilt, haben Angst, dass es tatsächlich auf Selbstmord hinauslaufen könnte. Voisey wiederum befürchtet, dass dabei ein Mord bewiesen oder zumindest die Frage gestellt werden könnte, ob es sich um einen handelt.«

Pitt stand auf. »Bestimmt gibt es eine Möglichkeit. Ich gehe zu Lady Vespasia, die soll dafür sorgen. Sofern es jemanden gibt, der die Sache in unserem Sinne vorantreiben kann, weiß sie bestimmt, wer das ist und wo man ihn findet.« Er sah erst zu Cornwallis und dann zu Tellman hin. »Danke«, sagte er, von aufrichtiger Dankbarkeit überwältigt. »Danke, dass Sie ... gekommen sind.«

Keiner der beiden sagte etwas darauf, weil jeder auf seine Weise um Worte verlegen war. Ihnen ging es nicht um Dank; sie hatten lediglich helfen wollen.

Tellman kehrte auf dem kürzesten Wege in die Bow Street zurück, wo er um Viertel nach zehn eintraf. Der Dienst tuende Beamte sprach ihn an, doch ging er, ohne auf ihn zu achten, nach oben in Wetrons Büro, das einst Pitt gehört hatte. Es war ein merkwürdiger Gedanke, dass das erst wenige Monate her war. Jetzt wirkte der Raum fremd auf ihn, und der Mann darin war sein Feind. Verblüfft merkte er, dass ihm diese Vorstellung nicht im Geringsten schwerfiel.

Er klopfte und hörte nach wenigen Augenblicken Wetrons Stimme, die ihn zum Eintreten aufforderte.

»Guten Morgen, Sir«, sagte er, nachdem er die Tür hinter sich geschlossen hatte.

»Morgen, Tellman.« Oberinspektor Wetron hob den Blick

von seinem Schreibtisch. Auf den ersten Blick wirkte er durchschnittlich, mittelgroß, mausgrau. Erst ein Blick in seine Augen zeigte den unbeirrbaren Willen des Mannes weiterzukommen und die eiserne Energie, die dahinterstand.

Tellman schluckte und begann dann, seine Lügengeschichte vorzutragen. »Ich habe heute Morgen mit Pitt gesprochen. Er hat mir mitgeteilt, was er Mister Wray gesagt hat und warum Wray so außer sich war.«

Sein Vorgesetzter sah ihn mit ausdruckslosem Gesicht an. »Ich denke, je eher Sie sich und damit unsere Polizeieinheit von Mister Pitt lösen, desto besser, Inspektor. Ich werde eine Mitteilung an die Presse geben, dass er mit der Londoner Polizei nicht mehr das Geringste zu tun hat und wir für sein Handeln in keiner Weise verantwortlich sind. Mag sich der Sicherheitsdienst um ihn kümmern. Die sollen zusehen, dass sie ihn da heraushauen, sofern sie dazu überhaupt in der Lage sind. Der Mann ist eine Katastrophe.«

Tellman stand regungslos da. Die Wut in ihm angesichts dieser neuen Ungerechtigkeit konnte jeden Augenblick explodieren. »Gewiss haben Sie Recht, Sir, aber ich denke dennoch, dass Sie wissen sollten, was er erfahren hat, bevor Sie weitere Schritte unternehmen.« Ohne auf Wetrons Ungeduld zu achten, die sich in einer steilen Falte zwischen den Brauen und rastlosen Bewegungen seiner Finger äußerte, fuhr er fort: »Es sieht ganz so aus, als hätte Mister Wray gewusst, wer der dritte Besucher war, der sich in der Mordnacht im Hause von Maude Lamont aufhielt.« Er holte zitternd Luft. »Es war jemand, den er kannte. Soweit ich weiß, ist es ebenfalls ein Vertreter der anglikanischen Kirche.«

»Was?« Jetzt hatte er Wetrons Aufmerksamkeit geweckt, wenn dieser ihm auch noch nicht glaubte.

Ohne mit der Wimper zu zucken, hielt er Wetrons forschendem Blick stand. »Ja, Sir. Offenbar befindet sich unter den Notizen dieser Miss Lamont ein Beweis dafür, den wir erst jetzt zuordnen können, seit wir wissen, wen sie damit gemeint hat.«

»Stehen Sie doch nicht herum und reden in Rätseln, Mann!«, fuhr ihn Wetron an. »Sagen Sie lieber, worum es sich handelt.«

»Das ist es gerade, Sir. Ganz sicher kann Mister Pitt erst sein, wenn er die Papiere in Miss Lamonts Haus noch einmal gesichtet hat.« Rasch sprach er weiter, bevor ihn Wetron erneut unterbrechen konnte. Er zwang sich, seine Stimme erregt klingen zu lassen. »Es wird trotzdem schwer sein, den Beweis zu führen. Aber wenn wir allen Zeitungen die Nachricht zuspielen, dass wir das Material besitzen, wird sich der Mann wahrscheinlich dadurch verraten, dass er das Haus in der Southampton Row aufsucht. Er dürfte der Mörder sein. Natürlich brauchen wir Mister Pitt nicht namentlich zu erwähnen, falls Ihnen das nicht richtig erscheint ...«

»Ja, ja, Tellman, Sie brauchen mir das nicht so genau zu erklären!«, sagte Wetron unwirsch. »Ich weiß, worauf Sie hinaus wollen. Lassen Sie mich darüber nachdenken.«

»Sehr wohl, Sir.«

»Ich denke, wir lassen Pitt dabei tatsächlich aus dem Spiel. Gehen Sie in die Southampton Row. Schließlich ist es Ihr Fall.« Er achtete aufmerksam auf Tellmans Reaktion.

Tellman zwang sich zu einem Lächeln. »Ja, Sir. Ich weiß sowieso nicht, warum der Sicherheitsdienst seine Finger in der Sache hat – außer es hätte mit Sir Charles Voisey zu tun.«

Wetron saß reglos da. »Was könnte das mit Voisey zu tun haben? Sie wollen damit doch wohl nicht andeuten, dass er sich hinter der Kartusche versteckt?«, fragte er mit vor Spott triefender Stimme und herablassendem mitleidigen Lächeln.

»Aber nein, Sir«, gab Tellman rasch zurück. »Wir sind ziemlich sicher, dass Maude Lamont manche ihrer Klienten erpresst hat. Das gilt auf jeden Fall für die drei, die am Abend ihrer Ermordung bei ihr waren.«

»Womit?«, erkundigte sich Wetron.

»Es ging dabei um verschiedene Dinge, aber nicht um Geld. Beispielsweise um ein bestimmtes Verhalten im Wahlkampf, das Sir Charles Voisey zugute kam.«

Wetrons Augen weiteten sich. »Tatsächlich? Das ist eine sonderbare Beschuldigung, Tellman. Ich hoffe, Ihnen ist klar, um wen es sich bei Sir Charles handelt?«

»Selbstverständlich, Sir. Um einen ehemaligen hochrangigen Richter am Appellationsgericht, der jetzt für das Unterhaus kandidiert und den Ihre Majestät kürzlich in den Adelsstand erhoben hat. Allerdings kenne ich den Grund dafür nicht. Es heißt, er habe sich in einer schwierigen Situation besonders tapfer verhalten.« Er sagte das ehrfurchtsvoll und merkte, wie Wetron die Lippen aufeinander presste und sich seine Nackenmuskeln wie Drahtseile spannten. Ob Lady Vespasia mit ihrer Vermutung Recht hatte?

»Und meint Pitt, es gebe Grund anzunehmen, dass sich das so verhält?«, fragte Wetron.

»Ja, Sir.« Tellman achtete sorgfältig darauf, seine Stimme nicht zu sicher klingen zu lassen. »Es gibt ein ziemlich eindeutiges Bindeglied, und alles passt bestens zueinander. Wir sind so nahe dran!« Er hielt Daumen und Zeigefinger im Abstand von zwei Zentimetern hoch. »Wir müssen nur diesen Mann ans Licht bringen, dann können wir es beweisen. Mord ist immer und unter allen Umständen ein übles Verbrechen, vor allem dieser. Die Frau ist erstickt worden, und zwar vermutlich dadurch, dass ihr der Täter ein Knie auf die Brust setzte und ihr das Zeug in den Hals stopfte, bis sie tot war.«

»Schon gut, Sie brauchen es mir nicht in allen Einzelheiten auszumalen, Inspektor«, sagte Wetron schroff. »Ich werde die Presse verständigen. Sehen Sie zu, dass Sie den Beweis finden, den Sie brauchen.« Er beugte sich über die Akte, mit der er sich beschäftigt hatte, bevor ihn Tellman unterbrach. Er konnte gehen.

»Sehr wohl, Sir.« Tellman nahm Haltung an und wandte sich auf dem Absatz um. Erst auf halber Treppe stieß er einen Seufzer der Erleichterung aus und entspannte sich, wobei ihn ein leichter Schauer überlief.

Kapitel 13

Pitt kehrte auf kürzestem Wege zu Vespasia zurück. Diesmal übergab er dem Dienstmädchen eine Mitteilung, die er geschrieben hatte, und wartete im Empfangszimmer.

Als sich die Tür öffnete, fuhr er herum. Er erwartete, das Mädchen zu sehen, das ihm entweder sagte, er könne hineingehen oder Lady Vespasia sei nicht bereit, ihn zu empfangen, doch stattdessen erblickte er Vespasia selbst. Sie trat ein und schloss die Tür hinter sich, um die Dienstboten sowie – dem Ausdruck auf ihrem Gesicht nach zu urteilen – die übrige Welt von allem auszuschließen, was sie zu besprechen hatten.

»Guten Morgen, Thomas. Vermutlich bist du gekommen, weil du einen Schlachtplan hast und für mich eine Rolle darin? Sag mir am besten gleich, was es ist. Müssen wir allein kämpfen, oder haben wir Verbündete?«

Er fand es sehr ermutigend, dass sie im Plural sprach. Es wärmte ihm förmlich das Herz. »Wir haben Verbündete – Kapitän Cornwallis und Inspektor Tellman.«

»Gut. Und was müssen wir tun?« Sie ließ sich in einem der in frischen Rosatönen bezogenen großen Sessel des Empfangszimmers nieder und bedeutete ihm mit einer Handbewegung, sich gleichfalls zu setzen.

Schweigend hörte sie zu, wie er den von ihm und seinen Mitstreitern am Küchentisch entworfenen Plan umriss.

»Eine Obduktion also«, sagte sie schließlich. »Das wird nicht einfach sein. Man hat ihn nicht nur verehrt, sondern wirklich geliebt, und so möchte, von Voisey einmal abgesehen, niemand seinen Namen im Zusammenhang mit einem Selbstmord hören, auch wenn bereits Vermutungen in dieser Richtung geäußert werden. Wahrscheinlich werden interessierte Kirchenkreise darauf hinwirken, dass keine endgültigen Angaben über die Todesursache gemacht werden, so dass zumindest stillschweigend von einer Art Unfall ausgegangen werden darf. Man wird sich wohl darauf verlassen, dass die Sache um so schneller in Vergessenheit gerät, je weniger man darüber redet. Von allem anderen einmal abgesehen, ist ein solches Verfahren auch sehr rücksichtsvoll und menschenfreundlich.« Sie sah ihn fest an. »Bist du bereit, dich gegebenenfalls der Erkenntnis zu stellen, dass er sich tatsächlich das Leben genommen hat, Thomas?«

»Nein«, sagte er aufrichtig. »Aber meine Ansichten ändern an der Wahrheit nichts, und ich denke, ich muss es genau wissen. Meiner festen Überzeugung nach handelt es sich nicht um Selbstmord, aber natürlich will ich die Möglichkeit nicht ausschließen. Ich nehme an, dass Voisey seinen Tod herbeigeführt hat, wobei er sich seiner Schwester bediente, höchstwahrscheinlich ohne deren Wissen.«

»Und du denkst, dass sich das durch eine Obduktion feststellen lässt? Mag sein, dass du Recht hast. Ohnehin bleibt uns kaum eine andere Möglichkeit, wie dir zweifellos klar ist.« Sie erhob sich schwerfällig. »Mein eigener Einfluss reicht nicht aus, um so etwas in die Wege zu leiten, aber sicherlich ist Somerset Carlisle dazu in der Lage.« Der Anflug eines Lächelns legte sich auf ihre Züge und ließ ihre silbergrauen Augen aufblitzen. »Sicher erinnerst du dich an ihn. Er hat sich ja auch im Zusammenhang mit der Whitechapel-Geschichte eingeschaltet.« Wenn überhaupt jemand bereit war, seinen Ruf für eine Sache aufs Spiel zu setzen, an die er glaubte, dann Carlisle.

Pitt erwiderte ihr Lächeln und vergaß für einen flüchtigen Augenblick die Gegenwart. »Ja«, stimmte er bereitwillig zu. »Frag ihn.«

Das Telefon gehörte zu den neuzeitlichen Errungenschaften, die Vespasias Beifall fanden. Da es recht nützlich war, hatte es sich bei Menschen, die es sich leisten konnten, rasch durchgesetzt. Binnen einer Viertelstunde hatte sie ermittelt, dass sich Carlisle in seinem Klub in Pall Mall aufhielt – wo Damen selbstverständlich keinen Zutritt hatten – und bereit war, von dort aus sogleich das Hotel Savoy aufzusuchen, wo er beide empfangen würde.

Wegen des um diese Tageszeit besonders dichten Verkehrs dauerte es fast eine volle Stunde, bis Pitt und Vespasia in den Salon geführt wurden, den sich Carlisle im Hotel hatte reservieren lassen. Bei ihrem Eintreten erhob er sich. Er wirkte elegant, wenn auch ein wenig hager, und seine ungewöhnlichen Augenbrauen verliehen seinem Gesicht einen leicht fragenden Ausdruck.

Kaum hatten sie sich gesetzt und Erfrischungen bestellt, als Vespasia schon zur Sache kam.

»Zweifellos haben Sie die Zeitungen gelesen und sind über Thomas' Situation im Bilde. Unter Umständen wissen Sie aber nicht, dass ausgerechnet Sir Charles Voisey die ganze Sache eingefädelt hat, der kein anderes Ziel kennt, als sich für die ihm kürzlich zugefügte Niederlage zu rächen. Weil sein voriger Plan missglückt ist, strebt er jetzt einen Sitz im Unterhaus an, um von dort aus seinen maßlosen Ehrgeiz zu befriedigen.«

Carlisle sah Pitt einige Augenblicke lang aufmerksam an. »Und was also soll ich tun?«, erkundigte er sich.

»Dafür sorgen, dass die Leiche von Francis Wray obduziert wird«, sagte Vespasia.

Carlisle schluckte, als hätte er beinahe die Fassung verloren.

Vespasia lächelte leicht. »Wenn das so ohne weiteres möglich wäre, mein Bester, hätte ich mich nicht um Hilfe an Sie zu wenden brauchen. Man hält den Armen für einen Selbstmörder, auch wenn die Kirche natürlich nie zulassen wird, dass jemand aus ihren Reihen das in Worte fasst. Man wird von einem tragischen Unglücksfall sprechen, um ihn kirchlich bestatten zu können. Trotz allem wird die Öffentlichkeit bei ihrer Überzeugung bleiben, dass er sich das Leben genommen hat – und genau das gehört zum Racheplan unseres Feindes an Mister Pitt, der sonst weit weniger wirksam wäre.«

»Ich verstehe«, sagte Carlisle. »Wenn niemand glaubt, dass er sich das Leben genommen hat, kann ihn auch niemand in den Selbstmord getrieben haben.« Er wandte sich an Pitt. »Und was ist Ihrer Ansicht nach geschehen?«

»Vermutlich hat man ihn ermordet«, gab er zur Antwort. »Ich bezweifle, dass es sich um einen Unglücksfall handelte. Immerhin müsste er sich genau zu dem Zeitpunkt ereignet haben, der am besten in Voiseys Pläne passte. Zwar weiß ich nicht, ob eine Obduktion die nötigen Beweise liefert, aber eine andere Möglichkeit haben wir nicht.«

Schweigend dachte Carlisle eine Weile nach. Weder Pitt noch Vespasia unterbrachen ihn. Sie sahen einander an und blickten dann jeder vor sich hin, während sie auf seine Antwort warteten.

Schließlich sagte er: »Sofern Sie bereit sind, sich mit dem Ergebnis abzufinden, ganz gleich, wie es ausfällt, denke ich, dass ich eine Möglichkeit sehe, den zuständigen Untersuchungsbeamten von der Notwendigkeit einer Obduktion zu überzeugen.« Er lächelte ein wenig säuerlich. »Dazu wird es nötig sein, die Wahrheit ein wenig zu verbiegen, aber ich habe auf diesem Gebiet schon früher eine gewisse Fertigkeit bewiesen. Ich denke, je weniger Sie darüber wissen, Mister Pitt, um so besser.«

Vespasia stand auf. »Danke, Somerset. Ich nehme an, Ihnen ist klar, wie dringlich diese Sache ist? Am besten wäre es, wenn die Obduktion gleich morgen stattfinden könnte. Je länger die Verleumdungskampagne gegen Mister Pitt andauert, desto mehr Menschen erfahren davon und um so schwieriger wird es, ihn anschließend zu rehabilitieren. Außerdem ist natürlich die Frage der Unterhauswahl zu berücksichtigen. Sobald die Wählerlisten geschlossen sind, wird es ausgesprochen schwierig sein, gewisse Dinge rückgängig zu machen.«

Carlisle öffnete den Mund und schloss ihn wieder. »Auf Sie kann man sich wirklich verlassen, Lady Vespasia«, sagte er und erhob sich ebenfalls. »Ich schwöre, seit meinem zwanzigsten Lebensjahr sind Sie der einzige Mensch, der mich auf dem falschen Fuß erwischen kann, und Sie schaffen es jedes Mal. Bewundert habe ich Sie stets, ahne aber nicht, warum ich Sie auch so gut leiden kann.«

»Weil Ihnen ein reizloses Leben nicht zusagt, mein Bester«,

erwiderte sie ohne zu zögern. »So etwas halten Sie höchstens ein oder zwei Monate aus, dann wird es Ihnen langweilig.« Sie warf ihm ein bezauberndes Lächeln zu, als hätte sie ihm ein großes Kompliment gemacht, und hielt ihm die Hand hin, die er formvollendet küsste. Dann nahm sie Pitts Arm und verließ den Raum mit hoch erhobenem Kopf.

Sie hatten die Hotelhalle gerade zur Hälfte durchschritten, als Pitt sah, wie sich Voisey bei einer Gruppe von Menschen entschuldigte und auf sie zukam. Das selbstsichere Lächeln auf seinem Gesicht zeigte Pitt, dass er sich als Sieger fühlte, den Triumph genoss und ihn in vollen Zügen auskostete. Höchstwahrscheinlich lag darin der Zweck seiner Anwesenheit. Welchen Sinn hatte Rache, wenn man nicht sehen konnte, wie sich der Feind in Qualen wand? Und hier konnte er sich nicht nur am Anblick Pitts, sondern auch an dem Lady Vespasias weiden.

Nie würde er ihr die entscheidende Rolle verzeihen, die sie in der Whitechapel-Affäre gespielt hatte. Sie hatte nicht nur zu seiner Niederlage beigetragen, sondern all ihren Einfluss daran gesetzt, ihm sein Adelsprädikat zu verschaffen, das ihm die Durchführung seines Plans ein für alle Mal unmöglich machte. Es war nicht auszuschließen, dass er mit seinem Bestreben, Pitt zugrunde zu richten, sie ebenso sehr treffen wollte wie ihn. Jetzt hatte er beide vor sich.

»Lady Vespasia«, sagte er mit ausgesuchter Höflichkeit. »Das nenne ich wahre Freundestreue, dass sie in einer so schweren Zeit öffentlich mit Mister Pitt zum Lunch gehen. Ich bewundere Treue, und je teurer sie zu stehen kommt, desto höher ist ihr Wert.« Ohne ihre Antwort abzuwarten, wandte er sich an Pitt. »Vielleicht können Sie ja eine Stellung außerhalb Londons finden. Das würde ich Ihnen nach Ihrem ungeschickten Verhalten dem armen Francis Wray gegenüber unbedingt raten. Vielleicht irgendwo auf dem Lande? Falls es Ihrer Frau und den Kindern in Dartmoor gefällt, möglicherweise sogar dort? Allerdings ist Harford so klein, dass man da keinen Polizeibeamten braucht. Es ist kaum ein Dorf, eher ein Weiler, ein, zwei Straßen, ganz abgelegen am Rande der Heide. Ich bezweifle, dass dort je ein Verbrechen vorgefallen ist, von Mord ganz zu schweigen. Sie hatten sich doch auf Mord spezialisiert, nicht wahr? Nun ja, vielleicht ändert sich das ja.« Er lächelte, nickte Vespasia zu und ging dann weiter.

Pitt war wie vom Donner gerührt. Ein kalter Schauer nach dem anderen jagte ihm über den Rücken und ließ ihn bis ins Innerste erstarren. Er war sich des Raumes um ihn herum kaum bewusst, spürte nicht einmal Vespasias Hand auf seinem Arm. Voisey wusste, wo sich Charlotte aufhielt! Er konnte jederzeit zuschlagen. Pitts Herz krampfte sich zusammen. Er bekam kaum Luft. Dann hörte er Vespasias Stimme wie von weither.

»Thomas!«

Die Zeit hatte jede Bedeutung verloren.

»Thomas!« Sie umklammerte seinen Arm so fest, dass sich ihre Finger ins Fleisch gruben. Sie sagte seinen Namen ein drittes Mal.

»Ja …«

»Wir müssen gehen«, sagte sie fest. »Man wird auf uns aufmerksam.«

»Er weiß, wo sich Charlotte aufhält!« Er wandte sich ihr zu. »Ich muss sie da wegbringen! Ich muss –«

»Nein.« Sie hielt ihn mit aller Kraft fest. »Du musst hierbleiben und gegen Charles Voisey kämpfen. Solange du in London bist, wird er seine Aufmerksamkeit nicht von hier abwenden. Schick den jungen Mann hin, diesen Tellman. Er kann Charlotte und die Kinder so unauffällig wie möglich woanders hinbringen. Voisey muss sich darum kümmern, die Wahl zu gewinnen und außerdem deine Bemühungen abwehren, die Wahrheit in Bezug auf Francis Wrays Tod zu ermitteln. Er muss dich im Augen behalten, um zu sehen, was du über den Mann in Erfahrung bringst, der sich hinter der Kartusche verbirgt. Sofern tatsächlich eine Verbindung zwischen Voisey und Maude Lamonts Tod besteht, kann er es sich auf keinen Fall leisten, einen anderen mit dieser Aufgabe zu betrauen. Wie du weißt, wird er unter keinen Umständen dulden, dass jemand die ganze Wahrheit über ihn erfährt.«

Als Pitt wieder klar denken konnte und sich der Wirklichkeit stellte, musste er sich eingestehen, dass sie Recht hatte.

Doch es galt keine Zeit zu verlieren. Er musste sofort feststellen, wo sich Tellman aufhielt, und dafür sorgen, dass er nach Devon fuhr. Während ihm das durch den Kopf ging, fuhr er unwillkürlich mit der Hand in die Tasche, um zu sehen, wie viel Geld er bei sich hatte. Auf jeden Fall musste er Tellman genug für die Hin- und Rückfahrt mit der Bahn geben. Außerdem brauchte Tellman Geld, um Pitts Angehörige an einen anderen Ort zu schaffen, wo er eine neue, sichere Unterkunft für sie finden musste. Nach London konnten sie noch nicht zurückkehren. Wann das so weit sein würde, wusste Pitt nicht. Es war unmöglich, so weit im Voraus zu planen oder sich zu überlegen, wie er dafür sorgen konnte, dass sie auch in London in Sicherheit waren.

Vespasia deutete seine Handbewegung richtig. Sie öffnete ihren Pompadour und nahm alles Geld heraus, das sie bei sich trug. Verblüfft sah er, wie viel es war – annähernd zwanzig Pfund. Zusammen mit den vier Pfund, siebzehn Shilling und einigen Pennies, die er hatte, würde das genügen.

Wortlos gab sie ihm das Geld.

»Danke«, sagte er. Dies war nicht der richtige Zeitpunkt, seinen Stolz hervorzukehren oder eine Dankesschuld als Bürde zu empfinden. Sicher war ihr klar, dass er sich ihr tiefer verpflichtet fühlte, als er sagen konnte.

»Meine Kutsche«, sagte sie. »Wir müssen Tellman finden.«

»Wir?«

»Mein lieber Thomas, du wirst mich ja wohl nicht mittellos hier im Savoy stehen lassen und erwarten, dass ich mich allein nach Hause durchschlage, während du dich weiter um unseren Fall kümmerst!«

»Aber nein. Möchtest du nicht ...«

»Nein«, sagte sie entschieden. »Unter Umständen brauchst du jeden Penny. Also weiter. Jede Minute ist kostbar. Wo könnte er sein? Was ist im Augenblick seine dringlichste Aufgabe? Wir haben nicht viel Zeit, die halbe Stadt nach ihm abzusuchen.«

Pitt mahnte sich zur Ruhe, damit er überlegen konnte, wie Tellmans Auftrag lautete. Zuerst war er in die Bow Street gegangen, um mit Wetron zu sprechen. Das dürfte höchstens eine Stunde gedauert haben, immer vorausgesetzt, dass Wetron dort war. Da es sein Hauptanliegen war festzustellen, wer sich hinter der Kartusche verbarg, dürfte er anschließend dieser Fährte nachgegangen sein. Ihm gegenüber hatte Pitt nicht von Bischof Underhill gesprochen, denn sein Verdacht gründete sich lediglich auf dessen Angriff gegen Aubrey Serracold.

»Wohin also?«, fragte Vespasia, während er ihr in die Kutsche half und dann selbst einstieg.

Er musste ein Ziel angeben. Ob Tellman jemandem in der Bow Street gesagt hatte, wohin er gehen würde? Vielleicht nicht, aber er durfte diese Möglichkeit nicht auslassen. »Zur Bow Street«, sagte er.

Dort angekommen, suchte er den Dienst tuenden Wachtmeister auf. »Wissen Sie, wo sich Inspektor Tellman befindet?«, fragte er, bemüht, seine Besorgnis nicht durchklingen zu lassen.

»Ja, Sir«, sagte der Mann sofort. Seinem Gesicht war anzusehen, dass er die Zeitungen gelesen hatte, und der Ausdruck des Mitgefühls darauf war ungeheuchelt. Immerhin kannte er Pitt seit vielen Jahren und glaubte, was er wusste, und nicht, was er las. »Er wollte 'n paar von den andern Kunden von dem Medium aufsuchen, das sollt' ich Ihnen sagen, falls Sie nach ihm fragen.« Er sah Pitt besorgt an und legte ein aus einem Notizheft gerissenes Blatt vor ihn hin, auf dem mehrere Adressen vermerkt waren.

Pitt dankte innerlich dem Himmel für Tellmans Weitblick, dann versicherte er dem Beamten so aufrichtig seiner Dankbarkeit, dass dieser vor Freude errötete.

Erleichtert stieg Pitt wieder in die Kutsche, zeigte Vespasia das Blatt und fragte, ob sie nicht lieber nach Hause gebracht werden wollte, bevor er sich daran machte, der Fährte zu folgen.

»Auf keinen Fall!«, sagte sie munter. »Bitte mach weiter!«

Tellman hatte bereits nachgeprüft, ob Lena Forrest tatsächlich, wie sie behauptet hatte, zu Besuch bei ihrer Freundin in Newington gewesen war. Zwar verhielt es sich so, doch hatte Mrs. Lightfoot nur äußerst ungenaue Erinnerungen an den

Zeitpunkt dieses Besuches. Jetzt suchte er noch einmal Maude Lamonts andere Klienten auf, in der vagen Hoffnung, die Fährte zu ›Kartusche‹ aufnehmen zu können, wenn er etwas mehr über Miss Lamonts Methoden erfuhr. Obschon er nicht wirklich mit einem Erfolg rechnete, musste er doch Wetron gegenüber den Anschein erwecken, als gehe er mit Eifer jeder möglichen Spur nach. Ursprünglich hatte er in Wetron lediglich den Mann gesehen, der Pitt mehr durch Zufall als mit Absicht verdrängt hatte. Das hatte er ihm zwar übel genommen, aber ihm war klar gewesen, dass der Mann nichts dafür konnte. Irgendjemand musste schließlich die Aufgabe übernehmen. Er hatte Wetron nicht ausstehen können, nicht nur, weil er ihn für berechnend hielt, sondern auch, weil er völlig emotionslos war, und Tellman war daran gewöhnt, dass Pitt Zorn wie Mitgefühl offen zeigte. Andererseits war ihm klar gewesen, dass ihm niemand zugesagt hätte, ganz gleich, wen man auf die Stelle gesetzt hätte.

Jetzt sah er Wetron mit einem Mal vollständig anders. Der Mann, den er für einen farblosen Karrieristen gehalten hatte, war ein gefährlicher Gegner, den man gut im Auge behalten musste. Wer es fertig brachte, im Inneren Kreis in eine Führungsposition aufzusteigen, war nicht nur mutig, sondern auch rücksichtslos und im Übermaß ehrgeizig. Außerdem schien er immerhin so gerissen zu sein, dass er selbst einen Voisey überlisten konnte, sonst hätte er für Sir Charles wohl keine Bedrohung bedeutet.

Nur ein Dummkopf gab sich einem solchen Mann gegenüber Blößen in Worten oder Taten. Also gab sich Tellman den Anschein, als wolle er ›Kartusche‹ aufspüren. Zuvor aber hatte er beim Dienst tuenden Beamten eine Liste der Orte hinterlegt, die er aufzusuchen gedachte, für den Fall, dass Pitt im Zusammenhang mit einem der Punkte, auf die es wirklich ankam, mit ihm Verbindung aufnehmen wollte.

Gerade ließ er sich von einer Mrs. Drayton von der letzten Séance berichten, an der sie teilgenommen hatte. Während sie erzählte, dabei sei es zu so erstaunlichen Manifestationen gekommen, dass sich selbst Maude Lamont verblüfft gezeigt hatte, meldete ihr Butler, ein Mr. Pitt wolle mit Mr. Tellman sprechen. Die Sache sei so dringend, dass er sie zu seinem großen Bedauern mitten im Gespräch stören müsse. »Schicken Sie den Mann herein«, sagte Mrs. Drayton, bevor Tellman Gelegenheit hatte, sich zu entschuldigen und zu gehen.

Schon einen Augenblick später stand Pitt mit bleichem Gesicht im Raum, kaum imstande, seine Erregung zu beherrschen.

»Wirklich bemerkenswert, Mister Tellman«, fuhr Mrs. Drayton begeistert fort. »Nicht einmal Miss Lamont hatte mit so etwas gerechnet! Ich konnte das Staunen in ihren Zügen sehen, ja, es war wohl sogar mit Furcht gemischt.« Mit vor Erregung lauter Stimme erklärte sie: »In dem Augenblick wusste ich ein für alle Mal, dass sie die Gabe besaß. Ich gestehe, dass ich mich gelegentlich gefragt hatte, ob es sich bei diesen Erscheinungen um Täuschungsmanöver handeln konnte, aber was ich da sah, war unwiderleglich. Als Beweis dafür hat mir der Ausdruck auf ihrem eigenen Gesicht gedient.«

»Ja, vielen Dank, Mistress Drayton«, sagte Tellman ziemlich unvermittelt. All das kam ihm im Augenblick äußerst unwichtig vor, zumal sie den Mechanismus entdeckt hatten, der vom Tisch aus betätigt wurde, eine einfache mechanische Angelegenheit. Aufmerksam sah er zu Pitt hinüber im Bewusstsein, dass etwas Bedeutendes vorgefallen sein musste, das dringendes Eingreifen erforderte.

»Bitte entschuldigen Sie mich, Mistress Drayton«, sagte Pitt mit belegter Stimme. »Zu meinem Bedauern brauche ich Inspektor Tellman für eine andere Aufgabe ... und zwar sofort.«

»Oh ... aber«, setzte sie an.

Ohne sie vor den Kopf stoßen zu wollen, sagte er: »Vielen Dank, Mistress Drayton. Auf Wiedersehen.« Er brachte die nötige Geduld einfach nicht auf.

Tellman folgte ihm und sah, dass nicht nur Lady Vespasias Kutsche vor der Tür stand, sondern sie selbst darin saß.

»Voisey weiß, wo sich meine Frau und die Kinder aufhalten.« Pitt konnte nicht länger an sich halten. »Er hat den Namen des Dorfes genannt.«

Tellman spürte, wie ihm der Schweiß ausbrach und sich eine

eiserne Klammer um seine Brust zu legen schien, die ihm den Atem abschnürte. Natürlich war ihm daran gelegen, dass Charlotte nichts geschah, doch wenn Voisey jemanden ausschickte, ihr zu schaden, bedeutete das automatisch, dass Gracie ebenfalls in Gefahr war. Diese Vorstellung ergriff Besitz von ihm und erfüllte ihn mit Entsetzen. Der Gedanke, Gracie könne etwas zustoßen ... Das Bild einer Welt ohne sie trat ihm so deutlich vor Augen, dass er es nicht zu ertragen vermochte. Es kam ihm vor, als könne er danach nie wieder glücklich sein.

Wie aus weiter Ferne hörte er Pitts Stimme. Er hielt etwas in der Hand.

»Ich möchte, dass Sie nach Devon fahren, heute, jetzt gleich, und sie alle an einen sicheren Ort bringen.«

Tellman schloss die Augen und öffnete sie wieder. Pitt gab ihm Geld. »Ja!«, stieß er hervor und griff danach. »Aber ich weiß doch gar nicht, wo sie sind!«

»In Harford«, erläuterte Pitt. »Fahren Sie mit der Linie Great Western bis Ivybridge. Von dort sind es nur noch wenige Kilometer bis Harford. Fragen Sie nach ihnen, und man wird Ihnen den Weg zeigen. Bringen Sie sie am besten in eine Stadt in der Nähe, wo man untertauchen kann. Mieten Sie eine Unterkunft in einem Stadtteil, in dem viele Menschen leben. Und ... bleiben Sie bei ihnen, zumindest so lange, bis das Wahlergebnis für Voisey bekannt ist. Lange wird es nicht mehr dauern.« Er erteilte Tellman den Auftrag im vollen Bewusstsein dessen, was es diesen kosten konnte, wenn Wetron davon erfuhr.

»In Ordnung«, sagte Tellman. Er kam nicht einmal auf den Gedanken, die Notwendigkeit eines solchen Vorgehens in Zweifel zu ziehen. Er stieg mit Pitt zu Vespasia in die Kutsche, und ihr Kutscher brachte sie zum Bahnhof. Tellman verabschiedete sich rasch, eilte zum Schalter und nahm den nächsten Zug.

Die Fahrt kam ihm vor wie ein Alptraum, der nicht aufzuhören schien. Kilometer um Kilometer ratterte der Zug durch die Landschaft. Die Sonne sank allmählich, es dämmerte, und immer noch schien er seinem Bestimmungsort nicht näher gekommen zu sein.

Tellman stand auf und vertrat sich die Beine. Er konnte nichts tun, als aus dem Fenster sehen, beobachten, wie die Hügel näher kamen, Feldern Platz machten, erneut eine Ebene vorüberzog ... Nach einer Weile setzte er sich wieder und wartete.

Er hatte weder Wäsche zum Wechseln noch Socken oder Hemden mitgenommen, weder Rasierzeug noch Kamm oder Zahnbürste. All das war jetzt unwichtig. Nur fiel es ihm im Augenblick leichter, an die kleinen Dinge zu denken als an die großen. Wie sollte er die ihm Anvertrauten verteidigen, wenn Voisey jemanden ausschickte, um ihnen zu schaden? Und was, wenn sie bereits fort waren, wenn er ankam? Wie könnte er sie dann finden? So unerträglich diese Vorstellung war, er konnte sie nicht aus seinen Gedanken vertreiben.

Trübselig sah er aus dem Fenster. Sie fuhren doch sicher schon durch Devon? Immerhin war er seit sechs Stunden unterwegs! Ihm fiel auf, wie rot die Erde war, ganz anders, als er es aus der Umgebung Londons gewohnt war. Die Landschaft erstreckte sich unendlich, und vor ihm in der Ferne wirkte sie sogar jetzt im Hochsommer recht unwirtlich. Die Gleise zogen sich über die anmutig geschwungenen Bogen eines Viadukts dahin. Einen kurzen Augenblick lang beeindruckte ihn der Wagemut, den es bedeutete, einen solchen Bau in Angriff zu nehmen. Dann merkte er, dass der Zug langsamer wurde. Sie fuhren in einen Bahnhof ein.

Ivybridge! Endlich! Er riss die Tür auf und wäre in seiner Eile, auf den Bahnsteig zu gelangen, fast gestolpert. Die Abendsonne warf Schatten, die zwei- bis dreimal so lang waren wie die Gegenstände, von denen sie ausgingen. Der Horizont im Westen leuchtete in so kräftigen Farben, dass es seine Augen schmerzte. Als er sich abwandte, war er einen Augenblick lang geblendet.

»Kann ich Ihnen helfen, Sir?«

Er kniff die Augen zusammen und fuhr herum. Ihm gegenüber stand ein Mann in einer außergewöhnlich schmucken Uniform. Es war der Stationsvorsteher, der sein Amt offensichtlich sehr ernst nahm.

»Ja!«, sagte Tellman mit Nachdruck. »Ich muss so rasch wie

möglich nach Harford. Innerhalb der nächsten halben Stunde. Ich brauche ein Fahrzeug, das mir mindestens einen ganzen Tag zur Verfügung steht. Wo kann ich so etwas bekommen?«

»Tja.« Der Mann schob die Mütze in den Nacken und kratzte sich am Kopf. »Was für ein Fahrzeug brauchen Sie denn, Sir?«

Tellman konnte seine Ungeduld kaum zügeln. Es kostete ihn eine übermenschliche Anstrengung, den Bahnhofsvorsteher nicht anzubrüllen. »Völlig egal. Es ist dringend.«

Der Mann schien nach wie vor unbeeindruckt. »In dem Fall, Sir, sollten Sie es bei Mister Callard da hinten an der Straße versuchen.« Er wies in die Richtung. »Vielleicht hat er was. Sonst wäre da noch der alte Mister Drysdale, gut zwei Kilometer in der anderen Richtung. Er hat manchmal ein Fuhrwerk, das er eine Weile nicht braucht.«

»Ein schnelleres Fahrzeug wäre besser, und ich habe keine Zeit, es in beiden Richtungen zu versuchen«, sagte Tellman, bemüht, seine Stimme furchtlos und beherrscht klingen zu lassen.

»Dann gehen Sie am besten nach links rüber. Fragen Sie Mister Callard. Wenn er nichts hat, weiß er vielleicht, wer Ihnen weiterhelfen kann.«

Sofort machte sich Tellman auf den Weg und rief über die Schulter zurück »Danke!«.

Der Weg führte leicht bergab, und Tellman schritt so rasch aus, wie er konnte. Auf dem Hof des Fuhrunternehmers angekommen, dauerte es weitere fünf Minuten, bis er den Mann gefunden hatte, den seine Eile ebenso wenig zu beeindrucken schien wie den Bahnhofsvorsteher. Doch der Anblick von Vespasias Geld veranlasste ihn zu der Erklärung, er habe ein relativ leichtes Fahrzeug, das ein halbes Dutzend Menschen aufnehmen könne, und ein recht gutes Pferd. Er ließ sich eine unmäßig hohe Anzahlung geben, wogegen Tellman anfänglich aufbegehrte. Dann fiel ihm ein, dass er selbst nicht wusste, wie oder wann er das Gespann zurückgeben könnte und dass seine Fähigkeit, es zu lenken, äußerst unterentwickelt war. Unbeholfen stieg er auf den Kutschbock und hörte Callard unzufrieden vor sich hin brummeln, als er sich abwandte. Äußerst zögernd veranlasste Tellman das Pferd, sich in Gang zu setzen, und lenkte das Gespann auf die Straße, von der man ihm gesagt hatte, dass sie nach Harford führte.

Eine halbe Stunde später klopfte er an die Tür des Häuschens, das den Namen ›Appletree‹ trug. Es war dunkel, und er konnte durch einen Vorhangspalt am Fenster sehen, dass im Hause Licht brannte. Unterwegs war er lediglich einem Mann auf einem Fuhrwerk begegnet, den er nach dem Weg gefragt hatte. Mit einem Mal fiel ihm auf, wie tief die Finsternis um ihn herum war, und er nahm den scharfen Geruch wahr, den der Wind von der offenen Heide herübertrug. Er konnte sie nicht mehr sehen, wusste aber, dass sie im Norden lag, und sie schien ihm unter den hier und da aufblitzenden Sternen noch schwärzer zu sein als die Dunkelheit um ihn herum. Es war eine völlig andere Welt als in der großen Stadt, und er fühlte sich fremd darin, wusste weder, was er tun, noch wie er vorgehen sollte. Es gab niemanden, an den er sich wenden konnte. Pitt hatte ihm die Rettung der Frauen und Kinder anvertraut. Wie nur sollte er sich dieser Aufgabe gewachsen zeigen? Er hatte nicht die geringste Vorstellung, was er tun konnte.

»Wer ist da?«, fragte jemand hinter der Tür. Es war Gracies Stimme. Sein Herz tat einen Sprung.

»Ich!«, rief er und fügte dann verlegen hinzu: »Tellman.«

Er hörte, wie ein Riegel zurückgeschoben und die Tür geöffnet wurde. Im von Kerzenschein erhellten Inneren stand Gracie, Charlotte gleich hinter ihr, den Schürhaken in der Hand. Nichts hätte ihm deutlicher zeigen können, dass etwas ihnen weit mehr Angst eingejagt hatte als das bloße Klopfen eines Fremden an der Tür.

Er sah die Besorgnis und die Frage in Charlottes Gesicht.

»Mister Pitt geht es gut, Ma'am«, sagte er als Antwort darauf. »Die Sache ist nicht einfach, aber er schlägt sich wacker.«

Sollte er ihr von Wrays Tod und allem berichten, was dazu gehörte? Sie könnte es ohnehin nicht ändern, und es würde ihr nur Sorgen bereiten. Jetzt ging es darum, dass sie sich um sich selbst kümmerte und einen anderen Zufluchtsort aufsuchte. War es klug, ihnen zu sagen, wie dringend diese Notwendigkeit war? Gehörte es zu seinen Aufgaben, sie nicht nur vor der ihnen drohenden Gefahr zu bewahren, sondern auch vor der Furcht?

Würden sie andererseits den Aufbruch nicht zügig genug betreiben, wenn er die Wahrheit verschwieg? Er hatte schon im Zug darüber nachgedacht und geschwankt, wie er sich verhalten sollte, einen Entschluss gefasst und ihn sogleich wieder verworfen.

»Was wollen Sie dann hier?«, drang Gracies Stimme in seine Gedanken. »Wenn alles in Ordnung is, warum sind Sie dann nich in London und tun Ihre Arbeit? Haben Sie etwa schon raus, wer die Geisterfrau umgebracht hat?«

»Nein«, gab er zur Antwort und trat ins Haus, damit sie die Tür schließen konnte. Beim Anblick ihres bleichen, gefassten Gesichts und ihres starren Körpers in dem einfachen Kleid, das sie trug, musste er sich bemühen, seine Gefühle zu unterdrücken, verhindern, dass sie ihm die Sprache nahmen. »Mister Pitt kümmert sich darum. Es hat einen weiteren Todesfall gegeben, und er muss beweisen, dass es sich nicht um Selbstmord handelt.«

»Und warum tun Sie nix dazu?« Gracie war alles andere als zufrieden. »Sie seh'n ja aus, wie wenn Ihnen sonst was passiert wär. Was is denn bloß los?«

Er sah, dass sie auf keinen Fall bereit war, sich mit irgendwelchen Ausreden abspeisen zu lassen. Zwar ärgerte ihn das, doch war es andererseits so kennzeichnend für sie, dass ihm die Tränen in die Augen stiegen. Lachhaft! Er durfte auf keinen Fall zulassen, dass sie ihn so behandelte!

»Mister Pitt ist der Ansicht, dass Sie hier nicht in Sicherheit sind«, sagte er knapp. »Mister Voisey weiß, wo Sie sich aufhalten, und deshalb soll ich Sie sofort umquartieren. Wahrscheinlich besteht keine Gefahr, aber sicher ist sicher.« Er sah die Besorgnis in Charlottes Gesicht und begriff, dass beiden Frauen trotz Gracies gespielter Tapferkeit die Gefahr ebenso bewusst war wie Pitt. Er schluckte. »Es wäre am besten, Sie machen die Kinder reisefertig, damit wir gleich fahren können, solange es dunkel ist. Um diese Jahreszeit sind die Nächte nicht lang. Wir müssen diese Gegend in drei bis vier Stunden hinter uns haben, weil es dann schon hell ist.«

Charlotte regte sich nicht. »Sind Sie sicher, dass Thomas nichts fehlt?«, fragte sie mit großen Augen. In ihrer Stimme schwang Zweifel mit.

Falls er ihr sagte, wie die Dinge standen, würde er damit Pitt die Notwendigkeit ersparen, das zu tun, wenn sie schließlich nach London zurückkehrten. Außerdem wäre ihre Angst um ihn dann vielleicht nicht so groß. Jetzt würde ihm Voisey sicher nichts tun – er war ihm lebend wichtig, denn er wollte ihn leiden sehen.

»Samuel!«, Gracies Stimme klang scharf.

»Na ja, teils, teils«, gab er zur Antwort. »Voisey hat es geschafft, nach außen hin den Anschein zu erwecken, als hätte Mister Pitt die Schuld am Selbstmord dieses Mannes. Er war ein beliebter Theologe. Natürlich hat er nichts damit zu tun, und das werden wir auch beweisen ...« Ihm war klar, dass diese Behauptung äußerst optimistisch war. »Im Augenblick setzen ihn die Zeitungen mächtig unter Druck. Aber bitte machen Sie doch die Kinder fertig, und packen Sie Ihre Sachen. Wir haben keine Zeit, hier herumzustehen und uns zu unterhalten.«

Charlotte machte sich ans Werk.

»Ich sollte wohl besser das Küchenzeug zusammenpacken«, sagte Gracie und warf Tellman einen wilden Blick zu. »Steh'n Se nich so rum! Se seh'n ja ganz verhungert aus, wie 'ne streunende Katze! Ich geb Ihnen 'n Stück Marmeladebrot und pack dann unsere Sachen zusammen. Welchen Sinn soll es haben, die hierzulassen? Sie können das Zeug dann aufladen. Was für 'n Fuhrwerk ham Se da eigentlich?«

»Eins, das seinen Zweck erfüllt«, entgegnete er. »Machen Sie mir das Brot, ich esse es unterwegs.«

Ein Schauer überlief sie, und er sah, dass sie die Hände zu Fäusten geballt hatte, so dass die Knöchel weiß hervorstanden.

»Es tut mir Leid«, sagte er mit vor Empfindung belegter Stimme. »Sie brauchen keine Angst zu haben, Gracie. Ich passe auf Sie auf!«

Während er die Hand nach ihr ausstreckte, um seine Worte mit einer tröstenden Geste zu unterstreichen, kam ihm peinigend die Erinnerung an den Augenblick, da er sie geküsst hatte, damals, als sie bei der Whitechapel-Geschichte dem Journalisten Remus gefolgt waren. »Bestimmt!«

Sie sah beiseite, bemüht, ihre Tränen zu unterdrücken. »Das weiß ich doch, alter Tollpatsch«, sagte sie kess. »Uns alle. Sie sind 'ne richtige Ein-Mann-Armee. Jetzt machen Se sich aber erst mal nützlich. Se könn' das Zeug da einpacken und zu Ihr'm Fuhrwerk rausbringen. Augenblick noch! Machen Se das Licht aus, bevor Se die Haustür aufmachen.«

Er erstarrte. »Werden Sie beobachtet?«

»Weiß ich nich! Aber möglich is es doch, oder?« Sie räumte den Schrank aus und packte alles in einen großen Wäschekorb. Im düstern Licht der Kerze sah er zwei Brotlaibe, einen großen Topf mit Butter, einen Schinken, Kekse, einen halben Kuchen, zwei Gläser Marmelade sowie Dosen und Schachteln, deren Inhalt er nicht kannte.

Als der Korb voll war, schirmte er die Kerzenflamme mit der Hand ab, öffnete die Tür, blies das Licht aus und tastete sich mit dem Korb Schritt für Schritt zum Fuhrwerk vor, wobei er auf dem holprigen Weg mehrere Male fast gestolpert wäre.

Eine Viertelstunde später saßen sie alle zwischen Kisten und Körben eingekeilt auf dem Fahrzeug. Edward zitterte vor Kälte, Daniel dämmerte im Halbschlaf vor sich hin, und Jemima saß, die Arme um den schmalen Leib geschlungen, unbequem zwischen Gracie und Charlotte. Tellman hatte wieder auf dem Kutschbock Platz genommen. Jetzt fuhr sich das Fuhrwerk gänzlich anders als bei seiner Ankunft. Nicht nur war es schwer beladen, die Nacht war auch so finster, dass er nicht sicher war, ob das Pferd seinen Weg finden würde. Er selbst wusste nicht recht, wohin sie sich wenden sollten. Die nächstliegende Lösung wäre Paignton, aber dort würde jemand, der in Voiseys Diensten stand, als Erstes nach ihnen suchen. Vielleicht war die Gegenrichtung genauso nahe liegend? Wie wäre es mit einem etwas abgelegeneren Ort? Wo gab es weitere Bahnhöfe? Mit dem Zug konnten sie überall hin. Wie viel Geld blieb ihnen? Sie brauchten nicht nur Unterkunft und Lebensmittel, sondern auch Fahrkarten.

Pitt hatte gesagt, eine Stadt, in der viele Menschen lebten. Damit kamen nur Paignton oder Torquay in Frage. Doch am

Bahnhof von Ivybridge würde man sich erinnern, wie sie alle dicht gedrängt beieinander standen, um auf den ersten Zug zu warten. Der Bahnhofsvorsteher würde jedem, der sich erkundigte, genau sagen können, wohin sie gefahren waren.

Als könne sie seine Gedanken sogar in der Dunkelheit lesen, fragte Gracie: »Wohin fahr'n wir eigentlich?«

»Nach Exeter«, sagte er, ohne zu zögern.

»Warum?«

»Weil da niemand hinfährt, der Urlaub machen will«, gab er zur Antwort. Was hätte er auch sonst sagen sollen?

Schweigend fuhren sie etwa eine Viertelstunde. Wegen der Dunkelheit und des Gewichts des Wagens kamen sie nur langsam voran, doch konnte er das Tier keinesfalls zu einer schnelleren Gangart antreiben. Wenn es ausglitt oder anfing zu lahmen, waren sie verloren. Inzwischen lagen sicher an die zwei Kilometer zwischen ihnen und dem Häuschen in Harford. Die Straße war etwas besser als am Anfang, und das Pferd fand leichter seinen Weg. Tellman begann sich ein wenig zu entspannen. Keine der Schwierigkeiten, die er sich ausgemalt hatte, war eingetreten.

Das Fuhrwerk hielt so plötzlich an, dass Tellman fast vom Bock gefallen wäre. Im letzten Augenblick hielt er sich am eisernen Geländer des Sitzbretts fest.

Gracie stieß einen erstickten Schrei aus.

»Was gibt es?«, fragte Charlotte.

Jemand hatte ihnen den Weg vertreten. So sehr Tellman in die Finsternis spähte, er konnte lediglich einen dunklen Umriss ausmachen. Dann sagte eine Stimme, die kaum mehr als Armeslänge entfernt zu sein schien: »Wohin wollen Sie denn um diese nächtliche Stunde? Mistress Pitt, nicht wahr? Aus Harford? Um diese Zeit sollten Sie nicht unterwegs sein. Sie könnten einen Unfall haben oder sich verirren.« Es war eine tiefe Männerstimme, in der Spott mitschwang.

Tellman hörte, wie Gracie ängstlich keuchte. Offenbar kannte der Fremde Charlotte, sonst hätte er ihren Namen nicht nennen können. Bedeutete das Gefahr? War das der Mann, der sie in Voiseys Auftrag beobachtet hatte?

Das Pferd schüttelte den Kopf, als halte jemand es am Zaum.

Tellman konnte nach wie vor nichts sehen und hoffte, der Mann könne ihn wegen der Dunkelheit ebenfalls nicht sehen. Woher wusste er, wen er vor sich hatte? Er musste den Aufbruch beobachtet haben und vorausgeritten sein, weil ihm klar war, dass sie hier entlangkommen würden. Sofern er gesehen hatte, wie Tellman zu dem Haus ging und dann Kisten hinaustrug, bedeutete das, dass er die ganze Zeit dort gewesen war. Es musste sich um Voiseys Zuträger handeln, der ihnen an diese einsame Stelle auf dem Weg von Harford nach Ivybridge vorausgeeilt war, um sie dort abzufangen, wo es keine Zeugen und keine Hilfe gab. Und die Frauen hatten niemanden – außer Tellman. Die ganze Verantwortung lastete auf seinen Schultern.

Was konnte er nur als Waffe benutzen? Er erinnerte sich, dass er eine Steingutflasche mit Essig eingepackt hatte. Sie war zwar halb leer, aber immer noch schwer genug. Er wagte nicht, Gracie laut danach zu fragen. Der Mann würde ihn hören. Und er wusste nicht, wie sie den Korb gepackt hatte!

Er beugte sich zu ihr und flüsterte ihr ins Ohr: »Essig.«

»Wa ... ach so.« Sie verstand. Sie rutschte ein wenig nach hinten und tastete nach der Flasche. Um die Geräusche zu übertönen, kletterte Tellman vom Kutschbock herunter. Mit den Händen tastete er sich an der Wagenwand entlang um das Fuhrwerk herum nach hinten. Auf der gegenüberliegenden Seite erkannte er in der Finsternis die Gestalt eines Mannes vor sich. Dann spürte er etwas Glattes auf seinem Unterarm und Gracies Atem auf seiner Wange. Er nahm ihr die Essigflasche aus der Hand. Er konnte den dunklen Umriss Charlottes sehen, die ihre Arme um die Kinder gelegt hatte.

»Sie wieder!«, ertönte Gracies Stimme deutlich neben ihm. Damit wollte sie die Aufmerksamkeit des Mannes, der das Pferd hielt, auf sich lenken. »Was treiben Sie hier mitten in der Nacht? Wir haben einen Notfall in der Familie. Sie etwa auch?«

»Wie schrecklich«, gab der Mann zur Antwort. Seiner Stimme war nicht zu entnehmen, wie er das meinte. »Sie fahren also nach London zurück?«

»Wir haben nie gesagt, dass wir aus London sind!«, stieß Gracie hervor. Tellman hörte Angst in ihrer Stimme, die schriller als sonst war und ein wenig zitterte. Jetzt war er nur noch einen Schritt von dem Mann entfernt. Die Essigflasche wog schwer in seiner Hand. Er holte aus, und als hätte der Mann die Bewegung aus dem Augenwinkel gesehen, fuhr er herum und versetzte Tellman einen solchen Fausthieb, dass er rückwärts zu Boden taumelte. Die Steingutflasche entfiel seiner Hand und rollte ins Gras.

»O nein, mein Herr, so nicht!«, sagte der Mann, dessen Stimme mit einem Mal voll Wut und Gemeinheit war. Im nächsten Augenblick spürte Tellman ein erdrückendes Gewicht auf sich, so dass er keine Luft mehr bekam. Ihm war klar, dass er dem anderen an Körperkraft unterlegen war, doch er war auf den Straßen der Armenviertel aufgewachsen und hatte einen ausgeprägten Überlebensinstinkt. Noch stärker aber war sein unbedingter Wille, Gracie zu beschützen ... und natürlich Charlotte und die Kinder. Er stieß dem Mann das Knie zwischen die Beine und hörte ihn keuchen, dann fuhr er ihm mit gespreizten Fingern in die Augen. Der Kampf war kurz und heftig. Mit einem Mal ertastete seine Hand die Essigflasche, die nicht zerbrochen war. Er schlug sie seinem Gegner über den Schädel und setzte ihn damit endgültig außer Gefecht.

Er richtete sich mühevoll auf und schleppte sich dorthin, wo das Pferd des anderen stand, der seinen leichten Einsitzer quer über die Straße gestellt hatte. Er führte das Tier beiseite, kehrte zu seinem Fuhrwerk zurück, so rasch er in der Dunkelheit konnte, und führte sein Pferd am Zaum an dem Hindernis vorüber. Dann stieg er wieder auf den Kutschbock und trieb es so rasch an, wie es laufen konnte. Vor ihnen verfärbte sich der Himmel schon ein wenig. Bis zur Morgendämmerung würde es nicht mehr lange dauern.

»Danke«, sagte Charlotte leise und drückte die zitternde Jemima dicht an sich, während sie Daniel mit der Hand festhielt. Auch Edward drängte sich an sie. »Ich glaube, er hat uns von Anfang an beobachtet.« Charlotte sagte nichts weiter, erwähnte den Namen Voisey nicht, sprach nicht vom Inneren Kreis. Aber alle dachten dasselbe.

»Ja«, gab ihr Gracie Recht, und mit stillem Stolz in der Stimme fügte sie hinzu: »Danke, Samuel.«

Tellman war ziemlich übel mitgenommen, und das Blut jagte so heftig durch seine Adern, dass er fast benommen war. Was ihn aber vor allem erstaunte, war die Wildheit, mit der er gegen den Mann gekämpft hatte. Etwas Urzeitliches war in ihm durchgebrochen, und er fühlte sich davon zugleich hochgestimmt und bedrückt.

»Sie bleiben in Exeter, bis wir wissen, ob Voisey seinen Wahlkreis gewonnen hat oder nicht«, sagte er.

»Nein, ich denke, ich werde nach London zurückkehren«, widersprach Charlotte. »Wenn man Thomas die Schuld am Tod dieses Mannes gibt, ist es meine Pflicht, bei ihm zu sein.«

»Sie bleiben hier«, sagte Tellman tonlos. »Das ist ein Befehl. Ich werde Mister Pitt eine telegraphische Mitteilung schicken, damit er weiß, dass Sie alle wohlbehalten und in Sicherheit sind.«

»Inspektor Tellman, ich ...«, setzte sie an.

»Das ist ein Befehl«, wiederholte er. »Tut mir wirklich Leid, aber wir brauchen nicht weiter darüber zu reden.«

»Ja, Samuel«, sagte Gracie leise.

Schweigend drückte Charlotte Jemima noch enger an sich.

Kapitel 14

Isadora saß dem Bischof am Frühstückstisch gegenüber und sah, wie er mit seinem Essen spielte, Schinken, Eier, Wurst und Nierchen auf dem Teller hin und her schob. Er sah schlecht aus, aber er hatte sich schon so oft über kleinere Beschwerden beklagt. Aus Erfahrung wusste sie, dass er ihr alles haarklein auseinander setzen würde, wenn sie ihn fragte. Er würde sich dann nicht damit begnügen, dass sie geduldig zuhörte und ihr Mitgefühl äußerte, sondern würde erwarten, dass sie irgendetwas für ihn tat. Dazu aber hatte sie im Augenblick keine Lust, und so aß sie ihren mit Orangenmarmelade bestrichenen Toast und wich seinem Blick aus.

Als der Butler die Morgenzeitung hereinbrachte, bedeutete ihm der Bischof, er solle sie neben ihn auf den Tisch legen, wo er jederzeit danach greifen konnte.

»Nehmen Sie meinen Teller weg«, sagte er.

»Sehr wohl, Mylord. Hätten Sie gern etwas anderes?«, erkundigte sich der Butler fürsorglich, während er den vollen Teller abräumte. »Sicherlich kann die Köchin etwas machen.«

»Nein, danke«, erwiderte der Bischof. »Ich habe keinen Appetit. Gießen Sie einfach Tee nach.«

»Sehr wohl, Mylord.« Der Butler tat, wie ihm geheißen, dann zog er sich zurück.

»Fühlst du dich nicht wohl?«, fragte Isadora automatisch. Es war ihr so sehr zur Gewohnheit geworden, dass sie es nicht hatte unterdrücken können.

»Es ist deprimierend«, sagte er, ohne die Zeitung zur Hand

zu nehmen. »Die Liberalen werden gewinnen, Gladstone wird erneut die Regierung bilden, doch wird die nicht von langer Dauer sein. Andererseits: was ist schon von langer Dauer?«

Sie fühlte sich verpflichtet, freundlich zu ihm zu sein. Sie spürte seine Angst über den Tisch hinweg, als liege sie wie ein Geruch in der Luft. »Bei Regierungen ist das auch richtig so«, sagte sie sanft, »aber die guten Dinge sind durchaus von Dauer. Das hast du dein Leben lang gepredigt, und du weißt, dass es stimmt. Alles Rechtschaffene, was zerstört wird, kann Gott wieder richten. Geht es bei der Auferstehung nicht genau darum?«

»Ja, das Prinzip heißt Hoffnung«, gab er zur Antwort, aber seine Stimme klang ausdruckslos, und er sah sie nicht an.

»Und ist es etwa nicht an dem?« Sie nahm an, der Klang seiner eigenen Worte werde ihm Kraft geben, wenn sie ihn dazu brachte, auf das Gespräch einzugehen. Dann würde er merken, dass er daran glaubte.

»Nun … ich weiß es nicht«, sagte er stattdessen. »Es ist eine Denkgewohnheit. Das wiederhole ich jeden Sonntag, weil es meine Aufgabe ist und ich es mir nicht leisten kann, damit aufzuhören. Aber ich weiß nicht, ob ich es mehr glaube als meine Gemeindemitglieder, die in die Kirche kommen, damit man sieht, dass sie dort sind. Wer Sonntag für Sonntag in seiner Bank kniet, alle Gebete nachspricht, alle Lieder singt und sich den Anschein gibt, als höre er der Predigt zu, erweckt den Eindruck, ein guter Mensch zu sein. Mit den Gedanken indes kann man sonstwo sein … beim Weib des Nächsten, bei seinen Gütern, man kann sich seiner Sünden freuen – wer würde das schon erfahren?«

»Gott«, sagte sie, vom Ärger in seiner Stimme verblüfft. »Und ganz davon abgesehen, man selbst auch.«

»Es gibt Millionen von uns, Isadora! Glaubst du wirklich, Gott hat nichts Besseres zu tun, als sich unser dummes Gerede anzuhören? ›Ich will dies‹, ›Gib mir das‹, ›Segne so und so, dann brauche ich nichts für ihn zu tun‹ – das ist doch genau die Art von Anweisungen, die ich meinen Dienstboten gebe, und dafür haben wir sie auch, damit wir nicht alles selbst tun müssen.« Sein Gesicht verzog sich angewidert. »Das kann man aber nicht als Dienst an Gott bezeichnen; es ist ein Ritual, das wir um unser selbst willen vollführen, um uns gegenseitig zu beeindrucken. Welche Art von Gott wäre das, der so etwas braucht oder damit überhaupt etwas anfangen kann?« In seinen Augen lagen Verachtung und Zorn, als hätte ihn jemand enttäuscht und er begriffe erst jetzt, wie sehr.

»Wer hat denn eigentlich festgelegt, was Gott will?«, fragte sie.

Verblüfft gab er zur Antwort: »Die Kirche, seit nahezu zweitausend Jahren! Eigentlich schon immer!«

»Ich war bisher der Ansicht, dass sie nicht als Selbstzweck existiert, sondern damit wir eine Möglichkeit haben, uns zu vervollkommnen«, sagte sie.

Ärgerlich zog er die Brauen zusammen. »Manchmal redest du den blühendsten Unsinn, Isadora. Ich bin ein von Gott eingesetzter Bischof. Versuche nicht, mir klarzumachen, was der Sinn der Kirche ist. Du machst dich nur lächerlich.«

»Wenn du von Gott eingesetzt bist, solltest du nicht an ihm zweifeln«, gab sie ihm zu bedenken. »Wenn du aber von Menschen eingesetzt bist, solltest du besser festzustellen versuchen, was Gott von dir will. Möglicherweise ist es nicht dasselbe.«

Sein Gesicht erstarrte. Einen Augenblick lang saß er reglos da, dann beugte er sich vor, nahm die Zeitung vom Tisch und hielt sie so hoch, dass sie sein Gesicht verbarg.

»Francis Wray hat Selbstmord begangen«, sagte er nach wenigen Augenblicken. »Es sieht ganz so aus, als hätte ihm dieser verdammte Polizist Pitt wegen des Mordes an dem Medium zugesetzt, weil er glaubte, Wray wüsste etwas darüber. So ein hirnverbrannter Dummkopf!«

Sie war entsetzt. Sie konnte sich an Pitt erinnern. Er gehörte zu Cornwallis' Leuten und war einer der Männer, denen er besonders zugeneigt war. Ihr erster Gedanke war, wie sehr dieser Vorfall Cornwallis schmerzen musste – wegen der Ungerechtigkeit, falls der Bericht nicht stimmte, wegen der Enttäuschung, wenn er entsetzlicherweise doch zutraf.

»Welchen Grund könnte er gehabt haben, das anzunehmen?«, sagte sie.

»Das weiß der Himmel allein.« Es klang endgültig, als wäre die Angelegenheit damit erledigt.

»Was steht denn da?«, wollte sie wissen. »Du hast die Zeitung doch in der Hand.«

»Es stand schon gestern darin. Heute bringen sie nur sehr wenig darüber«, knurrte er.

»Und was haben sie gestern gesagt?«, ließ sie nicht locker. »Was wirft man ihm vor? Warum sollte er annehmen, dass ausgerechnet Francis Wray etwas über ein spiritistisches Medium wusste?«

»Das ist doch völlig unerheblich«, stieß er hervor, ohne die Zeitung sinken zu lassen. »Ohnehin hat sich dieser Pitt gründlich geirrt. Wray hatte mit der Sache nichts zu tun, das ist erwiesen.« Er war nicht bereit, sich weiter zu dem Thema zu äußern.

Sie goss sich eine zweite Tasse Tee ein und trank ihn schweigend.

Mit einem Mal hörte sie, wie er die Luft einsog und keuchte. Die Zeitung entglitt seinen Händen, fiel teils auf den Tisch und teils auf seinen Schoß. Sein Gesicht war aschfahl.

»Was ist mit dir?«, fragte sie, beunruhigt, dass er einen Anfall haben könnte. »Hast du Schmerzen? Reginald? Soll ich –« Sie hielt inne. Er versuchte mühevoll, auf die Beine zu kommen.

»Ich ... muss fort«, sagte er mit heiserer Stimme. Er fegte die Zeitung beiseite, so dass die Blätter raschelnd zu Boden fielen.

»Aber du erwartest doch in einer halben Stunde Reverend Williams!«, gab sie zu bedenken. »Er kommt eigens von Brighton.«

»Sag ihm, er soll warten.« Er machte eine abwehrende Handbewegung.

»Wohin willst du?« Auch sie war aufgesprungen. »Reginald! Wohin gehst du?«

»Nicht weit«, sagte er und war schon zur Tür hinaus. »Sag ihm, er soll warten.«

Es war sinnlos, weiter in ihn zu dringen. Er würde es ihr ohnehin nicht sagen. Irgendetwas in der Zeitung musste diese panische Reaktion ausgelöst haben. Sie bückte sich, hob sie auf und begann mit der Suche auf der zweiten Seite, die er vermutlich gerade gelesen hatte.

Sie sah es fast sofort: Nach den polizeilichen Ermittlungen im Fall Lamont hatten sich bei der letzten Séance des Mediums im Haus an der Southampton Row drei Klienten befunden. Die Namen zweier von ihnen, hieß es, habe sie in ihrem Tagebuch vermerkt, während sich statt des dritten Namens eine kleine Zeichnung darin befunden habe, eine Art Piktogramm oder Kartusche – etwa so wie ein umgedrehtes *f* unter einem Halbkreis. Isadora erkannte darin einen Bischofsstab unter der Andeutung eines Hügels – Underhill.

Der Polizei zufolge fand sich in Maude Lamonts Papieren ein Hinweis darauf, dass sie gewusst hatte, um wen es sich bei ihrem dritten Besucher handelte, und sie ihn ebenso erpresst hatte wie die beiden anderen. Sie erklärte, man stehe kurz vor einem Durchbruch und werde, wenn man die Tagebücher im Licht dieser neuen Erkenntnis noch einmal durchgehe, zweifellos feststellen, wer sich hinter der Kartusche verbarg. Damit wäre es dann möglich, den Mörder zu fassen.

Ihr Mann hatte sich also auf den Weg zur Southampton Row gemacht. Das war ihr so klar, als wäre sie ihm dorthin gefolgt. Offenbar hatte er an den Sitzungen jener Maude Lamont teilgenommen, wohl in der Hoffnung, dort irgendeinen Beweis für ein Leben nach dem Tode zu finden, dafür, dass seine Seele in einer für ihn nachvollziehbaren Weise fortleben würde. Er wollte sicher sein, dass ihn nicht das Ende erwartete, sondern lediglich eine Veränderung. Ein ganzes Leben christlicher Lehre hatte nicht vermocht, einen festen Glauben in ihm zu gründen. So hatte er sich in seiner Verzweiflung an eine Spiritistin gewandt, mit allem, was dazu gehört: Tischrücken, Levitation und Ektoplasma. Weit mehr noch und entsetzlicher aber als an Zweifel und Schwäche, die sie nur allzu gut verstehen konnte, hatte er offenbar unter Angst gelitten, unter seelentötender Einsamkeit, war in den tiefen Abgrund der Verzweiflung gestürzt. All das hatte er vor ihr verborgen gehalten und sich nicht einmal nach Maude Lamonts Ermordung dazu bekannt. Er hatte zugelassen, dass man Francis Wray verdächtigte, der geheimnisvolle Dritte zu sein, und dessen wie jetzt auch Pitts Ruf zugrunde richtete.

Der Zorn und die Verachtung, die sie ihm gegenüber empfand, verursachten ihr einen alles verzehrenden Schmerz, der in ihrer Seele und ihrem Körper brannte.

Sie setzte sich auf seinen Stuhl; die noch aufgeschlagene Zeitung fiel auf den Tisch. Jetzt war der Nachweis geführt, dass Francis Wray nicht der geheimnisvolle Dritte sein konnte, allerdings zu spät, um ihn vor Kummer zu bewahren oder vor der Einsicht, dass seinem Leben in den Augen aller, die ihn liebten und schätzten, der Sinn genommen war. Vor allem aber war es zu spät, um ihn vor der unwiderruflichen Handlung zu bewahren, mit der er sich das Leben genommen hatte.

Würde sie Reginald je verzeihen können, dass er so entsetzlich feige gewesen war und all das zugelassen hatte?

Was sollte sie jetzt tun? Reginald war auf dem Weg zur Southampton Row, zweifellos, weil er sehen wollte, ob er das Beweismaterial, das ihn mit der Sache verknüpfte, finden und vernichten konnte. Welches Maß an Loyalität schuldete sie ihm?

Er stand im Begriff, etwas zu tun, was sie für zutiefst falsch hielt. Es war heuchlerisch und widerwärtig, aber damit richtet er eher sich selbst zugrunde als andere. Weit schlimmer war, dass er nichts unternommen hatte, um den Verdacht von Wray zu nehmen, der diesen so lange bedrückt hatte, bis er sich selbst das Leben genommen hatte. Er hatte ihm zu all dem Kummer, den der Mann ohnehin zu tragen hatte, noch mehr aufgebürdet, bis er schließlich unter der Last zusammengebrochen war. Das hatte seinen Untergang bedeutet, und zwar möglicherweise nicht nur in diesem Leben, sondern auch im jenseitigen – obschon sie sich nicht vorstellen konnte, dass Gott einen Menschen auf alle Zeiten dafür verdammte, dass er in einem kurzen Augenblick der Schwäche unter etwas zusammengebrochen war, das sich als zu viel für seine Leidensfähigkeit erwiesen hatte.

Die Dinge ließen sich nicht ungeschehen machen. Wray lebte nicht mehr. Am Ausmaß der mit seinem Tod verbundenen Sünde konnte niemand etwas ändern. Sofern die Kirche alles vertuschte und ihm ein ordentliches Begräbnis ausrichtete, würde das zwar seine Ehre vor den Augen der Welt wieder herstellen, aber an der Wahrheit nichts ändern.

Wem war sie jetzt in erster Linie verpflichtet? Wie weit

musste sie ihren Mann auf dem Weg der Feigheit begleiten? Gewiss doch nicht bis zum Ende. Man war es keinem Menschen schuldig, mit ihm unterzugehen. Dennoch war sie sicher, dass er es als Verrat ansehen würde, wenn sie ihn verließe, wann auch immer.

Wusste er, wer Maude Lamont getötet hatte? War es denkbar, dass er selbst der Täter war? Sicherlich nicht! Nein! Er war oberflächlich, aufgeblasen, herablassend und so ausschließlich mit sich selbst beschäftigt, dass er weder von den Freuden noch dem Leid anderer Menschen etwas merkte. Außerdem war er feige. Nie hätte er offen gesündigt oder in einer Weise gegen die Gesetze verstoßen, die es ihm nicht ermöglichte, das auf immer verborgen zu halten. Nicht einmal er hätte den Mord an Maude Lamont rechtfertigen können, ganz gleich, womit sie ihn erpresst haben mochte.

Aber möglicherweise kannte er den Täter und den Grund für die Tat. Die Polizei musste die Wahrheit erfahren. Isadora musste mit jemandem sprechen, den sie kannte. Auch ohne einem Fremden die Dinge erklären zu müssen, wäre alles quälend genug. Am besten dürfte es sein, wenn sie Cornwallis aufsuchte. Er würde halbwegs Verständnis aufbringen.

Nachdem sie sich entschieden hatte, zögerte sie nicht länger. Was sie trug, spielte so gut wie keine Rolle. Wichtig war ihr nur, dass sie ihren Verstand zusammennahm, um die Dinge klar darzustellen, und lediglich die Fakten berichtete, soweit sie ihr bekannt waren. Die Folgerungen daraus mochte dann er ziehen. Sie durfte weder ihren Zorn noch ihre Verachtung zeigen und auch nicht die Bitterkeit, die in ihr aufstieg. Auf keinen Fall durfte sie sich von ihren Empfindungen beeinflussen lassen. Sie musste ihm von Angesicht zu Angesicht berichten, nichts weiter und ohne den kleinsten verräterischen Hinweis auf das, was sie oder er empfinden mochte.

Der stellvertretende Polizeipräsident befand sich zwar in seinem Büro, war aber nicht allein. Sie fragte, ob sie warten könne, und wurde knapp eine halbe Stunde später von einem Wachtmeister nach oben geführt. Als sie eintrat, stand Cornwallis in der Mitte seines Büros.

Der Polizeibeamte schloss die Tür hinter ihr, und sie blieb auf der Schwelle stehen.

Cornwallis öffnete den Mund, um etwas zu sagen, die übliche Begrüßungsformel, damit er Zeit hatte, sich auf ihre Anwesenheit einzustellen, doch bevor er auch nur ein Wort herausgebracht hatte, fiel ihm die Qual in ihren Augen auf.

Er tat einen halben Schritt auf sie zu. »Was führt Sie her?«

Sie blieb reglos stehen, wahrte den Abstand zwischen ihnen. Die Sache erforderte große Umsicht, und sie durfte keinen Augenblick lang die Beherrschung verlieren.

»Ein Vorfall von heute Morgen lässt mich vermuten, dass ich weiß, wer der dritte Besucher Maude Lamonts am Abend ihres Todes war«, begann sie. »Vermerkt hat sie ihn mit einer kleinen Zeichnung, die in etwa wie ein umgedrehtes f mit einem Halbkreis darüber aussieht.« Jetzt musste sie weitersprechen, sie hatte sich jede Möglichkeit zum Rückzug abgeschnitten. Was würde er von ihr denken? Dass sie sich ihrem Mann gegenüber illoyal verhielt? Vermutlich sah er das als äußerst verwerflich an. Man verrät Angehörige nicht, ganz gleich, unter welchen Umständen. Sie sah ihn aufmerksam an, konnte seinem Gesicht aber nichts anmerken.

Er sah zu einem Sessel hin, als wolle er sie auffordern, Platz zu nehmen, überlegte es sich aber wohl anders. »Was ist geschehen?«, fragte er.

»In einer Pressemitteilung der Polizei heißt es, Maude Lamont habe gewusst, wer dieser Mensch war, und ihn erpresst«, gab sie zur Antwort. »Weiter heißt es darin, in ihrem Haus in der Southampton Row gebe es Papiere, die zusammen mit den Angaben, die Mister Pitt von Reverend Francis Wray bekommen hat, auf die Identität dieses Mannes hinweisen.« Als sie Wrays Namen sagte, wurde ihre Stimme leiser, und trotz aller Entschlossenheit, keine Gefühle zu zeigen, brach ihre Empörung durch.

»Ja«, stimmte er zu und runzelte die Brauen. »Diese Mitteilung hat Oberinspektor Wetron an die Presse gegeben.«

Sie holte tief Luft. Könnte sie doch das flaue Gefühl in ihrem Magen und ihre Benommenheit beherrschen, die körperlichen Reaktionen, die im Begriff standen, ihre Schwäche offenbar werden zu lassen! »Als mein Mann das am Frühstückstisch las, wurde er weiß wie ein Laken«, fuhr sie fort. »Dann stand er auf, erklärte, er müsse seine Verabredungen für diesen Vormittag absagen, und verließ das Haus.« Wie sie das sagte, klang es absurd, als halte sie Reginald für den Täter. Dabei bewies sein Verhalten nicht das Geringste; was sie sagte, war lediglich ein Hinweis auf das, was in ihrem Kopf vorging. Keine Frau, die ihren Mann liebte, würde einen so voreiligen Schluss ziehen. Cornwallis würde sie dafür verachten. Ob er etwa annahm, sie suche einen Vorwand, Reginald zu verlassen?

Dieser Gedanke war fürchterlich. Sie musste ihm unbedingt klarmachen, dass ihr diese Zusammenhänge nur langsam und zögernd bewusst geworden waren. »Er ist krank!«, sagte sie stockend.

»Das tut mir Leid«, murmelte er. Er sah schrecklich verlegen drein und schien nicht zu wissen, ob er noch mehr Mitgefühl zeigen sollte.

»Er hat Angst, dass er sterben muss«, fuhr sie eilig fort. »Ich meine, wirklich große Angst. Vermutlich hätte ich es schon vor Jahren merken müssen.« Jetzt sprach sie zu rasch, die Worte überstürzten sich. »Alle Anzeichen waren da, ich hätte nur darauf achten müssen, aber der Gedanke ist mir nie gekommen. Er predigte so eindrücklich ... manchmal ... mit so großer Überzeugungskraft ...« Das stimmte, zumindest, soweit sie sich erinnern konnte. Ihre Stimme wurde leiser. »Aber er hat kein Vertrauen in Gott. Er ist nicht sicher, ob es etwas jenseits des Grabes gibt. Daher hat er eine Spiritistin aufgesucht; er wollte mit Verstorbenen in Verbindung treten, irgendwelchen, einfach um zu wissen, dass sie da waren.«

Er sah verblüfft drein. Sie erkannte das an seinem Gesicht, an seinen Augen, seinem Mund. Er hatte keine Ahnung, was er ihr sagen sollte. Schwieg er aus Mitleid oder vor Abscheu?

Beides empfand sie selbst und außerdem Scham, weil Reginald ihr Mann war. Wie weit auch immer sie sich voneinander entfernt hatten und wie wenig sich auch der eine aus dem anderen machen mochte, sie waren durch all die Jahre ihrer Ehe miteinander verbunden. Vielleicht hätte sie ihm helfen können, wenn ihre Liebe stark genug gewesen wäre? Vielleicht hatte die Liebe, nach der sie sich sehnte, aber auch nichts damit zu tun; allein schon Mitgefühl für den anderen hätte die Kluft überbrücken müssen, so dass sie ihm eine helfende Hand hätte bieten können. Jetzt war es zu spät.

»Natürlich hatte sie die Möglichkeit, ihn zu erpressen, sobald sie wusste, wer er war«, sagte sie mit kaum hörbarer Stimme, und sie spürte, wie ihr die Röte heiß in die Wangen stieg. »›Anglikanischer Bischof sucht Spiritistin auf, um Beweise für ein Leben nach dem Tode zu finden!‹ Er wäre dem öffentlichen Gespött preisgegeben gewesen, und das hätte ihn zugrunde gerichtet.« Während sie das sagte, begriff sie, wie sehr es der Wahrheit entsprach. Hätte er jemanden getötet, um das zu verhindern? Anfangs war sie völlig sicher gewesen, dass das unmöglich sei – aber war es das wirklich? Was blieb ihm, wenn sein Ruf ruiniert war? Wie sehr hatten seine Krankheit und seine Angst vor dem Tode sein seelisches Gleichgewicht erschüttert? Angst kann beinahe alles verzerren, und nur die Liebe ist stark genug, sie zu überwinden ... Doch wie war es um Reginalds Liebe bestellt?

»Es tut mir ausgesprochen Leid«, sagte Cornwallis mit stockender Stimme. »Ich ... ich ... wünschte ...« Er hielt inne, sah sie hilflos an und wusste nicht, wohin mit seinen Händen.

»Werden Sie ... nichts unternehmen?«, fragte sie. »Wenn er die Beweismittel findet, vernichtet er sie. Zu dem Zweck hat er sich auf den Weg gemacht.«

Er schüttelte den Kopf. »Es gibt keine«, sagte er ruhig. »Wir haben die Mitteilung lanciert, um zu erreichen, dass der Mann aus der Versenkung auftaucht, damit wir wissen, wer er ist.«

»Ach so ...« Sie war benommen. Reginald hatte sich völlig unnötig verraten. Man würde ihn fassen. Die Polizei würde schon auf ihn warten. Genau deshalb aber war sie überhaupt hergekommen, denn es musste sein. Nie hätte sie geglaubt, dass Cornwallis einfach zuhören und nicht handeln würde, doch jetzt, als sie sah, dass geschehen würde, was sie hatte herbeiführen wollen, ging ihr auf, wie ungeheuerlich das war. Es bedeutete das Ende der Laufbahn ihres Mannes, eine entsetzliche Schande. Er würde keine Gelegenheit haben, aus vorgeschobenen gesundheitlichen Gründen in den Ruhestand zu gehen, denn jetzt war die Polizei mit der Sache befasst. Es war ohne weiteres möglich, dass man ihn sogar wegen Behinderung der Ermittlungsarbeiten oder der Verschleierung von Beweismaterial unter Anklage stellte. An die Möglichkeit einer Anklage wegen Mordes zu denken war sie nach wie vor nicht bereit. Nicht einmal in der geheimsten Kammer ihres Unterbewusstseins ließ sie diese Vorstellung zu.

Mit einem Mal stand Cornwallis vor ihr. Seine Hände ergriffen ihre Arme und hielten sie, als habe sie geschwankt und werde im nächsten Augenblick in Ohnmacht fallen.

»Bitte ...«, sagte er eindringlich. »Bitte ... setzen Sie sich. Ich könnte Tee kommen lassen ... oder etwas anderes. Cognac?« Er legte den Arm um sie, führte sie zum Sessel und hielt sie, bis sie sich gesetzt hatte.

»Es handelte sich nicht um ein *f*«, sagte sie und schluckte ein wenig, »sondern um einen Bischofsstab unter einem Hügel. Es ist völlig klar, wenn man darüber nachdenkt. Cognac möchte ich bitte nicht, aber Tee wäre gerade richtig.«

Pitt wusste, dass es ihm weder möglich sein würde zu beweisen, um wen es sich bei ›Kartusche‹ handelte, noch dessen Beteiligung am Tod Maude Lamonts nachzuweisen, sofern er allein in die Southampton Row ging. Tellman befand sich in Devon, und aus der Bow Street traute er niemandem, immer vorausgesetzt, Wetron hätte ihm jemanden zur Verfügung gestellt, was unwahrscheinlich war, solange er ihm keine zufriedenstellende Erklärung liefern konnte. Natürlich aber hatte er dazu keine Möglichkeit, da er nicht wusste, ob und inwieweit Wetron in die Fälle verwickelt war, um die es ging.

Daher suchte er Narraway auf, und dieser begleitete Pitt im hellen Sonnenschein des frühen Julivormittags höchstpersönlich in die Southampton Row. Schweigend legten sie den Weg zurück, da beide mit ihren eigenen Gedanken beschäftigt waren.

Immer wieder musste Pitt an Francis Wray denken. Kaum wagte er zu hoffen, dass die Obduktion zumindest ihm Hinweise darauf liefern würde, dass er sich nicht das Leben genommen hatte. Ob sie dann imstande sein würden, das auch anderen zu beweisen, war eine gänzlich andere Frage.

Er wiederholte im Stillen alles, was er – soweit er sich erinnern konnte – die Leute im Dorf gefragt hatte. Hatte er wirklich so unverhüllte Fragen gestellt, hatte darin eine Beschuldigung gelegen, so dass jemand auf den Gedanken kommen konnte, Wray habe etwas mit dem Mord an Maude Lamont zu tun gehabt? Inwiefern konnte man Wray Heuchelei oder ein Fehlverhalten unterstellen, wenn er die Frau in der Absicht aufgesucht hatte, ihre Machenschaften als betrügerisch zu entlarven?

Unwillkürlich fiel Pitt die Geschichte Penelopes ein, die in Teddington gelebt hatte. Wray hatte sich sehr für die junge Frau eingesetzt, die ihr Kind verloren hatte, durch Séancen und Manifestationen getäuscht und in die Irre geführt worden war und sich schließlich das Leben genommen hatte, als sie sie durchschaut hatte. Pitt konnte sich ohne weiteres vorstellen, dass Wray in seiner Empörung über den Schaden, den Spiritistinnen anrichten konnten, mit aller Kraft versucht hätte, Maude Lamont bloßzustellen.

Pitt wusste, dass das Medium zumindest zeitweise mit mechanischen Kunstgriffen gearbeitet hatte – ein Beispiel dafür war der Tisch –, und er konnte sich des Verdachts nicht erwehren, dass auch die Glühlampen für irgendwelche Täuschungen herhalten sollten. Kein gewöhnlicher Haushalt brauchte eine so große Zahl davon.

War es andererseits denkbar, dass sie tatsächlich übernatürliche Kräfte besessen hatte, derer sie sich nur zum Teil bewusst gewesen war? Mehr als einer ihrer Klienten hatte gesagt, dass manche der Manifestationen sie zu verblüffen schienen, als hätte sie sie nicht selbst hervorgerufen. Und Helfer besaß sie nicht. Lena Forrest bestritt, irgendetwas von ihren Kunstgriffen oder deren Ausführung zu wissen.

Dann kam ihm ein neuer, gänzlich ungewöhnlicher Gedanke. Doch je länger er ihn erwog und darüber nachdachte, desto mehr schien er ihm trotz allem, was dagegen sprach, einen Sinn zu ergeben.

An ihrem Ziel angekommen, stiegen sie aus der Droschke.

Nachdem Narraway den Kutscher entlohnt hatte, warteten sie, bis er davongefahren war. Erst dann gingen sie in die kurze Gasse, die zum Cosmo Place führte.

Narraway sah auf die Tür, die in den Garten von Maude Lamonts Haus führte.

»Wahrscheinlich ist abgeschlossen«, sagte Pitt.

»Nehme ich auch an.« Narraway beugte sich vor. »Ich würde mich aber fürchterlich ärgern, wenn ich über die verdammte Mauer klettern würde, nur um hinterher zu merken, dass das nicht nötig war.« Der eiserne Ring ließ sich nur um neunzig Grad drehen. Narraway knurrte.

»Ich mache für Sie die Räuberleiter«, erbot sich Pitt.

Narraway warf ihm einen finsteren Blick zu, doch da er kleiner und weniger kräftig gebaut war als Pitt, wäre es widersinnig gewesen, wenn er versucht hätte, diesem nach oben zu helfen. Nach einem Blick auf seine Hose, an dem abzulesen war, was er davon hielt, damit über moosbedeckte feuchte Steine zu rutschen, wandte er sich ungeduldig Pitt zu. »Machen Sie schon. Ich möchte nicht unbedingt dabei erwischt werden und dem zuständigen Streifenpolizisten erklären müssen, was ich hier treibe.«

Diese Vorstellung entlockte Pitt ein kurzes Lächeln, das aber nicht wirklich lustig wirkte. Er bückte sich, verschränkte die Hände ineinander, und Narraway setzte vorsichtig einen Fuß darauf. Dann richtete Pitt sich auf, und im nächsten Augenblick war Narraway auf der Mauer und brachte sich ein wenig unsicher in Positur. Sobald er rittlings darauf saß, beugte er sich nach unten und hielt Pitt seine Hand hin. Trotzdem war es für Pitt nicht einfach, doch erreichte auch er mit einiger Anstrengung die Mauerkrone, schwang sich im nächsten Augenblick darüber und landete auf dem Boden, unmittelbar von Narraway gefolgt.

Er wischte so viel Moos und Staub wie möglich von sich ab und sah sich dann um. Es war das Gegenstück des Bildes, das sich ihm geboten hatte, als er hinter der Terrassentür des Salons gestanden hatte. »Halten Sie sich zurück.« Er winkte. »Noch ein paar Schritte, und man kann uns vom Haus aus sehen.«

»Wenn wir das nicht wollen, was zum Teufel suchen wir dann

hier?«, gab Narraway zurück. »Wir können weder die Haustür noch den Salon sehen – und jetzt nicht mal mehr die Straße!«

»Wir müssen uns dicht in der Nähe des Buschwerks halten, dann können wir an die Hinterseite des Hauses gelangen. Sobald wir wissen, wo sich Lena Forrest befindet, merken wir, falls sie an die Haustür geht, und können von hinten ins Haus«, sagte Pitt leise. Noch während er sprach, suchte er Deckung hinter einigen Büschen und bedeutete Narraway mit einer Handbewegung zu folgen. »Da ›Kartusche‹ immer durch den Seiteneingang gekommen ist, wird er das vermutlich auch diesmal tun, vorausgesetzt, er hat den Schlüssel noch.«

»Dann sollten wir aber lieber dafür sorgen, dass der Riegel offen ist«, sagte Narraway und sah dabei über seine Schulter zu der Gartentür. »Er ist zu!« Rasch ging er hinüber und schob ihn mit einer schnellen Bewegung zurück. Danach suchte er erneut neben Pitt den Schutz der Büsche auf.

Pitts Gedanken kreisten noch um dem Einfall, der ihm gekommen war. Er hob den Blick zu den Ästen der Weißbirken, die über den Lorbeerbüschen aufragten. Zwar dürfte es dort im Augenblick nichts zu sehen geben, trotzdem spähte er aufmerksam hinauf.

»Was haben Sie vor?«, fragte Narraway ärgerlich. »Er wird ja wohl kaum vom Himmel herunterkommen.«

»Können Sie da oben irgendwelche Einkerbungen sehen, Kratzspuren oder Stellen, an denen das Moos von der Rinde abgeschabt ist?«, fragte Pitt leise.

Mit angespannten Zügen fragte Narraway: »Zum Beispiel von einem Seil?« Dabei glomm Interesse in seinen Augen auf. »Warum?«

»Nur so ein Einfall. Möglicherweise ...«

»Natürlich ist es ein Einfall!«, knurrte Narraway. »Worum geht es?«

»Um den Abend von Maude Lamonts Ermordung, um Illusionen und Täuschungen, die mechanisch erzeugt wurden.«

»Darüber unterhalten wir uns, wenn wir das Hausmädchen entdeckt haben. Ganz gleich, wie brillant Ihre Theorie sein mag, sie wird uns nichts nutzen, wenn wir das Eintreffen von ›Kartusche‹ verpassen ... immer vorausgesetzt, er kommt.«

Pitt fügte sich, und sie schoben sich geduckt an der Mauer entlang, wobei sie möglichst Deckung hinter Büschen suchten, bis sie etwa fünfzehn Schritt von der Tür in der Gartenmauer entfernt waren. Von dort waren es nur noch rund vier Meter bis zur Hintertür des Hauses und zum Fenster der Spülküche. Durch das Küchenfenster konnten sie schemenhaft den Umriss von Lena Forrest sehen. Vermutlich machte sie sich Frühstück, um sich für die bevorstehenden Arbeiten im Hause zu stärken. Jetzt, da sie sich um niemanden mehr zu kümmern brauchte, mussten die Tage für sie langweilig und öde sein. Niemand durfte erwarten, dass sie noch lange in diesem Hause blieb.

»Warum haben Sie nach Seilspuren gesucht?«, fragte Narraway.

»Haben Sie welche gesehen?«, gab Pitt zurück.

»Ja, aber kaum wahrnehmbar, eher von einer dünnen Schnur als von einem kräftigen Seil. Was soll daran gehangen haben? Hat es etwas mit ›Kartusche‹ zu tun?«

»Nein.«

Beide hörten das metallische Geräusch im selben Augenblick. Ein Schlüssel wurde im Schloss der Gartentür gedreht. Sofort glitten sie hinter das dichte Laub, und Pitt merkte, dass er den Atem anhielt.

Eine Weile hörte man nichts, dann drehte sich der Schlüssel erneut, und mit leisem Klicken wurde der Riegel vorgeschoben. Die erwarteten Schritte auf dem Gras blieben aus.

Sie warteten. Die Sekunden verstrichen. Wartete der Besucher etwa auch, oder war er geräuschlos vorübergeglitten und befand sich bereits im Hause?

Narraway schob sich mit äußerster Vorsicht vor, bis er die Längsseite des Hauses erkennen konnte. »Er ist durch die Terrassentür hineingegangen«, sagte er leise. »Ich kann ihn im Salon sehen.« Er richtete sich auf. »Hier draußen haben wir keine Deckung, deshalb ist es besser, hinten herum zu gehen. Falls wir dabei Lena Forrest begegnen, müssen wir ihr die Situation erklären.« Ohne auf eine Antwort zu warten, rannte Narraway über die freie Fläche zur Tür der Spülküche und blieb unmittelbar davor stehen.

Einen Augenblick lang überlegte Pitt, ob es nicht besser gewesen wäre, für den Fall, dass der Mann durch die Haustür zu entkommen versuchte, einen Polizeibeamten davor zu postieren. Andererseits stand zu befürchten, dass er nicht gekommen wäre, wenn er jemanden auf der Straße gesehen hätte, und der ganze Aufwand wäre vergeblich gewesen.

Eine andere Möglichkeit bestand darin, dass einer von ihnen im Garten blieb, doch gäbe es in dem Fall keinen Zeugen, sofern der Mann etwas sagte oder das Hausmädchen etwas tat. Er eilte über die offene Rasenfläche zu Narraway.

Dieser spähte vorsichtig durch das Fenster in die Spülküche. »Hier ist niemand drin«, sagte er und drückte die Tür auf. Der kleine Raum enthielt Vorratsregale, Abfalleimer, einen Sack Kartoffeln, Küchengeschirr sowie einen Waschzuber und ein Spülbecken.

Sie gingen die Stufen zur Küche empor. Nach wie vor war niemand zu sehen. Vermutlich hatte Lena den Eindringling gehört und war in den Salon gegangen. Auf Zehenspitzen schlichen sich Pitt und Narraway durch den Flur und blieben unmittelbar vor der Tür stehen, die nur angelehnt war. So konnten sie deutlich hören, was im Inneren gesagt wurde. Ein Mann erklärte mit volltönender Stimme, in der allerdings ein Anflug von Erregung mitschwang: »Mir ist bekannt, dass es noch weitere Papiere gibt, Miss Forrest. Versuchen Sie nicht, mich hinters Licht zu führen.«

Darauf hörte man Lenas Stimme. Sie klang überrascht und ein wenig ärgerlich. »Die Polizei hat alles mitgenommen, was mit Miss Lamonts Klienten zu tun hat. Hier sind nur noch Lieferantenrechnungen, und auch nur die aus der letzten Woche. Alle früheren sind bei den Anwälten, denn sie gehören zur Erbmasse.«

Der Mann, dessen Sprechweise unüberhörbar gebildet war, sagte jetzt: »Sofern Sie annehmen, mich ebenfalls erpressen zu können, Miss Forrest, sind Sie sehr im Irrtum. Ich werde das nicht zulassen. Ich denke nicht daran, noch einmal unter Zwang zu handeln, haben Sie mich verstanden? Kein Wort, weder schriftlich noch mündlich.« In seiner Stimme mischten sich Wut und Angst.

Narraway spähte durch den Spalt zwischen Tür und Rahmen, und da er vor Pitt stand, konnte dieser nichts sehen. Nach kurzem Schweigen sagte Lena verachtungsvoll: »So, sie hat Sie also erpresst. Haben Sie solche Angst vor dem, was sie über Sie wusste, dass Sie die Papiere beiseite schaffen wollen, damit niemand etwas über Sie erfährt?«

»Mir ist jetzt alles gleichgültig, Miss Forrest!« Es klang wild und unbeherrscht.

Pitt erstarrte. War die Frau womöglich in Gefahr? Hatte dieser Mann Maude Lamont getötet, weil sie ihn erpresst hatte? War er entschlossen, falls ihn Lena zu sehr in die Enge trieb, wieder zu töten, sobald er wusste, wo sich die Papiere befanden? Natürlich konnte sie ihm das nicht sagen, weil sie nicht existierten.

»Was wollen Sie hier?«, fragte sie. »Sie sind doch wegen irgendwas gekommen.«

»Nur Miss Lamonts Notizen, aus denen hervorgeht, wer ich bin«, gab er zur Antwort. »Sie ist tot. Sie kann nichts mehr sagen, und meine Aussage steht gegen Ihre.« Er schien wieder zuversichtlicher zu werden. »Es kann keinen Zweifel geben, wem von uns beiden man Glauben schenken würde, seien Sie also nicht so töricht anzunehmen, Sie könnten mich ebenfalls erpressen. Geben Sie mir einfach die Papiere, und ich belästige Sie nicht mehr.«

»Sie belästigen mich nicht«, entgegnete sie ihm. »Und ich habe noch nie im Leben einen Menschen erpresst.«

»Sparen Sie sich die Spitzfindigkeiten«, schnaubte er. »Sie waren ihre Handlangerin. Ob es da einen juristischen Unterschied gibt, weiß ich nicht, einen moralischen gibt es jedenfalls nicht.«

»Ich habe ihr geglaubt! Fünf Jahre habe ich in diesem Haus gearbeitet, bis ich dahintergekommen bin, dass sie eine Betrügerin war! Ich hatte sie immer für einen ehrlichen Menschen gehalten.« Ihre Stimme bebte vor Wut und Enttäuschung. Sie bemühte sich, nicht laut zu schluchzen. Dann sagte sie so leise, dass sich Pitt vorbeugen musste, um etwas zu hören: »Erst nachdem jemand sie dazu gebracht hat, dass sie bestimmte Menschen erpresste, bin ich ihr schließlich auf die Schliche gekommen ... das Magnesiumpulver auf den Drähten zu den Glühbirnen ... und der Tisch. Soweit ich weiß ... hat sie so etwas früher nie getan.«

Es herrschte eine Weile Stille, ehe er eindringlich fragte: »Es waren also nicht nur ... Tricks?« Diese verzweifelt hervorgestoßene Frage kam erkennbar aus tiefstem Herzen.

Sie musste das gemerkt haben. Sie zögerte.

Pitt hörte Narraway atmen und spürte seine Anspannung, während sie so dicht neben einander standen, dass sie einander beinahe berührten.

»Es gibt übernatürliche Kräfte«, sagte Lena sehr leise. »Das habe ich selbst entdeckt.«

Wieder herrschte Stille, als brächte er es nicht über sich, diese Äußerung auf ihren Wahrheitsgehalt zu prüfen.

»Wie?«, fragte er schließlich. »Woher wollen Sie das wissen? Sie haben gesagt, dass sie mit Tricks gearbeitet hat. Sie sind ihr auf die Schliche gekommen. Belügen Sie mich nicht! Ich habe es Ihrem Gesicht angesehen. Es hat Sie erschüttert!« Es war fast ein Vorwurf, als wäre das ihre Schuld. »Warum kümmern Sie sich um solche Dinge?«

Mit einer Stimme, die wie die eines anderen Menschen klang, sagte sie: »Weil meine Schwester ein Kind hatte, das man nicht taufen wollte, denn es war unehelich geboren. Der Kleine starb...« Sie rang nach Luft, als müsse sie an ihrer Qual ersticken. »Man hat sich geweigert, ihn in geweihter Erde zu begraben, weil er nicht getauft war. Sie ist zu einer Spiritistin gegangen ... um zu erfahren, was mit ihm geschehen würde... nach dem Tode. Auch diese Frau war eine Betrügerin. Es war mehr, als meine Schwester ertragen konnte, und sie hat sich das Leben genommen.«

»Das tut mir Leid«, sagte er leise. »Das Kind war schließlich unschuldig ...« Er verstummte, wohl weil ihm aufging, dass es zu spät war und er ohnehin die Unwahrheit sagte. Es stand nicht in seiner Macht, die Vorschriften der Kirche in Bezug auf uneheliche Geburt und Selbstmord zu ändern. Dennoch lagen in seiner Stimme Mitleid und Verachtung für jene, die Vorschriften erließen, bei denen das Menschliche zu kurz kam. Offenbar sah er darin kein göttliches Wirken.

Narraway wandte sich um und sah Pitt fragend an.
Pitt nickte.
Man hörte ein Rascheln im Salon, und Narraway setzte seine Beobachtung fort.
»Sie waren am Abend, an dem der Mord geschah, nicht hier«, sagte der Mann. »Ich habe selbst gesehen, wie Sie gegangen sind.«
Sie schnaubte. »Sie haben die Laterne und den Mantel gesehen!«, gab sie zurück. »Glauben Sie, ich hätte nichts in der Zeit gelernt, in der ich hier gearbeitet habe, nachdem ich gemerkt hatte, dass sie eine Betrügerin war? Ich habe aufgepasst und zugehört. Man braucht nur ein paar Seile.«
»Ich habe aber doch gehört, wie Sie die Laterne direkt vor die Haustür gestellt haben, sobald Sie draußen auf der Straße waren.« Es klang wie eine Anschuldigung.
»Ich habe nur ein paar Steine auf den Boden geworfen«, sagte sie verächtlich, »und eine zweite Laterne an einer Schnur herabgelassen. Erst viel später habe ich das Haus verlassen ... um eine Freundin zu besuchen, die keine Uhr hat. Die Polizei hat das nachgeprüft. Mir war klar, dass sie das tun würde.«
»Sie haben sie umgebracht ... nachdem wir fort waren? Und uns hat man verdächtigt!« Jetzt war er wieder wütend und zugleich verängstigt.
Sie merkte das. »Noch hat Ihnen niemand die Tat unterstellt.«
»Das wird man aber tun, wenn man die Papiere findet!« Es klang schrill. Das Mitgefühl in seiner Stimme war verschwunden.
»Ich weiß nicht, wo die sind«, gab sie zurück. »Warum ... warum fragen wir nicht Miss Lamont?«
»Was?«
»Fragen Sie sie! Sie wollen doch wissen, ob es ein Leben nach dem Tod gibt oder ob es das Ende ist. Sind Sie nicht deswegen hergekommen? Wenn jemand imstande sein müsste, zurückzukehren und uns das zu sagen, dann doch sie!«
»Ach ja?«, fragte er mit vor Sarkasmus triefender Stimme, in der zugleich eine winzige Spur von Hoffnung lag. »Und wie wollen wir das anstellen?«

»Ich habe Ihnen doch gesagt, dass ich über bestimmte Kräfte verfüge.« Jetzt klang auch ihre Stimme scharf.
»Sie meinen, Sie haben einige ihrer Tricks gelernt?«, sagte er verachtungsvoll.
»Natürlich!«, gab sie schneidend zurück. »Das habe ich Ihnen bereits gesagt. Aber ich habe mich schon seit Nells Tod damit beschäftigt. Mich führt man nicht so leicht hinters Licht. Es gab manches, was stimmte, bevor das mit der Erpressung anfing. Man kann unter bestimmten Bedingungen Geister herbeibeschwören. Ziehen Sie die Vorhänge vor. Ich zeige es Ihnen.«
Schweigen trat ein.
Erneut sah sich Narraway mit fragendem Blick zu Pitt um.
Pitt wusste weder, was Lena beabsichtigte, noch, ob sie eingreifen sollten oder nicht.
Narraway schürzte die Lippen.
Sie hörten das leise Rascheln von Stoff auf Stoff, dann Schritte. Pitt packte Narraway an den Schultern und zog ihn rückwärts in das dem Salon gegenüberliegende Empfangszimmer. Es war höchste Zeit, denn im nächsten Augenblick trat Lena aus dem Salon und ging in Richtung Küche.
Aus dem Salon hörte man kein Geräusch.
Nach einigen Minuten kehrte Lena zurück und ging erneut in den Salon. Diesmal schloss sie die Tür.
Pitt und Narraway nahmen ihren Lauschposten wieder ein, konnten aber nur einzelne Wörter hören.
»Maude!« Das war Lenas Stimme.
Nichts.
»Miss Lamont!« Das war unverkennbar der Mann. Es klang eindringlich und fast schrill.
Mit weit aufgerissenen Augen sah Narraway Pitt an.
»Miss Lamont!«, rief der Mann wieder, erregt und nahezu mit Ehrfurcht. »Sie kennen mich. Sie haben meinen Namen aufgeschrieben. Wo sind die Papiere?«
Ein langgezogenes Stöhnen ertönte. Unmöglich hätte man sagen können, ob es aus der Kehle eines Mannes oder einer Frau kam – der sonderbare Laut hätte ebensogut von einem Tier stammen können.

»Wo sind Sie? Wo sind Sie?«, flehte er. »Wie ist es dort? Können Sie sehen? Können Sie hören? Sagen Sie es mir.«

Man hörte einen lauten Knall, einen Schrei und dann ein noch lauteres Klirren, als wäre Glas zerbrochen. Gerade als Narraway die Tür öffnen wollte, erschütterte eine Detonation das ganze Haus. Dann hörte man ein lautes Knistern wie von Flammen und nahm einen scharfen Brandgeruch wahr.

Pitt zerrte Narraway, der sich heftig wehrte, von der Tür fort.

»Die sind da drinnen!«, rief er laut aus. »Das törichte Geschöpf hat irgendetwas angesteckt. Sie werden ersticken! Lassen Sie mich doch los, Pitt! Verdammt noch mal! Wollen Sie, dass die verbrennen?«

»Gas!«, schrie ihm Pitt zu. Im nächsten Augenblick gab es eine erneute Detonation, die sie von den Füßen riss und fast bis zur Haustür schleuderte. Mühsam kam Pitt wieder auf die Beine.

Die Haustür hing schräg in ihren Angeln, die Tür zum Salon war vollständig verschwunden. Der Raum war von Feuer und Rauch erfüllt. Als ein Windstoß durch die offene Haustür und die Diele hereinfuhr, sah man Bischof Underhill, der mit verblüfftem Gesichtsausdruck auf dem Rücken lag. Lena Forrest saß vornüber gesackt auf dem Stuhl am Ende des Tisches. Kopf und Schultern waren mit Blut bedeckt.

Dann vereinigten sich die Flammen wieder zu einer breiten Front, die Holzvertäfelung und Vorhänge des Salons verzehrte.

Auch Narraway stand wieder auf den Beinen. Hinter Staub und Ruß sah man, dass sein Gesicht aschfahl war.

»Wir können nichts für die beiden tun«, sagte Pitt mit zittriger Stimme.

»Das Haus kann jeden Augenblick in die Luft gehen.« Narraway hustete und würgte. »Kommen Sie, Pitt, raus hier!« Er riss ihn am Arm mit sich, während er dem Ausgang entgegenrannte. Kaum hatten sie den Gehweg erreicht, als die dritte Detonation die Luft zerriss und eine von Glassplittern begleitete Stichflamme aus den Fenstern schoss.

»Wussten Sie das?«, fragte Narraway auf Händen und Knien. »Wussten Sie, dass Lena Maude Lamont umgebracht hat?«

»Es ist mir heute Morgen klar geworden«, sagte Pitt, während er sich zur Seite rollte und hinsetzte. Seine Knie waren verschrammt, die Hände aufgerissen, die Kleidung versengt und schmutzig. »Als ich begriff, dass die Frau aus Teddington ihre Schwester war. Nell ist eine Koseform für Penelope.« Er entblößte die Zähne zu einer wilden Grimasse. »Das ist Voisey entgangen!«

Inzwischen kamen laut rufend Menschen herbeigeeilt. Es würde nicht lange dauern, bis die Feuerwehr kam.

»Ja«, stimmte ihm Narraway zu. Auf sein mit Ruß verschmiertes Gesicht trat ein breites Grinsen. »Das kann man wohl sagen.«

Kapitel 15

Aus den Ruinen des Hauses an der Southampton Row ließ sich kaum etwas bergen, doch gelang der Feuerwehr, wenigstens zu verhindern, dass die Flammen auf das Nachbarhaus übergriffen oder sich sogar über den Cosmo Place ausbreiteten.

Die erste Detonation, darin waren sich alle einig, ging darauf zurück, dass die Vorhänge Feuer gefangen und die Flammen die Gaslampen erfasst hatten. Dabei musste eine Gasleitung im Nordteil des Hauses geborsten sein. Sobald die offenen Flammen das austretende Gas erreicht hatten, waren der Salon und seine unmittelbare Umgebung wie eine Bombe in die Luft gegangen.

Pitt und Narraway konnten von Glück sagen, dass sie mit einigen Kratzern und Abschürfungen, wenngleich recht abgerissener Kleidung, davongekommen waren. Erst am späten Abend, wenn nicht gar am folgenden Morgen, würde man in den Ruinen nachsehen können, was von Lena Forrest und Bischof Underhill geblieben war.

Da man mit Hilfe der Papiere, die sie bereits besaßen, keine Verbindung zwischen Maude Lamont und Voisey beweisen konnte, würde es jetzt keine Möglichkeit mehr geben, diesen Nachweis zu führen. In der Southampton Row war mit Sicherheit nichts mehr zu finden, und Lena Forrest konnte nichts mehr aussagen.

»Damit wäre der Fall sozusagen gelöst«, sagte Narraway, als sie die Fragen der Feuerwehrleute beantwortet hatten.

Pitt wusste genau, was er meinte. Es war höchstens insofern eine zufriedenstellende Lösung, als jetzt feststand, dass Rose Serracold in keiner Weise schuldig war. Doch die erhoffte Verbindung zu Voisey ließ sich nicht nachweisen. Das war doppelt schmerzlich, weil sie genau wussten, dass sie bestand. Voisey konnte ihnen frech ins Gesicht blicken im Bewusstsein, dass ihnen sehr wohl bekannt war, was er getan hatte und warum, dass er aber dennoch straflos bleiben würde.

»Ich fahre noch einmal nach Teddington«, sagte Pitt nach einer Weile, während sie über den Gehweg schritten. Immer wieder kamen mit Pferden bespannte Feuerspritzen vorüber. »Auch, wenn ich nichts beweisen kann, möchte ich mir doch Gewissheit verschaffen, dass sich Francis Wray nicht das Leben genommen hat.«

»Ich komme mit«, sagte Narraway mit einem angedeuteten Lächeln. »Nicht etwa Ihretwegen! Ich bin so sehr darauf aus, Voisey zu fassen, dass ich jeder Spur nachgehe, und wenn sie noch so aussichtslos erscheint. Aber vorher müsste einer von uns in der Bow Street melden, was hier vorgefallen ist. Wir haben den Fall für sie gelöst!« Er sagte das mit beträchtlicher Befriedigung in der Stimme. Dann zog er mit einem Mal die Brauen zusammen. »Warum zum Teufel ist Tellman nicht hier?«

Pitt war zu müde, um eine Ausrede zu erfinden. »Ich habe ihn nach Devon geschickt, um meine Angehörigen umzuquartieren.« Er sah, dass Narraway auffahren wollte. »Voisey wusste, wo sie waren, er hat es mir selbst gesagt.«

»Und ist er dort angekommen?«

»Ja«, sagte Pitt mit unendlicher Befriedigung. »Das ist er.«

Narraway knurrte. Es war nicht der Mühe wert, weitere Worte zu verlieren. Die Finsternis schien Pitt von allen Seiten zu bedrängen, und oberflächliche Bemerkungen wären nicht nur sinnlos, sondern sogar schädlich gewesen. »Ich setze Wetron von dem Ausgang des Falls in Kenntnis«, sagte Narraway stattdessen. »Sie könnten Cornwallis Bescheid geben. Er verdient, es zu wissen.«

»Das übernehme ich. Außerdem muss jemand die Gattin des Bischofs informieren. Es wird eine Weile dauern, bis die Feuerwehrleute wissen, wen sie da vor sich haben.«

»Cornwallis wird jemanden hinschicken«, sagte Narraway rasch. »Sie haben keine Zeit, und so, wie Sie jetzt aussehen, können Sie sich da ohnehin nicht zeigen.«

An der Ecke von High Holborn hielt Narraway die erste freie Droschke an, die vorüberkam.

Nachdem sie Cornwallis das Vorhaben des Bischofs mitgeteilt hatte, ging Isadora nach Hause. Sie fühlte sich elend und schämte sich entsetzlich, weil der Schritt, den sie getan hatte, unwiderruflich war. Sie hatte das Geheimnis ihres Mannes preisgegeben. Als Polizeibeamter konnte Cornwallis einen solchen Fall nicht vertraulich behandeln.

Möglicherweise hatte der Bischof die unglückselige Spiritistin ja tatsächlich getötet, doch je länger Isadora darüber nachdachte, desto weniger glaubte sie daran. So oder so – sie hatte auf keinen Fall das Recht, aufgrund persönlicher Überzeugungen Informationen zurückzuhalten. Jemand hatte Maude Lamont getötet, und die anderen, die an jenem Abend in deren Haus gewesen waren, kamen ihrer Ansicht nach ebensowenig als Täter in Frage wie Reginald.

Sie hatte ihn zu kennen geglaubt, dabei aber nichts von seiner Glaubenskrise und der entsetzlichen Angst gewusst, die ihn verzehrte. Dazu konnte es aber nicht von einem Tag auf den anderen gekommen sein, selbst wenn ihm das so vorgekommen sein mochte. Die Schwäche, die dem Ganzen zugrunde lag, musste schon seit Jahren bestanden haben – vielleicht schon immer?

Wie viel wissen wir über andere Menschen, vor allem dann, wenn sie uns nicht wirklich etwas bedeuten, wir sie nicht voll Mitgefühl beobachten, auf jedes Wort hören, das sie sagen, auf sie eingehen, statt uns selbst in den Mittelpunkt zu rücken? Es konnte für sie keine Entschuldigung sein, dass er nicht genau wusste, wer sie war, und es wohl auch nicht unbedingt wissen wollte.

Reglos saß sie in ihrem Sessel, während ihr all das durch den Kopf ging. Ihr fiel nichts ein, was sie getröstet hätte, und auch nichts Sinnvolles, was sie hätte tun können, bis er zurückkehrte, ob mit dem Beweis, den er suchte, oder ohne.

Was würde sie ihm dann sagen? War sie verpflichtet, ihm zu gestehen, dass sie bei Cornwallis war? Wahrscheinlich. Sie wäre nicht imstande, ihn zu belügen, im selben Haus mit ihm zu leben, mit ihm an einem Tisch zu sitzen, sinnlose Gespräche über nichts zu führen und ständig dies bedrückende Geheimnis mit sich herumzutragen.

Noch immer war sie tief in Gedanken, als das Mädchen hereinkam, um zu melden, Kapitän Cornwallis sei im Empfangszimmer und bitte, vorgelassen zu werden.

Ihr Herz sank. Einen Augenblick lang fühlte sie sich so benommen, dass sie nicht aufstehen konnte. Reginald war also doch der Mörder! Man hatte ihn festgenommen. Sie sagte dem Mädchen, sie werde kommen. Erst als sie sah, dass das Mädchen nach wie vor dastand und sie wartend ansah, begriff sie, dass sie es nicht gesagt, sondern lediglich gedacht hatte.

»Danke«, sagte sie. »Ich werde hingehen.« Sehr langsam erhob sie sich. »Bitte stören Sie uns nicht, bis ich nach Ihnen läute. Ich ... ich befürchte, dass es sich um schlechte Nachrichten handelt.« An dem Mädchen vorüber ging sie durch das Vestibül ins Empfangszimmer, dessen Tür sie schloss, bevor sie Cornwallis ansah.

Er war sehr bleich und wirkte, als hätte ihn etwas so tief entsetzt, dass es ihm schwerfiel, darauf zu reagieren. Er tat einen Schritt auf sie zu und verharrte dann mitten in der Bewegung.

»Ich ... ich weiß nicht ... wie ich es Ihnen schonend beibringen kann ...«, begann er.

Der Raum drehte sich um sie. Es stimmte! Sie hatte nicht wirklich geglaubt, dass es sich so verhielt.

Sie spürte seine Hände auf ihren Armen und merkte, dass er sie stützte. Es war lächerlich, aber die Beine gaben unter ihr nach. Sie taumelte zurück und ließ sich in einen der Sessel sinken. Mit einem Gesicht, dem die tiefe Empfindung anzusehen war, beugte er sich über sie.

»Bischof Underhill hat das Haus in der Southampton Row aufgesucht und dort eine Weile mit Lena Forrest, dem Hausmädchen, gesprochen«, sagte er. »Wir wissen nicht genau, wie es geschehen ist, aber ein Feuer ist ausgebrochen, woraufhin eine Explosion die Gasleitung zerstört hat.«

Sie schloss die Augen und öffnete sie wieder. »Ist er ... verletzt?« Warum stellte sie nicht die Frage, auf die es wirklich ankam: ist er schuldig?

»Leider ist es zu einer weiteren und noch stärkeren Explosion gekommen«, fuhr er äußerlich unbewegt fort. »Beide sind tot. Von dem Haus ist kaum etwas übrig. Es tut mir Leid.«

Tot? Reginald tot? Das war das Einzige, woran sie nicht gedacht hatte. Sie hätte Entsetzen spüren müssen, einen tiefen Verlust, einen großen Schmerz in ihrem Inneren. Bedauern war angezeigt, aber doch auf keinen Fall das Empfinden, davongekommen zu sein.

Sie schloss die Augen, nicht aus Kummer, sondern damit Cornwallis ihre Verwirrung nicht erkannte, die ungeheure Erleichterung darüber, dass sie nicht Reginalds Demütigung und Schande mit ansehen musste, nicht Zeugin zu werden brauchte, wie ihn seine Amtsbrüder zurückwiesen, dass ihr die Qual und alles andere, was gefolgt wäre, erspart blieben. Vielleicht eine lange Krankheit, die seine letzten Kräfte verzehrt hätte, und all das begleitet von der ständigen Angst vor dem Tode. Stattdessen hatte der Tod ihn so plötzlich ereilt, dass ihm nicht einmal Zeit geblieben war, sein Antlitz zu sehen.

»Wird man je erfahren, was er dort wollte?«, fragte sie, öffnete die Augen und sah Cornwallis an.

»Ich wüsste nicht, warum«, gab er zur Antwort. »Das Hausmädchen hat Maude Lamont getötet. Allem Anschein nach hatte dessen Schwester vor Jahren ein tragisches Erlebnis mit einer Spiritistin und sich daraufhin das Leben genommen. Darüber ist die Frau nie hinweggekommen. Bis vor kurzem hatte sie unverbrüchlich an Maude Lamont geglaubt, jedenfalls hat mir Pitt das so berichtet.« Er sank vor ihr auf die Knie und nahm ihre reglosen Hände. »Isadora.«

Es war das erste Mal, dass er ihren Namen nannte.

Mit einem Mal hatte sie das Bedürfnis zu weinen. Sicherlich lag es an dem Schock und an seiner Nähe. Sie merkte, wie ihr die Tränen über die Wangen liefen.

Einen Augenblick lang war er hilflos, dann aber beugte er sich vor, legte die Arme um sie, hielt sie fest und ließ sie sich ausweinen. Er hielt sie an sich gedrückt, seine Wange lag an ihrem Haar. So verweilten sie noch lange, nachdem sich das anfängliche Entsetzen gelegt hatte, denn sie hatte nicht den Wunsch, an diesem Zustand etwas zu ändern, und ihr war im tiefsten Inneren klar, dass es ihm ebenso ging.

Pitt und Narraway trafen einander am Bahnhof und warteten auf den Zug in Richtung Teddington. Auf Narraways Gesicht lag ein grimmiges Lächeln, ein Nachhall der Befriedigung, die es ihm bedeutet hatte, Wetron die Auflösung des Falles zu schildern.

»Cornwallis wird Mistress Underhill informieren«, sagte Pitt knapp. In Gedanken war er bereits bei der gerichtlichen Untersuchung von Wrays Todesursache und der winzigen Hoffnung, dabei werde sich etwas finden, das in eine andere Richtung wies, als Pitt befürchtete.

Auf der Bahnfahrt gab es nicht viel zu sagen. Die Tragödie des Vormittags hatte beide Männer körperlich wie seelisch mitgenommen. Dem Bischof gegenüber empfand zumindest Pitt eine Mischung aus Mitgefühl und Abscheu. Angst war eine ihm vertraute Empfindung und durchaus verständlich, ganz gleich, ob es um körperliche Schmerzen und den Tod ging oder um die Demütigung vor anderen. Aber zu bewundern hatte es an dem Mann nicht viel gegeben, und so lag in Pitts Mitleid keinerlei Achtung.

In Bezug auf Lena Forrest sah die Sache anders aus. Ihre Tat war in keiner Weise zu billigen. Sie hatte Maude Lamont aus Rache und Empörung getötet und nicht etwa in Notwehr oder um das Leben eines anderen zu schützen, jedenfalls nicht unmittelbar. Aus ihrer Sicht mochte sich das anders verhalten haben – wissen würde man das nie.

Aber sie hatte den Mord mit beträchtlicher Sorgfalt und ziemlich viel Einfallsreichtum geplant und anschließend nichts dabei gefunden, dass die Polizei andere verdächtigte.

Dennoch tat sie Pitt Leid, weil sie im Laufe der Jahre große Qualen wegen des Todes ihrer Schwester gelitten haben musste. Die Polizei hatte nur deswegen andere verdächtigt, Maude Lamont umgebracht zu haben, weil das Menschen waren, denen sie einen Anlass geliefert hatte, sie zu hassen und zu fürchten, da sie bereit gewesen war, mit ungewöhnlicher Grausamkeit vorzugehen und das tragische Geschick dieser verwundbaren Menschen zu ihrem eigenen Vorteil auszunutzen.

Er konnte sich vorstellen, dass Cornwallis ähnlich empfand. Was Narraway dachte, ahnte er nicht, und er wollte ihn auch nicht fragen. Sofern es für ihn nach dieser Geschichte überhaupt noch eine Möglichkeit gab, in London zu arbeiten, dann bei Narraway. Er konnte es sich nicht leisten, ihn zu verachten oder ihm zu grollen.

Bis Kingston saßen sie schweigend beieinander im Abteil. Das Fahrgeräusch des Zuges hätte eine Unterhaltung ohnehin schwierig gemacht, und keinem von beiden stand der Sinn danach, über das Geschehene zu sprechen oder über das, was ihnen noch bevorstand.

Vom Bahnhof in Kingston fuhren sie mit einer Droschke zum Leichenschauhaus, wo die Obduktion stattgefunden hatte. Narraways Rang sorgte dafür, dass sich ein außerordentlich mürrisch wirkender Arzt sofort um die Besucher kümmerte. Er war ein hoch gewachsener Mann mit Stirnglatze und stumpfer Nase. In jungen Jahren mochte er gut ausgesehen haben, doch jetzt wirkten seine Züge grobschlächtig. Er betrachtete die beiden vor Schmutz starrenden Männer mit ihren Abschürfungen äußerst angewidert.

Ungerührt hielt Narraway seinem Blick stand.

»Ich kann mir nicht vorstellen, was der Sicherheitsdienst mit dem Tod eines so herausragenden, aber unglücklichen alten Mannes zu tun hat«, begann der Arzt schroff. »Nur gut, dass er lediglich Freunde und Bekannte, aber keinerlei Verwandte hat, denn die würde das schrecklich mitnehmen.« Er wies mit einer Hand auf den Raum hinter sich, in dem vermutlich Obduktionen durchgeführt wurden.

»Zum Glück spielen Ihre persönlichen Vorstellungen hier keine Rolle«, gab Narraway gelassen zurück. »Wir haben uns ausschließlich wegen Ihrer forensischen Fähigkeiten an Sie gewandt. Was war Ihrer Ansicht nach die Ursache von Mister Wrays Tod?«

»Hier geht es nicht um Ansichten, sondern um Fakten«, blaffte ihn der Arzt an. »Er ist an einer Digitalis-Vergiftung gestorben. Eine geringe Dosis des Giftes hätte seinen Puls verlangsamt; die ihm verabreichte war aber so groß, dass es zum Herzstillstand kam.«

»In welcher Form hat man es ihm gegeben?«, erkundigte sich Pitt. Er spürte, wie sein Herz förmlich raste, während er auf die Antwort wartete. Er war nicht sicher, ob er sie gern hören würde.

»In Pulverform«, sagte der Arzt, ohne zu zögern. »Wahrscheinlich hat man Tabletten zerstampft und in eine Himbeerkonfitüre gemischt, die mit größter Wahrscheinlichkeit als Füllung für Marmeladentörtchen gedient hat. Er hat sie kurz vor seinem Tode gegessen.«

Pitt fuhr zusammen. »Wie bitte?«

Der Arzt sah ihn mit zunehmender Verärgerung an. »Muss ich für Sie alles noch einmal wiederholen?«

»Wenn es wichtig genug ist, ja!«, sagte Narraway und wandte sich an Pitt. »Was stört Sie an der Himbeerkonfitüre?«

»Er hatte keine«, sagte Pitt. »Er hat sich deswegen ausdrücklich entschuldigt. Er hat gesagt, dass es seine Lieblingskonfitüre sei und er sie aufgegessen habe.«

»Ich werde ja wohl noch wissen, was Himbeerkonfitüre ist!«, sagte der Arzt aufgebracht. »Sie war kaum verdaut. Der arme Mann ist in kürzester Zeit nach dem Verzehr gestorben. Auch befand sie sich zweifelsfrei in einem Teigmantel. Sie müssten mir schon ganz ungewöhnliche Beweise liefern – und ich kann mir nicht vorstellen, wie die aussehen sollen –, damit ich von meiner festen Überzeugung abrücke, dass er mit Marmeladentörtchen und einem Glas Milch zu Bett gegangen ist. Das Gift befand sich in der Konfitüre, nicht in der Milch.« Er sah Pitt vernichtend an. »Ohnehin kann ich nicht verstehen, inwieweit das für den Sicherheitsdienst von Bedeutung ist. Ehrlich gesagt denke ich, dass die Sache Sie nicht einmal von ferne etwas angeht.«

»Ich möchte einen schriftlichen Bericht«, sagte Narraway. Er sah zu Pitt hinüber, und dieser nickte. »Zeit und Ursache des Todes und den klaren Hinweis darauf, dass das Gift, das ihn getötet hat, in Himbeerkonfitüre enthalten war, die als Füllung für ein Törtchen gedient hat. Ich warte darauf.«

Vor sich hinbrummelnd ging der Arzt hinaus und ließ Pitt und Narraway allein zurück.

»Nun?«, fragte Narraway, als der Arzt außer Hörweite war.

»Er hatte keine Himbeerkonfitüre«, beharrte Pitt. »Allerdings ist Octavia Cavendish mit einem Korb voll Esswaren gekommen, als ich ging. Wahrscheinlich enthielt der Törtchen mit einer Füllung aus Himbeerkonfitüre!« Er versuchte, die in ihm aufflammende Hoffnung zu unterdrücken. Dazu war es zu früh. Noch lastete die Aussicht auf eine Niederlage drückend auf ihm. »Fragen Sie Mary Ann. Sie wird wissen, was sie ausgepackt und ihm hingestellt hat. Außerdem wird sie Ihnen sagen, dass es vorher im Hause keine Marmeladentörtchen mit Himbeerfüllung gab.«

»Das tue ich auf jeden Fall«, sagte Narraway mit Nachdruck. »Wenn wir den Obduktionsbericht erst einmal schriftlich haben, kann er nichts zurücknehmen.«

Der Arzt kehrte bald darauf zurück und übergab ihnen einen verschlossenen Umschlag. Narraway riss ihn auf und las den Bericht aufmerksam. Der Arzt funkelte ihn böse an, unübersehbar gekränkt, weil man ihm nicht getraut hatte. Narraway sah ihn verächtlich an. Er traute niemandem. Bei seiner Arbeit war es wichtig, dass auch die unbedeutendste Einzelheit stimmte. Der kleinste Fehler, ein einzelnes Wort, konnte Menschenleben kosten.

»Danke«, sagte er befriedigt, steckte das Blatt ein und ging hinaus. Pitt folgte ihm.

Der nächste Halt des Zuges auf dem Weg zurück nach London war Teddington. Vom Bahnhof war es nicht weit zu Wrays Haus.

Von außen sah es aus wie immer, die Blumen im Garten, denen man ansah, dass sie mit Liebe gepflegt waren, leuchteten in der Sonne. Nach wie vor rankten die Rosen ungehindert um Türen, Fenster und den Bogen über dem Eingang im Zaun. Man sah die verschiedensten Rosatöne entlang der Wege, und kräftiger Blütenduft lag in der Luft. Einen Augenblick fiel es Pitt schwer, daran zu denken, dass Wray nie wieder dorthin zurückkehren würde.

Doch die Fenster wirkten blind, das Haus strahlte eine

Atmosphäre der Leere aus. Vielleicht bildete er sich das auch nur ein.

Narraway sah zu ihm hin. Er schien etwas sagen zu wollen, schwieg aber. Hintereinander gingen sie über den Plattenweg zum Haus. Pitt klopfte an.

Es dauerte eine Weile, bis Mary Ann kam. Sie sah zuerst Narraway an, doch bei Pitts Anblick kam ihr die Erinnerung.

»Ach, Sie sind es, Mister Pitt! Schön, dass Sie gekommen sind, vor allem, nachdem manche Leute so schreckliche und dumme Sachen über Sie sagen. Manchmal weiß ich mir überhaupt nicht mehr zu helfen. Sie wissen natürlich, was mit dem armen Mister Wray passiert ist.« Mit einem Mal traten ihr Tränen in die Augen. »Wissen Sie, dass er Ihnen die Marmelade hinterlassen hat? Er hat es nicht aufgeschrieben, aber zu mir gesagt. ›Mary Ann, ich muss Mister Pitt noch etwas von der Konfitüre geben, er war so freundlich zu mir‹. Das wollte ich auch, und dann kam Mistress Cavendish, und ich hatte keine Gelegenheit dazu.« Schluchzend suchte sie nach einem Taschentuch und schnäuzte sich heftig. »'Tschuldigung, aber er fehlt mir so sehr.«

Wrays Geste rührte Pitt an. Er war zutiefst erleichtert, dass er ihm nichts nachgetragen hatte, selbst wenn er sich das Leben genommen haben sollte. Er merkte, wie es ihm die Kehle zusammenschnürte und feucht in die Augen stieg. Er sagte lieber nichts, um sich nicht zu verraten.

»Das ist sehr freundlich von Ihnen«, sagte Narraway an seiner Stelle, möglicherweise nicht, weil er die Situation durchschaute, sondern weil er es gewohnt war, die Fäden in der Hand zu haben. »Aber ich nehme an, dass es andere Menschen gibt, die Anspruch auf seinen Besitz haben, und das schließt auch Küchenvorräte ein. Auf keinen Fall wollen wir Ihnen Schwierigkeiten machen.«

»Aber nein!«, sagte sie mit Bestimmtheit. »Da gibt es niemanden. Mister Wray hat alles mir hinterlassen, und natürlich den Katzen. Die Anwälte waren schon hier und haben es mir gesagt.« Sie schluckte. »Das ganze Haus! Alles! Können Sie sich das vorstellen? Also gehört mir auch die Marmelade, nur hat er gesagt, dass sie für Mister Pitt is.«

Narraway war verblüfft, und Pitt sah, dass sein Gesicht mit einem Mal weniger hart wirkte, als ob auch ihn eine tiefe Empfindung bewege.

»Ich bin sicher, dass Mister Pitt in dem Fall ausgesprochen dankbar wäre. Wir bitten um Entschuldigung für die Störung, Miss Smith, aber es haben sich Erkenntnisse ergeben, die es nötig machen, dass wir Ihnen einige Fragen stellen. Dürfen wir eintreten?«

Sie runzelte die Stirn und sah erst Pitt und dann Narraway an.

»Sie sind nicht schwer zu beantworten«, versicherte ihr Pitt. »Wir müssen aber unserer Sache sicher sein. Ihnen wird niemand einen Vorwurf machen.«

Sie öffnete die Tür weiter und trat zurück. »Nun, dann sollten Sie besser reinkommen. Möchten Sie 'ne Tasse Tee?«

»Ja bitte«, nahm Pitt an. Er machte sich nicht die Mühe festzustellen, ob Narraway das recht war oder nicht.

Sie forderte die Besucher auf, in der Studierstube zu warten, wo Pitt mit Wray gesprochen hatte, doch folgten sie ihr stattdessen in die Küche, teils, weil sie es eilig hatten, teils aber auch, weil Pitt der Gedanke nicht behagte, dort zu sitzen, wo er so eingehend mit dem Mann gesprochen hatte, der jetzt tot war.

»Fangen wir gleich mit den Fragen an«, sagte Narraway, als sie den Wasserkessel füllte und die Ofenklappe öffnete, um die Glut aufs Neue zu entfachen. »Was haben Sie an dem Tag auf den Tisch gebracht, als Mister Pitt zum Tee hier war und Mister Wray starb?«

»Ach je!« Sie schien verwirrt. »Belegte Brote, Teegebäck mit Konfitüre, glaube ich. Kuchen hatten wir keinen.«

»Und welche Art Konfitüre?«

»Mirabellen.«

»Sind Sie Ihrer Sache sicher, ganz und gar sicher?«

»Ja. Seine Frau hatte sie selbst gemacht, es war ihre Lieblingskonfitüre.«

»Nicht Himbeer?«

»Es war keine im Haus. Mister Wray hatte sie aufgegessen. Das war nämlich *seine* Lieblingskonfitüre.«

»Könnten Sie das vor einem Richter beschwören, wenn es nötig wäre?«, fasste Narraway nach.

»Ja. Natürlich. Ich kann Himbeeren von Mirabellen unterscheiden. Aber warum? Was ist passiert?«

Narraway ging nicht auf die Frage ein. »Und kurz bevor Mister Pitt ging, kam Mistress Cavendish zu Besuch?«

»Ja.« Sie sah erneut zwischen Pitt und Narraway hin und her. »Sie hat ihm Törtchen mit Himbeerkonfitüre, einen Kuchen mit Vanillepudding und ein Buch gebracht.«

»Wie viele Törtchen?«

»Zwei. Warum? Stimmt was nicht?«

»Und wissen Sie, ob er beide gegessen hat?«

»Was ist denn nur?« Sie war sehr bleich.

»Sie haben nicht selbst eines gegessen?«, bohrte Narraway nach.

»Natürlich nicht«, sagte sie hitzig. »Sie waren für ihn! Was glauben Sie eigentlich von mir – ich ess doch nicht die Törtchen, die ihm eine Freundin bringt.«

»Ich glaube, dass Sie ehrlich sind«, sagte Narraway, plötzlich sanftmütig. »Und ich denke, dass Ihnen diese Ehrlichkeit das Leben gerettet hat, so dass Sie das Haus erben konnten, das ein großzügiger Mensch Ihnen zum Lohn für Ihre Güte hinterlassen hat.« Sie errötete über das Kompliment.

»Haben Sie gesehen, was für ein Buch ihm die Dame gebracht hat?«, fragte Narraway.

Sie hob rasch den Blick. »Ja. Es waren Gedichte.«

»War es das Buch, das man neben ihm gefunden hat, als er starb?« Narraway zögerte kaum wahrnehmbar, diese Frage zu stellen, aber ihm blieb keine Wahl.

Sie nickte. Tränen stiegen ihr in die Augen. »Ja.«

»Sind Sie sicher?«

»Ja.«

»Können Sie schreiben, Mary Ann?«

»Aber natürlich!« Dem Stolz, mit dem sie das sagte, war anzumerken, dass sie das für alles andere als selbstverständlich hielt.

»Gut«, sagte Narraway billigend. »Dann nehmen Sie bitte ein Blatt und eine Feder und schreiben genau auf, was Sie uns gesagt haben: dass es an jenem Tag im Haus keine Himbeerkonfitüre gab, bis Mistress Octavia Cavendish kam und zwei Himbeertörtchen gebracht hat, die Mister Wray beide verzehrt hat. Schreiben Sie bitte auch, dass sie den Gedichtband gebracht hat, den man neben ihm gefunden hat. Dann setzen Sie das heutige Datum darunter und unterschreiben das Ganze.«

»Warum?«

»Bitte tun Sie, was ich gesagt habe, ich erkläre es Ihnen anschließend. Schreiben Sie es zuerst. Es ist wichtig.«

Sie merkte an seinem Gesichtsausdruck, dass es sich um eine bedeutende Angelegenheit handelte, und so entschuldigte sie sich und ging in die Studierstube. Etwa zehn Minuten später kehrte sie zurück und gab Narraway ein sauber beschriebenes Blatt mit den erbetenen Angaben, die sie datiert und unterschrieben hatte.

Unterdessen hatte Pitt den Kessel vom Herd genommen. Narraway las das Geschriebene durch, dann gab er das Blatt Pitt, der es einsteckte, nachdem auch er sich vergewissert hatte, dass es alle nötigen Angaben enthielt.

Narraway sah ihn scharf an, verlangte es aber nicht zurück.

»Nun?«, fragte Mary Ann. »Sie haben gesagt, Sie würden es mir erklären, wenn ich Ihnen das aufschreibe.«

»Ja«, sagte Narraway. »Mister Wray ist an vergifteter Himbeerkonfitüre gestorben.« Sie erbleichte und hielt den Atem an. Ohne darauf zu achten, fuhr er fort: »Es handelte sich um Digitalis-Gift, das in der Natur im Fingerhut vorkommt, von dem Sie einige sehr schöne Exemplare im Garten haben. Manche haben die Annahme geäußert, Mister Wray habe sich aus den Blättern einen Trank bereitet und ihn in der Absicht zu sich genommen, seinem Leben ein Ende zu setzen.«

»Das hätte er nie getan!«, sagte sie empört. »Ich weiß das, auch wenn das manchen nicht klar ist.«

»Sicher«, stimmte Narraway zu. »Und Sie haben uns sehr dabei geholfen zu beweisen, dass es sich nicht so verhält. Nur sollten Sie in Ihrem eigenen Interesse so klug sein, niemandem etwas davon zu sagen. Haben Sie das verstanden?«

Sie sah ihn ängstlich an. Auch in ihrer Stimme lag Furcht,

als sie fragte: »Heißt das, Mistress Cavendish hat ihm vergiftete Törtchen gegeben? Warum sollte sie das tun? Sie hat ihn doch gemocht! Bestimmt hatte er 'nen Herzinfarkt.«

»Es wäre in der Tat das Beste, wenn Sie das glaubten«, gab Narraway zurück. »Aber die Konfitüre spielt eine sehr wichtige Rolle, damit niemand weiterhin annimmt, dass er sich das Leben genommen hat. In seiner Kirche ist das eine Sünde, und man würde ihn in ungeweihter Erde begraben.«

»Das ist gottlos!«, stieß sie wütend hervor. »Und schrecklich gemein!«

»Gottlos ist es gewiss«, bestätigte Narraway. Man hörte ihm an, dass es ihm Ernst damit war. »Aber wann hätte das Menschen, die sich selbst für rechtschaffen halten, je gehindert, über andere zu urteilen, denen sie das nicht zubilligten?«

Sie drehte sich mit blitzenden Augen zu Pitt herum. »Ihnen hat er getraut! Sie müssen unbedingt dafür sorgen, dass man ihm das nicht antut!«

»Deshalb sind wir ja hier«, sagte Pitt besänftigend. »Um seinetwillen und auch um meinetwillen. Ich habe Feinde, und wie Sie ja bereits wissen, behaupten manche von ihnen, ich sei derjenige, der ihn in den Tod getrieben hätte. Ich sage Ihnen das, damit Sie nicht annehmen, ich hätte Sie in die Irre geführt. Ich habe nie geglaubt, dass er die Spiritistin in der Southampton Row besucht hat, und ich habe bei meinem vorigen Besuch die Frage auch gar nicht angesprochen. Der Mann, der das Medium aufgesucht hat, war ein gewisser Bischof Underhill, und er ist ebenfalls tot.«

»Er hat doch nicht etwa …«

»Nein. Es war ein Unfall.«

Mitleid trat auf ihre Züge. »Der Arme«, sagte sie leise.

»Vielen Dank, Miss Smith.« Niemand hätte an Narraways Aufrichtigkeit gezweifelt. »Sie haben uns wirklich sehr geholfen. Wir werden die Sache jetzt zu Ende bringen. Ich werde dafür sorgen, dass der für die Beurkundung zuständige Beamte einen Unglücksfall als Todesursache angibt. Wenn Ihnen an Ihrer Sicherheit liegt, sollten Sie nichts anderes sagen, ganz gleich, mit wem Sie sprechen und unter welchen Umständen, es sei denn, ich oder Mister Pitt bitten Sie, vor Gericht auszusagen, wo Sie dann unter Eid die Wahrheit sagen müssen. Ist Ihnen das klar?«

Sie nickte und schluckte.

»Gut. Dann werden wir uns jetzt auf den Weg zum Gerichtsbeamten machen.«

»Wollen Sie keinen Tee? Sie müssen auch noch Ihre Konfitüre mitnehmen«, fügte sie an Pitt gewandt hinzu.

Narraway sah zum Kessel hinüber. »Nun, für eine Tasse haben wir Zeit, aber wirklich nur eine. Vielen Dank. Es war ein ungewöhnlich anstrengender Tag.«

Sie warf einen Blick auf den Schmutz und die Risse in der Kleidung der beiden Männer, sagte aber nichts. So etwas wäre ihr unhöflich erschienen. Sie wusste nur allzu gut, dass es jedem einmal schlecht gehen kann. Sie gab kein Urteil über Menschen ab, die sie gut leiden konnte.

Pitt und Narraway gingen zusammen zum Bahnhof zurück.

»Ich fahre nach Kingston zu dem Gerichtsbeamten«, erklärte Narraway, als sie die Straße überquerten. »Er wird seinen Bericht so abfassen, wie ich es ihm sage. Francis Wray bekommt seine Beerdigung in geweihter Erde. Es hat wenig Sinn zu beweisen, dass ihn die von seiner Besucherin mitgebrachten Törtchen vergiftet haben. Man würde die Frau unter Mordanklage stellen und wegen unwiderleglicher Indizien verurteilen. Nur zweifle ich sehr, dass sie auch nur die geringste Vorstellung davon hatte, was sie da getan hat. Entweder hat ihr Voisey die Konfitüre gegeben oder, und das halte ich für wahrscheinlicher, gleich die vollständigen Törtchen, weil er sichergehen wollte, dass es keinen anderen traf – zum einen, um die eigene Haut zu retten, falls man die Sache bis zu ihm zurückverfolgte, und zum anderen, weil er seine Schwester nicht in Gefahr bringen wollte.«

»Aber wie in drei Teufels Namen hat er es in dem Fall über sich gebracht, sie als Gehilfin bei seinem Mord zu benutzen?«, fragte Pitt. Ihm war solche Gefühlskälte vollkommen unverständlich. Er konnte sich keine noch so verzehrende Wut vorstellen, die ihn veranlasst hätte, einen unschuldigen Menschen als Mittel zum Tod eines anderen zu benutzen, ganz zu schweigen von jemandem, den man liebte und der einem noch dazu vertraute.

»Wenn Sie mir überhaupt von Nutzen sein wollen, müssen Sie endlich aufhören anzunehmen, dass alle Menschen nach den gleichen moralischen Vorstellungen und in einer ähnlichen Gefühlswelt leben wie Sie!«, erwiderte Narraway. »Das ist nun einmal nicht der Fall!« Er warf wütende Blicke auf den Fußweg vor sich. »Statt sich vorzustellen, was Sie in einer solchen Situation tun würden, sollten Sie lieber überlegen, was die anderen tun würden! Mit denen haben Sie es zu tun ... und nicht mit hundert Spiegelbildern Ihrer selbst. Voisey hasst Sie mit einer Intensität, die Sie sich kaum vorstellen können. Aber glauben sollten Sie daran! Jeden Tag und jede Stunde Ihres Lebens daran denken ... denn falls Sie das nicht tun, werden Sie eines Tages dafür bezahlen müssen.« Er blieb stehen und streckte die Hand aus, so dass Pitt ihn beinahe umgerannt hätte. »Und ich möchte Mary Anns Aussage haben. Die und der Untersuchungsbericht landen an einer Stelle, wo nicht einmal Voisey sie finden wird. Das muss er wissen, und er muss auch wissen, dass sie veröffentlicht werden, wenn Ihnen oder Ihren Angehörigen etwas zustößt. Das wäre für seine Schwester äußerst ungünstig und letzten Endes auch für ihn selbst, ganz gleich, ob sie bereit wäre, gegen ihn auszusagen oder nicht.«

Pitt zögerte nur kurz. Es ging um die Sicherheit seiner Angehörigen, und so gab er ihm Mary Anns Aussage. Wenn er Narraway nicht trauen konnte, blieb ihm ohnehin nichts.

Narraway dankte ihm mit spöttischem Lächeln. Ihm war klar, dass Pitt einen Augenblick lang an ihm gezweifelt hatte. »Ich kann gern beide Papiere fotografieren lassen und die Kopien an einer Stelle hinterlegen, wo Sie es möchten. Die Originale müssen dort bleiben, wo nicht einmal Voisey Zugriff auf sie hat, und es ist das Beste, wenn auch Sie nicht wissen, wo das ist. Glauben Sie mir, sie werden in Sicherheit sein.«

Pitt erwiderte das Lächeln. »Danke«, sagte er. »Ja, eine Fotografie von beiden wäre schön. Ich denke, das würde Cornwallis zu schätzen wissen.«

»Er soll sie haben«, sagte Narraway. »Jetzt fahren Sie zurück in die Stadt und kümmern sich um die Wahlergebnisse. Das eine oder andre müsste inzwischen heraus sein. Ich denke, am besten gehen Sie zum Liberalen Klub. Dort gehen die Nachrichten ebenso früh ein wie anderswo auch, aber sie werden in elektrischer Laufschrift angezeigt, damit jeder sie sehen kann. Wenn ich nicht mit dem Gerichtsbeamten sprechen müsste, würde ich selbst hingehen.« Ein Anflug von Sorge legte sich auf sein Gesicht. »Ich nehme an, dass Voisey und Serracold weit dichter beieinander liegen, als uns recht sein kann, und ich mache keine Voraussage. Viel Glück, Pitt.« Noch bevor dieser antworten konnte, wandte Narraway sich ab und schritt rasch davon.

Erschöpft stand Pitt in der Menschenmenge auf dem Gehweg vor dem Liberalen Klub und sah hinauf zu der elektrischen Laufschrift, welche die letzten Wahlergebnisse anzeigte. Zwar lag ihm Jacks Abschneiden am Herzen, aber im Vordergrund seines Bewusstseins stand das Kopf-an-Kopf-Rennen zwischen Voisey und Serracold. Noch war er nicht bereit, die letzte Hoffnung fahren zu lassen, dass die im Lande herrschende Stimmung für die Liberalen Serracold mittragen würde, so dass er den Sitz bekam, mit wie wenigen Stimmen Mehrheit auch immer.

Das Ergebnis, das jetzt angezeigt wurde, interessierte ihn nicht. Dabei ging es um einen sicheren Sitz der Konservativen irgendwo im Londoner Norden.

Zwei Männer standen einen oder zwei Schritt von ihm entfernt. »Haben Sie das gehört?«, fragte einer den anderen ungläubig. »Der Bursche ist doch tatsächlich drin! Sollte man das für möglich halten?«

»Was für ein Bursche?«, fragte der Angesprochene.

»Hardie natürlich!«, erwiderte der Erste. »Keir Hardie! Man stelle sich das nur mal vor: eine Arbeiter-Partei.«

»Sie meinen, er hat gewonnen?« Die Stimme des Fragenden überschlug sich fast vor Erstaunen.

»Wenn ich es Ihnen doch sage.«

Pitt lächelte vor sich hin, obwohl er nicht sicher war, was das für die Politik bedeuten würde oder ob es überhaupt von Bedeutung war. Er ließ die elektrische Anzeige nicht aus den

Augen, bis ihm aufging, dass es wohl sinnlos war. Zwar kamen die Ergebnisse herein, sobald sie feststanden, doch war es ohne weiteres möglich, dass Jacks Sitz oder der von Lambeth South längst angezeigt worden war. Er musste jemanden finden, der ihm das sagen konnte.

Er löste sich von der Gruppe und ging zum Portier. Er musste eine Weile warten, bis der Mann frei war.

»Ja, Sir?«, fragte er und übersah höflich Pitts Äußeres. Er stand an diesem Abend im Mittelpunkt, und das war ein hochbefriedigendes Gefühl.

»Ist bereits etwas über Mister Radleys Wahlergebnis in Chiswick bekannt?«, fragte Pitt.

»Ja, Sir. Es ist vor etwa einer Viertelstunde hereingekommen. Die Sache war knapp, aber er hat es geschafft, Sir.«

Eine Welle der Erleichterung durchflutete Pitt. »Vielen Dank. Und was ist mit South Lambeth – Mister Serracold und Sir Charles Voisey?«

»Ich weiß nicht, Sir. Ich habe gehört, dass es da ziemlich eng zugeht, aber Genaueres weiß ich nicht. Der eine wie der andere kann gewonnen haben.«

»Danke.« Pitt trat beiseite, um dem Nächsten Platz zu machen, und eilte davon, um eine Droschke zu suchen. Wenn er nicht in einen ungewöhnlichen Stau geriet, konnte er das Rathaus von Lambeth in weniger als einer Stunde erreichen. Dort würde er die Ergebnisse aus erster Hand erfahren.

Es war ein warmer Abend. Eine leichte Feuchtigkeit lag in der Luft. Halb London schien auf den Straßen zu sein, sei es zu Fuß, zu Pferde oder in Fahrzeugen, und die Straßen waren förmlich verstopft. Erst nach zehn Minuten fand er eine freie Droschke und bat den Fahrer, ihn über die Themse zum Rathaus von Lambeth zu bringen.

Die Droschke wendete und fuhr in die Richtung, aus der sie gekommen war, wobei der Kutscher große Mühe hatte, gegen den Verkehrsstrom anzukämpfen. Überall leuchteten Lichter, Menschen riefen, man hörte Hufschlag auf dem Straßenpflaster und das Klirren von Pferdegeschirr. Pitt wollte dem Kutscher am liebsten zurufen, dass er sich beeilen solle, sich durchdrängen, aber ihm war klar, dass es keinen Sinn hatte.

Vermutlich tat der Mann bereits im eigenen Interesse, was er konnte.

Pitt lehnte sich zurück und zwang sich zur Geduld. Er schwankte zwischen der Überzeugung, dass Aubrey Serracold nach wie vor gewinnen konnte, und dem nagenden Zweifel, ob überhaupt jemand imstande sei, Voisey zu schlagen. Der Mann war zu gerissen und sich seiner Sache zu sicher. Pitts Herz sank.

Jetzt fuhren sie über die Brücke von Vauxhall. Er roch die Feuchtigkeit der Themse und sah, wie sich die Lichter am Ufer in ihrem Wasser spiegelten. Einige Vergnügungsdampfer waren noch unterwegs, Gelächter drang zu ihm herüber.

Zwar waren auch am Südufer Menschen auf den Straßen, aber der Verkehr war dort nicht ganz so dicht, so dass die Droschke rascher vorankam. Vielleicht würde er noch rechtzeitig zur Verkündigung des Ergebnisses eintreffen. Fast hoffte er, dass die Sache vorüber sei, wenn er ankäme. Dann konnte er es sich einfach sagen lassen, und der Fall war erledigt. Gab es überhaupt etwas, was man tun konnte, um Voisey in den Arm zu fallen, falls er gewann? Dazu war wohl nicht einmal Narraway in der Lage. Würde Voisey eines Tages Lordkanzler des Landes sein, möglicherweise noch vor dem Ende der nächsten Regierungsperiode?

Oder würde Wetron das vereiteln?

Nein – der Mann besaß weder die dazu erforderlichen Fähigkeiten noch den Mumm. Voisey würde ihn vernichten, sobald er den richtigen Augenblick für gekommen hielt.

»Wir sind da, Sir!«, rief der Kutscher. »Näher komm ich nich ran!«

»In Ordnung.« Pitt stieg aus, bezahlte und drängte sich durch die Menge zur Rathaustreppe vor. Drinnen waren noch mehr Menschen, die einander stießen, um möglichst weit nach vorn zu kommen und etwas zu sehen.

Der Wahlleiter stand auf dem Podium. Der Lärm legte sich. Spannung lag in der Luft. Ein Lichtschimmer brach sich auf Aubrey Serracolds blassem Haar. Er blickte steif und angespannt, hielt aber den Kopf hoch erhoben. Pitt sah Rose in der Menge. Sie lächelte. Zwar wirkte sie aufgeregt, doch die Furcht schien von ihr abgefallen zu sein. Vielleicht hatte sie die Antwort auf die Frage, die sie Maude Lamont stellen wollte, auf eine weit bessere und sicherere Weise erfahren, als irgendein Medium sie ihr liefern konnte?

Voisey stand auf der anderen Seite des Wahlleiters und wartete angespannt. Es freute Pitt zu sehen, dass er noch nicht wusste, ob er gewonnen hatte oder nicht. Er wirkte unsicher.

Hoffnung durchdrang Pitt. Er hielt den Atem an.

Im Raum herrschte Schweigen.

Der Wahlleiter las die Ergebnisse vor, zuerst die für Serracold. Lauter Jubel erfüllte die Luft, die Zahlen waren beeindruckend. Aubrey errötete vor Freude.

Dann wurde das Ergebnis für Voisey vorgelesen: er hatte an die hundert Stimmen mehr. Der Lärm war ohrenbetäubend.

Aubrey war bleich wie ein Laken, doch man hatte ihn von klein auf dazu erzogen, eine Niederlage mit ebenso viel Würde zu tragen wie einen Sieg. Daher wandte er sich zu Voisey und hielt ihm die Hand hin.

Voisey nahm sie, dann die des Wahlleiters. Anschließend trat er vor, um seinen Anhängern zu danken.

Pitt war erstarrt. Er hätte es sich denken müssen, hatte aber bis zum bitteren Ende gehofft. Er spürte die Niederlage wie ein schweres Gewicht in der eigenen Brust.

Ansprachen wurden gehalten, Jubel ertönte. Schließlich verließ Voisey das Podium und bahnte sich seinen Weg durch die Menge. Er wollte seinen Sieg unbedingt bis zum Letzten auskosten. Er musste sehen, ob Pitt da war, ihm gegenübertreten und sicherstellen, dass auch er davon wusste.

Im nächsten Augenblick stand er so dicht vor ihm, dass er ihn hätte berühren können.

Pitt hielt ihm die Hand hin. »Herzlichen Glückwunsch, Sir Charles«, sagte er kühl. »In gewissem Sinne haben Sie das verdient, denn Sie haben einen weit höheren Preis gezahlt, als das Serracold je gekonnt hätte.«

Die Belustigung in Voiseys Augen war unübersehbar. »Tatsächlich? Nun, so etwas muss man sich leisten können, Pitt. Das ist der Unterschied zwischen den Männern, die nach oben kommen, und denen, die es nicht schaffen.«

»Ich nehme an, Sie wissen, dass bei der Explosion in der Southampton Row heute Morgen Bischof Underhill und Lena Forrest ums Leben gekommen sind?«, fuhr Pitt fort. Er hatte sich so vor Voisey gestellt, dass dieser nicht an ihm vorüber konnte.

»Ja, das habe ich gehört. Eine unglückselige Geschichte.« Er lächelte nach wie vor. Er wusste, dass er in Sicherheit war.

»Vielleicht wissen Sie aber noch nicht, dass man Francis Wray einer Obduktion unterzogen hat«, setzte Pitt nach. Er sah, dass ein unruhiges Flackern in Voiseys Augen trat. »Digitalis-Gift.« Er sagte die Worte besonders deutlich. »In Törtchen mit einer Füllung aus Himbeerkonfitüre ... Ein Irrtum ist nicht möglich. Ich bin nicht im Besitz des Obduktionsberichts, habe ihn aber gesehen.«

Voisey sah ihn ungläubig an. Es war deutlich zu erkennen, dass er das soeben Gehörte nicht fassen konnte. Eine Schweißperle trat auf seine Lippe.

»Sonderbar ist nur«, sagte Pitt mit feinem Lächeln, »dass es im ganzen Haus keine Himbeerkonfitüre gab, außer als Füllung in zwei Törtchen, die eine gewisse Octavia Cavendish als Geschenk mitgebracht hatte. Ich habe keine Ahnung, warum sie einen so freundlichen und harmlosen alten Mann hätte vergiften wollen. Es muss da einen Grund geben, hinter den wir noch nicht gekommen sind.«

In Voiseys Augen lag Panik; sein Atem ging schwer. Er rang sichtlich um Fassung.

»Man darf annehmen«, fuhr Pitt fort, »dass jemand, der ihr vertraute, sich ihrer Mithilfe bedient hat, um Wray auf eine Weise aus dem Weg zu räumen, die nach Selbstmord aussah – ganz gleich, welchen Preis die Frau dafür würde bezahlen müssen!« Er machte eine leicht wegwerfende Handbewegung. »Die Gründe dafür sind unerheblich ... sagen wir einfach, es war ein ausgeklügelter persönlicher Racheplan. Das ist eine ebenso gute Erklärung wie jede andere.«

Voisey öffnete den Mund, als wolle er etwas sagen, schluckte dann und schloss ihn wieder.

»Wir haben den Bericht des Gerichtsbeamten«, fuhr Pitt fort, »und die von Zeugen bestätigte unterschriebene Aussage des Hausmädchens. Von beiden Dokumenten werden Fotografien an getrennten und streng geheim gehaltenen Orten hinterlegt, so dass man sie veröffentlichen kann, falls mir, einem meiner Angehörigen oder natürlich Mister Narraway etwas zustoßen sollte.«

Voisey sah ihn ausdruckslos an. Seine Haut war teigig bleich. »Ich bin sicher ...«, stieß er zwischen ausgedörrten Lippen hervor, »ich bin sicher, dass das nicht geschehen wird.«

»Das ist gut«, sagte Pitt mit Nachdruck. »Sehr gut.« Dann trat er beiseite, damit Voisey unsicheren Schritts und mit aschfahlem Gesicht seinen Weg fortsetzen konnte.

Die Frau
aus Alexandria

Für Doriss Platt

In freundschaftlicher Verbundenheit

KAPITEL 1

Pitt öffnete die Augen, aber das hämmernde Geräusch hörte nicht auf. Das erste Grau des frühen Septembermorgens drang durch die Vorhänge. Es war noch nicht einmal sechs Uhr, und doch stand da jemand an der Haustür.

Charlotte, die neben ihm schlief, bewegte sich unruhig. Das Klopfen konnte sie jeden Augenblick wecken.

Rasch glitt er aus dem Bett und eilte aus dem Schlafzimmer. Barfuß lief er die Treppe hinunter, nahm hastig seinen Mantel vom Haken in der Diele, fuhr mit einem Arm hinein und entriegelte die Haustür.

»Guten Morgen, Sir«, sagte Wachtmeister Jesmond entschuldigend. Seine Hand war erhoben, offensichtlich hatte er gerade noch einmal anklopfen wollen. Er war Mitte zwanzig, und er hielt es für eine bedeutsame Beförderung, dass man ihn von einer der Londoner Polizeiwachen zum Sicherheitsdienst abgeordnet hatte. »Tut mir Leid, Sir«, fuhr er fort. »Aber Mr Narraway möchte umgehend mit Ihnen sprechen.«

Pitt sah die vor dem Haus wartende Droschke. Der Atem des Pferdes, das ein wenig mit den Hufen scharrte, hing wie Dampf in der Luft. »Wenn es sein muss«, sagte Pitt verärgert. Der Fall, an dem er gerade arbeitete, war nicht weiter aufregend, stand aber kurz vor der Lösung. Nur noch die eine oder andere Kleinigkeit fehlte – da konnte er keine Störung brauchen.

»Kommen Sie rein.« Er wies hinter sich in Richtung Küchentür. »Wenn Sie wissen, wie man das macht, können Sie das Feuer im Herd in Gang bringen und den Wasserkessel aufsetzen.«

»Entschuldigung, Sir, aber dafür ist keine Zeit«, wandte Jesmond in entschiedenem Ton ein. »Ich kann Ihnen nicht sagen, worum es geht, aber Mr Narraway hat angeordnet, dass Sie sofort kommen sollen.« Er stand wie angewurzelt auf dem Steinpflaster vor dem Haus, als könne er Pitt dadurch veranlassen, schneller mitzukommen.

Seufzend trat Pitt wieder ins Haus und schloss die Tür, um die feuchte Luft nicht hineinzulassen. Auf dem Weg nach oben zog er den Mantel aus. Als er am Waschtisch Wasser aus der Kanne in die Schüssel gießen wollte, sah er, dass sich Charlotte im Bett aufgesetzt hatte und sich die Haare aus der Stirn strich.

»Was gibt es?«, fragte sie. Als ob sie sich das nicht denken könnte! Immerhin war sie seit über zehn Jahren mit ihm verheiratet und wusste, worum es bei seiner Arbeit ging. Nach gut neun Jahren bei der Polizei war er jetzt seit einem halben Jahr im Sicherheitsdienst tätig. Sie traf Anstalten aufzustehen.

»Bleib ruhig liegen«, sagte er rasch. »Es hat keinen Sinn.«

Mit den Worten: »Lass mich dir wenigstens eine Tasse Tee machen«, setzte sie die Füße auf den Bettvorleger. »Außerdem brauchst du heißes Wasser zum Rasieren. Es dauert höchstens zwanzig Minuten.«

Er stellte die Wasserkanne zurück auf den Waschtisch, ging zu ihr und streichelte sie liebevoll. »Leider reicht die Zeit dafür nicht, sonst hätte ich das Wachtmeister Jesmond machen lassen. Leg dich also ruhig wieder schlafen ... Zumindest hast du es im Bett schön warm.« Er legte die Arme um sie, drückte sie fest an sich, gab ihr einen Kuss und dann noch einen. Danach kehrte er zum Waschtisch zurück, wusch sich kalt und zog sich an. Kurz darauf war er bereit, sich auf den Weg zu Victor Narraway zu machen, dem Mann an der Spitze des englischen Sicherheitsdienstes. Pitt kannte in Königin Viktorias ausgedehntem Reich niemanden, der auf dem Gebiet geheimdienstlicher Tätigkeit einen höheren Rang bekleidete als er.

Auf den Straßen herrschte noch kaum Leben. Für Köchinnen und Stubenmädchen war es zu früh, doch man sah Hausknechte und Diener Kohlen ins Haus tragen. Hausmägde nahmen die Lieferungen der Fisch- und Geflügelhändler sowie der Obst- und Gemüseverkäufer entgegen. Im allmählich heller werdenden Licht des frühen Morgens fiel der Blick durch offen stehende Lieferanteneingänge in hell erleuchtete Spülküchen.

Bis Pitt das kurze Stück von der Keppel Street im nicht besonders wohlhabenden, aber durchaus achtbaren Teil des Stadtviertels Bloomsbury, wo er lebte, zu dem unauffälligen Haus zurückgelegt hatte, in dem Narraway zur Zeit sein Standquartier hatte, war es vollständig hell geworden. Er ging nach oben, während Jesmond, der seine Schuldigkeit getan hatte, unten wartete.

Narraway saß in dem riesigen Sessel, den er von einem Haus zum anderen mitzunehmen schien, wenn er von Zeit zu Zeit sein Standquartier wechselte. Er war schlank, drahtig und nahezu eine Handbreit kleiner als Pitt. Graue Fäden durchzogen sein dichtes dunkles Haar an den Schläfen, und seine Augen waren so dunkel, dass sie fast schwarz wirkten. Mit keinem Wort entschuldigte er sich bei Pitt dafür, dass er ihn aus dem Schlaf gerissen hatte. Der stellvertretende Polizeipräsident Cornwallis, Pitts früherer Vorgesetzter, hätte das getan.

»Auf einem Anwesen am Connaught Square hat es einen Mordfall gegeben«, sagte er gelassen. Er sprach leise und überaus deutlich. »Normalerweise würde uns das nichts angehen, aber der Tote ist im diplomatischen Dienst tätig. Zwar ist seine Position ziemlich unbedeutend, aber in dem Haus, in dessen Garten man ihn erschossen hat, lebt die ägyptische Geliebte von Mr Saville Ryerson, einem unserer Kabinettsmitglieder. Unglücklicherweise hat es den Anschein, dass der Minister sich zur Tatzeit dort aufgehalten hat.« Narraway sah Pitt unverwandt an.

Pitt holte tief Luft.

»Wer hat ihn erschossen?«, fragte er.

Ohne den Blick von ihm zu wenden, sagte Narraway: »Das festzustellen ist Ihre Aufgabe. Leider sieht es im Augenblick ganz danach aus, dass Mr Ryerson in die Sache verwickelt sein könnte, da die Polizei auf dem Grundstück sonst niemanden angetroffen hat – außer den Hausangestellten. Die aber lagen im Bett und schliefen. Verschlimmert wird die Sache noch dadurch, dass die Frau beim Eintreffen der Polizei die Leiche gerade fortschaffen wollte.«

»Ausgesprochen peinlich«, gab ihm Pitt trocken Recht. »Aber mir ist nicht klar, was wir da tun können. Falls die Ägypterin geschossen hat, fällt das ja wohl nicht unter diplomatische Immunität – oder gilt die auch für Mord? So oder so können wir die Sache wohl kaum beeinflussen.«

Er hätte gern hinzugefügt, dass es weder sein Wunsch noch seine Absicht war, die Anwesenheit eines Mitglieds des englischen Kabinetts am Tatort zu vertuschen, doch fürchtete er, dass Narraway genau das von ihm verlangen würde, um die Regierung nicht in Bedrängnis zu bringen oder diplomatische Verwicklungen zu vermeiden. Manches an der Arbeit im Sicherheitsdienst war ihm herzlich zuwider, aber seit dem Fall von Whitechapel blieb ihm keine rechte Wahl. Man hatte ihn als Leiter der Polizeiwache in der Bow Street abgesetzt, und er hatte seiner Abordnung zum Sicherheitsdienst zugestimmt, weil er dort vor den Nachstellungen des Inneren Kreises sicher war, dessen Machtstruktur und verbrecherische Machenschaften er ans Tageslicht gebracht hatte. Hinzu kam, dass ihm die neue Tätigkeit die einzige Möglichkeit bot, seine Fähigkeiten zu nutzen, um seinen Lebensunterhalt und den seiner Familie zu sichern.

Mit der Andeutung eines spöttischen Lächelns fuhr Narraway fort: »Sehen Sie zu, dass Sie Genaueres in Erfahrung bringen. Man hat die Frau auf die Wache in der Edgware Road gebracht. Das fragliche Haus heißt Eden Lodge. Irgendjemand scheint ziemlich viel Geld dafür aufzuwenden.«

Pitt presste die Zähne aufeinander. »Ich nehme an, Mr Ryerson. Vermutlich sagen Sie das ja nicht einfach so dahin, dass sie seine Geliebte ist.«

Narraway seufzte. »Sehen Sie zu, was Sie ermitteln können, Pitt. Solange wir die Wahrheit nicht wissen, sind uns die Hände gebunden. Hören Sie mit Ihren Erwägungen und Bedenken auf, und tun Sie Ihre Pflicht.«

»Ja, Sir«, sagte Pitt ein wenig bissig, nahm einen Augenblick lang stramme Haltung an, wandte sich dann auf dem Absatz um und ging hinaus. Dabei stieß er die Hände tief in die Taschen seines Jacketts, das durch diese Angewohnheit schon jede Form verloren hatte.

Er wandte sich nach Westen. Die Edgware Road lag ganz in der Nähe des Hyde Parks. Dorthin war es so weit, dass er beschloss, eine Droschke zu nehmen.

Inzwischen waren schon mehr Menschen unterwegs, und auch der Fahrzeugverkehr auf den Straßen hatte zugenommen. Ein Zeitungsjunge rief mit lauter Stimme die neuesten Nachrichten aus. Dabei ging es in erster Linie um die Möglichkeit eines Streiks in den Baumwollwebereien von Manchester, der schon ziemlich lange drohend in der Luft lag. Es sah keineswegs danach aus, dass sich die Situation von selbst bessern würde. Die Baumwollindustrie war im westlichen Teil Mittelenglands der bedeutendste Wirtschaftszweig, und Zehntausende verdienten mehr recht und schlecht ihren Lebensunterhalt damit, dass sie die aus Ägypten eingeführte Rohbaumwolle spannen, webten, färbten und weiterverarbeiteten. Da die Fertigerzeugnisse auf der ganzen Welt abgesetzt wurden, musste ein solcher Streik tiefgreifende und weitreichende Folgen haben und unabsehbaren volkswirtschaftlichen Schaden anrichten.

Nur hier und da zogen Wolkenfetzen über den klaren Himmel, doch war es noch ziemlich kühl. Pitt sah, dass eine Frau an einer Straßenecke becherweise Kaffee verkaufte – eine willkommene Möglichkeit, etwas Warmes in den Leib zu bekommen. Er musste damit rechnen, dass er keine Zeit zum Frühstücken haben würde. Er blieb stehen.

»Morg'n, Sir«, sagte die Frau munter. Als sie lächelte, zeigte sich, dass ihr zwei Schneidezähne fehlten. »Herrlicher Tag, nur 'n bisschen frisch, was? Wie wär's mit 'm Schluck heißen Kaffee?«

»Gern.«

»Zwei Pence, Sir.« Sie streckte eine knotige Hand nach dem Geld aus. Dabei sah er, dass ihre Finger von den Kaffeebohnen dunkel gefleckt waren.

Während er, auf dem Gehweg stehend, den dampfenden Kaffee in kleinen Schlucken aus dem Becher trank, überlegte er, wie er auf der Wache in der Edgware Road auftreten sollte. Bestimmt würden die Beamten sein Erscheinen dort sogar dann als Einmischung in ihre Angelegenheiten auffassen, wenn sich die Sache als so übel herausstellen sollte, dass sie eigentlich froh über die Möglichkeit sein müssten, einem anderen den Schwarzen Peter zuzuschieben. Er konnte sich gut erinnern, wie es ihm als Leiter der Wache in der Bow Street gegangen war. Jeden Fall, und wenn er noch so unangenehm war, hatte er selbst bearbeiten wollen, und es hatte ihn zutiefst verstimmt, wenn ein Vorgesetzter, der mit den Zusammenhängen und der Beweislage weniger vertraut war als er, ihm einen Fall aus der Hand genommen hatte. Mitunter waren diese Leute nicht einmal mit den Menschen zusammengetroffen, um die es ging, hatten nicht gesehen, wo sie lebten, wem ihre Fürsorge galt, wen sie fürchteten, liebten oder hassten, ganz davon zu schweigen, dass sie selbst sie verhört hätten.

Bei den Fällen, mit denen er im Sicherheitsdienst bisher zu tun gehabt hatte, war es in erster Linie um Vorbeugung gegangen. Er hatte Männer aufspüren müssen, die im Verdacht standen, dass sie zur Gewalttat aufriefen oder die frierenden und hungernden Massen der Armen zum Aufruhr anstifteten. Gelegentlich hatte er sich auch an der Suche nach Anarchisten oder möglichen Bombenlegern beteiligt. Ins Leben gerufen worden war der Sicherheitsdienst ursprünglich im Zusammenhang mit der irischen Frage, und er hatte, zumindest was die Bekämpfung der Gewalttätigkeit anging, durchaus gewisse Erfolge aufzuweisen. Mittlerweile bekämpfte er jede Bedrohung der Sicherheit des Landes, und unter diese Rubrik mochte es auch fallen, wenn ein führendes Regierungsmitglied in eine zwielichtige Affäre verwickelt war.

Er trank den Kaffee aus, gab den Becher zurück, dankte der Frau und ging weiter. Als er sah, dass an der Kreuzung eine freie

Droschke anhielt, fiel er in Laufschritt und rief dem Kutscher zu, er möge auf ihn warten.

In der Wache an der Edgware Road stellte er sich dem für den Fall zuständigen Inspektor Talbot vor und hielt ihm seine Karte hin. Dieser, mittelgroß und dürr wie ein Windhund, empfing ihn mit kaum verhohlener Ablehnung in seinem Dienstzimmer und bot ihm mit einer widerwilligen Handbewegung einen der Holzstühle an. Er selbst blieb hinter seinem Schreibtisch stehen, auf dem ein Stapel in sauberer Handschrift abgefasster Berichte lag. Ohne darauf zu warten, was sein ungebetener Besucher zu sagen hatte, erklärte er mit ausdrucksloser Stimme: »Der Fall ist sonnenklar. Die Beweislage lässt sich kaum falsch einschätzen. Da man uns sofort benachrichtigt hat, konnten wir die Frau in flagranti ertappen. Als meine Männer eintrafen, war sie gerade dabei, das Opfer auf einer Schubkarre wegzuschaffen. Die Tatwaffe, eine Pistole, lag neben ihr am Boden. Es ist ihre eigene.« Herausfordernd sah er Pitt an.

»Und wer hat den Mord gemeldet?«, fragte Pitt. Noch während er das sagte, spürte er, wie ihn eine gewisse Hoffnungslosigkeit erfasste. Es sah tatsächlich ganz nach einem klaren, einfachen und hässlichen Fall aus. Wie der Mann gesagt hatte, führte an dieser Erkenntnis wohl kein Weg vorbei.

»Das wissen wir nicht«, gab Talbot zurück. »Jemand hat sich bei uns gemeldet, weil geschossen worden war.«

»Und auf welche Weise?«, hakte Pitt nach. In ihm war eine gewisse Neugier erwacht.

»Telefonisch«, erklärte Talbot, der sofort begriffen hatte, worauf Pitt hinauswollte. »Das engt den Kreis derer, die infrage kommen, doch wohl ziemlich ein, was? Wie gesagt, wir wissen nicht, wer es war. Der Anrufer hat keinen Namen genannt und außerdem mit heiserer Stimme gesprochen, wahrscheinlich vor Aufregung. Die Telefonistin konnte nicht einmal mit Sicherheit sagen, ob es sich um einen Mann oder eine Frau handelte.«

»Die betreffende Person war also nahe genug am Tatort, um zweifelsfrei sagen zu können, dass es sich um Schüsse und nicht um irgendwelche anderen Geräusche handelte«, schloss Pitt sogleich. »Wie viele Häuser im Umkreis von hundert Metern um Eden Lodge haben Telefon?«

Talbot verzog den Mund. »Ziemlich viele. Im Umkreis von hundertfünfzig Metern dürften es fünfzehn oder zwanzig sein. In der Gegend wohnen eine ganze Reihe betuchter Leute. Natürlich werden wir herumfragen, aber dass der Anrufer keinen Namen genannt hat, lässt auf die Absicht schließen, nicht in die Sache verwickelt zu werden.« Er zuckte die Achseln. »Wirklich schade. Vielleicht hat er ja etwas beobachtet, aber ich nehme an, eher nicht. Der Tote war im Garten ziemlich gut von Gesträuch verdeckt. Da stehen lauter immergrüne Pflanzen, Lorbeerbüsche und dergleichen.«

»Aber Ihre Leute haben ihn sofort gefunden«, nahm Pitt den Faden wieder auf.

»Das ließ sich kaum vermeiden«, sagte Talbot mit trübseliger Miene. »Die Frau stand in einem langen weißen Kleid da, die Leiche auf einer Schubkarre vor sich, als hätte sie die Griffe in dem Augenblick losgelassen, als sie meine Männer kommen hörte.«

Pitt versuchte sich das Bild vorzustellen: die undurchdringliche Schwärze des Gartens mitten in der Nacht, das Blättergewirr, die feuchte Erde, eine Frau im Abendkleid mit einer Leiche auf einer Schubkarre.

»Wie Sie sehen, gibt es hier für Sie nichts zu tun«, unterbrach Talbot seine Gedanken.

»Möglich.« Pitt war nicht bereit, sich ohne weiteres fortschicken zu lassen. »Sagten Sie nicht, dass da eine Pistole lag?«

»Ja. Schönes Stück, mit ziselierten Griffschalen. Der Lauf war noch warm und roch deutlich nach Pulver. Zweifellos ist er damit getötet worden. Vernünftigerweise hat die Frau erst gar nicht abzustreiten versucht, dass die Waffe ihr gehört.«

»Und ein Unfall ist ausgeschlossen?«, fragte Pitt, ohne selbst so recht an eine solche Möglichkeit zu glauben.

Talbot gab ein leises Knurren von sich. »Bei einem Abstand von zwanzig Schritt wäre das unter Umständen möglich – aber es waren nur drei oder vier. Außerdem läuft so eine Frau nachts um drei ja wohl nicht ohne Grund mit einer Pistole im Garten herum.«

»Hat man ihn denn draußen erschossen?«, fragte Pitt rasch. Fabrizierte der Inspektor da womöglich Hypothesen, die nicht mit der Wirklichkeit übereinstimmten?

Talbot lächelte kaum wahrnehmbar. Es war lediglich ein leichtes Zucken der Lippen. »Entweder das, oder er hat eine Weile draußen gelegen, denn man hat auf dem Erdboden Blutspuren gefunden – im Haus übrigens keine.« Sein Gesichtsausdruck verhärtete sich, seine blassen Augen leuchteten. »Da gibt es doch eine Menge zu erklären, oder nicht?«

Pitt schwieg. Was erwartete Narraway eigentlich von ihm? Wenn Ryersons Geliebte diesen Mann erschossen hatte, gab es für den Sicherheitsdienst nicht den geringsten Grund, sie zu decken oder gar zu ihrem Schutz die Wahrheit zu verdrehen.

»Wer ist der Tote?«, fragte er.

Talbot lehnte sich an die Wand. »Auf diese Frage warte ich schon die ganze Zeit. Edwin Lovat, ehemaliger Offizier, nach seiner Entlassung aus dem Heer in untergeordneter Position im diplomatischen Dienst tätig. Er kommt aus einem erstklassigen Stall und hatte, soweit wir bisher feststellen konnten, weder Feinde noch Schulden. Alles deutet auf eine untadelige Vergangenheit hin, und bis heute Nacht sah auch seine Zukunft vielversprechend aus.« Er hielt inne. Offenkundig wartete er auf die nächste Frage.

Pitt ließ sich seine Verärgerung nicht anmerken. »Und welchen Grund hatte die Frau, ihn zu erschießen, ganz gleich, ob drinnen oder draußen? Ich nehme an, dass er nicht versucht hat, bei ihr einzubrechen?«

Talbot zog die Brauen hoch, sodass sich seine Stirn in Falten legte. »Warum zum Kuckuck hätte er das tun sollen?«

»Was weiß ich?«, gab Pitt knapp zurück. »Und warum sollte sie mit einer Pistole im Garten herumspazieren? Nichts von all dem ergibt einen Sinn.«

»O doch!«, gab Talbot zurück, beugte sich eifrig vor und stützte die Ellbogen auf den Schreibtisch. »Dieser Lovat war in seiner aktiven Zeit in Ägypten stationiert. Genau gesagt in Alexandria, woher die Frau stammt. Wer weiß schon, wie es im Kopf der Weiber von da unten aussieht? Die sind nicht wie unsere Frauen, müssen Sie wissen. Aber immerhin hat sie es ganz schön weit gebracht. Es ist allgemein bekannt, dass sie die Geliebte von Mr Ryerson ist, einem Minister, der einen Wahlkreis in Manchester vertritt, wo die Regierung im Augenblick eine Menge Ärger wegen der Baumwollindustrie hat. Nein, nein, so eine Frau gibt sich nicht mit einem abgehalfterten Offizier ab, der den Fuß erst auf die unterste Sprosse der diplomatischen Leiter gesetzt hat. Ich würde sagen, der junge Mann war nicht bereit, sich mit ihrem Nein zufrieden zu geben, und sie wollte verhindern, dass er sich in ihre neue Affäre drängt und Mr Ryerson mit Geschichten aus ihrer Vergangenheit gegen sie aufbringt.«

»Haben Sie Beweise dafür?«, fragte Pitt. Er war wütend und wollte zeigen, dass Talbot unsauber gearbeitet hatte und von Vorurteilen ausging. Dennoch gelang es ihm nicht, Widerwillen gegen den Mann zu empfinden. Seine Aufgabe war heikel und undankbar. Pitt überlegte, was er wohl unter diesen Umständen getan hätte. Er wusste es beim besten Willen nicht. Auch er wäre zutiefst verärgert gewesen und hätte auf der Suche nach einer Lösung womöglich die Tatsachen außer Acht gelassen.

»Natürlich nicht!«, gab Talbot hitzig zurück. »Aber ich gehe jede Wette ein, dass ich in einem oder zwei Tagen welche habe, wenn mir nicht der Sicherheitsdienst oder sonst jemand dazwischenfuhrwerkt und mich in meiner Arbeit behindert. Immerhin liegt die Tat erst vier Stunden zurück.«

Es war Pitt bewusst, dass er den Mann ungerecht behandelte.

»Wie haben Sie den Toten identifiziert?«, fragte er.

»Er hatte Visitenkarten in der Tasche«, sagte Talbot und setzte sich wieder aufrecht hin. »Die Frau hatte sich nicht einmal die Mühe gemacht, sie ihm abzunehmen. Sie konnte wohl an nichts anderes denken als daran, dass sie ihn aus dem Weg schaffen musste.«

»Hat sie das gesagt?«

»Herrgott noch mal!«, brach es aus Talbot heraus. »Meine Leute haben sie mit der Leiche quer über einer Schubkarre im Garten hinter ihrem Haus angetroffen. Was könnte sie sonst mit ihm vorgehabt haben? Bestimmt wollte sie ihn nicht zum Arzt bringen. Er war schon tot. Statt die Polizei zu rufen, wie das ein schuldloser Mensch wohl getan hätte, hat sie die Schubkarre aus dem Schuppen im Garten geholt und den Mann draufgepackt, um ihn wegzufahren.«

»Wohin?«, fragte Pitt und versuchte sich vorzustellen, wie es in ihrem Kopf ausgesehen haben mochte.

Talbot sah leicht unbehaglich drein. »Sie weigert sich, darüber zu sprechen.«

Pitt hob die Brauen. »Und was ist mit Mr Ryerson?«

»Den habe ich nicht gefragt!«, blaffte ihn Talbot an. »Ich habe auch nicht die Absicht, es zu tun. Er war nicht da, als meine Leute am Tatort eintrafen, sondern ist erst kurz darauf gekommen.«

»Wie bitte?«, fragte Pitt ungläubig.

Talbot wurde rot. »Er ist erst kurz darauf gekommen«, wiederholte er stur.

»Wollen Sie mir etwa weismachen, dass er zufällig nachts um drei dort vorbeigekommen ist, gesehen hat, wie ein Wachtmeister mit seiner Lampe eine Frau anleuchtet, vor der eine Schubkarre mit einer Leiche steht, und sich erkundigt hat, ob er behilflich sein kann?«, fragte Pitt mit vor Sarkasmus triefender Stimme. »Er ist wohl mit der Kutsche vorgefahren und von der Straße aus in den Garten gegangen? Ist er nicht zufällig aus dem Haus gekommen – im Nachthemd?«

»Nein!«, gab Talbot scharf zurück, wobei glühende Röte sein schmales Gesicht übergoss. »Er ist vollständig angekleidet von der Straße her gekommen.«

»Wo zweifellos seine Kutsche stand?«

»Er hat gesagt, er habe eine Droschke genommen.«

»Um der Dame einen Besuch abzustatten, die darauf sichtlich nicht vorbereitet war«, sagte Pitt mit beißendem Spott. »Und das nehmen Sie ihm ab?«

»Was bleibt mir anderes übrig?« Talbot erhob zum ersten Mal die Stimme. Man hörte einen Anflug von Verzweiflung in seinen Worten. Offenbar stand er kurz davor, seine bis dahin mühsam bewahrte Fassung zu verlieren. »Ich weiß selbst, dass das idiotisch klingt! Natürlich war er schon vorher da. Er ist aus der Richtung des Pferdestalls gekommen. Vermutlich wollte er ein Pferd anschirren, um die Leiche mit dem Einspänner oder was die Frau hat, wegschaffen zu können. Das Haus liegt nur einen Steinwurf vom Hyde Park entfernt. Weiter hätten sie ihn nicht zu bringen brauchen. Natürlich wäre er da ziemlich bald gefunden worden, aber niemandem wäre es möglich gewesen, einen von beiden mit der Sache in Verbindung zu bringen. Wir haben sie einfach deshalb nicht zusammen gesehen, weil wir so früh aufgetaucht sind. Aus der Frau ist kein Wort herauszubringen ...«

»... und ihn fragen Sie nicht, weil Sie es nicht so genau wissen wollen«, beendete Pitt den Satz für ihn.

»So in der Art«, gab Talbot zu. Er sah elend drein. »Falls der Sicherheitsdienst diese Aufgabe übernehmen will, nur zu! Meinen Segen haben Sie. Ryerson wohnt am Paulton Square in Chelsea. Die Hausnummer weiß ich nicht, aber Sie können sich ja erkundigen. Viele Minister gibt es da sicher nicht.«

»Zuerst möchte ich mit der Frau reden. Wie heißt sie überhaupt?«

»Ayesha Sachari«, gab Talbot zur Antwort. »Aber ich darf Sie nicht zu ihr lassen, Sicherheitsdienst hin oder her. Die Anweisung kommt von ganz oben. Da sie Mr Ryerson nicht belastet hat, hat der Sicherheitsdienst nichts mit dem Fall zu tun. Sofern sich die ägyptische Botschaft dazu äußert, muss sich das Auswärtige Amt, der Lordkanzler oder was weiß ich wer noch damit beschäftigen. Davon aber war bisher nicht die Rede. Noch ist sie einfach eine Frau, die wir wegen Mordes an einem früheren Liebhaber festgenommen haben, und es gibt keinen vernünftigen Grund anzunehmen, dass sie es nicht getan hat. So liegen die Dinge, Sir – und was mich betrifft, bleibt das auch so. Hier kommen Sie nicht zum Zug, und wenn Sie damit nicht zufrieden sind, müssen Sie es woanders probieren.«

Pitt steckte die Hände in die Hosentaschen. In der einen hatte er ein Stück Bindfaden, ein halbes Dutzend Münzen, ein eingewickeltes Pfefferminzbonbon, zwei Stückchen Siegelwachs, ein Federmesser und drei Sicherheitsnadeln, in der anderen ein Notizbuch, einen Bleistiftstummel und zwei Taschentücher. Flüchtig kam ihm der Gedanke, dass das zu viel war.

Talbot sah ihn aufmerksam an. Zum ersten Mal merkte Pitt, dass der Mann Angst hatte. Dazu gab es allerdings auch reichlich Grund. Wenn er sich irrte, ganz gleich, ob zu Ryersons Gunsten oder Ungunsten, würde es ihm das Genick brechen. Hier ging es nicht um Fakten, sondern um die Einschätzung der Lage. Er würde die Schuld auch dann auf sich nehmen müssen, wenn andere einen Fehler gemacht hatten, Männer, die mehr Macht besaßen und mehr zu verlieren hatten als er.

»Mr Ryerson ist also zu Hause?«, fragte Pitt.

»Soweit ich weiß, ja«, sagte Talbot. »Hier ist er jedenfalls nicht. Wir haben ihn gefragt, ob er uns bei den Ermittlungen behilflich sein könnte, und er hat verneint. Er hat gesagt, dass er Miss Sachari für unschuldig hält. Er könne sich nicht vorstellen, dass sie einen Menschen töten würde, es sei denn, dieser habe ihr nach dem Leben getrachtet. In dem Fall aber könne von einem Verbrechen keine Rede sein.« Er zuckte die Achseln. »Ich hätte das alles ohne ihn zu fragen hinschreiben können – schließlich hat er das Einzige gesagt, was ihm möglich war, um ihren Ruf zu wahren: dass er nichts weiß und gerade erst angekommen war und so weiter. Kein Ehrenmann würde eine Dame eine Hure nennen, nicht einmal dann, wenn sie eine ist und alle Welt es weiß. Und natürlich war nicht zu erwarten, dass er zugeben würde, dass sie es getan hat, oder? Schließlich würde es wie Verrat aussehen – ihre Beziehung ist allgemein bekannt. Aber wie gesagt, sie hat nicht bestritten, dass ihr die Pistole gehörte. Wir haben ihren Diener gefragt, und er hat die Waffe erkannt. Es war seine Aufgabe, sie zu putzen, zu ölen und so weiter.«

»Und warum hatte sie eine?«

Talbot spreizte die Hände. »Was weiß ich! Es kommt einzig und allein darauf an, dass es ihre Waffe ist. Überlegen Sie doch nur:

Wachtmeister Cotter hat sie im Garten mit der Leiche eines verflossenen Liebhabers gefunden, die quer über einer Schubkarre lag. Was erwarten Sie noch von uns?«

»Nichts«, räumte Pitt ein. »Danke für Ihre Geduld, Inspektor. Falls sich etwas Neues ergeben sollte, melde ich mich wieder.« Er zögerte einen Augenblick und sagte dann mit einem Lächeln: »Viel Glück.«

Talbot verdrehte die Augen, doch sein Ausdruck entspannte sich flüchtig. »Danke«, sagte er mit einem Anflug von Sarkasmus. »Ich wollte, ich könnte mich so einfach aus der Sache davonstehlen wie Sie.«

Mit breitem Lächeln und einem unleugbaren Gefühl der Erleichterung ging Pitt zur Tür. Von ihm aus konnte der arme Talbot den Fall gern bearbeiten, der letzten Endes nahezu mit Sicherheit nichts weiter war als eine private Tragödie, auch wenn ein Minister in sie verwickelt war.

Trotzdem beschloss er, sich den Tatort anzusehen, bevor er Narraway Bericht erstattete. Es war ein schöner Vormittag, und bis zum Connaught Square dauerte es zu Fuß höchstens zehn Minuten. Die Straßen waren unterdessen deutlich belebter, und fröhlich hallte das Klappern von Pferdehufen durch die Morgenluft. Auf dem Vorplatz eines großen Hauses klopfte ein Dienstmädchen von etwa vierzehn Jahren einen rot-blauen Teppich so kräftig, dass dichter Staub im Sonnenlicht tanzte. Flüchtig ging Pitt die Frage durch den Kopf, ob ihr lustvolles Zuschlagen auf Lebensfreude zurückging oder der Teppich die Stelle eines Menschen vertrat, den sie nicht ausstehen konnte.

Er überquerte die Straße, deren Pflastersteine noch vom Tau glänzten, und warf einem der kleinen Jungen, die auf der Straße Pferdeäpfel zusammenkehrten, einen Penny zu. Noch hatte der Junge nicht viel zu tun, und so stand er auf seinen Besen gestützt da. Die einige Nummern zu große Schirmmütze saß ihm auf den Ohren.

»Danke, Chef!«, rief er Pitt mit breitem Lächeln zu.

Eden Lodge war ein eindrucksvolles Anwesen. Pitt hätte gern gewusst, ob Miss Sachari Eigentümerin des Hauses war oder zur

Miete darin wohnte und von wem sie es gemietet hatte. Natürlich war es denkbar, dass die beiden nicht besonders diskret gewesen waren und das Haus Ryerson gehörte. Wichtiger aber als diese Frage war jetzt, dass sich Pitt den Garten ansah, in dem man die Frau mit der Leiche angetroffen hatte. Dazu musste er ans Ende der Häuserzeile und um die Gebäude herumgehen.

Am Pferdestall, hinter dem sich der Sankt-Georgs-Friedhof erstreckte, hielt ein Polizeibeamter Wache, und so musste sich Pitt ausweisen, bevor er das Grundstück betreten konnte. Er blieb auf dem Weg, obwohl kein Grund zu der Annahme bestand, dass er irgendwelche Spuren zerstören konnte. Die hölzerne Schubkarre stand noch an Ort und Stelle. Auf ihren Bodenbrettern war eine Lache aus geronnenem Blut zu erkennen. Ganz offensichtlich hatte der Tote quer darüber gelegen, mit dem Kopf auf der einen und den Beinen auf der anderen Seite. Dort, wo den Aussagen Inspektor Talbots nach Miss Sachari gestanden hatte, fand Pitt Blutspuren am Boden.

Er bückte sich und untersuchte aufmerksam die nähere Umgebung. Das Rad der Schubkarre hatte eine knapp einen Meter lange Vertiefung im Boden erzeugt und war um eine gute Daumenbreite ins Erdreich eingesunken, was einen Rückschluss auf das Gewicht der Last zuließ. Außerdem sah er Spuren aus der Richtung, von wo sie leer herbeigebracht, herumgedreht und beladen worden war. Er richtete sich auf und ging einige Schritte weiter. Herabgefallene Ästchen, Laub und kleine Steine am Boden bewirkten, dass die Fußspuren ziemlich undeutlich waren, doch erkannte er, wo jemand gestanden und sich umgedreht hatte. Allerdings ließ sich unmöglich sagen, ob es sich dabei um eine einzelne Person oder mehrere gehandelt hatte, und schon gar nicht, ob die Fußabdrücke von einem Mann, einer Frau oder von beiden stammten.

Bei genauerem Hinsehen erkannte Pitt zwischen Lorbeer- und Rhododendronbüschen etwa fünf Schritt von der Gartenmauer entfernt, die den Weg zum Dienstboteneingang mit der Spülküche begrenzte, deutlich rostrotes eingetrocknetes Blut. Dort also musste das Opfer zu Boden gestürzt sein.

Die Büsche standen im Schatten von Birken, die hoch über sie hinausragten. Vom Pferdestall aus konnte man diese Stelle mit Sicherheit nicht sehen, und das Wohnhaus schützte sie vor Blicken von der Straße her. Hinter einer von Blumenrabatten eingefassten Rasenfläche sah Pitt eine Terrassentür, die in den Wohntrakt des Hauses führte.

Was zum Henker mochte Edwin Lovat mitten in der Nacht dort getrieben haben? Pitt konnte sich nicht recht vorstellen, dass er durch den Pferdestall gekommen war und auf diese Weise ins Haus gehen wollte, es sei denn, er hätte sich mit der Bewohnerin verabredet und diese ihn hinter der Terrassentür erwartet. Falls sie ihn nicht empfangen wollte, wäre nichts einfacher gewesen, als ihn abzuweisen, denn sie brauchte lediglich ihren Dienstboten die nötige Anweisung zu geben. Im schlimmsten Fall hätte sie Anweisung geben können, den ungebetenen Besucher an die frische Luft zu setzen.

Falls Lovat in der Tat gerade erst angekommen war, sah es verdächtig danach aus, als hätte ihm die Ägypterin mit der Absicht dort aufgelauert, ihn umzubringen. Warum sonst hätte sie sich mit einer geladenen Schusswaffe im Garten aufhalten sollen?

Eine andere Möglichkeit bestand darin, dass Lovat nach einem Streit gerade hatte gehen wollen und sie ihm mit der Waffe gefolgt war.

Wann Ryerson wohl tatsächlich eingetroffen war? Bevor geschossen wurde – oder danach? Hatte die Frau den Toten eigenhändig auf die Schubkarre gehoben? Man müsste feststellen, wie groß und schwer sie und Lovat waren. Sofern sie den Toten hochgehoben hatte, müsste man an ihrem weißen Kleid Blutspuren und vielleicht auch Erde finden. Danach konnte er Talbot fragen oder besser noch den Beamten, der als Erster am Tatort gewesen war.

Er machte kehrt und ging durch das Tor zum Pferdestall zurück. Dort sah er den Wachtmeister, der vor Langeweile von einem Fuß auf den anderen trat. Er wandte sich um, als er hörte, wie das Tor geschlossen wurde.

»Hatten Sie heute Nacht hier Dienst?«, fragte Pitt. Der Mann sah so müde aus, als wäre er schon seit vielen Stunden auf.

»Ja, Sir.«

»Waren Sie bei der Festnahme von Miss Sachari anwesend?«

»Ja, Sir.« Seine Stimme hob sich ein wenig, klang interessierter.

»Können Sie mir die Frau beschreiben?«

Einen Augenblick sah der Beamte verwundert drein, dann überlegte er, wobei sich sein Gesicht vor Anstrengung verzog. »Ziemlich groß, Sir, und sehr schlank. Dass sie Ausländerin is, is auf 'n ersten Blick zu erkennen – se sieht richtig fremdländisch aus. Auf mich hat se ... na ja, 'n sehr damenhaften Eindruck gemacht, jedenfalls mehr wie unsre Damen meistens – ich mein, die sind ...«

»Nur zu«, ermunterte ihn Pitt. »Ich will offene Antworten, Sie brauchen also keine Rücksichten zu nehmen. Was ist mit dem Toten? Wie groß war er?«

»Größer wie der Durchschnitt, Sir, und breitschultrig. Was Genaueres kann ich schwer sagen – ich hab 'n ja nie stehen sehen. Aber ich denk, 'n bisschen größer wie ich un nich ganz so groß wie Sie.«

»Hat man ihn ins Leichenschauhaus gebracht?«

»Ja, Sir.«

»Wie viele Männer haben ihn aufgehoben?«

»Zwei, Sir.« Der Ausdruck von Verstehen trat auf seine Züge. »Sie meinen wohl, dass se 'n nich alleine auf die Schubkarre gekriegt hat?«

»Ja.« Pitt presste die Lippen zusammen. »Aber es dürfte besser sein, zu niemandem darüber zu sprechen, jedenfalls fürs Erste. Man hat mir gesagt, dass die Frau ein weißes Kleid trug. Stimmt das?«

»Ja, Sir. Es hat ganz eng angelegen, nich so wie sonst bei den Damen, soweit ich welche gesehen hab. Sehr schön ...« Er errötete leicht, wohl weil er der Ansicht war, dass es sich nicht mit seiner Tätigkeit vertrug, eine Mörderin schön zu finden, noch dazu eine fremdländische. Dennoch fuhr er fort: »Irgendwie natürlicher. Ich mein ...« Er fuhr sich mit einer Hand über die Schulter. »Keine Puffärmel, mehr so, wie Frauen von Natur aus aussehen.«

Pitt unterdrückte ein Lächeln. »Ich verstehe. Und gab es auf diesem weißen Kleid Erd- oder Blutflecken?«

»'n bisschen Erde, aber das war wohl eher Blätterdreck«, sagte der Beamte.

»Wo?«

»So auf Kniehöhe. Als hätt se am Boden gekniet.«

»Aber kein Blut?«

»Nein, Sir, jedenfalls hab ich keins gesehen.« Er riss die Augen weit auf. »Sie mein', se hat 'n nich auf die Schubkarre gelegt?«

»Nein, ich glaube, das haben Sie gesagt, Wachtmeister. Übrigens wäre es mir sehr recht, wenn Sie das nicht wiederholten, es sei denn, man fordert Sie in einer Situation dazu auf, in der es eine Lüge wäre, etwas anderes zu sagen. Lügen sollen Sie auf keinen Fall.«

»Nein, Sir! Hoffentlich fragt mich keiner.«

»Ja, das wäre auf jeden Fall das Beste«, stimmte Pitt mit Nachdruck zu. »Danke, Wachtmeister. Wie heißen Sie?«

»Cotter, Sir.«

»Ist der Diener noch im Hause?«

»Ja, Sir. Niemand is da rausgekommen, seit man se weggebracht hat.«

»Dann werde ich hineingehen und mit ihm sprechen. Wissen Sie, wie er heißt?«

»Nein, Sir. Er sieht aber aus wie 'n Ausländer.«

Pitt dankte ihm erneut und ging zum Dienstboteneingang. Er klopfte und musste mehrere Minuten warten, bis ein dunkelhäutiger schlanker Mann in blassen steinfarbenen Gewändern öffnete. Den größten Teil seines Kopfes bedeckte ein Turban. Seine Augen waren nahezu schwarz.

»Ja, Sir?«, sagte er zurückhaltend.

»Guten Morgen«, begrüßte ihn Pitt. »Sind Sie Miss Sacharis Diener?«

»Ja, Sir. Aber Miss Sachari ist nicht anwesend.« Er sagte das mit solcher Endgültigkeit, als wäre damit jede mögliche Diskussion abgeschnitten, und traf Anstalten, die Tür zu schließen.

»Das ist mir bekannt!«, gab Pitt scharf zurück. »Wie heißen Sie?«

»Tariq El Abd, Sir.«

Pitt nahm eine Karte heraus und hielt sie ihm hin. Immerhin war es möglich, dass der Mann Englisch lesen konnte. »Ich komme vom Sicherheitsdienst. Vermutlich hat die Polizei bereits mit Ihnen gesprochen, aber ich muss Ihnen noch einige weitergehende Fragen stellen.«

»Ich verstehe.« Der Diener öffnete die Tür etwas weiter und ließ ihn widerstrebend eintreten. Eine Stufe höher als die Spülküche lag die warme Küche, aus der exotische Düfte drangen. Niemand befand sich darin. Pitt nahm an, dass El Abd auch als Koch fungierte und das übrige Personal jeweils nur tagsüber ins Haus kam.

»Möchten Sie Kaffee, Sir?«, erkundigte sich der Diener, als wäre er der Hausherr. Er sprach leise und nahezu akzentfrei.

»Danke«, nahm Pitt das Angebot mehr aus Höflichkeit an als aus dem Wunsch, eine weitere Tasse Kaffee zu trinken. In der Küche roch es nach Gewürzen und sonderbar geformten Brotlaiben, die auf einem Gestell nahe dem gegenüberliegenden Fenster abkühlten. In einer Schale auf dem Tisch lagen Früchte, die Pitt nicht kannte.

Schon nach wenigen Augenblicken brachte El Abd ein winziges Tässchen; offenbar hatte er den Kaffee aufgewärmt. Er bot Pitt einen Stuhl an und erkundigte sich, ob er bequem sitze. Er bewegte sich mit einer unauffälligen Anmut, die es schwierig machte, sein Alter zu schätzen, doch die vom Wetter gegerbte Haut seiner Hände und der schon deutlich ins Graue spielende schwarze Vollbart ließen Pitt annehmen, dass er sicher über vierzig war, wenn nicht gar schon nahe fünfzig.

Pitt nahm den Kaffee dankend entgegen und trank einen kleinen Schluck. Das Getränk war fast so dick wie Sirup und sagte ihm nicht sonderlich zu. Ohne sich das anmerken zu lassen, fragte er höflich: »Was ist heute Nacht hier vorgefallen?«

Da der Diener stehen geblieben war, musste Pitt den Blick zu ihm heben.

»Das weiß ich nicht, Sir«, antwortete er. »Ich bin wach geworden, vermutlich von einem Geräusch, und aufgestanden, um zu sehen, ob Miss Sachari gerufen hatte, konnte sie aber im ganzen Haus nicht finden.« Er zögerte.

»Und?«, half Pitt nach.

Der Mann sah zu Boden. »Ich bin ans Fenster zur Straßenseite gegangen und dann, weil dort nichts zu sehen war, nach hinten. Zwischen den Büschen, denen mit den glatten, glänzenden Blättern, habe ich eine Bewegung gesehen. Ich habe eine Weile gewartet, aber nichts weiter gehört. Da ich keinen Grund hatte anzunehmen, dass etwas nicht in Ordnung sein könnte, bin ich zu dem Ergebnis gekommen, dass mich wohl eine schlagende Tür geweckt hatte.«

»Was haben Sie dann getan?«

Er hob die Schultern ein wenig. »Ich habe mich wieder ins Bett gelegt, weil man mich offensichtlich nicht brauchte, Sir. Ich weiß nicht, wie lange es gedauert hat, bis ich dann Leute sprechen hörte und die Polizei mich nach unten rief.«

»Hat man Ihnen eine Schusswaffe gezeigt?«

»Ja, Sir.«

»Und Sie gefragt, wer ihr Eigentümer ist?«

»Ja, Sir. Ich habe gesagt, dass sie Miss Sachari gehört.« Er sah zu Boden. »Da wusste ich noch nicht, wozu sie gedient hatte. Aber ich putze und öle sie, da kenne ich sie natürlich gut.«

»Wozu besitzt Miss Sachari eine Schusswaffe?«

»Ich habe kein Recht, ihr solche Fragen zu stellen, Sir.«

»Und Sie kennen auch den Grund nicht?«

»Nein, Sir.«

»Aha. Aber da Sie die Waffe reinigen, wissen Sie auch, ob Ihre Herrin sie je benutzt hat.«

»Das kann ich verneinen, Sir.«

»Danke. Haben Sie Lovat ... den Toten gekannt?«

»Ich glaube nicht, dass er früher schon einmal hier war.«

Danach hatte Pitt nicht gefragt. Der Mann wich ihm aus. Tat er das absichtlich, oder hing es damit zusammen, dass Englisch nicht seine Muttersprache war?

»Haben Sie ihn früher schon einmal gesehen?«

Der Diener senkte den Blick. »Noch nie, Sir. Wenn ich richtig verstanden habe, hat der Polizeibeamte an seiner Kleidung und den Gegenständen in seinen Taschen erkannt, um wen es sich handelte.«

Die Polizei hatte El Abd also nicht gefragt, ob er Lovat schon einmal gesehen hatte. Das war eine Unterlassung, auf die es allerdings wohl nicht besonders ankam. Als Miss Sacharis Diener würde er jetzt, da er wusste, dass man sie des Mordes an Lovat verdächtigte, vermutlich auf jeden Fall bestreiten, dass er ihn kannte.

Pitt trank seinen Kaffee aus und stand auf. »Danke«, sagte er, bemüht, die letzten Reste der süßen, klebrigen Flüssigkeit hinunterzuschlucken. Er hoffte, dass es nicht zu lange dauern würde, bis er den Geschmack wieder losbekam.

»Sir.« Der Diener neigte zum Abschied leicht den Kopf. Es war kaum mehr als die Andeutung einer Verbeugung.

Pitt verließ das Haus durch den Hinterausgang, dankte Wachtmeister Cotter und kehrte am Pferdestall vorüber und um die Ecke auf den Connaught Square zurück, wo er nach einer Droschke Ausschau hielt, die ihn zu Narraway bringen sollte.

»Nun?« Narraway sah leicht verkniffen von seiner Zeitung auf. Sein Blick wirkte besorgt.

»Die Polizei hat die Ägypterin, Ayesha Sachari mit Namen, festgenommen und tut so, als hätte Ryerson mit der Sache nichts zu tun«, teilte ihm Pitt mit. »Die Leute stecken den Kopf in den Sand, statt der Sache auf den Grund zu gehen, weil sie nicht wissen wollen, wie es wirklich war.« Er tat einige Schritte durch den Raum und setzte sich Narraway gegenüber.

Dieser holte tief Luft und stieß sie langsam wieder aus. »Und wie war es wirklich?«, fragte er leise und gelassen. Er saß völlig reglos, als wolle er sich nicht durch die geringste Kleinigkeit ablenken lassen.

Statt lässig ein Bein über das andere zu schlagen, ahmte Pitt unbewusst die Haltung seines Vorgesetzten nach.

»Ryerson hat ihr Beihilfe geleistet, zumindest als es darum ging, die Leiche beiseite zu schaffen«, gab er zur Antwort.

»So, so ...« Wieder stieß Narraway langsam den Atem aus, ohne dass sich seine Anspannung minderte. »Und welche Beweise haben Sie dafür?«

»Die Frau ist sehr schlank und trug zur Tatzeit ein weißes Kleid«, gab Pitt zur Antwort. »Der Tote war ziemlich groß und schwer. Zwei Männer mussten ihn von der Schubkarre in den Wagen heben, der ihn zum Leichenschauhaus gebracht hat. Natürlich haben sie ihn unter Umständen rücksichtsvoller behandelt als jemand, der ihn möglichst schnell aus dem Weg haben wollte.«

Narraway nickte mit fest zusammengekniffenen Lippen.

»Aber auf ihrem weißen Kleid war weder Erde noch Blut zu sehen«, fuhr Pitt fort. »Lediglich Reste von vermoderten Blättern, weil sie am Boden gekniet hatte, möglicherweise neben dem Toten.«

»Aha«, sagte Narraway mit angespannt klingender Stimme. »Und was ist mit Ryerson?«

»Danach habe ich nicht gefragt«, erklärte Pitt. »Der Beamte am Tatort hat durchaus begriffen, warum ich diese Dinge wissen wollte, und die richtigen Folgerungen daraus gezogen. Soll ich noch einmal hin und ihn fragen? Das ließe sich ohne weiteres einrichten, nur würde dann ...«

»Das weiß ich selbst!«, fuhr ihn Narraway an. »Nein, lassen Sie es gut sein ... jedenfalls vorerst.« Flüchtig flackerte Unruhe in seinem Blick, dann aber sah er zur gegenüberliegenden Wand hin. »Wir wollen abwarten, wie sich der Fall entwickelt.«

Pitt blieb ruhig sitzen. Die Atmosphäre im Raum wirkte sonderbar auf ihn, als lägen wichtige Ereignisse in der Luft, die sich jedem Zugriff entzogen. Narraway hatte bestimmte Punkte nicht ausgesprochen. War das von Bedeutung? Oder war das, was er empfand, eher ein Unbehagen, das auf die gesammelten Erfahrungen vieler Jahre zurückging?

Auch Narraway zögerte, ließ aber den Augenblick verstreichen und sah Pitt erneut an. »Also weiter«, sagte er etwas weniger schroff. »Sie haben mir gesagt, was Sie gesehen haben und was Ihnen der Beamte am Tatort mitgeteilt hat. Wir werden uns bemühen, Ryerson nach Möglichkeit aus der Sache herauszuhalten. Einstweilen soll sich die Polizei damit beschäftigen. Gehen Sie nach Hause und essen Sie etwas. Vielleicht brauche ich Sie später noch.«

Pitt erhob sich, ohne den Blick von Narraway zu wenden, der ihn seinerseits ansah. In seinen glänzenden Augen lag eine kaum erkennbare Empfindung. Dass er sie absichtlich verborgen hielt, spürte Pitt ebenso deutlich wie die gespannte Atmosphäre im Raum, die etwa so war wie an einem gewittrigen Tag.

»Ja, Sir«, sagte er ruhig und ging hinaus. Gedankenvoll sah ihm Narraway nach.

Erst am späten Vormittag kehrte Pitt in sein Haus an der Keppel Street zurück. Um diese Tageszeit waren die Kinder in der Schule. Als er die Haustür aufschloss, hörte er Charlotte und das Dienstmädchen Gracie in der Küche lachen. Während er sich die Schuhe auszog, musste er unwillkürlich lächeln. Die Geräusche hüllten ihn wohltuend ein: Frauenstimmen, das Klappern von Kochtöpfen, das schrille Pfeifen eines Wasserkessels. Die vom Küchenherd ausstrahlende Wärme erfüllte das Haus, und in der Luft hing der Geruch nach dem Brot im Backofen, nach frisch gewaschener und noch nicht vollständig trockener Wäsche sowie nach Holz – wohl vom gründlich geschrubbten Dielenboden.

Ein rötlich getigerter Kater kam aus der Küche, streckte sich lustvoll und näherte sich ihm dann, den Schwanz wie ein Fragezeichen emporgereckt.

»Hallo, Archie«, sagte Pitt leise und streichelte das Tier, das sich unter seiner Berührung drehte und schnurrend an sein Bein drängte. »Wahrscheinlich willst du die Hälfte von meinem Frühstück abhaben?«, fuhr er fort. »Na, dann komm.« Er richtete sich auf und ging, von dem Kater gefolgt, auf leisen Sohlen zur Küchentür.

Charlotte stürzte gerade ein Brot aus seiner Form auf das Gitter, auf dem es abkühlen sollte, während Gracie frisch abgewaschenes blau-weißes Porzellan einräumte. Auch mit über zwanzig war sie noch schmal und so klein, dass sie kaum die oberen Fächer des Geschirrschranks erreichte.

Charlotte, die seine Anwesenheit gespürt haben mochte, wandte sich um und sah ihn fragend an.

»Frühstück«, sagte er mit einem Lächeln.

Gracie stellte keine Fragen. Bei anderen Gelegenheiten allerdings stand ihr Mundwerk, wenn sie das für richtig hielt, keinen Augenblick still. Sie empfand das nicht als vorlaut; es hing mit ihrem Wunsch zusammen, Pitt zu helfen und sich um ihn zu kümmern. Damit hatte sie schon früh angefangen, kaum dass Charlotte und er sie mit dreizehn Jahren in ihr Haus geholt hatten, eine halb verhungerte Waise mit straff nach hinten gekämmten Haaren, deren Kleider viel zu groß für sie waren. Ein blitzgescheites aufgewecktes Kind, auch wenn sie damals weder lesen noch schreiben konnte.

In der Zwischenzeit war sie sehr viel reifer geworden. Ihrer festen Überzeugung nach arbeitete sie für den klügsten Kriminalbeamten, den es in England oder sonstwo gab, und sie wäre auf keinen Fall bereit gewesen, diese Stellung, in der sie ihm ihrer Ansicht nach unschätzbare Dienste leistete, gegen eine noch so verlockende einzutauschen, und wäre es am Hof der Königin.

»Es ist doch nicht etwa wieder der Innere Kreis?«, erkundigte sich Charlotte mit einem Anflug von Furcht in der Stimme.

Bei diesen Worten blieb Gracie mitten in der Bewegung wie erstarrt stehen. Sie schien vergessen zu haben, dass sie Teller einräumen wollte. Ihnen allen stand die Erinnerung an die entsetzliche Geheimorganisation deutlich vor Augen, die Pitt nicht nur die Anstellung bei der Polizei der Hauptstadt gekostet hatte, sondern um ein Haar auch das Leben.

»Nein«, sagte er sogleich mit fester Stimme, »ein einfacher Mord.« Charlotte sah ihn ungläubig an. »Höchstwahrscheinlich hat die Täterin ein Verhältnis mit einem hohen Regierungsmitglied«, fügte er hinzu. »Ebenso wahrscheinlich hat er sich selbst ebenfalls an Ort und Stelle befunden, wenn nicht zur Tatzeit, dann auf jeden Fall unmittelbar danach, und hat ihr geholfen, als sie die Leiche beiseite schaffen wollte.«

»Aha«, sagte sie. Sie hatte die Situation vollständig erfasst. »Aber das ist ihnen nicht gelungen?«

»Nein.« Er setzte sich auf einen der Stühle und streckte die Beine aus. »Jemand hat Schüsse gehört und die Polizei gerufen. Sie ist gerade in dem Augenblick eingetroffen, als die Frau den Toten mit einer Schubkarre aus ihrem Garten fortschaffen wollte.«

Einen Augenblick lang sah sie ihn ungläubig an, merkte aber an seinem Gesichtsausdruck, dass er nicht scherzte.

»Dieser Regierungsheini muss ja 'n ausgewachsener Hornochse sein!«, sagte Gracie unverblümt. »Hoffentlich hat der keine wichtige Aufgabe, sonst geht's uns allen noch ganz schön dreckig.«

»Gut möglich«, gab ihr Pitt aus vollem Herzen Recht. Archie sprang ihm auf die Knie, und er streichelte ihn geistesabwesend. »Man kann nicht ausschließen, dass es so kommt.«

Seufzend ging Gracie daran, ihm Tee zu machen und das Frühstücksgeschirr auf den Tisch zu stellen. Charlotte wandte sich wieder dem Herd zu, um das Mittagessen vorzubereiten. Ihrem Gesicht war deutlich anzusehen, dass sie Ärger voraussah.

KAPITEL 2

Die Abendzeitungen hatten nur kurz über die Entdeckung von Edwin Lovats Leiche auf dem Anwesen Eden Lodge berichtet, doch am Tag darauf brachten die Morgenblätter Einzelheiten über den Fall.

»Da ha'm Se's!«, sagte Gracie zu Pitt, der allein beim Frühstück saß, und wies auf die *Times* sowie die *London Illustrated News*. »Jetz fall'n se alle über die Ausländerin her. Da steht, dass sie 's getan hat un der Tote 'n achtbarer Herr war un so weiter.«

Charlotte hatte ihr Lesen beigebracht. Gracie war ungeheuer stolz auf diese neu erworbene Fähigkeit, die ihr eine Tür zu neuen Welten aufgestoßen hatte, an die sie früher nicht einmal im Traum gedacht hätte. Wichtiger aber noch war ihr, dass sie jetzt allen Menschen auf geistiger, wenn schon nicht auf gesellschaftlicher Ebene von gleich zu gleich gegenübertreten konnte. Was sie nicht wusste, würde sie herausbekommen. Sie konnte lesen, war also imstande zu lernen. »Über den Minister steht da nix!«, fügte sie hinzu.

Pitt nahm beide Zeitungen an sich und schlug sie auf, sodass sie den halben Tisch bedeckten, während er selbst nachsah. Jemima kam herein, den Schulkittel bereits über das Kleid gezogen. Mit ihren Zöpfen sah sie deutlich älter aus als ihre zehn Jahre, zumal sie, zumindest nach außen hin, nicht nur ausgesprochen beherrscht wirkte, sondern auch schon ziemlich groß war. Zu diesem Eindruck trugen auch die halbhohen Absätze ihrer Knöpfstiefel bei.

»Guten Morgen, Papa«, sagte sie und wartete artig auf seinen Gegengruß.

Er hob den Blick von der Zeitung, denn ihm war bewusst, dass sie seit dem nicht besonders lange zurückliegenden Abenteuer in Dartmoor mehr denn je auf seine Zuwendung angewiesen war. Es hatte ihn bedrückt, dass es ihm zum ersten Mal nicht möglich gewesen war, seine Angehörigen selbst zu schützen, die in höchster Lebensgefahr schwebten. Zum Glück hatte sein einstiger Untergebener Tellman diese Aufgabe glänzend gelöst und dabei seine eigene berufliche Zukunft aufs Spiel gesetzt. Er arbeitete nach wie vor in der Wache an der Bow Street. Ihr neuer Leiter, Pitts Nachfolger Oberinspektor Wetron, war nicht nur ein kalter Ehrgeizling, man vermutete auch, dass er zu den führenden Köpfen des Inneren Kreises gehörte und möglicherweise sogar auf dessen alleinige Führung hinarbeitete.

»Guten Morgen«, gab er gemessen zur Antwort und sah seine Tochter an.

»Steht da was Wichtiges drin?«, fragte Jemima mit einem Blick auf die Zeitung.

Er zögerte kaum wahrnehmbar. Stets war ihm darum zu tun, die Kinder vor Widrigkeiten zu bewahren, ganz besonders Jemima, vielleicht, weil sie ein Mädchen war. Charlotte hatte ihm allerdings erklärt, dass Geheimnistuerei und ausweichende Antworten den Menschen mehr Angst machen als selbst die entsetzlichsten Tatsachen und dass es schmerzt, wenn man von etwas ausgeschlossen wird, und seien die Gründe dafür noch so ehrenwert. Daniel, zwei Jahre jünger als Jemima, war selbstgenügsamer und weniger von seinem Vater abhängig. Zwar sah und hörte auch er aufmerksam zu, beschäftigte sich aber im Unterschied zu seiner Schwester in erster Linie mit seinen eigenen Angelegenheiten.

»Ich glaube nicht«, sagte er wahrheitsgemäß.

»Arbeitest du an dem Fall?«, fasste sie nach und sah ihn angespannt an.

»Er ist nicht gefährlich«, beruhigte er sie und lächelte dabei. »Es sieht so aus, als ob eine Frau jemanden erschossen hat und ein wichtiger Mann zu diesem Zeitpunkt ebenfalls am Tatort war. Wir müssen tun, was wir können, damit er keine Schwierigkeiten bekommt.«

»Warum?«, wollte sie wissen.

»Eine berechtigte Frage. Weil er dem Kabinett angehört und das Ganze für die Regierung unseres Landes äußerst peinlich wäre.«

»Hätte er denn woanders sein sollen?«, fragte sie. Offenbar hatte sie sofort begriffen, worum es ging.

»Unbedingt – und zwar zu Hause im Bett, denn es war mitten in der Nacht.«

»Warum hat die Frau den anderen erschossen? Hatte sie Angst vor ihm?« Das war für sie der nächstliegende Gedanke. Erst vor wenigen Monaten hatte sie erlebt, wie es war, Angst um sein Leben zu haben. Sie hatten am Rande des Heidelandes mitten in der Nacht aufstehen, eilig alle Habe zusammenraffen und in der Dunkelheit mit einem Pferdefuhrwerk fliehen müssen.

»Ich weiß nicht, mein Schätzchen«, sagte er und legte ihr eine Hand auf die glatte Wange. »Wir müssen das noch herausbekommen. Die Frau hat bisher nichts gesagt. Es ist genau wie früher meine Arbeit bei der Polizei und überhaupt nicht gefährlich.«

Konzentriert und aufmerksam sah sie ihn an. Offensichtlich überlegte sie, ob er ihr die Wahrheit sagte. Sie kam wohl zu dem Ergebnis, dass es sich so verhielt, denn mit befriedigtem Lächeln sagte sie »gut« und setzte sich an den Frühstückstisch. Gracie stellte den Haferbrei vor sie hin, der mit Milch und Zucker angerichtet war, und sie begann zu essen.

Pitt wandte sich erneut den Zeitungen zu. Der Artikel in der *Times* war ausgesprochen einseitig. Er pries in einem hymnischen Nachruf Edwin Lovat als glänzenden Offizier, den eine heimtückische Krankheit gezwungen hatte, den aktiven Heeresdienst zu quittieren, woraufhin er seine Fähigkeiten und die im Nahen Osten gewonnenen Erfahrungen in nutzbringender Weise als Diplomat eingesetzt habe. Eine glänzende Zukunft habe vor ihm gelegen, bis ihn eine ehrgeizige und skrupellose Frau, die seiner Aufmerksamkeiten überdrüssig geworden war und sich nach einem wohlhabenderen und einflussreicheren Gönner umsah, kaltblütig umgebracht hatte.

Der Name Saville Ryerson wurde nicht genannt. Nicht einmal eine Anspielung darauf fand sich. Man überließ es der Vorstellungskraft der Leser, sich auszumalen, um welche Art von Gönner es sich handeln mochte. Mit unmissverständlicher Deutlichkeit wurde hervorgehoben, dass die Frau der Tat fraglos schuldig war, dafür vor ein Gericht gehörte und ohne große Umschweife möglichst bald gehängt werden sollte.

Die leichtfertigen Annahmen, von denen der Artikel strotzte, behagten Pitt in keiner Weise. Immerhin wusste er weit mehr über den Fall als der Verfasser. Zugleich aber war ihm klar, dass der Gedanke, jemand könne den Tatvorwurf bestreiten, geradezu widersinnig anmuten musste. Schließlich gehörte die Mordwaffe nachweislich Miss Sachari, und außerdem hatte man sie bei dem Versuch ertappt, sich der Leiche zu entledigen. Sie hatte den Toten gekannt und keine Erklärung für den Vorfall abgegeben – weder eine plausible noch eine an den Haaren herbeigezogene.

Am meisten aber ärgerte es Pitt, dass der Verfasser, der sich erkennbar in keiner Weise mit dem Fall vertraut gemacht hatte, nicht nur Ryersons Namen nicht erwähnte, sondern auch voreilige Schlüsse zog, statt sich auf eine Darstellung der Fakten zu beschränken.

Mit ernster Miene sah Jemima zu ihrem Vater hin. Er lächelte ihr zu und sah, wie die Anspannung ihrer Schultern nachließ und sie sein Lächeln erwiderte.

Gerade als er sich vom Frühstückstisch erhob, kam Charlotte mit Daniel in die Küche. Damit wandte sich das Gespräch anderen Dingen zu – der Schule, der Frage, was zum Abendessen auf den Tisch kommen sollte und ob sie am Samstag ins Freilufttheater gehen oder sich lieber alle miteinander ein Kricketspiel anschauen sollten – immer vorausgesetzt, es regnete nicht. Auch wurden gründlich allerlei Möglichkeiten erörtert, einen regnerischen Nachmittag zu verbringen, bis sich die Kinder schließlich auf den Schulweg machten und Pitt ebenfalls das Haus verließ.

Pitt fand das Büro seines Vorgesetzten verschlossen, doch Wachtmeister Jesmond, der auf dem Gehweg wartete, teilte ihm mit, Narraway werde im Laufe der nächsten Stunde zurückkehren und sicherlich ungehalten sein, wenn er dann nicht auf ihn wartete.

Pitt verbarg seinen Unmut über die Zeitverschwendung. Er zweifelte nicht daran, dass er in dieser Stunde mühelos den Fall hätte abschließen können, an dem er gearbeitet hatte, bevor diese Tragödie dazwischengekommen war, die, soweit er sehen konnte, mit der Aufgabe des Sicherheitsdienstes nicht das Geringste zu tun hatte. Während er in dem kleinen Vorraum unruhig am Fuß der Treppe auf und ab ging, grübelte er über die Umstände von Lovats Tod nach, ohne zu einem Ergebnis zu kommen.

Narraway traf eine Dreiviertelstunde später ein. Zu einem erstklassig nach der letzten Mode geschnittenen hellgrauen Anzug mit hoch angesetzten Jackettaufschlägen trug er eine grauseidene Weste.

»Kommen Sie rein«, sagte er, schloss die Tür seines Büros auf und ging Pitt voraus. Mit finsterer Miene setzte er sich an den Schreibtisch, ohne auch nur einen Blick auf die Zeitungen zu werfen. Er hatte sie wohl bereits gelesen. Vermutlich war er früh gekommen und hatte dann das Büro in einer wichtigen Angelegenheit verlassen, für die er sich unübersehbar entsprechend gekleidet hatte. Ganz offenkundig handelte es sich bei seinem Gesprächspartner um eine hochstehende Persönlichkeit. Machte man sich in Regierungskreisen tatsächlich Gedanken über den Mord an Edwin Lovat und die Frage, ob man Miss Sachari unter Anklage stellen sollte oder nicht? Oder ging die Sache in eine ganz andere Richtung?

Pitt nahm ihm gegenüber Platz.

Narraways Züge waren angespannt, und in seinen Augen lag Misstrauen, als könne sogar in diesem Raum etwas lauern, wovor er auf der Hut sein musste.

»Der ägyptische Botschafter hat gestern am späten Abend im Auswärtigen Amt vorgesprochen«, begann er in gesetzten Worten. »Die Zuständigen dort haben Verbindung mit dem Büro des Premierministers aufgenommen, woraufhin ich heute Morgen zum Bericht in Whitehall antreten musste.«

Schweigend wartete Pitt. Langsam stieg in ihm ein Gefühl der Kälte hoch.

»Von dem Mord in Eden Lodge hatte man dort bereits gestern Nachmittag Kenntnis«, fuhr Narraway fort. »Aber da ihn die Nachmittagszeitungen breitgetreten haben, kannte halb London ihn ebenfalls.« Erneut hielt er inne. Es fiel Pitt auf, dass Narraways Hände reglos auf dem Tisch lagen, seine schlanken Finger wie erstarrt.

»Miss Sacharis Festnahme war in der ägyptischen Botschaft wohl bekannt?«, mutmaßte Pitt. »Da sie Bürgerin des Landes ist, scheint es mir natürlich, dass man sich nach ihrem Wohlergehen erkundigt und Sorge dafür trägt, dass sie in angemessener Weise vertreten wird. Falls man mich im Ausland festnähme, würde ich von der britischen Botschaft nichts anderes erwarten.«

Narraway verzog den Mund ein wenig. »Sie meinen also, der britische Botschafter würde Ihretwegen den Premierminister des jeweiligen Landes bemühen? Da überschätzen Sie Ihre Bedeutung aber gewaltig, Pitt. Wenn Sie Glück haben, besorgt Ihnen ein untergeordneter Mitarbeiter einen Anwalt – mehr dürfen Sie auf keinen Fall erwarten.«

Es war nicht der richtige Zeitpunkt, verärgert oder peinlich berührt zu sein. Offensichtlich war etwas geschehen, was Narraway zutiefst beunruhigte.

»Spielt Miss Sachari irgendeine wichtige Rolle, die uns bisher unbekannt war?«, fragte Pitt.

»Ich wüsste nicht«, gab Narraway zur Antwort. »Allerdings muss man sich die Frage stellen.« Der besorgte Ausdruck auf seinem Gesicht vertiefte sich. Er öffnete und schloss die Hände, als wolle er sich vergewissern, dass er seine Finger noch spüren konnte. »Der Vorwurf der Ungleichbehandlung wurde erhoben.« Er holte tief Luft, als falle es ihm sogar Pitt gegenüber schwer, das zu sagen. »Es war dem Botschafter bekannt, dass sich Saville Ryerson am Tatort aufgehalten hat, als die Polizei Miss Sachari mit der Leiche entdeckte, und jetzt fragt man an, warum er nicht ebenfalls festgenommen wurde.«

Das war, fand Pitt, eine durchaus berechtigte Frage – aber nicht dieser Gedanke fuhr ihm wie Feuer durch den Leib. »Woher wissen die Leute das?«, fragte er. »Bestimmt hat doch niemand der Frau gestattet, Kontakt mit ihrer Botschaft aufzunehmen, sodass sie keine Möglichkeit hatte, das zu sagen? Hat sie nicht außerdem der Polizei gegenüber behauptet, dass niemand bei ihr war?«

Narraways Mund verzog sich zu einem bitteren Lächeln, und ein harter Ausdruck trat in seine Augen. »Damit legen Sie den Finger auf die Wunde, Pitt. Genau genommen ist das die entscheidende Frage. Nur kenne ich die Antwort nicht. Ich weiß lediglich, dass weder die Polizei noch ein Anwalt der Ägypterin diese Information weitergetragen hat. Inspektor Talbot hat mir versichert, er habe weder Fragen zu diesem Fall beantwortet noch irgendjemandem gegenüber den Namen Ryerson in den Mund genommen, und die Frau hat bisher keinen Anwalt verlangt.«

»Und was ist mit dem Wachtmeister, der zuerst da war … Cotter?«

»Sie dürfen sicher sein, dass sich Talbot Wachtmeister Cotter mindestens zweimal gründlich vorgenommen hat. Der Mann schwört Stein und Bein, dass er außerhalb der Wache mit keiner Seele gesprochen hat – lediglich mit Ihnen.« In seiner Stimme lag weder ein Vorwurf noch eine Spur von Zweifel.

»Also bleibt nur noch unser namenloser Informant, der die Schüsse gehört und die Polizei angerufen hat«, folgerte Pitt. »Offensichtlich ist er – oder sie – in der Nähe geblieben, um zu beobachten, wie es weiterging. Vermutlich hat er Ryerson dabei gesehen und ihn erkannt.«

Narraway runzelte die Stirn. Wieder lagen seine Finger steif auf der Tischplatte. »Aber damit erheben sich weitere Fragen. Zum Beispiel: Warum ruft der Betreffende die ägyptische Botschaft und nicht die Zeitungen an, die ihn höchstwahrscheinlich für alles bezahlen würden, was er zu berichten hat?«

Pitt schwieg.

Narraway sah ihn gespannt an. »Oder Ryerson«, fuhr er fort. »Mit Erpressung ließe sich ordentlich verdienen, und man könnte das Spielchen immer wiederholen.«

»Würde der Minister denn zahlen?«, erkundigte sich Pitt.

Ein sonderbarer Ausdruck trat auf Narraways Züge. Er wirkte unsicher und betrübt. Es sah ganz so aus, als schmerze ihn etwas. Es kostete ihn sichtlich große Mühe, sich wieder zu fassen und auf seine Antwort zu konzentrieren. »Ehrlich gesagt bezweifle ich das allein schon deshalb, weil er als Lügner dastehen würde, wenn die Sache vor Gericht käme. Schließlich hat sich Miss Sachari entschieden, seine Anwesenheit zu bestreiten, während die Polizei weiß, dass er am Tatort war. Immerhin ist er jemand, den man auf den ersten Blick erkennt.«

»Ach ja?« Pitt versuchte sich ein Bild des Mannes in Erinnerung zu rufen, doch da war nichts. »Ich glaube, ich habe ihn noch nie gesehen.«

»Er ist groß und kräftig«, sagte Narraway mit belegter Stimme. »Mindestens eins fünfundachtzig, breitschultrig und mit einem mächtigen Brustkasten. In jungen Jahren war er ein guter Sportsmann.« Trotz der darin liegenden Anerkennung klangen diese Worte, als müsse er sich zwingen, Ryerson Gerechtigkeit widerfahren zu lassen. Aus irgendeinem Grund schien ihm das nicht recht zu sein.

»Kennen Sie ihn, Sir?«, fragte Pitt und wünschte sogleich, er hätte die Frage, so berechtigt sie war, nicht gestellt. Irgendetwas an Narraways Gesicht zeigte, dass er eine Grenze überschritten hatte.

»Ich kenne jeden«, gab dieser zur Antwort. »Das gehört zu meinem Beruf und übrigens auch zu Ihrem. Man hat mich wissen lassen, dass der Premierminister wünscht, Mr Ryersons Namen aus dem Fall herauszuhalten, soweit das menschenmöglich ist. Er hat keine Anweisungen gegeben, auf welche Weise das geschehen soll, und ich nehme an, er möchte es auch gar nicht so genau wissen.«

Pitt konnte seinen Zorn über die Ungerechtigkeit nicht für sich behalten, die unausgesprochen darin lag, und der Gedanke, man könnte annehmen, er werde so etwas als selbstverständlich hinnehmen, war ihm in tiefster Seele zuwider. »Wunderbar«, gab er zurück. »Wenn wir ihm dann mitteilen müssen, dass es nicht menschenmöglich war, besitzt er auch keine Informationen, die es ihm erlauben würden, uns zu widersprechen.«

Auf Narraways Züge trat nicht einmal ein Anflug von Belustigung; selbst der übliche spöttische Ausdruck seiner Augen war verschwunden. Es war, als berühre diese Angelegenheit bei ihm eine noch nicht vollständig vernarbte Wunde. »Ich werde Mr Gladstone die Antworten übermitteln, nicht Sie, und ich denke nicht daran, ihm mitzuteilen, dass es uns nicht gelungen ist, seinen Auftrag zu erfüllen – es sei denn, ich könnte beweisen, dass es bereits unmöglich war, bevor wir angefangen hatten. Gehen Sie zu Ryerson. Wenn wir ihn retten sollen, können wir es uns nicht leisten, im Dunkeln zu tappen. Ich muss die Wahrheit wissen, und zwar sofort, nicht erst, nachdem die Polizei sie Stück für Stück zusammengeklaubt hat – oder gar, Gott bewahre, der ägyptische Botschafter!«

Pitt war verwirrt. »Sie haben gesagt, dass Sie mit Mr Ryerson bekannt sind. Wäre es da nicht weit besser, wenn Sie selbst mit ihm sprächen? Gewiss würde Ihre hohe Stellung nicht ohne Eindruck blei…«

Narraway sah mit zornigem Blick auf. Die Knöchel seiner schmalen Hand auf der Tischplatte waren weiß. »Auf Sie jedenfalls scheint meine hohe Stellung keinerlei Eindruck zu machen, sonst würden Sie ohne Widerrede tun, was man Ihnen sagt. Ich habe Ihnen keinen Vorschlag gemacht, Pitt, sondern eine dienstliche Anweisung erteilt, und ich denke nicht daran, nähere Erläuterungen dazu abzugeben. Ich muss dem Premierminister Rechenschaft ablegen, ganz gleich, ob ich Erfolg habe oder versage – und Sie mir.« Mit rauer Stimme fügte er hinzu: »Suchen Sie Ryerson auf. Ich will alles über seine Beziehung zu dieser Frau wissen sowie Einzelheiten über die Vorfälle der fraglichen Nacht. Melden Sie sich, sobald Sie etwas zu berichten haben – am besten gleich morgen früh.«

»Sehr wohl, Sir. Wissen Sie, wo ich ihn um diese Tageszeit antreffe? Oder soll ich mich umhören?«

»Das kommt überhaupt nicht infrage!«, fuhr ihn Narraway mit hochroten Wangen an. »Außer ihm persönlich werden Sie keinem Menschen sagen, wer Sie sind und was Sie von ihm wollen. Fangen Sie in seinem Haus am Paulton Square an. Ich glaube, es hat die Nummer sieben.«

»Ja, Sir, danke.« Pitt bemühte sich, seine Empfindungen aus seiner Stimme herauszuhalten. Er machte auf dem Absatz kehrt und verließ den Raum. So unlieb ihm der Auftrag war, so sehr überraschte er ihn. Es wunderte ihn, dass Narraway in einer Angelegenheit, die so bedeutend war, dass der Premierminister höchstpersönlich eingriff, nicht selbst mit Ryerson sprach. Der Grund dafür konnte kaum sein, dass er befürchtete, erkannt zu werden, denn ganz davon abgesehen, dass sich um diese Tageszeit keine Zeitungsreporter am Paulton Square aufhalten würden, gehörte Narraway nicht zu den jedermann bekannten Persönlichkeiten des öffentlichen Lebens.

Es musste etwas geben, was er Pitt vorenthielt. Dieser Gedanke verursachte ihm Unbehagen, zumal dieser Punkt möglicherweise wichtig war.

Er hielt eine Droschke an und ließ sich zur Danvers Street in unmittelbarer Nähe des Paulton Square fahren. Das letzte Stück des Weges ging er zu Fuß. Zwar behagte ihm diese Geheimnistuerei nicht, doch begriff er ihren Sinn. Es war eine reine Vorsichtsmaßnahme. Er hatte im Laufe seiner Arbeit für den Sicherheitsdienst gelernt, bestimmte Vorkehrungen für den Fall zu treffen, dass er beschattet wurde.

Bis er die Treppe, die zum Haus Nummer sieben emporführte, erreicht hatte, war er zu einem Ergebnis gekommen, wie er die Sache angehen würde.

»Guten Morgen, Sir«, begrüßte ihn ein auffällig blonder, livrierter Lakai mit teilnahmsloser Stimme. »Was kann ich für Sie tun?«

Pitt erwiderte den Gruß, richtete sich zu voller Größe auf und gab den offenen Blick des Mannes zurück. »Würden Sie bitte Mr

Ryerson mitteilen, dass Mr Victor Narraway bedauert, nicht selbst kommen zu können, und mich an seiner Stelle geschickt hat? Ich heiße Thomas Pitt.« Mit diesen Worten legte er eine Karte, auf der lediglich sein Name stand, auf das Silbertablett in der Hand des Lakaien.

»Gewiss, Sir«, sagte der Mann, ohne einen Blick darauf zu werfen. »Ich werde Mr Ryerson fragen, ob er bereit ist, mit Ihnen zu sprechen. Wenn Sie bis dahin im Empfangszimmer warten wollen?«

Pitt lächelte über diese unverblümte Formulierung, die von der bei Dienstboten sonst üblichen Behauptung abwich, sie müssten nachsehen, ob die Herrschaft zu Hause sei.

Der Mann führte ihn durch ein prächtiges Vestibül, dessen terrakottafarbene Wände im italienischen Stil geschmückt waren. Man sah ausgesucht schöne Marmor- und Bronzebüsten auf Sockeln, und an den Wänden hingen Gemälde mit Szenen der Kanäle Venedigs, von denen eins sogar von der Hand Canalettos stammen mochte.

Auch das Empfangszimmer war in warmen Farbtönen gehalten. Ein exquisiter Gobelin an einer der Wände zeigte eine Jagdszene bis in die feinsten Einzelheiten. Das Gras im Vordergrund war mit einer Vielzahl winziger Blumen übersät. Ganz offensichtlich war es das Haus eines wohlhabenden Mannes, der einen erlesenen Geschmack besaß.

Während der zehn Minuten, die er warten musste, malte sich Pitt immer wieder unruhig die Begegnung mit dem mächtigen Mann aus. Immerhin sollte er ihn über einen Teil seines Privatlebens befragen, in dem er sich möglicherweise an einem Verbrechen beteiligt hatte. Kabinettsmitglied hin oder her – Pitt war gekommen, um die Wahrheit zu erfahren, und er konnte sich ein Scheitern nicht leisten. Schließlich hatte er auch schon früher bedeutende Menschen nach den näheren Umständen ihres Lebens befragt, vorsichtig sondiert, welche schwachen Punkte sie zu einem Mord getrieben haben mochten. Es war seine besondere Gabe, das mit großem Geschick zu tun, und er hatte dabei weit mehr Erfolge errungen als Niederlagen erlitten. Es gab keinen Grund, jetzt an sich zu zweifeln.

Er warf einen Blick auf die Bücher in einem der Schränke. Shakespeare, Browning, Marlowe, aber auch Henry Rider Haggard, Charles Kingsley und zwei Bände William M. Thackeray.

Dann öffnete sich eine Tür hinter ihm, und er drehte sich um.

Ryerson sah genauso aus, wie ihn Narraway beschrieben hatte. Er war hoch gewachsen und breitschultrig, hatte markante Züge, dichtes graues Haar, strahlte die angeborene Zuversicht eines Menschen aus, dem sein Körper in jeder Hinsicht gehorcht, und bewegte sich mit einer Geschmeidigkeit, die darauf schließen ließ, dass er regelmäßig Sport trieb und sich dabei wohlfühlte. Er mochte Ende fünfzig sein und wirkte in keiner Weise verfettet. Offenbar war er nicht der Typ, der sich einem Leben voller Genüsse hingab. Jetzt schien er zwar unruhig, vielleicht ein wenig müde, doch erweckte er in keiner Weise den Eindruck, nicht Herr seiner Empfindungen zu sein.

»Mein Lakai hat gesagt, dass Sie in Victor Narraways Auftrag kommen.« Er sprach den Namen mit solcher Teilnahmslosigkeit aus, dass sich Pitt unwillkürlich fragte, ob das Absicht war. »Darf ich fragen, worum es geht?«

»Gewiss, Sir.« Pitt hatte bereits beschlossen, dass er sein Ziel, wenn überhaupt, nur mit völliger Offenheit erreichen konnte. Ein Winkelzug, den der Mann durchschaute, oder ein fehlgeschlagener Täuschungsversuch würde jedes Vertrauen zerstören. »Bei der ägyptischen Botschaft ist bekannt, dass Sie sich in Eden Lodge aufgehalten haben, als Mr Edwin Lovat erschossen wurde, und man verlangt, Sie wegen Ihrer Beteiligung an dem Vorfall zur Rechenschaft zu ziehen.«

Pitt rechnete damit, dass Ryerson erst alles abstreiten und schließlich ausfallend würde, wenn die Angst überhand nahm. Am schlimmsten wäre Selbstmitleid und das Flehen, ihn von den Peinlichkeiten einer Liebesgeschichte zu erlösen, derer er überdrüssig war. Ein solches Verhalten war ekelhaft und schändlich. Schon bei der bloßen Vorstellung überlief es ihn kalt. War das der Grund, warum Narraway nicht selbst hatte kommen wollen? Wollte er nicht mit ansehen müssen, dass sich ein alter Freund vor ihm erniedrigte, und hielt er es für besser, es gar nicht dazu kommen zu lassen? In dem Fall konnte er wenigstens so tun, als wisse er nichts davon.

Aber Ryerson reagierte nicht im Entferntesten so, wie Pitt befürchtet hatte. Zwar lag auf seinem Gesicht der Ausdruck von Verwirrung und Besorgnis, doch gab es weder Anzeichen von Wut noch einen Hinweis darauf, dass er ausfallend werden könnte.

»Ich bin erst kurz nach der Tat dort eingetroffen«, korrigierte er, »und kann mir schlechterdings nicht vorstellen, wie die ägyptische Botschaft davon erfahren haben soll, es sei denn durch Miss Sachari selbst.«

Pitt sah ihn aufmerksam an. Nichts an der Stimme oder dem Gesichtsausdruck des Mannes ließ den Schluss zu, dass er es als Verrat empfinden würde, falls es sich so verhielt. Doch soweit Pitt von Narraway wusste, hatte die Frau den Namen Ryerson nicht erwähnt und dazu auch keine Gelegenheit gehabt, denn abgesehen von den Polizeibeamten, die sie befragt hatten, war sie mit niemandem in Berührung gekommen.

»Nein, Sir, sie war es nicht«, gab er daher zur Antwort. »Seit ihrer Festnahme hat sie mit niemandem gesprochen.«

»Die Botschaft sollte sich lieber darum kümmern, dass sie jemanden bekommt, der ihre Interessen vertritt«, sagte Ryerson sofort. »Das würde weniger Aufsehen erregen, als wenn ich es täte. Sofern es aber erforderlich ist, werde ich das Nötige veranlassen.«

»Meiner Ansicht nach wäre es besser, das nicht zu tun«, gab Pitt zurück, von diesem Vorschlag Ryersons aus dem Konzept gebracht. »Es würde mit Sicherheit mehr schaden als nützen«, fügte er hinzu. »Würden Sie mir bitte sagen, Sir, was in jener Nacht geschehen ist – soweit Sie die Vorfälle kennen?«

Ryerson bat Pitt, in einem der großen Ledersessel Platz zu nehmen, und setzte sich dann ihm gegenüber. Unbehaglich beugte er sich ein wenig vor, so konzentriert, dass sein Gesicht fast wie eine Maske wirkte. Er bot ihm keine Erfrischung an, vermutlich nicht aus Unhöflichkeit, sondern weil ihm der Gedanke einfach nicht gekommen war. Sein ganzes Denken schien um die Frage zu kreisen, mit der ihn Pitt konfrontiert hatte. Er unternahm nicht den geringsten Versuch, das zu verheimlichen.

»An jenem Abend hatten sich die Sitzungen bis weit in die Nacht gezogen. Ursprünglich wollte ich spätestens um zwei bei Miss Sachari sein, aber es ist dann später geworden, wohl eher drei.«

»Wie sind Sie dort hingefahren, Sir?«, unterbrach ihn Pitt.

»Mit einer Droschke. Ich habe sie an der Edgware Road halten lassen und bin einige Nebenstraßen weit zu Fuß gegangen.«

»Haben Sie gesehen, dass jemand zu Fuß oder in einem Fahrzeug den Connaught Square verlassen hat?«

»Ich kann mich an niemanden erinnern. Allerdings habe ich auch nicht darauf geachtet. Außerdem hätte sich eine solche Person in jede beliebige andere Richtung entfernen können.«

»Durch welchen Eingang haben Sie das Anwesen Eden Lodge betreten?«, fuhr Pitt fort.

Ryerson errötete kaum wahrnehmbar. »Von der Seite, wo der Pferdestall liegt. Ich habe einen Schlüssel zur Hintertür.«

Pitt bemühte sich, seine Gedanken nicht zu zeigen. Moralische Erwägungen würden ihn nicht weiterbringen, ganz davon abgesehen, dass er wohl kaum das Recht hatte, über den Mann zu urteilen. Sonderbarerweise empfand er auch gar nicht das Bedürfnis dazu. Auf Ryerson passte keine der Vorstellungen, die er sich vor dem Zusammentreffen mit ihm gemacht hatte, und so sah er sich genötigt, von vorn zu beginnen und sich durch seine widerstreitenden Empfindungen voranzutasten.

»Und dann sind Sie durch die Spülküche ins Haus gegangen?«, fuhr er fort.

»Ja.« Die Erinnerung verdüsterte Ryersons Augen. »Ich stand gerade in der Küche, als ich im Garten ein Geräusch hörte, und bin deshalb wieder hinausgegangen. Fast im selben Augenblick bin ich auf Miss Sachari gestoßen, die völlig aufgelöst war.« Er atmete langsam ein und aus. »Sie sagte mir, ein Mann sei erschossen worden und liege im Garten. Ich fragte sie, ob sie wisse, um wen es sich handele, und ob ihr die näheren Umstände bekannt seien. Sie sagte, es sei Leutnant Lovat, den sie vor einigen Jahren in Alexandria flüchtig gekannt habe. Damals hatte er vermutlich zu ihren Bewunderern gehört ...« Er zögerte kurz, überlegte wohl, ob er das richtige Wort gewählt hatte. Dann aber fuhr er fort, vermutlich in der Annahme, dass sich Pitt sein Teil denken würde: »Er wollte die Freundschaft wieder aufleben lassen, wozu sie aber nicht bereit war. Mit dieser Antwort hatte er sich nicht zufrieden gegeben.«

»Ich verstehe. Was haben Sie als Nächstes getan?«, erkundigte sich Pitt mit neutraler Stimme.

»Ich habe sie gebeten, mich an die Stelle zu führen, und bin ihr dorthin gefolgt, wo der Mann halb unter den Lorbeerbüschen am Boden lag. Ich hatte angenommen, er sei vielleicht noch am Leben, gehofft, sie habe einen übereilten Schluss gezogen und er sei lediglich bewusstlos gewesen, als sie ihn fand. Doch gleich, als ich mich neben ihm niederkniete, um ihn mir näher anzusehen, zeigte sich, dass sie Recht hatte. Der Schuss war aus ziemlich geringer Entfernung abgefeuert worden und durch die Brust gegangen. Der Mann war ohne jeden Zweifel tot.«

»Haben Sie die Waffe gesehen?«

Es schien Ryerson große Anstrengung zu kosten, Pitt weiterhin in die Augen zu sehen.

»Ja. Die Pistole lag am Boden neben ihm. Es war ihre eigene. Das ist mir sofort aufgefallen, weil ich sie schon früher gesehen hatte. Ich wusste, dass sie zu ihrem Schutz eine solche Waffe besaß.«

»Zum Schutz gegen wen?«

»Das entzieht sich meiner Kenntnis. Ich hatte sie gefragt, aber sie war nicht bereit, es mir zu sagen.«

»Ist es denkbar, dass es dieser Leutnant Lovat war? Hatte er sie bedroht?«

Ryersons Gesicht wirkte angespannt und sein Blick gequält. Er zögerte, sagte aber schließlich: »Ich glaube nicht.«

»Haben Sie sie gefragt, was geschehen war?«

»Natürlich! Sie hat mir erklärt, sie wisse es nicht. Sie habe den Schuss oben vom Salon aus gehört, wo sie auf mich wartete, und gemerkt, dass er ganz in der Nähe gefallen sein musste. Da sie vollständig angekleidet war, sei sie nach unten gegangen, um nachzusehen, was geschehen war und ob womöglich jemand verletzt sei. Dabei habe sie Lovat im Garten am Boden liegend gefunden, die Waffe neben sich.«

Eigentlich erschien Pitt diese ganze sonderbare Geschichte unfasslich. Doch als er den Mann ansah, war er sicher, dass dieser sie glaubte – oder er war der glänzendste Schauspieler, mit dem er je zu tun gehabt hatte. Ryerson hatte seinen Bericht ruhig, geordnet, ohne jede Übertreibung und mit einer Offenheit vorgetragen, die für den Fall, dass er sie vorspiegelte, geradezu genial war. Pitt war verwirrt und fühlte sich unsicher. Er wusste nicht, was er von all dem halten sollte.

»Sie haben also den Toten gesehen«, sagte er, »und Miss Sachari hat Ihnen gesagt, wer er war. Wusste sie, was er dort wollte oder wer ihn erschossen hatte?«

»Nein«, gab Ryerson ohne zu zögern Auskunft. »Sie hatte vermutet, dass er gekommen war, um mit ihr zu sprechen. Eine andere Erklärung konnte es für seine Anwesenheit um diese Stunde gar nicht geben. Meine Frage, ob sie wisse, was im Einzelnen geschehen war, hat sie verneint.« Er sagte das mit einer Endgültigkeit und einer Überzeugung, für die sich Pitt keinen Grund denken konnte.

»Sie hatte ihn also nicht gebeten zu kommen oder ihm Grund zu der Annahme gegeben, dass er willkommen sei?«, fasste Pitt nach, nicht ganz sicher, welcher Ton dieser absurden Situation angemessen war. Es ärgerte ihn, vor dem Mann Kratzfüße machen zu müssen, aber er neigte dazu, ihm zu glauben, und empfand sogar ein gewisses Mitgefühl.

Ryerson presste die Lippen zusammen. »Die Dame ist außergewöhnlich klug, Mr Pitt. Dazu passt die Annahme, sie habe ihn aufgefordert, gerade dann zu kommen, wenn sie mich erwartete, in keiner Weise.«

Es war nicht der richtige Zeitpunkt, lange um den heißen Brei herumzureden. »Es sind Fälle bekannt, in denen Frauen ihren Liebhaber bewusst zur Eifersucht angestachelt haben, Mr Ryerson«, sagte Pitt und sah, wie der Mann zusammenzuckte. »Das ist eine uralte Strategie, die ihren Zweck durchaus erfüllen kann«, fuhr er fort. »Selbstverständlich würde sie das Ihnen gegenüber jederzeit bestreiten.«

»Möglich«, sagte Ryerson trocken. Seine Stimme klang nicht zornig, sondern eher geduldig. »Wer sie näher kennt, würde wohl nie auf einen solchen Gedanken verfallen. Die Vorstellung ist widersinnig. Zum einen passt ein solches Verhalten nicht zu ihrem Wesen, zum anderen aber stellt sich die Frage, warum in drei Teufels Namen sie ihn hätte erschießen sollen, wenn sie die Absicht verfolgt hätte, auf die Sie anspielen.«

Pitt musste einräumen, dass das nicht einmal dann einen Sinn ergeben würde, wenn sich die Frau von ihrem Temperament oder ihrer Empörung hätte hinreißen lassen. Wer imstande war, solche Dinge von langer Hand zu planen, würde sich anschließend nie und nimmer so tölpelhaft aufführen.

»Könnte es sein, dass Lovat sie auf die eine oder andere Weise bedroht hat?«, fragte er.

»Sie hat ihn nicht ins Haus gelassen, Mr Pitt«, gab Ryerson zur Antwort. »Ich weiß nicht, ob es eine Möglichkeit gibt, das zu beweisen, aber er war nicht im Haus.«

»Aber sie war doch draußen«, gab Pitt zu bedenken. »Im Garten hätte sie keine rechte Möglichkeit gehabt, sich gegen ihn zu wehren.«

»Offenbar setzen Sie voraus, dass sie die Pistole mit hinausgenommen hat.« Ein leichtes Lächeln umspielte Ryersons Lippen. »Damit hätte sie sich natürlich glänzend verteidigen können. Sollte sie ihn erschossen haben, weil er sie bedroht oder angegriffen hat, wäre das Notwehr und kein Mord.« Im nächsten Augenblick verschwand der spöttische Glanz aus seinen Augen. »Aber so war es nicht. Erst nachdem sie den Schuss gehört hat, ist sie hinausgegangen und hat ihn draußen tot aufgefunden.«

»Woher wollen Sie das so genau wissen?«, fragte Pitt schlicht.

Ryerson seufzte. Sein Gesicht verzog sich so minimal, dass sich keiner seiner Züge veränderte. Trotzdem sah es so aus, als wäre alle Lebenskraft in ihm erloschen. »Sie hat es mir gesagt«, gab er ruhig zur Antwort, »und ich kenne sie unendlich besser als Sie, Mr Pitt.« In diesen Worten lag so viel Trauer und eine so tiefe Empfindung, dass sich Pitt peinlich berührt fühlte. Obwohl er sich wie ein Eindringling vorkam, blieb ihm keine Wahl, er musste weitermachen.

»Sie ist von einer Art Aufrichtigkeit, die sie von innen wie ein Licht erleuchtet«, fuhr Ryerson fort. »Nie würde sie sich dazu hergeben, jemanden zu täuschen, denn damit täte sie ihrer Natur Gewalt an.«

Pitt sah ihn aufmerksam an. Der Mann war sichtlich bekümmert. In seinen Augen flackerte eine Angst, die er mühsam beherrschte. Offensichtlich galt sie nicht ihm selbst, sondern der Ägypterin. Pitt hatte die Frau noch nie gesehen und stellte sich eine üppige Schönheit vor, die schmeicheln und tändeln konnte, nachgab, wenn es ihren Zwecken dienlich war, und sich darauf verstand, den Appetit eines übersättigten Lebemannes zu kitzeln – kurz, die ideale Geliebte für einen Mann mit Geld und Macht. Solche Männer heirateten, wenn überhaupt, dann ausschließlich zur Befriedigung ihres politischen Ehrgeizes oder zur Festigung ihrer Hausmacht, ohne einen Gedanken an Dinge wie Liebe oder Ehre zu verschwenden. Sie waren bereit, für ihr Vergnügen zu zahlen und ihre körperlichen Bedürfnisse außerhalb der Ehe zu stillen.

Verblüfft merkte Pitt, dass Ryerson diesem Bild möglicherweise nicht entsprach. Ob er sich in dem Mann geirrt hatte? War es denkbar, dass er die Ägypterin liebte und nicht einfach nur begehrte? Das war ein völlig neuer Gedanke, der Pitts Wahrnehmung des Mannes vollständig veränderte. Der Auftrag, den er von Narraway und damit vom Premierminister erhalten hatte, lautete, Ryerson aus dem Fall herauszuhalten, soweit das menschenmöglich war. Sofern dieser Mann aus Liebe und nicht im eigenen Interesse handelte, ließen sich seine Reaktionen weit schwieriger voraussehen und unmöglich steuern. Vor Pitts innerem Auge tat sich ein ganzer Ozean von Gefahren auf.

»Ja«, sagte er leise zur Bestätigung, dass er verstanden hatte. »Miss Sachari hat Ihnen also gesagt, dass sie Schüsse gehört hatte ... Hat sie gesagt, wie viele es waren?«

»Es ist nur ein Schuss gefallen«, verbesserte ihn Ryerson. Pitt nickte. »Dann ist sie also hinausgegangen, um nachzusehen, und hat Lovat in der Nähe der Lorbeerbüsche tot am Boden gefunden. Was dann?«

»Ich habe sie gefragt, ob sie wisse, was geschehen ist«, wiederholte Ryerson. »Sie hat gesagt, dass sie nicht die geringste Ahnung habe. Lovat habe sie in Briefen gedrängt, eine alte Liebesgeschichte wieder aufleben zu lassen, was sie ziemlich schroff abgelehnt habe. Er sei nicht bereit gewesen, sich damit zufrieden zu geben, und vermutlich deshalb gekommen.«

»Um drei Uhr nachts?«, fragte Pitt ungläubig. Er nannte keine Gründe, warum ihm das schwer vorstellbar erschien.

Zum ersten Mal merkte er Ryerson dessen Ärger an. »Ich weiß es nicht, Mr Pitt! Sie haben Recht, es klingt aberwitzig – aber er war unbestreitbar da! Und da er tot ist und wir niemanden kennen, der mit ihm gesprochen hat, kann ich mir nicht vorstellen, auf welche Weise sich feststellen ließe, was er damit zu erreichen hoffte.«

Mit einem Mal spürte Pitt, welche Macht von diesem Mann ausging. Seine geistige Kraft und sein Wille hatten ihn in sein hohes Amt gebracht und es ihm ermöglicht, sich dort nahezu zwei Jahrzehnte lang zu halten. Seine Verletzlichkeit in Bezug auf Ayesha Sachari und seine Verwicklung in diesen Mordfall, die ihn gefährdete, hatten Pitt das für eine Weile vergessen lassen. Als er wieder das Wort an ihn richtete, geschah das völlig unabsichtlich mit mehr Respekt. »Und was haben Sie dann getan, Sir?«

Ryerson stieg die Röte ins Gesicht. »Als mir klar war, dass er mit ihrer Pistole erschossen worden war, habe ich gesagt, dass wir die Leiche wegschaffen müssten.«

»Wollen Sie damit sagen, dass es Ihr Einfall war?«

Ryersons Gesicht verhärtete sich ein wenig. »Ja.«

Pitt fragte sich, ob er mit dieser Aussage die Frau zu decken versuchte, hatte aber nicht den geringsten Zweifel, dass er von ihr auch dann auf keinen Fall abrücken würde, wenn sie nicht der Wahrheit entsprach. Er hatte sich festgelegt, und es passte nicht zu seinem Wesen, einen Rückzieher zu machen, ganz gleich, ob der Grund dafür Stolz, Ehrgefühl oder einfach die Wahrheit war.

»Ich verstehe. Haben Sie oder Miss Sachari die Schubkarre geholt?«

Ryerson zögerte einen Augenblick. »Sie. Sie wusste, wo sie stand.«

»Und sie hat sie dort hingebracht, wo der Tote lag?«

»Ja, er und die Pistole. Ich habe ihr geholfen, ihn auf die Schubkarre zu legen. Er war schwer, und wir hätten es fast nicht geschafft. Der Körper war ganz schlaff und ist uns immer wieder entglitten.«

»Haben Sie oben oder unten angefasst?« Pitt kannte die Antwort und wollte sehen, ob der Mann die Wahrheit sagte.

»Natürlich oben«, sagte Ryerson ein wenig aggressiv. »Der Oberkörper ist schwerer. Der Einschuss befand sich in der Brust, sodass er dort blutete. Das war Ihnen doch sicherlich klar?«

Es ärgerte Pitt, dass ihm die Situation peinlich war, und er wünschte, er hätte die Frage nicht gestellt. »Warum haben Sie ihn auf die Schubkarre gelegt? Was hatten Sie mit ihm vor?«, fuhr er fort.

»Wir wollten ihn zum Hyde Park bringen. Bis dorthin sind es keine hundert Schritt.«

»Mit der Schubkarre?«, entfuhr es Pitt überrascht.

Zornesröte trat auf Ryersons Gesicht. »Natürlich nicht! Man kann ja wohl kaum eine Leiche auf einer Schubkarre durch die Straßen fahren, nicht einmal um drei Uhr nachts! Ich bin zum Stall gegangen, um das Pferd anzuschirren. Miss Sachari wollte ihn dorthin bringen. In dem Augenblick kam die Polizei. Ich bin zurückgekommen, als ich die Stimmen hörte. Auf meinem dunklen Anzug konnte man Lovats Blut nicht sehen, und der Beamte hat offenbar angenommen, ich sei gerade erst eingetroffen. Um mich zu decken, hat ihn Miss Sachari sofort in dieser Annahme bestärkt. Ich wollte ihr schon widersprechen, doch dann habe ich mir gesagt, dass es besser wäre, wenn ich in Freiheit bliebe, um mich für sie einsetzen zu können.«

Wieder war Pitt verwundert. Eine solche Aussage hätte er bei jedem anderen bezweifelt, aber diesem Mann glaubte er sie. Er hatte an keiner Stelle versucht, seine Anwesenheit oder seine Beteiligung zu beschönigen, obwohl ihm sicherlich bewusst war, dass der Versuch, eine Leiche vom Tatort zu entfernen, strafbar war.

»Und auf welche Weise wollen Sie sich für sie einsetzen?«, fragte Pitt und sah ihn fest an.

Plötzlich trat Verzweiflung in Ryersons Augen. Einen flüchtigen Augenblick lang schien ihn unbeherrschbare Angst zu übermannen. »Ich versuche mir darüber klar zu werden, was da eigentlich passiert ist«, stieß er mit rauer Stimme hervor. »Wer ihn umgebracht haben könnte und warum. Wieso mitten in der Nacht und wieso in Eden Lodge?« Er spreizte die schlanken, kräftigen Finger ein wenig. »Was hat er überhaupt da gewollt? Ist ihm jemand gefolgt? Hatte er eine Verabredung mit jemandem? Und wozu? Auch das ergibt keinen Sinn. Man verabredet sich nicht mitten in der Nacht im Garten fremder Menschen, um einen Streit auszutragen.«

Er sah Pitt unverwandt an, wollte offensichtlich, dass dieser ihm Glauben schenkte. »Sie hätte ihm auf keinen Fall geöffnet. Hatte er die Absicht einzubrechen? Oder wollte er ihr eine Szene machen und die Nachbarn aus dem Schlaf reißen?« Sein Gesicht war jetzt aschfahl. »Ich weiß, dass sie ihn nie und nimmer umgebracht hätte, kann mir aber keinerlei plausible Erklärung für das Vorgefallene denken.« Er gab sich keine Mühe, seine Gefühle zu verbergen.

Narraway hatte Pitt klar gemacht, dass Ryerson aus der Sache herausgehalten werden musste, soweit das menschenmöglich war. Angesichts von dessen Empfindungen gab es dazu unter Umständen nur einen Weg: die Wahrheit ermitteln, in der Hoffnung, dass Miss Sachari dann weniger schuldig dastand, als es jetzt aussah.

»Ich werde versuchen, die Antworten auf diese Fragen zu finden, Sir«, sagte Pitt. »Aber dazu brauche ich eine gewisse Mithilfe von Ihnen.«

»Gern, soweit ich dazu imstande bin«, gab Ryerson zurück. Er war nicht so sehr in die Ecke getrieben, dass er eine feste Zusage gemacht hätte. In gewisser Weise tröstete das Pitt, lag darin doch ein Hinweis darauf, dass der Mann über Urteilskraft und Standhaftigkeit verfügte. »Ich werde nicht zulassen, dass sie für mein Handeln geradestehen muss, und auch keinen Meineid leisten, um meinen Ruf zu verteidigen. Denn das würde mir keinesfalls nützen, wie auch Mr Gladstone weiß. Wer bereit ist, um seiner Ziele willen die Wahrheit zu verdrehen, lügt irgendwann aus jedem beliebigen Grund.«

»Gewiss, Sir«, gab ihm Pitt Recht. »Es war nicht meine Absicht, Sie zu einer Lüge anzustiften. Ganz im Gegenteil wollte ich Sie bitten, mir die ganze Wahrheit zu sagen, soweit sie Ihnen bekannt ist. Allerdings sollten Sie über Ihre Anwesenheit in Eden Lodge Stillschweigen bewahren, es sei denn, die Polizei würde Sie befragen. Aber ich denke, sie wird nichts dergleichen tun, solange sich das vermeiden lässt.«

Ryerson lächelte bittersüß. »Vermutlich haben Sie Recht«, sagte er. »Was erwartet Mr Narraway von Ihnen?« In seinem Ausdruck war eine so winzige Veränderung eingetreten, dass Pitt sie nicht hätte beschreiben können, doch war ihm klar, dass sich dahinter ein rätselhaftes Geheimnis verbarg.

»Er will, dass ich die Wahrheit ermittle«, gab er mit schiefem Lächeln zurück. Er wusste, dass das eine schwere, wenn nicht gar unmögliche Aufgabe war und dass die Wahrheit, vorausgesetzt, es gelang ihm, sie aufzudecken, höchstwahrscheinlich alles andere als nach seinem Geschmack sein würde. Außerdem musste man mit der Möglichkeit rechnen, dass sie sich nicht ohne noch mehr Qualen und Schmerzen verheimlichen ließ.

Wortlos erhob sich Ryerson, um ihn an dem wartenden Lakaien vorüber selbst zur Tür zu geleiten.

Es kostete Pitt den Rest des Vormittags und einen Teil des Nachmittags, bis er den Polizeiarzt McDade aufgespürt und ihn dazu gebracht hatte, ihm zuzuhören. Der Mann war massig, und sein Kinn, das wie ein Wasserfall aussah, fand seine Fortsetzung ohne erkennbaren Übergang im Hals. Ein Gummischurz umspannte seinen gewaltigen Bauch, und seine Hände leuchteten rosa. Vermutlich hatte er sie kräftig geschrubbt, um die sichtbaren Spuren seines Tagewerks zu tilgen, wenn er schon damit den Geruch nach Karbol und Essig nicht beseitigen konnte. Er begrüßte Pitt mit gespielter Brummigkeit.

»Ich dachte, ich wäre Sie losgeworden, als Sie aus der Bow Street verschwunden sind«, sagte er mit bemerkenswert wohlklingender Stimme. Abgesehen von seinem dichten gelockten Haar, das im Licht der Gaslampen schimmerte, schien das der einzige physische Vorzug zu sein, mit dem er aufwarten konnte. Seine Brauen hoben sich. »Was wollen Sie denn jetzt schon wieder? Ich kenne keine Bombenleger oder Anarchisten, und ich hoffe, das bleibt so, bis ich, auf einer Parkbank in der Sonne sitzend, friedlich an Altersschwäche sterbe. Ich kann Ihnen nicht helfen – aber wenn Sie unbedingt wollen, kann ich es ja mal probieren.«

»Leutnant Edwin Lovat«, sagte Pitt. Er mochte McDade und hatte nichts Besseres oder Nützlicheres zu tun, als ihm aus der Nase zu ziehen, was er wissen wollte.

»Der ist tot«, sagte McDade schlicht und sah sich in seinem Dienstzimmer um. »Schuss durch die Brust – genau gesagt durch das Herz. Kleinkalibrige Handfeuerwaffe aus kurzer Distanz. Saubere Arbeit.«

»Ist so etwas schwer?«, fragte Pitt.

»Auf eine solche Entfernung nur für einen Blinden, wenn sich das Ziel bewegt!« McDade warf Pitt einen Seitenblick zu. »Sie haben die Leiche wohl noch nicht gesehen!«

»Nein«, bestätigte Pitt. »Muss ich?«

McDade zuckte die breiten Schultern, wobei sein massiges Kinn ins Zittern geriet. »Nur, wenn Sie wissen wollen, wie er ausgesehen hat, nämlich so wie so ziemlich jeder andere gut gebaute junge Engländer aus besseren Kreisen, der behaglich lebt, viel und gut isst und sich in letzter Zeit zu wenig Bewegung verschafft hat. Noch zehn Jahre, und er wäre richtig dick geworden, weil dann die Muskeln erschlafft wären.« Sein Gesichtsausdruck wurde betrübt. »Er muss zu Lebzeiten gut ausgesehen haben. Angenehm geschnittenes Gesicht, volles Haar, und er hat noch alle Zähne – nicht schlecht für Anfang vierzig. Natürlich machen Intelligenz und Witz das Wesen eines Menschen aus, worüber sich nichts sagen lässt, wenn man ihn nur als Leiche gesehen hat.« Bei diesen Worten sah er beiseite, ohne auch nur eine Spur verlegen zu wirken. Entschuldigte er sich für seine eigene Massigkeit, bemühte er sich, kritische Gedanken abzuwehren, obwohl nicht das Geringste gesagt worden war?

»Da haben Sie Recht«, bestätigte Pitt. Sich selbst hatte er nie für gut aussehend gehalten. Mit einem Mal musste er lächeln.

McDade wurde rot. »Was wollen Sie noch?«, fragte er und wandte sich zu ihm um. »Man hat ihn erschossen! Durch das Herz, wie gesagt. Ich habe keine Ahnung, ob das ein Glückstreffer war oder das Werk eines Kunstschützen. Auf jeden Fall muss er augenblicklich tot gewesen sein.«

»Danke. Vermutlich können Sie mir nichts weiter sagen?«

»Was zum Beispiel?«, fragte McDade mit ungläubig erhobener Stimme. »Vielleicht, dass der Täter ein schielender und hinkender Linkshänder war? Nein, damit kann ich nicht dienen! Den Schuss hat jemand, der eine Waffe ruhig halten und sehen konnte, was er tat, aus wenigen Schritt Entfernung abgegeben. Nützt Ihnen das was?«

»Nicht das Geringste. Danke, dass Sie mir Ihre Zeit gewidmet haben. Darf ich ihn sehen?«

McDade wies mit seinem kurzen, dicken Arm auf die Tür. »Nur zu. Er liegt auf dem dritten Tisch. Es dürfte Ihnen nicht schwer fallen, ihn zu finden, denn die beiden anderen sind Frauen.«

Pitt verkniff sich eine Antwort und ging nach nebenan.

Er betrachtete Edwin Lovats Leichnam in der Hoffnung, dabei etwas darüber zu erfahren, wie der Mann im Leben gewesen war. Er sah sich das wächserne Gesicht an, das im Tode ein wenig eingesunken war, und versuchte sich vorzustellen, wie er gewesen sein mochte, als er redete, lachte und voller Gefühle war. Reglos, stumm, ohne die Gedanken und Leidenschaften, die ihn einzigartig gemacht hatten, teilte ihm Lovats Leichnam nicht mehr mit als das, was McDade bereits gesagt hatte. Auf keinen Fall hätte ihn eine zierliche Frau allein heben können. Wenn Lovat mit der Möglichkeit gerechnet hätte, dass der oder die Betreffende gewalttätig werden könnte, wäre er wohl kaum so nahe an die Person herangetreten, die ihn erschossen hatte. Also hatte er den Mörder entweder gut gekannt oder den Angreifer erst im letzten Augenblick gesehen. Beide Möglichkeiten passten gut zu den Tatsachen, nur ließ sich auf keinen Fall sagen, welche zutraf. Wahrscheinlich war es ohnehin unerheblich. Die Frau hatte ihn getötet. Pitts einzige Hoffnung, Ryerson zu retten, bestand darin, einen mildernden Umstand dafür zu finden.

Den Rest des Nachmittags brachte er damit zu, möglichst viel über Ryerson und dessen Wahlkreis in Manchester in Erfahrung zu bringen. Die zweitgrößte Stadt des Landes war das Herz der englischen Baumwollindustrie und zugleich die Heimat des Premierministers Gladstone. Bei seinen Nachforschungen stellte Pitt fest, dass sich Ryerson gegenwärtig in erster Linie um den Binnen- und Außenhandel des britischen Weltreichs kümmerte.

Er wurde rechtzeitig fertig, sodass er zum Abendessen wieder in der Keppel Street eintraf.

»Kannst du irgendetwas tun, um zu helfen?«, erkundigte sich Charlotte, als sie nach dem Essen beieinander im Salon saßen, und hob fragend den Blick von ihrer Flickarbeit.

»Wem?«, fragte Pitt zurück. »Ryerson?«

»Wem sonst?« Sie fuhr fort, die Nadel eifrig hin und her zu führen, wobei das Licht silbern darauf glänzte und die Spitze immer wieder leise gegen den Fingerhut stieß. Er mochte das Geräusch. Nicht nur stand es für alles Häusliche und Warmherzige, auch schien ihm darin eine unendliche Sicherheit zu liegen. Er hatte keine Vorstellung, was Charlotte da flickte, aber der Geruch frisch gewaschener Baumwolle stieg ihm angenehm in die Nase.

»Nun, kannst du?«, ließ sie nicht locker.

»Ich weiß nicht«, gab er zu und merkte, wie sich das Gewicht dieser Äußerung auf ihn legte, als wäre es im Zimmer plötzlich dunkel geworden. »Ich bin nicht sicher, ob er sich selbst helfen möchte.«

Verwirrt sah sie ihn an, die Nadel reglos in der Hand. »Was willst du damit sagen? Dass er schuldig ist?«

»Er sagt Nein. Und ich neige dazu, ihm zu glauben.« Er musste daran denken, wie der Mann die Ägypterin in Schutz genommen hatte, sah sein Gesicht vor sich und erinnerte sich daran, mit welcher Bewegtheit er sich für sie in die Schanze geschlagen hatte. »Er bestreitet nicht, dass er am Tatort war«, fügte er hinzu, »und ihr geholfen hat, den toten Lovat auf die Schubkarre zu legen, damit sie ihn in den Hyde Park bringen konnten.«

»Das ist aber doch Beihilfe!«, sagte sie verblüfft. »Auch wenn er an der Tat nicht beteiligt war, hat er damit zu dem Versuch beigetragen, sie zu verheimlichen.«

»Das ist mir klar.«

»Und der Auftrag des Premierministers lautet also, ihn aus der Sache herauszuhalten?«, fragte sie. Sie wusste nicht, was sie darüber denken sollte.

Er sah, dass sich Ungläubigkeit, Wut, Besorgnis und Bestürzung auf ihrem Gesicht spiegelten. Doch es gelang ihm nicht zu erkennen, welche dieser Empfindungen am stärksten ausgeprägt war.

»Ich bin nicht sicher, was das kleinere Übel wäre«, sagte er aufrichtig.

Verwirrt fragte sie: »Was soll das heißen? So kurz nach den Wahlen würde die Regierung doch bestimmt nicht über einen solchen Fall stolpern. Ryerson müsste eben zurücktreten, das ist alles. Falls er tatsächlich seiner Geliebten geholfen hat, einen früheren Liebhaber umzubringen, kann es gar keine andere Möglichkeit geben.«

»Die Baumwollarbeiter in Manchester drohen mit Streik«, gab er zu bedenken. »Dort liegt Ryersons Wahlkreis, und möglicherweise ist er der Einzige, der die Sache in den Griff bekommen kann, ohne dass dabei wer weiß wie viele Menschen zugrunde gerichtet werden. Es geht dabei nicht nur um die Fabrikbesitzer, sondern auch um die Arbeiter sowie um die kleinen Geschäftsinhaber und Handwerker in den umliegenden Ortschaften.«

»Ich verstehe«, sagte sie trocken. »Und was kannst du tun? Seine Mitwirkung vertuschen? Würdest du dich dazu hergeben?« Sie hatte ihre Arbeit beiseite gelegt und sah ihn mit umdüstertem Blick fragend an.

»Ich glaube nicht, dass es so weit kommt«, sagte er und hoffte in tiefster Seele, dass er mit dieser Annahme Recht behielt. »Man weiß in der ägyptischen Botschaft, dass er am Tatort war.«

Verblüfft hob sie die Brauen. »Und woher? Hat die Frau es den Leuten gesagt?«

»Eine ausgesprochen interessante Frage. Eigentlich kann sie es nicht gewesen sein, denn sie hatte seit ihrer Verhaftung keinerlei Gelegenheit dazu. Außerdem scheint es, dass sie ihn decken wollte. Sie hat sich der Polizei gegenüber erstaunt gezeigt, ihn am Tatort zu sehen, und so getan, als wäre er gerade erst gekommen. Dabei sagt er selbst, dass er mindestens schon seit einigen Minuten da war und den schwereren Teil des Körpers auf die Schubkarre gewuchtet hatte. Es war unübersehbar, dass ihr jemand dabei geholfen haben musste, denn Lovat war für sie allein nicht nur viel zu schwer, man hat an ihrem weißen Kleid auch nicht die geringste Spur von Blut gefunden.«

»Du musst noch weit mehr über Ryerson in Erfahrung bringen«, sagte sie, und ein besorgter Ausdruck trat in ihre Augen. »Damit meine ich nicht allgemein bekannte Dinge, sondern solche aus seinem Privatleben. Du musst unbedingt wissen, was du glauben darfst und was nicht. Hast du schon daran gedacht, Tante Vespasia zu fragen? Falls sie nicht persönlich mit ihm bekannt ist, weiß sie bestimmt jemanden, der ihn kennt.« Zwar war Lady Vespasia Cumming-Gould, eine angeheiratete Großtante ihrer Schwester Emily, nicht wirklich mit ihr verwandt, doch hatten sie und Pitt eine tiefe Zuneigung zu ihr gefasst und betrachteten sie mittlerweile als rechtmäßige Tante.

»Ich gehe zu ihr, sobald ich kann«, sagte er sofort. Er warf einen Blick auf die Kaminuhr. »Glaubst du, dass es zu spät ist, um sie anzurufen und zu fragen, ob es ihr morgen früh passt?« Er hatte sich schon halb erhoben.

Charlotte lächelte. »Wenn du ihr sagst, dass es um ein Verbrechen geht, das du aufklären sollst, und um einen möglichen Skandal in der Regierung, würde sie dich vermutlich sogar im Morgengrauen empfangen, wenn du ihr klar machst, dass es anders nicht geht«, gab sie zur Antwort.

* * *

Auch wenn diese Behauptung Charlottes kaum übertrieben war, frühstückte Pitt am nächsten Morgen erst und warf einen Blick in die Zeitungen, bevor er das Haus verließ. An diesem 16. September beschäftigten sich die Schlagzeilen mit Mr Gladstones Besuch in Wales, wo sich in der Frage der Trennung der dortigen Kirche vom Staat ein gewisses Einvernehmen abzuzeichnen schien. Außerdem wurde ausführlich über den Ausbruch der Cholera in Paris und Hamburg berichtet und gemeldet, dass die von Prinzessin Louise angefertigte und kürzlich vollendete Büste der Königin Viktoria bis zu ihrem Transport zu einer Ausstellung in Chicago in Osborne House bleiben würde, dem Anwesen auf der Isle of Wight, wo die Königin seit dem Tode ihres Gatten vorwiegend lebte.

Um neun Uhr befand sich Pitt in Vespasias hellem und luftigem Salon, aus dessen Fenstern der Blick in den Garten fiel. Die Schlichtheit des Raumes, fern jeder Überladenheit, die in den letzten Jahrzehnten Mode gewesen war, ließ ihn daran denken, dass Lady Vespasia in einem anderen Zeitalter zur Welt gekommen war und sich ihre Erinnerungen bis in die Jahre vor Königin Viktorias Thronbesteigung erstreckten. Als kleines Mädchen hatte sie sogar noch miterlebt, wie sich die Menschen vor einer Invasion Englands durch Napoleon fürchteten.

Jetzt saß sie in ihrem Lieblingssessel und sah ihn gespannt an. Sie war nach wie vor von bemerkenswerter Schönheit und hatte nichts von ihrem Witz und ihrer sehr persönlichen Art eingebüßt, mit der sie drei Generationen lang in der Londoner Gesellschaft geglänzt hatte. Sie trug ein taubengraues Kleid, und die Perlen ihrer mehrfach geschlungenen Lieblingskette schimmerten sanft auf ihrem Busen.

»Nun, Thomas«, sagte sie mit leicht gehobenen silbrigen Brauen, »wenn ich dir helfen soll, müsstest du mir schon sagen, was du wissen willst. Die unglückliche junge Ägypterin, die Leutnant Lovat erschossen haben soll, ist mir nicht bekannt, und ich muss auch sagen, dass ich das für eine unzivilisierte und untaugliche Art halte, sich eines missliebigen Verehrers zu entledigen. Gewöhnlich genügt dazu eine entschlossene Zurückweisung. Sollte die nicht den gewünschten Erfolg haben, lässt sich dasselbe Ziel mit weniger drastischen Mitteln erreichen. Eine kluge Frau versteht es, die Dinge so einzurichten, dass sich ihre Liebhaber gegenseitig aus dem Weg räumen, ohne dass sie selbst dabei gegen die Gesetze verstoßen muss.« Während sie ihn kühl und nüchtern ansah, blitzte der Schalk in ihren silbergrauen Augen auf, und einen Augenblick lang wagte er sich auszumalen, dass sie nicht nur theoretisierte, sondern aus eigener Erfahrung sprach.

»Und auf welche Weise sorgt sie dafür, dass ihr Liebhaber nicht gegen das Gesetz verstößt?«

»Ach, geht es darum?«, fragte sie. Offensichtlich hatte sie den springenden Punkt augenblicklich begriffen. »Wer ist denn dieser Liebhaber, der sich so unbeherrscht und tölpelhaft benommen hat? Vermutlich handelt es sich nicht um Notwehr?« Ein Anflug von Besorgnis trat auf ihre Züge. »Bist du etwa im Auftrag des Liebhabers hier?«

»Offen gestanden mehr oder weniger ja. Allerdings nicht in seinem Auftrag, sondern in seinem Interesse.«

»Aha. Sie war also nicht allein, und Victor Narraway macht sich Sorgen um den Mann. Wer ist es denn?«

»Saville Ryerson.«

Sie saß bewegungslos da und sah ihn mit sonderbar traurigem Blick an.

»Kennst du ihn?«

»Selbstverständlich«, gab sie zur Antwort. »Und zwar schon aus der Zeit, bevor seine Frau ums Leben gekommen ist … das ist mindestens zwanzig Jahre her. Ach, es dürften eher zwei- oder dreiundzwanzig sein.«

Er spürte eine innere Anspannung. Aufmerksam sah er sie an und versuchte, von ihren Zügen abzulesen, wie sehr es sie schmerzen würde, wenn Ryerson schuldig wäre. Was war ihr wohl wichtiger – dass er sich damit als Politiker unmöglich gemacht hatte oder sich durch eine beiläufige Affäre mit einer Frau, die einer anderen Rasse und Nation angehörte, zur Beihilfe zu einem Mord hatte hinreißen lassen? Nicht selten sieht man bei Menschen, die man schon seit vielen Jahren kennt, nur die Schauseite, die sie der Umwelt zu zeigen bereit sind, während unter der Oberfläche Stürme toben, von denen man sich nichts träumen lässt.

»Das tut mir Leid«, sagte er aufrichtig. Er hatte sie aufgesucht, weil er sie um ihre Hilfe bitten wollte, ohne zu überlegen, ob es für sie schmerzlich sein könnte, die näheren Umstände kennen zu lernen. Jetzt schämte er sich, dass er nicht an diese Möglichkeit gedacht hatte. »Ich muss mehr über ihn wissen, als in der Öffentlichkeit bekannt ist«, erklärte er.

»Unbedingt«, stimmte sie zu, wirkte aber distanziert. »Darf ich wissen, was du vermutest? Doch wohl nicht, dass er den Mord begangen hat?«

»Du meinst also, er würde nicht einmal töten, um seinen Ruf zu wahren?«

»Du weichst mir aus, Thomas«, sagte sie, wobei ihre Stimme leicht zitterte. »Willst du damit etwa durchblicken lassen, dass du ihn verdächtigst?«

»Nein«, sagte er rasch und ein wenig schuldbewusst. »Ich habe mit ihm gesprochen und muss gestehen, dass ich nicht recht weiß, was ich denken soll. Ich möchte ein klareres Bild von ihm haben, dich aber andererseits nicht unabsichtlich mit meinen Fragen beeinflussen, indem ich dir zu viel sage.«

»Ich bin kein Dienstmädchen, das sich Worte in den Mund legen lässt«, sagte sie mit unverhohlener Herablassung. Als sie aber sah, dass er errötete, lächelte sie. Dabei entfaltete sie allen Zauber, mit dem sie ihr Leben lang Männer und bisweilen auch Frauen betört hatte. »Ich würde keine Sekunde lang glauben, dass Saville Ryerson um seines Rufes willen jemanden umbringen könnte«, sagte sie mit tiefer Überzeugung. »Ich halte es aber nicht für unmöglich, dass er dazu fähig wäre, wenn es darum ginge, das Leben eines anderen Menschen oder sein eigenes zu verteidigen, vielleicht auch um eine Sache, die er für hinreichend wichtig hält. Allerdings bezweifle ich stark, dass dazu Dinge wie ein Streik der Baumwollarbeiter in Manchester gehören. Was könnte das deiner Meinung nach sein?«

»Ich wüsste nichts«, sagte er und spürte, wie seine Anspannung angesichts ihrer Wärme wich. »Allerdings kann ich mir auch nicht wirklich vorstellen, inwiefern Lovat für Miss Sachari eine Bedrohung hätte bedeuten können.«

»Ist es denkbar, dass er sie angegriffen oder einen Vorstoß unternommen hat, den sie zurückweisen wollte?«, fragte sie stirnrunzelnd.

»Um drei Uhr nachts, im Garten hinter dem Haus?«, gab er trocken zurück.

»Wohl kaum«, stimmte sie mit schiefem Lächeln zu. »Unter solchen Umständen treffen Menschen nur zusammen, wenn sie sich auf die eine oder andere Weise verabredet haben.« Dann wurde sie wieder ernst. »Und niemand nimmt in einem solchen Fall eine Schusswaffe mit, einfach so. Es war doch wohl ihre eigene, oder?« Die Hoffnung, er möge das bestreiten, flackerte kurz auf. »Ich muss zugeben, dass ich nur die Schlagzeilen gelesen habe. Die Sache erschien mir nicht wichtig.«

»Ja«, stimmte er zu. »Es war ihre Pistole, aber sie sagt, sie habe schon dort gelegen, als sie in den Garten hinausging. Sie habe einen Schuss gehört und habe nachsehen wollen, was war. Lovat sei bereits tot gewesen, als sie bei ihm eintraf.«

»Und was sagt Saville Ryerson?«, fragte sie.

»Dasselbe: dass Lovat tot war, als er dort eintraf«, gab er zur Antwort. »Angeblich hat er ihr geholfen, den Toten auf eine Schubkarre zu legen, weil sie ihn mit dem Einspänner in den Hyde Park bringen und dort abladen wollten. Irgendjemand – wir wissen nicht, wer – hat die Polizei angerufen, und die kam so rasch, dass man Miss Sachari mitsamt der Leiche am Tatort fand. Als die Männer dort eintrafen, schirrte Ryerson gerade im Stall ein Pferd an.«

Vespasia seufzte. In ihren Augen lag ein gequälter Blick. »Ach je, und vermutlich sind die Indizien eindeutig.«

»Bisher schon. Auf jeden Fall muss jemand anders als sie den Toten hochgehoben haben, weil der für sie viel zu schwer war.« Er sah sie unverwandt an. »Es bereitet dir offenbar keine Schwierigkeiten, das von ihm zu glauben?«

Sie sah beiseite. »Nein. Vielleicht ist es besser, wenn ich dir die ganze Geschichte von Anfang an erzähle.«

»Bitte.« Er lehnte sich ein wenig in seinem Sessel zurück, ohne den Blick von ihr zu wenden.

»Die Ryersons gehören zum niederen Landadel«, begann sie leise. Er hörte ihrer Stimme an, wie tief sie in ihre Erinnerungen hinabtauchte. »Sie hatten viel Geld, aber kaum Verbindung zum Hochadel. Wenn ich mich richtig erinnere, hatten sie zwei oder drei Töchter. Saville als der einzige Sohn bekam eine gute Ausbildung in Eton und Cambridge. Danach war er eine Weile beim Militär und hat sich dort auch ausgezeichnet, wollte aber auf keinen Fall diese Karriere einschlagen. Um das Jahr 1860 herum hat er für das Unterhaus kandidiert und den Sitz auf Anhieb gewonnen.« Ein kaum merkliches Bedauern schwang in ihrer Stimme mit. »Er hat in eine gute Familie eingeheiratet, eine schöne Frau«, fuhr sie fort. »Zwar glaube ich nicht, dass es eine Liebesehe war, aber die beiden haben sich gut verstanden, und mehr erwarten die meisten Leute ja wohl auch nicht.«

Vor dem Fenster hüpfte ein Vogel über den Rasen. Man sah späte Rosen in lebhaften Gelb- und Rottönen.

»Eines Tages ist sie umgekommen«, fuhr Vespasia so unvermittelt fort, dass Pitt einen Hustenanfall bekam.

Sie sah ihn mit leicht spöttischem Lächeln an. »Es war ein Unfall, Thomas, kein Mord. Wenn eine solche Sache heutzutage geschähe, würde man vermutlich dich hinschicken, um ihr auf den

Grund zu gehen, doch bezweifle ich, dass du mehr herausbekommen würdest als deine Kollegen damals.« Ganz ruhig fuhr sie fort: »Sie machte Ferien in Irland und geriet bei einer der Feindseligkeiten, wie sie dort immer wieder ausbrechen, ins Kreuzfeuer. Natürlich war es gesetzwidrig, dass die Leute aufeinander schossen. Es war ein Hinterhalt, den man politischen Gegnern gelegt hatte, und unglücklicherweise kam Libby Ryerson genau in dem Augenblick dort vorbei.«

Ein starkes Mitgefühl für Ryerson überkam Pitt. Es war tragisch, auf diese Weise einen Menschen zu verlieren. Hatte sich Ryerson Vorwürfe gemacht, dass er eine solche Möglichkeit nicht vorausgesehen und Maßnahmen ergriffen hatte, um das zu verhindern?

»Und wo hat er sich zu dem Zeitpunkt aufgehalten?«

»Hier in London.«

»Was wollte sie in Irland?«

»Sie hatte viele anglo-irische Freunde. Wie ich schon gesagt habe, war sie schön, und sie hungerte nach Erlebnissen – nach Abenteuern.«

Pitt war nicht sicher, was sie damit meinte, und er zögerte, sie zu fragen. Er fürchtete, damit eine Grenze zu überschreiten. Es ging nicht nur um die Erinnerung an die Tote, sondern auch um die Art und Weise, wie Vespasia sie sah. »Hatten sie Kinder?«, fragte er stattdessen.

»Nein«, sagte sie mit einem Anflug von Trauer in der Stimme. »Sie waren erst seit zwei oder drei Jahren verheiratet.«

»Hat er wieder geheiratet?«

»Nein.« Sie sah ihn offen an. »Und bevor du mich fragst – ich kann es dir nicht sagen. Bestimmt hatte er eine ganze Reihe von Liebschaften, und vermutlich hat es auch viele Frauen gegeben, die ihn gern geheiratet hätten.« Ihre Mundwinkel verzogen sich spöttisch. »Ich glaube nicht, dass du in seinem Privatleben auf ein dunkles Geheimnis stoßen wirst – jedenfalls nicht auf diesem Gebiet. Und ich weiß auch von keinem anderen Skandal, weder in Gelddingen noch in politischen Fragen.«

Er überlegte lange, bevor er die nächste Frage stellte. Noch während er sie in Gedanken formulierte, merkte er, dass sie hinter allem anderen stand und für ihn von größter Bedeutung war.

»Ist dir irgendeine Beziehung zwischen ihm und Victor Narraway bekannt, ganz gleich, ob auf privater oder beruflicher Ebene?«

Vespasias Augen weiteten sich ein wenig. »Nein. Glaubst du, dass es da etwas gibt?«

»Ich weiß nicht. Es kommt mir so vor.« Das entsprach nicht unbedingt der Wahrheit. Zwar gründete sich, was er empfand, nicht auf Fakten, aber er war absolut sicher, dass Narraway Ryerson gegenüber starke persönliche Gefühle hatte. Es musste einen Grund dafür geben, dass er ihn geschickt hatte, statt selbst zu gehen, und zwar einen so bedeutsamen, dass er alles hinwegfegte, was ihm sein Verstand und das gesunde Urteilsvermögen sagten. Pitt war überzeugt, dass Narraway für diese Entscheidung nachträglich und nicht etwa im Voraus Vernunftgründe gesucht hatte.

Vespasia beugte sich ein wenig zu ihm vor, ohne dabei ihre aufrechte Haltung aufzugeben. »Sei vorsichtig, Thomas. Saville Ryerson ist ein kluger Kopf und kann politische Situationen unglaublich gut einschätzen. Vor allem aber lebt er aus dem Gefühl. Er hat sich stets für seine Überzeugungen wie auch für die Menschen eingesetzt, die er vertritt, aber auch wiederholt zum Nutzen der Stadt Manchester und weiter Teile Nordenglands außer viel Zeit beträchtliche Mittel aus der eigenen Tasche aufgewendet, ohne dass ihn jemand dabei unterstützt oder es ihm gedankt hätte.« Sie hob die Schultern ein wenig. »So anhänglich die Menschen in der Grafschaft Lancashire sind, sie haben ihn nicht immer verstanden. Hinzu kommt, dass sie hitzköpfig sind und nicht besonders viel von Entscheidungen halten, die man in London am grünen Tisch trifft. Mit seinem meist weitblickenden Vorgehen konnte er nicht verhindern, dass ihm im Parlament Feinde erwachsen sind: ehrgeizige junge Männer, die an seinem Stuhl im Unterhaus sägen, weil sie ihn selbst einnehmen wollen. Einen Schuldvorwurf welcher Art auch immer solltest du unbedingt erst dann gegen ihn erheben, wenn du deiner Sache völlig sicher bist, denn so etwas würde ihn zugrunde richten. Die Rücknahme einer Anklage könnte das nicht ungeschehen machen.«

»Ich versuche ja bereits, ihn zu retten, Tante Vespasia!«, antwortete Pitt heftig. »Nur habe ich keine Vorstellung, wie ich dabei vorgehen soll!«

Sie wandte sich ab und sah zum goldgerahmten Spiegel an der gegenüberliegenden Wand hin. Er sah darin das Laub der Birken im Garten, deren Zweige in der leichten Brise hin und her schwankten.

»Du solltest dich mit dem Gedanken vertraut machen, dass das unter Umständen nicht möglich ist«, sagte sie. Ihre Stimme war so leise, dass er sie kaum hörte. »Vielleicht liebt er diese Ägypterin so sehr, dass er an ihrem Verbrechen mitgewirkt hat. Tu, was du tun musst, Thomas, nur geh dabei so feinfühlig vor, wie du kannst.«

»Das werde ich tun«, versprach er und fragte sich zugleich, wie er das bewerkstelligen sollte.

KAPITEL 3

Nachdem Gracie alle am frühen Morgen nötigen Arbeiten erledigt hatte, verließ sie das Haus, um Besorgungen zu machen. Es war ein heller, milder Spätsommertag. Kaum ein Lüftchen wehte, und sie schritt in ihren nagelneuen halbhohen Stiefeln munter aus. Sie waren einfach herrlich, hatten schwarze glänzende Knöpfe und richtige Absätze, die sie zum ersten Mal in ihrem Leben größer erscheinen ließen als ihre ein Meter dreiundfünfzig.

Sie eilte durch die Keppel Street und die Store Street zur Tottenham Court Road, wo sie beim Fischhändler einige äußerst appetitlich aussehende, fette Bücklinge von satter brauner Farbe aussuchte. Zwar gab es Lieferanten, die Fisch ins Haus brachten, doch dem Jungen, der sie mit einem Flachwagen ausfuhr, traute sie nicht recht, weil sie fand, dass er es mit der Frische seiner Ware nicht besonders genau nahm.

Gerade wollte sie zum Obststand gehen, um Pflaumen zu kaufen, als sie ihre Freundin Tilda Garvie entdeckte. Sie war ein hübsches junges Ding, eine knappe Handbreit größer als Gracie und dort, wo diese mager war, eher von verführerischer Fülle, trotzdem aber immer noch schlank. Da sie immer fröhlich und guter Dinge war, fühlte sich Gracie in ihrer Gesellschaft wohl. Heute aber ging Tilda entgegen ihrer sonstigen Gewohnheit sogar an der Blumenverkäuferin vorüber, ohne auch nur einen Blick auf deren Ware zu werfen. *Wie eine Nachtwandlerin*, musste Gracie unwillkürlich denken. Es kam ihr vor, als nähme Tilda nichts von dem wahr, was um sie herum vor sich ging. Ob sie Sorgen hatte?

Als Gracie ihren Namen rief, blieb sie stehen und drehte sich um. Beim Anblick der Freundin trat der Ausdruck großer Erleichterung auf ihr Gesicht. Fast hätte sie eine korpulente Frau angerempelt, die einen Einkaufskorb auf der Hüfte balancierte und mit der freien Hand ein widerstrebendes Kind weiterzerrte.

»Gracie!«, rief sie aus und konnte der Frau im letzten Augenblick ausweichen, die sie sonst wohl einfach umgerannt hätte. Ohne sich bei ihr zu entschuldigen, sagte sie: »Wie schön, dass ich dich seh!«

»Was has du denn?«, erkundigte sich Gracie, trat noch ein Stück weiter vom Straßenrand beiseite und zog Tilda mit sich. »Du siehs aus, wie wenn de was such'n würdest. Haste etwa dein Einkaufsgeld verlor'n?« Diese Vermutung war alles andere als abwegig. Gracie erinnerte sich noch voll Entsetzen, wie sie selbst einmal, als sie Einkäufe machen sollte, das ihr anvertraute Geld verloren und nicht wiedergefunden hatte. Nahezu sechs Shilling – das bedeutete eine ganze Wochenration Lebensmittel für die Familie.

Mit leichtem Kopfschütteln verneinte Tilda die Frage. »Has du 'n Augenblick Zeit für mich, Gracie? Ich mach mir so große Sorgen, dass ich nich weiterweiß. Ich hatte richtig gehofft, dass ich dich seh. Ehrlich gesagt bin ich überhaupt nur deshalb hier lang gekomm'.«

Sofort bestürmten Gracie Fantasien von allerlei häuslichem Missgeschick. Tilda war Dienstmädchen in einem herrschaftlichen Haus mit entsprechend zahlreichem Personal. Der nächstliegende Gedanke war, dass man sie eines Diebstahls bezichtigt oder einer der männlichen Dienstboten ihr einen unsittlichen Antrag gemacht hatte. Zwar brauchte Gracie nicht zu befürchten, dass ihr dergleichen widerfahren könnte, doch war ihr bewusst, dass so etwas immer wieder vorkam. Am schlimmsten war es, wenn der Hausherr einem Dienstmädchen nachstellte, denn in einem solchen Fall drohte ihr so oder so Gefahr, ganz gleich, wie sie sich verhielt. Ablehnung wie Willfährigkeit konnte dazu führen, dass man sie ohne Zeugnis entließ – und das war noch das Harmloseste, wenn man an die Möglichkeit einer Schwangerschaft oder daran dachte, dass ihr die Hausherrin alle möglichen sonstigen Verfehlungen anhängte.

Gemessen daran musste man fast froh sein, wenn man lediglich Streit mit anderen Dienstmädchen hatte, durch Unachtsamkeit im Hause irgendwelche unbedeutenden Schmuckstücke verloren gingen, man seine Arbeit schlecht tat, die Lieblings-Figurine der Hausherrin zerbrach oder beim Bügeln ein Kleid versengte.

»Was is denn passiert?«, fragte Gracie besorgt. »Komm, wir ha'm Zeit für 'ne Tasse Tee. Gleich um die Ecke kann man sich setzen, da erzählste mir alles.«

»Für so was hab ich kein Geld.« Tilda blieb reglos auf dem Gehweg stehen. »Außerdem glaub ich, dass ich mich nur dran verschluck'n würde.«

Gracie begriff, dass etwas außerordentlich Schwerwiegendes vorgefallen sein musste. »Kann ich dir helfen?«, erkundigte sie sich. »Mrs Pitt is hochanständig un wirklich klug.«

Tilda verzog das Gesicht. »Eigentlich ... hatte ich mehr an Mr Pitt gedacht ... Ich dachte ... wenn der ...« Sie hielt inne. Alle Farbe war aus ihrem Gesicht gewichen, und in ihren Augen lag ein tiefes Flehen.

»Geht's denn um 'n Verbrechen?«, fragte Gracie begierig.

Tränen traten in Tildas Augen. »Ich weiß nich ... vielleicht noch nich ... jedenfalls ... ach, du lieber Gott, hoffentlich nich.«

Gracie zog sie am Arm beiseite, damit sie nicht den geschäftigen Frauen im Wege standen, die mit ihren Einkaufskörben fast wie mit Waffen in die Menge hineinstießen. »Du komms jetz mit, un wir trink'n 'ne Tasse Tee«, bestimmte sie. »Was Warmes tut dir bestimmt gut. Dabei kanns du mir dann genau sag'n, was los is. Hier ... pass auf, wo du hintritts, un stolper nich über die Pflastersteine.«

Tilda zwang sich zu einem Lächeln und ging schneller, um mit Gracie Schritt zu halten. In der Teestube gab Gracie ihre Bestellung auf und tat mit einer schroffen Handbewegung die Behauptung der Bedienung ab, dafür sei es zu früh am Tag.

»So«, sagte sie, als sie allein waren. »Was is?«

»Es geht um Martin«, sagte Tilda mit belegter Stimme. »Mein Bruder«, fügte sie hinzu, bevor Gracie falsche Schlüsse zog. »Er is weg. Einfach verschwund'n, ohne mir 'n Piep zu sag'n. Das würd der nie tun, denn wir war'n immer zusamm'. Mama un Papa sind an Cholera gestor'm, wie ich sechs un er acht war. Seitdem ha'm wir uns immer einer um'n andern gekümmert. Da haut man nich einfach mir nix dir nix ab.« Um nicht weinen zu müssen, zwinkerte sie rasch, doch es nützte nichts. Immer mehr Tränen liefen ihr über die Wangen, und sie wischte sie mechanisch mit dem Ärmel ab.

Gracie bemühte sich, klar zu denken. »Wann has du 'n denn zuletzt geseh'n?«

»Vorvorgestern. Da hatt'n wir beide 'n freien Tag. Wir ha'm bei dem Mann an der Ecke heiße Pastet'n gegess'n un sin dann im Park spazier'n gegang'n. Die Kapelle hat gespielt. Er hat gesagt, wir könnt'n nach Covent Garden geh'n, wo die Steinsäule mit den Sonnenuhr'n steht. Keine Ahnung, was er da wollte – einfach so.« Gracie fand das sonderbar, denn dieser als »Seven Dials« bekannte Ort hatte einen äußerst üblen Ruf, und jeder Londoner wusste, dass es sich nicht empfahl, ihn nach Einbruch der Dunkelheit aufzusuchen.

Die Bedienung kam mit einer Kanne Tee und warmen Scones zurück, Teegebäck mit Sahne. Als sie Tildas von Tränen überströmtes Gesicht sah, schien sie etwas sagen zu wollen, überlegte es sich dann aber wohl anders. Gracie dankte ihr, zahlte und legte einige Pennies als Trinkgeld dazu. Dann goss sie sich beiden ein und wartete, bis Tilda den ersten Schluck getrunken und von ihrem Gebäck abgebissen hatte. Sie versuchte, ihre Gedanken zu ordnen und sich möglichst genau so zu verhalten, wie es Pitt ihrer Vermutung nach tun würde.

»Mit wem has du da in dem Haus gesprochen, wo dein Bruder in Stellung is?«, begann sie. »Wo is das überhaupt?«

»Am Torrington Square, gleich hinter'm Gordon Square. Gar nich weit von hier«, sagte Tilda und legte ihr angebissenes Scone auf den Teller zurück. »Der gnä' Herr is Mr Garrick. Er hat keine Frau mehr.«

»Un mit wem has du da gesproch'n?«, ließ Gracie nicht locker.

»Mit Mr Simms. Das is der Butler.«

»Was hat der genau gesagt?«

»Dass Martin weg wär und er mir nich sagen könnte, wohin«, antwortete Tilda. Sie schien ihren Tee vergessen zu haben und sah Gracie unverwandt an. »Der hat wohl gemeint, wir geh'n zusamm'. Deshalb hab ich ihm gesagt, dass das mein Bruder is. Nur weil wir uns ähnlich seh'n, hat er mir am Ende wohl auch geglaubt, aber bis das so weit war, hat's 'ne halbe Ewigkeit gedauert.« Sie schüttelte den Kopf. »Trotzdem wollte er mir nich sag'n, wo er is. Er hat gesagt, bestimmt würd sich Martin melden, aber das hat er nich getan. Gestern war mein Geburtstag – den würd er nie vergess'n. Da hat er immer dran gedacht, schon wie ich ganz klein war. Bestimmt is ihm was ganz Schlimmes passiert.« Sie schluckte und zwinkerte erneut. Wieder liefen ihr die Tränen über die Wangen. »Jedes Jahr hat er mir was geschenkt, und wenn's nur 'ne Haarschleife war, 'n Taschentuch oder so was. Er hat immer gesagt, Geburtstag is wichtiger wie Weihnachten, weil der nur für einen selber is un Weihnachten für alle.«

Gracie empfand eine tiefe Besorgnis. Womöglich ging es hier um mehr als eine häusliche Intrige, so unangenehm derlei sein konnte. Ob sie Pitt von der Sache in Kenntnis setzen sollte? Allerdings war er nicht mehr bei der Polizei, und von den Aufgaben des Sicherheitsdienstes hatte sie keine rechte Vorstellung. Bisher hatte sie lediglich mitbekommen, dass alles geheim war, was Pitt tat, und sie deutlich weniger über seine Arbeit erfuhr als früher. Da war es um gewöhnliche Verbrechen gegangen, über die sogar die Zeitungen schrieben, sodass jeder die näheren Umstände nachlesen konnte.

Es sah ganz so aus, als ob es zumindest im Augenblick ihr überlassen bleiben würde, festzustellen, was es mit Tildas Bruder Martin auf sich hatte. Sie nahm einen Schluck aus ihrer Tasse, um in Ruhe nachdenken zu können.

»Has du außer mit dem Butler noch mit jemand gesproch'n?«, fragte sie nach einer Weile.

Tilda nickte. »Ja. Ich hab den Stiefelputzer gefragt. Die kriegen oft 'ne Menge mit, und viele von denen sin' so frech, dass se's auch weitersag'n. Kein Wunder – wer hört schon auf 'n Stiefelputzer? Da versuch'n se eben, auf ihre Kost'n zu komm'n, wenn se schon mal 'ne Gelegenheit dazu ha'm.« Der Anflug von Humor verschwand gleich wieder von ihrem Gesicht. »Aber der hat auch nur gesagt, dass Martin einfach von jetz auf gleich verschwund'n wär. Heute hier wie immer, un plötzlich nich mehr da.«

»Aber er wohnt doch im Haus, oder?«, fragte Gracie ganz erstaunt.

»Natürlich! Er is Kammerdiener von dem jungen Mr Garrick und tut alles für den. Mr Stephen hält große Stücke auf ihn.«

Gracie holte tief Luft. Dieser Fall war zu ernst, als dass sie aus lauter Seelengüte die Wirklichkeit hätte übertünchen dürfen, so hart die Umstände sein mochten. »Könnte es sein, dass dieser Mr Garrick 'nen Wutanfall gekriegt und 'n entlassen hat un Martin sich jetz so schämt, dass er sich ers bei dir meld'n will, wenn er 'ne neue Stelle hat?« Sie stellte die Frage äußerst ungern und sah an Tildas kläglichem Gesichtsausdruck, wie schmerzlich dieser eine solche Vorstellung war.

»Nie im Leben!« Entschieden schüttelte Tilda den Kopf. »Martin würd nie im Leben was tun, wesweg'n man 'n entlass'n könnte. Un Mr Stephen is auf 'n angewies'n. Ich mein, er braucht 'n wirklich. Nich nur dass er ihm 's Halstuch bindet un die Kleidung in Schuss hält.« Ihre Hände waren ineinander verkrampft, das Scone lag vergessen auf dem Teller. »Er kümmert sich um ihn, wenn er zu viel getrunk'n hat un es ihm nich gut geht oder wenn er was Verrücktes angestellt hat. Da kann er lange such'n, bis er wieder so jemand wie Martin findet. Der is ... der is richtig ... anhänglich.« Sie sah Gracie mit leuchtenden, zugleich aber auch furchtsamen Augen an. Unübersehbar hoffte sie, verstanden zu werden, fest überzeugt, dass etwas so Kostbares wie Anhänglichkeit und uneingeschränkte Treue unbedingt auf Gegenseitigkeit beruhen müsse. Gewiss verdiente ihr Bruder ein besseres Los, als dass ihn jemand verstieß, nur weil er die Macht dazu hatte!

Gracie hielt nicht so viel vom Anstand der Arbeitgeber wie Tilda anscheinend. Seit ihrem dreizehnten Lebensjahr als Dienstmädchen im Hause Pitt tätig, hatte sie zwar selbst keine schlechten Erfahrungen gemacht, aber von anderen Dienstboten so viele üble Geschichten gehört, dass sie Tildas treuherzige Einstellung nicht teilen konnte.

»Has du mit Mr Garrick selber gesproch'n?«, fragte sie.

Tilda war entsetzt. »Natürlich nich! Wie könnte ich? Du bis ja ganz schön dreist!« Sie war so verblüfft, dass sich ihre Stimme fast überschlug. »Es war schlimm genug, den Butler zu frag'n, un der hat mich angeseh'n, wie wenn ich kein Recht dazu hätt'. Eigentlich wollte er mich gleich wegschick'n, bis er endlich geglaubt hat, dass Martin mein Bruder is. Bei Verwandten gehört sich das auch so.«

»Mach dir keine Sorgen«, tröstete Gracie die Freundin. Sie wusste, was sie zu tun hatte. Wenn Pitt durch die Arbeit beim Sicherheitsdienst zu stark in Anspruch genommen wurde, gab es immer noch Tellman. Ihm würde sie den Fall vortragen. Unter Pitt in der Bow Street Wachtmeister, hatte man ihn – nach dessen ungerechtfertigter Entlassung aus dem Polizeidienst – zum Inspektor befördert, und so war er jetzt selbst Vorgesetzter. Er hatte schon seit einer ganzen Weile ein Auge auf Gracie geworfen, auch wenn er sich das selbst erst ganz allmählich und mit großem Zögern eingestanden hatte. Sicher konnte er die nötigen Nachforschungen anstellen und Tilda helfen. Gracie war fest überzeugt, dass dieser Fall die Polizei interessieren musste. »Ich lass das für dich erledig'n«, sagte sie und lächelte Tilda aufmunternd zu. »Ich kenn einen, der das kann. Der geht der Sache bestimmt auf 'n Grund.«

Endlich wurde Tilda etwas ruhiger und erwiderte sogar Gracies Lächeln. »Meins du wirklich? Ich hatte mir gleich gedacht, wenn überhaupt einer was machen könnte, dann du. Ich weiß gar nich, was ich sag'n soll, nur dass ich dir schrecklich dankbar bin.«

Gracie fühlte sich von diesem Überschwang peinlich berührt. Hoffentlich hatte sie nicht zu viel versprochen. Zwar würde ihr Tellman diesen Wunsch selbstverständlich erfüllen, doch was war, wenn die Lösung so aussah, dass sich Tilda darüber nicht freuen konnte? »Noch hab ich nix gemacht!«, erwiderte sie, senkte den Blick und trank ihren Tee aus. »Aber wir krieg'n das schon hin. Jetz erzähl mal am besten alles über dein' Bruder – was er bei seiner Arbeit macht un so.« Zwar hatte sie weder Stift noch Papier bei sich, verfügte aber, da sie erst vor kurzer Zeit Lesen und Schreiben gelernt hatte, über ein geschultes Gedächtnis, denn bis dahin hatte sie sich alles auswendig merken müssen.

Tilda, die aus demselben Grund alle Einzelheiten genauestens wusste, begann ihre Schilderung. Als Gracie genug zu wissen glaubte, traten sie wieder auf die belebte Straße hinaus und verabschiedeten sich. Während sich Tilda, die den Kopf ein wenig höher trug als zuvor und nicht mehr ganz so zögerlich ging, daran machte, ihre Besorgungen zu erledigen, kehrte Gracie in die Keppel Street zurück, um Charlotte zu fragen, ob sie den Abend frei haben konnte. Sie wollte Tellman aufsuchen.

Die Bitte wurde ihr bereitwillig gewährt.

Zwar war Tellman nicht auf der Wache in der Bow Street, aber schon beim nächsten Versuch fand sie ihn zwei Nebenstraßen weiter in einer Gaststätte. Suchend sah sie sich vom Eingang aus um. Die Sägespäne unter ihren Füßen waren von den vielen Gästen breit getreten, in der Luft hing der Geruch nach Bier, und um sich herum hörte sie Gläserklirren und die Stimmen von Männern, die sich unterhielten.

Erst nach einer Weile entdeckte sie Tellman, der mit gesenktem Kopf in der hintersten Ecke saß und trübsinnig in sein Bierglas stierte. Ihm gegenüber saß ein Streifenbeamter, der ihn respektvoll ansah. Nach wie vor bereitete die neue Position Tellman Unbehagen, denn im Unterschied zu vielen anderen wusste er nicht nur, dass Pitt Opfer einer Intrige war, sondern auch, wer dahinter steckte. Doch nicht nur deshalb lehnte er Pitts Nachfolger Oberinspektor Wetron ab. Alles, was seit dessen Amtsantritt geschehen war, zeigte ihm, dass dem Mann weniger daran lag, Verbrechen aufzuklären, als daran, seinen persönlichen Ehrgeiz zu befriedigen. Und Tellman war nicht von der Überzeugung abzubringen, dass Wetron insgeheim danach strebte, sich an die Spitze der schrecklichen Geheimorganisation zu setzen, von der in der Öffentlichkeit außer dem Namen »Der Innere Kreis« nichts bekannt war. So war es nicht weiter verwunderlich, dass er seinem neuen Vorgesetzten zutiefst misstraute.

Gracie wusste, dass Pitt eine solche Entwicklung ebenso befürchtete wie Tellman, doch wagte sie nicht, mit einem der beiden offen darüber zu reden, da sie zu diesem Thema nur hier und da Gesprächsfetzen erhascht hatte. Während sie jetzt zu Tellmans Tisch hinübersah, fragte sie sich, wie sehr ihn diese Sache bedrücken mochte. Auch wenn er das nie zugegeben hätte, war an ihm nichts von der Selbstsicherheit zu erkennen, die er in der Zeit der Zusammenarbeit mit Pitt meist an den Tag gelegt hatte.

Auf ihrem Weg durch die volle Gaststube musste sie sich immer wieder mit den Ellbogen Platz schaffen. Da sie so klein war, schien niemand sie zu beachten. Kurz bevor sie Tellmans Tisch erreichte, hob er den Kopf und sah sie. Ein Ausdruck von Besorgnis trat auf seine Züge, als könne ihre Anwesenheit nur unangenehme Nachrichten bedeuten.

»Nanu, Gracie? Was gibt es?« Er stand automatisch auf, hielt es aber nicht für erforderlich, sie mit seinem jungen Begleiter bekannt zu machen.

Insgeheim hatte sie gehofft, er werde sich freuen, sie zu sehen, und sie könne unauffällig ansprechen, weshalb sie gekommen war. Sie musste sich eingestehen, dass sie ihn bisher unaufgefordert immer nur dann aufgesucht hatte, wenn sie seine Hilfe gebraucht hatte, während sie, wenn es um rein persönliche Angelegenheiten ging, stets gewartet hatte, bis er das Wort ergriff. Tatsächlich war sie anfangs ausgesprochen unwillig gewesen, ihm mehr als eine abweisende Art von Freundschaft zu gewähren. Nicht nur war er ein Dutzend Jahre älter als sie, er hatte auch überaus dogmatische

Vorstellungen, die obendrein den ihren für gewöhnlich zuwiderliefen. So äußerte er sich abfällig darüber, dass sie als Dienstmädchen tätig war, denn das widersprach seinen Grundsätzen von der Gleichheit aller Menschen in der Gesellschaft. Sie hingegen sah in dieser Arbeit nicht nur eine außerordentlich ehrenhafte Art, ihren Lebensunterhalt zu verdienen, sie ermöglichte ihr überdies ein so behagliches Leben, wie sie es zuvor nicht gekannt hatte. Sie sah darin nichts Erniedrigendes und warf ihm Überempfindlichkeit und maßlosen Stolz vor.

Diesmal zwang sie sich zu größerer Höflichkeit, als sie eigentlich für angemessen hielt. In Anwesenheit eines Untergebenen musste sie ihn achtungsvoll behandeln.

»Ich bin gekomm'n, weil ich 'n Rat brauch«, sagte sie in sanftmütigem Ton. »Ich hoff, dass Se 'ne halbe Stunde oder so für mich übrig ha'm.«

Erst verblüffte ihn ihre ungewohnte Zuvorkommenheit, dann aber begriff er, dass sie ihn vor dem Streifenbeamten nicht herabsetzen wollte. Sein hageres Gesicht nahm ein wenig weichere Züge an, und er sagte mit einer Spur Humor in der Stimme: »Das lässt sich bestimmt einrichten. Ist Mrs Pitt wohlauf?« Er fragte das nicht aus Höflichkeit, sondern in erster Linie, weil er Charlotte gut leiden konnte. Nur wenige Menschen standen ihm näher als Gracie und Pitts Frau. Seine hölzerne und stolze Art war der Grund dafür, dass er ziemlich einsam lebte und es ihm nicht leicht fiel, Freundschaft zu schließen. Anfangs hatte er Pitt gegenüber starke Vorbehalte gehabt, da die Position des Leiters einer Polizeiwache, noch dazu, wenn es um die berühmte Wache in der Bow Street ging, seiner festen Überzeugung nach ausschließlich Männern von Stand oder ehemaligen Offizieren aus Heer oder Marine zustand. Der Sohn eines Wildhüters verfügte in seinen Augen weder über die Fähigkeiten, die nötig waren, um andere Menschen zu führen, noch durfte er Anspruch darauf erheben, dass ihn Männer wie Tellman mit »Sir« anredeten. Aus diesem Grund war ihm seinem einstigen Vorgesetzten gegenüber jede Form der Ehrerbietung im Halse stecken geblieben, und Pitt hatte sich Tellmans Achtung

Schritt für Schritt erkämpfen müssen. Als er ihn aber erst einmal für sich gewonnen hatte, stand er so treu zu ihm, als wären sie durch Blutsbande miteinander verbunden.

»Das hier ist aber nicht der richtige Ort für Sie«, sagte er und sah Gracie mit leichtem Stirnrunzeln an. »Ich bringe Sie zum Pferdeomnibus. Unterwegs können Sie mir alles sagen.« Er wandte sich zu seinem Untergebenen um. »Bis morgen früh, Hotchkiss.«

Gehorsam erhob sich der Angesprochene. »Ja, Sir. Gute Nacht, Sir. Auch Ihnen eine Gute Nacht, Miss.«

Gracie verabschiedete sich ebenfalls und folgte dann Tellman zur Tür. Draußen sagte sie: »Es is wirklich wichtig, sons hätt ich Se nich belästigt.« Dann fügte sie hinzu: »Jemand is verschwunden.«

Er bot ihr den Arm. Sie nahm ihn widerwillig, merkte dann aber verwundert, dass ihr das angenehm war. Ihr fiel auf, dass er kürzere Schritte als sonst machte, damit sie nicht so schnell gehen musste. Sie lächelte, doch als sie sah, dass ihm das nicht entgangen war, machte sie gleich wieder ein abweisendes Gesicht. Auf keinen Fall sollte er etwas von ihren Empfindungen merken. »Es geht um meine Freundin Tilda Garvie«, sagte sie in geschäftsmäßigem Ton. »Ihr Bruder Martin is aus dem Haus, wo er arbeitet, verschwund'n, ohne ihr oder sons jemand was zu sag'n. Das is jetz drei Tage her.«

Tellman schürzte die Lippen und zog finster die Brauen zusammen. Beim Gehen hingen seine Schultern ein wenig herab, als seien seine Muskeln verkrampft. Es war ein lauer Abend, die Straßenlaternen brannten schon, und die von der Themse herüberstreichende leichte Brise brachte einen Geruch nach Feuchtigkeit mit sich. Auf der Straße war es still. In einiger Entfernung vor sich sahen sie eine Kutsche um die Ecke biegen, deren Geräusch leise zu ihnen herüberdrang. Auf der anderen Straßenseite unterhielten sich Männer lautstark miteinander.

»Das ist nichts Ungewöhnliches«, sagte Tellman in neutralem Ton. »Vermutlich hat man ihn auf die Straße gesetzt. Dafür kann es eine ganze Reihe von Gründen geben, und es muss nicht unbedingt seine Schuld sein.«

»So was hätt' er ihr auf jeden Fall gesagt«, wandte Gracie rasch ein. »Er hat ihr aber nich mal 'ne Karte oder Blumen oder sons was zum Geburtstag geschickt.«

»Dass Menschen Geburtstage vergessen, kommt laufend vor«, entgegnete er. »Daraus kann man nicht den Schluss ziehen, dass etwas nicht stimmt – schon gar nicht, wenn jemand weder Arbeit noch ein Dach über dem Kopf hat!«, fügte er brummig hinzu.

Ihr war klar, dass er sich über die Ungerechtigkeit ereiferte, die es seiner Überzeugung nach bedeutete, in so extremer Weise von anderen Menschen abhängig zu sein. Obwohl Gracie wusste, dass er diesmal nicht sie damit meinte, ärgerte es sie, vielleicht, weil sie nicht wollte, dass er Recht behielt. Außerdem empfand sie eine leise Furcht, und sie wollte nicht unbedingt hören, auf welche Möglichkeiten ein Polizeibeamter in diesem Fall verfiel.

»Er hat aber ihr'n Geburtstag noch nie vergess'n«, hielt sie dagegen. Inzwischen musste sie wieder schneller gehen, weil er unwillkürlich wieder auf die gewohnte Weise ausschritt. »Seit er acht Jahre alt war«, setzte sie hinzu.

»Vielleicht hat man ihm früher noch nie den Stuhl vor die Tür gesetzt«, gab er zu bedenken.

»Von mir aus tun wir mal so, als wenn das stimmen würde. Warum hat ihr der Butler das dann aber nich gesagt?«, parierte sie, ohne seinen Arm loszulassen.

»Vielleicht, weil ihn so etwas nichts angeht. Ein guter Butler spricht nicht mit Außenstehenden über unangenehme Vorfälle im Hause. Das müssten Sie eigentlich besser wissen als ich.« Mit leicht emporgezogenem Mundwinkel sah er zu ihr hin, als erwarte er eine Antwort. Sie hatten sich schon früher heftig darüber in den Haaren gelegen, dass Dienstboten ihrer Herrschaft auf Gedeih und Verderb ausgeliefert sind und jegliche Sicherheit in ihrem Leben von einem Augenblick auf den anderen dahin sein konnte: die regelmäßigen Mahlzeiten, das Dach über dem Kopf und die ganze übrige Behaglichkeit des Daseins.

»Ich weiß, worauf Se rauswoll'n«, sagte sie ärgerlich und entzog ihm den Arm. »Un ich bin's leid, Ihn'n immer wieder sag'n zu müss'n, dass das nich überall so is! Natürlich gibt's schlechte Häuser un böse Menschen, aber auch gute. Aber könn' Se sich vorstell'n, dass mich Mrs Pitt auf die Straße setz'n würde, wenn ich mal verschlafen hab oder vorlaut war un ihr Widerworte gege'm hab ... oder aus 'nem ander'n Grund?« Herausfordernd fügte sie hinzu: »Wehe, Se sag'n ›Ja‹ – ich versprech Ihn'n, Se werd'n sich wünsch'n, dass Se 'n Mund nie aufgemacht hätt'n!«

»Selbstverständlich würde sie das nie tun!«, gab er zurück. Mit einem Ruck blieb er stehen und zog sie am Arm beiseite, damit sie den beiden Männern, die gerade auf sie zukamen, nicht den Weg versperrte. »Aber das ist etwas völlig anderes. Sollte sich dieser Martin nicht mehr im Haus seiner Herrschaft befinden, gibt es dafür einen Grund. Entweder wollte er sich verändern, oder man hat ihn entlassen. Im einen wie im anderen Fall hat die Polizei nichts damit zu tun, es sei denn, die Leute reichen eine Klage gegen ihn ein. Das aber wäre ja wohl das Letzte, was Ihre Freundin Tilda wünscht.«

»Was für 'ne Klage?«, brauste sie auf. »Er hat nix gemacht! Er is einfach von ei'm Tag auf'en ander'n verschwund'n – ha'm Se mir eigentlich zugehört? Kein Mensch weiß, wo er is.«

»Das stimmt nicht ganz«, verbesserte er. »Ihre Freundin Tilda weiß nicht, wo er ist.«

»Der Butler auch nich«, fauchte sie aufgebracht. »Nich mal der Stiefelputzer.«

»Der Butler hat es ihr lediglich nicht gesagt – und warum in aller Welt sollte der Stiefelputzer das wissen?«, knurrte er.

Allmählich wurde Gracie von einer Art Verzweiflung erfasst. Sie wollte nicht mit Tellman streiten, merkte aber, dass nicht viel fehlte und sie nichts dagegen unternehmen konnte. Inzwischen hatten sie die Ecke der Hauptstraße erreicht und wurden von dem Lärm eingehüllt, den Pferdehufe, Wagenräder und die Stimmen zahlreicher Menschen erzeugten. Passanten hasteten über den Gehweg, und ein Mann kam so nahe an ihr vorüber, dass er ihren Rücken streifte. Tildas Angst war auf sie übergesprungen, und sie merkte, wie ihr die Fähigkeit zum klaren Denken abhanden kam.

»Stiefelputzer krieg'n 'ne Menge mit!«, fuhr sie ihn an. »Ha'm Se eigentlich nix daraus gelernt, dass Se dauernd Leute verhör'n? Se war'n doch oft genug bei Verbrech'n in herrschaftlich'n Häusern un ha'm mitgekriegt, wie Mr Pitt das macht – oder? Hört der sich etwa nicht an, was bestimmte Leute zu sag'n ha'm, bloß weil se Drecksarbeit mach'n? Auch die ha'm Aug'n und Ohr'n im Kopf und merk'n, was los is!«

Sogar im trüben Schein der Straßenlaternen konnte sie sehen, dass er sich große Mühe gab, die Geduld nicht zu verlieren. Ihr war bewusst, dass er das nur ihr zuliebe tat. Gerade das ärgerte sie noch mehr, weil er damit ihrer Ansicht nach eine Art moralischen Druck auf sie ausübte und sie verpflichtete, ihm beherrscht gegenüberzutreten, während alles in ihr tobte und sie ihn am liebsten angeschrien hätte.

»Das ist mir alles bekannt, Gracie«, sagte er ruhig. »Ich habe selbst so manchen Dienstboten befragt. Wenn der Stiefelputzer nichts über die Sache weiß, bedeutet das höchstwahrscheinlich, dass es damit seine Richtigkeit hat. Alles spricht dafür, dass man den Bruder Ihrer Freundin entlassen hat und er fortgegangen ist. Vielleicht wollte er nicht, dass sie etwas davon erfährt, bis er eine andere Anstellung gefunden hat.« Seine Worte klangen außerordentlich vernünftig. »Er will verhindern, dass sie sich Sorgen macht ... Wer weiß, vielleicht schämt er sich auch. Falls man ihn wegen irgendeiner peinlichen Angelegenheit entlassen hat, weil er sich etwas zuschulden kommen lassen hat, wäre es doch verständlich, wenn er den Wunsch hätte, dass seine Angehörigen nichts davon erfahren.«

»Un warum hat er ihr dann nich wenigstens 'ne Karte oder 'n Brief zum Geburtstag geschickt?«, trumpfte sie auf. Sie trat einen Schritt von ihm fort und sah ihn offen an. »Das hat er nämlich nich gemacht, un genau deshalb sorgt se sich doppelt.«

»Sofern er seine Anstellung verloren hat«, gab Tellman mit unnatürlich gelassener Stimme zu bedenken, »und damit auch seine Bleibe, dürfte er wichtigere Dinge im Kopf haben, beispielsweise die Frage, wo er unterkriechen kann und wovon er leben soll!

Wahrscheinlich weiß er in einem solchen Fall nicht einmal, was für ein Wochentag es ist.«

»Wenn es ihm so schlecht geht, hat se aber doch erst recht Grund, sich zu sorg'n – oder etwa nich?«, schloss sie triumphierend.

Seufzend stieß er den Atem aus. »Das kann sie natürlich tun – doch ist das für die Polizei auf keinen Fall ein Grund, tätig zu werden.«

Die herabhängenden Hände zu Fäusten geballt, bemühte sich Gracie um Gelassenheit. »Das soll se ja auch gar nich! Tilda hat mir die Geschichte erzählt, un ich hab gefragt, ob Se mir helf'n könn'n. Für mich sin Se nich die Polizei, sondern 'n guter Bekannter. Jedenfalls hab ich das bis jetz geglaubt. Ich hab Se um Hilfe gebet'n und nich darum, 'nen Fall aufzuklär'n.«

»Und was soll ich Ihrer Ansicht nach tun?« Die Unvernunft, die sie seiner Auffassung nach an den Tag legte, veranlasste ihn, die Stimme zu heben.

Mit letzter Kraft schluckte sie die Antwort herunter, die ihr auf der Zunge lag, und zwang sich zu einem bezaubernden Lächeln. »Vielen Dank«, sagte sie betont herzlich. »Ich hab ja gleich gewusst, dass Sie mir helf'n würd'n, wenn Se ers ma verstand'n ha'm, worum 's geht. Se könn'n zum Beispiel mal Mr Garrick fragen, wo sich Martin aufhält. Natürlich brauch'n Se dem kein' Grund dafür sag'n. Vielleicht war er ja sogar Zeuge.«

»Zeuge wessen?« Seine Brauen fuhren verwundert in die Höhe.

Sie achtete nicht darauf. »Was weiß ich. Lass'n Se sich einfach was einfall'n.«

»Ich habe nicht das Recht, mir nach Gutdünken die Autorität der Polizei anzumaßen und achtbare Bürger grundlos zu befragen!« Er sah so gekränkt drein, als hätte sie seine Rechtschaffenheit infrage gestellt.

»Sind Se doch nich so … so …« Sie wusste kaum noch, was sie sagen sollte. Sie konnte ihn trotz seiner hölzernen Art und seiner Schwerfälligkeit gut leiden, trotz seiner stetigen Bereitschaft, sich zu empören, wusste sie doch, dass sich hinter seinen Hinweisen auf

Richtlinien und herkömmliche Verfahrensweisen ein tiefes Mitgefühl verbarg. Mitunter aber erzürnte sie die Unbeugsamkeit, zu der man ihn erzogen hatte, über alle Maßen. Jetzt war es wieder einmal so weit. »Könn' Se denn nich weiter kuck'n wie Ihre Nasenspitze?«, fragte sie. »Manchmal glaub ich, Se ha'm Ihr'n Verstand im Buch mit 'n Dienstvorschrift'n eingesperrt. Merk'n Se nich, wann's um Le'm un Gefühle geht? Könn' Se nich erkenn', was in 'nem Mensch'n vor sich geht?« Sie holte tief Luft und fuhr fort: »Mensch'n besteh'n aus Fleisch und Blut ... un se mach'n Fehler. Aber se ha'm auch Träume! Tilda muss unbedingt wiss'n, was mit ihr'm Bruder passiert is ... so sieht das aus, un nich anders!«

Tellmans Züge verhärteten sich. Er hielt sich an das, was er begriff. »Wer gegen die Vorschriften verstößt, wird am Ende selbst verstoßen«, sagte er bockig.

Sie begriff, dass sie von ihm nichts weiter zu erwarten hatte. Unmöglich konnte er zurücknehmen, was er gerade gesagt hatte. Von seinem Standpunkt aus hatte er Recht damit, und sie verstand das besser, als sie eingestehen konnte. Sie war ihm gegenüber ungerecht gewesen, hatte nicht bedacht, dass er nicht mehr für Pitt arbeitete, sondern für Wetron, womit ihm keinerlei Freiraum blieb. Schon einmal hatte er seine Anstellung aufs Spiel gesetzt, als er, ohne an sich zu denken, Charlotte, die Kinder und sie selbst aus einer großen Gefahr gerettet hatte. Später, wenn sie nicht mehr so wütend war und es nicht wie eine Entschuldigung oder wie der Versuch aussehen würde, sich bei ihm einzuschmeicheln, würde sie ihm sagen, dass sie das zu würdigen wisse. Gegenwärtig aber kreiste ihr ganzes Denken um Tilda und das, was deren Bruder widerfahren sein mochte.

»Na schön, wenn Se ihr nich helf'n woll'n, muss ich das eben selber mach'n«, sagte sie schließlich und trat einen Schritt beiseite. Zu ihrem großen Bedauern fiel ihr keine abschließende beißende Bemerkung ein, und so blieb sie lediglich einen Augenblick lang stehen und sah ihn so durchdringend an, als wolle sie ihn in tiefster Seele treffen. Dann wandte sie sich aufseufzend zum Gehen.

»Das kommt überhaupt nicht infrage«, sagte er schroff.

Sie kehrte sich ihm erneut zu. »Sag'n Se mir nich auch noch, was ich zu tun hab und was nich, Samuel Tellman! Von Ihnen muss ich mir keine Vorschrift'n mach'n lass'n, un ich tu, was ich für richtig halt'!«, kreischte sie, insgeheim erleichtert, dass er sie nicht einfach ignorierte.

»Gracie!« Er tat einen langen Schritt auf sie zu, als wolle er ihren Arm ergreifen.

Sie zuckte übertrieben die Achseln, hüpfte ein wenig beiseite, um ihm auszuweichen, und ging dann, so rasch sie konnte, davon, ohne sich umzusehen. Im Stillen hoffte sie, dass er ihr nachsah, vielleicht sogar folgte.

Als sie in der Keppel Street durch den Hintereingang ins Haus trat, war sie zwar nach wie vor bemüht, die Flammen ihres Zorns zu schüren, fühlte sich aber so elend, dass ihr das kaum noch gelang. Ihr Versuch, Tellman für den Fall zu interessieren, war fehlgeschlagen. Es war ihr nicht gelungen, ihn zu überreden, dass er sich um Martin Garvies Verschwinden kümmerte. Sich zu weigern war sein gutes Recht, sie aber hätte sich zumindest so verhalten müssen, dass dieser Zwischenfall ihrer Freundschaft nicht abträglich war. Sie hatte keine Vorstellung, wie sie bei ihrer nächsten Begegnung offen mit ihm sprechen und das wieder einrenken konnte. Verwundert merkte sie, dass sie das in tiefster Seele schmerzte. Ihr war nicht bewusst gewesen, dass ihr das so wichtig war. Eines Tages würde sie nicht mehr umhin können, sich einzugestehen, wie sehr ihr an ihm lag.

Zum Glück war niemand in der Küche, und so konnte sie sich rasch das Gesicht waschen und dann so tun, als wäre alles in bester Ordnung. Sie hatte gerade den Wasserkessel aufgesetzt, als Charlotte hereinkam.

»Woll'n Se 'ne Tasse Tee?«, fragte Gracie beinahe munter.

»Gern«, sagte Charlotte, setzte sich an den Tisch und machte es sich gemütlich. »Stimmt etwas nicht?«, erkundigte sie sich in einem Ton, als erwarte sie eine Antwort.

Gracie zögerte und überlegte rasch. Sollte sie sagen, alles sei in bester Ordnung, oder war es besser, wenigstens den Teil der Geschichte preiszugeben, der mit Martin Garvie zu tun hatte? Es wunderte sie, dass Charlotte sie so mühelos durchschaute. Auch das schien ihr ein wenig beunruhigend. Andererseits würde bei ihrer langen und engen Bekanntschaft das Gegenteil die Vermutung zulassen, dass sie Charlotte gleichgültig war, und das wäre noch schlimmer.

»Ich hab heute Vormittag Tilda Garvie getroff'n«, sagte sie, wobei sie dem Tisch den Rücken zukehrte und die Teedose unnötig laut schloss. »Sie hat ihr'n Bruder Martin schon länger nich geseh'n und hat Angst, dass was Schlimmes passiert sein könnte.«

»Was könnte das zum Beispiel sein?«, erkundigte sich Charlotte.

Der Wasserkessel begann zu pfeifen, und Gracie nahm ihn vom Herd. Sie wärmte die Kanne mit heißem Wasser vor, das sie anschließend ausgoss, gab die Blätter hinein und goss den Tee auf. Jetzt gab es keinen Vorwand mehr, sich nicht hinzusetzen, und so nahm sie steif am Tisch Platz, wobei sie Charlottes forschendem Blick auswich.

»Er is nich mehr in dem Haus am Torrington Square, wo er in Stellung is«, erläuterte sie. »Un der Butler sagt nich, was mit ihm los is oder wo er hin is – kein Ton.« Mit einem Mal erwies sich ihre Verzweiflung über die Situation als stärker als ihr Stolz, und sie sah Charlotte offen an. »Wenn alles in Ordnung wär, hätt er sich bestimmt bei Tilda gemeldet, weil sich die beid'n sehr nahe steh'n«, fügte sie eilig hinzu. »Se ha'm nämlich sons niemand auf der Welt. Er hat sich nich mal zu ihr'm Geburtstag gemeldet, was noch nie vorgekomm'n is. Bestimmt hätt er ihr zumindest was gesagt, wenn das möglich gewesen wär.«

Charlotte runzelte die Stirn. »Welche Tätigkeit übt er denn dort aus?«

»Er is Kammerdiener beim jungen Mr Garrick«, gab ihr Gracie Auskunft. »Nich einfach Lakai oder so was. Un Tilda sagt, Mr Stephen kann ohne ihn nix mach'n. Ich weiß ja, dass Dienstbot'n manchmal ziemlich schnell rausflieg'n, wenn se was angestellt ha'm oder 's auch nur danach aussieht, aber warum sollte Martin in so 'nem Fall seiner Schwester nix sag'n? Einfach, damit se sich nich sorgt.«

»Ich weiß es nicht«, sagte Charlotte nachdenklich. Sie griff nach der Teekanne, goss beiden ein und stellte sie auf den Untersetzer zurück. »Das klingt fast so, als ob ihm etwas entsetzlich zu schaffen machte. Andernfalls hätte er ihr sicherlich mitgeteilt, dass er fortgeht und wohin. Es wäre doch denkbar, dass er eine bessere Stellung gefunden hat. Kann deine Freundin lesen?«

Verblüfft hob Gracie den Kopf.

»Na ja, falls nicht, würde es nicht viel nützen, ihr einen Brief zu schreiben«, erklärte Charlotte. »Andererseits könnte ihn ihr natürlich jemand vorlesen.«

Gracie spürte, wie das Gefühl der Verlorenheit zunahm, das sie empfand. Sie fühlte sich völlig ausgehöhlt. Sie hätte keinen Bissen heruntergebracht, und schon der Gedanke, etwas zu essen, war ihr widerwärtig. Auch der angenehm süße Tee, von dem sie einen kleinen Schluck getrunken hatte, änderte nichts an ihrem Zustand.

»Und weiter?«, fragte Charlotte freundlich.

Gracie zögerte. Zwar bedeutete es einen gewissen Trost, so gut verstanden zu werden, aber sie schämte sich nach wie vor, die Sache Tellman gegenüber so tölpelhaft angepackt zu haben. Das war umso schlimmer, weil sie sich ihm gegenüber bis dahin eigentlich immer ziemlich gewitzt verhalten hatte. Sicher wäre Charlotte von ihr enttäuscht, denn sie hätte vermutlich mehr von ihr erwartet. Bei einer Frau setzte man ein geschickteres Vorgehen voraus als das, was sie sich da geleistet hatte. Wieder nahm sie ein Schlückchen von ihrem Tee. Er war wirklich zu heiß. Sie hätte noch warten sollen.

»Hast du noch etwas in Erfahrung gebracht?«, wollte Charlotte wissen.

Die Antwort darauf fiel ihr nicht schwer. »Eigentlich nich. Obwohl sie dem Butler gesagt hat, dass sie Geschwister sind, hat der ihr nich gesagt, was los is oder wo Martin hin is.«

Charlotte hielt den Blick auf den Tisch gerichtet. »Wie du weißt, ist Mr Pitt nicht mehr bei der Polizei. Wir könnten aber

Mr Tellman fragen – vielleicht sieht er eine Möglichkeit, uns zu helfen.«

Gracies Wangen glühten heiß. Es gab keinen Ausweg mehr. »Das hab ich schon gemacht«, gestand sie kleinlaut, den Blick starr vor sich gerichtet. »Er sagt, er kann nix mach'n, weil Martin tun und lass'n darf, was er will, ohne seiner Schwester was sag'n zu müss'n. Das wär' nich strafbar, meint er.«

»Ich verstehe.« Eine Weile saß Charlotte schweigend da. Vorsichtig setzte sie die Tasse an die Lippen und trank. Der Tee war nicht mehr zu heiß. »Dann müssen wir eben selbst etwas unternehmen«, sagte sie schließlich. »Berichte mir alles, was du über die beiden Geschwister und über den Haushalt der Familie Garrick weißt.«

Gracie kam sich vor wie ein Seemann, der nach langer Irrfahrt endlich Land am Horizont sieht. Es gab etwas, was sie tun konnte! Eifrig teilte sie Charlotte in Einzelheiten mit, was sie wusste. Dabei versäumte sie nicht, die entscheidenden Punkte hervorzuheben: Tildas absolute Ehrlichkeit wie auch ihre Dickköpfigkeit, die Kindheitserinnerungen, von denen sie gesprochen hatte, ihren Traum, eines Tages Mann und Kinder zu haben, und alles, was sie in den Jahren, in denen sie und ihr Bruder einsam herangewachsen waren, gemeinsam mit ihm unternommen hatte.

Charlotte hörte ihr zu, ohne sie zu unterbrechen. Schließlich nickte sie. »Ich glaube, es gibt durchaus Grund, sich Sorgen zu machen«, sagte sie. »Wir müssen in Erfahrung bringen, wo sich der junge Mann aufhält und wie es ihm geht. Sofern er keine Stellung hat und es ihm zu peinlich ist, das seiner Schwester zu gestehen, sollten wir dafür sorgen, dass sie die Situation richtig versteht, und zusehen, ob wir ihm helfen können, etwas zu finden. Du weißt wohl nicht, ob er unter Umständen eine Dummheit begangen hat?«

»Keine Ahnung«, erwiderte Gracie. »Tilda würd so was nie im Leben mach'n, aber das muss nix heiß'n. Sicher würd se von ihm dasselbe sag'n – aber se is ja auch seine Schwester.«

»Ja, oft fällt es schwer, Böses über die eigenen Angehörigen zu denken«, bestätigte Charlotte.

Mit großen Augen sah Gracie sie an. »Un wie soll's jetzt weitergeh'n?«

»Du sagst deiner Freundin, dass wir ihr helfen werden. Als Erstes versuche ich etwas über die Familie Garrick in Erfahrung zu bringen. Zumindest der Hausherr, Mr Stephen Garrick, dürfte wissen, was vorgefallen ist, auch wenn er möglicherweise nicht sagen kann, wo sich Martin Garvie zurzeit aufhält.«

»Danke«, sagte Gracie sehr ernst. »Vielen, vielen Dank.«

Vier Tage nach der Entdeckung des Mordes an Edwin Lovat forderte ein Zeitungsartikel unverhüllt Saville Ryersons Festnahme, auf jeden Fall aber seine Vernehmung durch die Polizei. Man wisse, erklärte der Verfasser, dass er sich zur fraglichen Zeit am Tatort aufgehalten habe, und indem er die Frage stellte, was er dort zu suchen hatte, legte er dem Leser die Antwort nahe.

Mit bleichem Gesicht und fest zusammengepressten Lippen saß Pitt am Frühstückstisch. Es wurde immer schwieriger, dem Verlangen des Premierministers nachzukommen, man möge Ryerson aus der Sache heraushalten. Charlotte unterbrach seine quälenden Gedanken weder mit Worten noch auf andere Weise.

Unauffällig sah sie zu ihm hinüber. So gern sie ihn getröstet hätte, so fest war sie von Ryersons Schuld überzeugt. Gewiss, er hatte wohl die Tat nicht begangen, doch war er nachweislich am Versuch beteiligt gewesen, sie zu vertuschen. Wäre nicht die Polizei gerufen worden, hätten die beiden die Leiche fortgeschafft und alles in ihren Kräften Stehende getan, um die Spuren zu verwischen. Das war eindeutig ein Verbrechen, und selbst die Fähigkeit, die Probleme der nordenglischen Baumwollindustrie zu lösen, konnte ein solches Verhalten nicht rechtfertigen. Bei Licht betrachtet, bestand zwischen diesen Dingen und einer Geliebten in Eden Lodge nicht die geringste Beziehung. Ryerson hatte einer privaten Schwäche nachgegeben und musste jetzt einen – zugegebenermaßen hohen – Preis dafür zahlen.

Beim Anblick der quälenden Sorge auf Pitts Gesicht stieg unvermittelt ein großer Zorn in ihr auf. Wieso bürdete man ihrem

Mann die Verantwortung dafür auf, diesen hochrangigen Politiker vor den Folgen seiner eigenen Unvernunft zu bewahren? Womöglich musste er sich dann auch noch Vorwürfe anhören, weil er sich außerstande gesehen hatte zu tun, wovon jedem Dummkopf im Voraus klar sein musste, dass es unmöglich war. Er wurde gezwungen, eine Wahrheit zu unterdrücken, die an den Tag zu bringen seine Berufspflicht war. Nachdem man über Jahre hinweg von ihm erwartet hatte, dass er genau das tat, drängte man ihn jetzt in eine Lage, in der er eben die Werte verleugnen sollte, die ihn vorher als Ehrenmann ausgezeichnet hatten. War den Leuten eigentlich nicht klar, dass das Bestreben, Verfehlungen zu enthüllen, auf seine tief verwurzelten moralischen Vorstellungen zurückging?

Er merkte, dass sie ihn ansah, und hob rasch den Blick.

»Was hast du?«, fragte er.

Sie lächelte. »Nichts. Ich gehe nachher zu Emily. Großmutter wird dort sein«, erklärte sie. »Seit Mama erfahren hat ... was sie durchgemacht hat, ist es mir noch nicht gelungen, unbefangen mit ihr zu reden. Es wird wirklich allerhöchste Zeit, dass ich es versuche.« Sie hatte ihrer Schwester den Besuch am Vorabend nach dem Gespräch mit Gracie telefonisch angekündigt. In Pitts Haus gab es seit mehreren Jahren ein Telefon, weil das für seinen Beruf unerlässlich war, und Emily hatte eines, weil sie sich so gut wie alles leisten konnte, wonach ihr der Sinn stand.

Ein flüchtiges Lächeln trat auf Pitts Züge. Er kannte Charlottes Großmutter schon lange und war mit ihrer Wesensart bestens vertraut.

Sie ging nicht weiter auf dies Thema ein, denn selbst ihm gegenüber fiel es ihr nach wie vor schwer, über die anstößigen Vorfälle aus der fernen Vergangenheit zu sprechen. Als er das Haus verließ, ohne ihr mitzuteilen, was er an diesem Tag zu ermitteln oder zu finden hoffte, ging sie nach oben, um ihr bestes Vormittags-Ausgehkleid anzuziehen. Sie folgte nicht der Mode; das ließen ihre Geldmittel bei weitem nicht zu, erst recht nicht, seit man Pitt die Leitung der Wache in der Bow Street aus der Hand genommen und ihn zum Sicherheitsdienst versetzt hatte – aber ein gut geschneidertes Kleid in einer Farbe, die ihr schmeichelte, strahlte eine Würde aus, die ihr niemand nehmen konnte. Sie entschied sich für einen warmen Herbstton, der zu ihrem leicht rötlichen Haar und ihrem hellen, aber nicht blassen Teint passte. Zwar hatte das Kleid nicht die hoch angesetzten Ärmel, die gegenwärtig Mode waren, dafür aber eine nur angedeutete Turnüre, und das war genau richtig. Allerdings konnte sie in einem solchen Kleid unmöglich mit dem Pferdeomnibus fahren, und so nahm sie das Geld für die Droschke aus der Haushaltskasse. Um Viertel nach zehn traf sie vor Emilys hochherrschaftlichem Haus ein. Da das Hausmädchen, das ihr öffnete, sie gut kannte, wurde sie sogleich in den so genannten kleinen Salon geführt, wo die Damen der Gesellschaft enge Freundinnen empfingen.

Emily erwartete sie schon ganz aufgeregt. Ihre Augen blitzten vor Spannung und Ungeduld. Wie immer trug sie ein hochelegantes Kleid in ihrer Lieblingsfarbe Blassgrün, das vorzüglich zu ihrem hellen Haar passte. Sie begrüßte die Schwester mit einem flüchtigen Kuss und trat einen Schritt zurück. »Was ist denn passiert?«, fragte sie. »Du hast gesagt, dass es wichtig ist. Sicher klingt es schrecklich herzlos, wenn ich sage, wie sehr es mich ärgert, dass mittlerweile alle Fälle, an denen Thomas arbeitet, in höchstem Grade geheim sind, ganz gleich, worum es geht. Als er noch in der Bow Street war, konnte man wenigstens ab und zu mitfiebern. Aber natürlich ist es viel schlimmer, dass man ihn da einfach abgesetzt hat. Das ist maßlos ungerecht und war sicher ein fürchterlicher Schlag für ihn.« Mit einer Handbewegung forderte sie Charlotte auf, in einem der Sessel mit großem Blumenmuster Platz zu nehmen. »Die feine Gesellschaft ödet mich an, und sogar die Politik scheint im Augenblick ausgesprochen langweilig zu sein«, fuhr sie fort, raffte ihre Röcke und setzte sich ebenfalls. »Nicht einmal einen ordentlichen Skandal gibt es, von dem um die Ägypterin einmal abgesehen.« Sie beugte sich lebhaft vor. »Wusstest du schon, dass die Presse auch Saville Ryersons Festnahme verlangt? Ist das nicht widersinnig?« Ihre Augen suchten in Charlottes Gesicht nach Bestätigung. »Wenn Thomas noch bei der Polizei wäre, hätte man den Fall vermutlich ihm übergeben. Wer weiß, vielleicht ist es ja auch gut so, dass er diese Geschichte nicht zu entwirren braucht. Ich stelle mir das unglaublich schwierig vor.«

»Bedauerlicherweise ist das Problem, mit dem ich zu dir komme, ganz und gar alltäglich«, sagte Charlotte und bemühte sich um eine möglichst ausdruckslose Miene. Auf keinen Fall durfte sie zulassen, dass ein Skandal, und sei er noch so aufsehenerregend, die Schwester daran hinderte, ihr zuzuhören. Sie lehnte sich zurück und sah sich rasch um. Der Raum war in Gold- und Grüntönen gehalten, und auf dem Tisch standen in einer dunkelgrünen Vase herb duftende Chrysanthemen und späte gelbe Rosen. Einen Augenblick lang fühlte sie sich in das Haus ihrer Kindheit zurückversetzt, in dessen großbürgerlicher Behaglichkeit sie aufgewachsen war, ohne etwas von all der Armut und den Schattenseiten zu ahnen, die draußen in der weiten Welt an der Tagesordnung waren.

Dann war der Augenblick vorüber.

»Worum geht es denn?«, fragte Emily. Sie setzte sich zurecht und sah Charlotte, die Hände im Schoß gefaltet, aufmerksam an. »Hoffentlich ist es etwas, was meinen Geist herausfordert. Das ewige Wiederkäuen von Banalitäten langweilt mich zu Tode.« Sie lächelte ein wenig, als verspotte sie sich selbst. »Ich habe das Gefühl, dass sich die Phase meiner gesellschaftlichen Seichtheit ihrem Ende nähert. Ist das nicht beunruhigend? Ich kann keine Freude mehr daran finden, dem Vergnügen nachzujagen. Das ist so, wie wenn man zu viel Schokoladensoufflé gegessen hat. Noch vor ein paar Jahren hätte ich gesagt, dass das völlig unmöglich ist.«

»Dann lass mich dir Alltagskost vorsetzen«, erwiderte Charlotte.

Gerade als sie mit ihrer Schilderung angefangen hatte, ertönte ein so kräftiges Klopfen an der Tür, als habe jemand mit dem Knauf eines Spazierstocks dagegengeschlagen. Im nächsten Augenblick flog sie auf, und eine kleine alte Frau in einem mit Schwarz abgesetzten pflaumenblauen Kleid stand auf der Schwelle. Ihr Gesicht zeigte unverhohlene Empörung, doch schien sie nicht so recht zu wissen, ob sie sich damit an Emily oder an Charlotte wenden sollte.

Vielleicht hatte es so kommen müssen. Charlotte stand auf und zwang sich mit großer Anstrengung zu einem Lächeln. »Guten Morgen, Großmutter«, sagte sie und trat zu der alten Dame. »Man sieht, dass es Ihnen gut geht.«

»Wie kannst du Aussagen darüber machen, wie es mir geht?«, fuhr die alte Dame sie mit flammendem Blick an. »Woher willst du das überhaupt wissen, wenn du mich seit Monaten nicht besucht hast? Du bist roh und gefühllos und kennst deine Pflichten nicht. Seit du mit diesem Polizisten verheiratet bist, hast du jedes Gefühl für Anstand verloren.«

Mit einem Schlag schwand Charlottes Entschluss dahin, ihr höflich gegenüberzutreten. »Sie haben es sich also anders überlegt!«, gab sie zurück.

Die alte Dame verstand nicht, was sie damit meinte, und das steigerte ihren Zorn noch. »Ich habe keinen Schimmer, wovon du redest. Warum kannst du dich nicht deutlich ausdrücken? Früher warst du doch dazu fähig. Es muss mit den Kreisen zusammenhängen, in denen du inzwischen verkehrst.« Sie funkelte ihre andere Enkelin an. »Willst du mir keine Sitzgelegenheit anbieten, Emily? Oder weißt auch du nicht mehr, was sich gehört?«

»Bei mir dürfen Sie sich immer gern setzen, Großmutter«, sagte Emily bemüht geduldig. »Das ist Ihnen doch sicher bekannt?«

Die alte Dame ließ sich schwer in den dritten Sessel sinken und stellte den Stock vor sich auf den Boden. Dann wandte sie sich an Charlotte: »Was soll das heißen, dass ich es mir anders überlegt hätte? Ich überlege es mir nicht anders!«

»Sie haben gerade gesagt, ich hätte jedes Gefühl für Anstand verloren«, sagte Charlotte.

»Das stimmt auch!«, gab die alte Dame rechthaberisch zurück. »Da hat sich nichts geändert!«

Charlotte lächelte sie an. »Doch. Früher haben Sie immer behauptet, ich hätte gar keins.«

»Willst du etwa zulassen, dass man mich in deinem Hause kränkt?«, fragte die alte Dame Emily.

»Ich glaube eher, dass Charlotte die Gekränkte ist«, korrigierte Emily. Ein Lächeln umspielte ihre Lippen, und sie musste sich große Mühe geben, es zu unterdrücken.

Die alte Dame knurrte: »Nun, in dem Fall hätte sie sich das selbst zuzuschreiben. Wer hat sie denn gekränkt? Sie verkehrt in den niedersten Kreisen, und ich nehme an, das ist alles, wozu sie fähig ist. Das kommt davon, wenn man unter seinem Stand heiratet. Ich habe gleich gesagt, dass aus dieser Mesalliance nichts Gutes werden kann – aber wolltest du auf mich hören? Natürlich nicht. Siehst du jetzt, was dabei herauskommt? Allerdings kann ich mir schlechterdings nicht vorstellen, was Emily deiner Ansicht nach daran ändern könnte.«

Charlotte platzte vor Lachen heraus, und nach kurzem Zögern stimmte Emily mit ein.

Zwar begriff die alte Dame nicht, warum die beiden lachten, doch war sie keinesfalls bereit, das zuzugeben. Nach kurzem Überlegen kam sie zu dem Ergebnis, dass sie am wenigsten zu verlieren hatte, wenn sie mitlachte, und so stimmte sie mit einem sonderbar krächzenden Geräusch ein, das Emily seit Jahren nicht gehört hatte, obwohl die Großmutter bei ihr im Hause lebte.

Sie blieb noch etwa zehn Minuten, dann erhob sie sich und humpelte hinaus, obwohl sie in Wahrheit vor Neugier verging, den Grund für Charlottes Besuch zu erfahren. Offensichtlich war aber keine der beiden Enkelinnen bereit, ihr den von sich aus mitzuteilen, und danach zu fragen hielt sie für unter ihrer Würde.

Kaum hatte sich die Tür hinter ihr geschlossen, als sich Emily eifrig vorbeugte. »Nun«, fragte sie, »was ist mit der Alltagskost, die dich so beschäftigt?«

»Gracie hat eine Freundin namens Tilda Garvie«, begann Charlotte, »deren Bruder Martin Kammerdiener beim jungen Garrick ist. Wie man mir gesagt hat, lebt die Familie am Torrington Square. Die beiden Geschwister stehen einander sehr nahe, seit sie mit sechs beziehungsweise acht Jahren Vollwaisen geworden sind.«

»Und?«, fragte Emily mit verständnislos geweiteten Augen.

»Man hat Martin Garvie zum letzten Mal vor vier Tagen gesehen. Garricks Butler hat Tilda, die sich nach ihrem Bruder erkundigte, zwar mitgeteilt, dass er sich nicht mehr im Hause befindet, war aber weder bereit, etwas über seinen Verbleib zu sagen, noch einen Grund für sein Verschwinden zu nennen.«

»Ein Kammerdiener wird vermisst?« Nichts in Emilys Stimme verriet, was sie empfand.

»Ein Bruder«, verbesserte Charlotte sie. »Wichtiger aber als seine bloße Abwesenheit dürfte sein, dass er sich nicht einmal zu Tildas Geburtstag gemeldet hat. Den aber hat er, wie sie sagt, noch nie zuvor vergessen. Sie ist überzeugt, dass er auf jeden Fall eine Möglichkeit gefunden hätte, ihr seinen Aufenthaltsort mitzuteilen – sogar dann, wenn er seine Anstellung und damit seine Unterkunft eingebüßt hätte oder die Umstände, unter denen er das Haus verlassen musste, beschämend oder ehrenrührig waren.«

»Und was vermutest du also?« Emily runzelte die Stirn. Dann fügte sie hinzu: »Haben die Garricks Vermisstenanzeige erstattet?«

»Das weiß ich nicht«, gab Charlotte ungeduldig zur Antwort. »Ich kann ja nicht gut zur nächsten Polizeiwache gehen und fragen. Sollte das aber der Fall sein: Warum hat man das Tilda nicht einfach gesagt, damit das arme Mädchen Bescheid weiß und sich nicht grämen muss?«

»So würden sich vernünftige Mensch verhalten«, stimmte Emily zu. »Aber nicht alle Leute sind so vernünftig, wie man annimmt. Es überrascht mich immer wieder zu sehen, wie Menschen den gewöhnlichsten Alltagsverstand vermissen lassen. Mal sehen, wie viele weitere Möglichkeiten es gibt.« Sie hielt die Finger hoch, um abzuzählen. »Könnte man ihn wegen Unehrlichkeit entlassen haben? Ist er mit einer Tochter aus gutem Hause durchgebrannt oder, schlimmer noch, mit der Gattin eines anderen? Mit einem Dienstmädchen oder einer Straßendirne?« Sie nahm die andere Hand zu Hilfe. »Hat er womöglich Schulden und muss sich vor seinen Gläubigern verstecken? Oder, die schlimmste aller Möglichkeiten: Hatte er einen Unfall, ist er überfallen worden und liegt jetzt irgendwo tot, ohne dass jemand weiß, wer er ist?«

Auch Charlotte hatte die meisten dieser Möglichkeiten bereits erwogen, vor allem die letzte. »Du hast ja Recht«, sagte sie ruhig. »Aber um der armen Tilda willen wüsste ich gern, was wirklich geschehen ist ... und auch um Gracies willen. Ich glaube, sie hat sich wegen dieser Angelegenheit mit Inspektor Tellman zerstritten, weil er gesagt hat, er könne der Sache nicht nachgehen, da kein Verbrechen vorliege.«

»Tellman ist Inspektor? Ach ... ja.« Emilys Interesse war wieder geweckt. »Wie steht es eigentlich um diese Romanze? Was meinst du: Wird Gracie nachgeben und ihn heiraten? Und was wirst du in dem Fall ohne sie tun? Dich nach einer guten, erfahrenen Kraft umsehen oder wieder ein halbes Kind ins Haus nehmen und von vorn anfangen? Das kannst du ja wohl unmöglich tun, oder?«

»Ich weiß nicht, ob sie ihn nimmt oder nicht«, sagte Charlotte betrübt. »Ich glaube schon ... Ich hoffe es sogar für sie, denn sie ist sehr in ihn verliebt und merkt das allmählich auch selbst. Aber das braucht seine Zeit. Ich habe keine Ahnung, was ich ohne sie anfangen soll, und möchte noch nicht einmal daran denken. In meinem Leben hat es in letzter Zeit schon mehr Veränderungen gegeben, als mir lieb ist.«

Mit aufrichtigem Mitgefühl sagte Emily: »Das kann ich dir nachfühlen. Bitte entschuldige. Früher hat es einfach viel mehr Spaß gemacht, als wir Thomas bei seinen – unseren – Fällen helfen konnten. Das stimmt doch, oder?«

Charlotte biss sich auf die Lippe, teils, um ein Lächeln zu unterdrücken, teils, um sich an den Zweck ihres Besuchs zu mahnen. »Ich bin entschlossen, so viel wie möglich über den jungen Garrick herauszubekommen«, sagte sie. »Sofern genügt, was ich aus eigener Kraft in Erfahrung bringen kann, gut – falls es aber nicht anders geht, frage ich ihn einfach selbst, denn ich will unbedingt wissen, was mit Martin Garvie ist.«

»Ich helfe dir dabei«, sagte Emily, ohne zu zögern. »Was weißt du über die Familie Garrick?«

»Nichts, außer wo sie wohnt, und auch das nur ungefähr.«

Emily erhob sich. »Dann müssen wir anfangen, uns zu erkundigen.« Sie musterte Charlotte mehr oder weniger billigend von Kopf bis Fuß. »Du bist ja bereits für einen Besuch gekleidet. Allerdings finde ich, dass du einen modischeren Hut aufsetzen solltest. Ich geb dir einen von meinen. In einer Viertelstunde bin ich auch so weit …« Nach kurzem Zögern fügte sie hinzu: »Es kann auch eine halbe dauern.«

Tatsächlich machten sich die Schwestern erst nahezu eine Stunde später in Emilys Kutsche auf den Weg. Als Erste befragten sie eine Dame, mit der Emily so gut befreundet war, dass sie sich nicht lange bei der Vorrede aufzuhalten brauchte.

»Nein, verheiratet ist er nicht«, sagte Mrs Edsel, eine angenehme, nicht besonders hübsche Frau, die sich lediglich durch einen lebhaften Gesichtsausdruck und einen bedauerlichen Geschmack in Bezug auf Ohrringe auszeichnete. »Hat ihn jemand aus Ihrer näheren Bekanntschaft ins Auge gefasst?«

»Ich glaube schon«, log Emily, die alle gesellschaftlichen Künste mit der in ihren Kreisen üblichen Geläufigkeit beherrschte. »Gibt es etwa Gründe, die dagegen sprechen?«

»Nun, soweit mir bekannt ist, sind die Garricks nicht unvermögend.« Eifrig beugte sich Mrs Edsel vor. Zwar war Klatsch für sie ein Lebenselement, das ihr so viel bedeutete wie anderen Menschen Essen und Trinken, doch war ihr auch aufrichtige Hilfsbereitschaft nicht fremd. »Eine tadellose Familie. Der Einfluss des Vaters, Ferdinand Garrick, reicht bis in die höchsten Kreise. Er hat eine glänzende militärische Laufbahn hinter sich, sagt mein Mann.«

»Und warum sollte sein Sohn dann keine gute Partie sein?«, fragte Emily betont unschuldig.

»Für die richtige Frau wäre er das wohl schon.« Mrs Edsel schien eingefallen zu sein, was sie ihrer Stellung schuldig war, denn sie wurde etwas zurückhaltender.

»Und für die falsche?«, platzte Charlotte heraus.

Mrs Edsel warf ihr einen misstrauischen Blick zu. Zwar waren Emily und sie gut miteinander bekannt, aber da sie Charlotte noch nie begegnet war, wusste sie nicht, ob diese ihr später nützlich sein oder schaden konnte.

Emily sah ihre Schwester mahnend an.

Da es keine Möglichkeit gab, die Worte ungesagt zu machen, zwang sich Charlotte zu einem Lächeln. Es sah ein wenig so aus, als zeige sie der anderen die Zähne. »Es geht um eine Freundin, um die ich mir Sorgen mache«, sagte sie, ohne dafür von der Wahrheit abweichen zu müssen. Trotz ihrer unterschiedlichen gesellschaftlichen Stellung konnte man Gracie ohne weiteres als eine Freundin ansehen, wie es nur wenige gab.

Mrs Edsel entspannte sich ein wenig. »Ist sie jung?«, wollte sie wissen.

»Ja.« Charlotte vermutete, dass das die richtige Antwort war.

»In dem Fall dürfte es klüger sein, sich anderweitig umzusehen – es sei denn, sie wäre sehr unansehnlich.«

Diesmal hielt Charlotte den Mund.

»Was stimmt denn mit ihm nicht?«, fragte Emily mit ungewöhnlicher Kühnheit. »Hat er Freunde, die er nicht vorzeigen kann? Wer weiß etwas über ihn?«

»Nun ja ...« Mrs Edsel schwankte zwischen ihrer brennenden Neugierde und der Besorgnis, eine nicht wieder gutzumachende Indiskretion zu begehen. »Soweit mir bekannt ist, gehört er den üblichen Klubs an.« Diese Aussage konnte sie riskieren, ohne etwas falsch zu machen.

»Tatsächlich?« Emily riss ihre blauen Augen weit auf. »Ich kann mich gar nicht erinnern, dass mein Mann seinen Namen genannt hätte. Vielleicht habe ich ihn auch einfach überhört.«

»Auf jeden Fall ist er Mitglied im White's Club«, versicherte ihr Mrs Edsel. »Und das ist ja wohl einer der besten.«

»Unbedingt«, stimmte ihr Emily zu.

»Die Spitzen der Gesellschaft ...«, murmelte Charlotte anzüglich.

Mrs Edsel gab ein leises Kichern von sich, das sie rasch unterdrückte. Dann sprudelte sie hervor: »Ich weiß natürlich nicht, ob etwas daran ist, aber mein Mann sagt, er trinkt mehr, als ihm gut tut – und das ziemlich oft. Ich weiß, das gilt bei einem Mann im Allgemeinen nicht als schlimmer Charakterfehler, aber mir sagt das nicht unbedingt zu. Außerdem soll er recht temperamentvoll sein. Ich könnte nichts damit anfangen. Mir ist ein Mann von ruhigem Wesen lieber.«

»Mir auch«, nickte Emily. Sie vermied es, dabei Charlotte anzusehen, die natürlich wusste, dass das eine faustdicke Lüge war. Ein solcher Mensch konnte nur ein ausgesprochener Langweiler sein.

»Absolut!«, bekräftigte Charlotte, als Mrs Edsel, Billigung heischend, zu ihr hersah. »Wenn man längere Zeit mit einem Menschen zusammen sein möchte, ist das unerlässlich. Es ist auf die Dauer nicht auszuhalten, wenn man nie weiß, womit man als Nächstes rechnen muss.«

»Da haben Sie Recht«, sagte Mrs Edsel mit feinem Lächeln. »Ich hoffe, Sie halten mich nicht für vorwitzig, aber ich würde Ihrer Freundin unbedingt raten, noch einige Monate zu warten. Ist es ihre erste Londoner Saison?«

Charlotte und Emily antworteten wie aus einem Mund – die eine mit Ja, die andere mit Nein, aber Mrs Edsel sah zu Charlotte hin.

Während der nächsten halben Stunde unterhielten sie sich in aller Ausführlichkeit über die Schwierigkeiten bei der Suche nach einem passenden Ehepartner und teilten einander mit, wie froh sie alle miteinander waren, dass sie für sich selbst die richtige Wahl getroffen hatten und noch nicht vor der Notwendigkeit standen, einen passenden Mann für ihre Töchter zu suchen. Es fiel Charlotte schwer, das Richtige zu sagen, denn sie war dabei weitgehend auf ihre Erinnerungen angewiesen. Ein besonderer Balanceakt, der eines Zirkuskünstlers würdig gewesen wäre, war nötig, um Pitts gesellschaftlich völlig indiskutable Beschäftigung nicht preisgeben zu müssen. Auch wenn »Sicherheitsdienst« zweifellos besser klang als »Polizei«, durfte sie auf keinen Fall darüber sprechen. Es kränkte ihren Stolz, in diesem aufgeklärten Zeitalter so tun zu müssen, als wisse sie nicht so recht, welcher Tätigkeit ihr Mann nachging, zumal sich selbst Mrs Edsel zu wundern schien, was für ein unbedarftes Geschöpf sie da vor sich hatte.

Kaum saßen sie wieder in der Kutsche, als Emily in so prustendes Lachen ausbrach, dass sie einen Schluckauf bekam. Charlotte wusste nicht, ob sie mitlachen oder vor Wut platzen sollte.

»Nun lach schon!«, forderte Emily sie auf, als der Kutscher die Pferde antrieb, dem nächsten Ziel entgegen. »Du warst hinreißend, einfach unbezahlbar! Wenn Thomas das wüsste, würde er dafür sorgen, dass du das nie vergisst.«

»Nun, er weiß es nicht!«, sagte Charlotte mahnend.

Mit einem Lächeln lehnte sich Emily behaglich gegen die gepolsterte Rückenlehne. »Ich finde, du solltest es ihm unbedingt erzählen … aber wahrscheinlich würdest du es nicht so gut hinbekommen. Sicher ist es besser, du überlässt das mir.«

»Emily!«

»Lass mich doch!« Das war weniger eine Bitte als ein Protest. »Bestimmt weiß er den Spaß zu schätzen – und das ist ja nun wirklich einer.«

»Aber dann musst du den Augenblick dafür gut wählen. Er arbeitet zurzeit an einem äußerst unangenehmen Fall.«

»Können wir dabei helfen?«, erkundigte sich Emily prompt. Sie war mit einem Schlag wieder ernst geworden.

»Nein!«, gab Charlotte entschieden zurück. »Zumindest noch nicht. Ohnehin müssen wir Martin Garvie aufspüren.«

»Das werden wir auch«, versicherte ihr Emily voll Zuversicht. »Der junge Mann, mit dem wir zu Mittag verabredet sind, ist genau der Richtige dafür. Ich habe die Sache eingefädelt, während ich mich umgezogen habe.«

Der Genannte, ein ehrgeiziger und selbstsicherer junger Mann namens Jamieson, erwies sich als Schützling von Emilys Gatten, dem Unterhausabgeordneten Jack Radley. Er war entzückt, mit der Gemahlin seines Mentors essen zu dürfen. Da außerdem ihre Schwester anwesend war, ließ sich vom Standpunkt der Schicklichkeit nichts daran aussetzen.

Anfangs sprach man über allerlei Themen von allgemeinem Interesse. Als sie auf die durch die Baumwollarbeiter in Manchester hervorgerufene schwierige Lage zu sprechen kamen, wandten sich die Gedanken aller wegen der Verbindung zu Ryerson auf ganz natürliche Weise dem Mord an Edwin Lovat zu, auch wenn keiner von ihnen diesen Punkt ansprach.

Der Kellner brachte den ersten Gang der exquisiten Mahlzeit – eine vorzügliche belgische Fleischpastete für Mr Jamieson und eine klare Suppe für Charlotte und Emily.

Im Bewusstsein dessen, dass sie die Zeit ihres Gastes nicht unbegrenzt in Anspruch nehmen konnte, da dieser bald wieder zu seinen Pflichten zurückkehren musste, kam Emily ohne lange Einleitung zur Sache.

»Es geht um eine äußerst geheime Untersuchung im Auftrag einer Regierungsabteilung«, log sie schamlos, nicht ohne zuvor Charlotte unter dem Tisch auf den Fuß getreten zu haben, damit sie keine Überraschung zeigte oder gar widersprach. »Meine Schwester«, sie sah zu ihr hinüber, »hat mir eine Möglichkeit aufgezeigt, auf welche Weise ich dabei mitwirken kann. Das Ganze ist streng vertraulich, Sie verstehen?«

»Gewiss, Mrs Radley«, sagte er.

»Das Leben eines jungen Mannes könnte davon abhängen«, erläuterte Emily und schob ihre Suppe beiseite. »Zwar ist es denkbar, dass er schon nicht mehr am Leben ist, aber wir hoffen aus tiefem Herzen, dass es nicht so ist.« Ohne auf seinen beunruhigten Blick zu achten, fuhr sie fort: »Von Mr Radley habe ich gehört, dass Sie Mitglied im White's Club sind. Ist das richtig?«

»Ja, das stimmt. Es hat ja wohl nichts …«

»Natürlich nicht«, beeilte sie sich, ihm zu versichern. »Der Klub ist in keiner Weise in die Sache verwickelt.«

Mit dem Ausdruck tiefster Konzentration beugte sie sich leicht vor und sagte in verschwörerischem Ton: »Ich denke, ich sollte am besten ganz offen sprechen, Mr Jamieson …«

Auch er beugte sich vor und sah sie fragend an. »Ich verspreche Ihnen, Mrs Radley, dass nichts über meine Lippen kommen wird … zu niemandem.«

»Danke.«

Der Kellner brachte den nächsten Gang – gedünsteten Fisch für die Schwestern, Roastbeef für Jamieson. Kaum hatte er sich mit dem abgetragenen Geschirr entfernt, holte Charlotte Luft. Sogleich spürte sie Emilys Schuh an ihrem Knöchel. Sie zuckte leicht zusammen.

»Wir haben Grund zu vermuten, dass uns ein gewisser Stephen Garrick wichtige Hinweise geben könnte«, sagte sie.

Jamieson runzelte die Brauen, schien aber weniger erstaunt, als sie erwartet hatte. »Es ist ein wahrer Jammer«, sagte er ruhig. »Wir haben uns alle schon gedacht, dass bei ihm nicht alles mit rechten Dingen zugeht.«

»Inwiefern?«, fragte Charlotte und bemühte sich, ihre Stimme neutral klingen zu lassen und den Anflug von Angst zu unterdrücken, der sich bei ihr meldete.

Er sah sie mit seinen großen, leuchtend blauen Augen offen an. »Er trinkt viel mehr, als gut für ihn ist«, gab er zur Antwort. »Man könnte glauben, dass er damit etwas in sich zu ertränken versucht.« In seinem Ausdruck lag Mitgefühl. »Zuerst dachte ich, er lässt sich voll laufen, um sich bei den anderen nicht zu blamieren. Sie werden einsehen, dass eine solche Vermutung nahe liegt. Dann aber ist mir allmählich aufgegangen, dass etwas anderes dahinter stecken muss. Er hat nicht einmal aufgehört, als die Sache anfing, seiner Gesundheit ernsthaft zu schaden. Außerdem trinkt er nicht nur in Gesellschaft, sondern auch, wenn er allein ist.«

»Ich verstehe«, sagte Emily. »Offensichtlich macht ihm etwas sehr zu schaffen. Da Sie den Grund nicht ansprechen, nehme ich an, dass Sie nicht wissen, worum es geht?«

»Nein.« Er zuckte leicht die Achseln. »Ehrlich gesagt wüsste ich auch nicht, wie sich das feststellen ließe. Ich habe ihn schon mehrere Tage nicht gesehen. Beim vorigen Mal war er auf keinen Fall in einem Zustand, in dem er eine vernünftige Antwort hätte geben können. Es … es tut mir Leid.« Es blieb offen, was er damit meinte: die Unmöglichkeit, den Damen weiterzuhelfen, oder dass er ihnen gegenüber ein solch widerwärtiges Thema angesprochen hatte.

»Aber Sie kennen ihn?«, fasste Charlotte nach. »Und er kennt Sie?«

Jamieson sah zweifelnd drein, als ob er sich die nächste Frage denken könnte. »Na ja«, gab er zögernd zu. »Offen gestanden ... nicht besonders gut. Ich gehöre nicht zu seinem ...« Er verstummte.

»Ja?«, fragte Emily.

Jamieson erwiderte ihren Blick. Sie saß aufrecht da, ganz wie Großtante Vespasia, hatte den Kopf anmutig geneigt und lächelte ihm erwartungsvoll zu.

»... zu seinem engeren Freundeskreis«, erklärte Jamieson. Er wirkte unglücklich.

»Aber fragen könnten Sie ihn?«, sagte Emily.

»Gewiss«, gab er zögernd zurück. »Natürlich.«

»Gut.« Sie ließ nicht locker. »Es besteht große Gefahr. Schon eine kurze Verzögerung kann bedeuten, dass es zu spät ist. Wäre es Ihnen möglich, ihn gleich heute Abend aufzusuchen?«

»Ist es wirklich ... so ...?« Jamieson schien selbst nicht zu wissen, ob er interessiert oder beunruhigt sein sollte.

»Leider ja«, bestätigte Emily.

Er führte seine Gabel mit einem Stück Fleisch zum Mund. »Nun denn. Auf welche Weise soll ich Sie informieren, falls ich etwas in Erfahrung bringe?«

»Telefonisch«, sagte Emily sofort. Sie holte ein kleines graviertes Silberetui aus ihrem Ridikül und entnahm ihm eine Karte. »Hier ist meine Nummer. Bitte sprechen Sie außer mit mir mit keinem Menschen darüber ... wirklich mit niemandem. Das können Sie doch sicher verstehen.«

»Selbstverständlich, Mrs Radley. Sie dürfen sich voll und ganz auf mich verlassen.«

Charlotte dankte ihrer Schwester aufrichtig und nahm gern ihr Angebot an, sie mit der Kutsche nach Hause zu fahren. Um halb neun, sie saß gerade mit Pitt im Wohnzimmer, klingelte das Telefon. Pitt nahm ab.

»Es ist Emily – für dich«, sagte er von der Tür.

Charlotte ging in die Diele und nahm den Hörer. »Ja?«

»Stephen Garrick ist nicht zu Hause.« Emilys Stimme klang durch die Leitung fremd und ein wenig blechern. »Der junge Jamieson sagt, dass ihn seit mehreren Tagen niemand gesehen hat. Der Butler im Hause Garrick habe ihm erklärt, er wisse nicht, wann der junge Herr zurückerwartet wird. Man könnte glauben, er wäre gleichfalls verschwunden. Was sollen wir jetzt tun?«

»Ich weiß es nicht.« Charlottes Hand zitterte. »Lass mich nachdenken ...«

»Aber wir werden doch etwas unternehmen, oder nicht?«, fragte Emily nach einer Weile. »Ich finde, die Sache sieht ernst aus. Glaubst du nicht auch? Ich meine ... ernster, als wenn ein Kammerdiener seine Stellung verliert.«

»Ja«, sagte Charlotte mit leicht belegter Stimme. »Das muss man annehmen.«

KAPITEL 4

An eben dem Tag, als Charlotte versuchte, Gracie und damit Tilda zu helfen, sah Pitt durch die angelehnte Tür zum Büro, wie Narraway unruhig auf und ab ging: fünf Schritte hin, fünf zurück, immer und immer wieder. Er fuhr herum, als Pitt eintrat. Sein Gesicht wirkte gequält und matt. Mit unnatürlich glänzenden Augen sah er Pitt fragend an, als dieser die Tür hinter sich schloss und dann stehen blieb.

»Es stimmt, dass Ryerson am Tatort war«, sagte er ohne Einleitung. »Er bestreitet das in keiner Weise. Nicht nur hat er nichts unternommen, um die Polizei zu verständigen, er hat der Frau sogar bei dem Versuch geholfen, die Leiche wegzuschaffen. Sie hat dazu keine Aussage gemacht, aber er wird es bestätigen, wenn ihn die Polizei befragt. Unverkennbar deckt er sie, und das kann ihn teuer zu stehen kommen.«

Narraway sagte nichts, doch sein Körper schien sich noch mehr anzuspannen. Es war, als schwängen in Pitts Worten Bedeutungsschichten mit, die tiefer reichten als die bekannten Tatsachen.

»Die Aussage der Frau ergibt keinen Sinn«, fuhr Pitt fort. Insgeheim hoffte er, dass Narraway etwas sagen und ihm damit das Weitersprechen erleichtern würde. Doch dieser schien so tief in seine Empfindungen versunken zu sein, dass er, wie es aussah, keine Möglichkeit fand, seinen scharfen analytischen Verstand zu nutzen. Ganz offenkundig erwartete er, dass Pitt die Gesprächsführung übernahm.

»Welchen Grund hätte es für sie gegeben, die Leiche wegzuschaffen, wenn sie mit dem Mord nichts zu tun hatte?«, fuhr Pitt fort. »Warum hat sie nicht die Polizei gerufen, wie das jeder normale Mensch tun würde?«

Narraway sah ihn düster an und sagte mit rauer Stimme: »Weil es sich um eine gestellte Situation handelt und sie gefasst werden wollte. Möglicherweise hat sie selbst die Polizei gerufen. Ist Ihnen dieser Gedanke schon einmal gekommen?«

»Warum sollte sie sich selbst belasten?«, fragte Pitt fassungslos.

Narraways Gesicht war voll Bitterkeit. »Warten Sie ab, was sie in der Verhandlung sagt. Noch sind wir nicht so weit. Falls man Talbots Angaben trauen kann, hat sie dazu bisher kein Wort gesagt. Was aber ist, wenn sie aus lauter Verzweiflung eine Kehrtwendung macht und zögernd zugibt, dass Ryerson in einem Anfall von wilder Eifersucht den Nebenbuhler Lovat erschossen hat?« Mit beißendem Spott verfiel er in den kläglichen Tonfall, in dem sie seiner Annahme nach sprechen würde. »Sie habe versucht, die Sache unter der Decke zu halten – erstens aus Liebe zu ihm und zweitens wohl aus schlechtem Gewissen, weil sie ihn provoziert hatte und ihr sein aufbrausendes Wesen bekannt war. Jetzt aber könne sie keine Rücksicht mehr auf ihn nehmen, da sie die Sache nicht so weit treiben wolle, sich für ihn hängen zu lassen.« Sein Blick forderte Pitt auf, ihm zu beweisen, dass seine Vermutung falsch war.

Pitt war wie vor den Kopf geschlagen. »Aber warum denn nur?«, fragte er. Kaum aber hatte er das gesagt, als sich entsetzliche Möglichkeiten vor seinem inneren Auge abzeichneten – persönliche, politische, gewalttätige.

Narraway warf ihm einen vernichtenden Blick zu. »Sie kommt aus Ägypten. Da fällt einem doch als Allererstes Baumwolle ein. In Manchester hat es wegen der Preise bereits großen Ärger gegeben. England will niedrigere, Ägypten höhere. Als uns wegen des Bürgerkriegs in Amerika die Lieferungen aus den Südstaaten fehlten und wir auf die Ägypter angewiesen waren, hat sich das Marktgleichgewicht verschoben. Inzwischen hat die Baumwollindustrie auf dem europäischen Kontinent aufgeholt, und wir brauchen unsere Kolonien nicht nur als Lieferanten, sondern sind auf sie auch als Märkte angewiesen.«

Pitt runzelte die Stirn. »Kaufen wir nicht sowieso schon den größten Teil der ägyptischen Baumwolle?«

»So ist es!«, sagte Narraway ungeduldig. »Aber ein Geschäft, bei dem eine Seite nicht auf ihre Kosten kommt, nützt letzten Endes keiner von beiden, weil daraus keine dauerhafte Handelsbeziehung entstehen kann. Ryerson ist einer der wenigen, die nicht nur die nächsten Jahre sehen, sondern den Blick etwas weiter in die Zukunft richten und zugleich fähig sind, eine Abmachung zu erzielen, bei der sowohl Ägypten als Baumwollerzeuger als auch die britische weiterverarbeitende Industrie den Eindruck haben, gut abgeschnitten zu haben.« Seine Züge waren jetzt angespannt. »Davon abgesehen, darf man den ägyptischen Nationalismus nicht aus den Augen verlieren. Es ist keine zwanzig Jahre her, dass wir anno 82 Alexandria zusammengeschossen haben – da wollen wir doch um Gottes willen nicht schon wieder Kanonenboote dahin in Bewegung setzen müssen!« Pitt zuckte zusammen, doch Narraway, der davon nichts zu merken schien, fuhr fort: »Außerdem ist auch die Frage der religiösen Eiferer zu bedenken. Ich muss Sie ja wohl kaum an den Aufstand im Sudan erinnern?«

Pitt sagte nichts darauf. Schließlich war es allgemein bekannt, dass 1883 Khartoum belagert und General Gordon ermordet worden war.

»Und natürlich Motive wie persönliches Gewinnstreben oder Hass auf Mitmenschen oder das andere Geschlecht«, ergänzte Narraway.

»Wir müssen also unbedingt die Wahrheit erfahren, bevor es zur Verhandlung kommt«, schloss Pitt. »Auch wenn ich nicht weiß, ob das helfen würde.«

»Es ist Ihre Sache, dafür zu sorgen!«, stieß Narraway mit belegter Stimme zwischen den Zähnen hervor. Unübersehbar bewegten ihn ganz eigene Empfindungen. »Sollte es zu einem Schuldspruch gegen Ryerson kommen, müsste ihn die Regierung entweder durch Howlett oder durch Maberley ersetzen. Howlett würde den englischen Fabrikarbeitern nachgeben und die Preise für Rohbaumwolle so weit drücken, dass es den Ägyptern die Luft abschnürt. Zwar gäbe es dann bei uns ein paar Jahre des Wohlstandes, am Ende aber würden eine Katastrophe und eine allgemeine Verarmung stehen. Ägypten hätte keine Baumwolle mehr zu verkaufen und auch kein Geld mehr, uns welche Industrieerzeugnisse auch immer abzunehmen. Möglicherweise würde es sogar zu einem Volksaufstand kommen. Maberley seinerseits würde den Ägyptern nachgeben. Das würde in ganz Mittelengland zu einem Aufruhr führen, den die Polizei gewaltsam unterdrücken müsste, wenn es nicht sogar nötig wäre, das Militär zu Hilfe zu holen.« Er setzte an, um noch mehr zu sagen, überlegte es sich dann aber anders und wandte sich von Pitt ab.

»Zur Stunde weist alles darauf hin, dass die Ägypterin die Tat begangen und Ryerson ihr bereitwillig dabei geholfen hat, sie zu vertuschen.« Er stach mit einem Finger in die Luft. »Eine andere Lösung muss her. Versuchen Sie, mehr über diesen Lovat in Erfahrung zu bringen. Was für ein Mensch war er? Wie hat seine Beziehung zu der Frau ausgesehen? Da wird sich doch hoffentlich ein Grund dafür finden lassen, dass sie ihn umgebracht hat. Ansonsten wäre zu untersuchen, wer sonst noch als Täter infrage kommt.« Obwohl bei diesen Worten nicht die geringste Zuversicht in Narraways Stimme lag, hatte Pitt das unabweisbare Gefühl, dass er sich trotz aller Verbitterung an die schwache Hoffnung klammerte, es werde sich eine bessere Erklärung für den Mord an Lovat ergeben.

»Sie kennen Ryerson, Sir«, begann Pitt. »Wird er sich wirklich mit in den Fall verwickeln lassen, falls die Frau unter Anklage gestellt wird? Würde er, sofern er das Bewusstsein einer Schuld oder Mitschuld hat, zurücktreten, um dann wenigstens nicht mehr dem Kabinett anzugehören?«

Narraway kehrte ihm weiterhin den Rücken zu, sodass Pitt sein Gesicht nicht sehen konnte.

»Ich denke schon«, erwiderte er. »Aber solange nicht ohne den geringsten Zweifel feststeht, dass ihn eine Schuld an Lovats Tod trifft, bin ich nicht bereit, ihm einen solchen Schritt nahezulegen.«

Damit wollte Narraway offensichtlich das Gespräch abschließen. Im Licht, das durch das schmale Fenster hereinfiel, sah Pitt, wie angespannt er dastand. »Berichten Sie mir morgen«, sagte er endlich. Als Pitt die Tür erreicht hatte, rief ihn Narraway noch einmal zurück.

»Ja, Sir?«

»Ich habe Sie in mein Ressort übernommen, weil mir Cornwallis versichert hat, Sie seien nicht nur sein bester Kriminalbeamter mit Zugang zur besseren Gesellschaft, sondern vor allem auch ein Mann, der es versteht, mit Umsicht und Feingefühl vorzugehen und dabei die Wahrheit ans Licht zu fördern.« In seinen Worten schwang eine Frage und zugleich eine Bitte mit. Einen Augenblick hatte Pitt den Eindruck, Narraway erwarte von ihm Hilfe in einer Sache, die er weder genau benennen noch erklären konnte.

Dann schwand der Moment.

»Machen Sie weiter«, sagte Narraway.

»Ja, Sir«, wiederholte Pitt, ging hinaus und schloss die Tür hinter sich.

Er suchte auf kürzestem Weg Lovats Dienststelle in Whitehall auf. Nicht nur hatte die Polizei selbstverständlich schon dort nachgefragt, sondern das Amt war sogar in Lovats Nachruf genannt worden, sodass jeder über die Art seiner Tätigkeit informiert war. Als Pitt eintraf, empfing ihn Ragnall, ein Beamter von Anfang vierzig, mit lustloser Schicksalsergebenheit. Vermutlich hatte er bereits alle in diesem Zusammenhang denkbaren Fragen beantwortet. Sie standen in dem unauffällig eingerichteten stillen Büro, von dem aus der Blick auf die königlichen Gardisten fiel, die hoch zu Ross Wache hielten. Ragnall sah Pitt zwar geduldig, aber mit nur mäßigem Interesse an.

Mit den Worten: »Ich wüsste nicht, was ich Ihnen groß mitteilen könnte«, bedeutete er dem Besucher, im Sessel gegenüber seinem Schreibtisch Platz zu nehmen. »Ich kann Ihnen lediglich sagen, was Sie sich bestimmt selbst denken können: Er hat der Frau so lange zugesetzt, bis sie ihn in ihrer Verzweiflung erschossen hat ... entweder, weil sie glaubte, in Notwehr zu handeln, oder, wahrscheinlicher, weil er damit gedroht hat, ihre gegenwärtige Beziehung zu zerstören.« Ein leichter Ausdruck von Widerwillen trat auf sein Gesicht. »Bevor Sie mich fragen – ich habe keine Ahnung, welcher Art diese Beziehung sein könnte.«

Pitt hatte sich zwar von Anfang an nicht viel von dem Gespräch versprochen, hätte aber nicht gewusst, wo er sonst beginnen sollte. Er lehnte sich bequem zurück und sah Mr Ragnall an.

»Sie meinen, er könnte Miss Sachari so sehr zugesetzt haben, dass sie angenommen hat, ihm nicht mit einer einfachen Zurückweisung seine Grenzen aufzeigen zu können?«, vergewisserte er sich.

Ganz offensichtlich überrascht, entgegnete Ragnall: »So sieht es doch aus. Oder meinen Sie etwa, dass sie ihn aus irgendeinem Grund erst in seinen Bemühungen ermuntert und dann umgebracht hat? Warum um Gottes willen hätte sie das tun sollen?« Er runzelte die Stirn. »Sie sagen, Sie kommen im Auftrag des Sicherheitsdienstes ...«

»Der hatte vor Mr Lovats Tod keine Kenntnis von Miss Sacharis Existenz«, beantwortete Pitt die unausgesprochene Frage, die darin mitschwang. »Ich wollte einfach wissen, wie Sie Mr Lovat einschätzen. Gehörte er Ihrer Ansicht nach zu den Männern, die auch dann nicht aufhören, eine Frau zu behelligen, wenn sie klar und deutlich zu verstehen gegeben hat, dass ihre Bemühungen unerwünscht sind?«

Ragnall sah ein wenig unbehaglich drein. Eine kaum wahrnehmbare Röte stieg ihm in das gut aussehende glatte Gesicht.

»Ja, so etwa habe ich das wohl gemeint.« Er ließ es wie eine Entschuldigung klingen. »Wie man hört, soll die Dame außerordentlich schön sein. Empfindungen von der Art, um die es hier geht, können sich ... bis zur Besessenheit steigern.« Er schürzte die Lippen und schien kurz nach den treffenden Worten zu suchen, um sicherzustellen, dass Pitt ihn richtig verstand. »Sie ist Ägypterin. Frauen wie sie dürfte es hier in London nicht viele geben. Das heißt, sie ist weder alltäglich noch leicht ersetzbar. Manche Männer fühlen sich zum Exotischen hingezogen.«

»Sie hatten regelmäßig mit Mr Lovat zu tun.« Pitt tastete sich langsam voran. »Würden Sie sagen, dass es sich bei ihm um diese Art ›Besessenheit‹ handelte, von der Sie gerade gesprochen haben?«

»Nun ...« Ragnall holte tief Luft und stieß sie dann wieder aus.

»Wenn Sie seinen Ruf zu schützen versuchen, könnten Sie einen anderen Menschen damit in Gefahr bringen«, sagte Pitt mit finsterer Miene.

Ragnall sah ihn fragend an. »Einen anderen?« Dann löste sich seine Verwirrung. »Ach so. Ich nehme an, dass der ganze Unfug, den die Zeitungen über Ryerson verbreiten, nichts als ...« In einer hilflosen Gebärde spreizte er die Hände, um zu verdeutlichen, was er davon hielt.

»Das hoffe ich«, schloss sich Pitt seiner Meinung an. »War Lovat von ihr besessen?«

»Ich ... ich weiß es wirklich nicht.« Ragnall fühlte sich offensichtlich unbehaglich. »Ich kann mich nicht erinnern, dass er in Bezug auf eine Frau je seriöse Absichten hatte ... Wenn es aber doch zu einer etwas ernsthafteren Verbindung kam, war die nie von langer Dauer. Er ...« Jetzt war die Färbung seines Gesichts unverkennbar. »Es schien ihm ziemlich leicht zu fallen, Frauen für sich zu gewinnen und ... fallen zu lassen.«

»Hatte er viele Liebesbeziehungen?«, hakte Pitt nach.

»Ja ... leider. Auch wenn er dabei selbstverständlich meist recht diskret vorging, hat man dies und jenes mitbekommen.« Es war Ragnall schmerzlich bewusst, dass er mit einem Mann, der gesellschaftlich unter ihm rangierte, über ein intimes Thema sprach. Pitt hatte ihn dazu gebracht, seine eigene Schicht oder seine ethischen Grundsätze zu verraten. Beides kränkte sein Selbstwertgefühl.

»Was für Frauen waren das?«, erkundigte sich Pitt, nach wie vor höflich und im Gesprächston.

Ragnall öffnete die Augen weit.

Pitt löste den Blick nicht von ihm. »Man hat Mr Lovat ermordet, Sir«, erinnerte er ihn. »Bedauerlicherweise liegen die Gründe für ein solches Verbrechen nur selten so offen zutage, wie wir das gern hätten, und häufig sind sie schändlich. Ich muss unbedingt mehr über ihn und die Menschen wissen, mit denen er in näherer Berührung stand.«

»Aber hat ihn nicht diese Ägypterin umgebracht?«, fragte Ragnall, der seine Fassung wiedergewonnen zu haben schien. »Schon möglich, dass es unklug von ihm war, sie weiter zu bedrängen, nachdem sie anscheinend nichts mehr von ihm wissen wollte, aber das ist doch kein Grund, einen anderen mit in die Sache hineinzuziehen?« Er unternahm keinen Versuch, den angewiderten Ausdruck auf seinem Gesicht zu unterdrücken.

»Auf den ersten Blick könnte man das annehmen«, räumte Pitt ein. »Allerdings bestreitet sie die Tat, und wie Sie selbst gesagt haben, scheint es eine unnötig gewalttätige Art zu sein, sich einen unerwünschten Kavalier vom Halse zu schaffen. Nach allem, was ich bisher über Miss Sachari gehört habe, ist sie eine Dame von Welt, die wohl auch früher schon mit missliebigen Verehrern fertig werden musste. Es fragt sich also, inwiefern sich Lovat von diesen unterschied.«

Ragnalls Züge verfinsterten sich. Erneut trat eine dunkle Röte auf seine Wangen. Steif sagte er: »Sie haben Recht.« Es kostete ihn sichtlich Überwindung. »Sofern die Frau ihren Lebensunterhalt auf diese Weise verdient, und das war meine Annahme, dürften ihr weit geeignetere Mittel zu Gebote gestanden haben, sich früherer Liebhaber zu entledigen, wenn es darum ging, ihre Lage zu verbessern.«

»Sie sagen es«, stimmte ihm Pitt aus vollem Herzen zu. Das war der erste Punkt, der zugunsten von Miss Sachari sprach. Er war erstaunt, wie sehr ihn das freute. »Was für ein Mensch war Lovat? Ich erwarte von Ihnen keinen schönfärberischen Nachruf. Nur die Wahrheit kann allen helfen.«

Ragnall überlegte eine Weile. »Wenn ich ehrlich sein soll, muss ich sagen, dass er ein Schürzenjäger war«, sagte er zögernd.

Pitt versuchte, die genaue Bedeutung von Ragnalls Äußerung auszuloten. »Heißt dass, er hatte viele Liebschaften? Hat er die Frauen benutzt oder ausgenutzt? Könnte er sich damit Feinde gemacht haben?«

Ragnall fühlte sich sichtlich unbehaglich. »Ich ... ich weiß es wirklich nicht.«

»Sie müssen aber doch Ihre Annahme, dass er ein Schürzenjäger war, auf etwas stützen, Sir«, erwiderte Pitt. »Bekanntlich streicht so mancher Mann seine Eroberungen übertrieben heraus, um andere zu beeindrucken. Wenn sich jemand mit solchen Erfolgen brüstet, hat das nicht unbedingt etwas zu bedeuten.«

Ärger trat auf Ragnalls Gesicht. »Lovat hat sich nicht mit Erfolgen gebrüstet, Mr Pitt. Jedenfalls ist mir in dieser Hinsicht nichts aufgefallen. Was ich gesagt habe, gründet sich auf meine eigenen Beobachtungen und die von Kollegen.«

»Welche Art Frauen waren das?«, wollte Pitt wissen. »Solche wie Ayesha Sachari?«

Ragnall schien nicht recht zu wissen, was er darauf antworten sollte. »Meinen Sie Ausländerinnen? Oder ...« Er wollte offenbar das Wort *Hure* vermeiden, denn es sagte nicht nur etwas über diese Frauen aus, sondern auch über die Männer, die sich ihrer bedienten. »Ich weiß es wirklich nicht«, schloss er abrupt.

»Ich meine Frauen, die nicht verheiratet sind oder hier in London keine Angehörigen haben«, stellte Pitt klar. »Frauen, die über das übliche Heiratsalter hinaus sind und sich ihren Lebensunterhalt möglicherweise als Geliebte sichern.«

Ragnall holte tief Luft, als treffe er eine schwere Entscheidung.

Pitt wartete. Vielleicht war er endlich auf etwas gestoßen, das Ryerson nicht in die Sache hineinzog.

»Nein«, sagte Ragnall schließlich. »Ich hatte lediglich den Eindruck, als bedeuteten sie ihm nicht unbedingt etwas, und er ... und er hätte nicht die Mittel aufbringen können, eine Mätresse so auszuhalten, wie man sich das ganz allgemein vorstellt.« Er hielt inne, nach wie vor unsicher, ob er sich weiter vorwagen sollte.

Pitt sah ihn an. »Waren das verheiratete Frauen? Töchter aus achtbaren Familien?«

Ragnall räusperte sich. »Ja ... mitunter.«

»Mit wem hat er verkehrt?«, fragte Pitt. »Welchen Klubs hat er angehört? Was waren seine Interessen, welchen Sport hat er getrieben? Hat er sich am Spieltisch aufgehalten, ist er ins Theater gegangen? Was hat er überhaupt in seiner Freizeit getan?«

Ragnall zögerte.

»Sagen Sie bloß nicht, dass Sie es nicht wissen«, mahnte Pitt. »Der Mann stand im diplomatischen Dienst. Sie hätten es sich gar nicht leisten können, seine Gewohnheiten nicht zu kennen, denn das wäre gleichbedeutend mit Unfähigkeit. Also muss Ihnen bekannt sein, mit wem er verkehrt hat, welche Schwierigkeiten er hatte, wie seine finanzielle Lage war.«

Ragnall hielt den Blick auf seine Hände gerichtet, die auf der Tischplatte lagen. Nach einer Weile sah er erneut zu Pitt auf. »Der Mann ist tot«, sagte er ruhig. »Ich ahne nicht, ob das auf ein bloßes Missgeschick zurückgeht oder er mehr oder weniger selbst dazu beigetragen hat. Seine Arbeit hat er einwandfrei getan. Ich wüsste nicht, dass er anderen Menschen Geld geschuldet hätte oder ihnen auf andere Weise verpflichtet gewesen wäre. Er stammte aus guter Familie und war ein Ehrenmann. Während seiner Dienstzeit im Heer hat er sich tadellos geführt und es zu keiner Zeit an Mut oder Einsatzbereitschaft fehlen lassen. Ich habe ihn nie bei einer Lüge ertappt und kenne auch niemanden, dem er die Unwahrheit gesagt hätte. Er stand jederzeit treu zu seinen Freunden, wusste, wie man sich als Herr benimmt, besaß einen gewissen Charme, und jede Art von niedriger Gesinnung war ihm fremd.«

Pitt fühlte sich von der Welle des Bedauerns erfasst, die ihn jedes Mal überrollte, wenn er einen Mordfall aufzuklären hatte. Seinem Empfinden nach waren der Verlust eines Lebens, die Leidenschaft, die Verletzlichkeit, die Tugenden und die Eigenheiten des Opfers weit wichtiger als die Suche nach den Einzelheiten, aus denen man die Wahrheit zusammenklauben musste. Hier war ein Leben zu Ende gegangen, und zwar nicht auf natürliche Weise durch Altersschwäche, sondern ohne Vorankündigung, ein unerfülltes Leben. Mit einem Mal wirkten die Schwächen oder Missetaten des Toten so unbedeutend, dass man sie hätte vergessen können.

Ihm war klar, dass die analytische Schärfe seines Verstandes leiden würde, wenn er sich seinen Gefühlen hingab. Seine Aufgabe war es, die Wahrheit zu finden, ganz gleich, wie schmerzlich sie sein mochte, und es war auch unerheblich, ob das leicht oder schwer war, einfach oder kompliziert.

»Ich brauche die Namen derer, die zu seinem näheren Bekanntenkreis gehörten«, sagte er. »Natürlich ist es denkbar, dass sich seine völlige Schuldlosigkeit herausstellt, Mr Ragnall, aber ich darf sie nicht von vornherein als gegeben voraussetzen. Wenn Miss Sachari oder sonst jemand für diesen Mord gehängt wird, dann einzig und allein deshalb, weil wir mit Sicherheit ermittelt haben, was geschehen ist und warum.«

»Natürlich.« Ragnall zog ein Blatt Papier zu sich heran, nahm eine Feder zur Hand, tauchte sie in das Tintenfass und begann zu schreiben. Dann trocknete er die Tinte und schob Pitt das Blatt hin.

Pitt nahm es und warf einen Blick darauf. Es waren Namen von Männern und von Klubs, in denen man sie finden konnte. Er dankte Ragnall und verabschiedete sich.

Pitt suchte einige der auf Ragnalls Liste verzeichneten Männer auf, erfuhr aber von ihnen kaum etwas. Sie waren offenkundig nicht bereit, etwas über einen Kollegen zu sagen, der sich nicht wehren konnte, weil er tot war. Das hatte weniger mit Freundestreue zu tun als damit, dass sie zu ihren eigenen Idealen standen. Vielleicht befürchteten sie auch, dass jemand, der auf diese Art Verrat beging, seinerseits damit rechnen musste, verraten zu werden, wenn seine eigenen Schwächen zur Diskussion gestellt wurden.

Um die Mitte des Nachmittags hatte Pitt jede Hoffnung aufgegeben, auf diesem Weg etwas Nützliches zu entdecken. So beschloss er, als Nächstes seinen Schwager Jack Radley aufzusuchen, der sich in seiner Eigenschaft als Unterhausabgeordneter seit längerem vor allem mit der Außenpolitik beschäftigte. Zwar traf er ihn im Parlament nicht an, stieß aber kurz nach vier auf ihn, wie er im Sonnenschein quer durch den St. James's Park spazierte. Eine leichte Brise trieb einige Blätter, die sich früh verfärbt hatten, über den Rasen.

Als Pitt Jacks Namen rief, blieb dieser stehen und wandte sich um. Offenbar war er angenehm überrascht, ihn zu sehen.

»Arbeitest du etwa am Fall Eden Lodge?«, fragte er knapp, während sie nebeneinander hergingen.

»Bedauerlicherweise ja«, erwiderte Pitt. Sie kamen gut miteinander aus, sahen sich aber nur selten, da sie nicht nur unterschiedlichen Gesellschaftskreisen angehörten, sondern auch beide durch ihren Beruf stark in Anspruch genommen waren. Jack, der selbst nicht vermögend war, hatte es immer verstanden, so gut zu leben, wie es seiner Herkunft entsprach. Während er sich dabei anfangs seinen unleugbaren Charme zunutze gemacht hatte, stand ihm seit der Eheschließung mit Emily das Vermögen zur Verfügung, das diese von ihrem ersten Mann geerbt hatte.

In den ersten ein, zwei Jahren hatte er sich damit begnügt, sich wie zuvor einfach in der Gesellschaft zu amüsieren. Dann jedoch hatte er sich der Politik zugewandt, möglicherweise von Emily ein wenig in diese Richtung gedrängt. Zum Teil aber eiferte er wohl auch Pitts Beispiel nach, zumal unübersehbar war, wie viel Hochachtung seine Frau und ihre Schwester Menschen entgegenbrachten, die etwas leisteten.

»Ich kenne Ryerson nicht persönlich«, sagte Jack. »Er sitzt für Leute wie mich ein paar Etagen zu hoch ... Noch.« Als er Pitts Gesichtsausdruck sah, fügte er rasch hinzu: »Das soll nicht heißen, dass ich aufzusteigen hoffe. Komm also bitte erst gar nicht auf den Gedanken, ich spekulierte auf seinen Sturz. Muss man etwas in der Art befürchten?«, fragte er mit besorgter Miene.

»Das lässt sich noch nicht sagen«, gab Pitt zur Antwort. »Glaub nicht, dass ich das aus Diskretion sage – ich weiß es wirklich nicht.« Er schob die Hände in die Taschen, was Jack nie im Leben getan hätte. Eine solche Misshandlung von Kleidungsstücken war ihm in tiefster Seele zuwider. Schon in ganz jungen Jahren war er betont elegant aufgetreten und achtete beinahe stutzerhaft auf sein Äußeres.

»Ich wollte, ich könnte dir helfen«, sagte Jack, als müsse er sich entschuldigen. »Nach allem, was ich gehört habe, ist doch lachhaft, was man ihm zur Last legt.«

Ein schwarz-weißes Hündchen jagte herum und wedelte aufgeregt mit dem Schwanz. Es schien weder zu dem Liebespärchen zu gehören, das nahe einer Baumgruppe turtelte, noch zu dem Kindermädchen in gestärkter Schwesterntracht, das einen Kinderwagen über den Parkweg schob. Die Sonnenstrahlen spielten auf den blonden Haaren, die sich unter ihrem weißen Häubchen hervorstahlen.

Pitt bückte sich, nahm ein Stück Holz auf und schleuderte es fort, so weit er konnte. Wild bellend jagte ihm der Hund nach.

»Warst du mit Lovat bekannt?«, fragte er.

Jack warf ihm einen Seitenblick zu und sagte mit unglücklicher Miene: »Nicht besonders gut.«

Pitt konnte es sich nicht leisten, ihn so leicht davonkommen zu lassen. »Man hat den Mann ermordet, Jack. Ich würde dich nicht fragen, wenn es nicht wichtig wäre.«

Jack sah ihn verblüfft an. »Wieso interessiert sich der Sicherheitsdienst überhaupt dafür?«, fragte er misstrauisch. »Ist an den Spekulationen über Ryerson etwa doch was dran? Ich dachte, die Zeitungsfritzen hätten sich das alles aus den Fingern gesogen.«

»Ob etwas daran ist, weiß ich nicht«, gab Pitt zurück. »Ich versuche, es in Erfahrung zu bringen, und das möglichst, bevor diese Burschen dahinterkommen. Also – warst du mit Lovat bekannt? Bitte ohne das übliche ›über Tote nur Gutes‹.«

Jacks Mundwinkel strafften sich, und er richtete den Blick in die Ferne.

Der Hund kam hechelnd zurückgerannt, ließ das Stück Holz vor Pitts Füße fallen und sprang vor ihm auf und ab, ohne ihn aus den Augen zu lassen.

Pitt bückte sich noch einmal, hob es auf und warf es erneut weit fort. Mit fliegenden Ohren und abstehender Rute hetzte der Hund ihm nach.

»Mit ihm war das so eine Sache«, sagte Jack schließlich. »In gewisser Hinsicht könnte man sagen, dass er der ideale Kandidat dafür war, ermordet zu werden. Tut mir trotzdem verdammt Leid, dass es dahin gekommen ist.« Er wandte sich wieder Pitt zu. »Bitte geh in der Sache mit größter Zurückhaltung vor, Thomas. Sie könnte einer ganzen Reihe von Leuten schaden, die das nicht verdient haben. In Bezug auf Frauen war Lovat ein Dreckskerl. Wenn er sich mit Gattinnen von der Art begnügt hätte, die ihrem Mann Kinder geboren haben und sich danach ein bisschen amüsieren wollen, hätte das wohl niemanden groß gestört. Aber er hat sich an junge Frauen herangemacht und ihnen vorgegaukelt, sie aufrichtig zu lieben – solche, die heiraten wollten und für die das auch gut gewesen wäre. Kaum hatte er sie rumgekriegt, hat er sie fallen lassen. Natürlich hat daraufhin alle Welt angenommen, dass sie dabei ihre Tugend verloren hatten, sodass niemand mehr etwas von ihnen wissen wollte.« Er brauchte das Bild nicht weiter auszumalen. Beiden war klar, welches Schicksal eine Frau erwartete, die keinen Ehemann fand.

»Aber warum nur?«, fragte Pitt. »Wozu einer tugendhaften jungen Frau den Hof machen, wenn man sie nicht heiraten will? Es ist ein grausames Spiel … und gefährlich. Ich würde …« Er hielt inne. Einen flüchtigen Augenblick lang wandten sich seine Gedanken der kleinen Jemima zu, die so vertrauensvoll und so empfindsam war. Hätte ein Mann ihr das angetan, Pitt hätte sicherlich den Impuls gehabt, ihn umzubringen. Allerdings nicht, indem er ihn einfach mitten in der Nacht im Garten eines anderen erschoss. Er hätte das Bedürfnis gehabt, ihn zu Brei zu schlagen, das Krachen der Knochen zu spüren, den Aufprall seiner Faust auf das nachgiebige Fleisch, er hätte sehen wollen, dass der Mann litt und begriff, warum ihm das geschah. Wahrscheinlich war das primitiv, und es würde Jemima nicht im Geringsten helfen – sie wüsste dann lediglich, dass sie jemandem unendlich viel bedeutete und mit ihrer Qual nicht allein war. Auf jeden Fall aber würde er damit bewirken, dass dieser Mann sehr viel weniger Lust hätte, derlei noch einmal zu versuchen.

Er warf rasch einen Blick zu Jack hinüber und erkannte seine eigene Wut auf dessen Zügen gespiegelt. Vielleicht dachte auch er an sein kaum dem Säuglingsalter entwachsenes Töchterchen.

»Weißt du das genau?«, fragte Pitt leise.

»Ja. Ich nehme an, du willst Namen wissen?«

»Nein, will ich nicht, aber ich muss«, gab Pitt zur Antwort. »Glaub mir, nichts wäre mir lieber, als wenn die armen Geschöpfe ihren Kummer für sich behalten könnten. Aber wenn wir den Täter nicht überführen, wird der falsche Mann gehängt ... oder die falsche Frau.«

»Sicher hast du Recht.« Jack nannte vier Namen und erklärte Pitt, wo man die Frauen unter Umständen finden konnte.

Pitt brauchte sie nicht aufzuschreiben. Ohnehin wäre es ihm weit lieber gewesen, er hätte sie erst gar nicht hören und die Frauen nicht befragen müssen. Er konnte sich gut ausmalen, was sie empfanden. Vorstellungskraft war bei seiner Arbeit nützlich, zugleich aber auch ein Fluch.

Aufgeregt und begeistert kam der Hund zurück, ließ das Stück Holz vor Pitts Füßen fallen und tänzelte herum, während er darauf wartete, dass Pitt es erneut warf. Es kam wohl nicht oft vor, dass jemand bereit war, mit ihm zu spielen, der das Spiel verstand.

Pitt tat ihm den Gefallen, und wieder jagte das Tier davon. Schon lange hätte er liebend gern einen Hund gehabt. Er würde Charlotte einfach sagen, dass sich die beiden Kater damit abfinden müssten.

»Du könntest Emily fragen«, sagte Jack unvermittelt mit einem Blick auf Pitt und biss sich verlegen auf die Lippe. »Ihr fällt so manches an anderen Menschen auf ...« Er ließ den Satz unvollendet. Beide erinnerten sich an frühere Fälle, an denen Charlotte und Emily mitgewirkt hatten. Zwar war es dabei mitunter zu gefährlichen Situationen gekommen, doch hatte die Fähigkeit der Schwestern, Dinge diskret zu behandeln und Zwischentöne herauszuhören, die anderen Menschen entgingen, so manches Mal den Schlüssel zur Lösung geliefert.

»Du hast Recht«, erwiderte Pitt, überrascht, dass er nicht selbst darauf gekommen war. »Das werde ich tun. Meinst du, sie ist zu Hause?«

Mit einem Mal musste Jack lächeln. »Keine Ahnung.«

Es dauerte zwei Stunden, bis Pitt Emily fand. Ihr Butler hatte ihm mitgeteilt, sie besuche gerade eine jüngst eröffnete Kunstausstellung und werde anschließend lediglich nach Hause kommen, um sich für eine Abendgesellschaft im Hause Lady Mansfields in Belgravia umzukleiden.

Pitt hatte ihm gedankt, sich den Weg zur Ausstellung beschreiben lassen und sich sofort dorthin aufgemacht.

Die Gemäldegalerie war voller prächtig herausgeputzter Damen. Einige wurden von Herren begleitet, mit denen sie tändelten, wenn sie nicht gerade wortreiche und bedeutungsschwere Kommentare über die ausgestellten Bilder von sich gaben.

Pitt warf einen kurzen Blick auf die Exponate, was er sogleich bedauerte, weil er keine Zeit hatte, sich näher mit ihnen zu beschäftigen. Er fand sie nicht nur sehr schön, sondern auch ausgesprochen fesselnd. Sie waren auf eine Weise impressionistisch gemalt, die er noch nie zuvor gesehen hatte. Obwohl alles undeutlich und verschwommen war, hatte man den Eindruck, das Licht förmlich zu sehen, und das gefiel ihm außerordentlich.

Aber er war nicht gekommen, um seinem Kunstinteresse nachzugehen, sondern um Emily zu finden, bevor sie wieder ging. Das kostete nicht nur Konzentration, sondern auch beträchtliche Energie, weil er sich, immer wieder um Entschuldigung bittend, zwischen Gruppen plaudernder Menschen hindurchdrängen musste. Dabei versperrten ihm die weiten, sich raschelnd aneinander reibenden Röcke der Damen den Weg in jede Richtung. Es konnte nicht ausbleiben, dass er sich immer wieder unfreundliche, teils sogar erzürnte Blicke einhandelte und hier und da ein gemurmeltes »Ich muss schon sagen!« zu hören bekam, doch konnte er es sich unmöglich leisten zu warten, bis sie weitergingen und ihm auf diese Weise Platz machten.

Er fand Emily im dritten Saal, wo sie sich mit einer jungen Frau unterhielt. Der Hut, den diese zu einem kornblumenblauen Kleid trug, stand ihr, wie er fand, blendend. Er erzeugte eine optische Spannung, die sie ohne ihn sicher nicht hätte hervorrufen können.

Während er noch überlegte, wie er Emilys Aufmerksamkeit auf sich lenken konnte, ohne unhöflich zu sein, entdeckte sie ihn. Das mochte daran liegen, dass er völlig fehl am Platz wirkte und in keiner Weise zu den Menschen um ihn herum passte. Sogleich trat ein besorgter Ausdruck auf ihre Züge, sie entschuldigte sich rasch bei der Dame in Blau und trat zu ihm.

»Es ist alles in Ordnung«, beruhigte er sie.

»Ich hatte auch nichts anderes angenommen«, sagte sie, ohne ihren Gesichtsausdruck im Geringsten zu verändern. »Ich habe nur befürchtet, vor Langeweile einzuschlafen und umzufallen. Schließlich gibt es hier weit und breit nichts, worauf man sich stützen könnte.«

»Gefallen dir die Bilder denn nicht?«, fragte er.

»Thomas, sei nicht albern. Niemand kommt wegen der Bilder hierher. Alle werfen nur einen flüchtigen Blick darauf, um etwas darüber zu sagen, was sie für tiefschürfend halten, und hoffen, dass ihnen andere das nachplappern. Was willst du überhaupt hier? Die Gemälde sind doch nicht etwa gestohlen, oder?«

»Nein.« Wider Willen musste er lächeln. »Jack meint, du könntest mir vielleicht helfen.«

Ihr Gesicht leuchtete vor Interesse auf. »Gern und jederzeit!«, sagte sie eifrig. »Was kann ich tun?«

»Ich brauche ein paar Angaben und vielleicht auch dein Urteil.«

»Über wen?« Sie hängte sich bei ihm ein und wandte sich einem der Bilder zu, als wolle sie es gründlich studieren.

Die Galerie war nicht unbedingt die ideale Umgebung für eine diskrete Unterhaltung über intime Dinge, doch wenn er leise sprach, würde er keinerlei Aufmerksamkeit erregen, und vermutlich konnte dann auch niemand mithören.

»Leutnant Edwin Lovat«, sagte er, ebenfalls den Blick fest auf das Bild gerichtet.

Sie erstarrte ein wenig, hatte aber ihre Züge vollständig in der Gewalt. »Ach, beschäftigst du dich mit dem Fall?« In ihrer Stimme schwang Erregung. Sie nahm das Wort Sicherheitsdienst nicht in den Mund, weil ihr bewusst war, wie gefährlich die geringste unbedachte Äußerung sein konnte, doch war ihm klar, dass ihr die verschiedensten Vorstellungen durch den Kopf jagten.

»Ja«, sagte er im Flüsterton. »Sag mir, was du über ihn weißt oder gehört hast … Du solltest aber bitte deutlich zwischen beidem trennen.«

Sie sah weiter scheinbar konzentriert das Bild an, auf dem Licht durch Bäume auf eine Wasserfläche fiel. Es strahlte eine ruhige Schönheit aus, wirkte wie die Einsamkeit eines windstillen Sommertags. Man erwartete, jeden Augenblick den Schimmer von Libellenflügeln über dem Wasser zu sehen.

»Mir ist bekannt, dass er in gefährlicher Weise unglücklich war«, vertraute sie ihm an. »Er hat in mehreren Fällen den Anschein erweckt, als hätte er sich mehr oder weniger in eine Frau verliebt, ist dann aber davongelaufen, kaum dass er ihre Zuneigung gewonnen hatte – fast so, als hätte er Angst, dass sie ihn näher kennen lernen könnte. Damit hat er großen Schaden angerichtet, was ihm aber, wie es aussieht, nie so Leid getan hat, dass er es nicht bald darauf wieder genauso gemacht hätte. Sollte ihn die Ägypterin nicht umgebracht haben, gibt es eine ganze Reihe anderer Kandidatinnen, bei denen du dich erkundigen könntest.«

»In gefährlicher Weise unglücklich?«, wiederholte er.

»Nun, so wie er verhält sich doch nur jemand, der von irgendetwas getrieben wird, oder?«, gab sie zurück, nach wie vor ohne ihn anzusehen. »Wer selbstsüchtig oder habgierig ist, heiratet von mir aus wegen der Schönheit, weil es ihm um das Geld oder ein Adelsprädikat geht. Aber so, wie er vorgegangen ist, konnte er sich nur Feinde machen. Ganz offensichtlich war er nicht so dumm, dass er das nicht gewusst hätte, und trotzdem hat er sich so verhalten.«

Schweigend dachte Pitt eine Weile über Emilys Theorie nach. So hatte er die Dinge noch nicht gesehen.

Sie wartete.

»Glaubst du, dass seine Gedanken in diese Richtung gegangen sind?«, fragte er schließlich.

»Du hast nicht gesagt, dass du von mir logische Folgerungen hören willst, sondern mich gefragt, was ich von Leutnant Lovat halte.«

»Stimmt. Danke. Kannst du mir sagen, um wen es sich bei den betroffenen Damen handelt?«

»Selbstverständlich«, sagte sie und hob ihre Hand, als wolle sie ihm die Lichtführung auf dem Bild verdeutlichen. Dann zählte sie ein halbes Dutzend Namen auf. Er schrieb sie nieder, zusammen mit der jeweiligen Adresse und knappen Kommentaren zu den gesellschaftlichen Aktivitäten, mit denen sie sich die Zeit vertrieben. Es war Pitt bewusst, dass es Frauen waren, die sich in ihren Hoffnungen getäuscht sahen, von Lovat gedemütigt und beschämenden Situationen ausgesetzt worden waren, Menschen, deren Gefühle er verletzt hatte – im einen oder anderen Fall unter Umständen nicht besonders tief, in anderen dafür umso mehr.

Pitt dankte seiner Schwägerin und verließ die Galerie.

An jenem Abend, wie an allen folgenden, erkundigte sich Pitt unauffällig danach, wo sich die von Emily genannten Damen zur Tatzeit aufgehalten hatten. Jede hatte ein einwandfreies Alibi. Ohnehin lag die seelische Verletzung in einigen Fällen so lange zurück oder war so beschaffen, dass eine Rache an Lovat der Betreffenden mehr Schmerzen zugefügt hätte als ihm. Pitt konnte die Sache drehen und wenden, wie er wollte: Alles wies auf eine Täterschaft Miss Sacharis hin, womit sich auch Ryerson schuldig gemacht hätte.

Am folgenden Tag fuhr er zum Militärarchiv, um Einblick in Lovats Personalakte zu nehmen. In erster Linie ging es ihm um dessen Dienstzeit in Ägypten. Möglicherweise stieß er dabei auf etwas, das ein neues Licht auf den Charakter des Mannes oder dessen Beziehungen zu seinen Kameraden warf. Vielleicht gab es sogar Hinweise auf eine andere Fährte, die sich zu Miss Sachari zurückverfolgen ließ. Er wollte unbedingt etwas entdecken, was es ihm ermöglichte, im Vorfall von Eden Lodge einen Sinn zu erkennen. Staunend merkte er, dass er am liebsten eine Rechtfertigung für das entdeckt hätte, was er ohnehin anzunehmen genötigt war: dass die Ägypterin Lovat erschossen hatte. Da Ryerson so eng mit ihr verbunden war, hatte er sich dazu hergegeben, ihr bei der Vertuschung des Verbrechens zu helfen.

Doch aus den Unterlagen im Militärarchiv ergab sich nichts Neues. Lovat schien seinen Aufgaben mehr als gewachsen gewesen zu sein, er hatte eine natürliche Begabung für den Umgang mit Menschen gehabt und gewusst, wie man sich in der Gesellschaft bewegt.

In seiner militärischen Laufbahn gab es keinen dunklen Punkt, und man hatte ihn ehrenhaft als dienstunfähig entlassen, weil ein Fieber, das während seiner Stationierung in Alexandria bei ihm ausgebrochen war, seine Gesundheit zerrüttet hatte. Es gab nicht den geringsten Hinweis auf Feigheit oder Pflichtverletzung. Lovat war nicht nur ein guter Soldat gewesen, sondern auch allgemein beliebt.

Ob diese Darstellung den Tatsachen entsprach? Oder hatte jemand sorgfältig alle Hinweise getilgt, die einer späteren Karriere schaden konnten? Nicht zum ersten Mal wäre Pitt auf die Spur einer stillschweigenden Übereinkunft gestoßen, der Freundestreue den Vorrang vor der Wahrheit einzuräumen, um in erster Linie den Ehrenschild der Einheit blank zu halten, in der man diente.

In der Akte ließ sich keine Antwort auf diese Fragen finden, und von den Beamten, die er dort antraf, war nichts zu erfahren. Erstens wussten sie keine Einzelheiten, vor allem aber hatte man ihnen eingetrichtert, dass sie nicht spekulieren sollten. So bekam er als einzige Antwort auf seine Fragen nichts sagende und ausdruckslose Blicke.

Damit blieb nur die Annahme, dass sich Lovat im Privatleben Feinde gemacht hatte. Der Beschreibung der Menschen nach, die ihn gekannt hatten, war er ein athletisch gebauter, anziehender junger Mann gewesen, der zwar nicht im landläufigen Sinne gut aussah, dafür aber einen verführerischen Charme besaß. Er war ein guter Tänzer gewesen, hatte die Kunst der gepflegten Konversation beherrscht und die Musik geliebt. Er war ein begeisterter und guter Sänger gewesen, der stets die Texte der jeweils beliebtesten Lieder gekannt hatte.

»Keine Ahnung, was mit ihm nicht gestimmt hat«, sagte ein älterer Oberst, dem Pitt an jenem Spätnachmittag im *Army and Navy Club* in Pall Mall gegenübersaß. Vor ihm auf dem Tisch stand ein Glas alter Cognac, und obwohl die Hitze seine Stiefelsohlen versengte, nahm er die Füße nicht von der metallenen Kaminumrandung. Betrübt den Kopf schüttelnd, fuhr er fort: »So viele reizende junge Mädchen, die eine glänzende Ehefrau abgegeben hätten. Aber kaum sah es danach aus, als könnte er eine kriegen, hat er das Interesse an ihr verloren, war mit ihr nicht mehr zufrieden, was weiß ich ... Ich nehme an, er hat Angst vor der eigenen Courage bekommen und sich dann an die Nächste rangemacht.« Er schob die Unterlippe vor. »Dabei war er nicht mal besonders wählerisch. Hatte eine ausgesprochen laxe Moralauffassung. Tut mir Leid, das sagen zu müssen.«

Pitt schob sich ein wenig vom Kamin fort. Das Feuer gab weit mehr Hitze ab, als an diesem milden Septembertag nötig gewesen wäre. Oberst Woodside allerdings schien weder etwas von der Hitze noch von dem brandigen Geruch zu merken, der von seinen Stiefeln aufstieg.

»Haben Sie die Ägypterin gekannt, diese Miss Sachari?«, erkundigte sich Pitt. Er war nicht sicher, ob sein Gegenüber das als Frage betrachtete, die man einem Herrn nicht stellte.

»Natürlich nicht!«, sagte Woodside gereizt. »Und wenn doch, würde ich das einem wie Ihnen bestimmt nicht eingestehen! Aber gesehen hab ich sie. Herrliches Geschöpf, das muss ihr der Neid lassen. Hab noch nie eine Engländerin so anmutig gehen sehen. Wie eine Wasserpflanze ... mit so ... fließenden Bewegungen.« Er hob die Hand, als wolle er die Bewegung nachahmen, hielt dann unvermittelt inne und funkelte Pitt an. »Falls Sie von mir erwarten, dass ich sage, Lovat hätte sie belästigt ... das kann ich nicht!

Ich weiß nichts darüber. So etwas tut ein Herr nicht in der Öffentlichkeit.«

Pitt schlug eine andere Richtung ein. »Waren Mr Lovat und Mr Ryerson miteinander bekannt?«

»Was weiß ich? Glaub ich aber nicht. Verdammt!« Er riss die Füße von der Kaminumrandung, stellte sie auf den Boden und hob sie noch rascher wieder hoch, wobei er sich bemühte, seine Schmerzen nicht zu zeigen.

Mit Mühe gelang es Pitt, seine Gesichtszüge zu beherrschen.

»Die beiden dürften wohl kaum an denselben Orten verkehrt haben«, fügte Woodside hinzu, während er vorsichtig die Füße in Knöchelhöhe übereinander schlug, um die Stiefel nicht wieder auf den Boden setzen zu müssen. »Nicht nur lag eine ganze Generation zwischen ihnen, sie hatten auch eine völlig unterschiedliche gesellschaftliche Stellung, ganz zu schweigen von Geld und Geschmack. Und die Frau? Großer Gott, Mann! Sicher, schön ist sie, aber verrottet bis ins Mark. Geheiratet hätte sie keiner von den beiden. Natürlich hat sie sich für Ryerson entschieden.« Stirnrunzelnd sah er zu Pitt hinüber. »Er hat Vermögen, gilt etwas in der Gesellschaft, ist kultiviert und charmant – und zwar weit mehr als der junge Lovat. Weiß der Kuckuck, warum der alte Knabe nach dem Tod seiner Frau nicht wieder geheiratet hat ... schlimme Geschichte, das ... Bestimmt tut er es jetzt auch nicht mehr.«

»Sie glauben also nicht, dass Ryerson eine Heirat mit ihr erwägen würde?«, fragte Pitt, um zu sehen, wie Woodside reagierte, obwohl er sich die Antwort denken konnte. Im Grunde signalisierte die Frage vor allem sein Mitgefühl für Miss Sachari. Ihre Rolle war es, Freude zu spenden; sie wurde benutzt, aber nicht als ein Mensch angesehen, der zu einem anderen gehörte. Es machte ihn wütend, auch wenn er wusste, dass es Millionen erging wie ihr, aus allen möglichen Gründen, an denen sich nichts ändern ließ: Geburt, Geld, Aussehen. Er wusste, wie es war, wenn man von anderen ausgeschlossen wurde, auch wenn ihm das selbst nicht besonders häufig widerfahren war.

Der Oberst hielt den Blick wieder auf seine Füße gerichtet. »Ryerson hat den Tod seiner Frau nie verwunden. Keine Ahnung, warum ihn das so mitgenommen hat. Ich hätte nie gedacht, dass er zu den Männern gehört, die so reagieren. Ich hatte nicht den Eindruck, dass sich die beiden besonders nahe gestanden hätten, aber vermutlich kann man so etwas nicht sehen. Hübsches Ding, aber immer auf dem Sprung, auf der Suche nach etwas Neuem. Mir hat sie nicht zugesagt. Von mir aus muss eine Frau nicht besonders intelligent sein – das macht das Leben manchmal einfacher –, aber mit einem Kindskopf wie ihr hätte ich nichts anfangen können. Wer hat schon die Zeit, so eine Frau ständig im Auge zu behalten? Ziemlich anstrengend. Sie verstehen, was ich meine?«

Pitt war verblüfft. Er wäre nicht auf den Gedanken gekommen, dass sich Saville Ryerson in eine ausgesprochen unintelligente Frau verlieben könnte. Er versuchte sie sich vorzustellen. Sie musste sehr schön gewesen sein oder eine besondere Ausstrahlung besessen haben, wenn es ihr gelungen war, ihn so sehr an sich zu binden, dass ihn die Trauer über ihren Tod noch ein Vierteljahrhundert später hinderte, wieder zu heiraten.

»War sie so …«, setzte Pitt an, merkte aber gleich, dass er nicht wusste, wie er den Satz beenden sollte.

»Was weiß ich«, sagte Woodside knapp. »Hab den Mann nie verstanden. Zeitweise brillant, aber in jungen Jahren verdammt aufbrausend. Nur ein Dummkopf wäre dem freiwillig in die Quere gekommen, das kann ich Ihnen sagen!«

Wieder wunderte sich Pitt. Das war nicht der Mann, der vor wenigen Tagen gefasst und voll Selbstbeherrschung keine andere Sorge gekannt hatte, als die Frau zu beschützen.

»Natürlich hat er sich geändert«, fuhr Woodside nachdenklich fort, unverwandt den Blick auf seine Füße gerichtet, als wolle er sich vergewissern, dass das Leder nicht angesengt war. »Wer wie er über Jahre hinweg ein Regierungsamt ausfüllt, den kann das weiß Gott mitnehmen. So etwas macht ziemlich einsam, und die Kollegen in der Politik sind heimtückisch, wenn Sie mich fragen.« Mit einem Mal hob er den Blick. »Tut mir Leid, dass ich Ihnen nicht weiterhelfen kann. Keine Ahnung, wer Lovat erschossen haben könnte oder warum.«

Pitt begriff, dass er damit verabschiedet war, und erhob sich. »Danke, dass Sie mir Ihre Zeit geopfert haben, Sir. Ich bin Ihnen sehr verbunden.«

Der Oberst machte eine wegwerfende Handbewegung und drehte seine Füße wieder in Richtung Kamin.

Pitt suchte Ryersons Büro in Westminster auf und bat um die Möglichkeit, einige Minuten mit ihm zu sprechen. Nach einer knappen halben Stunde führte ihn ein Sekretär, der ein schwarzes Jackett, eine gestreifte Hose und Vatermörder trug, ins Arbeitszimmer des Ministers. Pitt war überrascht, dass es so schnell ging.

Ryerson empfing ihn in einem ziemlich dunklen und geradezu hochherrschaftlich eingerichteten Raum. In Bücherschränken, deren Holz so auf Hochglanz poliert war, dass es wie Seide schimmerte, standen in Marocain-Leder gebundene Folianten, deren Rücken in Goldbuchstaben beschriftet waren. Aus den Fenstern fiel der Blick auf das sich langsam verfärbende Laub einer Linde, auf deren borkiger Rinde das Sonnenlicht in der leichten Brise tanzte.

Der Minister wirkte müde. Er hatte dunkle Ringe unter den Augen, und seine Hände spielten unaufhörlich mit einer kalten Zigarre.

»Was haben Sie herausbekommen?«, fragte er, kaum dass Pitt die Tür hinter sich geschlossen hatte und noch bevor er in dem Ledersessel Platz genommen hatte, den ihm Ryerson mit einer Handbewegung anbot. Er selbst blieb stehen.

»Lediglich, dass Lovat allem Anschein nach Beziehungen zu vielen Frauen hatte und sich für keine entscheiden konnte«, gab er zur Antwort. »Es sieht ganz so aus, als habe er vielen Menschen Schmerzen zugefügt, worunter manche sehr gelitten haben. Man kann sagen, dass er eine Spur des Unglücks hinter sich gelassen hat.« Er sah Ryerson offen an, erkannte aber auf dessen Zügen weder Zorn noch Überraschung. Man hätte glauben können, Lovat gehe ihn nicht das Geringste an.

»Betrüblich, aber leider kein Einzelfall«, sagte er stirnrunzelnd. »Wie sehen Sie die Sache – könnte ihn ein betrogener Ehemann erschossen haben?« Er biss sich auf die Lippe, als wolle er sich daran hindern, ein bitteres Lachen auszustoßen. »Ich muss gestehen, dass die Vorstellung absurd ist. So gern ich das glauben würde – aber was sollte so ein gehörnter Ehemann um drei Uhr nachts in Eden Lodge wollen? Von welcher Art waren die Frauen überhaupt, mit denen sich der Mensch abgegeben hat? Damen der Gesellschaft? Hausmädchen? Straßendirnen?«

»Soweit ich gehört habe, waren es unverheiratete junge Damen«, gab Pitt zurück. Er erkannte den Abscheu auf Ryersons Gesicht. »Frauen, die ein Skandal zugrunde richten würde«, fügte er überflüssigerweise hinzu, von seiner Empörung mitgerissen.

Schließlich warf Ryerson seine Zigarre ungeraucht in den Kamin. Sie prallte mit einem dumpfen Geräusch an das Messinggitter und fiel von dort auf die verkohlten Reste der Scheite, die kaum noch Wärme abgaben. Er achtete nicht weiter darauf. »Wollen Sie etwa sagen, der Vater einer dieser Frauen habe Lovat die ganze Nacht verfolgt, ihm schließlich im Gebüsch von Eden Lodge aufgelauert und ihn dann erschossen? Zwar haben Sie schon früher Mordfälle untersucht, bei denen die Spur schließlich in die Gemächer des einen oder anderen Aristokraten führte – aber eine solche Geschichte werden Sie mir doch nicht auftischen wollen.« Er sah Pitt aufmerksam an, als wolle er ergründen, was diesen zu einer so widersinnigen Annahme bewegen könnte. In seinem Blick lag nicht Verachtung, wohl aber Verwirrung, und dahinter kaum verborgen eine tiefe und wirkliche Angst.

In diesem Augenblick ging Pitt etwas auf. Zuerst überraschte es ihn, dann aber sagte er sich, dass er damit hätte rechnen müssen.

»Sie haben Erkundigungen über mich eingezogen.«

Ryerson zuckte kaum wahrnehmbar die Achseln. »Das ist doch selbstverständlich. Ich kann es mir nicht leisten, dass sich jemand mit der Aufklärung der Sache beschäftigt, der dieser Aufgabe nicht gewachsen ist. Cornwallis hat mir gesagt, dass Sie der Beste sind.« Obwohl das nicht als Frage formuliert war, hob er die Stimme ein wenig, als wolle er Pitt zu einer Bestätigung auffordern. Man hätte glauben können, er erwarte, dass ihm Pitt versicherte, er habe alles getan, was in seinen Kräften stand.

Zu seinem Ärger merkte Pitt, dass er verlegen wurde. Er grollte dem Stellvertretenden Polizeipräsidenten, obwohl ihm klar war, dass er offen und geradeheraus gesprochen hatte. Cornwallis gehörte zu den Menschen, die keiner Lüge fähig sind. Seine leichte Durchschaubarkeit zeichnete ihn ebenso aus wie sein Mut und seine einwandfreie moralische Haltung, doch war sie im von politischen Interessen bestimmten Gewirr der Polizeiverwaltung zugleich auch sein größter Nachteil.

In dieser Hinsicht war sein früherer Vorgesetzter das genaue Gegenteil von Victor Narraway, der die Fähigkeit, andere zu täuschen, ohne rundheraus zu lügen, zu einer wahren Kunst entwickelt hatte. Er war ein gerissener Fuchs, der stets für sich behielt, was er dachte. Sofern es bei ihm eine schwache Stelle gab, hatte Pitt sie noch nicht entdeckt. Ihm war nicht bekannt, ob es in den geheimen Winkeln von Narraways Herzen unerfüllte Träume gab, unverheilte Wunden oder Ängste, die ihn nachts in einsamen Augenblicken quälten, und er hätte nicht einmal andeutungsweise sagen können, was er empfand – oder ob er überhaupt etwas empfand. Dabei brachte er durchaus Verständnis für die Empfindungen anderer Menschen auf.

Ryerson sah Pitt aufmerksam an. Offensichtlich wartete er auf eine Antwort.

»Ja, ich habe meine Nachforschungen an vielen Orten betrieben«, sagte Pitt, »und dabei erkannt, dass manches genauso einfach ist, wie es aussieht, anderes hingegen nicht. Es hat den Anschein, als hätte sich Miss Sachari aus irgendeinem Grund mit Mr Lovat verabredet. Welchen Anlass sollte sie sonst gehabt haben, zu ihm hinauszugehen, und warum hätte sie die Pistole mitgenommen? Falls sie den Verdacht hatte, ein Eindringling befinde sich auf dem Grundstück, wäre sie nicht selbst nach draußen gegangen, sondern hätte ihren Diener geschickt.«

»Was Sie da sagen, hat Hand und Fuß«, sagte Ryerson knapp. »Möglicherweise ist ihm jemand gefolgt und hat ihn dort ermordet, damit ein anderer verdächtigt wird – was ja auch ganz offensichtlich gelungen ist.«

Pitt sagte nichts. Er dachte daran, dass Lovat mit Ayesha Sacharis Pistole getötet worden war und diese Waffe in der Dunkelheit neben ihm auf dem feuchten Boden gelegen hatte. Er sah zu Ryerson auf und merkte, dass dieser im selben Augenblick genau diesen Gedanken gehabt hatte. Eine leichte Röte trat auf die Wangen des Ministers, und er senkte den Blick.

»Haben Sie Lovat gekannt?«, fragte Pitt.

Ryerson trat ans Fenster und sah auf das vom Wind gepeitschte Laub, wobei er Pitt den Rücken zukehrte. »Nein. Meines Wissens bin ich ihm nie begegnet und habe ihn zum ersten Mal gesehen, als er im Garten von Eden Lodge am Boden lag.«

»Hat Miss Sachari je von ihm gesprochen?«

»Ja, aber ohne seinen Namen zu nennen. Sie hat sich eines Nachmittags ziemlich aufgebracht darüber geäußert, dass ein früherer Bekannter sie belästigte. Das könnte Lovat gewesen sein, aber natürlich auch jemand anders.« Schultern und Hals wirkten starr, während sich seine Hände unaufhörlich bewegten. »Sehen Sie zu, dass Sie die Wahrheit herausbekommen«, sagte er so leise, als spräche er mit sich selbst. Doch der Nachdruck in seiner Stimme verriet deutlich, dass er damit eine Bitte an Pitt richtete, auch wenn er dies Wort nicht benutzte.

»Gewiss, Sir. Sofern ich das vermag.« Pitt stand auf. Es gab noch vieles, was er gern gewusst hätte, aber alles war so ungreifbar, dass es sich nicht in Worte fassen ließ – Gedanken, Empfindungen, Dinge, die er noch nicht benennen konnte. Außerdem musste er unbedingt mit Narraway sprechen.

»Danke«, sagte Ryerson. Pitt zögerte einen Augenblick und überlegte, ob er verpflichtet war, ihm mitzuteilen, dass die Wahrheit unter Umständen keineswegs so aussah, wie er sich jetzt zu glauben bemühte, und durchaus schmerzlich sein konnte. Doch das hatte keinen Sinn. Dafür war immer noch Zeit, wenn es sich nicht mehr vermeiden ließ, und so ging er einfach hinaus.

»Was bringen Sie?« Narraway hob den Blick von den Papieren, an denen er arbeitete, und sah Pitt herausfordernd an. Auch er wirkte müde, seine Augen waren rot gerändert und seine Wangen ein wenig eingesunken.

Ohne eine Aufforderung abzuwarten, setzte sich Pitt. Er versuchte sich zu entspannen, doch gelang ihm das nicht. Er war innerlich so angespannt, dass ihn der Rücken schmerzte und die Hände sich steif anfühlten.

»Nichts, was die Hoffnung auf eine befriedigendere Antwort zuließe«, gab er zurück. Er drückte sich mit voller Absicht so schroff aus, ungeachtet dessen, dass ihn schmerzte, was er zu sagen hatte, und es Narraway vermutlich ebenfalls schmerzen würde. »Lovat war ein Herzensbrecher, der sich an unverheiratete achtbare junge Frauen herangemacht hat. Kaum hatte er eine durch die Beziehung zu ihm in eine unmögliche Lage gebracht, hat er sie fallen lassen und ist zur nächsten weitergezogen, während sich alle Welt insgeheim fragte, bei welcher unverzeihlichen Sünde er die vorige ertappt haben mochte.«

Mit schmalen Lippen sagte Narraway angewidert: »Reden Sie doch nicht so um den heißen Brei herum, Pitt. Sie wissen so gut wie ich, welche Sünde die feine Gesellschaft den jungen Damen unterstellt hat, ob zu Recht oder Unrecht. Solchen Leuten ist nicht wichtig, wer oder was man ist, sondern lediglich das, was andere von einem halten. Die Unbeflecktheit einer Frau ist ihnen wichtiger als moralischer Mut, menschliche Wärme, Mitgefühl, die Fähigkeit zu lachen oder Aufrichtigkeit. Ihre Keuschheit bedeutet, dass sie Besitz des Mannes ist, zu dem sie gehört. Es ist alles eine Frage von Eigentum.« Die Bitterkeit, mit der er das sagte, ging nicht nur auf seinen Zynismus zurück – Pitt hätte geschworen, dass auch Schmerz in seiner Stimme mitschwang.

Dann überlegte er, was er selbst empfinden würde, wenn sich Charlotte von einem anderen in vertrauter Weise berühren ließe, ganz davon zu schweigen, dass sie dessen Leidenschaft erwiderte. Diese Vorstellung ließ alle in Narraways Worten enthaltenen Vernunftgründe dahinschwinden.

»Es ist aber wichtig«, sagte er mit solchem Nachdruck, dass jeder seine Entschlossenheit merken musste, sich auf keine Diskussion darüber einzulassen.

Narraway lächelte, sah ihn aber nicht an. »Sprechen Sie ganz allgemein, oder kennen Sie die Namen einiger dieser jungen Frauen? Wichtiger noch wären die ihrer Väter, Brüder oder weiterer Liebhaber, denen unter Umständen daran liegen konnte, Lovat quer durch ganz London zu folgen, um ihn zu erschießen.«

»Selbstverständlich«, gab Pitt zurück. Zwar war er froh, dass er jetzt festeren Boden unter den Füßen hatte, doch kam es ihm ganz so vor, als hätte er etwas Wichtiges noch nicht gesagt. Lag das ausschließlich daran, dass seine Gefühle zu überwältigend waren, als dass sie sich in wenigen, einfachen Worten ausdrücken ließen, oder gab es da etwas Wichtiges, das ihm im Augenblick noch nicht klar war?

»Ihrem Gesichtsausdruck nach zu urteilen, hat Sie das alles nicht weitergebracht«, sagte Narraway.

»Uns«, korrigierte ihn Pitt bissig. »Nein, nichts davon.«

Er war erstaunt zu sehen, wie die Hoffnung in Narraways Augen erlosch. Es schmerzte ihn ein wenig.

Als er Pitts Blick auf sich gerichtet fühlte, wandte sich Narraway halb ab, als wolle er etwas in seinem Inneren verbergen. »Sie haben also nichts erfahren, außer dass sich Lovat die Katastrophe selbst zuzuschreiben hat?«

Zwar hätte man das weniger verletzend sagen können, aber es entsprach im Wesentlichen den Tatsachen. »Ja.«

Narraway holte Luft, als wolle er etwas sagen, schwieg dann aber.

»Ich war bei Ryerson«, begann Pitt von sich aus. »Er ist nach wie vor von Miss Sacharis Unschuld überzeugt.«

Narraway sah ihn mit gehobenen Brauen an.

»Wollen Sie damit durchblicken lassen, dass er nicht daran denkt, zurückzutreten und zu erklären, dass Lovat bei seinem Eintreffen bereits tot war?«, fragte Narraway. »Er würde sich damit einen großen Gefallen tun.«

»Ich weiß nicht, was er sagen wird. Die Polizei weiß, dass er am Tatort war, also kann er das nicht bestreiten.«

»Dazu wäre es ohnehin zu spät«, entgegnete Narraway mit plötzlicher Bitterkeit. »In der ägyptischen Botschaft weiß man das bekanntlich ebenfalls. Zwar habe ich alle Hebel in Bewegung gesetzt, um festzustellen, woher die Leute diese Information haben, dabei aber lediglich erfahren, dass sie nicht im Traum daran denken, mir das zu sagen.«

Ganz langsam setzte sich Pitt aufrechter hin. Er hatte keinen Gedanken daran verschwendet, was Narraway unterdessen getan haben mochte, doch plötzlich durchfuhr ihn wie ein Blitz die Erkenntnis, wie wichtig das war, was er da gesagt hatte.

Mit schiefem Lächeln bestätigte Narraway: »So ist es. Ryerson macht sich zum Narren, und irgendjemand unterstützt ihn unauffällig, aber sehr nachdrücklich dabei. Ich bin noch nicht sicher, welche Rolle Miss Sachari in dieser Schachpartie spielt, und ich weiß auch nicht, ob sie das Spiel durchschaut. Ist sie die Dame oder lediglich ein Bauer?«

»Was könnte dahinter stehen?«, wollte Pitt wissen und beugte sich vor. »Geht es etwa um Baumwolle?«

»Dieser Gedanke kommt einem unwillkürlich, weil er der nächstliegende ist«, sagte Narraway. »Aber er muss nicht unbedingt stimmen.«

Pitt sah ihn wartend an.

Narraway lehnte sich in seinen Sessel zurück, doch wirkte das eher resigniert als behaglich. »Gehen Sie nach Hause und schlafen Sie aus«, sagte er. »Morgen früh melden Sie sich wieder.«

»Ist das alles?«

»Was wollen Sie denn noch?«, blaffte ihn Narraway an. »Nutzen Sie die günstige Gelegenheit! Das wird bestimmt nicht immer so bleiben.«

KAPITEL 5

Charlotte dachte oft an Martin Garvie und überlegte, was ihm zugestoßen sein mochte. Ihr war bekannt, dass Dienstboten nicht selten ein unangenehmes oder gar tragisches Schicksal erlitten, aber auch, dass so mancher sein Missgeschick selbst über sich brachte. Dass Tilda große Stücke auf ihren Bruder hielt, ging zum Teil auf ihre Geschwisterliebe und zum Teil darauf zurück, dass eine junge Frau, die so wenig Lebenserfahrung hatte wie sie, der Welt mitunter recht treuherzig gegenüberstand. Um ihrer selbst willen hätte ihr Charlotte auch gar nichts anderes gewünscht. Obwohl sie etwa in Gracies Alter sein musste, hatte sie nichts von deren Lebhaftigkeit oder Wissbegierde an sich. Womöglich war ihr die bittere Erfahrung des Lebens auf der Straße erspart geblieben, das Gracie in früher Jugend geprägt hatte. Ob Martin sie davor bewahrt hatte?

Charlotte saß mit Gracie in der Küche. Pitt hatte das Haus vor weniger als einer Stunde verlassen.

»Was soll'n wir nur mach'n?«, fragte Gracie beklommen mit einer Mischung aus Respekt und Entschlossenheit. Zwar war sie gewillt, sich durch nichts von ihrem Vorhaben abbringen zu lassen, doch war ihr klar, dass sie dabei auf Charlottes Unterstützung angewiesen war. Sie schämte sich, Tellman vor den Kopf gestoßen zu haben, war verwirrt und empfand zum ersten Mal leise Furcht vor ihren Gefühlen.

Charlotte bemühte sich eifrig, einen Fettfleck aus Pitts Jackett zu entfernen. Dazu hatte sie bereits ein feines Pulver aus zermahlenen Schafsfüßen hergestellt. Davon, wie auch von anderen Bestandteilen, aus denen sich Reinigungsmittel machen ließen, hatte sie gewöhnlich einen gewissen Vorrat im Haus: Kerzenstümpfe, Kalk, den Saft von Sauerampfer, Zitronen und Zwiebeln sowie – saubere – Hornspäne von Pferdehufen. Sie konzentrierte sich auf ihre Arbeit und betupfte den Fleck mit einem mit Terpentin getränkten Lappen. Während sie sprach, sah sie Gracie nicht an, um ihren Worten die Schwere zu nehmen.

»Vermutlich sollten wir als Erstes noch einmal mit deiner Freundin Tilda sprechen«, sagte sie und nahm das Pulver, das ihr Gracie reichte. Sie schüttete ein wenig davon auf den feuchten Fleck und beäugte ihn kritisch. »Es wäre hilfreich, wenn sie uns ihren Bruder beschreiben könnte.«

»Wir suchen also nach Martin?«, fragte Gracie überrascht. »Wo fangen wir an? Er könnte sonstwo sein, weit weg ... vielleicht sogar ...« Sie hielt inne.

Charlotte wusste, dass sie hatte sagen wollen, er könne tot sein. Auch sie hatte schon an diese Möglichkeit gedacht. »Es ist nicht einfach, sich nach jemandem zu erkundigen, von dem man nicht weiß, wie er aussieht«, sagte sie und entfernte das Pulver mittels einer kleinen harten Bürste. Jetzt sah die Stelle schon besser aus. Noch ein Durchgang, und das Jackett wäre wieder sauber. »Außerdem würden die Leute dann annehmen, dass wir ihn nicht kennen«, fügte sie mit leichtem Lächeln hinzu. »Das stimmt zwar, aber die Wahrheit wirkt nicht immer besonders überzeugend.«

»Ich kann Tilda holen, damit sie's uns sagt«, erbot sich Gracie rasch. »Sie macht ihre Besorgungen meistens um dieselbe Zeit.« Dann verzog sie schmerzlich das Gesicht. »Aber bestimmt will se nich herkomm'n, damit se ihre Stellung nich verliert. Wer rausfliegt un selber schuld is, findet so leicht nix. Un falls Martin was passiert is ...«

»Ich komme mit«, unterbrach Charlotte sie.

Gracie machte große Augen. Offensichtlich war es Charlotte ernst mit ihrer Bereitschaft zu helfen, sonst würde sie nicht mit ihr durch die Straßen ziehen und warten, bis ein fremdes Dienstmädchen vorbeikam. Das war nicht nur ein außerordentlicher Freundschaftsbeweis, es zeigte auch deutlich, dass Charlotte überzeugt war, Martin Garvie könne in großer Gefahr schweben.

»Um welche Zeit ist Tilda denn unterwegs?«

»So um diese Zeit«, sagte Gracie.

»Dann gieß bitte noch etwas Wasser in den Topf mit der Gemüsebrühe, und rück ihn auf die Seite, damit er nicht durchbrennt. Danach können wir gehen.«

Mit einem Blick auf Pitts Jackett sah Gracie Charlotte fragend an.

»Das mache ich fertig, wenn wir zurück sind«, sagte sie, wischte sich die Hände an der Schürze ab und hängte sie an die Tür. »Hol deinen Mantel.«

Es dauerte fast eine Stunde, bis Tilda endlich kam. Erst als Gracie sie zweimal angesprochen hatte, fiel ihr auf, dass jemand das Wort an sie gerichtet hatte, so sehr war sie in ihre Gedanken vertieft.

»Ach, du bist das!«, sagte sie erleichtert, und die Sorgenfalten schwanden aus ihrem Gesicht. »Ich bin ja so froh, dich zu seh'n! Hast du schon was rausgekriegt? Nein? Na klar, is wohl noch zu früh. War dumm von mir zu frag'n. Ich hab auch noch kein Wort gehört.« Wieder bildeten sich die Falten, und Tränen traten ihr in die Augen. Es kostete sie offensichtlich alle Willenskraft, Haltung zu bewahren.

»Komm mit«, forderte Gracie sie auf, nahm sie beim Arm und führte sie einige Schritte beiseite, aus dem Strom der Fußgänger heraus. »Ich hab Mrs Pitt mitgebracht. Se muss dich Verschiedenes frag'n, weil se dir helfen will.«

Mit großen ängstlichen Augen sah Tilda zu Charlotte hin, die jetzt neben die beiden getreten war.

»Guten Morgen, Tilda. Können Sie eine halbe Stunde erübrigen, ohne dass Ihre Herrschaft ungehalten wird? Ich wüsste gern ein wenig mehr über Ihren Bruder, damit wir besser nach ihm suchen können.«

Einen Augenblick lang wusste Tilda nicht, was sie sagen sollte, dann aber zeigte sich, dass ihre Angst stärker war als ihre Schüchternheit. »Ja, Ma'am. Ich bin sicher, es is nich so schlimm, wenn ich sag, dass es mit Martin zu tun hat. Ich hab denen schon gesagt, dass er verschwund'n is.«

»Gut«, sagte Charlotte. »Das dürfte angesichts der Umstände das Klügste sein.« Sie hob den Blick zum mit Wolken verhangenen grauen Himmel. »Ich denke, es spricht sich besser bei einer Tasse heißem Tee.« Ohne auf eine Antwort zu warten, wandte sie sich um und ging in einen kleinen Bäckerladen voraus, der auch Erfrischungen feilbot. Als sie sich zu Tildas Erstaunen an einen Tisch gesetzt hatten, bestellte sie Tee und warmes Gebäck dazu.

»Wie alt ist Ihr Bruder?«, fragte sie.

»Dreiundzwanzig«, antwortete Tilda.

Charlotte war beeindruckt. Für einen Kammerdiener war das bemerkenswert jung. Immerhin handelte es sich dabei um eine Vertrauensstellung, für die man außerdem gewisse Kenntnisse brauchte. In diesem Alter war ein junger Diener normalerweise höchstens Lakai. Entweder stand er schon seit früher Kindheit im Dienst, oder er besaß eine ungewöhnlich gute Auffassungsgabe.

»Wie lange ist er schon im Hause Garrick?«, fragte sie weiter.

»Da is er mit siebzehn hingekomm'n«, sagte Tilda. »Vorher war er Stiefelputzer bei den Furnivals. Weil die keine zwei Lakaien brauchen konnt'n, hat er sich 'ne and're Stellung gesucht un sich dabei sogar verbessert. Angefangen hat er bei den Garricks als Lakai, aber Mr Stephen is gleich gut mit ihm zurechtgekomm'n.« Stolz lag in ihrer Stimme. Unwillkürlich setzte sie sich bei diesen Worten ein wenig aufrechter hin und straffte die schmalen Schultern.

»Dann muss er seine Arbeit wohl sehr gut tun«, sagte Charlotte und sah, wie Tilda dankbar lächelte. »Wissen Sie, ob er dort glücklich war?«

Tilda beugte sich ein wenig vor. »Aber ja! Das is es ja grade ... Er hat nie gesagt, dass jemand mit 'm unzufrieden'n wär. Das hätt ich gewusst. Wir ha'm uns immer alles gesagt.«

Zwar war Charlotte davon überzeugt, dass das für Tilda galt, die Jüngere und bei weitem Abhängigere der beiden, während es ohne weiteres möglich war, dass ihr Bruder manches für sich behielt. Doch würde es zu nichts führen, der jungen Frau gegenüber solche Erwägungen anzustellen. Stattdessen fragte sie: »Wie sieht er aus?«

»So ungefähr wie ich«, gab sie zur Antwort. »Natürlich größer un breiter, aber Augen un Haare sind wie bei mir un die Nase auch.« Sie wies auf ihr hübsches Gesichtchen.

»Aha. Das hilft uns sicher weiter. Können Sie uns noch etwas über ihn mitteilen, was für uns wichtig sein könnte?«, fragte Charlotte. »Gibt es eine junge Dame, die er bewundert – oder vielleicht eine, die ihn bewundert?«

»Sie meinen, eine hätt 'n Auge auf ihn geworfen un verrückt gespielt, wie er se nich wollte?«, fragte Tilda. Ein Schauer überlief sie.

Die Bedienung brachte den Tee und das Gebäck. Charlotte goss den Tee ein und forderte die beiden jungen Frauen auf zuzulangen. Als die Bedienung gegangen war, sagte sie: »Möglich wäre das. Wir müssen sehr viel mehr in Erfahrung bringen. Da man im Hause Garrick offensichtlich nicht bereit ist, uns Auskunft zu geben, müssen wir auf eigene Faust festzustellen versuchen, was geschehen ist, und das so bald wie möglich. Da Sie dort nach einer Erklärung gefragt haben, kennt man Sie dort bereits. Am besten dürfte es sein, nicht wieder hinzugehen, jedenfalls nicht in nächster Zeit. Ich kenne die Garricks nicht – aber das ließe sich möglicherweise ändern. Gracie, es sieht ganz so aus, als ob du den Anfang machen müsstest.«

»Wie soll ich das anstell'n?«, fragte Gracie, die gerade von ihrem Gebäck abbeißen wollte. In ihrer Stimme mischten sich Entschlossenheit und Furcht. Sie bemühte sich, nicht zu Tilda hinzusehen.

Trotz allen Kopfzerbrechens war Charlotte noch kein Einfall gekommen. »Darüber reden wir zu Hause«, sagte sie. Falls Gracie gemerkt hatte, dass sie selbst noch nicht wusste, wie sie vorgehen sollten, würde sie das vor Tilda auf keinen Fall zeigen. »Noch etwas Tee?«, fragte sie.

Sie aßen das Gebäck auf, und Charlotte bezahlte. Kaum waren sie draußen, als Tilda, der wohl zu Bewusstsein kam, wie lange sie fort gewesen war, beiden eilig dankte und sich verabschiedete. So viel Zeit, wie sie da im Gespräch verbracht hatte, ließ sich mit keinem noch so langen Schlangestehen bei ihren Besorgungen erklären.

»Wie soll ich denn in das Haus kommen und die Leute fragen?«, wollte Gracie wissen, als sie mit Charlotte allein war. An der Art, wie sie fast um Verzeihung für ihre Frage bat, als sei ihr klar, dass sie Charlotte damit unabsichtlich Ungelegenheiten bereitete, ließ sich erkennen, dass auch ihr noch nichts eingefallen war.

»Nun, mit der Wahrheit kommen wir unter keinen Umständen zum Ziel«, erklärte Charlotte und hielt den Blick starr geradeaus gerichtet, während sie weiter der Keppel Street entgegenstrebten. »Das ist wirklich schade, denn die kann man sich am leichtesten merken. Wir werden uns also etwas ausdenken müssen.« Sie vermied das Wort ›lügen‹. Da sie im Dienst einer höheren Wahrheit handelten, konnte ihrer Ansicht nach von einer wirklichen Täuschung keine Rede sein.

»Ich hab nix dageg'n, denen was aufzutisch'n«, formulierte Gracie ihre eigene Haltung, »aber wie soll ich nur da reinkomm'n? Ich hab schon hin un her überlegt, aber mir fällt nix ein. Wenn mir Tellman doch nur glau'm würde, dass hier tatsächlich was faul is! Ich weiß, er is 'n Dickkopf, aber das is ja schlimmer wie wenn man 'n Maultier rückwärts vor 'n Wag'n treibt, um 's anzuschirr'n! Mein Opa hat Kohl'n ausgefahr'n, der hatte so'n Maultier. So'n störrisches Vieh wie das hat die Welt noch nich geseh'n. Man hätte glau'm könn', dass dem die Hufe am Bod'n festgeklebt war'n.«

Charlotte musste über den Vergleich lächeln, doch auch ihr fiel nichts ein. Als sie auf der Francis Street um die Ecke bogen, wehte ihnen mit einem Mal der Wind ins Gesicht. Hastig griff ein Zeitungsjunge nach seiner Reklametafel, die bedenklich schwankte und auf ihn zu fallen drohte. Gracie eilte hin und half ihm.

»Danke, Frollein«, sagte er zu Gracie und bemühte sich, die Tafel wieder gerade hinzustellen. Charlotte warf einen kurzen Blick auf die Zeitung, die Gracie davor bewahrt hatte, davongeweht zu werden.

»Da steht nix Gutes drin, gnä' Frau«, sagte der Junge und verzog angewidert das Gesicht. »Die Cholera is jetz auch in Wien. Der Franzmann kämpft in Mada-irgendwas und behauptet, schuld da dran wär'n uns're Missionare, also wir Engländer.«

»Madagaskar?«, riet Charlotte.

»Ja ... könnte sein«, sagte er. »Zwanzig Tote bei 'nem Zugunglück in Frankreich, un das grade jetz, wo se 'ne neue Eisenbahn von Jaffa – keine Ahnung wo das liegt – nach Jerusalem eröffnet ha'm. De Russ'n ha'm Kanadier verhaftet, die Robb'n geklaut ha'm soll'n oder so. Woll'n Se eine?«, fragte er mit hoffnungsvoller Stimme.

Lächelnd hielt ihm Charlotte eine Münze hin und nahm das oberste Exemplar vom Stapel, das beträchtlich zerknittert war.

»Recht hat er«, sagte Gracie finster. »Da steht nix Gutes drin.« Sie wies auf die Zeitung in Charlottes Hand. »Immer nur Krieg un so'n Unsinn!«

»Offenbar betrachten wir nur solche Dinge als Nachrichten«, gab ihr Charlotte Recht. »Das Gute ist, wie es scheint, nicht berichtenswert.« Sie hatte unterwegs immer wieder über die Frage nachgedacht, wie man Gracie Zutritt zum Haus der Familie Garrick verschaffen könnte. Allmählich zeichnete sich ein Plan ab. »Gracie ...«, sagte sie zögernd. »Wenn Tilda krank wäre und du nicht wüsstest, dass Martin nicht mehr dort ist, wäre es da nicht das Natürlichste, dass du hingingest, um ihm zu berichten, wie es seiner Schwester geht? Vielleicht ist sie so krank, dass sie nicht schreiben kann – wenn sie es überhaupt kann.«

Gracies Augen leuchteten auf, und ein leichtes Lächeln kräuselte ihre Lippen. »Ja! Das würd 'ne Freundin wohl mach'n, nich wahr? Tilda is plötzlich schwer krank geword'n, un ich soll das dem armen Martin sag'n, damit er se besuch'n kommt. Weil wir beide gute Freundinnen sind – das stimmt ja auch –, weiß ich, wo er arbeitet. Am besten geh ich so bald wie möglich hin, was? Ich hab das gehört, meine Herrschaft gefragt, ob ich mal schnell weg darf, un weil die Gnädige Verständnis hat, sagt sie, ich soll das gleich mach'n!« Mit einem Mal erhellte ein breites Lächeln ihr schmales Gesicht und ließ sie erstaunlich unternehmungslustig wirken.

»Ja«, stimmte Charlotte zu, die unwillkürlich den Schritt beschleunigt hatte. Wieder ging es um eine Straßenecke, wo der Wind sie erfasste, sodass ihre Röcke wehten und die Blätter der Zeitung unter ihrem Arm hin und her gezerrt wurden. »Je eher du gehst, desto besser. Die Hausarbeit kann warten.«

Sicher war es das Beste, sofort etwas zu unternehmen, denn die Dinge würden durch Abwarten bestimmt nicht besser. Sie hatte die Pflicht, diese Aufgabe für Tilda zu erledigen – und natürlich für Martin. Wenn es nur nicht schon zu spät war! Eine halbe Stunde darauf machte sich Gracie auf den Weg, durch eine weitere Tasse Tee gestärkt. Sie war außerordentlich nervös und fürchtete so sehr, etwas falsch zu machen, dass ihr flau im Magen wurde. Ganz bewusst langsam ein- und ausatmend, übte sie, ihre auswendig gelernten Sätze sorgfältig auszusprechen, um nicht über die Wörter zu stolpern. Sie zog den Mantel noch einmal gerade, schluckte kräftig und klopfte dann am Dienstboteneingang des Hauses am Torrington Square.

Sie hatte sich genau zurechtgelegt, was sie sagen wollte, sobald sich die Tür öffnete. Doch sie musste noch einmal klopfen, lauter als beim vorigen Mal. Als die Tür endlich aufging, wäre sie fast ins Haus gefallen. Mit Mühe gelang es ihr, das Gleichgewicht zu halten. Lediglich zwei Handbreit vor ihr stand die Spülmagd, eine hellhäutige junge Frau, einen halben Kopf größer als sie, deren Haar sich aus den Nadeln gelöst hatte.

Sie setzte zum Sprechen an und schüttelte dabei den Kopf. »Wir ha'm nix ...«

»Guten Tag«, sagte Gracie im selben Augenblick und sprach weiter, als die andere innehielt. Auf keinen Fall durfte sie sich abweisen lassen. »Ich hab 'ne wichtige Mitteilung. Tut mir Leid, dass ich so kurz vor Mittag stör. Ich weiß, dass da schrecklich viel zu tun is, aber ich muss es unbedingt sag'n.« Sie brauchte keine Besorgtheit vorzuspiegeln. Die Tiefe ihrer Empfindung war wohl in jedem ihrer Züge zu erkennen, denn sogleich zeigten sich Wohlwollen und Mitgefühl auf dem Gesicht der anderen.

»Komm doch rein«, forderte sie Gracie auf und trat beiseite.

Gracie wusste die Großzügigkeit dieser Geste zu schätzen und bedankte sich artig. Das war ein guter Anfang, genau gesagt die einzige Möglichkeit, wenn es überhaupt weitergehen sollte. Sie lächelte die andere schüchtern an. »Ich heiß' Gracie Phipps. Ich komm' aus der Keppel Street, gleich um die Ecke. Damit hat das aber nix zu tun. Es geht um was ganz anderes.« Sie sah sich in der gut gefüllten Vorratskammer um: Zwiebelzöpfe hingen von der Decke, Säcke mit Kartoffeln standen am Boden, und feste Weißkohlköpfe sowie verschiedene Wurzelgemüse lagen ordentlich auf Lattengestellen. Haken an den Wänden trugen an ihren Henkeln aufgehängte große Kochgefäße, und am Boden standen in einer Ecke Krüge, die verschiedene Arten von Essig, Öl und möglicherweise Kochwein enthalten mochten.

»Ich heiß' Dorothy«, erklärte die andere. »Meine Mama hat mich Dora gerufen, aber hier sag'n alle Dottie. Das stört mich aber nich weiter. Zu wem willst du denn?«

Gracie öffnete und schloss die Augen, als müsse sie gegen ihre Tränen kämpfen. Sie konnte unmöglich sofort den Namen Martin Garvie nennen, sonst würde man ihr rundheraus mitteilen, er sei nicht da, und sie fortschicken. Das brächte sie keinen Schritt weiter. Vielleicht war hier ein wenig Schauspielerei am Platze. »Es geht um meine Freundin Tilda«, sagte sie. »Die is schwer krank un hat sons kein' Mensch'n. Von ihrer ganz'n Verwandtschaft lebt nur noch der Bruder, un dem muss ich das sag'n, bevor ...« Sie hielt inne. Sie wollte nicht so weit gehen zu behaupten, dass Tilda im Sterben liege, solange es nicht unerlässlich war, aber sie hatte nichts dagegen, wenn man ihre Worte so auslegte. Wo es keine andere Möglichkeit gab, waren alle Mittel erlaubt!

Im Stillen hoffte sie, Tilda möge, als sie sich dort nach Martin erkundigt hatte, so elend ausgesehen haben, dass ihre schwere Krankheit glaubwürdig war.

»Ach je«, sagte Dottie voll Mitgefühl. »Wie schrecklich!«

»Ich muss es ihm unbedingt sag'n«, wiederholte Gracie. »Die beid'n haben nur noch sich. Bestimmt nimmt 'n das schrecklich mit ...« Sie überließ es der Vorstellungskraft der anderen, sich das Bild auszumalen.

»Is ja klar«, gab ihr Dottie Recht und ging die Stufen zur Küche empor, von wo aus Wärme und angenehme Gerüche zu ihnen herübergeweht waren. »Komm mit und trink 'n Schluck Tee. Du siehs ja ganz mitgenommen aus.«

»Danke«, nahm Gracie die Einladung an. »Herzlichen Dank.« Zwar fror sie nicht – der Tag war herrlich, und sie war kräftig ausgeschritten –, aber die Angst, die in ihr aufgestiegen war, ließ sie wohl so verkrampft aussehen, als wenn ihr kalt wäre. Sie hatte ins Haus gelangen wollen, um sich ein Bild machen zu können, und der erste Schritt dazu war getan. Sie folgte Dottie die hölzernen Stufen empor in eine große Küche. Ein Trockengestell war hoch an die Decke gezogen, an dem zur Zeit lediglich Geschirrtücher und mehrere Büschel getrockneter Kräuter hingen. Schimmerndes Kupfergeschirr an den Wänden verbreitete einen warmen Glanz.

Die rundliche Köchin, die wohl gern probierte, was sie zubereitete, brummte etwas vor sich hin, während sie in einer außen braun und innen weiß glasierten Steingutschüssel einen Teig rührte. Sie hob den Blick, als Gracie ängstlich eintrat.

»Was ha'm wir denn da?«, fragte sie und sah sie mit ihren Knopfaugen an. »Wir brauchen keine Haushaltshilfe, un wenn aber doch, kümmern wir uns da selber drum. Du siehs ja aus wie 'n Strich in der Landschaft. Kriegst du eigentlich nix zu ess'n?«

Rasch schluckte Gracie die schlagfertige freche Erwiderung herunter, die ihr schon auf der Zunge lag – für diesen Akt der Selbstverleugnung würde Tilda ihr noch etwas schulden!

»Ich such keine Arbeit, Ma'am«, sagte sie respektvoll. »Ich hab 'ne gute Stellung als Dienstmädchen bei Herrschaft'n in der Keppel Street und kümmer mich da um das and're Personal un zwei Kinder.« Zwar übertrieb sie damit, denn lediglich der Frau, die zum Putzen ins Haus kam, durfte sie Anweisungen erteilen, doch empfand sie das nicht als wirkliche Lüge. Befriedigt sah sie, wie der

Ausdruck von Ungläubigkeit auf das Mondgesicht der Köchin trat. »Ich bring nur 'ne Nachricht«, sagte sie rasch.

»'ne Freundin von ihr liegt im Sterben, Mrs Culpepper«, fügte Dottie hilfsbereit hinzu. »Gracie will das dem Bruder sagen.«

»Im Sterben?«, entfuhr es der Köchin. Man konnte deutlich sehen, dass sie nicht von ferne an dergleichen gedacht hatte und es auch nicht wirklich glaubte. »Was hat se denn?«

Auf diese Frage war Gracie vorbereitet. »Rheumatisches Fieber«, sagte sie, ohne zu zögern. »Es geht ihr entsetzlich schlecht.« Es fiel ihr nicht schwer, die wirkliche Angst um Martin, die tief in ihr nagte, zu zeigen, sodass sie ganz gequält wirkte.

Diesen Ausdruck musste die Köchin erkannt haben. »Wie schrecklich«, sagte sie, und es kam Gracie so vor, als liege echtes Mitgefühl auf ihren Zügen. »Was willste dann hier? Steh nich rum, Dottie! Hol der Kleinen 'ne Tasse Tee!« Dann sah sie wieder zu Gracie hin. »Setz dich.« Sie wies auf einen Stuhl auf der anderen Seite des Tisches.

Dottie ging zum Herd und schob den Wasserkessel in die Mitte der Herdplatte. Schon bald darauf begann er zu pfeifen.

Ohne die kreisförmigen Bewegungen ihres Holzlöffels ein einziges Mal zu unterbrechen, fuhr Mrs Culpepper fort: »Na, kleines Fräulein …« Sie hatte Gracies Namen bereits vergessen. »Für wen is denn die Mitteilung bestimmt?«

Jetzt halfen keine Ausflüchte mehr. Aufmerksam sah Gracie zu der Köchin hin. Ihr Gesichtsausdruck konnte unter Umständen mehr verraten als Worte. »Martin Garvie«, sagte sie. »Das is ihr Bruder. Sie hat sons kein' Mensch mehr. Die Eltern von den beid'n sind schon lange tot.«

Das Gesicht der Köchin ließ außer der leichten Trauer, die von vornherein darauf gelegen hatte, nichts erkennen, und sie rührte den Teig so geschäftig wie zuvor, ohne dass ihre Hand auch nur einen Augenblick stockte.

»Jammerschade«, sagte sie, ohne den Blick zu heben. »Der junge Mann is nich mehr hier, un ich kann auch nich sag'n, wo er sein könnte.«

Gracie war sicher, dass das nicht der Wahrheit entsprach, doch merkte sie auch, dass sich die Frau eher unglücklich als schuldbewusst fühlte. Mit einem Mal empfand sie eine Angst, die sie förmlich schüttelte, und die angenehm warme, duftende Küche mit den heißen Feuerstellen und dampfenden Töpfen begann sich um sie zu drehen. Sie schloss die Augen, damit die Bewegung zum Stillstand kam.

Als sie sie wieder öffnete, stand Dottie mit einer Tasse Tee in der Hand auf der anderen Seite des Tisches.

»Kopf zwischen die Knie«, empfahl die Köchin.

»Ich fall schon nich in Ohnmacht!«, sagte Gracie trotzig, war sich aber nicht sicher, ob das der Wahrheit entsprach. Zwar hatte sie keinerlei Grund zu bocken, behandelten diese Menschen sie doch sehr freundlich, aber sie wusste nicht, wohin mit ihren Empfindungen.

»Wenn er nich hier is, wo is er dann?«

»Das wiss'n wir nich«, sagte Dottie, bevor Mrs Culpepper mit ihrer Überlegung, was sie antworten sollte, zu Ende gekommen war. Sie warf dem Küchenmädchen einen tadelnden Blick zu, von dem Gracie nicht hätte sagen können, ob er sie aufforderte, ein Geheimnis zu bewahren oder niemandem unnötig Schmerzen zu bereiten.

»Un warum solltes du das auch wiss'n?« Mrs Culpepper hatte die Sprache wiedergefunden. »Es geht dich doch nix an, wohin der gnä' Herr seine Leute schickt, oder?«

Dottie stellte den Tee vor Gracie hin. »Trink das«, sagte sie. »Natürlich nich, Mrs Culpepper«, fügte sie sich der Köchin. »Aber man könnte doch glau'm, dass Bella was weiß.« Zu Gracie gewandt erklärte sie: »Das is unser Hausmädchen. Se konnte Martin gut leiden. Ich fand 'n auch nett ... aber nich so, wie du jetz denks«, fügte sie rasch hinzu.

»Du has 'ne lose Zunge«, bemerkte Mrs Culpepper kritisch. »Falls Bella wirklich was weiß, muss sie dir nix davon sag'n, oder?«

Dottie zuckte die Achseln. »Schon gut«, sagte sie ergeben. Dann umwölkte sich ihr Gesicht. »Aber ich möcht doch gerne wissen, was mit Martin is.«

»Komm mir bloß nich so, du dummes Kind!«, brach es mit plötzlichem Groll aus Mrs Culpepper heraus, deren Gesicht mit einem Mal hochrot war. Sie stellte die Schüssel mit Nachdruck auf den Tisch. »Man sollte meinen, dass er tot oder sonstwas mit ihm los is. Nix is ihm passiert! Er is nich hier, weiter nix. Halt den Rand und tu was. Steh nich rum wie dein eigenes Denkmal! Geh un reib die alt'n Kartoffeln – man hat nie genug Stärke im Haus.«

Achselzuckend strich sich Dottie das Haar aus der Stirn und trat den Weg nach unten in den Wirtschaftsraum an.

»Da bin ich aber froh, dass 'm nix fehlt«, sagte Gracie mit der gebotenen Zurückhaltung. »Aber ich muss 'm doch trotzdem das mit seiner Schwester sag'n.« Ihr war klar, dass sie damit viel riskierte, aber ihr blieb keine Wahl. Bisher hatte sie nicht mehr als das erfahren, was sie bereits von Tilda wusste. »Irgendjemand muss doch wissen, wo er is, oder?«

»Na klar doch«, erwiderte Mrs Culpepper und griff nach einer Backform sowie einem Stück Käseleinen, auf dem etwas Butter lag. Mit einer einzigen gekonnten Bewegung fettete sie die Form ein. »Aber ich bin das nich.«

Gracie nahm einen Schluck aus ihrer Tasse. »Tilda hat gesagt, dass er bei Mr Stephen Kammerdiener is. Hat der jetz 'nen neuen?«

Mrs Culpepper hob abrupt den Kopf. »Nein. Aber fang bloß nich …« Dann wurden ihre Züge weicher. »Sieh mal, Kleine, ich begreif ja, dass du durcheinander bis, un es is auch schlimm, wenn's ei'm so dreckig geht un man nix mach'n kann. Man sollte kein' Hund alleine ster'm lass'n, aber Gott is mein Zeuge, ich weiß nich, wo der Martin is. Das is die reine Wahrheit. Er is 'n or'ntlicher Junge, un ich glaub nich, dass er je mal 'nem Menschen Ärger gemacht hat.«

Der Gedanke an Tilda und die Angst in ihr trieben Gracie die Tränen in die Augen. Immerhin vermisste die Schwester ihn schon seit mehreren Tagen. Warum war weder ein Brief noch eine sonstige Nachricht gekommen? »Was für 'n Mensch is dieser Mr Stephen? Würd der jemand wegschick'n, wenn der nix angestellt hat?«

Mrs Culpepper wischte sich die Hände an der Schürze ab, ließ Teig und Backform stehen und goss sich eine Tasse Tee ein. »Gütiger Gott«, sagte sie und schüttelte den Kopf. »Mal so, mal so, der Arme. Aber so 'nen schlimmen Tag könnt der gar nich ha'm, dass er den Martin weggeschickt hätt. Immerhin is er der Einzige, der mit 'm zurechtkommt, wenn's 'm nich gut geht.«

Trotz aller Bemühung, sich nichts anmerken zu lassen, zuckte es in Gracies Gesicht. Was sie da hörte, war ihr zwar nicht völlig neu, aber es beunruhigte sie, weil sie nicht verstand, worum es dabei ging. Sie hob den Blick zu Mrs Culpepper und zwinkerte einige Male, um sich nicht durch ihren Gesichtsausdruck zu verraten. »Sie meinen, wenn er krank is?«

Die Köchin fuhr kurz auf, sagte aber nichts.

Zwar fürchtete Gracie, einen schweren Fehler begangen zu haben, unternahm aber klugerweise keinen Versuch, ihn auszuwetzen. Stattdessen wartete sie wortlos, dass die Köchin weitersprach.

»So kann man das sag'n«, erklärte diese schließlich und hob die Tasse, die sie die ganze Zeit in der Luft gehalten hatte, an die Lippen. »Un ich sag es auch nich anders!« Das war eine unüberhörbare Warnung.

Gracie begriff sogleich. Das Wort »krank« war eine Beschönigung für etwas weit Schlimmeres. Vielleicht Volltrunkenheit? Manche Männer sanken, wenn sie zu viel getrunken hatten, einfach in sich zusammen, oder es war ihnen entsetzlich schlecht, andere aber wurden in diesem Zustand streitsüchtig, begannen sich zu prügeln, rissen Leuten die Kleider vom Leibe oder belästigten sie auf andere Weise. Was Gracie da gehört hatte, klang so, als gehöre Stephen Garrick zu dieser Sorte.

»Natürlich nich«, sagte Gracie und gab sich schüchtern. »Niemand tut das. Das gehört sich für unsereins nich.«

»Es is nich so, wie wenn ich es nich manchmal am liebsten tun würde!«, fügte Mrs Culpepper kampflustig hinzu, sagte aber nichts weiter, weil gerade das Hausmädchen in die Küche kam. Gracie fand sie außerordentlich hübsch, und das nicht nur wegen ihrer frisch gewaschenen und gestärkten weißen Schürze, die mit Spitzen besetzt war. »Se woll'n doch wohl nich schon das Mittagessen?«, fragte die Köchin erstaunt. »Mein Gott, wo is bloß die Zeit geblie'm? Ich bin noch lange nich fertig.«

»Aber nein«, beruhigte Bella sie. »Sie haben genug Zeit.« Sie warf Gracie einen neugierigen Blick zu. Vermutlich hatte sie die letzten Worte der Unterhaltung mitbekommen. »Ich hätte auch nichts gegen eine Tasse Tee, wenn er schön heiß ist«, fügte sie hinzu.

»Das is Gracie.« Mrs Culpepper schien der Name plötzlich wieder eingefallen zu sein. »Sie is hier, weil die Schwester vom Martin 'ne Freundin von ihr is. Die Ärmste hat rheuma'sches Fieber und liegt im Ster'm. Gracie is gekomm'n, weil se dem Martin Bescheid sag'n will.«

Betrübt schüttelte Bella den Kopf. »Wir würden Ihnen gern helfen, wissen aber nicht, wo er sich aufhält«, sagte sie offen heraus. »Normalerweise geht Mr Stephen im Laufe des Vormittags aus, und jeder im Haus weiß das schon Tage im Voraus. Aber diesmal war es anders. Er ist ... er ist einfach nicht da!«

Gracie war nicht bereit, sich geschlagen zu geben, bevor sie alle Mittel versucht hatte. »Mrs Culpepper war sehr freundlich«, sagte sie voll Wärme. »Sie hat mir gesagt, dass der junge Mr Garrick richtig auf Martin angewies'n is un er 'n deshalb auch nich weg'n 'ner Laune weggeschickt hätt.«

Bellas Gesicht verzog sich vor Zorn. »Manchmal war es mit ihm wirklich schlimm. Meine Mutter hätte mir mit dem Pantoffel das Hinterteil versohlt, wenn ich mich so hätte gehen lassen. Er hat um sich getreten, Leute angeschrien und –«

»Bella!«, mahnte Mrs Culpepper mit scharfer Stimme.

»Wenn es aber doch wahr ist! Manchmal führt er sich auf wie ein Dreijähriger!«, begehrte das Hausmädchen mit geröteten Wangen auf. »Und der arme Martin lässt sich das alles ohne ein Wort der Klage gefallen, räumt hinter ihm auf, hört sich an, wie er über alles Mögliche jammert und flennt oder einfach dasitzt wie ein Häufchen Elend. Am besten –«

»Am besten sollten Sie den Mund halt'n, sonst sitz'n Se selber bald da wie 'n Häufchen Elend!«, fuhr Mrs Culpepper sie an. »Schon möglich, dass Se gut ausseh'n und red'n wie 'ne feine Dame, aber wenn der Gnä'ge hört, was Se zu Fremd'n über Mr Stephen sag'n, steh'n Se in null Komma nix mit Ihr'm Koffer auf der Straße, un zwar ohne Zeugnis, so wahr ich hier sitz!« In ihrer Stimme lag eine unüberhörbare Dringlichkeit, und ihre schwarzen Augen blitzten. Gracie war sicher, dass sie weder aus Wut noch aus Abneigung so sprach, sondern ganz im Gegenteil freundschaftliche Gefühle für Bella hegte.

Mit wehenden Röcken setzte sich das Hausmädchen auf den anderen Küchenstuhl. »So etwas gehört sich einfach nicht!«, sagte sie aufgebracht. »Martin hat sich mehr gefallen lassen, als ein Mensch ertragen kann! Und wenn man ihn auf die Straße gesetzt hat ...«

»Stimmt doch gar nich. Was verzapf'n Se dummes Stück da für 'n Unsinn?« Ein junger Lakai mit einer kecken Haartolle über der Stirn trat ein. Gracie sah, dass seine Hose ziemlich lose an ihm herunterhing, und vermutete, dass er erst vor kurzem vom Stiefelputzer in seine neue Position aufgestiegen war.

»Und woher haben Sie diese Weisheit, Clarence Smith?«, fuhr Bella ihn an.

»Ich krieg Sach'n mit, die keiner von euch sieht!«, gab er zurück. »Wenn der mal richtig in Fahrt is, wird außer Martin keiner mit 'm fertig, und wenn er seine verrückt'n fünf Minut'n kriegt, geh'n alle in Deckung. Ich jed'nfalls würd 'm da um nix auf der Welt inne Quere komm'n woll'n! Sogar Mr Lyman hat dann Schiss vor ihm ... un Mrs Somerton. Un die hat sons' so schnell vor nix Bange! Im Kampf geg'n den Drach'n hätt ich nie auf'n heilig'n Georg gesetzt, aber hundertprozentig auf sie!«

»Kümmer dich um deine eig'nen Angeleg'nheit'n, Clarence, wenn du nich wills, dass ich Mr Lyman sag, was für Frechheit'n du dir rausnimms!«, sagte Mrs Culpepper drohend. »Wenn der dir auf die Schliche kommt, kanns du heute Abend in der Spülküche ess'n und darfs froh sein, wenn du 'n Schmalzbrot kriegs!«

»Stimmt aber doch!«, beharrte Clarence empört.

»Das hat gar nix damit zu tun, Dummkopf!«, wies sie ihn in die Schranken. »Man könnte meinen, du würdest von Tag zu Tag dümmer! Los, an die Arbeit, trag Bella die Kohl'n rein!«

»Ja, Mrs Culpepper«, sagte er gehorsam. Vielleicht hatte er gemerkt, dass in ihrer Stimme eher Besorgnis als Tadel lag.

Einen Augenblick lang überlegte Gracie, dass es schön sein müsste, ein, zwei Wochen in einem großen Haus zu arbeiten. Natürlich waren die zu erledigenden Aufgaben nicht annähernd so wichtig wie das, was sie im Hause Pitt tat. Sie sah zu, wie Clarence den Raum verließ, um zu tun, was man ihm aufgetragen hatte. Sie nahm ihre Teetasse und trank sie aus.

»Tut mir Leid, Kleine, aber wir könn'n dir nich helf'n«, sagte Mrs Culpepper kopfschüttelnd und füllte endlich den Teig in die Backform. »Ich muss mich jetz um das Teegebäck für heut Nachmittag kümmern. Man weiß nie, wer kommt, un da muss auf jed'n Fall was auf'm Tisch steh'n. Dottie! Komm und putz das Gemüse.«

Gracie erhob sich, um zu gehen, trug aber vorher noch ihre leere Tasse zum Abstellbrett neben dem Waschbecken. »Vielen Dank«, sagte sie aufrichtig. »Ich muss einfach zuseh'n, dass ich 'n find, auch wenn ich nich weiß, wo.«

Dottie kam aus dem Wirtschaftsraum zurück und wischte sich die Hände an einem Schürzenzipfel ab. »Er war mal bei 'nem Mr Sandeman irgendwo im East End«, sagte sie. »Vielleicht weiß der was?«

Gracie setzte die Tasse sorgfältig nieder, weil sie merkte, dass ihre Hände zitterten. »Sandeman?«, wiederholte sie. »Wer is das?«

Niedergeschlagen musste Dottie gestehen: »Keine Ahnung. Tut mir Leid.«

Gracie schluckte ihre Enttäuschung herunter. »Macht nix, vielleicht weiß es jemand anders. Danke, Mrs Culpepper.«

Die Köchin schüttelte den Kopf. »Tut mir wirklich Leid, armes Ding. Vielleicht kommt se ja wieder auf die Beine, man weiß nie.«

»Ja«, bekräftigte Gracie. »Man darf nie die Hoffnung aufge'm.«

Das war von ihrem Standpunkt aus nicht gelogen, da sie an Martin und nicht an Tilda dachte.

Dottie brachte sie wieder zur Tür der Spülküche. Kaum war sie auf der Straße, als sie nach Hause eilte, so schnell die Füße sie trugen.

Selbstverständlich schilderte sie Charlotte ihren Besuch in allen Einzelheiten, sobald sie wieder in der Keppel Street war. Weit schwerer würde es sein, Tellman zu berichten, was sie am Torrington Square erfahren hatte. Dazu musste sie ihn erst einmal finden. Die einzigen Orte, an denen sie suchen konnte, waren die Polizeiwache in der Bow Street und das Haus, in dem er zur Miete wohnte. Es war ohne weiteres möglich, dass er nach Feierabend sogleich dorthin zurückkehrte, doch hatte sie keine Vorstellung, um wieviel Uhr das war, denn die Polizei hatte keine geregelten Arbeitszeiten. Andererseits wollte sie ihn auch nicht dadurch in Verlegenheit bringen, dass sie in seiner Dienststelle auftauchte, wo man auch dann wissen würde, wer sie war, wenn sie den Dienst habenden Beamten nicht nach Inspektor Tellman fragte. Wichtiger aber war noch eine andere Erwägung. Da den Leute bekannt war, dass sie im Hause Pitt arbeitete, würden sie annehmen, sie suche ihn im Auftrag ihres Dienstherrn auf. Ein solches Missverständnis könnte ihm das Leben unter seinem neuen Vorgesetzten, Oberinspektor Wetron, in höchstem Grade erschweren.

Schließlich stellte sie sich am frühen Abend vor dem Haus, in dem er wohnte, auf den Gehweg und sah zu den Fenstern seines Zimmers im zweiten Stock empor. Alles war dunkel. Wäre er zu Hause gewesen, wäre ein leichter Lichtschimmer durch die Vorhänge gefallen.

Unsicher blieb sie einige Minuten stehen. Dann fiel ihr ein, dass es ohne weiteres noch über eine Stunde dauern konnte, bis er kam, und sofern er an einem schwierigen Fall arbeitete, sogar noch länger. Sie kannte eine angenehme Teestube einige hundert Schritt weiter. Dort würde sie eine Weile warten und später noch einmal nachsehen, ob er inzwischen gekommen war.

Sie war gerade fünfzig Meter weit gegangen, als ihr der Gedanke kam, dass es unter Umständen ein halbes Dutzend Mal nötig sein konnte, zurückzugehen, bis sie ihn antraf, und sie andererseits möglicherweise unnötig lange wartete, falls er doch bald nach Hause kam. Sie machte auf dem Absatz kehrt, ging zurück, klopfte an die Haustür und teilte der Vermieterin äußerst höflich mit, sie habe wichtige Mitteilungen für Inspektor Tellman, und ob sie ihm ausrichten könne, dass er in die Teestube kommen solle, wo sie auf ihn warte.

Die Frau sah zwar ein wenig zweifelnd drein, versprach aber, ihm die Nachricht auszurichten. Zufrieden ging Gracie davon.

Eine knappe Stunde später trat Tellman müde und durchgefroren in die Teestube. Nach einem anstrengenden Tag hatte er sich darauf gefreut, rasch etwas zu essen und dann früh schlafen zu gehen. An seinem Gesicht wie an seiner Körperhaltung erkannte sie gleich, dass er ihren Streit noch nicht vergessen hatte und nicht so recht wusste, wie er mit ihr sprechen sollte. Ihr war klar, dass sie die Dinge womöglich verschlimmerte, weil sie gekommen war, um die Sache noch einmal aufzurühren, doch sie sah keinen anderen Ausweg. Immerhin stand Martin Garvies Leben unter Umständen auf dem Spiel. Was nützte Zuneigung oder Wohlwollen eines anderen Menschen, wenn dies Gefühl in einer widrigen Situation oder bei einer Meinungsverschiedenheit sogleich in sich zusammenfiel und dahinschwand?

»Samuel«, begann sie, als er ihr gegenüber Platz genommen und seine Bestellung aufgegeben hatte.

»Ja?«, fragte er zurückhaltend. Er schien noch etwas hinzufügen zu wollen, schluckte es aber herunter.

Ihr blieb nichts anderes übrig, als offen heraus zu sagen, worum es ging. Je länger zwischen ihnen Schweigen herrschte oder sie eine gekünstelte Unterhaltung führten, bei der jeder etwas anderes meinte, als er sagte, umso schlimmer würde es. »Ich war in dem Haus, wo Martin Garvie arbeitet«, sagte sie und sah ihn über den Tisch hinweg an. Sie merkte, dass sich seine Haltung noch mehr versteifte, die Finger seiner verschränkt auf dem Tisch liegenden

Hände wurden weiß. »Ich bin einfach in die Küche gegang'n«, fuhr sie rasch fort, »un hab der Köchin un der Spülmagd gesagt, dass Tilda krank is und außer Martin niemand mehr auf der Welt hat.«

»Ist sie denn krank?«, fragte er rasch.

»Vor Kummer«, gab sie aufrichtig Antwort. »Aber ich hab gesagt, dass sie 'n schlimmes Fieber hat.« Das damit verbundene Eingeständnis, gelogen zu haben, machte sie verlegen, denn sie wusste, dass ihm jede Unwahrheit zuwider war. Wenn sie es aber nicht zugab, wäre sie ihm gegenüber unaufrichtig, und das wollte sie auf gar keinen Fall. Rasch sprach sie weiter. »Ich hab gesagt, ich wollte das ihr'm Bruder sagen. Die Leute wiss'n nich, wo er is, Samuel, wirklich nich! Se mach'n sich selber Sorg'n.« Sie beugte sich über den Tisch näher zu ihm vor. »Die ha'm gesagt, Mr Stephen trinkt viel zu viel. Dann kriegt er fürchterliche Tobsuchtsanfälle, oder das heulende Elend packt 'n. Das muss grauenhaft sein. Dann kann ihm nur Martin helf'n, und deshalb würd er 'n auch nie wegschick'n.« Sie sah ihn flehend an und merkte, dass in seinen Augen Ungläubigkeit und Besorgnis miteinander im Widerstreit lagen.

»Sind Sie sicher, dass Ihnen die Leute all das gesagt haben?«, fragte er stirnrunzelnd. »Falls Mr Garrick das wüsste, würde er sie alle miteinander ohne Zeugnis zum Teufel jagen! Ich habe noch nie gehört, dass Dienstboten etwas über den Haushalt sagen, in dem sie arbeiten, außer wenn man sie ohnehin schon entlassen hatte und sie sich rächen wollten.«

»So Wort für Wort ha'm die das natürlich nich gesagt!«, erklärte sie geduldig. »Ich hab in der Küche gesess'n, und die ha'm mir 'ne Tasse Tee gege'm, während ich ihn'n die Sache mit Tilda erzählt hab. Dabei is dann rausgekomm'n, was für 'n feiner Kerl Martin is und wie wichtig für sein' Herrn.«

Ein leichtes Lächeln zuckte um Tellmans Mundwinkel. Es mochte Bewunderung bedeuten, vielleicht aber war es nur Belustigung.

Gracie merkte, dass sie errötete. Das kam bei ihr gewöhnlich nicht vor, und es ärgerte sie, weil es ihre Empfindungen zeigte. Auf keinen Fall wollte sie, dass sich dieser Samuel Tellman einbildete, sie habe etwas für ihn übrig.

»Ich kann Leute gut ausfrag'n«, sagte sie hitzig. »Schließlich arbeit' ich schon lange für Mr Pitt – länger wie Sie.«

Mit einem halben Lächeln sog er die Luft scharf ein und stieß sie wieder aus, ohne zu sagen, welche Gedanken ihm durch den Kopf gingen. »Die Leute sind also sicher, dass Garrick den jungen Mann unter keinen Umständen hätte gehen lassen? Ist es denkbar, dass er Garricks Launen satt hatte und aus freien Stücken gegangen ist?«

»Ohne Tilda oder sons jemand was zu sag'n?«, fragte Gracie ungläubig. »Das is ja wohl nich Ihr Ernst. Man kündigt, wie sich das gehört, un haut nich einfach ab.« Sie sah den Anflug von Verachtung auf seinem Gesicht, ein Hinweis auf seine Ansichten zum Thema Dienstboten. »Komm'n Se mir ja nich wieder damit!«, mahnte sie ihn. »Hier is wirklich einer in Gefahr, un die Sache könnte schlimm werd'n. Wir ha'm keine Zeit, uns darüber zu streit'n, wie man leb'n sollte un wie nich.« Sie sah ihn beherrscht an, und ein Gefühl der Erregung und Vertrautheit überkam sie, als sie merkte, wie er ihren Blick erwiderte. Sie spürte die Hitze auf ihren Wangen und stellte fest, dass die Dinge anfingen, vor ihren Augen zu verschwimmen. »Wir müss'n unbedingt was tun, um 'm zu helf'n.« Das ›wir‹ betonte sie mit voller Absicht. »Ohne Sie komm ich nich weit, Samuel, un ich will's nich allein probier'n müss'n.« Sie war das Wagnis eingegangen, das zwischen ihnen bestehende Vertrauensverhältnis in die Waagschale zu legen. Das erstaunte sie selbst, denn zwar war dies Verhältnis zerbrechlich, doch merkte sie verblüfft, dass es ihr weit mehr bedeutete, als sie bis dahin angenommen hatte. »Irgendwas muss mit 'm passiert sein«, fügte sie ruhig hinzu. »Vielleicht is dieser Mr Stephen tatsächlich verrückt, wie die Leute sag'n. Wenn er nun Martin umgebracht hat un die Familie das vertusch'n will? Dann is das 'n Verbrechen, auch wenn keiner was dageg'n tut, weil außer denen keiner was weiß.«

Er dankte der Bedienung, die sein Essen und eine weitere Kanne Tee brachte. Seine Entscheidung war bereits gefallen, doch hielt er

Gracie hin, indem er so tat, als müsse er noch überlegen. Das war eine Frage der Selbstachtung, doch wussten beide, dass die Würfel gefallen waren.

»Ich sehe mir die Sache einmal an«, sagte er schließlich. »Da kein Verbrechen gemeldet worden ist, muss ich aber sehr vorsichtig sein. Ich werde Ihnen sagen, was ich herausbekomme.«

»Danke, Samuel«, sagte sie. Womöglich hatte er gemerkt, dass die Sanftmut in ihren Worten aufrichtig gemeint war, denn mit einem Mal lächelte er ihr auf eine Art zu, die ihr ungewohnt zärtlich erschien. Was sie dabei empfand, hätte sie zu niemandem gesagt, aber es kam ihr in diesem Augenblick so vor, als ob auf seinem Gesicht geradezu eine Art Schönheit läge.

Nachdem Pitt jedem Namen auf der Spur des Leidens nachgegangen war, die Edwin Lovat mit seinen Affären hinterlassen hatte, ohne dabei etwas anderes als Unglück und hilflosen Zorn zu entdecken, gab er die Fährte auf, da sie offenkundig zu keinem Ergebnis führte.

Beim Versuch, den Fall unter einem völlig anderen Blickwinkel zu betrachten, kam ihm ein verrückter Einfall. Mitunter lohnte es sich, sogar die nächstliegenden Annahmen zu verwerfen und so zu tun, als könnten sie auf keinen Fall die Lösung liefern. Lovat war mitten in der Nacht im Garten von Eden Lodge erschossen worden. Es schien ihm keinen Sinn zu ergeben, dass Miss Sachari hinausgegangen war, um nachzusehen, wer im Gebüsch lauern mochte, und dabei ihre Pistole mitgenommen hatte, denn das hätte ohne weiteres ihr Diener tun können. Ganz davon abgesehen, hatte sie ein Telefon im Hause, mit dem sie Hilfe herbeirufen konnte, ohne sich selbst zu gefährden.

Ursprünglich hatte Pitt vermutet, sie habe von Lovats Anwesenheit im Garten gewusst, doch konnte er sich keinen nachvollziehbaren Grund denken, warum sie den Mann hätte töten sollen. Wenn sie nicht mit ihm sprechen wollte, brauchte sie nur im Hause zu bleiben, und sofern sie nicht wusste, wer sich da mitten in der Nacht draußen herumtrieb, wäre das erst recht sinnvoll gewesen.

Was aber, wenn sie einen anderen hinter dem Haus vermutet und Lovat erst erkannt hatte, als er tot war? Im Garten war es dunkel, und die fragliche Stelle hätte auch dann noch im Schatten gelegen, wenn alle Erdgeschossräume hell erleuchtet gewesen wären, was um drei Uhr morgens so gut wie ausgeschlossen war.

Bestand die Lösung des Rätsels möglicherweise darin, dass sie Lovat mit einem anderen verwechselt hatte? Aber mit wem?

Als Erstes suchte er das Haus noch einmal auf. An diesem frischen Herbstmorgen, an dem das Licht in langen goldenen Strahlen quer über die stille Straße fiel, wirkte alles sonderbar leer. Völlige Windstille herrschte, nicht einmal das Birkenlaub rührte sich. Er konnte in der Ferne Hufschlag hören. Irgendwo über ihm sang ein Vogel. Eine kleine schwarze Katze schlich durch die verblühten Lilien, die zurückgeschnitten werden mussten.

Der Diener öffnete ihm.

»Guten Morgen, Sir«, sagte er höflich, aber mit ausdruckslosem Gesicht. »Was kann ich für Sie tun?«

»Guten Morgen«, gab Pitt zurück. »Sie können mir dabei helfen, einige Dinge zu klären.«

El Abd bat ihn einzutreten und führte ihn ins Empfangszimmer. Es schien ihm nicht recht zu sein, dass sich ein Polizeibeamter in diesem Teil des Hauses aufhielt. Immerhin gehörten Pitt und seine Herrin gesellschaftlich gesehen zwei völlig verschiedenen Welten an. Andererseits waren die Hauswirtschaftsräume sein Reich, dort wollte er keinen Außenstehenden haben. Vermutlich um Pitt die Situation zu verdeutlichen, unterließ er es, ihm eine Erfrischung anzubieten.

»Was kann ich für Sie tun, Sir?«, fragte er und blieb stehen, ein Zeichen für den Besucher, dass auch er sich nicht setzen sollte.

Pitt blieb nicht viel Zeit, sich in dem Raum umzusehen, doch fiel ihm auf, dass er in dezenten Farben gehalten und hell war. Alles war schlichter und weniger voll gestellt, als er es aus anderen Empfangszimmern kannte. Auf einem Tischchen sah er eine etwa einen halben Meter lange Plastik eines liegenden Tieres mit großen Ohren, das aussah wie ein Jagdhund. Es war eine herrliche Arbeit.

Es musste El Abd aufgefallen sein, dass sein Blick daran hängen geblieben war.

»Das ist Anubis, Sir«, sagte er. »Einer der alten Götter unseres Landes. Natürlich leben die Menschen, die an ihn glaubten, schon lange nicht mehr.«

»Das ändert nichts an der Schönheit dieses Kunstwerks«, erwiderte Pitt.

»Gewiss, Sir. Was wollen Sie von mir wissen?« Das Gesicht des Dieners wirkte nach wie vor undurchdringlich.

»Brannte in diesem Raum Licht, als Mr Lovat erschossen wurde?«

»Wie bitte, Sir? Ich verstehe nicht. Mr Lovat wurde im Garten erschossen ... Draußen. Er hat das Haus nicht betreten.«

»Sie waren also wach?«, fragte Pitt überrascht.

Einen Augenblick lang schien der Mann die Fassung zu verlieren, dann aber war sein Gesicht wieder so ausdruckslos wie zuvor. »Nein, mich hat der Schuss geweckt, danach bin ich aufgestanden. Da Miss Sachari gesagt hat, dass der Mann nicht hier im Haus war, gibt es für mich keinen Grund, an ihren Worten zu zweifeln. In diesem Raum hier befand sich niemand, also brannte kein Licht.«

»Und was ist mit den anderen Räumen?«

»Im ganzen Erdgeschoss hat kein Licht gebrannt, Sir, außer im Vestibül. Die Lampen dort werden nie gelöscht.«

»Ich verstehe. Und oben?«

»Ich weiß nicht, worauf Sie hinauswollen, Sir. In Miss Sacharis Schlafzimmer war das Licht an, wie auch im oberen Salon. Außerdem, wie immer, auf dem Treppenabsatz.«

»Gehen die Räume nach vorn oder nach hinten?«

»Nach vorn.« Das war eigentlich selbstverständlich. Die Schlafräume der Herrschaften lagen gewöhnlich in dieser Richtung.

»Das heißt, aus dem Haus ist kein Licht auf den Garten gefallen, dorthin, wo Mr Lovat erschossen wurde«, fasste Pitt zusammen.

Der Diener zögerte, als wittere er irgendeine Falle. »Nein, Sir ...«

»Ist es denkbar, dass Miss Sachari nicht gewusst hat, wer der Mann war? Könnte sie ihn mit einem anderen verwechselt haben?«

Auf diese Frage reagierte der Diener nicht etwa verblüfft, sondern so, als befinde er sich in höchster Gefahr. Im nächsten Augenblick aber sah er Pitt wieder fest in die Augen, wobei er nur leicht zwinkerte. »An eine solche Möglichkeit habe ich noch gar nicht gedacht, Sir. Das kann ich nicht sagen. Falls ... falls sie ihn für einen Einbrecher gehalten hat, hätte sie doch wohl mich gerufen. Sie weiß, dass ich sie schützen würde. Das ist meine Pflicht.«

»Gewiss«, antwortete Pitt. »Ich dachte auch weniger an einen Einbrecher als an jemanden, den sie kannte und von dem sie sich auf die eine oder andere Weise bedroht gefühlt haben könnte.«

El Abd, der sein inneres Gleichgewicht nun wiedergefunden hatte, klang selbstsicher. »Von einem solchen Menschen ist mir nichts bekannt, Sir. Sofern es sich so verhielte, hätte sie doch vermutlich der Polizei gesagt, dass es sich um einen Unfall handelte? Einen Irrtum ... in Notwehr? Darf man in England in Notwehr schießen?«

»Ja, sofern man keine andere Möglichkeit hat, sich zu schützen«, sagte Pitt. »Ich dachte an einen Menschen, den sie kannte und der ihr Feind war. Der ihr nicht nach dem Leben trachtete, der ihr aber auf andere Weise schaden konnte, zum Beispiel, indem er ihren Ruf zugrunde richtete.«

»Ich verstehe nicht, worauf Sie hinauswollen, Sir.« Wieder lag auf El Abds Gesicht die undurchdringliche glatte Maske des geschulten Dieners.

»Ihre Ergebenheit Ihrer Herrin gegenüber in allen Ehren«, sagte Pitt, bemüht, das nicht sarkastisch klingen zu lassen, »aber in diesem Zusammenhang führt sie zu nichts. Sollte man sie des Mordes an Mr Lovat für schuldig befinden, wird man sie dafür hängen. Sofern sie ihn aber mit einem Mann verwechselt hat, von dem ihr möglicherweise Gefahr drohte, kann sie gegebenenfalls mildernde Umstände erwarten.«

Es war bewundernswert, wie es dem Diener gelang, Verachtung anstelle seiner bisherigen Zuvorkommenheit zu zeigen, ohne seinen Gesichtsausdruck merklich zu ändern. »Ich denke, Sir, Sie sollten sich an Mr Ryerson wenden. Sofern ihm bekannt ist, warum

Miss Sachari den Mann getötet hat, ganz gleich, für wen sie ihn gehalten hat, müsste er Ihnen die Wahrheit sagen und damit neben seiner eigenen auch ihre Verhaltensweise rechtfertigen. Falls er aber in dieser Richtung nichts weiß, ist er mitschuldig, ganz gleich, was Miss Sachari vermutet hat, denn als er am Tatort eintraf, hat er Mr Lovat tot vorgefunden. Habe ich Recht?«

»Ja«, sagte Pitt unbehaglich. »Sie haben Recht. Aber es ist denkbar, dass uns Miss Sachari nicht sagen will, was sie vermutet hat, weil ihr lieber ist, dass wir annehmen, sie habe Mr Lovat aus keinem erkennbaren Grund erschossen.«

Der Diener neigte mit dem Anflug eines Lächelns den Kopf. »In dem Fall verlangt die Ergebenheit meiner Herrin gegenüber, dass ich mich ihrer Entscheidung anschließe, Sir. Kann ich sonst noch etwas für Sie tun?«

»Aber ja. Stellen Sie mir eine Liste aller Personen zusammen, die Miss Sachari seit ihrem Einzug hier besucht haben.«

»Wir haben ein Besucherbuch, Sir. Würde Ihnen das helfen?«

»Das bezweifle ich zwar, doch ist es ein Anfang. Allerdings brauche ich auch die Namen der anderen.«

»Sehr wohl, Sir«, sagte El Abd und zog sich vollkommen geräuschlos zurück. Nicht einmal auf dem polierten Holzboden des Vestibüls waren seine Schritte zu hören.

Eine Viertelstunde später brachte er Pitt ein in weißes Leder gebundenes Buch und ein Blatt Papier.

Pitt nahm beides dankend an sich und verabschiedete sich. Das Buch war durchaus aufschlussreich. Da es mehr Namen enthielt, als er angenommen hatte, würde er eine ganze Weile brauchen, um festzustellen, um wen es sich jeweils handelte. Von dem Blatt mit den Namen nahm er an, dass es für ihn nicht den geringsten Wert haben würde.

Er verbrachte den Rest des Tages damit, die im Buch vermerkten Besucher zu identifizieren. Tageszeiten waren nicht angegeben, lediglich Daten. Eine ganze Anzahl der Männer hatte auf die eine oder andere Weise mit dem Baumwollhandel zu tun, doch gab es auch Maler, Dichter, Musiker und Geisteswissenschaftler. Gern hätte er gewusst, aus welchem Anlass sie Miss Sachari aufgesucht hatten, was Saville Ryerson von diesen Besuchen hielt und ob er von ihnen wusste.

Am nächsten Morgen wurde Pitt beim Frühstück die Mitteilung überbracht, er solle sich binnen einer Stunde bei Narraway einfinden. Er legte Messer und Gabel beiseite. Mit einem Mal schmeckten ihm seine Bücklinge nicht mehr.

Es war ihm noch nicht bei allen Namen gelungen festzustellen, um wen es sich handelte, und es ärgerte ihn, dass er zum Rapport befohlen wurde, solange er nichts Rechtes vorzutragen hatte.

Eine halbe Stunde später berichtete er Narraway von seinem Besuch in Eden Lodge und den Namen, die er teils im Besucherbuch, teils auf der vom Diener der Ägypterin zusammengestellten Liste gefunden hatte.

Nachdenklich saß Narraway da. Wenn man sein Gesicht mit den unübersehbaren Spuren der Übermüdung sah, hätte man annehmen können, er habe die ganze Nacht kein Auge zugetan. Einen Moment lang trat eine Art Hoffnungsschimmer auf seine Züge, doch er bemühte sich sogleich, ihn zu unterdrücken.

»Und Sie glauben, dass sie Lovat für einen von denen gehalten hat?«, fragte er zweifelnd, lehnte sich in seinem Sessel zurück und betrachtete Pitt mit halb geschlossenen Lidern.

»Das scheint mir mehr Sinn zu ergeben als die Annahme, sie habe gewusst, dass es Lovat war, und ihn erschossen«, gab Pitt zur Antwort.

»Aber nein«, sagte Narraway bitter. »Nehmen wir einmal an, Lovat hätte sie erpresst und auf Zahlung bestanden. In dem Fall konnte sie die Gelegenheit nutzen, ihn zu erschießen und der Sache damit ein Ende zu bereiten. Das klingt absolut plausibel, und so werden die Geschworenen das wohl auch sehen.«

»Womit könnte er sie erpresst haben?«, fragte Pitt.

»Lieber Gott! Benutzen Sie Ihren Verstand! Diese Frau, über deren Hintergrund niemand etwas weiß, ist jung und schön. Ryerson ist zwanzig Jahre älter, wegen seiner hohen Position in der

Öffentlichkeit bekannt und verletzlich ...« Das letzte Wort sagte er so bedrückt, als spräche er von seiner eigenen Seelenqual. Lautlos holte er Luft. »Möglicherweise ist ihm bewusst, dass sie andere Liebhaber hat – wenn er etwas anderes annähme, wäre er sogar ein ausgemachter Dummkopf. Das heißt aber nicht unbedingt, dass er alles über diese Männer wissen will, schon gar nicht in Einzelheiten.«

Pitt versuchte sich in Ryersons Lage zu versetzen, doch gelang es ihm nicht. Wer sich wegen ihrer körperlichen Vorzüge, ihres exotischen Hintergrundes und ihrer Bereitschaft, Geliebte statt Gattin zu sein, für eine Frau entschied, nahm doch sicherlich in Kauf, dass er weder der Erste war, noch der Letzte sein würde. Eine solche Beziehung hatte so lange Bestand, wie beide Seiten einen Vorteil daraus zogen.

Doch als er jetzt Narraway ansah, wies nichts darauf hin, dass dieser die Situation so betrachtete. Er erkannte lediglich den Ausdruck einer tief wurzelnden Empfindung, zu der er die Außenwelt nicht zuließ, und er hatte den Eindruck, wenn er Narraway jetzt provozierte, würde das zu einer Missstimmung zwischen ihnen führen, die sich nicht ohne weiteres ausräumen ließe. Er konnte sich nicht vorstellen, warum ihm die Sache so nahe gehen sollte, doch war das unübersehbar der Fall.

»Und Sie glauben also, dass Lovat sie erpresst haben könnte, damit sie Stillschweigen über etwas bewahrte, das in Ägypten vorgefallen ist?«, fragte er.

»Jedenfalls wird der Vertreter der Anklage das annehmen«, sagte Narraway. »Würden Sie das an seiner Stelle nicht auch tun?«

»Ja, sofern es keine anderen Hinweise gäbe«, erwiderte Pitt. »Aber das müsste bewiesen werden.«

Narraway schoss mit dem Oberkörper vor wie ein Boxer beim Angriff. »Ach was«, stieß er zwischen den Zähnen hervor. »Solange wir nichts Besseres anbieten, geht das automatisch durch. Überlegen Sie doch, Pitt! Ein mittelloser einstiger Liebhaber, ein gesellschaftlicher Niemand, wird um drei Uhr nachts tot im Garten dieser Frau aufgefunden. Sie steht da mit der Leiche auf der Schubkarre, und ihre Pistole liegt daneben im Gras. Was soll man da sonst denken?«

Pitt spürte fast körperlich, wie ihn die Dinge mit ihrem Gewicht zu erdrücken schienen. »Wollen Sie damit sagen, dass wir nur so tun, als suchten wir nach einer möglichen Verteidigung?«, fragte er ganz ruhig. »Warum? Damit Ryerson glaubt, man habe ihn nicht im Stich gelassen? Ist denn das so wichtig?«

Narraway wich seinem Blick aus. »Unser Auftrag kommt von Männern, die eine andere Sicht der Dinge haben als wir«, sagte er. »Ihnen liegt nicht das Geringste an Miss Sachari, aber sie brauchen Ryerson und wollen unbedingt, dass er heil aus der Geschichte herauskommt. Er hat seinem Land lange und gut gedient. Sein Verdienst ist es, dass die Baumwollindustrie mit ihren Zehntausenden von Arbeitsplätzen in und um Manchester herum gedeiht. Sofern es nicht zu einer Einigung über die Rohstoffpreise kommt, wird es mit hoher Wahrscheinlichkeit einen Streik geben. Haben Sie eine Ahnung von den Auswirkungen? Er würde nicht nur die Arbeiter in den Webereien treffen, sondern all die Menschen, deren Einkommen von ihnen abhängt – Exporteure, Händler, kleine Geschäftsinhaber und am Ende mehr oder weniger jeden, angefangen von den Immobilienmaklern bis hinunter zu den Männern, die auf der Straße den Pferdemist zusammenkehren, weil sie hoffen, dass ihnen jemand dafür ein paar Halfpennies zuwirft.«

»Für die Regierung wäre es ausgesprochen peinlich, wenn sich herausstellen sollte, dass Ryerson der Frau Beihilfe geleistet hat«, entgegnete Pitt, »aber falls es sich so verhält, muss man eben einen anderen ernennen, der sich um den Ägyptenhandel kümmert. Wenn ich überlege, wie sich Ryerson im Mordfall Lovat bisher verhalten hat, wäre es mir ehrlich gesagt lieber, mich bei einer nationalen Krise nicht auf ihn verlassen zu müssen.«

Narraway stieg die Röte in die bleichen Wangen, und seine Hand umklammerte die Schreibtischplatte, aber er unterdrückte seinen Zorn. »Sie wissen ja nicht, wovon Sie reden!«, stieß er zwischen den Zähnen hervor.

Pitt beugte sich zu ihm vor. »Dann sagen Sie es mir!«, verlangte er. »Bis jetzt habe ich nichts weiter gesehen als einen Mann, der eine Affäre mit einer äußerst unpassenden Frau kultiviert und entschlossen ist, ihr sogar dann beizustehen, wenn sie einen Mord auf sich geladen haben sollte. Er kann ihr nicht helfen, denn seine Aussage macht die Sache nicht besser, sondern schlimmer. Entweder ist ihm das nicht klar, oder er ist von so unglaublicher Hochnäsigkeit, dass er annimmt, seine Mitwirkung an der Sache werde die Frau auf jeden Fall retten – oder ihm ist einfach alles völlig gleichgültig.«

Narraway drehte sich im Sessel beiseite. »Seien Sie nicht töricht, Pitt! Natürlich sind ihm die Konsequenzen klar. Die Sache wird ihn zugrunde richten. Wenn wir keinen anderen Hergang der Tat beweisen können, ist es sogar möglich, dass er ebenfalls gehängt wird.« Er sah Pitt wieder an und fuhr mit zitternder Stimme fort: »Stellen Sie also fest, wer sonst noch mit der Frau zu tun hatte oder Lovat so sehr hasste, dass er Grund hatte, ihn umzubringen. Und liefern Sie mir Beweise. Haben Sie verstanden? Kein Wort zu wem auch immer. Seien Sie diskret, besser gesagt – gehen Sie so vor, dass niemand etwas merkt. Stellen Sie Ihre Fragen mit Umsicht und dem Feingefühl, für das Sie, wie mir Cornwallis versichert hat, berühmt sind. Bringen Sie alles in Erfahrung, reden Sie aber mit keiner Menschenseele über die Sache.« Er sah Pitt an, als könne er jeden einzelnen seiner Gedanken lesen. »Wenn Sie bei diesem Fall versagen, kann ich Sie nicht brauchen. Denken Sie daran! Ich will wissen, wie es wirklich war, und ich will der Einzige sein, der das erfährt.«

Ein kalter Schauer überlief Pitt. Er war wütend, zugleich aber hätte er auch gern gewusst, warum die Angelegenheit seinem Vorgesetzten so nahe ging. Es war unübersehbar, dass er ebenso viel Wissenswertes zurückhielt, wie er Pitt mitteilte, wenn nicht sogar mehr. Trotzdem verlangte er absolute Loyalität. Wen deckte er, und warum? Wollte er sich selbst oder gar Pitt vor einer Gefahr bewahren, die dieser nicht erkannte, weil er noch nicht lange beim Sicherheitsdienst tätig war? Oder ging es um Ryerson? Schuldete ihm Narraway aus irgendeinem Pitt unbekannten Grund dies Übermaß an Ergebenheit? Gern hätte er das Vertrauen seines Vorgesetzten gehabt – nicht nur, weil das seine Erfolgsaussichten gesteigert hätte, sondern auch, weil er sich in dem Fall selbst besser schützen konnte, wenn er auf Beweismittel stieß, die möglichen Gegnern gefährlich zu werden drohten. Aber es hatte keinen Sinn, ihn darum zu bitten. Narraway vertraute niemandem mehr, als unbedingt nötig war. Vielleicht hatte er auf diese Weise die Arbeit im Sicherheitsdienst überlebt, bei der man es mit einer Unzahl von Geheimnissen zu tun hatte und auf hunderterlei Arten verraten werden konnte.

»Das kann ich nicht versprechen«, sagte Pitt kühl. »Und bestimmt werden Sie nicht der Einzige sein, der es erfährt!« Er sah, wie Narraway erstarrte, und empfand dabei eine gewisse Genugtuung, die dahinschwand, als er sich klar machte, wie wenig er wusste. »Ich bezweifle, dass ich mehr als einzelne Bruchstücke erfahren werde. Wer auch immer Lovat getötet hat, kennt die Wahrheit und wird in einem solchen Fall wissen, dass ich sie erfahren habe, vorausgesetzt, es handelt sich um einen ausgeklügelten Plan und nicht um die unbedachte Handlungsweise eines Menschen, der seine Gefühle nicht beherrscht, ob Mann oder Frau.«

»Aus genau diesem Grund habe ich Sie auf den Fall angesetzt, Pitt, und keinen meiner Spezialisten für die Jagd nach Anarchisten und Saboteuren«, sagte Narraway trocken. »Bei Ihnen darf man ein bisschen Takt und Fingerspitzengefühl voraussetzen. Zwar können Sie eine Bombe nicht von einer Obsttorte unterscheiden, aber man hat mir gesagt, dass Sie in Mordfällen ein fähiger Ermittler sind, vor allem bei Verbrechen, die aus Leidenschaft und nicht aus politischen Gründen begangen worden sind. Also machen Sie sich an die Arbeit! Spüren Sie die auf Ihrer Liste noch fehlenden Männer auf. Aber rasch! Es kann nicht mehr lange dauern, bis sich der Premierminister gezwungen sieht, Ryerson fallen zu lassen.«

Pitt stand auf. »Ja, Sir. Vermutlich können Sie mir sonst nichts sagen, was mir weiterhelfen würde?« Er gab sich keine Mühe zu verbergen, dass er Narraways Heimlichtuerei durchschaut hatte, wenn er auch nicht wusste, was ihm vorenthalten wurde.

Narraway zog die Brauen zusammen. »Cornwallis vertraut Ihnen, und ich werde das künftig vielleicht auch tun. Noch aber ist es nicht so weit. Dafür müssten Sie mir eigentlich dankbar sein. Es kann Ihnen nur nützen, wenn Ihnen manches von dem verborgen bleibt, was ich weiß. Unter Umständen werden Sie dies Vorrecht im Laufe der Zeit verlieren und sich dann möglicherweise nach dem Stand der Unschuld zurücksehnen.« Er beugte sich ein wenig über den Schreibtisch vor. »Aber glauben Sie mir, Pitt, ich möchte, dass Ryerson gerettet wird, wenn das irgendwie möglich ist. Falls es etwas gäbe, was ich Ihnen sagen könnte, um Ihnen dabei zu helfen, würde ich das tun, ganz gleich, um welchen Preis. Sollte sich allerdings herausstellen, dass es sich um nichts weiter als einen einfachen Mord handelt und er mit dem Weibsstück gemeinsame Sache gemacht hat, um Lovat umzubringen oder auch nur um zu vertuschen, dass sie es getan hat, werde ich ihn ohne das geringste Zögern opfern. Es geht um bedeutendere Dinge, als Sie ahnen. Die darf man nicht aufgeben, um einen einzelnen Menschen zu retten ... unabhängig davon, wer das ist.«

»Ein Streik der Baumwollarbeiter in Manchester?«, fragte Pitt gedehnt.

Narraway gab keine Antwort. »Gehen Sie an die Arbeit«, sagte er stattdessen. »Stehen Sie nicht herum und vergeuden Sie keine Zeit mit der Bitte um Hilfe, die ich Ihnen nicht gewähren kann.«

Pitt trat hinaus auf die Straße. Nach zwanzig Schritten kam er an einem Zeitungsjungen vorbei. Er sah, dass sich die Schlagzeilen geändert hatten, seit er aus der Gegenrichtung gekommen war, um Narraways Büro aufzusuchen.

Der Junge bemerkte sein Zögern. »Zeitung, Sir?«, fragte er eifrig. »Jetzt heißt es, man soll auch Mr Ryerson verhaften und zusammen mit der Ausländerin aufhängen! Woll'n Se alles darüber lesen, Sir?« Hoffnungsvoll hielt er ihm eine Zeitung hin.

Pitt musste sich sehr zusammennehmen, um den Jungen nicht barsch anzufahren. Er nahm das Blatt, zahlte und setzte seinen

Weg rasch fort. Er wollte die Zeitung irgendwo in Ruhe lesen, wo ihn niemand dabei beobachten konnte. Überrascht merkte er, dass er keinem Menschen seine Empfindungen zeigen wollte, damit niemand sah, wie nah ihm diese Sache ging.

Er nahm einen Pferdeomnibus und stieg in der Nähe eines der zahlreichen begrünten kleinen Plätze aus. Er setzte sich auf eine leere Bank und schlug die Zeitung auf. Es war genauso, wie man es sich hätte denken können: Ein Abgeordneter der Oppositionspartei hatte im Unterhaus die Frage gestellt, warum man Miss Sachari wegen der Ermordung Lovats, eines ehrenwerten Offiziers ohne jeden Makel, inhaftiert hatte, während die Polizei Ryerson, für dessen Anwesenheit in ihrem Haus um drei Uhr nachts niemand eine Erklärung wusste – und wofür es wohl auch keine gab, die sich mit den Vorstellungen der Gesellschaft von Sitte und Anstand vereinbaren ließe –, in diesem Zusammenhang nicht einmal vernommen hatte. Dann hatte er den Premierminister »im Namen der Gerechtigkeit« aufgefordert, dem Parlament und der Öffentlichkeit eine Begründung dafür zu nennen und zugleich zu erklären, wie lange dieser Zustand noch andauern sollte.

Am Spätnachmittag hatte sich die Regierung gezwungen gesehen, dem Druck nachzugeben. Als die hereinbrechende Abenddämmerung den Horizont noch kaum verdunkelte und das Sonnenlicht noch auf den Blättern der Bäume tanzte, teilte der Innenminister dem Unterhaus mit, Mr Ryerson werde selbstverständlich alle Fragen der Polizei vollständig und in zufrieden stellender Weise beantworten.

Nur wenig später – die ersten Laternenanzünder machten sich gerade daran, ihre Runde zu gehen – befand sich Mr Ryerson in Haft.

Pitt kehrte in Narraways Büro zurück, ohne dass dieser nach ihm geschickt hatte. Er hatte keine weiteren Erkenntnisse von irgendwelchem Wert und war kaum bereit, das wenige zu berichten, was er wusste. Bis auf ein rundes halbes Dutzend, über die er noch nichts in Erfahrung gebracht hatte, waren die Männer, deren Namen im Besucherbuch standen, frei von jedem Verdacht einer Beteiligung an der Tat.

Er stand vor Narraways Tisch und wartete darauf, dass dieser etwas sagte.

»Ja ... ich weiß«, begann Narraway mit angespannten Kiefermuskeln, den Blick auf die polierte Tischplatte gerichtet, auf der sich Papiere türmten, die mit der beschriebenen Seite nach unten lagen. »Ich glaube nicht, dass er der Polizei etwas sagen wird, was er Ihnen nicht bereits gesagt hat.«

»Er kennt mich nicht«, erwiderte Pitt. Dabei hatte er den unerklärlichen Eindruck, seinerseits Ryerson durchaus zu kennen. Er konnte sich genau an dessen Gesicht erinnern, an jede Linie, jeden Schatten, an die Eindringlichkeit seiner Stimme und die Gefühle, die darin mitgeschwungen hatten, an sein eigenes Gefühl der Anteilnahme, als der Mann seine Handlungsweise zu erklären versucht und ihm mitgeteilt hatte, was er tun würde, falls man die Ägypterin vor Gericht stellte. »Er hatte keinen Grund, mir mehr zu vertrauen, als die Situation verlangte«, fuhr er fort. »Ihnen würde er vielleicht mehr sagen.« Er fügte nicht hinzu, dass die beiden denselben kulturellen Hintergrund hatten, derselben gesellschaftlichen Schicht angehörten und die Dinge in ähnlicher Weise sahen – das verstand sich von selbst.

Ohne darauf einzugehen, öffnete Narraway die Schublade seines Schreibtischs und nahm eine kleine Metallkassette heraus. Einen Schlüssel schien es nicht zu geben; er klappte einfach den Deckel hoch und entnahm ihr eine Hand voll Schatzwechsel, die bestimmt mindestens hundert Pfund wert waren. »Überlassen Sie mir Ihre Notizen. Ich werde mich um die Spuren hier in London kümmern«, sagte er, nach wie vor ohne Pitt anzusehen. »Sie fahren nach Alexandria, um so viel wie möglich über die Frau in Erfahrung zu bringen, aber auch über Lovat. Schließlich hat er sich jahrelang da unten aufgehalten ...«

Verblüfft sog Pitt den Atem ein. Es dauerte einen Augenblick, bis er sprechen konnte.

Narraway hatte allem Anschein nach den Betrag vorher abgezählt, denn er legte die Wechsel einfach auf den Tisch.

»Aber ich weiß doch nichts über Ägypten!«, begehrte Pitt auf. »Ich kann die Sprache nicht, die man da spricht! Ich ...«

»Sie werden mit Englisch bestens zurechtkommen«, schnitt ihm Narraway das Wort ab. »Ich habe keinen Spezialisten für Ägypten. Sie sind ein guter Ermittler. Versuchen Sie, möglichst viel darüber herauszufinden, was Lovat dort getrieben hat. Vor allem aber bringen Sie so viel wie möglich über die Frau in Erfahrung: wen sie dort kennt, und an wem sie hängt. Versuchen Sie festzustellen, ob es etwas gibt, womit Lovat sie hätte erpressen können.« Deutlicher Abscheu trat auf seine Züge. »Was will sie überhaupt hier in England? Wer sind ihre Angehörigen? Hat sie in Ägypten Vermögen oder Liebhaber, hängt sie irgendwelchen religiösen oder politischen Überzeugungen an, schuldet sie jemandem Ergebenheit?«

Pitt sah ihn fassungslos an, während ihm nach und nach aufging, welch unglaubliche Aufgabe ihm da aufgebürdet wurde. Er hatte keine Vorstellung, wo er anfangen sollte, ganz davon zu schweigen, wie er Schlussfolgerungen bewerten sollte. Abgesehen von Wissensbrocken, die er in Unterhaltungen und bei der Zeitungslektüre aufgeschnappt hatte, war er nicht im Geringsten über Ägypten informiert. Seit neuestem besaß er gewisse Kenntnisse über den dortigen Baumwollanbau, hätte jedoch nicht sagen können, ob sie sich mit den Tatsachen deckten. Ganz davon abgesehen, kannte er Alexandria nicht. Er war überzeugt, dort unterzugehen. Bestimmt war alles völlig anders als in London: das Klima, die Art der Ernährung, die Kleidung und die Bräuche.

Doch im selben Augenblick, da ihn die Furcht erfasste, spürte er eine Art Erregung, die mit jeder Sekunde wuchs, und so hatte er zugestimmt, bevor ihm klar war, auf welche Weise er seinen Auftrag würde erfüllen können.

»Ich bin einverstanden, Sir. Wie stelle ich das am besten an ... Thomas Cook?«

Ein flüchtiges Lächeln trat auf Narraways Lippen. »Das war ein dienstlicher Befehl, Pitt, kein Vorschlag. Ihre einzige Alternative wäre Ihre Kündigung gewesen. Aber es freut mich, dass ich Ihnen das nicht vorbuchstabieren musste.« Dann wurde er ein wenig zugänglicher. »Seien Sie vorsichtig. Im Augenblick ist Ägypten ein schwieriges Pflaster, und die Fragen, denen Sie dort nachgehen müssen, sind heikel. Zwar will ich die Informationen, aber ich will Sie auch lebend wiedersehen. Ihr Tod in irgendeinem finsteren Gässchen würde meinem Ruf in der Branche sehr schaden.« Zusammen mit den Schatzwechseln nahm er einen neutralen Umschlag aus dem Schreibtisch. »Hier, Ihre Fahrkarten und Ihr Geld. Ich denke, es müsste genügen. Am besten suchen Sie Mr Trenchard im britischen Konsulat auf. Möglicherweise kann er Ihnen helfen.«

Pitt nahm beides entgegen. »Danke.«

»Ihr Schiff läuft morgen mit der Abendflut in Southampton aus«, fügte Narraway hinzu.

Pitt wandte sich zum Gehen. Er wollte so schnell wie möglich nach Hause, denn viel Zeit blieb ihm nicht, seine Vorbereitungen zu treffen und zu packen. Der Gedanke, dass ihm die Kleidungsstücke, die er besaß, dort kaum von Nutzen sein dürften, war ihm noch gar nicht gekommen.

»Pitt!«, meldete sich Narraway mit schneidender Stimme.

Er wandte sich ihm zu. »Ja?«

»Wie gesagt, seien Sie vorsichtig. Bei diesem Fall geht es vermutlich um das, wonach es aussieht: einen Mann mit mehr Gefühlen als Verstand. Sollte sich aber herausstellen, dass die Sache doch eine politische Dimension besitzt, mit Baumwolle oder ... oder ich weiß nicht was zu tun hat, hören Sie mehr zu, als Sie selbst sagen. Gewöhnen Sie sich an zu beobachten, ohne Fragen zu stellen. Sie sind nicht als Polizeibeamter in Alexandria.« Mit einem Mal wirkte Narraway ermattet, und die Spuren schrecklicher Ereignisse, die noch gar nicht eingetreten waren, schienen auf seinem Gesicht zu liegen. Vielleicht aber waren es auch Erinnerungen an frühere Vorfälle. »Niemand kann Sie da unten schützen. Dass Sie Weißer sind, ist Ihnen dort ebenso sehr von Nutzen, wie es Ihnen schaden kann. Passen Sie also um Gottes willen ein bisschen auf sich auf!« Er sagte das in so ärgerlichem Ton, als wäre es Pitts Gewohnheit, sich Hals über Kopf in Abenteuer zu stürzen. Dabei hatte er sein Leben nur selten aufs Spiel gesetzt, wenn überhaupt – außer vielleicht in Whitechapel, beim ersten Auftrag, den er für Narraway zu erledigen hatte. Er hatte sich immer auf die mit seiner Position verbundene Sicherheit verlassen, für die es nicht unbedingt einer Uniform bedurfte. Eine kalte Furcht kroch in ihm empor.

Er merkte, dass sein Mund wie ausgedörrt war, als er »Ja, Sir« sagte. Aus Sorge, seine Gefühle zu zeigen, ging er rasch hinaus, bevor Narraway noch etwas sagen konnte.

KAPITEL 6

»Ägypten!«, entfuhr es Charlotte ungläubig, als Pitt geendet hatte. Er war spät nach Hause gekommen, und das Abendessen stand bereits auf dem Tisch.

»Ich weiß, wo Ägypten ist«, meldete sich Daniel zu Wort. »Ganz oben in Afrika.« Er sagte es mit vollem Mund, aber Charlotte war wie betäubt, sodass er ohne Verweis davonkam. »Da muss man mit einem Schiff hin«, fügte er als helfenden Hinweis hinzu.

»Findest du nicht, dass das …«, setzte Charlotte an, fuhr aber beim Anblick von Jemimas bestürzter Miene ein wenig unbeholfen fort: »… äußerst fesselnd ist? Vermutlich ist es da heiß. Was wirst du nur anziehen?«

»Ich muss mir etwas kaufen, wenn ich da bin«, erklärte er. Es gab so vieles, was er ihr gern gesagt hätte, doch war ihm klar, wie besorgt sie war. Immerhin hatten sie und Jemima noch sehr genaue Erinnerungen daran, wie Tellman sie alle miteinander vor nicht allzu langer Zeit aus großer Gefahr gerettet hatte. Er war eines Tages mitten in der Nacht in ihrem Ferienquartier angekommen, sie hatten in kürzester Zeit ihre gesamte Habe auf ein Pferdefuhrwerk laden und im Stockdunkeln zum nächstgelegenen Bahnhof fahren müssen. Mit großer Mühe war es ihm gelungen, einen Mann zu überwältigen, der ihnen auf dem Weg dorthin aufgelauert hatte. Pitt lächelte seiner kleinen Tochter zu. »Ich bring dir etwas Hübsches mit«, versprach er. »Euch allen«, fügte er rasch hinzu, als er sah, dass Daniel zum Sprechen ansetzte.

Später, als er mit Charlotte allein war, ließ sie sich nicht so einfach ablenken.

»Was kannst du denn in Ägypten schon ausrichten?«, fragte sie. »Ist das nicht britisches Schutzgebiet oder etwas in der Art? Bestimmt haben die da unten Polizei. Da müsste es doch möglich sein, einen Brief hinzuschicken oder einen Kurier, falls sie ihrer Post nicht trauen.«

»Die Polizei dort weiß nicht, wonach sie zu suchen hätte. Sie würden es nicht erkennen, wenn sie darauf stießen«, gab er zur Antwort. Auf dem Heimweg in die Keppel Street war ihm, während ihn der strömende Regen durchnässte, aufgegangen, dass er sich eigentlich auf das Abenteuer freute, das es bedeutete, eine immer sonnige und schon in der Antike bekannte Stadt am Rande Afrikas kennen lernen zu dürfen. Dort würde ihm weder wie jetzt der Wind den Regen ins Gesicht peitschen, noch würden ihn vorüberkommende Fahrzeuge mit Wasserfontänen bespritzen. Dass er die Sprache nicht verstand, nicht wusste, was man dort aß, weder die Währung noch die Bräuche des Landes kannte, schien ihm nicht weiter wichtig. Er würde lernen, was er brauchte, und sein Bestes tun, um etwas über Miss Sachari in Erfahrung zu bringen. Sicher waren das Dinge, die er lieber nicht gewusst hätte, aber zumindest würde er den Versuch unternehmen, zweifelsfrei festzustellen, dass diese Angaben der Wahrheit entsprachen. Vielleicht ließe sich so das Vorgefallene erklären.

Jetzt aber, in der Behaglichkeit des eigenen Heims, schien ihm dies Unternehmen das Letzte zu sein, was er zu tun wünschte. Hier war der Mittelpunkt seines Lebens, hier genoss er schlichte Freuden wie den eigenen Sessel und das eigene Bett. Er wusste, wo jedes Ding war, aß zum Frühstück selbst gebackenes Brot mit bitterer Orangen-Marmelade und trank dazu heißen Tee. Vor allem aber lebten hier die Menschen, die seinem Herzen nahe waren. Sie würden ihm schon nach wenigen Tagen fehlen, von Wochen ganz zu schweigen. All das gab er Charlotte immer wieder zu verstehen, mit Worten, mit Berührungen und durch sein Schweigen.

* * *

Pitt stand auf dem Deck des Dampfers und blickte über das blaue Wasser zu einem Horizont hin, der als schimmernde Trennlinie zwischen See und Himmel lag. Man sah nicht den kleinsten Hinweis auf Land. Er war froh, der Enge seiner Kabine entronnen zu sein, die nur zur Hälfte ihm gehörte, da er genötigt war, sie mit einem unglücklich wirkenden hageren Mann aus Lancashire zu teilen, der die Strecke regelmäßig aus geschäftlichen Gründen befuhr. Er sagte finstere Zeiten vorher und schien eine gewisse Befriedigung darin zu finden, seine Schwarzseherei bei jeder Gelegenheit zu wiederholen. Der einzige Vorzug, den er in Pitts Augen besaß, war, dass ihn andere Menschen nicht im Geringsten interessierten. Kein einziges Mal hatte er ihn nach seinem Beruf, nach seinem Woher oder dem Grund gefragt, warum er nach Ägypten reiste.

Narraway hatte ihm keinerlei Anweisungen gegeben und es ihm überlassen, sich eine passende Tarnung auszudenken. Er war überzeugt, dass eine selbst erdachte Geschichte nicht nur glaubwürdiger wäre, sondern dass man in einem solchen Fall auch weniger Fehler machte, die einen verraten konnten. Auf der zweistündigen Bahnfahrt von London nach Southampton hatte sich Pitt den Kopf über eine passende Geschichte zerbrochen, für die er keine speziellen Kenntnisse auf Gebieten brauchte, von denen er nichts verstand. Auf keinen Fall hätte er als Geschäftsmann auf welchem Gebiet auch immer auftreten können, denn schon nach fünf Minuten würde jeder merken, dass er vom Handel nichts versteht. Aus demselben Grund war es auch unmöglich, sich als Gelehrter auszugeben, schon gar nicht als Fachmann auf dem Gebiet der Geschichte oder Altertümer Ägyptens, für die sich gegenwärtig alle Welt immer mehr begeisterte. Schon die erste Frage würde seine Unwissenheit offenbar werden lassen.

Wer aber reist allein in ein fremdes Land, über das er nicht nur nichts weiß, sondern wo er auch weder Bekannte noch Verwandte hat? Auf keinen Fall ein verheirateter Mann. Pitt hatte beschlossen, so wenig wie möglich von der Wahrheit abzuweichen. Das schien ihm einerseits sicherer und praktischer, zum anderen steigerte es seine Glaubwürdigkeit. Wenn er aber nicht angab, zum Vergnügen zu reisen, musste er irgendeinen anderen nachvollziehbaren Grund nennen können.

Also erfand er einen Bruder, der geschäftlich in Ägypten zu tun hatte und von dem die Familie seit über zwei Monaten ohne Nachrichten war. Das lieferte ihm nicht nur einen plausiblen Grund, sondern rechtfertigte zugleich, dass er Fragen stellte, und erklärte seine Unwissenheit auf nahezu allen Gebieten, die mit Ägypten zu tun hatten. Er hatte den Eindruck, dass er bisher alle Fragen zu jedermanns Zufriedenheit beantwortet hatte. Sein Kabinennachbar hatte lediglich angemerkt, wenn sein Bruder mit Baumwolle handele, gehe er dem sicheren Ruin entgegen und Pitt tue gut daran, in verschwiegenen Gässchen oder gar im Nil nach seinen Überresten Ausschau zu halten. Er hatte nichts darauf gesagt.

Jetzt hielt er den Blick auf das blaue Wasser des Mittelmeers gerichtet und spürte die Wärme der Brise auf der Haut. Er freute sich auf all das Neue, das ihm ein Ort bieten würde, der völlig anders war als alles, was er sich je vorgestellt, geschweige denn gesehen hatte.

Nach der Landung am späten Nachmittag holte er, sobald die mit der Einreise verbundenen Formalitäten erledigt waren, sogleich sein Gepäck. Dann stand er, den Koffer in der Hand, inmitten der sich drängenden Menge am Anleger. In dem Stimmengewirr ertönte ein Dutzend verschiedene Sprachen, von denen er keine einzige verstand. Dennoch kam es ihm vor, als hätten Hafenanlagen auf der ganzen Welt etwas gemeinsam. Allerdings trug der Wind in London empfindliche Kälte vom Wasser herüber, während ihn hier die Hitze erdrückend einhüllte wie ein feuchtes Tuch. Manche Gerüche – Teer, Salz, Fisch – erkannte er sogleich, andere waren ihm unvertraut: Gewürze, Staub und noch etwas anderes, das warm und süßlich roch.

Ein Teil der Männer, die dort arbeiteten, war bis zur Hüfte nackt. Andere trugen lange Gewänder und Turbane, sprachen miteinander, nahmen hier eine Kiste und dort einen Ballen näher in Augenschein.

Der Kapitän hatte Pitt einen Teil seines Geldes in Piaster gewechselt. Vermutlich hatte er ihm einen sehr ungünstigen Kurs berechnet, doch war ihm die damit verbundene Bequemlichkeit das wert.

Jetzt musste er unbedingt eine Unterkunft finden, bevor es dunkel wurde, und so machte er sich daran, der geschäftigen Straße am Hafen entgegenzugehen. Ob er jemanden traf, der Englisch zumindest verstand, wenn er es vielleicht auch nicht sprach? Welche öffentlichen Verkehrsmittel mochte es geben?

Er sah ein Pferd vor einem offenen Wagen neben dem Gehweg stehen und nahm an, es handele sich um die in Alexandria übliche Art von Droschke. Gerade wollte er hingehen und den Kutscher bitten, ihn zum britischen Konsulat zu fahren, als ein anderer westlich gekleideter Mann mit großen Schritten an ihm vorübereilte, hineinsprang, sich in den Sitz fallen ließ und dem Kutscher auf Englisch etwas zurief. Pitt beschloss, beim nächsten Mal etwas flinker zu sein.

Erst nach zwanzig Minuten entdeckte er eine freie Droschke, und es kostete ihn fünf weitere, bis er den Kutscher so weit hatte, dass er ihn zu einem Preis, der ihm angemessen schien, zum englischen Konsulat brachte. Da er sich nicht auskannte, hätte er selbstverständlich nicht sagen können, ob der Mann auch wirklich dorthin fuhr – er hätte ihn ohne weiteres in der Wüste abladen können. So sehr fesselte ihn das bunte Treiben in den schmalen, schattigen Gassen wie auch auf den im Sonnenschein liegenden breiten Durchgangsstraßen, dass er sich während der holprigen Fahrt fortwährend neugierig umsah.

Die vorherrschenden Farben waren warme Erd- und dunkle Terrakotta-Töne, in die sich das anders getönte Braun der hölzernen Erker und Fensterrahmen mischte. Von der Sonne ausgebleichte Markisen hingen regungslos. Überall sah und hörte man Hühner und Tauben. Esel schleppten schwere Lasten, und vereinzelt sah Pitt Kamele, die mit der Anmut sich gegen die Flut stemmender Schiffe schaukelnd vorüberzogen.

Die Menschen trugen durchweg helle Gewänder. Die Männer hatten Turbane auf dem Kopf, die Frauen Tücher, mit denen sie zugleich die untere Hälfte ihres Gesichts verdeckten. Hin und wieder sah er einen roten oder blaugrünen Farbklecks.

Es schien von lästigen Insekten zu wimmeln. Immer wieder spürte Pitt, wie ihn Mücken stachen, doch war er nicht schnell genug, um sie zu treffen, wenn er nach ihnen schlug.

Die Luft um ihn herum erfüllte der Duft von Gewürzen und heißen Speisen; er hörte Stimmen, Gelächter und von Zeit zu Zeit den sonderbar hohlen Klang metallener Glöckchen.

Im selben Augenblick, in dem mit einem Schlag die Dunkelheit hereinbrach, wobei das leuchtende Blau des Himmels zu einem schimmernden Türkis wurde, stiegen Laute empor, die ihm einen Schauer über den Rücken jagten. Noch nie zuvor hatte er einen solchen Gesang gehört. Er schien aus großer Höhe herabzukommen, stieg zum Himmel und senkte sich zur Erde, durchdrang den Abend, bis ihn die Türme und Mauern aller Gebäude zurückwarfen.

Niemand zeigte sich verwundert. Alle schienen ihn genau in dem Augenblick erwartet zu haben.

Die Droschke hielt vor einem prachtvollen Gebäude an, auf dessen glatter Marmorfassade helle und dunkle Töne miteinander abwechselten, was sie lebhaft und gegliedert erscheinen ließ. Pitt dankte dem Kutscher und gab ihm den vereinbarten Betrag. Als er den Fuß auf den kochend heißen Gehweg setzte, hüllte ihn die Luft um ihn herum mit einer solchen Hitze ein, dass es ihm vorkam, als befände er sich in einem Raum, dessen Fenster zur Sonne ging. Dabei wurde es so rasch dunkel, dass er in der Schwärze der Schatten kaum noch über die Straße sehen konnte. Eine Dämmerung hatte es nicht gegeben – die Sonne war einfach verschwunden, und an ihre Stelle war die Nacht getreten. Schon füllten sich die Gehwege mit lachenden und plaudernden Menschen.

Da er noch nicht wusste, wo er die Nacht verbringen sollte, war es erst einmal wichtiger, eine Unterkunft zu finden, als die Atmosphäre der Stadt zu genießen. Er ging die Stufen empor und trat in das Gebäude. Ein in eine erdfarbene Dschellaba gekleideter junger Ägypter erkundigte sich in makellosem Englisch nach seinen Wünschen. Pitt erklärte, dass er einen Rat brauche, und nannte den Namen Trenchards, an den ihn Narraway verwiesen hatte.

Fünf Minuten später stand er in Trenchards Büro, einem Raum von verblüffend schlichter Schönheit, den Öllampen mit weichem, gedämpftem Licht erfüllten. An einer der Wände zeigte ein Gemälde von geradezu überirdischer Schönheit den Sonnenuntergang am Nil. Auf einem Tischchen stand neben einer Papyrusrolle und einem goldenen Schmuckstück, das aus dem Sarg eines Pharaos stammen mochte, eine kleine griechische Skulptur.

»Sie gefällt Ihnen wohl?«, fragte Trenchard lächelnd, womit er Pitt schlagartig in die Gegenwart zurückholte.

»Ja. Tut mir Leid«, sagte er entschuldigend. Er war wohl zu müde und von all den neuen Eindrücken zu sehr überwältigt, als dass er noch vernünftig hätte denken können.

»Macht überhaupt nichts«, versicherte ihm Trenchard mit liebenswürdigem Lächeln und einer so wohltönenden Stimme, als läse er sich zum eigenen Vergnügen Gedichte vor. »Sie können Ägyptens Glanz und Geheimnis unmöglich mehr lieben als ich. Schon gar, wenn es um Alexandria geht! Hier stoßen die Enden der Welt zusammen und verschmelzen zu einer Lebenskraft, die Sie sonst nirgendwo finden werden. Rom, Griechenland, Byzanz und Ägypten!« Er sagte die Namen, als wohne ihnen ein beeindruckender Zauber inne.

Er war von durchschnittlicher Größe, doch ließ ihn seine Schlankheit größer erscheinen. Mit ungewöhnlicher Anmut kam er um seinen Schreibtisch herum, um Pitt die Hand zu schütteln. Seinen Zügen nach hätte er aus einer römischen Patrizierfamilie stammen können. Er hatte eine kräftige Adlernase, und sein dunkles Haar war ein wenig übertrieben gewellt. Pitt vermutete, dass Trenchard einer von denen war, die ihren Posten nicht unbedingt deshalb bekleideten, weil sie über besondere Fähigkeiten verfügten, sondern weil es den Erwartungen ihrer Familie so am ehesten entsprach. Sicher hatte er geisteswissenschaftliche Studien getrieben und möglicherweise sogar ein wenig in Ägyptologie dilettiert. Der Mann machte ihm ganz den Eindruck eines Menschen, dem seine Neigungen wichtiger sind als seine Arbeit.

»Was können wir für Sie tun?«, fragte er. »Jackson hat gesagt, dass Sie zu mir wollten?« Hinter dieser scheinbaren Frage verbarg sich in Wahrheit die höfliche Aufforderung, sich näher zu erklären.

»Mr Narraway hat mir gesagt, dass Sie mir vielleicht den einen oder anderen Rat erteilten könnten«, sagte Pitt.

Verstehen leuchtete in Trenchards Augen auf. »Gewiss«, entgegnete er. »Nehmen Sie doch Platz. Sind Sie gerade erst angekommen?«

»Mit dem Schiff, das vor einer Stunde angelegt hat«, bestätigte Pitt und setzte sich dankbar. Zwar hatte er keinen weiten Weg zurückgelegt, wohl aber ziemlich lange an Deck gestanden, weil er es vor Vorfreude unten in der Kabine nicht mehr ausgehalten hatte.

»Haben Sie schon eine Unterkunft?«, erkundigte sich Trenchard mit einem Ausdruck, der zu verstehen gab, dass er das Gegenteil annahm. »Ich empfehle Ihnen das Casino San Stefano, ein sehr gutes Hotel. Es verfügt über hundert Zimmer, sodass es nicht schwer fallen dürfte, dort unterzukommen. Jedes kostet fünfundzwanzig Piaster pro Nacht. Übrigens isst man dort ausgezeichnet. Für den Fall, dass Sie sich nichts aus ägyptischer Küche machen, können Sie auch französisch essen. Am einfachsten kommen Sie über die Strada Rossa hin – mit der Droschke oder, falls es etwas anspruchsloser und nicht so teuer sein soll, mit der Straßenbahn. Sie ist ausgezeichnet und verkehrt vierundzwanzig Stunden am Tag. Zwei Linien fahren direkt bis zur Endhaltestelle San Stefano.«

»Danke«, sagte Pitt aufrichtig. Es war ein guter Anfang, dennoch bedrückten ihn seine Unwissenheit und das Bewusstsein, sich in einer Stadt aufzuhalten, in der ihm sogar die Gerüche in der Luft unbekannt waren. Noch nie war er sich so hilflos oder allein vorgekommen. Alles, was ihm vertraut war, lag tausend Meilen entfernt.

Erwartungsvoll sah ihn Trenchard an. Offensichtlich nahm er an, Pitt werde noch mehr berichten. Eine Hotelempfehlung hätte er schließlich von jedem Beliebigen bekommen können. So machte sich Pitt daran, zumindest einen Teil dessen offen zu legen, was ihn nach Alexandria geführt hatte. Er begann mit dem, was jedenfalls in London alle Welt wusste, und teilte Trenchard die nackten Tatsachen des Mordes an Lovat und Ayesha Sacharis Verhaftung mit.

Auf das Gesicht des Konsulatsbeamten trat lebhaftes Interesse. »Ayesha Sachari!«, wiederholte er den Namen mit sonderbarem Unterton.

»Kennen Sie ihre Angehörigen?«, fragte Pitt rasch. Vielleicht erwies sich die Sache doch als einfach.

»Das nicht – aber der Name weist darauf hin, dass es sich bei der Familie nicht um Moslems, sondern um Kopten handelt.« Als er sah, dass Pitt nicht verstand, fügte er hinzu: »Das sind ägyptische Christen.«

Pitt war verblüfft. Er hatte nicht im Entferntesten an die Frage der Religion gedacht, jetzt aber ging ihm auf, dass sie von Bedeutung sein konnte.

Den Mund zu einem leicht ironischen Lächeln verzogen, sprach Trenchard weiter und sah Pitt dabei unverwandt an: »Nach dem, was Sie sagen, dürfte es sich um eine bessere Prostituierte handeln, möglicherweise eine Art exklusive Kurtisane. Niemand hier im Lande würde mit einer Muslimin etwas zu tun haben wollen, die sich, wie diskret auch immer, mit andersgläubigen Männern einlässt. Als Christin hingegen kann sie den Anschein von Achtbarkeit wahren, vorausgesetzt, sie geht mit äußerster Zurückhaltung zu Werke.«

»Von Kurtisane kann kaum die Rede sein!«, gab Pitt ziemlich patzig zurück. Als er den Spott in den Augen des anderen aufblitzen sah, ärgerte er sich sofort über seinen Mangel an professioneller Distanz.

Trenchard ging nicht weiter darauf ein, doch seine herablassende Art war die eines Mannes von Welt, der es mit einem verblüffend einfältigen Menschen zu tun hat. Es überlief Pitt heiß vor Scham. Immerhin wusste er als erfahrener Polizeibeamter weit mehr von den finsteren Abgründen der Menschennatur als dieser

Diplomat aus vornehmer Familie. Er beherrschte seinen Zorn nur mit Mühe.

»Außer Lovat ist Saville Ryerson bisher der einzige Mensch, von dem wir wissen, dass er in Verbindung mit ihr steht«, sagte er kälter, als er beabsichtigt hatte. »Offensichtlich hat Lovat sie glühend verehrt, als er vor fünfzehn Jahren hier in Alexandria stationiert war. Ob die Beziehung je darüber hinausging, wissen wir nicht.«

Trenchard faltete seelenruhig die Hände. »Und das wollen Sie in Erfahrung bringen?«

»Das und anderes, ja.«

»Vermutlich lautet Ihr Auftrag, Ryerson von jedem Verdacht reinzuwaschen?«

Trenchard klar zu machen, dass ihn das nichts anging, wäre sinnlos gewesen; dann hätte er Pitt womöglich für einen noch größeren Dummkopf gehalten.

»Möglichst«, bestätigte Pitt.

Sein kaum wahrnehmbares Zögern entging Trenchard nicht, was sich in seinem Gesichtsausdruck spiegelte.

»Wir müssen unbedingt feststellen, wie sich die Sache in Wirklichkeit abgespielt hat«, fuhr Pitt rasch fort. »Welchen Grund hätte die Frau haben können, Lovat zu töten? Was wollte sie überhaupt in London? Hat sie Ryerson durch Zufall kennen gelernt oder gezielt ausgewählt?« Noch während er das sagte, fiel ihm auf, wie unwahrscheinlich es war, dass sich eine schöne Ägypterin zufällig ausgerechnet in den Minister verliebte, der für die Baumwollausfuhr seines Landes zuständig war. Andererseits kannte die Geschichte Belege für eine Fülle von unwahrscheinlich wirkenden Zufallsbegegnungen, die ihren Verlauf unwiderruflich verändert hatten.

»Aha ...«, sagte Trenchard mit vorgeschobener Unterlippe. »Damit bekommt die Sache schon ein anderes Gesicht. Warum vermutet man überhaupt, dass sie diesen Lovat erschossen hat?« Seine Augen weiteten sich ein wenig. »Und wer ist das?«

»Ein unbedeutendes Rädchen im Getriebe des diplomatischen Dienstes«, sagte Pitt. Er beschloss, die Möglichkeit einer Erpressung erst einmal mit Stillschweigen zu übergehen. »Ryerson tut alles, um sie vor einer Mordanklage zu bewahren, und scheint nicht einmal vor der Gefahr zurückzuschrecken, dass er damit seinen eigenen Ruf aufs Spiel setzt. Allem Anschein nach geht seine Liebe zu dieser Frau so weit, dass sie nicht einmal dann zu befürchten brauchte, er könnte ihr seine Gunst entziehen, wenn dieser Lovat ihr früherer Geliebter gewesen wäre und sie deshalb belästigt hätte.«

»Ich verstehe«, sagte Trenchard leise. »Sieht ganz so aus, als ob etwas nicht so ist, wie es auf den ersten Blick aussieht. Ganz offensichtlich gibt es da viele Möglichkeiten. Sehr vernünftig von Ihnen, herzukommen, um sich an Ort und Stelle ein Bild zu machen. Offen gestanden habe ich mich anfangs gefragt, warum Narraway nicht einfach jemanden vom Konsulat gebeten hat, sich der Sache anzunehmen; ich begreife jetzt aber, dass hier ein Kriminalbeamter vonnöten ist. Die Lösung könnte komplex sein, und vielleicht möchte der eine oder andere verhindern, dass sie ans Tageslicht kommt.« Er lächelte liebenswürdig und offen. »Kennen Sie Ägypten, Mr Pitt?«

Hinter dem ungezwungenen Ton, den er anschlug, hörte Pitt einen Anflug der Leidenschaft, von der ihm Trenchard bereits eine Kostprobe geliefert hatte, als er von der Schönheit des alten Ägypten und dem Glanz seiner Kultur sprach, der vor allem in Alexandria spürbar war, der Stadt, in deren Nähe der Nil ins Mittelmeer mündete und in gewissem Sinne Afrika und Europa aufeinander trafen.

»Am besten setzen Sie voraus, dass ich nichts weiß«, sagte er bescheiden. »Das wenige, das ich mir angelesen habe, ist bedeutungslos.«

Trenchard nickte zustimmend. »Die schriftlich überlieferte Geschichte Ägyptens reicht bis nahezu fünftausend Jahre vor Christi Geburt zurück.« Er sagte das leichthin, doch klang es Pitt bedeutungsschwer, und er spürte die Ehrfurcht Trenchards. »Für Ihre Zwecke allerdings können Sie all das vernachlässigen. Das gilt sogar noch für die Eroberung des Landes unter Napoleon mit der kurzen Besetzung durch die Franzosen vor einem knappen Jahrhundert. Sicher ist Ihnen die Schlacht von Abukir ein Begriff, bei der Lord Nelson die französische Mittelmeerflotte vernichtet hat.« Auf Pitts Nicken hin sagte er befriedigt: »Das dachte ich mir.« Während dieses kurzen Vortrags schwang in seiner Stimme eine Bewegtheit mit, die Pitt nicht recht deuten konnte. »Zwar untersteht Ägypten heute dem Namen nach der Hohen Pforte, ist also Bestandteil des Osmanischen Reiches«, fuhr Trenchard fort, »doch in der Praxis gehört es seit etwa fünfzehn Jahren uns. Allerdings wäre es äußerst unklug, das zu sagen.« Er zuckte elegant die Achseln. »Ebenso wenig empfiehlt es sich, darüber zu sprechen, dass wir auf Mr Gladstones Geheiß vor zehn Jahren Alexandria beschossen haben.«

Pitt zuckte zusammen, doch nur ein winziges Aufflackern in Trenchards Augen zeigte, dass er es gemerkt hatte.

»Der Khedive, der ägyptische Vizekönig, muss Tribut an den türkischen Sultan zahlen, der Kalif und damit zugleich geistiges wie weltliches Oberhaupt der gläubigen Muslims ist«, fuhr er fort. »Das Land hat einen Premierminister und ein Parlament, außerdem ein Heer und eine eigene Flagge. Die Wirtschaftsangelegenheiten Ägyptens interessieren Sie vermutlich nicht besonders, möglicherweise abgesehen von der Baumwolle. Sie ist das einzige landwirtschaftliche Erzeugnis, das ausgeführt wird. Großbritannien kauft die alles andere als unbedeutende Ernte vollständig auf, womit Ägypten ein Großteil seiner Wirtschaftskraft entzogen wird.«

»Das war mir bekannt«, sagte Pitt finster. »Im Übrigen denke ich, dass wirtschaftliche Fragen den Kern der ganzen Angelegenheit bilden, derentwegen ich hier bin. Aber eigentlich brauche ich im Augenblick keine näheren Angaben darüber«, fügte er eilig hinzu. »Wie sieht es mit der Polizei aus?«

Trenchard setzte sich bequemer hin. »Ich an Ihrer Stelle würde mir alles aus dem Kopf schlagen, was mit dem Gerichtswesen und mit Gesetzen zu tun hat«, sagte er trocken. »Die Jurisdiktion des Landes über Ausländer ist auf eine ganze Reihe verschiedener

Gerichte verteilt, und die labyrinthischen Abläufe darin würden sogar einen Theseus aus dem Konzept bringen, der einen Wollfaden hinter sich herzieht.« Mit eleganter Gebärde spreizte er die Finger. »Wir Briten bestimmen, was hier im Lande geschieht, aber unauffällig und hinter den Kulissen. Wir sind mehrere hundert, die alle dem Generalkonsul Lord Cromer unterstehen, kurz ›der Lord‹ genannt. Ich nehme an, Sie wissen, was man über ihn sagt?«

»Ich habe keine Ahnung«, gestand Pitt.

Mit einem Lächeln hob Trenchard die Brauen kaum wahrnehmbar. »Wenn sich Lord Cromer gegen jemanden stellt, nützt es dem Betreffenden nichts, das Recht auf seiner Seite zu wissen«, erläuterte er. »Es wäre folglich in diesem Fall das Beste, wenn der Lord von der Existenz Ihrer Person nichts weiß.«

»Ich werde mich danach richten«, versprach Pitt. »Aber ich muss mehr über diese Frau wissen. Welche Rolle hat sie gespielt, bevor sie nach England gegangen ist? Ist sie wirklich so impulsiv und so …«

»… dumm«, ergänzte Trenchard mit amüsiertem Blick. »Ja, ich verstehe, dass das nötig ist. Wir werden uns morgen einmal näher mit den Kopten beschäftigen. Ich zeichne Ihnen auf einem Stadtplan die Gebiete ein, die am ehesten in Frage kommen. Meiner Vermutung nach dürfte sie aus einer wohlhabenden Familie stammen, da sie Englisch spricht und offensichtlich auch über die Mittel zu reisen verfügt.«

»Danke.« Pitt stand auf. Er merkte, dass er ganz steif war, und musste sich große Mühe geben, ein Gähnen zu unterdrücken. Er war sehr viel müder, als er angenommen hatte. Nach wie vor war es ungewöhnlich warm, und seine Kleider klebten ihm am Leibe. »Wo ist die nächste Haltestelle der Straßenbahn zum Hotel?«

»Haben Sie Piaster?«

»Ja … danke.«

Auch Trenchard erhob sich. »Halten Sie sich einfach rechts. Nach ungefähr hundert Metern ist links von Ihnen auf der gegenüberliegenden Straßenseite die Haltestelle. Ich würde allerdings vorschlagen, dass Sie um diese Tageszeit lieber eine Droschke nehmen, solange Sie die Stadt noch nicht kennen. Das dürfte höchstens acht oder neun Piaster kosten, und mit einem schweren Koffer könnte sich das lohnen. Viel Glück, Pitt.« Er hielt ihm die Hand hin. »Melden Sie sich, wenn ich Ihnen von Nutzen sein kann. Falls ich etwas erfahre, wovon ich annehme, dass es Ihnen weiterhelfen könnte, schicke ich Ihnen eine Mitteilung ins San Stefano.«

Pitt ergriff Trenchards Hand, dankte ihm erneut und befolgte seinen Rat, eine Droschke zu nehmen.

Die Fahrt dauerte nicht lange, aber nach wie vor lag brütende Hitze über den Straßen, und wieder wurde Pitt von zahlreichen Mücken gestochen. Als er endlich am Hotel ankam, war er nicht nur erschöpft, es juckte ihn auch am ganzen Leibe.

Das Hotel war in der Tat überragend, und ganz wie Trenchard gesagt hatte, bekam er für fünfundzwanzig Piaster pro Nacht ein Zimmer. Von den angebotenen reichlichen und köstlichen Speisen im Restaurant nahm er nur frisches Brot und Obst und zog sich nach dem kargen Mahl auf sein Zimmer zurück. Kaum hatte er die Tür hinter sich geschlossen, zog er die Schuhe aus, trat ans Fenster und sah zum glänzend schwarzen Firmament voller schimmernder Sterne empor. Im Wind, der vom Meer herüberwehte, lagen Hitze und Salz. Er atmete tief ein und stieß die Luft in einem langen Seufzer wieder aus. Alexandria zu erleben war wunderschön, aufregend und erhebend. An sein Ohr drangen das Rauschen des Meeres, gelegentliches Lachen und ein unaufhörliches Hintergrundgeräusch, das wie das Zirpen von Grillen im Gras klang. Es erinnerte ihn an die Sommer seiner Kindheit auf dem Lande, doch war er zu müde, es auf sich wirken zu lassen. Wäre doch Charlotte da! Wie gern hätte er sie aufgefordert, auf die fernen Stimmen zu achten, die sich in den verschiedensten Sprachen unterhielten, auf das Gelächter und die fremdartigen Düfte der Nacht.

Er wandte sich wieder dem unvertrauten Zimmer zu, zog sich aus und wusch sich den Reisestaub ab. Dann schlüpfte er unter das weich fallende Moskitonetz, das er achtsam hinter sich schloss. Er schlief nahezu sogleich ein. Einmal erwachte er in der Dunkelheit und wusste einen Augenblick lang nicht, wo er war. Er vermisste das vertraute Wiegen des Schiffs, dessen Abwesenheit ihm einen sonderbaren Schwindel verursachte. Dann fiel ihm ein, wo er sich befand, er drehte sich um und versank wieder in den Tiefen des Schlafes. Er erwachte erst am späten Vormittag.

Die beiden ersten Tage seines Aufenthalts nutzte er dazu, möglichst viel über die Stadt in Erfahrung zu bringen. Als Erstes kaufte er Kleidung, die sich für Nachttemperaturen von fünfundzwanzig und Tagestemperaturen um die dreißig Grad eignete. Rasch war er mit dem erstklassigen Netz aus frisch lackierten Straßenbahnen und in England gebauten Zügen vertraut, die ihm sogar im blendenden Licht der Sonne, gegen die er immer wieder die Augen zukneifen musste, anheimelnd erschienen. Mitunter zog er einfach durch die Straßen, um die Stimmen des sonderbaren Völkergemischs mit seiner Sprachenfülle in sich aufzunehmen und die Gesichter der Menschen zu beobachten. Neben Ägyptern fanden sich Griechen, Armenier, Juden, Levantiner, Araber, vereinzelt Franzosen und immer wieder Engländer. Er sah Soldaten in Tropenuniform und Zivilisten, die sich, wie es aussah, trotz der Hitze, des Lärms und des Feilschens auf den Märkten und des grellen Lichts beinahe wie zu Hause zu fühlen schienen. Außerdem gab es Touristen mit bleichen Gesichtern, die müde und zugleich erregt darauf brannten, alles zu sehen, was es zu sehen gab. Bevor sie an Bord eines der zahlreichen Dampfer gingen, die nilaufwärts nach Karnak und weiter fuhren, hörte er, wie sie sich darüber unterhielten, dass Kairo ihr nächstes Ziel war.

Voll Begeisterung äußerte sich ein älterer Geistlicher, dessen weißer Schnurrbart scharf von seiner gebräunten Haut abstach, über seine jüngste Reise. Er beschrieb, wie er beim Frühstück über den zeitlosen Nil geblickt habe, als befinde er sich in der Ewigkeit; auf dem Tisch neben der aufgeschlagenen *Egyptian Gazette* habe frischer Toast mit original Dundee-Orangenmarmelade gestanden, während sein Blick auf die aus dem Sandmeer am Horizont aufragenden Begräbnispyramiden der Pharaonen geschweift sei.

»Einfach unübertrefflich«, sagte er mit einer Stimme, die in keinem Londoner Herrenklub fehl am Platz gewesen wäre.

Das erinnerte Pitt schmerzlich an die Dringlichkeit seines Auftrags, und so begann er, sich nach der koptischen Familie Sachari zu erkundigen. Alles andere musste warten – die jahrtausendealte Geschichte der Pharaonen, die Jahrhunderte griechischer und römischer Herrschaft, Kleopatras Romanze mit Cäsar, die Herrschaft der Araber, Türken, Mamelucken, die Eroberung durch Napoleon, Admiral Nelson. Jetzt herrschten die Briten, ganz gleich, was der Sultan in Istanbul sagen mochte, und Schiffe der ganzen Welt fuhren durch den Suezkanal nach Indien und weiter gen Osten. Ägyptens Baumwollernte wurde nach England verkauft und dort in Webereien verarbeitet, die in Manchester, Brunley, Salford und Blackburn standen, Städten, über denen an einem sich früh verdunkelnden Winterhimmel dichter Rauch hing. Aus England kehrten die Fertigerzeugnisse nach Ägypten zurück, aber nur, um durch den Suezkanal ostwärts weitertransportiert zu werden.

Auf den heißen Straßen voller Unrat und Fliegen sah Pitt viel Armut, Hunger und Krankheiten. Bettler saßen vor Mauern, die in der Sonnenhitze förmlich glühten, zogen mit dem kargen Schatten weiter, den sie warfen, und baten in Allahs Namen um milde Gaben. Während die einen noch ihre gesunden Glieder zu haben schienen, waren andere mit Wunden bedeckt, wenn sie nicht sogar verkrüppelt, blind oder verstümmelt waren. Pockennarben oder Lepra entstellten viele Gesichter, und bei so manchem hätte Pitt am liebsten beiseite gesehen.

Mehrfach wurde er angespien, und einmal traf ihn ein von hinten geschleuderter Stein am Ellbogen. Er sah aber niemanden, als er sich rasch umwandte.

Auch in England gab es Armut, dort jedoch war es kalt und nass, die Rinnsteine liefen über, und die Menschen litten an Krankheiten einer anderen Klimazone, dem abgehackten Husten der Tuberkulose. Hier wie dort erlagen sie der Cholera und dem Typhus. Es schien ihm unmöglich, eins gegen das andere abzuwägen.

Er ging zurück zu dem großen Vorort, in dem die Kopten wohnten. Dort setzte er sich in ein kleines Kaffeehaus und begann Fragen zu stellen. Der Kaffee war so dick und süß, dass er ihn nicht herunterbrachte. Der Vorwand, dessen er sich bediente, um seine Fragen zu rechtfertigen, war nahe der Wahrheit: Eine Ägypterin namens Ayesha Sachari sei in London in Schwierigkeiten geraten, und er sei auf der Suche nach Angehörigen, Freunden oder Bekannten, die ihr gegebenenfalls helfen könnten. Zumindest müsse man, erklärte er, diese Menschen von der schwierigen Situation in Kenntnis setzen, in der sie sich befand.

Es kostete ihn beinahe zwei weitere Tage, bis sich aus Gerüchten und Vermutungen etwas herausschälte. Nach längerem Hin und Her hieß es, ein Mann, dessen Schwester mit Ayesha Sachari befreundet gewesen war, sei bereit, mit ihm zusammenzutreffen. Pitt schlug das Restaurant des Hotels San Stefano vor.

Während er wartend dasaß, mischte sich der angenehme Speisengeruch mit den Düften, die eine Brise durch die offenen Türen vom Meer herüberwehte. Nach einer Weile blieb ein Ägypter von etwa fünfunddreißig Jahren am Eingang stehen und sah sich suchend um. Seine traditionelle Dschellaba, die in warmen Erdtönen gehalten war, war unübersehbar aus erlesenem Material gearbeitet. Nachdem er Pitt, den man ihm beschrieben hatte, unter den anderen Europäern erkannt zu haben glaubte, trat er zwischen den Tischen auf ihn zu und stellte sich mit einer Verbeugung förmlich vor. »Guten Abend, Effendi. Ich heiße Makarios Jakub. Sie sind Mr Pitt, nehme ich an. Ja?«

Pitt erhob sich und neigte den Kopf ein wenig. »Guten Abend, Mr Jakub. Ja, ich bin Thomas Pitt. Danke, dass Sie gekommen sind.« Er wies mit einer einladenden Handbewegung auf einen der anderen Stühle. »Darf ich Sie zum Abendessen einladen? Man isst hier hervorragend. Ich nehme an, dass Sie das bereits wissen.«

»Werden Sie selbst auch essen?«, fragte der Besucher und nahm Platz.

Schon in den wenigen Tagen seines Aufenthalts hatte Pitt gelernt, dass es landesüblich war, nur auf Umwegen auf Dinge zu sprechen zu kommen, die einem wichtig waren. Drängen oder offenbare Eile trug einem nichts als Verachtung ein. »Gewiss. Dabei wäre mir Ihre Gesellschaft angenehm«, gab er zur Antwort.

»Dann gern«, nickte Jakub. »Es ist sehr freundlich von Ihnen.«

Pitt plauderte ein wenig über sein Interesse an Alexandria, äußerte sich über die Schönheit dessen, was er gesehen hatte. Vor allem der Damm zwischen dem alten Leuchtturm und der Stadt hatte es ihm angetan.

»Es kam mir vor, als ob ich, wenn ich die Augen zumachte und plötzlich wieder öffnete, den Koloss von Pharos sehen würde, den Leuchtturm, der zu den Sieben Weltwundern der Antike gehörte«, sagte er.

Zwar war es ihm gleich darauf peinlich, eine solche fantastische Vorstellung geäußert zu haben, doch merkte er, dass ihn sein Gast verstand. Nicht nur entspannte sich Jakub ein wenig, auf seine Züge trat auch ein wohlwollender Ausdruck. Er hörte es offenbar gern, wenn jemand seine Stadt pries.

»Der von Dinokrates unter Alexander dem Großen errichtete Damm trägt den Namen Heptastadion«, erklärte er. »Im Mittelalter lag östlich davon der alte Hafen. Es gibt aber noch vieles andere, was Sie sehen müssen. Da Sie sich für die Vergangenheit unseres Landes zu interessieren scheinen, empfehle ich Ihnen Alexanders Grab. Manche behaupten, dass es unter der Moschee Nabi Daniel liegt, andere sagen, es befinde sich in der nahe gelegenen Nekropole.« Er lächelte entschuldigend. »Verzeihen Sie, wenn ich zu viel rede. Ich möchte meine Stadt mit jedem teilen, der sie mit freundschaftlichen Augen betrachtet. Sie müssen unbedingt die Gärten des Antoniades am Mahmudije-Kanal aufsuchen. Dort finden sich in jeder Hand voll Erde Spuren der Geschichte. Zum Beispiel hat der Dichter Kallimachos dort gelebt und gelehrt.« Er zuckte leicht mit den Achseln. »Außerdem gibt es dort ein römisches Grab«, endete er mit einem Lächeln, als der Kellner an den Tisch trat.

»Sind Sie mit unseren Speisen vertraut?«, fragte Jakub.

»Nur wenig«, gab Pitt zu. Er war gern bereit, sich helfen zu lassen, denn zum einen war es praktisch, und zum anderen erfüllte er damit ein Gebot der Höflichkeit.

»In dem Fall schlage ich Muluchis vor«, sagte Jakub. »Das ist eine köstliche grüne Suppe, die Ihnen sicher schmecken wird. Danach Haman Maschi, gefüllte Täubchen.« Er sah Pitt fragend an.

»Wunderbar, gern«, stimmte dieser zu.

Bis das Essen kam, stellte Pitt noch einige Fragen über die Stadt. Als sie bei der wirklich köstlichen Suppe waren, kam Jakub schließlich auf den Grund ihres Zusammentreffens zu sprechen.

»Sie haben gesagt, dass sich Ayesha Sachari in Schwierigkeiten befindet«, sagte er, legte den Löffel einen Augenblick beiseite und sah Pitt aufmerksam an. Seine Stimme klang ungezwungen, als spräche er nach wie vor über die Schönheiten der Stadt, aber seinen Augen war die Anspannung anzusehen.

Da Alexandria über ein erstklassiges Telefonnetz verfügte, das bisweilen zuverlässiger funktionierte als das von London, hielt Pitt es für durchaus möglich, dass Jakub bereits von ihrer Festnahme und dem Tatvorwurf gegen sie gehört hatte. Er würde sehr vorsichtig sein müssen, denn keinesfalls durfte er sich bei einer Verdrehung der Tatsachen ertappen lassen und schon gar nicht bei einer offenen Lüge.

»Ich fürchte, ihre Lage ist ernst«, gab er zu. »Ich weiß nicht, ob sie Gelegenheit hatte, ihre Angehörigen zu verständigen oder ihnen möglicherweise Sorgen ersparen wollte. Doch wenn sie meine Tochter oder Schwester wäre, wüsste ich gern möglichst genau, worum es geht, damit ich überlegen könnte, wie sich ihr helfen lässt.«

Sofern Jakub etwas wusste, war das seinem Gesicht nicht anzusehen. »Gewiss«, murmelte er. Pitt hatte angenommen, er werde sich überrascht, wenn nicht gar beunruhigt darüber zeigen, dass sich Ayesha Sachari in Gefahr oder Schwierigkeiten befand, doch das war nicht der Fall. War Jakub bereits auf anderem Wege über ihre Verhaftung im Bilde, oder hatte er aufgrund seiner Kenntnis ihrer Person mit einer solchen Möglichkeit gerechnet? Unwillkürlich musste er an Narraways Warnung denken, wobei ihn sogar in der erdrückenden Hitze des Restaurants ein kalter Schauer überlief. Jakub trat ihm so liebenswürdig und umgänglich gegenüber, dass er ohne weiteres hätte vergessen können, wie sehr dessen Interessen unter Umständen von seinen eigenen oder denen der britischen Regierung abwichen.

»Kennen Sie Miss Sacharis Angehörige?«, fragte Pitt.

Jakub hob in einer eleganten Bewegung, die alles Mögliche bedeuten konnte, ganz leicht eine Schulter. »Ihre Mutter lebt schon lange nicht mehr, und ihr Vater ist vor drei oder vier Jahren gestorben«, gab er zur Antwort.

Überrascht stellte Pitt fest, dass er Mitgefühl empfand. »Und gibt es sonst jemanden? Geschwister?«

»Nein, sie hat niemanden«, gab Jakub zurück. »Sie war das einzige Kind. Vielleicht hat ihr Vater deshalb so sorgfältig darauf geachtet, dass sie eine gute Ausbildung bekam. Sie war seine liebste Gefährtin. Neben ihrer Muttersprache Arabisch spricht sie Französisch, Griechisch, Italienisch und natürlich auch Englisch. Wahrhaft geglänzt hat sie auf den Gebieten Philosophie und Geistesgeschichte.« Er spürte Pitts Erstaunen und sagte: »Ich weiß, dass man beim Anblick einer schönen Frau gewöhnlich denkt, sie habe nichts im Sinn, als anderen zu gefallen.«

Pitt öffnete den Mund, um das zu bestreiten, musste sich aber eingestehen, dass der Mann Recht hatte. Er merkte, wie er errötete, und schwieg.

»Anderen zu gefallen war ihr nicht besonders wichtig«, fuhr Jakub mit einem leichten Lächeln fort, das mehr in seinen Augen als auf den Lippen lag, und aß weiter, wobei er das Brot mit den Fingern brach. »Vielleicht war sie nicht darauf angewiesen, sich darum zu bemühen.«

»Wollte ihr Vater denn nicht, dass sie heiratete?« Es war Pitt klar, dass diese Frage ziemlich ungehörig war, doch er brauchte weit mehr Informationen, als er bisher bekommen hatte. Wenn es keine Angehörigen mehr gab, musste er eben gute Bekannte fragen.

Jakub erwiderte seinen Blick. »Möglich. Aber Ayesha hatte ihren eigenen Kopf, und ihr Vater liebte sie zu sehr, als dass er sie bedrängt hätte, wenn sie etwas nicht wollte.« Er löffelte weiter und fuhr dann fort: »Sie ist eine Frau, die sich über Konventionen hinwegsetzt, und dank ihrer finanziellen Mittel war sie nicht auf eine Eheschließung angewiesen.«

»Und was ist mit Liebe?«, wagte Pitt zu fragen.

Wieder machte Jakub die leichte Bewegung, die alles und nichts bedeuten konnte. »Ich glaube, sie hat viele Male geliebt, doch weiß ich nicht, wie tief die Gefühle dabei gegangen sind.«

War das eine beschönigende Umschreibung? Pitt hatte den Eindruck, sich in einer Kultur zu verheddern, die sich in jeder Hinsicht von der seinen unterschied. Nach wie vor wusste er kaum, was für eine Frau Ayesha Sachari war. Mit Sicherheit wusste er lediglich, dass sie anders war als alle anderen, die er kannte. Hätte er doch Charlotte fragen können! Sie wäre vielleicht imstande gewesen, die Wirklichkeit hinter dem Vorhang aus Worten zu erkennen.

»Was für Menschen hat sie geliebt?«, fragte er.

Jakub aß seine Suppe auf, der Kellner trug die Teller ab und kehrte mit den Täubchen zurück.

Den Blick auf einen Punkt weit in der Ferne gerichtet, sagte Jakub: »Ich selbst kenne nur einen von ihnen.« Dann sah er Pitt mit einem Mal an. »Welchen Sinn hätte es für Sie, wenn Sie etwas über Ramses Ghali wüssten? Er ist nicht in England und kann nichts mit Ayeshas gegenwärtigen Schwierigkeiten zu tun haben.«

»Sind Sie da sicher?«

Ohne das geringste Zögern antwortet Jakub: »Ganz und gar.«

Pitt war nicht überzeugt. »Wer ist dieser Mann?«

Jakubs Augen wirkten sanft, und sein Gesichtsausdruck war ein undurchdringliches Gemisch von Zorn und Kummer. »Er ist tot«, sagte er leise. »Schon seit über zehn Jahren.«

»Oh …« Wieder Tod. Hatte sie diesen Mann aufrichtig geliebt? Könnte in dieser Beziehung der Schlüssel zu ihrem gegenwärtigen Verhalten liegen? Pitt klammerte sich an Strohhalme, da ihm nichts anderes übrig blieb. »Hätte sie ihn vielleicht geheiratet, wenn er nicht gestorben wäre?«

Jakub lächelte. »Nein.« Wieder schien er seiner Sache völlig sicher zu sein.

»Aber Sie haben doch gesagt, dass sie ihn geliebt hat …«

Mit großer Geduld, wie bei einem Kind, das endlose und immer genauere Erklärungen braucht, sagte Jakub: »Sie haben einander wie Freunde geliebt, Mr Pitt. Ramses Ghali hat ebenso leidenschaftlich an Ägypten geglaubt wie sein Vater.« Ein Schatten legte sich auf sein Gesicht, und eine Empfindung wurde darauf sichtbar, die Pitt nicht deuten konnte. Er vermutete aber, dass darin etwas Finsteres lag, vielleicht eine Spur von Zorn.

Es lag zehn Jahre zurück, dass die Engländer Alexandria beschossen hatten. Bestand da ein Zusammenhang? Oder ging die ganze Sache noch tiefer, bezog sie sich auf die Geschichte mit General Gordon und der Belagerung der weiter südlich im Sudan gelegenen Stadt Khartoum? Britische Streitkräfte hatten 1882 bei Tal-al-Kebir den Nationalistenführer Achmed Orabi Pascha besiegt, und der Mahdi hatte im Sudan sechstausend Ägypter abgeschlachtet. Ein Jahr später war eine noch größere ägyptische Armee auf ähnliche Weise vernichtet worden. Als 1884 das gleiche Schicksal ein weiteres Heer ereilt hatte, war der als ›China-Gordon‹ bekannte General Gordon auf der Bildfläche erschienen. Im Januar darauf war er umgekommen, und kein halbes Jahr später war auch der Mahdi tot. Es war aber nicht gelungen, Khartoum wieder einzunehmen.

Mit einem Mal fühlte sich Pitt sehr weit von zu Hause fort. Trotz der europäischen Einrichtung des Restaurants und des italienischen Namens, den das Hotel trug, war ihm der uralte und gänzlich andere Hintergrund des Mannes, der ihm da gegenübersaß, schmerzlich bewusst. Die afrikanischen Düfte und die Hitze der Luft steigerten diesen Eindruck noch. Er musste sich zwingen, wieder klar zu denken.

»Sie haben gesagt, dass auch Miss Sachari glühend an Ägypten geglaubt hat«, sagte er und machte sich über seine Taube her. Eher nebenbei fiel ihm auf, dass er noch nie eine so gute gegessen hatte. »Gehört sie zu den Menschen, die nach ihren Grundsätzen handeln und andere zu einer Sache zu bekehren versuchen, für die sie sich einsetzen?«

Jakub lachte erstickt und hörte sogleich wieder auf. »Sollte sie sich so sehr verändert haben? Oder wissen Sie einfach nichts über sie, Mr Pitt?« Er kniff die Augen zusammen und erklärte, ohne auf seine Taube zu achten: »Ich habe die Zeitungen gelesen, und ich denke, dass die britische Regierung um jeden Preis versuchen wird, ihren Minister aus der Sache herauszuhalten, während man Ayesha hängen wird.« In seiner Stimme lag unendliche Bitterkeit, und sein olivfarbenes glattes Gesicht war so verzerrt, dass es fast hässlich wirkte. Wer wusste schon, wie viel Wut und Schmerz in ihm toben mochten? »Was ist das Ziel Ihrer Reise hierher? Suchen Sie einen Zeugen, der Ihnen sagt, dass sie eine gefährliche Fanatikerin ist, die jeden umbringt, der sich ihr in den Weg stellt? Dass dieser Leutnant Lovat möglicherweise etwas über sie wusste, was ihrem Luxusleben in England schaden konnte, und er gedroht hat, das publik zu machen?«

»Nein«, erwiderte Pitt sogleich. Er hoffte, dass es ihm durch den Nachdruck, mit dem er das sagte, gelang, glaubwürdig zu wirken.

Langsam stieß Jakub den Atem aus. Es schien, als sei er bereit zuzuhören, was Pitt zu sagen hatte.

»Nein«, wiederholte Pitt. »Ich möchte die Wahrheit wissen. Ich kann mir keinen Grund denken, warum sie ihn getötet haben sollte. Sie brauchte ihn lediglich nicht zu beachten, dann hätte er ablassen müssen, weil er sonst Gefahr gelaufen wäre, dass man ihn wegen Belästigung belangte. Das hätte für ihn unter Umständen unangenehm werden können.« Er sah den Unglauben auf Jakubs Gesicht. »Der Mann war Karrierediplomat«, erklärte er. »Wie weit würde er da wohl kommen, wenn er sich die Feindschaft eines Kabinettmitglieds vom Kaliber Saville Ryersons zugezogen hätte?«

»Würde dieser Ryerson seinen Einfluss nutzen, um sie zu retten?«, erkundigte sich Jakub unsicher.

»Unbedingt! Er hat ihr in der Angelegenheit Lovat bereits unter die Arme gegriffen, auf die Gefahr hin, dass man ihn ebenfalls vor Gericht stellt! Ein solcher Mann würde keinesfalls davor zurückschrecken, einen jungen Mann, dessen Aufmerksamkeiten unerwünscht sind, in die Schranken zu weisen. Ein einziges Wort zu Lovats Vorgesetzten im diplomatischen Dienst hätte genügt, und Lovat wäre erledigt gewesen.«

Jakub sah nach wie vor zweifelnd drein.

Im Restaurant um sie herum schwoll das Summen der Gespräche an und ab. Eine attraktive Blondine mit porzellanweißer Haut warf lachend den Kopf in den Nacken, wobei sich das Licht in ihren Haaren brach. Ihr Begleiter sah sie entzückt an. Pitt überlegte, ob zwischen den beiden eine Beziehung bestand, die sie in ihrer Heimat nicht einzugehen wagen würden. Nahm Jakub an, dass in der englischen Gesellschaft größere Freiheit herrschte als in seiner Heimat? Wie hätte Pitt ihm erklären können, dass es nicht an dem war?

Jakub sah auf seinen Teller. »Sie verstehen nicht«, sagte er leise. »Sie wissen wirklich nichts über sie.«

»Dann sagen Sie es mir!«, bat Pitt. Fast hätte er noch etwas hinzugefügt, schluckte es aber hinunter. Er sah, wie Jakub mit sich kämpfte. Dem Bewusstsein, dass er sich für die Gerechtigkeit einsetzen und dafür sorgen musste, dass die Wahrheit ans Licht kam, wo zur Zeit noch Unwissenheit herrschte, stand das tief empfundene Bedürfnis eines Menschen entgegen, die Leidenschaften oder Schmerzen eines anderen weder bloßzulegen noch zu verraten.

Abermals überlegte Pitt, was er sagen könnte, um ihn auf seine Seite zu ziehen, und abermals schwieg er.

Jakub schob den Teller zurück und griff nach seinem Glas. Er nippte daran, stellte es dann hin und sah Pitt an. »Ramses' Vater gehörte zu den Anführern derer, die sich für ein unabhängiges Ägypten einsetzten, als der Schuldenberg unter dem Khediven Ismail ins Unermessliche wuchs. Dann haben die Briten Ismail abgesetzt, das Amt seinem Sohn übergeben und die Verwaltung der gesamten Wirtschaftsangelegenheiten des Landes selbst in die

Hand genommen. Ramses war ein brillanter Kopf, ein Gelehrter und ein Philosoph. Er sprach Griechisch und Türkisch ebenso fließend wie Arabisch und verfasste in allen drei Sprachen Gedichte. Er war mit unserer Kultur und Geschichte seit der Zeit der Pharaonen vertraut, in der die Pyramiden von Giseh entstanden sind, durch alle Dynastien bis hin zu Kleopatra, der griechisch-römischen Epoche, dem Vordringen der Araber, die nicht nur Mohammeds Gesetz mit sich gebracht haben, sondern auch Kunst und Medizin, Astronomie und Architektur. Er war ein starker Charakter, und er verstand es, Menschen in seinen Bann zu schlagen.«

Pitt unterbrach ihn nicht. Er wusste nicht, ob all dies im Zusammenhang mit dem Mord an Edwin Lovat etwas zu bedeuten hatte oder ob Narraway auch nur einen Bruchteil davon würde verwenden können, aber es fesselte ihn, weil es Bestandteil der Geschichte dieser außergewöhnlichen Stadt war.

»Er besaß die Fähigkeit, Menschen die Augen für den Zauber des Mondscheins auf tausendjährigen Marmortrümmern zu öffnen«, fuhr Jakub fort und drehte sein Glas in den Fingern. »Er verstand es, das Leben und das Gelächter der Vergangenheit heraufzubeschwören, als wäre diese Zeit nie vorübergegangen, sondern einfach von Menschen, die nicht empfänglich dafür sind, eine Weile übersehen worden. Wer mit ihm sprach, sah die bunte Vielfalt der Welt und hörte die Musik in der Stimme des Windes, der über den Sand streicht. Der Geruch nach Schmutz und Abwässern, die Fliegen auf den Straßen und die Stechmücken waren nichts als der Atem des Lebens.«

»Und Miss Sachari?«, fragte Pitt. Er fürchtete sich vor der Antwort.

»Sie hat ihn geliebt«, sagte Jakub mit leicht herabgezogenem Mundwinkel. »Sie war jung, und Ehre bedeutete ihr alles. Sie liebte auch ihr Land, seine Geschichte, seine Ideen ebenso wie seine Menschen, und sie hasste die Armut, die der Grund dafür war, dass sie unwissend blieben und keine Möglichkeit hatten, Lesen und Schreiben zu lernen, dass sie krank waren, wo sie hätten gesund sein können.«

Pitt wartete. Die unterdrückte Empfindung in Jakubs Gesicht, der Schleier über seinen Augen sagten ihm, dass er mit seinem Bericht noch lange nicht am Ende war.

Jakub nahm den Faden wieder auf. Er hatte nur innegehalten, um seiner Bewegung Herr zu werden, die er nicht so offen auf seinem Gesicht zeigen wollte.

»Er war ein Mann von nahezu unendlichen Möglichkeiten«, sagte er sehr leise, »der zweifellos imstande gewesen wäre, dem Land seine Unabhängigkeit und finanzielle Selbstständigkeit zurückzugeben. Aber er hatte eine Schwäche – er war unfähig, seinen Angehörigen Nein zu sagen. Er hat seinen Söhnen und Brüdern Macht gegeben, und diese nutzten sie, um ihre Habgier zu befriedigen. Wer führen will, muss bereit sein, notfalls allein zu gehen. Das aber war er nicht.«

Er holte tief Luft und fuhr fort, das Glas in der Hand zu drehen. Dann hielt er inne, als wolle er daraus trinken, doch ließ er es stehen. Sein Gesicht wirkte angespannt, als liege darin ein unverheilter alter Schmerz. »Ayesha hat ihn geliebt, er aber hat sie und sein Volk verraten. Ich weiß nicht, ob sie sich danach je wieder rückhaltlos einem Mann geöffnet hat – möglicherweise diesem Ryerson?« Er hob die Augen und sah Pitt fragend an. »Wird auch er sie verraten?«

Pitt fragte sich, warum sie der Polizei nichts von all dem gesagt hatte. War sie innerlich abgestumpft, rechnete sie damit, dass sich die Geschichte wiederholte?

»Auf welche Weise?«, fragte er. »Indem er sie oder sein eigenes Volk verrät?«

Verstehen blitzte in Jakubs Augen auf. »Sie denken an die Baumwolle? Glauben Sie, sie ist nach London gegangen, um ihn zu überreden, dass er uns die Rohbaumwolle überlässt, damit wir selbst Gewebe herstellen können, statt sie nach Manchester zu verschiffen, wo englische Arbeitskräfte den Mehrwert erzeugen, sodass statt unser England reich wird? Möglich. Es würde mich freuen, wenn es so wäre.«

»In dem Fall hätte sie ihn aufgefordert, sich zwischen England und Ägypten zu entscheiden«, entgegnete Pitt, »womit er auf jeden Fall eine Seite verraten musste.«

»Sie haben Recht.« Jakub presste die Lippen aufeinander. »Ich weiß nicht, ob sie ihm das verzeihen könnte.« Er nahm sein Glas wieder zur Hand. »Mehr kann ich Ihnen nicht sagen. Sie können nachforschen, so sehr Sie wollen – Sie werden feststellen, dass ich die Wahrheit gesagt habe.«

»Und was ist mit Leutnant Lovat?«

Jakub machte eine wegwerfende Handbewegung. »Nichts von Bedeutung. Er hat sich in sie verliebt. Vielleicht war sie damals so sehr verletzt, dass sie seine Aufmerksamkeit als lindernd empfunden hat. Die Sache hat nur wenige Monate gedauert. Dann wurde er nach England zurückbeordert. Ich nehme an, dass sie Erleichterung darüber empfunden hat – und er womöglich auch. Er hatte nicht die Absicht, eine Frau zu heiraten, die nicht seiner Gesellschaftsschicht angehörte.«

»Wissen Sie etwas über ihn?«

»Nein. Aber vielleicht können Sie von den britischen Soldaten etwas erfahren. Es sind genug davon im Lande.«

Pitt, dem die Anwesenheit der Briten in Ägypten schmerzlich bewusst war, sagte nichts darauf. Neben der ungeheuren Zahl von Soldaten gab es noch die Zivilisten in der Verwaltung. Obwohl das Land keine Kolonie war, erweckte vieles im Alltagsleben den Anschein, als sei es eine. Sofern es Miss Sacharis Wunsch gewesen war, ihr Land von der Fremdherrschaft zu befreien, konnte er das sehr gut verstehen.

War sie deshalb nach London gegangen? War es nicht ihre Absicht gewesen, dort ihre eigene Zukunft zu suchen, sondern ihrem Volk zu helfen? In dem Fall hatte sie vermutlich Ryerson bewusst als jemanden ausgewählt, der die Macht hätte, ihr zu helfen, sofern sie ihn dazu bringen konnte.

Aber wie hätte das in der Praxis aussehen sollen? Ganz gleich, was Ryerson für sie empfinden mochte, er würde kaum ihr zuliebe die Ziele der englischen Regierung revidieren. Und so, wie Jakub ihr Wesen geschildert hatte, würde sie ihn für ein solches Verhalten verachtet haben.

Sofern sie ihn aber nicht wahrhaft liebte, dürfte das für sie unerheblich sein. Hatte sie sich womöglich wider Erwarten in ihn verliebt, und ging es mit einem Mal nicht mehr nur noch um das, was sie sich zur Rettung des Vaterlandes vorgenommen hatte?

Oder hatte sie ihn erpressen wollen, und der Mord an Lovat gehörte zu diesem Plan, der auf irgendeine noch nicht aufgeklärte Weise fehlgeschlagen war, mit dem Ergebnis, dass sie sich mit einem Mal im Gefängnis befand und vermutlich inzwischen schon unter Anklage gestellt war? Wie hatte ihr Plan ausgesehen? Hatte sie Druck auf Ryerson ausüben wollen, um ein größeres Maß an Selbstbestimmung für Ägypten zu erreichen? Oder hatte sie Ryerson mit voller Absicht in diese Situation getrieben, damit ein willfährigerer Minister an seine Stelle trat – einer, der bereit war, den von den Ägyptern gewünschten Preis zu zahlen?

Doch all das ergab keinen rechten Sinn. Kein Handelsminister hätte sich dazu bereit gefunden, zuzulassen, dass die Ägypter die Baumwolle für sich behielten, wenn ihn nicht Umstände dazu zwangen, die weit mächtiger waren als Liebe oder die Aussicht, zugrunde gerichtet zu werden. Jedem musste klar sein, dass man einen solchen Mann einfach im Laufe der Zeit durch einen anderen ersetzen würde, der charakterfester und weniger angreifbar war.

Pitt leerte sein Weinglas und dankte Jakub. Weitere Fragen fielen ihm nicht ein, und so unterhielten sie sich inmitten des Stimmengewirrs und Gelächters erneut über die reiche und verwickelte Geschichte der Stadt Alexandria.

Am nächsten Morgen brachte ein Bote Pitt eine Mitteilung Trenchards an den Frühstückstisch, in der sich dieser erkundigte, ob alles in Ordnung sei und er weitere Unterstützung brauche. Sofern er Lust habe, hieß es weiter, mit ihm zu Mittag zu essen, werde er ihm anschließend gern einige der weniger bekannten Sehenswürdigkeiten Alexandrias zeigen.

Pitt ließ sich Schreibzeug bringen, da ihm die Möglichkeit, mit Trenchard zu sprechen, gelegen kam. Als der Bote mit der Antwort gegangen war, wandte er sich wieder dem herrlichen frischen Brot, Obst und Fisch zu. Er gewöhnte sich sehr rasch an die exotische Nahrung und genoss sie geradezu.

Einen Teil des Vormittags verbrachte er in einer englischen Bibliothek, um nachzulesen, was sich dort über den Aufstand Orabi Paschas fand. Zugleich bemühte er sich festzustellen, ob es Hinweise auf Männer namens Ghali gab, die in der Politik der damaligen Zeit eine Rolle gespielt hatten. So sehr fesselten ihn die Verwicklungen aus Leidenschaft und durch Verrat, dass er zum Mittagessen mit Trenchard fast zu spät gekommen wäre.

Ohne es zu kommentieren, dass sein Gast erst kurz nach zwölf eingetroffen war, erhob sich Trenchard mit einem Lächeln und bat ihn herein.

»Wirklich schön, dass Sie kommen konnten«, sagte er mit aufrichtig klingender Stimme. Aufmerksam musterte er Pitts helle Baumwollhose und das leichte Hemd, von dem das bereits recht kräftige Braun auf Gesicht und Armen deutlich abstach. »Sieht ganz so aus, als ob Sie sich schon eingelebt hätten – abgesehen von ein paar Mückenstichen«, merkte er an.

»Stimmt«, antwortete Pitt. »Man könnte ein ganzes Jahr damit zubringen, diese Stadt zu erkunden, ohne dabei mehr als die Oberfläche anzukratzen.«

Eine Art Anspannung in Trenchards Zügen löste sich. Die Linien um seinen Mund wurden weicher, und der herzliche Blick seiner Augen wirkte aufrichtiger. »Das Land hat Sie wohl in seinen Bann geschlagen, wie?«, fragte er mit unüberhörbarem Vergnügen. »Dabei waren Sie noch nicht einmal in der Nähe von Kairo, ganz zu schweigen vom Oberlauf des Nils. Ich würde Ihnen wünschen, dass Ihre Aufgabe Sie nach Heliopolis führt, zu den Kalifengräbern oder den versteinerten Wäldern. Wenn Sie schon einmal so weit wären, müssten Sie unbedingt zu den Pyramiden von Giseh hinausreiten und natürlich auch zur Sphinx und sich dann zumindest auch noch die Pyramiden bei Abusir und Sachra sowie die Ruinen von Memphis ansehen.« Er schüttelte leicht den Kopf, als müsse er über einen Scherz lachen, den nur er begriff. »Danach könnte Sie nichts auf Erden mehr daran hindern, weiterzureisen zu den bedeutendsten und ältesten aller Ruinen, bis Theben und dem Tempel von Karnak. Was es dort zu sehen gibt, entzieht sich jeder Vorstellungskraft.« Bei diesen Worten sah er Pitt aufmerksam an. »Glauben Sie mir, kein heutiger Mensch des Westens kann sich die Großartigkeit dieser Anlagen ausmalen – sie sind einfach unüberbietbar!« Wie er da in der Mitte seines Büros stand, schien er den modernen Möbeln und den zahlreichen Konsulatsakten entrückt zu sein. Man hatte den Eindruck, als richte sich sein Blick auf den zeitlosen Sand der Wüste.

Pitt sagte nichts; ihm war klar, dass eine Antwort weder nötig war noch erwartet wurde.

»Dann südwärts nach Luxor«, fuhr Trenchard fort. »Den Nil müssen Sie im Morgengrauen überqueren. In Ihrem ganzen Leben haben Sie bestimmt noch nichts gesehen, was dem Anblick vergleichbar wäre, der sich bietet, wenn sich das über der Wüste aufgehende erste Licht auf die Wasseroberfläche legt. Von dort sind es nur noch etwa sechs Kilometer bis zum Tal der Könige.

Mit einem schnellen Kamel können Sie zum Sonnenaufgang bei den Gräbern der Pharaonen sein, deren Vorgänger viertausend Jahre vor Christi Geburt über Ägypten herrschten. Als der Erzvater Abraham aus Ur in Chaldäa in dies Land kam, waren sie schon eine alte Dynastie. Haben Sie eine Vorstellung, was das bedeutet?« Seine Augen blitzten herausfordernd. »Daran gemessen ist das britische Reich, das gegenwärtig die Erde umspannt, erst in den letzten fünf Minuten auf der Uhr der Geschichte entstanden.« Auf einmal verstummte er und holte dann tief Luft. »Aber leider werden Sie für all das keine Zeit haben, und sicherlich ist Narraway auch nicht bereit, dafür zu zahlen. Entschuldigen Sie bitte. Zweifellos sind Sie so pflichtbewusst, dass Sie Ihren Auftrag unbedingt so rasch wie möglich erfüllen wollen.«

Pitt lächelte. »Das Pflichtbewusstsein verbietet mir nicht, etwas über Ägyptens Geschichte zu erfahren oder zu wünschen, dass es nötig sein möge, Miss Sacharis Hintergrund mindestens bis Kairo zu erforschen! Bisher habe ich keinen Vorwand dafür gefunden, aber ich habe die Suche danach noch nicht aufgegeben.«

Lachend ging ihm Trenchard voraus auf die belebte Straße und diese ein kurzes Stück entlang in eine Richtung, in die Pitt noch nicht gegangen war. Bewundernd betrachtete er die herrlichen Gebäude mit ihrem ausgetüftelten Fassadenschmuck und den zum Schutz gegen die Hitze überdachten Balkonen. Auf einem von ihnen saßen zwischen den Säulen einige ältere Männer auf üppigen türkis- und goldfarbenen Kissen, die sich ernsthaft miteinander zu unterhalten schienen, während sie Brot, Datteln und anderes Obst aßen. Auf einem Tischchen stand eine schmale, hohe Vase mit rosa Rosen. Der kurze Blick, den die Männer auf die beiden Engländer warfen, war voll Verachtung und Ablehnung, doch im nächsten Augenblick verschwand dieser Ausdruck wie hinter einer Maske. Tauben umschwirrten die Männer, und hinter ihnen stand ein kräftiger Diener in Pumphosen, dessen Haut fast ebenso schwarz war wie sein Bart, um auf ihren Wink zu warten.

Unwillkürlich kam Pitt der Gedanke, dass diese Szene vor tausend Jahren ganz genauso hätte aussehen können.

Sie traten in das von Trenchard ausgewählte Lokal, und er bestellte für beide, ohne Pitt nach seinen Wünschen zu fragen. Als das Essen kam, griff er unter Missachtung aller europäischen Etikette mit den Fingern zu, und Pitt folgte seinem Beispiel. Die Mahlzeit war köstlich. Alles passte aufs Schönste zueinander: Farben, Geruch und Zusammenstellung.

»Auch ich habe mich unauffällig ein wenig nach Ayesha Sachari umgehört, habe Bekannte hier am Ort gefragt«, sagte Trenchard nach einer Weile.

Pitt hielt mitten in der Bewegung inne. »Und?«

»Ganz wie ich es vermutet hatte, ist sie koptische Christin. Beim Orabi-Aufstand vor zehn Jahren, also kurz vor der Beschießung Alexandrias, scheint sie in enger Verbindung zu einem der ägyptischen Nationalistenführer gestanden zu haben. Tut mir Leid, Pitt.« Er machte ein betrübtes Gesicht. »Aber es sieht ganz so aus, als wäre sie in der Absicht nach London gegangen, Ryerson einzuwickeln, weil sie es sich in den Kopf gesetzt hat, mit seiner Hilfe dafür zu sorgen, dass die Wirtschaftsbeziehungen zwischen den beiden Ländern auf eine andere Grundlage gestellt werden. Dabei geht es auf jeden Fall um Baumwolle, unter Umständen aber auch um mehr. Dieser Plan ist ebenso töricht wie undurchführbar, aber sie ist nun einmal eine Idealistin und wollte schon immer mit dem Kopf durch die Wand. Sie hatte sich in einen gewissen Ramses Ghali verliebt. Als er von den Zielen der Nationalisten abgefallen ist, war sie eine der Letzten, die sich der Erkenntnis stellten, dass er ein Verräter war.« Auf Trenchards Züge trat ein Gemisch aus Mitgefühl und tief empfundener Verachtung. Die bloße Erwähnung der Umstände schien ihm unbehaglich zu sein und dafür zu sorgen, dass seine Bewegungen ungewohnt schwerfällig wirkten.

Auch Pitt empfand ein Gefühl der Leere. »Solche Enttäuschungen sind äußerst bitter«, sagte er leise. »Die meisten von uns bemühen sich wohl, sie so lange wie möglich nicht zur Kenntnis zu nehmen.«

Trenchard hob rasch den Blick. »Tut mir wirklich Leid, Pitt. Ich fürchte, Sie werden feststellen, dass Miss Sachari impulsiv und romantisch ist, eine Frau, die erleben musste, dass man ihre Ideale verraten hat, und die jetzt, von ihrem Schmerz getrieben, versucht, die alten Träume zu verwirklichen, ganz gleich, wie unrealistisch die Mittel sein mögen, die ihr dazu verhelfen sollen.«

Pitt sah auf den Bissen, den er in den Fingern hielt. Er hatte allen exotischen Zauber verloren, der noch vor wenigen Minuten von ihm ausgegangen war. Er versuchte sich klar zu machen, dass seine Haltung einfach grotesk war. Er hatte die Frau, die zugelassen hatte, dass persönliche Kränkungen ihren gesunden Verstand trübten, weil sie ihre politischen Ziele nicht erreicht hatte, noch kein einziges Mal gesehen. Sie hatte ihn ausschließlich aus beruflichen Gründen zu interessieren. Mit einem Mal fühlte er sich lustlos und matt, als wäre auch ihm ein Traum zerstört worden.

»Ich will sehen, was ich noch über Lovat ermitteln kann«, sagte er.

Trenchard sah ihn an. Bedauern lag auf seinem Gesicht. »Tut mir wirklich Leid«, sagte er erneut. »Mir ist klar, dass Ihnen eine andere Erklärung sehr viel lieber gewesen wäre. Halten Sie es für möglich, dass sich Lovat in England Feinde gemacht hat?«

»Man hat ihn um drei Uhr nachts im Garten von Miss Sacharis Haus erschossen!«, sagte Pitt mit einem Anflug von Bitterkeit in der Stimme. »Mit ihrer Pistole.«

Trenchard machte eine resignierte Bewegung, die anmutig und traurig zugleich wirkte und deren Eleganz den Eindruck erweckte, als habe er sich etwas von der tiefen Würde der Kultur angeeignet, die er so sehr bewunderte.

Sie beendeten ihre Mahlzeit. Trenchard dankte dem Besitzer des Lokals in fließendem Arabisch und bestand darauf, die Rechnung zu begleichen. Anschließend begleitete er Pitt zum Basar, wo er ihn beim Feilschen um einen Armreif mit einem Karneol für Charlotte, eine für Daniel vorgesehene kleine Schnitzerei, die ein Flusspferd darstellte, einige Seidenbänder in kräftigen Farben für Jemima und ein rotes Kopftuch für Gracie unterstützte.

So war es für Pitt ein ertragreicher Nachmittag gewesen: Auf der einen Seite verdankte er ihm die Erkenntnis, dass Jakubs Angaben offensichtlich auf Wahrheit beruhten, und auf der anderen hatte er jetzt herrliche Mitbringsel, für die er sehr viel weniger hatte zahlen müssen, als wenn er sie allein gekauft hätte.

Er dankte Trenchard und kehrte mit der Straßenbahn in sein Hotel zurück, entschlossen, die Kaserne aufzusuchen, in der Lovat gedient hatte. Er wollte die ihm in Alexandria verbleibende Zeit dazu nutzen, möglichst viel über das dienstliche und private Verhalten dieses Mannes herauszufinden. Irgendwann mussten sich seine und Ayesha Sacharis Wege gekreuzt haben, und mit Sicherheit gab es mehr darüber zu erfahren.

KAPITEL 7

Es fiel Charlotte ausgesprochen schwer, sich auf irgendetwas zu konzentrieren, solange sich Pitt in Ägypten befand – allein in einem Land, über das er nichts wusste. Gefährlicher als diese mangelnde Vertrautheit mit den Lebensumständen war, dass er sich dort nach einer Frau erkundigen musste, die möglicherweise gegen die britische Schutzherrschaft über Ägypten kämpfte. Charlotte bemühte sich nach Kräften, an etwas anderes zu denken, sich um die Dinge ihres Alltags zu kümmern, doch sobald sie die letzte der Gaslampen im Erdgeschoss löschte und allein nach oben ins Schlafzimmer ging, flohen all diese Gedanken und ließen sie mit der ungeheuerlichen Tatsache seiner Abwesenheit allein, und während sie im Dunkeln dalag, malte sie sich die wildesten Möglichkeiten aus.

So war sie froh, als Tellman am dritten Abend nach Pitts Abreise auftauchte. Er war an die Hintertür gekommen, und Gracie hatte ihn eingelassen. Er sah müde und durchgefroren aus, was bei dem kalten Wind weiter kein Wunder war. In der Spülküche schüttelte er sich ein wenig, denn es hatte kurz zuvor geregnet, dann zog er den Mantel aus.

»Guten Abend, Mrs Pitt«, sagte er und sah sie aus alter Gewohnheit besorgt an, als sei es nach wie vor seine Aufgabe, sich in Pitts Abwesenheit um sie zu kümmern. Schon längst tat er nicht mehr so, als wäre ihm derlei gleichgültig.

»Guten Abend, Inspektor«, sagte sie. In ihr Lächeln mischte sich eine gewisse Belustigung, aber zugleich auch ihre Freude, ihn zu sehen. Mit voller Absicht redete sie ihn mit seinem dienstlichen Titel an. Seinen Vornamen hatte sie noch nie verwendet, und sie war nicht einmal sicher, ob Gracie das außer bei wenigen besonderen Gelegenheiten getan hatte, bei denen Förmlichkeit nicht am Platze gewesen wäre. »Es scheint Ihnen kalt zu sein. Setzen Sie sich und trinken Sie eine Tasse Tee«, forderte sie ihn auf. »Haben Sie schon zu Abend gegessen?«

»Nein«, sagte er, zog sich einen Stuhl herbei und nahm Platz.

»Ich mach Ihnen was«, erbot sich Gracie rasch und schob schon den Wasserkessel auf die heiße Mitte des Herdes. »Wir ha'm aber nur noch kalt'n Hammel un gekocht'n Kohl mit Kartoffeln – woll'n Se was davon?«

»Sehr gern, danke«, sagte Tellman und warf einen Blick zu Charlotte hinüber, um sich zu vergewissern, dass auch die Hausherrin einverstanden war.

»Nur zu«, sagte sie rasch. »Haben Sie schon etwas über Martin Garvie erfahren?«

Er ließ den Blick von ihr zu Gracie wandern. Auf seinem hageren Gesicht mit den hohen Wangenknochen lagen tiefes Mitgefühl und eine Freundlichkeit, die vom weichen Licht der Gaslampe verstärkt wurde.

»Nein«, erwiderte er. »Ich habe wirklich alles getan, was mir ohne offiziellen polizeilichen Auftrag möglich war.« Dagegen konnten die Frauen nichts sagen. Sie kannten seine schwierige Situation auf der Polizeiwache in der Bow Street.

»Was ha'm Se denn rausgekriegt?«, fragte Gracie, stellte eine Bratpfanne auf den Herd und bückte sich, um das Feuer zu schüren, damit es wieder richtig in Gang kam. Sie tat das mehr oder weniger automatisch und sah dabei hauptsächlich zu Tellman hin.

»Es steht fest, dass Martin Garvie verschwunden ist«, gab er unglücklich zu. »Seit zwei Wochen hat ihn niemand gesehen, aber auch von Stephen Garrick weiß niemand etwas, nicht einmal die Dienstboten im Hause. Zuerst hatten sie vermutet, dass er sich in seinen Zimmern aufhielt und einen seiner Anfälle hätte …«

»Aber doch nicht zwei Wochen lang. Das müsste doch zumindest die Köchin wissen«, fiel ihm Charlotte ins Wort. »Ganz gleich, wie krank er wäre, würde er doch auf jeden Fall wollen, dass ihm jemand zu essen bringt. Außerdem hätte die Familie in einem so langen Zeitraum bestimmt längst den Arzt gerufen.«

»Soweit ich feststellen konnte, war kein Arzt im Hause«, sagte Tellman und schüttelte dabei den Kopf ein wenig. »Und auch sonst haben keine Besucher nach ihm gefragt.« Sein Gesicht spannte sich an, seine Augen wurden dunkel. »Er ist nicht zu Hause – und auch sein Kammerdiener nicht.«

Gracie holte die kalten Kartoffeln aus der Speisekammer. Sie entschuldigte sich und begann Zwiebeln zu schälen und zu schneiden, wobei sie nach einem Taschentuch griff. »Kohl mit Kartoffeln ohne Zwiebeln is nix«, sagte sie erklärend. Allmählich wurde die Pfanne heiß.

»Ist denn auch keine Post gekommen?«, erkundigte sich Charlotte. »Und was ist mit Einladungen? Die kann er ja nicht gut unbeantwortet lassen; man müsste sie ihm zumindest nachschicken.«

Tellman biss sich auf die Lippe. »Auch wenn ich natürlich nicht offen heraus fragen konnte, habe ich mich doch in Bezug auf den jungen Mr Garrick ein wenig umgehört. Es sieht ganz so aus, als hätte er nicht besonders viele Freunde. Soweit ich feststellen konnte, scheint er kein sehr geselliger Mensch zu sein.«

Gracie betupfte sich die tränenden Augen mit dem Taschentuch. Als sie die Zwiebelstückchen in das heiße Fett gab, gingen ihre Worte in dessen Aufzischen unter. »Mit irgendjemand muss er aber doch bekannt sein«, wiederholte sie nach einer Weile. »Er is nich zu Haus, geht nich arbeit'n – wo is er dann? Vermisst 'n denn keiner?«

»Meinen Erkundigungen nach scheint es niemanden zu geben, dem seine Abwesenheit auffallen würde, weil er nur selten mit anderen Menschen zusammentrifft«, antwortete ihr Tellman. Dann wandte er sich an Charlotte: »Er führt wohl nicht das gleiche Leben wie die meisten Männer seines Alters und Standes. Da er keinen Klub regelmäßig aufsucht, findet niemand es befremdlich, dass man ihn selten oder nie sieht. Nirgendwo kennt man ihn, er spricht mit keinem, geht mit keinem zum Rennen, treibt mit niemandem Sport. Außerdem tut er nichts, um ... seinen Lebensunterhalt zu verdienen!« Er räusperte sich. »Ich komme fast täglich mit denselben Menschen zusammen. Wenn ich einmal nicht da wäre, würde das bald auffallen, und die Leute würden Fragen stellen.«

Charlotte verzog nachdenklich das Gesicht. Zwar beunruhigte sie, was er sagte, aber etwas Bestimmtes ließ sich noch nicht daraus herleiten. Was ihr durch den Kopf ging, hätte sie in feiner Gesellschaft nicht sagen dürfen, doch die Sache war zu ernst, als dass sie auf so etwas Rücksicht nehmen konnte. Andererseits war ihr klar, dass sie Tellman nicht offen darauf ansprechen durfte, schon gar nicht in Gracies Anwesenheit. »Er ist nicht verheiratet«, sagte sie vorsichtig. »Und soweit wir wissen, trägt er sich auch keiner Frau gegenüber mit solchen Absichten. Hat er womöglich ...« Sie wusste nicht so recht, wie sie fortfahren sollte.

»Ich habe nichts dergleichen feststellen können«, gab ihr Tellman rasch zur Antwort. »Alles deutet darauf hin, dass er ein ziemlich unglücklicher Mensch ist.« Er sah zu Gracie hin. »Ungefähr so, wie sie gesagt hat. Trinkt viel und macht dann Ärger. Auf diese Weise hat er in letzter Zeit viele Freunde verloren. Niemand scheint ihn mehr aufzusuchen. Natürlich hatte ich keine Gelegenheit, der Sache besonders tief auf den Grund zu gehen, aber es ist sicher, dass ihn niemand gesehen hat und er wohl auch nicht die Absicht hatte, irgendwohin zu reisen. Das aber heißt, ganz gleich, wo er sich aufhält: die Entscheidung, diesen Ort aufzusuchen, ist ohne längere Planung gefallen.«

»Un dabei hat er Martin Garvie mitgenomm?«, fragte Gracie, die in den Zwiebeln rührte, ohne ihn anzusehen. »Wieso hat dann die Köchin nix darüber gewusst? Un Bella? Die hätt'n doch sicher davon gehört? Bestimmt is er nich ohne Gepäck aus'm Haus. Das machen feine Herren nich.«

»Da hat sie Recht«, stimmte Charlotte zu. »Und zu den Briefen haben Sie auch noch nichts gesagt. Werden sie ihm nachgeschickt?

Einladungen an ihn kann jemand anders ablehnen, aber seine Post will er doch sicher selbst haben.«

»Sein Vater?«, sagte Tellman.

»Vermutlich«, stimmte Charlotte zu. »Aber die bringt er doch wohl kaum selbst zum Briefkasten. Warum sollte er? Leute wie er haben dafür Lakaien. Befindet er sich an einem so geheimen Ort, dass das Personal nichts davon wissen darf? Und warum hat Martin seiner Schwester Tilda keine Mitteilung geschickt oder hinterlassen?«

»Dafür war wohl keine Zeit«, sagte Tellman. »Entweder ist er einer plötzlichen Einladung gefolgt, oder er hat sich von einem Augenblick auf den anderen zur Abreise entschlossen.«

»An einen Ort, von wo aus Martin keine Möglichkeit hatte, einen Brief zu schicken – wenn schon nicht an Tilda, dann zumindest an jemanden, der sie hätte informieren können?«, fragte Charlotte zweifelnd.

Inzwischen gab Gracie die Kartoffeln und den Kohl in die Pfanne, verrührte sie mit den Zwiebeln und wartete, dass das Ganze schön braun wurde. »Da stimmt was nich«, sagte sie leise. »Das is unnatürlich. Ich würd sagen, da is was faul.«

»Ich auch.« Charlotte sah Tellman offen an.

Er gab ihren Blick zurück. »Ich weiß nicht, auf welche Weise ich der Angelegenheit weiter nachgehen könnte, Mrs Pitt. Die Polizei hat keinen Grund, in diesem Zusammenhang jemanden zu befragen. Man hat mich ohnehin schon mehr als einmal ziemlich schroff abgewiesen und mir mitgeteilt, ich solle mich um meine eigenen Angelegenheiten kümmern. Ich musste so tun, als hätten meine Fragen mit einem Diebstahl zu tun, dessen Zeuge Mr Garrick möglicherweise geworden ist.« Sein gequälter Gesichtsausdruck zeigte deutlich, wie sehr er es verabscheute, sich zu einer Lüge hergegeben zu haben. Charlotte fragte sich, ob Gracie wusste, wie hoch der Preis war, den er ihr zuliebe gezahlt hatte. Die junge Frau arbeitete konzentriert am Herd, sodass sie den beiden den Rücken zukehrte. Nach einer Weile hob sie sorgfältig den Inhalt der Pfanne heraus, um die braune Kruste nicht zu beschädigen, und legte ihn auf den Teller zu dem kalten Hammelfleisch. Möglicherweise war es ihr durchaus klar.

»Danke.« Tellman nahm ihr den Teller ab und begann nach einem kaum wahrnehmbaren Zögern zu essen, sobald Charlotte genickt hatte, um anzuzeigen, dass er nicht warten solle.

»Un was mach'n wir jetz?«, fragte Gracie, zog das Feuer im Herd auseinander und füllte die Teekanne. »Er kann nich einfach verschwunden sein. Jedenfalls könn' wir nich die Hände in 'n Schoß legen! Wenn was passiert is, is das 'n Verbrechen, egal ob es um beide geht oder nur um Martin.« Sie sah zu Charlotte hin. »Mein' Se, Mr Garrick könnte Martin in ei'm von sein' Tobsuchtsanfällen richtig fest geschlag'n ha'm, un jetz is er tot? Un die Familie vertuscht das, weil se 'n deck'n woll'n? Ha'm 'n vielleicht aufs Land geschickt oder so was?«

Gerade als Charlotte den Mund auftun und sagen wollte, eine solche Vermutung sei selbstverständlich Unsinn, merkte sie, dass sie das nicht ausschließen konnte.

Tellman holte Luft, um etwas zu sagen, aber sein Mund war voll.

»Ich denke, wir müssen noch weit mehr über die Familie Garrick in Erfahrung bringen«, äußerte Charlotte, bemüht, ihre Worte sorgfältig zu wählen.

Voll Spannung und Hoffnung sagte Gracie: »Woll'n Se Lady Vespasia fragen?« Sie hatte nicht nur von der Mitwirkung der alten Dame bei einigen Fällen erfahren, sondern sie sogar kennen gelernt und war bei Besuchen in der Keppel Street mehr als einmal von ihr angesprochen worden. Wenn sie Königin Viktoria in höchsteigener Person gewesen wäre, hätte Gracie nicht beeindruckter sein können. Immerhin war die Königin klein und eher rundlich, während Vespasia so herrschaftlich und schön aussah, wie sich das für eine Königin gehörte. Wichtiger aber noch: Sie war bereit, von ganzem Herzen bei der Aufklärung von Verbrechen mitzuhelfen. Obwohl sie eine richtige feine Dame mit all dem unvorstellbaren Glanz war, der dazu gehörte, half sie ihnen bei ihren Fällen, und eine höhere Auszeichnung konnte es in Gracies Augen nicht geben. »Die weiß das bestimmt«, fügte sie eifrig hinzu.

Charlotte ließ den Blick von Gracie zu Tellman wandern, dem Aristokraten ebenso zuwider waren wie Amateure, die sich in Angelegenheiten der Polizei einmischten, und ganz besonders, wenn es sich um Frauen handelte. Sie zögerte, als wolle sie seine Ansicht einholen, doch als er stumm blieb, nickte sie.

»Etwas Besseres fällt mir auch nicht ein. Wie gesagt, das ist kein Fall für die Polizei, aber man muss wohl annehmen, dass etwas ganz und gar nicht in Ordnung ist«, räumte Tellman ein. »Wir sollten es versuchen.«

Der Abend war viel zu weit fortgeschritten, als dass sich Charlotte bei Tante Vespasia hätte melden können, doch gleich am nächsten Vormittag zog sie ihr bestes Ausgehkleid an. Gewiss, es war nach der Mode des vorigen Jahres geschnitten, doch hatte sie weder einen Grund gesehen noch Lust verspürt, es zu ändern. Seit Pitt seines Postens als Leiter der Wache in der Bow Street enthoben und zum Sicherheitsdienst versetzt worden war, hatte es für sie weder einen Anlass noch eine Möglichkeit gegeben, an auch nur mäßig wichtigen gesellschaftlichen Ereignissen teilzunehmen. Erst jetzt, als sie den ihr nur allzu vertrauten Inhalt ihres Kleiderschranks musterte, kam ihr zu Bewusstsein, dass sie modisch nicht ganz auf der Höhe der Zeit war.

Doch für solchen überflüssigen Luxus konnte die Familie Pitt kein Geld erübrigen. Was Charlotte an Kleidern besaß, wärmte, stand ihr gut und genügte den üblichen Ansprüchen vollständig. Es war noch nicht lange her, dass sich Pitt und sie darum gesorgt hatten, woher sie das Geld für Lebensmittel und Brennmaterial nehmen sollten.

Sie nahm ihr pflaumenfarbenes Vormittagskleid aus dem Schrank und zog es an, zufrieden, dass es wenigstens nirgends zwickte oder spannte. Einen dazu passenden Hut zu finden war weniger einfach, und schließlich entschied sie sich für einen schwarzen mit rosaroter Garnitur. So richtig zufrieden war sie damit nicht, aber sie konnte einen solchen Besuch unmöglich ohne Kopfbedeckung machen. Noch wichtiger als ihre eigenen Empfindungen war, dass sie auf keinen Fall Tante Vespasia in Verlegenheit bringen wollte. Immerhin bestand die Möglichkeit, dass jemand bei ihr war. Niemand ist auf das Auftauchen mittelloser ferner Verwandter erpicht, zumal dann nicht, wenn sie zu allem Überfluss bei ihrer Kleidung jeden Geschmack vermissen lassen.

Gracie verabschiedete sie begeistert und gab ihr in letzter Minute noch einige Ratschläge und Hinweise mit auf den Weg. Wenn sie es sich vorher überlegt hätte, wäre sie wohl nicht so naseweis gewesen, aber ihr Eifer ließ ihr Gefühl für das, was sich gehörte, in den Hintergrund treten.

»Wir müss'n unbedingt wiss'n, was mit den Leut'n da los is«, sagte sie stirnrunzelnd. »Bestimmt ha'm se dem was getan. Wir müss'n rauskrieg'n, was se gemacht ha'm und warum.«

»Ich werde Tante Vespasia die Lage schildern, wie sie ist«, sagte Charlotte, während sie, auf den Stufen vor der Haustür stehend, zum Himmel emporsah. Es war ein schöner Vormittag, sonnig, aber ziemlich frisch.

»Regnet bestimmt nicht«, sagte Gracie mit Nachdruck.

»Sieht ganz so aus«, bestätigte Charlotte. »Mir ist nur gerade durch den Kopf gegangen, dass an einem solchen Tag vermutlich alle Welt Besuche macht. Ich werde von Glück sagen können, wenn ich sie allein antreffe. Bei dem, was ich ihr zu sagen habe, möchte ich wirklich nicht unterbrochen werden.«

Sie machte sich entschlossen auf den Weg und hielt Ausschau nach einer Droschke. Zwar war die Fahrt mit dem Pferdeomnibus billiger, aber das Umsteigen würde sie viel Zeit kosten, und außerdem würde sie in gewisser Entfernung von Tante Vespasias Haus aussteigen müssen, denn für Besucher von Lady Cumming-Gould schickte es sich einfach nicht, sozusagen mit dem Pferdeomnibus vorzufahren.

Als sie dort ankam, erfuhr sie von der Zofe, die sie gut kannte, dass die Gnädige angesichts des schönen Wetters beschlossen hatte, auszufahren und ein wenig im Park spazieren zu gehen.

Überrascht merkte Charlotte, wie enttäuscht sie war. Zwar gab es in London eine große Zahl von Parks, doch wenn Angehörige der Oberschicht ›der Park‹ sagten, war damit immer der Hyde Park gemeint. So blieb ihr nichts anderes übrig, als erneut eine Droschke zu nehmen und hinzufahren.

Während der Saison hätte sie damit rechnen müssen, im Hyde Park oder in seiner Nähe an die hundert Kutschen zu sehen, sodass es Zeitverschwendung gewesen wäre, Ausschau nach einer bestimmten zu halten, doch jetzt, Ende September, zu einer Zeit, da zwar die Sonne schien, es aber durchaus recht kühl war, wartete am der Stadt zugekehrten Ende von Rotten Row höchstens ein Dutzend Kutschen und vielleicht noch einmal die gleiche Anzahl am anderen Ende. Die Pferde standen ruhig da, das Messing ihres Zaumzeugs glänzte in der Sonne. Gelegentlich hörte man das leise Klirren eines Pferdegeschirrs. Kutscher und Lakaien sprachen im Schatten der Bäume miteinander und achteten wie die Luchse darauf, nicht von ihrer zurückkehrenden Herrschaft dabei ertappt zu werden.

Charlotte war entschlossen, Vespasia zu finden und sie anzusprechen, ganz gleich, mit wem sie sich gerade unterhalten mochte – außer wenn es die Gattin des Prinzen von Wales war, seit vielen Jahren Vespasias vertraute Freundin. Da diese aber so gut wie taub war, dürfte sie sich kaum mit ihr unterhalten. Sofern Vespasia indes ins Gespräch mit einer Herzogin oder Gräfin vertieft war, würde Charlotte höchstwahrscheinlich gar nicht merken, wen sie vor sich hatte. Schlagartig kam ihr zu Bewusstsein, dass sich äußerste Zurückhaltung empfahl, auch wenn sich später herausstellen sollte, dass die betreffende Dame in der Gesellschaft keine Rolle spielte. Es war Vespasia durchaus zuzutrauen, dass sie sich mit einer Schauspielerin oder Kurtisane unterhielt, sofern diese sie interessierte.

Fast eine halbe Stunde lang eilte Charlotte suchend von einem Grüppchen zum anderen durch den Park, bis sie schließlich atemlos und mit einer schmerzenden Blase an der linken Ferse auf Vespasia stieß, die mit hoch erhobenem Kopf allein über einen der

Wege lustwandelte. Ihren stahlgrauen Hut mit der schwungvollen Krempe zierte eine wunderschöne silberne Straußenfeder. Das Kleid war von etwas hellerem Grau als der Hut, und so kunstvoll war sein weißer Spitzeneinsatz geklöppelt, dass er im Sonnenschein wie ein sich brechender Wogenkamm aussah.

Sie wandte sich um, als sie Schritte hinter sich hörte. »Du bist ja ganz außer Atem, meine Liebe«, tadelte sie Charlotte mit gehobenen Brauen. »Wenn du es so eilig hast, muss das, was dich herführt, ja von äußerster Bedeutung sein.« Sie warf einen Blick auf Charlottes Kleid, dessen Saum von Staub bedeckt war. Dabei fiel ihr auf, dass Charlotte ein wenig schief stand, um den schmerzenden Fuß zu entlasten. »Möchtest du dich nicht einen Augenblick setzen?« Ihr war sofort klar gewesen, dass es nicht um eine persönliche Katastrophe ging.

»Danke«, nahm Charlotte an. Sie spürte die Blase noch schmerzhafter als zuvor, gab sich aber größte Mühe, möglichst aufrecht bis zur nächsten Bank zu gehen, auf die sie sich dankbar sinken ließ. Auf jeden Fall würde sie gleich einmal ihren Stiefel aufknöpfen, um zu sehen, was sich machen ließ.

Vespasia sah sie leicht belustigt an. »Ich vergehe vor Neugier«, sagte sie lächelnd. »Was führt dich ohne Begleitung und offensichtlich auch nicht ohne Schwierigkeiten an einen so ungewohnten Ort?«

»Die Notwendigkeit, etwas Bestimmtes zu erfahren«, sagte Charlotte und zuckte zusammen, als sie den Fuß versuchsweise bewegte. Sie strich sich den Rock glatt und setzte sich ein wenig aufrechter hin. Ihr war bewusst, dass Vorüberkommende unauffällig zu ihnen hersahen und sich vermutlich fragten, wer diese Frau neben der stadtbekannten Aristokratin sein mochte. Sofern Vespasia eifersüchtig auf ihren Ruf geachtet hätte, wäre ihr das möglicherweise peinlich gewesen, aber derlei ließ sie völlig kalt. Von ihr aus mochten die Leute reden und denken, was sie wollten.

»Etwa weitere Angaben über Saville Ryerson?«, erkundigte sich Vespasia ruhig. »Gern würde ich damit dienen, aber ich bin nicht sicher, dass ich dazu imstande wäre.«

»Nein, diesmal geht es nicht um Mr Ryerson, sondern um Mr Garrick«, teilte ihr Charlotte mit.

Vespasias Augen weiteten sich. »Etwa Ferdinand Garrick? Sag mir nur nicht, dass er in die Eden-Lodge-Geschichte verwickelt ist. Das wäre so absurd, dass man es nicht als Tragödie ansehen könnte, sondern als Farce bezeichnen müsste.«

Charlotte sah sie verwirrt an. Sie war nicht sicher, wie ernst Vespasia das meinte. Sie hatte einen ganz eigenen Humor, der vor niemandem Halt machte.

»Inwiefern?«, fragte sie.

Der Ausdruck, der jetzt auf Vespasias Gesicht trat, war eine Mischung aus Betrübnis und leichtem Widerwillen. »Ferdinand Garrick ist Witwer und führt sich auf, als wäre er das Urbild eines Musterchristen, meine Liebe«, sagte sie. »Nicht nur ist er von überspannter Tugendhaftigkeit – er posaunt sie auch demonstrativ vor aller Welt hinaus«, fuhr sie fort. »Er legt großen Wert auf das, was er als gesunde Lebensweise ansieht, verschafft sich viel zu viel Bewegung, friert mit Begeisterung und erwartet von allen Bewohnern seines Haushalts ein ebenso asketisches Leben. Er ist überzeugt, Gott damit näher zu kommen, dass er nicht nur sich kasteit, sondern das auch von allen anderen verlangt. Ich würde sagen, damit verhält es sich wie mit Lebertran – er mag gelegentlich Recht damit haben, aber es fällt ungeheuer schwer, es zu mögen.« Der Ausdruck, mit dem sich Charlotte ein Lächeln verbiss, zeigte Vespasia, dass sie verstanden worden war.

»Wie gesagt, es hat mit Mr Ryerson überhaupt nichts zu tun«, wiederholte Charlotte. »Thomas ist gegenwärtig wegen der Mordgeschichte in Alexandria. Er hofft dort mehr über Miss Sachari herauszubekommen«, erläuterte sie.

Vespasia saß reglos da. Zwei vorüberschlendernde Herren zogen den Hut. Sie schien sie nicht einmal gesehen zu haben.

»Grundgütiger, wieso Alexandria?«, murmelte sie vor sich hin. »Entschuldige bitte, das war eine törichte Frage. Ich nehme an, dass ihn Victor Narraway dort hingeschickt hat, sonst wäre er wohl kaum dort.« Sie atmete betont langsam aus. »Er geht also jeder Fährte nach. Das höre ich gern. Wann ist er abgereist?«

»Vor vier Tagen«, gab Charlotte zurück und merkte überrascht, dass ihr die Zeit sehr viel länger vorgekommen war. Zwar war er auch sonst nicht ständig zu Hause, kehrte aber abends zurück. Die Nächte ohne ihn schienen ihr fürchterlich unbehaglich, so als hätte sie vergessen, im Kamin der einzelnen Zimmer Feuer zu machen. Die Wärme des Herzens war fort. Fehlte sie ihm bei den wenigen Gelegenheiten, da sie nicht zu Hause war, ebenso sehr? Sie hoffte es von ganzem Herzen. »Inzwischen müsste er dort sein«, fügte sie hinzu.

»Das denke ich auch«, gab ihr Vespasia Recht. »Alles dort wird ihm außerordentlich fesselnd erscheinen. Vermutlich hat sich nicht viel geändert, seit ich da war, jedenfalls nichts Wesentliches.« Sie verzog ein wenig den Mund. »Allerdings war das, bevor Mr Gladstone die Stadt hat beschießen lassen. Weiß der Kuckuck, warum ihm das angebracht erschien. Das wird die Zuneigung, die ihre Bewohner uns Briten entgegenbringen, nicht gesteigert haben, doch lassen wir uns von so etwas normalerweise nicht sonderlich beeindrucken. Diese Stadt ist nicht nachtragend. Sie nimmt einfach alles in sich auf, ungefähr so, wie der menschliche Körper die Nahrung, und verwandelt es in einen Bestandteil ihrer selbst. So war es, als die Araber kamen, die Griechen, die Römer, die Armenier, die Kinder Israels und die Franzosen – warum sollte es bei uns Briten anders sein? Wir haben etwas anzubieten, und sie nimmt alles an. Diese Stadt hat einen allumfassenden Geschmack – darin liegt ihre Genialität.«

Auch wenn Charlotte sie gern dies und jenes gefragt und ihr am liebsten den ganzen Tag zugehört hätte, bemühte sie sich, Vespasias Aufmerksamkeit auf die Angelegenheit zu lenken, derentwegen sie gekommen war.

»Ich muss etwas über Ferdinand Garrick wissen, weil der Bruder einer Freundin von Gracie verschwunden ist«, erklärte sie.

»Dein Dienstmädchen?«, fragte Vespasia mit neu erwachter Aufmerksamkeit. »Die Kleine, deren Temperament gut und gern für zwei reicht, die doppelt so groß sind wie sie? Wo wird der junge

Mann vermisst, und wieso hat das ausgerechnet mit Ferdinand Garrick zu tun? Sofern er einen Dienstboten entlässt, wird er überzeugt sein, dass er dafür einen triftigen Grund hatte, und man wird keinesfalls mit ihm darüber reden können. Er hat unverrückbare Vorstellungen von Tugendhaftigkeit – und in seinen Augen ist Gerechtigkeit ein weit höheres Gut als Gnade.«

»Soweit wir wissen, hat er ihn nicht entlassen«, gab Charlotte zurück. Zugleich lief es ihr kalt über den Rücken, als sie die Besorgnis in Vespasias Augen sah, die nach wie vor in munterem Ton sprach. Es war Charlotte klar, dass sie ihre Worte ganz bewusst wählte, insbesondere, was den Hinweis auf Gnade betraf. »Genau genommen, hat Martin für Garricks Sohn Stephen gearbeitet. Er war sein Kammerdiener.« Ungehalten über sich selbst fügte sie hinzu: »Ich weiß gar nicht, warum ich ›war‹ gesagt habe. Soweit wir wissen, ist er es immer noch. Nur hat er sich eben seit nahezu drei Wochen nicht bei seiner Schwester Tilda gemeldet, der einzigen Verwandten, die er noch hat, und das ist noch nie zuvor geschehen. Gracie hat sich unauffällig im Hause Garrick umgehört und den Eindruck gewonnen, dass das Personal nicht weiß, wo sich Martin aufhält. Auch Stephen Garrick scheint nicht mehr dort zu sein. Anfangs hatten die Leute wohl angenommen, er habe sich in sein Zimmer zurückgezogen, was von Zeit zu Zeit vorzukommen scheint. Aber weder wurde Essen hingeschickt, noch kam Wäsche zum Waschen herunter.«

»Gracie war in dem Haus?«, fragte Vespasia mit einem Unterton von Bewunderung. »Das hätte ich gern gesehen! Was hat sie noch erfahren, außer dass sich weder Herr noch Diener im Hause befindet und das Personal nichts über ihren Verbleib weiß beziehungsweise nicht bereit ist, etwas darüber zu sagen?«

»Dass Stephen Garrick ein unglücklicher Mensch ist, der zu viel trinkt und zu Tobsuchtsanfällen neigt. In solchen Augenblicken wird offenbar außer Martin Garvie niemand mit ihm fertig«, fasste Charlotte zusammen. »Es wäre also ausgesprochen unvernünftig, den jungen Mann zu entlassen, da es alles andere als leicht fallen dürfte, für ihn Ersatz zu finden.«

Vespasia saß eine Weile still da, als wäre sie in die Betrachtung derer versunken, die da vorüberflanierten: Damen in ihren herrlichsten Gewändern am Arm von Herren im dunklen Cut oder in leuchtend bunter Uniform.

»Es sei denn, er hatte das Unglück, Zeuge eines besonders unangenehmen Zwischenfalls zu werden«, sagte sie schließlich leise und betrübt, »und die Stirn, für sein Schweigen Geld zu verlangen. In dem Fall hat man ihn unter Umständen für zu teuer gehalten und ohne Zeugnis entlassen.«

»Wäre das nicht in hohem Maße unvernünftig?«, hielt Charlotte dagegen. »Falls ich Angestellte hätte, die meine Familiengeheimnisse kennen, läge es doch in meinem ureigensten Interesse, dafür zu sorgen, dass sie sich ständig in meiner Nähe aufhalten und nicht mit einem – noch dazu gerechtfertigten – Groll auf mich woanders Arbeit suchen.«

Vespasia schüttelte kaum wahrnehmbar den Kopf. »Meine Liebe, ein Mann wie Ferdinand Garrick lässt sich nicht zu Auskünften herab, und wer Personal einstellen möchte, fragt frühere Arbeitgeber nicht nach den Gründen ihres Handelns. Falls aber doch, würde sich jeder mit der Erklärung zufrieden geben, dass der Dienstbote gedroht habe, Tratsch über die Familie Garrick zu verbreiten. Taktlosigkeit ist die schlimmste Sünde, die sich Hauspersonal zuschulden kommen lassen kann. Mit dem Familiensilber zu verschwinden ist nicht so schlimm, wie dem Ruf der Familie zu schaden. Silber kann man nachkaufen oder, wenn es gar nicht anders geht, auch darauf verzichten. Ohne seinen guten Ruf aber kann niemand leben.«

Charlotte wusste, dass sie Recht hatte. »Trotzdem muss ich wissen, was mit Martin geschehen ist. Nehmen wir an, er wäre entlassen worden: Warum hat er Tilda nichts davon gesagt? Vor allem, wenn die Entlassung ungerechtfertigt war!«

»Das weiß ich nicht«, gab Vespasia zu und nickte huldvoll einem Bekannten zu, der sie gesehen und den Hut gelüftet hatte. Dann sah sie rasch wieder Charlotte an, damit der Mann die Erwiderung seines Grußes nicht als Einladung auffasste, zu ihnen zu treten. »Ich glaube, du hast allen Grund, dir Sorgen zu machen.«

»Was für ein Mensch ist dieser Ferdinand Garrick, von seiner Frömmelei abgesehen?« Charlotte setzte den Fuß probehalber auf, um zu sehen, ob die Blase weniger drückte. Das war nicht der Fall.

»Um Gottes willen, Kind, zieh doch einfach den Schuh aus«, riet ihr Vespasia.

»Hier?«, fragte Charlotte verblüfft.

Vespasia lächelte. »Mit nur einem Schuh fällst du weniger auf, als wenn du die ganze Rotten Row entlang bis zu meiner Kutsche humpelst. Die Leute würden glauben, dass du betrunken bist! Ich kenne den Mann nicht besonders gut und verspüre auch nicht den Wunsch, ihn näher kennen zu lernen. Leute seines Schlages sagen mir nicht zu. Er ist völlig humorlos, und ich bin nun einmal im Laufe meines Lebens zu der Ansicht gekommen, dass Humor so etwas wie die Fähigkeit ist, die Dinge im richtigen Verhältnis zueinander zu sehen. Sicherlich hat das mit dem gesunden Menschenverstand zu tun.« Begeistert sah sie einem herumtollenden Welpen zu, der mit den Hinterläufen Steinchen emporschleuderte. »Was uns zum Lachen reizt, ist die Unverhältnismäßigkeit von Dingen. Es ist nun einmal sehr amüsant, mit anzusehen, wie einem aufgeblasenen Menschen die Luft abgelassen wird. Wenn alles auf der Welt so wäre, wie es sich angeblich gehört, wäre das Leben von unerträglicher Langeweile. Wo es nichts zu lachen gibt, fehlt ihm etwas«, sagte sie leise und lächelte. Im nächsten Augenblick aber trat ihr tiefe Bekümmernis in die Augen.

Sie hob das Kinn. »Trotz allem werde ich Ferdinand Garrick aufsuchen und sehen, was ich feststellen kann. Ich habe sonst nichts Interessantes zu tun, und auf keinen Fall etwas, das wichtiger wäre. Vielleicht liegt darin der größte Widersinn?« Der Welpe war über den Rasen verschwunden. Vespasia richtete den Blick auf ein nach der neuesten Mode gekleidetes Paar, das in der Mitte des Weges entlangschritt. Gelegentlich nickten die beiden, die Mitte fünfzig sein mochten, gnädig, wenn ihnen jemand begegnete. Bald zeigte sich, dass dahinter ein System steckte. Den Gruß mancher erwiderten sie, andere hingegen übersahen sie. Von Zeit zu Zeit zögerten sie einen Augenblick und sahen einander an, wohl um zu entscheiden, wie sie sich zu verhalten hatten.

»Man füllt seine Zeit mit Gesellschaftsspielen«, führte Vespasia das Gespräch fort, »und bildet sich ein, das sei von Bedeutung, weil einem entweder nichts Wichtigeres einfällt oder weil man keine Lust hat, es zu tun.«

»Tante Vespasia«, sagte Charlotte mit leicht unsicherer Stimme. Sie wandte sich ihr mit fragendem Blick zu.

»Ich weiß, dass dir die Vorstellung nicht zusagt, Mr Ryerson könnte Lovat getötet haben«, sagte Charlotte, »oder Miss Sachari mit voller Absicht geholfen haben, damit niemand eine Möglichkeit hatte, ihr den Mord nachzuweisen. Aber überleg bitte einmal, wie es wirklich gewesen sein könnte. Was glaubst du?« Sie sah Vespasia lächeln. »Wir können uns nur dann vor dem Schlimmsten schützen, wenn wir es an uns heranlassen«, sagte Charlotte, der klar war, in welche Richtung Vespasias Sympathie ging. »Was für ein Mann ist er? Ich will nicht wissen, was die Polizei sowieso herausbekommt, sondern Dinge, die dir bekannt sind.«

Vespasia schwieg so lange, dass Charlotte schon annahm, sie werde keine Antwort bekommen. Während sie wartete, beugte sie sich vor, um ihren Stiefel vollständig aufzuknöpfen. Es schmerzte, als sie ihn vom Fuß zog. Sie entdeckte ein Loch in der Ferse ihres Strumpfs – das also war es! Noch hatte sich die Blase nicht geöffnet.

Sie spürte eine Berührung an ihrem Arm und hob den Blick. Vespasia hielt ihr ein seidenes Tuch und eine winzige Nagelschere hin.

»Schneid den Strumpf ab und binde das Tuch um den Fuß«, sagte sie, »dann schaffst du es bis nach Hause, ohne dass es schlimmer wird.«

Charlotte dankte ihr und malte sich aus, welches Bild sie bieten würde, wenn beim Gehen das bunte Tuch unter dem schwingenden Rock aus dem halbhohen Stiefel hervorsah.

»Einfach lächeln«, riet ihr Vespasia. »Es ist besser, du fällst den Leuten durch eine exzentrische Fußbekleidung auf als durch eine saure Miene. Außerdem wirst du wohl kaum einem der Menschen, die dich hier sehen, noch einmal begegnen. Im Übrigen nehme ich an, dass du dir nicht das Geringste aus dem machst, was sie über dich denken?«

»Das stimmt«, bestätigte Charlotte mit einem Lächeln, das vermutlich sehr viel breiter ausfiel, als Lady Vespasia erwartet hatte.

»Du stellst mir da ausgesprochen zartfühlende Fragen, meine Liebe«, fuhr Vespasia fort, den Blick auf die Bäume in der Ferne gerichtet, deren Laub noch kaum die warmen Farben des Herbstes zeigte. »Aber du hast Recht. Saville Ryerson ist tiefer Empfindungen fähig. Darüber hinaus ist er impulsiv und … und er kann durchaus rabiat werden.« Sie biss sich ein wenig auf die Lippe. »Er hat im Jahre einundsiebzig bei einem schrecklichen Unglück seine Frau verloren. Aber das ist es nicht allein, es war auch Untreue im Spiel. Allerdings weiß ich keine Einzelheiten darüber, und schon gar nicht, um wen es dabei ging.« Ihre Stimme wurde noch leiser. »Er war fuchsteufelswild. Sie hatten sich fürchterlich gestritten, und vermutlich war es für ihn gerade deshalb umso schwerer zu ertragen, dass sie gleich darauf ums Leben kam. Ebenso sehr wie über ihren Tod grämte er sich darüber, dass er sie nicht zu retten vermocht hatte. Verstärkt wurde das alles durch das Bewusstsein, dass er eine Schuld auf sich geladen hatte und das Gesagte nie wieder zurücknehmen konnte. Dabei spielt es keine Rolle, dass er von der Richtigkeit seiner Anschuldigungen überzeugt war.«

Charlotte knöpfte ihren Stiefel wieder zu. »Das muss sehr schlimm für ihn gewesen sein. Aber kann Lovat damit etwas zu tun gehabt haben? Wie du sagst, liegt die Sache über zwanzig Jahre zurück.«

»Nein, nicht das Geringste«, stimmte ihr Vespasia zu. »Ich habe dir das nur erzählt, damit du dir ein besseres Bild von ihm machen kannst. Seither ist er allein, hat seiner Partei und seinen Wählern gedient. Beide waren strenge Zuchtmeister, unbeständig und fordernd. Von ihnen hat er kaum etwas zurückbekommen – bisweilen haben sie nicht einmal zu ihm gestanden. Manche allerdings, die besten, haben ihn geliebt, und das war ihm bewusst. Doch hat ihn dieser Dienst, den er völlig auf sich allein gestellt geleistet hat, ausgehöhlt.« Sie machte eine leicht wegwerfende Bewegung mit ihrer behandschuhten Hand. »Damit soll nicht gesagt sein, dass er sich die Befriedigung seiner Bedürfnisse versagt hat, doch ist er dabei stets mit der gebotenen Diskretion vorgegangen, und seine Gefühle waren daran überhaupt nicht oder nur wenig beteiligt.«

»Bis Miss Sachari auf der Bildfläche ...«

»Genau. Und wenn sich ein leidenschaftlicher Mann verliebt, der über zwanzig Jahre lang Gefühle weder geschenkt noch empfangen hat, tut er das Hals über Kopf. Er brennt gleichsam lichterloh und wird damit zutiefst verletzbar.« Sie sagte das so gefühlvoll, als habe auch sie so etwas erlebt.

»Ja ...«, sagte Charlotte nachdenklich. Sie versuchte sich das vorzustellen: das Warten, die Einsamkeit der Jahre und dann die verheerende Gewalt, mit der das Gefühl über einen Menschen hereinbrach.

»Allerdings verstehe ich nicht«, fügte Vespasia nachdenklich hinzu, mit einem Mal wieder ganz praktischer Verstand, »warum die Frau Lovat erschossen hat. Vorausgesetzt, er war kein besonders angenehmer Zeitgenosse und er hat sie belästigt – warum konnte sie ihn dann nicht einfach ignorieren oder die Polizei rufen, falls er wirklich unerträglich geworden sein sollte?«

Ein grässlicher Verdacht meldete sich bei Charlotte. »Könnte es sein, dass er sie erpresst hat, möglicherweise im Zusammenhang mit Vorfällen in Alexandria? Wenn er nun gedroht hätte, Ryerson davon zu berichten? Das wäre doch eine Erklärung dafür, warum sie ihm nicht die Wahrheit sagen konnte.«

Vespasia richtete den Blick auf das Gras zu ihren Füßen. »Möglich wäre es«, räumte sie zögernd ein. »Aber ich hoffe aus tiefster Seele, dass es nicht zutrifft. Auch sollte man annehmen, dass sie so etwas nicht ausgerechnet in einer Nacht tun würde, in der sie Ryerson erwartete. Aber vielleicht haben ihr die Umstände keine Wahl gelassen.«

»Das wäre auch ein Grund dafür, warum sie nach wie vor niemandem vertraut«, fügte Charlotte hinzu. Sie verabscheute ihre eigenen Gedanken, aber es war sicher besser, all das jetzt zu sagen, als sie immer heftiger und ohne Antwort in ihrem Kopf kreisen zu lassen. »Ich kann mir allerdings nicht vorstellen, womit er sie erpresst haben sollte – es sei denn, es war etwas, was Ryerson kompromittieren konnte ... etwas, was mit seiner Stellung in der Regierung zu tun hatte.«

»Hältst du den Mann für einen Spion?«, fragte Vespasia. »Oder, besser gesagt, für einen *agent provocateur*? Dann wäre der arme Saville wieder einmal Opfer eines Vertrauensbruchs.« Sie holte tief Luft und stieß sie langsam wieder aus. Es klang wie ein Seufzen. »Wie verwundbar wir sind.« Sie stand auf. »Wie unendlich verletzlich.«

Rasch erhob sich Charlotte und bot ihr den Arm.

»Danke«, sagte Vespasia trocken. »Zwar weine ich innerlich wegen der Qualen eines Mannes, den ich immer gut leiden konnte, doch bin ich durchaus noch imstande, aus eigener Kraft aufzustehen, zumal ich keine Blase am Fuß habe. Vielleicht willst du dich lieber bis zu meiner Kutsche auf meinen Arm stützen? Ich bringe dich gern nach Hause, falls du dorthin willst.«

Charlotte konnte das Lächeln, das ihr unwillkürlich auf die Lippen trat, kaum verbergen. Mit den Worten: »Das ist sehr freundlich«, nahm sie den angebotenen Arm, ohne sich darauf zu stützen. »Ja, ich möchte in die Keppel Street. Darf ich dir dort vielleicht eine Tasse Tee anbieten?«

»Danke, gern«, nahm Vespasia mit einem kaum wahrnehmbaren belustigten Schimmer in ihren grauen Augen an. »Sicherlich wird uns den die wunderbare Gracie machen und mir dabei mehr über diesen verschwundenen Kammerdiener berichten?«

Vespasia bestand darauf, den Tee in der Küche zu trinken, einem Raum, den sie in ihrem eigenen Hause allein schon deshalb nie aufsuchte, weil ihre Köchin, wenn sie sich erst einmal von ihrer Verblüffung erholt hätte, gekränkt gewesen wäre. Sie suchte die

Hausherrin jeden Morgen in ihrem Boudoir auf, um sich deren Vorstellungen von dem anzuhören, was auf den Tisch kommen sollte, und gegebenenfalls Gegenvorschläge zu machen, bis sie sich schließlich auf einen Kompromiss einigten. Die im gegenseitigen Einverständnis getroffene stillschweigende Übereinkunft lautete, dass sie nie einen Fuß in den Salon setzte und Vespasia nicht in die Küche eindrang.

Im Hause Pitt hingegen war die Küche der Mittelpunkt des Familienlebens. Alle Mahlzeiten wurden dort nicht nur zubereitet, sondern auch eingenommen. Das Licht der Gaslampen brach sich im polierten Kupfer der Töpfe, vom zur Decke emporgezogenen Trockengestell verbreitete sich der Geruch frischer Wäsche, und der Holztisch wie auch die Bodendielen blitzten vor Sauberkeit, da sie täglich gescheuert wurden.

Ganz im Gegensatz zu ihrer sonstigen Gesprächigkeit war Gracie anfangs still, so sehr beeindruckte sie die Anwesenheit einer richtigen Angehörigen des Hochadels in ihrer Küche, die noch dazu ganz wie ein gewöhnlicher Mensch an ihrem Tisch saß. Auch jetzt war sie mit ihrem silbrig glänzenden Haar, den überschatteten Augen, den zerbrechlich wirkenden hohen Wangenknochen und der porzellanfarbenen Haut die schönste Frau, die Gracie je gesehen hatte.

Allmählich aber gewann ihr Drang zu sagen, was ihr am Herzen lag, die Oberhand, und so begann sie Vespasia ihre Vermutungen und Befürchtungen haarklein auseinander zu setzen, sodass diese bei ihrem Aufbruch ebenso viel über die Sache wusste wie Gracie selbst und Charlotte.

Das war der Auslöser dafür, dass Vespasia an jenem Abend kurz nach halb acht in ihrem lavendelfarbenen Seidenkleid wartend im Foyer des Königlichen Opernhauses mit seinen Rosa- und Goldtönen stand.

Die Diamanten ihrer Tiara blitzten bei jeder noch so kleinen Bewegung, während sie die an ihr vorüberdefilierende Menschenmenge musterte, in der Hoffnung, den ihr flüchtig bekannten Ferdinand Garrick zu entdecken. Es hatte sie den größten Teil des

Nachmittags gekostet, mit äußerster Diskretion festzustellen, wo er den Abend zu verbringen gedachte, und dann einen guten Bekannten, der ihr einen Gefallen schuldete, dazu zu überreden, dass er ihr die eigenen Karten für den Abend überließ.

Als Letztes hatte sie den Richter Theloneus Quade angerufen und ihn gebeten, sie zu begleiten. Sie hatte dabei ein schlechtes Gewissen gehabt, denn ihr war klar, dass er ihr nie im Leben einen Korb geben würde. Sie wusste, was er für sie empfand, und nach Mario Corenas Rückkehr war es ein Gebot des Anstands gewesen, niemanden in die Irre zu führen und auch nicht den Anschein zu erwecken, dass sie die ihr durchaus bekannten Gefühle anderer ausnutzte. Mit ihm war die leidenschaftliche Liebe ihrer prägendsten Jahre zurückgekommen, und sie war von einer neuen Zärtlichkeit erfüllt gewesen, die alle anderen Möglichkeiten in den Hintergrund drängte. Noch war sie nicht bereit, diese Empfindungen aufzugeben, auch wenn Mario inzwischen nicht mehr lebte. Was sie für ihn empfand, war auf alle Zeiten mit in ihr Wesen verwoben.

Jetzt aber ging es darum, etwas gegen die Gefahr zu unternehmen, in der Martin Garvie ihrer festen Überzeugung nach schwebte. Sie hatte weder Gracie noch Charlotte gezeigt, wie sehr der Fall sie beunruhigte. Sie wusste dies und jenes über Ferdinand Garrick und empfand diesem Tugendbold gegenüber eine instinktive Abneigung, für die sie keinesfalls einen Grund hätte nennen können.

Selbstverständlich hatte sie Theloneus ins Vertrauen gezogen. Da sie seine Freundschaft und Diskretion zu schätzen wusste, nahm sie seine Hilfe bei diesem Fall, dessen Lösung ihrer festen Überzeugung nach alles andere als einfach sein würde, gern in Anspruch. Und ohnehin schuldete sie ihm zumindest eine Erklärung dafür, warum sie so überstürzt eine Opernaufführung besuchen wollte, obwohl ihr klar war, dass ihm ebenso wenig daran lag wie ihr.

Sie und er sahen Garrick im selben Augenblick.

»Wollen wir?«, fragte er leise. Es klang mehr nach einer Aufforderung als nach einer Frage.

Mit den Worten: »Wer A sagt, muss auch B sagen«, nahm sie seinen Arm und bahnte sich einen Weg durch die Menge.

Bis sie Garrick erreicht hatten, befand sich dieser in einer angeregten Unterhaltung mit einem äußerst konservativen Bischof, den Vespasia nicht ausstehen konnte. Dreimal setzte sie an, um in das Gespräch einzugreifen, doch jedes Mal erstarben ihr die Worte auf den Lippen. Nicht einmal um einer so würdigen und bedeutenden Sache willen brachte sie es über sich, die Heuchelei so auf die Spitze zu treiben. Ohne Theloneus anzusehen, spürte sie, dass er sich amüsierte.

»Es gibt zwei Pausen«, flüsterte er ihr zu, als Garrick und der Bischof gegangen waren und auch sie ihre Plätze aufsuchen mussten.

Zwar war die Oper ein barockes Meisterwerk voll Raffinement und Licht, doch fehlten Vespasia die vertrauten Melodien, die Leidenschaft und die tiefen Gefühle Verdis, den sie liebte. Sie legte sich Pläne für die erste Pause zurecht. Unter keinen Umständen konnte sie es sich leisten, bis zur zweiten Pause zu warten, denn sie musste damit rechnen, dass sie nicht sofort an Garrick herankam. Je nachdem, mit wem er sprach, konnte sie sich unmöglich einfach einmischen. Ohne ein gewisses Fingerspitzengefühl würde es nicht gehen, denn er hatte für sie ebenso wenig übrig wie sie für ihn.

Als sich der Vorhang unter begeistertem Beifall senkte, sprang sie auf, als wäre sie von der Vorstellung hingerissen.

»Ich wusste gar nicht, dass dir das so sehr gefällt«, sagte Theloneus überrascht. »Danach hat dein Gesicht überhaupt nicht ausgesehen.«

»Tut es auch nicht«, gab sie zurück. Dass er sie beobachtet hatte, statt auf die Bühne zu sehen, brachte sie ein wenig aus dem Konzept. Ihr war gar nicht mehr bewusst gewesen, wie tief seine Gefühle für sie waren. »Ich möchte zu Garrick, bevor er seine Loge verlässt und jemand anders das Gespräch an sich reißt«, erklärte sie.

»Falls der Bischof da ist, werde ich so tun, als könne er mich zu seiner Anschauung bekehren«, erbot sich Theloneus mit schalkhaftem Lächeln. Ihm war klar, dass sie wusste, welches Opfer das für ihn bedeutete.

»Niemand liebt mehr als der, der sein Leben für seine Freunde opfert«, murmelte sie leise vor sich hin und fügte etwas lauter hinzu: »Ich werde dir dafür zu tiefem Dank verpflichtet sein.«

»Das will ich hoffen«, erwiderte er mit Nachdruck.

Sein Eingreifen erwies sich als dringend erforderlich. Fast wäre Vespasia vor Garricks Loge mit dem Bischof zusammengestoßen.

»Guten Abend, Eure Exzellenz«, sagte sie mit einem eisigen Lächeln. »Wie schön zu sehen, dass Sie eine Oper gefunden haben, deren Handlung Ihren Moralvorstellungen nicht zuwiderläuft.«

Kaum hatte sie diese von Sarkasmus triefende Äußerung getan – denn in dem Stück ging es um Inzest und Mord –, tat sie ihr schon Leid, und zwar bereits bevor sie hörte, wie Theloneus seinen Lachdrang hinter einem vorgetäuschten Hustenanfall verbarg. Das Gesicht des Bischofs verfärbte sich hochrot.

»Guten Abend, Lady Vespasia«, gab er kalt zurück. »Sie sind doch Lady Vespasia Cumming-Gould, nicht wahr?« Er wusste sehr wohl, wen er vor sich hatte; diese Kränkung war seine Rache für ihre Gehässigkeit.

Sie warf ihm ein bezauberndes Lächeln von der Art zu, bei dessen Anblick in ihren jüngeren Jahren Prinzen dahingeschmolzen waren.

»Gewiss«, sagte sie. »Darf ich Ihnen Richter Quade vorstellen?« Sie machte eine leichte Handbewegung. »Der Bischof von Putney, glaube ich, jedenfalls irgendwo in der Gegend da unten. Ein weithin gerühmter Hüter christlicher Tugenden, allen voran der Reinheit des Denkens.«

»Aha«, murmelte Theloneus. »Wie geht es Ihnen?« Auf seine asketischen Züge trat der Ausdruck großen Interesses, und er sagte, wobei seine blauen Augen sanft leuchteten: »Wie gut es sich doch trifft, dass ich Sie kennen lerne. Ich wüsste zu gern, was Sie als wohlunterrichteter und zugleich aufgeklärter Geist dazu sagen, dass der Komponist für seine herrliche Musik gerade auf diese Handlung verfallen ist. Kann der Mensch aus einem solch widerlichen Verhalten etwas lernen, zum Beispiel, dass das Böse am Ende immer bestraft wird? Oder fürchten Sie eher, dass die Schönheit, mit der diese Schandtaten dargestellt werden, den Menschen verderben, sodass er nicht imstande ist, die dahinter stehende Moral mit seinem Verstand zu erfassen?«

»Nun ...«, setzte der Bischof an.

Ohne sich länger bei den beiden aufzuhalten, klopfte Vespasia an die Logentür und öffnete sie, sobald sie Garricks Aufforderung gehört hatte einzutreten. Die gezwungene Unterhaltung, die ihr bevorstand, war ihr schon im Voraus widerwärtig, denn beiden war klar, dass sie keinerlei gemeinsame Interessen hatten und sie ihn auf keinen Fall aus Freundschaft aufsuchte.

In der Loge befanden sich neben Garrick seine Schwester mit ihrem im Bankwesen tätigen Mann sowie eine mit den beiden befreundete Witwe, die aus einer der umliegenden Grafschaften zu einem Besuch in die Hauptstadt gekommen war. Sie lieferte Vespasia den Vorwand, den sie brauchte.

»Lady Vespasia?«, sagte Garrick mit leicht gehobenen Brauen. Das war alles andere als ein Ausdruck des Willkommens. »Wie schön, Sie zu sehen.« Seine Worte klangen etwa so begeistert, als hätte er in seinem Nachtisch das Kerngehäuse eines Apfels gefunden.

Sie neigte den Kopf. »Sie sind zu gütig, wie immer«, gab sie in einem Ton zurück, als hätte er eine Äußerung von unentschuldbarer Vulgarität getan.

Seine Züge verfinsterten sich. Ihm blieb nichts anderes übrig, als Schwester samt Schwager und Besucherin vorzustellen, eine gewisse Mrs Arbuthnott. Drückend lastete das Bewusstsein in der Loge, dass Vespasia keinen wirklichen Grund hatte, den kleinen Kreis zu stören. Zwar fragte Garrick nicht offen heraus nach dem Anlass ihrer Anwesenheit, doch verlangte seine Körperhaltung mit dem erwartungsvoll vorgereckten Kopf unabweisbar nach einer Erklärung.

Sie lächelte Mrs Arbuthnott zu. »Eine gute Bekannte, Lady Wilmslow, hat mir gegenüber in den höchsten Tönen von Ihnen gesprochen«, log sie dreist, »und gesagt, dass ich unbedingt Ihre Bekanntschaft machen müsse.«

Mrs Arbuthnott wusste nicht, wie ihr geschah. Zwar hatte sie noch nie im Leben von einer Lady Wilmslow gehört, was kein Wunder war, da sich Vespasia diese Dame aus den Fingern gesogen hatte, doch wusste sie selbstverständlich, wer Lady Vespasia war, und fühlte sich daher unendlich geschmeichelt.

Vespasia tilgte ihre Schuld mit dem großzügigen Anerbieten: »Sollten Sie sich bis Ende des Monats in der Stadt aufhalten – ich empfange montags und mittwochs. Sofern Sie Gelegenheit zu einem Besuch haben, sind Sie mir hochwillkommen.« Sie entnahm dem silbernen Etui in ihrem Ridikül eine Karte mit ihrer Anschrift und gab sie der Dame, die sie entgegennahm, als handele es sich um ein kostbares Juwel. Das war sie nach den Maßstäben der Londoner Gesellschaft auch, und noch dazu eines, das man für Geld nicht kaufen konnte. Während sie ihren Dank stammelte, gelang es Garricks Schwester nur mit Mühe, zu verbergen, wie neidisch sie war. Dazu aber bestand nicht der geringste Anlass, denn als Gastgeberin Mrs Arbuthnotts konnte sie sie begleiten, ohne dass irgendjemand daran Anstoß nehmen würde.

Dann wandte sich Vespasia an Garrick. »Ich hoffe, es geht Ihnen gut, Ferdinand?« Auch wenn es sich um eine reine Höflichkeitsfloskel handelte, verlangten die Umgangsformen, dass er darauf einging. »Glänzend. Aber auch mit Ihrer Gesundheit scheint es erfreulicherweise zum Besten zu stehen. Allerdings habe ich Sie auch nie anders erlebt.« Um nichts in der Welt würde er sich zu einem Verstoß gegen die Etikette hinreißen lassen, schon gar nicht vor seinen Gästen.

Sie schenkte ihm ein Lächeln, als hätte er ihr ein großes Kompliment gemacht, während ihr selbstverständlich bewusst war, dass er mit seinen Worten nichts dergleichen gemeint hatte.

»Danke. Sie sagen das mit solcher Herzenswärme, dass es unmöglich wäre, Ihre Großzügigkeit als bloße Floskel abzutun.« Bei diesem Spiel empfand sie eine so spitzbübische Freude, dass sie darüber ganz vergaß, wie sehr ihr Garrick zuwider war. Er erinnerte sie an andere Tugendbolde in ihrem engeren Bekanntenkreis, die geradezu besessen darauf achteten, dass andere Menschen Regeln einhielten und Selbstzucht übten, ewige Rechthaber, die so schnell nichts verziehen und denen es schon verdächtig war, wenn jemand lachte. Möglicherweise gründete sich Vespasias Ablehnung mehr auf Vermutungen als auf Wissen, womit sie eben der Sünde schuldig gewesen wäre, die sie ihm vorwarf. Später, wenn sie wieder allein war, musste sie unbedingt versuchen, sich zu erinnern, was sie in Wahrheit über ihn wusste.

Mit betont freundlicher und interessierter Miene erkundigte sie sich: »Wie geht es Ihrem Sohn Stephen? Kann es sein, dass ich ihn kürzlich im Park vorüberreiten habe sehen? Es kam mir ganz so vor, als wäre er in Begleitung der jungen Marsh gewesen, wie heißt sie noch, die mit dem unglaublich vollen Haar?«

Garrick stand reglos wie ein Standbild da. Er ließ sich nichts anmerken, doch war sie überzeugt, dass sich seine Gedanken auf der Suche nach einer Antwort jagten.

»Nein«, sagte er schließlich. »Das muss jemand anders gewesen sein.«

Sie sah ihn weiterhin erwartungsvoll an, als verlange die Höflichkeit, dass er noch mehr sagte, und als komme es einer Zurückweisung gleich, wenn er schwieg.

Der Ausdruck von Ärger trat auf sein Gesicht, verschwand aber gleich wieder.

Vespasia überlegte, ob sie sich anmerken lassen sollte, dass ihr das nicht entgangen war, unterließ es aber, weil sie fürchtete, er werde dann das Thema wechseln.

»Bitte verzeihen Sie«, sagte sie rasch, bevor sich sein Schwager ins Zeug legen und ihn retten konnte. »Ich wollte Sie nicht in Verlegenheit bringen.«

Zornesröte stieg ihm in die Wangen, und die Muskeln seines ganzen Leibes spannten sich. »Lachhaft!«, sagte er aufbrausend und durchbohrte sie mit Blicken. »Ich habe nur überlegt, wen Sie da gesehen haben könnten. Stephen geht es in letzter Zeit nicht gut, und der kommende Winter wird ihm noch mehr zu schaffen machen.« Er holte tief Luft. »Er ist für eine Weile nach Südfrankreich gereist. Dort ist das Klima milder und trockener.«

»Eine sehr kluge Entscheidung«, sagte Vespasia, unsicher, ob sie ihm glauben sollte oder nicht. Zwar klang die Erklärung in jeder Hinsicht vernünftig, doch passte sie in keiner Weise zu dem, was Gracie vom Küchenpersonal im Haus am Torrington Square gehört hatte. »Ich hoffe, dass sich ein verlässlicher Mensch um ihn kümmert«, sagte sie mit höflichem Interesse.

»Gewiss«, gab er zur Antwort. Wieder holte er Luft. »Er hat natürlich seinen Kammerdiener mitgenommen.«

Sie konnte nichts weiter sagen, ohne eine ungehörige Neugier an den Tag zu legen, ein Verstoß gegen die Regeln der Gesellschaft, dessen sie sich noch nie schuldig gemacht hatte. Neugier war ordinär und ein Hinweis darauf, dass es dem eigenen Leben an Interessantem fehlte und man nicht wusste, womit man sich beschäftigen sollte. Eine solche Unfähigkeit hätte niemand zugegeben.

So sagte sie: »Ich denke, dass ihm das gut tun wird. Ich muss sagen, dass mir die Monate Januar und Februar hier auch nicht besonders behagen. Früher, als ich noch viel auf dem Lande lebte, war das anders. Ein Waldspaziergang macht zu jeder Jahreszeit Freude, während einem die Straßen Londons, wenn Schnee liegt, höchstens nasse Röcke bis hinauf zu den Knien bescheren. Da wirkt der Gedanke an Südfrankreich richtig verlockend.«

Er fixierte sie mit einem steinernen Blick. Sicherlich war es keine Einbildung, dass Feindseligkeit darin lag und die Gewissheit, dass sie keinesfalls aus Höflichkeit einer Frau ihre Aufwartung gemacht hatte, die sie nicht kannte.

Mit den Worten: »Sie kennen zu lernen war mir ein aufrichtiges Vergnügen, Mrs Arbuthnott«, verabschiedete sich Vespasia liebenswürdig. »Sicherlich wird Ihnen Ihr Aufenthalt in London gefallen.« Garricks Schwester und Schwager nickte sie freundlich zu. »Guten Abend, Ferdinand«, sagte sie noch, wandte sich dann um, ohne auf seine Antwort zu warten, und trat auf den Gang hinter den Logen hinaus. In Armeslänge entfernt stand Theloneus nach wie vor im Gespräch mit dem Bischof. Sein Gesicht wirkte wie erstarrt.

»... falsch verstandene Tugend ist einer der Flüche des modernen Lebens«, sagte der Bischof voll Eifer. Theloneus bedurfte unübersehbar der Errettung.

»Bischof, wollen Sie auf ein Gläschen Champagner mit uns kommen?«, fragte Vespasia mit berückendem Lächeln. »Oder würden Sie sagen, dass wir ohnehin zu viel davon trinken? Bestimmt haben Sie Recht, und selbstverständlich erwartet man von Ihnen, dass Sie uns allen mit leuchtendem Beispiel vorangehen. Es war erfrischend, Sie hier zu sehen. Weiterhin viel Vergnügen.« Mit diesen Worten bot sie Theloneus den Arm, den er sogleich nahm, erkennbar bemüht, nicht vor Lachen herauszuplatzen.

Ein Besuch bei Saville Ryerson ließ sich weit schwieriger bewerkstelligen. Obwohl sie trotz Garricks Behauptung, sein Sohn befinde sich mit Martin Garvie in Südfrankreich, fürchtete, Tildas Bruder könne etwas zugestoßen sein, ging ihre Sorge um Ryerson noch tiefer. Bestenfalls würde er von der Frau enttäuscht sein, die er rückhaltlos geliebt hatte, so unklug das gewesen sein mochte. Von einem anderen Menschen hintergangen zu werden, zu sehen, wie jede Hoffnung zuschanden wird, alle Träume zerplatzen, war eine der härtesten Prüfungen der menschlichen Seele. Im schlimmsten Fall musste er damit rechnen, sich auf der Anklagebank neben seiner Geliebten wiederzufinden und möglicherweise wie sie am Galgen zu enden.

Die einfachen Möglichkeiten, zu Ryerson zu gelangen, probierte Vespasia gar nicht erst aus. Sie konnte es sich nicht leisten, mit Fehlschlägen Zeit zu verlieren, und schon gar nicht wollte sie dadurch, dass sie von Menschen einen Gefallen einforderte, den diese ihr schuldeten, einen Hinweis darauf liefern, wie wichtig es ihr war, mit ihm in Verbindung zu treten.

So entschloss sie sich, gleich den höchsten Beamten im Polizeipräsidium aufzusuchen, dessen Abteilung für den Fall zuständig war. Er hatte ihr vor langer Zeit, als beide deutlich jünger waren, den Hof gemacht. Später, längst verheiratet, hatten sie gemeinsam ein langes Wochenende als Gäste auf einem der Landsitze irgendeines Herzogs verbracht. Ganz besonders vor Augen stand ihr ein bestimmter Nachmittag in einer Eibenlaube. Sie erinnerte andere nur ungern an Derartiges, denn stilvoll war das nicht – aber bisweilen äußerst nützlich. Angesichts der Situation, in der sich Ryerson befand, konnte sie auf solche Feinheiten keine Rücksicht nehmen.

Sie brauchte nicht zu warten. Als sie in Arthurs Büro geführt wurde, begrüßte er sie, in der Mitte des Raumes stehend. Die Zeit war gnädig mit ihm verfahren, wenn auch nicht ganz so gnädig wie mit ihr. Er wirkte schmaler als damals, und seine Haare waren vollständig ergraut.

»Meine Liebe …«, begann er und schien dann nicht recht zu wissen, wie er sie anreden sollte. Ihre Vertrautheit lag viele Jahre zurück.

Um ihm über die Peinlichkeit hinwegzuhelfen, sagte sie schnell: »Wie großzügig von dir, mich so rasch zu empfangen, wo dir sicherlich klar ist, dass ich einen Gefallen von dir erwarte – sonst wäre ich nicht in so unvornehmer Eile gekommen.« Wie immer trug sie ihre Lieblingsfarben Taubengrau und Elfenbein, und die Perlenkette um ihren Hals warf einen sanften Schimmer auf ihre Züge. Die Jahre hatten sie gelehrt, dass es Materialien und Farben gibt, die nicht einmal der schönsten und jüngsten Frau schmeicheln, und sie wusste, was ihr am besten stand.

»Dich zu sehen, ganz gleich, aus welchem Anlass, ist immer ein Vergnügen«, sagte er. Auch wenn er das wahrscheinlich nur tat, weil es sich so gehörte, lag in seinen Worten eine Aufrichtigkeit, der man unwillkürlich Glauben schenken musste. »Bitte …« Er wies auf den Besuchersessel neben seinem Schreibtisch und wartete, bis sie Platz genommen und mit einer einzigen Handbewegung ihre Röcke so geordnet hatte, dass sie faltenfrei fielen. »Was kann ich für dich tun?«, erkundigte er sich.

Sie hatte eine Weile hin und her überlegt, ob sie sich dem Thema auf Umwegen nähern oder den Stier bei den Hörnern packen sollte. Soweit sie sich erinnerte, war Arthur nicht unbedingt ein Kirchenlicht gewesen, aber vielleicht hatte sich das im Lauf der Jahre geändert. Auf jeden Fall war er nicht mehr in sie verliebt, und das allein schon dürfte sein Urteilsvermögen schärfen. So beschloss sie, ohne Umschweife auf ihr Ziel loszugehen. Sie hielt den Versuch, ihn in die Irre zu führen, für kränkend. Aber ebenso kränkend wäre es wohl, wenn sie einfach mit der Tür ins Haus fiele, ohne zumindest ein Lippenbekenntnis zu dem abzulegen, was in der Vergangenheit geschehen war.

»Ich habe seit unserer letzten Begegnung einige außergewöhnliche Verwandte hinzugewonnen«, sagte sie, als gebe es auf der Welt kein natürlicheres Thema. »Natürlich angeheiratet. Ich nehme an, du erinnerst dich noch an meinen Großneffen George Ashworth, der leider nicht mehr lebt?«

Sogleich legte sich eine Betrübnis auf Arthurs Züge, die durchaus echt wirkte. »Das tut mir sehr Leid! Eine wahre Tragödie.«

Seine Worte ersparten ihr langatmige Erklärungen.

»Tragisch war es in der Tat«, sagte sie mit dem Anflug eines trübseligen Lächelns. »Aber seine Eheschließung hat mir eine Großnichte eingetragen, deren Schwester mit einem Kriminalbeamten verheiratet ist – ein bemerkenswert fähiger Mann.«

Er sah sie verblüfft an. »Von Zeit zu Zeit war ich in bestimmte Fälle mit einbezogen und habe gelernt, manche Ursachen für ein Verbrechen zu verstehen, was früher nicht der Fall war. Ich nehme an, dir ist es ähnlich ergangen …« Sie beendete den Satz nicht.

»Ja, Polizeiarbeit ist …« Er hob die Schultern. Wieder fiel ihr auf, dass er deutlich schmaler geworden war. Es stand ihm aber durchaus gut.

»Eben!«, stimmte sie mit Nachdruck zu. »Deshalb habe ich dich auch aufgesucht. Du bist in der einzigartigen Lage, mir einen kleinen Dienst erweisen zu können.« Bevor er fragen konnte, worum es dabei ging, fuhr sie rasch fort: »Bestimmt setzt dir diese elende Geschichte von Eden Lodge ebenso zu wie mir. Ich kenne Saville Ryerson seit vielen Jahren …«

Arthur schüttelte den Kopf. »Ich kann dir nichts sagen, Vespasia, und zwar einfach deshalb, weil ich nichts weiß.«

»Verständlich«, sagte sie mit einem Lächeln. »Ich will auch keineswegs Informationen, mein Lieber. So etwas von dir zu erwarten wäre ungehörig. Ich möchte einfach ein Gespräch mit Ryerson, unter vier Augen, und möglichst bald.« Sie hoffte, keine Erklärung für ihren Wunsch abgeben zu müssen, hatte sich aber vorsichtshalber eine zurechtgelegt.

»Das wäre aber äußerst unangenehm für dich«, sagte er unbehaglich. »Außerdem kannst du mit Sicherheit nichts für ihn tun. Er hat alles, was er braucht, und man gewährt ihm jede statthafte Erleichterung. Immerhin lautet die Anklage auf Mittäterschaft in einem Mordfall. Das ist immer ein schwerwiegender Vorwurf, und für einen Mann in seiner Position, einen Menschen, der in der Öffentlichkeit so großes Vertrauen genießt, ist er vernichtend.«

»All das ist mir bewusst, Arthur. Seit der arme George tot ist, habe ich, wie gesagt, dadurch, dass ich meinem angeheirateten Großneffen hin und wieder mit seinen Fällen behilflich war, sehr viel über die weniger angenehmen Seiten der Menschennatur erfahren. Sofern ich dich mit meiner Bitte in eine schwierige Lage bringe und du sie abschlagen musst, tu mir aus alter Freundschaft den Gefallen, das offen zu sagen.«

»Nein, so ist das nicht«, sagte er rasch. »Ich – ich dachte nur, dass es dir unangenehm und schmerzlich sein könnte zu sehen, dass sich Ryerson stark ... verändert hat. Möglicherweise wirst du den Eindruck gewinnen, dass er unter Umständen doch schuldig ist. Ich ...«

»Um Gottes willen, Arthur!«, sagte sie ungeduldig. »Hast du mich etwa in den angenehmen Sommern unserer Vergangenheit mit einer anderen verwechselt? Ich habe achtundvierzig auf den Barrikaden von Rom gekämpft. Mir sind unangenehme Dinge keineswegs unbekannt! Ich habe Elend, Verrat und Tod in mancherlei Form miterlebt – zum Teil in den höchsten Kreisen! Lässt du mich zu Saville Ryerson – oder nicht?«

»Aber natürlich, meine Liebe. Ich werde gleich heute Nachmittag die nötigen Anordnungen treffen. Vielleicht erweist du mir die Ehre, mit mir zu Mittag zu essen? Dabei können wir uns über die Gesellschaften unterhalten, an denen wir teilgenommen haben, als die Sommer länger waren – und, wie es scheint, wärmer als jetzt.«

Sie lächelte ihm mit ungeheuchelter Herzlichkeit zu, wobei sie an die Eibenlaube und eine bestimmte Rabatte dachte, in der blau der Rittersporn geleuchtet hatte. »Danke, Arthur. Das wäre mir ein ausgesprochenes Vergnügen.«

Ein Beamter führte sie in den Raum, in dem sie mit Ryerson zusammentreffen sollte, und zog sich dann zurück. Sie war allein. Es war kurz vor sechs Uhr, und die Gaslampen brannten bereits, denn das einzige Fenster war klein und lag ziemlich hoch.

Sie musste nicht lange warten, bis sich die Tür erneut öffnete und Ryerson eintrat. Obwohl er müde und blass aussah und ohne das übliche makellose Hemd mit Krawatte recht ungepflegt wirkte, war er nach wie vor eindrucksvoll und hielt sich aufrecht. Die Angst, die sie in seinen Augen erkannte, als sich die Tür schloss und er auf sie zutrat, hatte ihn offenkundig nicht gebeugt.

»Guten Abend, Saville«, sagte sie mit beherrschter Stimme. »Nehmen Sie doch Platz. Ich möchte mir nicht den Hals ausrenken müssen, um Ihr Gesicht sehen zu können.«

»Warum sind Sie gekommen?«, fragte er mit trauriger Miene, als er mit leicht gesenkten Schultern ihrer Aufforderung nachkam. »Das hier ist kein Aufenthaltsort für Sie, und Sie schulden mir diesen Besuch auch nicht. Bestimmt gehört es nicht zu Ihren Kreuzzügen im Interesse sozialer Gerechtigkeit, dass Sie die Schuldigen aufsuchen.« Er mied ihren Blick nicht. »Und schuldig bin ich, Vespasia. Es war meine Absicht, gemeinsam mit Ayesha den Toten in den Park zu bringen und dort abzuladen. Ich hatte ihn ja schon auf die Schubkarre gelegt ... auch die Waffe habe ich vom Boden aufgehoben. Ich weiß Ihre Güte zu schätzen, aber ich fürchte, Sie deuten die Fakten falsch.«

»Großer Gott, Saville!«, verwies sie ihn. »Ich bin kein Dummkopf! Mir ist klar, dass Sie die Leiche dieses Burschen aufgehoben haben und so weiter! Thomas Pitt ist mein Großneffe – natürlich durch Heirat. Möglicherweise weiß ich mehr über den Fall als Sie selbst!« Befriedigt sah sie, dass er aufrichtig verblüfft wirkte.

»Und wessen Heirat war das, um alles in der Welt?«, fragte er.

»Dumme Frage – seine natürlich!«, gab sie zurück. »Meine wird es ja wohl kaum gewesen sein!«

Ein Lächeln löste seine Züge, und sogar die Anspannung seiner Schultern ließ ein wenig nach. »Auch wenn Sie mir nicht helfen können, Vespasia, so bringen Sie doch Licht in meine Finsternis, und dafür danke ich Ihnen.« Er machte eine Handbewegung, als wolle er sie über den zwischen ihnen stehenden Tisch hinweg berühren, überlegte es sich dann aber anders und zog die Hand zurück.

»Das freut mich, ist aber nebensächlich. Ich würde liebend gern etwas weit Nützlicheres tun, was eine dauerhaftere Wirkung hätte. Thomas ist nach Alexandria gereist, um zu sehen, was er dort über Ayesha Sachari und Edwin Lovat in Erfahrung bringen kann – sofern es da etwas zu erfahren gibt.« Sie sah, wie er sich erneut anspannte. »Haben Sie etwa Angst vor der Wahrheit?«

»Ganz und gar nicht!«, sagte er ohne zu zögern, fast bevor sie ihren Satz beendet hatte.

»Gut!«, fuhr sie fort. »Dann sollten wir die Dinge beim Namen nennen und auch unangenehmen Tatsachen nicht ausweichen. Wo haben Sie Miss Sachari kennen gelernt?«

»Wie?«, fragte er verblüfft.

»Saville!«, sagte sie ungeduldig. »Sie sind ein Mann von Mitte fünfzig, der dem englischen Kabinett angehört; die Frau ist Ägypterin und – wie alt, fünfunddreißig? Die Kreise, in denen Sie beide verkehren, berühren sich nicht, geschweige denn, dass sie sich überschneiden würden. Sie vertreten im Unterhaus den Wahlkreis Manchester, wo Baumwolle verarbeitet wird, während die Frau aus einem Teil Ägyptens kommt, in dem man Baumwolle anbaut. Stellen Sie sich nicht unwissend!«

Seufzend fuhr er sich mit der Hand durch das dichte Haar. »Natürlich ist sie ursprünglich wegen der Baumwolle auf mich verfallen«, sagte er matt. »Und natürlich sollte ich dafür sorgen, dass die Industrie in Manchester vermindert wird und wir in ihrer Heimat investieren, damit die Leute dort ihre Baumwolle selbst spinnen und weben können. Würden Sie von einer ägyptischen Patriotin etwas anderes erwarten?« Er sah sie herausfordernd mit Augen an, die so dunkel brannten, als wären es die der Ägypterin.

Sie lächelte. »Ich habe weder etwas gegen Patrioten, Saville, noch gegen ihre Forderung, dem eigenen Volk Gerechtigkeit widerfahren zu lassen. Wäre ich an der Stelle dieser Frau, würde ich hoffentlich ihren Mut und die Leidenschaft aufbringen, das Gleiche zu tun. Doch wie gerecht eine Sache auch immer sein mag, so manches, was in ihrem Namen unternommen wird, lässt sich nicht rechtfertigen.«

»Sie hat Lovat nicht umgebracht«, stellte er sachlich fest.

»Vermuten Sie das, oder wissen Sie es?«, fragte sie.

Eine Weile hielt er dem stetigen Blick ihrer silbergrauen Augen stand, dann sah er beiseite. »Ich bin fest davon überzeugt, Vespasia. Sie hat mir geschworen, dass es sich so verhält. Wenn ich ihr nicht traue, bedeutet das, dass ich an allem zweifle, was ich liebe und schätze und was mir das Leben kostbar macht.«

Sie setzte zum Sprechen an, merkte dann aber, dass sie nichts hätte sagen können, was ihm helfen oder nützen konnte. Er war ein impulsiver Mensch, der seine Natur lange verleugnet hatte und jetzt, da der Damm gebrochen war, voll Leidenschaft liebte. »Wer war es dann?«, fragte sie stattdessen. »Und was ist der Grund?«

»Ich habe keine Ahnung«, gab er ruhig zurück. »Aber bevor Sie mit der Vermutung kommen, jemand habe die Sache eingefädelt, damit ich mit Schande bedeckt zurücktreten muss, sollten Sie bedenken, dass das der Baumwollindustrie Ägyptens kaum nützen würde. Jeder, der mir im Amt folgt, dürfte weniger bereit sein, diesen Leuten zu helfen, als ich es war. Kein einzelner Mensch hat die Macht, eine ganze Industrie umzukrempeln, ganz gleich, wie dringend er das möchte. Mittlerweile hat Ayesha das wohl auch eingesehen, auch wenn sie anfangs gemeint hat, sie könne mich überreden, eine solche Reform in die Wege zu leiten.«

»Warum war sie dann nach wie vor hier in London?« Sofern Vespasia mit ihrem Besuch nicht nur Trost spenden, der ohnehin nicht länger vorhalten würde, als sie sich in diesem Raum befand, sondern etwas erreichen wollte, musste sie rücksichtslos sein.

»Es war mein Wunsch«, gab er zur Antwort. Dann fuhr er zögernd fort, als fürchte er mehr oder weniger, sie werde ihm nicht glauben: »Und ich bin überzeugt, dass sie mich ebenso aufrichtig liebt wie ich sie.«

Zu ihrer Überraschung zweifelte sie nicht an der Wahrheit seiner Worte, jedenfalls, was seine Gefühle betraf. In Bezug auf Miss Sachari war sie nicht so sicher, doch wie sie Ryerson ansah, wirkte er überzeugend, unerschütterlich und auf eine Weise sicher, dass sie sich gut vorstellen konnte, wie sich eine junge Frau angesichts eines so intensiven Gefühls über die Schranken von Alter, Kultur und gegebenenfalls sogar der Religion hinwegsetzte. Auch glaubte sie, dass Ryerson eher die Verhandlung vor dem Schwurgericht bis hin zu einer Verurteilung auf sich nehmen, als einen Vertrauensbruch an seiner Geliebten begehen würde. Er war schon immer ein Mann des Absoluten gewesen, seit sie ihn kannte, und dies Wesensmerkmal hatte sich im Laufe der Zeit nicht etwa abgeschwächt, sondern war eher noch mehr hervorgetreten. Zwar war er weiser geworden, weniger aufbrausend und reifer als in jungen Jahren, hatte gelernt, abgewogene Urteile zu fällen, doch wenn es darauf ankam, würde sein Herz stets über seinen Kopf bestimmen. Aus diesem Holz waren Märtyrer geschnitzt, Menschen, die sich für eine Sache aufopferten.

Was Pitt wohl in Alexandria finden mochte? Vermutlich nicht viel. Er kannte dort niemanden – verstand die Sprache nicht, wusste nichts von den Überzeugungen der Menschen, den verworrenen Beziehungen von Schuld und Hass zwischen ihnen, den Verbindungen, die Geld und Glaube stiften. Sofern Lovat oder die Frau nicht außergewöhnlich sorglos gewesen waren, dürfte es für einen ausländischen Polizeibeamten, der nicht einmal wusste, wonach er suchte, nicht viel zu finden geben.

Diese Überlegung veranlasste sie zu der Frage, warum Narraway ihn dorthin geschickt haben mochte. Welchen Zweck verfolgte er damit, dass sich Pitt in Alexandria aufhielt – oder ging es eher darum, dass er ihn nicht in London haben wollte?

Sie blieb eine weitere Viertelstunde bei Ryerson, erfuhr aber weiter nichts, was ihr hätte nützen können. Statt ihm mit heuchlerischen Worten Trost zu spenden, fragte sie lediglich, ob sie ihm etwas schicken könne, um ihm das Leben dort etwas erträglicher zu machen.

»Nein, danke«, sagte er sofort. »Ich habe alles, was ich brauche. Aber ... aber es wäre mir äußerst lieb, wenn Sie dafür sorgen könnten, dass Ayesha etwas bekommt, was ihre Lage erleichtert. Zumindest saubere Wäsche, Toilettenartikel ... Ich – eine andere Frau hätte ...«

»Selbstverständlich«, fiel sie ihm ins Wort. »Ich nehme zwar nicht an, dass man mich zu ihr lässt, werde ihr aber diese Dinge schicken lassen. Da ich mir gut vorstellen kann, was ich in einer solchen Situation gern hätte, werde ich dafür sorgen, dass sie es bekommt.«

Erleichterung zeigte sich auf seinen Zügen. »Danke ...« Seine Stimme versagte vor Rührung. »Ich bin Ihnen zutiefst ...«

»Ach was!«, tat sie seinen Dank ab. »Das ist doch nicht der Rede wert.« Sie war bereits aufgestanden. »Ich höre, dass man kommt, um mich zu holen.« Sie sahen einander in die Augen. Sie wollte noch etwas sagen, aber die Worte erstarben ihr im Mund. Mit einem Lächeln wandte sie sich zum Gehen.

Es kostete sie einen ganzen Tag, ein wenig Schmeichelei und einen Großteil ihres betörenden Charmes, bis sie nach aufwändigen Nachforschungen – in deren Verlauf sie wieder die eine oder andere alte Dankesschuld eintreiben musste – wusste, wo sie Victor Narraway finden und wie sie es so einrichten konnte, dass sie bei einem Empfang mit ihm zusammentraf. Ursprünglich hatte sie die

Absicht gehabt, nicht hinzugehen, und es war ihr unangenehm, dass sie einen Vorwand erfinden musste, um ihre Absage der Einladung rückgängig zu machen.

Wegen dieser unbehaglichen Situation war sie der Ansicht, sie müsse sich entweder sehr unauffällig und konservativ oder so gewagt und schockierend wie möglich kleiden. Mochte man sich ruhig das Maul über ihren Sinneswandel zerreißen … Vermutlich würde ihr Gespräch mit Narraway weniger Aufmerksamkeit erregen und man sie weniger unterbrechen, wenn sie sich für zurückhaltende, gedämpfte Farben entschied, doch auffallen würde sie auf jeden Fall, ganz gleich, was sie trug. So entschied sie sich für die andere Möglichkeit und ließ sich von ihrer Zofe ein indigofarbenes Seidenkleid herauslegen, das sie für eine ganz besondere Gelegenheit gekauft hatte. Der Stoff war so fein, dass er in der Luft zu schweben schien, und der tiefe Ausschnitt war wie die Taille in einem mittelalterlichen Vorbildern nachempfundenen, üppigen Muster mit Silberfaden und Perlen bestickt. Als einzigen Schmuck würde sie Perlenohrringe dazu tragen.

Während sie sich vor dem Spiegel betrachtete, war sie selbst von dem Eindruck überrascht, den sie machte. Gewöhnlich entschied sie sich für aristokratische Zurückhaltung: Satin und Spitze in neutralen Tönen, die zu ihrem silbernen Haar und ihren hellen Augen passten. Doch das hier war großartig, wirkte mit seiner einfachen Linie atemberaubend, und die dunkle Farbe war wie ein Flüstern der Nacht, elementar und geheimnisvoll.

Sie traf unbeabsichtigt ziemlich spät ein, und ihr Eintreten erregte beträchtliches Aufsehen. So auffällig in Erscheinung zu treten entsprach nicht ihrer Gewohnheit. Sie hatte die Zeit für die Fahrt zu großzügig kalkuliert und, da sie auf keinen Fall zu früh kommen wollte, ihren Kutscher angewiesen, einmal um den Hyde Park zu fahren. Wegen eines Verkehrsunfalls – vermutlich hatte eine Kutsche ein Rad verloren oder dergleichen – war die Straße versperrt, und so war sie später eingetroffen als geplant.

Während sie allein in den Raum trat, erstarben alle Gespräche mit einem Schlag. Manche der Gäste, vor allem Männer, starrten sie ungeniert an. Einen Augenblick lang überlegte sie, ob es ein Fehler gewesen war, sich für das Kleid zu entscheiden. War sie für einen solch üppigen Farbton vielleicht zu blass?

Sie sah, wie der Prinz von Wales die Augen aufriss – erst vor Verblüffung, dann aber voll Billigung. Ein jüngerer Mann an seiner Seite, den sie nicht kannte, räusperte sich, ohne den Blick von ihr zu nehmen.

Die Gastgeberin begrüßte sie und stellte sie nach wenigen Minuten dem Prinzen vor. Offensichtlich hatte er den Wunsch geäußert, mit ihr zu sprechen. Zwar kannten sie einander schon seit vielen Jahren, doch liefen solche Begegnungen nach wie vor nach allen Regeln des Hofzeremoniells ab. Man konnte nicht einfach auf einen Kronprinzen zugehen, das ziemte sich nicht.

Es dauerte über eine Stunde, bis sie eine Möglichkeit fand, ohne Zeugen mit Victor Narraway zu sprechen.

Mit den Worten: »Guten Abend, Victor«, trat sie auf ihn zu und legte mit dieser Begrüßung die Bedingungen fest, unter denen das Gespräch ablaufen würde. Auch wenn sie ihn nicht besonders gut kannte, war ihr durchaus klar, wer er war und was man in den höchsten politischen Kreisen von seinen Vorzügen und Nachteilen hielt. Doch über den Privatmann wusste sie kaum etwas, zumal er zu den Menschen gehörte, die sich nahezu vollständig aus der Öffentlichkeit heraushielten. Wichtig war er ihr wegen Ryerson und, wie sie sich jetzt eingestand, mehr noch, weil Thomas Pitts Zukunft in seinen Händen lag.

»Guten Abend, Lady Vespasia«, gab er zurück. Auch wenn sein Blick leicht belustigt wirkte, erkannte sie darin waches Misstrauen. Er war nicht von so schlichtem Gemüt, dass er angenommen hätte, ihre Begegnung sei ein bloßer Zufall.

Es gab keine Zeit zu verlieren. Jeden Augenblick musste sie damit rechnen, dass andere Gäste zu ihnen traten. »Ich war gestern bei Saville Ryerson«, begann sie. Sein Gesichtsausdruck veränderte sich nicht im Geringsten. »Er wird Ihnen nichts sagen, und zwar vermutlich zum Teil einfach deshalb, weil er nichts weiß. Die Annahme, die Frau könnte versucht haben, ihn in der Hoffnung zugrunde zu richten, dass ein anderer seine Stelle einnehmen würde, der den Interessen Ägyptens wohlwollender gegenübersteht, ergibt keinen Sinn. Ein solcher Mensch existiert nicht, und das muss ihr ebenso klar gewesen sein wie uns.«

»Gewiss«, gab er ihr Recht. Sofern er den Wunsch verspürte zu erfahren, was sie von ihm wollte, würde er nie und nimmer zulassen, dass sie das merkte. Er blieb höflich interessiert, wie sich das gegenüber einer älteren Dame gehört, die einen hohen gesellschaftlichen Rang einnimmt, aber davon abgesehen nicht weiter bedeutend ist.

Das ärgerte sie. »Behandeln Sie mich nicht wie einen Trottel!«, sagte sie leise, aber mit schneidender Schärfe in der Stimme. »Ich weiß, dass Sie Thomas nach Alexandria geschickt haben. Was zum Kuckuck versprechen Sie sich davon? Da liegt doch die Vermutung nahe, dass er Ihnen hier in London im Wege war.« Befriedigt sah sie, dass sich sein Körper kaum wahrnehmbar anspannte.

»Lovat und die Sachari kannten einander aus Alexandria«, sagte er. Die Worte klangen harmlos, doch sein Blick drang tief in ihre Augen. Unübersehbar wollte er erkunden, welchen Zweck sie verfolgte. »Diesem Punkt nicht nachzugehen wäre ein unentschuldbares Versäumnis.«

»Und was soll er da ermitteln?«, fragte sie mit leicht gehobenen Brauen. »Dass die beiden eine Affäre hatten? Das nimmt doch ohnehin alle Welt an. Ryerson liebt sie, und ich vermute, dass er keinen Wert darauf legt, etwas über ihre früheren Bewunderer zu erfahren. Andererseits ist er nicht so naiv zu glauben, es hätte keine gegeben.«

Sie verstummte, als eine zierliche Dame in einem pfirsichfarbenen Seidenkleid an der Seite eines Herrn mit Stirnglatze an ihnen vorüberkam.

Narraway lächelte in sich hinein, bewahrte aber nach außen hin vollkommene Haltung.

Vespasia wünschte, dass sie ihn besser gekannt hätte. Seine Unzugänglichkeit war herausfordernd. Sie überlegte, dass sie ihn in jüngeren Jahren wohl recht anziehend gefunden hätte. Diese Vorstellung belustigte sie. Hinter seiner kalten Intelligenz verbargen sich Gefühle, doch wusste sie nicht, welcher Art sie waren. Gehörte er zu den Menschen, die den Mut haben, zu ihren Ansichten zu stehen? Wegen der Macht, die er über Pitt hatte, war ihr die Antwort auf diese Frage wichtig.

»Wenn Sie vermuten, es könnte einen Skandal gegeben haben, der Lovat in den Stand gesetzt hat, sie zu erpressen«, fuhr sie fort, als sie wieder allein waren, »hätten Sie eine briefliche Anfrage an die britischen Behörden in Alexandria schicken können. Sicherlich sind diese Leute imstande, das für Sie zu ermitteln und Ihnen die entsprechende Mitteilung zu machen. Sie kennen nicht nur die Sprache des Landes, sondern auch die Stadt und ihre Bewohner, außerdem haben sie Kontakte zu der Art von Menschen, die solche Informationen liefern können.«

Narraway holte Luft, als wolle er ihr widersprechen, sah sie dann aber aufmerksam an und sagte lediglich: »Das kann schon sein. Aber diese Leute würden ausschließlich Fragen beantworten, die ich ihnen ausdrücklich stelle. Pitt hingegen findet unter Umständen Antworten auf Fragen, die mir nicht eingefallen sind.«

»Ah …« Sie glaubte ihm, zumindest in Bezug auf das, was er ausgesprochen hatte. Ihr war klar, dass er manches nicht sagte, aber wenn sie imstande gewesen wäre, ihm etwas darüber zu entlocken, hieße das, dass er seiner Aufgabe nicht gewachsen war. Dies Bewusstsein würde in ihr eine tiefe und dauerhafte Angst hervorrufen.

Allmählich trat ein Lächeln auf seine Züge. Es wirkte so bezaubernd, dass sie sich wunderte und insgeheim überlegte, ob er je so viel Liebe für eine Frau empfunden hatte, dass diese eine Möglichkeit hatte, durch die dicke Schicht des Selbstschutzes zu der dahinter liegenden Persönlichkeit vorzudringen, und falls ja, was für eine Frau das gewesen sein mochte.

»Und hier in London ziehen Sie natürlich Ihre Erkundigungen über Ryerson und Lovats andere Kontakte ein oder lassen das einen anderen machen«, sagte sie. »Man fragt sich, ob er für diese Aufgabe geeigneter ist als Thomas – oder ob er sie weniger gut durchführt als er seine in Alexandria.« Sie sagte das nicht im Frageton, weil ihr klar war, dass er ihr darauf keine Antwort geben würde.

Sein Lächeln veränderte sich nicht, aber seine Anspannung nahm wieder ein wenig zu. Vielleicht kam ihr das wegen seiner völligen Reglosigkeit auch nur so vor. »Das ist eine delikate Angelegenheit«, sagte er so leise, dass sie es kaum hörte. »Bezüglich dessen, dass es keinerlei Sinn ergibt, wenn wir nur von dem ausgehen, was wir bisher wissen, stimme ich völlig mit Ihnen überein. Lovat war ein Niemand. Der Versuch, Miss Sachari zu erpressen, könnte sich unter Umständen gelohnt haben, aber ich bezweifle sehr, dass sich Ryerson in seinen Empfindungen für sie hätte beeinflussen lassen, ganz gleich, was ihm ein Mann wie Lovat gesagt hätte. Damit hätte Lovat eher erreicht, dass man ihm den Prozess gemacht oder ihn einfach aus dem diplomatischen Dienst entlassen hätte. In einem solchen Fall wäre er nirgendwo wieder untergekommen, und wahrscheinlich hätten ihn sogar seine Klubs ausgeschlossen. Er hatte sich ohnehin schon mehr als genug Feinde gemacht. Auch lässt sich Miss Sacharis Vaterlandsliebe zwar leicht verstehen, doch setzt die Annahme, sie könne die britische Ägyptenpolitik beeinflussen, ein Ausmaß an Einfalt voraus, wie man es bei einer klugen Frau, die sich längere Zeit hier in London aufgehalten hat, nicht erwarten darf.«

»Genauso ist es«, stimmte Vespasia zu und ließ sich nicht die kleinste Regung in seinem Gesicht entgehen.

»Daher muss ich überlegen«, sagte er finster und in einem Flüstern, das kaum mehr war als ein Seufzer, »welche Sache, die wir noch nicht in Erwägung gezogen haben, es wert ist, dafür zu morden und den Galgen zu riskieren.«

Vespasia gab ihm keine Antwort darauf. Sie hatte diesem Gedanken auszuweichen versucht, doch jetzt zeichnete er sich in ihrem Kopf ebenso finster und unausweichlich ab wie in dem Victor Narraways.

KAPITEL 8

Allmählich bekam Pitt ein immer deutlicheres Bild der Ägypterin wie auch von den Menschen und den politischen Zusammenhängen, die sie beeinflusst hatten. Während er aus dem Fenster seines Hotelzimmers in Richtung auf das Meer in die Nacht hinaussah, fiel ihm mit einem Mal ein, dass er überhaupt nicht wusste, wie sie aussah. Nicht einmal ein Bild von ihr hatte er gesehen, ging ihm überrascht auf. Er stellte sie sich als dunkelhäutig vor, und sicherlich war sie schön, denn diese Art von Kapital war seiner Ansicht nach für ihre Art zu leben unerlässlich. Während er dastand, den Blick zum sich weithin wölbenden Himmel mit den bleichen Sternen gerichtet, und wahrnahm, wie die an der Hauswand emporrankenden Kletterpflanzen sacht in der leisen Brise schwankten, die den Geruch von Gewürzen und vom Meer den nach Salz herübertrug, überlegte er, dass er sie inzwischen gänzlich anders einschätzte als am Anfang. Er sah sie als willensstarken, intelligenten Menschen, eine Frau, die für Überzeugungen kämpfte, die er gut nachvollziehen konnte. Was würde er empfinden, wenn beispielsweise England von einem anderen Volk besetzt, ja, geradezu beherrscht würde, dessen Angehörige nicht nur anders sprachen und aussahen, sondern auch einen anderen Glauben und eine andere kulturelle Überlieferung hatten, ein vergleichsweise unreifes Volk, dessen Menschen noch Barbaren waren zu einer Zeit, da das eigene Volk bereits zivilisiert war, bedeutende Bauten errichtet, Dichter hervorgebracht und gewaltige Pläne verwirklicht hatte?

Der Wind trug Gelächter herüber. Erst erkannte er die Stimme eines Mannes, dann die einer Frau und schließlich die Melodie eines Saiteninstruments voll sonderbarer Halbtöne. Er legte das Jackett ab, das er zum Abendessen getragen hatte, um der Form zu genügen. Selbst um diese Zeit war es noch so warm, dass das Baumwollhemd vollauf genügte.

Er ließ den Blick schweifen, versuchte sich möglichst viel einzuprägen, um Charlotte davon berichten zu können: die Geräusche, die so völlig anders waren als in England, die Luft, die man fast auf der Haut spüren konnte, die schweren Gerüche, auch nach Schweiß, sodass es einem mitunter fast den Atem benahm, und natürlich die allgegenwärtigen Fliegen. Der Wind war ohne jede Schärfe. Er wirkte träge wie alles um ihn herum, doch war ihm klar, dass überall Gefahren lauerten, Ressentiment hinter lächelnden Mienen verborgen lag.

Unwillkürlich kamen ihm die Völker in den Sinn, die im Laufe der Jahrhunderte hierher gekommen waren, Welle auf Welle – Soldaten, religiöse Eroberer, Forscher, Kaufleute oder Siedler. Sie alle hatte die Stadt in sich aufgenommen, und alle hatten deren Gesicht damit verändert, dass sie geblieben waren.

Jetzt also war die Zeit seines eigenen Volkes gekommen, die Zeit der Engländer, die hier mit ihrer bleichen Haut, ihrer angelsächsischen Stimme, ihrer übertrieben aufrechten Haltung und ihren unerschütterlichen Vorstellungen von Recht und Unrecht immer fremdländisch wirken würden. Dass sie dennoch blieben, war zugleich bewundernswert und widersinnig, vor allem aber unfassbar ungehörig. Alexandria war eine ägyptische Stadt, und uneingeladen hatten sie kein Recht, sich dort aufzuhalten.

Er dachte an Trenchard und dessen unübersehbare Liebe zu diesem Land und seinen Menschen. Nach ihrem gemeinsamen Einkauf im Basar hatte er Pitt ein wenig über sein Leben im Lande berichtet. Wie es aussah, besaß er in England keine nahen Angehörigen mehr, und die Frau, die er geliebt, wenn auch nicht geheiratet hatte, war Ägypterin. Er hatte nur kurz über sie gesprochen. Sie war vor nicht einmal einem Jahr bei einem Unfall ums Leben gekommen, über den er nicht reden mochte. Selbstverständlich war Pitt nicht weiter in ihn gedrungen.

Jetzt stand Pitt in einem Aufruhr der Gefühle da. Es hatte keinen Sinn, zu Bett zu gehen, denn er wusste, dass ihn der Schlaf fliehen würde. Er konnte Miss Sachari gut verstehen – hier ihre Vaterlandsliebe, ihre Empörung über die Art, wie man ihr Volk ausraubte, über die Armut und die unnötige Unwissenheit, und dort in London der Widerstreit der Gefühle wegen ihrer Beziehung zu Ryerson.

Aber ob das zum Mord geführt hatte? Noch hatte er sich nicht von dem Gedanken gelöst, dass sie die Tat begangen hatte. Wenn nicht sie es gewesen war – wer dann?

Gleich am nächsten Vormittag würde er sich daran machen, möglichst viel über Edwin Lovat in Erfahrung zu bringen. Es musste noch Menschen geben, die sich an ihn erinnerten, die genauere, lebendigere und möglicherweise auch ehrlichere Erinnerungen an ihn hatten als bloße Archivunterlagen.

Er wandte sich vom Fenster ab und machte sich zum Schlafengehen bereit.

Es dauerte nicht lange, bis er wusste, wo Lovat den größten Teil seiner Zeit verbracht hatte. Auf dem Weg dorthin kam er durch den Teppichbasar, dessen vielleicht zehn bis zwölf Meter breiten festgetretenen Lehmboden in einer Höhe von etwa drei Stockwerken ein riesiges Balkendach überspannte. Da dessen Zwischenräume mit Latten ausgefüllt waren, unterbrachen immer wieder helle Lichtflecken den Schatten, der auf den Boden fiel. Zusätzlich befanden sich über allen Eingängen und Fenstern Markisen; bisweilen war auch einfach ein Stück Stoff zwischen auf dem Boden verankerten Pfosten aufgespannt.

Man sah nahezu ausschließlich Männer. Sie saßen zu Dutzenden inmitten ihrer Stoffballen, Messingartikel oder aufgerollten Teppiche und sogen bedächtig an prächtig verzierten Wasserpfeifen. Es gab eine Unzahl von Rottönen – Scharlach, Karmesin, Zinnober, Purpur –, außerdem Beigetöne, warme bräunliche Erdfarben und Schwarz. Pitt fühlte sich von allen Seiten bedrängt – von der Hitze, vom Lärm und sogar von den Farben.

Er bahnte sich seinen Weg, bemüht, den Eindruck zu erwecken, dass er auf keinen Fall dort war, um etwas zu kaufen. Er war auf dem Weg zum östlichen Stadtrand in das Dorf, an dessen Rand sich Lovats Militärlager befunden hatte, in Richtung auf den nächstgelegenen Arm des Nildeltas und den Mahmudije-Kanal. Weiter im Osten ging es nach Kairo, und ganz in der Ferne, mitten in der Sandwüste, zum Suezkanal. Mit einem Mal entstand vor ihm ein Menschenauflauf, und zeternde Stimme wurden laut.

Anfangs vermutete er, ein Händler sei sich beim Feilschen mit einem Kunden in die Haare geraten, merkte dann aber, dass mindestens ein halbes Dutzend Männer an der hitzigen Auseinandersetzung beteiligt waren. Die Worte, die hin und her flogen, klangen sehr viel bedrohlicher als die Kommentare von Neugierigen, die sich an einem Streit erfreuen.

Er blieb stehen. Auf keinen Fall wollte er in eine Auseinandersetzung zwischen Einheimischen hineingezogen werden. Er konnte es sich nicht leisten, und sofern die Sache außer Kontrolle geriet, war es nicht seine Aufgabe, sondern die der örtlichen Polizei, sich darum zu kümmern. Also machte er kehrt, um diesen Teil der Straße zu umgehen. Das würde zwar länger dauern, war aber angesichts der Situation die bessere Lösung. Er beschleunigte den Schritt, doch wurde der Lärm hinter ihm immer lauter. Er wandte sich um. Zwei Männer in langen Gewändern stritten mit weit ausholenden Armbewegungen. Allem Anschein nach ging es um den Preis eines rot-schwarzen Teppichs, der vor einem der beiden lag.

Hinter ihm drängte sich eine Gruppe von Männern näher, die sehen wollten, was es gab.

Wieder wandte sich Pitt um, doch inzwischen war ihm der Weg versperrt. Er musste beiseite treten, um nicht in die Menge hineingezogen zu werden. Ein weiterer Teppich wurde ausgerollt, und damit war ihm der Rückzug endgültig abgeschnitten. Jemand rief etwas, das wie ein mahnender Ruf zur Vorsicht klang. Überall um ihn herum ertönten Stimmen. Er verstand kein Wort.

Trotz des gefleckten Schattens, den das Balkendach über ihm warf, war die Hitze kaum erträglich, denn es wehte nicht der leiseste Windhauch. Der Staub schien unter den Füßen zu brennen, und der Geruch nach Wolle, Gewürzen, Weihrauch und Schweiß lag schwer in der reglosen Luft. Er spürte einen Mückenstich und schlug mechanisch nach dem Insekt.

Ein junger Mann kam im Laufschritt vorüber und rief etwas. Dann fiel ein Pistolenschuss, und mit einem Mal schwiegen alle still. Doch gleich darauf ertönte wieder wütendes Geschrei. Am anderen Ende der Straße tauchten vier oder fünf Polizeibeamte auf, dann, nur zwei Schritt von ihm entfernt, ein weiterer. Es waren Europäer, vermutlich Engländer.

Aus der Menge wurde ein metallenes Gefäß geschleudert, das einen der Beamten seitlich am Kopf traf, sodass er ins Straucheln geriet.

Rufe ertönten, die unverkennbar Billigung und Bestärkung ausdrückten. Um das zu verstehen, brauchte man weder die Sprache zu kennen noch den Hass in den bärtigen Gesichtern zu sehen.

Im Versuch, sich von der immer unangenehmer werdenden Szene zu entfernen, stieß Pitt gegen einen Teppichstapel, der ins Wanken geriet. Rasch drehte er sich um, um ihn am Fallen zu hindern, doch obwohl er die Finger beider Hände mit aller Kraft in die feste Wolle grub, gelang es ihm nicht. Er spürte, wie es ihn nach vorn riss und er das Gleichgewicht verlor. Im nächsten Augenblick fiel er mit den Teppichen und rollte in den Straßenstaub.

Mit wehenden Gewändern kamen Männer herbeigeeilt. Fast alle waren dunkelhäutig und trugen Turbane, wirkten eher afrikanisch als mediterran. Weitere Rufe ertönten. Man hörte Stahl auf Stahl schlagen, wieder fielen Schüsse. Pitt versuchte auf die Füße zu kommen und stolperte über ein Tongefäß. Es fiel um, rollte ein Stück weit und stieß mit Schwung einem andern Mann gegen die Beine, der das Gleichgewicht verlor und zu Boden stürzte, wobei er wild fluchte – auf Englisch.

Pitt kam auf die Füße und lief auf den Mann zu, der allem Anschein nach benommen am Boden lag. Als er ihm die Arme entgegenstreckte, um ihm aufzuhelfen, bekam er von hinten einen kräftigen Schlag auf den Kopf. Er versank in tiefe Bewusstlosigkeit.

Er erwachte, auf dem Rücken liegend, mit pochenden Kopfschmerzen. Er nahm an, es seien nur wenige Augenblicke vergangen und er befinde sich nach wie vor auf dem Teppichbasar. Als er aber die Augen öffnete, sah er über sich eine schmutzig weiße Zimmerdecke und erkannte bei einer leichten Kopfdrehung Wände. Statt der vielen kräftigen Rottöne der Teppiche sah er einen Haufen aus gestreiftem Ocker, Schwarz und ungebleichtem Leinen.

Vorsichtig setzte er sich auf. In seinem Kopf verschwamm alles. Reglos und erstickend stand die Hitze im Raum. Überall waren Fliegen, so viele, dass jeder Versuch, nach ihnen zu schlagen, sinnlos war. Nach einer Weile merkte er, dass in dem Kleiderhaufen ein bärtiger Mann steckte. Ein weiterer Mann saß an die gegenüberliegende Wand gelehnt und noch einer unter dem hohen vergitterten Fenster, hinter dem ein leuchtend blauer quadratischer Ausschnitt des Himmels zu sehen war.

Er musterte die Männer genauer. Der Bärtige trug einen Turban und hatte eine blutunterlaufene Schwellung um das linke Auge, die wahrscheinlich sehr schmerzhaft war. Der zweite war bis auf einen breiten schwarzen Schnurrbart glatt rasiert – vermutlich Grieche oder Armenier. Der dritte lächelte Pitt kopfschüttelnd zu und schürzte die Lippen. Dabei hielt er ihm einladend eine lederne Wasserflasche hin.

»*Lachejm*«, sagte er dazu. »Schön, dass Sie wieder da sind.«

»Danke.« Pitts Mund war ausgedörrt, und seine Kehle brannte. Ein Araber oder Türke, ein Grieche oder Armenier, ein Jude und er, ein Engländer. Wie war er in diesen Raum gekommen, allem Anschein nach eine Arrestzelle? Er wandte sich langsam um und suchte mit den Augen nach der Tür. Sie hatte keine Klinke.

»Wo sind wir?«, fragte er und nahm noch einen Schluck Wasser. Er sollte nicht so viel trinken – möglicherweise war das alles, was die Männer hatten. Er gab die Flasche zurück.

»Engländer«, sagte der Jude mit einer Belustigung, in die sich Staunen mischte. »Wieso helfen Sie den Ägyptern gegen die englische Polizei? Sie sind doch keiner von uns!«

Alle sahen ihn neugierig an.

Langsam ging ihm auf, dass man ihm seinen ungeschickten Sturz, mit dem er den anderen zu Fall gebracht hatte, als absichtlichen Angriff ausgelegt hatte, und so war er wohl als Beteiligter bei einer gewalttätigen Demonstration gegen die britische Herrschaft in Ägypten festgenommen worden. Schon in den allerersten Tagen seines Aufenthalts hatte er gespürt, dass Aufbegehren in der Luft lag, Wut ständig unter der Oberfläche glomm. Jetzt begriff er, wie weit verbreitet der gegen die Eindringlinge gerichtete Widerstand war und wie dünn der Firnis, der ihn im Alltagsleben vor den Blicken von Menschen verbarg, die nicht hinzuschauen verstanden. Wer weiß, vielleicht war es ein Glücksumstand, der ihn hierher gebracht hatte. Er musste ihn nur richtig nutzen und sich die richtige Antwort einfallen lassen.

»Ich bin mit der anderen Seite der Geschichte in Berührung gekommen«, gab er zur Antwort. »Ich kenne eine Ägypterin in London.« Er musste sorgfältig darauf achten, keinen Fehler zu machen. Falls man ihn bei einer Unwahrheit ertappte, konnte ihn das sehr teuer zu stehen kommen. »Von ihr habe ich gehört, wie es hier im Lande um die Baumwollindustrie steht ...« Er sah, wie sich das Gesicht des Arabers verdüsterte. »Sie hat mit guten Gründen die Forderung vertreten, die Fabriken in Ägypten zu errichten statt in England«, fuhr er fort. Dabei überlief ihn eine Gänsehaut. Er spürte den Geruch von Schweiß und Angst in der Luft. Seine Hände waren feucht.

»Wie heißt Ihr?«, fragte ihn der Araber unvermittelt.

»Thomas Pitt. Und Ihr?«

»Musa, das genügt für Euch«, bekam er zur Antwort.

Pitt wandte sich dem Juden zu. »Avram«, sagte dieser mit einem Lächeln.

»Kyril.« Auch der Grieche nannte nur seinen Vornamen.

»Was wird man mit uns tun?«, fragte Pitt. Würde er die Möglichkeit haben, Trenchard eine Mitteilung zukommen zu lassen? Und wäre dieser, falls das möglich war, bereit, ihm zu helfen?

Avram schüttelte den Kopf. »Entweder lässt man Euch laufen, weil Ihr Engländer seid«, sagte er, »oder man macht Euch den Prozess, weil Ihr Euer eigenes Volk verraten habt. Warum nur habt Ihr den Polizisten angegriffen? Auf diese Weise gründet man hier keine Baumwollfabriken!« Das Lächeln verschwand nicht von seinen Zügen, doch in seinen Augen glomm Misstrauen.

Die beiden anderen sahen aufmerksam zu. Pitt hatte das Gefühl, dass auch sie ihm nicht trauten.

Er erwiderte das Lächeln. »Habe ich gar nicht«, entgegnete er. »Ich bin über einen Teppich gestolpert.«

Einen Augenblick lang herrschte völliges Schweigen, dann brüllte Avram vor Lachen, und im nächsten Augenblick stimmten die beiden anderen mit ein.

Doch nach wie vor schienen sie nicht sicher, wie sie ihn einzuschätzen hatten. Sicherlich gab es hier etwas zu erfahren, das war Pitt klar. Möglicherweise meinten die Männer, man habe ihn eingeschleust, um sie auszuhorchen und die Rädelsführer aufzuspüren. Gewiss gab es auch in Alexandria so etwas wie den Sicherheitsdienst. Auf keinen Fall durfte er Fragen stellen, höchstens nach Ayesha Sachari und vielleicht nach Lovat, obwohl sich dieser schon seit mehr als zwölf Jahren nicht mehr im Lande aufhielt. Es wurde immer wichtiger für ihn, dass er nicht nur erfuhr, wie sich die Dinge verhielten, sondern es auch verstand. Dabei hätte er Narraway den Grund für dies Bedürfnis nicht einmal nennen können, sofern ihn dieser danach gefragt hätte.

Die drei Männer warteten auf seine Erklärung. Sie musste unbedingt harmlos sein.

»So, so, über einen Teppich gestolpert«, wiederholte Avram mit bedächtigem Nicken, das Lachen noch in seinen Augen. »Möglicherweise glaubt man Euch das. Stammt Ihr aus einer bedeutenden Familie?«

»Ganz im Gegenteil«, sagte Pitt. »Mein Vater war Dienstbote auf dem Besitz eines reichen Mannes, und auch meine Mutter gehörte zum Personal. Beide leben nicht mehr.«

»Und der Reiche?«

Pitt zuckte die Achseln, doch trat ihm die Erinnerung deutlich vor Augen.

»Auch er lebt nicht mehr. Aber er war gut zu mir. Er hat mich zusammen mit seinem eigenen Sohn ausbilden lassen – um ihn anzuspornen.« Er fügte das hinzu, um seine gebildete Sprechweise zu erklären. Vermutlich konnten sie gut genug Englisch, um zu wissen, wie die Angehörigen der Unterschicht sprachen und wie die anderen.

Alle sahen zu ihm her: Kyril zweifelnd, Musa mit deutlicher Ablehnung. Draußen begann ein Hund zu kläffen. Die Hitze in dem Raum schien noch zuzunehmen. Pitt spürte, wie ihm am ganzen Leibe der Schweiß herablief.

»Und was wollt Ihr hier in Alexandria?«, fragte Musa mit rauer Stimme. »Ihr seid doch bestimmt nicht einfach gekommen, um zu sehen, ob wir Baumwollfabriken wollen. Da muss etwas anderes dahinter stecken!« Das war nicht nur eine Aufforderung, seine Anwesenheit zu erklären, sondern vielleicht auch eine Warnung.

Pitt beschloss, die Wahrheit ein wenig zu verbrämen. »Natürlich nicht«, sagte er. »Ein britischer Diplomat ist getötet worden, ein früherer Soldat, der vor zwölf Jahren hier stationiert war. In London ist man der Ansicht, eine Ägypterin habe die Tat begangen, und meine Aufgabe ist es zu beweisen, dass sie es nicht war.«

»Aha, Polizist!«, knurrte Musa und machte eine Bewegung, als wolle er aufstehen.

»Die Polizei hat die Aufgabe nachzuweisen, ob jemand eine Tat begangen hat, nicht aber, ob er schuldlos ist«, fuhr ihn Pitt an. »Jedenfalls ist das bei uns in England so! Nein, ich bin kein Polizist. Meint Ihr nicht auch, dass ich ansonsten längst nicht mehr hier wäre?«

»Ihr wart bewusstlos, als man Euch hereingebracht hat«, gab Avram zu bedenken. »Wem hättet Ihr das sagen sollen?«

»Gibt es da draußen keinen Wächter?« Pitt wies mit dem Kopf zur Tür.

Avram zuckte die Achseln. »Wahrscheinlich schon. Allerdings glaubt wohl keiner, dass wir ausbrechen werden – leider.«

Pitt hob den Blick zum Fenster.

Kyril stand auf, ging hinüber und ruckte am mittleren Gitterstab. Dann wandte er sich mit spöttischem Lächeln zu Pitt um.

»Wer hier raus will, braucht Köpfchen. Mit Gewalt geht das nicht«, sagte Musa. »Oder Geld?« Er hob fragend eine Augenbraue.

Pitt angelte in seinem Schuh. Ob es sich lohnte, was er noch hatte – wenn er es noch hatte –, auszugeben, um sich Verbündete zu schaffen? Vermutlich wussten sie nichts über die Ägypterin oder Lovat, aber vielleicht konnten sie ihm helfen, etwas in Erfahrung zu bringen – sofern es überhaupt etwas gab, was sich zu erfahren lohnte. Allmählich bezweifelte er das.

Die Augen aller ruhten bewegungslos auf ihm.

Er holte etwa zweihundert Piaster hervor – genug, um acht Tage im Hotel zu bestreiten.

»Das reicht«, sagte Avram sofort. Bevor Pitt überlegen konnte, war das Geld aus seinen Händen verschwunden, und Avram hämmerte mit beiden Fäusten gegen die Tür.

Musa nickte. Seine Schultern entspannten sich. »Gut«, sagte er befriedigt. »Ja – gut.«

»Das sind zweihundert Piaster!«, entfuhr es Pitt spontan, bevor er hatte nachdenken können. »Dafür möchte ich eine Gegenleistung.«

Musa hob die Brauen. »Ach ja? Und was?«

Pitt überlegte fieberhaft. »Jemand soll mir helfen, etwas über Leutnant Lovat in Erfahrung zu bringen, der vor zwölf Jahren hier im britischen Heer gedient hat. Ich spreche kein Arabisch.«

»Ihr wollt also für fünfzig Piaster von meiner Zeit?«, fragte Musa. »Wenn ich im Gefängnis bin, geht das nicht, oder?«

»Ich möchte für hundertfünfzig Piaster von jemandes Zeit«, gab Pitt zur Antwort. »Oder wir alle bleiben hier.«

Avram sah belustigt drein. »Heißt das, Ihr handelt?«, fragte er neugierig.

»Ich weiß nicht«, gab Pitt zurück. »Tue ich das?«

Avrams Blick wanderte zwischen dem Fenster und der Tür hin und her. Er sah die anderen fragend mit gehobenen Brauen an und sagte etwas auf Arabisch. Nach kurzer Beratung sagte er schließlich zu Pitt: »Ja.«

Pitt wartete.

»Ich bringe Euch in das Dorf, wo die britischen Soldaten ihre Freizeit verbracht haben. Ich spreche für Euch mit den Ägyptern.« Er hielt ihm die Hand hin. »Jetzt aber raus hier, bevor sie kommen und es richtig unangenehm wird.«

* * *

Pitt verstand nichts von dem, was die Männer dem Wächter sagten, sah aber, wie sein Geld den Besitzer wechselte. Eine halbe Stunde später folgte er Avram durch ein Gässchen am Rande der Stadt. Erneut ging es in Richtung Osten. Fliegen und Stechmücken waren die üblichen Wegbegleiter. Er hatte es sich angewöhnt, mechanisch nach ihnen zu schlagen. Sein Kopf schmerzte noch von dem Schlag, den er im Basar bekommen hatte.

Angenehme Düfte mischten sich mit den üblen Gerüchen der Straße, als sie an einer Garküche vorüberkamen. Der Koch saß am Boden, eine Schulter an eine Mauer gelehnt. Er trug ein unförmiges Gewand aus bräunlichem Leinen und flache Leinenschuhe. Einem großen tönernen Topf, der auf einer Feuerstelle aus lose aufgeschichteten Ziegelsteinen stand und in dem er rührte, entstieg der Geruch, der die Vorüberkommenden anlockte. Neben sich hatte er einen großen, flachen Korb mit Datteln, Zwiebeln und etwas, das wie eine Mohrrübe und ein Granatapfel aussah. Hinter ihm stand ein hohes Tongefäß, aus dessen Rand ein Stück herausgebrochen war. Die Haut des Mannes war so dunkel wie die Datteln, sein Bart kurz gestutzt und sein Kopf kahl rasiert. Das Ebenmaß und die Sanftheit seiner Züge ließen ihn beinahe schön erscheinen.

Er achtete weder auf Pitt noch auf Avram, als wären sie ebenso uninteressant wie die Esel, die über die staubige Straße zogen, oder das Kamel, das geduldig an der Einmündung des Platzes stand.

Avram war einige Schritte voraus, und Pitt beeilte sich, ihn einzuholen. Ihn hier aus den Augen zu verlieren würde nicht nur bedeuten, dass er Zeit verlor, es könnte auch gefährlich werden. Seit dem Zwischenfall auf dem Teppichbasar war er empfänglicher für die Stimmung der Männer, die miteinander zu feilschen oder sich müßig zu unterhalten schienen. Hinter dem gleichmütigen Ausdruck ihrer Gesichter, das begriff er jetzt, verbarg sich eine tief sitzende Wut, die sie nicht offen zu zeigen wagten. Das war ihr Land, und er war ein Fremdling, Angehöriger eines Volkes, das sich angeeignet hatte, was ihnen gehörte. Dabei spielte es keine Rolle, dass die Briten weit produktiver und sinnvoller mit allem umgingen als sie selbst.

Avram wandte den Kopf, um sich zu vergewissern, dass Pitt noch da war, und bedeutete ihm, sich zu beeilen, damit er nicht den Anschluss verlor. Schweigend gingen sie weiter über die unbefestigte Straße, so schnell sie konnten. Es war schon später Nachmittag. Da die Nacht, wie er wusste, um diese Zeit des Jahres schnell hereinbrach, mussten sie das Dorf in der Nähe der Militäranlage unbedingt erreichen, bevor es dunkel wurde. Es sah aber ganz danach aus, dass es bis dorthin noch ziemlich weit war.

Während sich Pitt bemühte, mit seinem Begleiter Schritt zu halten, ging ihm durch den Kopf, dass sich ein fliegender Händler, der auf dem Markt ein todsicheres Mittel gegen Stechmücken anbieten konnte, vermutlich binnen einer Woche mit Gold aufwiegen lassen könnte.

Sie kamen an einer alten Frau vorüber, die allein unterwegs zu sein schien, danach an mehreren Männern, die Kamele am Halfter führten, und einem Jungen mit einem Esel. Eine Gruppe von Männern schien von einer Festlichkeit zurückzukommen, denn sie sangen fröhlich und schwangen munter die Arme.

Als die Sonne unterging und den Himmel mit einem sanften goldenen Glanz erfüllte, erreichten sie das Ufer einer breiten Wasserstraße. Drei, vier Watvögel mit langen Schnäbeln standen nah am Uferschilf im Wasser, und zwanzig Schritt weiter waren es doppelt so viele. Bald darauf waren sie am Rande des Dorfs. Einige Häuser waren aus Feldsteinen errichtet. Ihre Mauern schimmerten bronzefarben, und die in ihrer Nähe aufragenden Palmen wirkten wie sonderbare Kopfbedeckungen auf Stelzen, ragten wie Federschmuck in die reglose Luft. Das einzige Geräusch, das man hörte, kam von dem halben Dutzend Ochsen, die mit gesenktem Kopf knietief im Wasser standen und tranken. Ihre langen Hörner sahen im schwindenden Licht der Sonne aus wie poliertes Gold. Nach und nach verfärbten sich die Schatten purpurn, dann maulbeerfarben.

»Hier bleiben wir«, sagte Avram. »Wir werden essen, danach können wir damit anfangen, Eure Fragen zu stellen.«

Pitt stimmte zu. Er hätte ohnehin keine Wahl gehabt. Noch hatte er nichts erfahren, was Miss Sachari nützen konnte, geschweige denn Ryerson. Falls der Mord an Lovat mit irgendetwas zusammenhing, was hier in Ägypten geschehen war, ahnte Pitt nicht, worum es sich dabei handeln konnte, und lediglich Avram oder jemand wie er konnte die Menschen, die hier lebten, danach fragen.

Sie betraten ein kleines, aus luftgetrockneten Lehmziegeln errichtetes Gebäude. Ein etwa fünfundzwanzigjähriger Mann mit einer braun-rot gestreiften Dschellaba und einem Turban, dessen Farbe im düsteren Licht der Kerzen und des niedergebrannten Feuers nicht zu erkennen war, begrüßte Avram. Sie wechselten einige Worte miteinander. Offensichtlich sagte Avram, wer Pitt war, und erklärte wohl auch den Zweck ihres Besuchs.

Dann wandte sich Avram an Pitt: »Das ist Ishaq El Sharnoubi. Sein Vater Mohammed war ein Imam, ein Vorbeter in der Moschee. Er wusste viel über das, was früher hier geschehen ist, auch bei den britischen Soldaten. Ishaq hat gelegentlich Botengänge für sie unternommen, und er hat ein gutes Gedächtnis – wenn er will. Er versteht Englisch sehr viel besser, als er zugibt.«

Pitt lächelte. Er konnte sich die Situation recht gut ausmalen, wenn auch nicht unbedingt in Einzelheiten. Es war nicht schwer, sich vorzustellen, dass ein junger Araber für britische Soldaten mehr oder weniger unsichtbar war, etwa so wie zu Hause in England ein Dienstbote für seine Herrschaft. In Anwesenheit solcher Menschen sagte man manches, ohne sich besonders zusammenzunehmen, weil man annahm, dass es nicht weitergetragen würde.

Er verneigte sich vor Ishaq.

Dieser erwiderte den Gruß. Seine Augen waren so dunkel, dass sie im flackernden Licht schwarz erschienen. Inzwischen war alle Helligkeit geschwunden, die Röte des Sonnenuntergangs einem dunklen Goldton gewichen. Die Ochsen draußen schienen sich im Wasser zu bewegen, denn Pitt hörte es platschen.

Avram hatte ihm klar gemacht, dass er die Gastfreundschaft ohne Gegenleistung annehmen müsse. Später konnte man etwas schenken, wenn es nicht nach einer Bezahlung aussah, denn das käme einer Beleidigung gleich. Auch hatte er darauf hingewiesen, dass Pitt seine Fragen erst am Ende der Mahlzeit stellen dürfe. Es sei Brauch, zuerst in aller Ruhe zu essen. Diese Belehrung war nicht nötig, hatte Pitt doch mittlerweile gelernt, dass selbst versteckte Andeutungen über den eigentlichen Zweck eines Besuchs als unhöflich dem Gastgeber gegenüber galten.

Mit untergeschlagenen Beinen nahm Pitt am Boden Platz, als man ihn zum Sitzen aufforderte. Er hoffte, dass er nach einer Stunde noch imstande sein würde, wieder aufzustehen. Im Laufe der Mahlzeit wuchsen seine diesbezüglichen Zweifel immer mehr. Er rutschte ein oder zwei Mal unruhig hin und her und fing sogleich Avrams warnenden Blick auf. Dieser schien die Suche zu seiner eigenen Sache gemacht zu haben, als sei es für ihn ebenso wichtig wie für Pitt, die Wahrheit über Lovats Dienstzeit zu erfahren. Pitt fragte sich, ob der Grund dafür eine dem Mann wesenseigene Neugier war, eine intellektuelle Freude, mittels seiner Klugheit Lösungen zu finden, oder ob auch er zu einem späteren Zeitpunkt ein angemessenes Geschenk erwartete. Im Augenblick kam es ihm, während er tausende Kilometer von daheim und fern von allem, was ihm auch nur annähernd vertraut war, äußerst unbehaglich in der lauen Nacht dasaß, ausschließlich darauf an, seinen sonderbaren Führer weder zu kränken noch zu enttäuschen. Nur wenn er sehr umsichtig zu Werke ging, konnte er Erfolg haben.

Endlich war die letzte Dattel gegessen, und Ishaq fragte Pitt mit einem Lächeln, was ihn nach Ägypten geführt habe: das Signal, dass er bereit war, ihm seine Hilfe angedeihen zu lassen.

»Ein britischer Soldat ist in London umgebracht worden«, sagte er in beiläufigem Ton und versuchte, seine Beine unauffällig ein wenig zu strecken und zugleich den Ausdruck des Schmerzes zu unterdrücken, mit dem dieser Versuch bestraft wurde. Er tat so, als müsse er husten, um sein Aufstöhnen zu tarnen. »Der Mann selbst ist nicht wichtig, doch sein Tod könnte einen Skandal hervorrufen, weil ein bedeutender Mann der Tat verdächtigt wird«, fuhr er fort. Befriedigt sah er, dass auf Ishaqs Gesicht der Ausdruck des Verstehens an die Stelle der Verwirrung trat. Wen interessiert es schon in Alexandria, wenn in London jemand getötet wird, der eine gewisse Beziehung zu Ägypten hat? Er nickte höflich.

»Der Ermordete hat vor knapp dreizehn Jahren hier im Heer gedient«, fuhr Pitt fort. »Ich möchte wissen, welchen Ruf er hatte und ob er sich unter seinesgleichen Feinde gemacht hatte. In England lässt sich darüber nichts Genaueres erfahren.« Sicher war es klug, den Namen Ayesha Sachari erst einmal nicht ins Spiel zu bringen. Das konnte er später immer noch tun, wenn es angebracht erschien. »Er hieß Edwin Lovat.«

Ishaq wartete, den Blick unausgesetzt auf Pitts Gesicht gerichtet.

Pitt nannte ihm Lovats Regiment und Dienstgrad, dann beschrieb er kurz dessen Äußeres und bemühte sich, keine Enttäuschung zu zeigen, als er auf Ishaqs Gesicht keinerlei Reaktion erkannte.

Dann aber nickte Ishaq. »Ich erinnere mich an die Männer«, sagte er ausdruckslos.

»Die Männer?«, fragte Pitt. Er verstand nicht. Vielleicht war für Ishaq ein britischer Soldat wie der andere. Er konnte ihm das nicht verdenken. Obwohl er selbst darin ausgebildet war, Menschen genau zu beobachten und zu identifizieren, wäre es ihm unmöglich gewesen, auf seinen Eid zu nehmen, dass er auf der Straße einen bestimmten Ägypter und nicht einen anderen gesehen hatte.

»Es waren vier«, erklärte Ishaq. »Sie waren immer zusammen. Blond, blaue Augen, gingen wie …« Er gab es auf und sah Hilfe suchend Avram an. Dieser sagte etwas auf Arabisch und erklärte dann, zu Pitt gewandt: »Er meint stolzieren.«

»Kennt Ihr die Namen der anderen?«, fragte Pitt. Es wäre nicht schlimm, wenn er sie nicht wüsste, weil er sich ohne weiteres bei den Militärbehörden erkundigen konnte – das zumindest würde man ihm sagen. Mit welchen Kameraden ein Soldat in seiner Freizeit ausging, unterlag nicht der militärischen Geheimhaltung.

»Yeats«, sagte Ishaq. »Und Garrick«, fügte er hinzu. »Der Letzte fällt mir nicht ein.«

»Das ist ganz großartig. Danke«, sagte Pitt begeistert. »Waren es gute Soldaten, vor allem Lovat?« Im selben Augenblick hätte er sich ohrfeigen können. Wie konnte ein britischer Soldat in den Augen eines Ägypters auf irgendeine Weise »gut« sein?

Avram sagte etwas auf Arabisch, und Ishaq nickte. Er richtete die Antwort an Pitt, als hätte dieser ihm die Frage gestellt. »Er war mutig und hat sich an die Vorschriften gehalten, auf die es ankam.«

Mit einem Mal war Pitts Jagdinstinkt geweckt. »Und die anderen Vorschriften?«, fragte er leise.

Ishaq lächelte, sodass man im Schein des Feuers seine weißen Zähne leuchten sah. Dann sagte er mit völligem Ernst: »Bei den anderen hat er sorgfältig darauf geachtet, sie nur zu brechen, wenn es niemand merkte.«

Pitt holte Luft, um die nahe liegende Frage zu stellen, doch im selben Augenblick sagte Avram: »Er war tapfer. Das ist gut. Ein Feigling nützt niemandem. Und er war gehorsam, nicht wahr? Ein Soldat, der Befehlen nicht gehorcht, bedeutet für seine Kameraden eine Gefahr, oder nicht?« Diesmal sah er Pitt an.

»Gewiss«, stimmte Pitt zu. Er war nicht sicher, warum der Mann ihm das Wort abgeschnitten hatte. War er zu offen gewesen, oder konnte die Antwort auf diese Frage Ishaq in Verlegenheit bringen? Warum? Ging es dabei um ungesetzliche Dinge? Um unmoralische? »Haben die Soldaten ihre dienstfreie Zeit im Dorf oder in der Stadt verbracht?«, fragte er.

Ishaq spreizte die Finger. »Kommt darauf an, wie lange«, sagte er. »Hier gibt es nicht viel Interessantes, aber in Alexandria muss man für sein Vergnügen Geld haben.«

»Die Stadt ist wunderschön, und man kann einfach umherbummeln«, sagte Pitt. Es war ihm ernst. »Dabei kann man vieles über Geschichte und Kulturen anderer Länder erfahren: nicht nur die Ägyptens, sondern auch Griechenlands, Roms, der Türkei, Armeniens, Jerusalems ...« Als er den Ausdruck in Ishaqs Gesicht erkannte, hielt er inne. »Ich war mit Lovat nicht bekannt«, schloss er.

»Das habe ich gemerkt«, sagte Ishaq trocken. »Wenn Soldaten keinen Dienst haben, möchten sie essen und trinken, sich mit Frauen amüsieren, vielleicht ein bisschen nach alten Schätzen suchen.«

Zwar hielt Pitt es für Zeitverschwendung, dass sich Männer auf diese Dinge beschränkten, doch war alles, was da gesagt worden war, harmlos. Die Frage nach den nicht eingehaltenen Vorschriften war damit nicht einmal am Rande angesprochen. Es sah ganz so aus, als würde es ein langer Abend werden, aber immerhin saß Pitt nicht mehr mit gekreuzten Beinen auf dem harten Boden, und an die Stechmücken hatte er sich so gewöhnt, dass er es schon gar nicht mehr merkte, wenn er nach ihnen schlug.

»Was noch?«, fragte Avram gelangweilt, als wolle er lediglich die Stille überbrücken.

Ishaq zuckte die Achseln. »Sie haben in den Sümpfen Vögel gejagt«, sagte er beiläufig, »und gelegentlich nach Krokodilen Ausschau gehalten. Ich glaube, ein oder zwei Mal sind sie flussaufwärts gefahren. Ich habe das für sie organisiert.«

»Wollten sie sich die Tempel und Ruinen anschauen?«, fragte Pitt und bemühte sich, das in ebenso gleichgültigem Ton wie Avram zu sagen.

»Ich glaube schon. Einmal sind sie bis Kairo gefahren. Sie wollten sich die Pyramiden von Giseh ansehen und so weiter.« Mit breitem Grinsen fügte er hinzu: »Dabei sind sie in einen Sandsturm gekommen, haben sie jedenfalls gesagt. Meistens aber waren sie mehr in der Nähe.«

Der Sache weiter nachzugehen lohnte sich offenbar nicht, aber sonst gab es kaum etwas zu sagen, um das Gespräch in Gang zu halten. Allmählich gab Pitt die Hoffnung auf, etwas über Lovat zu erfahren, was ihm wenigstens einen Hinweis auf seinen Charakter lieferte, wenn schon nicht auf einen Grund, warum man ihn getötet hatte. Es sah ganz so aus, als würde er aus Ägypten lediglich die Erkenntnis mitbringen, dass es sich bei Ayesha Sachari um eine hoch gebildete, leidenschaftliche Patriotin und nicht um eine Frau handelte, die sich ihrer Schönheit bedient, um sich jeden Luxus leisten zu können.

»Die vier waren also gewöhnlich zusammen?«, fragte er. Vielleicht konnte er zumindest einen oder zwei der anderen aufspüren und aus ihrer Erinnerung Einzelheiten über Lovat erfahren.

»Meistens«, sagte Ishaq. »Allein umherzustreifen ist nicht besonders sicher.« Er musterte Pitt aufmerksam, um zu sehen, ob er verstanden hatte oder man ihm erklären musste, dass ein Brite als Angehöriger der bewaffneten Besatzungsmacht in einem fremden Land nicht bei allen Menschen wohlgelitten war und unter Umständen mit heftigen Reaktionen rechnen musste.

Pitt begriff durchaus. Er hatte es gemerkt, wenn er durch die Stadt ging, in der Luft gespürt, in den heimlichen Blicken der Männer wie Frauen gesehen, die sie tauschten, wenn sie sich unbeobachtet fühlten. Schon möglich, dass sie für die mit der Anwesenheit der Fremden verbundenen finanziellen Vorteile dankbar waren, aber niemand stand gern in der Schuld anderer oder wollte von ihnen abhängig sein. Sicherlich gab es in Einzelfällen Zuneigung – er musste an Trenchards Leidenschaft für seine ägyptische Geliebte denken –, aber ebenso sicher gab es auch Hass. Im Normalfall durfte man mit einer gewissen Achtung rechnen, möglicherweise auch mit Neugier, und gelegentlich unter Umständen mit einem gewissen Verständnis. Aber immer lauerte der Volkszorn dicht unter der Oberfläche. Gewiss hatte es diese Gefühle auch damals schon gegeben; sie waren durch die Beschießung Alexandrias höchstens noch verstärkt worden und mochten sich seither deutlicher zeigen als zuvor.

Schweigend saßen die drei Männer einige Minuten da. Das gleichmäßige Geräusch, das die im Wasser umherstapfenden Ochsen machten, wirkte beruhigend, da es aus der Natur kam. Der Nachtwind trug einen Hauch von Kühle herbei, die nach dem langen, heißen Tag erfrischend wirkte.

»Und dann war da natürlich die Frau«, sagte Ishaq mit betont teilnahmsloser Stimme. Es entging Pitt nicht, dass er ihn dabei aufmerksam ansah. »Wenn ihn aber jemand deswegen hätte umbringen wollen, wäre es damals passiert. Sie war Tochter eines reichen und gebildeten Mannes. Wäre sie Muslimin gewesen, hätte das Schwierigkeiten geben können … große Schwierigkeiten. Aber sie war Christin. Übrigens war Mr Lovat ausgesprochen fromm.« Im Dunkel der Lehmhütte ließ sich der Ausdruck auf Ishaqs Gesicht nicht deuten, aber in seiner Stimme hörte Pitt ein Dutzend verschiedene Empfindungen mitschwingen. Bei einem Engländer hätte Pitt möglicherweise jede einzelne von ihnen deuten können, aber er befand sich in einem fremden Land mit einer unendlich komplexen alten Kultur und sprach mit einem Mann, dessen Vorfahren diese außerordentliche Zivilisation tausende von Jahren vor Christi Geburt, ganz zu schweigen von der Entstehung des britischen Weltreichs, geschaffen hatten. Ja, die Pharaonen waren bereits Herrscher über ein eigenes Großreich gewesen, bevor Moses geboren oder Lot bei der Zerstörung von Sodom und Gomorrha errettet wurde.

Er spürte den harten Boden unter sich, fühlte die schwere warme Luft und hörte, wie sich die Tiere draußen hin und wieder bewegten. Obwohl all das ebenso wirklich war wie das Sirren der Stechmücken, hatte er ein Gefühl von Unwirklichkeit, als wäre seine Anwesenheit dort ein Traum. Der Gedanke, dass Saville Ryerson in London im Gefängnis saß, bedrückte ihn ebenso wie der, dass Narraway erwartete, er werde eine Möglichkeit entdecken, wie sich ein Skandal abwenden ließ.

»Er war also sehr fromm?«, fragte er neugierig.

»Ja«, nickte Ishaq. Wieder ließ sich der Ausdruck auf seinem Gesicht nicht deuten. »Er hat sich häufig beim alten Heiligtum unten am Nil aufgehalten. Diesen Ort hat er gern aufgesucht. Er ist sehr heilig – auch wir haben ihn verehrt.«

»Wie?«, fragte Pitt verwirrt. »Angehörige des Islam?«
»Ja. Bevor er ...« Ishaq verstummte.
Avram warf ihm einen finsteren Blick zu.
Ishaq sah an Pitt vorbei. »Mein Vater hat sie alle beerdigt«, sagte er so leise, dass Pitt die Worte kaum hörte. »Ich weiß noch genau, wie sein Gesicht monatelang danach ausgesehen hat. Ich dachte, er würde nie darüber hinwegkommen. Vielleicht war es auch so – es hat ihn den Rest seines Lebens im Traum heimgesucht. Am schlimmsten war es, als er starb.« Er holte tief Luft und stieß sie langsam wieder aus. Sein Atem klang zittrig. »Ein treuer Diener hat sich um ihn gekümmert, hat getan, was er konnte, um es ihm zu erleichtern, aber er konnte nicht verhindern, dass die Geister immer wiederkehrten.« Sein Gesicht verzog sich schmerzlich, und seine Stimme bebte vor Mitgefühl. »Stundenlang hat er mit ihm gesprochen, ihm davon erzählt. Er musste es einfach tun. Er hatte grauenhafte Träume ... das Blut und die aufgeplatzten Gliedmaßen, wie gekochtes Fleisch, Gesichter, so verkohlt, dass man kaum noch Menschen in ihnen erkennen konnte ... Ich habe gehört, wie er geweint hat ...« Er sprach nicht weiter.

Pitt sah zu Avram hin. Dieser schüttelte den Kopf.
Sie warteten schweigend.
»Feuer«, sagte Ishaq schließlich. »Vierunddreißig, soweit es möglich war, die Reste in der Asche zu zählen. Sie waren darin gefangen.«
»Das tut mir Leid«, sagte Pitt leise. Er hatte in England Brände miterlebt, kannte die entsetzlichen Folgen, wusste, dass er den Geruch von brennendem Fleisch nie vergessen würde.

Ishaq schüttelte den Kopf. »Mein Vater ist tot und der Diener auch.«

Avram fuhr auf. »Das wusste ich nicht.«
Ishaq biss sich auf die Lippe und schluckte. »In Alexandria – ein Unfall.«

»Das tut mir Leid«, sagte Avram kopfschüttelnd.
Ishaq öffnete den Mund, um etwas zu sagen, doch einen Augenblick lang brachte er es nicht fertig, seinen Kummer zu beherrschen.

Pitt und Avram schweigen. Draußen war es vollständig dunkel. Durch die offenen Fenster sah man die Sterne im Samt des Himmels schimmern. Endlich wurde es kühler.

Schließlich hob Ishaq den Blick. »Ich glaube, das Feuer hat auch Leutnant Lovat zu schaffen gemacht«, sagte er. Seine Stimme klang wieder gefasst. »Bald darauf wurde er krank. Irgendein Fieber, sagte man. Es schien damals im Lager umzugehen. Er wurde nach Hause geschickt. Ich habe ihn nie wieder gesehen.«

»Sind seine Freunde hier geblieben?«, fragte Pitt.

»Nein«, sagte Ishaq leise. »Alle sind fort, aus verschiedenen Gründen. Ich weiß nicht, was aus ihnen geworden ist. Vermutlich hat man sie woanders hingeschickt. Euer Reich ist sehr groß. Vielleicht nach Indien? Man braucht ja nur noch an Suez vorbei durch den neuen Kanal, von da aus liegt die halbe Welt offen vor einem.«

»Ja«, murmelte Pitt und hoffte aufrichtig, wenigstens einen dieser Männer in London ausfindig machen zu können, um die Befragung nicht telegrafisch durch irgendeinen Beamten der Militärbürokratie durchführen lassen zu müssen. Ishaq hatte Recht: Durch das Meisterwerk aus Verhandlungskunst und Technik, das der Suezkanal bedeutete, stand Großbritannien die halbe Welt offen. Wegen seiner großen Bedeutung für die Wirtschaft und die Aufrechterhaltung von Recht und Ordnung im ganzen Reich war es undenkbar, dass man Ägypten je die vollständige Selbstbestimmung zugestehen würde. Die Baumwolle spielte bei dieser Frage nur eine untergeordnete Rolle. Wie hatte Miss Sachari je auf den Gedanken kommen können, ihr Vorhaben lasse sich verwirklichen? Als Geisel wirtschaftlicher Abhängigkeit war Ägypten viel zu kostbar, als dass man es freigeben könnte.

Er kam sich vor wie jemand, der einen komplizierten Knoten zu lösen versucht und feststellen muss, dass dieser immer fester wird, je mehr er an den einzelnen Fäden zieht. Die ganze Angelegenheit bedrückte ihn immer mehr.

»Danke für Eure Gastfreundschaft«, sagte er und verneigte sich vor Ishaq. »Die Mahlzeit wie das Gespräch waren mir sehr willkommen. Ich stehe tief in Eurer Schuld.«

Man konnte sehen, dass sich Ishaq über seine Worte freute, doch lag in seinem Ausdruck etwas Unbestimmbares. Im Licht der tiefergebrannten Kerzen konnte Pitt kaum noch Ishaqs Körperumriss ausmachen.

Nach wenigen Minuten verließen Avram und Pitt unter wiederholten Dankesbezeugungen Ishaqs Behausung.

Auf dem Rückweg konnten sie kaum erkennen, wo sie gingen. Nur noch gelegentlich brach sich das Licht eines Sterns im Wasser wie eine leichte Welle. Mit einem Mal merkte Pitt, wie müde er war. Er fühlte sich wie zerschlagen. Das lag nicht nur am langen Sitzen auf dem Boden, sondern auch an den Prellungen und Blutergüssen, die er bei dem Zwischenfall im Teppichbasar davongetragen hatte. Sein Kopf schmerzte nach wie vor von dem Schlag des Polizisten. Im Augenblick kannte er keinen sehnlicheren Wunsch, als sich auf ein weiches Lager sinken zu lassen und lange und tief zu schlafen. Dahinter trat sogar sein Bestreben zurück, eine Erklärung für Lovats Tod zu finden, die sowohl Ryerson als auch die Ägypterin von jedem Schuldvorwurf freisprach.

Während er Avram folgte, ließ er sich mindestens ebenso sehr vom Geräusch seiner Schritte auf dem ausgedörrten Boden leiten wie vom dunklen Umriss seines Körpers, den er undeutlich vor sich wahrnahm. Nach knapp zwei Kilometern stießen sie auf ein einsam stehendes Haus fern vom Wasser. Dort nahm man sie über Nacht auf. Avram bezahlte, nicht ohne sich von Pitt versprechen zu lassen, dass dieser nach seiner Rückkehr nach Alexandria seinen Anteil begleichen würde. Wenn er weiter so mit dem Geld um sich warf, würde das, was er im Hotel hatte, nicht genügen, und er würde Trenchard bitten müssen, ihm einen Vorschuss zu geben. Mochten sich das Konsulat und Narraway über die Rückerstattung einigen.

Am nächsten Morgen war es kühler als sonst. So weit außerhalb Alexandrias wirkte die Luft silbrig und durchscheinend. Die Landschaft zwischen dem Mahmudije-Kanal, der zum Meer führte, und dem großen Binnensee südlich der Stadt, auf dessen Fläche sich das Licht des frühen Morgens spiegelte, war von berückender

Schönheit. Die dunklen Umrisse von Kamelen, die lautlos mit wiegendem Schritt dahinzogen, schienen eher ein Traumbild als Wirklichkeit zu sein.

Noch am selben Tage wollte Pitt die Zuständigen in der Garnison aufsuchen, in der Lovat gedient hatte. Gleich nach dem Frühstück, das aus Datteln und anderen Früchten, Brot und starkem schwarzen Kaffee in Tässchen bestand, die kaum größer waren als ein Fingerhut, brach er auf. Avram begleitete ihn, obwohl seine Gegenwart eigentlich nicht nötig war. Pitt nahm an, er komme hauptsächlich mit, um ihm keine Gelegenheit zu geben, sich seinen Verpflichtungen zu entziehen. Zwar hätte er selbst das gewiss nicht in so kränkender Weise gesagt, aber ihm dürfte daran gelegen sein, seine finanziellen Interessen zu wahren.

Erst nachdem er nahezu eine Stunde lang argumentiert und all seine Überredungskunst aufgeboten hatte, sah sich Pitt schließlich einem schmächtigen, schlecht gelaunten Offizier mit sonnengebräunter Haut gegenüber, einem gewissen Oberst Margason. Avram musste unterdessen vor dem Tor der Kaserne warten. Während Pitt neben dem Oberst auf einer kleinen, schattigen Veranda stand, von wo aus der Blick auf den in der Sonne brütenden Exerzierplatz fiel, den sand- und erdfarbene Gebäude umstanden, fragte dieser mit offenkundigem Abscheu und ohne seine tiefe Abneigung neugierigen Zivilisten gegenüber im Geringsten zu verhehlen: »Sie sind also vom Sicherheitsdienst. Ist das irgendeine spezielle Abteilung der Polizei? Großer Gott! Wo soll das hinführen? Ich hätte nie geglaubt, dass man sich in London zu so etwas hergibt!« Er funkelte Pitt an. »Nun, was wollen Sie? Ich weiß von keinem Skandal, und falls mir so etwas zu Ohren käme, würde ich das dem Mann ins Gesicht sagen und nicht hinter seinem Rücken darüber tratschen.«

Pitt war müde, alles schmerzte ihn, und er war über und über von Mückenstichen bedeckt. Es gab kaum eine Stelle seines Körpers, die er nicht spürte.

»Wenn ich Sie recht verstehe, brauchte ich von Ihnen keinerlei Unterstützung zu erwarten, sofern ich das Pech hätte, mit dem

Auftrag hergeschickt zu werden, in den Reihen der Ihnen unterstellten Männer einen Spion zu enttarnen ... Sir!«, gab Pitt gereizt zurück. Er sah, wie Margason die Zornesröte ins Gesicht stieg. »Mein Auftrag lautet, mich nach einem Mann zu erkundigen«, fuhr er fort, »der in London ermordet wurde. Auf die eine oder andere Weise scheint es da eine Verbindung zu Ägypten zu geben. Bekannt ist uns lediglich, dass er vor zwölf, dreizehn Jahren hier draußen Dienst getan hat. Es wäre wünschenswert, wenn wir bei der Verhandlung die Möglichkeit hätten, jeden Anwurf gegen ihn zu entkräften, statt einfach alles abstreiten zu müssen. So etwas wirkt meist ohnehin nicht glaubwürdig.«

Margason knurrte. Die gegenseitige Abneigung nahm erkennbar zu, doch konnte er die Berechtigung von Pitts Anliegen nicht bestreiten. Ganz gleich, was er von ihm halten mochte, er würde auf jeden Fall alles tun, um den Ehrenschild seines Regiments rein zu halten. »Wie hieß der Mann?«, fragte er.

»Edwin Lovat«, sagte Pitt und nahm vorsichtig auf einem der Stühle Platz, als wolle er damit seine Absicht untermauern, erst zu gehen, wenn er alles erfahren hatte, was er wissen wollte. Da der harte Sitz alles andere als bequem war, reizte er dieselben Stellen wie der Erdboden am Vorabend, ganz zu schweigen von dem Strohsack, auf dem er die Nacht verbracht hatte.

»Hm, Lovat«, wiederholte Margason, der stehen geblieben war, nachdenklich. »Das war vor meiner Zeit, aber ich werde sehen, was ich tun kann. Damals war Garrick hier Garnisonskommandeur. Ist nach England zurückgekehrt. Vermutlich können Sie ihn in London finden.« Er lächelte sarkastisch. »Sie hätten sich die Reise also sparen können! Sind Sie eigentlich nicht auf den Gedanken gekommen, sich vorher zu erkundigen? Gott bewahre uns vor diesem ›Sicherheitsdienst‹, wenn Sie ein typischer Vertreter davon sind.«

»Wir begnügen uns nicht mit der Ansicht von Einzelpersonen, sondern suchen nach weiterem Material«, sagte Pitt, so beherrscht er konnte. »Außerdem verlassen wir uns nicht ausschließlich auf die Angaben des Militärs. Der Mann ist unter außergewöhnlichen Umständen ums Leben gekommen, und ein Kabinettsmitglied ist in den Fall verwickelt. Wir können es uns nicht leisten, selbst noch so unbedeutende Spuren außer Acht zu lassen.«

Erneut knurrte Margason, wobei er den Blick auf den kahlen Exerzierplatz gerichtet hielt, den tausende von Stiefelsohlen festgetreten hatten. »So was les ich in der Zeitung nicht. Dafür fehlt mir die Zeit. Hab hier draußen genug zu tun.« Er warf einen Blick zur Sonne empor, die vom Himmel herunterbrannte. »Hier herrscht große Unruhe. Mehr, als die Bürohengste in London annehmen. Der kleinste Funke genügt, und das Pulverfass kann in die Luft gehen.«

»Das habe ich gesehen«, gab ihm Pitt Recht. »Gestern bei einem ziemlich üblen Zwischenfall auf dem Teppichbasar. Mit viel Glück ist ein britischer Offizier mit dem Leben davongekommen.«

Margasons Lippen wurden schmal. »Das bleibt nicht aus. Wir haben die Rechnung immer noch nicht beglichen, dass sie Gordon in Khartoum umgebracht haben. Der verdammte Mahdi ist zwar tot, aber das hat nicht viel zu bedeuten. Da im Sudan wimmelt es von Derwischen – verdammte Irre!« Seine Stimme zitterte ganz leicht. »Wenn die eine Gelegenheit dazu hätten, würden die jeden Einzelnen von uns umbringen. Und jetzt kommen Sie her, um sich nach dem Ruf eines einzelnen Soldaten zu erkundigen, der vor zwölf Jahren in Alexandria gedient hat und in London umgebracht wurde. Mann Gottes, sind Sie denn nicht fähig, einen verdammten Minister aus der Sache rauszuhalten, ohne hier herumzutapsen und meine Zeit mit Fragen zu vergeuden?«

»Ich würde weniger davon vergeuden, wenn Sie mir etwas über Lovat erzählen würden«, gab Pitt zurück. »Können Sie mir keinen Offizier nennen, von dem ich Genaueres und Ehrlicheres erfahren kann als das, was in den Unterlagen des Militärarchivs steht? Lovat hat die Frau, die unter Anklage steht, hier kennen gelernt.«

»Tatsächlich? Er hat sie sitzen lassen, und sie hat ihm das all die Jahre nachgetragen? Bemerkenswert. Geht es um Vergewaltigung?« Margason klang verächtlich, schien sich aber nicht sonderlich betroffen zu fühlen. Pitt war nicht einmal sicher, ob sein Abscheu Lovat oder dessen Opfer galt.

»Kommt es oft vor, dass Ihre Leute hier in der Gegend Frauen vergewaltigen?«, erkundigte sich Pitt mit unschuldig klingender Stimme. »Vielleicht hätten Sie weniger Schwierigkeiten, Ausbrüche von Feindseligkeit zu verhindern, wenn Sie dem einen Riegel vorschieben würden.«

»Hören Sie, Sie unverschämter ...«, stieß Margason hervor und fuhr wie ein angreifendes Raubtier zu Pitt herum.

Dieser rührte sich nicht. »Ja?«, fragte er mit gehobenen Brauen.

Margason richtete sich wieder auf. »Ich war zu der Zeit, um die es geht, auch hier, damals noch im Rang eines Majors. Über Lovat ist mir lediglich bekannt, dass er ein guter Soldat war, wenn auch kein herausragender. Er hat einer Einheimischen den Hof gemacht, aber soweit ich gehört habe, gab es dabei keine Komplikationen. Eine einfache Geschichte: ein junger Mann, der sich romantische Vorstellungen von einer exotischen Frau macht. Sie hat sich nie beschwert, und er wurde als dienstuntauglich nach Hause geschickt.«

»Aus welchem Grund?«

»Was weiß ich? Irgendein Fieber. Damals hat niemand besonders darauf geachtet. Es war die Zeit kurz nach dem Zwischenfall am Heiligtum, das von Moslems wie Christen verehrt wurde, und wir mussten täglich mit einem Aufstand rechnen. Mehr als dreißig Menschen sind da bei einem Feuer umgekommen, lauter Moslems. Da können Sie sich denken, dass die Atmosphäre äußerst angespannt war. Man musste befürchten, dass es zu religiös motivierten Übergriffen kam. Oberst Garrick hat eine ganz entschiedene Linie vertreten und die Sache im Keim erstickt: Er hat dafür gesorgt, dass die Toten beerdigt wurden, ein Denkmal bekamen, und auch einen Posten dahin gestellt. Wenn er dahinterkam, dass jemand einen Moslem nicht mit der nötigen Achtung behandelte, kriegte der Betreffende Kasernenarrest.«

»Und ist es zu weiteren Zwischenfällen gekommen?«, fragte Pitt. Ihm kam in den Sinn, was Ishaq gesagt hatte.

»Nein«, gab Margason ohne Zögern zur Antwort. »Ich habe Ihnen ja schon gesagt, Garrick wusste, was er tat. Allerdings musste er sein ganzes Geschick aufbieten und für strengste Disziplin sorgen, um Ruhe zu schaffen. In einer solchen Lage denkt wohl niemand an einen Mann, der sich von einem Fieberanfall erholt.«

»Ist es üblich, Fieberkranke in die Heimat zu entlassen?«

»Bei einem periodisch wiederkehrenden Fieber wie Malaria oder dergleichen durchaus.« Der Oberst schüttelte den Kopf. »Von mir aus können Sie sich gern den Bericht des Regimentsarztes ansehen. Ich habe allerdings keine Zeit, ihn herauszusuchen. Soweit ich weiß, war Lovat ein guter Offizier, den man aus gesundheitlichen Gründen entlassen hat. Ein Verlust für die Armee, doch gibt es für Leute wie ihn auch in England reichlich Arbeit. Sprechen Sie, mit wem Sie wollen, aber setzen Sie bloß keine Gerüchte in die Welt, und vergeuden Sie unsere Zeit nicht.«

Pitt erhob sich. Es war deutlich, dass Margason ihm mehr nicht sagen würde, und da er auch seine eigene Zeit nicht vergeuden wollte, dankte er ihm.

Er verbrachte den Rest des Tages damit, andere Soldaten nach Lovat zu fragen. Während er ihnen zuhörte, gewann er einen weit umfassenderen Eindruck von dem Mann. Besonders nützlich war ihm, was ein hagerer, wettergegerbter Hauptfeldwebel zu berichten hatte, der schließlich bereit war, offen zu sprechen. Allerdings hatte es eine Weile gedauert, bis Pitt sein Vertrauen so weit gewonnen hatte. Er hatte dazu Erinnerungen an das Londoner East End heraufbeschwören müssen, wo der Mann aufgewachsen war, die er mit leicht sentimental angehauchten Beschreibungen der Hafenanlagen und der Themse auf ihrem Weg nach Greenwich angereichert hatte. Am Ende aber gab ihm der Mann die Auskünfte, die er brauchte. Im pfirsichfarbenen Schimmer der allmählich sinkenden Sonne schritten sie gemächlich an einem der vielen Arme des Deltas entlang, das die Mündung eines der größten Flüsse Afrikas bildete.

»Ich konnte den Burschen nich verknusen«, sagte der Mann mit unverhohlener Abneigung, während sein Blick einem Schwarm Vögel folgte, die sich schwarz vor dem Himmel abzeichneten. »Aber 'n schlechter Soldat war er nich.«

»Aus welchem Grund konnten Sie ihn nicht leiden?«, wollte Pitt wissen.

»Weil er 'n selbstgerechter Scheißkerl war. Ich geh immer danach, wie sich einer benimmt, wenn 's knüppeldick kommt oder wenn er einen sitzen hat. Da sieht man gleich, ob er was taugt oder nich.« Mit einem Seitenblick zu Pitt hin vergewisserte er sich, ob ihn dieser verstand. Er schien mit dem Ergebnis seiner Beobachtung zufrieden zu sein. »Kann nix mit 'nem Mann anfangen, der sein' christlichen Glauben vor sich herträgt. Versteh'n Se mich nich falsch – ich hab nix für diesen Mohammed und auch nix für das übrig, was er sagt; und wie die Leute hier ihre Frauen behandeln, is einfach widerlich. Aber wir sind manchmal auch nich besser. Ich sag immer: leben und leben lassen.«

»Hat denn Lovat die islamische Religion nicht geachtet?«, hakte Pitt nach. Er war nicht sicher, ob das von Bedeutung war, denn selbst wenn es sich so verhielt, dürfte man ihn kaum deswegen nach so vielen Jahren im fernen London getötet haben.

»Schlimmer«, sagte der Mann und verzog das Gesicht, dessen Haut im schwindenden Tageslicht so dunkel wirkte wie die Bronze einer Statue. »Er hat denen nix gegönnt, wenn es was war, wovon er meinte, dass es den Christen gehören müsste. Er is nie drüber weggekommen, dass die Jerusalem eingenommen ha'm. ›Heilige Stadt‹, hat er immer gesagt – und auch all die anderen Orte da.«

»Trotzdem hat er sich in eine Ägypterin verliebt«, erinnerte ihn Pitt.

»Schon. Weiß ich selber. Er war verrückt nach ihr, und 'ne Zeit lang konnte man mit ihm kein vernünftiges Wort reden. Aber das war 'ne koptische Christin, und damit war die Sache für ihn in Ordnung.« Angewidert verzog er das Gesicht. »Geheiratet hätt er se aber trotzdem nich. Die Sache mit ihr war so was, was man macht, wenn man jung und im Ausland is. Seine Leute hätt'n Kopf gestand'n, wenn er zu Hause mit 'ner Ausländerin angetanzt wär'!«

»Haben Sie sie gekannt?«, fragte Pitt.

»›Kennen‹ is nich der richtige Ausdruck, aber gesehn hab ich sie natürlich. Sie war schön«, sagte er mit sehnsüchtig klingender

Stimme. »Bewegt hat se sich wie 'n Vogel in der Luft.« Er wies auf einen weiteren Schwarm von Wasservögeln, die vor der sinkenden Sonne dahinschwebten.

»Haben Sie Lovats Kameraden Garrick und Yeats gekannt?«, fuhr Pitt fort.

»Na klar, und auch Sandeman. Sind alle nach Hause gefahren. Sind einer wie der andere zur selben Zeit krank geworden – hatten wohl alle dasselbe Fieber.«

»Und hat man sie alle entlassen?«

Der Hauptfeldwebel zuckte die Achseln. »Weiß nich. Yeats soll tot sein, soweit ich gehört hab, armer Kerl. Is bei irgend 'nem Kommandounternehmen umgekomm'. Da muss er wohl beim Militär geblieben und woanders hingegangen sein, wo das Klima besser is. Woll'n Se über die andern auch was wiss'n? Glau'm Se etwa, einer von denen hätte 'n umgebracht?« Er schüttelte den Kopf. »Wüsste nich, warum. Aber das is Ihre Sache. Gott sei Dank hab ich nix damit zu tun. Ich muss nur darauf acht'n, dass die Jungs hier in Ägypten für Ordnung sorg'n.« Dabei wies er mit einer Hand auf die dunklen Umrisse der Kaserne.

»Denken Sie, dass das schwierig sein wird?«, fragte Pitt, mehr um etwas zu sagen, als weil er der Ansicht war, der Mann wisse etwas darüber. Doch fiel ihm auf, dass ihm die Antwort wichtig war. Die zeitlose Schönheit des Landes würde ihn begleiten, wenn er in die Hektik des modernen Lebens in London zurückkehrte. Er würde immer wünschen, er hätte genug Zeit und Geld gehabt, den Nil hinaufzufahren, das Tal der Könige zu sehen, die großartigen Tempel und Ruinen aus einer Zeit, in der die Pharaonen die damalige bekannte Welt beherrschten, lange bevor Christus geboren wurde.

Außerdem erkannte er seinen tiefen Wunsch, die Ägypterin möge schuldlos sein und er eine Möglichkeit haben, das zu beweisen. Inzwischen war er überzeugt, dass sie nach England gegangen war, weil sie versuchen wollte, etwas für die Befreiung ihres Volkes von den wirtschaftlichen Zwängen zu unternehmen, die ihm die Briten auferlegt hatten. Da sie das Machtspiel der Politik nicht durchschaute, konnte sie nicht wissen, dass man ihrem Volk die Art Gerechtigkeit, nach der sie strebte, nie gewähren würde, solange die Baumwollindustrie in der Grafschaft Lancashire eine Million Menschen ernährte. Zwar waren auch sie arm, lebten in Elend und Krankheit, dennoch waren sie ein entscheidender Faktor im Machtkalkül der Politiker in London. Noch wichtiger aber war, dass nur wenige Meilen von dort, wo sich Pitt jetzt befand, jenseits der Wüste, die älter war als die Menschheit und jetzt im Schimmer der ersten Sterne ockerfarbene Schatten warf, das moderne Wunderwerk eines Kanals lag, der vom Mittelmeer ins Rote Meer führte und den Briten den Zugang zur anderen Hälfte ihres Reiches ermöglichte.

Neben dem Hauptfeldwebel stehend, sah Pitt zu, wie die letzte dünne Linie des Tageslichts schwand. Dann dankte er ihm und suchte Avram auf, um ihm zu sagen, dass sie am folgenden Morgen nach Alexandria zurückkehren würden. Dort wollte er ihm eine angemessene Belohnung für seine Hilfe geben.

KAPITEL 9

Gracie saß Tellman in einer Ecke der Gaststube gegenüber. Er sah sie aufmerksamer an, als es für das, was sie ihm zu berichten hatte, nötig war. Mit einer Mischung aus Freude und Befangenheit begriff sie, dass er sie ebenso ansehen würde, wenn sie völligen Unsinn erzählte. Damit würde sie sich früher oder später beschäftigen müssen. Er hatte ihr gegenüber schon alle möglichen Empfindungen an den Tag gelegt: ganz zu Anfang Desinteresse, dann Ärger darüber, dass sie sich zur Dienstbotin hergab, die wirtschaftlich vollständig von ihrer Herrschaft abhängig war, und nach einer Weile, als sie Pitt bei einigen Fällen geholfen hatte, eine Art widerwilliger Hochachtung vor ihrer Intelligenz. Zum Schluss dann hatte er ihr, deutlicher, als ihm selbst klar war, gezeigt, dass er sich in sie verliebt hatte, obwohl er sich nach Kräften bemühte, es vor allen verborgen zu halten, ganz besonders vor sich selbst. Immerhin tat er inzwischen nicht mehr so, als habe er nichts für sie übrig – zumindest nicht immer.

Einmal, als er von seinen Gefühlen übermannt worden war, hatte er ihr einen Kuss gegeben. Sie konnte sich noch gut daran erinnern. Wenn sie die Augen schloss und alles andere um sich herum vergaß, spürte sie die Süße dieses Kusses noch, als läge er erst wenige Augenblicke zurück. Als ihr diese Erinnerung einmal auf einer windigen Straße gekommen war, wo sie völlig allein war, gestand sie sich mit einem Lächeln ein, dass auch sie ihn liebte.

Das aber hieß noch lange nicht, dass sie auch bereit war, ihn das merken zu lassen. Trotzdem war es gut zu wissen, was sie wollte, auch wenn sie noch nicht wusste, wann es so weit sein würde.

Jetzt berichtete sie ihm, was Lady Vespasia über die Familie Garrick in Erfahrung gebracht hatte, und teilte ihm mit, dass Stephen Garrick angeblich aus Gesundheitsgründen nach Südfrankreich gereist war.

»Aber das is schon so lange her, da hätt Martin doch längst an Tilda schrei'm könn', oder nich?«, beendete sie ihren Bericht. »Er hätt das sogar schon tun könn', bevor er gegangen is! Das is doch nich schwer, und bestimmt hätt der junge Mr Garrick nix dageg'n gehabt.«

Tellman machte ein finsteres Gesicht. Das Leben als Dienstbote im Hause anderer war ein wunder Punkt, über den sie sich schon oft in die Haare geraten waren. Er hielt nichts davon, dass Menschen zur Erledigung alltäglicher Familienangelegenheiten die Erlaubnis anderer einholen mussten.

»Dagegen dürfte er eigentlich nichts haben«, sagte er mit Nachdruck. »Aber man weiß nie.« Er sah sie so aufmerksam an, als sei keiner der anderen Menschen im Raum. »Aber nach Südfrankreich müsste er Gepäck mitgenommen haben, außerdem sind sie in dem Fall entweder mit einer Droschke oder der eigenen Kutsche gefahren, zumindest bis zum Bahnhof. Alle Kanalfähren haben eine Passagierliste. Wenn wir die Namen da finden, wissen wir mit Sicherheit, ob Martin Garvie bei ihm war oder nicht. Ich kann mir einfach nicht vorstellen, warum von ihm kein Brief gekommen sein soll.«

»Vielleicht könnten wir den alten Mr Garrick nach der Adresse fragen?«, schlug Gracie vor. »Dagegen kann er nix haben. Die Eltern wissen doch bestimmt, wohin die ihrem Sohn schreiben können.«

Tellman verzog den Mund. »Sicher«, sagte er, »aber erinnern Sie sich, dass dabei schon einmal nichts herausgekommen ist – erst hat Tilda es versucht, und dann Sie; beide Male ohne Ergebnis. Ich werde sehen, was ich feststellen kann.«

Sie sah ihn aufmerksam an. Sie kannte jeden Ausdruck seines Gesichts, hätte es mit geschlossenen Augen beschreiben können. Ihr war klar, dass er sich Sorgen machte, und auch, dass er das vor ihr nicht zeigen wollte – teils, um sie nicht zu beunruhigen, teils, weil er seiner Sache nicht sicher war.

»Sie denken, dass da was faul ist, was?«, fragte sie leise. »Kein Mensch erzählt ohne Grund Lügengeschichten.«

Vorsichtig sagte er: »Ich weiß es nicht. Können Sie sich übermorgen Abend freinehmen?«

»Wenn es sein muss. Warum?«

»Ich sage Ihnen dann, was ich herausbekommen habe. Es kann aber eine Weile dauern, bis ich etwas weiß. Ich muss Zeugen finden, mich bei der Bahn- und Fährgesellschaft erkundigen und so weiter.«

»Natürlich. Mrs Pitt würde nie Nein sag'n, wenn's um 'ne Nachforschung geht. Ich komm. Sag'n Se mir einfach, wann.«

»Ginge es ziemlich früh am Abend? Wir könnten ins Varietee gehen, uns etwas Nettes ansehen.« An seinem fragenden Blick erkannte sie, dass er hoffte, sie würde annehmen, und zugleich nicht sicher war, ob es ihr recht wäre. Immerhin war das eine private Verabredung, die nichts mit dem Fall zu tun hatte. Es handelte sich um seine erste Einladung dieser Art, und das war beiden durchaus bewusst.

Sie wollte ganz beiläufig reagieren, so tun, als sei das nichts Ungewöhnliches, doch es gelang ihr nicht. Sie merkte, dass sie errötete; ihre Wangen brannten heiß.

»Ja ...«, sagte sie unbehaglich und mit leicht heiserer Stimme. Bald würde sie eine schwerwiegende Entscheidung treffen müssen, für die sie noch nicht bereit war, obwohl sie schon seit längerem wusste, was sie empfand, und viel Zeit gehabt hatte, es sich zu überlegen. »Ja, ich hör gern Musik.« Was sollte sie anziehen? Es musste etwas Besonderes sein. Sie wollte ihm gefallen, fürchtete es aber zugleich. Wenn ihn nun seine Gefühle übermannten und sie nicht wusste, was sie tun sollte? Vielleicht hätte sie doch Nein sagen und die Sache auf seiner beruflichen Ebene belassen sollen.

»Gut.« Jetzt war es zu spät, es sich anders zu überlegen. Hatte er die Unentschlossenheit auf ihrem Gesicht erkannt?

»Nun ...«, setzte sie an.

»Ich schlage sieben Uhr vor«, sagte er ein wenig zu rasch. »Erst essen wir etwas. Dabei sage ich Ihnen, was ich herausbekommen habe, dann können wir ins Varietee gehen.« Er stand auf, als fühle auch er sich befangen und wolle sich davonmachen, bevor er etwas tat, wobei er sich noch törichter vorkam.

Auch sie stand auf. Dabei stieß sie ungeschickt gegen den Tisch. Zum Glück stand nichts darauf, was umfallen und auslaufen konnte. Nur die Gläser klirrten ein wenig.

Am Ausgang ließ er ihr den Vortritt. Draußen auf der Straße war es schwieriger, offen miteinander zu sprechen. Schwerfällig wurde ein Fuhrwerk voller Bierfässer rückwärts um die Ecke in den Hof rangiert. Der Kutscher hielt das Leitpferd am Zaum und rief seine Befehle. Ein Stück weiter zog ein Mann ein halbes Dutzend kleiner Fässer auf einem Handwagen, der laut über die Pflastersteine polterte. Auf der Straße ertönte Hufschlag und klirrte Pferdegeschirr.

Gracie war froh über den Lärm und die Ablenkung. Bei einem raschen Blick auf Tellmans Gesicht glaubte sie zu sehen, dass es ihm ebenso ging. Ob er kalte Füße bekommen hatte und nun ewig nichts mehr sagen würde? Damit hätte sie Zeit zum Nachdenken gewonnen. Worüber? Es war klar, dass sie Ja sagen würde; sie musste sich nur noch überlegen, auf welche Weise. Veränderungen machten ihr Angst. Seit sie dreizehn war, lebte sie in Pitts Haus. Sie konnte die Familie unmöglich verlassen!

Tellman sagte über den Lärm hinweg etwas zu ihr.

»Ja«, bestätigte sie nickend. »Übermorgen um sieben hier. Sie stellen fest, was mit Martin Garvie is. Wiederseh'n.« Ohne auf eine Antwort zu warten, wandte sie sich mit einem frohen Lächeln auf dem Absatz um.

Zwei Abende später trafen sie sich am selben Tisch in der Ecke des Gasthauses. Zu einem einfachen dunklen Jackett trug Tellman ein weißes Hemd, dessen Kragen noch steifer wirkte als sonst. Gracie hatte ihr bestes blaues Kleid angezogen und als einziges Zugeständnis daran, dass es sich um eine besondere Gelegenheit handelte, das Haar nicht ganz so straff nach hinten gekämmt wie sonst, sodass es ein wenig unter ihrer Haube hervorsah. Kaum hatte sie einen Blick auf Tellmans Gesicht geworfen, als jeder Gedanke an sie selbst mit einem Schlage verschwand.

»Was is?«, fragte sie eindringlich, sobald sie sich gesetzt und ihre Bestellung, Strandschnecken mit Brot und Butter, aufgegeben hatten. »Was is, Samuel?« Sie merkte nicht einmal, dass sie seinen Vornamen benutzte.

Er beugte sich vor. »Mehrere Leute haben gesehen, wie Stephen Garrick das Haus verlassen hat, und sie haben den jungen Mann beschrieben, der bei ihm war: blond, Anfang zwanzig, angenehme Züge. Ihren Worten nach hat es sich um einen Dienstboten gehandelt, höchstwahrscheinlich um einen Kammerdiener. Sie hatten nur zwei kleine Gepäckstücke mit, weder Reisekoffer noch Schrankkoffer. Mr Garrick sei so krank gewesen, dass man ihn fast aus dem Haus habe tragen müssen. Zwei Männer mussten ihm dabei helfen, in die Kutsche zu steigen. Es war seine eigene, kein Krankenwagen, und auf dem Bock saß der Kutscher der Familie Garrick.«

»Woher wissen Sie das?«, fragte sie rasch.

»Vom Laternenanzünder«, sagte er. »Er fing gerade mit seiner Arbeit an.«

»Is sechs Uhr abends nich 'ne komische Zeit, um nach Frankreich zu fahren?«, fragte sie überrascht. »Hat das womöglich mit den Gezeiten oder so zu tun? Von wo aus is er denn gefahren – vom Londoner Hafen?«

»Es war sechs Uhr morgens«, entgegnete er. »Er hat die Laternen ausgemacht, nicht an. Das Sonderbare ist: Ich habe die Liste aller Abfahrten vom Londoner Hafen an jenem Tag durchgesehen – auf keinem der Schiffe nach Frankreich war ein Mr Garrick, weder allein noch in Begleitung.«

Das Bestellte wurde gebracht. Tellman dankte der Bedienung und erklärte Gracie, die Strandschnecken seien hier besonders gut.

Sie nahm den langen Dorn zur Hand, mit dem man das Fleisch aus dem Gehäuse hervorholte, fragte aber, bevor sie sich endgültig ihrer Mahlzeit zuwandte: »Vielleicht sind die von Dover aus gefahren? Manche Leute machen das doch, oder?«

»Schon. Aber ich habe mich am Bahnhof erkundigt, und der Gepäckträger, der an dem Tag auf dem Bahnsteig war, von wo die Züge nach Dover fahren, hat gesagt, den ganzen Tag sei niemand dagewesen, auf den die Beschreibung gepasst hätte. Bestimmt hätte er sich an jemanden erinnert, der besondere Hilfe brauchte, aber so jemand sei nicht aufgetaucht, nur Leute mit viel und schwerem Gepäck.«

Sie war verwirrt. »Wenn sie nich von London und nich von Dover gefahren sind – von wo dann?«

»Sie könnten von einem anderen Hafen in ein anderes Land auf dem Kontinent gereist sein, aber ebenso gut auch an einen beliebigen Ort in England oder Schottland«, gab er zur Antwort. »Doch wissen wir, dass Stephen Garrick nicht gesund ist und das englische Klima ihm nicht bekommt. Da wird er kaum den Winter in Schottland verbringen wollen!« Er schob das letzte Schneckenhaus beiseite und schluckte den letzten Bissen Brot herunter.

Jetzt wusste Gracie erst recht nicht, was sie von der Sache halten sollte. »Aber der alte Mr Garrick hat ganz deutlich gesagt, dass sein Sohn nach Südfrankreich is«, wandte sie ein. »Warum sollte er Lady Vespasia belüg'n? Reiche Leute verreis'n doch oft, wenn se krank sind.«

»Ich weiß nicht recht«, gab Tellman zu. »All das ergibt keinen Sinn. Aber ganz gleich, wohin sie wollten, sie sind auf keinen Fall an dem Tag auf ein Schiff gegangen und nach Frankreich gefahren.« Er machte ein sehr bedenkliches Gesicht. »Sie haben Recht, dass Sie sich Sorgen machen, Gracie. Wenn Menschen ohne erkennbaren Grund die Unwahrheit sagen, bedeutet das gewöhnlich, dass etwas Schlimmeres dahintersteckt, als man auf den ersten Blick annimmt.« Er schwieg eine Weile, das Gesicht nachdenklich verzogen.

»Was?«, bedrängte sie ihn.

Er sah sie an. »Wenn die beiden weder einen Zug noch ein Schiff erreichen wollten, warum sind sie dann in aller Herrgottsfrühe aufgebrochen? Sie müssen ja um fünf aufgestanden sein, als es noch dunkel war.«

Ein bedrückender Gedanke kam ihr. »Weil se nich wollt'n, dass man se sieht«, sagte sie. Mit einem Mal war die Frage, wer wen liebte und was man da sagen oder tun sollte, in die Ferne gerückt. Sie sah ihn an und sagte flehentlich: »Wir müss'n das unbedingt rauskrieg'n, Samuel. Wenn so einer wie der alte Mr Garrick sogar das eig'ne Personal belügt un Tilda nich weiß, wo ihr Bruder is, hat das bestimmt nix Gutes zu bedeut'n.«

Er widersprach nicht. »Der Haken ist, dass man uns kein Verbrechen gemeldet hat«, sagte er finster. »Mr Pitt ist in Ägypten, da können wir ihn nicht einmal um Hilfe bitten.«

»Dann müssen wir das eb'n selbst mach'n«, sagte sie entschlossen. »Das is mir zwar nich recht, Samuel, aber was bleibt uns übrig?«

Ganz spontan legte er seine Hand auf ihre, sodass sie völlig darunter verschwand. »Mir auch nicht, aber Sie haben Recht – uns bleibt keine Wahl. Wir würden es uns nie verzeihen, wenn wir der Sache nicht nachgingen. Aber dazu müssen wir mehr wissen. Im Augenblick haben wir keine Fährte, der wir folgen könnten. Wir werden also morgen noch einmal mit Tilda sprechen; sie soll uns alles berichten, was Martin je über die Familie Garrick gesagt hat.«

»Ich hol se, wenn se ihre Besorgung'n macht, so gegen halb zehn«, nickte Gracie. »Aber sie hat mir nie gesagt, was Martin ihr über die Garricks erzählt hat, da weiß se vielleicht gar nix. Was mach'n wir dann?«

»Noch einmal mit dem Dienstmädchen im Hause Garrick reden. Sie scheint ihn doch recht gut gekannt zu haben«, sagte Tellman. »Allerdings wäre das nicht so einfach. Wenn etwas nicht stimmt, kann sie nicht offen sprechen, solange sie dort ist, weil sie fürchten muss, ihre Stellung zu verlieren.« Er bemühte sich sehr, nicht zu zeigen, was er empfand, doch gelang ihm das nicht.

»Möchten Sie als Nachtisch ein Stück Apfelkuchen?«, fragte er unvermittelt.

»Ja ... bitte.« Die Strandschnecken waren in der Tat köstlich gewesen, hatten sie aber trotz Brot und Butter nicht richtig satt gemacht. Außerdem gab es nichts Besseres als ein Stück Apfelkuchen mit so viel Sahne darauf, dass ein Löffel darin stehen kann.

Also ließ Tellman den Nachtisch kommen, zahlte zum Schluss, und sie verließen das Gasthaus. Draußen in der Abendkühle schlenderten sie etwa einen Kilometer nebeneinander über den belebten Gehweg zum Varietee-Theater. Ein Leierkastenmann spielte ein beliebtes Lied, und eine Hand voll Leute stimmte mit ein. Droschken hielten an, denen weitere Besucher entstiegen. Fliegende Händler priesen Süßigkeiten an, Getränke, heiße Pasteten, Blumen und allerlei Plunder. Dutzende Menschen wie sie drängten sich vor dem Eingang, meist Paare, Arm in Arm. Manche waren etwas auffälliger gekleidet, einige Männer gingen gekünstelt aufrecht, Frauen lachten und drehten sich dabei, dass die Röcke flogen. Weil alle darauf bedacht schienen, möglichst rasch in das Theater zu gelangen, gab es ein richtiges Gedränge.

Gracie musste sich bei Tellman einhängen, um nicht von der Menge weggerissen zu werden. Im Foyer herrschte lautes, aufgeregtes Stimmengewirr, und immer wieder stieß jemand sie an oder trat ihr auf den Fuß.

Endlich waren sie im Zuschauerraum. Tellman hatte Sitzplätze ziemlich weit vorn im Parkett besorgt, sodass sie gut hören und sehen konnten. Das war wunderbar, ganz anders als bei den wenigen Malen, die sie bisher im Varietee gewesen war. Da hatte sie ganz hinten gestanden und kaum etwas mitbekommen. Ihr war bewusst, dass sie eigentlich der armen Tilda helfen und darüber nachdenken müsste, was sie tun konnten, um festzustellen, was mit Martin Garvie geschehen war, selbst wenn es möglicherweise zu spät war, um ihm zu helfen. Aber für den Augenblick vertrieben die Lichter, die ganze Atmosphäre und das Bewusstsein, das allmählich von ihr Besitz ergriff, dass es sich hier nicht um ein Einzelereignis handelte, sondern um den Anfang von etwas Dauerhaftem, alles andere aus ihren Gedanken.

Das Orchester setzte ein. Der Conférencier machte einige herrliche Späße, die das Publikum zum Lachen brachten und ihm Äußerungen der Bewunderung entlockten. Dann hob sich der Vorhang vor der leeren Bühne. Eine junge Frau in einem mit blitzenden Pailletten besetzten Kleid trat ins grelle Scheinwerferlicht. Sie sang ziemlich gewagte beschwingte Lieder, und obwohl Gracie genau wusste, was sie bedeuteten, schloss sie sich an, als das Publikum mit einstimmte. Es waren glückliche Augenblicke, in denen sie sich von der Hochstimmung um sie herum getragen fühlte.

Auf die Sängerin folgte ein Clown in einem viel zu weiten Anzug, während sein Partner wohl der größte und dürrste Mensch war, den es auf der Welt gab. Das Publikum brüllte immer noch vor Lachen, als der Schlangenmensch auftrat, dem ein Jongleur, Akrobaten, ein Zauberkünstler und zum Schluss Tänzerinnen folgten.

Gracie fand alle gut, aber am besten von allem gefiel ihr die Musik, ganz gleich, ob es traurige oder fröhliche Lieder waren, Einzelgesänge oder Duette. Am allerschönsten war es für sie, wenn das Publikum den Refrain mitsang. Erst als sie Tellman am Hintereingang des Hauses in der Keppel Street dankte und sich von ihm verabschiedete, kam ihr die Welt außerhalb des kleinen Zauberkreises, in dem sie sich bewegt hatte, wieder zu Bewusstsein.

Eigentlich hatte sie mit einer gewissen Würde sagen wollen, es sei sehr schön gewesen, damit es ihm nicht zu Kopf stieg und er womöglich annahm, er habe sie an einen Ort mitgenommen, wo sie noch nie zuvor war. Es war nicht gut, wenn man zuließ, dass sich ein Mann einbildete, man halte ihn für etwas Besonderes oder man müsse ihm für etwas dankbar sein.

Doch vergaß sie all ihre Vorsätze und sagte voller Begeisterung: »Das war herrlich! Noch nie hab ich so fantastische ...« Sie hielt erschrocken inne. Jetzt war es zu spät für die damenhafte Haltung, die sie sich vorgenommen hatte. Sie holte tief Luft. Im Licht der Straßenlaterne sah sie die Freude auf seinem Gesicht, und mit einem Mal war sie ganz und gar sicher, wie wichtig ihm das alles war. Er wirkte so verletzlich, dass sie keinen anderen Wunsch kannte, als ihn wissen zu lassen, wie glücklich sie war. Rasch beugte sie sich vor und küsste ihn auf die Wange.

»Danke, Samuel. Das war der schönste Abend, den ich je erlebt hab.«

Bevor sie einen Schritt zurück tun konnte, legte er den Arm um sie und drehte seinen Kopf ein wenig, um sie auf den Mund küssen zu können. So sanft er das tat, so deutlich war zu erkennen, dass er nicht im Traum daran dachte, sie loszulassen. Sie versuchte, sich ein wenig zurückzuziehen, einfach um zu sehen, ob das ging, und spürte mit einem Wonneschauer, dass es unmöglich war.

Als er seinen Kuss bekommen hatte, ließ er sie los, und sie rang nach Atem. Sie wollte etwas Witziges oder zumindest Lustiges sagen, aber ihr fiel nichts ein. Es war nicht der richtige Augenblick für Worte, die nichts bedeuteten.

»Gute Nacht«, sagte sie atemlos.

»Gute Nacht, Gracie.« Auch seine Stimme klang ein wenig belegt, als überrasche ihn die Situation selbst.

Sie wandte sich um, tastete nach dem Türknauf, drehte ihn und ging in die Spülküche. Während ihr Herz wie ein Hammer schlug, lächelte sie, als habe ihr soeben jemand das Lustigste und zugleich Herrlichste auf der Welt erzählt.

Am nächsten Vormittag spürte Gracie ihre Freundin Tilda bei ihren Besorgungen auf und brachte sie in die Küche in der Keppel Street, wo Tellman bereits mit Charlotte am Tisch saß, um die Sache zu bereden. So flüchtig, dass niemand es merkte, sahen sie und Tellman einander in die Augen, und sie erkannte auf seinen Lippen den Anflug eines warmen Lächelns, das aber sogleich wieder verschwand. Er wandte sich dem Thema zu, das alle beschäftigte.

»Nehmen Sie Platz, Tilda«, sagte Charlotte freundlich und wies auf einen freien Stuhl. Da bereits eine Kanne Tee auf dem Tisch stand, sodass keine Pflichten zu erfüllen waren, setzte sich Gracie dazu.

»Ha'm Se was rausgekriegt?«, erkundigte sich Tilda besorgt. »Gracie wollte mir auf der Straße nix sagen.«

»Wir wissen noch nicht, wo er sich aufhält«, sagte Charlotte. Es war sinnlos, der jungen Frau falsche Hoffnungen zu machen; die Enttäuschung wäre danach nur um so grausamer. »Aber wir haben etwas in Erfahrung gebracht. Der alte Mr Garrick hat einer Bekannten von mir im Gespräch gesagt, sein Sohn Stephen sei wegen seiner Gesundheit in den Süden Frankreichs gereist und habe seinen Kammerdiener mitgenommen, damit sich dieser um ihn kümmern kann.« Als sie sah, wie Erleichterung auf Tildas Züge trat, empfand sie sogleich Gewissensbisse. »Mr Tellman hier hat beim Versuch festzustellen, ob es sich so verhält, jemanden getroffen, der gesehen hat, dass zwei Personen, die höchstwahrscheinlich Stephen Garrick und Ihr Bruder Martin waren, das Haus am Torrington Square verlassen haben. Allerdings gibt es keine Hinweise darauf, dass sie von London oder Dover aus mit dem Schiff nach Frankreich gefahren sind. Auch lässt sich kein Zug ermitteln, den sie benutzt haben. Es sieht also ganz so aus, als wäre Ihr Bruder Martin nicht entlassen worden, doch wissen wir nicht, wo er sich aufhält oder warum er Ihnen nichts darüber mitgeteilt hat.«

Tilda sah sie fragend an. Offensichtlich kostete es sie Mühe zu verstehen, was das bedeutete. »Wenn se nich in Frankreich sind, wo sind se dann?«

»Das wissen wir nicht, werden uns aber bemühen, das festzustellen«, sagte Charlotte. »Gibt es noch etwas, was Sie uns über Ihren Bruder oder Mr Stephen berichten können?« Sie erkannte die Verwirrung auf Tildas Zügen und wünschte, sie hätte die Möglichkeit, sich deutlicher auszudrücken, doch wusste sie selbst nicht, wonach sie fragen sollte. »Versuchen Sie zu überlegen, was Ihnen Ihr Bruder über die Familie Garrick und ganz besonders über Stephen Garrick gesagt hat. Er hat doch gewiss mitunter über sein Leben dort gesprochen.«

Es sah aus, als werde Tilda jeden Augenblick in Tränen ausbrechen. Sie gab sich große Mühe, ihre Angst und das Gefühl von Einsamkeit zu unterdrücken, das sie empfand. Sie hatte keinen

Angehörigen mehr außer ihrem Bruder. Auf ihn konzentrierten sich all ihre Erinnerungen, denn die Eltern waren so früh gestorben, dass sie nichts mehr von ihnen wusste.

Gracie beugte sich vor, ohne auf die Tasse Tee zu achten, die ihr Tellman eingegossen hatte.

»Das is nich der richtige Augenblick, was für dich zu behalten«, drängte sie. »Angehörigen sagt man doch alles. Bestimmt hat er dir was über das Leben im Haus gesagt, denn er hat dir doch sicher vertraut. War das Essen gut? Hatte die Köchin schlechte Laune? War der Butler 'n Miesepeter? Wer hatte zu sagen – die Hausdame?«

Tilda entspannte sich ein wenig, und ein leises Lächeln umspielte ihre Lippen. »Nee, die nich«, sagte sie. »Un der Butler hat dem Gnädigen immer nach'm Mund geredet. Aber wehe, wenn der mal nich da war: Dann kriegten die andern aber was zu hören! Jedenfalls hat mir Martin das gesagt. Der Butler hat das Personal nach Strich und Faden kujoniert, nur Martin nich, wegen Mr Stephen. Er war doch der Einzige, der sich um ihn kümmern konnte, un die andern wollten das auch gar nich, ha'm immer nur ganz hilfsbereit getan.«

»Warum wollten sie nicht helfen?«, fragte Charlotte. »War er schwierig?«

»Wenn der seine wild'n fünf Minut'n hatte, war er unausstehlich«, sagte Tilda ganz ruhig. »Aber Martin würd mir nie verzeih'n, wenn er dahinterkäm, dass ich das gesagt hab! Man darf auf kein' Fall weitertratsch'n, was bei den Herrschaft'n passiert, sonst findet man nie wieder Arbeit. Da sitzt man ganz schnell auf 'er Straße, und kein Mensch will noch was von ei'm wiss'n. Außerdem gehört sich das nich, weil das Vertrauensbruch is.« Sie sprach mit leiser Stimme, als mache sie sich schon durch diese Äußerung schuldig.

»Was meinen Sie mit ›wilde fünf Minuten‹?«, fragte Charlotte, bemüht, so neutral zu sprechen, als gehe es um ein Kochrezept.

»So genau weiß ich das auch nich«, sagte Tilda so freimütig, dass ihr Charlotte glauben musste.

Tellman stellte seine Tasse hin. »War Ihr Bruder früher schon einmal mit Mr Stephen irgendwo in den Ferien?«

Tilda schüttelte den Kopf. »Davon weiß ich nix, sonst hätt ich's gesagt.«

»Was ist mit Freunden?«, fuhr Tellman fort. »Wo hat der junge Garrick seine Freizeit verbracht? Was hat er getan – hat er sich mit Musik oder Sport beschäftigt, mit Frauen, was auch immer?«

»Weiß nich«, sagte sie betrübt. »Dem is es ziemlich dreckig gegang'n. Martin hat gesagt, er hätt an nix Freude. Er hat schlecht geschlaf'n und entsetzlich geträumt. Der war wohl ziemlich krank.« So leise, dass man sie kaum hören konnte, fügte sie hinzu: »Martin hat gesagt, er wollte 'nen Priester für ihn suchen ... einen, der sich um frühere Soldat'n kümmert.«

»Einen Priester?«, fragte Tellman überrascht. Er warf einen Blick zu Gracie und Charlotte hinüber, dann sah er Tilda erneut an. »Wissen Sie, ob Mr Garrick fromm ist?«

Tilda überlegte einen Augenblick. »Ich ... glaub schon«, sagte sie bedächtig. »Sein Vater jedenfalls is fromm – hat Martin gesagt. In dem Haus geht's zu wie bei 'nem Pfarrer. Die Dienstbot'n bet'n je'n Morg'n und je'n Abend. Und vor jeder Mahlzeit. Je'nfalls die meist'n. Das is aber noch nich alles. Jeder im Haus musste ganz früh aufsteh'n un sich kalt wasch'n und immer besonders sauber sein. Martin hat gesagt, dass se sich vor 'm Frühstück alle in 'ner Reihe aufstell'n und für die Königin und das Reich bet'n musst'n, un abends noch mal, bevor se schlaf'n geh'n durft'n. Der Butler hat immer vorgebetet. Desweg'n nehm ich an, dass auch Mr Stephen fromm ist. So was bleibt doch nich aus.«

»Hätte der junge Herr da nicht mit dem Gemeindepfarrer sprechen können?«, fragte Charlotte in die Runde. An Tilda gewandt, fuhr sie fort: »Bestimmt sind die Leute doch sonntags zur Kirche gegangen?«

»Aber ja«, sagte Tilda. »Darauf achtet Mr Garrick sehr streng. Je'n Sonntag, da konnte komm', was wollte. Der ganze Haushalt. Zu Mittag gab's immer 'ne vorbereitete kalte Platte, un die Köchin hat schnell Gemüse aufgewärmt, wenn se aus der Kirche zurückgekomm' sind.«

»Und warum hat Ihr Bruder dann einen speziellen Priester für Mr Stephen suchen müssen?«, fragte Charlotte nachdenklich.

Tilda schüttelte den Kopf. »Keine Ahnung, aber er hat es mir gesagt. Jemand, den Mr Stephen von früher kannte. Er hat mit Soldat'n zu tun, denen 's schlecht geht, solche, die trinken, Opium nehm'n und so.« Ein leichter Schauer überlief sie. »Das soll bei Seven Dials sein, wo 's ziemlich wild zugeht. Die arm'n Kerle ha'm nix zu essen, frier'n, schlaf'n in irgendwelch'n Hauseingäng'n un wär'n am liebsten tot. Dass 'n Soldat uns'rer Königin so endet, gehört sich nich.«

Niemand sagte etwas. Gracie sah Charlotte an und erkannte Mitleid und Ratlosigkeit auf ihren Zügen. Als sie sich Tellman zuwandte, sah sie zu ihrer Überraschung, dass diesem eine Idee kam. »Was is?«, fragte sie.

Er fragte Tilda: »Hat Ihr Bruder diesen Mann gefunden?«

»Wie er gesagt hat, ja. Warum woll'n Se das wiss'n? Glau'm Se, der weiß, was mit Martin is?« In ihrer Stimme schwang Hoffnung mit.

»Möglich«, sagte Tellman zurückhaltend. Er wollte die junge Frau nicht unnötig enttäuschen. »Können Sie sich erinnern, ob er seinen Namen genannt hat?«

»Ja...« Tilda verzog vor Anstrengung das Gesicht. »Sand... irgendwas mit Sand...«

Tellman sah zu Gracie hin, dann wieder auf Tilda. »Etwa Sandeman?«

Tilda riss die Augen weit auf. »Genau der! Kenn' Se den etwa?«

»Ich habe von ihm gehört.« Tellman sah zu Charlotte hin.

»Sie haben Recht«, stimmte sie zu, bevor er seine Frage gestellt hatte. »Wir sollten unbedingt versuchen, ihn zu finden. Wenn ihm Martin etwas gesagt hat, könnte das wichtig sein.« Sie biss sich auf die Lippe. »Außerdem haben wir keine bessere Möglichkeit.«

»Es könnte schwierig sein, den Mann zu finden«, gab Tellman zu bedenken. »Das kann gut und gern eine gewisse Zeit in Anspruch nehmen. Es gibt nach wie vor keinen Hinweis auf ein Verbrechen, also ...«

»Ich kümmere mich darum«, fiel ihm Charlotte ins Wort.

»Sie wollen in die Gegend von Seven Dials?« Tellman schüttelte den Kopf. »Sie haben keine Vorstellung, wie es da zugeht.«

»Ich gehe bei Tageslicht hin«, sagte sie rasch. »Und ich ziehe meine ältesten Kleider an – Sie dürfen mir glauben, man wird mich für eine Frau aus dem Viertel dort halten. Zwischen acht Uhr morgens und sechs Uhr abends sind dort bestimmt viele Frauen auf der Straße. Ich höre mich nach dem Priester um. Sicher tun das auch andere Frauen, deren Angehörige beim Militär waren.«

Tellman sah erst sie und dann Gracie an. Auf seinem Gesicht ließen sich die widerstreitenden Empfindungen deutlich erkennen.

Charlotte lächelte. »Ich gehe«, sagte sie entschlossen. »Wenn ich ihn finde, habe ich eine bessere Aussicht, etwas über Martin zu erfahren, als Sie, sofern er wirklich in Stephen Garricks Auftrag dort war. Ich mache mich gleich fertig.« Sie wandte sich Tilda zu. »Sie können jetzt an Ihre Aufgaben zurückkehren. Gehen Sie jetzt besser. Sie können es sich nicht leisten, von Ihrer Herrschaft entlassen zu werden, weil Sie zu lange ausgeblieben sind.« Sie sah zu Tellman hin. »Danke für alles, was Sie getan haben. Ich weiß, dass es Sie einen großen Teil Ihrer Zeit gekostet hat ...« Wortlos tat er das mit einer Handbewegung ab. Er hätte ihr nicht sagen können, warum ihm die Sache wichtig war – vermutlich hätte er sich mit Worten nicht einmal selbst Rechenschaft darüber ablegen können.

Sie stand auf, und die anderen betrachteten das als Aufforderung zu gehen.

Ab Mittag zog Charlotte durch die Straßen um Seven Dials. Der sehr alte Rock, den sie trug, hatte einen Riss, dessen Reparatur ihr nicht besonders gelungen war. Statt einer Jacke trug sie über ihrer schlichten Bluse ein Umschlagtuch, weil das besser zu der Art passte, wie sich die anderen Frauen kleideten, die in diesem Teil der Stadt einkaufen gingen oder arbeiteten. Sie hatte zu wissen geglaubt, was sie erwartete, aber damit, dass so viele Menschen auf den Gehwegen saßen, sich in Hauseingängen drängten oder mit trübseligem Blick vor einem Haufen Lumpen oder alter Stiefel standen, in der Hoffnung, jemand würde kommen und ihnen etwas davon abkaufen, hatte sie nicht gerechnet. Jeder sah auf den ersten Blick, dass sie nicht dorthin gehörte.

Die Armut hatte einen ganz eigenen Geruch, der überall in der Luft lag. Wohin sie auch den Fuß setzte, überall stieß sie auf Schmutz. Das wenige saubere Wasser, das den Menschen dort zur Verfügung stand, genügte kaum zum Stillen des Durstes, ganz davon abgesehen, dass sie keine Seife hatten. Wegen des zu geringen Gefälles stand das nach Fäkalien riechende Abwasser in der offenen Rinne mitten auf der Straße und lief kaum ab. Nirgends war es trocken, nirgends warm, und es war offensichtlich, dass es nichts gab, was den Hunger der viel zu dicht aufeinander lebenden Menschen hätte lindern können.

Mit gesenktem Kopf bahnte sich Charlotte ihren Weg zwischen ihnen, einerseits, um ebenso vom Leben gebeugt auszusehen wie die anderen, aber auch, weil sie ihren Anblick nicht ertragen konnte, sie nicht anzusehen wagte, im vollen Bewusstsein, dass sie bald wieder fortgehen würde, sie hingegen immer dort leben mussten.

Zögernd fragte sie nach einem Priester, der sich um frühere Soldaten kümmerte. Es kostete sie beträchtliche Überwindung, an Leute heranzutreten und sie anzusprechen. Sofort verriet ihre Stimme sie als Außenseiterin, als Menschen, der nicht dort hingehörte. Es wäre sinnlos gewesen, die Sprechweise der anderen nachzuahmen, denn damit hätten sie sich nicht nur verspottet gefühlt, man hätte sie auch als Heuchlerin betrachtet, noch bevor sie Gelegenheit hatte, eine Frage zu stellen. Mit einer Antwort hätte sie in dem Fall erst gar nicht zu rechnen brauchen.

So gelang es ihr am ersten Tag lediglich, bestimmte Möglichkeiten auszuschließen. Erst als sie folgenden Tages noch einmal hinging, hatte sie am Nachmittag in der Dudley Street unerwartet Erfolg. Dort lagen gebrauchte Schuhe zuhauf, nicht nur auf den unebenen Steinen des Gehwegs, sondern sogar auf der Fahrbahn. Neben diesem Berg saßen Kinder, um die sich niemand kümmerte. Manche weinten, andere sahen einfach mit ausdruckslosem Blick den Vorübergehenden zu.

Ein schlanker Mann von etwa Anfang vierzig bahnte sich mühelos seinen Weg durch das Tohuwabohu; er war ganz offensichtlich daran gewöhnt. Da er barhäuptig ging, sah man, dass seine Haare dringend geschnitten werden mussten. In seinem zerfetzten Mantel wirkte er dort gänzlich unauffällig.

Er schritt kräftig und zielbewusst aus, und da sie ihn nicht behindern wollte, blieb Charlotte stehen, um ihn vorbeizulassen.

Zu ihrer Überraschung blieb er inmitten der Schuhhaufen stehen. »Ich habe gehört, dass Sie nach mir gefragt haben.« Er sprach mit einer angenehm klingenden Stimme, die Bildung verriet. »Ich heiße Morgan Sandeman und kümmere mich hier im Viertel um jeden, der mich braucht, ganz besonders aber um ehemalige Soldaten.«

»Mr Sandeman?«, fragte Charlotte, wobei sich ihre Stimme fast überschlug. Man hätte glauben können, sie sei wirklich verzweifelt auf der Suche nach ihrem verschwundenen Mann und hoffe, dass er ihn kenne.

»Ja. Womit kann ich Ihnen helfen?«

Es wäre sinnlos gewesen, ihm etwas vorzumachen, ganz davon abgesehen, dass die Zeit möglicherweise drängte. »Ich suche jemanden, der verschwunden ist. Es ist denkbar, dass er mit Ihnen gesprochen hat, kurz bevor er zum letzten Mal gesehen wurde. Könnten Sie mir ein wenig Ihrer Zeit widmen ... bitte?«

»Selbstverständlich.« Er machte eine einladende Gebärde. »Wenn Sie mit mir kommen wollen, können wir in mein Arbeitszimmer gehen. Leider habe ich statt einer Kirche nur eine Art Lagerhalle zur Verfügung, die aber ihren Zweck erfüllt.«

»Gern«, sagte sie ohne das geringste Zögern.

Wortlos ging er ihr voraus, und sie folgte ihm um eine Ecke und durch eine Gasse, vorüber an den schweigsamen Menschen zu einem winzigen Platz. Den vier oder fünf Stockwerke hohen einander zugeneigten schmalen Häusern sah man auf den ersten Blick an, dass sich lange niemand um sie gekümmert hatte. Überall hing der

Geruch nach verfaulendem Holz in der Luft. Es kam ihr vor, als müsse sie ersticken. Obwohl sie kein bestimmtes Geräusch hätte benennen können, war es an dem Platz alles andere als ruhig. Ratten huschten über das Steinpflaster, Wasser tropfte, die leichte Brise trieb Abfälle hin und her, arbeitendes Gebälk knarrte und stöhnte.

»Dort drüben«, sagte Sandeman und wies auf eine von Flecken übersäte Tür, die sich fast von selbst öffnete, als er sie anstieß. Hinter einem kleinen Vorraum sah man einen langen Gang, an dessen Ende in einer Art Saal ein großes Feuer im Kamin brannte. Ein halbes Dutzend Menschen saßen am Boden davor. Sie drängten sich dicht aneinander, ohne miteinander zu sprechen. Es dauerte eine Weile, bis Charlotte begriff, dass sie entweder schliefen oder bewusstlos waren.

Mit erhobenem Finger mahnte Sandeman sie zu schweigen und ging nahezu geräuschlos über den Steinfußboden zu einem Tisch in der rechten Ecke des Raumes, an dem zwei Stühle standen.

Sie folgte ihm und setzte sich.

»Entschuldigung«, sagte er. »Ich kann Ihnen nichts anbieten und habe auch keinen besseren Raum als diesen zur Verfügung.« In dem bedauernden Lächeln, mit dem er das sagte, lag keinerlei Verlegenheit. Auf seinem abgezehrten Gesicht ließen sich deutlich die Spuren des Hungers erkennen. »Um wen geht es?«, fragte er. »Falls ich Ihnen nicht sagen kann, wo er sich befindet, kann ich ihn zumindest wissen lassen, dass Sie nach ihm gefragt haben. Vielleicht sucht er Sie dann ja auf. Sie werden gewiss verstehen, dass ich nicht weitergeben darf, was man mir vertraulich mitteilt. Es kommt vor, dass ein Mann …« Er zögerte, sah sie aufmerksam an, vielleicht, weil er versuchte, aus ihren Empfindungen auf den Mann zu schließen, nach dem sie suchte.

Sie kam sich wie eine Hochstaplerin vor und versuchte sich die verzweifelten Frauen vorzustellen, die hergekommen waren, weil sie hofften, einen geliebten Gatten, Bruder oder Sohn wiederzufinden, den sie verloren hatten durch Erlebnisse, die er nicht mit ihnen teilen konnte oder deren Last er ohne das Vergessen, das Alkohol oder Opium schenkt, nicht zu ertragen vermochte.

Sie musste ihm unbedingt reinen Wein einschenken. »Es geht nicht um jemanden, der mir nahe steht, sondern um den Bruder einer mir bekannten jungen Frau, der verschwunden ist. Ihr Kummer ist zu groß, als dass sie selbst nach ihm suchen könnte, auch hätte sie nicht die Zeit dazu. Sie könnte darüber leicht ihre Stellung verlieren und nicht ohne weiteres eine andere finden.«

Sein besorgter Ausdruck änderte sich nicht. »Und um wen geht es?«

Bevor sie antworten konnte, wurde die Eingangstür aufgerissen, krachte gegen die Wand und prallte zurück, wobei sie den Menschen traf, der gerade hereinkam. So heftig war der Stoß, dass er das Gleichgewicht verlor und zu Boden fiel, wo er wie ein Lumpenbündel liegen blieb.

Nach einem kurzen Blick auf Charlotte stand Sandeman wortlos auf und ging hinüber. Er bückte sich, schob die Hände unter den Mann und stellte ihn mit beträchtlicher Anstrengung auf die Füße. Ganz offensichtlich war der Mann betrunken. Er mochte Mitte fünfzig sein, Tränensäcke hingen unter seinen Augen, die vor sich hinstarrten, ohne etwas zu erfassen. Er war völlig verdreckt, sein Haar war verfilzt, er hatte sich mehrere Tage nicht rasiert und roch so stark, dass Charlotte das sogar von ihrem Platz aus wahrnahm.

Sandeman sah ihn verzweifelt an. »Komm rein, Herbert, und setz dich. Du bist ja bis auf die Haut nass.«

»Bin hingefallen«, brummelte der Ankömmling vor sich hin und folgte Sandeman mit schleppendem Schritt.

»In den Rinnstein, wie es aussieht«, erwiderte Sandeman trocken.

Und so riecht es auch, ging es Charlotte durch den Kopf. Sie hatte das Bedürfnis, ihren Stuhl ein Stück wegzurücken, doch schämte sie sich, als sie sah, wie achtungsvoll Sandeman mit dem Mann umging.

Dieser gab keine Antwort, ließ sich aber zu der Bank vor dem inzwischen niedergebrannten Feuer führen und sank darauf nieder, als sei er am Ende seiner Kräfte. Keiner der anderen dort nahm die geringste Notiz von ihm.

Sandeman ging zu einem Schrank an der gegenüberliegenden Wand. Er nahm einen Schlüssel vom Ring, den er am Gürtel trug, schloss die Tür auf und suchte eine Weile in dem Schrank. Schließlich holte er eine große graue Decke hervor, die zwar grob aussah, aber zweifellos wärmen würde.

Neugierig sah ihm Charlotte zu. Für ein Nachtlager, überlegte sie, dürfte das kaum genügen, doch sah es nicht so aus, als würde dem Mann eine kurze Ruhepause helfen.

Sandeman schloss den Schrank wieder und trat mit der Decke zu dem Mann.

»Zieh die nassen Sachen aus«, wies er ihn an. »Und wickel das um dich. Das wird dich wärmen.«

Der Mann sah zu Charlotte herüber.

»Sie dreht sich um«, versprach Sandeman. Er sagte es so laut, dass sie es hören konnte. Gehorsam drehte sie sich mit dem Stuhl in die entgegengesetzte Richtung. Zwar hörte sie nicht, wie der Mann aufstand, wohl aber das Rascheln von Kleidungsstücken und das leise Geräusch, mit dem sie zu Boden sanken.

»Ich geb dir heiße Suppe und Brot«, fuhr Sandeman fort. »Das beruhigt deinen Magen.« Er versuchte gar nicht, den Mann zu ermahnen, dass er mit dem Trinken aufhören sollte, weil ihn der Alkohol vergiftete. Vermutlich war all das bereits gesagt worden, ohne dass es etwas genützt hätte. »Ich wasch deine Sachen aus. Du musst hier warten, bis sie trocken sind.« Charlotte hörte, wie Sandeman näher kam. »Sie können sich wieder umdrehen«, sagte er ruhig. »Ich habe leider etwas zu tun, kann aber dabei mit Ihnen reden.«

»Vielleicht kann ich das Brot und die Suppe holen?«, bot sie an. Der Gestank, der den Kleidern entstieg, drehte ihr den Magen um, doch bemühte sie sich, das nicht zu zeigen.

»Danke«, sagte er. »Da hinten ist die Küche.« Er wies auf eine Tür links vom Kamin. »Wir können miteinander reden, während ich das hier auswasche. Dabei kann uns niemand hören.« Er nahm die Kleider wieder auf und ging damit voran in einen kleinen Raum mit Steinfußboden, in dem auf einem Herd zwei Teekessel standen sowie ein großer Topf, in dem eine Suppe vor sich hin köchelte. Außerdem standen mehrere alte Töpfe mit heißem Wasser darauf, vermutlich, damit man jederzeit Kleidungsstücke waschen konnte. Eine Zinkbadewanne auf einem niedrigen Tisch diente als Waschbecken, und auf dem Boden standen einige Eimer mit kaltem Wasser, das von der nächstgelegenen Pumpe stammen dürfte, die vermutlich eine oder zwei Straßen weiter lag.

Charlotte fand das Brot und das Messer und schnitt zwei ziemlich dicke Scheiben ab. Es ließ sich gut schneiden, weil es altbacken war. Sie sah sich nach Aufstrich um, fand aber keine Butter. Vielleicht konnte der Mann es zusammen mit der Suppe trocken essen. Alles, was den Alkohol wenigstens zum Teil aufnahm, würde ihm gut tun. Als sie den Deckel von dem großen Topf hob, sah sie eine dicke Erbsensuppe, an deren Oberfläche von Zeit zu Zeit Blasen platzten. Auf einer Bank standen Schüsseln. Sie nahm eine und füllte sie mit dem Schöpflöffel.

Den Brotteller in der einen und die Suppenschüssel samt einem Löffel in der anderen Hand, um die sie zum Schutz gegen die Hitze ein Tuch gewickelt hatte, kehrte sie in den Saal zurück. Sie trat zu dem Mann, und er hob den Blick zu ihr auf. Sein Gesicht zeigte ihr, dass er aufstehen wollte: Anerzogene Gewohnheiten hatten ein zähes Leben. Offensichtlich war er Soldat gewesen, bevor ihn welche Art von Qual oder Verzweiflung auch immer zerstört hatte. Das Bewusstsein, dass er lediglich eine Decke um den Leib gewickelt trug und nicht sicher war, ob er sie fest genug halten konnte, mochte der Grund sein, warum er es vorzog, nicht aufzustehen. Dieser fremden Frau seine seelische Blöße zu zeigen war schon schlimm genug.

»Bleiben Sie sitzen«, sagte sie rasch, als hätte er sich bereits halb erhoben. »Sie müssen die Schüssel mit beiden Händen halten, aber passen Sie auf – sie ist sehr heiß.«

»Danke, Ma'am«, murmelte er, nahm ihr die Suppenschüssel mit unsicheren Fingern aus der Hand und stellte sie gleich auf die von der Decke geschützten Knie. Offenbar war ihm klar, dass er sie mit den Händen nicht lange würde halten können.

Sie lächelte ihm zu. Zuerst glaubte sie, er habe es nicht gemerkt, dann ging ihr auf, dass ihm ihre Gegenwart möglicherweise peinlich war. Sie wandte sich ab und kehrte in die Küche zurück.

Über die Zinkbadewanne gebeugt, wusch Sandeman die Kleidungsstücke aus. Dazu benutzte er eine aus Pottasche, Lauge und Karbol hergestellte grobe Seife, die zwar nicht gut für die Haut war, aber den schlimmsten Schmutz und zweifellos auch die mit ihm vermengten Läuse, den Geruch und die Krankheitserreger beseitigen würde.

»Mr Sandeman«, setzte Charlotte an. »Ich muss wirklich mit Ihnen sprechen. Es kann sein, dass dieser junge Mann, der verschwunden ist, in Gefahr schwebt. Jemand hat uns gesagt, dass er nach Ihnen gesucht hat. Falls er hier war, hat er möglicherweise etwas gesagt, was mir einen Hinweis darauf liefern könnte, wohin er gegangen ist und warum.«

Er sah sie von der Seite her an, die mageren Arme auf den Rand der Wanne gestützt. Diese Art zu waschen war Knochenarbeit. »Wie heißt er?«, fragte er.

»Martin Garvie.«

Kaum hatte sie den Namen gesagt, als er sichtbar erstarrte. Alle Farbe wich aus seinem Gesicht und kehrte gleich darauf zurück, als wäre ihm das Blut rasch wieder in den Kopf gestiegen.

Angst umklammerte ihr Herz. Ihre Lippen waren so reglos, dass es ihr kaum gelang, Worte zu bilden. »Was ist mit ihm geschehen?«, fragte sie ängstlich.

»Ich weiß es nicht.« Ganz langsam richtete er sich auf. Ohne weiter auf die nassen Kleidungsstücke zu achten, die in die Wanne zurücksanken, sah er sie an. »Ich bedaure, aber ich kann Ihnen nichts sagen, was Ihnen weiterhilft. Wirklich nichts.« Er atmete schwer, als würde seine Brust zusammengepresst, sodass er heftig nach Luft ringen musste.

»Er schwebt unter Umständen in großer Gefahr, Mr Sandeman«, sagte sie rasch. »Er ist verschwunden! Seit drei Wochen hat ihn niemand gesehen oder etwas von ihm gehört! Seine Schwester grämt sich zu Tode. Nicht einmal sein Herr, Mr Stephen Garrick, scheint an den Ort gereist zu sein, wohin er angeblich wollte. Man hat weder bei der Bahn noch in den Passagierlisten der Kanalfähren eine Spur von ihm gefunden. Wir brauchen jeden Hinweis, der uns hilft zu erfahren, was da geschehen ist.«

Es war unübersehbar, dass Sandeman unter starkem Druck stand. Er atmete stoßweise und zitterte unwillkürlich. Doch als er schließlich seine Stimme wiederfand, lag in ihr nicht die geringste Unentschlossenheit, kein Hinweis darauf, dass er seine Haltung geändert hätte.

»Ich kann Ihnen nicht helfen«, wiederholte er. »Was mir in der Beichte gesagt wird, ist heilig.«

»Auch wenn das Leben eines Menschen auf dem Spiel steht?«, hielt sie dagegen, im vollen Bewusstsein dessen, dass sie damit nichts erreichen würde. Sie konnte es an seinen Augen ablesen, seinem bleichen Gesicht, den angespannten Kiefer- und Nackenmuskeln.

»Ich kann mein Vertrauen ausschließlich auf Gott setzen«, sagte er so leise, dass sie es kaum hörte. »Alles liegt in Seinen Händen. Was mir Martin Garvie anvertraut hat, muss ich für mich behalten. Ehrlich gesagt, bin ich nicht einmal sicher, dass es Ihnen dabei helfen würde, ihn zu finden, wenn ich Ihnen alles sagen dürfte, was ich weiß.«

»Ist ... ist er noch am Leben?«

»Ich weiß es nicht.«

Sie holte Luft, um es noch einmal zu versuchen, stieß sie dann aber seufzend aus, als sie die Endgültigkeit in seinen Augen erkannte. Sie sah beiseite, wusste nicht, was sie noch sagen sollte.

»Mrs ...«, setzte er an, ohne fortzufahren, denn er wusste ihren Namen nicht.

»Pitt«, sagte sie. »Charlotte Pitt.«

»Mrs Pitt, zu viele andere Menschen sind davon betroffen. Sofern es ausschließlich mein Geheimnis wäre und es etwas Gutes bewirken würde, wenn ich es Ihnen sagte, sähe das anders aus ... aber genau das ist nicht der Fall. Es ist eine alte Geschichte, an der sich jetzt nichts mehr ändern lässt.«

»Hat sie mit Martin Garvie zu tun?« Sie war verwirrt. »Er hat Ihnen offenbar etwas gesagt ...«

»Ich kann Ihnen nicht helfen, Mrs Pitt. Gehen Sie bitte nach Hause. Sie gehören nicht in diese Gegend, und Sie können hier nichts ausrichten. Es ist nicht auszuschließen, dass Ihnen etwas zustößt. Glauben Sie mir. Obwohl ich in diesem Viertel lebe und es so gut kenne, wie das einem Außenstehenden möglich ist, gehe auch ich nur selten nach Einbruch der Dunkelheit aus dem Haus. Kommen Sie jetzt. Ich bringe Sie zur Dudley Street, damit Sie sich nicht verlaufen ...« Seine Stimme klang eindringlich, und in seinen dunklen Augen erkannte sie Besorgnis. Er trocknete sich die Hände an einem Stofffetzen ab und zog seinen Mantel wieder an. »Wissen Sie, wie Sie von der Dudley Street nach Hause kommen?«

»Ja ... danke.« Ihr blieb nichts anderes übrig, als sein Angebot anzunehmen, wenn sie ihre Würde wahren wollte. Das aber wollte sie, denn sie gestand sich ein, dass ihr wichtig war, was dieser Mann von ihr dachte.

Da Pitt nicht zu Hause war, schien Charlotte die Aussicht nicht verlockend, im Wohnzimmer Feuer zu machen und sich allein dort hinzusetzen, nachdem Daniel und Jemima zu Bett gegangen waren. Stattdessen ging sie in die warme, helle Küche, in der es sich die Katzen im Flickkorb neben dem Herd gemütlich gemacht hatten, ohne auf den Regen zu achten, der an die Fensterscheiben klopfte, und berichtete Gracie über ihren Besuch bei Sandeman. Keiner von beiden fiel etwas ein, was sie noch unternehmen konnten, solange sie nicht mehr über die Sache wussten. Trotz der warmen, angenehmen Atmosphäre in der Küche hatten beide das Gefühl, eine bittere Niederlage erlitten zu haben.

Zwar hatte sich am nächsten Abend nichts geändert, aber es gab dies und jenes im Haushalt zu tun, was sie ablenkte. Alles war besser, als müßig herumzusitzen. Gracie machte Ordnung in den Schränken, und Charlotte flickte Kissenbezüge, als es kurz nach neun an der Haustür klingelte.

Da Gracie gerade mit den Armen voller Wäsche auf einem Hocker stand, öffnete Charlotte selbst.

Vor der Tür stand ein ausgesprochen elegant gekleideter Herr in einem Anzug, bei dessen Anblick Pitt die Augen weit aufgerissen hätte. In sein intelligentes schmales Gesicht waren tiefe Linien eingegraben, und seine Augen waren so dunkel, dass sie im Licht der Straßenlaterne schwarz zu sein schienen. Sein dichtes, dunkles Haar war von vielen grauen Fäden durchzogen.

»Mrs Pitt«, sagte er. Es klang wie eine Feststellung.

»Ja«, gab sie zurückhaltend zur Antwort. Auf keinen Fall würde sie einen Fremden ins Haus lassen, und es war vermutlich nicht angeraten, ihm zu sagen, dass Pitt nicht da war. »Was kann ich für Sie tun?«

In seinem kaum wahrnehmbaren Lächeln lagen Selbstironie und ein guter Schuss Selbstsicherheit. Wahrscheinlich war ihm nicht bewusst, wie charmant er wirkte.

»Guten Abend. Ich heiße Victor Narraway. Da sich Ihr Mann in Alexandria befindet, wohin ich ihn bedauerlicherweise schicken musste, wollte ich Ihnen einen Besuch abstatten, um mich zu vergewissern, dass es Ihnen gut geht – und dass das auch so bleibt.«

»Haben Sie Zweifel daran, Mr Narraway?« Sie war verblüfft angesichts der Erkenntnis, wer der Besucher war, und in ihr regte sich eine leise Furcht, dass er etwas Schlimmes über Pitt wissen mochte, was ihr unbekannt war. Bisher hatte sie noch nichts von ihm gehört, aber dazu war es auch viel zu früh, denn ein Brief würde viele Tage brauchen. Sie bemühte sich um Haltung. »Warum sind Sie gekommen, Mr Narraway? Seien Sie bitte ehrlich.«

»Ich habe es Ihnen gesagt, Mrs Pitt«, erwiderte er. »Darf ich hereinkommen?«

Stumm trat sie einen Schritt zurück, er kam herein und warf dabei einen flüchtigen Blick auf den Stuck an der Decke der Diele. Nachdem sie die Haustür hinter ihm geschlossen hatte, machte sie eine einladende Handbewegung zum Wohnzimmer.

Sie folgte ihm hinein und drehte die Gaslampen hoch. Da sie kein Feuer gemacht hatte, hoffte sie, er werde nicht lange bleiben. Mit pochendem Herzen sah sie ihn beinahe herausfordernd an. »Haben Sie etwas über meinen Mann gehört?«

»Nein, Mrs Pitt«, sagte er sofort. »Ich bitte um Entschuldigung, falls ich Ihnen diesen Eindruck vermittelt habe. Soweit ich weiß, ist er gesund, und es fehlt ihm nichts. Andernfalls hätte man mich vom Gegenteil informiert. Ich bin ausschließlich hier, weil mir Ihre Sicherheit am Herzen liegt.«

Bei aller Höflichkeit schien ihr in der Art, wie er das sagte, eine gewisse Überheblichkeit mitzuschwingen. Hatte es damit zu tun, dass er ein Herr war, Pitt hingegen der Sohn eines Wildhüters, woran auch seine einwandfreie Sprechweise nichts änderte? Eine Selbstsicherheit, die jemand nicht erworben, sondern die man ihm in die Wiege gelegt hatte, ließ sich jederzeit an Haltung und Auftreten eines Menschen erkennen.

Auch wenn Charlotte nicht wie Vespasia dem Hochadel angehörte, stammte sie doch aus einer guten Familie. So sah sie ihn mit einer kühlen Herablassung an, für die sich nicht einmal Vespasia hätte zu schämen brauchen. Dass sie ein altes Kleid mit geflickten Manschetten trug, war dabei unerheblich.

»Tatsächlich? Das ist sehr freundlich von Ihnen, Mr Narraway, aber durchaus unnötig. Mein Mann hat vor seiner Abreise alle erforderlichen Vorkehrungen getroffen, sodass es mir an nichts fehlt.« Sie meinte damit die finanziellen Angelegenheiten, doch wäre es stillos gewesen, das zu sagen.

Narraway lächelte kaum wahrnehmbar. Eigentlich war es nur ein leichtes Nachlassen der Spannung seiner Lippen. »Das hatte ich nicht anders erwartet«, sagte er. »Aber vielleicht haben Sie ihm nichts von Ihrer Absicht mitgeteilt, dem augenscheinlichen Verschwinden eines der Dienstboten Ferdinand Garricks nachzuspüren.«

Sie wusste nicht, was sie dazu sagen sollte, und suchte nach einer Antwort, die ihn auf Abstand hielt und daran hinderte, in ihre Gedanken einzudringen.

»Augenscheinlich?«, fragte sie und sah ihn verwundert an. »Das klingt ja, als wüssten Sie etwas darüber. Heißt das, dass Sie dem Fall ebenfalls auf der Spur sind? Das freut mich, ja, es begeistert mich geradezu. Dafür sind nämlich mehr Hilfsmittel erforderlich, als mir zur Verfügung stehen.«

Jetzt war er an der Reihe, verblüfft dreinzublicken, doch überspielte er das so geschickt, dass sie es kaum merkte.

»Ich glaube nicht, dass Sie verstehen, welche Gefahr Ihnen drohen kann, wenn Sie die Sache weiterverfolgen«, gab er zu bedenken, den Blick seiner dunklen Augen unausgesetzt auf sie gerichtet, als wolle er sich vergewissern, dass sie die Ernsthaftigkeit seiner Worte begriff.

Spontan bedachte sie ihn mit einem berückenden Lächeln. »Dann wäre es wohl an der Zeit, mich aufzuklären, Mr Narraway. Worin besteht diese Gefahr? Wer könnte mir schaden, und auf welche Weise? Offensichtlich wissen Sie das alles, sonst hätten Sie nicht Ihren eigenen Fall ruhen lassen und wären hergekommen, um mir das zu sagen ... zu dieser Tageszeit.«

Er war aus dem Konzept gebracht. Auch wenn er es nur einen winzigen Augenblick zeigte, merkte sie es doch tief befriedigt. Er war überzeugt gewesen, sie durch sein Auftreten einschüchtern zu können, doch hatte sie seine eigene Drohung gegen ihn gekehrt.

Er wich der Herausforderung aus, die in ihren Worten lag. »Sie befürchten also, dass Martin Garvie etwas zugestoßen sein könnte?«, fragte er.

Sie war nicht bereit, klein beizugeben. »Ja«, sagte sie offen heraus. »Mr Ferdinand Garrick sagt, sein Sohn und Garvie seien nach Südfrankreich gereist, doch warum hat der junge Mann drei Wochen lang seiner Schwester nichts davon geschrieben, falls es sich so verhält?« Keinesfalls wollte sie Narraway einen Hinweis darauf liefern, dass sich Tellman vergeblich bemüht hatte, etwas über die Abreise der beiden zu erfahren oder einen Zeugen zu finden, der sie den Zug hatte besteigen sehen. Unter keinen Umständen durfte Tellmans neuer Vorgesetzter etwas erfahren, was nicht ganz einwandfrei war, und sie hielt es nicht für ausgeschlossen, dass

Narraway sein Wissen auf jede Weise nutzen würde, die seinen jeweiligen Zielen dienlich war.

»Befürchten Sie etwa, dass er einem Unfall zum Opfer gefallen sein könnte?«, wollte er wissen.

Sie erkannte, dass er mit ihr spielte. »Welche Art Unfall sollte das sein?«, fragte sie mit gehobenen Brauen. »Ich kann mir keinen denken, bei dem ich auf die von Ihnen angedeutete Weise gefährdet sein könnte.«

Er gab nach und sagte lächelnd: »*Touché*. Ich will ganz offen sein, Mrs Pitt. Mir ist bekannt, dass Sie sich nach dem Verbleib dieses augenscheinlich verschwundenen jungen Mannes erkundigt haben, der Mr Stephen Garricks Kammerdiener ist oder war. Die Garricks sind in der Gesellschaft wie in der Regierung nicht ohne Einfluss. Ferdinand Garrick war ein geachteter Berufsoffizier, der seine Laufbahn als Generalleutnant beendet hat. Ein Gott, der Königin und dem Land bis zum letzten Blutstropfen ergebener prinzipientreuer Mann.«

Charlotte wusste nicht, was sie denken sollte. Sie stand in der Mitte des Zimmers und sah Narraway an, der sich mit jedem Augenblick mehr entspannte. Falls Garrick so aufrecht und ehrenwert war, wie er ihr da geschildert wurde, ganz der Musterchrist, von dem Vespasia gesprochen hatte, gab es nicht den geringsten Grund anzunehmen, dass er einen Dienstboten auf die Weise behandelte, wie das Gracie und sie befürchteten.

Narraway merkte, dass sie unsicher wurde. »Aber er kennt keine Gnade, wenn er sich angegriffen fühlt«, fuhr er fort. »Er würde nicht dulden, dass wer auch immer seine Handlungsweise infrage stellt. Er hat seinen Stolz und ist, wie das bei solchen Leuten häufig der Fall ist, sehr darauf bedacht, seine Privatangelegenheiten aus der Öffentlichkeit herauszuhalten.«

Charlotte hob das Kinn ein wenig. »Und was könnte er mir antun, Mr Narraway? Meinen Ruf in der Gesellschaft zugrunde richten? Ich habe keinen. Mein Mann ist Beamter im Sicherheitsdienst. Zwar bedienen sich die Behörden seiner, tun aber zugleich so, als existiere er nicht. Als er die Polizeiwache in der Bow Street leitete, hätte ich vielleicht gesellschaftlichen Ehrgeiz entwickeln können – jetzt ja wohl kaum.«

Er errötete ein wenig. »All das ist mir bekannt, Mrs Pitt. Viele Menschen tun Bedeutendes, ohne in der Öffentlichkeit Anerkennung zu finden, ja, möglicherweise nicht einmal Dank. In einem solchen Fall liegt der einzige Trost darin, dass zumindest nicht für sein Versagen getadelt werden kann, wer für seine Erfolge nicht gelobt wird.« Ein Schatten legte sich auf seine Züge. Er war sichtlich bemüht, seine Gefühle zu beherrschen. »Irgendwann versagt jeder von uns einmal.«

Trotz aller Sorgfalt, nicht durchblicken zu lassen, woran er dabei dachte, schwang in seinen Worten eine so tiefe Bedeutung mit, dass sie begriff: Er sprach von sich selbst und von etwas, was er auf schmerzliche Weise gelernt und nicht etwa bei anderen beobachtet hatte. Hinter seinen Worten stand keine Vermutung, sondern Wissen.

»Ich mache mir aufrichtig Sorgen um Sie, Mrs Pitt«, fuhr er fort. »Natürlich hat der Mann keinen Einfluss auf das, was Ihre Freunde von Ihnen halten, wohl aber kann er grausam in das Geschick Ihrer Familie eingreifen, wenn ihm danach zumute ist oder er sich verletzlich vorkommt.« Er sah sie aufmerksam an. Sie hatte das Empfinden, als lasse sein Blick sie nicht los – fast so, als halte er sie körperlich fest.

»Glauben Sie, dass Martin Garvie ein Leid geschehen ist?«, fragte sie. »Bitte sagen Sie offen, ob ich etwas tun kann, um zu helfen. Eine Lüge, wie tröstlich sie auch klingen mag, wird an meinem Verhalten nichts ändern, das sage ich Ihnen gleich.«

In seine Augen trat neben alle anderen Empfindungen ein Funke von Humor. »Ich habe keine Ahnung. Ich kann mir auch keinen Grund dafür denken. Wie viel wissen Sie über ihn?«

»Sehr wenig. Aber seine Schwester Matilda kennt ihn von klein auf, und sie hat Angst«, sagte sie.

»Könnte es sein, dass sie gekränkt ist?«, fragte er mit minimal gehobenen Brauen. »Dass sie sich einander entfremdet haben und sie nicht damit zurechtkommt? Möglicherweise fühlt sie sich einsam und stärker an ihn gebunden als er sich an sie? Kann es sein, dass sie bereit ist, sich alles Mögliche einzubilden, bis hin zu Gefahren, vor denen sie ihn bewahren muss, weil all das für sie einfacher wäre als das Bewusstsein, dass er sie in Wahrheit nicht braucht?«

Wieder nahm sie Trauer in seiner Stimme wahr, sah, wie das Licht der Gaslampe die Spur eines alten Schmerzes nachzeichnete, von dem davor nichts zu sehen war. Ganz offenkundig hatte er sich auch über Tilda informiert.

»Möglich ist all das selbstverständlich«, räumte sie bereitwillig ein. »Aber das ändert nichts daran, dass man sich nach seinem Ergehen erkundigen muss.« Fast hätte sie hinzugefügt, dass ihm das ebenso klar sein müsse wie ihr, doch da sie erkannte, dass er sie verstand, ließ sie es ungesagt.

Eine Weile standen sie einander schweigend gegenüber. Dann richtete er sich zu voller Größe auf. »Trotzdem muss ich Sie ersuchen, Mrs Pitt, im Interesse Ihrer eigenen Sicherheit keine weiteren Nachforschungen in Bezug auf Mr Garrick anzustellen. Es gibt keinen vernünftigen Grund anzunehmen, dass er einem Dienstboten etwas angetan haben könnte, von einer Rufschädigung abgesehen, und daran könnten Sie ohnehin nichts ändern.«

»Ich würde Ihren Rat gern befolgen, Mr Narraway«, sagte sie gleichmütig, »doch sofern ich eine Möglichkeit sehe, Tilda Garvie zu helfen, werde ich das auf jeden Fall tun. Ich kann mir nicht denken, auf welche Weise das Mr Garrick schaden könnte, es sei denn, er hätte sich eine Ungerechtigkeit zuschulden kommen lassen. In dem Fall aber müsste er wie jeder andere Rechenschaft dafür ablegen.«

Ärger trat auf Narraways Züge. »Aber doch nicht Ihnen, Mrs Pitt! Haben Sie denn nicht …« Er hielt inne.

Sie lächelte ihn bezaubernd an. »Nein«, sagte sie. »Habe ich nicht. Darf ich Ihnen eine Tasse Tee anbieten? Zwar nur in der Küche, aber dennoch von Herzen.«

Er stand reglos da, als wenn von seiner Entscheidung große Dinge abhingen. Man hätte glauben können, er sei imstande, vom Wohnzimmer aus die Wärme, die vertraute Behaglichkeit gescheuerten Holzes, reiner Wäsche, glänzenden Porzellans auf der Anrichte und den angenehmen Geruch von Essen in der Küche wahrzunehmen.

»Nein, danke«, sagte er schließlich. »Ich muss nach Hause.« In seiner Stimme lag ein Bedauern, das er nicht in Worte fasste. »Gute Nacht.«

»Gute Nacht, Mr Narraway.« Sie brachte ihn zur Tür und sah der schmalen, sehr aufrechten Gestalt nach, die mit beinahe militärischer Eleganz über den regennassen Gartenpfad der Straße entgegenstrebte.

KAPITEL 10

Pitt dankte Trenchard für seine Hilfe und verließ Alexandria mit einem so großen Bedauern, dass es ihn selbst überraschte. Die samtenen Nächte mit den bleichen Sternen am Himmel würden ihm fehlen, wie auch der Wind, der vom Mittelmeer herüberwehte und den Geruch nach allerlei Gewürzen und dem Schmutz der heißen Straßen überlagerte wie auch die Mischung von Musik und Stimmen, die er nicht verstand, die bunten Farben und die Fülle der Waren in den Basaren. Dafür gab es in London weniger Stechmücken und keine Skorpione. Er durfte sich darauf verlassen, dass ihm im bevorstehenden Winter keine beklemmende Hitze den Schweiß über den Körper laufen ließ oder ihn das Licht der Sonne so blendete, dass er beständig die Augen zusammenkneifen musste.

Außerdem würde er nicht mehr fortwährend das Gefühl haben, Störenfried in einem Lande zu sein, dem die Angehörigen seines Volkes fremd und unwillkommen waren, und auch nicht mehr die Last des schlechten Gewissens spüren, einer von denen zu sein, die zu der dort herrschenden entsetzlichen Armut beigetragen hatten. Selbstverständlich existierte auch in England Armut, auch dort verhungerten Menschen, erfroren oder erlagen tückischen Krankheiten. Doch das war sein eigenes Volk, er war einer von ihnen – vor allem aber trug er keine Schuld daran.

Während er an Deck des Schiffes stand und zusah, wie das Wasser um den Rumpf herum aufgewirbelt wurde und Alexandria allmählich am Horizont versank, kam ihm zu Bewusstsein, dass er mit seinem Auftrag gescheitert war, denn er kam mit leeren Händen zurück. Was konnte er Narraway berichten? Gewiss, er hatte manches über Ayesha Sachari erfahren und wusste sehr viel mehr über sie als zuvor, vor allem, dass sie alles andere als dumm war. Da sich manches nicht mit seinen ursprünglichen Vermutungen deckte, würde er die Frage nach dem Grund für den Mord an Lovat vollständig neu überdenken müssen. Die Tat erschien sinnlos.

Vor allem aber wollte er wieder bei Charlotte und den Kindern daheim sein, in der Behaglichkeit seines Hauses, sich in den vertrauten Straßen der Stadt bewegen, in der er nicht nur jede Ecke kannte, sondern auch die Sprache verstand.

Drei Tage später legte das Schiff in Southampton an. Jetzt stand ihm nur noch die Bahnfahrt nach London bevor. Obwohl sie in Wahrheit nicht einmal zwei Stunden dauerte, schien sie sich endlos hinzuziehen.

Um sieben Uhr abends stand er auf der Schwelle von Narraways Büro. Einerseits war er entschlossen, eine Nachricht zu hinterlassen, falls er nicht dort war, andererseits hatte er zugleich den dringenden Wunsch, ihm alles, was er zu sagen hatte, sofort mitzuteilen. Danach wollte er nach Hause gehen, um nach Lust und Laune auszuschlafen, ohne sich den Kopf darüber zerbrechen zu müssen, was er am nächsten Morgen sagen oder tun sollte.

Narraway war tatsächlich da, und so konnte er sogleich Bericht erstatten. Als Pitt die Tür hinter sich geschlossen hatte, lehnte sich Narraway abwartend in seinem Sessel zurück und sah ihn durchdringend an. Man hätte glauben können, dass er sich bereit hielt, Fragen abzuwehren, die ihm Pitt womöglich stellen wollte.

Körperlich wie seelisch war Pitt so mitgenommen, dass er auf jede Förmlichkeit verzichtete und sich unaufgefordert seinem Vorgesetzten gegenüber setzte. Er streckte die Beine aus. Seine Füße schmerzten, und er fröstelte. Das lag nicht nur an der plötzlichen Kühle des englischen Oktobers, sondern hatte auch mit seiner Erschöpfung zu tun.

Wortlos wartete Narraway darauf, dass er zu sprechen begann.

»Ayesha Sachari ist eine hochintelligente, gebildete Frau aus einer christlichen Familie«, begann Pitt, »zugleich aber eine ägyptische Patriotin, der das Schicksal der Armen ihres Landes am Herzen liegt und die sich über die Ungerechtigkeit der Fremdherrschaft empört.«

Narraway, dessen Ellbogen auf den Sessellehnen ruhten, schürzte die Lippen und legte die Fingerspitzen aneinander. »Nach dem, was Sie sagen, hatte sie politische Gründe, ins Land zu kommen. Mithin dürfen wir den Verdacht ausschließen, dass sie hier nur ihr Glück versuchen wollte«, sagte er mit einer Stimme, in der keinerlei Überraschung lag. Sein Gesichtsausdruck änderte sich nicht im Geringsten. »Hat sie etwa geglaubt, sie könnte über Ryerson Einfluss auf die Baumwollindustrie nehmen?«

»So sieht es aus«, sagte Pitt.

Narraway seufzte. Auf seinen Zügen lag jetzt Trauer. »Wie naiv«, murmelte er.

Pitt hatte das unabweisbare Gefühl, er meine damit weit mehr als die bloße Unwissenheit der Ägypterin in Bezug auf die Mechanismen der Politik. Zwar saß er bequem in seinen Sessel zurückgelehnt, schien aber innerlich bis zum Zerreißen gespannt. »Sie haben gesagt, die Frau sei gebildet. Auf welchen Gebieten?«, wollte er wissen.

»Geschichte, Sprachen, arabische Kultur«, gab Pitt zur Antwort. »Ihr Vater war ein Gelehrter, und sie war das einzige Kind. Allem Anschein nach hat er ihre Gesellschaft äußerst anregend gefunden und daher einen großen Teil seines Wissens an sie weitergegeben.«

Narraways Gesichtsmuskeln spannten sich an. Er schien Pitts Worten weit mehr zu entnehmen als die einfachen Tatsachen, die er berichtete. Dachte er daran, dass ihr die Gesellschaft eines älteren Mannes angenehm war, weil ein solcher sie aufgezogen hatte und sie daher sowohl an die Vorzüge wie auch die Nachteile einer solchen Beziehung gewöhnt war? Pitt fragte sich, ob diese Art des Aufwachsens für die junge Frau gleichsam eine Vorübung gewesen war, die sie in den Stand gesetzt hatte, Ryerson zu umgarnen, ohne dass er sie für zu jung, zu unkultiviert oder zu ungeduldig hielt.

Oder hatte sie bewirkt, dass ihr junge Männer oberflächlich und nicht feinfühlig genug erschienen und sie sich in ihrer Gegenwart nicht wohlfühlte? War es möglich, dass sie Ryerson tatsächlich so sehr liebte, wie er vermutete?

Warum aber um alles in der Welt hätte sie dann Lovat erschießen sollen? War ihm in Alexandria doch etwas Wesentliches entgangen?

Narraway, der ihn aufmerksam beobachtete, fragte: »Was gibt es, Pitt?« Er beugte sich vor. Seine Hand zitterte kaum wahrnehmbar.

Pitt spürte deutlich, dass in seinem Gegenüber Empfindungen lebendig waren, die allein mit den ihm bekannten Fakten nicht zu erklären waren. Es war ihm zuwider, mit einem Vorgesetzten arbeiten zu müssen, der ihm offenkundig so wenig vertraute, ganz gleich, was der Grund dafür sein mochte. Stand dahinter die Sorge um seine eigene Sicherheit oder die eines anderen Menschen? Oder wollte Narraway etwas in sich selbst schützen, wovon sich Pitt kein Bild zu machen vermochte?

»Nichts, was auch nur das Geringste mit Lovat oder Ryerson zu tun hätte«, gab er zur Antwort. »Sie war eine geradezu schwärmerisch begeisterte Anhängerin eines der am Orabi-Aufstand Beteiligten. Dieser ältere Mann, in den sie sich verliebt hatte, ist zum Verräter an ihr wie auch an der gemeinsamen Sache geworden. Das hat ihr schwer zu schaffen gemacht.«

Narraway holte tief Luft und stieß sie leise wieder aus. »Aha.« Dann schwieg er.

Pitt wartete eine Weile, überzeugt, er werde weitersprechen. In Narraways Kopf schienen fertige Sätze, ja, ganze Absätze bereit zu liegen, an die er nicht herankam.

Doch als Narraway schließlich den Mund öffnete, kam er auf ein völlig anderes Thema zu sprechen. »Und was ist mit Lovat? Haben Sie jemanden gefunden, der ihn gekannt hat? Es muss doch auf jeden Fall mehr geben als die schriftlichen Unterlagen, die wir hier haben! Was haben Sie denn um Gottes willen die ganze Zeit da unten getrieben?«

Pitt schluckte seinen Zorn herunter und schilderte knapp, was er getan und auf welche Weise er Edwin Lovat und dessen Laufbahn im englischen Heer nachgespürt hatte. Wieder hörte Narraway mit irritierendem Schweigen zu.

»Ich bin nicht auf den geringsten Hinweis gestoßen, der ein Mordmotiv nahe legen würde«, endete Pitt. »Lovat scheint ein ganz gewöhnlicher Offizier gewesen zu sein, zwar durchaus fähig, aber keineswegs brillant, ein anständiger Mann, der sich niemanden wirklich zum Feind gemacht hat.«

»Und der Grund seiner Dienstunfähigkeit?«, fragte Narraway.

»Fieber«, erwiderte Pitt. »Malaria, wie man mir gesagt hat, nichts Besonderes, und er hat sie sich dort nicht als Einziger eingehandelt. Man hat ihn nach Hause entlassen, und zwar ehrenhaft. Seine Laufbahn weist nicht den kleinsten Knick auf, und auf seinem Namen liegt nicht der geringste Makel.«

»Das weiß ich bereits«, sagte Narraway matt. »Seine Schwierigkeiten scheinen nach seiner Rückkehr angefangen zu haben.«

»Was für Schwierigkeiten?«, wollte Pitt wissen.

Narraway sah ihn tadelnd an. »Ich dachte, Sie hätten sich nach dem Mann erkundigt ...«

»Natürlich«, gab Pitt bissig zurück. »Das habe ich Ihnen doch gesagt, falls Sie sich erinnern wollen.« Er merkte, wie müde er war. Seine Augen brannten von der Anstrengung, sie offen zu halten, und sein Körper schmerzte, weil er so lange im Zug gesessen hatte. Er fror trotz des Kaminfeuers, das in Narraways Büro brannte. Vielleicht trugen Hunger und Erschöpfung dazu bei. So stark war sein Wunsch, Charlotte wiederzusehen und in den Armen zu halten, dass es ihn große Mühe kostete, Narraway gegenüber die Form zu wahren. »Er hat hier vielen Männern und Frauen Anlass gegeben, ihn zu hassen«, fuhr er schroff fort. »Aber wir haben nichts in der Hand, was darauf hinweist, dass einer dieser Männer sich in der Nacht, als er ums Leben kam, in Eden Lodge aufgehalten hat. Oder haben Sie in der Zwischenzeit etwas entdeckt?«

Narraway verzog das Gesicht. Verblüfft sah Pitt, welche Kraft in diesem Mann verborgen lag. Was er empfand und dachte, beherrschte den Raum und hätte es sogar dann getan, wenn er voller Menschen gewesen wäre. Zum ersten Mal ging Pitt auf, wie wenig ihm über diesen Menschen bekannt war, in dessen Händen seine Zukunft und mitunter möglicherweise sogar sein Leben lag. Weder wusste er etwas über dessen Familienverhältnisse, noch hatte er eine Vorstellung davon, woher er kam. Allerdings war das auch unerheblich, denn derlei war ihm auch über seine früheren Vorgesetzten Micah Drummond und John Cornwallis nicht bekannt gewesen. Er hatte es auch gar nicht wissen wollen – er hatte ihre Überzeugungen gekannt, gewusst, was ihnen wichtig war, und sie verstanden, bisweilen wohl besser als sie sich selbst. Allerdings besaß er auch mehr Erfahrung mit der Menschennatur als diese Männer, die jeweils nur den kleinen Ausschnitt kannten, mit dem sie im Laufe ihres Lebens in Berührung gekommen waren.

Narraway war weltoffener, erfahrener, ein geschickter Taktierer. Nie gab er absichtlich etwas von sich selbst preis. Geheimhaltung und Täuschung bildeten die Grundsätze, nach denen er seinen Beruf ausübte, die Fähigkeit, in den Besitz von Informationen zu gelangen, ohne selbst welche preiszugeben. Es war für Pitt eine völlig neue Erfahrung, dass er sich genötigt sah zu vertrauen, ohne sehen zu können, in welche Richtung es ging, und sie behagte ihm nicht.

»Und, haben Sie etwas entdeckt?«, wiederholte er. Diesmal klang es herausfordernd.

Einen Augenblick lang sahen sie einander schweigend an. Pitt war nicht sicher, ob er sich eine Auseinandersetzung leisten konnte, aber er war zu müde, um vorsichtig zu sein.

Mit entschlossener Stimme, als habe er sich soeben entschieden, die Zügel des Gesprächs in die Hand zu nehmen, sagte Narraway: »Leider nicht. Aber unser Auftrag lautet, Ryerson nach Möglichkeit zu decken.«

»Auch um den Preis, dass eine Unschuldige gehängt wird?«, fragte Pitt verbittert.

»Aha!« Narraways Züge entspannten sich, als habe er etwas Aufschlussreiches erfahren. »Sind Sie mittlerweile zu der Ansicht gelangt, dass die Frau schuldlos ist? Dann müssten Sie in Ägypten etwas entdeckt haben, was Sie mir vorenthalten haben. Ich glaube, jetzt wäre ein günstiger Zeitpunkt, diese Enthüllung nachzuholen. Die Verhandlung beginnt morgen.«

Pitt fühlte sich, als hätte man ihn geohrfeigt. Am nächsten Tag! Damit blieb keine Zeit mehr, etwas zu unternehmen. Die Worte entquollen seinem Mund, als wäre es ihm unmöglich, sie daran zu hindern.

»Bei meiner Abreise nach Ägypten habe ich sie mir als schöne Frau mit lockerer Moral vorgestellt, die bereit war, sich mittels ihrer weiblichen Reize ein ihr normalerweise nicht zugängliches behagliches Leben in Wohlstand zu verschaffen.« Er merkte, dass ihn Narraway nicht aus den Augen ließ. Ein feines Lächeln umspielte seine Lippen. »Zurückgekommen bin ich mit der Erkenntnis, dass sie aus einer erstklassigen Familie stammt und vermutlich weit gebildeter ist als neun Zehntel aller Herren der Londoner Gesellschaft, von den Damen ganz zu schweigen. Sie setzt sich voll Leidenschaft für das Wohlergehen und die wirtschaftliche Unabhängigkeit ihres Landes ein. Einmal hat man sie aufs Schändlichste hintergangen, und möglicherweise fällt es ihr schwer, je wieder einem Mann zu vertrauen, wie sehr auch immer er beteuern mag, es ernst zu meinen. Dennoch hat sie im Gefängnis nichts gesagt, was Ryerson in den Fall verwickeln könnte.«

»Und was beweist das Ihrer Ansicht nach?«, fragte Narraway.

»Dass es etwas Wichtiges gibt, was wir nicht wissen«, erwiderte Pitt und schob seinen Sessel zurück. »Wir haben keine besonders gute Arbeit geleistet.« Er stand auf. »Sie nicht, und ich nicht.«

Narraway sah ihn an, wobei er den Kopf leicht in den Nacken legen musste. »Ich weiß, dass Edwin Lovat manchen Menschen das Leben zur Hölle gemacht hat«, sagte er gelassen. »Und dass keiner von uns beiden den Grund dafür ermittelt hat. Möglicherweise hat das nichts mit diesem Mordfall zu tun – aber es passt ebenso sehr dazu wie alles andere, was wir bisher in Erfahrung gebracht haben.«

»Nun, ich habe keine Ahnung, was dahintersteckt«, erwiderte Pitt. »Nach Aussage seiner Vorgesetzten in Alexandria war er ein religiöser Mensch, den alle gut leiden konnten. Er hat seine Aufgaben tadelfrei erledigt und war in Miss Sachari verliebt, wenn auch nicht besonders ernsthaft. Das Verhältnis ging zu Ende, bevor er Ägypten verließ. Ganz offensichtlich hat es ihm das Herz nicht gebrochen – ihr übrigens auch nicht.«

»Niemand spricht von dieser Art Leidenschaft«, sagte Narraway mit Schärfe in der Stimme. »Sie war schön, und er lebte fern der Heimat. Seit seiner Rückkehr aus Ägypten hat er eine Frau nach der anderen unglücklich gemacht, aber bestimmt nicht aus Liebe zu ihr. Sie war nur eine von vielen.«

»Sind Sie sich da sicher?«

»Ja. Ich habe mit einigen Leuten aus dem Kreis gesprochen, in dem er verkehrte. Er ist ihr in London mehrere Male begegnet, bevor er angefangen hat, sich erneut um sie zu bemühen. Er hatte sich mit einer Frau mehr eingelassen als vorgesehen und wollte sich von ihr lösen. Am ehesten ließ sich das dadurch bewerkstelligen, dass er Miss Sachari unübersehbar den Hof machte. Zwar wollte er Jäger sein, sich aber nicht mit der Beute belasten.«

Pitt zögerte an der Tür. Um klar zu denken, war er zu müde. »Was war nur mit ihm los? Was ist zwischen seiner Abreise aus Ägypten und seiner Ankunft in England passiert?«

»Das weiß ich noch nicht«, sagte Narraway. »Aber ich will die Möglichkeit nicht ausschließen, dass das mit seinem Tod zu tun haben könnte.«

»Und Miss Sachari?«

»Wie gesagt: Es gibt manches, was wir nicht wissen. Dahinter kann mehr stecken als ein einfacher Mord, der auf den ersten Blick sinnlos erscheint.«

Pitt öffnete die Tür und ließ die Hand auf dem Knauf liegen. »Gute Nacht.«

Nicht unfreundlich sagte Narraway: »Gute Nacht, Pitt.«

Als Pitt die Keppel Street erreichte, war es dunkel. Über dem Gehweg glommen die Straßenlaternen wie eine Kette unendlich gespiegelter Monde, deren Schein im Dunst immer schwächer wurde, bis er die letzte nur noch als Andeutung sah, als gestaltlosen Schimmer.

Er schloss die Tür auf und blieb kurz in der Diele stehen. Er kostete den Augenblick aus, atmete tief die vertrauten Gerüche nach Bienenwachs und Lavendel, frischer Wäsche und den erdigen Duft der Chrysanthemen ein, die auf einem Tischchen standen. Im Wohnzimmer brannte kein Licht. Die Kinder waren wohl schon oben, und vermutlich saß Charlotte mit Gracie in der Küche. Er zog die Schuhe aus und genoss die Kühle des Linoleums, die durch die Strümpfe drang. Dann ging er zur Küche und öffnete die Tür.

Anfangs merkte Charlotte nichts von seinem Eintreten. Sie saß allein im Raum, konzentriert über eine Näharbeit gebeugt. Dabei war ihr die eine oder andere Strähne aus den Haarnadeln geglitten und schimmerte im Licht der Gaslampe. Es gab für ihn nichts Schöneres als diesen Anblick. Er war schöner als alles andere, ob das nun ein Sonnenuntergang über dem Nil sein mochte oder der Himmel voller heller Sterne, der sich über der Wüste wölbt.

»Hallo«, sagte er leise.

Sie fuhr herum, sah ihn einen Augenblick lang ungläubig an, ließ ihre Arbeit zu Boden gleiten und warf sich ihm in die Arme. Erst Minuten später, als sie Gracies Absätze in der Diele hörten, lösten sie sich voneinander. Rasch trat Charlotte mit gerötetem Gesicht an den Herd, um den Wasserkessel aufzusetzen.

»Sie sind wieder da!«, stieß Gracie überwältigt hervor. Dann dachte sie an die Würde, die sie sich schuldig war, und fuhr mit deutlich vermindertem Überschwang fort: »Ich freu mich zu seh'n, dass Se heile wieder da sind. Sicher ha'm Se Hunger?« Das wäre ein gutes Zeichen – hungrig sein war gleichbedeutend mit Normalität. Als er nicht sogleich antwortete, sah sie ihn besorgt an.

»Doch, ja«, sagte er mit einem Lächeln und setzte sich auf seinen Platz. »Aber etwas Brot mit kaltem Aufschnitt genügt. Ist hier alles, wie es sein soll?«

»Aber natürlich«, antwortete Gracie mit fester Stimme.

Charlotte, die inzwischen den Kessel aufgesetzt hatte, wandte sich vom Herd ab. Ihre Augen leuchteten. »Unbedingt«, bekräftigte sie, ohne Gracie anzusehen.

Er merkte, dass zwischen den beiden ein Einverständnis bestand, als hätten sie ihre Antwort abgesprochen, bevor er eingetreten war.

»Was habt ihr denn so getrieben?«, fragte er leichthin.

Nach einem Zögern, so kurz, dass es ihm entgangen wäre, wenn er sie nicht so aufmerksam angesehen hätte, sah sie ihn an. Es kam ihm ganz so vor, als hätte sie sich zuerst an Gracie wenden wollen und es sich dann anders überlegt.

»Was habt ihr denn so getrieben?«, wiederholte er, bevor ihr eine Ausrede einfiel, bei der sie nicht fürchten musste, sie später nicht zurücknehmen zu können.

Sie holte tief Luft. »Gracie hat eine gute Bekannte, deren Bruder allem Anschein nach verschwunden ist. Wir haben festzustellen versucht, was mit ihm passiert sein könnte.«

Er deutete ihren Gesichtsausdruck richtig. »Aber ohne Erfolg«, sagte er.

»Vor allem wissen wir nicht, wie wir weitermachen sollen. Ich sage dir alles ... morgen.«

»Warum nicht gleich?« Diese Frage entsprang der Besorgnis, der Grund für ihre Verzögerungstaktik könne darin liegen, dass ihm etwas an der Sache missfiel oder ihn störte.

Sie lächelte. »Weil du müde bist und Hunger hast und es weit bessere Themen gibt, über die wir uns unterhalten können. Wir haben es versucht und nicht besonders viel erreicht.«

Als sei sie jetzt erlöst und müsse nicht mehr auf jedes Wort warten, eilte Gracie in die Speisekammer, um kaltes Fleisch aufzuschneiden, und Charlotte ging nach oben, um die Kinder zu wecken.

Daniel und Jemima kamen die Treppen herabgerannt und begrüßten den Vater so stürmisch, dass er fast mitsamt seinem Stuhl umgefallen wäre. Sie umarmten ihn und bedrängten ihn mit zahlreichen Fragen nach Ägypten, Alexandria, der Wüste, dem

Schiff. Während er antwortete, fielen sie ihm mitten im Satz ins Wort, um weitere Fragen zu stellen. Schließlich öffnete er seinen Koffer und gab jedem das für ihn bestimmte Geschenk, worüber sie sich von Herzen freuten.

Am folgenden Morgen aber, als Gracie beim Einkaufen und die Kinder in der Schule waren, kam er auf die Angelegenheit zu sprechen, die Charlotte am Vorabend erwähnt hatte. Er hatte lange geschlafen, und als er nach unten kam, war sie beim Brotbacken.

»Wer ist dieser verschwundene Bruder?«, fragte er, während sie ihm Tee und Toast hinstellte und er im Marmeladentopf herumstocherte, um zu sehen, ob noch genug für ihn da war. Der kräftige Geruch der Orangenmarmelade gehörte zu seinen Lieblingsdüften, und es schien Monate zurückzuliegen, dass er zum letzten Mal krossen Toast gegessen hatte. Nachdem er festgestellt hatte, dass der Inhalt des Topfes reichen dürfte, hob er den Blick zu ihr. »Nun?«

Auf ihrem Gesicht lagen Schatten. Sie knetete mechanisch weiter. »Er ist Kammerdiener bei Stephen Garrick am Torrington Square. Eine ausgesprochen achtbare Familie, wenn auch Tante Vespasia den Vater – Ferdinand Garrick – nicht leiden kann. Sie sagt, er sei ein …« Sie sprach nicht zu Ende, weil sie den verwunderten Ausdruck auf seinem Gesicht sah.

»Ferdinand Garrick?«, fragte er.

»Ja, kennst du ihn etwa?«

»Er war Garnisonskommandeur in Alexandria, als Lovat krankheitshalber entlassen wurde«, sagte er.

Sie hörte auf, den Teig zu kneten, und hob den Blick zu ihm. »Das ist doch sicher nur ein Zufall … oder hat das etwas zu bedeuten?«, fragte sie. Noch während sie die Sache einzuordnen versuchte, kamen ihr andere Gedanken, Zweifel, Erinnerungen an dies und jenes, was Sandeman gesagt hatte.

»Was hast du?«, fragte Pitt.

Sie wischte sich die Hände an der Schürze ab. »Ich fürchte wirklich, Martin Garvie könnte etwas zugestoßen sein«, sagte sie mit

Nachdruck. »Und vielleicht auch Stephen Garrick. Ich habe in der Gegend um Seven Dials den Priester aufgespürt, bei dem Martin unmittelbar vor seinem Verschwinden war. Er kümmert sich vor allem um ehemalige Soldaten, denen es schlecht geht.« Sie sah die Besorgnis auf seinen Zügen und sprach rasch weiter, bevor er sie äußern konnte. »Ich bin am hellen Tag hingegangen, da war es völlig ungefährlich! Wirklich, Thomas, der Mann war entsetzlich nervös.« Noch während sie daran dachte, lief ihr ein Schauer über den Rücken. Er hatte nichts mit dem Schmutz und der Verzweiflung zu tun, deren sie Zeuge geworden war, sondern ging auf die unverhüllte Qual zurück, die sie auf Sandemans Gesicht erkannt hatte.

Pitt dachte nicht mehr an seinen Tee, der allmählich kalt wurde, und fragte erstaunt: »Ein Priester? Wozu? Hat er dir etwas sagen können?«

»Nein ... nicht mit Worten.«

»Was soll das heißen? Wie denn, wenn nicht mit Worten? Nun sag schon!«

»Mit der Art, wie er reagiert hat«, gab sie zur Antwort. Sie setzte sich ihm gegenüber, ohne das Brot fortzuräumen. Das konnte ohne weiteres eine Weile stehen bleiben. »Als ich Martins Namen genannt habe, hat er die Fassung so vollständig verloren, dass er eine ganze Weile kein Wort herausgebracht hat.« Ihr war klar, dass sich ihrer Stimme die Empfindungen anhören ließen, die mit einem Mal wieder in ihr aufgestiegen waren. »Ich nehme an, dass er etwas ganz Entsetzliches weiß«, sagte sie leise. »Er darf es aber nicht weitersagen, weil man es ihm in der Beichte anvertraut hat. Nichts konnte ihn zu einer Sinnesänderung bewegen, nicht einmal mein Hinweis, dass Martins Leben in Gefahr sein könnte.« Wartend sah sie ihn aufmerksam an, voll Sehnsucht, er möge diese Bürde von ihrer Seele nehmen, ihr irgendeine Möglichkeit aufzeigen, wie man helfen konnte, auf die sie bisher nicht verfallen war.

»Wer bedroht sein Leben?«, fragte er.

»Das weiß ich nicht«, räumte sie ein. In knappen Worten teilte sie ihm das wenige mit, das sie in Erfahrung gebracht hatte, wie auch ihre daraus gezogenen Schlüsse. »Aber ganz gleich, was ihm Martin gesagt hat, Mr Sandeman war nicht ...« Sie hielt inne. Pitt hatte die Augen weit geöffnet, sein Gesicht war bleich und sein Körper mit einem Mal so starr, als hätte er ein Gespenst gesehen.

»Thomas – was ist mit dir?«

»Hast du ›Sandeman‹ gesagt?«, fragte er mit belegter Stimme.

»Ja – warum? Weißt du etwas über ihn?« Sie spürte seine Unruhe. »Wer ist der Mann?« Sie hoffte, er werde nichts Widerwärtiges über ihn sagen, da sie den Eindruck gewonnen hatte, dass er seine Mitmenschen mit ungeheucheltem Mitgefühl behandelte. Trotzdem wollte sie die Wahrheit wissen, denn es würde nichts nützen, die Augen vor ihr zu verschließen. »Weißt du etwas über ihn?«, wiederholte sie.

»Das kann ich noch nicht sagen«, gab er vorsichtig zur Antwort. »Aber Lovat hatte beim Militär drei gute Kameraden, mit denen er den größten Teil seiner dienstfreien Zeit verbrachte. Sie hießen Garrick, Sandeman und Yeats. Du hast gesagt, dass sowohl der junge Garrick als auch Sandeman in Gefahr oder in Schwierigkeiten sein könnten. Das dürfte schwerlich ein Zufall sein.«

»Was ist mit Yeats?«

»Soweit ich gehört habe, ist er tot, aber ich muss mich noch vergewissern.«

»Dann hatte also Lovats Tod etwas mit Ägypten zu tun und nicht unbedingt mit Ryerson?«, fragte sie. Sie wunderte sich, dass in diesen Worten keinerlei Hoffnung mitschwang. Noch eine Stunde früher hätte sie so reagiert.

»Denkbar«, gab er zurück. »Trotzdem ergibt all das keinen Sinn. Warum jetzt, so viele Jahre nachdem er Alexandria verlassen hat? Und was hat Miss Sachari mit der Sache zu tun? Lovat hatte nicht die Absicht, sie zu heiraten, er war einfach in sie verschossen. Nach allem, was ich erfahren habe, hat auch sie ihn nicht geliebt.«

»Wirklich?«, fragte Charlotte zweifelnd.

Er lächelte. »Ja. In Wahrheit hat sie einen anderen Mann geliebt, völlig anders als Lovat. Er gehörte ihrem Volk an, war älter als die beiden und war ein Patriot. Er hatte nur den Charakterfehler, dass er nicht nur sie verraten hat, sondern zugleich alles, woran sie und angeblich auch er glaubte.«

»Wie schade«, sagte sie leise. Es war ihr ernst damit. Sie kannte die Ägypterin nicht und wusste kaum etwas über sie, dennoch versuchte sie sich die Bitterkeit der Enttäuschung und das Ausmaß ihrer Qual vorzustellen. »Aber es kann doch wohl kein Zufall sein, dass man Lovat im Garten ihres Hauses erschossen hat?« Sie sah ihn fragend an, erkannte Mitgefühl und Zögern auf seinen Zügen. Es kam ihr vor, als stehe er der Tragödie völlig anders gegenüber als zuvor. Über den Tisch hinweg legte sie ihre Hand auf seine. Er drehte seine Hand um und umschloss mit seinen Fingern sanft die ihren.

»Vermutlich nicht«, erwiderte er. »Auf jeden Fall muss ich genau wissen, was mit Yeats ist. Falls er tatsächlich nicht mehr leben sollte, muss ich die genauen Gründe und Umstände seines Todes feststellen.«

»Die Verhandlung gegen Ryerson beginnt heute«, sagte sie und sah ihn aufmerksam an.

»Ich weiß. Ich werde versuchen, das vorher zu ermitteln.« Nach kurzem Zögern ließ er ihre Hand los, schob den Stuhl zurück und stand auf.

Zurück auf der Treppe des großen Gebäudes, zwinkerte Pitt heftig mit den Augen. Der Grund dafür war weniger das milde Licht der Herbstsonne, als das, was er soeben in Erfahrung gebracht hatte.

Arnold Yeats lebte nicht mehr. Knapp vier Jahre nach seiner Rückkehr aus Ägypten war er nach Indien abkommandiert worden. Das konnte nur heißen, dass seine Gesundheit vollständig wiederhergestellt war. Er wurde als bemerkenswert tapferer Offizier geschildert, ein Mann, der vor nichts Angst hatte und in dem seine Männer einen Helden sahen, dem sie bedenkenlos überallhin folgten.

»Er war so verwegen, dass man es schon als tollkühn bezeichnen muss«, hatte der Zuständige im Militärarchiv gesagt und Pitt betrübt angesehen. »Einer von denen, die des Teufels Großmutter aus der Hölle holen. Ein einziges Mal hat er zu viel riskiert. Er hat nach dem Tod eine Auszeichnung dafür bekommen. Wirklich schade ... wir können es uns nicht leisten, solche Männer zu verlieren.«

»Sie sagen also, dass er tollkühn war?«, hatte Pitt gefragt.

»Das ist nicht ganz das richtige Wort«, hatte der Mann abweisend gesagt. Als Pitt merkte, dass er nichts mehr aus ihm herausbringen würde, hatte er ihm gedankt und war gegangen.

Von den vier Männern, die gemeinsam in Alexandria gedient hatten, waren also zwei tot. Einer war auf dem Schlachtfeld gefallen, einer ermordet, einer, wie es aussah, verschwunden, und der vierte, der als Priester in der Gegend von Seven Dials wirkte, war bei der Erwähnung des Namens Garrick vor Entsetzen erstarrt.

Pitt machte auf dem Absatz kehrt, überquerte den Gehweg und trat auf die Fahrbahn, um die nächste vorüberkommende Droschke anzuhalten.

Im Vorraum des Kriminalgerichts Old Bailey herrschten ein Heidenlärm und ein entsetzliches Gedränge. Eine große Zahl von Neugierigen versuchte den Eingang des Schwurgerichtssaals zu erreichen, in dem die Verhandlung stattfinden sollte. Mit Mühe arbeitete sich Pitt durch die Menge vor, doch als er die hohe Doppeltür erreicht hatte, vertrat ihm ein Polizeibeamter den Weg.

»Tut mir Leid, Sir, Sie können da nicht rein. Da hätten Sie früher kommen müssen. Wer zuerst kommt, mahlt zuerst, so ist das nun mal.«

Pitt holte Luft, um aufzubegehren, doch er wusste, dass es sinnlos sein würde. Er hatte keinerlei Vollmacht, die er dem Beamten zeigen konnte, um doch noch eingelassen zu werden. In dessen Augen war er nichts als ein weiterer Gaffer, der gekommen war, um mit anzusehen, wie ein Mächtiger stürzte, und um einen Blick auf eine exotische Frau zu erhaschen, die man des Mordes beschuldigte. Von diesen Menschen waren mehr als genug da. Sie drängten von hinten, traten ihm auf die Füße und stießen ihm ihre Ellbogen in den Rücken. Das Gesicht des Beamten war hochrot und glänzte vor Schweiß. Unübersehbar kostete es ihn große Mühe, sich zu beherrschen.

»Dann warte ich hier«, sagte Pitt.

»Das hat keinen Sinn, Sir. Heute wird da drin kein Platz mehr frei.« Kopfschüttelnd wies er auf die Türflügel.

»Ich muss aber unbedingt mit jemandem im Saal sprechen«, teilte ihm Pitt mit.

Der Mann sah ihn zweifelnd an, sagte aber nichts.

Pitt ging beiseite und wartete ungeduldig im Gang vor der nächsten Tür.

Nach einer Stunde war Pitt schon so weit, sich zu fragen, ob er nicht seine Zeit vergeudete, indem er auf Narraway wartete. Womöglich war er gar nicht dort. Doch er folgte seinem Impuls zu warten, bis die Sitzung vertagt wurde. Als sich schließlich die Türen öffneten, trat Pitt auf einen kleinen, schmalen Mann mit braunem Haar zu, der herausgekommen war und sich vor der Tür nach links und rechts umsah. »Entschuldigung, Sie waren doch bei der Verhandlung gegen Ryerson und die Ägypterin?«

»Ja«, bestätigte der Mann. »Aber da drin is es gesteckt voll, da komm'n Se nich rein.«

»Wie ist die Sache denn bis jetzt abgelaufen?«

Der Mann zuckte die Achseln. »Das Übliche – 'n Haufen Polizisten sagt aus, was se mitgekriegt ha'm. Is doch völlig klar, dass die Alte den abgemurkst hat. Is mir schleierhaft, wie die glauben konnte, dass se damit durchkommt.«

Pitt ließ den Blick über die Menge der Menschen schweifen, die hoffnungsvoll warteten, als gebe es für sie doch noch eine Möglichkeit, Zuschauer des Dramas zu werden, das sich im Schwurgerichtssaal abspielte.

»Wenn das der Regierung mal nich den Hals bricht«, sagte der Mann, als beantworte er damit eine Frage, die Pitt nur gedacht hatte. »Ha'm nur 'ne winzige Mehrheit im Unterhaus – dann so 'n Weib als Liebchen von 'nem wichtigen Minister. Das gibt in Manchester jede Menge Ärger.« Er verzog den Mund zu einem Grinsen. »Die Verteidigung macht garantiert keinen Stich, denn die steht mit leeren Händen da. Ich hatte gedacht, das würde spannender. Mal seh'n, vielleicht komm ich morgen wieder.« Mit diesen Worten schob er sich durch das Gedränge davon.

Pitt trat wieder näher an die Tür, weil er hoffte, von dort aus Narraway besser sehen zu können, sofern er dort war.

Fast hätte er ihn verpasst und holte ihn erst kurz vor der Treppe nach draußen ein, wo er ihn von hinten anstieß, um sich bemerkbar zu machen. Verärgert sah sich Narraway um, weil er wohl glaubte, ein Fremder habe ihn angerempelt, dann erkannte er Pitt. »Nun?«, fragte er gespannt.

»Wie ist es da drin gegangen?«, wollte Pitt wissen.

Narraway blieb stehen und sah ihn mit großen Augen an. »Sind Sie etwa hergekommen, um mich das zu fragen?« In seiner Stimme lag eine gefährliche Drohung. Pitt sah die scharf eingegrabenen Falten im Gesicht seines Vorgesetzten, ein Hinweis auf die große Anspannung, unter der Narraway stand. Er beherrschte sich nur mit Mühe. Er hatte keine Möglichkeit gefunden, Ryerson zu helfen, und wieder einmal merkte Pitt, dass die Sache für Narraway von großer Bedeutung war – aus welchem Grund auch immer.

Narraway wartete.

»Nein, sondern um Ihnen zu sagen, dass Arnold Yeats, der vierte Mann aus der Gruppe, nicht mehr am Leben ist«, gab Pitt zurück. »Lovat wurde ermordet, Garrick ist verschwunden, und Sandeman lebt als sonderbarer Heiliger in den Gassen um Seven Dials.«

Narraway stand wie erstarrt. »Ach nein. Und woher haben Sie diese Weisheit?«

»Ich habe mich im Kriegsministerium erkundigt!« Das war die nahe liegende Antwort. Dann begriff er, dass Narraway mit seiner Frage nicht Yeats, sondern Garrick und Sandeman gemeint hatte.

»Halten Sie Ihre Frau aus der Sache heraus, Pitt!«, sagte Narraway leise, aber mit Schärfe in der Stimme. Ohne auf Pitts aufflammenden Zorn zu achten, fuhr er mit verkniffenem Gesicht fort: »Bisher ist sie meines Wissens als Einzige dahintergekommen, dass eine Beziehung zwischen Lovat, Garrick und Sandeman besteht –

und ich habe nach wie vor keine Ahnung, was hinter dem Ganzen steckt.« Mit so festem Griff, dass es schmerzte, fasste er ihn am Ellbogen und zog ihn aus dem Gedränge zu einem Seiteneingang.

»Steht es so schlimm?«, fragte Pitt. Er konnte sich die Antwort denken.

Narraway lehnte sich an den steinernen Torbogen. Er wirkte verkrampft und unruhig. »Die Anklage versucht gar nicht erst, Beweise für Schuld oder Schuldlosigkeit zu finden«, sagte er bitter. »Sie setzt die Schuld als gegeben voraus. Ich habe den Eindruck, dass das auch für die Geschworenen gilt. Jetzt geht es nur noch darum, ob die Regierung den Skandal überleben kann. Hier ist derselbe Instinkt am Werk, der die Menschen dazu bringt, dass sie Treibjagden veranstalten oder wilde Tiere jagen – sie genießen es, zuzusehen, wie ein Wesen in den Schmutz gezerrt wird, das edler und kraftvoller ist als sie selbst. Ihnen geht jede Fähigkeit ab, etwas zu erschaffen, sie können nichts als zerstören und finden darin ihre Befriedigung.«

Beim Anblick des Ausdrucks von hilfloser Wut auf Narraways Zügen erfasste Pitt eine Welle des Mitgefühls. »Wollen Sie damit sagen, dass die Sache, ob zufällig oder absichtlich, auf jeden Fall auf der politischen Ebene ausgetragen wird?«, fragte er.

Zorn trat in Narraways Augen und verschwand gleich wieder. »Ich weiß es nicht!«, sagte er. In seiner Stimme schwang ein Unterton von Verzweiflung mit.

»Ich kann mir nicht vorstellen, dass Ayesha Sachari so dumm gewesen sein sollte, einen Mann zu ermorden, mit dem sie nichts mehr zu tun hatte und aus dem sie sich schon längst nichts mehr machte«, sagte Pitt. Ihm war elend.

»Und wenn sie nun darauf aus war, Ryerson zu stürzen, sofern sie eine Möglichkeit dazu hatte?«, fragte Narraway, dessen Augen vor unterdrückter Wut fast schwarz glänzten.

»Sie ist als Idealistin ins Land gekommen, überzeugt, etwas für die wirtschaftliche Unabhängigkeit ihres Volkes tun zu können«, sagte Pitt im Brustton der Überzeugung. »Diese Vorstellung ist nicht unbedingt unrealistisch.«

»Ich kenne die ägyptische Wirtschaftsgeschichte ebenso gut wie Sie!«, fuhr ihn Narraway an. »Der Niedergang der dortigen Baumwollfabrikanten hängt mit der Expansion unter Said Pascha zusammen, hat mit dem Khediven Ismail und damit zu tun, dass die Amerikaner nach dem Ende ihres Bürgerkriegs auch wieder Baumwolle auf den Markt gebracht haben. Das hat dazu beigetragen, dass Ismail im Jahre neunundsiebzig abdanken musste, was uns eine Gelegenheit gab, die Dinge in die Hand zu nehmen. Falls Miss Sachari tatsächlich so gebildet ist, wie Sie sagen, muss sie das besser wissen als wir.«

Darauf hatte Pitt keine Antwort. Sie saßen unübersehbar in einem Morast von Einzelfakten fest, aus denen sich keinerlei zusammenhängende Geschichte ergab. Nach allem aber, was er inzwischen wusste, war Pitt nicht mehr bereit, Impulsivität oder Dummheit als Tathintergründe anzunehmen.

»Gehen Sie der Sache noch einmal gründlich nach«, sagte Narraway leise. Er hatte sich schon halb abgewandt, als wolle er nicht, dass Pitt eine Spur von Hoffnung in seinem Gesicht sah. Mit den Worten: »Melden Sie sich übermorgen um sieben bei mir«, ging er davon.

Pitt trug über Arnold Yeats zusammen, was er konnte, doch ergab sich auch aus diesem Material weder ein neuer Hinweis auf das, was in Ägypten mit Lovat geschehen war, noch eine Spur, die dazu beigetragen hätte, das Geheimnis um seinen Tod zu lüften, noch eine Verbindung zu Ayesha Sachari. Was Morgan Sandeman betraf, so lieferte weder dessen Militärakte noch sein Entschluss, die Uniform an den Nagel zu hängen und Priester zu werden, den geringsten Hinweis auf etwas, das für ihren Fall bedeutsam hätte sein können. Ihm fiel lediglich auf, dass die enge Kameradschaft, die in Alexandria zwischen den vier Männern bestanden hatte, mit ihrer Rückkehr nach England vollständig aufgehört zu haben schien. Allerdings war es möglich, dass sie einander geschrieben hatten, ohne dass Pitt etwas davon wusste.

Als er zwei Tage später am frühen Morgen aufbrach, um sich bei Narraway zu melden, verließ auch Charlotte das Haus. Allerdings schlug sie die entgegengesetzte Richtung ein. Sie sagte Gracie nicht, wohin sie ging, weil sie vermeiden wollte, dass das Mädchen die Unwahrheit sagen musste, falls Pitt früher als sie selbst zurückkehrte.

Sie nahm den Pferdeomnibus zur Oxford Street und ging von dort zu Fuß weiter. An der Dudley Street zögerte sie kurz. Sie versuchte sich zu erinnern, durch welche Straßen Sandeman sie geführt hatte. Ihr Ziel, das wusste sie, lag in Richtung des kreisrunden Platzes von Seven Dials. Auf gut Glück versuchte sie es mit der Great White Lion Street, von der sie nach links in eine Gasse bog. Im Licht des Vormittags sah alles anders aus als bei ihrem vorigen Besuch, war trostlos und bleich, wie von einer Staubschicht bedeckt. Auch kam ihr alles kleiner vor.

Wie viele Schritte waren es gewesen? Sie ahnte es nicht. War sie zu weit gegangen oder nicht weit genug?

Ein missgestalteter Mann kam auf sie zu. Zwar lag auf seinem Gesicht keine Bosheit, aber irgendetwas in seinem unsicheren Gang ängstigte sie. Sie lief davon und eilte in den nächsten Hauseingang.

Mit einem Mal befand sie sich in einer Art Laden. Neben Haufen von übel riechenden Kleidungsstücken, die am Boden lagen, waren Kartons zu wackeligen Stapeln aufeinander getürmt.

»Entschuldigung«, sagte sie rasch und ging rückwärts hinaus. Als sie sich umdrehte, hätte sie fast eine dicke Frau mit kalkweißem Gesicht umgerannt, die kaum Augenbrauen hatte, was sie sonderbar kahl wirken ließ. »Entschuldigung«, wiederholte sie und schob sich an ihr vorbei nach draußen.

Inzwischen hatte sie jede Orientierung verloren. Langsam ging sie in die Gegenrichtung, wollte es dort an einer anderen Tür probieren. Obwohl es nicht kalt war, zitterte sie. Schon hatte sie die Hand zum Klopfen erhoben, als sie sich entschied, die Tür einfach zu öffnen. Sie merkte, dass die Frau mit dem weißen Gesicht sie beobachtete. So nahe stand sie hinter ihr, dass Charlotte gegen sie gestoßen wäre, wenn sie auch nur einige Schritte nach hinten getan hätte. Sie fühlte sich bedrängt und drückte gegen die Tür. Als sie sich öffnete, sah sie erleichtert den ihr bekannten Vorraum und dahinter den langen Gang. Mochte der Himmel geben, dass Sandeman da war. Wie sollte sie sonst der Frau hinter ihr entkommen! Sie sagte sich, dass ihre Angst lachhaft war. Wahrscheinlich suchte die andere ebenfalls jemanden, genau wie sie.

Fast im Laufschritt eilte sie über den Steinfußboden zur nächsten Tür. Als sie diese Tür hinter sich geschlossen hatte und auf den großen Kamin zuging, kam Sandeman gerade mit warmherzigem und zugleich neugierigem Gesichtsausdruck aus der Küche. Er trocknete sich die Hände an einem groben Tuch. Die Haut sah rot aus, als hätte die Seife sie entzündet.

Er erkannte sie gleich. »Was kann ich für Sie tun, Mrs Pitt?« In seiner Stimme lag Ablehnung, und sein Gesicht war mit einem Mal verschlossen.

Obwohl sie damit gerechnet und versucht hatte, sich darauf einzustellen, sank ihr der Mut. Ihr Lächeln erstarb, bevor es ihre Lippen erreichte. »Guten Morgen, Mr Sandeman«, sagte sie leise. »Ich bin noch einmal gekommen, weil sich seit unserem vorigen Gespräch neue Gesichtspunkte ergeben haben.« Sie hielt inne. Ihr war klar, dass er ihr nicht glaubte. Um Tildas willen war sie bereit, ihm mehr zu sagen als bei ihrem vorigen Besuch, notfalls sogar mit einem gewissen Nachdruck, für den ihr seinerzeit der Mut gefehlt hatte.

»Bei mir nicht«, sagte er und hielt ihrem Blick stand. Wieder war sie verblüfft von der seelischen Kraft dieses Mannes. Er erweckte den Eindruck, als gebe es in seinem Inneren eine Insel des absoluten Wissens, an der weder das vom Zufall bestimmte Kommen und Gehen der anderen noch ihre Leidenschaften etwas ändern konnten. »Tut mir Leid«, fügte er hinzu, um die Zurückweisung abzuschwächen.

Sie sprach nur weiter, weil es ihr grotesk erschienen wäre, den ganzen Weg auf sich genommen zu haben und gleich wieder zu gehen, ohne wenigstens den Versuch zu unternehmen, ihr Ziel zu erreichen. »Ich habe das nicht anders erwartet, Mr Sandeman. Aber seit meinem vorigen Besuch ist mein Mann aus Alexandria zurückgekehrt und hat mir berichtet ...« Sie hielt inne. Alle Farbe war aus seinem Gesicht gewichen. Seine Finger umkrallten das Tuch so fest, dass es ihn schmerzen musste.

Sie setzte nach. »Er hat mir berichtet, was er dort im Zusammenhang mit Mr Lovats Militärdienst in Ägypten ermittelt hat, und auch manches andere ...« Mit voller Absicht hielt sie ihre Aussage allgemein, damit er nicht merkte, wie wenig sie in Wahrheit wusste. »Mr Sandeman, ich fürchte, Martin Garvies Leben ist in Gefahr. Ein sehr hoher Beamter des Sicherheitsdienstes hat mich unter Hinweis darauf, dass ich mich hier in äußerst gefahrvolle Angelegenheiten einmische, aufgefordert, der Sache nicht weiter nachzugehen. Das aber kann ich nicht, solange ich annehmen darf, dass ich die Möglichkeit habe, jemanden zu retten. Ich fürchte, man wird zulassen, dass Martin Garvie umgebracht wird, weil er für diese Leute nicht mehr von Bedeutung ist.«

Sandemans Augen waren unnatürlich geweitet, als wenn er den Blick auf etwas gerichtet hätte, das ihn bannte. Seine Lippen wirkten wie ausgedörrt. »Was hat der Sicherheitsdienst mit Martin Garvie zu tun?«

»Ihnen dürfte bekannt sein, dass Edwin Lovat ermordet worden ist. Nicht nur das hat in allen Zeitungen gestanden«, gab sie zur Antwort, »sondern auch, dass man eine Ägypterin als angebliche Täterin vor Gericht gestellt hat. Bestimmt redet man sogar hier in der Gegend von Seven Dials über den Prozess in Old Bailey. Der Fall hat großes Aufsehen erregt, weil ein bedeutender Politiker in ihn verwickelt ist. Man muss sogar damit rechnen, dass die Regierung darüber zu Fall kommt.«

»Ja«, sagte Sandeman ruhig. »Natürlich habe ich davon gehört. Aber das ist eine völlig andere Welt als die, in der wir hier leben. Für uns ist das eine Geschichte – nichts weiter.« Es klang, als versuche er die Sache von sich zu schieben, damit ihm niemand eine Verantwortung aufbürden konnte.

Charlotte spürte, wie ihr der Vorteil entglitt. Ein Anflug von Panik meldete sich. Wie konnte sie die Sache wieder zu ihren Gunsten wenden? Sie musste einen neuen Vorstoß wagen, denn wenn sich

Sandeman wieder vollständig verweigerte, wäre alles nutzlos gewesen. Ihr fiel etwas ein, was Pitt über den vierten Mann gesagt hatte.

»Mr Yeats ist auch tot, müssen Sie wissen«, sagte sie unvermittelt.

Er sah aus, als hätte sie ihn geohrfeigt. Er öffnete den Mund und schnappte nach Luft. Offensichtlich hatte er nichts davon gewusst, und sie begriff, dass es ihn im tiefsten Wesen traf. Jetzt war der Augenblick gekommen, die Gunst der Stunde zu nutzen und ihm zu entlocken, was ihm Martin Garvie anvertraut hatte. Um Gewissensbisse deswegen zu empfinden, war später noch genug Zeit. Gerade als sie den Mund auftun wollte, mahnte etwas an seinem Gesichtsausdruck sie, nichts zu sagen.

»Wie ... wie ist er gestorben?«, fragte er mit schleppender Stimme. Jetzt wollte er etwas von ihr erfahren, und sie merkte, dass ihm die paradoxe Umkehrung der Situation durchaus bewusst war.

»Im Krieg«, sagte sie. »Irgendwo in Indien. Er war wohl sehr tapfer, geradezu verwegen.« Sie verstummte, als sie sah, wie der letzte Tropfen Blut aus seinem Gesicht wich.

»Im Krieg?« Er klammerte sich an das Wort, als verbinde er damit eine verzweifelte Hoffnung. »Sie meinen, bei einem Kampfeinsatz?«

»Ja.«

Er sah beiseite.

»Bitte, Mr Sandeman«, sagte sie eindringlich. »Mein Mann ist ein guter Ermittler, und er ist entschlossen, der Sache auf den Grund zu gehen. Bestimmt bekommt er heraus, was Sie wissen, nur ist es dann vielleicht zu spät, um Martin Garvie zu helfen – oder Mr Garrick, falls die beiden zusammen sind.« Sie war nicht sicher, ob es klug war, das zu sagen, oder ob sie zu weit gegangen war und verraten hatte, dass sie in Wahrheit nichts wusste. Sie erkannte die Unentschlossenheit auf seinen Zügen, und ihr Herz schlug wild, während sie wartete.

Mit flackerndem Blick sah er beiseite, auf seine Hände. »Ich glaube nicht, dass Sie viel helfen könnten«, sagte er mit entsetzlich gequälter Stimme. »Selbst wenn ich Ihnen alles sagen würde, was mir Martin anvertraut hat, wäre es vermutlich zu spät.«

Mit einem Mal wurde ihr die Kälte bewusst, die in dem Raum herrschte, und sie begann zu zittern. Ihr Körper war völlig verkrampft. »Glauben Sie, dass auch Martin nicht mehr lebt? Wer ist in dem Fall als Nächster an der Reihe – Sie?«, drang sie in ihn. »Wollen Sie einfach dasitzen und warten, dass man kommt und Sie umbringt?« Ihre Stimme zitterte vor Wut und Angst. Sie machte eine hilflose Bewegung mit ihrem Arm. »Sind Ihnen diese Menschen hier denn nicht so wichtig, dass Sie versuchen wollen, sich zu retten? Wer würde sich um die Leute kümmern, wenn nicht Sie?«

Er sah sie an. Sie hatte eine empfindliche Stelle getroffen.

»Das ist Ihre Aufgabe!«, hielt sie ihm vor. Ihr war klar, dass sie ihm damit vermutlich nicht gerecht wurde. Weder wusste sie etwas über ihn, noch hatte sie das Recht, dergleichen zu sagen. Sie hätte volles Verständnis gehabt, wenn er sie jetzt wütend angefahren hätte.

»Martin hatte von mir gehört«, sagte er. Er sprach sehr leise, als wäre er tief in Gedanken versunken, aber mit fester Stimme. »Ich kannte viele ehemalige Soldaten, denen es schlecht ging. Sie tranken zu viel, weil sie nicht vergessen, mit ihren Gedanken und Erinnerungen nicht leben konnten, vielleicht aber auch, weil sie nicht mehr wussten, wie sie in ihr früheres Leben zurückkehren sollten, das Leben, das sie geführt hatten, bevor sie in den Krieg zogen.« Er holte tief Luft. »In den Augen derer, die zu Hause geblieben sind, waren das vermutlich nur ein paar Jahre. An ihrem Leben hat sich nichts geändert, es war tagein, tagaus dasselbe. Für solche Menschen ändert sich die Welt nie, ihre Träume reichen nicht weit.«

Sie unterbrach ihn nicht. Zwar gehörte das nicht zur Sache, doch sie spürte, dass er im Begriff stand, sich langsam zu etwas voranzutasten.

»Mit dem Militär verhält sich das anders. Auch bei denen, die nur eine kurze Zeit als Soldat verbringen, kann das ganze Leben dadurch umgekrempelt werden«, fuhr er fort.

Bezog er sich damit auf seine Zeit in Ägypten, sprach er von sich, Stephen Garrick, Yeats und Lovat, oder meinte er all die verlorenen und hoffnungslosen Männer, um die er sich hier in den Gassen um Seven Dials kümmerte?

»Martin wollte Garrick helfen.« Er mied ihren Blick und sah zu Boden. »Aber er wusste nicht, wie er das bewerkstelligen konnte. Stephens Alpträume wurden immer schlimmer und kamen immer häufiger. Er hat getrunken, um sich abzustumpfen, doch das hat immer seltener genützt. Er hat dann angefangen, Opium zu nehmen. Das hat nicht nur seine Gesundheit immer mehr untergraben, sondern auch dafür gesorgt, dass er im Laufe der Zeit die Herrschaft über sich verloren hat.« Sandemans Stimme wurde immer leiser. Charlotte musste sich vorbeugen, um zu verstehen, was er sagte.

»Er konnte in seiner Verzweiflung niemandem mehr trauen, außer Martin«, fuhr er fort. »Vielleicht hat Martin angenommen, ich könnte Garrick helfen, wenn er ihn zu mir brächte ... oder wenn ich zu ihm ginge.«

»Und warum haben Sie ihn nicht aufgesucht?«, fragte sie mit einer Schärfe in der Stimme, die sie nicht beabsichtigt hatte. Er schien sich davon nicht getroffen zu fühlen. Dazu war er wohl zu tief in seinen Gedanken versunken.

»Wenn jemand nicht in einem Hauseingang von Seven Dials lebt, sondern am Torrington Square, heißt das noch lange nicht, dass er Ihre Hilfe nicht braucht«, sagte sie anklagend. »Allem Anschein nach hat er sich in seiner eigenen Art von Hölle befunden.«

Er hob den Blick zu ihr. Seine Augen lagen tief in ihren Höhlen. »Als ob ich das nicht wüsste!«, gab er zurück. »Aber ich kann ihm nicht helfen. Das Einzige, was ich sagen kann, will er nicht hören!«

Sie verstand ihn nicht. »Wenn Sie nichts gegen Alpträume zu tun vermögen, wer dann? Helfen Sie nicht genau damit diesen Männern hier? Warum dann nicht Stephen Garrick?«

Er sagte nichts.

»Worauf beziehen sich seine Alpträume?«, stieß sie nach. Ihr war klar, dass ihn das schmerzen musste, aber sie konnte sich nicht mehr zurückhalten. »Hat Martin Ihnen das gesagt? Warum können Sie ihm nicht helfen, damit fertig zu werden?«

»So wie Sie das sagen, könnte man glauben, das wäre ein Kinderspiel. Sie wissen ja nicht, wovon Sie reden.« Ein Anflug von Zorn wurde in seiner Stimme hörbar. Nach wie vor stand er in unnatürlicher Starre da.

»Dann sagen Sie es mir! Nach Ihren Worten muss ich annehmen, dass er im Begriff steht, wahnsinnig zu werden. Was für ein Priester sind Sie nur, dass Sie ihm weder die Hand reichen noch mir helfen wollen, wenn ich das tun möchte?«

Diesmal lag auf seinem Gesicht der Ausdruck von Ohnmacht und blanker Wut.

»Was könnten Sie denn gegen den Wahnsinn unternehmen, Mrs Pitt? Sind Sie fähig, den Träumen von Blut und Feuer Einhalt zu gebieten, die in der Nacht kommen, die Schreie verstummen zu lassen, die den Verstand in Stücke reißen und den Menschen auch noch tagsüber quälen, wenn er wach ist?« Er zitterte am ganzen Leibe. »Mit welchem Mittel können Sie die Gluthitze lindern, die einem die Haut zu versengen scheint, und wenn man dann die Augen öffnet, merkt man, dass man in kalten Schweiß gebadet ist und vom Fieber geschüttelt wird. All das spielt sich im Inneren ab, Mrs Pitt! Da kann niemand helfen. Martin Garvie, der es versucht hat, ist mit in diesen Teufelskreis hineingezogen worden. Als er zu mir kam, sorgte er sich um Garrick, aber er hätte auch Angst um sich selbst haben sollen. Der Wahnsinn frisst nicht nur die Menschen auf, die er befällt, sondern auch jene, die mit ihnen in Berührung kommen.«

»Soll das heißen, dass Stephen Garrick geisteskrank ist?«, fragte sie. »Warum lassen ihn seine Angehörigen dann nicht behandeln? Schämen sie sich so sehr, dass sie nicht bereit sind, einzugestehen, was ihm fehlt?« Endlich schien die Sache einen Sinn zu ergeben. Geisteskrankheit wurde häufig verschwiegen, als handelte es sich dabei um eine Sünde. »Hat man ihn in eine Anstalt gebracht?« Sie hatte die Stimme nicht heben wollen, konnte sich aber nicht mehr beherrschen. »Ist es das? Wen das der Fall sein sollte – warum dann auch Martin? Und warum konnte er nicht zumindest seiner Schwester schreiben und ihr sagen, wo er sich befindet?«

Das Mitgefühl auf Sandemans Zügen war so peinigend, dass es ihn zu verwunden schien. Es kam ihr vor, als werde er noch lange darunter leiden müssen, nachdem er ihr klar zu machen versucht hatte, worum es ging. »Aus Bedlam?«, fragte er.

Bei dem Wort Bedlam lief ihr ein Schauer über den Rücken. Jedermann wusste, was es mit diesem Irrenhaus auf sich hatte, in dem es zuging wie in der Hölle. Der bloße Name, eine im Volksmund entstandene Kurzform von ›Bethlehem‹, war eine Lästerung, war doch dieser Ort die heiligste Stätte der Christenheit, der Hort der Träume. In dies Alptraum-Gefängnis sperrte man von ihren eigenen Heimsuchungen gefolterte Menschen, die laut schreiend dem Unsichtbaren zu entfliehen versuchten.

Es kostete sie Mühe, ihre Stimme wiederzufinden. »Und das haben Sie zugelassen?«, flüsterte sie. Sie meinte das nicht als Anklage, zumindest nicht ausschließlich. Sie hatte Sandeman bewundert, in ihm ein so tiefes Mitgefühl erkannt, dass sie sich jetzt nicht vorzustellen vermochte, wie er so etwas hinnehmen konnte. Die achtungsvolle Art, mit der er den Betrunkenen bei ihrem ersten Besuch behandelt hatte, war nicht vorgetäuscht, sondern Wirklichkeit gewesen.

Er sah sie an, gleichermaßen von ihrer Einschätzung wie von der Herausforderung verletzt, mit der sie gesprochen hatte. »Wie hätte ich das verhindern sollen? Jeder muss seinen eigenen Weg zum Heil finden, Mrs Pitt. Schon vor Jahren habe ich Garrick gesagt, was er tun sollte, doch es ist mir nicht gelungen, Einfluss auf sein Verhalten zu nehmen.«

Sie wollte schon richtigstellen, dass sie an Martin Garvie gedacht hatte, dann aber begriff sie, was er meinte. »Soll das heißen, dass Stephen Garrick an seinem Wahnsinn selbst schuld ist?«, fragte sie fassungslos.

»Nein ...« Er sah beiseite. Ihr war klar, dass er log.

»Mr Sandeman!« Sie wusste nicht, was sie hätte sagen können, um ihm zu helfen.

Er hob den Kopf und sah sie an. »Mrs Pitt, ich habe Ihnen mehr gesagt, als ich wollte, damit Sie Martin Garvie helfen können, sofern es dazu eine Möglichkeit gibt. Er ist ein guter Mensch und bemüht sich, jemandem beizustehen, dessen Qualen weitaus schlimmer sind, als er je verstehen kann. Es ist nicht auszuschließen, dass er selbst entsetzlich dafür leiden muss.« In seiner Stimme lag ein Flehen. »Sofern Sie bewirken können, dass ihn jemand da herausholt, bevor es zu spät ist ... vorausgesetzt ... vorausgesetzt, er befindet sich dort ...«

»Ich werde dafür sorgen!«, sagte sie mit mehr Leidenschaft als Überzeugung. »Immerhin weiß ich jetzt etwas, sodass ich irgendwo ansetzen kann. Danke, Mr Sandeman.« Sie zögerte. »Über ... über Mr Lovats Tod wissen Sie wohl nichts?«

Ein schwaches Lächeln legte sich auf seine Züge. »Nein. Wenn mich jemand aufforderte, eine Vermutung zu äußern, würde ich sagen, dass es sich genauso verhält, wie es aussieht – die Ägypterin hat ihn aus Gründen getötet, die nur ihr bekannt sind. Möglicherweise hat das mit einem Vorfall zu tun, zu dem es in Alexandria gekommen ist. Zwar hatte ich damals angenommen, dass er ihr keine Kränkung zugefügt hatte, aber ich kann mich natürlich irren.«

»Ich verstehe, vielen Dank.«

Diesmal bot er ihr nicht an, sie zur Dudley Street zu begleiten, und so ging sie allein, entschlossen, ihrem Mann so bald wie möglich mitzuteilen, wo sich Martin Garvie befand, damit er alles unternahm, was in seinen Kräften stand, um dem jungen Mann seine Freiheit zu verschaffen.

Den ganzen Nachmittag hindurch fing sie im Haushalt alles Mögliche an und ließ es halb fertig liegen. Immer, wenn sie Schritte hörte, unterbrach sie ihre Arbeit in der Hoffnung, Pitt sei zurückgekehrt. Sie brannte darauf, ihm zu sagen, was sie herausbekommen hatte.

Als er endlich kam, ging er wie gewohnt auf Strümpfen durch die Diele in die Küche, sodass sie ihn erst hörte, als er sie ansprach. Das kam so unerwartet, dass ihr die Kartoffel, die sie gerade schälte, aus den Händen fiel, während sie, das Messer in der Hand, zu ihm herumfuhr.

»Ich weiß, was mit Martin Garvie ist und mit Stephen Garrick«, stieß sie atemlos hervor. »Jedenfalls glaube ich, dass ich es weiß. Wir müssen etwas tun! Sofort!«

Sein Gesicht verfinsterte sich. »Woher weißt du das? Wo warst du? Etwa wieder bei Sandeman?«

Sie reckte das Kinn ein wenig vor. Sofern es darüber zu einer Auseinandersetzung oder Schlimmerem kommen sollte, musste das warten. »Natürlich. Er ist der Einzige, der etwas über die Sache weiß.«

»Charlotte ...«, begann er.

»Sie sind in Bedlam!«, brach es aus ihr heraus.

Das hatte den beabsichtigten Erfolg. Seine Augen weiteten sich, und die Farbe wich aus seinem Gesicht. »Bist du sicher?«, fragte er leise.

»Nein«, gab sie zu. »Aber es passt zu allem, was wir wissen. Stephen Garrick hatte unbeherrschbare Tobsuchtsanfälle und Weinkrämpfe. Er hat unter entsetzlichen Alpträumen gelitten, weit schlimmer als die anderer Menschen. Sie haben ihn sogar gepeinigt, wenn er wach war, haben ihm Blut, Feuer und Schreie vorgegaukelt.« Ihre Worte überschlugen sich förmlich. »Er hat getrunken und Opium genommen, um zu vergessen, was ihn quälte. All das wusste Martin Garvie, weil er der einzige Mensch war, der wirklich an ihn herankam. Sogar ihm ist die Situation allmählich über den Kopf gewachsen, und so hat er Sandeman aufgesucht, um sich bei ihm Rat zu holen. Doch auch er konnte nichts tun. Einige Tage darauf ist Stephen Garrick mit Martin am frühen Morgen mit wenig Gepäck vom Torrington Square aufgebrochen. Soweit wir feststellen konnten, haben sie London nicht verlassen. Da die Kutsche nach wenigen Stunden zurückgekehrt ist, hatten sie entweder keinen weiten Weg oder sind mit öffentlichen Verkehrsmitteln weitergereist.«

Er stand bewegungslos da und grübelte mit gefurchter Stirn über ihre Worte nach. Sofern er die Absicht hatte, ihr wegen ihres erneuten Besuchs in der Gegend von Seven Dials Vorhaltungen zu machen, würde er damit sicherlich bis lange nach Abschluss dieses Falles warten.

»Können wir ihn da herausholen?«, fragte sie leise. »Zumindest Martin gehört nicht dorthin. Wir dürfen zwar annehmen, dass er Garrick helfen wollte, aber wenn er freiwillig mitgegangen wäre, hätte er das bestimmt vorher seiner Schwester mitgeteilt. Das aber hat er nicht getan, und das beweist, dass etwas ganz und gar nicht in Ordnung ist.«

»Du hast Recht«, sagte er, nach wie vor tief in Gedanken versunken. »Aber wir müssen vorsichtig sein. Augenscheinlich hatte jemand die Macht, den jungen Garrick dorthin zu bringen. Das kann nur sein Vater gewesen sein.«

»Das gibt ihm aber doch kein Recht, Martin ebenfalls dorthin zu schicken«, begehrte sie auf. »Selbst wenn das bei einem Dienstboten juristisch unbedenklich sein sollte, lässt sich das moralisch ...«

»Ich weiß«, fiel er ihr ins Wort. »Trotzdem müssen wir vorsichtig sein.«

»Sag Mr Narraway, dass er das in die Wege leiten soll«, drängte sie. »Zumindest soll er Stephen Garrick aufsuchen. Ihr braucht ihn doch, weil er mit Lovat in Alexandria war. Jetzt, da auch Yeats tot ist ...« Sie verstummte. Ein entsetzlicher Verdacht war ihr gekommen, und sie sah seinem Gesicht an, dass er etwas Ähnliches dachte. »Glaubst du, dass ihn sein Vater deshalb da untergebracht hat?«, flüsterte sie. »Um ihn zu schützen? Ist jemand aus Ägypten hinter all diesen Männern her? Ist entsetzliche Angst der eigentliche Grund für seine Alpträume?«

»Ich weiß es nicht«, sagte er mit unglücklich klingender Stimme. »Aber man kann das nicht ausschließen.«

»Du glaubst doch bestimmt nicht, dass sie es getan hat?«, fragte sie.

»Nein ... nein – auch wenn alle Anzeichen immer mehr in diese Richtung deuten. Ich habe gehört, wie die Verhandlung heute abgelaufen ist.« Auf sein Gesicht legte sich ein Ausdruck von Abscheu. »Ich weiß nicht, ob das Ryersons Wünschen entspricht, aber seine Verteidigung tut alles, was in ihren Kräften steht, um Lovat in einem denkbar ungünstigen Licht erscheinen zu lassen.

Vermutlich will man damit den Eindruck erwecken, dass es gute Gründe für eine mögliche Täterschaft Dritter gibt. Ich kann mir nicht vorstellen, dass viel Gutes dabei herauskommt. Miss Sachari war in Eden Lodge. Wenn jemand die Absicht hatte, Lovat aus persönlicher Rache zu töten, würde er ihm wohl kaum um drei Uhr nachts in den Garten fremder Menschen folgen.«

Charlotte begriff, dass er mit diesen Worten gewissermaßen eine Niederlage eingestand. Seiner Ansicht nach war weder Ryerson noch die Frau schuldig. Er hatte jede theoretische Möglichkeit erwogen, die zu einer anderen Lösung führen konnte, aber schließlich einsehen müssen, dass es sinnlos war, sich weiterhin etwas vorzumachen.

»Das tut mir Leid«, sagte sie leise und legte sacht ihre Hand auf die seine. »Aber zumindest sollten wir Martin Garvie retten, nicht wahr?«

»Ja, natürlich. Ich gehe sofort zu Narraway. Ich danke dir für das, was du erreicht hast.« Mit einem trübseligen Lächeln nahm er ihre Hand und hielt sie zärtlich. »Über deinen Besuch in der Gegend von Seven Dials sprechen wir später.« Er küsste sie zärtlich, bevor er sich zum Gehen wandte.

KAPITEL 11

Als Pitt das Haus verließ, überschlugen sich die Gedanken in seinem Kopf. In Bedlam! Sofern Ferdinand Garrick seinen Sohn Stephen tatsächlich in diese Irrenanstalt hatte einweisen lassen, deren bloßer Name bei jedem, der ihn hörte, Schrecken hervorrief, musste er dafür einen sehr triftigen Grund gehabt haben. War der junge Garrick etwa geisteskrank? In seiner Personalakte beim Militär hatte sich kein Hinweis darauf gefunden. Ganz im Gegenteil waren ihm darin neben Mut und körperlicher Tüchtigkeit auch Initiative und geistige Beweglichkeit bescheinigt worden. Er war von den vier jungen Offizieren möglicherweise der vielversprechendste gewesen.

Mit großen Schritten strebte Pitt der Tottenham Court Road entgegen. Dort winkte er einer Droschke, stieg ein und nannte dem Kutscher Narraways Anschrift.

Sofern Garrick geistesgestört war, musste man sich fragen, was der Grund dafür sein konnte. Etwa der Alkohol- und Opiummissbrauch? Warum aber hatte er angefangen, im Übermaß zu trinken und eine Substanz zu rauchen, die Empfindungen und Wahrnehmungen verzerrte?

Oder hatten die jungen Männer in Ägypten etwas erlebt, was schicksalhaft in ihr weiteres Leben eingegriffen hatte? Yeats war durch seine tollkühne Verwegenheit ums Leben gekommen, Sandeman hatte sich bei Seven Dials in eine Art Exil zurückgezogen, und Lovat war einem Mord zum Opfer gefallen. Hatte Ferdinand

Garrick seinen einzigen Sohn nach Bedlam geschickt, um ihn zu schützen? Aber wer trachtete ihm nach dem Leben? Etwa die Ägypterin? Sofern das der Fall war – warum nur, um alles in der Welt?

Auch wenn ihm dieser Gedanke in keiner Weise behagte, konnte er ihn nicht länger von sich weisen. Man musste sich den Fakten stellen, wie sie waren.

An seinem Ziel angekommen, stieg er aus, entlohnte den Kutscher und eilte durch den leichten Nebel, der in Fetzen umherwirbelte, über den nassen Gehweg. Seine Schritte riefen kein Echo hervor, alles klang gedämpft. An der Tür betätigte er den als Löwenkopf gestalteten Klopfer.

Ein grauhaariger Diener öffnete und trat, nachdem er ihn begrüßt hatte, beiseite, um ihn einzulassen. Weder brauchte er zu fragen, was Pitt wollte, noch, ob es dringend sei, denn die Antwort auf beide Fragen stand ihm ins Gesicht geschrieben. Der Diener ging voraus durch das Vestibül, klopfte kurz an die Tür des Arbeitszimmers und öffnete.

»Mr Pitt, Sir«, kündigte er den Besucher an.

Narraway saß in einem Lehnsessel und hatte seine in Hausschuhen steckenden Füße auf einen Hocker gelegt. Auf einem Tischchen neben ihm stand ein Teller mit belegten Broten und ein Kristallglas mit Rotwein.

»Ich hoffe in Ihrem ureigenen Interesse, dass Sie nicht mit leeren Händen kommen!«, sagte er mit vollem Mund.

Der Diener zog sich zurück und schloss die Tür.

Pitt rückte sich den anderen Sessel zurecht und nahm Narraway gegenüber Platz.

Mit leisem Seufzen wies dieser auf eine Flasche Bordeaux, die auf der Anrichte stand. »Bedienen Sie sich. Gläser stehen im Schrank.«

Pitt stand auf, und während er den dunklen Wein eingoss, sah er zu, wie sich das Licht auf dessen Oberfläche und auf dem Glas spiegelte.

»Meine Frau hat herausbekommen, wo sich Martin Garvie und Stephen Garrick aufhalten«, sagte er.

Narraway bekam einen Hustenanfall. Offenbar hatte er sich verschluckt. Er beugte sich vor und griff nach dem Weinglas.

Zufrieden lächelte Pitt vor sich hin. Genau so hatte er sich das vorgestellt.

Mit einem Räuspern lehnte sich Narraway wieder zurück. »Tatsächlich?«, fragte er mit etwas weniger bissiger Stimme, als wenn er das Brot nicht in den falschen Hals bekommen hätte. »Es kommt mir ganz so vor, als wären Sie nicht Manns genug, Ihre Frau zu zügeln! Werden Sie mir sagen, wo die beiden sind, oder muss ich das erraten?«

Mit einem Glas in der Hand kehrte Pitt an seinen Platz zurück. Erst als er wieder saß, gab er Narraway Antwort. Ohne auf den Vorwurf einzugehen, den er erhoben hatte, sagte er: »Sie war noch einmal bei Sandeman.« Er schlug die Beine bequem übereinander und nippte an dem Wein. Er war ausgezeichnet, allerdings hatte er von Narraway auch nichts anderes erwartet. »Sie hat ihn dazu gebracht, ihr zumindest einen Teil der Wahrheit mitzuteilen. Garvie hat ihm anvertraut, dass es Garrick ausgesprochen schlecht geht. Er deliriert und leidet unter entsetzlichen Alpträumen. Sandeman ist so gut wie sicher, dass man ihn und seinen Kammerdiener nach Bedlam gebracht hat.« Ohne auf das Entsetzen in Narraways Gesicht zu achten, fuhr er fort: »Da Garvie ganz offensichtlich keine Möglichkeit hatte, seine Angehörigen zu benachrichtigen, muss man annehmen, dass er sich unter Umständen unfreiwillig dort aufhält. Das passt zu allen uns bekannten Tatsachen. Die Frage ist nur, ob Garricks Alpträume auf seinen Opiummissbrauch zurückgehen, auf eine Geisteskrankheit oder, was sehr viel schwerer wiegen würde, auf etwas, was während seiner Dienstzeit in Ägypten vorgefallen ist. Und –«

»Schon gut, Pitt!«, sagte Narraway scharf. »Sie können sich die Einzelheiten sparen.« Er erhob sich mit einer einzigen geschmeidigen Bewegung, das angebissene Brot noch in der Hand. »Yeats ist tot, Lovat ermordet, Sandeman in der Gegend von Seven Dials untergetaucht, und jetzt sieht es ganz so aus, als ob Garrick im Irrenhaus wäre, von Alpträumen gemartert, die ihn um den Verstand gebracht haben.« Er nahm sein Glas und leerte es. »Wir sollten hingehen und feststellen, ob wir etwas Vernünftiges aus ihm herausbringen können.« Er sah auf das Glas in Pitts Hand.

Dieser war nicht bereit, einen so guten Tropfen stehen zu lassen. Zwar war es schade, den Bordeaux nicht zu genießen, aber dazu blieb jetzt keine Zeit mehr. Also leerte er das Glas und stellte es auf den Tisch.

An der Haustür schluckte Narraway das letzte Stück Brot herunter und nahm seinen Mantel vom Haken.

Mit großen Schritten eilten sie zum Ende der Straße und hielten dort eine Droschke an. Narraway warf dem Kutscher nur ein Wort zu: Bedlam.

Die Droschke fuhr an. Keiner der beiden Männer sagte etwas. An Ort und Stelle würde sich die Antwort auf die Frage, auf welche Weise sie Garrick aus der Anstalt herausholen wollten, von selbst ergeben.

Die Fahrt war ziemlich lang. Erst als sie über die Brücke von Westminster fuhren, von der aus man sehen konnte, wie der Schein der Straßenlaternen entlang der Uferstraße den Nebelschleier durchbrach und sich im Wasser der Themse spiegelte, brach Narraway das Schweigen.

»Befolgen Sie alles, was ich sage, und halten Sie sich bereit, notfalls rasch zu handeln«, wies er Pitt an. »Weichen Sie mir nicht von der Seite. Wir müssen unbedingt darauf achten, dass man uns nicht trennt. Unternehmen Sie auf keinen Fall spontan etwas, ganz gleich, was geschieht. Und lassen Sie sich nicht von Ihren Empfindungen beeinflussen, wie menschlich oder lobenswert auch immer sie sein mögen.«

»Ich war schon früher einmal in Bedlam«, gab Pitt knapp zurück. Bewusst unterdrückte er jede Erinnerung daran.

Als sie das jenseitige Ende der Brücke erreichten und die Droschke am Südufer der Themse die kleine Anhöhe emporfuhr, vorüber an der Eisenbahnlinie, die zum Waterloo-Bahnhof führte, warf Narraway einen Blick auf Pitt. An der Christuskirche bogen sie nach rechts ab in die Kennington Road, wo sich der gewaltige

Komplex der Bethlehem-Irrenanstalten vor dem Nachthimmel abzeichnete.

Die Droschke hielt. Narraway forderte den Kutscher auf zu warten. Mit den Worten: »Sie bekommen den gleichen Betrag noch einmal, wenn Sie hier sind, sobald ich Sie brauche«, gab er ihm einen Sovereign, eine Goldmünze im Wert von einem Pfund. Finster fügte er hinzu: »Sollten Sie nicht hier sein, sorge ich dafür, dass Sie Ihre Lizenz verlieren. Warten Sie so lange, wie es nötig ist. Es kann rasch gehen, es kann aber auch mehrere Stunden dauern. Falls ich bis Mitternacht nicht zurück bin, gehen Sie mit dieser Karte zur nächsten Polizeiwache und holen ein halbes Dutzend uniformierte Beamte.« Er gab dem Mann, der jetzt mit großen Augen und erkennbar beunruhigt dasaß, seine Karte.

Dann überquerte er den Gehweg und schritt, von Pitt dicht gefolgt, die Stufen zum Haupteingang empor. Sogleich stellte sich ihnen ein Wachmann höflich, aber entschlossen in den Weg. Narraway teilte ihm mit, er handele im Auftrag der Regierung. Es gehe um die Sicherheit des Landes und er sei im Besitz einer Vollmacht der Königin, seine Aufgabe an jedem beliebigen Ort zu erfüllen. Einer der Insassen der Anstalt verfüge über dringend benötigte Informationen und er müsse unverzüglich mit ihm sprechen.

Pitt wurde bei der Vorstellung schwindlig, wie groß das Risiko war, das sie da auf sich nahmen. Er hatte als selbstverständlich vorausgesetzt, dass Charlotte Recht hatte und Garrick sich hier befand. Sofern sie sich irrte und er in einer anderen Anstalt untergebracht war – beispielsweise in Spitalfields oder einer privaten Einrichtung –, würde ihm Narraway das nie verzeihen. Verblüfft ging ihm auf, dass er ihm geradezu blind vertraut hatte, und noch mehr wunderte ihn das, als ihm klar wurde, dass er letzten Endes auf Charlottes Angaben hin handelte.

»Ja, Sir. Und um wen handelt es sich?«, fragte der Mann.

»Um einen jungen Herrn, der in der ersten Septemberwoche am frühen Morgen mit seinem Kammerdiener hier eingetroffen ist. Möglicherweise leidet er unter Delirien, Alpträumen und den

Nachwirkungen von Opium. Sie können zu diesem Zeitpunkt keinesfalls mehr als einen solchen Fall aufgenommen haben.«

»Kennen Sie seinen Namen denn nicht, Sir?«, erkundigte sich der Mann mit finsterer Miene.

»Selbstverständlich kenne ich den«, blaffte ihn Narraway an. »Aber woher soll ich wissen, unter welchem Namen man ihn hergebracht hat? Stellen Sie sich nicht dümmer, als Sie sind, Mann! Ich habe Ihnen bereits mitgeteilt, dass ich im Auftrag Ihrer Majestät in vertraulichen Staatsangelegenheiten hier bin. Muss ich noch deutlicher werden?«

»Nein, nein, Sir. Ich ...«, stammelte der Wärter. Er wandte sich rasch um, schlurfte durch den Vorraum und bog dann in den ersten breiten Gang zur Rechten ein. Narraway und Pitt folgten ihm auf dem Fuße.

Pitts Mund war wie ausgedörrt, und er musste immer wieder schlucken, während sie durch leere Gänge mit fensterlosen Wänden schritten. Zu beiden Seiten waren alle Türen verschlossen. Er hörte unterdrücktes Stöhnen und lautes Gelächter, das sich immer mehr steigerte, bis es in einem irren Kreischen endete. Er wollte diese Eindrücke aus seinem Kopf vertreiben, brachte es aber nicht fertig.

Schließlich erreichten sie das Ende des Gebäudeflügels. Während der Mann nach den Schlüsseln an seinem Gürtel tastete, schien er zu zögern und blickte sich nervös nach Narraway um.

Dieser sah ihn eisig an, worauf der Mann mit dem Schlüssel ungeschickt an der Tür hantierte. Pitt spürte Narraways Ungeduld fast körperlich. Er wäre nicht im Geringsten erstaunt gewesen, wenn er dem Wärter den Schlüssel entrissen hätte.

Endlich gelang es diesem, die Tür aufzuschließen. Pitt hatte mehr oder weniger damit gerechnet, Schreie zu hören, und sich innerlich darauf eingestellt, dass ein Irrer an ihm vorbei das Freie zu gewinnen versuchte. Doch als sich die Tür öffnete, sah er lediglich zwei Strohsäcke am Boden. Auf dem einen hockte eine Gestalt, deren Gesicht in einer grauen Wolldecke verborgen war, aus der die Haare wirr hervorstanden.

Auf dem anderen Strohsack setzte sich ein Mann langsam auf und sah sie mit Augen an, in denen Angst und eine Art Verzweiflung lag, als erhoffe er sich vom Leben nichts mehr außer Qualen. Er wirkte durchaus wie jemand, der sich im Vollbesitz seiner Verstandeskräfte befindet.

»Wie heißen Sie?«, fragte Narraway und trat halb vor den Wärter, um ihn daran zu hindern, dass er weiter auf das Strohlager zuging. Seine Stimme klang fest, aber nicht schroff. Es war lediglich eine Aufforderung, ihm zu antworten.

»Martin Garvie«, sagte der Mann mit belegter Stimme. Seine Augen flehten, man möge ihm glauben, und die Angst, die darin lag, schnitt Pitt wie ein Messer in die Seele.

Mit maskenhaft starrer Miene holte Narraway tief Luft. Als er erneut sprach, zitterte seine Stimme leicht. »Und vermutlich ist das Ihr Herr, Stephen Garrick?« Damit wies er auf das elende Geschöpf, das nach wie vor auf dem anderen Strohsack kauerte.

Garvie nickte und sagte sogleich in bittendem Ton: »Tun Sie ihm nichts, Sir. Er meint es nicht böse. Er kann nicht anders. Er ist krank! Bitte …«

»Ich habe nicht die Absicht, ihm etwas anzutun«, sagte Narraway und schluckte, als bekomme er nicht genug Luft. »Ich bin gekommen, um Sie beide an einen besseren Ort zu bringen … wo Sie in größerer Sicherheit sind.«

»Das geht nicht, Sir!«, begehrte der Wärter auf. »Ich riskiere meine Stelle, wenn ich –«

Narraway fuhr herum. »Wenn Sie sich mir in den Weg stellen, riskieren Sie Ihren Hals!«, fuhr er ihn an. »Falls Sie darauf bestehen, kann ich gern warten, bis die Polizei hier ist, aber ich verspreche Ihnen, dass es Ihnen Leid tun wird, wenn Sie mich dazu zwingen. Stehen Sie nicht herum wie ein Holzklotz, sonst sperrt man Sie hier auch noch ein!«

Möglicherweise unter dem Eindruck der letzten Drohung begann der Mann vor Angst zu beben. »Nein, Sir! Ich schwöre, ich bin ein gesetzestreuer Bürger! Ich –«

»Schon gut«, schnitt ihm Narraway das Wort ab. Dann wandte er sich an Pitt. »Heben Sie ihn auf und helfen Sie ihm hinaus.« Er wies auf Garrick, der sich nicht geregt hatte, als sei die ganze Szene nicht bis in sein Bewusstsein gedrungen.

Pitt erinnerte sich an Narraways Aufforderung, ihm in allem zu gehorchen, und trat an das Lager. »Lassen Sie mich Ihnen aufhelfen, Sir«, sagte er freundlich und bemühte sich, wie ein Dienstbote zu sprechen, eine vertraute Gestalt, von der keinerlei Gefahr ausgeht. »Sie müssen aufstehen«, drängte er, schob dem Mann die Hände unter die Achseln und versuchte die völlig leblose und entsprechend schwere Gestalt emporzuheben. »Kommen Sie, Sir«, wiederholte er und zog mit aller Kraft.

Der Mann stöhnte, als leide er entsetzliche Qualen, und Pitt hielt inne.

Im nächsten Augenblick war Garvie neben ihm und beugte sich über seinen Herrn. »Er will Ihnen helfen, Sir«, sagte er eindringlich. »Er bringt uns an einen besseren Ort. Kommen Sie, rasch! Sie müssen aufstehen! Wir sind dann in Sicherheit!«

Garrick stieß einen erstickten Schrei aus, krümmte sich, riss die Arme hoch und bedeckte sein Gesicht mit den Händen, als wolle er sich vor etwas schützen. Das kam für Pitt so überraschend, dass er nach hinten taumelte und gegen Garvie stieß. Er spürte Narraways Ungeduld nahezu körperlich.

»Bitte, Mr Stephen!«, sagte Garvie. »Wir müssen hier fort! Rasch, Sir!«

Das schien die gewünschte Wirkung zu haben. Wimmernd vor Angst stand Garrick unsicher auf, schwankte heftig, stolperte dann aber, von Garvie und Pitt gestützt, durch die Tür an Narraway und dem Wärter vorüber und machte sich auf den Weg durch den langen Gang.

Pitt wandte sich einmal um, um sich zu vergewissern, dass Narraway ihnen folgte. Dabei sah er, wie dieser etwas auf eine Karte schrieb und sie dem Wärter gab. Gleich darauf hörte er seine raschen Schritte hinter sich.

Pitt und Garvie strebten dem Ausgang entgegen, wobei sie den nahezu willenlosen Garrick halb trugen und halb zerrten. Mehr als einmal blieb Pitt stehen, weil er nicht wusste, ob es nach links oder rechts weiterging, bis ihm Narraway die Richtung wies. Angespannt lauschte er auf jedes Geräusch. Als er eine Tür zufallen hörte, fuhr er so heftig herum, dass Garrick fast zu Boden gestürzt wäre.

Knurrend beschleunigte Narraway den Schritt. Pitt fasste erneut nach Garrick, und sie umrundeten die letzte Ecke. In der Vorhalle standen zwei Wärter, bei deren Anblick Pitt instinktiv den Schritt verhielt, doch Garrick, der sie wohl nicht wahrgenommen hatte, schlurfte einfach geradeaus, sodass Garvie nichts anderes übrig blieb, als weiterzugehen, wollte er ihn nicht fallen lassen.

Rasch fasste Pitt wieder Tritt.

Die Wärter nahmen drohend Aufstellung. »He, Sie da! Wohin wollen Sie?«, rief einer von ihnen.

»Weiter!«, zischte Narraway hinter Pitts Rücken und wandte sich dann den Männern zu.

Pitt fasste Garrick fester und schob ihn mit beschleunigtem Schritt zur Tür hinaus, die Treppe hinab und geradewegs auf die wartende Droschke zu. Er hoffte inständig, dass Narraway mit den beiden Wärtern drinnen fertig wurde und bald herauskam, denn er wusste nicht, wohin Garrick und Garvie gebracht werden sollten.

Vor der Droschke blieb Garrick unvermittelt stehen. Er zitterte am ganzen Leib und stieß die Hände vor, als wolle er einen Angriff abwehren. Garvie legte ihm sanft, aber mit unwiderstehlicher Kraft die Arme um den Leib und hob ihn mit Pitts Hilfe in den Wagen. Ohne auf das Geschehen zu achten, blickte der Kutscher starr vor sich hin, als hinge sein Leben davon ab, dass er nichts sah und nichts hörte.

Pitt hielt Ausschau nach Narraway. Er sah keine Spur von ihm.

Jetzt begann Garrick um sich zu schlagen, vor Angst zu wimmern und zu schluchzen.

Pitt sprang in die Droschke, um zu verhindern, dass er davonlief oder Garvie in seinem Delirium verletzte. »Es ist alles in Ordnung,

Sir«, sagte er eindringlich. »Hier sind Sie in Sicherheit! Niemand wird Ihnen etwas tun!« Die Worte blieben so wirkungslos, als hätte er sie in einer fremden Sprache gesagt.

Garvie vermochte seinen Herrn nicht länger zu bändigen. Im Schein der Straßenlaternen wirkte sein Gesicht bleich. In seinen Augen standen Panik und Hilflosigkeit. Wenn Narraway nicht bald kam, mussten sie ohne ihn abfahren.

Die Sekunden vergingen.

»Fahren Sie los, einmal um die Anstalt herum und wieder hierher zurück!«, rief Pitt dem Kutscher zu. »Vorwärts!«

Die Droschke ruckte so kräftig an, dass alle drei Fahrgäste gegen die Rücklehne geschleudert wurden. Einen Augenblick lang konnte Garrick vor Benommenheit nicht reagieren. Pitts Gedanken jagten einander, während er überlegte, wohin er ihn bringen könnte. Hoffentlich war Narraway da, wenn sie den Eingang wieder erreichten! Der einzige Ort, an dem er auf Hilfe und Geheimhaltung hoffen konnte, war sein Haus in der Keppel Street. Was aber konnten er und Charlotte mit einem Irren tun, der im Delirium tobte? Und wie mochte es um Garvie stehen?

Wohl hatte Narraway dem Kutscher gegenüber die örtliche Polizeiwache genannt, doch hielt Pitt das für einen Bluff. Ganz davon abgesehen, besaß er keinerlei Vollmacht, die er hätte vorweisen können, sodass damit zu rechnen war, dass man sie alle drei nach Bedlam zurückbrachte. Zwar käme Narraway dadurch frei, doch wäre die Situation damit schlimmer als zuvor, denn dann wäre die Verwaltung der Anstalt gewarnt.

Vermutlich blieb ihm tatsächlich nichts anderes übrig, als nach Hause zu fahren und Narraway vorerst seinem Schicksal zu überlassen.

Inzwischen hatten sie den Anstaltskomplex einmal umrundet und befanden sich wieder vor dem Eingang. Niemand war auf dem Gehweg zu sehen. Pitts Herz sank, ein kalter Schauer überlief ihn, und er spürte, wie sich sein Magen zusammenzog.

»Zur Keppel Street!«, rief er dem Kutscher zu. »Ganz sacht und langsam.« Er spürte, wie der Wagen in der Kurve schwankte, als sie erst in die Brook Street und bald darauf in die Kennington Road einbogen, von wo es zurück zur Brücke von Westminster ging.

Die Fahrt erschien Pitt wie ein Alptraum. Mittlerweile war der Nebel so dicht geworden, dass die Pferde nur noch im Schritt gehen konnten. Allerdings hielt der Kutscher damit niemanden auf, denn es herrschte keinerlei Verkehr. Stephen Garrick ließ sich nach vorn sinken, weinte und stöhnte abwechselnd, als läge er im Sterben und litte unter Höllenpein. Hin und wieder versuchte ihn Garvie zu trösten, was ihm aber nicht gelang, und die Mutlosigkeit in seiner Stimme zeigte an, dass ihm die Vergeblichkeit seines Tuns bewusst war.

Verzweifelt überlegte Pitt, was er tun könnte, falls Narraway nicht bald auftauchte. Er malte sich immer entsetzlichere Bilder von dessen Geschick aus. Hatte man ihn wegen Entführung eines Insassen festgenommen oder ihn dort behalten, weil man ihn für verrückt hielt, und ihn in eine der Zellen mit den gepolsterten Wänden gesperrt? Oder hatte man ihm ein starkes Beruhigungsmittel gegeben, damit er endlich aufhörte zu behaupten, er sei bei klarem Verstand?

Jetzt lag die Themse hinter ihnen, und die Fahrt ging nordostwärts weiter. Einerseits wollte Pitt, dass sie möglichst schnell ihr Ziel erreichten, damit er bald in der Wärme und der Helligkeit seiner vertrauten Umgebung eintraf und zumindest Charlotte ihm helfen konnte. Auf der anderen Seite konnte es ihm nicht langsam genug gehen, damit Narraway eine Gelegenheit hatte, sie einzuholen und die Dinge wieder in die Hand zu nehmen.

Inzwischen befanden sie sich auf einer verkehrsreichen Straße. Gedämpft drangen das Klirren von Pferdegeschirr und der trübe Schimmer von Kutschenlaternen durch den Nebel, und undeutlich spiegelten sich Bewegungen in blank geputztem Messing.

Mit einem Mal richtete sich Garrick auf und schrie, als müsse er um sein Leben fürchten. Pitt erstarrte, dann ergriff er den Arm des Mannes und drückte ihn auf den Sitz zurück. Dabei wankte der Aufbau der Droschke so sehr, dass die eisenbeschlagenen Räder auf den glatten Pflastersteinen ins Rutschen gerieten und die Pferde, von Panik getrieben, im Galopp voranstürmten. Doch bald hatte der Kutscher die Gewalt über die Tiere zurückerlangt, und schon nach hundert Metern zockelte die Kutsche so gemächlich dahin wie zuvor.

Pitt versuchte, sein hämmerndes Herz zu beruhigen. Er hielt Garrick fest, der inzwischen unzusammenhängende Wortfetzen vor sich hin brabbelte, ohne im Geringsten auf Garvies Beruhigungsversuche zu reagieren.

Schließlich hielt der Kutscher an und teilte ihnen mit lauter und vor Angst zitternder Stimme mit, sie seien in der Keppel Street angekommen und sollten sein Fahrzeug so rasch wie möglich verlassen.

Weil Pitt so lange mit angespannten Muskeln gesessen hatte, war er völlig steif, sodass er beim Aussteigen fast zu Boden gestürzt wäre. Anschließend war er Garrick behilflich. Dieser ließ sich, scheinbar willenlos, auf das Pflaster sinken, sprang dann aber unvermutet auf die Füße und begann erstaunlich flink davonzulaufen. Sprachlos und starr sah Garvie das mit an, offenbar unfähig, sich zu rühren.

Pitt setzte dem Flüchtigen nach, doch war dieser schon ein ganzes Stück voraus. Gerade als Garrick die Straße überqueren wollte, ruderte er auf einmal haltlos mit den Armen in der Luft und stürzte dann mit dem Gesicht nach vorn auf das Pflaster. Es war so dunkel und neblig, dass Pitt den Grund dafür nicht erkennen konnte.

Kaum hatte er ihn erreicht, als er sich auf ihn warf. Garrick winselte wie ein verwundetes Tier, hatte aber entweder nicht die Kraft oder nicht den Willen zu kämpfen. Als Pitt ihn ziemlich unsanft vom Boden aufhob, sah er im Schlagschatten vor sich einen Mann stehen. Er setzte zu einer Erklärung der Situation an, da erkannte er zu seiner großen Erleichterung Narraway. Einen Augenblick lang versagte ihm die Stimme, und er stand einfach am ganzen Leibe zitternd da, ohne allerdings Garrick loszulassen.

»Nun denn«, sagte Narraway knapp. »Wenn wir hier schon vor Ihrer Haustür sind, dürfte es das Beste sein, hineinzugehen und miteinander zu reden. Mrs Pitt würde uns doch sicher eine Tasse

Tee machen? Zumindest Garvie sieht aus wie jemand, der eine Stärkung brauchen kann.«

Wortlos folgte Pitt der eleganten Gestalt zur Haustür, schloss auf und trat vor Narraway ein.

Anfangs waren Charlotte und Gracie sprachlos vor Überraschung, dann aber verdrängte Mitgefühl das Entsetzen.

»Sie sind ja fast erfror'n!«, sagte Gracie aufgebracht. »Was is denn passiert?« Sie ließ den Blick von Garrick zu Martin Garvie und zurück schweifen. »Ich hol schnell 'n paar Decken. Setz'n Se sich schon mal!« Eilends verschwand sie durch die Tür.

Während Pitt Garrick auf einen der Stühle drückte, ließ sich Garvie auf einen anderen fallen, als könnten ihn seine Beine mit einem Mal nicht mehr tragen.

Charlotte schob den Kessel in die Mitte des Herdes und bat Pitt, das Feuer wieder in Gang zu bringen. Narraway beachtete niemand.

Gracie kehrte mit Wolldecken auf den Armen zurück. Nach kurzem Zögern legte sie Garrick eine davon um den zitternden Leib, dann wandte sie sich mit einer weiteren an Garvie. »Ich werd Tilda sag'n, dass Ihn'n nix fehlt«, sagte sie mit zweifelndem Ton in der Stimme. »Verletzt sind Se jed'nfalls nich, wie ich seh.«

Unvermittelt traten Garvie Tränen in die Augen. Er setzte zum Sprechen an, brachte aber kein Wort heraus.

»Is schon in Ordnung«, sagte Gracie rasch. »Ich sag's ihr. Was die sich freu'n wird, dass wir Se gefund'n ha'm!« Sie schloss sich mit ein, obwohl sie vermutete, dass Narraway nichts von ihrer Beteiligung an der Sache wusste. Das störte sie nicht weiter; ihr genügte das Bewusstsein, dass sie Tellman dazu gebracht hatte, der Sache nachzugehen. Unauffällig sah sie zu Narraway hinüber. Ihr Blick war so misstrauisch, als wäre er ein unbekanntes Insekt, von dem man nicht wissen konnte, ob es giftig war – zwar ganz interessant, aber man hielt sich besser fern, so gut es ging, solange man nichts Näheres wusste.

Charlotte, die den Tee machte, erkannte an Narraways Augen, dass ihn Gracies Verhalten zu belustigen schien. Sie hätte ihm nicht zugetraut, dass er die Wesensart der jungen Frau achtete. Dann merkte sie, dass er sie seinerseits unauffällig musterte, und spürte in seinem Blick sonderbarerweise etwas, was sie verlegen machte. Rasch wandte sie sich wieder ihrer Aufgabe zu, goss dampfenden Tee in sechs Becher und rührte Zucker hinein. Einen füllte sie nur zur Hälfte, gab kalte Milch hinzu, damit das Getränk nicht zu heiß war, und brachte ihn Garrick, der stumpf vor sich hin starrte.

Sie hob den Becher an seine Lippen und neigte ihn ein wenig, damit er trinken konnte. Geduldig wartete sie, bis er erst einen Schluck und dann einen weiteren nahm.

Nachdem ihr Gracie eine Weile dabei zugesehen hatte, folgte sie ihrem Beispiel und half Garvie, doch fiel es diesem sehr viel leichter als seinem Herrn, selbstständig zu trinken.

So vergingen mehrere Minuten, in denen niemand sprach. Schließlich brach Narraway das Schweigen. Er rechnete damit, dass es unter Umständen die ganze Nacht dauern konnte, bis er von Garrick etwas Verwertbares erfuhr. Garvie hingegen brannte förmlich darauf zu sagen, was er wusste.

»Wie sind Sie in die Irrenanstalt von Bethlehem gekommen, Mr Garvie?«, fragte er unvermittelt. »Wer hat Sie dort hingebracht?«

Es kostete Garvie Mühe zu sprechen. Dunkle Ringe unter den Augen in seinem kalkweißen Gesicht zeigten, dass er übermüdet war. »Mr Garrick ist krank, Sir. Ich bin mitgegangen, damit er jemand hatte, der sich um ihn kümmerte. Ich konnte ihn unmöglich allein lassen, Sir.«

Narraways Gesichtsausdruck änderte sich nicht im Geringsten. »Und warum haben Sie nicht wenigstens Ihrer Schwester mitgeteilt, wohin Sie gegangen sind? Sie war krank vor Angst um Sie.«

Schweiß trat auf Garvies Stirn, und er drehte sich halb beiseite, als wolle er zu Garrick hinsehen, dann aber wandte er sich erneut Narraway zu. Mit kläglicher Stimme sagte er: »Damals habe ich nicht gewusst, wohin man uns bringen würde.« Er sprach so leise, dass man ihn kaum hörte. »Ich hatte angenommen, dass wir aufs Land fahren würden und ich ihr dann schreiben könnte. Nie im Leben wäre ich auf den Gedanken gekommen, dass unser Ziel …

Bedlam sein könnte.« Er sagte den Namen der Anstalt, als sei er ein Fluch, den man in der Hölle hören und gegen ihn kehren könnte.

Endlich setzte sich auch Narraway hin. Pitt blieb schweigend stehen.

»War Mr Garrick geistesgestört, als Sie angefangen haben, für ihn zu arbeiten?«, fragte er.

Garvie zuckte zusammen. Vielleicht fürchtete er, sein Herr könnte sie hören.

»Nein, Sir«, sagte er empört.

Narraway lächelte geduldig, und Garvie errötete, ließ sich aber zu keiner weiteren Erklärung herbei.

»Was ist mit ihm geschehen? Ich muss das wissen. Möglicherweise schwebt er in Lebensgefahr.«

Es entging keinem von ihnen, dass Garvie nicht gegen diese Äußerung aufbegehrte. Charlotte sah den Ausdruck von Unsicherheit und Zweifel auf Narraways Zügen. Ein Blick auf Pitt zeigte ihr, dass auch er verstand.

Garvie zögerte.

Pitt trat vor. »Ich bringe Mr Garrick in einen Raum, wo er sich eine Weile hinlegen und ausruhen kann.«

»Bleiben Sie bei ihm«, sagte Narraway mit Nachdruck.

Pitt gab keine Antwort. Es gelang ihm, Garrick mit beträchtlicher Mühe auf die Füße zu bringen, dann führte er ihn mit Gracies Hilfe aus der Küche.

»Was ist mit ihm geschehen, Mr Garvie?«, wiederholte Narraway seine Frage.

Der Kammerdiener schüttelte den Kopf. »Das weiß ich nicht, Sir. Er hat immer ziemlich viel getrunken. Alles ist im Laufe der Zeit schlimmer geworden, als wenn in ihm etwas übergekocht wäre.«

»In welcher Hinsicht wurde es schlimmer?«

»Er hatte grauenhafte Träume.« Garvie erschauderte. »Viele feine Herren, die trinken, träumen schlecht, aber nicht so wie er. Er hat mit weit aufgerissenen Augen im Bett gelegen und laut geschrien. Es ging um Blut ... und Feuer ... das an seiner Kehle brannte, sodass er keine Luft kriegte.« Garvie zitterte. »Ich musste ihn dann schütteln und laut rufen, damit er zu sich kam. Danach hat er geweint wie ein kleines Kind. So was hab ich noch nie erlebt.« Sein Blick flehte Narraway an, ihn nicht weiter zu bedrängen.

Charlotte war die Szene zuwider, doch wusste sie, dass es unerlässlich war, die Befragung fortzuführen.

Zögernd sah Narraway sie an. Entschlossen erwiderte sie den Blick. Sie würde den Raum auf keinen Fall verlassen.

Er nahm es hin und wandte sich erneut an Martin Garvie.

»Ist Ihnen bekannt, welches Ereignis diese Träume ausgelöst haben könnte?«

»Nein, Sir.«

Narraway entging die leichte Unsicherheit nicht, mit der Garvie das sagte. »Aber Sie wissen, dass da etwas war?«

Garvies Stimme war nahezu unhörbar. »Ich glaube, Sir.«

»War Ihnen Leutnant Lovat bekannt, der in Eden Lodge umgebracht wurde? Oder Miss Sachari?«

»Die Dame kenne ich nicht, Sir, aber ich weiß, dass mein Herr und Mr Lovat miteinander bekannt waren. Als die Nachricht von dem Mord bekannt wurde, hat ihm das mehr zugesetzt als alles, was ich bis dahin bei ihm erlebt hatte. Ich … ich glaube, darüber hat er den Verstand verloren.« Es fiel ihm schwer, das zu sagen, und es war ihm erkennbar unangenehm. Zwar war es allen bekannt, trotzdem sah er darin einen Vertrauensbruch gegenüber seiner Herrschaft.

Mitgefühl blitzte in Narraways Augen auf, ehe er scheinbar ungerührt fortfuhr: »Dann dürfte es wohl an der Zeit sein, dass wir mit Mr Garrick sprechen und genau feststellen, was ihn so quält.«

»Nein, Sir!« Martin war aufgesprungen. »Bitte … er ist doch …«

Narraway brachte ihn mit einem Blick zum Schweigen.

Charlotte nahm sacht seinen Arm. »Wir müssen es wissen«, sagte sie. »Das Leben eines Menschen hängt davon ab. Sie können uns helfen –«

»Vielen Dank, Mrs Pitt«, schnitt ihr Narraway das Wort ab. »Die Sache wird äußerst schmerzlich sein. Es ist nicht nötig, dass wir Sie damit belasten.«

Mit der Andeutung eines höflichen Lächelns sah Charlotte zu ihm hin. »Ihre Rücksicht auf meine Gefühle ehrt Sie.« Der Sarkasmus in ihrer Stimme war kaum spürbar. »Aber da ich die Geschichte bereits gehört habe, ist sie für mich weniger überraschend als für Sie. Ich bleibe.«

Erstaunlicherweise ließ er es dabei bewenden. Gemeinsam mit Garvie suchten sie das Wohnzimmer auf, wo Pitt und Gracie ein Auge auf den halb bewusstlos auf dem Sofa liegenden Stephen Garrick hatten.

Es kostete sie die ganze Nacht, diesem Wrack von einem Menschen die entsetzliche Wahrheit zu entlocken. Mitunter ließ er sich aufsetzen und sprach nahezu zusammenhängend, brachte vollständige Sätze heraus. Dann wieder lag er zitternd und schweigend da, zusammengekrümmt wie ein Kind im Mutterleib. Wenn er sich auf diese Weise in sich selbst zurückzog, hatte nicht einmal Garvie Zugang zu ihm.

Charlotte nahm ihn in die Arme, wenn er weinte, und wiegte ihn, während das Schluchzen seinen Körper erschütterte.

Voll Stolz sah ihr Pitt zu. Unwillkürlich musste er an die wohlbehütete junge Dame denken, die sie gewesen war, als er sich in sie verliebt hatte. Das Mitgefühl, das sie hier zeigte, ließ sie noch schöner erscheinen, als er sie sich je erträumt hatte.

Aus Garricks Worten ergab sich, dass die vier jungen Offiziere beinahe gleich zu Anfang ihrer Stationierung in Ägypten Freundschaft miteinander geschlossen hatten. Da sie aus einem ähnlichen familiären Hintergrund kamen und ähnliche Interessen hatten, war es kein Wunder, dass sie den größten Teil ihrer dienstfreien Zeit miteinander verbrachten.

Zur Tragödie war es gekommen, als sie erfuhren, dass ein von den Christen verehrter Schrein am Ufer des Nils auch den Moslems heilig war.

Da diese Menschen ihrer Ansicht nach Christus leugneten, hatten sie eines Abends unter dem Einfluss des Alkohols beschlossen, den Schrein in den Augen der Moslems zu entweihen, damit ihn keiner von ihnen je wieder betrat. So hatten sie voll religiösem Eifer ein Schwein entwendet und inmitten des Heiligtums abgestochen, wobei sie das Blut des Tieres überallhin verspritzten. Da den Moslems Schweine als unrein gelten, durften sie sicher sein, diese auf alle Zeiten von dort vertrieben zu haben, denn sie würden fortan Ekel vor dieser Stätte empfinden.

An dieser Stelle seines Berichts bekam Garrick einen solchen Tobsuchtsanfall, dass es nicht einmal Narraway mit seiner Engelsgeduld gelang, noch etwas Sinnvolles aus ihm herauszubringen. Anschließend sank er in sich zusammen und lehnte sich leicht an Charlotte, die neben ihm auf dem Sofa saß. Nur seine weit geöffneten Augen, mit denen er auf irgendein entsetzliches Bild in seinem Gehirn blicken mochte, zeigten, dass noch Leben in ihm war.

Die gellenden Schreie, die er ausgestoßen hatte, würde sie lange nicht vergessen.

Sie lächelte Narraway ein wenig befangen zu. »Wahrscheinlich ist es für Sie wichtig, genauer zu wissen, was vorgefallen ist?«

Seine Augen weiteten sich kaum wahrnehmbar. »Sandeman?«

»Sie müssen wohl, nicht wahr?«

»Ja. Tut mir Leid.« Ihr war klar, dass er das aufrichtig meinte.

Einen Augenblick lang sah es so aus, als wolle er noch etwas sagen, doch dann schien er es sich anders zu überlegen. Sie wandte ihre Aufmerksamkeit Garrick zu, sprach ihn aber nicht an, da er ganz offensichtlich nichts von dem mitbekam, was gesagt wurde. Stattdessen legte sie ihm einfach eine Hand auf die Schulter und strich ihm mit der anderen über das Haar. Was auch immer er getan hatte, es quälte ihn mehr, als er zu ertragen vermochte. Sie sah keinen Grund, ihn zu verurteilen, und nichts, was sie oder sonst jemand tun konnte, wäre für ihn eine entsetzlichere Strafe als die, unter der er bereits litt.

Narraway wandte sich an Pitt. Es war fast vier Uhr morgens. »Hier können wir nichts mehr für ihn tun. Ich kenne ein Haus, wo er in Sicherheit ist, bis wir etwas finden, wo er auf Dauer bleiben kann.«

»Wird man ihm dort helfen?«, fragte Charlotte, während sie ihnen die Haustür aufhielt und Garvie den Männern half, Garrick hinauszubringen, wobei er ununterbrochen sanft auf ihn einredete. Es war unübersehbar, dass Garrick das Haus nicht verlassen wollte. Weder Narraways Versicherungen, man werde ihn auf keinen Fall nach Bedlam zurückbringen, noch Garvies Versprechen, bei ihm zu bleiben, vermochten ihn zu beruhigen. Erst als sie auf dem Gehweg standen und Garrick sich noch einmal verzweifelt umsah, begriff Narraway, dass er nicht das Haus meinte, sondern Charlotte. Der Anflug eines tiefen Mitgefühls trat auf seine Züge, verschwand aber sogleich wieder.

Charlotte wandte sich um und schloss die Tür. Dann lehnte sie sich dagegen und rang nach Luft. Sie kam sich wie eine Verräterin an Garrick vor, weil sie zugelassen hatte, dass man ihn fortbrachte. Alle Vernunftgründe, die ihr sagten, dass es keine andere sinnvolle Lösung gab, vermochten die Erinnerung an die Angst in seinen Augen nicht zu tilgen, an die Verzweiflung, die ihn erfasst hatte, als er begriff, dass sie ihn nicht begleiten würde.

»Geh'n Se noch mal zu dem Priester?«, fragte Gracie ganz ruhig, als sie in die Küche zurückgekehrt waren. »Se müss'n doch die Wahrheit rauskrieg'n.«

»Ja«, sagte Charlotte zögernd. »Sicher steckt noch sehr viel mehr dahinter. Das kann gar nicht anders sein.« Sie fuhr sich mit der Hand über die müden Augen. »Jedenfalls kannst du deiner Freundin Tilda sagen, dass ihr Bruder in Sicherheit ist.«

Um halb zehn kehrten Pitt und Narraway müde und ausgelaugt in die Keppel Street zurück. Sie frühstückten rasch, dann führte Charlotte sie in die Gegend von Seven Dials, zeigte ihnen den Weg durch die Gasse und in den Hof. Diesmal fand sie die richtige Tür ohne die geringsten Schwierigkeiten, und schon bald standen sie vor dem niedergebrannten Kaminfeuer. Sandeman stierte mit bleichem Gesicht an ihnen vorbei in die Ferne. In seinen Augen lagen Qual und Elend.

Obwohl ihm vermutlich klar gewesen war, nachdem er ihr von Garricks Alpträumen berichtet hatte, dass sie zumindest in Begleitung ihres Mannes zurückkommen würde, hatte Charlotte unwillkürlich das Gefühl, auch ihn hintergangen zu haben. Sie sah zu Pitt hinüber und erkannte Mitgefühl auf seinen Zügen. Als sich ihre Blicke trafen, lag in seinen Augen nicht der geringste Vorwurf. Er begriff den Kummer, den sie empfand, wie auch den Grund dafür.

Tränen stiegen ihr in die Augen, und sie wandte sich ab. Dies war nicht der richtige Zeitpunkt, sich ihren Gefühlen hinzugeben; sie waren hier belanglos.

»Ich muss unbedingt wissen, was geschehen ist, Mr Sandeman«, sagte Narraway ohne die geringste Nachgiebigkeit in der Stimme. »Ganz gleich, was ich empfinde oder wünsche – hier kommt es auf nichts anderes als die Wahrheit an.«

»Das ist mir bekannt«, sagte Sandeman. »Eigentlich musste man damit rechnen, dass die Sache eines Tages ans Licht kommen würde. Die Toten kann man begraben, nicht aber die Schuld.«

Narraway nickte. »Über das Schweineopfer und die Entweihung des Heiligtums sind wir im Bilde. Was ist danach geschehen?«

Sandeman sprach, als sei der Schmerz nach wie vor sein ständiger Begleiter und fresse an seinen Eingeweiden. »Eine einheimische Frau, die von der Pflege eines Kranken zurückkehrte, hat den Schein unserer Fackeln bemerkt und ist gekommen, um nachzusehen. Sie hat aufgekreischt, als sie sah, was geschehen war.« Unwillkürlich hob er die Hände, als wolle er seine Ohren bedecken, um das Schreien nicht hören zu müssen. »Lovat hat sie gepackt. Sie hat sich gewehrt.« Seine Stimme war kaum hörbar. »Sie hat immer weiter geschrien. Es war grauenvoll ... man konnte hören, dass sie Angst hatte. Er hat ihr das Genick gebrochen. Ich glaube allerdings nicht, dass es mit Absicht geschah.«

Niemand unterbrach ihn.

»Aber man hatte sie gehört«, flüsterte er. »Andere sind gekommen – alle möglichen Leute ... Sie haben die Tote da liegen sehen ... und Lovat ...«

Mit einem Mal schien Eiseskälte durch den Raum zu wehen.

»Sie sind auf uns zugekommen«, fuhr Sandeman fort. »Ich weiß nicht, was sie wollten, aber wir sind in Panik geraten. Wir ... wir haben sie erschossen.« Seine Stimme brach. Er versuchte noch etwas zu sagen, aber die Szene in seinem Kopf erstickte wohl alles andere.

Es kam Charlotte vor, als bekomme sie keine Luft.

»Man hat diese Menschen aber nicht gefunden«, sagte Narraway.

»Nein. Wir haben Feuer an das Gebäude gelegt, und sie sind alle darin verbrannt ... wie Abfall.« Sandemans Stimme klang rau. »Das war nicht schwer ... wir hatten ja unsere Fackeln. Später hat man die Sache als Unfall hingestellt.«

Narraway zögerte nur einen kurzen Augenblick.

»Wie viele waren es?«, fragte er.

Sandeman erschauerte, als er sagte: »Etwa fünfunddreißig. Gezählt hat sie niemand, außer vielleicht der Imam, der sie beerdigt hat.«

Im Raum hing eine entsetzliche Stille. Narraways Gesicht war ebenso fahl wie das Sandemans. »Der Imam?«, wiederholte er mit belegter Stimme.

Sandeman sah ihn an. »Ja. Sie haben ein würdiges Begräbnis nach islamischem Ritus bekommen.«

»Großer Gott!« Narraway stieß den Atem heftig aus.

Charlotte spürte, wie Angst an ihr zu nagen begann. Sie wusste nicht einmal, warum, aber irgendetwas stimmte nicht, etwas Ungeheuerliches. Sie konnte es auf Narraways Gesicht sehen, erkannte es an der starren Haltung seiner Glieder in dem eleganten Anzug.

»Durch wen?«, fragte Narraway mit zitternder Stimme. »Wer hat dafür gesorgt? Wer hat den Imam beauftragt?«

»Der Garnisonskommandeur«, antwortete Sandeman. »General Garrick. Zwar hatte das Feuer gewütet wie in der Hölle, aber irgendwelche Reste waren wohl übrig geblieben.« Er schluckte. Sein Gesicht glänzte vor Schweiß. »Wer sie sich näher ansah, musste erkennen, dass diese Menschen durch Kugeln umgekommen waren und es unmöglich ein Unfall sein konnte.«

»Wer hat noch davon gewusst?«, fragte Narraway mit bebender Stimme.

»Niemand«, gab Sandeman zurück. »Garrick hat die Sache vertuscht, und der Imam hat die Toten beisetzen lassen. Sie wurden in Tücher gewickelt, wie es bei den Moslems Brauch ist, dann hat er die üblichen Gebete gesprochen.«

»Und was hat Ihrer Ansicht nach Stephen Garrick in den Wahnsinn getrieben?«, fragte Narraway. »Sein Schuldbewusstsein oder die Angst, dass eines Tages jemand kommen und die Tat rächen würde?«

»Sein Schuldbewusstsein«, sagte Sandeman ohne zu zögern. »In seinen Alpträumen hat er den Vorfall immer wieder durchlebt. Die von uns getöteten Männer und Frauen haben ihn verfolgt.«

Narraway sah ihn aufmerksam an. »Und werden Sie von ihnen ebenfalls verfolgt?«

»Nein«, sagte Sandeman und sah ihn mit seinen tief in den Höhlen liegenden Augen ruhig an. »Ich habe mich ihnen gestellt und meine Schuld eingestanden. Ich kann zwar die Tat nie ungeschehen machen, werde aber den Rest meines Lebens dazu nutzen, anderen etwas zurückzugeben. Sollte, wer auch immer Lovat getötet hat, mir gleichfalls nach dem Leben trachten, wird er mich hier finden. Wenn er mich tötet, lässt sich daran nichts ändern. Ich werde auch keinen Widerstand leisten, wenn Sie mich jetzt verhaften wollen. Zwar denke ich, dass ich hier nützlicher sein kann als am Ende eines Stricks, aber ich werde mich nicht sperren.«

Charlotte spürte einen solchen Schmerz in ihrer Brust, dass sie kaum noch atmen konnte.

»Gott ist Ihr Richter, nicht ich«, sagte Narraway schlicht. »Für den Fall aber, dass ich Sie noch einmal brauche, wäre es klug von Ihnen, hier zu sein.«

»Das werde ich«, erwiderte Sandeman.

»Und sagen Sie niemandem auch nur ein Wort von dem, was Sie uns berichtet haben«, fügte Narraway hinzu. Mit einem Mal klang seine Stimme schroff, und es schwang sogar eine Drohung darin mit. »Es empfiehlt sich nicht, mich zum Feind zu haben, Mr

Sandeman. Wenn Sie auch nur zu einem Menschen über diese Geschichte sprechen, spüre ich Sie auf. Im Vergleich mit dem, was Ihnen dann blüht, dürfte es Ihnen ausgesprochen verlockend erscheinen, am Ende eines Stricks zu hängen.«

Mit geweiteten Augen sagte Sandeman: »Der Herr bewahre mich! Glauben Sie wirklich, dass ich davon aus freien Stücken noch einmal berichten würde?«

»Ich hatte schon mit Leuten zu tun, die ihre Verbrechen immer wieder erzählen, weil sie wollen, dass man sie ihnen vergibt«, entgegnete Narraway. »Sofern diese Geschichte bekannt wird, könnte das tausend Mal mehr Menschenleben kosten, als Sie und Ihre Kameraden auf dem Gewissen haben. Denken Sie daran, wenn Sie das Bedürfnis empfinden sollten, sich mit einer Beichte Erleichterung zu verschaffen.«

Ein Ausdruck von bitterer Ironie, der wie ein Messer ins Herz schnitt, legte sich auf Sandemans Züge. »Ich glaube Ihnen«, sagte er. »Vermutlich ist das der Grund, warum Sie mich nicht festnehmen.«

Narraways Gesicht wurde eine Spur weicher, Doch nur für einen Augenblick. »Nun ja ... und auch Gnade«, sagte er. »Oder vielleicht Gerechtigkeit? Was könnte Ihnen jemand antun, was Sie mehr trifft als die Aufrichtigkeit, mit der Sie sich selbst bestrafen?«

Er wandte sich um und ging langsam zum Ausgang. Pitt nahm Charlottes Arm und folgte ihm. Sie löste sich kurz und warf Sandeman zum Abschied einen Blick und ein Lächeln zu. Als sie sicher sein durfte, dass er beides gesehen und verstanden hatte, ließ sie sich hinausführen.

Keiner von ihnen sprach, bis sie die Säule mit den sieben Sonnenuhren erreichten, denen Seven Dials seinen Namen verdankte. Von dort aus bogen sie in die Little Earl Street ein, die zur Shaftesbury Avenue führte.

Schließlich fragte Charlotte in das Schweigen hinein: »Zwischen dem Mord an Lovat und dieser Geschichte besteht doch sicher ein Zusammenhang?« Sie sah die beiden Männer an.

Mit ausdruckslosem Gesicht erklärte Narraway: »Obwohl jede andere Lösung unglaubhaft wäre, ist mit dem, was wir jetzt wissen, noch nicht eine unserer Schwierigkeiten aus dem Wege geräumt. Im Gegenteil gewinnt die Sache dadurch eine so unvorstellbare Dimension, dass es besser wäre, man ließe zu, dass Ryerson gehängt wird …« Er hielt inne, weil ihn Pitt am Arm gefasst und so scharf herumgedreht hatte, dass Charlotte beinahe mit den beiden zusammengestoßen wäre.

Narraway löste Pitts Hand mit einer Kraft, die diesen verblüffte und vor Schmerz zusammenzucken ließ.

»Die Alternative«, stieß Narraway zwischen den Zähnen hervor, »besteht darin, die Wahrheit ans Licht zu lassen und mit anzusehen, wie sich in ganz Ägypten die Volksmassen erheben. Das wäre nach dem Orabi-Aufstand, der Beschießung Alexandrias, der Sache mit Khartoum und dem Mahdi wie ein Funke, der in ein Pulverfass fällt. Wir würden den Suezkanal verlieren und mit ihm nicht nur den Ägyptenhandel, sondern auch den mit der ganzen Osthälfte unseres Reiches. Aller Verkehr müsste wieder um die Südspitze Afrikas herumgehen. Das würde nicht nur für die Erzeugnisse der Kolonien wie Tee, Gewürze, Bauholz und Seide gelten, sondern auch für unsere sämtlichen Ausfuhren. Alles würde wieder um die Hälfte teurer. Vom militärischen und sonstigen Personenschiffsverkehr mit unseren Kolonien ganz zu schweigen.«

Charlotte sah die Furcht auf seinem Gesicht und wandte sich Pitt zu. Auch er schien das ungeheure Ausmaß der Bedrohung begriffen zu haben.

»Vier betrunkene britische Soldaten schlachten drei Dutzend friedliche Moslems in ihrem eigenen Heiligtum ab!«, sagte Narraway mit kaum hörbarer Stimme. Manche der Worte mussten ihm Charlotte und Pitt förmlich von den Lippen ablesen. »Können Sie sich vorstellen, welchen Aufruhr das in Ägypten, im Sudan und sogar in Indien auslösen würde, wenn es bekannt würde?«

»Und Sie meinen, Miss Sachari hat Lovat getötet, um ihr Volk zu rächen?«, fragte Pitt. Sein Gesicht zeigte, wie tief ihn dieser Gedanke schmerzte.

Charlotte hätte ihn liebend gern getröstet, doch fiel ihr nichts ein. Wer könnte die Ägypterin dafür tadeln? Zweifellos würde das Gesetz, das bei der Bestrafung der für das Massaker Verantwortlichen versagt hatte, dafür sorgen, dass sie gehängt wurde – und vermutlich Ryerson mit ihr. Ob sie das möglicherweise nicht berührte?

»Hat Ryerson mit der Angelegenheit zu tun?«, fragte sie. »Oder hat er einfach Pech gehabt und sich zur falschen Zeit in die falsche Frau verliebt?«

Staunend sah sie unverhüllten Schmerz auf Narraways Gesicht aufzucken. Die Sache schien ihm persönlich sehr nahe zu gehen. Gleich darauf trug er seinen üblichen Gleichmut wieder betont zur Schau, als sei ihm bewusst, dass sie es bemerkt hatte. »Wahrscheinlich«, sagte er und setzte sich wieder in Bewegung.

Sie erreichten die Shaftesbury Avenue. Charlotte wusste nicht, wohin sie wollten, und sie hatte das Gefühl, dass es Pitt und Narraway ebenso ging. Die schreckliche Angst in ihren Köpfen verdrängte alles andere. Zwar nahm sie den Verkehrslärm um sich herum wahr, sah aber nichts als ein Gewirr bedeutungsloser Bewegungen. Wenn auch Alexandria eine andere Welt war, die sie nur von Bildern und aus Pitts Erzählungen kannte, bestand eine so enge Verbindung zwischen der Wirklichkeit dort und allem, was sie hier sah, als befände sich die Stadt gleich hinter der nächsten Grenze. Sofern es in Ägypten zu einem Aufstand kam, würde man britische Soldaten in Marsch setzen, von denen manche sterben würden – ganz wie im Sudan. Sie konnte sich noch an die Zeitungsberichte darüber erinnern. Eine gute Bekannte hatte auf diese Weise ihren einzigen Sohn vor Khartoum verloren.

Und sollte Suez fallen, würde sich das auf eine Unzahl von Dingen im Leben Englands auswirken.

Trotzdem war es Unrecht, einen schuldlosen Menschen zum Tod durch den Strang zu verurteilen. Aber traf Ryerson wirklich keine Schuld an dem Mord? Zwar hätte Tante Vespasia das gern gesehen, doch das genügte nicht. Auch sie konnte sich irren. Verliebte Menschen taten zuweilen Dinge, die anderen nicht nachvollziehbar waren.

Mit einem Mal blieb Narraway stehen und sah Pitt an. »Zumindest für die allernächste Zukunft ist Garrick in Sicherheit. Was Sandeman angeht, habe ich da meine Bedenken, vermute aber, dass er Stillschweigen bewahrt, wenn er die Gefahren richtig einschätzt. Hätte er sein Gewissen dadurch beschwichtigen wollen, dass er sich selbst anklagt, hätte er das längst getan. Seine Aufgabe hier um Seven Dials ist ihm wichtig. Es ist seine Art, Rechenschaft für seine Seele abzulegen. Ich nehme an, er würde eher sterben wollen, als diese Arbeit aufzugeben. Yeats und Lovat leben nicht mehr.«

»Ist das Ayesha Sacharis Werk?«, fragte Pitt beinahe zögernd. »Aus Rache?«

»Wahrscheinlich«, gab Narraway zur Antwort. »Und Gott ist mein Zeuge, ich kann es ihr nicht verdenken – außer, dass sie Ryerson mit da hineingezogen hat. Vielleicht gab es für sie keine Möglichkeit, das zu verhindern. Es kann ohne weiteres Zufall sein, dass er in jener Nacht gerade in dem Augenblick bei ihr eintraf, als sie die Leiche wegschaffen wollte. Sie konnte unmöglich sicher sein, ob er ihr helfen oder die Polizei rufen würde. Mit einem Funken Selbsterhaltungstrieb hätte er Letzteres getan.«

»Aber warum hat sie all die Jahre gewartet?«, mischte sich Charlotte ein. »Wenn jemand meine Angehörigen auf diese Weise umbringen würde, wäre ich nicht so geduldig.«

Narraway sah sie mit einer Mischung aus Neugier und Interesse an. »Ich auch nicht«, sagte er im Brustton der Überzeugung. »Irgendetwas muss sie wohl daran gehindert haben, es früher zu tun. Vielleicht wusste sie ursprünglich nichts davon? Oder sie hatte niemanden, der ihr half. Hatte keine Macht oder kein Geld. Kann sein, sie war nicht vollständig überzeugt oder brauchte Unterstützung.« Er sah abwechselnd Pitt und Charlotte an, als erwarte er von ihnen eine Antwort. »Was könnte Sie in einem solchen Fall zum Warten veranlassen, Mrs Pitt?«

Sie bedachte sich nur kurz. Ein mit sechs grauen Kaltblütern bespanntes Brauereifuhrwerk rumpelte vorüber. Schwer schlugen die

Hufe der langmähnigen Tiere auf die Pflastersteine, ihr blank geputztes Geschirr klirrte leise. »Wenn ich nicht wüsste«, sagte sie dann, »dass es meine Angehörigen getroffen hat oder wer die Täter waren und wo ich sie finden kann. Oder ich müsste mich in einer Situation befinden, aus der ich nicht herauskönnte ...«

»Zum Beispiel?«, unterbrach Narraway sie.

»Krankheit. Nehmen wir an, ich müsste ein Kind oder einen Verwandten pflegen oder jemanden schützen, der es auszubaden hätte, wenn ich handelte. Vielleicht jemand, der in die Sache verwickelt ist. Eine Art Geisel oder so etwas.«

Bedächtig nickend sah Narraway Pitt mit gehobenen Brauen an.

»Ausschließlich Unwissenheit wäre für mich ein Grund, nicht tätig zu werden«, sagte dieser. Im selben Augenblick zuckte in seiner Erinnerung etwas auf. »Die Geschichte mit dem Feuer kannte ich, aber die Menschen, mit denen ich gesprochen habe, haben gesagt, es sei ein Unfall gewesen. Woher mag Miss Sachari gewusst haben, dass es sich anders verhält?«

Narraways Züge verhärteten sich. »Eine berechtigte Frage, auf die ich gern die Antwort wüsste. Bedauerlicherweise habe ich keine Ahnung, wo ich mit der Suche danach anfangen soll. Es gibt noch vieles, was ich gern über diesen Fall wüsste – beispielsweise, ob Ayesha Sachari die eigentliche treibende Kraft hinter der Geschichte ist oder im Auftrag eines Dritten oder mit ihm zusammen handelt. Wer weiß etwas über das Massaker, und warum hat man es in Ägypten nicht an die Öffentlichkeit gebracht? Aus welchem Grund haben die Leute erst so lange gewartet und schlagen jetzt hier in London zu?« Bei dieser Frage klang seine Stimme hart und scharf, als treibe ihn eine Gefühlsaufwallung an, die er kaum beherrschen konnte. »Vor allem aber wüsste ich gern: Geht es ihnen ausschließlich um persönliche Rache, oder ist das erst der Anfang?«

Weder Pitt noch Charlotte gaben ihm eine Antwort. Die Frage war zu schwierig und die möglichen Antworten zu entsetzlich.

Beinahe mechanisch legte Pitt Charlotte einen Arm um die Schulter und zog sie näher an sich. Zu sagen gab es nichts.

KAPITEL 12

Vespasia war im Damenzimmer damit beschäftigt, weiße Chrysanthemen und kupferfarbenes Buchenlaub in einer flachen Lalique-Schale zu arrangieren, als sie im Vestibül eine laute und offenbar unbeherrschte Männerstimme hörte. Überrascht wandte sie sich um, als die Tür aufflog und Ferdinand Garrick an ihrem Dienstmädchen vorüber mit vor Zorn hochrotem Gesicht hereinplatzte. Unmittelbar vor dem Aubusson-Teppich blieb er stehen. Auf seinen Zügen lag ein Ausdruck, der an Verzweiflung zu grenzen schien.

»Guten Morgen, Ferdinand«, sagte Vespasia kühl und bedeutete der Bediensteten mit einem leichten Nicken, dass sie gehen könne. Hätte sie nicht bemerkt, dass Garricks Gefühle echt waren, hätte sie das so eisig gesagt, dass sogar der Prinz von Wales die Zurückweisung begriffen hätte. »Ich nehme an, dass etwas Fürchterliches geschehen ist und Sie der Ansicht sind, ich könnte Ihnen helfen.« In einer solchen Situation war Vespasia mitunter bereit, Verstöße gegen die Form zu übersehen, und für einen Augenblick vergaß sie sogar ihre tiefe Abneigung gegenüber der selbstgerechten Religiosität ihres Besuchers.

Garrick war verblüfft. Inzwischen war ihm zu Bewusstsein gekommen, dass er sich unverzeihlich ruppig benommen hatte und er eigentlich damit rechnen musste, statt Verständnis würdevoll vorgetragene Empörung zu erfahren. Das brachte seine Selbstsicherheit ins Wanken. Er stand stocksteif da und atmete schwer.

Sogar aus der Entfernung konnte sie sehen, wie sich seine Brust hob und senkte.

Sie brach die beiden letzten Stängel ab, legte die Blüten in einen Kranz von Buchenblättern und stellte die Schale auf ein niedriges Tischchen. Das Arrangement war exquisit und ebenso schön wie im Sommer, wenn sie statt der Chrysanthemen blutrote Päonienblüten nahm.

»Sagen Sie mir, was vorgefallen ist«, gebot sie. »Falls Sie Tee möchten, lasse ich welchen kommen. Aber vielleicht wäre Ihnen das im Augenblick nur lästig?«

Mit einer schroffen Handbewegung tat er das Angebot ab. »Mein Sohn schwebt in größter Gefahr. Die Leute, die den jungen Lovat umgebracht haben, sind hinter ihm her, und jetzt hat ihn Ihr verrückter Polizist von dem einzigen Ort entführt, an dem er sicher war!«, stieß er mit brennenden Augen anklagend hervor. Mit zitternder Stimme und schwer atmend fuhr er fort: »Sagen Sie den Leuten um Gottes willen, dass sie die Finger davon lassen sollen! Sie ahnen nicht, in was sie sich da einmischen! Die Katastrophe wird …« Offensichtlich überstieg es seine Möglichkeiten, ihr deren Ausmaß zu beschreiben, und so sah er sie mit dem Ausdruck hilfloser Wut an.

Sie merkte, dass es wenig Zweck hatte, in besonnener Weise mit ihm reden zu wollen. Offenkundig trieb ihn eine panische Angst, die ihn daran hindern würde, sich Vernunftargumente anzuhören.

»Sofern tatsächlich Pitt Ihren Sohn von dort fortgeschafft hat, dürfte es das Beste sein, dass Sie ihn von der Gefahr in Kenntnis setzen«, sagte sie gelassen. »Zwar bezweifle ich, dass er sich vormittags zu Hause befindet, aber vielleicht kann ich ihn doch aufspüren. Sollte mir das gelingen, werde ich ihm allerdings genau sagen müssen, um welche Gefahr es sich handelt, damit er Stephen davor schützen kann.«

»Der Mann ist verrückt!«, stieß Garrick mit sich beinahe überschlagender Stimme hervor. »Ohne auch nur zu ahnen, was er tut, hat er eine Sache aufgerührt, die einen ganzen Kontinent in Brand setzen könnte!«

Vespasia war verblüfft. Zwar verstand sie nicht, was Garrick mit seinen unbeherrschten Worten meinte, aber obwohl sie den Mann nicht ausstehen konnte, wusste sie, dass er ein glänzender Soldat gewesen war. Er hatte mit Sicherheit nicht genug Vorstellungskraft, um sich so etwas auszudenken.

»Bitte beruhigen Sie sich wenigstens so weit, dass Sie mir sagen können, was ich ihm mitteilen muss«, sagte sie entschlossen. »Ich kann ihm keine Befehle erteilen, sondern ihn höchstens überzeugen. Wo war Ihr Sohn Stephen, und wann haben Sie erfahren, dass ihn Pitt von dort weggeholt hat?«

Garrick unternahm eine übermenschliche Anstrengung, seine Panik zu beherrschen, doch gehorchte ihm seine Stimme nach wie vor nicht.

»Die Leute, die Lovat umgebracht haben, würden vor nichts zurückschrecken, um auch Stephen zu töten und Sandeman, sofern sie ihn aufspüren können. Stephen hat das gewusst!« Sein Gesicht war hochrot, seine Verlegenheit unübersehbar, dennoch fuhr er mit etwas mehr Fassung fort: »Es ging ihm ... nicht gut ...«

Vespasia ging schweigend über die Beschönigung hinweg. Sie wusste, welche äußere Gestalt die Krankheit angenommen hatte, doch da es jetzt um deren Ursache ging, unterbrach sie ihn nicht.

»Er hatte Anfälle von Delirium«, fuhr Garrick etwas ruhiger fort. »Ich musste ihn in eine Anstalt geben ...« Er holte tief Luft und zitterte dabei. »In die Irrenanstalt von Bethlehem.«

Vespasia war deren Ruf durchaus bekannt, und so waren keine Worte nötig, um ihr das Elend und Entsetzen auszumalen, die dort herrschten. Dass der Mann seinen eigenen Sohn in eine solche von Menschen geschaffene Hölle schickte, sagte ihr mehr über seine Angst, als Worte vermocht hätten.

»Und Pitt hat ihn dort also gefunden und herausgeholt?«, fragte sie. »Glauben Sie nicht, dass er in Wahrheit Stephens Kammerdiener Martin Garvie suchte? Sie haben ihn doch mit hingeschickt, nicht wahr?«

Fassungslose Überraschung malte sich auf seinem Gesicht. »Sie scheinen mehr über die Sache zu wissen, als ich angenommen hatte. Ja, ich vermute, Garvie könnte eher zu seinem Kreis von ...« Er hielt inne, weil ihm plötzlich zu Bewusstsein kam, dass er sich Vespasia mit solchen Äußerungen zur Feindin machen könnte, was er sich jetzt keinesfalls leisten konnte. »Finden Sie ihn!«, stieß er verzweifelt hervor. »Bitte.«

Sie sah in sein von Angst verzerrtes Gesicht. »Und was soll ich Pitt, oder wer auch immer damit zu tun hat, sagen?«, erkundigte sie sich. »Wie sieht die Gefahr aus, vor der Sie solche Angst haben, Ferdinand?«

Sie ging zum Sofa hinüber und bedeutete ihm mit einer Handbewegung, Platz zu nehmen, doch er blieb stehen.

»Bringen Sie meinen Jungen zurück, und ich kümmere mich darum!«, stieß er zwischen den Zähnen hervor.

Sie setzte sich mit einem leichten Lächeln hin, das kaum mehr war als eine Entspannung ihrer Züge. »Ich vermute, wenn ihnen so wenig an ihm liegt, dass sie ihn mir einfach übergeben, sobald ich darum bitte, hätten sie sich wahrscheinlich gar nicht erst die Mühe gemacht, ihn dort herauszuholen«, sagte sie in ruhigem Ton. »Wäre es nicht an der Zeit, der Wirklichkeit ins Auge zu sehen?«

Er begann zu sprechen und verstummte gleich wieder.

Sie wartete. Sie würde nicht noch einmal fragen. Er wusste, worum es ging, schließlich war Stephen sein Sohn.

Er senkte den Blick. »Es gibt Leute, die ihn töten würden, wenn sie nur auf diese Weise bestimmte Dinge erfahren könnten, die er weiß«, sagte er.

Ihr war bewusst, dass er ihr mit dieser Antwort auswich. Sicher war das nicht die ganze Wahrheit, doch genügte es für ihre Zwecke. Keinesfalls würde er mehr sagen, wenn man ihn nicht dazu zwang. Das aber wollte sie Victor Narraway überlassen, denn sie war bereits entschlossen, ihn in dieser Sache aufzusuchen.

»Ich werde den Leuten das sagen«, versprach sie.

Er entspannte sich angesichts des so nahe bevorstehenden Sieges ein wenig, trat aber ungeduldig von einem Fuß auf den anderen und wartete, dass sie fortfuhr.

Sie sah ihn kalt an. »Ich habe nicht die Absicht, mich von Ihnen begleiten zu lassen, Ferdinand. Sie haben mir alles gesagt, was ich wissen muss, und Sie haben mir deutlich gemacht, dass die Zeit drängt. Guten Morgen.«

»Danke«, sagte er steif. Auf seinen Zügen mischten sich Erleichterung, Dankbarkeit und so etwas wie Enttäuschung darüber, dass er selbst in dieser Sache nicht tätig werden konnte. Ihm war jede Art von Abhängigkeit zuwider, am meisten aber hasste er es, von Frauen abhängig zu sein. »Ja ... ich bin Ihnen zu großem Dank verpflichtet. Auch Ihnen einen guten Tag. Ich –«

»Ich werde Sie von dem Ergebnis in Kenntnis setzen«, versprach sie hoheitsvoll. »Sollten Sie nicht zu Hause sein, werde ich Ihrem Butler eine Mitteilung übergeben.«

»Ich werde zu Hause sein.«

Sie neigte den Kopf kaum wahrnehmbar.

Er errötete, sagte aber nichts weiter. Sie stand auf, sodass er die Form wahren und sich verabschieden konnte, ohne unhöflich zu erscheinen.

Wieder bediente sich Vespasia ihres Telefons. Die Nützlichkeit dieses Instrumentes hatte sie früh erkannt und verstand nicht, warum Menschen etwas dagegen hatten. Immerhin konnte man damit rasch und bequem andere erreichen. Um die Mittagszeit wusste sie, dass Victor Narraway der Verhandlung gegen Ryerson und die Ägypterin beiwohnte und das Gericht sich um ein Uhr zur Mittagspause vertagen würde. Das gab ihr eine Stunde Zeit, um ihn aufzusuchen und ihm mitzuteilen, dass sie ihn dringend sprechen müsse.

Zufällig ergab es sich, dass sie einander auf der Treppe begegneten, gerade als sie im Gerichtsgebäude eintraf. Er kam mit seiner üblichen Eleganz und in scheinbar lässiger Haltung auf sie zu, doch noch bevor sie den Mund auftun konnte, sah sie an den Schatten auf seinem Gesicht und seiner Anspannung, dass er sich zutiefst Sorge machte und vielleicht sogar Angst hatte.

»Guten Tag, Lady Vespasia«, sagte er.

»Guten Tag, Victor. Es tut mir Leid, Sie von Ihren Aufgaben hier am Gericht abzurufen, aber Ferdinand Garrick war heute

Morgen bei mir.« Sie achtete nicht auf seine Überraschung. Für Erklärungen und Förmlichkeiten war jetzt keine Zeit. »Er war in tiefer Sorge. Ihm ist bekannt, dass Pitt seinen Sohn in Bedlam aufgespürt und von dort fortgebracht hat. Ich nehme an, dass er das ohne Ihre Billigung und möglicherweise Ihre Unterstützung nicht getan hätte.«

Er bot ihr den Arm, und sie nahm ihn. Offensichtlich wollte er nicht im Vorraum des Kriminalgerichts Old Bailey mit ihr sprechen, wo möglicherweise jemand mithören konnte.

»Eigentlich ging es uns ursprünglich mehr um seinen Kammerdiener Martin Garvie«, entgegnete er.

»Mir brauchen Sie das nicht auseinander zu setzen – Charlottes Sorge um den jungen Mann ist mir bekannt.«

Der Anflug eines Lächelns umspielte seine Lippen und verschwand gleich wieder. »Mrs Pitt hatte in Erfahrung gebracht, wo er sich aufhielt«, sagte er knapp. »Von einem Priester in der Gegend von Seven Dials.« Ein leichter Wind wehte, als sie nebeneinander vom Gerichtsgebäude den Ludgate Hill hinab und dann ostwärts auf den riesigen Schatten zugingen, den die Sankt-Pauls-Kathedrale warf, deren Kuppel sich dunkel vor dem hellen Himmel abzeichnete.

»Das sieht Charlotte ähnlich«, sagte sie.

Er holte Luft, als wolle er etwas sagen, doch dieser Gedanke wurde von einem weit düstereren verdrängt.

»Vor zwölf Jahren ist es in Ägypten zu einem üblen Übergriff gekommen«, sagte er so rasch, dass sie ihn kaum hören konnte, »an dem Lovat, Garrick, Sandeman und Yeats beteiligt waren. Damals hat Ferdinand Garrick in seiner Eigenschaft als Garnisonskommandeur die Sache vertuscht. Falls jetzt jemand davon erfährt, gleich wer, besteht die Möglichkeit, dass es in Ägypten zum Aufruhr kommt, und zwar in einem solchen Ausmaß, dass es uns Suez kosten könnte. Es gibt Männer, die entschlossen sind zu töten, damit weiterhin Stillschweigen über die Sache bewahrt wird.«

»Ich verstehe.« Sie atmete tief ein. Der Gedanke, den er da vorgetragen hatte, überraschte sie nicht. Es ging um Geld, Macht und tiefe Bindungen. »Heißt das, man hat Lovat aus Rache dafür getötet?«

»So sieht es aus. Bei allem, was uns heilig ist ... Wer würde das nicht tun? Aber ich werde Stephen Garrick schützen, solange es nötig ist. Das dürfen Sie seinem Vater gern sagen. Mein Interesse daran, ihn vor seinen Feinden in Sicherheit zu bringen, ist ebenso groß wie seines. Sagen Sie bitte nicht mehr. Ich weiß noch nicht, wer seine Finger in diesem Spiel hat, und schon gar nicht, auf welcher Seite. Gern würde ich auch Ryerson retten, wenn mir das möglich wäre, aber das steht nicht in meiner Macht.«

Sie zögerte kurz. »Kann ich ihn besuchen, ihm einen Freundschaftsdienst leisten?«, fragte sie.

»Ich werde das für heute Abend arrangieren«, versprach er. »Bei der Gelegenheit sollten Sie ihm alles mitteilen, was Sie sagen wollen. Sobald die Geschworenen mit der Sache befasst sind, kann ich ... unter Umständen nichts mehr erreichen.«

Sie merkte, dass ihre Stimme zitterte, als sie sagte: »Ich verstehe. Danke.«

»Lady Vespasia.« Er wagte nicht, ihren Namen ohne das Adelsprädikat zu benutzen, weil sie darin möglicherweise eine Unverschämtheit sehen würde.

»Ja?« Sie hatte sich wieder gefasst.

»Es tut mir von Herzen Leid.« Der Schmerz in seinem Gesicht war unverhüllt. Sie wusste nicht, warum ihn eine Verurteilung Ryersons so tief treffen sollte, ja, nicht einmal, ob er ihm mehr zur Last legte als Torheit, aber sie war völlig sicher, dass sie Zeugin einer tiefen persönlichen Empfindung war, die nicht das Geringste mit dem Beruf des Mannes zu tun hatte.

Sie blieb im Schatten der Sankt-Pauls-Kathedrale auf dem stillen Gehweg stehen und sah ihn an. »Auf manche Dinge hat man einfach keinen Einfluss«, sagte sie leise. »Ganz gleich, wie sehr wir uns das wünschen.«

Er war verlegen. So hatte sie ihn noch nie zuvor erlebt.

»Seien Sie um acht Uhr am Eingang von Newgate«, sagte er, dann wandte er sich um und kehrte zum Gericht zurück.

Selbst Narraway konnte für Vespasia nur die Erlaubnis zu einem äußerst kurzen Besuch erreichen. Obwohl sie darauf eingestellt war, bei Ryerson Anzeichen auf den enormen Druck zu erkennen, dem er vermutlich ausgesetzt war, entsetzte sie sein Anblick. Früher hatte er durch seine bloße körperliche Erscheinung auf alle Anwesenden einen unauslöschlichen Eindruck gemacht, sie war immer das Bemerkenswerteste an ihm gewesen, weit eindrucksvoller noch als sein Charakterkopf, seine Intelligenz oder sein Charme.

Als er sich jetzt bei ihrem Eintritt in seine Zelle erhob, wirkte er völlig erschöpft. Seine Haut war bleich und sah sonderbar trocken aus, fast wie Papier. Er trug dieselbe Kleidung wie bei ihrem vorigen Besuch, doch schien sie jetzt lose an ihm herunterzuhängen.

»Vespasia ... wie freundlich von Ihnen zu kommen«, sagte er mit rauer Stimme. Er hielt ihr eine Hand zur Begrüßung hin, zog sie dann aber zurück, als befürchte er mit einem Mal, es könne ihr unangenehm sein, sie zu berühren.

Schmerzlich kam ihr der Gedanke, der Grund für die an ihm wahrnehmbare Veränderung sei, dass er nicht mehr von der Schuldlosigkeit seiner Geliebten überzeugt war. Er sah weniger wie ein Märtyrer aus und eher wie jemand, dessen Träume man zerstört hat.

Sie zwang sich zu einem leichten Lächeln, das sich auf ihren Zügen ausbreitete.

»Mein lieber Saville«, sagte sie. »Für dies Privileg werde ich künftig einer ganzen Reihe von Menschen einen Gefallen schulden.« Das entsprach nicht unbedingt der Wahrheit, aber ihr war bewusst, dass ihn das wenigstens einen Augenblick lang freuen würde. »Auch habe ich nur wenige Minuten, bis irgendein pflichtbesessener Schließer kommt und mich abholt«, fuhr sie fort. »Ich habe mir überlegt, dass es vielleicht einen Dienst gibt, um den Sie sonst niemanden bitten konnten und den ich Ihnen möglicherweise leisten kann. Wenn dem so ist, sollten Sie das besser jetzt gleich sagen, für den Fall, dass wir keine weitere Möglichkeit haben, unter vier Augen miteinander zu sprechen.« Gewiss, es war herzlos, die Situation auf diese Weise unverhüllt zu beschreiben, doch hatte sie nicht genug Zeit, um die Dinge herumzureden. Es gab nur diesen Augenblick, keinen anderen.

In bewundernswerter Weise beherrscht und gefasst, teilte er ihr seine Wünsche mit. Bestimmte Vermächtnisse an Angestellte, die ihm treu gedient hatten, waren bereits geregelt, aber es gab noch den einen oder anderen Menschen, dem er Dank schuldete, oder diesen oder jenen, bei dem er sich entschuldigen musste. Vor allem Letzteres machte ihm zu schaffen, und er war dankbar, dass sie versprach, in seinem Sinne zu handeln, sollte das nötig werden. Er durfte sich darauf verlassen, dass sie das in angemessener Weise und mit der dafür angebrachten Mischung aus Offenheit und Zurückhaltung tun würde.

Der Wärter kehrte zurück. Eisig forderte sie ihn auf zu warten. Das tat er, blieb aber dabei an der Tür stehen.

»Brauchen Sie noch etwas?«, fragte sie Ryerson. »Irgendeinen persönlichen Gegenstand, den ich Ihnen bringen könnte?«

Ein schwaches Lächeln trat auf seine Züge und verschwand wieder. »Nein, vielen Dank. Das hat mein Kammerdiener jeden Tag getan. Ich bin so –«

Mit erhobener Hand gebot sie ihm zu schweigen. »Ich weiß«, sagte sie rasch. Sie sah zu dem Wärter hin und ließ sich von ihm die Tür aufhalten. »Gott befohlen, Saville, jedenfalls für den Augenblick.« Sie ging, ohne sich noch einmal umzuwenden. Sie hörte, wie Stahl auf Stahl schlug, als sich die Tür schloss und die schweren Bolzen einrasteten.

Kurz vor dem Ausgang kam ihr ein bescheiden gekleideter Ägypter mit einer Stofftasche entgegen, der mit abgewandten Augen nahezu lautlos an ihr vorüberging. Ob das der Diener der Ägypterin war, der ihr frische Wäsche und andere Dinge brachte, die sie benötigte? Er bewegte sich so unauffällig, dass man glauben konnte, er beherrsche die Kunst, sich unsichtbar zu machen. Wäre er anders gekleidet, sie würde ihn nicht wiedererkennen, wenn sie ihm an einem anderen Ort begegnete. Sie musste daran denken, dass er einem völlig anderen Kulturkreis angehörte. Dann kam ihr der Gedanke, dass sie sich nicht erinnern konnte, Miss Sachari je gesehen zu haben, die Frau im Zentrum des Sturms, der im Begriff stand, Ryerson und möglicherweise auch Stephen Garrick zu zerstören. Sofern sie ihr begegnet war, würde sie sich doch gewiss daran erinnern?

Sie trat auf die Straße, wo ihre Kutsche auf sie wartete. Tief in Gedanken versunken, ließ sie ausnahmsweise zu, dass ihr der Lakai hineinhalf.

An diesem nassen und windigen Abend war Gracie allein im Haus. Das Ehepaar Pitt unternahm einen schon seit längerer Zeit fälligen Besuch bei Charlottes Mutter. Es war bereits ziemlich spät, als es plötzlich an der Hintertür klopfte.

Sie wartete. Das Klopfen wiederholte sich, lauter und eindringlicher.

Sie nahm das Nudelholz zur Hand, entschied sich dann aber für das Tranchiermesser. Sie verbarg es in den Falten ihres Rocks, schlich an die Hintertür und riss sie auf.

Tellman stand davor. Er hatte die Hand erhoben, um erneut zu klopfen. Er machte ein bedrücktes Gesicht und schien zu frieren.

»Sie hätten fragen müssen, wer da ist, bevor Sie aufmachen!«, sagte er sofort.

Sein Tadel ärgerte sie. »Hör'n Se auf, mir zu sagen, was ich zu tun hab, Samuel Tellman!«, gab sie zurück. »Dazu ha'm Se kein Recht. Das is mein Haus, nich Ihrs!« Kaum hatte sie das gesagt, als sie merkte, dass ihr Herz vor unterdrückter Angst schlug. Er hatte Recht. Es wäre ganz einfach gewesen zu fragen, wer an der Tür war, und sie hatte nicht daran gedacht, weil sie mit ihren Gedanken bei Martin Garvie und anderen Menschen gewesen war, die man gegen ihren Willen in Bedlam eingesperrt hatte. Auch beschäftigte es sie, dass sie im Fall des Mannes, der im Garten dieser Ägypterin erschossen worden war, der Lösung noch keinen Schritt näher gekommen waren. Was mochte der da gewollt haben? Man schlich doch nicht mitten in der Nacht im Gebüsch herum!

Tellman trat ein. Er war bleich und wirkte angespannt.

»Jemand muss Ihnen sagen, was Sie tun sollen!«, sagte er und schloss die Tür mit Nachdruck. »Sie sind doch sonst immer so neunmalklug. Was haben Sie da?«

Sie legte das Messer auf den Küchentisch. »'n Tranchiermesser. Wonach sieht es Ihrer Ansicht nach denn aus?«, fuhr sie ihn an.

»Wie etwas, das Ihnen ein Einbrecher abnehmen und an die Kehle setzen würde«, sagte er. »Falls Sie Glück haben!«

»Sind Se gekomm', um mir das zu sagen?«, gab sie zurück. »So blöd bin ich nich.«

»Natürlich bin ich nicht deshalb gekommen!« Er stand neben dem Tisch, offenbar zu angespannt, als dass er sich hätte setzen können. »Aber Sie sollten vernünftiger handeln.«

Hätte ein anderer das gesagt, sie hätte es leichthin abgetan, aber aus seinem Mund war ihr das sonderbar unerträglich. Er war ihr zugleich zu fern und zu nah. Ihr gefiel nicht, dass ihr das so nahe ging, weil es sie unsicher machte und in ihr Gefühle weckte, über die sie keine Herrschaft hatte. Daran war sie nicht gewöhnt.

»Kommandier'n Se mich nich rum, wie wenn ich Ihn' gehör'n würde«, stieß sie hervor, bemüht, das starke Gefühl zu unterdrücken, das sie zu überfluten drohte. Es kam ihr beinahe wie eine Art Einsamkeit vor.

Einen Augenblick lang sah er sie verblüfft an, dann runzelte er leicht die Brauen. »Wollen Sie denn zu niemandem gehören, Gracie?«, fragte er.

Sie war wie vor den Kopf geschlagen. Dass er so etwas sagen würde, hätte sie als Letztes erwartet, und sie hatte keine Antwort darauf. Nein, das stimmte nicht – eine Antwort hatte sie schon, noch aber war sie nicht bereit, ihm das einzugestehen. Sie brauchte mehr Zeit, um sich an den Gedanken zu gewöhnen. Sie schluckte, öffnete den Mund, um das zu bestätigen, merkte dann aber hilflos, dass ihr das nicht möglich war. Es wäre eine Lüge. Wenn er ihr das glaubte, würde er sie womöglich nicht wieder fragen, vielleicht sogar fortgehen.

»Nun ...«, stotterte sie. »Nun ... ich ... ich glaub doch.« Sie hatte es gesagt!

Auch er holte tief Luft. Er empfand keine Unentschlossenheit, wohl aber befürchtete er, abgewiesen zu werden. »Dann wäre es das Beste, Sie würden mir gehören«, sagte er, »denn niemand möchte Sie mehr als ich.«

Sie sah ihn mit aufgerissenen Augen an. Der Augenblick der Entscheidung war da – jetzt oder nie! Ein wohliges Gefühl stieg in ihr auf, und es kam ihr vor, als glitte sie in herrlich warmes Wasser und schwebte schwerelos darin. Sie merkte nicht, dass sie stumm blieb.

»Sie sind zwar dickköpfig und eigensinnig und davon, wo Menschen hingehören, haben Sie die verrücktesten Vorstellungen, die ich je gehört habe«, fuhr er in der entstandenen Stille fort, »aber so wahr mir Gott helfe, es gibt keine andere, die ich wirklich möchte … Wenn Sie mich also nehmen wollen …« Er hielt inne. »Erwarten Sie etwa, dass ich jetzt sage, ich liebe Sie? Schon möglich, dass Sie blöd sind, aber so blöd, dass Sie das nicht wissen, sind Sie nicht!«

»Se ha'm ja Recht«, sagte sie rasch. »Un … un …«

Das Mindeste, was er erwarten durfte, war, dass sie ihm eine ehrliche Antwort gab, wie schwer ihr das auch fallen mochte. »Ich liebe Sie auch, Samuel. Aber das is kein Grund, sich Freiheiten rauszunehmen, und es gibt Ihnen auch kein Recht, mir zu sagen, was ich tun soll un was nich.«

Auf sein hageres Gesicht legte sich ein breites Lächeln. »Sie werden tun, was ich Ihnen sage! Aber da ich in meinem Hause meine Ruhe haben möchte, werde ich Ihnen wohl nichts sagen, was Sie zu sehr aufbringen würde.«

»Gut.« Sie schluckte. »Dann is ja alles in Ordnung, wenn … wenn es so weit is.« Sie schluckte erneut. »'ne Tasse Tee? Sie schein' mir ja mächtig durchgefror'n zu sein.«

»Ja«, nahm er an, zog sich einen Stuhl herbei und setzte sich. »Ja, gern, bitte.« Ihm war bewusst, dass es unklug wäre, sie jetzt nach dem richtigen Zeitpunkt zu fragen. Sie hatte Ja gesagt, das genügte.

Sie ging an ihm vorüber zum Herd. Sie fühlte sich ungeheuer erleichtert. Sie war so weit gegangen, wie sie im Augenblick konnte. »Bis du deshalb gekomm'?«, fragte sie.

»Nein. Das hatte ich schon ... schon eine Weile vor. Ich wollte Mr Pitt sagen, dass die Polizei im Fall Eden Lodge einen neuen Zeugen hat und dass es ziemlich schlimm aussieht.«

Sie schob den Kessel über die Feuerstelle und drehte sich zu ihm um. »Was für 'n Zeuge is das?«

»Er sagt, er weiß, dass die Ägypterin Mr Lovat eine Mitteilung geschickt hat, in der es hieß, er solle zu ihr kommen«, sagte er mit finsterer Miene. »Natürlich muss er das vor Gericht bestätigen.«

»Was könn'n wir tun?«, erkundigte sie sich besorgt.

»Nichts«, gab er zur Antwort. »Aber es ist besser, wenn man es weiß.«

Sie nahm das stumm zur Kenntnis, machte sich aber um Pitts willen große Sorgen. Nicht einmal das Gefühl der Wärme in ihr und der kleine Triumph, den sie empfand, weil sie sich der Entscheidung gestellt und sie akzeptiert hatte – und mit ihr all die bedeutenden Veränderungen, die eines Tages daraus erwachsen würden –, verdrängten ihre Sorge um Pitt und den Fall, den sie jetzt wohl nicht mehr für sich würden entscheiden können.

Bald darauf kehrte Pitt zurück. Er dankte Tellman für seinen Bericht, zog den Mantel an und verließ sofort wieder das Haus. Diese Neuigkeit konnte nicht bis zum nächsten Tag warten; Narraway musste sie unverzüglich erfahren. Es war Freitagabend, und so waren ihnen bis zur Fortsetzung des Verfahrens zwei Tage geschenkt. In dieser kurzen Zeit ließ sich wohl schwerlich etwas Entscheidendes bewirken. Einen so vollständigen Fehlschlag wie diesen hier hatte Pitt noch nie erlitten. Dies Bewusstsein verursachte ihm eine innere Leere und ein Gefühl der Bitterkeit, von dem er nicht glaubte, dass er es je würde abschütteln können.

Natürlich war es auch früher vorgekommen, dass er einzelne Fälle nicht zu lösen vermochte. Bei anderen war er sicher gewesen, dass er die Lösung wusste, ohne dass er sie beweisen konnte – doch waren sie nicht von so weit tragender Bedeutung gewesen.

Als Narraway hörte, wie die Tür zu seinem Arbeitszimmer geöffnet und geschlossen wurde, hob er die Augen und sah Pitt vor sich stehen. Ein Blick auf sein Gesicht genügte. »Nun?«, fragte er und beugte sich vor, als wolle er sich erheben.

»Die Polizei hat einen Zeugen, der aussagt, Miss Sachari habe Lovat schriftlich aufgefordert, zu ihr zu kommen«, sagte er einfach. Die Sache als weniger entsetzlich hinstellen zu wollen, als sie war, wäre sinnlos gewesen. Schon bevor Narraway den Mund auftat, war ihm das vollständige Ausmaß der Katastrophe bewusst.

»Sie hat ihn also absichtlich in ihren Garten gelockt«, stieß Narraway bitter hervor. »Entweder hat er die Mitteilung selbst vernichtet, oder sie hat sie wieder an sich gebracht, bevor die Polizei gekommen ist. Wir haben es also nicht mit einer spontanen Handlungsweise zu tun, sondern mit einem geplanten Mord.« Nachdenklich legte er das Gesicht in Falten. »Aber hat es zu ihrem Plan gehört, Ryerson mit in die Sache hineinzuziehen, oder war das ein unglücklicher Zufall?«

»Falls sie es geplant hätte«, sagte Pitt und setzte sich unaufgefordert, »muss sie seiner außergewöhnlich sicher gewesen sein. Woher wollte sie wissen, dass er dort sein würde, bevor die Polizei kam, und dass er bereit sein würde, ihr beim Fortschaffen des Leichnams zu helfen? Hatte sie einen anderen Plan gehabt für den Fall, dass er Alarm geschlagen hätte, statt zu tun, was sie von ihm erwartete?«

Narraway verzog den Mund. Es sah aus wie eine Grimasse. »Ich würde mich nicht wundern, wenn sie selbst die Polizei gerufen oder ihren Diener damit beauftragt hätte. Sofern es sich um einen Racheakt wegen des Massakers handelt, war der Mann sicher an der Sache beteiligt.«

Mit finsterer Miene starrte er vor sich hin, als sähe er vor seinem inneren Auge ein Schreckensbild. »Vermutlich wird man diesen Zeugen am Montag vernehmen?«, fragte er, ohne Pitt anzublicken.

»Das nehme ich an«, sagte dieser. »Immerhin würde das den Beweis für einen vorbedachten Mord liefern.«

»Danach wird sie dann verhört und legt aller Welt ihre Gründe dar«, fuhr Narraway mit leiser, harter Stimme fort. »Die Zeitungen haben bestimmt nichts Besseres zu tun, als alles möglichst schnell zu drucken. Dann wird es nach wenigen Stunden im ganzen Land und schon bald darauf in der ganzen Welt bekannt sein.« Sein Gesicht sah aus, als hätte man ihn geschlagen. »In Ägypten wird es einen Aufstand geben, neben dem die Erhebung des Mahdi und das Blutbad im Sudan wie eine Teegesellschaft in einem Pfarrgarten aussehen wird. Sogar die Sache mit Gordon in Khartoum wird im Vergleich damit als zivilisierte Auseinandersetzung zwischen zwei Völkern erscheinen. In dem Fall kann es gar nicht ausbleiben, dass wir Suez verlieren.« Mit angespannten Schultern ballte er die Fäuste. »Gott im Himmel! Was für ein entsetzliches Fiasko. All unsere Bemühungen waren von Anfang an zum Scheitern verurteilt«, stieß er verzweifelt hervor.

»Ich verstehe das nicht«, sagte Pitt langsam, als ertaste er bedächtig seinen Weg in einer undurchdringlichen Finsternis. »Warum gerade jetzt? Sofern sie mit der Absicht nach London gekommen ist, das Massaker an die Öffentlichkeit zu bringen – warum dann der ganze Umstand mit Ryerson und dem Versuch, die Herstellung von Baumwolltextilien wieder nach Ägypten zu verlagern, und schließlich der Mord an Lovat?« Er sah Narraway verständnislos an. »Warum hat sie die Sache nicht einfach in Ägypten bekannt gemacht? Das Beweismaterial ist im Lande. Man hätte die Leichen exhumieren können. Auch wenn sie verbrannt worden sind – bei über dreißig Erschossenen hätte man sicher noch von den Kugeln durchschlagene oder abgesplitterte Knochen gefunden, als Beweis dafür, dass das Feuer nicht etwa zufällig entstanden war. Warum diese ganze Mordgeschichte und die Verhandlung? Warum sollte sie überhaupt ihr Leben aufs Spiel setzen? Wenn den Leuten die Hintergründe des Massakers bekannt sind, müsste denen angesichts der Möglichkeit, das Ganze öffentlich zu machen, die Ermordung eines der dafür verantwortlichen Soldaten geradezu unerheblich erscheinen. Wie die Dinge jetzt liegen, muss man doch sagen, dass die Leute das Ganze mit geradezu lächerlich anmutender Unfähigkeit gehandhabt haben.«

Narraway sah ihn mit weit offenen Augen an. »Was wollen Sie genau damit sagen, Pitt? Dass jemand die Frau benutzt hat und jetzt für entbehrlich hält?«

»Ich vermute ... ja«, stimmte Pitt zu. »Wer hätte einen Vorteil davon, Ryerson in die Sache zu verwickeln?«

»Nun, es würde ein großes Echo in der Öffentlichkeit hervorrufen«, sagte Narraway sogleich. »Die Ermordung eines untergeordneten Diplomaten ist nicht weiter erheblich. Wenn Journalisten in ganz Europa über den Fall berichten, dann ausschließlich, weil Ryerson in ihn verwickelt ist. Wir hätten nicht die geringste Aussicht, Stillschweigen darüber zu bewahren. Damit würde aber nicht nur das gewalttätige Ereignis mit allen entsetzlichen Einzelheiten an die Öffentlichkeit kommen, sondern auch alle törichten und widerlichen Schritte, die man seither unternommen hat, um zu verhindern, dass es bekannt wurde.«

»Sie ist also in der Überzeugung ins Land gekommen, etwas für die ägyptische Baumwollindustrie tun zu können, während ihre Auftraggeber von Anfang an die Absicht hatten, diesen Fall publik zu machen?« Für Pitt ergab das fraglos einen Sinn, denn jetzt passte alles ins Bild, was er in Alexandria über Ayesha Sachari erfahren hatte. Wieder einmal hatte jemand sie verraten, aber diesmal würde es sie das Leben kosten. Eine einzige Frage blieb zu beantworten. »Was hat man ihr gesagt, um sie dazu zu bringen, dass sie Lovat tötete?«, fragte er. »Oder hat sie es gar nicht getan?«

Narraway sah ihn erst verblüfft an, dann nachdenklich. »Ich weiß nicht«, sagte er schließlich. »Nehmen wir an, sie hat die Tat nicht begangen – wer war es dann?«

Pitt stand auf. »Ich weiß es nicht.« Eine tiefe Wut quoll in ihm hoch, weil jemand offenkundig sie ebenso wie Ryerson benutzt hatte, mit dem Ziel, demnächst in Ägypten eine Unzahl von Menschen in eine Katastrophe zu treiben. Nicht nur die Schönheit und Wärme Alexandrias würden ihr zum Opfer fallen, sondern auch die Männer und Frauen, deren Gesichter er dort gesehen hatte, ohne ihre Namen zu kennen. Es war ihm in tiefster Seele zuwider, dass er nicht wusste, was da gespielt wurde, und dass er in dieser Geschichte hierhin und dorthin gerissen wurde, ohne zu wissen, was er wirklich glauben sollte.

»Verschaffen Sie mir eine Besuchserlaubnis bei ihr.« Das war eine Forderung, keine Bitte.

»Die kann ich erst morgen früh bekommen«, sagte Narraway. »Sie brauchen sie schriftlich«, fügte er hinzu, als Pitt zögerte. »Da sie noch nicht schuldig gesprochen ist, hat sie nach wie vor bestimmte Rechte. Noch hält die ägyptische Botschaft ihre schützende Hand über sie. Bis morgen Nachmittag haben Sie Ihre Erlaubnis.«

Pitt gab sich damit zufrieden, weil er keine Wahl hatte.

Am folgenden Tag suchte er Narraway um die Mittagszeit auf. Die wenigen Stunden, in denen er Schlaf gefunden hatte, waren mit Träumen von Gewalt und nahezu unerträglicher Spannung angefüllt gewesen. Fast zwei Stunden musste er allein im Empfangszimmer warten, bis Narraway mit einem Blatt Papier in einem Umschlag zurückkehrte und es ihm ohne nähere Erklärung übergab.

»Danke.« Pitt nahm es. Er sah auf die wenigen Zeilen und war beeindruckt, dachte aber nicht im Traum daran, Narraway das merken zu lassen. »Ich gehe sofort zu ihr.«

»Tun Sie das, bevor es sich die Leute anders überlegen.« Dann fügte er hinzu: »Noch etwas, Pitt – seien Sie vorsichtig! Der Einsatz, um den hier gespielt wird, ist sehr hoch und heißt vielleicht sogar Krieg. Mit Sicherheit haben die Leute, die dahinter stecken, keine Bedenken, einen Polizisten mehr oder weniger aus dem Weg zu räumen.«

Obwohl ihm die Situation klar war, blieben diese Worte nicht ohne Eindruck auf ihn. Schroff sagte er: »Das weiß ich selbst«, wandte sich um und ging. Er warf Narraway einen kurzen Abschiedsgruß über die Schulter zu, damit dieser nichts vom Sturm der Gefühle merkte, die in ihm tobten. Gefahren waren ihm vertraut. Wer wie er Streifendienst in Londons finstersten Gässchen gemacht hatte, hatte zwangsläufig solche Erfahrungen gemacht. Diese Sache aber war von einer anderen Größenordnung, die Verschwörung, um die es dabei ging, war von einem Ausmaß, mit dem er noch nie zu tun gehabt hatte. Hier handelte es sich nicht um die Pläne eines einzelnen Menschen, sondern es ging um das Schicksal eines ganzen Landes, die Möglichkeit sinnloser Zerstörung und tausendfachen Todes.

Er nahm die erste Droschke, die vorüberkam, und forderte den Kutscher auf, ihn so rasch wie möglich nach Newgate zu bringen. Dort suchte er sofort den zuständigen Wärter auf und zeigte ihm die Vollmacht, die ihm Narraway gegeben hatte. Der Mann las sie zweimal bedächtig durch und beriet sich dann mit einem Vorgesetzten. Endlich, als Pitt schon im Begriff stand zu explodieren, führte er ihn zur Zelle der Ägypterin und schloss auf.

Pitt trat ein und hörte, wie die Stahltür hinter ihm ins Schloss fiel. Der Anblick der Frau, der er sich gegenübersah, machte ihn sprachlos. Er hatte sich aus seinen Vorstellungen und aus dem, was er in Alexandria gesehen hatte, ein Bild von Ayesha Sachari gemacht. Vielleicht hatten alte Berichte über die griechisch beeinflusste Stadt seine Vorstellungen von ihr geprägt, ohne dass ihm das zu Bewusstsein gekommen war. So hatte er vor seinem inneren Auge eine Frau von höchstens durchschnittlicher Größe mit weich gerundetem Leib, olivfarbener Haut und glänzend schwarzem Haar gesehen.

In Wahrheit war sie ziemlich groß, nur eine knappe Handbreit kleiner als er, feingliedrig und schlank. Sie trug ein helles Seidengewand, ähnlich denen, die er an Frauen in Alexandria gesehen hatte, doch war es anmutiger geschnitten. Das Ungewöhnlichste aber waren ihre nahezu schwarze Haut und das Haar, das ihr glatt um den vollkommen geformten Kopf lag. Ihre Züge waren mehr als schön, sie wirkte herrlich wie ein Kunstwerk, doch ließ die Ausstrahlung, die von ihr ausging, keinen Zweifel daran, dass es sich um eine lebende, atmende Frau handelte. Sie war ganz offensichtlich keine der mediterranen Ägypterinnen, sondern stammte, weit tiefer in die Vergangenheit reichend, aus dem alten koptischen Afrika.

»Wer sind Sie?« Ihre leise, ein wenig belegte Stimme holte ihn unvermittelt in die Gegenwart zurück. Er hörte kaum einen Akzent. Ihm fiel lediglich auf, dass sie die Worte ein wenig deutlicher aussprach als die meisten Engländerinnen – etwa so wie Großtante Vespasia.

»Entschuldigung, Miss Sachari«, sagte er automatisch. »Ich heiße Thomas Pitt und muss unbedingt mit Ihnen sprechen, bevor das Gericht am Montag wieder zusammentritt. Bestimmte Dinge, von denen Sie möglicherweise nichts wissen, sind ans Licht gekommen.«

»Sie können mir sagen, was Sie wollen«, entgegnete sie ihm gleichmütig. »Außer dem, was ich bereits ausgesagt habe, habe ich Ihnen nichts zu sagen. Da ich es nicht beweisen kann, ist es wohl wenig sinnvoll, es zu wiederholen. Sie vergeuden Ihre Zeit, Mr Pitt – und auch die meine, die möglicherweise sehr bemessen ist.«

Sie sagte das ohne den geringsten Anflug von Selbstmitleid, doch konnte er an ihrem Gesicht erkennen, dass hinter ihrem Mut unendlicher Kummer lag.

Er blieb stehen, weil es außer ihrer Pritsche keine Sitzgelegenheit gab.

»Ich war vor etwa drei Wochen in Alexandria«, begann er. Er sah, wie sie vor Überraschung erstarrte, ohne aber etwas zu sagen. »Ich wollte mehr über Sie in Erfahrung bringen«, fuhr er fort. »Und ich muss gestehen, dass mich in Erstaunen versetzt hat, was ich erfahren habe.«

Ein leichtes Lächeln legte sich auf ihr Gesicht und verschwand gleich wieder. Sie strahlte eine Ruhe aus, die nichts damit zu tun hatte, dass sie sich nicht bewegte – es war eine innere Beherrschung, eine Gelassenheit des Geistes.

»Ich glaube, Sie sind nach England gekommen, weil Sie Ryerson dazu bewegen wollten, dass er Einfluss auf die Baumwollindustrie nimmt, damit mehr ägyptische Baumwolle dort verarbeitet wird, wo man sie anbaut, und die Fabriken wieder in Gang gesetzt werden können, wie zu Mohammed Alis Zeiten.«

Wieder war sie sprachlos. Ihre Verwunderung äußerte sich in einem kaum wahrnehmbaren Anhalten des Atems, das er mehr spürte als sah.

»Dahinter stand die Absicht zu erreichen, dass Ihr Volk durch seiner Hände Arbeit Wohlstand erlangen kann«, fügte er hinzu.

»Das war eine naive Annahme. Wäre Ihnen klar gewesen, wie viel Geld in dieser Industrie steckt, wie viele mächtige Menschen dahinter stehen, hätten Sie wahrscheinlich bald erkannt, dass kein Einwohner Einfluss darauf nehmen kann, nicht einmal jemand in Ryersons Position.«

Sie holte Luft, als wolle sie etwas dagegen sagen, stieß dann aber den Atem lautlos wieder aus und wandte sich halb von ihm ab. Das Licht spielte auf ihrem Gesicht wie auf glänzender Seide. Ihre Haut war untadelig, die Backenknochen hoch, ihre Nase lang und gerade, und die Augen standen leicht schräg. Es war ein Gesicht, auf dem sich Leidenschaft und unendliche Würde mischten. Die feinen Linien, die er nur sehen konnte, weil er ganz in ihrer Nähe stand, rührten vom Lachen, waren zu seiner Überraschung ein Hinweis darauf, dass sie nicht nur intelligent, sondern auch zur Ironie fähig war.

»Vermutlich war dem Mann, der Sie hergeschickt hat, klar, dass Ihr Vorhaben keinesfalls gelingen konnte«, fuhr er fort. Er war nicht sicher, ob sich ein Schatten bewegt hatte oder ob bei diesen Worten ihr Körper unter der Seide ihres Kleides erstarrt war. »Ich nehme an, dass er einen anderen Zweck verfolgt hat«, sprach er weiter, »und die Baumwolle nur ein Vorwand war, den er Ihnen nannte, weil das eine Aufgabe war, der Sie mit aller Kraft dienen konnten, ganz gleich, was es Sie selbst kosten würde.«

»Sie irren sich«, sagte sie, ohne ihn anzusehen. »Sofern ich naiv war, habe ich einen hohen Preis dafür bezahlt, aber Leutnant Lovat habe ich nicht getötet.«

»Und trotzdem sind Sie bereit, sich dafür hängen zu lassen?«, fragte er überrascht. »Und nehmen auch in Kauf, dass man Mr Ryerson hängt?«

Sie zuckte leicht zusammen, als hätte er sie geschlagen, änderte ihre Position aber nicht im Geringsten und gab keinen Laut von sich.

»Glauben Sie etwa, man würde ihn laufen lassen, weil er Kabinettsmitglied ist?«, fragte Pitt.

Endlich wandte sie sich ihm zu. Ihre weit offenen Augen waren nahezu schwarz.

»Ist Ihnen noch nicht aufgegangen, dass er Feinde hat?«, fragte er lauter, als es seiner Art entsprach. Wenn er sie mit Samthandschuhen anfasste, würde sie ihm vielleicht ausweichen, und er würde wieder nicht die Wahrheit erfahren. »Wer auch immer Sie hergeschickt hat, hat weit mehr im Sinn als Baumwolle, ob in Ägypten oder Manchester.«

»Das stimmt nicht.« Sie sagte es wie eine Tatsache. In ihren Augen lag der Ausdruck von Gewissheit. Doch schon sah er, dass sie schwankend wurde.

»Wenn Sie Lovat nicht getötet haben, wer war es dann?«, fragte er, wieder mit leiser Stimme. Noch hatte er sich nicht entschieden, ob er auf das Massaker zu sprechen kommen oder es nur andeuten wollte. Er beobachtete sie, versuchte in ihrem Gesichtsausdruck zu lesen, einen Hinweis zu finden, und sei er noch so flüchtig, der den Hass verriet, der hinter einem Mord aus Rache stehen konnte. Bisher hatte er nicht einmal eine Andeutung davon gesehen.

»Ich weiß nicht«, erwiderte sie. »Aber Sie haben gesagt, dass die Sache nichts mit Baumwolle zu tun hat. Womit hat sie dann zu tun?«

Es war so gut wie undenkbar, dass sie die Antwort kannte. Würden die Liebe zu ihrer Heimat und zur Gerechtigkeit, sofern er es ihr sagte, sie dazu veranlassen zu sprechen, und sei es nur, um zu zeigen, dass ihr Verbrechen gerechtfertigt war? Würde ein Richter angesichts einer so ungeheuerlichen Provokation auf mildernde Umstände erkennen? Wenn er Richter wäre, würde er das gewiss tun! »Mit anderen politischen Gründen«, sagte er ausweichend. »Altes Unrecht sollte angeprangert werden, mit dem Ziel, zu Gewalttaten aufzurufen, wenn nicht gar zum Aufstand.«

»Wie die Derwische im Sudan?«, fragte sie matt.

»Warum nicht? Wenn Sie über die Sache im Licht dessen nachdenken, was Sie jetzt wissen, glauben Sie dann wirklich, dass je die Aussicht bestanden hat, in der Baumwollindustrie eine Änderung herbeizuführen, bevor sich die politischen und wirtschaftlichen Verhältnisse geändert haben, ganz gleich, wie Mr Ryersons Überzeugungen oder Wünsche aussehen mochten?«

Sie dachte einen Augenblick nach, bevor sie kaum hörbar einräumte: »Nein.«

»Dann ist doch sicher denkbar, dass das auch Ihrem Auftraggeber bekannt war und er in Wahrheit einen anderen Plan verfolgte?«, setzte er nach.

Sie gab keine Antwort, doch er merkte, dass sie begriffen hatte.

»Außerdem lässt es ihn völlig kalt, wenn Sie für einen Mord gehängt werden, den Sie nicht begangen haben«, fuhr er fort, »und Ryerson dasselbe Schicksal erwartet.«

Das schmerzte sie. Er sah, wie sie erstarrte und ihr das Blut aus den Wangen wich.

»Könnte es sein, dass er Lovat getötet hat?«, fragte er.

Ihr Kopf neigte sich ganz langsam und kaum merkbar, aber es war eine Zustimmung.

»Auf welche Weise?«, fragte er.

»Er ... er spielt die Rolle meines Dieners.«

Natürlich! Tariq El Abd, lautlos und nahezu unsichtbar. Dieser Mann hätte ohne die geringsten Schwierigkeiten ihre Waffe nehmen, Lovat erschießen und anschließend die Polizei anrufen können, damit sie Ryerson am Tatort fand. Er hätte das Ganze ohne weiteres einfädeln können, denn selbstverständlich hatte sie ihm ihre für Lovat bestimmten Briefe gegeben, damit er sie ihm überbrachte. Es war eine vollkommene Tarnung, denn ehe jemand einen Verdacht gegen ihn schöpfte, würde man alle möglichen anderen verdächtigen.

»Danke«, sagte er und meinte es aufrichtig. Immerhin war auf diese Weise das Geheimnis enthüllt, wenn auch das Problem damit noch nicht gelöst war. Erneut ging ihm auf, wie sehr er gehofft hatte, dass nicht sie die Täterin war. Es war beinahe, als sei ihm ein Gewicht von den Schultern genommen worden.

»Was werden Sie tun, Mr Pitt?«, fragte sie mit einer Stimme, in der jetzt doch Angst schwang.

»Ich werde nachweisen, dass man Sie benutzt hat, Miss Sachari.« Ihm war klar, dass seine Worte sie zwangsläufig an jene andere, Jahre zurückliegende Gelegenheit erinnerten, bei der man sie benutzt und verraten hatte. »Und dass weder Sie noch Mr Ryerson des Mordes schuldig sind. Und ich werde mich bemühen, das zu tun, ohne dass es in Ägypten zu einem Blutbad kommt. Ich fürchte, das zweite Ziel hat Vorrang vor dem ersten.«

Ohne etwas zu sagen, stand sie da, reglos wie eine Ebenholzstatue, während er sich mit einem leichten Lächeln verabschiedete und an die Zellentür klopfte, um den Wärter zu rufen.

Er überlegte nur kurz, ob er allein gehen oder vorher Narraway aufsuchen und ihn ins Bild setzen sollte. Wenn Tariq El Abd die treibende Kraft hinter dem Plan war, das Massaker an die Öffentlichkeit zu bringen und in Ägpyten die Fackel des Aufruhrs zu entzünden, würde er sich bestimmt nicht tatenlos von Pitt oder sonst jemandem festnehmen lassen. Wenn er allein nach Eden Lodge ging, würde er den Mann möglicherweise nur warnen und unter Umständen die befürchtete Katastrophe damit noch beschleunigen.

Er hielt eine Droschke am Straßenrand an und nannte Narraways Büroadresse. Hoffentlich war er da.

»Was bringen Sie Neues?«, fragte Narraway, als er Pitts Gesicht sah.

»Der Unbekannte, der hinter Ayesha Sachari steckt, ist ihr Diener Tariq El Abd«, sagte er. Narraways Ausdruck zeigte ihm, dass keine weitere Erklärung nötig war.

»Wir waren mit Blindheit geschlagen!«, brach es aus Narraway heraus. Er war wütend auf sich, dass er nicht von selbst auf diese nahe liegende Lösung gekommen war. Dann sprang er auf. »Ein Dienstbote, und noch dazu ein fremdländischer, sodass wir ihn nicht einmal in unsere Erwägungen einbeziehen! Verdammt! Das hätte mir nicht passieren dürfen!« Er riss eine Schublade auf, der er eine Pistole entnahm. Dann schob er sie mit Schwung wieder zu und ging Pitt mit großen Schritten voraus. »Ich hoffe, Sie waren so klug, die Droschke warten zu lassen«, sagte er spitz.

»Selbstverständlich«, gab Pitt zurück und folgte ihm aus der Haustür, die Treppe hinunter und auf die Straße hinaus, wo die Droschke stand. Unruhig tänzelte das Pferd. Vielleicht spürte es die Anspannung des Kutschers.

»Eden Lodge!«, sagte Narraway knapp, stieg vor Pitt ein und gebot dem Kutscher mit einer Handbewegung anzufahren, während Pitt noch den Fuß auf dem Trittbrett hatte.

Auf der ganzen Fahrt durch die belebten Straßen, um Plätze herum, unter Bäumen hindurch, deren Laub sich langsam verfärbte, sprach keiner der beiden ein Wort.

Als die Droschke vor Eden Lodge anhielt, stieß Narraway hervor: »Hinten herum!«, und sprang gelenkig heraus.

Das Haus stand verlassen. Der Herd in der Küche war kalt, die Asche grau, die Lebensmittel in der Vorratskammer fast schon verdorben.

Narraway stieß einen wilden Fluch aus, doch war ihm klar, dass weder er noch sonst jemand etwas tun konnte.

KAPITEL 13

Weder der Polizei noch einem der anderen Männer, die Narraway auf die Fährte von Ayesha Sacharis Diener setzte, gelang es, eine Spur von Tariq El Abd zu finden. Der Sonntag war kalt und windig, als ob auch das Wetter eine bevorstehende Katastrophe gespürt hätte, so wie Pitt. Er saß den ganzen Tag im Hause herum, weil es für ihn nichts Nützliches zu tun gab. Die Verhandlung sollte am nächsten Vormittag weitergehen, und vermutlich würde dann der Diener wieder auftauchen, um vor der Öffentlichkeit die Wahrheit über das Massaker mit all seinen gewalttätigen und entsetzlichen Einzelheiten auszubreiten. Damit wären alle Aussichten dahin, in Ägypten je Frieden zu schaffen. Es würde mit Sicherheit das Ende der englischen Herrschaft und aller Vorteile bedeuten, die das britische Weltreich aus dem Besitz des Suezkanals zog.

Pitt hatte Charlotte berichtet, was er wusste, da es ihm sinnlos erschien, ihr etwas vorzuenthalten. Den einzigen Teil der Geschichte, der mit Gefahren verbunden war, hatte sie schon vor ihm gekannt.

Das sonntägliche Mittagessen, bei dem die Familie stets gemeinsam am Tisch saß, war die förmlichste Mahlzeit der ganzen Woche. Daniel und Jemima erschien es Angst einflößend und aufregend zugleich. Es war fast, als wären sie erwachsen, was sie sich zwar wünschten, denn es gehört zum Leben – aber doch nicht unbedingt so früh!

Nach der Mahlzeit zogen sich Gracie und die Kinder den Mantel an und verließen das Haus zu einem Spaziergang. Pitt setzte sich ans Kaminfeuer und tat so, als ob er läse, blätterte aber kein einziges Mal um, während sich Charlotte ein zu säumendes Laken vornahm. Auf diese Arbeit brauchte sie sich nicht zu konzentrieren, sie konnte sie mechanisch erledigen.

»Was wird er deiner Ansicht nach tun?«, brach sie das lastende Schweigen. »Als Zeuge der Verteidigung auftreten und sagen, dass er Lovat aus Rache getötet hat, weil er bei dem Massaker sämtliche Angehörigen verloren hat, oder etwas in der Art? Und das Gemetzel dann in allen Einzelheiten beschreiben?«

Er hob den Blick zu ihr. »Ich vermute etwas in der Art«, sagte er. Er konnte die Angst in ihrem Gesicht erkennen. Gern hätte er sie mit der Versicherung getröstet, es werde anders ablaufen, vielleicht sogar in der Hoffnung, dass sie etwas dagegen unternehmen konnten, doch gab es da keine Möglichkeit. Er verspürte den Wunsch, sie vor alldem zu bewahren, doch bedeutete es ihm zugleich viel, dass sie gemeinsam an diesem Fall arbeiteten. Sie verstand. Seine Dankbarkeit dafür, dass sie nicht zu den Frauen gehörte, die man nicht mit der Wahrheit konfrontieren darf, oder gar zu denen, die nichts davon wissen wollen, überwältigte ihn. Er konnte sich nicht vorstellen, wie ein Mann die Einsamkeit ertragen sollte, die das bedeutete. Über ein Kind breitete man schützend die Hände, aber eine Frau war eine Gefährtin, mit der man Seite an Seite durchs Leben ging.

»Sicher wird Mr Narraway den Verteidiger mit den Zusammenhängen vertraut machen«, sagte sie mit fragendem Blick. »Oder ... oder wird der den Mann womöglich selbst in den Zeugenstand rufen?« Die Furcht vor dieser entsetzlichen Möglichkeit ließ sich an ihren Augen ablesen. Ein solcher Gedanke passte nicht im Geringsten zur Behaglichkeit des vertrauten Raumes mit den leicht verwohnten Möbeln, wo die Katzen nahe dem warmen Kamin schliefen.

Konnte es sein, dass sie mit ihrer Annahme Recht hatte? War dem Anwalt, der Ryerson verteidigt hatte, die Rolle des Dieners etwa von Anfang an bekannt gewesen? Pitt hatte nicht die geringste Ahnung. Der Gedanke, dass es sich so verhalten konnte, jagte ihm einen eiskalten Schauer über den Rücken. Die Rücksichtslosigkeit und Brutalität, von der dieser Plan geprägt war, stand im krassen Gegensatz zu einer aus persönlichen Gründen begangenen Tat, die im Vergleich dazu beinahe verzeihlich war. Sofern diese Vermutung stimmte, hatte man es hier mit einem Abgrund von Verrat zu tun.

Kurz vor drei Uhr klingelte es an der Tür. Da Gracie mit den Kindern noch nicht zurück war, ging Pitt selbst hin. Sobald er Narraways Gesicht sah, wusste er, dass etwas Außergewöhnliches vorgefallen sein musste.

»Er ist tot«, sagte Narraway, bevor Pitt den Mund auftun konnte. Verwirrt fragte er: »Wer?«

»Der Diener!«, knurrte Narraway und trat an Pitt vorüber ins Haus. Dabei schüttelte er sich. Obwohl es im Augenblick nicht regnete, wehte ein kalter Wind, und dunkle Wolken schoben sich von Osten her über den Himmel. Angespannt sah er auf Pitt, in seinen Augen lag unübersehbar Beklemmung. »Die Wasserschutzpolizei hat die Leiche unter der London Bridge gefunden. Es sieht so aus, als hätte er Selbstmord begangen.«

Pitt war benommen. Narraways dürre Worte erschütterten ihn. War das die Lösung, oder wurde dadurch alles noch schlimmer?

»Aber warum nur?«, fragte er verständnislos. »Er hatte doch fast schon gewonnen! Morgen früh hätte er alle seine Ziele erreicht gehabt.«

»Und wäre mit dem Strang dafür belohnt worden«, sagte Narraway.

»Sie meinen, er hat die Nerven verloren?«, fragte Pitt ungläubig.

Narraways Gesicht war völlig ausdruckslos. »Das weiß Gott allein.«

»Aber es ergibt keinen Sinn«, begehrte Pitt auf. »Er hatte alles so eingefädelt, dass er nur noch als Überraschungszeuge in den Gerichtssaal zu kommen und der Weltöffentlichkeit über das Massaker zu berichten brauchte.«

Narraway runzelte die Brauen. »Sie haben gestern mit Ayesha Sachari gesprochen. Sie wusste, dass Ihnen nun klar war, wer Lovat getötet hatte ...«

»Selbst wenn sie das El Abd weitergesagt haben sollte«, fiel ihm Pitt ins Wort, »wäre das doch für ihn kein Grund gewesen, sich das Leben zu nehmen. Sie hatte nicht die geringste Möglichkeit, seine Täterschaft zu beweisen. Er brauchte nur im Zeugenstand zu sagen, dass sie bei dem Massaker Angehörige, Freunde oder einen Liebhaber verloren hatte – wen auch immer – und Lovat erschossen hat, um sich zu rächen. Sie hätte das zehn Mal bestreiten und ihm die Tat zur Last legen können, es hätte ihr nichts genützt, denn es gibt keinerlei Beweise. Mit seinem Tod aber hat er sozusagen ein Geständnis abgelegt, außerdem bleibt das Massaker der Öffentlichkeit nach wie vor unbekannt.«

Sie standen in der Diele und wandten sich um, als sie hörten, wie sich die Wohnzimmertür öffnete. Besorgt sah Charlotte zu ihnen herüber. Sie erkannte Narraway in dem Augenblick, als er sich ihr zuwandte.

»Man hat Miss Sacharis Diener tot aufgefunden«, sagte Pitt.

Fragend sah sie von ihm zu Narraway, als wolle sie feststellen, ob man ihr etwas vorenthielt.

»Alles weist auf einen Selbstmord hin«, fügte Narraway hinzu. »Nur können wir uns keinen Grund dafür denken.«

Sie trat wieder ins Zimmer, und die Männer folgten ihr in die Wärme des Raumes. Pitt schloss die Tür und schürte das Feuer, dann legte er weitere Kohlen auf. Eigentlich war es nicht besonders kalt, aber die Helligkeit der Flammen schien ihm angenehm und wünschenswert.

»In dem Fall gibt es entweder etwas, was wir nicht wissen«, sagte Charlotte und setzte sich wieder zu ihrer Näharbeit auf das Sofa, »oder es war kein Selbstmord, und jemand hat ihn umgebracht.«

Pitt sah zu Narraway hin. »Ich habe im Gespräch mit Miss Sachari das Massaker nicht erwähnt. Falls es ihr vorher nicht bekannt war, weiß sie auch jetzt nichts davon.«

»Sie entschuldigen«, sagte Narraway und setzte sich leicht fröstelnd in Pitts Sessel, der dicht am Kamin stand. »Für so unvorsichtig hätte ich Sie auch nicht gehalten.«

»Welchen Grund könnte jemand haben, den Diener dieser Frau zu töten?«, fragte Charlotte und sah von einem zum anderen. »Niemand wird das für einen Unfall halten, und vermutlich sollte es auch nicht nach einem aussehen.«

»Stimmt, Mrs Pitt«, gab ihr Narraway finster Recht. »Die Tat muss jemand begangen haben, der nicht nur ihn gekannt hat, sondern auch seine Verbindung zum Mord an Lovat sowie den ganzen Plan, in Ägypten zum Sturm zu blasen.« Er sah Pitt an. »Nicht El Abd war der Drahtzieher in den Kulissen. Hinter ihm muss ein anderer gestanden haben, und der hat ihn aus einem uns unbekannten Grund getötet.« Unwillkürlich ballte er eine Hand zur Faust. »Aber warum nur? Und warum ausgerechnet jetzt? Die Leute hatten doch den Sieg in Reichweite!«

Pitt stand dicht vor dem Feuer, als friere auch er.

»Vielleicht hat El Abd der Mut verlassen, und er war nicht mehr bereit auszusagen«, gab er zu bedenken. Noch während er das sagte, merkte er, dass er selbst nicht daran glaubte. »Aber das ergibt auch keinen Sinn. Welchen Grund hätte er dafür gehabt? Er hatte nichts zu verlieren. Es war ja nicht so, als wenn er die Schuld auf sich nehmen wollte – seine Absicht war es lediglich, die Verbindung zwischen Miss Sachari und dem Ermordeten intensiver erscheinen zu lassen, als sie war, damit der Eindruck entstand, dass sie ein einwandfreies Tatmotiv hatte.«

Charlotte sah Narraway fragend an. »Wird das Ryerson helfen? Können Sie jetzt beweisen, dass El Abd der Mörder Lovats war, ohne das Massaker und die Hintergründe erwähnen zu müssen? Er konnte doch eine beliebig große Zahl von Motiven haben, und das schon seit Lovats Zeit in Alexandria ... nicht wahr?«

»Hm«, machte Narraway nachdenklich. »Ja, jetzt müsste es uns möglich sein, Ryerson und Miss Sachari vollständig zu entlasten – vorausgesetzt, wir belassen es dabei, den Tod des Dieners als Selbstmord aufzufassen.«

Ein hässlicher und quälender Gedanke meldete sich bei Pitt, doch er wies ihn von sich.

»Und werden Sie das tun?«, fragte Charlotte.

Pitt sagte nichts.

»Im Augenblick haben wir keine andere Möglichkeit«, gab Narraway zurück.

Charlotte holte Tee. Sie blieben noch etwa eine halbe Stunde lang sitzen, wärmten sich am Feuer und unterhielten sich über die neuesten Nachrichten. Unter anderem war kürzlich Lord Tennyson gestorben, und so überlegten sie, wer wohl sein Nachfolger als Hofdichter würde. Dann stand Narraway auf und ging.

Kaum war er fort, verließ Pitt, der immer unruhiger geworden war, das Haus ebenfalls, ohne Charlotte zu sagen, wohin er ging. So quälend war seine Angst, dass er sie nicht einmal ihr gegenüber hätte in Worte fassen können. Es war, als könnte er ihren Grund vor sich selbst ein wenig länger verbergen, wenn er nicht darüber sprach.

Am Südufer der Themse fuhr er mit dem Pferdeomnibus bis zum Hauptquartier der Wasserschutzpolizei. Der Wachtmeister, der Dienst hatte, teilte ihm mit, in welches Leichenschauhaus man den Toten gebracht hatte. Eine halbe Stunde später stand er an Tariq El Abds Leiche und sah in das angeschwollene, lila verfärbte Gesicht. Der Geruch nach Karbol und Tod würgte ihn im Hals, obwohl er ihm vertraut war. Schon immer war er der Ansicht gewesen, die fleckenlosen Kacheln des Raumes stünden im schreienden Gegensatz zu dessen Verwendungszweck. Der Kopf des Toten lag in einem sonderbaren Winkel, und Pitt konnte deutlich den gekrümmten Abdruck eines Seils erkennen, der sich am Hals bis zu einem Ohr emporzog.

Auf der Suche nach weiteren Spuren bewegte er den Kopf leicht. Er fand eindeutige Hinweise darauf, dass etwas den Mann am Schädel getroffen hatte. Vor seinem Tod?

Hinter sich hörte er Schritte und fuhr rasch herum, als hätte er ein schlechtes Gewissen oder als drohe ihm Gefahr. Sein Herz hämmerte in der Brust, und er bekam nur mit Mühe Luft.

Überrascht sah ihn McDade an.

»Sie sind ja ganz schön überreizt, was? Was wollen Sie denn wissen? Irgendwann in der vergangenen Nacht ist der Tod eingetreten.

Über die Uhrzeit lässt sich schwer etwas sagen, weil das Wasser die Körpertemperatur beeinflusst hat.«

»Gezeiten?«, fragte Pitt.

»Habe ich mit einbezogen.« McDade presste die Lippen etwas fester aufeinander. »Mir ist schon seit geraumer Zeit bekannt, dass im Unterlauf der Themse das Wasser mit einfallsloser und vorhersagbarer Regelmäßigkeit steigt und fällt. Doch kann ich nicht sagen, ob ihn die Hecksee eines vorüberfahrenden Schiffs erfasst hat, ob das Wasser für einige Augenblicke höher gestiegen ist, als es im Fluss stand, oder ob er vielleicht ausgerutscht ist und nasser geworden ist, als er wollte.«

»Lässt sich mit Sicherheit sagen, dass er sich selbst erhängt hat?«, fragte Pitt. Obwohl das im Lichte dessen, was sie wussten, zu keinen weiteren Erkenntnissen geführt hätte, hoffte er inständig, McDade werde ihm sagen, dass es sich um Selbstmord handelte.

Ohne zu zögern, erklärte der Polizeiarzt: »Ganz und gar nicht. Er hat ein paar Stöße abbekommen, Blutergüsse unter der Haut, aber das kann ebenso gut unmittelbar vor dem Tod wie gleich danach gewesen sein. Das Blut hatte keine Zeit, sich irgendwo zu sammeln; man sieht kaum Spuren. Eine kleine Platzwunde in der Kopfhaut unter den Haaren, aber es lässt sich nicht sagen, ob das auf einen Schlag zurückgeht, den ihm jemand versetzt hat, oder darauf, dass er heruntergefallen ist. Es gibt ein Dutzend andere Möglichkeiten – das Wasser könnte ihn gegen die Brücke getrieben haben, oder ein vorüberfahrendes Boot, auch ein Stück Holz oder sonstiges Treibgut kann gegen ihn gestoßen sein.« Er zuckte die breiten Schultern. »Möglicherweise ist er ermordet worden, aber ich kann Ihnen nichts sagen, was als Beweis in der einen oder anderen Richtung verwertbar wäre. Tut mir Leid.«

Pitt zog das Laken zurück und betrachtete aufmerksam den Toten. Der Rumpf wies Spuren auf, die die Annahme zuließen, er sei wiederholt an raue Oberflächen gestoßen, wodurch die Haut an mehreren Stellen aufgerissen war. Pitt breitete das Laken wieder über den Toten und wandte sich ab.

»Kümmert sich jemand darum, dass er so beigesetzt wird, wie das sein Glaube verlangt?«, fragte er.

McDades Brauen hoben sich. »Gibt es niemanden, der eine nähere Beziehung zu ihm hat?«

»Nicht, soweit mir bekannt ist. Vermutlich wird das Gericht jetzt zu dem Ergebnis kommen, dass er Leutnant Lovat auf dem Gewissen hat.«

McDade schüttelte den Kopf, sodass sein massiges Kinn ins Zittern geriet. »Sie sagen das, als wären Sie nicht sicher, ob es stimmt«, stellte er fest.

»Bin ich aber«, sagte Pitt. »Nur weiß ich nicht, ob das die ganze Wahrheit ist. Danke.« Er beendete die Unterhaltung und wandte sich zum Gehen. In McDades Gegenwart fühlte er sich unbehaglich – dem Mann entging nichts. Auch wollte er noch einmal mit den Leuten von der Wasserschutzpolizei sprechen, nach der genauen Stelle fragen, an der man El Abd gefunden hatte, dem Zustand seiner Kleidung und den Tidenzeiten der vergangenen Nacht. Der Zeitpunkt des Todes war ihm wichtig – im Augenblick eigentlich wichtiger als alles andere, was ihm durch den Kopf ging.

Zwei Stunden später, um Viertel vor neun, war er im Besitz der Antworten. Er stand an der nördlichen Uferstraße und sah nachdenklich auf die schnell steigende Flut, während ihm der Wind den Mantel um die Beine schlug und ihm fast den Schal aus dem Kragen gerissen hätte. Auf der Themse wühlten Schiffe das Wasser auf – darunter Schleppkähne und ein einsamer Ausflugsdampfer, an dessen Deck lediglich ein halbes Dutzend Menschen zu sehen waren.

Bei Tariq El Abd war der Tod zwischen ein und fünf Uhr morgens eingetreten. Genauer konnte man sich bei der Wasserschutzpolizei nicht festlegen. Um diese Zeit lagen die meisten Menschen zu Hause im Bett. Pitt hätte beweisen können, dass er dort war, denn Charlotte wurde immer sofort wach, sobald er aufstand. Bei jemandem, der allein lebte, gab es solche Sicherheit nicht.

Er merkte, wie wenig er über Narraways Privatleben wusste. Offen gestanden hatte er sich auch nie Gedanken darüber gemacht. Eigentlich wusste er so gut wie nichts über die Vergangenheit des Mannes, dessen Angehörige oder Überzeugungen. Narraway war so verschlossen, dass man es fast als geheimnistuerisch ansehen konnte. Mit Sicherheit wusste Pitt nur eines: Er war seiner Arbeit und der Sache, der er diente, leidenschaftlich ergeben. Außerdem bestand eine persönliche Beziehung zwischen ihm und Ryerson, die ihm tiefen Schmerz verursachte und über die er unter keinen Umständen zu reden bereit war. Genau das quälte Pitt jetzt so sehr, dass er nicht länger darüber hinweggehen konnte. Er musste umgehend handeln. Es blieb gerade genug Zeit, bevor das Gericht wieder zusammentrat – vorausgesetzt, Narraway war zu Hause.

Im selben Augenblick, als Pitt vor dem Haus eintraf, trat Narraway in seinem üblichen tadellosen grauen Maßanzug vor die Tür. Er blieb unvermittelt stehen und fragte mit bleichem Gesicht und weit geöffneten Augen: »Was bringen Sie?« Seine Stimme klang belegt.

Noch nie zuvor hatte sich Pitt so gegen ihn gestellt, ihn kein einziges Mal derart herausgefordert. Er wusste nur allzu genau, wie sehr er von ihm abhing, nicht nur, was seine Arbeit beim Sicherheitsdienst betraf – er war auch auf Anleitung und Schutz angewiesen, während er sich allmählich in seine neue Aufgabe einarbeitete. Aber die Gefühle, die jetzt in ihm tobten, rissen alle Erwägungen dieser Art mit sich fort.

»Drinnen!«, sagte er barsch.

Narraways Züge verhärteten sich. »Ich hoffe um Ihretwillen, dass es wichtig ist, Pitt«, sagte er, wieder ganz Herr der Lage. Die stählerne Kälte war in seine Augen zurückgekehrt.

»Das ist es«, presste Pitt zwischen den Zähnen hervor. Vielleicht wäre es klüger gewesen, trotz des kalten Windes und des feinen Nieselregens alles, was er zu sagen hatte, vor der Haustür zu sagen. Das ging ihm auf, während er Narraway ins Haus folgte und hörte, wie die Tür sich hinter ihnen schloss. Im Arbeitszimmer angekommen, drehte sich Narraway um und fragte: »Nun? Sie haben zehn Minuten. Danach gehe ich, ob Sie fertig sind oder nicht. Die Verhandlung fängt um zehn Uhr an. Ich gedenke, pünktlich da zu sein.« Im Morgenlicht, das durch das große Fenster hereinfiel, wirkte sein Gesicht aschfahl. Um die Augen und den Mund herum sah man die Fältchen, die Schlafmangel und die seelische Anspannung hineingegraben hatten.

»Aber der ganz besondere neue Zeuge ist doch tot«, gab Pitt zu bedenken. »Jetzt braucht man mit Enthüllungen über Ayesha Sacharis Motiv nicht mehr zu rechnen. Der Selbstmord des Dieners ist beinahe so gut wie ein Geständnis.« Er blieb vor der Tür stehen, als wolle er Narraway den Ausgang versperren.

»Ja, beinahe«, knurrte Narraway. »Trotzdem möchte ich den Freispruch mit eigenen Ohren hören. Also schießen Sie schon los.«

»Was glauben Sie, warum sich El Abd das Leben genommen hat?«, fragte Pitt. Er wäre lieber anderswo gewesen als ausgerechnet dort, hätte lieber etwas anderes getan als das, was er jetzt tat. »Er hatte den Erfolg doch greifbar vor sich.«

»Wir wissen, dass er schuldig war«, sagte Narraway, aber in seiner Stimme lag ein winziges Zögern. Vielleicht hätte es niemand außer Pitt gehört.

Pitt sah ihn fest an. »Und mit einem Mal hatte er Angst? Wovor? Dass man ihn auf dem Weg in den Gerichtssaal festnehmen und an der Aussage hindern würde?«

Narraway atmete betont langsam ein und aus. »Worauf wollen Sie hinaus, Pitt? Wir haben keine Zeit für Spielchen.«

Wenn er es jetzt nicht sagte, wäre der Augenblick vorüber, und er müsste für alle Zeiten mit dem Zweifel leben.

»Für uns ist diese Lösung äußerst praktisch«, erwiderte er. »Vermutlich hat das Suez gerettet.« Er hielt Narraways Blick ohne die geringste Unsicherheit stand.

Narraway war sehr bleich. »Vermutlich«, stimmte er zu. Wieder lief ein Schatten über sein Gesicht.

»Warum hätte der Mann so handeln sollen?«, fragte Pitt.

»Ich weiß nicht. Es ergibt keinen Sinn«, räumte Narraway ein, der nach wie vor reglos in der Mitte des Raumes stand.

»Wenn ich ihn ...«, sagte Pitt, »oder Sie ...«

Der letzte Tropfen Blut verschwand aus Narraways Gesicht, sodass seine Haut aussah wie graues Papier. »Gott im Himmel! Sie glauben doch nicht etwa, dass ich El Abd umgebracht habe?«

»Und, waren Sie es?«

»Nein«, sagte Narraway rasch. Er stellte Pitt die Gegenfrage nicht. Ihm war klar, dass er seine Frage ernst gemeint hatte und es ihm äußerst schwer gefallen war, sie zu stellen. Der Zweifel, der in ihm nagte, hatte ihn zu sprechen veranlasst. »Sind Sie denn sicher, dass man ihn ermordet hat?«

»Nicht hundertprozentig. Aber ich denke schon«, gab Pitt zurück. »Die Tat ist mit, nun, mit außergewöhnlichem Geschick durchgeführt worden, sodass sich unmöglich sagen lässt, ob er die Verletzungen unmittelbar vor dem Eintritt des Todes oder gleich danach erlitten hat … Die Ursache kann ebenso gut eine Misshandlung gewesen sein wie ein zufälliges Anstoßen, als er fiel, oder der Anprall eines Bootes, dem er in die Quere kam. Es lässt sich nichts beweisen.«

Wieder legte sich der Schatten auf Narraways Züge. »Wer hätte ihn umbringen sollen, und warum?«

»Jemand, dem das Massaker bekannt ist«, sagte Pitt, »und der bereit ist, alles zu tun, damit die Wahrheit mit allen Folgen, die das mit sich bringen würde, nicht ans Licht kommt. Daher ist er nicht vor einem Mord zurückgeschreckt, und er hätte auch zugelassen, dass man Ryerson hängt.«

Narraway war aufrichtig entsetzt. »Und Sie denken, dass ich Ryerson hängen sehen möchte?«, fragte er mit ungläubiger Stimme.

»Nein«, entgegnete Pitt ehrlich. »Ich nehme an, dass Ihnen das gegen die Natur ginge. Vermutlich würde das Bewusstsein der Schuld Sie lebenslänglich foltern. Trotzdem würden Sie eher zulassen, dass man ihn hängt, als dass die Umstände des Massakers an die Öffentlichkeit gelangen und wir Ägypten verlieren.«

Narraway gab keine Antwort. Das Schweigen zwischen den beiden Männern war wie ein finsterer Abgrund.

»Brauchen Sie nicht die wenigen Minuten auf, die ich noch habe«, sagte Pitt, ohne sich von der Tür zu rühren. Er hatte nicht die Absicht, ihm mit Gewalt zu drohen, war nicht einmal sicher, dass er imstande wäre, sie anzuwenden. Narraway war zwar kleiner und leichter, aber drahtig und zäh, und möglicherweise hatte er in seiner Ausbildung Dinge gelernt, von denen sich Pitt nichts träumen ließ. Vielleicht war er sogar bewaffnet.

Dennoch war Pitt entschlossen, sich erst von der Stelle zu rühren, wenn er eine Antwort hatte. Nicht die Vernunft hielt ihn dort fest, sondern seine Gefühle. Er hatte nicht einmal überlegt, was er tun würde, falls Narraway El Abds Ermordung gestanden hätte.

Einen flüchtigen Augenblick lang brachen einige Sonnenstrahlen durch die Wolken und fielen auf den Fußboden.

»Es hat weder mit Ägypten zu tun noch mit dem Mord an Lovat oder dem Massaker«, sagte Narraway schließlich leise und mit ein wenig krächzender Stimme.

Pitt wartete.

»Verdammt noch mal! Die Sache geht Sie überhaupt nichts an, Pitt«, brach es aus Narraway heraus. »Sie liegt Jahre zurück. Ich ... ich ...« Wieder hielt er inne.

Pitt regte sich nicht.

»Vor gut zwanzig Jahren war ich mit der irischen Frage beschäftigt«, setzte Narraway erneut an. »Ich wusste, dass ein Aufstand geplant war – Gewalttat, Morde ...«

Mit einem Mal überlief es Pitt kalt.

»Ich musste unbedingt wissen, was da gespielt wurde«, fuhr Narraway fort. In seinen Augen, die Pitts Blick standhielten, war zu sehen, dass er sich elend fühlte.

»Ich hatte eine Liebschaft mit Ryersons Frau.« Seine Stimme zitterte. »Es war meine Schuld, dass sie erschossen wurde.«

Pitt hatte mit seiner Vermutung Recht gehabt – es war Schuldbewusstsein. Nur hatte es weder mit Lovat noch mit Ayesha Sachari oder etwas anderem von dem zu tun, was in jüngster Zeit vorgefallen war. Er glaubte ihm, er brauchte gar nicht darüber nachzudenken.

Narraway wartete, beobachtete nach wie vor Pitts Gesicht. Er würde keine Frage stellen.

Ganz langsam nickte Pitt. Er verstand. Mehr noch, er begriff mit einem Mal verblüfft etwas, was nie in Worte gefasst worden war und auch nie wieder zur Sprache kommen würde: Seine Meinung war Narraway wichtig.

»Gehen wir jetzt zum Gericht?«, knurrte Narraway. Er hatte in Pitts Gesicht gesehen, dass er ihm glaubte, und das genügte. Jetzt war die Qual der Anspannung vorüber, und er wollte der Sache ein Ende bereiten. Er hatte eine Schuld zu begleichen und brannte darauf, es endlich zu tun.

»Ja«, sagte Pitt, drehte sich um und ging dem Ausgang entgegen, ohne sich umzusehen, ob ihm Narraway folgte.

Im Schwurgerichtssaal von Old Bailey gab es eine ganze Reihe freier Plätze. Für das Publikum hatte der Prozess in den letzten Tagen deutlich an Spannung verloren. Wohl hatten die Zeitungen über Tariq El Abds Tod berichtet, doch da es lediglich geheißen hatte, dass es sich um einen unbekannten Ausländer handele, der offensichtlich Selbstmord begangen hatte, hatte niemand eine Beziehung zum Fall Ryerson hergestellt. Auch wenn das Urteil erst am folgenden Tag ergehen sollte, war allen klar, wie es ausfallen würde. Dem Strafverteidiger, Sir Anthony Markham, blieb die Aufgabe, Erklärungsversuche zu unternehmen und auf begründete Zweifel hinzuweisen. Er musste unbedingt den Anschein erwecken, sein Bestes gegeben zu haben.

Narraway und Pitt traten gerade in dem Augenblick in den Saal, als er sich zu seinem Schlussplädoyer erhob.

Der Richter warf Narraway wegen der Störung einen missbilligenden Blick zu. Er ahnte nicht, wer der Mann war, der da zu spät kam. Für ihn war es einfach jemand, der nicht wusste, was sich gehört.

Pitt zögerte. Zwar waren Markham und Narraway miteinander bekannt, doch wies keinerlei Regung auf dem Gesicht des Verteidigers darauf hin – eher war das Gegenteil der Fall. Markham schüttelte kaum wahrnehmbar den Kopf und wandte sich wieder dem Richter zu.

Narraway blieb stehen. Wusste der Verteidiger von der Sache mit El Abd? Falls nicht, würde er begierig nach jedem Strohhalm greifen, der es ihm erlaubte, seinen Mandanten herauszuhauen. Dann fiel Narraway zu seinem Ärger ein, dass er nicht sicher war, ob El Abd als Zeuge der Anklage vorgesehen war, der das perfekte Motiv liefern sollte, oder als Zeuge der Verteidigung, dem die Aufgabe zugefallen wäre, der Angeklagten mildernde Umstände zu verschaffen.

Und wenn der Überraschungszeuge gar nicht El Abd war, sondern jemand anders? Es lief auf dieselbe Frage hinaus, auf die ihnen nach wie vor jede Antwort fehlte: Wer zog hinter den Kulissen die Fäden, wer war für Lovats Tod verantwortlich? Wer war der Mann, der Suez und die östliche Hälfte des Reiches in den Abgrund stürzen wollte? Stand womöglich einer der beiden Anwälte in seinem Sold? Wer hatte El Abd getötet, und warum?

Im Saal hörte man keinen Laut. Pitt sah sich um. Die Zuschauergalerie war zu etwa drei Vierteln gefüllt. Er entdeckte Vespasia. Sie trug einen sehr kleinen, dezenten Hut, möglicherweise aus Rücksicht auf jene, denen sie sonst die Sicht versperrt hätte. Das Sonnenlicht fiel auf ihr blasses Gesicht und blitzte in ihrem silbernen Haar auf. In der Reihe hinter ihr saß Ferdinand Garrick. Er hielt den Blick starr vor sich gerichtet, als warte er gebannt auf das, was sich gleich unten im Gerichtssaal abspielen würde.

Mit trübseliger Miene und erkennbar ohne jedes Interesse saßen die Geschworenen wartend da. Sie hörten nur noch zu, weil es von ihnen erwartet wurde.

Narraway ging auf Markham zu und blieb neben ihm stehen. Pitt folgte ihm mit einem Schritt Abstand.

»Der Tote unter der Themsebrücke war Tariq El Abd, der Diener Ihrer Mandantin«, sagte Narraway so leise, dass Pitt nur jedes zweite Wort mitbekam. »Er hat Leutnant Lovat getötet. Nicht nur hat sie das selbst bestätigt, es deckt sich auch glänzend mit den Ergebnissen unserer Nachforschungen.«

Markham stand regungslos da. »Wie günstig für Miss Sachari ... und natürlich auch für Mr Ryerson«, sagte er mit einer Spur Sarkasmus in der Stimme. »Und warum hat er ihn getötet? Wissen Sie das etwa ebenfalls?«

»Nein. Es spielt aber auch keine Rolle.« Narraways Stimme war kalt wie Stahl. »Da gibt es viele Möglichkeiten – vielleicht ist der Mann seiner Tochter zu nahe getreten, seiner Schwester oder sogar seiner Frau! Beeilen Sie sich, Mann! Fragen Sie bei der Wasserschutzpolizei nach. Mein Mitarbeiter Thomas Pitt wird den Toten gern für Sie identifizieren.«

Markham warf einen Blick auf Pitt. Dieser nickte.

Markhams Gesicht verfinsterte sich. Er hasste es, gesagt zu bekommen, was er zu tun hatte, ganz gleich, von wem.

»Nun, Sir Anthony, gedenken Sie fortzufahren?«, fragte der Richter leicht verärgert.

Markham sah zu ihm auf, als schiebe er alles beiseite, was Narraway gesagt hatte. »Gewiss, Mylord. Mir sind soeben einige äußerst bemerkenswerte Vorfälle mitgeteilt worden, die Leutnant Lovats Tod in einem völlig neuen Licht erscheinen lassen. Mit Ihrer Erlaubnis würde ich gern Thomas Pitt in den Zeugenstand rufen.«

»Ich hoffe nur, dass das zur Sache gehört«, mahnte der Richter matt. »Ich dulde in meinem Gericht kein Theater.«

»Die Aussage wird zwar dramatisch sein, Mylord«, erwiderte Markham kalt, »aber bestimmt kein Theater.«

»Fangen Sie schon an«, beschied ihn der Richter.

»Ich rufe Thomas Pitt in den Zeugenstand«, sagte Markham mit lauter Stimme.

Narraway warf Pitt einen kurzen Blick zu, machte auf dem Absatz kehrt und ging die zwei Schritte bis zu einem freien Platz. Pitt durchquerte den Raum und erstieg die Stufen zum Zeugenstand.

Er nannte seinen Namen und seine Anschrift und wartete, dass ihn Markham nach El Abd fragte. Zum ersten Mal wurde er nicht als Polizeibeamter vernommen. Jetzt war er ein Niemand, dem keinerlei Dienstgrad oder berufliche Stellung zusätzliche Glaubwürdigkeit verlieh. Trotzdem war er die Ruhe selbst, da er seiner Antworten sicher war.

»Kannten Sie Tariq El Abd, Mr Pitt?«, fragte Markham.

»Ja.«

»In welcher Eigenschaft?«

»Als Diener Miss Sacharis in Eden Lodge«, gab Pitt zur Antwort. »Es war keine private Bekanntschaft.«

»Aber Sie haben längere Zeit mit ihm gesprochen?«, fasste Markham nach.

»Ja, insgesamt vielleicht eine Stunde.«

»Sie würden ihn also wiedererkennen, wenn Sie ihn sähen?«

»Ja.«

»Haben Sie ihn seither gesehen?«

Die Geschworenen rutschten auf ihrer Bank hin und her.

Der Ankläger sprang auf. »Mylord, die Auffassung meines gelehrten Freundes von Dramatik unterscheidet sich grundlegend von der meinen. Noch nie im Leben habe ich etwas so unsagbar Ödes gehört. Welche Bedeutung kann es haben, ob dieser … Herr … mit Miss Sacharis Diener die Zeit verplaudert hat oder nicht?«

»Ich habe mit meinen Fragen lediglich festgestellt, dass Mr Pitt imstande ist, Tariq El Abd zu identifizieren, Mylord«, sagte Markham mit dem Ausdruck gekränkter Unschuld. Dann wandte er sich, ohne auf die Entscheidung des Richters zu warten, wieder an Pitt. »Wo haben Sie ihn gesehen, Mr Pitt, und wann?«

»Im Leichenschauhaus«, erwiderte Pitt. »Gestern.«

Man hörte förmlich, wie viele der Anwesenden den Atem anhielten.

Der Richter beugte sich vor und fragte verärgert und mit finsterer Miene: »Wollen Sie damit sagen, dass er tot ist, Mr Pitt?«

»Ja, Mylord.«

»Und was ist die Ursache seines Todes?«

Der Ankläger erhob sich. »Mylord, Mr Pitt hat keinerlei Nachweis medizinischer Kenntnisse geliefert. Er ist nicht befähigt, eine Aussage über die Todesursache zu machen.«

Der Richter wies den Einspruch zurück, doch war ihm klar, dass er das Argument nicht widerlegen konnte. Nach einem wütenden Blick auf den Vertreter der Anklage wandte er sich wieder Pitt zu. »Wo hat man den Mann gefunden?«

»Nach Auskunft der Wasserschutzpolizei unter der London Bridge. Erhängt«, gab Pitt zur Antwort.

»Selbstmord?«, bellte der Richter.

»Ich bin nicht befähigt, darüber eine Aussage zu machen«, erwiderte Pitt.

Einen Augenblick lang herrschte völliges Schweigen, dann erhob sich ein nervöses Kichern.

Mit eisiger Miene sah der Richter zu Markham hin. »Sofern der Tod des Mannes etwas mit Ihrem Fall zu tun hat, sollten Sie fortfahren«, sagte er mit kaum verhülltem Groll. Sein Gesicht war gerötet. Er würde es Pitt nie vergessen, dass er die Anwesenden auf seine Kosten zum Lachen gebracht hatte.

»Gewiss, Mylord«, sagte Markham voller Energie. »Ich kann zwar nicht beweisen, dass es sich bei Tariq El Abds Tod um Selbstmord handelt, mir aber auch keine Möglichkeit denken, wie jemand zufällig mit einem Strick um den Hals unter einem der Bogen der London Bridge hängen könnte. Ich bin überzeugt, dass jedes beliebige aus zwölf ehrbaren Männern zusammengesetzte Schwurgericht im Lichte der möglichen Verantwortung dieses Mannes für den Tod von Leutnant Edwin Lovat mehr als einen begründeten Zweifel an der Täterschaft meiner Mandanten hegen wird. El Abd hatte jederzeit Zugang zu der Waffe, mit der Leutnant Lovat getötet wurde. Es war seine Aufgabe, sie zu reinigen! Und er hatte auf jeden Fall Gelegenheit, sie zum fraglichen Zeitpunkt und am fraglichen Ort zu benutzen. Die Gerechtigkeit, ja sogar die Vernunft, gebietet, dass Sie ihn für schuldig befinden! Sein Tod, der nahezu mit Sicherheit durch seine eigene Hand erfolgt ist, würde jede andere Möglichkeit als widersinnig erscheinen lassen.«

Schon war der Ankläger auf den Beinen und rief mit empörter Stimme: »Nicht der Diener der Angeklagten wollte die Leiche beiseite schaffen! Sollte sie Lovat nicht getötet haben – warum hat man sie dann im Garten bei der auf einer Schubkarre liegenden Leiche gefunden? So handelt keine Frau, die schuldlos ist.«

»So handelt eine Frau, die Angst hat«, hielt Markham sogleich dagegen. »Falls Sie einen Ermordeten sähen, neben dem Ihre eigene Waffe liegt, würden Sie da nicht auch versuchen, beide zu verstecken?«

»Ich würde die Polizei rufen!«, gab der Ankläger zurück.

»In einem fremden Land?«, höhnte Markham. »Wollen Sie sagen, dass Sie als Angehöriger einer anderen Rasse mit einer anderen Kultur, als jemand, der eine andere Sprache spricht, so großes Vertrauen in die dortige Justiz hätten?« Er sprach nicht weiter. Die Gesichter der Geschworenen zeigten ihm, dass sie ihn verstanden hatten.

Mit weit ausgebreiteten Armen wandte sich der Ankläger dem Richter zu. »Aber warum, Mylord? Welchen Grund könnte ein ägyptischer Diener haben, mitten in London einen englischen Diplomaten zu ermorden?«

Auf der Galerie entstand Unruhe. Ein elegant gekleideter schlanker Mann mit scharf geschnittenen Zügen hatte sich erhoben. Pitt war wie vom Donner gerührt. Trenchard! Vermutlich hatte er Heimaturlaub.

»Mylord«, sagte der Mann mit Hochachtung in der Stimme. »Ich heiße Alan Trenchard und bin im britischen Konsulat in Alexandria tätig. Ich glaube, dass ich die Fragen des Gerichts zu diesem Punkt beantworten kann, denn ich lebe und arbeite seit über fünfundzwanzig Jahren in Ägypten. Gewisse Dinge allerdings habe ich erst erfahren, nachdem Mr Pitt Alexandria verlassen hat, sodass ich sie ihm nicht sagen konnte, als er dort seine Nachforschungen betrieb.«

Der Richter runzelte die Stirn. »Falls Sir Anthony Sie als Zeugen aufzurufen wünscht, sind wir bereit, Sie im Interesse der Gerechtigkeit anzuhören.«

Markham hatte keine Wahl. Er erklärte Pitts Befragung für beendet, und Trenchard nahm dessen Platz im Zeugenstand ein.

Pitt setzte sich neben Narraway. Eine sonderbare Anspannung überkam ihn, als Trenchard seine Angaben gemacht und beschworen hatte.

Markham hingegen wirkte völlig gelöst. Seine Mandanten, die noch am Vortag mit einer sicheren Verurteilung hatten rechnen müssen, durften auf einmal auf einen Freispruch hoffen. Zwar hatte er selbst nichts dazu beigetragen – es waren einfach Umstände eingetreten, die sich seinem Einfluss entzogen –, doch wollte er das als seine Leistung herausstreichen. Es sollte ein bemerkenswerter Sieg für ihn werden.

»Mr Trenchard«, begann er. »Waren Sie mit Leutnant Lovat bekannt, als er in Ägypten gedient hat?«

»Nicht persönlich«, gab Trenchard zur Antwort. »Ich stehe im diplomatischen Dienst, er hingegen war beim Militär. Möglicherweise sind wir einander begegnet, ohne bewusst Kenntnis voneinander zu nehmen.«

Der Richter runzelte die Brauen.

Die Geschworenen sahen sich gelangweilt im Saal um. Noch waren sie sichtlich nicht gefesselt.

Pitt merkte, dass er die Hände zu Fäusten geballt hatte und die Nägel sich in die Handflächen gruben.

Markham hielt die Augen auf den Zeugenstand gerichtet. »Kannten Sie den Toten, Tariq El Abd?«

»Ich habe viel über ihn gehört – von seinem letzten Arbeitgeber, einem mir gut bekannten Imam vor den Toren Alexandrias«, sagte Trenchard. Er stand sehr aufrecht da und umklammerte die Brüstung so fest, dass seine Fingerknöchel weiß hervortraten.

Pitt spürte, wie ihn eine Welle der Angst überflutete, für die er keinen vernünftigen Grund hätte nennen können. Er sah zur Anklagebank hinüber. Zwar wirkte Ryerson aufmerksam, doch zeigte er keine Gefühle. Noch wagte er nicht zu hoffen. Ayesha Sachari hingegen beugte sich weit vor und sah Trenchard mit vor Verblüffung aufgerissenen Augen an. Entsetzt begriff Pitt, dass sie ihn kannte, und zwar nicht nur dem Namen nach, wie er gesagt hatte, sondern von Angesicht zu Angesicht.

Allmählich begannen auch die Geschworenen der Sache Aufmerksamkeit zu schenken und bemühten sich, jedes Wort mitzubekommen und möglichst auch etwas zu sehen.

Trotz der Wärme im Saal wurde Pitt im tiefsten Inneren von Eiseskälte erfasst. Ihm fiel ein, dass Trenchard gesagt hatte, er habe eine Ägypterin geliebt, die vor kurzer Zeit bei einem Unfall ums Leben gekommen sei. Gerade als säße er wieder mit schmerzenden Gliedern auf dem Erdboden und hörte das sanfte Plätschern des Nils in der Dunkelheit draußen, hörte er in seinen Gedanken die Stimme Ishaqs, der von seinem Vater, dem Imam, und dessen Alpträumen von Gemetzel und verbrannten Menschenleibern erzählte, von dem Diener, der ihn gepflegt, jedes seiner Worte in sich aufgenommen, all seinen Kummer und die Schuld mitbekommen hatte und der ebenfalls kürzlich gestorben war.

Mit einem Mal blitzte in seinem Bewusstsein ein entsetzlicher Verdacht auf. So musste es sein! Alles passte genau zusammen. Wenn Ayesha Sachari und Trenchards Geliebte ein und dieselbe Frau waren und auch Tariq El Abd und der Diener des Imam ein und derselbe Mann, war alles klar. Trenchard mit seiner schwärmerischen Liebe zu Ägypten wusste, was sie für ihre Heimat empfanden, wusste von dem Massaker und hatte sich die fehlenden Bestandteile der Geschichte nach und nach zusammengestückelt: die vier englischen Soldaten, die Ferdinand Garrick nicht nur deshalb aus Alexandria abkommandiert hatte, weil er sie schützen wollte, sondern auch, weil er – als seinem Land bis zur letzten Faser seines Wesens treu ergebener hoher Offizier – Großbritanniens Besitzungen in Afrika und im Osten bewahren wollte.

Pitt drehte sich zu Narraway um und flüsterte: »Ich vermute, dass er dem Gericht gleich die näheren Umstände des Massakers darlegen wird.« Er hörte, wie seine eigene Stimme bei diesen Worten zitterte. »Vielleicht war es von vornherein seine Absicht, die Zusammenhänge selbst zu enthüllen und damit die Dinge ins Rollen zu bringen. Auf die Weise gibt es niemanden, der ihm in die Parade fahren, die Nerven verlieren oder versagen kann! Er will nicht Ayesha Sacharis Motive darlegen, sondern die ihres Dieners. El Abd war nicht mehr der Drahtzieher, sondern nur der ideale Täter und Sündenbock. Sie hatte die Aufgabe, Ryerson mit in die Sache hineinzuziehen – weil dann sicher war, dass die Öffentlichkeit aufmerksam wird –, und El Abd sollte alle Schuld aufgebürdet bekommen!«

Alles Blut wich aus Narraways Gesicht. »Großer Gott im Himmel«, entfuhr es ihm. »Sie haben Recht ...«

Markham war noch immer dabei, Trenchard zu befragen.

»Was haben Sie über Tariq El Abd erfahren, was für den Tod von Leutnant Lovat von Bedeutung ist?«, fragte er mit gespanntem Unterton. Seine Augen waren geweitet; er war dem Sieg so nahe, dass er ihn bereits schmecken konnte.

»Ich kenne den Grund, aus dem er ihn getötet hat«, sagte Trenchard.

Unwillkürlich erhob sich Pitt halb. Zwar hätte er nicht sagen können, was er tun wollte, um zu verhindern, dass Trenchard weitersprach, doch konnte er das unmöglich zulassen. Bei dem auf seine Enthüllungen folgenden Blutvergießen würde nicht nur Ägypten verloren gehen, auch Britisch-Indien, Burma und die Gebiete weiter östlich würden davon mit in den Abgrund gerissen.

Trenchard sah seine Bewegung und wandte sich ihm mit einem Lächeln zu.

»Der Mann hat sämtliche Angehörige in einem grausigen —«, setzte er an.

Ein lauter Knall ertönte, dem sogleich ein zweiter folgte. Trenchard stürzte rücklings zu Boden.

Gerade, als Pitt herumfuhr, um festzustellen, woher die Schüsse gekommen waren, sah er, wie Ferdinand Garricks Kopf zu explodieren schien, während er selbst langsam zu Boden sank, den Revolver noch in der Hand. Fast im selben Augenblick brach sich das Echo des dritten Schusses im Verhandlungssaal.

Der Richter war wie gelähmt.

Markhams Beine gaben unter ihm nach, und er sank schwerfällig in sich zusammen.

Pitt trat vor, von Narraway gefolgt. Er ging zum Zeugenstand hinüber, wo Trenchard lag. Beide Kugeln hatten ihn in den Kopf getroffen und ihm das halbe Gehirn weggeschossen. Das letzte Kapitel des Massakers war abgeschlossen. Ägypten und dem Osten drohte keine Gefahr mehr.

Nach einem kurzen Blick auf die Leiche drehte sich Narraway um und sah zur Galerie empor, wo alle vor Garrick zurückwichen, der am Boden lag – nur nicht Vespasia. Ohne darauf zu achten, dass sein Blut ihr Kleid befleckte, kniete sie neben ihm und faltete seine Hände. Es war eine völlig sinnlose Geste, aber in ihr lag eine Würde, eine Hochachtung, als hätte sie mit einem Mal in diesem Mann etwas Wertvolles entdeckt; sie sprach von einem Mitgefühl, das über jedes Urteil erhaben war.

Auf der Anklagebank nahm Ryerson Miss Sacharis Hand. Es war alles, was er tun konnte, aber es genügte.

»Ich werde veranlassen, dass für Stephen Garrick gesorgt wird«, sagte Narraway leise. »Ich denke, das schulden wir seinem Vater.«

Pitt nickte, die Augen nach wie vor auf Vespasia gerichtet. »Ja«, sagte er mit tiefer Überzeugung. »Und Martin Garvie wird sich um ihn kümmern.«

Narraway hob den Blick zu Ryerson. Seine Anspannung ließ ein wenig nach, und eine Last in seinem Inneren schien ihm leichter zu werden.

Virginia Doyle

»Wahrlich, der Autor beherrscht die Krimi-Kunst.« **Hamburger Morgenpost**

978-3-453-43095-2

Gestreifter Affe
978-3-453-43190-4

Schwarze Schlange
978-3-453-43243-7